Das Buch

Ein junger Mann aus den Slums von Chikago, Augie March, zieht die Bilanz seines Lebens. Er berichtet von seinen Abenteuern und Erfahrungen und läßt ein Vierteljahrhundert amerikanischer Geschichte in seiner ganzen bunten Fülle und Eigenart an uns vorüberziehen. Augie spricht, wie ihm der Schnabel gewachsen ist. Er erzählt von durchtriebenen Gaunern, von Weltverbesserern und verrückten Millionärinnen, von gutherzigen Mädchen und exzentrischen Dollarprinzessinnen, von Gönnerinnen, Dieben, Landstreichern, Kupplern, Geschäftemachern und Rechtsanwälten. Sie alle wollen ihn, jeder auf seine Weise, an sich fesseln. Doch Augie ist auf der Hut. Er liebt seine Freiheit. – Amerika wird uns verständlich in seiner Menschlichkeit jenseits von Statistik und Schlagzeilen. Und Augie ist das originellste Geschöpf dieses Landes, Summe seiner Eigenschaften, »ein amerikanischer Simplizissimus, der verwundert das Depressions-Panorama seines Landes durchwandert, der seine ersten Worte in der Gosse gelernt hat, dann seinen Großstadtjargon mit der Sprache der Eckensteher und Raufbolde bereichert und schließlich mit Zitaten aus ›Dr. Eliots Harvard-Klassikern‹ um sich wirft«. (Helmut M. Braem in der ›Stuttgarter Zeitung‹)

Der Autor

Saul Bellow, am 10. 7. 1915 in Lachine (Kanada) geboren, wuchs in Chikago auf, studierte Anthropologie und Soziologie, war Journalist, Mitarbeiter der ›Encyclopaedia Britannica‹ und Hochschullehrer an verschiedenen Universitäten. Seit 1954 ist er Professor für Soziologie an der Universität Chikago. 1944 erschien sein erster Roman ›Der Mann in der Schwebe‹. Bellows Bücher wurden mit mehreren Literaturpreisen ausgezeichnet. 1976 erhielt er den Nobelpreis für Literatur. Weitere Werke u. a.: ›Das Opfer‹ (1947), ›Das Geschäft des Lebens‹ (1956), ›Der Regenkönig‹ (1959), ›Herzog‹ (1964), ›Mr. Sammlers Planet‹ (1970), ›Humboldts Vermächtnis‹ (1975).

Saul Bellow:
Die Abenteuer des Augie March
Roman

Deutsch von Alexander Koval

Deutscher
Taschenbuch
Verlag

dtv

Von Saul Bellow
sind im Deutschen Taschenbuch Verlag erschienen:
Der Regenkönig (193)
Das Geschäft des Lebens (1255)

Ungekürzte Ausgabe
Januar 1979
Deutscher Taschenbuch Verlag GmbH & Co. KG,
München

Titel der amerikanischen Originalausgabe:
›The Adventures of Augie March‹
Umschlaggestaltung: Celestino Piatti
Gesamtherstellung: C. H. Beck'sche Buchdruckerei,
Nördlingen
Printed in Germany · ISBN 3-423-01414-8

1

Ich bin ein Amerikaner, geboren in Chicago – dieser finsteren Stadt – und gehe an Dinge im Freistil, so wie ich es mir selbst beigebracht habe, heran; und darum werde ich auch in der mir eigenen Art Bilanz ziehen und diesen Bericht schreiben.

Wer zuerst kommt, mahlt zuerst! So wie's anklopft, manchmal mit einem unschuldigen, manchmal mit einem weniger unschuldigen Klopfen, so wird's hereingelassen. Aber das Wesen eines Menschen ist sein Schicksal – sagt Heraklit –, und am Ende kann doch nichts über die wahre Natur dessen, was da pocht, hinwegtäuschen, weder spielerische Lautmalerei der Fingerknöchel gegen die Tür noch Glacéhandschuhe.

Jeder weiß, daß Unterdrückung von Teilen eines Ganzen, fein säuberlich nur auf ein Teil begrenzt, nicht möglich ist; unterdrückst du auch nur ein Teil, werden auch die anderen Teile des Ganzen davon in Mitleidenschaft gezogen.

Meine Eltern bedeuteten mir nicht viel, wenn ich auch für meine Mutter zu sorgen übernommen hatte. Sie war einfältig, und wenn ich durch sie etwas gelernt habe, dann nicht durch ihre Belehrungen, sondern vielmehr auf dem Wege eines gewissen Anschauungsunterrichtes. Die arme Frau, sie hatte nicht viel zu lehren. Meine Brüder und ich, wir liebten sie. Ich spreche für sie beide. Bei dem Älteren ist es sicher genug; für Georgie, den Jüngsten, muß ich die Antwort geben – denn er kam als Idiot auf die Welt –, brauche mich aber dabei keinesfalls auf Vermutungen zu stützen, weil er ein Lied hatte, das er immer sang, wenn er in seinem steifbeinigen Idiotentrott schwerfällig im Hinterhof den Stacheldrahtzaun entlang auf und ab lief:

Georgie Mahtschie, Augie, Simmie
Winnie Mahtschie, lieben alla alla Mamma.

Bei allen hatte er damit recht, außer bei Winnie, der kurzatmigen, alten, überfütterten Pudelhündin von Oma Lausch. Mamma war Winnies wie auch Oma Lauschs Bedienerin. Schnaufend und furzend lag Winnie dicht neben dem Stuhl der alten Dame auf einem Kissen, das mit dem Bild eines Berbers, der eine Flinte auf einen Löwen richtet, bestickt war. Winnie gehörte persönlichst Oma, sie gehörte zu ihrem Gefolge; wir, die dann noch übrigblieben – und besonders Mamma –, waren die »Untertanen«. Den Teller mit dem Futter für den Hund hatte Mamma Oma hinüberzureichen, und Winnie bekam ihr Fressen zu Füßen der alten Dame, aus ihrer Hand. Diese Füße und diese Hand, sie waren klein. Bekleidet waren Omas Beine mit einer bestimmten Art locker gewebter Baumwollstrümpfe, und die Schlüpfer, die sie trug, waren grau und hatten rosa Bändchen – ah, das Grau dieses Filzes, das Grau der Despotie über die Seelen! Mamma jedoch hatte große Füße und trug im Hause Männerschuhe, in denen gewöhnlich die Schnürsenkel fehlten. Auf dem Kopf hatte sie eine Staub- oder Bohnerkappe, bei deren Anblick man meinen konnte, es hätte jemand versucht, aus Baumwolle die phantastische Nachbildung eines Gehirns zu schaffen. Mamma war sanftmütig und groß und hatte wie Georgie treuherzige, runde Augen, sanfte, grüne, runde Augen; die Farbe ihres langen Gesichts war von milder Frische. Ihre Hände waren von der Arbeit gerötet, von ihren Zähnen – wenn ich mein Wort halten will, das, was ich zu sagen habe, so wie es anklopft, nach der Reihe zu sagen – von ihren Zähnen also waren ihr nur sehr wenige geblieben, und sie und Simon trugen die gleichen sich aufreifelnden Strickjacken. Zu runden Augen hatte Mamma auch kreisrunde Augengläser, die ich mit ihr von der Armenfürsorge in der Harrison Street holen ging. Nachdem Großmutter Lausch mir den Text abgehört hatte, ging ich los, um zu lügen. Heute weiß ich, daß man gar nicht notwendigerweise zu lügen brauchte. Aber damals dachte jeder, man müsse es tun. Besonders Oma Lausch, die so eine Art Machiavelli war, wie man sie in engen Straßen, unter kleinen Leuten, in seiner nächsten Nachbarschaft finden kann, glaubte es, und so waren meine Jungenjahre erfüllt davon. So erteilte mir Oma beim Frühstück ihre Anweisungen, die sie sich bereits lange vorher ausgedacht hatte. Sie mußte Stunden, in ihrem engen, kalten Zimmer unter dem Federbett ganz klein verkrochen, damit zugebracht haben, die Idee und ihre Ausführung Satz für Satz auszuknobeln. Die Idee war, Mamma sei zu schüchtern, um das Nötige zu erhalten, sie hätte keinen Mut. Es fiel uns nicht ein, daß man dazu vielleicht gar nicht mutig zu sein brauchte, für uns hieß es: Kampf. Die Leute in der Harrison Street würden wohl wissen wollen, warum keine der Wohltätigkeitsorganisationen für die Brillengläser aufkommen wollte. Also darfst du nichts von Wohltätigkeitsorganisationen erwähnen. Nur vielleicht, daß mein Vater manchmal Geld schicke und manchmal nichts komme und daß Mamma Leute in Pension nehme. Das war, in einer delikaten und sehr gewählten Art ausgedrückt, wahr, wobei gewisse, gewichtige Fakten ignoriert, übersprungen wurden. Es war genug von der Wahrheit für *die* da, und mit meinen neun Jahren fand ich das vollkommen richtig, mehr als mein Bruder Simon, der für diese Art von Manövern zu aufrichtig war und sich aus Büchern einige Ehrbegriffe englischer Schuljungen zu eigen gemacht hatte. So hatte ein Buch wie *Tom Browns Schulzeit* für einige Jahre einen Einfluß auf ihn, dem nachzugeben wir nicht in der Lage waren. Wir konnten uns das einfach nicht leisten.

Simon war ein blonder Junge mit starken Backenknochen und großen, grauen Augen und mit Armen wie ein Kricketspieler – soweit ich es nach Bildern beurteilen kann, denn wir haben nie etwas anderes als Fußball gespielt. Was seinem britischen Gebaren widersprach, war sein patriotischer Zorn gegen Georg III. Der Bürgermeister gab zu dieser Zeit Direktiven an den Schulrat, Geschichtsbücher zu beschaffen, die etwas schärfer mit dem König umgingen, und Simon erregte sich sehr über den General Cornwallis. Ich verehrte dieses patriotische Aufbrennen, seinen ungeheuren persönlichen Zorn gegen den General und seine Befriedigung über sein Überlaufen bei Yorktown, die ihn oft übermannten, wenn wir mittags dabei waren, unsere Brote zu essen. Oma hatte nachmittags ein Stück Suppenhuhn, und manchmal bekam der kleine, borstenköpfige Georgie den Hühnerhals, den er liebte und anblies, das aufrechtsteife Ding mehr liebkosend als es abkühlend. Dieser martialische, bis aufs Blut wahrhafte Stolz Simons aber machte ihn ungeeignet für die Geschick verlangende Aufgabe, die mit der Armenfürsorge gestellt war. Er war zum Lügen zu hochnäsig und hätte statt dessen eher jeden angezeigt. Auf mich konnte man bei solcher Sache zählen, denn sie machte mir Freude. Ich liebte ein bißchen Strategie. Ich hatte auch Begeisterungsfähigkeit, darin war ich wie Simon, obwohl bei Cornwallis nicht mehr viel für mich zu holen war und ich genausogut die Begeisterung Oma Lauschs teilen konnte. Und was die Wahrheit der Angaben, die ich machen sollte, angeht – nun, es war tatsächlich so, daß wir einen Pensionär hatten. Oma Lausch war unser Pensionär und in keiner Weise mit uns verwandt. Sie wurde von zwei Söhnen unterstützt, der eine lebte in Cincinnati und der andere in Racin im Staate Wisconsin. Die Schwiegertöchter wollten sie nicht, und so lebte sie bei uns, die Witwe eines mächtigen Kaufmannes aus Odessa, der einer Gottheit gleich über unseren Häuptern thronte, kahl und schnurrbärtig, mit einer feisten Nase, großartig, mit einem Cutaway und zweireihiger Weste gepanzert, die mächtige Knöpfe zeigte; seine bläuliche Fotografie, von Mr. Lulov vergrößert und retuschiert, hing in der Diele und verdoppelte sich zwischen den Portikussäulen des großen Stehspiegels mit dem Ofen, dessen Kuppel dort ansetzte, wo dem Bild die untere Hälfte fehlte. Bei uns zu leben, zog Oma Lausch anderen Lösungen vor, weil sie gewohnt war, ein Haus zu führen, zu kommandieren, zu regieren, anzuordnen, sich etwas auszudenken, auszuhecken und in all den Sprachen, die sie kannte, zu intrigieren. Sie warf mit Französisch und Deutsch neben Russisch, Polnisch und Jiddisch nur so um sich – und wer außer Mr. Lulov, dem Retuschierkünstler aus der Division Street, hätte beurteilen können, wie gut ihr Französisch war? Und dieser wie mit drei steifen Rückgraten sitzende, galante Teetrinker war auch ein ganz munterer Schwindler. Abgesehen davon, daß er einmal Droschkenkutscher in Paris gewesen war und, wenn er die Wahrheit darüber sagte, unter anderem auch Französisch verstanden haben mag, außer anderen Dingen, wie mit einem Bleistift zwischen den Zähnen Musik zu machen, oder zu singen und dabei mit einer Handvoll Geld den Takt zu markieren, mit dem Daumen auf der Tischkante ein Tänzchen aufzuführen und schließlich Schach zu spielen.

Wie Timur spielte Oma Lausch, ob sie nun Schach oder Klammern spielte, mit genüßlich katzenhafter Schärfe und blitzendem Gold in ihren Augen. Klammern, oder wie sie es nannten, *Klabyasch*, spielte sie mit Mr. Kreindl, einem Nachbarn, der sie das Spiel gelehrt hatte. Er war ein mächtiger Mann mit großem Bauch und knorrigen Händen. Mit diesen harten Händen schlug er, seine Karten abwerfend, auf den Tisch und schrie: *»Schtoch! Jasch! Mentél! Klabyasch!«* Oma sah ihn mit verkrampftem Gesicht an. Sie sagte oft, nachdem er gegangen war: »Wer einen Ungarn zum Freund hat, braucht keinen Feind mehr.« Aber Mr. Kreindl hatte nichts von einem Feind an sich. Er hörte sich manchmal wegen seiner bellenden Kasernenhofstimme nur bedrohlich an. Er hatte der alten österreichisch-ungarischen Armee angehört und hatte etwas Soldatisches an sich: einen Nacken, der sich beim Schieben von Kanonenrädern gestrafft hatte, das Rot eines Feldsoldaten im Gesicht, kraftvolle Backenmuskeln und Zähne mit

Goldkronen, grüne, vorstehende Augen und weiches, kurzes Haar, ganz napoleonisch. Seine Füße wiesen nach außen, nach dem Idealmuster Friedrichs des Großen, dabei war er aber etwa dreißig Zentimeter unter Gardemaß und verfügte über einen Herrenblick voll Unabhängigkeit. Kreindl und seine Frau – eine ruhige, bescheidene Person in ihren nachbarlichen Beziehungen, zu Hause aber handgreiflich zänkisch – und sein Sohn, ein Student der zahnärztlichen Fakultät, wohnten zusammen im Vorderhaus, im sogenannten »englischen Parterre«. Der Sohn hieß Kottie und arbeitete des Abends in der Apotheke an der Ecke. Er studierte in der Gegend des Gemeindespitals, und er war es gewesen, der Oma von der freien Armenfürsorge erzählt hatte. Besser gesagt, die Alte hatte ihn zu sich bestellt, um herauszufinden, was man aus diesen Staats- und Gemeindeeinrichtungen für sich herausschlagen könnte. Das war nämlich ihre Angewohnheit, Leute zu sich zu bestellen, den Fleischermeister, den Krämer, den Obsthändler, die sie dann in der Küche empfing, um ihnen zu erklären, daß die Marchs Rabatt bekommen müßten. Mamma hatte zumeist dabeizustehen, während die Alte erklärte: »Sie sehen, wie es ist. Ist da noch etwas hinzuzufügen? Kein Mann im Hause und Kinder, die durchgebracht werden wollen.« Das war ihr häufigstes Argument. Jedesmal, wenn Lubin, der Sozialpfleger, zu uns kam und in der Küche saß, gemütlich und kahlköpfig, mit seinen goldgeränderten Brillengläsern, von vertrauenerweckender Leibesfülle, mit einem geduldigen Mund, fuhr sie ihn an: »Was glauben Sie, wie man Kinder groß bekommt?« Während er zuhörte, versuchte er gemütlich zu bleiben, wurde aber langsam zu einem Mann, der entschlossen ist, einen Grashüpfer nicht aus der Hand springen zu lassen: »Nun, meine Liebe, Mrs. March sollte dann vielleicht Ihre Miete heraufsetzen.« Sie muß oft geantwortet haben – es gab Tage, an denen sie uns alle aus der Küche vertrieb, um mit ihm unter vier Augen zu sein –: »Wissen Sie, was hier los wäre, wenn ich nicht da wäre? Dankbar müßten Sie mir sein, daß ich hier alles zusammenhalte.« Ich glaube fest, sie sagte sogar: »Und wenn ich einmal sterbe, Mr. Lubin, dann werden Sie sehen, mit was Sie's zu tun haben.« Davon bin ich hundertprozentig überzeugt. Uns gegenüber aber wurde nichts erwähnt, was die Macht ihrer Herrschaft hätte schwächer erscheinen lassen können, indem sie ihr Ende in Aussicht stellte. Außerdem hätte es uns arg getroffen, etwas davon zu hören, und sie, mit ihrer ans Wunderbare grenzenden Kenntnis von uns, konnte dem, was wir dachten, ungewöhnlich nahe sein; sie war eine Königin, die genau wußte, wieviel Liebe, wieviel Hochachtung und wieviel Furcht vor der Macht ihre Untertanen ihr gegenüber empfanden; und daher verstand sie, wie sehr uns die Erwähnung ihres möglichen Todes getroffen hätte. Mit Lubin aber, aus Gründen der Politik und auch, weil sie Gefühle darstellen mußte, die sie gewiß auch empfand, redete sie Tachliss. Er blieb in ihrer Gegenwart in einer geduldigen Qual, als ob er »Erlöse mich von solchen Betreuten« beten wollte, obwohl er versuchte, als Herr der Lage zu erscheinen. Er hielt seine Melone zwischen die Schenkel geklemmt fest – seine Anzüge waren immer knapp im Schritt und zeigten weiße Socken über seinen grobkappigen Schuhen, mit Gehfalten, schwarz und an den Zehen ausgebeult – und sah in sie hinein, als überlegte er sich, ob es vielleicht gut sei, den Grashüpfer jetzt ein Weilchen auf dem Hutfutter sitzen zu lassen.

»Zahlen tue ich, was ich mir leisten kann«, sagte Oma Lausch.

Sie holte ihr Zigarettenetui unter ihrem Schal hervor, zerschnitt eine Murad mit ihrer Nähschere in zwei Teile und griff nach ihrer Zigarettenspitze. Das geschah noch zu einer Zeit, als Frauen nicht zu rauchen pflegten, mit Ausnahme der *Intelligentsia*, und dazu zählte sie sich. Die Spitze fest zwischen ihrem schmalen, dunklen, bleckenden Zahnfleisch, von wo ihre ganze List, Tücke und Herrschsucht ihren Weg nahm, hatte sie ihre besten strategischen Einfälle. Sie war runzlig wie eine alte Papiertüte, ein Autokrat, hart gepanzert und jesuitisch, ein niederstoßender, alter, bolschewistischer Geier, ihre kleinen, grauen, bebänderten Füße ruhig auf der Schuhputzrutsche, die Simon in der Werkunterrichtsstunde gemacht hatte, und die vermottete, alte, wollkrausige Winnie, deren Gestank die ganze Wohnung erfüllte, neben sich auf dem Kissen. Daß Einfälle und Unzufriedenheit nicht unbedingt zusammengehören, das habe ich aber nicht von der Alten gelernt, die nie zufriedenzustellen war. Auf Kreindl zum Beispiel konnte sie sich immer verlassen. Er brachte uns die Kohlen herauf, jedesmal wenn Mamma krank war, und gab Kottie Befehl, unsere Rezepte umsonst zu erledigen. Trotzdem nannte sie Kreindl »diesen ungarischen Dreck!« oder »den chazerischen Ungarn«. Kottie war für sie »der Bratapfel« und Mrs. Kreindl »die geheime Gans«; Lubin »der Schustersohn«, der Zahnarzt »der Schlächter« und unser Metzger »der feige Schwindler«. Den Zahnarzt, der verschiedene Male ohne Erfolg versucht hatte, ihr ein Gebiß zu verpassen, haßte sie. Sie beschuldigte ihn, ihr das Zahnfleisch zu verbrennen, wenn er die Abdrücke nahm. Aber war er dabei, versuchte sie, seine Hände von ihrem Munde wegzuziehen. Ich sah, wie sie das machte: der gleichmütige, vierschrötige Dr. Wernick, der sich mit seinen starken Armen hätte einen Bären vom Leibe halten können, war bei ihr peinlichst behutsam, richtete sich nach ihren erschreckten Aufschreien, fühlte sich für sie verantwortlich und erduldete ihre ihn zerkratzenden Fingernägel. Sie dort derart ringen zu sehen, war keine leichte Sache für mich, und auch Dr. Wernick bedauerte, daß ich dabei war, ich weiß; aber entweder Simon oder ich mußten ihr zur Seite sein, wohin sie auch ging. Für diesen Weg verlangte sie nun besonders nach einem Augenzeugen der Grausamkeiten Dr. Wernicks, seiner Plumpheit, ebenso wie nach einer Schulter, an die sie sich anlehnen konnte, wenn sie schwach nach Hause zurückging. Bereits mit zehn Jahren war ich nur ein bißchen kleiner als sie und groß genug, um das kleine Gewicht ihrer Gestalt zu stützen.

»Du hast es gesehen, wie er seine Pranken über mein Gesicht gelegt hat, daß ich überhaupt nicht atmen konnte?« sagte sie. »Gott hat ihn zum Schlächter erschaffen. Warum mußte er Zahnarzt werden? Er hat zu schwere Hände. Das Fingerspitzengefühl ist bei einem Zahnarzt das Wichtigste. Geht es mit seinen Händen nicht, sollte man ihn nicht zum Praktizieren zulassen. Aber seine Frau hat schwer geschuftet, damit er studieren und sie aus ihm einen Zahnarzt werden lassen konnte. Und ich muß ausgerechnet zu ihm gehen und dafür von ihm verbrannt werden.«

Wir übrigen mußten zur Krankenkasse der Armenfürsorge gehen, wo sich unzählige Zahnarztstühle – Hunderte von ihnen standen in einem Raum von der Größe eines ungeheuren Zeughauses – und grüne Schalen mit dem Schliff der Muster gläserner Früchte und wie Insektenbeine als Zickzacke in der Luft schwebende Bohrer und Bunsenbrenner auf schwenkbaren Porzellantabletts zu einem Alptraum unendlich monotoner Vervielfältigung verdichteten. Dazu in der Harrison Street über den Sandsteinfassaden der Verwaltungsgebäude düstre Gewitterschwüle. Und schwerfällige, rote Straßenbahnwagen mit metallenen Gitterverzierungen vor den Fenstern und eisernen, Kaiserbärten gleichenden Schutzgestängen vorn und hinten schwankten und klirrten, und ihre Bremsen, gesalzen mit Asche, Rauch und Präriestaub, keuchten in das matschige Braun eines Winternachmittags oder das nackte, steinige Braun eines Sommernachmittags, und es gab lange Aufenthalte bei den Hospitälern, um Krüppel, Klumpfüße, Bucklige, solche mit Chromgestängen an den Beinen, andere mit Bruchbändern und Zahn- und Augenleidende und all das übrige aussteigen zu lassen.

Also ehe ich mit meiner Mutter wegen der Augengläser wegging, wurde ich jedesmal von der Alten mit Verhaltungsmaßregeln versehen und mußte mich hinsetzen und aufmerksam zuhören. Meine Mutter mußte dabeisein, damit keine Widersprüche entstünden. Ihr mußte eingeübt werden, nichts zu sagen. »Vergiß nicht, Rebecca«, pflegte Oma zu wiederholen, »laß ihn alle Fragen beantworten.« Worauf Mamma in ihrer Ergebenheit nicht einmal ja zu sagen wagte und nur dasaß und ihre langen Hände über dem Schmeißfliegenglanz des Kleides gefaltet hielt, das die Alte für sie zum Tragen 'rausgesucht hatte. Die Farbe ihrer Haut war sehr gesund und zart. Keiner von uns erbte das gleiche Maß dieser Farbe oder die Form ihrer Nase mit den schrägen Nasenflügeln, die ein wenig die Nase von unten sehen ließen. »Du hältst dich heraus. Wenn sie dich etwas fragen, dann siehst du so zu Augie hinüber.« Und sie machte vor, wie Mamma sich mir zuzuwenden hatte. Sie machte das unglaublich genau, wenn sie nur fähig gewesen wäre, etwas von ihrer gewohnten Grandezza dabei aufzugeben. »Sag überhaupt nichts, wenn du nicht gefragt wirst«, sagte sie zu mir. Meine Mutter war besorgt, daß ich ehrlich und treu werden sollte. Simon und ich waren ihre Wundertaten oder Zufälle; Georgie war ihr wahrhaft eigenes Werk, mit dem sie wieder ihrem Schicksal überlassen blieb, zu ihm zurückkehrte, nachdem ihr unerwarteter Segen und Erfolg beschieden gewesen waren. »Augie, höre auf Oma. Hör zu, was sie sagt«, war alles, was sie zu sagen wagte, wenn die Alte ihre Pläne aufdeckte.

»Wenn sie dich fragen: ›Wo ist dein Vater?‹, dann sagst du: ›Ich weiß nicht wo, Miß‹. Wie alt sie auch sein mag, du darfst niemals vergessen, ›Miß‹ zu sagen. Wenn sie wissen will, wo er das letztemal gewesen sei, als du von ihm gehört hättest, dann mußt du ihr sagen, daß er das letztemal eine Geldanweisung vor zwei Jahren aus Buffalo, New York, geschickt habe. Sag nicht ein Wort über die Wohlfahrt. Die Wohlfahrt darfst du nie erwähnen, hörst du? Niemals. Wenn sie dich fragt, wie hoch die Miete sei, antworte ihr, achtzehn Dollar. Wenn sie dich fragt, woher ihr das Geld nähmt, sag, ihr hättet Untermieter. Wie viele? Zwei Untermieter. So, jetzt sag mir, wie hoch ist die Miete?«

»Achtzehn Dollar.«

»Und wie viele Untermieter?«

»Zwei.«

»Und wieviel bezahlen die?«

»Wieviel soll ich sagen?«

»Acht Dollar die Woche, jeder.«

»Acht Dollar.«

»Du kannst mit vierundsechzig Dollar im Monat nicht privat zu einem Arzt gehen. Allein die Augentropfen kosteten mich, als ich ging, fünf. Und er verbrühte mir die Augen. Und diese Brille« – sie pochte auf das Etui – »kostet zehn Dollar das Gestell und fünfzehn die Gläser.«

Niemals, außer notwendigerweise bei solchen Gelegenheiten, wurde mein Vater erwähnt. Ich bestand darauf, ihn in Erinnerung zu rufen. Simon wies das zurück, und er hatte recht damit. Ich liebte es, mir meinen Vater vorzustellen.

»Er trug eine Uniform«, sagte ich. »Ich erinnere mich ganz genau. Er war Soldat.«

»Den Teufel war er. Du weißt ja überhaupt nichts darüber.«

»Vielleicht Matrose?«

»Den Teufel war er. Er fuhr einen Lastwagen für die Hall Brothers Wäscherei in Marshield, das war es, was er tat. *Ich* habe gesagt, daß er eine Uniform getragen hat. Der Affe sieht, Affe tut, Affe hört und Affe sagt.« Der Affe war Anlaß vieler Gedanken zwischen uns. Auf einem Seitenbord einer Etagere aus Turkestan hatten wir, die bekannten drei Affen mit bedeckten Augen, Ohren und Mäulern »nichts Böses sehen, nichts Böses sprechen, nichts Böses hören« als eine Art niedrigerer Dreifaltigkeit wie Hausgötter stehen. Der Vorteil bei kleineren Göttern ist, daß man ihren Namen, wie man will, auch »unnütz« führen kann. »Ruhe im Saal, der Affe wünscht das Wort – sprich, Affe, sprich.« »Der Affe und der Bambusbär, sie spielten in dem Gras ...« Doch die Affen konnten mächtig und nebenbei auch Ehrfurcht gebietend sein, und dazu tiefe Gesellschaftskritiker, wenn die alte Frau wie ein Dalai Lama – für mich hatte sie schließlich immer etwas Asiatisches – auf die hockenden braunen drei deutete, deren Mäuler und Nasenlöcher mit blutroten scharfen Linien aufgemalt waren, um dann mit profundem Witz, mit ihrer unfreundlichen und schließlich doch rührenden Größe zu sagen: »Niemand verlangt von dir, daß du die ganze Welt lieben sollst, nur *ehrlich*, honett, sollst du sein. Sei nicht vorlaut. Je mehr du Leute liebst, um so mehr werden sie dich in Schlamassel bringen. Ein Kind liebt, eine Person respektiert. Respekt ist besser als Liebe. Der Affe da in der Mitte, das ist Respekt.« Es kam uns nie in den Sinn, daß sie selbst sich heillos gegen den niedergeduckten Sprich-nichts-Böses, der seine Lippen hinter seinen Händen verbarg, versündigte. Aber zu keiner Zeit fiel es uns ein, Kritik an der Alten zu üben, schon gar nicht, wenn die ganze Küche von den Schwingungen eines großen Grundsatzes erfüllt war.

So über den Kopf des armen Georgie hinweg hielt sie uns ihre Vorlesungen. Er pflegte Winnie zu küssen, als wäre sie in früheren Tagen einmal die zänkische Zofe der alten Dame gewesen und nun ein schläfriger, weitsichtiger Misanthrop und geeigneter Gegenstand des Respekts nach Jahren eines gutgemeinten, aber nicht eigentlich liebenswerten Tätigseins. Aber Georgie liebte Winnie – und Oma, die er auf den Ärmel und auf das Knie küßte, indem er das Knie oder den Arm in seine beiden Hände nahm und seine Unterlippe vorschob. Keusch, dorftölpelhaft, zärtlich streichelnd, hingebungsvoll und beflissen, wenn er seinen kleinen Rücken dabei vorbeugte, seine Bluse sich über ihm bauschte, glich er mit seinem stachligen, dichten, weißschimmernden Haar einer Klette oder einer Sonnenblume, aus der man alle Samenkörner herausgeklaubt hat. Die alte Dame ließ sich von ihm umarmen und sprach dann auf folgende Weise zu ihm: »Heh, du Junge, *cleverer* Junge, du hast die alte Oma gern, nicht wahr, mein Minister, mein *Cavalier*? Blitzjunge. Du weißt, wer es gut mit dir meint, wer dir Hühnerhälschen und Nacken gibt? Nun, wer? Wer macht die Nudeln für dich? Ja, Nudeln sind schlüpfrig und schwer mit einer Gabel zu fassen und mit den Fingern schwer zu halten. Hast du gesehen, wie die kleinen Vögel an dem Wurm ziehen? Der kleine Wurm möchte lieber in der Erde bleiben. Der kleine Wurm will nicht herauskommen. Genug jetzt, du machst mein Kleid naß.« Und dann stieß sie scharf seine Stirn mit ihrer alten, mädchenhaften, herrschenden Hand von sich, dabei stets gedankenvoll ihrer Pflicht eingedenk, mich und Simon weise zu belehren, uns ein kritisches Licht mehr über die Treuen, Liebenden und Einfachen, umgeben von den Beherzten und Sich-Durchsetzenden, aufgesteckt zu haben: über eine Natur im Kampf ums Dasein, mit Vögeln und Würmern und einer verzweifelten Menschheit ohne Gefühl. Illustriert durch Georgie. Aber die eigentliche Illustration dazu war nicht Georgie, sondern Mamma mit ihrer auf Liebe gegründeten Dienstbarkeit, einfältig und mit drei Kindern sitzengelassen. Das war es, worauf die alte Lady Lausch jetzt in der späten Weisheit ihres Lebens zusteuerte, die Idee, daß sie nun eine zweite Familie hatte, die sie führen mußte.

Was wohl Mamma dabei gedacht haben mag, wenn mein Vater bei jedem notwendigen Anlaß zur Sprache gebracht wurde? Sie saß gefügig da. Ich stelle mir vor, daß sie an einige Einzelheiten dabei dachte – an eine Speise, die er gemocht, vielleicht Fleisch mit Kartoffeln, vielleicht Kohl oder Preiselbeersoße; vielleicht, daß er gestärkte Kragen oder weiche Kragen nicht mochte; vielleicht daran, daß er die *Evening American* oder das *Journal* mit nach Hause brachte. Sie dachte an so etwas, weil ihre Gedanken immer einfach waren, aber sie fühlte sich verlassen, und größeres Leiden als bewußt geistiges gab ihrer Einfachheit einen dunklen Anstrich. Ich weiß nicht, wie sie vorher zurechtgekommen ist, als wir, im Stich gelassen, allein lebten, bis Oma kam und eine lenkende Hand an unser Familienleben legte. Mamma überließ ihre Verfügungsrechte, von denen ihr möglicherweise niemals bewußt geworden war, daß sie ihr eigentlich zustanden, und sie ertrug schicksalshalber ihre Bestrafung zu nie endender Fronarbeit; sie nahm einen Platz ein, stelle ich mir vor, unter den Frauen, die von einer überlegenen Macht der Liebe erobert wurden, jenen Frauen gleich, deren sich Zeus, in den besten Fällen in Tiergestalt, bemächtigt hatte und die sich danach vor seinem rasenden Weibe in acht zu nehmen hatten. Es ist nun nicht so, daß ich meine große, sanfte, verbrauchte, scheuernde und schleppende Mutter als einen Flüchling von unglaublicher Schönheit vor so einem klassischen Zorn oder unseren Vater als einen marmorbeinigen Olympier sehe. Sie hatte in einer Großschneiderei für Mäntel, in einem Dachgeschoß in der Wells Street, Knopflöcher benäht, und er war ein Wäschefahrer – und als er verduftete, blieb kaum mehr als ein Foto von ihm zurück. Und doch gebührt ihr ein Platz unter jenen Frauen nach dem tieferen Recht derer, die unausgesetzt dafür bezahlen. Und was die Rache der legitimen Frau anbetrifft, dafür war Oma Lausch da; sie war zuständig, den Strafvollzug nach dem Recht der Legitimität zu vollziehen, indem sie die Hauptgestalt ehelichen Weibtums vertrat.

Doch die alte Dame hatte ein Herz. Ich will gar nicht behaupten, daß sie keins hatte. Sie war tyrannisch und bildete sich viel ein auf ihre Lüster, ihre Dienstboten und Gouvernanten in Odessa, aber obwohl sie sich selbst hatte durchsetzen können, wußte sie, was es bedeutet, durch Leichtgläubigkeit zu Fall zu kommen. Mir begann das klarzuwerden, als ich später einige der Romane las, nach denen sie mich immer in die Bücherei zu schicken pflegte. Sie lehrte mich das russische Alphabet, damit ich mich unter den Titeln zurechtfinden konnte. Einmal jedes Jahr las sie *Anna Karenina* und *Eugen Onegin*. Gelegentlich geriet ich in die Nesseln, wenn ich ihr ein Buch brachte, das sie nicht verlangt hatte. »Wie oft werde ich dir noch sagen müssen, daß ich kein Buch haben will, auf dem nicht *Roman* steht? Du hast nicht hineingeschaut. Sind deine Finger zu schwach, das Buch einmal aufzumachen? Dann sollten sie auch zu schwach sein, um Ball zu spielen oder in deiner Nase zu bohren. Aber dafür hast du genug Kraft mitbekommen! *Boshe moi!* Herr des Himmels! Du hast nicht mal ein Katzengehirn, daß du zwei Meilen läufst und mir ein Buch über Religion anbringst, nur weil auf dem Deckel Tolstoi gedruckt steht.«

Die alte *grande dame*, ich will sie nicht schlechtmachen. Sie war mißtrauisch gegen etwas, was *gewesen* sein könnte, einen erblichen Stich, eine Familienuntugend, die uns untergraben haben könnte. Sie wünschte nichts von Tolstoi über Religion zu lesen! Sie hatte kein Vertrauen zu ihm als Familienvater, weil die Gräfin soviel Ärger mit ihm gehabt hatte. Aber obwohl sie niemals in die Synagoge ging, Brot zum Passah aß, Mamma zum Schweineschlächter schickte, weil das Fleisch dort billiger war, Hummer in Büchsen und andere verbotene Speisen liebte, war sie doch kein Atheist und Freidenker. Mr. Anticol, das alte Gerümpel, der war einer. Sie nannte ihn (frag mich warum) »Rameses«, vielleicht nach der Stadt, die zusammen mit Pithom in den alten Schriften genannt wird. Sie sagte nicht, was sie sich dabei vorstellte. Er war ein wirklicher Rebell gegen Gott. Eisig und verschlossen pflegte sie sich anzuhören, was er ihr zu erzählen hatte, ohne sich selbst dazu zu äußern. Er war rauhrot im Gesicht und düster. Seine specklederne Sergekappe ließ ihn ihn flachköpfig erscheinen, und sein Rufen nach Lumpen, altem Eisen – »al' Aii-sen« sang er – hatte seine Stimme brüchig und heiser werden lassen. Er hatte storres Haar, widerspenstige Augenbrauen und verachtende braune Augen. Er war ein nachdenklicher, stachliger, nachgiebiger alter Mann. Oma kaufte eine Serie der *Encyclopedia Americana* – ich glaube, es war die Ausgabe von 1892 – von ihm und sah darauf, daß Simon und ich sie lasen; und auch er fragte uns jedesmal, wenn er uns traf: »Wie steht's mit der Serie?«, und glaubte, wie ich mir denke, daß man aus ihr Mißachtung der Religion lernen würde. Das, was aus ihm einen Atheisten gemacht hatte, war ein Juden-Pogrom in seiner Heimatstadt. Aus dem Keller, in dem er versteckt war, sah er, wie ein Arbeiter auf den eben getöteten jüngeren Bruder seiner Frau pißte. »Da rede mir keiner mehr von Gott«, sagte er. Aber gerade er redete dauernd von Gott. Und während Mrs. Anticol fromm blieb, gehörte es zu seiner Vorstellung großartigen Apostatentums, an hohen Feiertagen vor die Reform-Synagoge zu fahren und seine triefäugige Mähre zwischen die luxuriösen, drahtspeichigen, hochtourigen Autos der reichen Juden zu stellen, die dort, als wären sie im Theater, ihre Köpfe entblößten – ein Zug von Unterwürfigkeit, der ihm bis ans Ende seines Lebens grimmiges Vergnügen bereitete. Er erkältete sich im Regen und starb an Lungenentzündung.

Oma, vom gleichen Schlag, steckte zum Todestag von Mr. Lausch eine Kerze an, warf als eine Art Opfergabe, wenn sie beim Backen war, einen Fetzen Teig auf die Kohlen, hatte Beschwörungen für zahnende Babys und Sprüche gegen den bösen Blick. Das war Religion für den Hausgebrauch und hatte nichts mit dem gewaltigen Gott der Schöpfung zu tun, der die Wasser zurückweichen ließ und Gomorrha in die Luft jagte, aber es war doch wenigstens so etwas wie Religion am Rande. Und während wir an diesem Rande standen, will ich nun die Polen erwähnen – wir waren kaum eine Handvoll Juden unter ihnen in der Nachbarschaft – und die geschwollenen, blutenden Herzen an jeder Küchenwand bei ihnen, die Heiligenbilder, die an den Türen befestigten Körbe voll Trauerblumen, die Kommunions-, Oster- und Weihnachtsfeste. Und manchmal wurden wir gejagt, gesteinigt und als Christusmörder verhauen; wir alle, selbst Georgie, wurden, ob wir damit einverstanden waren oder nicht, zu diesem Geheimbund gerechnet. Aber ich empfand niemals besonderen Kummer darüber, dachte nicht daran, über diese Ungehörigkeit nachzubrüten, war auch viel zu verspielt und außer Rand und Band und heiter, um mir so etwas zu Herzen zu nehmen. Ich betrachtete das als ebensowenig einer besonderen Erklärung bedürftig wie die Pflasterstein- und Knüppelkriege der Straßenbanden oder das Umherschwärmen des Lumpengesindels aus dem Viertel an einem Herbstabend, um Zäune umzureißen, Mädchen nachzurufen und zu grölen oder wildfremde Leute zu verhauen. Es war nicht meine Natur, mir mit Sorgen den Schädel zu ermüden, daß ich für so ein okkultes Geschäft geboren worden wäre, obwohl selbst einige meiner Freunde und Spielkameraden plötzlich inmitten dieser Rudel aufzutauchen pflegten, von beiden Enden der Straße ankommend, um einen in eine Falle zwischen den Häusern zu treiben. Simon hatte weniger unter ihnen zu leiden. Die Schule nahm ihn mehr in Anspruch, und dann hatte er sich irgendwie seine eigene Welt zusammengezimmert und war im wesentlichen bestimmt von Lesebuchfiguren wie Natty Bumppo (wie wir Kinder Napoleon Bonaparte nannten), Quentin Durward, Tom Brown oder dem Clark von Kaskaskia, dem Boten, der die guten Nachrichten aus Ratisbon brachte, und einigen anderen, die ihn mehr mit sich beschäftigt sein ließen. Dagegen war ich ein kleiner Anfänger, genauso wie er mich nie dazu bekam, mich stundenlang mit seinem Sandow-Muskelformer zu beschäftigen oder Kraftriemen zur Stärkung der Handgelenke umzuschnallen. Ich war Freundschaften leicht zugänglich, und die meiste Zeit über blieben sie älterer Bindungen wegen begrenzt. Am längsten war ich der Kumpel von Staschu Kopecs, dessen Mutter eine Hebamme war, die ihre Prüfung an der Äskulapschule für Hebammen in der Milwaukee Avenue gemacht hatte. Obwohl sie gut zu tun hatte – die Kopecs hatten ein elektrisches Klavier und in allen Zimmern Linoleum –, war Staschu ein Dieb, und um mit ihm zusammen zu sein, stahl ich auch: Kohlen vom Wagen herunter – Wäsche von der Leine – Kleingeld vom Zeitungsstand weg, hauptsächlich um der Genugtuung willen, die mir meine Geschicklichkeit bereitete. Staschu dagegen erfand das Spiel, sich im Keller auszuziehen und sich dann mit den Mädchenkleidern zu verkleiden, die von der Wäscheleine geklaut waren. Dann tauchte er auch in einer Bande auf, die mich an einem kalten Nachmittag, an dem sehr wenig Schnee lag, aufgriff, während ich auf einer Eierkiste saß, die im Dreck eingefroren war, und, meinen Hals voll Zuckerstaub, Nabisco-Waffeln aß. Vor allen anderen war da ein Thag* in Junghosen, ungefähr dreizehn, aber für sein Alter kleiner als es sonst Dreizehnjährige sind, der hart war und bekümmert dreinsah. Er kam heran, um mich anzuschuldigen, und der lange Moonya Staplanski, gerade erst aus der St.-Charles-Erziehungsanstalt entlassen und Anwärter auf die von Pontiac, steifte ihm den Rücken dabei.

»Heh, du Itzig, du hast meinen Bruder gehauen«, sagte Moonya. »Du hast ihm 'nen Sechser weggenommen. Wovon sonst haste dir die Kekse gekauft, wa'?«

* *Thag:* Mitglied einer fanatischen Würgerbande.

»Ich hab' sie von zu Hause.«

Dann entdeckte ich Staschu, der sich, strohköpfig und boshaft grinsend, über seinen Verrat fast zum Erbrechen freute und über seine neue, zur Schau gestellte Brüderschaft mit den anderen befriedigt war, und ich sagte zu ihm: »Heh, du verlauster Bettnässer, Staschu, du weißt ganz genau, daß Moonya überhaupt gar keinen Bruder hat.«

In dem Augenblick schlug mich der Thag, und die ganze Bande, Staschu und die anderen fielen über mich her, rissen die Schnallen von meinem Schafspelzmantel und schlugen mir die Nase blutig.

»Wer hat die Schuld?« sagte Oma Lausch, als ich nach Hause kam.

»Weißt du, wer? Du, Augie, weil du nichts anderes zu tun hast, als dich mit diesem Piß-ins-Bett, diesem Sohn einer *akkoucherka*, herumzutreiben. Gibt sich Simon mit ihnen ab? Simon nicht. Dazu ist er zu klug.« Ich dankte meinem Herrgott, daß sie nichts von den Diebstählen wußte. Und in gewisser Weise, weil sie eben einen Sinn für Pädagogik hatte, habe ich den Verdacht, daß sie es ganz zufrieden war so, damit ich einmal sähe, wohin es führte, wenn man seine Sympathien zu rasch vergibt. Aber Mamma, das beste Beispiel dieser Schwäche, war entsetzt. Sie wagte es nicht, ihre Empfindungen, gegen die Autorität der alten Dame, während des Verhörs vernehmen zu lassen. Als sie mich aber mit in die Küche genommen hatte, um mir Umschläge zu machen, besah sie sich meine Kratzwunden seufzend und mir zuflüsternd aufmerksam aus der Nähe, während Georgie lang und weiß hinter ihr herumstolperte und Winnie unterm Ausguß Wasser aufleckte.

2

Nach dem zwölften Lebensjahr setzte uns die Alte im Sommer zum Geldverdienen an die frische Luft, damit wir einen Geschmack vom Leben und den Anfangsgründen des Geldverdienens bekämen. Für mich hatte sie schon vor der Zeit etwas zu tun gefunden. Da gab es eine Tagesklasse für Hilfsschüler, und hatte ich Georgie dort zur Schule gebracht, meldete ich mich in Sylvesters Star-Theater zum Austragen von Handzetteln. Oma hatte das mit dem Vater von Sylvester ausgemacht, den sie von den Laubenplätzchen der Alten im Park her kannte.

Wenn so wunderbares Wetter war, daß wir es sogar in unserer Hinterhofwohnung merkten – die Alte liebte es warm und windstill –, so pflegte sie in ihr Zimmer zu gehen und sich ihr Korsett (Andenken an Zeiten, zu denen sie voller gewesen war) und ihr schwarzes Kleid anzuziehen. Mamma machte ihr dann immer eine Flasche mit Tee fertig, und angetan mit einem blumengeschmückten Hut und einem geschwänzten Pelz, der auf ihrer Schulter von klauenverzierten Ösen zusammengehalten wurde, ging sie zum Park. Mit einem Buch in der Hand, das sie niemals zu lesen beabsichtigte. Dafür gab es in der Laube zuviel zu besprechen. Es war ein Plätzchen, wo Heiraten beschlossen wurden. So fand dort, ungefähr ein Jahr nach dem Tode des alten Atheisten, Mrs. Anticol ihren zweiten Mann. Dieser Mann, ein Witwer, kam ausschließlich zu dem Zweck, wieder zu heiraten, von Iowa City heruntergefahren, und nachdem die beiden geheiratet hatten, erzählte man sich, daß er sie in seinem Hause wie eine Gefangene halte und sie dazu bringe, ihm ihren ganzen Besitz zu überschreiben! Oma gab nicht vor, darüber traurig zu sein. Sie sagte: »Arme Berta«, aber sie sagte es mit dem ihr eigenen Humor, in dem sie nicht zu überbieten war, dünn und voller Schwingungen wie eine stählerne Geigensaite, und sie tat sich etwas darauf zugute, ihre Hände von einer derartigen Wiederverheiratung gelassen zu haben. Ich habe schon sehr früh den Gedanken aufgegeben, alte Leute kämen einmal zur Ruhe damit, worauf sie in jüngeren Jahren aus waren. Aber gerade das wollte uns die Alte glauben machen – »eine alte *Baba* wie ich« –, und dementsprechend nahmen wir sie beim Wort, eine alte, uneigennützige, weise Frau zu sein, die jede Eitelkeit abgelegt hatte. Aber wenn sie niemals einen Heiratsantrag bekam, so kann ich nicht sagen, daß ihr das gleichgültig gewesen wäre. Sie konnte doch nicht auf einen Roman wie *Anna Karenina* oder auf *Manon Lescaut*, ein weiteres ihrer Lieblingsbücher, das ich anzuführen hätte, für nichts und wieder nichts so erpicht gewesen sein? War sie dazu in der richtigen Stimmung, dann rühmte sie sich ihrer Taille und ihrer Hüften, und wenn sie niemals von der mir bekannten Macht und Herrlichkeit Abschied nahm, so ist mir klar, daß sie nicht nur einer alten Gewohnheit folgte, wenn sie in ihr Schlafzimmer ging, um sich ihr Korsett anzuziehen und sich ihr Haar aufzustecken, sondern um doch noch einen siebzigjährigen Wronsky oder Des Grieux aufs Korn zu nehmen. Manchmal redete ich mir sogar ein, jenseits ihrer fleckigen gelben Haut und ihrer Runzeln und trockenen Haarsträhnen in ihren Augen eine jüngere, von Ressentiments erfüllte Frau zu sehen.

Aber wonach sie auch in jener Laube für sich selbst aus war, so vergaß sie uns dabei nicht und verschaffte mir durch den alten Sylvester, der wegen seiner weißen Leinenhosen und der weißen Golfmütze »Bäcker« genannt wurde, die Arbeit mit den Handzetteln.

Er hatte den Tatterich, was die Witzbolde sagen ließ, wäre er wirklich Bäcker, müßte er besonders schöne Brötchen backen. Aber er hielt sich sauber, war lakonisch und im Zentrum seiner blutunterlaufenen Augen ernsthaft, versöhnlich, wenn man die wenigen ihm noch verbleibenden Tage bedachte; mit einem Nervenzucken, das genau in der Kurve seines weißen Hufeisenschnurrbartes auslief. Ich denke mir, daß ihre Tour mit ihm sich wie gewöhnlich auf die Familie, die sie zu schützen hatte, bezog.

So ging Sylvester mit mir zu seinem Sohn, einem jungen Burschen, den Geld- oder Familienängste ständig in Schweiß zu halten schienen. Irgend etwas, sein Schattengeschäft und die Verlorenheit leerer Sitzreihen um zwei Uhr nachmittags, wenn der Geiger eben nur für ihn und den Mann in dem Kasten mit den Vorführapparaten spielte, ließ ihn leiden, und wegen der paar Pimperlinge für mich wurde ihm ganz elend zumute. Deshalb spielte er den starken Mann. Er sagte: »Es hat Jungs gegeben, die die Zettel in die Gullys gesteckt haben. Zu dumm, wenn ich dahinterkomme. Und ich habe Mittel und Wege dazu.« So wußte ich, daß er mir vielleicht eine Strecke meines

Weges folgen würde, und ich hielt Ausschau in den Straßen nach seinem Kopf mit dem dünnen Haar auf dem kahl werdenden Schädel, nach seinen von Sorgen verwundeten Augen, die braun wie die Augen eines Bären waren. »Ich kenne genug Tricks, um jedem Faulpelz auf die Schliche zu kommen, der glaubt, er könnte es bei mir auf die schnelle machen«, warnte er mich. Aber als er glaubte, ich sei vertrauenswürdig – und zum Anfang war ich es, indem ich seinen Anordnungen folgte, die Handzettel gefaltet in die Briefschlitze aus Messing über den Klingelknöpfen zu stecken und nicht die öffentlichen Briefkästen damit zu verstopfen und ihm Ärger mit der Post zu machen –, da lud er mich zu Selterswasser und Türkischem Honig ein und sagte, daß er daran dächte, aus mir einen Billettabreißer zu machen, wenn ich etwas gewachsen sei, oder mir die Bedienung der Puffreismaschine anzuvertrauen, die er sich anzuschaffen gedachte; und in einem der nächsten Jahre wollte er einen Manager engagieren, damit er zum Armour-Institut zurückkehren und seinen Diplom-Ingenieur machen könnte. Er hatte nur noch ein paar Semester zu studieren, und seine Frau drängte ihn, es zu tun. Wenn er mit mir sprach, hielt er mich, nehme ich an, für älter als ich war, wie auch die Leute in der Krankenkasse und wie es auch sonst oft geschah. Ich verstand noch nicht alles, was er mir erzählte.

In jedem Fall hatte er sich, wenn auch nur ein wenig, in mir getäuscht. Als er nämlich davon erzählte, wie die anderen Jungs die Handzettel in den Gully geworfen hätten, hatte ich das Gefühl, daß ich nicht hinter ihnen zurückstehen dürfe, und wartete auf eine Gelegenheit für mich. Oder ich gab ganze Packen dieser Zettel an die Kinder aus der Taubstummenklasse, wenn ich nachmittags, um Georgie abzuholen, zur Hilfsschule ging, die wie ein Zuchthaus aussah und aus dem gleichen Backstein gebaut war wie das Eishaus und die Kistenfabrik, die ihre größten Nachbarn waren. Es herrschte diese große Düsterheit in der Schule, wie man sie in der ganzen Welt im Kittchen hat, mit hohen Decken, die mit einem Blick nicht zu fassen sind, mit ausgetretenen Dielen. Im Sommer – ein Flügel beherbergte auch dann die Hilfsschüler – hörte man, wenn man hereinkam, statt des Scherengeklappers und des Rhabarber-Rhabarber-Gemurmels Papierketten klebender Kinder und der lauten Anordnungen der Lehrer das Sprühen aus dem Eishaus.

Ich saß auf den Treppenstufen und teilte die übriggebliebenen Handzettel auf, und wenn Georgie aus der Stunde kam, half er mir dabei, sie loszuwerden. Danach nahm ich ihn bei der Hand und führte ihn nach Hause.

Sosehr er Winnie liebte, vor fremden Hunden entsetzte er sich, und da er Winnies Geruch an sich hatte, zog er die fremden auf sich. Dauernd beschnüffelten sie seine Beine, und ich hatte die Taschen voller Steine, um sie damit zu werfen.

Dies war der letzte müßige Sommer. Im folgenden, sogleich mit dem Beginn der Ferien, wurde Simon als Laufjunge in ein Kurhotel in Michigan geschickt, und ich zog zu Coblins an den nördlichen Stadtrand, um Coblin beim Zeitungsaustragen zu helfen. Ich mußte zu ihnen ziehen, weil die Zeitungen um vier Uhr morgens in die Bude kamen und wir mehr als eine halbe Stunde Straßenbahnfahrt von dort weg lebten. Aber das bedeutete nicht, daß ich vollkommen fremden Leuten übergeben worden wäre, denn Anna Coblin war die Kusine meiner Mutter, und dementsprechend wurde ich als Familienangehöriger behandelt. Hyman Coblin kam meinetwegen extra mit seinem Ford angefahren; Georgie heulte auf, als ich aus dem Haus ging; er hatte eine Art, seine Gefühle zu zeigen, wie es Mamma unter der Fuchtel der Alten nicht konnte. Georgie mußte im Wohnzimmer eingeschlossen werden. Ich setzte ihn neben dem Ofen nieder und ging. Kusine Anna weinte für alle anderen mit und bepflasterte mich mit Küssen vor ihrer Haustür, da sie mich vor Schmerz über den Abschied von zu Hause stumm fand – eine sehr vorübergehende Gefühlsäußerung bei mir und zumeist, wie auch jetzt, von Mamma ausgeborgt, die ihre Söhne unzeitig in hartes Ungemach getrieben sah. Aber Anna Coblin, die für mich die Verhandlungen geführt hatte, weinte am meisten. Ihre Füße waren nackt, ihr Haar ungeheuer und ihr schwarzes Kleid falsch geknöpft. »Ich will dich wie meinen eigenen Sohn halten«, versprach sie, »wie meinen Howard.« Sie nahm mir meinen leinenen Wäschesack ab und brachte mich in Howards Zimmer, das zwischen der Küche und der Toilette lag, unter.

Howard war durchgebrannt. Zusammen mit Joe Kinsman, dem Sohn des Leichenbestatters, hatte er gelogen, er sei älter, und war in das Marinekorps eingetreten. Ihre Familien versuchten, sie wieder da 'rauszuholen, aber in der Zwischenzeit waren sie nach Nicaragua ausgelaufen und kämpften dort gegen Sandino und seine Aufständischen.

Anna Coblin grämte sich so furchtbar, als ob ihr Sohn bereits tot sei. Und da sie über großen Umfang und eine unglaubliche Energie verfügte, brachte sie alle möglichen Auswüchse hervor. Selbst solche physischer Natur: Muttermale, Leberflecken, Haare, Stirnbeulen, eine gewaltige Schwellung des Nackens. Sie hatte spiraliges, rötliches Haar, das mit einer nicht zu übersehenden Schönheit und Üppigkeit ihrem Schädel entsprang und sich, wenn es auseinanderging und sich sträubte, ineinander verschlang. Im Nacken war es wie ein Entenschwanz gestutzt und bildete hoch über den Ohren unregelmäßige Wirbel. Ihre Stimme, die ursprünglich stark gewesen war, hatten Weinen und Asthma verkrüppelt, wie auch aus dem gleichen Grund das Weiße ihrer Augen die Farbe von Kupfer angenommen hatte, im ganzen ein brennendes, übelgelauntes, vermiestes Gesicht und ein Geist, der weder durch Gedanken gezügelt noch durch gelassene Feststellungen gezähmt war, die andere Leute fähig machen, größere Unbill zu ertragen, als sie ausuzuhalten hatte. Denn – wie Oma Lausch sagte, diesen Fall mit ihrer gewohnten Befriedigung am Wesentlichen auf eine allgemeinere Ebene zurückführend – was wollte sie denn noch, eine Frau wie sie? Ihre Brüder hatten für sie einen Mann gefunden, ihm ein Geschäft eingerichtet, dazu hatte sie zwei Kinder im eigenen Haus und nebenbei etwas Grundbesitz. Sie wäre vielleicht andernfalls heute noch in der Fabrik für Putzgarnierungen in der Wabash-Avenue hinter dem Loop-Viertel, wo sie hergekommen war. Das war der Kommentar, den wir zu hören bekamen, nachdem Kusine Anna, um mit ihr zu sprechen, gekommen war – wie man zu einer weisen Alten kommt –, unter einem Berg von Kleidungsstücken, mit Hut und in Schuhen, am Küchentisch sitzend und sich im Spiegel betrachtend, wenn sie sprach, nicht unabsichtlich, sondern unaufhörlich, grausam, mit zornerfüllten Ausbrüchen dabei; selbst im Augenblick größter Bitternis, selbst als sich ihr Mund unter Tränen breit verzog, beobachtete sie sich unausgesetzt. Mamma, ihren Kopf mit einem Tuch umwunden, war dabei, über der Gasflamme ein Huhn abzusengen.

»*Dorogaja,* nichts wird deinem Sohn passieren – er wird zurückkommen«, sagte die Alte, während Anna schluchzte. »Andere Mütter haben ihre Söhne auch dort.«

»Ich hab' ihm *hundertmal* gesagt, sich nicht mit dem Leichenbestatter abzugeben. Was war das denn für eine Freundschaft? Er zerrte ihn nur in die Sache 'rein.«

Sie war mit den Kinsmans soweit, sie Mordbrut zu nennen; und ich fand heraus, daß sie einen Umweg um mehrer Blocks beim Einkaufen machte, um die Kinsman-Kapelle zu vermeiden, obwohl sie früher immer damit renommiert hatte, daß Mrs. Kinsman – eine große, frische, argwöhnisch dreinblickende Frau – eine Logenschwester und Freundin von ihr sei. Die reichen Kinsmans! Coblins Onkel, ein Bankbeamter, wurde durch Kinsmans Bestattungsinstitut begraben, und Friedel Coblin ging mit Kinsmans Tochter zusammen zum gleichen Stimmbildner. Die Friedel hatte den Sprachfehler, den Moses gehabt hatte, dem der Schutzengel (»Feuer! Wasser! Kohle!«) die Hand bis zur Kohle geführt hatte, und sie brachte ihr Stottern später zu geläufigem Sprechen. Jahre danach, bei einem Fußballspiel, wo ich heiße Würstchen verkaufte, hörte ich sie; sie erkannte mich nicht mit meiner weißen Mütze, die ich an diesem Tage trug; aber ich erinnerte mich, wie ich ihr *When the Frost is on the Punkin'* * abgehört hatte. Und ich rief mir auch den Schwur Kusine Annas wieder ins Gedächtnis, daß Friedel meine Frau werden sollte, wenn ich groß wäre. Während sie von Willkommenstränen überfloß, hatte sie mich an sich gepreßt, damals an jenem Tage auf der Schwelle ihres Hauses: »Hör, Oogie, du wirst mein Sohn, der Mann meiner Tochter sein, *mein Kind*!« In diesem Augenblick hatte sie Howard wieder einmal tot gesehen und verlorengegeben. Sie hielt den Gedanken an diese Heirat ständig wach. Als ich mir beim Schärfen des Rasenmähers in die Hand schnitt, sagte sie: »Bis du heiratest, wird es heil sein«, und dann: »Ich schwöre dir, es ist besser, man heiratet jemanden, den man sein ganzes Leben lang gekannt hat. Nichts ist schlimmer als Fremde. Hörst du? Hör auf mich!«

So hatte sie die Zukunft genau vermessen und wie eine Landkarte festgelegt, weil die kleine Friedel ihr so ähnlich war, daß sie im Vorauswissen ihrer Schwierigkeiten lebte. Sie selbst hatte doch dahin gestoßen werden müssen, dank der groben »Vorsehung« ihres Bruders – keine Mutter, die ihr hätte helfen können. Und möglicherweise fühlte sie, daß sie von der gestauten Kraft ihrer Instinkte zerbrochen worden wäre, kinderlos, wenn man keinen Mann für sie gefunden hätte. Und die Tränen, die sie der Ungeborenen wegen vergossen hätte, würden sie so gewiß wie das Flüßchen Ophelias ertränkt haben. Je eher verheiratet, desto besser. Wo Anna herkam, da war für Kindheit sowieso nie Platz gewesen. Ihre eigene Mutter war mit dreizehn oder vierzehn verheiratet worden, bis dahin blieben Friedel

* Altes Negerlied: »Wenn der Rauhreif auf dem Kürbis ...«

nur noch vier oder fünf Jahre zu warten. Anna selbst hatte diese Altersgrenze um mindestens fünfzehn Jahre überschritten. Wie ich mir vorstelle, hatte sie die letzten paar Jahre, bis Coblin sie heiratete, in furchtsamem Kummer zugebracht. Aus dieser Erfahrung war sie jetzt schon auf dem Kriegspfad und sah in jedem jungen Mann eine Partie für Friedel, wobei ich annehme, daß ich nicht der einzige, wohl aber eine Zeitlang der greifbarste war, der versprechend erschien. Und Friedel wurde gestriegelt, mit Musik und Tanzstunden ebenso wie mit Stimmbildung und Besuchen bei der besten Gesellschaft der Nachbarschaft. Kein anderer Grund hätte Anna bewegen können, einer Loge beizutreten; sie war als Frau zu düster und ein rechter Hausspuk, und es bedurfte eines großen Zwecks, um sie Wohltätigkeitsveranstaltungen und Basare besuchen zu lassen.

Für jeden, der versuchte, ihr Kind schlechtzumachen, war sie ein höchst unangenehmer Feind und streute vernichtende Gerüchte über ihn aus. »Die Klavierlehrerin hat mir selbst gesagt... Jeden Sonnabend war es die gleiche Geschichte... Wenn sie zu Minnie Carson ging, um ihr Stunden zu geben, versuchte dieser Mister, sie hinter der Tür an sich zu ziehen.« Ob wahr oder nicht, bald wurde so was zu ihrer Überzeugung. Daran änderte nichts etwas, wer sie auch zur Rede stellte, oder ob auch die Lehrerin kam, um sie zu bitten, doch mit dem Gerede aufzuhören. Aber Carsons hatten Friedel zum Geburtstag nicht eingeladen und sich so Kusine Anna zu einer hingebungsvollen, rücksichtslosen Feindin korsischen Formats gemacht.

Und nun, da Howard weggelaufen war, waren alle ihre Feinde irgendwie als Agenten und Abgesandte der Hölle mit daran schuld, und sie lag weinend im Bett und verfluchte sie: »O Gott! Herr der Schöpfung, mögen ihre Hände und Füße verfaulen und ihre Köpfe zu Staub werden«, oder sie wünschte ihnen andere grandiose Dinge, die zu ihrer Alltagssprache gehörten. Als sie im Licht eines Sommertages, das durch die Schatten und den Trompetenbaum im Vorgarten gemildert war, flach auf dem Rücken lag, unter Kompressen, Handtüchern und Lumpen, war ihr Oberkörper von bemerkenswerter Hoheit, ihre Fußsohlen hoben sich von den Laken wie mit Graphit hingewischt ab – wie die Füße unglückseliger Krieger in den vom Spanienfeldzug Napoleons zerstörten Ortschaften. Fliegen ritten übereinander auf der langen Schnur des Lichtschalters, während sie keuchte und sich selbst voll Qual und Furcht zerfleischte. Sie hatte den Willen eines Märtyrers, um im Paradies bis zum Tage des Jüngsten

Gerichts einen zerquetschten Kopf in der von Eva und Hannah angeführten Schar der schmerzensreichen Mütter zu tragen. Denn Anna war furchtbar religiös und hatte ihre eigenen Vorstellungen von Zeit und Raum, so daß Himmel und Ewigkeit nicht in allzu großer Ferne lagen; sie hatte die Dinge auf ihre Segmente gebracht, verflacht und ineinandergeschoben wie ein Fernrohr oder wie die Treppen und Flure des Turms zu Pisa, während Nicaragua in einer Entfernung lag, die zweimal dem Umfang der Erde entsprach, wo der Knirps Sandino – und was *er* für sie war, liegt außerhalb meiner Vorstellungskraft – dabei war, ihren Sohn zu töten.

Der Schmutz im Hause und besonders in der Küche nahm inzwischen erstaunliche Ausmaße an. Aber trotz alledem, mit geschwollenen und entzündeten Augen, schwer auf den Beinen, am Telefon unverständlich brüllend und ihr Gesicht wie beleuchtet von diesem Gorgonenhaar, das sie schließlich mit königlicher Würde bekleidete, wurde sie doch irgendwie mit ihren Pflichten fertig. Sie hatte das Essen für die Männer zur rechten Zeit fertig, sie sah danach, daß Friedel ihre Klavier- und Sprechübungen ausführte, daß das eingenommene Geld geprüft, gezählt, sortiert und, wenn Coblin nicht zur Hand war, es selbst zu tun, eingerollt wurde und daß die neuen Bestellungen erledigt wurden.

»*Der... jener...* Oogie, das Telefon klingelt. Hörst du, vergiß nicht zu sagen, daß die Sonnabendnachmittagsausgabe von jetzt an extra ist!«

Und als ich auf Howards Saxophon zu blasen versuchte, da konnte ich mal erleben, wie schnell sie aus dem Bett war und durch das Haus kam. Sie raste in das Zimmer, riß mir das Ding mit einem Griff weg und gellte: »Immer nehmen sie ihm seine Sachen weg!« auf eine Art, die meine Haut, vom Kopf den ganzen Nacken hinunter, sich zusammenkrampfen ließ. Und ich erkannte, wieweit ein Schwiegersohn – zugegeben, nur ein in Aussicht genommener – neben ihrem Sohn Respekt erwarten konnte. Sie vergaß mir diesen Tag nicht, obwohl sie wußte, daß sie mich verletzt hatte. Aber ich vermute, daß ich weniger verletzt dreinsah, als ich mich fühlte, und sie folgerte daraus, daß ich zu keinem Gefühl der Reue fähig sei. In Wirklichkeit war es mehr das, daß ich nicht nachtragend sein konnte, im Unterschied zu Simon mit seiner Vorstellung von Ehre aus dem »Alten Süden« und seiner gefährlichen Bereitschaft zum *cododuello*, das in dieser Zeit seine Spezialität war. Nebenbei gesagt, wie konnte man gegen jemand, der so furchtbar war, anhaltenden Groll hegen? Und selbst als sie mir das Saxophon aus der Hand riß, jagte sie ihrem Bild, das der kleine Spiegel auf der Kommode zurückwarf, nach. Ich ging in den Keller hinunter, wo die Fensterladen für den Sturm und die Werkzeuge lagen, und dort, nachdem ich mir darüber klargeworden war, daß ich nicht einfach nach Hause zurückgehen könne, um schließlich von Oma Lausch doch wieder hergeschickt zu werden, interessierte ich mich dafür, warum die Toilette tropfte, nahm den Deckel vom Wasserkasten und verbrachte meine Zeit da unten mit Basteln, während über meinem Kopf sich die Dielen der Küche bogen und knirschten.

Das mußte *Five Properties*, Annas riesiger Bruder, sein, der mit schwerfälligen Beinen durchs Haus ging; gebeugt und mit langen Armen, dem der Kopf aus dicken Muskeln so natürlich wie ein Baumknorren aus seinem Rücken herauswuchs. Sein Haar war weich und von einem grünlichen Braun, die Augen waren vollkommen grün, klar, abschätzend, primitiv und geringschätzig, ein Eskimolächeln von primitiver Einfachheit, das sich über Eskimozähnen öffnete, die in breitem Zahnfleisch saßen. Er liebte es, andere aufzuziehen, war zum Spaßen aufgelegt und dabei unehrlich. Alles in allem ein großfüßiger Recke, der reich werden wollte. Er fuhr einen Milchwagen, eines dieser elektrischen Dinger, wo der Fahrer aufrecht wie ein Steuermann dasteht und Holz- und Blechkästen wie verrückt scheppern. Ein paarmal nahm er mich mit auf seine Tour und gab mir, damit ich ihm half, die leeren Flaschen einzusammeln, einen halben Dollar. Als ich versuchte, mit einem vollen Kasten fertig zu werden, fühlte er mich ab, Rippen, Schenkel und Arme – das war etwas, was er zu tun liebte –, und sagte: »Noch nicht, damit mußt du noch warten«, stemmte den Kasten selbst hoch und schmetterte ihn neben den Eiskasten. Er brachte Leben in die stillen, kleinen, nach Schmalz riechenden polnischen Kramläden, die seine Haltestellen waren, kabbelte sich herum und verteilte nicht ernst gemeinte Püffe an die Ladenbesitzer, Kopf an Kopf ein bißchen ringend, oder er beschimpfte auf italienisch die Italiener »Fick dich ins Knie!« und hielt ihnen drastisch einen steifen Arm unter die Nase. Er verschaffte sich ungeheuer viel Behagen. Und er war sehr gerissen, wie seine Schwester sagte. Und es war noch nicht so lange her, daß er aus dem Zusammenbruch von Imperien für sich ein wenig profitiert hatte, indem er russische und deutsche Leichen waggonweise auf polnisches Ackerland gefahren hatte, wo sie unter die Erde gebracht wurden; und da hatte er nun Geld auf der Bank, besaß Anteile bei der Meierei und hatte sich im jiddischen Theater den wiegenden, prahlerischen Gang des dortigen Liebhabers abgeguckt, den jeder genauso an ihm haßte, wie sein ewiges: »Fünf Guthaben – *Five Properties.* Masse Geld.«

An einem Sonntagmorgen, als die Ballonhändler in die Süße und Stille der laubigen Straße und in den blauen Himmel hineintuteten, kam er zum Frühstück herunter in einem weißen Anzug, der schön zu seinen Zähnen kontrastierte, das skythische Haar glatt heruntergekämmt unter einem Strohhut. Dessenungeachtet hatte sich sein Alltagsgeruch nach Milch noch nicht verflüchtigt. Aber wie herrlich fand er sich doch an diesem Morgen, windgebräunt, so durch und durch herzlich. Seine Zähne, sein Zahnfleisch und seine Bäckchen vereinten sich zu einem unwiderstehlichen Grinsen.

Er kniff seine kupferäugige Schwester, die finster unter Tränen vor sich starrte.

»Annitschka.«

»Geh, Frühstück ist fertig.«

»Fünf Guthaben, Masse Geld.«

Ein Lächeln stahl sich über ihr Gesicht, dem sie grämlich widerstand. Aber sie liebte ihren Bruder.

»Annitschka.«

»Geh! Mein Kind ist vermißt. Die Welt ist ein Chaos.«

»Fünf Guthaben.«

»Mach keinen Unsinn. Du wirst einmal selbst ein Kind haben, und dann wirst du wissen, was *wichtig* ist.«

Five Properties machte sich nicht die geringsten Sorgen um den Abwesenden oder den Toten und sagte das frei heraus. Zum Teufel mit ihnen. Er hatte schließlich die Stiefel und Mützen toter Soldaten getragen, während die erstarrten Leichen in seinem Wagen von dem Geballer und Krachen durcheinanderrumpelten. Was er dazu zu sagen hatte, hielt sich gewöhnlich an das Vorbild der Spartaner oder der römischen Prokonsuln, rasch und hart: »Man kann nicht in den Krieg gehen, ohne Pulver zu riechen.«

»Wenn meine Großmutter Räder hätte, wär' sie ein Kinderwagen.« »Wer mit Hunden schlafen geht, wacht mit Flöhen auf.« »Da, wo du ißt, sollst du nicht kacken.« In jedem dieser Kernsätze eine einfache Moral, die auf das in dem »Außer dir selbst hat niemand schuld an deinem Unglück« oder, französisch gesagt – denn auch ich bin in der Hauptstadt der Welt gewesen –, auf ein »*Tu l'as voulu, George Dandin*«, hinauslief.

Woraus man sehen kann, welche Ansichten Five Properties darüber gehabt haben muß, daß sein Neffe zu den Soldaten gegangen war. Aber manchmal schonte er seine Schwester.

»Was willst du mehr? Letzte Woche hat er doch geschrieben.«

»Letzte Woche!« antwortete Anna. »Und was ist inzwischen geschehen?«

»Inzwischen hat er sich ein kleines Indiomädchen zum Kitzeln und Drücken genommen.«

»*Mein* Sohn nicht«, sagte sie, ihre Augen dem Spiegel in der Küche zuwendend.

Aber es stellte sich tatsächlich heraus, daß die Jungs irgend jemanden gefunden hatten, der sich mit ihnen zusammentat. Joe Kinsman schickte seinem Papa ein Foto von zwei langhaarigen Eingeborenenmädchen in kurzen Röckchen und Hand in Hand, ohne Kommentar. Kinsman hatte Coblin das Bild gezeigt. Die Väter waren, genaugenommen, nicht mißgestimmt; wenigstens waren sie nicht in der Verfassung, sich gegenseitig Mißvergnügen zu zeigen. Im Gegenteil. Aber Kusine Anna erfuhr nichts von dem Bild.

Coblin hatte seine eigenen väterlichen Ängste, aber nicht Annas Rage gegen Kinsman, und so hielt er die notwendige Verbindung zu ihm in seinem Büro aufrecht, weil der Leichenbestatter tatsächlich nicht wagen durfte, das Haus zu betreten. Allgemeiner gesprochen, Coblins Hauptinteressen lagen ohnehin außerhalb des Hauses, und das Leben, das er führte, bewegte sich gleichmäßig und wie auf gutgepflasterten Straßen. Verglich man ihn mit Anna und ihrem Bruder, dann erschien er klein, war aber in Wirklichkeit auch ganz schön groß, kräftig und kahl, säuberlich all seiner Haare beraubt, seine Gesichtszüge waren groß, etwas angerundet und abgeflacht, die Augen traten etwas hervor und zwinkerten auf eine Weise, die haarscharf an der Karikatur vorbeiging. Nimmt man diesen Tick, den er an sich hatte, auch gemeinhin als ein Zeichen von Schwäche, so bleibt zu sagen, daß sich gewisse Typen und Gewohnheiten so entwickeln, daß sie die bisherige Erfahrung der Menschen irreführen. Coblin ließ sich von Anna, Five Properties oder anderen Mitgliedern der Familie keineswegs unterkriegen. Er war irgendwie eine Art Bonvivant, hatte eigene Motive und daraus eine eigene Lebensart entwickelt, die darauf beruhte, als ein Mann zu gelten, mit dem es gefährlich ist, es auf einen Kampf ankommen zu lassen. Und Anna gab nach. Deshalb wurden seine Hemden stets mit Stäbchen in den Kragenspitzen in die Schublade gelegt, und sein zweites Frühstück, das er nach dem Austragen der Morgenausgabe aß, wenn er zurückkam, mußte aus Cornflakes und hartgekochten Eiern bestehen.

Die Speisen waren alle irgendwie erschreckend und wurden in großen Portionen serviert, denn Anna glaubte fest, daß Essen gut sei. Terrinen voll Makkaroni, ohne Salz, Pfeffer, Butter oder Soße, Kalbsbrägen geschmort, Lungenhaschees, Kalbsbeingelee, in dem kleine Büschel Kalbshaar waren, dazu Eier in Scheiben, kalter eingelegter Fisch, mit Brot vollgestopfte Kaldaunen, Mais-Fischsuppen aus Büchsen und große Flaschen voll Orangen-Selterswassers. Für Five Properties, der sich die Butter mit dem Finger aufs Brot schmierte, war das alles in bester Ordnung. Coblin, der bessere Tischmanieren hatte, klagte auch nicht und schien es als ganz natürlich anzusehen. Aber ich weiß, daß er anders aß, wenn er zu einer Versammlung der Zeitungsausträger in die Stadt ging.

Es begann damit, daß er seinen alten karierten Anzug, in dem er seine Tour machte, eine Tasche voller Zeitungen wie Millets *Sämann* umgehängt, mit einem neuen karierten Anzug vertauschte. Coblin bestieg dann die Bahn nach Ashland, einen Filz mit 'runtergezogener Krempe wie ein Kriminaler auf und großkappige Schuhe an. Er trug Abrechnungen und die *Tribune* bei sich. Die *Tribune* wegen der Serie über die *Gumps*, die Erfindung eines Witzblattzeichners, wegen Sportmeldungen und Börsenberichten – er spekulierte – und auch wegen der Neuigkeiten über die Gangsterschlachten. Er hielt sich auf dem laufenden, was sich um Colossimo und Capone in *Cicero* * und der O'Bannion-Bande auf der Nordseite abspielte. Das war um die Zeit, als O'Bannion zwischen seinen Blumen von jemand fertiggemacht wurde, der ihm die Hand mit dem Revolver mit einem freundlichen Griff festgehalten hatte. Zum Mittagessen ging Coblin in ein gutes Restaurant oder zu Reick, um Bohnen à la Boston und Vollkornbrot zu essen. Danach ging er zur Versammlung, wo der Vertriebsmanager seine Reden hielt. Hinterher Kuchen à la mode und Kaffee am Südende des Michigan-Loop, gefolgt von dem Besuch einer Grotesk-Revue am Haymarket oder im Rialto oder einem der billigeren Lokale,

* Berüchtigte Vorstadt von Chicago.

in denen Landpomeranzen oder Negermädchen bauchtanzten, so eines der unzweideutigen und weniger verspielten Etablissements.

Wiederum ist es unmöglich zu sagen, was Annas Vorstellung von dem Programm war, das Coblin in der Stadt absolvierte. Sie stand – so möchte man es ausdrücken –, auf der Entwicklungsstufe der zeltenden Hirten-Nomaden der Wüste und noch lange nicht auf der des pompösen Königsmahls des Belsazar in den vergangenen Tagen barbarischer Kulturblüte Babylons. Übrigens, was das betrifft, konnte man Coblin auch nicht für so entwickelt halten. Er war's nicht. Er war ein solider Mann mit relativ primitiven Gedankengängen, er betrachtete sein Geschäft mit größtem Ernst und wäre nie so spät in der Stadt geblieben, daß es ihm schwer geworden wäre, zu der gewohnten Stunde, vier Uhr morgens, aufzustehen. Er spielte an der Börse, aber das war auch Geschäft. Er pokerte, aber niemals um mehr, als er in seinen von Kleingeld ausgebeutelten Taschen bei sich trug. Er hatte nicht die auf lange Sicht bohrende Untugend der Leute an sich, die einen erst durch ihre Milde für sich einnehmen und von denen sich dann herausstellt, daß sie die ganze Zeit über gegraben und unterhöhlt haben, so wie skeptische Richter, die dann darauf stolz sind, mit dem Finger auf gut beleumundete Köpfe zeigen zu können, wenn sie an anrüchigen Orten aus der Erde brechen. Im großen ganzen war er mit mir zufrieden, wenn er auch manchmal seine Touren hatte und mich triezte, beim Einlegen der Sonntagsbeilage schneller zu sein. Daran war meist Anna schuld in der Zeit, da sie den größten Einfluß auf ihn hatte und ihn zwang, ihr im Qualm ihres Grabenkrieges Schützenhilfe zu leisten. Aber von sich aus hatte er einen vollkommen anderen Sinn für stillvergnügte Freuden, wie er sich beispielsweise offenbarte, als ich einmal unvorhergesehen im Badezimmer auf ihn stieß und er in der Badewanne in männlichster Verfassung, aufrecht, lag und sich in dem dampfigen, kleinen, fensterlosen Badezimmer, das mehr dem Winkel eines vollgepackten Laderaums glich, mit dem Schwamm betröpfelte. Wenn man darüber nachgegrübelt hätte, daß der Vater eines Marinekorpssoldaten und einer jungen Tochter und der Ehemann der Kusine Anna so würdelos entdeckt werden sollte – hätte man zu beunruhigenden Einsichten kommen können, viel beunruhigender, das sehe ich jetzt ein, als es das Ganze tatsächlich war. Aber meine Gedanken zu diesem Thema sind niemals von großem Ernst gewesen; ich brachte es nicht fertig, in meinem Cousin Hyman, den ich im großen ganzen als einen besonnenen und barmherzigen Menschen kannte, der immer sehr großzügig zu mir gewesen ist, plötzlich einen Lüderjahn zu sehen.

Im Grunde waren sie alle großzügig. Die Kusine Anna war eine sparsame Frau, ihr ewiges Klagelied war ihre Armut, und für sich selbst gab sie wenig aus, aber mir kaufte sie ein Paar Waldläuferstiefel für den Winter mit einem Fahrtenmesser am Stiefelschaft. Und Five Properties liebte es, Leckereien mitzubringen, Schachteln mit Milchschokolade und mit Papierspitzen beklebte riesige Kartons voll Bonbons, Eiswaffeln und gefüllte Kuchen. Coblin und er schöpften gern aus dem vollen. Ob es sich nun um gestreifte seidene Hemden, Ärmelhalter oder Strümpfe mit Uhren, Studentenfutter im Kino oder Zuckermais im Park handelte, wenn sie mit Friedel und mir rudern gingen, sie kauften selten unter dem Dutzend ein. Five Properties mit Scheinen, Cousin Hyman mit Haufen voll Kleingeld, so als wär's nichts. Es gab immer viel Geld zu sehen, in Tassen, in Gläsern und Steinkrügen und über Coblins Schreibtisch verstreut. Sie schienen sicher, daß ich nichts davon nehmen würde, und wahrscheinlich, weil alles so verschwenderisch war, nahm ich auch niemals was. Man konnte mich auch auf diese Weise leicht lenken, immer vorausgesetzt, daß man mir zutraute, daß ich begriff, um was es dabei ging, genauso, als ob Oma mir einen Auftrag erteilte. Dann war ich fähig, mein Herz mit der gleichen Unbekümmertheit selbst an Falschmünzerei zu hängen. So kam ich nicht auf die Idee, Dummheiten zu machen, und wenn man mich richtig behandelte, hätte man einen Cato aus mir machen können oder einen jungen Lincoln, der bei eisigem Sturmwind vier Meilen durch die Wildnis lief, um einem Kunden drei Cent zurückzuerstatten. Ich möchte nicht als einer gelten, der aus dem gleichen Holz geschnitzt ist wie dieser legendäre Präsident. Doch wären jene vier Meilen auch für mich keine Unmöglichkeit gewesen, wenn man nur die richtigen Saiten in mir angerührt hätte. Es hing ganz davon ab, auf welchen Weg ich gelenkt wurde.

Einen netten und strahlenden Kontrast dazu bildeten die freien Nachmittage, die ich zu Hause verbringen durfte. In Annas Haus wurden die Fußböden Freitag nachmittags aufgewischt, wenn sie sich vom Bett erhob und barfuß, nachdem sie mit dem Mop gewirtschaftet hatte, herumwatete und danach sauberes Papier ausbreitete, das die Nässe aufsog und trocknete und nicht vor Ende der Woche wieder aufgenommen wurde. Hier zu Hause dagegen roch man das tägliche Bohnerwachs, und alles stand nach überlegtem Plan am rechten Platz

– das Furnier glänzend, ausgelegte Servietten, Pfennigladenkristall, Elchschaufel, die Uhr gestellt – alles so ordentlich wie in einem Kloster oder an allen Orten, denen die Liebe Gottes durch eine einladend-gemütliche Häuslichkeit geneigt gemacht wird und die Dinge klar gegen das goldgerahmte Seestück tobender und tosender Sturmgewalten, die über ungeschützte Mauern Tod und Verderben bringend hereinbrechen, abgesetzt werden. Das Bett, in dem Simon und ich schliefen, geschwellt in aller Pracht mit kleinen Stickereien auf den Kissen; die Bücher (Simons Heldenbibliothek) in ordentlichen Reihen aufgestellt; die Collegewimpel in Reih und Glied an die Wand genagelt; die Frauen in der klaren, mauergebräunten Sommerluft des Küchenfensters häkelnd; Georgie inmitten der Sonnenblumen und grünen Wäschepfosten des Hofes, hinter der langsamen Winnie herstolpernd, die dem Geruch nachgeht, wo Spatzen sich niedergesetzt hatten.

Ich vermute, daß es mich bekümmerte zu sehen, daß Simon und ich abwesend sein konnten und das Haus ohne uns seinen ruhigen Gang weiterging. Mamma muß etwas davon gefühlt haben und machte meinetwegen soviel Umstände, wie nur erlaubt war. Sie hatte einen Kuchen gebacken, und ich war so etwas wie ein Gast an der gedeckten, mit marmeladegefüllten Schalen bestellten Tafel. Auf diese Weise wurde von der Tatsache, daß ich Geld verdiente, Notiz genommen, und ich empfand Stolz, die gefalteten Dollarscheine aus meinem Uhrentäschchen hervorzuholen. Doch wenn ich über einen der Späße der Alten lauter lachen mußte als gewöhnlich, ließ sich ein Stimmbruch hören, der wie das Echo meines Keuchhustens klang – also war ich nur insoweit über die Kindheit hinaus, und obwohl ich bereits breit zu werden begann und mein Kopf bis an die Grenzen seiner Wachstumsmöglichkeiten ausgewachsen war, mußte ich immer noch in kurzen Hosen und mit dem offenen weißen Etonkragen gehen.

»Na, sie müssen dir ja da großartige Sachen beibringen«, sagte Oma. »Das ist die Gelegenheit für dich, Kultur und feines Benehmen zu lernen.« Sie machte sich wichtig und brüstete sich damit, daß sie mich bereits erzogen und mir den letzten Schliff gegeben hätte und wir nichts mehr von fremden Einflüssen zu befürchten hatten. Aber eine kleine Anzüglichkeit war mit einbegriffen, geradeso für den Fall, daß da doch Gefahr sein sollte.

»Weint Anna immer noch?«

»Ja.«

»Den ganzen Tag über. Und was tut er dagegen? – Er guckt sie an und zwinkert mit den Augen. Und das Kind stottert. Es muß sehr unterhaltsam sein. Und Five Properties, dieser Apollo – hält er immer noch Ausschau nach einem amerikanischen Mädchen, um es zu heiraten?«

Das war ihre deftige, flinke Art. Mit ihren kleinen gelben Handknochen, dieser Hand, die wahrhaftig in Odessa einem Manne von wirklichem Gewicht angetraut gewesen war, mit dieser Hand drehte sie am Hebel, und die Wasser rauschten herein. Und der Tölpel versank – und mit ihm all sein Geld, seine Macht, sein Fett, die Seidenen und die Bonbonschachteln – und zurück blieb das gewitzte und feine Lächeln, mit dem sie die sich kräuselnden Wellen betrachtete. Um das alles verstehen zu können, wie ich es tat, muß man wissen, daß Oma sich am Waffenstillstandstage 1922, als sie um elf Uhr die Treppen herunterkam, den Fuß verstauchte, während die Fabriken einen feierlichen Salut aufbrausen ließen, zu dem sie eigentlich stillgestanden haben sollte. Damals hatte Five Properties sie aufgehoben und sie, während sie vor Schmerzen spuckte und das Gesicht verzog, rasch in die Küche gebracht. Aber ihre Erinnerung, die sich auf Vergehen und Rechtfertigungen beschränkte, die ihrem Gehirn so unauslöschlich wie die Patrizierrunzeln zwischen ihren Augen eingegraben waren, und ihre Unzufriedenheit waren ein Element und Teil ihrer Natur.

Five Properties war scharf aufs Heiraten. Er sprach mit jedem darüber und war natürlich auch bei Oma Lausch deswegen gewesen. Und sie setzte wie gewöhnlich ihre Maske auf, sah ihn aufmerksam und höflich an, während sie im geheimen Satz für Satz prüfte und das, was sie für ihre Akten haben wollte, einbehielt. Aber sie sah auch etwas dabei für sich herausspringen; eine Heiratsvermittlungsprovision. Sie lauerte auf Gelegenheiten, Geschäfte zu machen. Einst hatte sie das Einschmuggeln von einigen Emigranten aus Kanada meisterhaft fertiggebracht. Und zufällig erfuhr ich, daß sie mit Kreindl eine Vereinbarung über seine Nichte aus der Familie seiner Frau getroffen hatte und daß Kreindl als Schadchen auftreten sollte, während die Alte von sich aus Five Properties antrieb. Dieser Plan scheiterte, obwohl Five Properties am Anfang Feuer und Flamme war und, um sich vorzustellen, gestriegelt und gebügelt, bis zu den Eskimoschlitzen seiner Augen vom Rasieren glühend, in Kreindls Kellerwohnung eintrat, wo das Zusammentreffen stattfinden sollte. Aber das Mädchen war mager und blaß und gefiel ihm nicht. Was er sich vorstellte, war ein draller, springlebendiger, schwarzhaariger, volllippiger – auf Parties gehender – Pfirsich von einem Mädchen. Bei seiner Ablehnung war er doch gentlemanlike, ging mit dem Mädchen ein- oder zweimal aus; sie bekam eine dieser pikanten Sofaeckenpuppen und eine dieser knallroten Konfektschachteln auf Rädern von ihm, und damit war für ihn der Fall mit Anstand erledigt. Danach sagte die Alte, sie hätte ihn aufgegeben. Wie dem auch sei, ich glaube, daß ihre Vereinbarung mit Kreindl auch noch eine gewisse Zeit darüber hinaus bestand und Kreindl nicht aufgab. Er besuchte die Coblins weiter an den Sonntagen und erledigte, da er außerdem jüdische Neujahrskarten von einem Drucker zum Verkauf in Kommission hatte, damit ein doppeltes Anliegen. Das gehörte zu seiner Art von Geschäften, wie der Engroseinkauf von Ramsch und Versteigerungsgütern und der Besuch der Möbelgeschäfte in der Halsedt Street mit Leuten aus der Nachbarschaft, wenn er Wind davon bekommen hatte, daß sie eine Zimmereinrichtung kaufen wollten.

Er bearbeitete Five Properties mit aller Gerissenheit, und ich sehe sie vor mir im Schuppen palavern: Kreindl mit ausgestreckten Beinen und der seinem eifrig ergebenen Buckel eingebläuten Geschichte von seiner Dienstzeit bei den Soldaten, sein *Beefeater*-Gesicht aufgedunsen bis zur Stirn hinauf bei all den Vorzügen der jungen Lady des Tages: »Aus gutem Hause, von der Mutter eigener Hand gehegt und mit den reinsten und weißesten Speisen genährt, erzogen ohne ein rauhes Wort oder ein lautes Anfahren, zur rechten Zeit den Busen wölbend, und immer noch ohne Arg und Falsch, man könnte sagen, ›nichts als das reinste Täubchensüppchen bietend‹.« Und ich kann mich gut in die Gedanken von Five Properties versetzen, wie er zuhörte, die Arme über der Brust verschränkte, grinste und den Ungläubigen spielte. War sie tatsächlich so zart, so fein und so weiß? Und wenn sie nach kurzer Zeit in der Ehe von Rauheit und Grobheiten überfloß und in der Bequemlichkeit des Bettes lag und Feigenkekse aß, verdorben und faul, und mit der Jalousie Botschaften an geleckte Jungs signalisierte? Oder wenn der Vater von Bestechung lebte, ihre Brüder alle Bummelanten und Siebzehnundvier-Haifische, ihre Mutter eine leichte Person und Verschwenderin wären? Five Properties wollte schrecklich vorsichtig sein, und es fehlte ihm nicht an Warnungen und Vorsichtsmaßregeln von seiner Schwester, die zehn Jahre früher als er eingewandert war und ihn daher auf amerikanische Gefahren und auf die der amerikanischen Frauen, besonders für Neulinge hier aus der alten Heimat, stoßen konnte. Sie war dabei komisch, aber von grimmiger Komik, weil es Zeit kostete, die ihrer Trauer abgezogen wurde.

»Es wird etwas anders sein als mit mir, die ich das Leben kenne. Wenn sie einen Pelzmantel haben will wie ihre feinen Freundinnen, wirst du einen Pelzmantel kaufen müssen, und das frische, junge Ding wird sich nicht einen Augenblick darüber Sorgen machen, ob es den letzten Tropfen Blut von dir erfordert, das zu schaffen.«

»Nicht bei mir«, antwortete Five Properties, und das klang in gewisser Weise wie das »*Mein* Sohn tut das nicht!« seiner Schwester. Er rollte Brotkügelchen zwischen seinen dicken Fingern und rauchte, seine Augen grün, wach und kalt, dabei eine Zigarre. In seinen Unterhosen – der Nachmittag war heiß – geschäftig über den Abrechnungen, zwinkerte mir Coblin ein Extralächeln zu, als er beobachtete, wie ich mein Buch sinken ließ, um diese Unterhaltung mitanzuhören. Er nahm es mir nie übel, daß ich in seine Zurückgezogenheit im Badezimmer eingebrochen war; ganz im Gegenteil.

Was das Buch betrifft, es war Simons Exemplar der Ilias, und ich hatte gerade gelesen, wie die rosige Briseis von Zelt zu Zelt gezerrt wurde und Achilles seine Lanze in die Ecke stellte und seinen Panzer an den Nagel hing.

Die Coblins waren Frühaufsteher, sie gingen wie Farmer bald nach dem Abendessen zu Bett. Um halb vier war Five Properties als der erste auf und weckte Coblin. Coblin nahm mich zum Frühstück mit zu einem Treff an der Belmont Avenue, einer Schwemme für Nachtmenschen, Fernlastfahrer, Schaffner, Postangestellte und Scheuerfrauen aus den Büros des Loop-Viertels. Für Coblin gab's Berliner Pfannkuchen und Kaffee, für mich Eierkuchen und Milch. Hier war er in einer großen Stimmung von Familiarität zu den anderen Stammkunden, zu Christopher, dem Griechen und den Kellnerinnen. Er war nicht schlagfertig, lachte aber über alles und jedes. Zwischen vier und fünf, in der Verbrecherstunde, wenn selbst solche, die zu allerletzt etwas zu fürchten haben, düster und nüchtern sind und vom langen Wachen wie abwesend! Er empfand es nicht so. Im Sommer wenigstens liebte er es, aus dem Hause zu gehen, den Kaffee noch vor sich, die Bulldog-Ausgabe unter seinem Arm.

Wir gingen dann zum Schuppen zurück, um zu den Lastwagen der Zeitung zurechtzukommen, die, Blätter von den Bäumen fetzend, die

Allee heruntergetobt kamen. Auf der Hinterklappe saßen Stromer und stießen mit einem Fußtritt die *Tribune* oder den *Examiner* bündelweise herunter. Auf dem Zeitungswagen zu sein, war in ihrer Rumtreiberkarriere sicher genau so eine Stufe wie das Aufspringen in Bridewell oder Vergnügungsfahrten in gestohlenen Autos. Danach, nach dem Eintreffen der Zeitungen, erschienen die Botenjungen mit Fahrrädern und Wägelchen, und um acht Uhr war die ganze Tour erledigt, wobei Coblin und die älteren Helfer die steilen Hintereingänge nahmen, wo man den Bogen 'raushaben mußte, die Zeitung über die Balken und Wäscheleinen bis zum dritten Stock hinaufzuschleudern. Inzwischen war Kusine Anna erwacht und zu ihren Spezialbeschäftigungen – Weinen, Reden, Lamentieren – zurückgekehrt, so als müßte das Haus wie ein Akku, der sich über Nacht entleerte, mit ihnen neu aufgeladen werden, und schreckte die morgendlichen Spiegel mit ihren düsteren Augen auf. Aber außerdem kam auch das zweite Frühstück auf den Tisch, und Coblin aß, ehe er kassieren ging und sich, im höflichen Panamahut und Schnellfeuer zwinkernd, dem trockenen Zuschlagen der sommerlichen Fliegendrahttüren aussetzte. Er hatte morgendliche Altweibersommerfäden an seinen Hosen, weil er als erster durch die Höfe gegangen war, war für jede Unterhaltung über die brühwarmen Gangsternachrichten aufgeschlossen; Nachrichten über die blutigen Nächte der Spritschmugglerbarone und über die letzten Aktiennotierungen. Jeder spielte an der Börse, die Insull regierte.

Und ich war mit Anna und dem Kind zu Hause. Gewöhnlich fuhr Anna im August in das nördliche Wisconsin, um dem Heuschnupfen zu entgehen. Aber in diesem Jahr, weil Howard davongelaufen war, mußte Friedel diese Ferien entbehren. Anna schloß oft mit der Klage, daß Friedel das einzige Kind aus besserem Hause sei, das keine Ferien habe. Um das wettzumachen, fütterte sie sie mehr denn je, und das Kind hatte vom zuvielen Essen eine hektische Gesichtsfarbe, ein empfindliches, barbarisch aussehendes Gesicht. Sie konnte nicht dahin gebracht werden, die Tür zuzumachen, wenn sie aufs Klo ging, was selbst unser Georgie schon gelernt hatte.

An dem Tage, als ich auf dem Fußballplatz nicht von ihr gesehen werden wollte, hatte ich – während die Spieler vorstießen und auf den weißen Linien des gefrorenen Spielfeldes hinfielen – nicht vergessen, daß Friedel mir versprochen worden war. Zu dieser Zeit war sie eine junge Dame und der kindlichen Unarten entwöhnt. Ich bin sicher, sie war größer als ihre Mutter geworden und hatte die apfelbäckige Gesundheit ihres Onkels. Sie trug, heftig lachend und einen Wimpel für Michigan schwenkend, einen Waschbärenpelz. Sie ging, um eine Großküche leiten zu lernen, auf die Ann-Arbor-Schule. Das war ungefähr zehn Jahre nach den Sonnabenden, an denen mir Coblin für uns beide Kinogeld gegeben hatte.

Anna hatte nichts dagegen, daß wir ins Kino gingen, aber sie hätte nie an Feiertagen Geld berührt. Sie beachtete diese Feiertage alle, wie auch die Neumonde an Hand eines kleinen hebräischen Kalenders, bedeckte ihr Haupt, entzündete Kerzen und murmelte Gebete mit weitgeöffneten starren Augen, die religiösen Ängste mit der Furcht und dem Nerv eines Jonas suchend, der gezwungen ist, das schreckliche Ninive zu betreten. Sie hielt es so für ihre Pflicht, mir, solange ich in ihrem Hause war, religiöse Unterweisung zu erteilen. Und es war ein seltsamer Bericht, den ich von ihr über die Schöpfung und den Sündenfall, den Turm zu Babel, die Sintflut, den Besuch der Engel bei Lot, die Bestrafung seines Weibes und die Lasterhaftigkeit seiner Töchter in einem Schwall hebräischer, jiddischer und englischer Wörter bekam, ein Schwall, der von Andacht und Furcht verstärkt wurde und dem sie aus ihrer eigenen Erinnerung und Phantasie Blümchen und blutrote Feuer hinzufügte. Sie kürzte nicht viel von den Geschichten wie der von Isaak, wie er in Abimelechs Gärten mit Rebekka Spaß hatte, oder wie der von der Vergewaltigung der Dinah durch Schechem.

»Er folterte sie«, sagte sie.

»Wie?«

»Folterte!«

Sie glaubte nicht, daß mehr darüber nötig gewesen wäre, und hatte recht. Ich muß es ihr lassen, daß sie ihren Zuhörer kannte. Da gab es nichts, worüber man anfangen könnte, sich lustig zu machen. Sie begann, mich aus ihrer tiefen innersten Überzeugung zu den großen, ewigen Fragen zu führen.

3

Selbst zu dieser Zeit vermochte ich mir nicht vorzustellen, daß ich in die Coblinsche Familie einheiraten würde. Und ich dachte, als Anna mir Howards Saxophon aus der Hand riß: »Nimm dir's doch. Was soll ich denn damit! Ich werde mal mehr als das haben.« Mein Denken beruhte bereits auf dem Glauben an ein Schicksal, das es einmal gut genug mit mir meinen würde.

Die Alte, die ihre eigenen Vorstellungen von diesem Schicksal hatte, fuhr inzwischen damit fort, verschiedene Beschäftigungen für mich zu suchen.

Wenn ich »verschiedene Beschäftigungen« sage, entdecke ich damit sozusagen den Rosetta-Stein * meines ganzen Lebens.

Diese ersten Beschäftigungen waren, obwohl sie sie für uns ausgewählt hatte, im allgemeinen nicht von der Art, die Schwielen macht. Waren sie hart, dann waren sie vorübergehender Natur und bestimmt, zu etwas Besserem zu führen. Es war nicht ihre Absicht, uns gemeine Arbeiter werden zu lassen. Nein, wir sollten einmal Anzüge und keine schmierigen Overalls tragen, und sie hatte vor, uns die Wege zu ebnen, um Gentlemen zu werden, obwohl wir auf Grund unserer Herkunft im Gegensatz zu ihren eigenen Söhnen, die deutsche Erzieherinnen, Hauslehrer und Gymnasiastenuniformen gehabt hatten, eigentlich kein Recht hatten, solche Hoffnungen zu hegen. Wenn sie nicht mehr als Kleinstadtkaufleute geworden waren, so war das nicht Schuld ihrer Mutter; sie waren erzogen worden, die Welt stärker zu erschüttern. Nicht daß sie sich jemals über ihre Söhne beklagt hätte, die sich ihr gegenüber voller Hochachtung benahmen,

* *Ein Stück schwarzen Basalts, das 1799 bei Schanzarbeiten im Fort Saint Julien, in der Nähe der Rosettamündung des Nils gefunden wurde und eine Inschrift in drei Sprachen, in griechischer, demotischer und hieroglyphischer Schrift trägt. Berühmt wurde der Rosetta-Stein, da durch ihn Dr. Thomas Joung 1818 und später, 1822, Champollion in die Lage gesetzt wurden, die bis dahin unverständlichen ägyptischen Hieroglyphen zu entziffern. Der Stein wurde 195 v. Chr. zu Ehren von Ptolemäus Epiphanes errichtet.* Encyclopedia Americana.

diese zwei ansehnlichen, breitschultrigen Männer mit gegürteten Trenchcoats und Gamaschen; Stiva fuhr einen *Studebaker* und Alexander einen *Stanley-Steamer*. Beide neigten zu Schweigsamkeit und Langeweile. Auf russisch angeredet, antworteten sie englisch und waren sichtlich nicht so ungeheuer dankbar für das alles, was ihre Mutter für sie getan hatte. Vielleicht arbeitete sie deshalb so intensiv an Simon und mir, um ihnen zu zeigen, was sie selbst aus uns bei all den erschwerenden Umständen zu machen imstande war. Und möglicherweise predigte sie uns beiden ihrer Söhne wegen soviel über Liebe. Obschon sie eine rasche Art an sich hatte, die Köpfe ihrer Söhne festzuhalten, wenn sie sich niederbeugten, um ihr den Pflichtkuß zu geben.

In jedem Fall, sie hatte uns unter scharfer Aufsicht. Wir mußten unsere Zähne mit Salz bürsten und unser Haar mit Kernseife waschen, die Karten, auf denen bei uns die Führung des Schülers eingetragen wird, nach Hause bringen, und es war uns verboten, in dem Unterzeug zu schlafen, das wir am Tage angehabt hatten, wir mußten Pyjamas anziehen.

Wofür verlor Danton seinen Kopf oder warum hatte es einen Napoleon gegeben, wenn nicht dafür, um uns alle in den Adelsstand zu erheben? Und diese universelle Fähigkeit, zum Adel gehören zu können, wie es überall gelehrt wurde, war es, die Simon den Anschein von Würden, die Haltung eines Irokesen und das Gebaren eines Adlers verlieh, diesen leichten, federnden Gang, unter dem kein Ästchen zerbrechen konnte, die Grazie des Kavaliers Bayard wie auch die feste Hand eines Cincinnatus am Pfluge und den Fleiß des Jungen aus der Nassau Street, der mit dem Verkauf von Zündhölzern anfing und zum Trustkönig wurde. Mag sein, daß man ohne die Gabe besonderer Phantasie bei den meisten von uns nichts von diesem Adel hätte entdecken können, wenn wir an einem roten Herbstmorgen im Schulhof angetreten standen, dort auf dem Kies, in schwarzen kleinen Schafspelzen, gerollten schwarzen Kniestrümpfen, Pulswärmern, Trapperhandschuhen mit Stulpen und abgeschürften Schuhen, während die Trommler- und Signalhornabteilung schmetterte und paukte und die glasigen Winde wie Ebbe und Flut Halme, Blätter und Rauch vor sich hertrieben, die Flagge steif in der Luft stehen und den Karabinerhaken der Flaggenschnur gegen den Stahlmast klingen ließen. Aber Simon muß herausgeragt haben, wenn er am äußersten Flügel der Schülerpolizeipatrouille stand, ein weißes Verkehrsschupokoppelzeug aus gestärktem Leinen um, das den Abend vorher gebügelt worden war, und einer Sergemütze auf dem Kopf. Er hatte ein angenehmes, kühnes, helles Gesicht; selbst die kleine Narbe über seiner Braue war angenehm und kühn. In den Fenstern der Schule hingen vorweihnachtliche Transparente, schwarz und orange, Pilger und Truthähne und auf Schnüre gezogene Moosbeeren und die geputzten Fensterscheibe zeigten die kalte blaue und rote frostige Schärfe des Himmels und die elektrischen Lampen und schwarzen Schultafeln drinnen. Ein rotes und dunkles Gebäude; wie eine Abtei, eine Fabrik am Fallfluß oder am Susquehanna oder ein Provinzgefängnis – von alldem hatte es etwas.

Simon war hier besonders groß angeschrieben. Er war Präsident der Vertrauensschüler, mit dem großen Abzeichen auf seinem Sweater, und hielt am Ende des Schuljahrs die Abschiedsrede. Ich hatte nicht seine einem einzigen Zweck geltende Zielstrebigkeit, sondern war mehr in die Breite angelegt, und jeder, der mir Zerstreuung versprach, konnte mich dazu bringen, loszuspringen und die Alleen nach Trödel abzusuchen oder das Bootshaus zu durchstöbern und im Gestänge unter der Lagunenbrücke herumzuklettern. Man konnte es an den Zensuren im Zeugnis ablesen, und die Alte zog mir eins über, wenn ich sie nach Hause brachte, und nannte mich »Katzenkopf« und in ihrem Französisch »*meschant*« und drohte, daß ich mit vierzehn arbeiten gehen müßte. »Ich werde dafür sorgen, daß du eine Bescheinigung vom Arbeitsamt bekommst, und dann kannst du wie ein Polacke als Packer arbeiten gehen«, pflegte sie zu sagen.

Aber es gab auch Zeiten, wo sie in einem anderen Ton mit mir redete: »Es ist nicht etwa so, daß du keinen Grips hättest, du bist mindestens genau so helle wie jeder andere auch. Wenn der Sohn vom Kreindl Dentist sein kann, dann kannst du Gouverneur von Illinois werden. Du bist nur zu leicht zu kitzeln. Verspricht man dir einen Jux, was zum Lachen, einen Bonbon oder daß du mal an der Eiswaffel lecken darfst, schon läßt du alles andere im Stich und rennst los. Kurz gesagt, du bist ein Narr«, sagte sie und nahm ihren Schal, ein aus Wolle gehäkeltes Muster von Spinnennetzen, zwischen ihre Hände und zog daran wie ein Mann, der nervös an den Aufschlägen seines Jacketts herumzerrt. »Du kannst dir nicht ausdenken, was passieren wird, wenn du glaubst, du könntest so weitermachen und dein Lebtag lang lachen und Pfirsichkuchen essen.« Coblin hatte mich auf den Geschmack von Kuchen gebracht. Sie fand diese Kuchen für unter ihrer Würde und lehnte sie ab. »Pappe und Kleister«, sagte sie voll Haß und aus ihrer Jehovah-Eifersucht gegen andere Götter. »Was hat er dir denn sonst noch beigebracht?« fragte sie grollend.

»Nichts.«

»Da hast du recht – nichts!« Dann pflegte sie mich eine Weile zur Strafe schweigend stehenzulassen, als ein Kommentar meiner selbst und meiner Narrheit: aufgeschossen und langbeinig stand ich da in meinen kurzen Hosen, langgesichtig, einen Wust schwarzen Haars auf dem Schädel und mit einem in der Mitte gespaltenen Kinn, das Ursache mancher Frotzelei war. Und außerdem mit einer so gesunden Farbe im Gesicht, die offensichtlich in meinem Falle reinste Verschwendung war, daß sie zu sagen pflegte: »Nun seh, seh, nun seh sich einer sein Gesicht an! Das muß man gesehn haben!« Dabei klemmte sie grinsend ihre Zigarettenspitze zwischen ihre zahnlosen Kiefer; und der Rauch ihrer Zigarette stieg in kleinen Wölkchen auf.

Einmal erwischte sie mich auf der Straße, wo gerade gepflastert wurde, wie ich aus einem der siedenden Teerkocher zusammen mit meinem Freund Jimmy Klein, dessen Familie sie in keiner Weise billigte, Teer klaute, und ich war bei ihr, länger als jemals zuvor, schlecht angeschrieben. Derartige Perioden verlängerten sich in dem Maße, in dem sich meine Vergehen zum argen auswuchsen. Hatte ich im Anfang meine Strafen sehr schwer genommen und meine Mutter zu Rate gezogen, wie mir noch einmal könnte verziehen werden, und sie angefleht, sich bei der Alten für mich zu verwenden und – wenn mir verziehen wurde – noch viele Tränen vergossen, kam ich später durch weltliche Vergleiche dahin, meine Verbrechen toleranter zu betrachten und ihre Bestrafung mit renitenteren Empfindungen aufzunehmen. Das heißt nicht, daß ich aufhörte, die Alte zu den höchsten und feinsten – ich wähle ihre eigenen Worte – Höfen Europas, zum Wiener Kongreß, zu dem Glanz alter Familien und zu allen Arten profunder und kultivierter Dinge in Beziehung zu setzen, wie es durch ihr Benehmen und ihre Reden nahegelegt wurde – so konnte sie mit Andeutungen Vorstellungen von äußerster Bedeutsamkeit wachrufen, und man dachte an das imperiale Braun des Kaisers, an das Braun billiger Drucke von Stadtansichten und die Düsterkeit tiefster Gedanken. Und so bin ich doch von ihren Tadeln nicht unbeeindruckt geblieben. Ich wollte nicht mit vierzehn 'raus müssen, mit einer Bescheinigung vom Arbeitsamt losziehen und in den Packhöfen arbeiten. So holte ich gelegentlich für kurze Zeit auf und machte dann meine Schularbeiten und sprang fast aus meiner Bank und renkte mir fast den Arm aus vor Eifer, um vom Lehrer aufgerufen zu werden.

Dann schwor Oma Lausch, daß ich nicht nur die Oberschule, sondern auch danach, so sie noch lebte und noch genug Kraft hätte, die Universität besuchen sollte. »Ganz so, wie du es willst! Himmel und Erde werde ich dafür in Bewegung setzen!« und sie erzählte, wie sich ihre Kusine Dascha des Nachts auf dem Fußboden gewälzt hatte, um nicht einzuschlafen, während sie für ihr medizinisches Examen büffelte. Als Simon mit Auszeichnung bestand und zum Abschluß des Schuljahres seine Rede hielt, hatte ich eine Klasse übersprungen, und der Direktor erwähnte uns beide, die Marchbrüder, in seiner Ansprache. Die ganze Familie war da – Mamma hinten, wo sie sich Georgies wegen hingesetzt hatte, für den Fall, daß er Theater machen würde. Aber sie wollte ihn heute nicht allein zu Hause lassen, und so saßen sie beide in der letzten Reihe, unter dem niedrigen Dach, das die Empore über diesem Teil der Aula bildete. Ich saß in einer der ersten Reihen, neben der alten Dame, die ganz in schwarze Seide gekleidet war und eine goldene Kette trug, die sie sich in vielen Windungen um den Hals geschlungen hatte und an der ein Medaillon hing, in dem eines ihrer Kinder, als es zahnte, seinen Biß zurückgelassen hatte, in der von Hutfedern erregten Luft. Oma Lausch hatte eine ganz schmale Nase vor Stolz und bemühte sich in einer Art stummer Besessenheit, sich von den anderen Emigranten vornehmst zu unterscheiden, und warf die doppelte Gischtfontäne ihrer Federschweife mal in die eine, mal in die andere Richtung. Genau das hatte sie versucht, uns in Fleisch und Blut übergehen zu lassen: wenn wir taten, was sie sagte, könnten wir noch auf viele solcher Erfolge, wie diese Auszeichnung in aller Öffentlichkeit, hoffen.

»Und nun im nächsten Jahr will ich dich da oben sehen«, sagte sie zu mir.

Aber das sollte nicht der Fall sein. Dazu war es bereits zu spät, obgleich ich mir selbst Mühe genug gegeben hatte, um zu überspringen. Die letzten Klassenberichte sprachen gegen mich, und außerdem vermochte der erzielte Erfolg keinen anhaltenden Einfluß auf mich auszuüben. Aus solchem Holz war ich nun eben mal nicht geschnitzt.

Und nebenbei gesagt, auch Simon machte nicht so weiter wie bisher. Er schenkte wohl der Schule mehr Interesse als ich, aber er machte in dem Sommer, in dem er in Reimanns Kurhotel in Benton Habor bediente, eine Wandlung durch und kehrte mit anderen Zielen als mit denen, die er vorher verteidigt hatte, und mit neuen Ideen über die Art, sein Leben zu führen, zurück. Ein Zeichen für seine Wandlung und für mich eines von großer Bedeutung war, daß er wohl im Herbst breitschultriger und golden gebräunt, aber auch mit einem zerbrochenen Vorderzahn zurückkehrte, der scharfkantig und ein wenig verfärbt zwischen dem Weiß der anderen stand und sein ganzes Gesicht, sein Lachen und alles in Mitleidenschaft zog. Von sich aus würde er mir nicht sagen, wie das geschehen war. Hatte es einen Kampf gegeben, bei dem ihm jemand fast den Zahn ausgeschlagen hatte?

»Ein Denkmal geküßt«, sagte er zu mir, »habe ich bestimmt nicht. Ich habe beim Würfeln auf ein Centstück gebissen.«

Eine solche Antwort wäre vor sechs Monaten undenkbar gewesen. Auch rechnete er über das verdiente Geld nicht zu Omas Zufriedenheit ab.

»Erzähle mir nicht, daß du im ganzen nur dreißig Dollar Trinkgeld gemacht hast! Ich weiß, daß Reimanns ein Saisonhotel erster Klasse sind und daß da Leute von weither, aus Cleveland und St. Louis, hinkommen. Daß du was für dich ausgeben würdest, wo du den ganzen Sommer über weg warst, das habe ich erwartet, aber –«

»Na klar, und das waren etwa fünfzehn Dollar.«

»Simon, du bist immer ehrlich gewesen. Augie brachte uns jeden Cent nach Hause.«

»*Gewesen?* Gewesen, ich bin es noch!« sagte er, sich stolz aufs hohe Roß schwingend und mit der ganzen Würde, der er fähig war, jede Unwahrhaftigkeit weit von sich weisend. »Ich brachte dir meinen Lohn für zwölf Wochen und noch dreißig Dollar darüber.«

Mit einem stummen Aufblitzen ihrer goldgefaßten Monstrebrille und mit einer Warnung vor Abwegen, in ihrer Grauhaarigkeit und all den Runzeln und mit einem raschen, abschätzigen, schmatzenden Einsaugen der Luft ließ sie die Sache vorläufig auf sich beruhen. Sie deutete an, daß sie im richtigen Moment zuzuschlagen wissen würde. Aber zum erstenmal hatte ich das Gefühl, daß Simon glaubte, man brauchte sich darüber keine Sorgen zu machen. Nicht, daß er etwa bereit war, zu offener Rebellion überzugehen. Aber er hatte so seine Ideen, und nach und nach sprachen wir beide immer mehr über Dinge, über die man in Gegenwart der Frauen nicht gut hätte sprechen können. Zu Anfang arbeiteten wir beide oft auf den gleichen Stellen.

Manchmal gingen wir zu Coblin, wenn er uns für seine Mannschaft brauchte; und unten bei Woolworth im Keller packten wir Steingut aus Kisten aus, die so ungeheuer groß waren, daß man in ihnen spazierengehen konnte; das Abfallstroh schaufelten wir zusammen und warfen es in den großen Ofen.

Oder wir packten die Riesenpresse mit Papier voll und preßten es zu Ballen. Es roch dumpfig da unten, von schlecht gewordenen Lebensmitteln und nach Mostricheimern, altgewordenen Süßigkeiten und dem ganzen Stroh und Papier. Zu Mittag gingen wir nach oben. Simon lehnte es ab, fertige Brote von zu Hause mitzunehmen; er sagte, wenn wir arbeiteten, hätten wir eine warme Mahlzeit nötig. Für fünfundzwanzig Cent bekamen wir ein paar Würstchen, einen Becher voll Kinderbier und Kuchen; die Würstchen waren zwischen Brötchen gelegt, die nach Filz schmeckten und an denen der gleiche Mostrich heruntertropfte, der unten die Luft so schlecht machte. Aber so ging es einem, wenn man angestellt war, und darauf kam es an: Man war Angestellter vor den Mädchen, in Arbeitszeug; und mit zu diesem von Blech krachenden, quietschenden, scheppernden Basar voll Eisenwaren, Glaswaren, Schokolade, Hühnerfutter, Juwelen, Stoff vom Meter, Ölzeug und gesungenen Schlagern zu gehören – das war die große Sache! Wenn wir auch da unten nur die Atlasse des ganzen Rummels waren und nur hörten, wie der Fußboden unter dem Gewicht Hunderter sich langsam vorwärtsschiebender Menschen ächzte, die Kinoorgel von nebenan hämmerte und keuchte und von der Chicago-Avenue das Gerumpel der Straßenbahnen hereinklang. Sonnabendschwermut, blutborkig von im Wind wirbelnder Asche, und aus dem Weihnachtsglanz der Schaufenster steigen die geschwärzten Blöcke fünfstöckiger Häuser in eine blinde Düsternis des Nordens auf.

Simon rückte bald zu einer besseren Stellung bei der Vereinigten Zeitungsgesellschaft auf, die eine Konzession für die Kioske und Stände auf den Bahnhöfen und für den Verkauf von Süßigkeiten und Zeitungen in den Zügen hatte. Die Familie mußte für die Uniform Geld hinterlegen, und er begann, in der Stadt oder auf der Eisenbahn bis in die Nachtstunden Dienst zu tun, und sah in der funkelnagelneuen Uniform todschick und wie ein Kadett aus. Sonntagmorgens stand er spät auf, kam in seinem Bademantel heraus und setzte sich, groß und gut gelaunt, geschwellt von seiner frisch erworbenen Würde als Verdiener, zum Frühstück nieder. Mamma und Georgie gegenüber war er lakonischer als zuvor und gelegentlich querköpfig im Umgang mit mir.

»Leg die *Tribune* aus der Hand, bis ich sie gelesen habe. Himmelherrgott, ich bringe sie mit, wenn ich nachts nach Hause komme, und morgens ist sie schon in Fetzen, ehe ich überhaupt einen Blick hineingeworfen habe!«

Andererseits gab er ohne Wissen Omas etwas von seinem Verdienst an Mamma, damit sie sich etwas kaufen könne, und sorgte dafür, daß ich Taschengeld hatte und selbst Georgie ein paar Pennies für Lutschbonbons bekam. In Geldsachen war Simon überhaupt nie kleinlich gewesen. Er hatte eine Art orientalischer Großzügigkeit an sich und weder Frieden noch Ruh', wenn es ihm mal an Geld fehlte. Er würde lieber nichts verzehren, als aus dem Speisewagen gehen, ohne ein gutes Trinkgeld gegeben zu haben. Er verpaßte mir mal eine Kopfnuß, weil ich von den zwei Zehncentstücken, die er in einer Cafeteria unter den Teller geschoben hatte, eins wieder vorgeholt hatte, weil mir zehn Cent genug erschienen.

»Laß dich von mir nicht noch mal bei solch einer Schoflichkeit erwischen«, sagte er zu mir, und ich hatte Angst vor ihm und wagte keine Widerrede.

An solchen Sonntagmorgen in der Küche, wenn man seine Uniform im Schlafzimmer sorgfältig am Fußende des Bettes aufgehängt sehen konnte und sich der Dunst vor dem Fenster zu gemächlich niederrinnenden Tränen auf den Scheiben niederschlug, dann empfand er die Stärke seiner Position als einer, der nun bald das Familiensteuer ganz in seine Hände nehmen würde. So sprach er manchmal zu mir über Oma wie über eine Fremde. »Sie hat überhaupt nichts mit uns zu tun, das weißt du doch, Aug, nicht wahr?«

Was sie zu fürchten hatte, war nicht so sehr Rebellion als Nichtanerkennung. Er beachtete sie einfach nicht, wenn er seine Zeitung über den ganzen Tisch ausbreitete und las, den Kopf in die Hand gestützt, über die das dunkler werdende blonde Haar fiel. Noch hatte er keinen Plan, um sie zu entthronen, und machte ihr ihre Macht noch nicht streitig, die sie uns andere fühlen ließ – besonders Mamma, die nach wie vor ein Sklave blieb. Mammas Augen wurden immer schwächer, so daß die Brillengläser, die ein Jahr vorher noch ausgereicht hatten, schon nicht mehr genügten. Wir gingen wieder zur Krankenkasse wegen neuer Gläser und klärten dabei eine andere Nachfrage auf, klärten sie nur einfach auf. Sie hatten dort Simons

Alter in ihren Akten und fragten uns, ob er nicht arbeitete. Ich glaubte, Omas Instruktionen nicht mehr nötig zu haben und schon selbst Antworten erfinden zu können, und selbst Mamma fügte sich diesmal nicht wie gewöhnlich in Schweigen, sondern erhob ihre unheimlich klare Stimme und sagte: »Meine Jungen gehen noch zur Schule, und nach der Schule müssen sie mir zu Hause helfen, da brauche ich sie.«

Dann kam uns der Angestellte doch noch beinahe auf die Schliche, als wir unser Budget vorrechneten, was uns ziemlich in die Glieder fuhr, aber uns kam an diesem Tage der große Andrang zugute, und wir erhielten den Schein für den Optiker. Wir waren doch noch nicht fähig, ohne die Instruktionen der Alten auszukommen.

Als Simon vom Zugdienst erst zu einem Stand auf dem Lassalle-Street-Bahnhof und dann zu dem Hauptstand, wo man Bücher und andere Neuheiten verkaufte, der größte Betrieb herrschte und sich im Knotenpunkt des Reiseverkehrs das wichtigste Geschäft abwickelte, versetzt wurde, wurden Simons Neuigkeiten zum Hauptinteresse zu Hause. War es ihm doch vergönnt, die Prominenten in ihren Pelzen oder mit ihren extrafeinen Stetson-Hüten und in ihren peruanischen Alpakaschafspelzen zu sehen, wie sie frei und ledig zwischen dem für sie geschleppten Gepäck daherkamen; immer entweder stolzer oder melancholischer oder leutseliger oder markanter, als sie sonst dargestellt wurden. Sie trafen hier aus Kalifornien oder aus Oregon mit dem Portland-Rose-Expreß ein und gerieten in den Schnee, der von den unmenschlichen Höhen der Lassalle-Street herniederwirbelte oder sich in den Stromlinien der Züge festsetzte. Mit dem Twentieth-Century-Expreß fuhren sie nach New York, saßen in ihren blumengeschmückten, dunkel polierten, salongleichen Coupés in dunkelgrünen Polstern, wuschen sich in silbernen Toilettenschalen, nippten ihren Kaffee aus chinesischem Porzellan, rauchten Zigarren.

Simon berichtete: »Heute sah ich John Gilbert mit einem großen Velourshut« oder »Senator Borah überließ mir, nachdem er eine *Daily News* gekauft hatte, was von zehn Cent übrigblieb« oder »Wenn du Rockefeller gesehen hast, dann glaubst du es, daß er einen Gummimagen hat, wie sie sagen.«

Wenn er am Tisch saß und so erzählte, ließ er durchblicken, daß er die Hoffnung hege, irgendeine Größe möchte ihn in ihren Kreis ziehen, da er ja schon damit Kontakt habe; er hoffe, daß er irgend jemandem auffallen, daß Insulls Auge sich auf ihn richten möchte, er ihm seine Karte überreichen und ihm sagen würde, sich am nächsten Morgen doch in seinem Büro zu melden. Ich habe das Gefühl, daß Oma im stillen Simon bald übel zu nehmen begann, daß er damit nicht vorwärts kam. Möglicherweise trug er nicht genug Sorge, vornehm zu erscheinen, möglicherweise war sein Benehmen nicht richtig, vielleicht gar unverschämt. Denn Oma glaubte an Inspiration oder den Blitzschlag, die die Aufmerksamkeit hervorragender Menschen auf einen lenken. Sie sammelte Geschichten zu diesem Thema, und sie hatte sich ausgeknobelt, wie sie an Julius Rosenwald, jedesmal, wenn sie las, daß er eine neue Stiftung machte, schreiben würde. Immer waren es Neger, niemals Juden, denen er sein Geld gab, sagte sie, und es ärgerte sie ungeheuerlich, und sie schrie: »Dieser deutsche *Yehuda*!« Nach einem solchen Aufschrei pflegte sich die alte weiße, vom Alter verkrüppelte Hündin zu erheben und zu versuchen, zu ihr hin zu wanken.

»Dieser Askenasi!«

Doch sie verehrte Julius Rosenwald; er gehörte zu dem inneren Ring der ihr Ebenbürtigen; dort, wo *sie* saßen, mit ihrem uns so fremden Verständnis, und alles besaßen und beaufsichtigten.

Simon versuchte inzwischen, für mich eine Sonnabendstellung im Lassalle-Bahnhof zu finden und mich aus dem Pfennigwarenkeller zu retten, wo Jimmy Klein Simons alten Platz neben mir eingenommen hatte. Oma und selbst Mamma bedrängten ihn, irgend etwas für mich zu tun.

»Simon, du *mußt* Augie da 'reinbekommen.«

»Ja doch, ich frage Borg jedesmal, wenn ich ihn sehe. Heiliger Jesus, Kinder, jeder hat da Verwandte!«

»Was macht das schon. Würde er sich nicht spicken lassen?« sagte Oma. »Glaube mir, er wartete nur darauf, daß du ihm was gibst. Lade ihn zum Abendbrot ein, und ich werde es dir zeigen. Nur ein paar Dollarscheine in die Serviette gesteckt.«

Sie würde uns schon zeigen, wie man durch die Welt kommt. Kurz mal die Kehle eines Rivalen oder sonstwie im Wege Stehenden bei der Abendtafel mit einer vergifteten Feder kitzeln, ja doch, wie es Nero getan hatte. Simon sagte, er könne Borg nicht einladen. Er kenne ihn nicht gut genug, da er nur als Extrabote arbeite, und er wünsche nicht, als Speichellecker dazustehen und verachtet zu werden.

»Nun gut, mein lieber Graf Potocki« sagte Oma kalt und trocken, ihren Blick verengend, während er in seiner Ungeduld fast schon die Puste verloren hatte. »So, du würdest also lieber deinen Bruder weiter bei Woolworth im Keller mit diesem verrückten Jungen von Kleins arbeiten lassen!«

Monate danach bekam Simon etwas für mich in der Stadt und zeigte damit, daß ihre Gewalt über ihn doch noch nicht an ihr Ende gekommen war.

Eines Morgens brachte er mich zum Bahnhof. »Vergiß nicht«, warnte er mich in der Straßenbahn, »keinen Quatsch machen. Du wirst für den alten gerissenen Opapa selbst arbeiten, und der hat keine Lust, sich mit irgendwelchen Idioten abzugeben. Bei dieser Arbeit hast du mit 'ner Menge Geld zu tun, und es kommt schnell über dich. Alles, was dir bei der Abrechnung am Ende des Tages fehlt, wird dir Borg aus deiner kleinen Lohntüte herausnehmen. Du arbeitest auf Probe. Ich habe ein paar Schlafmützen gesehen, die rückwärts auf ihren Ohren wieder 'rausgegangen sind.«

Er war an diesem Morgen besonders streng mit mir. Das Wetter knackte vor Kälte. Der Boden war hart, das Gras war im Frost zerbrochen, vom Fluß herauf dampfte es, und die Züge pufften weiße Hahnenschwänze aus Dampf in die breite blaue Wisconsinstimmung des Himmels, die Messinghandgriffe der Rohrsitze waren abgegriffen. Das krustige Flechtwerk schimmerte golden, die oliv- und braunfarbenen Mäntel in ihren Falten auch, und das Haar auf Simons kräftigen Handgelenken leuchtete noch strahlender von diesem Glanz, auch der Flaum auf seinem Gesicht, das er jetzt öfter als früher rasierte. Er hatte eine neue robuste Art, den Atem anzuhalten und wie ein Geier in die Straße einzufallen. Und was für Wandlungen auch mit ihm vorgegangen waren und noch vorgingen, so hatte er doch noch nicht den fein bewimperten unabhängigen Blick eingebüßt, mit dem er mich an der Kandare hielt. Ich hatte Angst vor ihm, wenn ich nun auch schon beinahe so groß war wie er. Abgesehen vom Gesicht, steckten in uns die gleichen Knochen.

Ich hatte nicht viel Glück auf dem Bahnhof. Mag sein, daß Simons Drohungen und seine Unzufriedenheit mit mir, als ich am ersten Tage eingeführt werden sollte, irgendwie auch daran Schuld hatten. Aber ich war eine Niete, und jedesmal fehlte mir, selbst noch in der dritten Woche, beinahe ein ganzer Dollar bei der Abrechnung. Da man mir nur fünfundzwanzig Cent über mein Fahrgeld hinaus zugestand – auf den Penny genau waren es vierzig Cent alles in allem –, konnte ich das mir fehlende Geld nicht ausgleichen, und Simon, ärgerlich und kurz angebunden, sagte mir eines Nachts auf dem Weg zur Straßenbahn, daß Borg mich 'rausgeschmissen hätte.

»Ich konnte den Leuten, die mir zu wenig gegeben hatten, nicht *nachrennen*«, versuchte ich mich zu verteidigen, »sie werfen das Geld hin und schnappen sich eine Zeitung. Du kannst nicht den Stand im Stich lassen, um sie einzuholen.«

Schließlich antwortete er mir frostig mit einem kalten Aufleuchten in seinen Augen – auf der Winterlichkeit der Brücke, mit dem wie vor Frost erstarrten schwarzen, stählernen Brückenjoch, über dem unbeschreiblichen, träge dahinschwemmenden, mit all dem Abwässerdreck der Stadt vom See zurückgedrängten Sudel des Flusses – »Konntest du dich nicht bei irgend jemand anders schadlos halten, ja oder nein?«

»Was?«

»Du hast gehört, was ich gesagt habe, du Dummkopf!«

»Warum hast du mir das nicht vorher gesagt!« schrie ich zurück.

»Muß ich dir was sagen?« antwortete er, mich ärgerlich aus seinem Weg schubsend. »Ich rate dir, deine große Klappe zu halten, als ob du nicht mehr in deinem Schädel hättest als Georgie!«

Und er ließ mich von der Alten anschreien, ohne ein Wort zu meiner Verteidigung zu sagen. Vordem war er immer für mich eingetreten, wenn es sich um irgendwas Ernsteres handelte. Jetzt hielt er sich beiseite, in dem schwachen Licht in der Küche, die Fäuste auf den Hüften, den Mantel über die Schulter geworfen, und hob ab und zu die Herdklappe, wo unser Abendbrot zum Wärmen stand, und stocherte in den Kohlen herum. Ich nahm es ihm sehr übel, daß er mir nicht beistand, aber ich weiß auch, daß ich ihn bei Borg im Stich gelassen hatte, dem er einen Bruder für helle verkauft hatte, der sich als unfähig herausstellte. Aber ich war an einem kleinen Verkaufsstand unter einer Säule gewesen, wo ich einfach nur Nachzügler als Kunden zu haben schien, und Borg gab mir nur einen Uniformmantel mit zerschlissenem Futter, ausgefransten Ärmelaufschlägen und verschossenem Litzen und weiter nichts. Allein gelassen, hatte ich niemanden, der mir hätte sagen können, wer Prominente waren, wenn welche vorbeikamen, und ich verbrachte meine Zeit wie ein Mondsüchtiger, wartete auf die Mittagserholung und die Dreiuhrpause, wenn ich Simon im Hauptkiosk beobachten konnte und das Geschäft dort bewunderte – wo sich die Einnahmen sehen lassen konnten –, mit dem fließenden Geld und dem schwarzen Strom von Reisenden, die wie Moleküle kreisten; Reisenden, die wußten, was sie von dem Kaugummi, den Früchten, Zigaretten, den dicken Bollwerken aus Zeitungen und Zeitschriften haben wollten – ich bewunderte die Gewalt des Raumes und die Spannweite des Hauptkronleuchters. Ich dachte, wenn Borg mich hier hätte anfangen lassen, anstatt in meiner Marmorecke, ganz am Rande, wo ich nur das Echo hörte und nichts von den Zügen sehen konnte, dann hätte ich besser abgeschnitten.

Jetzt hatte ich die Schande, auf den Müll geworfen worden zu sein und in der Küche die letzte Verwarnung verlesen zu bekommen. Anscheinend hatte die Alte nur darauf gewartet und war darauf längst vorbereitet, mir zu sagen, daß ich mir gewisse Vergehen nicht leisten könne, in meiner Lage als Kind einer im Stich gelassenen Familie, ohne einen Vater, der mich vor Schaden bewahren könnte, niemand außer zwei Frauen mit schwachen Händen mir zur Seite, die nicht ewig ein Schutzschild über uns halten könnten, um Hunger, Elend, Verbrechen und den Zorn der Welt von uns abzuhalten. Gut möglich, daß es besser gewesen wäre, uns in ein Waisenhaus zu geben, wie es Mamma eine Zeitlang vorgehabt hatte. Bei mir schließlich, so meinte sie, wäre nur Härte angebracht, da ich mit meinem Charakter nur auf Bequemlichkeit aus wäre und am liebsten Stellen hätte, wo ich mich hinlegen könnte. Hatte sie bis hierher wie im bitteren Selbstgespräch gesprochen, so schüttelte sie jetzt mit der Wildheit ihrer Worte ihre harte Hand gegen mich, und zugleich brach ein prophetisches Meeresleuchten aus ihr hervor, das sich in ihrem Schädel, während sie neben dem Ofen saß, an Tagen, die sonst nicht sehr hell waren, gesammelt hatte.

»Gedenk, Augie, wenn ich bin tot!«

Und die niederfallende Hand landete auf meinem Arm. Es war unabsichtlich, aber die Wirkung war erschreckend, und ich schrie so gellend auf, als hätte dieser Schlag zehnfach meine Seele getroffen. Es mag sein, daß ich meines Charakters wegen aufschrie, nachdem man mich seine schlimmste Seite hatte empfinden lassen, daß ich ins Grab fahren müßte, ohne Hoffnung darauf, ein anderer und besserer Mensch zu werden; keine Macht, die mich erleichtern, mich davon reinigen und erlösen konnte; und sie versetzte sich selbst bereits jenseits des Lebens, um ihren Schuldspruch gegen mich jenseits allen Widerrufs bindend zu machen.

»Gedenk, Augie, wenn ich bin tot!«

Aber sie ertrug es nicht lange, bei ihrem Tod zu verweilen. Hatte sie doch niemals zuvor zu uns von ihrer Sterblichkeit gesprochen, und diesmal war es eine Art Lapsus; und selbst dabei war sie wie ein Pharaone oder Cäsar, der sein Volk wissen ließ, nach dem Tode werde er als Gottheit Fortbestand haben. Was sie einzig unterschied, war, daß man ihr keine Pyramiden oder Denkmäler setzen würde, um die Verkündigung zu bekräftigen. Aber davon ganz abgesehen, ihr qualvoller, schrecklicher, zahnloses Zahnfleisch bleckender Aufschrei – Furienschrei des Gerichts, in der Umklammerung des Todes – ging mir durch Mark und Bein. Sie hatte die Macht, in eine solche Drohung mehr Gewalt zu legen als andere Leute. Aber sie mußte auch dafür den Preis eigener Furcht bezahlen.

Nun schaltete sie zu unserer Vaterlosigkeit zurück. Es war ein schrecklicher Moment, und es war meine Schuld, daß Mamma ihn erleben mußte. Simon neben dem pechschwarzen vernickelten Herd blieb still und spielte mit der kolbenförmigen Stahlspirale der Ofentür. Mamma saß in der anderen Ecke, gefaßt und schuldig als der einfachste Beweis für die Frage nach unserm Vater. Die Alte war darauf aus, in dieser Nacht mich zu Aschenstaub zu verheizen, und jeder war in Gefahr, versengt zu werden.

Deshalb ging ich mit Jimmy Klein, obwohl Oma mich vor ihm warnte, auf Arbeitssuche. Er war sehr umgänglich und lebhaft, schmächtig und dunkelhäutig, schmaläugig, verschmitzt und im großen ganzen zur Ehrlichkeit geneigt, aber – und hier hatte die Alte recht – von seinem Gewissen nicht allzu gehemmt. Ins Haus konnte er nicht kommen; sie würde mich nicht noch zu schlechter Gesellschaft ermutigen, meinte sie. Aber ich war den Kleins willkommen, und sogar Georgie war es. An Nachmittagen, wenn ich mit ihm 'rausgehen mußte, konnte ich ihn dort lassen, und er spielte mit den kleinen Hühnern, die sie auf dem dunklen Lehmstreifen zwischen den Häusern aufzogen oder aufzuziehen versuchten und wo ihn Mrs. Klein vom Fenster ihrer Kellerküche aus im Auge behalten konnte, wo sie am Tisch neben dem Herd saß und abhäutete, schabte, in Scheiben schnitt, Suppenfleisch zurechtmachte oder Fleischklöße knetete.

Da sie über zwei Zentner wog und ein kurzes Bein hatte, konnte sie nicht lange auf den Füßen sein. Unbekümmert und von biederem Aussehen, mit zusammengewachsenen Augenbrauen, gebogener kurzer Nase, färbte sie sich ihr Haar schwarz mit einer Flüssigkeit, die per Post aus Altoona bestellt wurde. Sie trug die Farbe mit alten Zahnbürsten auf, die sie in einem Glas auf dem Sims des Badestubenfensters aufbewahrte, und verlieh so ihren Zöpfen einen besonderen indianischen Schimmer. Sie fielen rechts und links an ihren Wangen zu ihrem vielfältigen Kinn nieder. Ihre schwarzen Augen waren klein, aber betrachteten Verwirrung mit Gnade; sie war wie ein Papst und freizügig im Vergeben und Sündenerlaß. Jimmy hatte vier Brüder und drei Schwestern, einige von ihnen gingen mysteriösen Geschäften nach, aber alle waren gutmütig und offenherzig, selbst die älteren verheirateten Töchter und die Söhne im mittleren Alter. Zwei ihrer Kinder waren geschieden, und eine ihrer Töchter war Witwe, so daß Mrs. Klein immer Enkelkinder in ihrer Küche hatte. Einige kamen von der Schule zum Mittagessen und nach der Schule, um Kakao zu trinken, andere krochen auf dem Fußboden herum oder lagen in Spielkutschen. Jeder verdiente in diesen blühenden Jahren Geld, und doch hatten sie alle Sorgen. Gilbert hatte Alimente zu zahlen, und Velma, seine geschiedene Schwester, bekam die ihren nicht regelmäßig. Ihr Mann hatte ihr bei einem Krach einen Zahn ausgeschlagen, und jetzt erschien er öfters bei der Mutter, um sie zu bitten, Velma zu überreden, wieder zu ihm zurückzukehren. Ich habe ihn seinen roten Kopf auf den Tisch legen und weinen sehen, während seine Söhne und Töchter draußen in seinem Taxi spielten. Er verdiente gutes Geld, ohne jedoch Velma genug zu geben, weil er sich dachte, sie würde nie zu ihm zurückkehren, wenn er sie nicht knapp hielt. Sie borgte sich dann eben Geld von ihrer Familie. Ich habe niemals Leute so viel borgen und verborgen sehen. Da gab es Geld, das seinen Besitzer in alle möglichen Richtungen wechselte, und niemand trug dem anderen etwas nach.

Aber die Kleins schienen eine große Menge verschiedener Dinge zu brauchen und kauften alles auf Abzahlung. Jimmy wurde losgeschickt – und ich ging mit – um, das Geld im aufgeschlagenen Ohrenschützer seiner Mütze, die Raten zu bezahlen: für den Plattenspieler, die Singer-Nähmaschine, die Klubgarnitur in Mohairausführung, mit schrotgefüllten Aschbechern, die nicht umkippten, für Spielkutschen und Fahrräder, Linoleumläufer, für Zahnarzt und Geburtshilfe, die Beerdigung von Mr. Kleins Vater, medizinische Korsettagen und orthopädische Schuhe für Mrs. Klein oder für Familienfotos, die beim Jahrestag einer Hochzeit aufgenommen worden waren. Bei diesen Gängen liefen wir durch die ganze Stadt. Mrs. Klein hatte nichts dagegen, daß wir uns, wie wir öfter taten, Revuen ansahen, um Sophie Tucker sich auf den Hintern klatschen und »Red Hot Mamma« singen zu hören, oder Rose La Rose herumscharwenzeln und sich in jenem lässigen Rhythmus, der Coblin zu ihrem Verehrer werden ließ, entkleiden zu sehen. »Dieses Girl ist nicht einfach ein wunderschönes Mädchen«, sagte er. »Es gibt eine Masse wunderschöner Mädchen, aber die kennt die Herzen der Männer. Sie läßt nicht ihr Kleid so wie die andern fallen, sie zieht es sich über den Kopf. Deshalb ist sie heute Spitzenklasse in ihrem Beruf.«

Wir waren im Loop-Viertel viel öfter, als unbedingt notwendig war, und liefen regelmäßig Coblin in die Arme, der während der Schulstunden vor Theaterkassen anstand. Er sagte mir nie ein unangenehmes Wort deswegen. Er sagte nur wie einer, mit dem man Pferde stehlen konnte: »Was gibt's heute, Augie? Hat der Bürgermeister die Schule zugemacht?« Aufgekratzt wie immer, grinsend und vergnügt stand er unter den kalkigen und roten Lampen des Baldachin-Vorbaus der Kassenhalle wie der alte König der schottischen Nebel, dessen Gesicht auf der einen Seite aus Smaragden und auf der anderen aus roten Edelsteinen gemacht war. »Gibt's hier was Besonderes?«

»*Bardelys der Wunderbare* und Dave Apollon und seine Komarinsky-Tänzer. Kommt mit und leistet mir Gesellschaft.«

Zu dieser Zeit hatten wir Grund, die Schule zu meiden. Steve Bulba, der Seemann, der in der Schule mit mir das gleiche Spind teilte, dicknasig und rot, mit sorgfältig ausrasiertem Fassonschnitt und Angeberkoteletten, die zeigen sollten, wie »gefährlich« er war; bärenhaft schwerfällig, in seinen auf die Erde aufstoßenden, mit vielen Knöpfen benähten Seemannshosen und seinen drohenden, rattenschnauzigen Schuhen; ein Einbrecher, der in leerstehenden Wohnungen die Installation abmontierte und die damals bei uns oft benutzten privaten Münzfernsprecher aufknackte und ausnahm – dieser Bulba hatte mein Heft für Physik und Chemie genommen und als sein eigenes umfrisiert. Da ich nicht gegen Bulba ankonnte, pumpte mir Jimmy sein Heft, und ich radierte sorgfältig seinen Namen aus und schrieb meinen Namen darauf. Wir wurden erwischt, und Simon wurde als Vertrauensschüler zu uns zitiert. Simon wollte ebensowenig wie ich, daß Mamma in die Schule gerufen wurde. Schließlich bekam er es fertig, Wigler, den Naturkundelehrer, umzustimmen. Aber die ganze Zeit über stellte Bulba, mit kleinen Äuglein sanft dreinblickend, die Stirn vor dem milden Winterlicht in der Klasse in Falten gezogen, friedlich und undurchsichtig Versuche an, sein Taschenmesser wie ein drohendes, giftiges Insekt auf all seinen Schneiden stehen zu lassen.

Nach alledem hatte es Jimmy nicht schwer, mich zu überreden, besonders, wenn wir nachmittags Physik oder Chemie hatten, mit ihm in die Stadt zu gehen und dort, wenn wir nichts Besseres vorhatten, mit seinem Bruder Tom im Fahrstuhl des Rathauses von der vergoldeten Eingangshalle bis zum Stockwerk des Kammergerichts hinaufzufahren. Wir schwebten empor und hinab und kamen in dem Käfig in Tuchfühlung mit hohen Tieren und Abteilungsleitern, mit Stadträten, Taschendieben, Leisetretern, mit Eizesgebern, Luden, Wölfen, Abfertigern, Klägern und Plattfüßen von der Polizei. Da waren Männer mit breitkrempigen Hüten und Frauen in Eidechsenschuhen und Pelzmänteln; Treibhaus- und Polarluft vermischten sich, Brutales und ein Air von Sex, augenfällige Beweise für zu schweres Essen und regelmäßiges Rasieren, Kalkulationen, Kummer und Sorglosigkeit und Hoffnungen auf ungeheuer viele Millionen für Beton und ganze Mississippis von geschmuggeltem Whisky und Bier.

Tommy schickte uns in die Lake Street zu seinem Börsenmakler, der mit faulen Aktien handelte. Er versteckte sich hinter den Paneelen eines Zigarrenladens, später hinter seinem Notizbuch. Tommy hatte gute Beziehungen, um Tips zu bekommen. Aber selbst in jenen Jahren, als das Geld nur so zu springen schien, kam er nie mit mehr heraus, als er gerade hineingesteckt hatte. Wenn man nicht die Gewinne mitzählte, die er für seine Garderobe und die Geschenke an seine Familie anlegte. Die Kleins waren alle große Geschenkemacher. Hausmäntel und Umschlagtücher, venezianische Spiegel und Stickereien mit Schloß-im-Mondlicht-Motiv, Teewagen, Couchtische, Lampen mit Onyxsockel, Kaffeemaschinen und elektrische Toaströster und Romane – alles Geschenke. Kartons voller Sachen steckten in Kammern und unter den Betten und erwarteten den Tag, an dem sie gebraucht würden und nützlich sein könnten. Und doch sahen die Kleins, abgesehen von den Sonntagen, an denen sie sich toll herausputzten, arm aus. Der alte Klein trug seine Weste über seinem langärmligen Unterhemd und rollte sich seine Zigaretten mit einer kleinen Zigarettenmaschine selbst.

Die eine der unverheirateten Töchter, sie hieß Elinor, liebte den

Zigeunerstil und machte sich mit flammenden, knalligen Blumen und japanischen Farben zurecht. Dick und bleich, mit einem intelligenten Tscherkessenschwung in ihren Augen, sehr menschlich, hatte sie sich mit ihrem traurigen Los abgefunden und nahm es als eine unveränderliche Tatsache hin, zu dick zu sein, um einen Ehemann zu finden, und sah es ihren verheirateten Schwestern und flinken Brüdern milde nach, daß sie mehr Glück hatten als sie. Sie hatte einen gutmütigen, eigentlich mehr männlichen oder brüderlichen Ton an sich. Zu mir war sie besonders freundlich, sie nannte mich »Schatz« und »Brüderchen« und »Herzensbrecher«, legte mir die Karten und strickte mir eine dreispitzige Mütze fürs Schlittschuhlaufen in Gelb und Grün, damit ich wie ein norwegischer Meisterläufer auf dem zugefrorenen Teich aussähe. Wenn es ihr wohl genug ging – sie litt an Rheumatismus und hatte mit Frauenleiden zu tun –, dann arbeitete sie in der Verpackungsabteilung einer Seifenfabrik im Norden der Stadt, und war sie zu Hause, dann saß sie mit ihrer Mutter in der Küche, eingewickelt in schreiend buntes geblümtes Zeug, ihr schweres schwarzes Haar im Nacken gelöst und auf dem Kopf zu einem Knoten zusammengedreht, Kaffee trinkend, strickend, lesend, ihre Beine rasierend, auf dem Grammophon Operetten spielend, ihre Nägel lackierend und dabei, diese notwendigen oder beinah notwendigen oder vollkommen überflüssigen Dinge tuend, sich unmerklich immer mehr und immer tiefer in die Stimmung der Sitzengebliebenen versinken zu lassen.

Die Kleins achteten und verehrten Oma Lausch der Mühe wegen, die sie sich mit uns machte. Aber wie dem auch war, Oma hörte von einer ihrer Pinkertonquellen, daß Georgie bei den Hühnern zwischen den Häusern gesehen worden war – die armen Tiere erreichten nie volle Größe und starben vor Mangel an Sonne und gutem Futter schimmlig verfilzt und verwachsen –, und die Alte bedachte die Kleins mit einigen sehr häßlichen Ausdrücken. Sie ließ sich nicht herab, ihnen eine Kostprobe ihres Scharfsinns zu geben, weil es keinen Zweck hatte, sich mit ihnen herumzustreiten; manchmal konnten sie mir, dank des Einflusses von Jimmys Onkel Tambow, der in seinem Bezirk bei den Wahlen die Stimmen seiner Angehörigen bekam und ein ziemlich wichtiges Pferd im Stall der Republikaner für die Bezirkspolitik war, den einen oder anderen kleinen Auftrag verschaffen. Vor den Wahlen hatten wir einen sehr guten Monat, weil wir die Wahlpropagandaschriften verteilen mußten. Tambow konnte uns ziemlich oft gebrauchen, wenn ihn irgend jemand wegen eines Geschäfts behelligte, wo es um auf der Post verlorengegangene Sachen oder das herrenlose Gut eines Bankrotts ging. Um ihn von seiner Kartenspielerei wegzulotsen, mußte es schon etwas sein, was die Sache wert war. Aber wenn er seine Rasierapparate, Ledersenkel oder Puppengeschirre, Kinder-Xylophone, Glasschneider, Hotelseife oder Erste-Hilfe-Garnituren, alles gewerbescheinfrei, eingekauft hatte, machte er einen Stand auf der Milwaukee-Avenue auf und stellte uns als Verkäufer an. Seine eigenen Söhne lehnten es ab, für ihn zu arbeiten.

Er war geschieden und lebte allein in einem Zimmer. Er hatte eine mächtige Nase und eine schlaffe, ausgebeutelte Haut, Tränensäcke wie ein Fische jagender Vogel, faltig, etwas grünlich und grau. Geduldig, mit schnellen Augen, saß er fett wie ein tief in seinem Sattel zusammengesunkener *vaquero* auf seinem Stuhl und stieß ein pfeifendes Geräusch aus, wenn er von der Bürde seiner Leibesfülle und dem Biß in seine Zigarre aufatmete. Aus seiner Nase und auf den vielfältigen Ringfalten seiner Fingerknöchel sprossen Haare. Alle Jahreszeiten bedeuteten ihm gleich viel. Ob im Mai oder November, sommers oder winters, hatte er sein Elf-Uhr-Frühstück, Tee mit Milch, Würfelzucker und süße Brötchen; zum Mittagessen Steak und Bratkartoffeln; rauchte er seine zehn bis zwölf Ben Beys, trug immer die gleichen Hosen mit den Altherrenstreifen und einem konventionellen dunklen Hut, der den Nimbus gesellschaftlicher Überlegenheit um sein orginelles, kraftvolles Gesicht legte, während er überlegte, was er melden, Bube oder As spielen, oder ob er seinem Sohn Clementi die zwei Dollars, deretwegen er öfter hereinkam und fragte, geben könnte. Clementi war sein jüngerer Sohn, der bei seiner Mutter und seinem Stiefvater im Hinterzimmer ihres Kinderkleidergeschäfts lebte. Tambow sagte: »Mein Junge, mit Vergnügen«, oder »Morgen, mit Vergnügen«. Tambow sagte niemals nein zu Söhnen, die einen Stiefvater hatten. Und unter gut fünf harten Schalen im Innern seines alten Adam, in dem Fett, dem Tee und dem Zwiebelbrand seiner Kneipenhauptquartiere, in seinem Schoß Asche zerstäubend und mit der anderen Hand Karten aufnehmend, machte er sich trotz all seiner anderen Fehler nichts aus Geld; wie die Kleins ging er wie ein Großfürst damit um. Und Clem war ebenfalls ein flotter Freihalter und zahlte die Runde. Aber arbeiten wollte er nicht, weder für seinen Vater noch für sonst irgendwen. So stellte der alte Tambow uns ins Gewühl der Milwaukee-Avenue, gab gewöhnlich

Sylvester die Oberaufsicht, steckte den Schupos was zu, damit wir keine Schwierigkeiten bekamen und ging zum Kartenspiel zurück. Sylvester hatte eine schlechte Zeit. Er hatte den Pachtvertrag für das Kino verloren, das sowieso ein Verlustgeschäft gewesen war – jetzt war ein Farben- und Tapetengeschäft drin –, und lebte bei seinem Vater, weil seine Frau ihn verlassen hatte, und, wie er uns selbst erzählte, mit Steinen nach ihm warf, wenn er versuchte, durch den Hinterhof kommend, sie zu besuchen. Er hielt sie für verrückt und schickte ihr einen Brief, in dem er in die Scheidung einwilligte. Um das Geld für seine Studiengebühren am Armour-Technikum aufzubringen, wo er versuchte, seine Diplomarbeit abzuschließen, hatte er seine Möbel und die Vorführapparate verkauft, und jetzt, sagte er, wäre er zu lange aus der Schule, um wieder in einem Klassenzimmer sitzen zu können. Der Novemberwind trieb ihm, als er mit uns auf der Milwaukee-Avenue stand, Tränen in die Augen, er hatte die Hände in seinen Manteltaschen geballt, den Kopf eingezogen, schlug der Kälte wegen einen Fuß an den andern und erzählte traurige Witze. Den Altersunterschied zwischen uns beachtete er nicht. Er erzählte alles, was er dachte. Wenn er sein Diplom gemacht hätte, würde er weggehen, um sich den ganzen Erdball anzugucken. Fremde Regierungen schrien ja nach amerikanischen Ingenieuren, und er brauchte sich nur die Fahrkarte, wie er wollte, auszustellen. Er würde nach Kimberley gehen können, wo, wie er glaubte, die Eingeborenen wahrhaftig versuchten, Diamanten in ihren Eingeweiden zu verstecken. Oder nach Sowjetrußland – und dann erzählte er, lang und breit – die ganze Geschichte –, daß er mit den Roten sympathisierte und Lenin, aber ganz besonders Trotzki, verehrte, der, während Zar, Pfaffen, Barone, Generäle und Großgrundbesitzer aus ihren Palästen ausgeräuchert wurden, in einem Panzerwagen herumreiste, französische Romane las und im Bürgerkrieg gesiegt hatte.

Währenddessen saßen Jimmy und ich auf Tambows großen zwei Koffern, riefen: »Kaufense Ihre Rasierklingen hier!« und widmeten uns dem Geschäft. Sylvester nahm das Geld ein.

4

Alle diese Einflüsse, einer wie der andere, standen, meiner wartend, bereit. Ich wurde geboren, und schon waren sie da, um mich zu formen; und deshalb erzähle ich mehr von diesen Einflüssen als von mir selbst.

Zu dieser Zeit und auch später besaß ich nur einen sehr schwach entwickelten Sinn für Konsequenzen, und die alte Dame hatte kein Glück mit ihren Warnungen und Voraussagen dessen, was meiner harrte – Arbeitsbescheinigungen, Lagerhallen, Erdarbeit, Zwangsarbeit im Steinbruch bei Brot und Wasser und lebenslange Unwissenheit und Herabsetzung –. Sie kam damit bei mir nicht weit. Heftiger und heftiger beschwor sie all das, besonders von der Zeit an, als ich begann, mit Jimmy Klein zu verkehren, und sie versuchte, straffe Hausdisziplin zu halten, ließ sich, ehe ich zur Schule ging, meine Fingernägel und den Kragen meines Hemdes vorzeigen, herrschte strenger über meine Tischsitten und drohte mir an, mich nachts auszuschließen, wenn ich noch nach zehn auf der Straße bliebe. »Wenn sie dich hereinlassen, kannst du ja zu Kleins gehen. Hör auf mich, Augie, ich versuche, dich etwas werden zu lassen. Aber ich kann dir nicht immer deine Mutter hinterherschicken, damit sie aufpaßt, was du tust. Ich will, daß du ein *Mensch* wirst! Du hast weniger Zeit, als du denkst, um dich zu ändern. Der Junge von Kleins bringt dich nur in Schwierigkeiten. Er hat diebische Augen. Sei mal ehrlich – klaut er? Ja oder nein? Aha! Er antwortet nicht. Wirklich«, sagte sie scharf auf mich einredend, »sag es!«

Ich antwortete tonlos: »Nein« und fragte mich, was sie wohl wüßte und wer ihr was erzählt haben könnte. Denn Jimmy stahl sich, wie Staschu Kopecs, in Geschäften und von Verkaufsständen, was er wollte. Und gerade zu dieser Zeit waren wir in einen Betrug verwickelt, der mit Deevers Kaufhausfiliale in unserm Bezirk zu tun hatte, wo wir als Gehilfen des Weihnachtsmannes in Elfenkostümen mit geschminkten Gesichtern extra für die Weihnachtssaison in der Spielzeugabteilung beschäftigt wurden.

Als Schüler im zweiten Jahr der Oberschule wurden wir langsam ein bißchen zu groß für so etwas, aber der Weihnachtsmann selbst, ein schwedischer Heizer und Hilfsarbeiter aus dem rückwärtigen Lager des Kaufhauses, war ungeheuer groß. Er war früher mal Heizer auf einem Erzkahn aus Duluth gewesen. Er hatte Muskeln, die Stahlstangen zusammenknoten konnten, Augenwülste wie ein Neandertaler, und Beulen auf der Stirn, die sehr nach verbotenem Schnaps aussahen, und eine Kruste von Kopenhagener Robbenschmalzler auf der vom Bart verdeckten Lippe. Über sein vollkommen durchlöchertes Unterhemd schnürte er Kissen, um sich dicker zu machen, stopfte sich die Hosenbeine aus, weil seine Beine lang und dünn waren, und wir halfen ihm dann in seinen Mantel. Angemalt, mit Theaterfettschminke geschminkt und mit Glimmerschnee beworfen, marschierten Jimmy und ich unter Tamburinschlagen und mit quäkenden Tuten, die beim Blasen aufgerollte Papierzungen vorschnellen ließen, durch den ganzen Laden, drehten in unseren Narrenkostümen aus Billardfilz Saltos und sammelten ein Rudel Kinder, um sie in den dritten Stock hinaufzuführen, wo der Weihnachtsmann in seinem Schlitten, von einem kunstvoll von der Decke herabhängenden Rentier gezogen, saß und die Spielzeugeisenbahnen kicherten und Zahlkörbe mechanisch an Drähten geschwind zum Käfig der Kassiererin huschten. Hier hatten wir die Aufsicht über eine mit rotem und grünem Papier, Christdorn, Diamantpuder und Lametta ausgeschmückte Tonne voller Überraschungspäckchen. Diese Weihnachtspäckchen verkauften sich fünfundzwanzig Cent das Stück, und Jimmy entschied, daß man keine Bestandsaufnahme bei ihnen machen könne, und begann damit, sich jedes zehnte Fünfundzwanzigcentstück in die eigene Tasche zu stecken. Ein paar Tage lang sagte er mir nichts davon, hielt mich nur zum Mittagessen frei. Aber als sich der Umfang des Geschäfts zu vergrößern begann, weihte er mich in sein Geheimnis ein. Man erwartete von uns, daß wir das Geld, wenn wir zehn Dollar zusammen hatten, der Kassiererin brächten. »Sie schmeißt es mit dem Rest des Kleingelds zusammen gleich in den Sack«, sagte er. »Sie schreibt sich nicht auf, von wo es kommt, weil sie zuviel damit zu tun hat, es auszustreichen, also warum sollen wir nicht unseren Schnitt machen?« Wir hatten viele Auseinandersetzungen deswegen und erhöhten unseren Anteil auf fünfzig Cent bei zehn verkauften Päckchen. Um uns herum nahmen der Lärm, der ohnehin groß genug war, und das Glitzern noch zu. Jedermanns Denken wurde in diesem Weihnachtsgebimmel, Schwirren, Weihnachtsliedersingen und Signalpfeifen zerstreut, und das, was wir im geheimen mit unseren Händen taten, konnte nicht beobachtet werden. Wir stahlen ganz ansehnliche Summen. Jimmy war mir voraus. Nicht nur, daß er früher begonnen hatte, ich fiel infolge des Genusses von Butterkremtorte und anderer schwerer Sachen, die wir uns zu Gemüte geführt hatten, für ein paar Tage aus. Vielleicht kam es aber auch durch die nervöse Überspannung des brillanten Erfolges unseres unrechten Tuns und des Problems wegen, wie dieses Geld auszugeben sei. Jimmy gab eine Menge für Geschenke aus – für elegante Hausschuhe und pomponverzierte Pampuschen für jeden, Hausjoppen, schreiende Schlipse, Flickenteppiche und Aluminium, »Garantiert unverwüstlich!« Von mir bekam Mamma einen Bademantel und die Alte eine Kameenadel, Georgie Schottensocken und Simon ein Hemd. Ich beschenkte Missis Klein und auch Elinor und einige Mädchen in der Schule.

Die Tage, an denen wir nicht arbeiteten, zog ich vor, bei Kleins zuzubringen, wo die Fensterbretter auf gleicher Höhe mit dem Trottoir verliefen, und ich bekam einen Geschmack davon, was es so für Gangster wie Roger Touhy, Tommy O'Connor, Basil Banghart oder Dillinger bedeuten mußte, zwischen Wohnzimmermöbeln herumzusitzen, während draußen etwas von ihren Missetaten ruchbar wurde: sie hatten sich das Gesicht operieren und die Fingerspitzen ätzen lassen, spielten den Zurückgezogenen, hörten sich Sportnachrichten an und schickten jemanden nach Bouletten und Milchcocktails, und am Ende liefen sie auf einem Dach, oder wenn sie gerade ins Kino gingen, in eine Falle. Manchmal beschrifteten wir Jimmys Stammbaum, da die Kleins glaubten, man könnte ihre Herkunft bis ins dreizehnte Jahrhundert und bis zu einer spanischen Familie, die Avila hieß, zurückverfolgen. Die Kleins hatten einen Vetter in Mexiko City, der fabrizierte Lederjacken und war der Begründer dieser Theorie. Was mich betraf, so war ich durchaus bereit, an derartige Glücksfälle unter seinen Vorfahren zu glauben. Ich arbeitete mit Jimmy auf einem Bogen Millimeterpapier. Ich beschriftete den Familienbaum mit roter Tinte und chinesischer Tusche. Ich war bedrückt.

Am Ende der Weihnachtsfeiertage schnappte uns Deever. Der Filialleiter kam zu uns und sprach mit Oma. Es hatte doch eine Bestandsaufnahme der Überraschungspäckchen stattgefunden. Wir machten keinen Versuch, den Diebstahl zu leugnen, und ich ließ auch keinen Zweifel an der Summe von siebzig Dollar lautwerden, die der Filialleiter angab, obwohl das, was wir genommen hatten, tatsächlich weniger ausmachte. Die Alte weigerte sich zuerst, mir aus der Patsche zu helfen. Eiskalt sagte sie zu Simon, es wäre besser, Lubin, den Sozialpfleger zu rufen, denn das hier ginge über ihre Kraft; sie hätte nur auf sich genommen, bei der Erziehung von Kindern behilflich zu sein, nicht mit Verbrechern fertigzuwerden. Aber Simon kriegte sie herum; denn, sagte er, die Wohlfahrt würde wissen wollen, wie lange wir in Arbeit gewesen wären und warum man ihnen davon nicht Meldung gemacht hätte. Tatsächlich hatte die alte Dame nicht die geringste Neigung, mich in die Erziehungsanstalt stecken zu lassen, wie mir angedroht wurde. Aber die Drohung wurde ausgesprochen, und ich war darauf vorbereitet, zum Jugendgericht zu müssen und danach in die Besserungsanstalt, und nahm, mit geradezu chinesischer Ergebenheit, ihr Recht hin, mich so zu bestrafen, und daß ich alles mit mir geschehen lassen müsse, was sie wollten. Das bedeutete zum Teil, daß ich glaubte, die Leute hätten recht, weil sie sich so aufregten. Andererseits fehlte mir aber doch die wahre Überzeugung, ein Verbrecher zu sein, die Überzeugung, daß ich auf der falschen Seite der über die ganze Welt gezogenen Trennungslinie, bei dem schlechteren oder schwächeren Teil der Menschheit stand, der an besonderen Augenbrauen, unentwickelten Daumen, Spaltohren oder Sattelnasen zu erkennen ist. Zu dieser Zeit wurde nicht nur gedroht und geschimpft, ich wurde bis zum letzten gedemütigt. Nachdem der erste große Krach mit Pauken und Trompeten vorüber war, ließ mich Oma links liegen. Simon nahm Abstand von mir. Ich konnte ihm nicht vorwerfen, daß er mir den Rat des fehlenden Kleingeldes wegen gegeben hatte; darauf hätte er nur abweisend geantwortet, daß ich eben ein Idiot wäre und mich auch so benähme, und er wüßte überhaupt nicht, wovon ich eigentlich redete. Mamma muß das Gefühl gehabt haben, über ihrem Haupte kreuzten sich zu dieser Stunde die Bahnen all ihrer Unglückssterne, und ihre unglückselige Nachgiebigkeit unserem Vater gegenüber finge nun an, sichtbar ihre letzte Vergeltung zu zeitigen. Selbst sie machte einige scharfe Bemerkungen zu mir. Ich litt wie ein Ziehhund. Aber bei allem brachten sie mich doch nicht dazu, zu Kreuze zu kriechen – obwohl ich von dem Gedanken an eine Verurteilung zu Gefängnis, an einen kahlgeschorenen Kopf, von Gefängnissuppen ernährt, Appell im Dreck, geschurigelt und kommandiert zu werden – nicht unberührt blieb. Wenn sie entschieden hatten, daß das meiner wartete, sah ich nicht ein, was ich dann noch dagegen hätte tun können.

Aber ich war niemals wirklich in Gefahr, in die Besserungsanstalt zu kommen. Der Bademantel, die Kameenadel und die anderen Sachen wurden zurückgegeben. Von meinem Verdienst bei Coblin wurde genug gespart, um das Geld abzuzahlen. Jimmys Familie bekam ihn auch los. Er bekam von seinem Vater Dresche, seine Mutter weinte, und die ganze Geschichte war für ihn lange vergessen, ehe meine Verdammung auch nur ein bißchen gelockert wurde. Bei uns zu Hause ging es viel strenger zu. Auch mit mir waren Kleins nicht länger böse. In ihren Augen war das, was geschehen war, weder Anlaß, sich groß zu ärgern, noch Grund zu denken, daß meine Seele daran Schaden genommen hätte. Nach ein paar Tagen war ich ihnen so willkommen wie immer, und Elinor nannte mich weiter »Schatz« und strickte mir einen Schal, als Ersatz für einen, den ich Deever hatte zurückgeben müssen.

Nachdem Jimmy seinen Schreck überwunden hatte, sich die ganze Zeit über ungerührt und zynisch behauptend, und nachdem er, ohne mit der Wimper zu zucken, die ihm unterhemdsärmlig verpaßten scharfen, ziellosen Prügel von seinem Vater bezogen hatte, regte er sich darüber auf, daß Deevers noch an uns verdient hätten. Hatten sie auch. Er hatte sich verschiedene Möglichkeiten der Rache ausgedacht und ging so weit, vom Niederbrennen des Kaufhauses zu reden. Aber ich hatte wegen Deever so viel Ärger, wie ich nur wollte, gehabt; und er natürlich genauso, aber zum Schluß noch einen Anschlag zu planen, besänftigte bei ihm wenigstens eetwas die Stinkwut, die er hatte.

Jimmys Vetter, Clem Tambow, lachte uns schallend aus, als er von unserer Idee, den ganzen Laden einfach niederzubrennen, und von noch andern Mordbrennerphantasien hörte. Er schlug uns vor, wenn wir uns etwas von dem Geld, das wir eingebüßt hätten, zurückgewinnen wollten, sollten wir uns doch beim Charleston-Preistanzen im Webber-Theater beteiligen und damit versuchen, einen ehrlichen Dollar zu verdienen. Er zog uns nicht etwa auf. Er wollte gern Schauspieler werden und hatte sich schon bei einer öffentlichen Talentprobe produziert und einen Briten zu mimen versucht, der eine lange Geschichte über einen Vorfall im Khyberpaß erzählen will. Die Polen und Schweden machten alle »Buuh!«, und der Inspizient zog ihn mit einer Hakenstange in die Kulissen zurück. Sein Bruder Donald hatte mit dem Lied »Marquita« und Steptanzen wirklich fünf Dollar gewonnen. Donald war der Beau unter den Brüdern, schwarz und gelockt – Mutters Sohn. Sie war auch schön und würdevoll und trug in ihrem Laden schwarze Kleider und ein Pincenez. Sie redete ständig von ihrem Bruder, einem Industriellen, der während des Krieges in Warschau an Typhus gestorben war. Clem hatte die kräftige Gesichtsfarbe, den knochigen Schädel, die harte, schnablige Vogelnase, die niederen Haarbüschel, großen Lippen – alles, mit Ausnahme der Leibesfülle – von seinem Vater. Und seine Beine waren sehnig und lang. Er hätte eine Chance gehabt, die Halbe Meile durch Chicago zu gewinnen, wenn er sich nicht seine Lungen mit Zigarrenrauchen versaut und sich nicht – womit er angab – mit dem, was die Gesundheitsbücher Selbstbefleckung und Schwächung der Manneskraft nennen, aufgerieben hätte. Er machte sich über seine Verdorbenheit lustig und über all das, was die sittenstrenge Welt erschauern macht. Mit Schenkeln, die so mager wie seine Waden und schwarz behaart waren, stolzierte er auf der Rennstrecke herum und gebärdete sich seinen Konkurrenten gegenüber, vierschrötige Brocken, die hüpfend Arm- und Beinübungen machten, hochnäsig und erhaben. Aber er war auch gleichermaßen ein bißchen verhuscht und seiner selbst unsicher. Oft hatte er in den schwarzen Augen seines langen, lächerlich-ernsten Gesichtes Melancholie. Er konnte melancholisch wie der Dreck sein. Zu mir sagte er, daß es nichts gäbe, was ich nicht besser könnte als er, wenn ich es nur wirklich wollte. »Aber ja«, sagte er, »du könntest Fosen becircen, die sich nach mir nicht mal umdrehen würden.« Er gab mir besonders auf diesem Gebiet alle Chancen. »Mit deinen Zähnen! Sie sind ausgezeichnet! Meine läßt meine Mutter zugrunde gehen. Wenn ich mal älter werde, werde ich ein Gebiß tragen müssen.« Ich mußte über beinahe alles, was er sagte, lachen, und er meinte oft zu mir, ich wäre närrisch. »Der arme March, da gibt's doch nichts, was ihn nicht zum Lachen bringen könnte.«

Aber im großen ganzen kamen wir gut miteinander aus. Er war meiner Grünschnabligkeit gegenüber nachsichtig, und ich hatte an ihm und Jimmy eine Stütze, als ich – mit den klassischen Symptomen, als da sind: gestörter Appetit, Geistesabwesenheit von allem anderen, Schmachten, mächtige Veredelung des Sinns für das eigene Äußere, Unzuverlässigkeit, und bis oben hin voller Vorstellungen aus dem Kino und Phrasen aus Schlagern – liebeskrank wurde. Hilda Novinson hieß das Mädchen. Sie war ziemlich groß, aber mit einem kleinen Gesicht, das bleich und von noch anderen Merkmalen gezeichnet war, die auf Brustschwäche schließen ließen. Sie sprach hastig, mit einer hellen, leichten und schüchternen Stimme. Ich sprach nie mit ihr, aber näherte mich ihr unter dem fadenscheinigen Vorwand zufälligen Vorübergehens, im geheimen aber geschwellt von Entzücken und mühsam atmend. Ich klotzte vorbei mit einem Gesicht, als ob ich kein Gefühl hätte und an etwas ganz anderes dächte. Mit dem russischen Zuschnitt ihres Gesichtes und den blassen Augen – niedergeschlagen und den geraden Blick verweigernd – sah sie, weit über ihr Alter, wie eine Frau aus. Sie trug ein grünes Jäckchen, sie rauchte, sie ging und preßte einen Packen Schulbücher gegen die Brust. Sie ging in offenen Galoschen, mit klirrenden Schnallen. Das Gespreizte solcher offenen, hochhackigen Galoschen und das geschwinde Klirren stachelten meine Liebeserregung noch mehr auf und ließen mich kochen von der idiotischen Begierde, mich ihr vor die Füße zu werfen.

Erst viel später, nachdem ich gescheiter geworden und »entseligt«, das heißt ernüchtert worden war, wurde ich sinnlicher. Aber so bei den ersten Malen begehrte ich das reine Gefühl und befand mich in einem Zustand von Ritterlichkeit, dabei möglicherweise durch Vererbung mit allen Physikalien der Liebe wohl versehen.

Ich kam nicht auf die Idee, daß Hilda dadurch, daß ich ihr folgte, geschmeichelt sein könnte, und war erstaunt, als mir Clem und Jimmy sagten, daß sie es sei. Ich folgte ihren Spuren in den Korridoren, manövrierte mich bei Korbballspielen hinter sie, trat in den Bonheur-Club ein, um so vielleicht nach der Schule einmal in der Woche eine Stunde mit ihr im gleichen Zimmer sein zu können, und stand ekelhaft leidend auf der hinteren Plattform der Straßenbahn, wenn sie nach Hause fuhr. Sie stieg vorne aus, und ich sprang hinten ab, hinein in den hochgeschaufelten nassen Schnee, auf die grauen vollgesogenen Bohlen der Westside-Street. Ihr Vater war Schneider, und die Familie wohnte in den Hinterräumen des Ladens. Hilda verschwand hinter dem Vorhang und – was tat sie? Zog sie ihre Handschuhe aus? Die Galoschen? Trank sie eine Tasse Kakao? Rauchte sie vielleicht? Ich selbst rauchte nicht. Schmökerte sie in ihren Büchern? Klagt über Kopfschmerzen? Vertraute ihrer Mutter an, daß ich im Glitzern der dunklen Straße an einem Nachmittag im Winter stapfend und in einem Schafspelz herumlungerte? Ich glaube nicht, daß sie das tat. Und ihr Vater, dieser dürre, unrasierte Schneider mit dem gekrümmten Rücken schien auch nichts von meiner Existenz auf der Straße zu ahnen. Und ich konnte ihn, solang ich wollte, betrachten, wie er da heftete, anfeuchtete und bügelte und dabei müde und selbstvergessen aussah. Wie dem auch sei, wenn sie einmal verschwunden war, kam Hilda nicht wieder heraus; sie verschwand in dem Haus und schien überhaupt draußen nichts zu tun zu haben.

»Da gibt es so viele Mädels, die scharf darauf wären!« sagte Clem Tambow, verächtlich die Nase rümpfend. »Wenn ich dich mal zu einer Nutte mitnehme, wirst du nicht mehr an deine Hilda denken«, sagte er. Ich gab ihm natürlich darauf keine Antwort. »Dann werde ich für dich einen Brief an sie schreiben«, bot er an, »und um eine Verabredung bitten. Sobald du auch nur ein einziges Mal mit ihr spazierengegangen bist und sie geküßt hast, wird für dich die ganze Sache mit einem Aufwasch erledigt sein. Dann wirst du sehen, daß sie dumm wie Bohnenstroh ist – und hübsch ist sie auch nicht mit ihren schlechten Zähnen!«

Ich lehnte auch das ab. »Also gut, dann werde ich mit ihr reden. Ich werde ihr sagen, daß sie zugreifen muß, weil dir noch die Schuppen auf den Augen liegen. Sie wird nie was Ansehnlicheres als dich finden, und das muß man ihr klarmachen, wenn sie's noch nicht selber weiß. Was reizt dich an ihr? Daß sie raucht, möchte ich wetten.« Schließlich sagte Jimmy: »Laß ihn in Ruh, er will die Fackel unglücklicher Liebe tragen«, und sie griffen sich obszön an ihr Geschlecht und lümmelten sich in den Polstersachen von Kleins herum, deren Wohnzimmer unser Club war. Aber ich hörte nicht auf, herzenstraurig, anbetend herumzuirren oder dem Schneiderladen schräg gegenüber, wenn der Nachmittag seine Blaue Stunde hatte, steif wie ein Totempfahl dazustehen. Ihr hagerer Vater hantierte mit seiner Nadel, beugte sich und dachte vermutlich nicht daran, welches Bild er in dem erleuchteten Ladenfenster für die Straße bot. Ihre hühnerdürre kleine Schwester, in schwarzen Trainingshosen, schnitt Papier mit der großen Schere.

Es dauerte einige Wochen, bis sich diese akuten Symptome verloren, und in der ganzen Zeit behandelte man mich zu Hause immer noch wie den letzten Dreck. Es machte nichts aus, daß ich während dieser Zeit des von der Liebe Geschlagenseins sehr wenig Geld nach Hause brachte. Simon kam und ging jetzt zu ungewöhnlichen Stunden und konnte, da er arbeitete, deswegen nicht zur Rede gestellt werden. Zum Mittagessen kamen wir überhaupt nicht mehr nach Hause; infolgedessen hatte Mamma noch zusätzlich die Arbeit, die wir sonst nachmittags erledigt hatten, wie Kohlen zu holen, Winnie auszuführen und Georgie von der Schule abzuholen und an den Waschtagen das beschwerliche Auswringen der großen Stücke zu besorgen, und sie wurde dabei schmaler und hagerer. Auf jeden Fall, es lag was in der Luft, das nach Anarchie roch, nach Mächten, die mit der Zeit und durch Aufschübe nur stärker wurden und die den Handstreich schon planten, der, wie in alten Zeiten, den Palast würde widerhallen lassen und die Köpfe der Höflinge dann, wenn sie es sich gewiß nicht träumen ließen, dumpf gegen die Mauern schmettern würde.

»Na, Augie? Was ist? Hast du vom Arbeiten genug?« sagte Oma zu mir. »Aufgehört zu arbeiten, eh? Willst du dein Lebtag von der Armenfürsorge leben?«

Zu dieser Zeit arbeitete ich in einem Blumengeschäft. Nur an den Nachmittagen, wenn ich die Zusammenkünfte des Bonheur-Clubs besuchte oder den Spuren der Herzfallen-Galoschen Hilda Novinsons durch den Matsch folgte, konnte ich leichthin sagen, daß Bluegreens keine Botengänge für mich hatten.

Bluegreen gab mir für jeden Nachmittag, was ihm gerade einfiel, und das gewöhnlich mehr für das Helfen beim Niederhalten und Verdrahten der inneren Strohlage der Kränze (er hatte viel Kundschaft unter Gangstern) als für das Austragen, da er damit rechnete, daß ich Trinkgelder bekäme, die alles in allem ganz schön waren. Ich fuhr nicht gern mit großen Kränzen oder Blumendekorationen für die Türen der Trauerhäuser auf der Straßenbahn, weil ich am späten Nachmittag mit dem Berufsverkehr zum Büroschluß zusammenstieß und um Platz kämpfen und gegen Schaffner und winterlich gestimmte Fahrgäste eine Ecke, in der ich die Blumen mit meinem Leib deckte, verteidigen mußte und dabei Blut und Wasser schwitzte. Mußte ich zu einer dieser Trauerfeiern, die bei uns auch in Räumen der Beerdigungsinstitute stattfinden, schwang ich mein Paket wie ein Baßgeiger seinen Kasten über dem Kopf und schubste mich langsam durch die mit dem Hintern wackelnde Menge hindurch, gewöhnlich war dann niemand in dem drapierten, schweigsamen Plüschglanz und rosenroten Mahagoniglühen des kleinen Saales, der mir ein Trinkgeld gegeben hätte. Irgendso ein Livrierter empfing mich, wie ich mit meiner gestrickten Schlittschuhkappe auf dem Kopf da ankam und nur durch gelegentliche Wischer mit meinen Wollhandschuhen meine laufende Nase gerade man so gesellschaftsfähig halten konnte. Das eine oder andre Mal geriet ich in eine irische Totenwache, wo man einen Krug geschmuggelten Rachenputzers kreisen ließ, der einem die Tränen in die Augen trieb, weshalb wir ihn auch Rotauge nennen. Das war dann in einer dieser abseits stehenden grünen Wohnlauben, die man über dem Schlamm des Hofes auf ausgelegten Bohlenpfaden erreicht, ein Raum voller Freunde und Trauernder. Wenn du in solche nach Whisky riechenden Totenzimmer mit deinen Blumen hineinkamst, warum war da niemand so in Anspruch genommen, daß man dich nicht wahrgenommen hätte, wie bei anderen Trauerfällen, die ich erlebt habe? Da konntest du sicher sein, mit ungefähr einem Dollar Kleingeld herauszukommen, das schwer in der Mütze lag. Trotzdem zog ich es vor, im Laden zu sein – inmitten dieser Blumendrift, den Elysischen Gefilden vergleichbar, die sich um die Kästen mit Blumenerde herum auftürmte, oder im hinteren Raum, wo all diese Rosen-, Nelken- und Chrysanthemen hinter den dicken Glasscheiben des Kühlschrankes gebündelt lagen. Besonders, als ich verliebt war. Bluegreen war auch ein imponierender Mann, blond, glatt und groß mit bemerkenswertem gesundem Fleisch – der Freund von Gangstern und Schnapsschmugglern. Er war sehr dicke mit Leuten wie dem »Barbier« Jake und zu seiner Zeit dem Bandenchef der Nordseite, mit Dion O'Bannion, der nebenbei auch selbst Blumenhändler spielte und in seinem eigenen Laden von drei Männern umgelegt wurde, die, wie man sagt, von Johnny Torrio gesckickt worden waren, die dann in einem blauen Jewett-Sedan einer Limousine, abhauten. Bluegreen benutzte Handschuhe, um sich vor den Dornen zu schützen, wenn er sich eine Rose abbrach, um sie mit der Schere zu beschneiden. Er hatte blaue, kalte Augen, die auf alles gefaßt waren, und eine große, fleischige Nase, die alles ein bißen satt hatte. Ich nehme an, daß etwas derart Konfuses entweder nur möglich ist, wenn einer scharfe Gedanken und ein breites Gesicht oder breite Gedanken und ein scharfes Gesicht hat. Bluegreens Möglichkeit war die erste, wegen – wie ich schätze – seiner Beziehungen zu den Gangstern und als Auswirkung der Furcht oder seiner Gedanken über die zeitliche Begrenzung dieses hinfälligen Lebens. Das machte ihn zu dem, was er war. Er konnte ungezogen und bitter und manchmal sehr widerborstig sein. Besonders nach einem Aufsehen erregenden Mord an einem der berüchtigten Genna-Brüder oder der Aiellos. Und in diesem Winter wurde eine ganze Menge von diesen Knaben umgelegt.

Es war für jeden ein schlechter Winter – nicht nur für Berühmtheiten, sondern auch für Leute, die an nichts anderes zu denken vermochten als an ihr eigenes Auf und Ab und genug mit den begrenzten Wegen ihrer Herzen und Gedanken zu tun hatten. Sagen wir, Leute wie Kreindl, Elinor Klein oder wie meine Mutter. In jenen Tagen war Kreindl reizbar wie eine Opernsängerin und veranstaltete in seiner Souterrainwohnung zermürbende Auftritte, zerschmiß Geschirr auf dem Fußboden und stampfte mit dem Fuß auf. Und Elinors Lebensgeister sanken auf den Nullpunkt, und sie weinte oft allein auf ihrem Zimmer über den ganzen Gang ihres Lebens. Es gab eine Masse solcher Anlässe, genug, um – einfach aus der Stimmung eines Tages – alle zu berühren und zu bewegen. Ich hätte das wahrscheinlich auch mehr an mir selbst wahrgenommen, wenn es nicht Hilda Novinson gegeben hätte.

Mamma war auch sehr nervös. Das konnten nur Eingeweihte feststellen, da sie es mit keinem der üblichen Anzeichen verriet. Mir fiel es an der Bitterkeit auf, die durch ihre Gefügigkeit hindurch zu bemerken war, auch daran, daß sie ihre schwachen grünen Augen länger auf den sie umgebenden Dingen ruhen ließ, und manchmal an einer Art, Atem zu schöpfen, die nichts mit der Anstrengung bei ihrer Arbeit zu tun hatte. Sie war von einer benommenen Wachsamkeit, der Bedeutsamkeit des einen oder anderen Omens wegen.

Mit einem Mal wußten wir alle, was im Gange war: die Alte war gerüstet, ihren Schlag auszuteilen. Sie wartete auf einen Abend, an dem wir alle zum Abendbrot zusammen waren. Ich kam vom Austragen der Totenblumen nach Hause; Simon hatte vom Bahnhof frei. Die Alte schlug auf ihre abrupte Art zu und erklärte, es sei nun Zeit, etwas wegen des heranwachsenden Georgie zu unternehmen. Auf dem Tisch stand geschmortes Rindfleisch, und jeder, der Junge einbegriffen, fuhr fort, Fleisch zu essen und die Soße aufzutunken. Ich habe nie wie die Alte angenommen, daß er, wenn man über ihn sprach, das nicht bemerkte; nicht mal der Köter war so, sogar er wußte, wenn von ihm gesprochen wurde, selbst dann, als er kurz vor seinem Tode taub geworden war. Und manchmal hatte Georgie, wenn von ihm das Gespräch war, den Gesichtsausdruck und das Lächeln der Mona Lisa, ein feiner Ausdruck, der von seinen weißen Augenlidern und Wangen nach unten glitt, etwas wie der Widerschein einer Weisheit, die durch Unvermögen gefangen gehalten wurde. Ich behauptete sogar, daß darin etwas wie ein Urteil über unser aller Leben war.

Das war nicht das erste Mal, daß Oma von Georgies Zukunft

sprach, aber heute handelte es sich nicht um eine einfache neue Beobachtung, sondern sie ging der ganzen Sache auf den Grund. Ich nehme an, Mamma wußte bereits, um was es ging, nach dem gespannten Ausdruck zu urteilen, der in ihr Gesicht kam. Früher oder später müßte etwas wegen Georgie unternommen werden, meinte die Alte. Jetzt, wo er größer zu werden begann und langsam wie ein Mann aussah, war es schwer, mit ihm fertig zu werden. Was würden wir wohl tun, wenn es ihm in den Sinn käme, irgendein Mädchen anzufassen, meinte sie, und wir mit der Polizei zu tun bekämen? Damit strafte sie uns für all die Schwierigkeiten, den Ungehorsam, den Eigensinn und für die Blindheit unserer tatsächlichen Lage gegenüber, und hauptsächlich ging es gegen mich, wie ich sehr wohl heraushörte. Sie meinte, Georgie müßte in eine Anstalt. Es war einleuchtend, daß er nicht sein ganzes Leben lang bei uns bleiben könnte, und wir hätten uns bis jetzt nicht fähig gezeigt, Belastungen zu ertragen. Außerdem müßte Georgie irgendwas lernen und als Korbmacher, Bürstenbinder ausgebildet werden oder als irgend etwas anderes, was ein Schwachsinniger lernen könnte; irgendeine Beschäftigung, die mithelfen würde, seinen Unterhalt zu bezahlen. Sie schloß nachdrücklich mit der Drohung, daß Nachbarn, die kleine Töchterchen hätten, bereits ungehalten wären, ihn – der schon so weit wäre, lange Hosen zu tragen – sich auf den Höfen herumtreiben zu sehen. Um ihren Abscheu nicht allzu fein auszudrücken, meinte sie, daß er nun als entwickelter Mann zu gelten habe. Sie sagte es, als handelte es sich dabei um irgend etwas Böses, dem nun, wie dem auch sei, ins Gesicht gesehen werden müsse. Sie legte das alles deutlich in ihr vom Abscheu verzerrtes Großmuttergesicht und überließ uns ihrem Entsetzen.

Ah, das war was für sie, uns zu zwingen, einen langen Schluck von ihrer Wirklichkeitsmixtur zu nehmen und die ernüchternde Wirkung davon in unseren Augen verfolgen zu können! Als sie ihre Rede beendet hatte, sah sie uns mit dem furchtbaren Ausdruck boshafter Genugtuung an. Ihre Augenbrauen waren gesträubt. Ich behaupte, daß Georgie ahnte, um was es ging, während er zu essen fortfuhr und die Soße auftunkte. Ich möchte es nicht so verstanden wissen, als ob nun verteufelte Bosheit allein ihre Haltung bestimmt hätte und er nichts als engelhafte Reinheit gewesen wäre. Das konnte nicht wahr sein. Wenn sie uns diesen erschreckenden Vorschlag machte, durch den wir vermutlich nur Vorteile haben würden, so war das für sie eine schwierige, nüchterne Aufgabe. Wir hätten nicht die Kraft oder die Einsicht aufgebracht, diesen Entschluß zu fassen. Wie so viele anständige, gutmütige Leute, die aber so gut wie andere Leute auch leben müssen, mußten wir uns dabei, um durchzukommen, auf robustere Naturen verlassen. Aber das wäre wieder für Oma zuviel Rechtfertigung, weil die Sache ihr auch eine gewisse Befriedigung verschaffte. Sie ließ sich dieses gespannte »Aha!« entschlüpfen, mit dem sie sich immer selbst beim Schach gratulierte, wenn es ihr gelungen war, eine Falle zu schließen. Es war immer das gleiche, wir weigerten uns einzusehen, wohin wir mit unseren Fehlern gerieten, und schließlich traten die furchtbaren Konsequenzen ein. Es war dasselbe wie mit dem Bären des Elias, der sich auf die Kinder stürzte, die ihn verspottet hatten; oder wie mit dem Schlag Gottes, der den Juden niederschmetterte, der so gedankenlos seine Hand ausstreckte, um die Bundeslade vor dem Sturz vom Wagen zu bewahren. Es war die Strafe für Fehler, die wiedergutzumachen es jetzt zu spät war, genau das war es. Sie war glücklich, wenn sie im Namen dieser Unerbittlichkeit handeln konnte, vor der sie uns die ganze Zeit über warnte.

Georgie saß da, trat von einem Fuß auf den anderen und aß die Soße, und die unbewußte Engelhaftigkeit des Schwachsinnigen bildete einen (sonderbaren) Gegensatz zu dieser irdischen Beweisführung. Mamma versuchte, mit ihrer verletzten, hohen Stimme etwas zu entgegnen, aber was sie sagte, war verworren. Sie war an sich schon unfähig, viel zu sagen, was klar war, aber wenn sie aufgeregt oder verletzt war, konnte man sie überhaupt nicht mehr verstehen. Dann hielt Georgie mit Essen inne und begann, laut zu stöhnen.

»Du! Bist du ruhig!« sagte die Alte.

Ich sprach an seiner und Mammas Stelle. Ich sagte, daß Georgie bis jetzt noch nichts Schlimmes getan hätte und wir ihn bei uns behalten wollten.

Sie hatte mit diesem Einwand von mir gerechnet und war darauf vorbereitet. »*Kopfmensch meiner!*« *, sagte sie voll kraftvoller Ironie. »Genie, du! Willst du warten, bis er in Schwierigkeiten kommt? Bist du da, um dich um ihn zu kümmern, wenn du gebraucht wirst? Du treibst dich auf der Straße herum, zusammen mit diesem Klein, diesem Taugenichts, nur um stehlen und lauter so schmutzige Dinge

* Original.

zu lernen. Ich weiß nicht, aber vielleicht würde es dir Spaß machen, Onkel eines Bastards zu sein, den dein Bruder mit einem strohköpfigen Polenmädchen hat, und ihrem Packhofvater zu erklären, daß dein Bruder ein feiner Schwiegersohn für ihn wäre? Er würde dich wie einen Ochsen mit einem Vorschlaghammer erschlagen und uns das Dach über dem Kopf anzünden.«

»Na ja«, sagte Simon, »wenn Augie wirklich die Verantwortung für ihn übernehmen will –«

»Selbst wenn Augie besser wäre, als er ist«, antwortete sie rasch, »was wäre damit gebessert? Arbeitet Augie schon mal, gibt's mehr Ärger als Geld. Aber versuch dir mal vorzustellen, wie fein wir dran wären, wenn er überhaupt nicht arbeitete! Er würde den Jungen in jedem Fall bei Kleins lassen und sich mit seinen Freunden herumtreiben. Oh, ich kenne deinen Bruder, mein lieber Junge; er hat ein großes Herz aus reinstem Gold, wenn es ihn nichts kostet, und er wird dir alles versprechen, wenn sein Herz gerührt ist. Aber wie verläßlich er ist, brauche *ich* dir nicht zu erzählen. Aber vorausgesetzt, er wäre so gut wie seine Worte, was? Könntest du es, ohne das bißchen, was er einbringt, allein schaffen? Hast du ein Vermögen geerbt? Kannst du Dienstboten, *gouvernantkes* und Hauslehrer halten, für die Lausch sein Leben lang zurückgelegt hat, um sie unseren Söhnen zukommen zu lassen? Ich habe getan, was ich konnte, um euch ein bißchen Bildung und eine anständige Erziehung zu bieten, ja, selbst versucht, Gentlemen aus euch zu machen. Aber ihr dürft nicht vergessen, wer und was ihr seid, und euch darüber keinen falschen Vorstellungen hingeben. Deshalb sage ich euch, es ist besser, selbst das zu tun, was sonst die Welt an eurer Stelle, dann allerdings ohne Freundlichkeit, tun wird. Ich hab' ein bißchen mehr vom Leben gesehen als du, Simon. Ich weiß, wie Fehler korrigiert werden und auf wieviel Arten man allein seiner Torheit wegen, von anderen Dingen ganz zu schweigen, zugrunde gehen kann. Ich habe versucht, deinem Bruder etwas davon klarzumachen, aber er kann darüber so wenig geradeaus denken wie ein Betrunkener geradeaus pinkeln kann.« In dieser Art fuhr sie fort mit ihrem bedeutungsvollen Greinen und düsteren Prophezeien. Sie brauchte Simon nicht für sich zu gewinnen, Georgie, das war die einzige Frage, in der er mit ihr gleicher Meinung war. Seines Mitgefühls für Mamma wegen unterstützte er die Alte nicht offen, aber als wir beide allein im Schlafzimmer waren, hörte er sich, bequem ausgestreckt auf dem Laken liegend – die Laken waren aus Ceresota-Mehlsäcken zusammengenäht –, meine ganzen Vorwürfe und Argumente, ihr Ende mit überlegenem Gesicht abwartend, an; und als er glaubte, ich wäre so weit, ihm zuzuhören, sagte er: »Das kannste vielleicht einem erzählen, der von Tuten und Blasen keine Ahnung hat, aber doch nicht mir, Mensch. Warum benutzt du nicht mal ab und zu deine Ganglien, eh sich dein Gehirn in Staub verwandelt und in alle Winde fliegt. Die Alte hat recht, und du weißt das. Und bilde dir nicht ein, daß du der einzige bist, der sich um Georgie Gedanken macht, aber jetzt muß etwas mit ihm geschehen. Wie willst du wissen, was er vielleicht tun und aufstellen mag? Er ist kein kleiner ›Sprößling‹ mehr und wir können nicht sein ganzes Leben lang auf ihn aufpassen.«

Seit ich meine Arbeit auf dem Bahnhof verloren hatte, während meines Zores mit Wigler und dem »Seemann« Bulba und meiner Gaunereien im Kaufhaus Deever war Simon grob zu mir. Und er hielt auch nicht viel von Clem und Jimmy, und ich hatte den Fehler begangen, ihm zu erzählen, was ich für Hilda empfand, und mich damit der Lächerlichkeit preisgegeben. »Warum«, sagte er, »Friedl Coblin wird mal besser als die aussehen, wenn sie sich entwickelt hat, und wahrscheinlich auf jeden Fall Titten haben.« Natürlich wußte Simon, daß ich nicht nachtragend war, sondern eher der Typ, der sich genauso schnell beruhigt, wie er sich aufregt. Und er glaubte, das Recht dazu zu haben, mich so zu behandeln, weil er, in der Zeit, in der ich mich zum Narren machte, vorwärts kam, und er beabsichtigte, mich mit durchzuschleppen, wenn die Zeit dazu gekommen wäre, so wie es Napoleon für seine Brüder getan hatte. Während meiner schlimmsten Schwierigkeiten mit der alten Dame war er kalt wie eine Hundeschnauze gewesen und hatte von mir Abstand gehalten, hatte aber dann wiederum zu mir gesagt, daß ich immer mit seiner Hilfe rechnen könnte, wenn ich wirklich in Schwierigkeiten wäre, solange ich es nur einigermaßen verdiente. Er wollte mich nicht durch meine hohlköpfigen Freunde in die Klemme gebracht sehen. Ja, er fühlte sich mir und auch Georgie gegenüber verantwortlich. Ich konnte nicht behaupten, daß das in bezug auf Georgie von ihm geheuchelt gewesen wäre.

»Es hat mir eine Weile verdammt leid getan, als du da einfach Mamma reden ließest und überhaupt nichts gesagt hast«, sagte ich ihm. »Du weißt genau, daß ich nicht viel für den Jungen tun kann, es sei denn, ich höre mit der Schule auf und kümmer mich um ihn. Aber wenn Mamma ihn zu Hause haben will, solltest du das ihr überlassen. Und du hättest nicht da herumsitzen sollen und zusehen, wie sie sich selbst zum Narren macht.«

Simon lag auf der dunklen, eisernen Bettstelle, muskulös und blond. »Ob Ma alles mit einemmal oder tropfenweise bekommt, kommt doch auf ein und dasselbe 'raus«, schloß er nachdrücklich. Dann machte er eine Pause und spielte nachdenklich mit der Zunge an seinem gebrochenen Zahn. Er schien erwartet zu haben, daß ich ihm härter, als ich es tat, zusetzen würde, und als das Schärfste, was ich ihm zu sagen hatte, gesagt war, ließ er mich weiter hören, was ich ohnehin schon nur zu gut wußte. »Augie, sie hatte völlig recht damit, dich fertigzumachen. Du weißt, du bist verdammt schlampig gewesen. Aber in jedem Falle hätte der Junge nicht mehr länger als ein Jahr bei uns bleiben können. Selbst wenn du, was nicht der Fall ist, mehr beisteuern würdest.«

»Na und jetzt denkt sie, sie könnte uns alle kommandieren.«

»Laß sie denken«, sagte er. Er schnaubte sich in der lauten und nachdrücklichen Art, die ein Zeichen für Augenblicke äußerster Nüchternheit bei ihm geworden war, und knipste sich mit dem Fuß Licht an. Er begann zu lesen.

Danach konnte ich nicht mehr viel tun in dieser Sache. Ich konnte Oma nicht mehr länger als Oberhaupt unserer Familie anerkennen, und so wurde ein Teil ihrer alten Autorität auf Simon übertragen. Ich blieb lieber mit ihm zusammen in dem Zimmer, als 'rauszugehen und Mamma ins Gesicht sehen zu müssen, die, wenn der Abwasch fertig und die Krümel aus dem Tischtuch geschüttelt waren, in ihrem Sessel mehr liegen als sitzen würde, während die Glühbirne, die an eine preußische Pickelhaube erinnerte, die weichen Beulen und Blasen und den hartkörnigen Anstrich der Wände mit ihrem beschönigenden Schurkenlicht überstrahlte. Hatte Mamma einen Kummer, machte sie überhaupt kein Theater daraus; ihre Empfindung überwältigte sie vollständig. Sie machte weder Umstände noch Aufhebens davon, und man sah sie nicht weinen, sie schien nur auf eine außergewöhnliche und furchtbare Art angespannt aus dem Küchenfenster zu sehen, bis man näher kam und das tränengesättigte Grün ihrer Augen, das Rosa ihres Gesichtes und ihren geöffneten Mund mit seinen Zahnlücken erblickte, sie legte ihren Kopf nie gerade, sondern immer zur Seite geneigt an die Rückenlehne des Sessels. War sie krank, benahm sie sich genauso. Sie stieg im Nachthemd in ihr Bett, flocht ihr Haar in Zöpfe, damit es sich nicht verfilzte, und blieb für jeden unansprechbar, bis sie sich kräftig genug fühlte, um wieder auf den Füßen stehen zu können. Es hatte keinen Zweck, wenn wir mit einem Fieberthermometer ankamen, sie lehnte es ab, stumm überließ sie sich dem Schicksal, sie dachte nicht nach, dazu war sie zu unfähig. Sie hatte irgendwie eine ursprüngliche Auffassung von Untergang und Gesundung.

Ja, das mit George war nun beschlossene Sache, und sie, ohne irgend jemand einen Vorwurf zu machen, tat weiter ihre Arbeit, während Oma Lausch sich sputete, ihr Projekt auszuführen. Die alte Dame ging selbst zum Drugstore hinunter, um Lubin, den Sozialpfleger, anzurufen. Das allein war bedeutsam, weil sie, seitdem sie sich auf dem Glatteis am Waffenstillstandstag den Fuß verstaucht hatte, kaum noch den Fuß auf die Straße setzte, wenn Schnee lag. Alte Leute siechten oft an nicht heilenwollenden Knochenbrüchen hin, meinte sie. Übrigens konnte sie, wenn sie nur einen Häuserblock weit ging, das nicht in den Sachen tun, die sie zu Hause trug. Sie mußte sich umkleiden und ihre Wollstrümpfe – genauer gesagt, von verdrehten Gummibändern gehaltene Golfstutzen – mit seidenen vertauschen, ihr schweres Kleid anziehen, sich ihre dreifach geschlungene Kappe aufsetzen und, da sie schlecht aussah, sich pudern. Ohne sich daran zu kehren, was sie uns für einen unfreundlichen Anblick bot, steckte sie sich ihre durch die Luft schwingenden Federn mit Hutnadeln auf der Kappe fest und ging, nun in der Verfassung für Zeremonien, mit einer von greisenhaftem Unwillen beschleunigten Eiligkeit aus der Wohnung, mußte aber draußen auf der Treppe beim Runtergehen mit beiden Füßen immer auf jeder Stufe innehalten.

Es war an einem Wahltag, und über den Wahllokalen hingen Fahnen über Kreuz; behäbige Parteileute, denen der Atem dampfend vor dem Mund stand, schwangen lange Transparente mit dem Muster des Stimmzettels darauf und stapften im Schnee. Die Schule war geschlossen, und es wäre mir möglich gewesen, Oma Lausch zu begleiten, aber sie wollte mich nicht haben. Als ich dann eine halbe Stunde später mit dem Aschkasten hinausging, sah ich sie im verschneiten Durchgang knien. Hingefallen. Es tat weh, das zu sehen. Niemals war sie zuvor ohne Begleitung ausgegangen. Ich schmiß den Blechkasten weg und rannte zu ihr hin, und sie klammerte sich mit ihren vom Schnee nassen Handschuhen an meinen nur mit einem dünnen Hemd bekleideten Arm. Nachdem sie wieder auf ihren Füßen stand, wollte sie sich von mir nicht mehr stützen lassen. Entweder hatte sie die übertriebene, geschwollene Vorstellung, ein Opfer zu sein, oder auch den abergläubischen Gedanken an Vergeltung. Sie stieg allein die Treppe hinauf, humpelte geradenwegs durch die Wohnung in ihr Zimmer und fügte dort der Reihe ihrer heutigen Präzedenztaten noch eine weitere hinzu, indem sie ihre Tür hinter sich abschloß. Bis dahin hatte ich nicht einmal gewußt, daß überhaupt so etwas wie dieser Schlüssel existierte. Sie mußte ihn vom ersten Tag an zusammen mit ihren Juwelen und Familienpapieren versteckt gehalten haben. Erstaunt standen Mamma und ich vor der verschlossenen Tür und fragten, ob sie sich verletzt habe, bis wir die mit unverhohlener Wut gegebene Antwort erhielten, uns wegzuscheren und sie in Ruhe zu lassen. Und war mir vorhin beim Anblick ihres schneebesprenkelten Gesichts der Schreck zur Genüge in die Glieder gefahren, so zitterte ich jetzt vor der Katzenintensität ihrer Stimme. *Außerdem*, es war zum Bruch des eingefleischten Brauchs gekommen: eine Tür, die man sich weniger verschlossen als eine Kirchentür denken konnte, durch die man immer hatte eintreten können, besaß nun einen Schlüssel, und dieser Schlüssel wurde auch benutzt! Die Bedeutung dieses Wahltagsturzes trat noch stärker hervor, wenn man bedachte, daß Oma Lauschs Ritzer und Küchenbrandwunden ansonsten mit der größten Ernsthaftigkeit und Betulichkeit, begleitet von ausgesprochener Trauer und düsteren Ahnungen, das bedrohlich Schlimmste befürchtend, behandelt wurden. Nach dem Bestreichen mit Jod und Öl und dem Anlegen der Mullbinden pflegte sie dann zur Beruhigung ihrer Nerven eine Zigarette zu rauchen. Aber die Murads lagen in ihrem Nähkörbchen in der Küche, und sie kam nicht aus ihrem Zimmer heraus.

Die Mittagszeit ging vorüber, und es war bereits später Nachmittag, als sie herauskam. Sie trug eine dicke Bandage um ihr Bein. Sie kam auf den alten Pfaden des Hauses daher, auf den Papageienfarben des bis zur Fadenscheinigkeit abgetretenen Läufers, eine Linie entlang, dort, wo er den Wohnzimmerofen umsäumte und in den kurzen Flur der Küche mündete, wo die ausgetretene Bahn in das Braun des Linoleums überging, was zu einem guten Teil das Werk ihrer eigenen Füße und ihrer kieselfarbenen Latschen war, die ständig diesen Fuchswechsel nun schon fast zehn Jahre lang austraten. Sie hatte wieder ihre Alltagskleidung an, mit dem Schal um; so daß anscheinend wieder alles oder doch annähernd alles seinen gewohnten Gang gehen konnte; wenn auch dabei eine nervtötende Stille herrschte und ihr Gesicht, das versuchte, gleichmütig und ruhig auszusehen, bleich geworden war, als ob sie wirklich Blut oder, beim Anblick von Blut, doch ihre langbewahrte weibliche Kontenance verloren hätte.

Sie mußte furchtbar aufgewühlt und entsetzt worden sein, wenn sie es fertig brachte, ihre Tür zu verschließen; aber sie hatte sichtbar entschieden, daß sie zurückkehren, und so mondbleich wie sie war, wieder ihren Einfluß ausstrahlen mußte. Aber irgendwas war da verlorengegangen. Selbst die fransige, kurzatmige alte Hündin, der sich mit der Zeit die weiße Wolle um die Augen herum braun verfärbt hatte, lief langsam mit klickenden Pfoten herum, so als ob sie begriffen hätte, daß eine neue Zeit angefangen hatte und die letzten Reste eines alten Regimes umgestoßen würden; Zeiten, in denen Kanzler und Minister das Ende ihrer Herrlichkeit kommen sehen und Prätorianer und Schweizer Garden unruhig werden.

Ich verbrachte jetzt meine ganze Zeit mit Georgie in dem letzten Monat, zog ihn mit dem Schlitten durch die Gegend, ging mit ihm im Park spazieren, nahm ihn mit ins Gewächshaus des Garfield-Parkes, wo er Zitronenbäume blühen sehen konnte. Die Räder der Verwaltungsmaschine liefen schon, Anstrengungen in letzter Stunde hatten keinen Zweck. Lubin, der immer gesagt hatte, Georgie wäre in einer Anstalt besser aufgehoben, brachte die Papiere für die Einverständniserklärung, und Mamma mußte unterschreiben, da Simon sie nicht gegen die alte Dame unterstützte (und wahrscheinlich hätte selbst sie das nicht aufhalten können, da Oma sich in einer entscheidenden Aktion befand und mit der Kraft des Schicksals ihren Weg ging).

Nein, nichts konnte Oma Lausch widerstehen, davon bin ich überzeugt. Nicht jetzt und nicht in dieser Sache. Wenn man alles in Betracht zog, so war es, so traurig das auch klang, klüger, den Jungen in die Anstalt zu geben. So wie Simon sagte, eines Tages, später, würden wir es von uns aus tun müssen. Aber die Alte machte etwas aus der Sache, was notwendigerweise nicht hätte zu sein brauchen, eine Kraftprobe, ohne jeden Takt, ein Stück Sultanismus. Die Ursprünge dieses Verhaltens verstanden wir wenig: Enttäuschung, ärgerliches Schwanken des sich selbst aufgebürdeten stolzen Kampfes wegen schwächende Todesnähe, die ihr Urteil beeinträchtigte, möglicherweise auch der schärfste Ausdruck sturen animalischen

Instinktes oder eine Blase menschlichen Unternehmungsgeistes, die, aus dunklen Tiefen sich lösend, zerplatzte.

Was weiß ich? Aber man hätte Georgie doch auf andere Weise wegschicken können.

Schließlich traf die Benachrichtung ein, daß ein Platz für Georgie im Heim frei sei. Ich mußte zum Marinebekleidungsgeschäft gehen und ihm einen Koffer kaufen. Ich nahm den besten, den ich bekommen konnte – einen rotbraunen Gladstone mit soliden Stoßkappen an den Ecken. Er würde das Ding sein Leben lang haben, und ich wollte, daß es gleich das Richtige wäre. Ich brachte ihm bei, wie er mit den Schnappverschlüssen und dem Schlüssel zu hantieren hatte. Dort, wohin er jetzt ging, würden natürlich immer Leute sein, die ihm behilflich sein konnten, aber ich dachte, daß er lernen sollte, wenigstens ein wenig von dem, was ihm gehörte, selbst zu meistern, wenn er von einem Ort zum andern ging. Wir kauften ihm auch einen Hut in einem Laden für Kurzwaren. Es war ein später Frühlingsanfang, Tauwetter herrschte, obwohl die Sonne nicht schien, die Bäume und Dächer tropften. Mit diesem Erwachsenenhut und dem Mantel, den er nicht zu tragen verstand – er schien keine Notwendigkeit zu verspüren, ihm den richtigen Sitz auf der Schulter zu geben –, sah er erwachsen und wie ein Reisender aus. Tatsächlich war er schön und bot das Bild eines Weitreisenden mit seiner ganzen blassen, schwachsinnigen, impotenten Schönheit. Ihn so zu sehen genügte, um einen zusammenklappen und in Tränen ausbrechen zu lassen. Aber niemand weinte. Keiner von uns, damit meine ich meine Mutter und mich; Simon hatte ihm, als er am Morgen aus dem Haus ging, einen Kuß auf den Kopf gegeben und gesagt: »Komm gut hin, alter Knabe. Ich werde dich besuchen und mal nach dir sehen.« Oma Lausch blieb auf ihrem Zimmer.

Mamma sagte: »Lauf und sag der Omi, daß alles soweit fertig ist.«

»Ich bin's, Augie«, sagte ich vor Omas Tür. »Wir sind soweit.« Sie antwortete: »Ja, und? Dann geht doch.« Sie sagte das in der entschiedenen und ungeduldigen Art, die sie früher hatte, aber ohne die Frische und den Kapitänston, der ein wirkliches Kommando ausmacht. Die Tür war verschlossen, und ich nehme an, daß sie in ihrer Schürze, mit Schal und Pantoffeln auf dem Federbett lag, umgeben von dem Krimskrams ihres Lebens in Odessa auf ihrem Frisiertisch, auf der Kommode und an den Wänden.

»Ich glaube, Mamma möchte, daß du auf Wiedersehen sagst.«

»Was gibt's da auf Wiedersehen zu sagen? Ich werde ihn später besuchen.«

Sie hatte nicht die Kraft, hinzugehen und sich die Früchte ihrer harten Anstrengungen anzusehen, und versuchte doch, die Macht in der Hand zu behalten. Und wie sollte ich diese Weigerung anders deuten, wenn nicht als Schwäche und als ein Knistern im Gebälk ihrer Ordnung?

Mamma zeigte zum Schluß den bebenden Zorn schwacher Menschen, die es viel kostet, diesen aufzubringen. Sie schien auf dem Standpunkt zu stehen, daß die Alte Georgie wie ein Kind behandeln sollte. Aber nach ein paar Minuten kam sie allein aus dem Schlafzimmer zurück und sagte in einer Schärfe, die nicht für mich bestimmt war: »Nimm das Gepäck, Augie.« Ich faßte Georgie durch den zu weiten Ärmel hindurch unter, und wir verließen die Wohnung durch die Tür des Vorderzimmers, in dem Winnie unter der Zimmerlinde schlummerte. Als wir gingen, kaute Georgie langsam auf einem Mundwinkel. Mit der Straßenbahn war es eine langsame Fahrt, wir stiegen dreimal um, und die letzte Strecke führte uns an Mr. Novinsons Laden vorbei.

Wir brauchten etwas über eine Stunde bis zum Heim – verdrahtete Fenster, hundesicherer Zyklone-Zaun, Asphalthof, große Düsternis. Unter der Haupttreppe in einem winzigen Büro nahm eine launisch aussehende Matrone die Papiere in Empfang und trug Georgie ins Eingangsbuch ein. Wir bekamen die Erlaubnis, ihn nach oben in den Schlafsaal zu begleiten, wo andere Jungs unter einem hoch an der Wand angebrachten Heizkörper herumstanden und uns beobachteten. Mamma zog Georgie den Mantel aus und nahm ihm den Männerhut ab, und er stand neben mir in seinem Hemd mit den großen Knöpfen, mit weißschimmerndem Kopf und großen, weißen, frostigen Fingern – es war verwirrend, daß sie so männlich-groß waren – und sah, neben dem Bett stehend, zu, wie ich ihm nochmals die simple Handhabung des Kofferschlosses vormachte. Aber es gelang mir nicht, ihn von dem Schrecken dieses Ortes und den ihm ähnlichen herumstehenden Jungen, deren er vorher nie welche gekannt hatte, abzulenken. Und jetzt wurde ihm klar, daß wir ihn verlassen würden, und er sprach mit seiner Seele, das heißt, er begann sein klagendes Stöhnen, was für uns schlimmer als Tränen war, wenn es auch im Klang weit unter dem Schluchzen lag. Dann fiel Mamma auf ihre Knie nieder und verlor vollkommen die Fassung. Und als sie seinen borstigen, unverwechselbaren Kopf zwischen ihren Händen hatte und ihn küßte, begann sie zu weinen. Als ich nach einer Weile anfing, sie mit mir wegzuziehen, versuchte er, uns zu folgen. Ich weinte auch. Ich brachte ihn an sein Bett zurück und sagte: »Setz dich hierhin.« So blieb er sitzen und klagte stöhnend. Wir gingen zur Haltestelle hinunter und warteten, neben dem schwarzen, vibrierenden Oberleitungsmast stehend, auf die vom Stadtrand zurückkommende Straßenbahn.

Danach verlor unser Familienleben jede Kraft, so, als hätte die Sorge um Georgie die hauptsächliche Grundlage der Einheit des Haushaltes gebildet, und es wäre jetzt alles durcheinander gekommen. Wir blickten in verschiedene Richtungen, und die Alte hatte sich selbst ihr Grab geschaufelt. Nun, auch wir waren für sie eine Enttäuschung. Möglicherweise war es anfangs ihr Traum gewesen, mit einem von uns das Wunder zu erleben, das sie zum Ruhm führen könnte. Vielleicht. Die Macht, die solche Dinge in uns höheren Lebewesen bewirkt und die Liebende zusammenführt, das Genie hervorzubringen, das die Welt ein oder zwei Schritte auf dem langsamen Marsch zu ihrer Vollkommenheit weiterführt, oder das den Ton findet, der das Ohr der geknechteten Masse erreicht und sie ermutigt, diesen Schritt zu wagen, diese Macht hatte ihr mit einem Georgie und mit uns aufgewartet. Wir waren weit davon entfernt, das in uns zu haben, was sie sich gewünscht haben muß. Unsere Herkunft war nicht unbedingt wichtig, und es war nicht einfach eine Frage von hoher oder selbst legitimer Geburt. Fouché kam so weit wie Talleyrand. Das, was wirklich zählte, war die natürliche Mitgift, und was diese Frage anbetraf, kam sie verbittert zu der Meinung, daß wir ohne Begabung auf die Welt gekommen wären. Davon unabhängig konnten wir dazu gebracht werden, anständig und vornehm zu sein, weiße Kragen zu tragen und saubere Fingernägel, geputzte Zähne und gute Manieren bei Tisch zu haben und nach einem annehmbaren Vorbild aufgezogen werden, ohne Rücksicht darauf, in welchem Büro wir arbeiten, in welchem Laden wir Verkäufer waren oder hinter welchem Schaltergitter wir zuverlässig abrechneten – wir konnten in einem Fahrstuhl rücksichtsvoll sein, beim Erkundigen nach dem Weg höflich, zu Damen ritterlich sein, abweisend und ohne Entgegenkommen, wenn wir auf der Straße angesprochen wurden, wohlerzogen in Verkehrsfahrzeugen, und wandelten so in den Fußstapfen eines graueren, undurchsichtigeren Castiglione.

Indessen wurden wir immer gewöhnlicher und rüder, bekamen immer tiefere Stimmen und mehr Haare. Morgens, während wir uns anzogen, pufften und kabbelten wir uns in Unterhosen, sprangen zum Spaß auf die Matratzensprungfedern, auf den Fußboden, stießen Stühle um. Gingen wir dann durch die Diele, um uns zu waschen, sahen wir dort oft die kleine Gestalt der Alten und ihre weißlichen, verächtlichen Augen, das fürchterliche, kleine, nackte Blecken ihrer zahnlosen Kiefer, das als wortlosen Kommentar das kleine schmatzende Ansaugen des Wangenfleischs hören ließ. Aber sie ist der Macht beraubt. Abgetan. Manchmal sagte Simon: »Wa' is denn, Omama?« – ja, gelegentlich selbst: »Mrs. Lausch« zu ihr. Ich stieß sie niemals so vor den Kopf und versuchte nie, ihr den alten Einfluß, oder wie man es nennen wollte, aus der Hand zu schlagen. Gegenwärtig führte auch Simon ihr gegenüber eine etwas weniger respektlose Sprache. Von nun an, was da auch sein mochte, machte das alles nicht mehr viel aus. Sie hatte gesehen, wer wir waren und was wir ihr zu bieten hatten.

Auch das Haus hatte sich für uns verändert: war abgeschabt, dunkler und kleiner geworden. Sachen, die einmal geglänzt hatten und verehrt worden waren, büßten an Anziehungskraft und Pracht und Bedeutung ein. Blech kam zum Vorschein, Risse. Und dort, wo Emaille abgeschlagen worden war, waren schwarze Flecken. Der Teppich war fadenscheiniger, das Muster in der Mitte abgeschlurft; und all der Glanz, der Lack, die massive Gewichtigkeit der Blütezeit ausgelöscht. Winnies Geruch nach vergammelndem Teig während ihrer letzten Tage wurde augenscheinlich von den im Haus hockenden Frauen überhaupt nicht wahrgenommen, aber von uns Jungs, wenn wir frisch von draußen hereinkamen. Winnie starb im Mai jenes Jahres, und ich legte sie in einen Schuhkarton und begrub sie im Hof.

5

William Einhorn war der erste überlegene Mensch, den ich kennenlernte. Er hatte Hirn, steckte in einer Menge Geschäfte, besaß ein echtes Organisationstalent und philosophische Fähigkeiten. Wäre ich methodisch genug, eine wichtige und praktische Entscheidung zuvor zu bedenken, und wäre ich auch (notabene) wirklich sein Schüler – und nicht das, was ich bin –, dann würde ich mir außer: »Was würde in diesem Falle Cäsar dulden«, »Was würde Machiavelli raten oder Odysseus tun?«, auch die Frage vorlegen: »Was würde Einhorn darüber denken?« Wenn ich Einhorn in diese Ruhmesliste setze, dann tue ich das nicht aus Ulk. Einhorn kannte ich, und was ich von den andern begriff, verstand ich erst durch ihn. Wenn man nicht ausgerechnet der Meinung ist, wir wären Zwerge am Ende aller Zeiten, einfach Kinder, deren einziger Anteil an der Größe dem Anteil eines Knaben an Märchenkönigen gleicht, an Wesen ganz anderer Art, deren Zeit besser und kraftvoller als die unsrige war, sondern wenn man Männer mit Männern und nicht Männer mit Kindern oder Männer mit Halbgöttern vergleicht – und gerade das würde einem Cäsar unter uns wimmelnden Demokraten angenehm sein –, und wenn wir ferner auch nicht den ausgesprochenen Wunsch haben, aus Scham über unsere Unzulänglichkeit vor den goldenen Antlitzen dieser und anderer Männer der Vergangenheit in eine niedrigere Daseinsform abzusteigen –, dann habe ich das Recht, Einhorn zu rühmen, und habe es nicht nötig, mich um das geringschätzige Lächeln von Leuten zu kümmern, die denken, daß es die hervorragenden Eigenschaften, die wir in diesen fabelhaften Namen verehren, in nennenswertem Maße in der Menschheit gar nicht mehr gibt. Aber ich möchte mich von einer derartigen Anschauung nicht zu Übertreibungen verleiten lassen. Es ist die Anschauung von Studenten, die sich zu allen Zeiten, wenn sie an die Vergangenheit denken, wieder wie Knaben vorkommen. Ich war (nach deutschen Schulbegriffen) Sekundaner, als ich für Einhorn zu arbeiten begann. Es war kurz vor dem Börsenkrach während der Hoover-Regierung, als Einhorn noch ein wohlhabender Mann war. Doch ich glaube nicht, daß er jemals so reich gewesen ist, wie er später behauptete. Ich blieb, nachdem er den größten Teil seines Besitzes verloren hatte, bei ihm. Eigentlich wurde ich erst zu dieser Zeit für ihn wichtig. Ich war nicht im bildlichen Sinne seine »rechte Hand«, wie man so sagt, sondern ich bedeutete für ihn wirklich Arm und Bein; Einhorn war ein Krüppel, der seiner Arme und Beine nicht einmal in beschränktem Maße Herr war. Er konnte nur die Hände bewegen, und die waren nicht kräftig genug, um ihn im Rollstuhl voranzubringen. Er mußte von seiner Frau, seinem Bruder, sonstigen Verwandten oder von anderen Leuten, die um ihn waren, von ihm gestellt oder ihm sonstwie verbunden, im Haus herumgezogen und gefahren werden. Ob diese Leute nun für ihn arbeiteten oder ob sie einfach ohne besonderen Grund im Haus oder im Büro anzutreffen waren, Einhorn hatte eine besondere Begabung, sie zu seinen Schranzen zu machen. Es war nie Mangel an solchen Leuten. Viele hofften durch die Einhorns reich oder, wenn sie's schon waren, noch reicher zu werden. Die Einhorns waren die bedeutendsten Grundstücksmakler des Stadtteils. Sie besaßen und verwalteten viele Grundstücke einschließlich des ungeheuren Häuserblocks von vierzig Wohnungen, in dem auch sie lebten. Die Billardkneipe an der Ecke dieses Blocks hieß *Einhorns Billards* und gehörte ihnen ganz und gar. Dann waren da noch sechs andere Läden: eine Metallwarenhandlung, ein Obstladen, ein Weißblechgeschäft, ein Restaurant, ein Frisörsalon und ein Begräbnisinstitut. Das Begräbnisinstitut gehörte Kinsman, dessen Sohn jener Kinsman war, der zusammen mit meinem Vetter Howard Coblin durchbrannte, um zur Marine-Infanterie zu gehen und gegen Sandino zu kämpfen. Das Restaurant war das, in dem Tambow, der Stimmenfänger der Republikaner, Karten spielte. Die Einhorns waren mit seiner geschiedenen Frau verwandt, hatten jedoch in der Auseinandersetzung wegen der Scheidung nie Partei ergriffen. In solchen Fragen streng zu sein, hätte dem Senior der Einhorns – dem alten Stadtrat –, der selbst viermal verheiratet gewesen war und an zwei seiner Frauen noch immer Alimente zu zahlen hatte, schlecht gestanden. Übrigens – der Stadtrat war nie richtig im Amt gewesen, die Leute nannten ihn nur aus Lust und Laune so. Er war noch immer ein alter Draufgänger. Gut im Fleisch und in weißen Anzügen stolzierte er mit seinem fahlen Buffalo-Bill-Spitzbart umher, alles mit großen sinnlich-verschmitzten Augen überschauend. Seine Gewitztheit brachte ihm bei allen Leuten 'ne Menge Respekt ein, und wenn er seinen großartigen alten Mund öffnete, um in seiner lakonischen, einsilbigen Art etwas über Hypotheken auf Inventar oder über die Lage eines Grundstücks zu sagen, dann unterbrach die ganze schwerfällige, ernste Horde von Geschäftsleuten, die das Büro erfüllte, ihr Gespräch. Er teilte viele beachtliche Ratschläge aus, und Coblin und Five Properties ließen von ihm einen Teil ihres Geldes anlegen. Kreindl, der ab und zu für ihn arbeitete, hielt ihn für so weise wie einen Gott. »Der Sohn«, sagte er, »ist gewitzt. Aber der Stadtrat – das ist wirklich ein Mann, vor dem man den Hut ziehen muß.« Ich war damals nicht dieser Meinung und bin es auch heute noch nicht. Doch man mußte es dem Alten lassen, wenn er sich was in den Kopf gesetzt hatte, dann spielte er alles an die Wand. Eine meiner Pflichten war es, im Sommer mit ihm an den Strand zu gehen. Bis Mitte September schwamm er täglich im See. Ich sollte aufpassen, daß er nicht zu weit 'rausschwamm, und mußte ihm, während er in seinem gestreiften Badeanzug beim Pier auf dem Rücken im Wasser lag, bereits angezündete Zigaretten reichen. Man sah seine kahlen gelben Knie, sein großes Altmännergeschlecht, und sein weißes Haar lag, gelblich wie der Pelz eines Eisbären, ausgebreitet auf dem Wasser, die kräftige Stirn seines Schädels, sonnenverbrannt und rot, war aufgerichtet. So lag er vergnüglich und geschickt im warmen, schweren Blau des Michigansees, warf seine dicken Lippen auf und stieß durch die Nase Rauch aus, während Schlepper mit hölzernen Auslegern und geteerten Planken außerhalb der Badezone, die für die schreiende, plantschende, quirlige und leuchtend farbige Menge abgegrenzt war, qualmten und dunsteten. Weit drüben lagen Uferanlagen, Türme und Wolkenkratzer in einem gewaltigen rechten Winkel zur ausgeschweiften Kurve des Strandes.

Der gelähmte Einhorn war des Stadtrats Sohn aus erster Ehe. Von seiner zweiten oder dritten Frau hatte der Stadtrat einen anderen Sohn, der Shep hieß und von seinen Freunden aus der Billardkneipe Dingbat, nach John Dingbat O'Berta – dem Liebling der Stadtintriganten und Freund des Polacken Sam Zincowicz – genannt wurde. Da Shep den O'Berta weder kannte noch ihm ähnlich war und auch nichts mit der Politik des dreizehnten oder irgendeines anderen Bezirks zu tun hatte, vermag ich nicht zu sagen, wie er an den Namen Dingbat gekommen ist. Ohne jedoch selbst ein Strolch zu sein, war er voll von Gangstergeschichten und Verbrechen, eine Art Liebhaber auf dem Gebiet dieser Wissenschaft. Er kleidete sich im Gangstergeschmack, damit man in ihm einen Komplizen des gefährlichen Druccis oder des Big Hayes Hubacek vermuten sollte: ein scharfer Schieberhut, einen eng an die Figur angeklatschten Anzug, der aussah, als ob er den Körper umklammerte, dazu ein Oberhemd, in der Art der andalusischen Hemden bis zum Kragen zugeknöpft und ohne Schlips getragen, raffinierte spitze Zuhälterschuhe, die auf Lederabsätzen schwer stampften und wie für einen Tangotänzer auf Hochglanz poliert waren. Dingbats Haar war widerspenstig, prächtig, schwarz und mit viel Pflege in Wellen gelegt. Er war Bantamgewicht, von kleiner Statur, mit feinen Muskeln, behende, beinahe zart und hatte ein absolut unvernünftiges Gesicht – um es von einem brutalen Gesicht zu unterscheiden, denn das war es nicht. Es zeigten sich in ihm alle Arten von Gefühl. Er konnte schielen, war wild, hämisch, verzerrt und in seinen Gedanken unveränderlich starr und verkehrt, mit schwarzen Bartstoppeln, die durch seinen nach dem Rasieren unregelmäßig aufgetragenen Talkumpuder hindurchstießen: die Fresse eines Subjekts für den Scharfrichter, vorausgesetzt, daß wir den Prototyp nicht als Totschläger, sondern als jemand, der nur schwer zu bändigen ist, verstehen. Dingbat focht mit den Fäusten und hatte einen tödlichen Schwinger am Leibe, aber ohne die Absicht, jemanden umzubringen. Was übrigens solche Geschichten betrifft, war Dingbat stets der Verlierer und hatte da eine schlecht verheilte Narbe, wo ihm mal einer die Backe mit einem Ring zwischen die Zähne gehauen hatte. Doch Dingbat sprang und boxte auch weiterhin, stürmte aus dem Billardzimmer in eine neue Herausforderung, um auf seinen Tangoschuhen herumzuwirbeln und zu tänzeln und dabei seine straffen, ins Leere gehenden Schwinger auszuteilen. Besiegt zu werden, das entmutigte ihn nicht. Eines Sonntags stand ich dicht neben ihm, als er mit dem riesigen Five Properties einen Streit anfing, in dem er ihn vor die Brust stieß, was den aber nicht weiter beunruhigte: er griff sich Dingbat, hob ihn in die Luft und warf ihn zu Boden. Als Dingbat so in Boxerhaltung, Hiebe in die Luft austeilend, zurückkam, grinste Five Properties, erschrak jedoch plötzlich und wich nach hinten aus, wo er gegen das Billardgestell prallte. Irgendeiner aus der Menge brüllte, Five Properties hätte Schiß, und man hielt es für angebracht, Dingbat, dessen Gesicht von blinder Wut verzerrt war, an den Armen zurückzuhalten, obwohl er sich verbissen sträubte. Einer von seinen Kumpanen meinte, es wäre eine Schande, daß ein Veteran von Château-Thierry so von einem Grünschnabel herumgeschubst werden sollte. Five Properties nahm sich's zu Herzen und blieb von nun an dem Billardzimmer fern.

Dingbat hatte früher einmal die Billardkneipe beaufsichtigt, aber er war unzuverlässig, und der Stadtrat hatte statt seiner einen Manager eingestellt. Jetzt hielt er sich dort als Sohn des Besitzers auf, ordnete die Billardkugeln und wurde im Gesicht abwechselnd weiß und rot, wie glühende Kohlen, wenn er sah, daß ein grünes Billardtuch aufgeschlitzt worden war. Dann mimte er dort so etwas wie eine unentbehrliche Arbeitskraft, einen, der alle Fäden in der Hand hat, war Angeber, Schiedsrichter, sekundierte beim Wetten, spielte Sportsfachmann und Historiker von Gangsterkriegen – immer nach einem kleinen Geschäftchen auf der Lauer, um einen Boxer zu managen oder eine Runde für zehn Cent pro Ball zu schieben. Zwischendurch war er der Chauffeur seines Vaters. Der Stadtrat konnte den großen roten *Blackhawk-Stutz*, der ihm gehörte – die Einhorns waren nie für kleine Autos – nicht selbst chauffieren. Wenn es zum Laufen zu heiß war, fuhr Dingbat den Stadtrat zum Strand. Schließlich war der Alte fast fünfundsiebzig, und man konnte es nicht auf einen Schlaganfall ankommen lassen. Wenn ich mitfuhr, saß ich im Rücksitz, während Dingbat mit zerschundenem, verrücktem Genick und kurzem Griff am Steuer dasaß. Neben ihm auf dem Sitz lagen die Ukelele und sein Badeanzug. Wenn er Auto fuhr, war er besonders geil und johlte, pfiff und hupte zum Vergnügen seines Vaters jeder Möse hinterher. Manchmal wurden wir von Clem oder Jimmy oder manchmal auch von Sylvester, dem Kinobankrotteur, begleitet. Sylvester war grade jetzt im Ingenieurkursus des Armours-Technikums durchgefallen und sprach davon, ganz und gar nach New York übersiedeln zu wollen. Am Strand stand Dingbat, gegürtet und mit Kraftriemen an den Handgelenken, wie ein Athlet aufgemacht. Er trug ein Kopftuch, um sein Haar beim Kopfstand gegen den Sand zu schützen; gegen Sonnenbrand eingeölt, in einer Gruppe von Girls und anderen Strandathleten tanzte er und schlug seine Ukelele:

Ani-ka, hulla wicki-wicki
sagte eine süße, braune Maid zu mir.
Und sie zeigte mir Hulla-hulla
auf dem Strand von Waikiki.

Genug angefeuert, sang er anzüglich, ließ seine schwarze Stimme sich überschlagen, und sein kleiner Hahnenkamm richtete sich auf, während er laut, falsch und meckernd sang. Sein alter Herr lag schroff und spöttisch, aber doch geschmeichelt im Strandkorb, wie der Buffalo Bill der Etrusker mit einem Badetuch burnusartig drapiert, um die Augen vor der blendenden Sonne zu schützen. Außerdem beschattete er noch das Gesicht mit seinen weichen, fleischig-schweren Armen. Sein buschiger Mund war lachend geöffnet.

»I-di-jot«, schrie er seinem Sohn zu.

Wenn die Strandpartie nach der großen Hitze begann, konnte es sein, daß der gelähmte William Einhorn auch mitkam, den Krankenstuhl im Kofferraum des *Blackhawk-Stutz*. Um beiden Schatten zu geben, trug seine Frau einen Sonnenschirm. William Einhorn wurde aus dem Büro zum Auto und dann aus dem Auto, von seinem Bruder oder von mir, huckepack zu der richtigen Stelle am Seeufer getragen: er blieb dabei stets distinguiert, aufmerksam, weiß, ungerührt und nobel wie ein Markgraf. Flinkaugen. Ursprünglich ein großer Mann, von der Gestalt des alten Stadrats, gut gewachsen und zum besten bestimmt, war sein Gemüt empfindlicher als das des Stadtrats; und wenn man ihn mit Dingbat zu vergleichen gedachte, war natürlich Dingbat überhaupt nicht mehr vorhanden. William Einhorn war sehr blaß. Das Gesicht war ein wenig erschlafft. Er hatte eine auffällig gebogene Nase, dünne Lippen und ergrauendes Haupthaar, das er selten schneiden ließ, so daß es über die Ohren fiel. Ständig beobachtete er angespannt, ununterbrochen war sein Blick in Bereitschaft, sich zu beschäftigen. Neben ihm saß seine schwerfällige, reizvolle Frau mit dem Sonnenschirm; lässig, ab und zu lächelnd, ihre freie, weiche braune Faust auf dem Schoß. Ihr schweres Haar war so unvermittelt kurz geschnitten, wie man es auf Bildern alter ägyptischer Haartrachten sieht, so daß die untere Fläche um den Nacken eine schwarze Bürste bildet. Unterhalten von den sommerlichen Brisen, den kleinen Booten auf den Wellen und dem Herumgespringe und Gesinge um sie her, saß sie da.

Wenn man wissen möchte, was sie dachte, so war es das: ob zu Hause alles verschlossen war, daß da zwei Pfund Würstchen in dem Fach überm Gasofen lagen, dann: zwei Pfund gekochte kalte Kartoffeln für Kartoffelsalat, Mostrich, ein Gerstenbrot, schon in Scheiben. Wenn das nicht reichen sollte, konnte sie mich schicken, noch mehr zu holen. Mrs. Einhorn liebte das Gefühl, alles bereitstehen zu haben. Der alte Mann würde Tee haben wollen. Man mußte ihm gefällig sein, und sie war dazu bereit. Die einzige Gefälligkeit, die sie sich dafür von dem Alten ausbat, war, daß er aufhören solle, auf den Fußboden zu spucken. Da sie selbst zu schüchtern war, ließ sie ihren Mann darum bitten, für den das nur ein Jux war. Wir anderen tranken William Einhorns Lieblingsgetränk *Coca-Cola*. Eine meiner täglichen Aufgaben war, ihm *Coca-Cola* zu holen. Entweder in Flaschen aus der Billardkneipe oder in Gläsern aus dem *Drugstore*. Das richtete sich ganz danach, welcher der beiden Läden nach seinem Urteil an diesem Tage eine bessere Mischung verkaufte.

Als mich mein Bruder Simon so sah, wie ich ein Glas auf einem Tablett durch die Leute auf dem Bürgersteig manövrierte – vor Einhorns Haus war immer viel los, Geschäftsleute, dazwischen Trauergesellschaften aus dem Begräbnisinstitut, der sogenannten Kinsmans-Kapelle und die Stammkunden der Billardkneipe –, lachte er vor Überraschung laut auf und sagte: »So, das ist deine Arbeit? Du bist der Lakai.«

Aber es war nur eine unter Hunderten von Tätigkeiten, von denen einige sogar noch niedriger und intimer waren. Andere wiederum verlangten Gewitztheit und Übung – Sekretär, Beauftragter, Agent, Komplize. William Einhorn war ein Mann, der stets jemand um sich brauchte; die Sachen, die für ihn getan werden mußten, machten ihn autokratisch. In Versailles oder in Paris hatte der Sonnenkönig beim Morgenempfang einen Edelmann, der ihm die Strümpfe, einen anderen, der ihm das Hemd zu reichen hatte. Einhorn mußte im Bett aufgerichtet und angekleidet werden. Hin und wieder war ich es, der das zu tun hatte. Das Zimmer war dunkel und muffig, weil er und seine Frau bei geschlossenen Fenstern schliefen. So war da das Ranzige des Schlafs von den Nächten beider Leiber. Ich gestehe, daß ich kein kritisches Gefühl für solche Dinge hatte. Ich gewöhnte mich schnell daran. Einhorn hatte im Bett seine Unterwäsche an, denn es war eine Arbeit besonderer Art, ihn ganz zu entkleiden und ihm dann den Pyjama anzuziehen, außerdem gingen er und seine Frau erst spät zu Bett. Also, das Licht angeknipst, und da lag Einhorn in seinen Unterhosen, mit seinen abgezehrten sommersprossigen Armen, dem von einem Gewirr grauen Haars umgebenen Gesicht, das zur Flachheit neigte, der klugen gebogenen Nase und dem gestutzten Schnurrbart. Wenn er mürrisch erwachte, und manchmal geschah das, war das ein Zeichen für mich, mich still zu verhalten, bis er wieder besserer Laune war. An sich war das gegen seine Gewohnheit, morgens wütend zu sein. Er zog es vor, Späße zu machen. Vogelig, foppend, oft saftig oder zweideutig schalt er seine Frau wegen des Krachs und der Umstände, die sie beim Herrichten des Frühstücks machte. Beim Anziehen leisteten mir die Erfahrungen, die ich bei Georgie gemacht hatte, gute Dienste. Aber Einhorn hatte mehr Stil, als ich es gewöhnt war. Seine Socken waren von feinster Seide. Seine Hosen hatten Streifen wie bei einem Bankier. Er besaß mehrere Paare feiner englischer Schuhe, bei denen es natürlich unmöglich war, daß sie Gehfalten zeigten, noch sich je abtragen ließen. Die Schnalle seine Gürtels war mit einem gotischen verschnörkelten Monogramm verziert. War er bis auf den Oberkörper fertig angezogen, wurde er in seinen schwarzen ledernen Rollstuhl gehoben und auf quietschenden Rädern zum Badezimmer gezogen. Zuweilen löste das erste Hineinsetzen in den Stuhl ein Stirnrunzeln, manchmal einen Seitenblick gequälter Zustimmung bei ihm aus; im allgemeinen war es jedoch ein stoischer Vorgang. Ich setzte ihn bequem und zog ihn, rückwärts gehend, in die Toilette. Ein sonniger Raum mit einem Fenster zum Hof nach Osten zu. Da beide, der Stadtrat und William Einhorn, nicht sehr achtsame Gewohnheiten pflegten, war es schwierig, diesen Ort immer sauber zu halten. Aber mit Leuten von einigem Adel war man in dieser Beziehung schon immer nachsichtig gewesen. Ich habe gehört, daß britische Aristokraten immer noch das gesetzliche Privileg genießen, falls ihnen das so paßt, am Hinterrad von Kutschen zu pissen.

Mrs. Einhorn konnte nichts gegen den nassen Boden tun. Gelegentlich, wenn Bawatsky, der Hausbursche, zu lange im Polackenviertel abblieb oder betrunken im Keller lag, bat sie mich, das sauberzumachen. Sie sagte, daß sie mir, einem Studenten, das nur ungern zumute. Immerhin, ich wurde für verschiedenste Arbeit unbestimmten Charakters bezahlt. In diesem Sinne hatte ich angenommen; der unbestimmte und wechselnde Charakter der Sache hatte es mir besonders angetan. Ich war ebenso für die Abwechslung und nicht für Disziplin und Regelmäßigkeit geschaffen, wie mein Freund Clem Tambow. Der Unterschied zwischen Clem und mir bestand nur darin, daß ich wie ein Biber schuftete, wenn ich einmal mein Herz an eine Sache oder eine Arbeit gehängt hatte. Als Einhorn das einmal heraus hatte, und dazu brauchte er nicht viel Zeit, hielt er mich natürlich dauernd in Trab. Bei der Unmenge von Dingen, die für ihn getan werden mußten, war ich gerade richtig für ihn. Fiel ihm nichts mehr ein, bewirkte allein meine Anwesenheit neue Einfälle bei ihm. So kam es nicht oft vor, daß ich die Toilette zu reinigen hatte, dazu hatte er zu viele und wichtigere Aufgaben für mich, aber wenn es doch dazu kam, wurde es im Vergleich zu dem, was ich alles bei Oma Lausch hatte tun müssen, belanglos genug, mal für eine Stunde als Hausbursche aufzuwischen.

Doch nun in die Toilette mit Einhorn: er behielt mich bei sich, um sich von mir aus der Morgenausgabe des *Examiner* vorlesen zu lassen: die Schlagzeilen, die Börsenneuigkeiten, die letzten Notierungen der New Yorker Wallstreet und der Chicagoer La Salle Street. Dann Lokalnachrichten, etwas über *Big Bill Thompson**, zum Beispiel, daß er das Cort-Theater gemietet hatte, um sich auf der Bühne in einem Käfig zusammen mit zwei Riesenratten von den Schlachthöfen zu präsentieren, die er mit den Namen zweier Renegaten von der Republikanischen Partei anredete. – Ich bekam langsam heraus, auf welche Dinge es Einhorn zuerst ankam. »Ja, es ist grad so, wie es Thompson sagt. Er ist ein großer Windbeutel, aber diesmal hat er recht. Er beeilte sich, aus Honolulu zurückzukommen, um diesen – wie heißt er doch? – vorm Zuchthaus zu retten.« Einhorn hatte ein ausgezeichnetes, fast absolutes Gedächtnis, las die Zeitungsneuigkeiten aufmerksam und bis in alle Einzelheiten und hatte für Dinge, die ihn besonders interessierten, eine Kartothek, denn er war äußerst systematisch. Es war eine meiner Arbeiten, diese Kartothek in den hohen Stahl- und Holzkästen, mit denen er sich umgab, in Ordnung zu halten. Es war nicht immer einfach, denn er war herrisch, und, wenn ich ihm etwas mit dem Vorschlag, es wegwerfen zu wollen, vorlegte, oft kleinlichst pedantisch. Das Zeug hatte so zu liegen, daß er es, wenn er wollte, gleich greifen konnte: seine Zeitungsausschnitte und Zettel, in Mappen mit Aufschriften wie *Handel und Verkehr, Erfindungen, Hiesige Transaktionen, Wichtig!, Verbrechen und Bandenunwesen, Demokraten, Republikaner, Archäologie, Literatur, Völkerbund.* Frag mich, warum den Völkerbund! Er lebte eben nach Baconischen Ideen – Was läßt den Menschen so oder so werden? – und hatte eine Schwäche dafür, über alles genau im Bilde zu sein. Bei Einhorn mußte alles genau und richtig gemacht und präzise um sein Pult herum geordnet werden – Shakespeare, Bibel, Plutarch, Wörterbuch und Thesaurus, *Das Handelsgesetz für Laien*, Leitfaden für Im-

* 1926–1932 Bürgermeister von Chicago.

mobilien- und Versicherungswesen, Kalender und Adreßbuch. Dann die Schreibmaschine unter schwarzer Hülle, Diktaphon, Telefone auf beweglichen Metallarmen und dazu griffbreit ein kleiner Schraubenzieher, mit dem man an den Teil des Telefonmechanismus herankonnte, der das Einwerfen der nötigen Münzen registrierte, weil Einhorn selbst in seinen besten Zeiten nicht geneigt war, für jedes Telefongespräch, das er führte, zu bezahlen – die Telefon-Gesellschaft raffte schon ohnehin mit ihren Münzfernsprechern Unsummen durch die anderen Geschäftsleute, die so täglich ins Büro kamen, zusammen – dann: flache aus Draht geflochtene Behälter mit der Aufschrift *Erledigt* und *Unerledigt*, Briefbeschwerer aus geschmolzener Ätna-Lava, ein Notariatssiegel an einer Kette, Hefter, Schwämmchen zum Anfeuchten von Kuverts, Geldschrankschlüssel, vertrauliche Papiere und Notizen, Präservative, persönliche Korrespondenz und Gedichte und Essays. Wenn all das geordnet und korrekt an seinem Platz war, dann konnte er da, hinter seiner polierten Barriere, wo man durch zwei Klapptürchen hineingelangte, zu funktionieren beginnen. Einer der Direktoren des Lebens, ein weißgesichtiger Vollstrecker, der sich seiner selbst sehr bewußt war und der seinen ausgefallenen, eigensinnigen Scharfsinn kannte, was manchmal seiner Würde und seinem stolzen, einer Gedenkmünze sehr ähnlichen Aussehen Abbruch tat.

Er mußte mit seinem Vater Schritt halten, dessen Geschäftsideen vielleicht weniger phantasievoll, aber auf Grund seiner Beziehungen zu reichen Kumpanen aus alten Zeiten großzügiger waren. Der alte Stadtrat hatte das Einhorn-Vermögen gemacht und behielt noch immer den größten Teil der Besitzurkunden unter seinem Namen. Nicht aus Mißtrauen gegen seinen Sohn, sondern nur, weil er für die Geschäftswelt des Ortes eben *der* Einhorn war, an den man sich zuerst mit Geschäften und Angeboten wendete. William war der Erbe und würde auch mal für seinen Sohn Arthur, der im zweiten Jahr auf der Universität von Illinois war, und auch für Dingbat der Vermögensverwalter sein. Er war zuweilen unglücklich über die Angewohnheit des Stadtrats, privat Geld zu verleihen. Es handelte sich manchmal um ganz beträchtliche Summen, die der Stadtrat direkt aus dem Banknotenbündel weggab, das er in der Brusttasche seines Mark-Twain-Anzuges, mit einer Nadel befestigt, mit sich herumtrug. Doch prahlte der Sohn mit dem Alten und nannte ihn den Erbauer und Pionier der Nordwestseite der Stadt und hatte über die Einhorns dynastische Vorstellungen – der Organisator folgt auf den Eroberer, der Dichter und Philosoph folgt auf den Organisator, und die ganze Entwicklung, typisch amerikanisch, ein Werk aus Intelligenz und Stärke, in freier Entfaltung, in einer Welt unbegrenzter Möglichkeiten. Jedoch bei allem Respekt für den Stadtrat war Einhorn, solange er noch frisch und blühend war, der Überzeugung, daß auf ihn nicht nur die überragenden Kräfte des Vaters überkommen waren, sondern daß da noch irgend etwas anderes dazu in ihm lebendig war: staatsmännische Klugheit, Finesse der Beweisführung, Parsengeist, tiefschürfende Intrige und eine Verachtung des Herkömmlichen, wie sie Papst Alexander VI. gezeigt hatte. Eines Morgens, als ich ihm aus einer speziellen Spalte der Zeitung von einer steinreichen amerikanischen Erbin vorlas, die sich mit einem italienischen Prinzen in Cannes schlecht aufgeführt hatte, unterbrach er mich und zitierte: »Liebes Käthchen, wir beide können uns nicht von den schwachen Schranken der Sitten eines Landes einengen lassen. Wir sind die Urheber von Gebräuchen, Käthchen, und die Freiheit, die unseren Rang begleitet, stopft allen Splitterrichtern den Mund ... Da hast du *Heinrich den Fünften*. Es bedeutet, daß es *eine* Lebensart für Leute im allgemeinen gibt, und *eine andere* für Menschen, die eine besondere Aufgabe haben. Das sollten sich gewöhnliche Sterbliche vor Augen halten. Solange sie nur wissen, daß es existiert, ist es anregend für sie zu wissen, daß es Privilegien gibt, die sie nicht genießen können. Außerdem gibt es das Gesetz, und hier ist die öffentliche Meinung, da die Natur. Es muß jemand geben, der sich außerhalb von Gesetz und öffentlicher Meinung stellt und sich für die Natur entscheidet. Das ist sogar öffentliche Pflicht, damit uns die Gewohnheiten nicht samt und sonders die Gurgel zudrücken.« Einhorn hatte, ähnlich wie Oma Lausch, einen Hang zum Lehren. Beide glaubten, sie könnten klarmachen, was man mit der Welt anstellen kann, indem sie erklärten, wo die Welt nachgab oder wo man sich nur tastend vorwärtsbewegen dürfte und zu stolpern gezwungen war; und da sein Sohn auf der Universität war, blieb ich der einzige Student, den er bei der Hand hatte.

Er setzte ein kluges Gesicht auf, und wenn er bereit war loszulegen, mußte alles beim Kragen gepackt und zur Ruhe gebracht werden. Auf eine geschickte Art, die mehrere Stadien durchlief, indem er mit den Fingern der linken Hand am Ärmel der rechten zerrte und mit der Rechten der Linken half, hob er seine unbrauchbaren Arme aufs Pult. Es lag ihm fern, damit Rührung herauszufordern. Es war nur ein Vorgang. Doch war er von enormer Wichtigkeit. Wie ein robuster, vollblütiger Mann eine Kanzel besteigen mag, um dann seine Hinfälligkeit vor Gott zu bekennen, so legte Einhorn als *sein* Vorspiel erst seine Hinfälligkeit dar und setzte sich dann in Positur, um von der Macht mit Macht zu reden. Es war schon seltsam, ihn auf diese Weise zu hören, besonders im Hinblick auf den tagtäglichen Ablauf des Lebens hier.

Doch wir wollen zur Toilette zurückkehren, wo sich am Morgen Einhorn herrichtete. Er pflegte früher einen Friseur ins Haus kommen zu lassen, der ihn rasierte, doch erinnerte ihn das zu sehr, sagte er, an das Krankenhaus, in dem er mal volle zweieinhalb Jahre zugebracht hatte. Außerdem zog er es vor, soviel wie möglich selbst zu tun. Er mußte sich ja schon sowieso auf viel zu viele Menschen stützen. Also jetzt benutzte er einen Sicherheits-Rasierapparat, eine sinnreiche Vorrichtung, auf die er schwor und die ihm ein tschechischer Erfinder höchstpersönlich verkauft hatte. Zum Rasieren brauchte er mehr als eine halbe Stunde. Das Kinn auf den Rand des Wasserbekkens gestützt, die Hände im Wasser, arbeitete er an seinem Gesicht herum. Er fischte nach dem Waschlappen und brachte ihn selbst über sein Gesicht; ich konnte hören, wie er durch das zottige Gewebe ausatmete. Er seifte, rieb und spielte, kratzte, suchte mit den Fingern nach Stoppeln, und ich saß auf dem Klosettdeckel und las vor. Der Dunst weckte eingetrocknete Gerüche auf, und dann war in der Rasiercreme, die er benutzte, eine Schärfe, die mir den Atem benahm. Danach pomadisierte er sein nasses Haar und stülpte eine kleine Kappe, die aus dem Ende eines Frauenstrumpfes gemacht war, darüber. War er abgetrocknet und gepudert, mußte man ihm in sein Hemd helfen, die Krawatte anlegen – deren Knoten er viele Male mit seinen Fingern prüfte und etwas nervös wegen des oberen Knopfes am Kragen an seinen Platz bugsierte. Als nächstes wurde das Jakkett mit einer Strohbürste behandelt. Nochmals die Hosenklappe überprüft, Wassertropfen vom Schuh gewischt, dann waren wir fertig, und ich empfing durch ein Kopfnicken das Zeichen, ihn in die Küche zum Frühstückstisch zu ziehen.

Sein Appetit war heftig, und er stopfte das Essen in sich hinein. Ein gewitzter Fremder hätte, ohne zu wissen, daß Einhorn gelähmt war, an der Art, wie dieser ein angebohrtes Ei aussog, vermuten können, daß er nicht ganz gesund war, weil dabei etwas menschlich

Ausgefuchstes, etwas Tapsiges und ein unverständlicher Heißhunger deutlich wurden. Dazu noch diese Kappe aus einem Frauenstrumpf, die auf seinem Kopf wie eine Trophäe für ein anderes Gebiet des Appetits aussah, wenn man diesen pikanten oder martialischen Hinweis verzeihen will. Er war sich dessen selbst bewußt. Denn er hatte nahezu alles überlegt, und sein Verstand verrichtete eine bewunderungswürdige Arbeit: mit vielen Dingen, die er tat oder die nicht zu tun oder zu verhindern er nicht der Mühe wert fand, die er nur ihrer natürlich menschlichen Natur wegen genoß, stolz darauf, daß sein Leiden ihm die Fähigkeit dazu nicht vernichtet, sondern ihm eher mehr als manchem normalen Manne gelassen hatte. – Viele Dinge, die für andere Menschen aus Abscheu oder Scham namenlos waren, nannte er beim Namen, ohne daß ihm das etwas ausmachte, vor sich selbst oder einem vollkommen Vertrauten (oder einem beinahe vollkommen Vertrauten) wie mir, und er gebrauchte und verarbeitete alles freizügig. Da gab's eine Menge in- und auswendig zu kennen; er war ein sehr beschäftiger Mann.

Nach dem Kaffee, wenn Einhorn seine Aufmerksamkeit den Angelegenheiten des Haushaltes zuwandte, widmete er kurze Zeit den diesbezüglichen Anordnungen. Aus dem Keller mußte Tiny Bawatsky (runzelig und verdrießlich mit drahtigen Muskeln) 'raufgeholt werden, und es wurde ihm gesagt, was er zu tun hätte, und er wurde ermahnt, bis zum Abend die Flasche zu vergessen. Er schob hinkend ab, um seine Arbeit zu beginnen, und sprach drohend zu sich selber. Mrs. Einhorn war, wenn sie sich auch über den nassen Boden in der Toilette und die Spuckerei des Alten beschwerte, an sich keine gute Hausfrau. Doch Einhorn war ein guter Hausherr, der dafür sorgte, daß alles in Schwung und in Gang blieb und ständig verbessert wurde – Ratten getötet, der Hof zementiert, die Maschinen gereinigt und geölt, Holzveranden ausgebessert, Mieterhygiene, Deckel für die Mülltonnen, Fliegenfenster dicht gemacht, *Flit* gegen die Fliegen gespritzt. Einhorn konnte einem sagen, wie schnell sich Ungeziefer vermehrt, wieviel Kitt man für ein Fenster kaufen muß, wie teuer Nägel, Wäscheleinen, Sicherungen und ähnliches waren. Er wußte von der Hauswirtschaft ebensoviel wie jeder Senator der Antike, ehe die Beschäftigung mit diesen Angelegenheiten zu Unrecht in Verruf kam. Dann, wenn alles seinen vorbestimmten Gang ging, ließ er sich in dem besonders konstruierten Stuhl mit den gackernden Rollen ins Büro bringen. Ich mußte das Pult abstauben und zur zweiten Zigarette für ihn einen Kok* zu trinken holen. Wenn ich zurückkam, war er schon mit der Post beschäftigt. Seine Post war gewaltig – er konnte nicht genug davon kriegen und korrespondierte mit jedem Winkel des Landes. Auch wenn es heiß war – und ich berichte von Sommern, in denen ich während der Schulferien den ganzen Tag bei ihm zubrachte –, saß er in der Weste in seinem Büro. Des Morgens, lange vor der Plackerei – diese frühen Sommermorgen – war oft mildes Präriewetter. In der Luft war eine Naivität, wie man sie auch in den zähsten, gefühllosesten Menschen zu entdecken erwartet, wenn man lange genug mit ihnen gelebt hat. Ich denke da an das Geschäftliche und die Hitze eines Chicagoer Nachmittags. Doch jetzt war Atempause. Der Stadtrat war noch nicht ganz fertig angezogen; er ging in Pantoffeln auf die Straße, in die milde Sonne, seine Sockenhalter hingen herunter, und der Rauch seiner *Claro* stieg auf und wehte über seinem weißen Haar, hinter ihm sich auflösend, während seine Hand bequem und tief unterm Hosengurt versunken war. Und Einhorn, über die ganze Länge des Büros entfernt, weit hinten, schlitzte seine Kuverts auf, machte Notizen für seine Antworten, versenkte sich in die Kartothek oder reichte Sachen zur Beurteilung an mich, den oft verdutzten Gehilfen, der festzustellen versuchte, was der andere mit seinen unzähligen kleinen Schwindeleien vorhatte. Es handelte sich dabei um Dinge, für die er nicht zu bezahlen gedachte, die er aber – zur Ansicht – bestellte. Da war kaum etwas, womit er sich nicht befaßte – Briefmarken, kleine Röhrchen mit Fliederparfüm, Beutel, japanische »Wunderblumen« aus Papier, die sich im Wasser entfalten, und lauter solche Sachen, die man auf der letzten Seite der Sonntagsbeilagen angepriesen findet. Er verlangte, daß ich die Bestellungen in meiner Handschrift schreiben und mit erfundenen Namen unterschreiben sollte. Die Mahnungen warf er natürlich in den Papierkorb. Dazu erklärte er, daß alle diese Leute schon ihre Verluste mit in den Preis einkalkulierten. Alles, was kostenlos zu haben war, forderte er selbstverständlich an: Proben neu auf den Markt gebrachter Nährmittel, Seifen und Medizinen; außerdem jede nur denkbare Literatur, Berichte des *Bureau of American Ethnology* und Publikationen des *Smithsonian Institute* wie des *Bishop Museum* in Hawai, die Sitzungsprotokolle des *Kongresses*, Gesetze, Kataloge, Universitätsprospekte, die Bücher von Quacksalbern über Gesundheitspflege,

* Coca-Cola.

Beratung über Büstenwachstum und wie man Pickel los wird, über Langlebigkeit und Couéismus, Traktate übers Fletschern, über Yoga, Spiritismus und Anti-Vivisektion. Er stand in den Zustell- und Interessentenlisten des *Henry-George-Institute,* der *Rudolf-Steiner-Stiftung* in London, der Rechtsanwaltskammer und der *American Legion.* Er mußte mit allen in Verbindung stehen, und das ganze sich anhäufende Material mußte aufgehoben werden. Das Überflüssige kam in den Keller. Bawatsky oder ich, manchmal auch Lollie Fewter, die an drei Tagen der Wochen plätten kam, schafften es hinunter. Manchmal verkaufte er was von dem Zeug, wenn es, was vorkam, »vergriffen« war, an Buchhandlungen oder Bibliotheken. Anderes wieder versandte er als Zeichen seines Wohlwollens an seine Klienten, nachdem er den Einhorn-Stempel draufgedrückt hatte. Er beschäftigte sich auch viel mit Preisausschreiben, beteiligte sich an jedem, von dem er Wind bekam, und schlug Namen für neue Fabrikate und Reklamesprüche vor. Er tüftelte *Schlagfertige Antworten – Erstaunlichste Augenblicke – Omen, die ich hätte beachten sollen – Telepathische Erfahrungen* und *Schüttelreime* aus.

Als das Radio ward erfunden, war ich außer mir,
Sagte: jeden Pfennig sparst du dir,
Ja, ging selbst nur noch selten zum Barbier.
Mit ins Grab nehm' ich meinen lieben »Dynamic« schier.

Damit gewann er den ersten Preis von fünf Dollar der Zeitung *Evening America,* und ich bekam die Aufgabe, alles, was er an Preisausschreiben geschickt hatte, Wortspiele mit Präsidentennamen und den Hauptstädten der Vereinigten Staaten oder Elefanten, die aus winzigen Ziffern zusammengesetzt waren (welche Endsumme?) – alle diese eingereichten »Lösungen« sauber, innerhalb peinlich mit dem Lineal gezogener Umrandungen, zusammen mit den notwendigen Bons, Päckchenverschlüssen (Preisausschreiben! Hier abtrennen!) und Firmenmarken aufzukleben. Außerdem mußte ich in seinem Studierzimmer oder in der Stadtbibliothek für ihn nachschlagen und Auszüge machen. Eines seiner Projekte war eine neue Ausgabe der Werke Shakespeares, ihr Inhaltsverzeichnis sollte dem der Gideon-*Bibel* gleichen, die ihren Lesern hilft, unter: *Schlechte Geschäfte – Schlechtes Wetter – Schwierige Kundschaft – Sitzenbleiben auf einem großen Posten vorjähriger Modelle – Frauen – Ehe – Kompagnon –* Gottes Wort zu finden.

Tausend und ein Pfennigggeschäft, kein Auftrag zu groß, keine Summe zu klein. Dabei die ganze Zeit über geschwätzig, närrisch, klassisch, philosophisch, rhetorisch und deftig, *Französische Stellungen*, Scheißwürste aus Pappe, die man in dem Zauberladen in der Clark Street kaufen konnte, als *Comics* kaschierte, pornographische Serienzeichnungen und *Einführungen für Sekretärinnen* (mit dem Untertitel: Wie man seinen Chef befriedigt) herumzeigend und die junge Lollie Fewter aufziehend, die frisch aus dem Kohlenrevier gekommen war. Das Mädel hatte grüne Augen, deren heiße Erregtheit sie gar nicht zu verbergen versuchte, und bot den herumstehenden Männern, zwischen die sie mit ihrem Bohnerlappen und dem weichen Drall ihres Ganges geriet, ihren sommersprossigen Busen dar. Ja, Einhorn, mit toten Beinen, um sein Prestige besorgt, leugnete dir doch ins Gesicht hinein ab, daß er sich von anderen Männern unterschied. Es machte ihm nichts aus, von seiner Lähmung zu sprechen. Im Gegenteil, manchmal prahlte er damit, als einer Sache, der er Herr geworden war, wie ein erfolgreicher Geschäftsmann, der dir vom Elend seiner Kindheit auf dem Dorfe erzählt. Auch vergaß Einhorn nicht, sein Gebrechen auf jede Weise auszubeuten. So beschaffte er sich von Firmen, die Krankenstühle, Prothesen und andere orthopädische Hilfsmittel verkauften, die Adressen ihrer Kunden, stellte eine Liste zusammen und versandte eine auf dem Büro-Vervielfältigungsapparat gedruckte Zeitung, die er *Die Abgeschlossenen* getauft hatte. Sie bestand aus zwei Seiten Nachrichten und Betrachtungen, sentimentalen Stückchen aus Elbert Hubbards *Lesefrüchte* und abgedroschenen Redensarten aus *Thanatopsis* von William Cullen Bryant: »Nicht dem Sklaven gleich, dem zum Steinbruch gegeißelten, sondern wie ein edler, stoischer Grieche«; oder solchen von Whittier: »Prinzlichen Geblüts bist du, der erwachsene Mann / Ist immer nur Republikaner« und aus anderen derartigen Quellen. »Bau erhab'nere Schlösser dir – o meine Seele!« Die dritte Seite blieb Leserbriefen vorbehalten. Dieser Wisch – ich hatte ihn auf der Vervielfältigungsmaschine abzuziehen, dann zu heften und zur Post zu tragen – jagte mir manchmal 'ne Gänsehaut über den Rücken und schnürte mir den Hals zu. Aber Einhorn sprach von der Sache als von einem Dienst an den von aller Welt abgeschlossenen Leidenden. Dabei diente sie ihm selbst auch nicht schlecht. Weil er mit »William Einhorn, ein Makler der Nachbarschaft« unterzeichnete, brachte sie ihm beträchtliche Versicherungsgeschäfte ein, und verschiedene Firmen zahlten die Kosten.

Er verstand es, bedeutende Institutionen für sich einzuspannen, auch darin Oma Lausch ähnlich. Den Vertretern dieser Gesellschaften gegenüber nahm er eine Haltung an, mit der er Eindruck zu schinden gedachte – käsiges Gesicht mit einer intelligenten Andeutung von Schnurrbart und dem lebendigen, gerissen zur Schau gestellten Interesse in seinen dunklen Augen, die Arme wie Hühnerflügel in Ruhestellung. An ihnen trug er als eine seiner weiteren Anleihen aus dem Arsenal weiblicher Bekleidung Strumpfbänder als Ärmelhalter. Er versuchte, verschiedene Versicherungsgesellschaften mit ihren Angeboten in einen Wettbewerb zu manövrieren, um selbst eine höhere Provision für sich herauszuschlagen.

Mit vielfach wiederholtem Druck das gleiche Ergebnis zu erzielen wie mit einem starken Stoß, sagte er, das sei seine Methode; und es war sein größter Stolz, daß er wußte, wie man mit den Mitteln seiner Zeit arbeiten müsse, und fähig war, seine Intrige genausogut zu führen wie jeder andere. Hätte man ihn doch in weniger fortschrittlichen Zeiten in irgendeiner Hütte wie eine Mumie behandelt, und noch um als Bettler vor einer Kirche zu sitzen, hätte ihm jemand helfen müssen, dort so etwas wie ein *memento mori* oder, schrecklicher noch, eine Mahnung dafür zu sein, was es für Schwierigkeiten gab, ehe man noch gestorben war. Dagegen heute – nun, es war wohl kein Zufall, daß der Krüppel Hephästus sinnreiche Maschinen gebaut hatte: brauchte sich doch ein gesunder Mensch nicht mit Hilfe von Kurbeln, Ketten und Metallstützen über Hindernisse zu ziehen und hochzuwinden. Dann lag es in der Entwicklung des menschlichen Fortschritts, daß William Einhorn soviel zu leisten imstande war. Wo doch die ganze Menschheit so verrückt auf Hilfsapparate war, in einer solchen Zeit konnte man nicht sagen, daß er, teufelnocheins, abhängiger als andere wäre, die ohne diese oder jene Erleichterung, Maschinen, technische Kinkerlitzchen, Rolltüren und öffentliche Verkehrsmittel nicht auskommen konnten. Einhorn sagte, daß durch diese Befreiung von notwendigem Kleinkram der Geist zum obersten Gericht aller Prüfungen würde, so wie sich das auch gehöre. Fand man Einhorn in einer nachdenklichen Stimmung, das ganze dickliche, hakennasige, noble Bourbonengesicht wie in Gedanken getaucht, dann legte er mit einem Abriß über das Maschinenzeitalter und über Stärke und Gebrechlichkeit los, ging darauf mit kleinen Abschweifungen auf Einzelheiten der Kulturgeschichte der Krüppel ein: – die Stummheit unter Spartanern, die Tatsache, daß Ödipus gelähmt und die Götter oft verstümmelt waren, daß Moses ein Stotterer gewesen und der Zauberer Dmitri einen verdorrten Arm gehabt hatte, daß Cäsar und Mohammed Epileptiker gewesen und Lord Nelson einen mit einer Sicherheitsnadel hochgesteckten leeren Ärmel trug – doch vom Maschinenzeitalter und über die Art, wie man aus ihm seinen Vorteil zu ziehen hätte, sprach er besonders gern. Ich stand dabei wie ein Mann unter Waffen, der von dem gelehrten *Signore*, der in der Laune war, eine Vorlesung zu halten, seine Unterweisung empfängt.

Ich war zum guten Zuhörer erzogen worden. Doch Einhorn mit seinen Begabungen, seiner Gelehrsamkeit, seiner Redekunst und seinen effektvollen Registern legte es, genau genommen, gar nicht darauf an, meine Handlungen zu beeinflussen. In der Beziehung war er nicht wie Oma, die uns mit ihrer pädagogischen »Dicken Berta« zu beschießen versuchte. Einhorn wollte dahinfließen und bewundernswert und beredt sein. Keinesfalls väterlich – ich sollte es mir ja nicht in den Kopf setzen, mich als ein Mitglied der Familie zu fühlen. Dafür lag auch kaum ein Grund vor, von Aussicht ganz zu schweigen, wenn man hörte, welche Rolle der einzige Sohn William Einhorns, Arthur, in den Familiengesprächen spielte, und sah, wie man mich 'rausschickte, wenn irgendeine große Familienangelegenheit ausgekocht wurde. Um genau festzustellen, ob ich mir da irgendwelche Illusionen machte, fragte mich Einhorn hin und wieder über meine Verwandten aus, als ob er noch nicht genug darüber von Coblin, Kreindl, Clem und Jimmy erfahren hätte. Ganz geschickt von ihm, mich auf diese Weise auf meinen Platz zu verweisen. Wenn Oma so ihre Ideen für Simon und mich gehabt hatte, wie wir die Aufmerksamkeit eines Reichen erregen und durch ihn unser Glück machen könnten, so kannte Einhorn anscheinend solche Gedanken. Ich sollte nicht denken, daß da, bloß weil wir so auf vertrautem Fuß miteinander standen und er mich leiden konnte, Aussicht wäre, daß ich ins Testament aufgenommen würde. Nun führten die Dinge, die für ihn gemacht werden mußten, zwangsläufig dazu, daß jeder, der für ihn arbeitete, mit ihm intim wurde. Manchmal machte es mich wütend, wie er oder Mrs. Einhorn sich vergewisserten, ob ich auch nicht vergessen hätte, wo mein Platz war. Aber vielleicht hatten sie Grund dazu, die Alte hatte mir den Floh ins Ohr gesetzt, obschon ich selbst nie ernsthaft daran dachte. Aber zweifellos gab es in mir einen solchen Floh, und darum fehlte meiner Entrüstung etwas von der nötigen Überzeugungskraft. Einhorn und seine Frau waren selbstsüchtig.

Sie waren nicht kleinlich, das geb' ich ehrlich zu, und im allgemeinen konnte ich ihnen gegenüber gerecht sein. Sie waren einfach selbstsüchtig wie zwei Leute, die im Gras sitzen, ihr Picknick genießen und nicht daran denken, dich einzuladen. Wenn sich dir vor Hunger nicht grade der Magen umdrehte, konnte man es sogar wie ein hübsches Bild betrachten, das Am-Senf-Schmecken, das Kuchenschneiden und das Eier-und Gurkenabschälen. Nichtsdestoweniger war Einhorn selbstsüchtig, und seine dauernd in Bewegung gehaltene Nase roch, er roch mit ihr alles ab, manchmal strenge, dann wieder ohne alle Manieren und heimlich, sich mit einem halben Auge vergewissernd, ob Beobachter in der Nähe wären, ließ sich aber, falls da welche waren, auch nicht hindern.

Ich glaube, daß ich nicht im entferntesten daran gedacht hätte, mich als einer der Erben des alten Stadtrats zu fühlen, wenn man mich nicht immer auf die Unmöglichkeit eines solchen Gedankens gestoßen und dabei die ganze liebe Zeit über nichts anderes als über Erbschaften geredet hätte.

Es war unausbleiblich, daß sie bis zum Halse in Versicherungs- und Eigentumsfragen, in Prozessen und juristischen Fehlgeburten, in sauer gewordenen Teilhaberschaften, Wortbrüchen und Testamentsanfechtungen steckten. Das war es auch, was man – wenn sich der Kenner-Klub der gewichtigsten alten Spießgesellen traf – zu hören bekam. Alle zeigten durch festgelegte Kennzeichen – Fingerringe, Zigarren, Qualität der Socken oder das Alter ihrer Panamahüte –, wie es ihnen ging und wo sie standen. Außerdem waren sie genau klassifiziert: nach dem Maß ihres Glücks; ihrer Weisheit; der Dunkelheit ihrer Herkunft oder ihres Kummers; der Beherrschung oder des Beherrschtwerdens von Ehefrauen, Flittchen, Söhnen oder Töchtern; nach dem Maß ihrer Verunstaltungen; oder nach den Rollen, die sie in ihren Komödien, Tragödien und Schlafzimmer-Farcen spielten; ob sie anschmierten oder angeschmiert wurden, ob sie selbst manipulierten oder brutal angepackt wurden; ob sie vom Schicksal gezerrt oder hin und her geworfen wurden – man klassifizierte sie nach ihren Betrügereien, ihren geschickten Bankrotten, nach ihren Brandstiftungen und nach dem Grad ihrer vermutlichen Lebenserwartung. Man wog auch ihre Verdienste: ob dieser Dickwanst von Fünfzig ein guter Kerl, ein freigebiger Spender, ein Freund, ein mitleidender Mensch, ein Mann mit Saft im Rückgrat oder ein heller Kopf beim Berechnen von Prozenten war, ein Bursche, aus reiner

Nächstenliebe gewillt, ein Darlehen zu geben, einer, der, obwohl er nicht mal seinen Namen richtig schreiben konnte, der Synagoge Thorarollen stiftete, oder ob er für Verwandte in Polen Bürgschaften übernahm. Es war bekannt. Einhorn hatte alles notiert. Und offensichtlich war allen alles bekannt. Es gab da einen Kreislauf der Freimütigkeit und eine Menge wechselseitigen Respekts. Auch eine Menge verächtlicher Dinge. Sei dies wie es sei – das Thema, das innerhalb Einhorns Barriere oder im seitlichen Büroanbau beim Kartenspiel besprochen wurde, betraf meist die Geschäfte – Konkursverwaltungen, Tilgungen oder Testamente und fast nichts anderes. So wie in Labrador das strenge Klima, auf den Gipfeln der Anden die Atmung und für den Bergmann, der in Cornwall in einem Flöz unter dem Meer liegt, der Raum das Thema ist. Und an den Wänden Plakate von Versicherungsgesellschaften, auf denen verzweifelte Menschen unentrinnbar Feuersbrünsten ausgeliefert waren, Ratten die Hausschwellen unterhöhlten, Hausfrauen fehltraten und im Fallen Speisekammerregale mit sich rissen. Womit geradezu unumgänglich gezeigt wurde, daß man Erbschaftsfragen kaum vermeiden konnte. Mochte mich der alte Stadtrat? Während gemeinhin Mrs. Einhorn eine freundliche Frau war, streifte sie mich hin und wieder mit einem Blick, der einen an die Geschichte von Sarah und dem Sohn der Hagar denken ließ. Dabei lag überhaupt nicht der geringste Grund zur Besorgnis vor. Nicht der geringste! Ich war nicht vom gleichen Blut, und der Alte hatte auch seine eigenen dynastischen Ideen. Und ich hatte nicht die Absicht, mich in irgend jemands Vermächtnis einzuwanzen und irgendein Teilchen von dem zu bekommen, was ihrem Sohn Arthur zustand. Gewiß, der Alte mochte mich. Er strich mir über die Schulter, gab mir Trinkgelder und dachte nicht weiter an mich.

Doch für Tilly – William Einhorns Frau – waren der Stadtrat und ihr Mann ein unlösbares Rätsel. Ihre pharaonisch gestutzte Frisur wuchs auf einem Kopf, der zumeist nur äußerliche Vorzüge aufwies. Sie konnte nie sagen, wozu die beiden fähig waren oder was sie sich vornehmen könnten. Besonders ihr Mann – er war so geschmeidig, erfinderisch und unbeständig –, sie gehorchte ihm voll Verehrung, machte Besorgungen für ihn und was er sonst noch von ihr verlangte, genau wie wir anderen auch. Er schickte sie aufs Rathaus mit Eingaben oder mit dem Ersuchen um Auskunft vom Kataster- oder vom Gewerbeamt. Er schrieb es ihr auf, denn sie war unfähig, seine Wünsche vorzutragen, und sie brachte die Auskunft, von einem Beamten aufgeschrieben, zurück. Um sie aus dem Wege zu haben, wenn er etwas vorhatte, schickte er sie auf Besuch zu ihrem Bruder, der im Süden der Stadt wohnte, mit der Straßenbahn eine Tagesreise weit weg, um sie bestimmt aus dem Wege zu haben; und dazu kam noch, daß sie genau im Bilde war.

Doch nun nehmen wir einmal an, wir wären beim Mittagessen an einem für die Einhorns gewöhnlichen Tag. Mrs. Einhorn liebte es nicht, sich in der Küche abzuplagen, und bevorzugte fertiggekaufte oder einfache Gerichte, Delikatessen, Büchsensalm in Zwiebeln und Essig oder Bouletten und Bratkartoffeln. Die Bouletten, das waren nicht diese flachen Dinger aus den »Imbiß-Hallen«, mit Maisgrieß verlängert, sondern große, mit 'ner Menge Knoblauch aufgedonnerte und schwarzgebratene Fleischhappen. Ganz in Meerrettich- und Chili-Tomatensoße getaucht, gingen sie nicht so schwer 'runter. Das war das Einhornsche Hausgericht, in der Ordnung seines Normalzustandes, mit den Hausgerüchen und der Hauseinrichtung; und wärst du der zum Besuch sich niederlassende Albatros höchstselbst, würdest du den Fraß, den du sonst nicht angerührt hättest, 'runterschlingen, ohne einen Laut der Klage von dir zu geben. Der Stadtrat, Einhorn und Dingbat fragten nicht lange, sondern aßen eine Menge davon, wie gewöhnlich mit Tee oder *Coca-Cola*. Dann nahm Einhorn weißes Bullrichsalz, einen gehäuften Löffel voll, und trank ein Glas Mineralwasser gegen seine Blähungen. Er machte sich darüber lustig, vergaß aber niemals, auf diese Weise seine Mahlzeit zu beschließen, und achtete mit großem Ernst auf alles, was in seinen Eingeweiden vorging; prüfte, ob seine Zunge nicht zu sehr belegt sei, und sorgte für das reibungslose Funktionieren seines Organismus. Wenn er manchmal als sein eigener Arzt fungierte, war er todernst. Er erzählte gern und oft, daß er auf Mediziner eine verhängnisvolle Wirkung ausübe, besonders auf solche, die ihm nie viel Hoffnung gelassen hätten. »Ich habe zwei von ihnen beerdigt«, sagte er. »Jeder der beiden hatte mir gesagt, daß ich in einem Jahr hops wäre, und ehe noch das Jahr um war, kratzten sie selber ab.« Es tat ihm gut, diese Geschichte anderen Ärzten zu erzählen. Doch er blieb eifrig dabei, sich zu pflegen, gleichzeitig diesen Eifer und seinen Gegenstand mit den Redensarten eines Straßenjungen verspottend. Es war eine bodenlose Selbstverhöhnung: er streckte die Zunge heraus und ließ sie komisch und blöde über die Lippe herunterhängen und machte dazu irre Schielaugen.

Nichtsdestoweniger bedachte er ständig seinen Gesundheitszustand und nahm seine Pulver und die Eisen- und Leberpillen. Man konnte fast sagen, daß er ihren Weg in Gedanken verfolgte, durch seinen ganzen Körper hindurch, in den der Tod bereits eingezogen war, bis in das *Washington* seines Gehirns, bis in sein Geschlecht und bis in seine beobachtenden Augen hinein. Gewiß, er war noch immer betriebsfähig, ja sogar sehr, aber er mußte doch mehr Rücksicht auf sich als andere nehmen; wenn bei *ihm* mal etwas nicht klappte, dann käme das einem durch nichts gerechtfertigten Totalverlust gleich, wie ein abgehobenes Konto, wie der Rumpf eines der lebendigtoten Kriegskrüppel – ein zuckender Fleischklumpen, der hilflos in einem Korbe dahindämmert. Kurz, eine Last, *zero*. Ich wußte das alles, weil er über alles sprach, und –, wenn er auch nicht daran dachte, offen von seinem Geld auf der Bank oder von seinem Hausbesitz zu reden, so war er doch, wenn es sich um lebenswichtige Dinge handelte, ausgesprochen offen und enthüllte mir seine Gedanken. Besonders dann, wenn wir beide in seinem Arbeitszimmer waren und uns mit einem seiner Projekte beschäftigten, die immer phantastischer und verworrener wurden, je mehr er die Absicht verfolgte, sie in ein System zu bringen. Das Ende mußte ein Ungeheuer von einem Apparat sein, den man auch nicht mehr durch Stoßen oder Ankurbeln würde in Bewegung setzen können.

»Augie, weißt du, ein anderer Mann in meiner Lage wäre für das Leben erledigt. Es gibt da eine Ansicht über den Menschen, die sagt, daß er nur ein Madensack gieriger Eingeweide wäre. Im Hamlet findest du davon so viel, wie du haben willst. Was der Mensch für ein Stück Arbeit ist und das Firmament ein golddurchwirktes Gespinst ... doch das ganze *Geschäft* langweilt ihn. Sieh mich an, ich kann mich nicht mal schnell und gut bewegen. Von einem Manne wie mir, könntest du sagen, sollte man erwarten, daß er sich hinlegt und nicht länger die Aussicht versperrt. Statt dessen halte ich heute einen großen Betrieb in Schwung –.« Das entsprach nicht ganz der Wahrheit. Der alte Stadtrat hielt das Steuer noch immer in der Hand – aber das war schließlich gleichgültig und machte die Sache nicht uninteressanter. – »Obschon mir niemand übelnehmen würde, wenn ich im Hinterzimmer unter einer Decke verfaulen und voll Bitterkeit meckern und jammern würde, während frische gesunde Menschen einen Bogen um mich machen, als ob sie mich nicht sähen. So ein Junge wie du zum Beispiel, stark wie ein junges Pferd und rosig wie ein Apfel: ein

Alkibiades, von allen geliebt, bei Gott. Ich weiß nicht, wieviel Grips du mitbekommen hast. Du bist noch zu verspielt und wirst, selbst wenn du ein schlauer Kopf werden solltest, niemals die Stellung meines Sohnes Arthur einnehmen. Und du sollst nicht darüber böse sein, wenn du die Wahrheit hörst und wenn du das Glück hast, jemand zu finden, der sie dir sagt. Aber auch so bist du nicht so übel dran, so als ein Alkibiades. Das ist schon weit darüber hinaus, was sonst Kreaturen deinesgleichen erreichen können, und glaube nur ja nicht, daß sie den richtigen Alkibiades nicht auch gehaßt hätten. Alle haben es getan, außer Sokrates, von dem es heißt, daß er häßlich wie ein alter Hund gewesen wäre. Und nicht einfach deswegen, weil der junge Kerl vermutlich, ehe er sich nach Sizilien einschiffte, den Hermes-Standbildern das Gemächt abgeschlagen hat. Doch um auf unser Thema zurückzukommen – mit all seinen genossenen Freuden wie Sardanapal begraben zu werden ist ganz gut und schön, aber 'ne andere Sache ist es, so direkt vor ihnen lebendig begraben zu sein, daß du sie dauernd und unerreichbar vor Augen hast. Ist es nicht so? Um darüber hinwegzukommen, brauchst du einen Genius ...«

Stiller, stiller Nachmittag im hinteren Arbeitszimmer. Mit dem Wachstuch auf dem Büchertisch, Gipsbüsten an den Wänden. Unsichtbare Autos schnarchen und zittern dem Park zu. Die Sonne scheint draußen in den Hof, die Fenster sind gegen Einbrecher vergittert. Billardbälle küssen sich und prallen gegen den Filz und den Schwammgummi. Immer seltener geht die Tür des Bestattungsinstituts, Katzen sitzen in den lutheranischen Gärten gegenüber auf den Wegen, die man fegt und schmückt und die von den dänischen Diakonissinnen, die gestärkte Kinnbinden tragen und die auf den von Balustraden umgebenen und immer frisch gestrichenen Veranden ihres Heims erscheinen, fast nie betreten werden.

Irgendwie stank mir die Art, wie er mich mit seinem Sohn verglich. Aber ich hatte nichts dagegen, Alkibiades zu sein und ihm den Gefallen zu tun, ihn Sokrates gleichzustellen, denn darauf kam es ihm bei dem ganzen Handel ja an. Unser Anspruch an Brutus ist doch ebenso gültig wie der der Kettenhemden tragenden englischen Könige. Wenn du dir dein eigenes Ideal aus der spiegelnden Meeresluft und den gezackten Blättern klassischer Vollkommenheit nehmen und dich dort, wo ein großes Geschlecht zu Hause war, zu Hause fühlen willst, warum nicht? Ich habe niemals eingesehen, daß es irgendwelche Gründe geben sollte, was dagegen zu haben. Obschon ich unfähig war, hundertprozentig mit einem Manne wie dem Prediger Beecher einer Meinung zu sein, der zu seiner Gemeinde sagte: »Ihr seid Götter, ihr seid kristallen, eure Antlitze erstrahlen!« Ich bin kein so großer Optimist, wegen der tatsächlichen Gesichter, die ich, einzeln oder in größeren Versammlungen, gesehen habe – habe aber immer zugegeben, daß die wahre Erkenntnis der Dinge eine Gabe ist. Besonders in Zeiten spezieller Verunstaltung und allgemeinen Babylonismus', wenn – jedenfalls für Augen mit durchschnittlicher Begnadung – grundhäßlicher Schotter und vulkanische Lava verbreiteter als Kristall sind und es als ein gutes und vernünftiges Prinzip erscheint, sich auf eine mittlere Sorte Quarz zu einigen. Ich frage mich, wo es in der Schöpfung bei dem Ausruf: »Homo sum!« zu der verblüffenden Erkenntnis dessen kommt, was wirklich dahinter steckt. Doch ich war bereit – und ich bin es schon immer gewesen –, mich so weit wie möglich vorzuwagen, obwohl mir von Einhorn eigentlich nie so viel zugemutet wurde, wie er es in seinen Augenblicken der Erhabenheit vorhatte, in seinen Bankiershosen und der Kanzlerkrawatte, die unbrauchbaren Schnörkelfüße auf dem friseurstuhlähnlichen Feldherrnhügel, einer nach seinen speziellen Angaben gebauten und auf Räder gesetzten Erfindung. – Und ich konnte niemals entscheiden, ob er meinte, er sei ein Genie oder habe einen Genius; ich nehme an, daß es seinen Wünschen entsprach, wenn man sich darüber den Kopf zerbrach. Er war nicht der Mann, der damit herausrückte und erklärte, ein Genie zu sein, solange er an die Möglichkeit glaubte, eins zu sein, eine Angelegenheit, die nur so *nolens volens* geschah. Für manche, wie für seinen Stiefbruder Dingbat, war er ein Genie. Dingbat schwor, wo er hinkam: »Willie ist ein Teufelskerl. Gib ihm Telephonmarken im Wert von fuffzig Cent, und er wird einen Haufen Zaster damit zusammenpalavern.« Auch Einhorns Frau war ohne Einschränkung der Meinung, daß ihr Mann ein Teufelskerl sei. Was er auch tat – und das ging auf keine Kuhhaut –, war für sie gut und wohl getan. Eine größere Autorität gab es einfach nicht. Da konnte selbst ihr Bruder Karas nicht mit, der die Holloway-Unternehmen und die Verwaltungsgesellschaft unter sich hatte und der beim Geldmachen auch kein Waisenknabe, eher ein Teufel war. Auch vor Karas, dieser üblen, unangenehmen Type, verschleimt, nach allen Seiten auf'em Kien, todschick, mit süßlichem Lächeln und Erpresseraugen – hatte Tilly Ehrfurcht, doch ihn Einhorn an die Seite zu stellen, fiel ihr nicht im Traume ein.

Aber es stimmte nicht ganz, wenn Einhorn behauptete, daß er begraben sei, seine Freuden unerreichbar vor Augen. Er trieb es mit der einen oder anderen Frau und hatte im besonderen 'ne Menge für Mädchen wie Lollie Fewter übrig. Dazu erklärte er, daß er nach seinem Vater komme. Der Stadtrat streichelte und verehrte alle Frauen auf eine freundliche, schläfrige, warme, bezaubernde Art und legte seine Hände überall dorthin, wo es ihm gefiel. Ich nehme an, daß die Frauen nicht sehr böse waren, wenn er ihnen in diesem Stil seine Ehrenbezeigung erwies, denn er suchte sich an jeder das heraus, was sie selbst am meisten schätzte – Brüste, Haar, Hüften, Beine und alle die kleinen Geheimnisse und Tricks, mit denen sie die ihr eigenen guten Sachen hervorhob. Man konnte, wenn man gerecht war, nicht behaupten, daß das bei ihm ordinäre Lüsternheit gewesen wäre; es war eine Art salomonischer Hochachtung eines alten Häuptlings. Mit seinen großen, sommersprossigen alten Händen fühlte er die Verheirateten und die Unverheirateten und selbst die kleinen Mädchen daraufhin ab, was sie versprachen, und keine war jemals davon oder von den Namen, die er ihnen gab, abgestoßen. Er nannte sie »Mandarinchen« oder »Der kleine Rodelschlitten«, »Madame Letztesjahr«, »Kleines Riesentäubchen«. Der prächtige *Old Gentleman.* Befriedigt und zufrieden. Du konntest an der reinen Annehmlichkeit, die er an sich hatte, empfinden, was einmal zwischen ihm und jetzt alten oder verstorbenen Frauen gewesen war, die er, möglicherweise, in allen diesen anderen wiedererkannte und grüßte. Seine Söhne hatten von dieser Qualität nichts. Natürlich erwartet man die Art dieser Mississippi-Abend-Heiterkeit nicht von jüngeren Männern, aber da war in keinem von beiden viel Uneigennützigkeit oder selbstvergessenes Schauen. In Dingbat vielleicht etwas mehr als in seinem Bruder. Es gab kaum eine Zeit, zu der Dingbat nicht mit einem netten Mädchen verlobt war. Er schrubbte sich und kleidete sich, um sie dann in einer verzweifelten und verrückten Rage aufrichtigen Respekts zu besuchen. Manchmal sah er aus, als würde er im nächsten Augenblick vor Unterwürfigkeit in Tränen ausbrechen, und bei seinen Vorbereitungen kam er aus dem parfümgeschwängerten Badezimmer gestürzt, das saubere, gestärkte Hemd über seiner mageren Behaartheit offen – um mich noch mal daran zu erinnern, von Bluegreens die Ansteckblumen zu holen. Er brachte sich reineweg für diese Mädchen um, nie schien es ihm genug, und nie war er überzeugt, ihrer würdig zu sein. Je mehr er sie respektierte, um so mehr lief er mit Schnepfen herum, die er in Guyons *Paradies* aufgabelte und in seinem *Stutz* in die Schonung vor der Stadt oder zu einem kleinen Hotel in der Wilson Avenue, das Karas-Holloway gehörte, fuhr. An den Freitagabenden jedoch saß am Familientisch oft eine Braut, mal 'ne Klavierlehrerin, mal 'ne Modezeichnerin oder 'ne Buchhalterin oder einfach 'ne Haustochter, die einen Verlobungsring und andere Geschenke trug; und Dingbat, Krawatte um, überspannt und bekloppt, redete sie in seiner heiseren, dünnen, schwarzen Stimme verehrungsvoll »Honey«, »Isabel, Herzblatt« oder »Janice, Lieb« an.

Einhorn hatte solche Anwandlungen überhaupt nicht, so empfindsam er auch auf anderen Gebieten war. Er nahm sich die gleichen scherzhaften Freiheiten wie sein Vater heraus, ohne aber daß diese Scherze bei ihm den gleichen Klang gehabt hätten. Womit nicht gesagt sein soll, daß sie etwa nicht auch komisch waren, sondern daß er sie benutzte, um sich von ihnen ans Ziel bringen zu lassen, daß sie für ihn das Mittel zu einem Zweck waren – Verführung. Wenn er die Leute aufzog und lachte, dann galt das Lachen seiner vermeintlichen Impotenz. Er erklärte sich und sagte den Frauen ganz offen, daß sie, wenn sie sich die Mühe machten zu suchen, zu ihrer Überraschung feststellen würden, daß bei ihm alles da war, daß das richtige Ding, und nicht unfähig, existierte. Das konnte er versprechen. Wenn er anscheinend so sicher wie ein weltlich gesinnter Priester oder ein älterer Herr, bei dem man nichts dabei riskiert, wenn man sich von ihm ein kleines Wortgeplänkel oder Schmeicheleien gefallen läßt, seinen verruchten Zauber spielen ließ, so hatte er doch in Wirklichkeit nur einen Gedanken, war eisern nur auf die eine Sache spitz, auf *den* Vorgang, der letztlich Frauen und Männer zusammenbringt. Und bei allen benahm er sich gleich, natürlich keine großen Erfolge erwartend, aber doch trotzdem in der Hoffnung, daß eine unter ihnen – hübsch, keck – an ihm interessiert, ein heimliches Spiel zu spielen wünsche, vielleicht ein Ideechen pervers (er deutete es an) – nach ihm sehen, greifen, sich verzehren und brennen würde. Danach suchte und darauf hoffte er bei jeder Frau.

Er wollte kein Krüppel bleiben. Er konnte es nicht übers Herz bringen. Das war zuzeiten furchtbar. Alles, was er, um sich damit abzufinden, unzählige Male durchdacht hatte, half dann nichts mehr, und er war wie der Wolf im Zoo in seiner Grube, der immer wieder die Schnauze in die gemauerten Ecken stößt und in seinem Ausstellungsgefängnis auf und ab hastet. Es geschah ihm nicht oft, daß er vom

Teufel gezwickt wurde, wahrscheinlich nicht öfter als anderen Menschen. Aber es kam vor. An solchen Tagen, wenn sein Magen rebellierte, er eine Erkältung oder ein kleines Fieber hatte oder wenn da irgendein Zwiespalt in der Organisation sichtbar wurde oder er sich in seiner Position etwas weniger erhaben vorkam und nicht das für ihn nötige Maß an Respekt oder Post erhielt oder in einem Augenblick, in dem eine gefürchtete Wahrheit fällig war, aber noch in der Mannigfaltigkeit der sein Leben bildenden Einzelheiten unsichtbar blieb, da sah man, wie es über ihn kam. Dann pflegte er zu sagen:

»Früher dachte ich mal, entweder laufe ich oder schlucke, wenn's nicht weitergeht, Jod. Ich ließ mich massieren, machte Übungen und drillte mich, indem ich mich ganz stark auf einen Muskel konzentrierte und mir dabei einbildete, daß ich ihn mit meinem Willen stark machen könnte – und es war alles Tinnef, Augie. Die ganzen Coué-Theorien usw., usw. Alles für die Katz. All das: *Es ist zu schaffen!* und der ganze Quatsch, mit dem das große Tier Teddy Roosevelt sein Buch vollgekliert hat. Es kann sich einfach niemand vorstellen, was ich alles versucht habe, bis ich mir schließlich sagte, daß es doch keinen Sinn hätte. Ich konnte es nicht ertragen, und ich ertrug es. Ich kann's *noch immer nicht* ertragen, und trotzdem ertrage ich es. Aber man frage mich nicht wie! Man kann neunundzwanzig Tage lang mit seinen Sorgen fertig werden, doch dann kommt schließlich immer der dreißigste Tag, wo man es, Gott verflucht, nicht mehr kann. Wo einem zumute ist wie einer miesen Fliege beim ersten kalten Windzug, wenn man sich umschaut und glaubt, man wäre der alte Mann aus dem Meer, die Hände fest um Sindbads Hals geschlungen, und denkt, warum soll denn irgendeiner ein neidisches Stück menschlichen Plunders mit sich herumschleppen? Wenn die menschliche Gesellschaft ein bißchen mehr Verstand hätte, würde sie mir die Euthanasie geben oder mich, wie es die Eskimos mit ihren Alten tun, mit Nahrung für zwei Tage in einem Iglu zurücklassen. Guck nicht so, als ob dir elend wäre. Geh, mach dich weg. Sieh nach, ob dich Tilly für irgend etwas braucht.«

So war es am dreißigsten Tag oder noch seltener. Im allgemeinen erfreute er sich nämlich einer guten Gesundheit und betrachtete sich nicht nur als ein brauchbarer, sondern sogar als ein außerordentlicher Bürger und prahlte damit, daß es kaum etwas gäbe, was er – wenn er es sich einmal in den Kopf gesetzt hätte – nicht auch tun könnte. Und tatsächlich leistete er sich ein paar ganz schöne Dinger.

Um mit Lollie Fewter freie Bahn zu haben, kriegte er uns alle aus dem Wege und schaffte es, die ganze Bande in einem Auto nach Niles Center in Bewegung zu setzen, um dem alten Stadtrat dort ein Grundstück zu zeigen. Offensichtlich im Begriff, sich während unserer Abwesenheit in Ruhe einer Arbeit zuzuwenden – er hatte die Akten und Notizen schon bereit gelegt –, hatte er es gar nicht eilig, war verbindlich und erwog, gut gelaunt, hinter seiner Schildpattbrille jede neu aufkommende Frage eingehend, zögerte schließlich selbst den Ausflug hinaus, um wegen der Länge der Straßenfront und Verbesserungen mit seinem Vater noch eine letzte Verständigung zu erreichen. »Warte, ich zeige noch, wo der Zubringer-Omnibus hält. Bring mal die Karte, Augie!« Er ließ mich die Karte holen und hielt den Stadtrat so lange zurück, bis der ungeduldig wurde, Dingbat den Hupenknopf abwetzte und Mrs. Einhorn, die sich mit Tüten voll Obst bereits hinten im Wagen eingerichtet hatte, rief: »Kommt, es ist heiß, mir ist schon ganz schwach.« Und in dem Korridor, der die Wohnung mit dem Büro verband, schlenderte in dem glänzend polierten Halbdunkel Lollie mit ihrem Staubwedel auf und ab. Groß und weich, wegen der Hitze in einer bequemen dünnen Bluse und mit Strohsandalen wie ein zu groß geratenes Kind, das eine Puppe spazierenträgt, und wegen dieses mütterlichen, ehelichen Spiels in sich hineinlächelt; faul und sorglos und für das kommende Spiel, könnte man sagen, Kraft sammelnd. Clem Tambow hatte versucht, mich darüber aufzuklären, wie die Aktien standen. Doch es war ihm nicht gelungen, mich zu überzeugen. Nicht nur wegen der ausgefallenen Idee oder weil ich einen jungenhaften Respekt vor Einhorn hatte, sondern auch deshalb, weil ich selbst mit Lollie angebändelt hatte. So erfand ich Ausreden, um, während sie plättete, bei ihr in der Küche zu sein.

Sie erzählte mir von ihrer Familie in den Kohlenfeldern des Kreises Franklin und von den Männern dort, und was sie versuchten, und was sie taten. Sie panierte mich sozusagen in Gefühlen. Allein von den Andeutungen bekam ich weiche Knie. Bald waren wir dabei, uns zu küssen und abzufühlen, bald hielt sie meine Hände zurück, bald führte sie sie unter ihr Kleid, angeblich zur Anlernung, wild, weil ich noch auf diesem Gebiet grün war, und schließlich sagte sie eines Tages aus Mitleid, daß ich sie, wenn ich am Abend noch mal zurückkäme, nach Hause bringen könnte. Sie ließ mich so geil zurück, daß ich kaum gehen konnte. Ich hielt mich in der Billardkneipe versteckt, weil ich fürchtete, daß Einhorn nach mir schicken würde. Doch Clem kam mit einer Nachricht von ihr, daß sie es sich überlegt hätte. »Sagte ich es dir nicht?« meinte Clem. »Ihr arbeitet beide für denselben Boß, und sie ist seine kleine Pflaume. Für ihn und noch für ein paar andere Kerls. Aber nicht für dich. Du kannst nichts und hast kein Geld.«

»Was du nicht sagst, das verfluchte Luder!«

»Nun, Einhorn gibt ihr, was sie verlangt. Er ist verrückt nach ihr.«

Ich konnte das nicht fassen. Es schien Einhorn so unähnlich, seine großen Gefühle an eine Schnepfe zu hängen. Doch genau das war es, was er getan hatte. Er war auf sie versessen. Einhorn wußte auch, daß er sie mit ein paar Halunken aus der Billardkneipe teilte. Natürlich wußte er. Es war nicht seine Art, uninformiert zu sein. Ihm stand in der Beziehung der Fleiß eines ganzen Ameisenhaufens zu Gebote mit sich windenden schwarzen Zuträgerpfaden, die aus allen Richtungen dem Gipfel zukrabbelten. Sie sagten ihm, wie es um den Fall Lingle stand, was das Programm der öffentlichen Auktionen war und, ehe sie überhaupt gedruckt waren, auch die Entscheidungen des Berufungsgerichts, oder wo es Hehlerware von Pelzen bis zu Schulbedarf gab. Und so war er auch durch und durch über Lollie informiert.

Elinor Klein stellte mir gefühlvolle Fragen. Ob ich schon ein Liebchen hätte? Es schien etwas zu sein, für das ich reif aussah. Kreindl, unser alter Nachbar, fragte mich auch, aber auf andere Art, so im Vertrauen. Er urteilte, daß ich kein Kind mehr sei. Da konnte er, während seine Schielaugen ganz wild und munter wurden, schon mal aus sich herausgehen. »*Schmeißt du schon, August?* * Hast du Freundinnen? Mein Sohn nicht. Der kommt vom Geschäft nach Hause und liest die Zeitung. *'s interessiert ihm nicht*. Du bist doch nicht mehr zu klein, nicht wahr? Ich war jünger als du und schon *gefährlich*. Ich konnte nie genug kriegen. Kottie kommt nicht nach mir ...« Kreindl hatte das Bedürfnis zu betonen, daß er der bessere Mann, ja sogar der einzige Mann im Hause sei, und er machte einen derben Eindruck, wenn er seine Zähne zeigte und sein wetterhartes rauhes Gesicht, um zu lächeln, in Falten legte. Er sah ein gut Teil Wetter, denn er wanderte mit seinem Musterköfferchen zu Fuß durch die ganze Westseite. Er mußte mit jedem Centstück rechnen. Er hatte die Geduld und

* Original.

Härte ständigen Asphalttretens, das zwanzigmal im Monat an den gleichen mit Bleiweiß angestrichenen Fabrikfenstern vorbeikommt, und er kannte jede leere Baustelle, die an seinem Weg lag. Am Ziel angekommen, konnte er sich stundenlang wegen eines kleinen Auftrags oder einer Auskunft herumdrücken. »Kottie kommt nach meiner Frau«, sagte er, »er ist *kaltblütig.*« Dabei wußte ich natürlich, daß das ganze Toben, Schnauben und Brüllen unten in seiner Wohnung von ihm kam und daß er da unten die halbe Wirtschaft kaputtschlug.

»Und was macht dein Bruder?« fragte er verschlagen. »Ich hörte, den kleinen *Maidelech* geht's ins Höschen wegen seiner, was macht er denn?«

Tatsache war, daß ich nicht wußte, was Simon im Moment ausheckte. Er sagte mir nichts und schien auch nicht neugierig darauf zu sein, was ich machte, nachdem er sich in den Kopf gesetzt hatte, daß ich bei Einhorns nur ein Handlanger war.

Ich ging einmal mit Dingbat auf eine Party, die eine von Dingbats Bräuten gab, und traf dort meinen Bruder mit einem polnischen Mädchen. Sie trug ein pelzbesetztes, orangenes Kleid, und er hatte einen weichen, großkarierten Anzug an und sah sehr gut und selbstzufrieden aus. Er blieb nicht lange, und ich hatte das Gefühl, daß er seine Abende nicht dort zu verbringen wünschte, wo ich es auch tat. Oder vielleicht paßte ihm die Art nicht, wie Dingbat sich amüsierte: seine Deklamationen und heiseren Parodien, wie er sich den Hals wie ein aufgeregter Truthahn verrenkte und ein anzügliches Gegacker ausstieß, das die Mädchen in schrilles Gelächter ausbrechen ließ.

Es gab ein paar Monate, in denen ich mit Dingbat dicke Freund war. Ich tobte als sein Spießgeselle mit ihm wie verrückt auf Parties herum; umarmte und bedrängte, genau wie er, auf Veranden und Hinterhöfen die Mädchen. In der Billardkneipe nahm er mich unter seine Fittiche, aus Freundschaft boxten wir miteinander, wobei ich nie besonders gut war, spielten Lochbillard – das schon ein bißchen besser – und lungerten dort mit den jungen Strolchen und Großmäulern herum. Wenn mich Oma Lausch so gesehen hätte, würde sie wohl geglaubt haben, daß das Schlimmste, was sie je über mich gesagt hatte, doch noch zu wenig gewesen war. Wenn ich da so in dem erhöhten Schuhputzerstuhl über den grünen Billardtischen saß, eine Kappe auf dem Kopf, in die rautenförmige Luftlöcher hineingeschnitten und Plaketten gesteckt waren, auf denen »Küß mich« oder »Al Smith« stand; in Tennisschuhen und in einem weißen Baumwollsweater mit einem Mohawk-Indianer auf der Brust, mitten in dem pruzzelnden Jazz, dem Krach des Baseballberichts aus dem Radio, dem Klicken des Billardmarqueurs, dem dumpfen Poltern der kolbigen Billardstangen, den ausgespuckten Schalen zerkauter Sonnenblumenkerne und zertrampelter blauer Kreide, in der Luft der Staub des Talkumpuders, mit dem sich die Billardspieler die Hände glätteten. Ja, Oma Lausch hätte gestaunt, wenn sie mich da zusammen mit nach Blut riechenden Aufschneidern gesehen hätte, zusammen mit Rekruten für Gangster-Armeen, Autodieben, Wegelagerern, Schlägern und Rausschmeißern, schäbigen kleinen Rummelboxern, die sich einbildeten, K.o.-Killer zu werden, Stadtcowboys, die Koteletten bis zum Kinnbacken wie Jack Holt hatten, Studenten, Schwindlern und kleinkalibrigen Erpressern und Boxern, demobilisierten GI's, verdufteten Ehemännern, Taxichauffeuren, Fernlastfahrern und Rummelplatzathleten. Wenn irgendeiner auf die Idee kam, sich an mir auszutoben – und da gab's 'ne ganze Menge Typen, die sehr reizbar waren und die einen Seitenblick mißverstehen konnten –, dann stürzte sich Dingbat dazwischen, um mich zu schützen.

»Der Junge ist mein Kumpel und arbeitet für meine Atze. Wenn du affig wirst mit dem Jungen, kriegst du 'n paar übern Kopp. Na, wie steht's, Appetit auf Knubbelsuppe?!«

Wenn auch sonst nicht viel mit ihm los war, mit der Loyalität war's ihm durchaus ernst. Seine knochigen Fäuste waren bereit, und seine dicken Absätze stemmten sich gegen den Boden, sein gefurchtes Kinn fühlte sich, an die Schultern seines gestärkten weißen Hemdes gepreßt, bereits in Kampfstellung, und er war dabei, in seinen Stampftanz überzugehen und sich zu schlagen. Doch es gab keine Kämpfe meinetwegen. Wenn es einen Grundsatz gab, den ich von Oma Lausch angenommen habe, dann war es der der besänftigenden Antwort, obwohl das bei ihr weniger der Güte entsprang als eine Taktik zum Abservieren von Barbaren, Dummköpfen und Rohlingen war. Damit will ich nicht behaupten, daß es bei mir eine Selbstdisziplin gegen den Zorn und ein *integer vitae* (wie konnte ich?), um den Wölfen Respekt einzujagen, war. Ich konnte einfach keinen Geschmack an den dauernd aufgezogenen Alarmsignalen finden, an dem ständig die Augen zu Schießscharten werden lassenden, wie eine Kobra aufgerichteten, durchtriebenen *Tybalt** – und an diesem ganzen Ko-

* Schurke bei Shakespeare: Romeo und Julia.

dex –, und war gar nicht neugierig, wie es ist, wenn man verschlagen wird, und so wies ich alle Herausforderungen zum Anstarren oder Angestarrtwerden ab.

In der Beziehung war ich auch mit Einhorn einer Meinung, der mit Vorliebe immer das Beispiel anführte, wie er im *Stutz* neben dem Steuer saß, wo er manchmal hingesetzt wurde, um von dort aus ein Tennisspiel oder so etwas besser sehen zu können – und wie ein Kohlenträger mit einer Schaufel in der Hand angerannt kommt, weil sich der die Straße versperrende *Stutz* nach zweimaligem Hupensignal nicht von der Stelle gerührt hat, und Dingbat, um den Wagen an die Seite zu fahren, nicht da ist. »Was kann ich machen«, sagte Einhorn, »wenn er nicht lange fackelt, sondern gleich ausholt, um mir ins Gesicht zu schlagen? Mit meinen Händen am Steuerrad muß er doch annehmen, ich sei der Fahrer. Ich müßte schon sehr schnell reden. Könnte ich schnell genug reden? Was würde auf solch ein Tier Eindruck machen? Soll ich so tun, als ob ich in Ohnmacht fiele oder mich tot stellen? Mein Gott, selbst vor meiner Krankheit tat ich alles mögliche – und ich war ein ziemlich starker junger Bursche –, ehe ich mich darauf einließ, mit irgendeinem Hurenjungen, muskelprotzigen Affen oder sonst einer üblen Type, die auf Krawall aus war, 'ne Schlägerei anzufangen. In dieser Stadt ist es so, daß ein Mensch, der zu einem friedlichen Spaziergang weggeht, immer mit der Möglichkeit rechnen muß, mit einem blauen Auge oder einer blutig geschlagenen Nase nach Hause zu kommen, und dabei ist es ebensogut möglich, daß es der Gummiknüppel eines Schutzmannes tat oder ein paar polackische Quadratköpfe, die die paar Pimperlinge nicht zusammenbekommen haben, um damit auf der Achterbahn im Vergnügungspark den kleinen Pipimädchen hinterherzuchaisen, und deshalb auf den Hinterhöfen herumlungern und Leute anfallen. Man weiß, daß die Schutzleute heute nicht von ihrem Gehalt leben, bestimmt nicht, wo all das illegale Wettgeld auf der Straße herumliegt. Es gibt keinen einzigen Lastwagen voll Schnaps auf dem Schwarzen Markt, der, ohne von einem Polizeiauto begleitet zu werden, eine Meile weit fährt. Darum ist es ihnen auch egal, was sie tun. Ich habe gehört, daß sie einige Burschen, die nicht genug Amerikanisch verstanden, um ihre Fragen zu beantworten, fast umgelegt hätten.« Und hier, die Nase und die in faltige Säckchen gebetteten Augen strahlten eine eifrige Schläue aus, begann er sein Thema zu entwickeln. Manchmal sah er dabei mit den Büscheln weißen Haares über den Ohren und dem nach hinten gelegten Kopf großartig aus, eher *um* etwas als *durch* etwas leidend, die intensive Sorge um sich selbst außer acht lassend. »Dabei hat die Rauheit eines Ortes wie Chicago einen gewissen Vorteil; einfach den, daß man keine Illusionen hat. Wohingegen in all den anderen Großstädten der Welt Gründe für die Annahme existieren, daß die Menschheit sehr verschieden sei; wo die ganze alte Kultur und die wunderbaren Kunstwerke von Michelangelo und Christopher Wren und die Zeremonien, wie der Aufmarsch der Fahnen vor dem Buckingham Palast oder die Beisetzung eines großen Mannes im Pantheon drüben in Paris jedem zugänglich ist. Man sieht diese herrlichen Dinger und glaubt, alles Barbarische sei dahin und vergessen. Denkt man. Und dann fällt einem etwas anderes ein, und man erinnert sich, daß – nachdem die Frauen aus den Kohlenbergwerken befreit oder die Bastille erstürmt und die Femegerichte und *Lettres de Cachet* abgeschafft, die Jesuiten vertrieben, das Erziehungswesen ausgebaut, Hospitäler errichtet und Galanterie und Höflichkeit verbreitet worden waren – es sechs oder sieben Jahre Krieg und es nach 1914 Revolution gegeben hat und zwanzig Millionen Menschen abgeschlachtet worden sind. Schlimmer als verfluchte Kannibalen, verflucht seien sie, und glauben die wirklich daran, daß dort weniger Lebensgefahr sei als hier? Es ist zum Brüllen. Die sollten lieber sagen, daß sie bessere Exemplare in die Luft jagen, anstatt uns weismachen zu wollen, daß die einzigen menschlichen Wesen, die vom Blut leben, entweder unten am Orinoko leben, wo sie Köpfe jagen, oder draußen in Cicero. Aber«, sagte er mir, »die Besten hat man immer schon gesteinigt und verbrannt. Ich habe ein Bild des Aristoteles gesehen, auf dem er wie ein Pferd von irgendeiner ekelhaften Hure bestiegen und geritten wird. Und dann war da Archimedes, der, über ein Diagramm gebeugt, getötet wurde; da war Seneca, der sich die Pulsadern aufschnitt; da waren die großen Lehrer und die Märtyrer, die Heilige wurden.«

»Manchmal überlege ich«, sagte er, »was geschähe, wenn hier ein Kerl mit einem Revolver hereinkäme und mich an diesem Pult sitzen sähe. Angenommen, er sagte, ›Hände hoch‹, glaubst du, daß er warten würde, bis ich ihm erklärt hätte, daß meine Arme gelähmt sind? Der würde mir ein paar verpassen und denken, daß ich in eine Schublade griffe oder auf einen Signalknopf drücke, und das wäre Einhorns Ende. Wirf mal einen Blick auf die Überfallstatistik und wage dann noch zu behaupten, daß ich mir diese Unannehmlichkeiten austräumte. Ich sollte ein Schild mit der Aufschrift ›Krüppel‹ über meinem Kopf anbringen lassen. Doch möchte ich das auch nicht die ganze Zeit über da vor mir an der Wand hängen sehen. So bleibt nur zu hoffen, daß die Schilder der *Brinks Expreß Überfallschutzgesellschaft*, die Panzerwagen hat, und die Schilder vom *Pinkerton-Schutz*, die überall angemacht worden sind, sie verjagen werden.« Oft überließ er sich Gedanken an den Tod, und obschon er in vieler Hinsicht fortschrittlich war, so war doch sein Tod immer noch der alte in faltigen Mumien-Unterhosen. Derselbe Tod, den schöne Jungfrauen in ihren Spiegeln nicht sehen konnten, weil diese Spiegel voll von ihren weißen Brüsten, dem blauen Licht alter deutscher Flüsse und von Städten waren, die jenseits der Fenster wie das Fliesenmuster des Fußbodens in ihrem Zimmer aussahen. Ein betrügerischer alter Schelm, dessen Knochen durch die Fransen seiner Wildledernen blickten, kein sanfter Sir Cedric*, der, aus den Zweigen eines Apfelbaumes hervorlugend, kleine Knaben grüßt. Einhorn verband mit dem Tod keine gütigen vertrauten Gedanken, nur den Aberglauben an einen schrecklichen Dieb. Er simulierte nur den Thanatopsis-Stoiker, in Wirklichkeit überlegte er, was ihm in Hinblick auf den andern, der soviel von ihm bereits im Sack hatte, zu tun übrigblieb; und der vielleicht der einzige wahre Gott war, an den er glaubte und den er fürchtete.

Ich dachte oft, daß er in seinem Herzen dieser Furcht vollkommen ergeben war, doch wer glaubte, Einhorn durch sein Tun und in seinen Taten aufgespürt zu haben und gerade dabei zu sein, ihn ganz zu fassen, entdeckte sich dann durchaus nicht inmitten eines Labyrinths, sondern plötzlich auf einer breiten Avenue, und aus einer ganz anderen Richtung kam Einhorn die Straße herunter – ein Gouverneur in einer Limousine, ihm zur Seite die Staatsgrade auf Motorrädern, herrschend und notwendig, jedermanns Geliebter, dessen Tod nur eine Episode und dazu noch eine weit zurückliegende seines Privatlebens war.

* Schauspieler, der durch das Theaterstück *Der Tod im Apfelbaum* von Paul Osborn in Amerika bekannt geworden ist.

6

Worauf war ich bei alledem für mich selbst aus? Ich hätte es nicht sagen können. Mein Bruder Simon war nicht viel älter als ich und hatte längst wie auch andere unseres Alters eine Vorstellung davon, was für ein Leben er führen und welche Richtung er einschlagen wollte, während ich noch um den heißen Brei herumging. Und ein Mensch wie Einhorn wußte genau, was er von mir wollte und brauchen konnte, was ich aber von ihm haben konnte, war keineswegs klar. Ich weiß, daß ich mich sehr sehnte, aber nicht verstand, wonach.

Bevor Laster und Schwäche mit der Ermüdung der Reife eintreten – die allzu gewöhnlich und auch zu langweilig sind, um sie in aller Ausführlichkeit zu schildern –, gibt es Zeiten – oder soll es geben – wie Samt und Seide, unbewußt und wie von der Natur selbst gemalt: wie die Idylle verliebter sizilianischer Schäfer, wie Löwen, die man mit Steinwürfen verjagen kann, oder goldene Schlangen, die sich aus ihrer Verschlungenheit lösen und in die Spalten des Eryx gleiten. Ich meine frühe Bilder des Lebens; auch des Lebens eines jeden einzelnen, denn jeder beginnt mit einem Eden und geht durch Wehen, Qualen, Entstellungen und den Tod in die Finsternis ein, aus der – heißt es – ständig wieder in den Beginn einzutreten, wir hoffen sollen. Es gibt Horror vor dem Ergrauen, vor dem Würgen, das dem Tod vorangeht, vor dem Skandal des Mundes oder angsterfüllter Augen und überhaupt vor allem, das durch das Fehlen einer Erinnerung an Glück und die Erkenntnis, auch keins mehr erwarten zu können, verursacht wird. Aber wenn da kein sizilianisches Schäferidyll ist, nichts, was die Natur selbst aus dem Handgelenk heraus gemalt hat, sondern nur der tiefe Gram der Stadt und man schon früh ihren verschlagenen Absichten zugetrieben wird – nicht in einem leinenen Priestergewand vor Eli gesandt, um deinen Dienst im Tempel zu beginnen, oder von deinen weinenden Schwestern auf ein Pferd gesetzt, um fortzuziehen und in Bogota Griechisch zu studieren – und im Billardzimmer einer Kneipe landet. Wohin kann dich das höchstenfalls führen? Und welche Glückseligkeit oder welches Gegenmittel gegen das Elend, anstelle von Holunderflöten und Schafen oder musikalischer, kurzweiliger, milchtrinkender Unschuld, ja selbst anstelle eines einfachen Spaziergangs in der Natur, an der Seite eines teigigen Hofmeisters mit einer mächtigen Brille auf der Nase, oder anstelle von Fiedelunterricht, kannst du dort geboten bekommen? Freunde, Mitmenschen, Männer und Brüder, wohin man dort geführt wird, um das zu sagen, dafür gibt es noch keine kurze, abgekürzte oder Kürzelschrift-Möglichkeit. Hatte doch Robinson Crusoe unter freiem Himmel mit sich und der Natur allein den Kopf voll davon und alle Hände voll zu tun, um mit dem Nicht-Menschlichen fertig zu werden. Ich aber lebe in einem Gedränge von Menschen, die erst nach noch viel größeren Schwierigkeiten und heftigem Widerstreben Ergebnisse bieten, und ich bin ein Teil davon.

Auch Dingbat übte für kurze Zeit seinen Einfluß auf mich aus, was die verschlagenen Absichten der Stadt betrifft. Er glaubte, es gäbe noch eine Menge, das er mir besser beibringen könnte als selbst sein eigener Bruder. Mir wurde, was Dingbat betraf, klar, daß er ganz von dem Gedanken erfüllt war, sich in den Augen des Stadtrats und Einhorns zu rechtfertigen, und daran dachte, einen für ihn bezeichnenden Erfolg auf die Beine zu stellen. Er schwor darauf, daß er es in sich hätte, ein Vermögen und Ansehen zu erringen, und wünschte sich, als Promoter zu glänzen, im Radio unter den Persönlichkeiten genannt zu werden, die vor dem Hauptkampf im Ring erscheinen und dem Publikum vorgestellt werden; dabei würden seine Brillengläser wie Diamanten funkeln. Hin und wieder bekam er einen Kämpen unter seine Fittiche, so irgendeinen, der noch hypnotisierbar war. Und zu dieser Zeit wurde er der Manager eines Schwergewichtlers. Schließlich sagte er, daß er einen guten hätte. Nails Nagel. Dingbat hatte Mittel- und Weltergewichtler gehabt, aber ein guter Schwergewichtskämpe war das beste Geschäft von allen, vorausgesetzt, daß er das Material für Meisterschaftskämpfe in sich hatte, was bei Nails, nach Dingbats Erklärung – mit seiner ernstesten Alles-klar-zum-Gefecht-Überzeugung hinausgeschrien – der Fall war. Manchmal glaubte Nails selber dran; im tiefsten Grunde seines Herzens aber wahrscheinlich doch nicht, sonst hätte er sich auf nichts anderes als auf das geschmissen und hätte aufgehört, auf dem Autofriedhof arbeiten zu gehen. Seine Hände, die mit ihren ewigen Schmier-Trauerrändern an kräftigen weißen Armen hingen, waren mit besonderen Bandagen bis zu den Gelenken überlascht, und die Art, wie er sie gebrauchte, war gleichzeitig langsam und verkrampft.

Seine stumpfen und bartschattigen Kinnbacken waren ebenfalls gepolstert, steif über seine rasierte Kehle geneigt, um sich vor Schlägen zu schützen. Den Kopf umschloß eine Lederkappe, und über seinen tief in den Höhlen verborgenen Augen stand ein Lederwulst vor. Wer ihn so sah, mußte an eine verletzte, anständige Männlichkeit, die keinem etwas zuleide tun wollte, oder an ein Roßhaarknäuel und ein zerfetztes Knäuel verschlampter Manneskraft denken. Er war sehr stark und im Nehmen von engelsgleicher Duldsamkeit, auch war sein großer, weißer, flankenoffener Körper für einen Schwergewichtler beweglich genug. Was Nails aber gar nicht hatte, war Geistesgegenwart im Ring. Er war witzlos und hing völlig von Dingbat ab, der ihm sagen mußte, was er tun und lassen sollte, ließ es sich gefallen, so angetrieben zu werden, und hatte nicht die Kraft zum Widerspruch, denn seine Zunge, zwischen Zahnlücken, war sehr schwerfällig, und die Klugscheißer aus der Billardkneipe sagten: »Mußt es mal mit leichterem Öl versuchen, sonst springt die Karre bei dem Wetter nich an.« Als Boxer war er eine Fehlspekulation, der Hühnerfrau Sohn. Seine Mutter hatte jahrelang hinten in einem Geflügelgeschäft gearbeitet, Hennen und Gänse gerupft. Sie war eine in Grobleinen gekleidete Frau, die ein so großes Gebiß hatte, daß sie ihre Lippen nie darüber zu schließen vermochte. Sie machte gutes Geld, und Nails bekam von ihr immer noch mehr, als er selbst verdienen konnte. Er steckte da in einem Geschäft, für das er nur äußerlich eine starke Begabung zeigte.

Aber davon abgesehen, hatte er den Vogel, als Boxer bewundert werden zu wollen, und war unglaublich glücklich, als ihn Dingbat einmal mitnahm, um dabeizustehen, als er, Dingbat, von einem Kerl aus der Billardkneipe dazu eingeladen, vor Jungs sprach, die einen Klub in einem Erdgeschoß hatten, dessen Förderer der Kerl aus der Kneipe war. Es spielte sich ungefähr so ab: beide, Dingbat und Nails, in ihren besten Anzügen und schwarzen Wildlederschuhen, trugen fleckenlose Hüte, deren halbbreite Krempen mit scharfem Pfiff die Augen verdeckten, und schlenkernde Schlüsselketten dazu. »Also Jungs, das erste, was ihr wissen müßt, is, wie wichtig es is, 'n sauberes Leben zu führn, hart zu trainieren, 'ne Masse Milch und Grünzeug zu essen und bei offnem Fenster zu schlafen. Seht euch so einen Boxer an wie den Boy, den ich mitgebracht habe« – der übers ganze Gesicht strahlende Nails hebt zünftig grüßend die Arme zu den Jungs – »auf der Straße, egal wo, arbeitet sich Nails erst mal richtig in Schweiß, einmal am Tag. Danach heiße Brause, kalte Brause und eine schnelle Abreibung. Er kriegt das ganze Gift aus 'em Körper, und die einzige Gelegenheit, wenn er raucht, is, wenn ich ihm nach 'em gewonnenen Fight 'ne Zigarre spendiere. Ich habe das gelesen, wo Tex Rickard neulich darüber in der *Post* geschrieben hat, daß vor dem Kampf mit Willard, bei zweiunddreißig Grad im Schatten, da drüben in Ohio, Dempsey so fabelhaft trainiert war, daß er, als er sich vor der Veranstaltung noch mal ein bißchen schlafen legte, so in seinen Untersachen, sie knochentrocken blieben und nich ein Tropfen Schweiß an dem Burschen war. Jungs, ich muß euch sagen, das is wunderbar! Das is was, was sich im Leben lohnt. So, hört auf das, was ich euch sage, und spielt euch nicht am Pimmel. Ich kann euch nicht sagen, wie wichtig das ist. Laßt es in Ruhe. Nich nur, wenn ihr Sportler werden wollt, es gibt noch 'n paar Sachen, die besser sein können, aber überhaupt, selbst wenn ihr auf was anderes aus seid, das ist die erste beste Art, schiefzugehen. Also, Hände weg, kriegste bloß Gehirnerweichung von. Und spielt nich Stinkefinger mit euern kleinen Freundinnen. Es schadet euch beiden bloß. Nehmt euch das an von mir, ich sag's frei heraus, weil ich nicht fürs Verschleiern und so Hintenherumreden bin. Die kleinen, heißen Rumtreiberinnen, wie ich sie so auf der Straße sehe, laßt sie links liegen. Wenn ihr unbedingt 'ne Freundin haben müßt, ich seh' nich ein, warum nicht, gibt's da 'ne Masse anständiger Kinder, unter denen ihr euch aussuchen könnt, von der Sorte, die euch niemals an die Hose fassen wird oder euch bis nachts um eins festhält und auf'n Treppen 'rumschmust« – und so ohne Pause, seinen durchdringenden Rechtschaffenheitsblick auf die Mitgliederschaft vor ihm auf Klappstühlen gerichtet.

Manager zu sein, war für Dingabt das Richtige. Das war genau, was er brauchte: Reden zu halten (sein Bruder war Logen- und Bankettredner), Nails am Morgen aus seinem Zimmer zu zerren, ihn sein Straßentraining im Park machen zu lassen und zu beschwatzen, einzureden, zu wiehern und herumzufuchteln und in den nach Massageöl stinkenden, vom Peitschenschlagtakt der Springseile und hallenden Zuschlagen der blechernen Garderobenschränke erfüllten, von den Geschäftshäusern im Chicagoer Loop verdunkelten Räumen zornig über die Benutzung der Trainingsausrüstung von Taftons Sporthalle lange Dispute zu haben und sich wegen seiner Rechte an Bändern und Sandsäcken inmitten der schweißtriefenden polnischen, italienischen, negerschwarzen, muskelknuffenden Trainingsarbeit zu streiten, wo die Gruppen der gewieften Unternehmer und prozentual Beteiligten herumstanden. Als er Nails in Kondition gebracht hatte, zog er mit ihm im Omnibus Richtung Westen los. Das Geld dazu hatte er sich von Einhorn gepumpt, und als sie in Salt Lake City vollkommen abgebrannt landeten, telegraphierte er wegen neuem Geld, und sie kamen schließlich blaß und hungrig zurück. Von sechs Kämpfen hatte Nails zwei gewonnen, und es war das reinste Spießrutenlaufen zwischen den Spottvögeln im Billardzimmer.

Aber für eine Weile kam Dingbat aus dem Boxgeschäft 'raus; zu der Zeit passierte die große Zuchthausrevolte in Joliet, und Dingbat war Korporal der Nationalmiliz, die vom Gouverneur aufgerufen wurde. Sofort lief er in seiner Khakiuniform und in dem Sturmhut mit der Kordel herum und verbarg keinem seinen Kummer, daß er vielleicht zu der Patrouille gehören könnte, die Tommy O'Connor oder Larry, den »Flieger«, oder Bugsy Gonzalez, die er bewunderte, einzukreisen hätte.

»Fall in einen Graben, du Dussel, und rühr dich nicht«, sagte Einhorn zu ihm. »Eh du überhaupt verladen bist, werden die Milizer sie längst umzingelt haben, und das Schlimmste, was dir passieren kann, werden der überfüllte Transport und gekochte Bohnen sein.«

Der Stadtrat, dessen Gesundheit seit kurzem zu wünschen übrig ließ, rief vom Bett herüber: »Laß dich ansehn, du Cholly-Chaplin, bevor du gehst«, und als Dingbat mit gekränktem Gesicht und mit in die entstellenden Breecheshosen gezwängten Beinen sich vor ihm aufbaute, sagte der Alte ungeheuer belustigt: »I-dii-ot!« Dingbat wurde ganz schmal, als litte er an seinen unverstandenen Gefühlen wie an der Schwindsucht. Mrs. Einhorn erschreckte sich vor der Uniform und weinte am Halse Lollie Fewters. Für ein paar regnerische Tage war Dingbat im Biwak in der Gegend von Joliet. Er kam hagerer, schwärzer und zum Umfallen müde, mit überreizten, vor Erschöpfung schielenden Augen zurück. Aber er nahm die Arbeit mit Nails sofort wieder auf. Er hatte für ihn einen Kampf in Muskegon, Michigan, abgeschlossen. Einhorn schickte mich hin, um mich ausbaldowern zu lassen, was in der finstern Provinz mit Dingbat und Nails geschah. Einhorn sagte zu mir: »Augie, ich schulde dir ein bißchen Ferien. Wenn dein Freund Klein, zu dem ich nicht allzuviel Vertrauen habe, hier für ein paar Nachmittage für dich einspringen will, kannst du losziehen und einen Ausflug machen. Vielleicht stärkt es Nagels Selbstvertrauen, jemand bei sich in seiner Ecke zu haben.

Dingbat knallt ihm zu viel mit der Peitsche über die Ohren und macht ihn fertig. Ein heiterer Dritter im Bunde mag vielleicht – *sursum corda.* Wie gut bist du in Latein, Junge?« Einhorn freute sich wie ein Teufel an seiner Idee; wenn das, was er wollte, sich mit einer guten Tat verbinden ließ, was das herzstärkend für ihn. Er rief seinen Vater und sagte: »Vater, gib Augie hier zehn Dollar. Er geht für mich auf eine Reise« – nur um zu zeigen, daß seine Großzügigkeit noch an einem Hindernis vorbei müßte. Der Stadtrat gab freudig; er hatte eine offene Hand und blieb bei jeder Summe freundlich. In der Art, wie er mit Geld umging, war er ohne Beispiel.

Dingbat freute sich, daß ich mitkam, und er hielt vor allen eine Ansprache in seiner tierischen Unverschämtheit, die er immer an sich hatte, wenn er über was zu bestimmen hatte: »In Ordnung, Sportsfreunde, diesmal muß es klappen ...« Armer Nails, er sah nicht besonders gut in seiner weinroten Seidenjacke mit aufgenähtem »Wespen SC« aus, die sich über seinen Bizepsen ausbeutelte. Und seine Sachen im geschulterten Beutel hingen ihm schwer wie Klempnerwerkzeug an den krummen Riesenfahrgestellen herunter. Sein riesiges Gesicht wirkte wie regendurstige, geharkte Gartenerde. Und in dieser porösen Trockenheit ein paar weißliche Augen, die das Schlimmste befürchteten, und eine breitgeschlagene Nase.

Das Schlimmste war an diesem Tag schon jemand anders zugestoßen. Man hatte einen der Aiello-Brüder erschossen in seinem Sportwagen gefunden. Der *Examiner* machte eine große Geschichte aus der Sache, die wir in der Straßenbahn auf dem Wege zur Anlegestelle lasen, und Nails glaubte, einmal Softball gegen diesen Aiello gespielt zu haben. Er war niedergeschlagen. Aber es war noch sehr früh am Morgen, gerade nach Sonnenaufgang, wenn die Straßenfluchten der Arbeiterviertel noch leer sind und auf den Mauern der Häuser nur ein weißer Tropfen Sonne widerscheint. Als wir zur Anlegestelle der *City of Saugatuck* am Pier entlang heruntergingen und unter der Überdachung der Schuppen hervorkamen, hatte die Düsterkeit der Stadt bei dem blau flammenden Wogen kühlen Wassers, von den schwarzen Küstenstrichen nach Osten in die goldene Helligkeit hinein, plötzlich ein Ende. Die bleiweißen Decks waren grade eben gewaschen worden und funkelten in den Farben des Wassers in einer Wärme wie im Golf von Mexiko, und die Möwen ließen sich von den Windströmungen tragen. Am Ende war Dingbat glücklich und trieb Nails an, auf dem Deck, ums Schiff herum, seine Straßenarbeit zu absolvieren, ehe sich das Deck zu sehr bevölkerte. Acht Stunden auf dem Wasser ohne Übungen, und er würde für seinen Kampf am Abend zu steif werden. Also begann Nails loszutrotten. Er lächelte dabei und war überhaupt ein anderer Mensch, in diesem Sonnenschein über reißenden Wassern und den Möwen, die meist aus einem Stillestehen auf Brotstücke herunterstießen. Er langte mit ein paar kurzen Schlägen hoch von der Brust her aus, die kraftvoll, technisch und gefährlich aussahen, und Dingbat, gestreift wie ein Heuschreckenbein, gab ihm den Rat, sich mehr mit der Schulter hineinzulegen. Sie waren der schönsten Überzeugung, einem Sieg entgegenzudampfen. Die beiden gingen in den rosig ausgeschlagenen Erfrischungsraum, um eine Tasse Kaffee zu trinken. Ich blieb an Deck und freute mich der Sonne, der Farben da oben im Duft des Heus aus der Ladeluke, wo die Pferde eines kleinen Wanderzirkus standen. Es ließ mein Blut glücklich aufwallen, da im Blauen und Warmen zu sitzen und die träge Luft an mir heraufstreichen zu fühlen, von den Füßen, die in ziemlich zerfransten, zu großen Turnschuhen, mit Ausziehtusche beschriftet, steckten, die Blue Jeans herauf; auf dem Kopf eine Mähne, die als Kissen gegen die Wand der Aufbauten genügte.

Als wir gut auf das warme Binnenseewasser hinausgekommen waren, spazierte Dingbat mit zwei jungen Frauen, Freundinnen von Isabel oder Janice, aus dem Salon, wo er sie getroffen hatte. Sie trugen beide weißes Tenniszeug und hatten ihr Haar mit Bändchen hochgebunden. Sie fuhren in die Ferien, um auf dem Tennisplatz eines Saugatuck-Kurhotels hochfliegenden Bällen mit ausgestrecktem Schläger nachzulaufen und im seichten Wasser vor dem Strand ihre hübschen Brüste Bootspielen zu lassen. Er zeigte mit seinem Hut auf die entschwindenden Sehenswürdigkeiten, wobei sein widerborstiges Haar eine Gelegenheit bekam, die Sonne zu spüren und sich die Parfümdüfte verflüchtigen konnten – was konnte es noch Schöneres für einen jungen, aufsteigenden Boxmanager geben, als so in weißen Schuhen und mit zu den Hosen passendem Segler-Rollkragenpullover an einem zärtlichen Morgen, der menschlichen Hoffnungen so sehr entgegenkam, herumzuschlendern und bei Mädchen Kavalier zu spielen? Nails blieb im Salon und versuchte an einem Spielautomaten, der der »Greifer« hieß, einen Preis zu gewinnen. Ein kleiner Schwenkkran konnte da in einem Glaskasten manipuliert werden, der mit Fotoapparaten, Füllfederhaltern und Taschenlampen, in Hügel kandierter und gefärbter Maiskörner eingebettet, angefüllt war.

Für fünf Cent konnte man den Kran durch zwei Hebel dirigieren, mit dem einen zielte man, und mit dem anderen ließ man den Greifer zupacken. Nails verspielte fünfzig Cent, ohne daß er was Besonderes vorzuweisen hatte, außer einer Handvoll wie Wachs aussehender kandierter Maiskörner. Er wollte einen Fotoapparat für seine Mutter.

So teilte er das Zuckerzeug mit mir an Deck und erklärte, daß er sich an der Maschine da seine Augen überanstrengt hätte, bis ihm schwindlig geworden wäre, aber es war in Wirklichkeit Schuld des Wellengangs und des weich am Bug anbrandenden Wassers, was ihn erwischte, und als wir der Michiganküste und ihrem Grundstrudel nahekamen, bekam Nails eine ganz leichenweiße, spitze Nase und wurde bleich wie ein Polyp bis in die tiefsten Falten seines Gesichts hinein. Während er sich übergab, leistete ihm Dingbat wütend von hinten Hilfestellung – seinem Schützling, mit dem er siegreich durch die Hölle zu gehen gedacht hatte – und bat mit nicht zu verbergender Bitterkeit der Enttäuschung: »Oh, hör auf, Mensch! Kruzifix um Himmels willen!« Aber Nails hörte nicht auf, zu keuchen und wie ein Erstickender nach Luft zu ringen, das Haar strähnig über seinem kalten Gesicht und seinen land-sehnsüchtigen Augen. Als wir Saugatuck anliefen, wagten wir ihm nicht zu sagen, daß es bis Muskegon noch Stunden dauern würde. Dingbat nahm ihn nach unten, wo er sich hinlegen konnte. Nails fühlte sich nur in ein paar Straßen dieser Welt geheuer.

Als Muskegon erreicht war, führten wir ihn, der gelb und schlapp war, die Planken des Piers hinunter, wo das Wasser über dem Sand des Grundes nicht genug in Bewegung war, um den Barsch vor den Augen der Nachmittagsangler zu tarnen. Wir gingen zum Verein christlicher junger Männer und wuschen Nails, bekamen Roastbeef zu essen und gingen dann zur Sporthalle. Obwohl Nails über Kopfschmerzen klagte und sich hinlegen wollte, zwang ihn Dingbat durch sein Pensum. »Laß ich dir deinen Willen, liegst du bloß da und tust dir selber leid und wärst heute abend für den Kampf keinen Sechser wert. Ich weiß, was du brauchst. Augie, geh mal 'rüber und hol 'ne Packung Aspirin. Du machst weiter und rennst dir dein Mittagessen 'runter.« Ich kam mit den Tabletten zurück, als Nails, von seinen zehn Runden in dem fensterlosen, sauerstoffarmen Raum weiß und verkrampft, unter dem Korbballgerüst saß und keuchte, während Dingbat ihm die Brust frottierte und versuchte, ihn mit Selbstvertrauen vollzupumpen, ihm aber – unfähig, Hoffnungen ohne Drohungen zu erwecken – nur noch mehr Angst einjagte. »Mensch, wo ist deine Willenskraft? Wo sind deine Reserven?«

Es hatte keinen Zweck. Als es schon Sonnenuntergang und eine Stunde vor der Bolzerei war, saßen wir draußen auf dem Platz, wo wenigstens ein Geruch nach frischem Quellwasser war, und Nails war schwach und auf der Bank zusammengesackt und ließ den Kopf hängen. »Naja, los denn«, sagte Dingbat. »Tun wir das Beste, was wir können.«

Der Kampf fand im Löwen-Klub statt. Nails war im zweiten Treffen, gegen einen Mann, der Prince Jaworski hieß, ein Bergmann aus der Brunswick-Grube war und von der Zuschauermenge jede Aufmunterung erhielt, besonders als Nails auswich und sich hinter seine Deckung verkroch oder ihn im Clinch festhielt; in dem trockenen Boraxglitzern des Rings sah er zu Tode geängstigt aus und glotzte in die Gesichter um den Ring herum und in die schrillen Schreie nach Blut. Jaworski klatschte ihm mit größeren Schwingern hinterher. Er war dem armen Nails an Größe wie an Reichweite über und dazu, wie ich schätze, so um fünf Jahre jünger. Dingbat war über das Buhgegröle rasend vor Wut und schnauzte Nails an, als er in seine Ecke kam: »Wenn du ihn nicht wenigstens in dieser Runde einmal anhaust, steige ich aus und laß' dich hier allein.« »Ich hab' dir gesagt, wir sollten mit dem Zug fahren«, sagte Nails, »aber du warst ja darauf aus, vier Dollar zu sparen.« Wie dem auch sei, hörte er auf den Lärm, der seinetwegen gemacht wurde, und machte verschreckte Augen, um dann mit mehr Kampfkraft in der zweiten Runde auszuschlagen und den Kampf an Jaworski 'ranzutragen; unbedacht, mit Bewegungen von verdeckter Gefährlichkeit in seinen mächtigen, weißen Muskelknoten. Aber in der dritten Runde traf es ihn dort, wo er heute am allerwenigsten einen Schlag ertragen konnte, gegen den Magen, und er fiel flach ins Leichengewicht, ausgezählt in einem wüsten Durcheinander von Gegröle und Gebelle, Anschuldigungen, er hätte sich das Ding mit Absicht eingefangen, und alles wäre abgekartet gewesen, und Dingbat saß rittlings auf dem obersten Seil und schlug mit seinem Hut nach dem Schiedsrichter, der aus seinen Händen Scheuklappen machte und sich die Ohren zuhielt. Der zusammengeklappte Nails kam aus dem Ring mit leblosen Augen in der weißen, elektrischen Brillanz der Tiefstrahler und mit nassem Sauerkohlbart auf dem versteinerten Schwammteig seiner Wangen. Ich half ihm beim Anziehen und brachte ihn zum Verein christlicher junger Männer zurück, wo ich ihn ins Bett steckte und in sein Zimmer einschloß. Dann ging ich 'runter auf die Straße, um hier auf Dingbat zu warten, damit er nicht hinginge und gegen die Tür träte. Aber er war zu verdrossen und erschöpft dazu. Er und ich machten einen Spaziergang zusammen, kauften an einem Straßenkarren in Schmalz gebratene Kartoffeln und gingen dann auch schlafen.

Am Morgen mußten wir unsere Rückfahrkarten in Zahlung geben, um unsere Übernachtung bezahlen zu können, weil Dingbat mit der Siegbörse gerechnet hatte und völlig abgebrannt war. Wir machten uns per Anhalter in Richtung Chicago auf den Weg und brachten eine Nacht auf einer Bank in Harbert, kurz hinter St. Joe, zu; Nails in seinen Frotteemantel gewickelt, während Dingbat und ich uns zum Zudecken eine Ölhaut teilten. Auf einem Anhänger von Flint kamen wir an diesem Tage durch Gary und Hammond, vorbei an Laderampen und Lagerplätzen für Sulphat und Kohle, vorbei an Feuern, von denen man die Hitze, aber nicht den Flammenschein sah, in der Weite der Mittagsluft unter den schwarzen, gewaltigen Pasiphaëkühen und anderen wie Säulen aufragenden Tiergestalten ohne Kopf, die einen Rost aus Qualm wälzen und zu einem gewaltigen Monument aus Hochöfen und Walzwerken miteinander verbunden sind – hier und da ein alter Boiler oder eine Schlackenhalde in den schilfigen Laichtümpeln von Fröschen.

Hast du den donnernden Mund Londons im Winter in den letzten schrecklichen Minuten des im Fluß noch widerstrahlenden Lichts gesehen oder bist mit kaltem Geschepper von den Alpen herunter in den weißen Dezemberdampf Turins hereingekommen, dann hast du erfahren, was die Größe eines Ortes bedeuten kann. Dreißig gedrängte Meilen auf ölfleckiger Straße, wo die Hochöfen-, Gas- und Maschinenvulkane die Elemente des Empedokles zu Roheisen, Trägern und Schienen kochten; weitere zehn Meilen weitläufiger und fünf Meilen zusammengedrängter Mietshäuser – Stadtbauten –, und wir ließen den Anhänger nicht weit vom Loop-Viertel sausen und gingen, in der Nähe des Detektei-Büros und inmitten des Filmverleiherbezirks mit seinen großen Plakaten, ins Thomspson, um dort Gulasch mit Spaghetti zu essen. Von unserer Rückkehr nahm niemand besondere Notiz, denn in der Zwischenzeit hatte es bei Einhorns ein Feuer gegeben. Es zerstörte das Wohnzimmer – große, stinkige schwarze Löcher in der Mohairgarnitur, der Orientteppich ruiniert und der Bibliothekstisch aus Mahagoni und die Reihe der Harvard-Klassiker auf ihm versengt und von den Schnellöschern durchnäßt. Einhorn hatte Schadenersatz in Höhe von zweitausend Dollar beantragt; der Inspektor war nicht der Meinung, daß das Feuer durch Kurzschluß entstanden sei, sondern gab zu verstehen, daß es vorsätzlich angelegt worden sein könnte, und man konnte die Meinung hören, daß er bestochen zu werden wünschte. Bawatsky war nicht zu sehen, und ich mußte für eine Zeit seine Pflichten übernehmen und hielt es für klüger, nicht nach ihm zu fragen, wohl wissend, daß er sich verborgen haben mußte. An dem Tag, an dem das Feuer ausgebrochen war, hatte Tilly Einhorn einen Besuch bei dem Vetter ihres Mannes gemacht, und Jimmy Klein hatte den kranken Stadtrat in den Park gebracht. Der Stadtrat machte ein verdrossenes Gesicht wegen der Sache. Sein Schlafzimmer stieß an das Wohnzimmer, wo der Geruch noch wochenlang blieb, und er lag da, schweigend, das Gesicht verfinstert, und verdammte so die Art, in der sein Sohn Geschäfte machen wollte. Tilly hatte eine neue Einrichtung haben wollen, und so war er auch auf sie nicht gut zu sprechen – Weiber mit ihrem Möbelfimmel und ihren Nestbauideen!

»Würde ich dir nicht die fünf-, sechshundert Dollar, die du aus der Versicherungsgesellschaft herausschlagen willst, geben,« sagte der alte Stadtrat zu seinem Sohn, »nur damit ich die Tage, die ich noch zu leben habe, nicht diesen Gestank einatmen muß, dieses *Brechmittel*? Willie, du wußtest doch, daß ich krank bin.« Das war gewiß wahr. Einhorn nahm den Vorwurf wie ein Sohn als verdient von dem Stadtrat hin, der aus dem Bett gestiegen war und in seinen langen Unterhosen und seinem offenen, bis zu den Fersen reichenden Hausmantel aus Brokat entkräftet in der Küche stand und – unabhängig wie er war – die natürliche Rückenstütze eines Stuhls verschmähte. »Ja, Dad«, antwortete Einhorn, und das Gefühl, schlechte Arbeit geleistet zu haben, legte sich in zwei oder drei lockeren Ringen um seinen Nacken, und er sah mich ohne Humor, aber angestrengt und geradezu wütend an. Jetzt wußte ich klipp und klar, daß er der Urheber des Feuers war, und möglicherweise dachte er daran, daß ich ihm langsam hinter seine letzten Geheimnisse kam. Sie waren bei mir gut aufgehoben, aber es verletzte seinen Stolz, daß sie überhaupt herauskamen. Ich bemühte mich, nicht aufzufallen, und erinnerte ihn nicht, als er vergaß, mir in dieser Woche Lohn zu zahlen. Das war möglicherweise zuviel des Zartgefühls, aber ich war in einem Alter, in dem man leicht übertreibt.

Der Sommer ging vorüber, die Schule fing wieder an, und die Versicherungsgesellschaft war immer noch nicht zufriedengestellt. Ich hörte von Clem, daß Einhorn dem Tambow-Senior zusetzte, jemand aus dem Rathaus zu gewinnen, der den Anspruch einem Vizepräsidenten nahebringen könnte, und ich weiß, daß er selbst ein paar Briefe wegschickte, in denen er sich bitter darüber beklagte, daß einer der größten Makler nicht einmal mit einem kleinen Feuer zu Rande kommen könnte. Wie konnten sie denn von ihm erwarten, Klienten davon zu überzeugen, daß ihre Verluste prompt gedeckt würden? Wie man sich denken kann, hatte er sich bei der Gesellschaft versichert, die mit seinen meisten Geschäften zu tun hatte. Allein die Holloway-Unternehmen zahlten Prämien auf einen Besitz, der einen Wert von einer Viertelmillion Dollar hatte, so daß da ganz hübsche klare Beweise für Brandstiftung vorgelegen haben müssen, weil ich sicher bin, daß die Gesellschaft an sich gerne gefällig gewesen wäre. Die qualmstinkenden, verkohlten Möbel blieben solange, bis der Stadtrat sie nicht mehr in der Gegend haben wollte, unter Decken an Ort und Stelle, um dann in den Hof gestellt zu werden, wo die Kinder »König der Berge« auf ihnen spielten und die Lumpensammler vorbeikamen und sich anboten, sie wegzuschaffen, bescheiden im Büro schwitzend, bis Einhorn von ihnen Notiz nahm und er zu ihnen nein zu sagen pflegte, und daß er daran dächte, wenn der Anspruch anerkannt wäre, sie der Heilsarmee zu stiften.

In Wirklichkeit hatte er längst versprochen, sie Kreindl zu verkaufen, der sie sich aufarbeiten lassen wollte. Besonders wegen der Last, die er damit hatte, war Einhorn darauf aus, den vollen Wert zu kriegen. Auch wegen der höhnischen Verachtung des Stadtrats. Aber im großen ganzen glaubte er, richtig gehandelt zu haben, und daß das die Art war, in der man die Forderung seiner Frau nach einer neuen Wohnzimmereinrichtung erfüllen sollte. Er machte mir die Harvard-Klassiker zum Geschenk, deren Einbände von dem Kohlensäureschaum ruiniert worden waren. Ich tat die Bände in eine Kiste unter mein Bett und fing an, Plutarch, Luthers Briefe an den teutschen Adel und *The Voyage of the Beagle* zu lesen. Im letzten Buch kam ich bis zu der Stelle, wo die Krabben die Eier dummer Strandvögel stahlen. Weiter konnte ich nicht lesen, weil ich nachts nicht viel von dem dazu nötigen Frieden hatte. Bei der alten Dame war 'ne Schraube locker, und sie war jetzt, wo die großen Hinfälligkeiten des Alters kamen, sehr unruhig geworden. Obwohl sie immer erklärt hatte, wenn Mamma etwas bei ihr gelernt hätte, dann das, eine große Köchin zu sein, wollte sie jetzt für sich selbst kochen und Töpfe und Pfannen für ihren persönlichen Gebrauch beiseite stellen, wie auch Gemüse und kleine Krüge im Eisschrank, die sie mit Papier zudeckte und mit Gummibändern zuband. Sie vergaß sie, bis der Schimmel 'reinkam, und krakeelte dann wie verrückt, wenn sie weggeworfen worden waren, und beschuldigte Mamma des Diebstahls. Sie sagte, zwei Frauen könnten sich nicht in eine Küche teilen, besonders wenn eine von ihnen unehrlich und dreckig wäre – dabei vergaß sie, wie lange es gut gegangen war. Beide zitterten am ganzen Leibe, Mamma mehr vor Schreck als wegen der Ungerechtigkeit. Sie versuchte zu erkennen, wo die Alte stand, ihre Augen verschlechterten sich mehr und mehr. Mit Simon und mir sprach Oma überhaupt kaum noch; und als das Hundejunge, das ihr ihr Sohn Stiva gegeben hatte – nach Winnie war es ihr an sich nicht möglich, einen anderen Hund als Nachfolger anzuerkennen, sie forderte aber auf jeden Fall einen Hund –, als dieses kleine Tier also zu uns lief, schrie sie: *»Beich du! Beich!«** Aber die goldbraune kleine Hündin wollte spielen und legte sich nicht zu ihren Füßen, wie es der alte Hund getan hatte. Sie hatte selbst noch keinen Namen und war noch nicht richtig stubenrein. So war die Verfassung, in der sich jetzt die Frauen befanden. Simon und ich verabredeten, abwechselnd sauberzumachen. Mamma konnte nicht länger allein damit fertigwerden. Da aber Simon in der Stadt arbeitete, war es nicht möglich, eine klare Einteilung einzuhalten. Selbst dem Hund einen Namen zu geben und ihn richtig zu erziehen, selbst dazu reichte es in diesem Hause nicht mehr. Ich konnte nicht ewig unter Omas Bett kriechen, einen der schmutzigsten Orte, während sie, in ein Buch stierend, sich weigerte, auch nur ein einziges Wort zu sprechen, und mir gegenüber so lange blind und stumm blieb, bis ihre *beich* um meine Manschetten herumwinselte, was sie aufschrecken ließ. Damit verplemperte ich jetzt den größten Teil meiner Zeit.

Dann kam noch hinzu, daß wir Mamma, seitdem sie ihrer schlechten Augen wegen Georgie nicht mehr allein besuchen konnte, zum äußersten Westen der Stadt bringen mußten. Georgie war jetzt schon

* Original.

größer als ich und manchmal ein bißchen mürrisch und zornig gegen uns, obwohl noch immer von der gleichen geistesschwachen Anmut. Ein Riese, der sich mit verhaltenem Keuchen bewegte, im schleppenden Gang seiner unentwickelten Beine die Bedächtigkeit eines Erwachsenen. Er trug die abgelegten Sachen von mir und Simon, und es war seltsam, die Anzüge auf seine ganz andere Art getragen zu sehen. An der Schule hatten sie ihn Besenbinden und Weben gelehrt und zeigten uns die Distelblütenkrawatten, die er aus Wolle auf einem Webrahmen machte. Aber für das Knabenheim wurde er langsam zu alt; so ungefähr in einem Jahr würde er nach Mantene oder in eine der anderen, weiter weg liegenden Anstalten umziehen müssen. Mamma fand sich schwer damit ab. Sie sagte: »Dann werden wir ihn ja nur ein- oder zweimal dort besuchen können.« Diesen Georgie mit dem sanften Gesicht eines Mannes zu besuchen, war auch für mich nicht leicht. So führte ich Mamma nach solchen Besuchen, da ich zu dieser Zeit Geld in der Tasche hatte, in einen pompösen griechischen Laden in der Crawford Avenue, um mit ihr Eis und Kuchen zu essen und sie aus den Felsschluchten ihres schweren Kummers herauszureißen, wo, wie ich vermute, der größere Teil der Menschheit fast das ganze Leben immer schon schweigend zugebracht hat. Sie ließ sich von mir damit einigermaßen auf andere Gedanken bringen, wenn sie auch über die pompösen Preise den Kopf schüttelte und in höchsten Tönen protestierte, wie jemand, der gar nicht merkt, wie sich das für andere anhörte. Dazu antwortete ich dann ruhig: »Ist in Ordnung, Ma. Reg dich nicht auf.« Denn Simon und ich waren noch auf der Schule, von der Wohlfahrt betreut, und da wir beide außerdem arbeiteten und Georgie in dem Heim untergebracht war, hatten wir mehr Geld als jemals zuvor. Der einzige Unterschied gegen früher war der, daß nicht mehr wie unter der alten Wirtschaft Oma, sondern Simon den Überschuß verwaltete.

Manchmal sah ich Oma flüchtig im Wohnzimmer am lichten Ende des dunklen Korridors, wie sie, getrennt von uns, neben der Kristallpalastkuppel des Ofens wartete, in Pluderhosen, die unten gerafft waren, mit gestärktem Gewand, dessen Saum so steif wie eine Linie des Euklid war. Sie hatte zuviel gegen uns, als daß sie uns hätte vergeben oder mit uns darüber sprechen können. Es war wohl die geistige Schwäche des hohen Alters, sogar bei ihr, die wir immer für so machtvoll und unerschütterlich gehalten hatten. Simon sagte: »Sie macht's nicht mehr lange«, und wir fanden uns mit ihrem Untergang und Sterben ab. Uns war das klar, weil wir bereits draußen die Welt kannten, wohingegen Mamma keinen dieser Einblicke hatte. Oma hatte Mamma am meisten ihre Macht fühlen lassen: als Prinzipalin, regierende Hand, Königin-Mutter und Kaiserin; und selbst die Verbannung von Georgie und ihre nahezu senilen Küchenkräche vermochten Mammas Respekt und ihr Vasallengefühl, die nun schon so lange bestanden, nicht ins Wanken zu bringen. Mamma weinte sich bei Simon und mir über die beängstigende Veränderung aus, die mit Oma vorgegangen war, konnte ihr aber nicht die Antwort erteilen, die ihrer neuen Narrheit entsprochen hätte.

Aber Simon sagte: »Es ist zuviel für Ma. Warum sollen die Lauschs sich's damit leicht machen dürfen, die Alte auf uns abzuwälzen? Ma ist lange genug ihre Dienerin gewesen. Sie wird selbst alt, und ihre Augen sind schlecht. Sie kann ja nicht mehr die Töle sehen, wenn sie ihr zwischen die Füße läuft.«

»Naja, aber das sollten wir doch Ma selbst überlassen.«

»Mein Gott, Augie«, sagte Simon grob – man sah seinen abgebrochenen Zahn zu sehr, wenn er Verachtung zeigte –, »willst du denn ewig ein Schafskopf bleiben! Im Ernst, ich glaube bald, daß ich der einzige von uns bin, der bei der Geburt alle Fünfe richtig beisammen hatte. Wie kann man denn Mamma allein entscheiden lassen?« Ich hatte gewöhnlich nicht viel zu bieten, wenn es sich um eine theoretische oder praktische Frage, die Mamma betraf, handelte. Wir benahmen uns ihr gegenüber gleich, dachten aber verschieden über sie. Alles, was ich zu sagen hatte, war, daß Mamma nicht gewöhnt war, allein zu sein, und indem ich mir das vorstellte, wurde mir tatsächlich das Herz sehr schwer. Sie war ja jetzt schon fast blind. Was würde sie denn, außer allein dazusitzen, tun? Sie hatte keine Freunde und war immer bei den Besorgungen, die ihr aufgetragen waren, in ihren Männerschuhen und ihrer schwarzen Baskenmütze, dicke Brillengläser in ihrem rosigen, hageren Gesicht, scheu herumgehatscht; als eine Art Kuriosität für die Nachbarschaft, wie irgendeine Versponnene, die nicht so ganz von dieser Welt war.

»Aber was ist Oma denn für eine Gesellschaft für sie?« sagte Simon.

»Oh, vielleicht kommt sie wieder ein bißchen zu sich. Und ich vermute, daß sie doch noch manchmal miteinander sprechen.«

»Wann hat sie das je getan? Du meinst, sie anblaffen und zum Weinen bringen. Du sagst nur immer, wir sollen alles laufen lassen.

Das ist nur Faulheit, wenn du dir auch selbst einredest, ein Knabe zu sein, der niemand was zuleide tun will und der alten Dame für das, was sie für uns getan hat, nicht undankbar sein willst. Vergiß nicht, daß wir auch einiges für sie getan haben. Sie hat jahrelang auf Mamma herumgeritten und auf unsere Kosten die feine Dame gespielt. Nun, Mamma kann das nicht mehr machen. Wollen die Lauschs eine Wirtschafterin engagieren, dann könnte man sich darüber verständigen. Wollen sie's nicht, werden sie die Alte hier 'rausnehmen müssen.«

Er schrieb einen Brief an ihren Sohn in Racine. Ich weiß nicht, was für eine Rolle diese beiden Männer, diese Quäkerlieblinge, in ihren Städten spielten. Ich bin niemals durch einen Ort wie Racine gegangen, ohne daran zu denken, welches der Häuser mit den Gummireifenschaukeln für Kinder draußen und den Klavierübungen drinnen wohl dem Haus von Stiva Lausch ähnlich wäre, der zwei Töchter hatte, die mit allen Schikanen einschließlich Klavierstunden erzogen wurden; und wie diese schweigsamen, aus Odessa stammenden Söhne auf einer solchen Bahn durch die komplizierte Welt hindurchgekommen waren. Worauf kam es ihnen an, daß sie so gemessen und unerschütterlich auftraten? Nun ja, schließlich fand sich darüber ein Wink in den Zeilen, die Stiva schickte, dort, wo er in aller Ruhe sagte, er und sein Bruder fänden, daß mit einer Wirtschafterin das Problem nicht zu lösen wäre und daß sie ihre Mutter im Nelson-Heim für Alte und Gebrechliche unterbringen würden, und sie würden es als einen großen Dienst ansehen, wenn wir ihre Mutter dorthin brächten. Uns darum zu bitten, hätten sie in Anbetracht unseres langen Zusammenlebens mit ihrer Mutter (ein Hinweis auf unsere Undankbarkeit) keine Bedenken.

»Da haben wir's«, sagte Simon, und selbst er machte ein Gesicht, als ob wir zu weit gegangen wären. Aber die Sache war ausgemacht, und es blieben nur noch kleine Einzelheiten zu erledigen. Zur gleichen Zeit hatte Oma einen russisch geschriebenen Brief erhalten und nahm es mit bemerkenswerter Kühle hin, wie man es von jemandem mit ihrem Stolz erwartet, und prahlte sogar: »Ha! Wie gut Stiva Russisch schreibt! Ja, wer im *Gymnasium* was lernen wollte, der *lernte* aber auch was!« Wir hörten von Mamma auch, was Oma über das Heim sagte, daß es ein sehr feines altes Haus sei, so eine Art Palast, von einem Millionär erbaut, mit Gewächshaus und Garten, in der Nähe der Universität liege und deshalb die meisten der dort lebenden Leute pensionierte Professoren seien. Eine Veränderung zum Besseren. Und sie war froh, von ihren Söhnen vor uns gerettet worden zu sein. Sie würde dort unter Menschen ihres Standes leben und intelligente Ansichten austauschen. Mamma war über die Sache entsetzt und verwirrt, und nicht einmal sie war so einfältig zu glauben, daß Oma, die so viele Jahre uns verbunden gewesen war, sich das Ganze selbst ausgedacht haben könnte, wie sie jetzt, um den Schein zu wahren, behauptete.

Das Packen zog sich zwei Wochen lang hin. Bilder wurden von der Wand genommen, die Affen mit den blutroten Nasenlöchern, die Etagere aus Taschkent, Eierbecher, Salben und Medizinfläschchen und vom Hängeboden ihre Daunendecke. Ich brachte ihren Schrankkoffer aus dem Verschlag, ein gelbes, altes Stück aus Pioniertagen mit Aufklebezetteln aus Jalta, von der Hamburg-Amerika-Linie und der *American Express Company*, innen war er mit Papier bezogen, das mit blauen Waldblumen gemustert war, und da lagen alte russische Zeitungen, die nach Keller rochen. Sie packte behutsam jedes Ding von großem Wert einzeln ein, das Zerbrechliche und Zerdrückbare kam nach oben, und bedeckte dann alles mit einem Harschschnee aus Mottenpulver. Am letzten Tag paßte sie mit einem erstaunlichen, furchtbaren Oberaufseherblick auf, wie der Schrankkoffer die Vordertreppe, auf dem Rücken des Packers schwankend, hinuntergetragen wurde. In dieser Art beaufsichtigte sie alles, jeden zurückbleibenden Kasten, schauerlich und vor Heftigkeit weiß, so daß die Haare in ihren Mundwinkeln peinlichst sichtbar wurden, aber dabei in aufrechter, aristokratischer Haltung, dem wichtigen Wechsel zu etwas Besserem klar das Gesicht bietend, hinweg von diesem (jetzt, da sie ihm den Rücken kehrte) entehrenden Ort, dieser schäbigen Wohnung einer sitzengelassenen Frau mit ihren Söhnen, denen sie für die Zeit, in der sie hier vorübergehender Gast gewesen war, Erhalter und Schützer gewesen war. Wie gebrechlich auch diese ganze Fassade war, sie war großartig. Man vergaß vollkommen, wie nichtsnutzig und streitsüchtig sie im letzten Jahr geworden war. Was bedeutete so ein Jahr in diesem Augenblick, in dem, als es darauf ankam, die ganze Gebrechlichkeit ihres Geistes von ihr abfiel und sie die Unbedingtheit und Kraft aus den besten Tages ihres Grande-dame-Lebens auflegte? Mein Herz wurde weich ihretwegen, und ich fühlte, was sie von mir gar nicht haben wollte, Verehrung für sie. Ja, sie machte aus Verbannung freiwillige Abdankung, und die frischgebackenen Republikaner, das Wachssiegel war unter ihrer Verfassungsurkunde noch nicht ganz erkaltet, fühlten vor den Entthronten den letzten schmerzhaften Stich alter Untertanentreue, wenn der Pöbel schweigend die Limousine davonfahren sieht; und der Prinz und die prinzliche Familie haben das letzte Wort in der Geschichte der Irrtümer.

»Mach's gut, Rebekka«, sagte die Alte. Sie lehnte Mammas Abschiedskuß, den diese weinend auf ihre Wange drückte, nicht direkt ab, aber sie war zerstreut. Wir halfen ihr in den von Einhorn ausgeliehenen ratternden Wagen. Gestrafft, voller Ungeduld, sagte sie auf Wiedersehen, und wir fuhren ab – und ich bediente das große, schwerfällige Steuer des widerspenstigen, knallig tomatenroten Kastens mit all seinem Feuerwehrhauptmanns-Messing. Dingbat hatte mir gerade das Autofahren beigebracht. Nicht ein Wort fiel zwischen uns. Dabei zähle ich nicht mit, was sie im Gedränge des Michigan-Boulevards sagte, weil es nur eine Bemerkung über den Verkehr war. Nach dem Washington-Park fuhren wir auf der Sixtieth-Street nach Osten, und dort, bestimmt nicht zu übersehen, stand die Universität. Sie sah befremdlich, aber doch beruhigend aus, mit dem Rascheln des Efeus im indianischen Sommer. Ich fand die Greenwood-Avenue und das Heim. Vor dem Gebäude friedete ein Normenzaun, mit zugespitzten Winkeleisenpfosten alle vier Schritte, zwei Fleckchen Erde und Blumenbeete ein, auf denen Astern wuchsen, die sich über stützende Stäbe und Gardinenfetzen neigten. An dem Weg, der zur Straße führte, standen aus Bohlen gemachte schwarze Bänke; und alte Männer und Frauen saßen auf den Bänken, auf der Sandsteinveranda, auf Stühlen, die im Vestibül für die Heiminsassen standen, die die Sonne zu stark fanden, und im Gemeinschaftsraum saßen auf weiteren Bänken andere, die Oma beobachteten, wie sie rückwärts aus dem Wagen stieg. Wir kamen den Weg hinauf, vorbei an den schwerfälligen, dumpf-brütenden alten Köpfen, leberfleckig von gestocktem altem Blut, Salzen und Schlacken, vorbei an harten Glatzköpfen; an Nacken, denen die Sehnen aus kragenlosen Hemden wie eine römische Zwei heraustraten, mürbe geworden unter den Angriffen der Kansas-Hitze und der Wyoming-Fröste und von den Anstrengungen der Schufterei in Küchen, der Graberei im äußersten Westen, des Kleinhandels in Cincinnati, in den Schlachthäusern Omahas, des Hausierens, der Erntearbeit, mühseliger oder aufreibender Unternehmungen von Walfisch- bis zu Infusoriengröße, die die Mühe der Nation alles in allem ausmachen. Und es mag selbst hier, unter diesen, in abgetragenen Latschen und Hosenträgern oder in Korsett oder Baumwollnen, einer ein ganzer Keller voll des verborgenen Salzes gewesen sein, das die Welt nicht verderben läßt, aber es würde des Talentes eines Origines bedürfen, ihn unter diesen furchtbaren weißhaarigen Erscheinungen mit ihren Ausschlag behafteten, schrundigen Händen zu finden, die Krückstöcke, Fächer und Zeitungen in allen Sprachen und Alphabeten hielten, deren Gesichter in den Essen ihres Inneren mitverbrannt und auch in den Augen vergangen sind, unter diesen Leuten da, die im Sonnenschein und Laubfeuergeruch draußen oder in der mehligen Modrigkeit und dem scharfen sauren Geruch nach Bratenfett im Hause saßen. Das Haus war keinesfalls der von einem Millionär erbaute Wohnsitz, sondern nur eine ehemalige Mietskaserne, und nach hinten heraus hatte es keinen lieblichen Garten, sondern einen mit Mais und Sonnenblumen bestellten Hinterhof.

Der Lastwagen kam mit Omas restlichem Gepäck an. Es wurde ihr nicht gestattet, den großen Koffer in ihrem Schlafzimmer zu haben, weil sie es mit drei anderen zu teilen hatte. Sie mußte in das Kellergeschoß hinuntergehen, wo sie sich das heraussuchte, was sie so brauchen würde – zu viele Dinge, nach der Meinung der stämmigen braunen Oberaufseherin. Aber ich trug das Zeug hinauf und half der alten Dame dabei, die Sachen zu verstauen und aufzuhängen. Dann ging ich auf ihre Aufforderung hin zum *Stutz*, um nachzusehen, ob vielleicht irgend etwas im Rücksitz vergessen worden war. Sie sprach mit mir nicht über das Haus, hätte es aber gewiß gerühmt, wenn sie etwas Rühmenswertes an ihm gefunden hätte, um zu zeigen, was für einen vorteilhaften Tausch sie gemacht hatte. Aber sie ließ mich nicht einmal ihr niedergeschlagenes Gesicht sehen. Sie überhörte den Vorschlag der Matrone, sie solle sich ein Hauskleid anziehen, und setzte sich in ihrem schwarzen Kleid aus Odessa in den Schaukelstuhl, mit dem Blick auf den Mais, die Sonnenblumen und den Kohl hinter dem Haus. Ich fragte sie, ob sie gerne eine Zigarette hätte, aber sie wollte von niemandem und besonders nicht von mir etwas haben – da sie das Gefühl hatte, Simon und ich würden ihr so die Jahre ihrer Anstrengungen vergelten. Ich wußte, daß sie es nötig hatte, ärgerlich und trocken zu sein, um sich des Weinens zu enthalten. Sie muß, sobald ich sie verlassen hatte, geweint haben, weil sie durch ihr Alter noch nicht so klapprig im Kopf war, daß sie nicht mehr fähig gewesen wäre, sich darüber klar zu werden, was ihre Söhne ihr angetan hatten.

»Ich muß den Wagen zurückbringen, Oma«, sagte ich schließlich, »also muß ich jetzt, wenn du mich nicht mehr brauchst, wohl gehen.«

»Was soll ich denn noch brauchen? Nichts.«

Ich schickte mich an, fortzugehen.

Sie sagte: »Da ist noch mein Schuhbeutel, den ich mitzunehmen vergaß, der aus Chintz, innen an der Tür des Kleiderschranks.«

»Ich werde ihn dir bald herbringen.«

»Mamma kann ihn behalten. Und hier ist eine Kleinigkeit für deine Mühe, Augie.« Sie drückte die stumpfen, großen silbernen Schnekkenhörner ihrer Geldbörse auseinander und gab mir mit einer kurzen Handbewegung ärgerlich fünfundzwanzig Cent – die Auszahlung –, die ich weder zurückweisen noch in die Tasche stecken, sondern um die ich nur schmerzhaft-fest meine Hand schließen konnte.

Auch bei den Einhorns, wo der Stadtrat in dem großen Hinterzimmer im Sterben lag, während vorne im Büro Anteile ihren Besitzer wechselten und noch mehr Tausender verdient wurden und größerer Wohlstand herrschte als je zuvor, stand nicht alles zum besten. Ein paarmal am Tage ließ sich Einhorn neben das Bett seines Vaters rollen, um den Alten um Rat zu fragen und um Informationen zu bekommen, und jetzt, da alles in seiner Hand war, begann er, todernst und mit gerunzelter Stirn einzusehen, wie schwer alles das, was er zu bewältigen hatte, sich lenken ließ, und das freundliche Geschnatter im Büro wurde für ihn zur gefährlichen Hinterhältigkeit der Wüste. Jetzt zeigte sich, wie sehr er vom Stadtrat geschützt worden war.

Schließlich war er in jungen Jahren Krüppel geworden. Ich bekam nie heraus, ob das vor oder nach seiner Heirat gewesen war – Einhorn sagte, nach der Heirat –, aber ich hörte hier und da davon reden, daß der Stadtrat den Cousin von Mrs. Einhorn, Karas (Holloway), abgefunden und so seinem paralytischen Sohn eine Frau gekauft hätte. Daß sie Einhorn liebte, war kein einleuchtender Gegenbeweis, da man annehmen darf, daß es für sie selbstverständlich war, ihren Ehemann zu verehren. Auf jeden Fall, ohne zu beachten, womit er sich dicke tat, war er ein Sohn, der unter der Protektion seines Vaters gelebt hatte. Das ist ein Umstand, den *ich* nicht würde übersehen haben. Und seine – alle Welt für dumm verkaufenden – Briefe und Unternehmungen und seine ganzen poetischen Systeme waren, wenn er auch einen Sohn auf der Universität hatte, die Taten eines Knaben. Und wie sollte er, der solange bis ins reife Mannesalter hinein geschont worden war, das bewältigen? Er dachte, er könne es mit

Schroffheit und Ernst. Er gab seine alten Projekte auf; *Die Abgeschlossenen* wurden nicht mehr weiter herausgegeben und die Ansichtspackungen nicht länger geöffnet – ich trug alles zusammen mit den Pamphleten und dem Rest der täglichen Preise aus der Post hinunter in den Lagerraum, und er widmete sich ganz dem Geschäft, und er öffnete und schloß ab, was sich an Geschäften auf dem Kalender des Stadtrats fand, trat in neue Partnerschaften von Baustellen oder Grünkramläden in den Vorstädten ein oder löste welche auf und kaufte für eigene Kasse – eine Art Geschäft, die er liebte – billig zweite Hypotheken von Leuten auf, die dringend Geld brauchten. Er bestand auf Prozenten von Klempner-, Heizungs- oder Anstreicherunternehmern, mit denen der Stadtrat schon lange Freundschaft gehalten hatte, und machte sich so Feinde. Das störte ihn weiter nicht, denn für ihn war oberster Grundsatz, daß auf Karl den Großen nicht die Nichtstuer folgen dürften – solange die Leute das verstanden. Und darüber hinaus fühlte er sich um so sicherer, je größer die Schwierigkeiten und Winkelzüge waren. So gab es Streitigkeiten wegen nicht eingehaltener Abmachungen; er bezahlte Rechnungen nie vor Ablauf der letzten Gnadenfrist; und die meisten Leute, die sich damit abfanden, taten es dem Stadtrat zuliebe. Er ergriff die Herrschaft sehr robust: »Ich kann tagelang darüber argumentieren, daß der Läufer nicht die Grundlinie beim Baseball berührt hat«, sagte er, »selbst wenn ich selbst verdammt gut genug weiß, daß er es doch getan hat. Die Idee, daß du unterzukriegen bist, darf gar nicht erst aufkommen können.«

Das war die Art, in der mir die Lektionen und Theorien über die Macht mitgeteilt wurden, in Ruhepausen, zu denen es immer weniger kam, und diese Lektionen richtete er im Grunde an seine eigene Adresse, sie waren für ihn Erklärungen, daß das, was von ihm getan war, gut war.

Zu dieser Zeit waren alle seine Bedürfnisse sehr anspruchsvoll, und er wünschte Dinge im Hause zu haben, um die er sich vorher nicht gekümmert hatte – so eine besondere Art Kaffee, die nur von einem einzigen Geschäft in der Stadt geführt wurde, und dann bestellte er mehrere Flaschen Schwarzmarkt-Rum bei Kreindl, der den Handel damit als eine seiner Nebenbeschäftigungen betrieb. Er brachte die Flaschen in einer Strohtasche von der Südseite der Stadt, wo er Beziehungen zweiter oder dritter Hand zu allen möglichen teuflischen und gefährlichen Elementen hatte. Aber Kreindl hatte einen Instinkt dafür, Leuten das zu besorgen, wonach sie sehnlichst verlangten – von einem Steward oder einer Messe-Ordonnanz oder von einem Strichraben oder einem Leporello oder Luden. Auch bei Five Properties hatte er es noch nicht aufgegeben. Und jetzt, da der Stadtrat im Sterben lag und Dingbat, der eine ganze Masse Geld erben würde, immer noch unverheiratet war, wanzte sich Kreindl bei den Einhorns geradezu ein, leistete dem Stadtrat im Schlafzimmer Gesellschaft, sprach mit Dingbat und führte mit Einhorn, der auf verschiedenste Weise von ihm Gebrauch machte, lange vertrauliche Gespräche. Eines ihrer Gesprächsthemen war Lollie Fewter, die im September gegangen war und nun in der Stadt arbeitete. Einhorn litt darunter, daß sie nicht mehr im Haus war, so unmöglich es während des Siechtums seines Vaters und seiner angewachsenen Arbeit auch gewesen wäre, sie wie in dem geruhsamen Sommer über den Leisten zu ziehen. Es waren immer Leute in der Wohnung und im Büro, aber jetzt war es so weit, daß er sie haben wollte, und er hörte nicht auf, ihr Zettel und Botschaften zu schicken und die alte Leier zu drehen. Und das zu einer solchen Zeit! Es tat ihm selbst weh. Nichtsdestoweniger hörte er nicht auf, daran zu denken, wie er trotz dieser Zeit an sein Ziel kommen könnte, und brütete nicht einfach darüber, sondern diskutierte halsstarrig, was zu tun sei. Ich hörte ihn so mit Kreindl reden. Und dennoch war er der Führer der Familie, der Chef, Administrator und Denker, der verantwortliche Hüter, der bemerkenswerte Sohn eines bemerkenswerten Vaters. Ganz schrecklich bemerkenswert! Selbst das Heben seiner Augenbrauen zu seinem weiß werdenden Haar war bemerkenswert; und konnte nicht zusammen mit dieser seiner Bedeutung auch seine Lasterhaftigkeit, seine Leidenschaft, sogar eine abstoßende Lüsternheit wachsen? War sie so unpassend, weil er ein Krüppel war? Und selbst wenn man diese schwierige Frage damit erledigt, daß man sagt, es käme uns nicht zu, Vorschriften zu erlassen, was sich ein Mann, weil er Krüppel ist oder sonstwie unter einem Fluch leidet, zu versagen hätte; so bleibt doch da das Faktum, daß Einhorn widerlich und bösartig sein konnte. Man kann einen Menschen durch seine Teufeleien und die Art und Weise, wie er andere verletzt, kennenlernen. Aber ich glaube, daß dabei auch die Möglichkeit, sich selbst zu verletzen, für ihn besteht. Ist ein Mensch aber stets besorgt, sich ja nicht zu verletzen, oder vermag er sein Stirngetriebe auf nichts anderes einzustellen als auf sich selbst, kann man urteilen, daß er ein schlechter Mensch ist. Wie war's nun mit Einhorn? Jesus, er konnte so gewinnend wie der charmanteste Bursche der Welt sein. Und das war so verwirrend. Man kann darüber ungehalten sein; man kann sagen, daß es die List oder die Finte begabter Leute ist, um einen von dem Viperngezüchte und der gräßlichen Verschlungenheit ihrer Begierden abzulenken, ist aber diese Kunst tief genug – und weit genug entwickelt, um als großes Spiel zu gelten, dann erhebt sie sich über ihren Ursprung. Wobei man Spaß daran voraussetzen muß. So war es manchmal bei Einhorn der Fall, wenn er nicht einfach auf etwas aus, sondern lustig war. Er konnte einfältigen Herzens sein. Trotzdem war ich gelegentlich böse auf ihn und sagte mir, daß er nichts wäre – nichts. Selbstsüchtig, eifersüchtig, selbstherrlich, karpfenmäulig und heuchlerisch. Wie dem auch sei, am Ende hatte ich doch Hochachtung vor ihm. Eine Sache jedenfalls mußte berücksichtigt werden, der Kampf, den er gegen seine Krankheit geführt hat. Ohne Zweifel, dem mit dem Schlitten übers Eis fliehenden Polacken eins aufs Haupt zu geben, war mehr; oder ein Belisar zu sein, und die Suche nach dem Gral war hehrer; aber wenn man bedachte, auf welches Schlachtfeld er gestellt war und welche Waffen ihm gegeben waren – so hatte er etwas Achtunggebietendes gezeigt. Und zwar kraft seines Verstandes, mit dem Stirngetriebe, das ich schon erwähnte, in Übereinstimmung. Er wußte, welcher Art die Vergeltungen sind, die deine Teufel dir bringen müssen, wenn du deine Ehefrau und andere Frauen schlecht behandelst, oder für die Art und Weise, wie du dich benimmst, während dein Vater auf dem Sterbebett liegt; was du von deinen Vergnügungen halten solltest und davon, dich wie ein Kakerlak aufzuführen; er hatte Unterscheidungsvermögen. Er war intelligent genug, um erhaben zu sein. Aber Erhabenheit kann nicht nur als besondere Gabe einiger weniger existieren; an eine Zufälligkeit der Herkunft gebunden wie die, die einen als Albino auf die Welt kommen läßt. Wenn es sich mit der Erhabenheit ebenso verhielte, was könnten wir dann für ein Interesse an ihr haben? Nein, sie muß überleben, das Schlimmste überstehen, und für sich einen trockenen Zufluchtswinkel finden vor den Wahnsinnigen, den Bluttriefenden, vor den Schlammspritzern der Pickel-Gehirne, den Marschällen, Marlboroughs, auf goldene Armbanduhren blickenden Plugsons, Kinderverderbern, vor den kannibalischen Bratspießen in Menschengestalt ebenso, wie vor dem über die ganze Welt verbreiteten Livreeverleih der Reiterknechte des St. Johannes. Warum sich dann über den armen Einhorn aufhalten, der an seinen verkümmerten Mumienbeinen und an den Sehnsüchten eines Krüppels zu leiden hatte?

Jedenfalls, ich stand neben ihm, und er sagte zu mir: »Oh, diese Schickse! Diese verdammte, gewöhnliche, sommersprossige Kohlenpotthure!« Und er schickte ihr über Kreindl Botschaften mit verrückten Angeboten in die Stadt. Aber er sagte auch: »Ich weiß, ich bin verdammt gewesen, weil ich ausgerechnet jetzt nichts anderes als Fosen im Kopf habe. Es wird mein Untergang sein.« Lollie antwortete auf seine Zettel, kam aber nicht zurück. Sie hatte andere Pläne.

Und mittlerweile schickte sich der Stadtrat an, von der Bildfläche zu verschwinden. Zuerst kam ihn eine Menge Freunde in dem einstmals prächtigen Schlafzimmer besuchen, das von seiner dritten Frau eingerichtet worden war, die ihn vor zehn Jahren verlassen hatte; da stand ein Empirebett mit vier Säulen, vergoldete Spiegel, Cupidos Kopf, von seinem Bogen umrahmt. Spucknäpfe auf dem Fußboden, Zigarren auf der Anrichte, leere Scheckhefte, von denen nur der Falz mit den Kontrollabschnitten übrig war, und Kartensätze zum Pinochel-Spiel – es war das Zimmer eines alten Geschäftsmannes geworden. Er schien ganz vergnügt, wenn alte Landsleute und Freunde aus der Synagoge und ehemalige Geschäftspartner da waren und er ihnen erzählte, daß er bereit sei. Das Witzemachen konnte er nicht lassen, er, der sein ganzes Leben lang Witze gemacht hatte. Coblin kam oft an den Sonntagnachmittagen und Five Properties in der Woche auf seinem Milchwagen. Für einen jungen Mann hatte er beachtliche, jedenfalls respektvolle, orthodoxe Manieren. Ich glaube nicht, daß er sehr viel dabei empfand, aber seine Anwesenheit war keine schlechte Sache und zeigte, daß er wenigstens wußte, wo der richtige Ort war, Herz zu zeigen. Und wahrscheinlich nahm er die Art, wie der Stadtrat zu sterben verstand, seinen erstklassigen Stoizismus, mit Bewunderung an. Kinsman, der Leichenbestatter und Mieter der Einhorns, war sehr bestürzt darüber, daß er keinen Besuch machen konnte, und hielt mich auf der Straße an, um sich nach dem Stadtrat zu erkundigen, bat mich aber, nichts davon zu sagen. »Das sind meine schlimmen Zeiten«, sagte er, »geht ein Freund dahin, dann bin ich nicht willkommener als der alte Granum, der für mich arbeitet.« Der alte Granum hielt Totenwachen und sagte Psalmen auf. Er war schwach und hatte ein verwüstetes Gesicht, trug schwarze Alpakaseide aus Chinatown und hatte zierliche, in Filzschuhen steckende Füße.

»Wenn *ich* komme«, sagte Kinsman, »weißt du ja, was sich die Leute denken.«

Als das Ende des alten Mannes näher kam, wurden weniger Besucher zugelassen, und der von seiner tiefen, schlagfertigen Stimme beherrschte *Klatsch* hörte auf. Jetzt war meistens Dingbat bei ihm. Und er hatte nicht einmal von Einhorn gedrängt zu werden brauchen, um aus dem Hinterzimmer der Kneipe zu kommen und seinen Vater zu pflegen, sondern war sehr mitgenommen. Er war der letzte gewesen, der Voraussage des Arztes Glauben zu schenken, und sagte immer vertrauensvoll: »So reden diese Unken immer, wenn so ein alter Bursche krank wird. Warum denn? Wie der Stadtrat gebaut ist! Der hat doch Kräfte!« Aber jetzt flitzte er auf seinen lauten und klobigen Tangotänzer-Hacken im Zimmer ein und aus, fütterte den Stadtrat und rieb ihn ab und jagte die Kinder weg, die auf den Möbeln im Hinterhof spielten. »Laßt das mal bleiben jetzt, ihr kleinen Piepel, hier ist ein Kranker im Haus. Verfluchte Rotzjungs, habt ihr keine Kinderstube?« Er hielt das Krankenzimmer verdunkelt und kampierte auf einem Polster auf dem Fußboden und las beim Nachtwachenlicht *Captain Fury, Doc Savage* und andere Sieben-auf-einen-Streich-Geschichten. Als die Verhältnisse diesen Stand erreicht hatten, sah ich den Stadtrat nur einmal auf den Füßen, das war, als Einhorn mich in sein Arbeitszimmer schickte, um ein paar Papiere zu holen, und der Stadtrat im Unterzeug langsam durch die Dunkelheit des Wohnzimmers streifte, auf der Suche nach Mrs. Einhorn war, von der er eine Erklärung darüber verlangte, warum an diesem Unterzeug Knöpfe fehlten. Er war ärgerlich darüber, daß vom Hals bis nach unten nur zwei Knöpfe vorhanden waren und er dazwischen entblößt und nackt war. »Das ist keine Art!« sagte er. *»So wie an Nackta.«* Er war noch immer wegen des Feuers verärgert.

Zuletzt überließ Dingbat seinen Platz im Schlafzimmer Kinsmans Granum, als sich der Stadtrat nur noch selten aufrichtete und – wenn er wach war – es nicht leicht hatte, jemand zu erkennen. Aber er erkannte die großporigen, an blasige Backsteine oder aufgegangene Schwammkugeln erinnernden Wangen des alten Wächters in dem Licht der mit einem Handtuch umwickelten Zwölfwattlampe und sagte: »*Du*? Dann habe ich länger geschlafen als ich dachte«, was Einhorn noch sehr oft zitierte und dazu Cato und Brutus anführte und andere, die auch durch die Gemütsruhe in ihren letzten Augenblicken berühmt geworden waren. Einhorn war ein Sammler von

Fakten dieser Art und würfelte alles, was er las, zusammen, um günstige Vergleiche anzustellen: Sonntagsbeilagen, Montagsreportagen von Predigten, die blauen Bücher von Haldeman-Julius, allerlei Sammlungen von Aussprüchen. Auch Sachen, die nicht immer paßten. Das soll nicht heißen, daß dieser alte Genießer, der Stadtrat, es nicht verdient hätte, als Beispiel für einen Tod angeführt zu werden, bei dem es ohne Panik und Ekel und ohne Abkehr von lebenslangen Gewohnheiten noch in letzter Minute abging.

Er wurde noch in der gleichen Nacht in einem kolossalen Sarg in der Kapelle des Kinsman-Beerdigungs-Institutes aufgebahrt. Als ich morgens zu Einhorns kam, war das Büro geschlossen, die Jalousien mit ihren grünen und schwarzen Falten gegen den kalten Sonnenschein und das trockene Herbstwetter waren heruntergelassen, und ich ging hintenrum 'rein. Die Spiegel waren von Mrs. Einhorn, die sehr abergläubisch war, verhängt worden, und eine Kerze brannte in einem bleichen weißen Kirchenleuchter in dem dunklen Speisezimmer neben einem Foto des Stadtrats, das zu einer Zeit aufgenommen worden war, als sein Buffalo-Bill-Zwirbelbart noch voll und prächtig war. Arthur Einhorn war aus Champaign zum Begräbnis seines Großvaters gekommen und saß mit abstandbetonender College-Eleganz, die Hand in seinem wolligen Intellektuellen-Haar, am Tisch und kümmerte sich nicht viel um den Familienrummel, der bei solchen Anlässen üblich ist. Er war gewinnend und helle, obwohl er nicht jugendlich wirkte – er hatte bereits Falten in den Wangen – trotz des betont jugendlichen Teddy-Mantels auf dem Büfett und der auf ihn hingeworfenen Baskenmütze. Zum Symbol des nur geliehenen irdischen Kleides hatten Einhorn und Dingbat nach mosaischem Brauch ihre Westen mit einem Rasiermesser zerschlitzt. Die Ex-Gattin des alten Tambow war mit Duenja-Frisur und gebogenem Pincenez erschienen, von ihrem Sohn Donald, der auf Empfängen und Hochzeiten sang, begleitet; außerdem auch aus Familienpflicht Karas Holloway und seine Frau, sie mit Ponylocken über der Stirn und mit ihrer gewohnten konzentrierten Unruhe oder Mißbilligung. Sie hatte eine Masse Fleisch auf den Knochen, und ihr Gesicht war rot, übelnehmerisch und abschätzend. Ich bemerkte, daß sie immer dem Vetter ihres Mannes am Bändel hing, um sich damit vor den Einhorns zu schützen. Sie traute ihnen nicht. Sie traute auch ihrem eigenen Manne nicht, der ihr jeden Wunsch erfüllte: eine große überelegante Wohnung auf der Südseite, Haviland-Porzellan, italienische Jalousien, persische Teppiche, französische Tapisserie und ein Majestic-Radio mit zwölf Röhren. Und Karas in seinem haifischblauen Zweireiher sah aus wie jemand, der nur unter Schwierigkeiten beim Rasieren um die Knorren seines Gesichts herumkommt und dem beim Kämmen nur mit List die Unterwerfung seines Haares gelingt. Seine Glätte bereitete ihm eine große Befriedigung, wie es auch sein außergewöhnliches Englisch tat, das ihn ebensowenig gehindert hatte, ein Vermögen zu machen, wie seine Bedeutungslosigkeit in der alten Heimat – heute machten die Leute Platz vor seinen geschmeidigen Falten und kleinen Augen und – vor dem Ansturm seines Sechszylinderwagens, eines gelben Packards.

Jahre danach erlebte ich mit Mrs. Karas zehn höchst sonderbare Minuten in einer Bäckerei in der Nähe des Jackson-Parkes. Ich kam da mit einem griechischen Mädchen herein, von dem sie annahm, daß es meine Frau sei, weil wir, in sommerlichen Flanell gekleidet, zu verdächtig früher Morgenstunde Arm in Arm gingen. Sie erkannte mich auf den ersten Blick, anscheinend mit größter Freude, aber mit Lücken im Gedächtnis, die nicht mehr zu schließen und nicht mehr richtigzustellen waren, dazu waren sie zu einmalig. Sie erzählte dem Mädchen, daß ich praktisch ein Verwandter für sie gewesen sei, sie habe mich ebensosehr wie Arthur geliebt und mich immer wie Mischpoche empfangen – sie war ganz »freudige Wiedersehensfeier«, umarmte mich und nahm mich bei den Schultern, um mir zu sagen, wie wohlgeraten und hübsch ich geworden sei. Um meine Gesichtsfarbe hätten mich immer schon Mädchen beneiden können (als ob ich im Büro oder im Hinterzimmer der Kneipe so was wie Achill unter den Jungfrauen gewesen wäre). Ich muß schon sagen, daß ich von einem so großen Willen, das Bild der Vergangenheit mit Zuneigung und Güte zu übermalen, erschlagen war. Die Leute hatten sich meiner angenommen, als ob ich wahrhaftig ein Waisenkind gewesen wäre. Aber gerade sie hatte sich nie so benommen und war nur mißgünstig mit ihren Reichtümern und verrückt gegen ihren geschickten Mann und geringschätzig gegen die Einhorns gewesen. Anläßlich eines Besuches bei ihnen hatte ich lediglich als Einhorns Chauffeur im Nebenzimmer sitzen dürfen. Tilly Einhorn, nicht die Gastgeberin, brachte mir belegte Brote und Kaffee von der Tafel. Und jetzt, beim Einkaufen von Frühstücksbrötchen, begegnete Mrs. Karas einer glücklichen Gelegenheit, die Vergangenheit mit imaginären Blumen, die in bekümmerter Verschwiegenheit erblüht waren, zu zieren. Ich stritt nichts ab, sondern sagte, daß alles so gewesen sei, und gönnte ihr ihren Enthusiasmus. Sie tadelte mich sogar nachsichtig, daß ich sie nicht besuchen käme. Aber ich erinnerte mich ihres steinernen Runter-mit-ihren-Köpfen-Gesichts und des Frühstücks vor der Beerdigung, als ich in der Küche mithalf. Bawatsky machte den Kaffee.

Einhorn, ermüdet, aber nicht zerschmettert, hatte seinen schwarzen Homburg im Genick, rauchte – und gönnte mir, außer gelegentlichen Befehlen, kein Wort. Dingbat bestand mit trockener, aufgerauhter Stimme darauf, nun seinen Bruder im Rollstuhl in die Kinsman-Kapelle zu fahren. Hinterher war ich es, der Einhorn trug, nicht Arthur, der an der Seite seiner Mutter ging. Huckepack trug ich ihn in die Limousine und auch wieder heraus, trug ihn hinein in den Herbstpark des Friedhofes, der sich mit Büschen und Grabplatten flachhin ausbreitete; dann wieder zurück zum Mittagessen, zu den Platten mit kaltem Aufschnitt für die Trauergesellschaft und wieder danach, schon bei Einbruch der Nacht, in die Synagoge; er ritt in seinen schwarzen Plünnen auf mir, seine Füße baumelten steigbügellos und schwach seitlich herunter, und seine Wange hatte er an meinen Rücken gelehnt.

Einhorn war nicht fromm, aber zur Synagoge zu gehen, das gehörte sich und – ungeachtet dessen, was er dachte – wußte er, wie er sich zu betragen hatte. Auch die Coblins gehörten dieser Gemeinde an, und ich hatte mich der Kusine Anna angeschlossen, die den orientalischen, abgewandelten Purdah-Schleier der Galerie trug, während sie um Howard weinte; inmitten des Ach und Wehs und des Riechsalzes der aufgeputzten Frauen, die um den schluchzten, für den es: – *am Jahresbeginn verzeichnet und am Sühnetage besiegelt wird, wie viele hinscheiden und wie viele ins Leben treten sollen, wer leben soll und wer sterben, wer das Lebensziel erreichen und wer vor der Zeit hingehe, wer durch Wasser und wer durch Feuer* ... Das war anders als zu den Hauptandachtszeiten, wo unten die Betenden in großer Zahl mit Talles und Kaufmannshüten stehen und die Glöckchen an der Samtbekleidung der zweibeinigen, aufrechten Thora erzittern. Es war dunkel, und nur eine kleine Gruppe der üblichen, langhaarigen Abendandächtigen, verschiedene alte Gesichter und Stimmen, sang das Hebräisch der Gebete rauh, flüsternd, engbrüstig, herzgequält, stammelnd und in schwärmerischem Ton laut heraus. Als die Reihe an Dingbat und Einhorn kam, das *Kaddisch* der Waisen und Trauernden zu sagen, mußten sie es vorgeflüstert bekommen.

Wir fuhren in dem Packard von Karas zurück und hatten Kreindl mit im Wagen. Einhorn flüsterte mir zu, dem Kreindl zu sagen, er solle nach Hause gehen. Dingbat wendete. Karas war schon zur Südseite unterwegs. Arthur war ausgegangen, um Freunde zu besuchen, am nächsten Morgen mußte er wieder nach Champaign zurück. Ich steckte Einhorn in bequemere Sachen und zog ihm Hausschuhe an. Kalte Windstöße und Mondlicht erfüllten den Hinterhof.

Einhorn behielt mich an diesem Abend bei sich; er wollte nicht allein sein. Während ich neben ihm saß, schrieb er seinem Vater einen Nekrolog in Gestalt eines Leitartikels für die Bezirkszeitung: »Die Rückkehr der leeren Bahre vom frisch gehügelten Grab überläßt einen Mann den letzten Wandlungen der Natur, der Chicago als einen Sumpf vorfand und als große Stadt hinter sich ließ. Er kam nach dem ›Großen Feuer‹, von dem gesagt wird, daß es von Mrs. O'Learys Kuh verursacht worden ist, auf der Flucht vor den Rekrutenwerbern des Habsburger Tyrannen, und sein Leben als Gründer beweist, daß große Stätten nicht auf den Gebeinen von Sklaven errichtet werden müssen, wie die Pyramiden der Pharaonen oder die Hauptstadt Peters des Großen an den Ufern der Newa, wo Tausende in den russischen Schlick getrampelt wurden. Das Beispiel eines amerikanischen Lebens, wie es das meines Vaters war, im Gegensatz zu dem der Mörder der Strelitzen und seines eigenen Sohnes, besteht darin, daß Fortschritt mit Anständigkeit vereinbar ist. Mein Vater war nicht mit der Erkenntnis Platons vertraut, daß die Philosophie das Studium des Todes sei, aber dessen ungeachtet starb er wie ein Philosoph und sagte dem ehrwürdigen Manne, der während der letzten Augenblicke an seinem Bette wachte ...« In dieser Stimmung war das Ganze, und er entwarf es energisch in einer halben Stunde und schrieb es in Druckschrift auf Papier an seinem Schreibtisch nieder, die Zungenspitze zeigend, in seinen Bademantel eingeschnürt und seine Frauenstrumpfmütze auf dem Kopf.

Danach gingen wir mit einem leeren Schnellhefter in das Zimmer seines Vaters, schlossen die Tür ab, knipsten das Licht an und begannen, die Papiere des Stadtrats durchzugehen. Er händigte mir Sachen aus und wies mich an: »Zerreiß das. Das geht ins Feuer, ich will nicht, daß es jemand zu sehen bekommt. Merk dir genau, wohin du diesen Zettel tust – ich werde morgen danach fragen. Zieh die Schubläden heraus und stürz sie um. Wo sind die Schlüssel? Schüttle seine Hosen aus. Leg seine Sachen aufs Bett. Geh die Taschen durch. So, das war das Geschäft, was er mit Fineberg gemacht hat? Was war mein Papa doch für ein ausgefuchster alter Gauner, ein richtiges Phänomen. Jetzt müssen wir aufpassen, nichts durcheinander zu bringen – das ist jetzt die Hauptsache. Räum den Tisch ab, damit wir aussortieren können. 'ne Menge von diesen Sachen kann verkauft werden, alles, was ich nicht selbst tragen kann, ausgenommen, wenn es sich um was schön Altmodisches handelt. Wirf keinen noch so kleinen Fetzen Papier weg. Er hatte die Angewohnheit, wichtige Sachen auf so was hinzukritzeln. Der alte Knabe, er dachte, ewig zu leben, das war eines seiner Geheimnisse. Ich nehme an, daß das alle mächtigen alten Leute tun. Vermute, daß ich in Wirklichkeit selbst so denke, sogar noch am Tage meines Todes. Wir lernen niemals zu, nicht um die Welt, und bei all den Geschichtsbüchern, die geschrieben wurden. Sie sind einfach die Art und Weise, in der wir darüber mit uns selbst rechten und argumentieren. Aber es ist nur Licht von draußen, von dem man glaubt, daß wir es von innen gewönnen. Wenn wir dazu fähig sind. Da gibt es ein reguläres Warenhaus guter Vorsätze, und wenn wir trotzdem nicht besser sind, dann nicht deshalb, weil dort nicht 'ne Masse wunderbarer und wahrer Ideen wäre, nach denen man sich richten könnte, sondern deshalb, weil unsere Eitelkeit größeres Gewicht hat, als sie alle auf einem Haufen zusammen«, sprach Einhorn. »Hier ist was über Margolis, der mich gestern belogen hat, als er sagte, er schuldet Dad nichts. Da steht es: *›Krummbein, zweihundert Dollar!‹* Dieser januskopfige, doppelzüngige Schweinehund, er wird zahlen, oder ich werde seine Leber verspeisen! Dieser Hochstapler!«

Gegen Mitternacht hatten wir einen Stoß zerrissener Papiere vor uns, die wie die Stimmzettel der Kardinäle aussahen, deren Rauchfahne einen neuen Pontifex ankündigt. Aber Einhorn war mit dem Stand der Dinge unzufrieden. Die meisten Schuldner seines Vaters waren in der gleichen Art verzeichnet, die der Alte bei Margolis angewandt hatte – »Furzige Zähne« – »Rostkopf« – »Kriecher« – »Ewiges Gelächter« – »Ratsältester Sam« – »Achtung!« – »Der König von Baschan« oder »Suppenkelle«. Er hatte diesen Männern Geld geliehen und keine ordentlichen Schuldscheine darüber, nur diese Schuldmemoranda, die sich alles in allem auf mehrere tausend Dollar beliefen. Einhorn wußte, wer diese Schuldner waren, aber wer von ihnen nicht willens war, zu zahlen, würde auch nicht dazu gezwungen werden können. Damit dämmerte Einhorn erstlich die Erkenntnis, daß ihn der Stadtrat nicht so stark zurückgelassen hatte, wie er geglaubt hatte, vielmehr war er auf die Ehrlichkeit vieler Männer angewiesen, die er nicht immer gut behandelt hatte. Er wurde sorgen- und gedankenvoll.

»Ist Arthur schon wieder zurück?« sagte er nervös. »Er muß früh an der Bahn sein.« Einhorn saß in der Verwüstung des einstmals prachtvollen Zimmers, wo dem alten Herrn inmitten des Boudoir-Luxus ein handfestes Lager aufgeschlagen worden war, und sprach über seinen Sohn, die kreisrunden Augen eines Vogels im Kopf, um dann schließlich etwas weniger bedrückt zu bemerken: »Na ja, das Zeug hier ist in jedem Falle nichts für ihn. Er ist mit Dichtern und intelligenten Leuten zusammen und unterhält sich.« Er sprach immer in dieser Art von Arthur, und das verschaffte ihm einen erstklassigen Trost.

7

Ich denke mir die alte Sage vom Krösos mit Einhorn in der unglücklichen Rolle. Erst der stolze, reiche Mann, der vor Solon prahlt – der, ob er bei ihrer Auseinandersetzung über das Glück recht oder unrecht hatte, in seinen Tagen so etwas wie ein Pariser auf Reisen war und zu einem reichen Inselprovinzler recht herablassend gewesen sein muß. Ich versuche, darüber nachzudenken, warum die Wärme der Weisheit den Solon nicht milder gegen den Gold und die Edelsteine besitzenden Halbbarbaren machte. Jedenfalls war er aber im Recht. Und Krösos, der im Unrecht war, lehrte unter Tränen seine Weisheit den Kyros, der ihm den Scheiterhaufen ersparte. Der alte Mann war durch sein Unglück ein Denker und Mystiker und zu einem Ratgeber geworden. Später verlor Kyros seinen Kopf an die rachsüchtige Königin, die ihn in einen Schlauch voll Menschenblut hineintauchte und schrie: »Kyros, du wolltest Blut? Hier trink!« Und Krösos war dem Kambyses, dem wahnsinnigen Sohn des Kyros, anheimgegeben, der ihn in Ägypten zu töten versuchte, wie er schon vorher einen Bruder getötet hatte, wie er das arme Stierkalb Apis auf den Tod verwundet hatte, worüber die an Kopf und Leib geschorenen Priester ergrimmten. Der große Finanzkrach* war Einhorns Kyros und die Schließungen der Bankschalter sein Scheiterhaufen. Die Billardkneipe war sein Exil, da er verbannt war aus seinem Lydien, und die ausgekochten Galgenvögel dort, mit deren Drohungen er Katze und Maus spielen mußte, um sich irgendwie über Wasser zu halten, standen für den Kambyses.

Der Stadtrat starb vor dem großen Bankrott und lag noch nicht lange in seinem Grab, als man anfing, in der Chicagoer La Salle Street und im Bankviertel von New York Selbstmord zu begehen, indem man sich von den Wolkenkratzern in die Straßenschluchten stürzte. Einhorn war unter den ersten, deren Vermögen hinweggefegt wurden, zum Teil durch die Schuld des goldenen Trust-Systems, das der Stadtrat aufgebaut hatte, und zum Teil durch seine eigene

* *1929.*

Mißwirtschaft. Tausende von Dollars seiner Vermögensmasse gingen an Insulls verwässerten, auf die Spitze getriebenen Gas- und Elektrizitätsgesellschaftsaktien verloren – auch Coblin hatte eine Masse Geld auf sie gesetzt –, und ebenso ging das von Einhorn verwaltete Erbe mit Dingbats und Arthurs Anteilen dadurch verloren, daß er das Geld in Häuser steckte, die schließlich doch nicht mehr zu halten waren. Und im Endspurt dieses Wettlaufs hatte er in seinem Drahtkorb *Ausverkauf* und in der Gegend des Flugplatzes nichts weiter als Baustellen, von denen noch einige für Steuern draufgingen; und wenn ich ihn manchmal etwas ausfuhr, pflegte er zu sagen: »Die Geschäftsstraße da drüben hat uns mal gehört«, oder über eine Stelle, die zwischen zwei Buden verkrautete: »Dad hat das durch einen Handel vor acht Jahren bekommen und wollte eine Garage draufsetzen. Jetzt macht's nichts aus, daß er es nie getan hat.« So etwas machte das Fahren mit ihm zu einer melancholischen Angelegenheit, obwohl er nicht groß haderte. Seine Bemerkungen kamen nur gelegentlich und trocken.

Selbst das Gebäude, in dem er wohnte und das der Stadtrat, mit einem Aufwand von hunderttausend Dollar bar auf die Hand, aufgebaut hatte, ging schließlich verloren, als die Läden zumachten und die Mieter in den Wohnungen darüber aufhörten, ihre Miete zu zahlen.

»Keine Miete, keine Heizung«, sagte Einhorn im Winter, zur Härte entschlossen. »Ein Hauswirt sollte sich entweder wie ein Hauswirt benehmen oder seinen Besitz aufgeben. Ich werde mich, ob in guten oder schlechten Zeiten, an die Wirtschaftsgesetze halten und konsequent bleiben.« Damit verteidigte er seine Maßnahme. Ohne Rücksicht darauf wurde er vor Gericht gebracht, verlor und mußte die Gerichtskosten und alles andere dazu zahlen. Danach vermietete er die leeren Läden als Wohnungen, einen an eine Negerfamilie und einen anderen an eine Wahrsagerin, eine Zigeunerin, die eine aufgemalte Hand und ein gigantisches beschriftetes Gehirn ins Fenster hängte. Es kam im Haus zu Schlägereien und zu Diebstählen von Rohren und Klosettinstallationen. Von jetzt an waren die Mieter seine Feinde, die von dem rotköpfigen polnischen Barbier Betzcewski angeführt wurden, der in freundlicheren Tagen auf dem Bürgersteig Mandolinenkonzerte gegeben hatte und nun mit entzündeten Winteraugen wilde Blicke in Einhorns Fensterscheibe warf, wenn er daran vorbeiging. Einhorn strengte eine Räumungsklage gegen ihn und verschiedene andere Mieter an und wurde dafür von einer kommunistischen Organisation boykottiert. »Nebbich, als ob ich nicht mehr über den Kommunismus Bescheid wüßte als die«, sagte er mit bitterem Humor. »Was verstehen *die* denn schon davon, diese ignoranten Blödmänner? Was versteht denn selbst Sylvester schon von Revolution?« Sylvester war jetzt ein emsiges Mitglied der Kommunistischen Partei. So saß Einhorn, um die Maßnahmen des Sheriffs abzuwarten, am Schreibtisch des Stadtrats, am Fenster, wo ihn die Boykottposten sehen konnten. Man hatte ihm die Fensterscheiben mit Stearin beschmiert und eine Papiertüte voll Exkremente in die Küche geschmissen. Worauf Dingbat ein Rollkommando in der Kneipe zusammenstellte, um das Gebäude zu schützen. Dingbat hatte eine Mordwut auf Betzcewski und wollte seinen Laden überfallen und ihm die Spiegel zertrümmern. Das, in was Betzcewski zu diesem Zeitpunkt der »Depression« eingezogen war, hatte nicht sehr viel von einem Laden, es war ein Raum im Kellergeschoß, in dem ein einziger Stuhl stand und wo der Pole in einem traurigen flämischen Hell-Dunkel Kanarienvögel hielt. Clem Tambow ging weiter zu ihm, um sich rasieren zu lassen, weil, wie er sagte, der rotköpfige Barbier der einzige wäre, der mit seinem Bart fertig zu werden wüßte. Deswegen war Dingbat ärgerlich auf ihn. Aber Betzcewski wurde exmittiert, und seine Frau stellte sich auf die Straße und verfluchte Einhorn und nannte ihn einen stinkenden Judenkrüppel. Dingbat konnte nichts gegen sie machen. Einhorn hatte jedenfalls befohlen: »Keine Handgreiflichkeiten, es sei denn, ich sage es.« Er bekam nicht alles ganz in die Hand, aber er war auf dem Wege, es unter seine Kontrolle zu bekommen, und Dingbat gehorchte selbst jetzt noch, obwohl Einhorn doch sein Erbe bis auf den letzten Cent verloren hatte. »Es hat nicht nur uns erwischt«, meinte Dingbat. »Es hat jeden erwischt. Wenn Hoover und J. Pierpont Morgan nicht wußten, was kommen würde, wie sollte es denn da Willie? Er wird uns schon wieder auf die Beine bringen. Ich überlasse das ihm.«

Der Grund für die Räumungsklagen war der, daß Einhorn für die oberen Stockwerke eine Offerte von einem Regenmantelfabrikanten bekommen hatte. In verschiedenen Wohnungen waren schon Wände niedergerissen worden, ehe ihm der Magistrat aufs Dach kam wegen Verstoßes gegen die Sicherheitsvorschriften, die Trennungswände vorschrieben zur Verhütung von Schadenfeuer, und wegen des Versuches, Industriestrom in einem Wohnblock zu installieren. Zu dieser

Zeit waren bereits einige der Maschinen eingebaut worden, und der Fabrikant – auch einer, der wie Einhorn, ohne einen Cent eigenes Kapital, aus der Haut anderer, Riemen für sich zu schneiden dachte – war hinter Einhorn her, um ihm die Rechnung für den notwendigen Ausbau in die Schuhe zu schieben. Es kam zu einem weiteren Prozeß, als Einhorn zu behaupten versuchte, alle Prinzipien über den Haufen werfend, daß die Maschinen mit Bolzen in den Fußboden eingelassen und somit Inventar seines Besitzes, der ihm gehörte, geworden seien. Er verlor auch diesen Prozeß, und der Fabrikant fand es bequemer, Fenster herauszubrechen und seine Einrichtung mit einem Flaschenzug herunterzulassen, anstatt die Maschinen auseinanderzunehmen, und er erhielt einen Gerichtsbeschluß, der ihn dazu ermächtigte. Einhorns riesiges, an Ketten aufgehängtes Firmenschild wurde dabei demoliert. Aber das machte nun auch nichts mehr aus, denn er verlor das Gebäude, seinen letzten größeren Besitz, ohnehin und war ausgebootet und erledigt. Das Büro wurde geschlossen und die meisten Möbel verkauft. Im Speisezimmer türmten sich Schreibtische und neben seinem Bett die Aktenstöße, so daß man nur noch von einer Seite an das Bett heran konnte. In Erwartung besserer Zeiten wünschte er so viel Möbel, wie er nur konnte, zu behalten. Im Wohnzimmer, wohin die verbrannte Einrichtung (die Versicherungsgesellschaft war geplatzt und hatte seinen Anspruch niemals bezahlt) billig aufgepolstert und nach Feuer riechend, zurückgebracht worden war, standen Drehstühle. Die Billardkneipe gehörte ihm noch, und er übernahm persönlich ihre Geschäftsführung. In der Eingangsecke, um die Registrierkasse herum, hatte er sich eine Art Büro eingerichtet und war so doch irgendwie im Geschäft tätig. Abgerutscht in diesen Tiefstand, gelang es ihm nur langsam, die Sache zu bewältigen. Aber mit der Zeit wurde er auch hier der Chef und hatte wiederbelebende, neue Organisationsideen, für die er Geld zusammenzubringen begann. Zuerst ein warmes Büfett. Die Kneipentische wurden umgestellt, um dafür Platz zu schaffen. Dann kam ein grünes Sechsundzwanziger-Würfelbrett. Er war Notar und Versicherungsagent geblieben und erreichte es, von den Gas-, Elektrizitäts- und Telefongesellschaften zur Eintreibung von Rechnungen bevollmächtigt zu werden. All das lief langsam, wie in diesen toten Zeiten eben alles mit gedrosselter Kraft ging, und selbst Einhorns Findigkeit war von der Geschwindigkeit und Tiefe des Falls betäubt, und er machte sich viele Gedanken, die auf den Spuren der Schritte, die er hätte unternehmen sollen, um wenigstens Arthurs und Dingbats Geld zu retten, rückwärts liefen. Hinzu kam, daß seine Umwelt auf eine einzige Straße, und da er seinen ganzen anderen Besitz verloren hatte, auf ein einziges Haus zusammengeschrumpft war, und zu dieser besonderen Spärlichkeit und Trostlosigkeit, zu dem Abstieg von Dollars zu Nickelstücken hin, kam das gepreßte und bedrückende Schweigen stillgelegter Maschinen von überall her. Und er, ein verkrüppelter und alt werdender Mann, war von großen Plänen zu kleinen Geschäftchen herabgesunken, bei denen man fünf gerade sein lassen mußte, in seinen eigenen Augen entschuldigte ihn der allgemeine Zusammenbruch nicht ausreichend – es war diese Triebkraft in ihm, die andere oft vollkommen austilgte. Und es zeigte sich, daß das Vermögen des Stadtrats, sobald er es geerbt hatte, davonsprang und sich aus dem Staube machte wie eine Sammlung kleiner goldener Tiere, die sich nur der Stimme des alten Mannes gefügt hatten.

»Tatsächlich«, erklärte er manchmal, »ist es für mich persönlich gar nicht so furchtbar. Ich war früher ein Krüppel und bin es jetzt. Der Wohlstand verhalf mir nicht zum Gehen, und wenn einer weiß, was einem Menschen alles widerfahren kann, dann William Einhorn. Das kannst du mir glauben.«

Nun ja, ich konnte es und konnte es auch wieder nicht. Ich wußte, daß diese Versicherung das Ergebnis flackernden Lichts war, mehr bläßlich als grün, und was er für eine Zeit hinschleichender Tage gehabt hatte, als er das große Gebäude und die verbliebenen paar Tausend von der Erbschaft Arthurs verlor, da er mehr vom Stolz anstatt von kaufmännischem Verstand geleitet war, als er es in einer letzten Anstrengung retten wollte. Offiziell ließ er mich damals gehen und sagte schwach: »Augie, du bist für mich Luxus. Ich werde dich streichen müssen.« Während dieser schlechten Periode, in der er, hart angeschlagen und überwältigt, mit seinen schwarzen Gedanken, viele Tage unrasiert – und das bei einem Mann, dessen ganze Lebensart an die Regelmäßigkeit der Gewohnheiten gebunden war –, sich in sein Arbeitszimmer zurückzog, kümmerten sich Dingbat und Mrs. Einhorn um ihn, ehe er den mausgrauen Gelehrtenraum verließ und erklärte, daß er die Billardhalle in die Hand nehmen werde. Ein Adams, der, beim Kampf um die Präsidentenschaft geschlagen, als bescheidener Abgeordneter in die Hauptstadt zurückkehrt. Wollte er nicht Arthur von der Universität nehmen und ihn arbeiten lassen – vorausgesetzt, daß Arthur damit einverstanden gewesen wäre –, mußte er irgend etwas unternehmen, weil da nichts mehr als Rückhalt verblieben war; er hatte selbst seine Lebensversicherungspolicen drangegeben, um Bargeld für das Haus aufzubringen.

Außerdem hatte Arthur keinen Beruf. Man hatte ihm – anders als bei Kreindls Sohn Kottie, dem Dentisten, der jetzt seine ganze Familie unterstützte – eine freizügige Ausbildung in Literatur, Sprachen und Philosophie angedeihen lassen. Plötzlich wurde es außerordentlich wichtig, was die Söhne hatten werden wollen. Howard Coblin verdiente Geld mit seinem Saxophon. Und Kreindl machte sich nicht mehr länger zu mir über die unnatürliche Zurückhaltung seines Sohnes den Frauen gegenüber lustig. Er gab mir statt dessen den Rat, ihn wegen Arbeit in der Drogerie unter seinem Büro zu fragen. Kottie verschaffte mir einen ruhigen Posten als Anlernling an der Sodamaschine hinter dem Ladentisch. Ich war dafür sehr dankbar, denn Simon hatte an der höheren Schule seine Abschlußprüfung bestanden und war für die Wohlfahrt nicht mehr unterstützungsberechtigt. Außerdem hatte er einige Tage Arbeit auf dem La-Salle-Street-Bahnhof verloren. Borg setzte seinen eigenen arbeitslosen Schwager 'rein und gab anderen rechts und links den Tritt.

Was das Gesparte anlangt, das Familiengeld, das Simon als Omas Nachfolger verwaltet hatte, so war es weg. Die Bank hatte im ersten Ansturm schließen müssen, und in dem säulenverzierten Gebäude – Einhorn konnte es von seiner Ecke in der Kneipe sehen – war jetzt ein Fischladen. Doch Simon bestand verdammt gut – ich kann gar nicht begreifen, wie er das fertiggebracht hat –, wurde zum Schatzmeister der Klasse gewählt und hatte den Auftrag, Ringe und Schulabzeichen zu kaufen. Es muß seine ins Auge springende Ehrbarkeit gewesen sein, der er das verdankte, vermute ich. Es mußte dem Rektor über das Geld Rechnung legen, aber das hielt ihn nicht davon ab, mit dem Juwelier einen Handel auszumachen und dabei runde fünfzig Dollar in die eigene Tasche zu verdienen.

Er unternahm sehr viel. Ich auch. Wir verbargen es voreinander. Aber ich wußte, weil ich ihn mit der Erfahrung einer langen Angewohnheit beobachtete, ungefähr, worauf er aus war, während er nicht hinter sich blickte, um sich darum zu kümmern, was ich tat. Er schrieb sich im Magistrats-College mit der Vorstellung ein, die damals jeder hatte, sich für eine der Beamtenlaufbahnen vorzubereiten. Es gab einen Ansturm auf Stellen beim Wetterdienst, beim Landvermessungsamt und der Post, nach den dickgedruckten Annoncen zu urteilen, die an den Schul- und Büchereianschlagsbrettern übereinander geheftet waren.

Simon hatte das Talent, immer mit in der ersten Reihe zu stehen. Möglicherweise hatte das, was er las, etwas damit zu tun, und der klare, durchdringende Gouverneursblick, den er sich angewöhnt hatte. Von John Sevier. Oder von Jackson, in dem Moment, als die Pistolenkugel seines Duellgegners ihm von dem großen Knopf seines Mantels abprallte und er sich zum Schuß anschickte – ein sich erhebender Blick nichts verzeihender, kosmologischer Befehlshaberschaft; dieser Blick, in dem Anständigkeit den Zug eines Nachteils hat und Vorsicht als vornehmer Spasmus eines unpersönlichen Leidens in der Stirn erscheint. Ich bin der Meinung, daß es einmal in Simon echt war. Und wenn es einmal echt war, wie konnte man dann mit Bestimmtheit sagen, daß diese Echtheit ein für allemal dahingewesen sein sollte? Aber er nutzte diese Dinge aus. Er baute sie ein. Ich weiß das verdammt gut genug. Und wenn diese Anlagen berechnend benutzt werden, sind sie dann dadurch weniger echt? Wer kann denn in einem Kampf auf seine Vorteile verzichten?

Möglicherweise hatte Oma Lausch die originale Traumvorstellung von Rosenwald- oder Carnegie-Günstlingen aus der Erkenntnis dieser Gabe Simons gewonnen. In einen Straßenauflauf geraten, würde der Schupo, ihn, Simon, aus einer Menge eines Dutzends freiwilliger Zeugen heraus, fragen, was vorgefallen sei. Oder, wenn der Trainer mit einem neuen Basketball aus dem Geräteraum der Turnhalle käme und sich ein Dutzend Arme bittend nach dem Ball ausstrecken würden, so wäre es Simon, der, passiv erscheinend, den Ball von dem Trainer zugeworfen bekäme. Er erwartete es und war niemals davon überrascht. Und jetzt war er auf sumpfigem Boden und gezwungen, die Geschwindigkeit, die er auf den geheimen Zielpunkt zu angelegt hatte, zu drosseln. Ich hatte zu dieser Zeit keine Ahnung, was das für ein Zielpunkt war, und verstand nicht genau, warum da überhaupt einer sein mußte; das war mir zu hoch, aber er sammelte für sich die ganze Zeit über eine große Vielzahl von Kenntnissen und Künsten, wie Tanzen, Konversation mit Frauen, Höflichkeit, über Schenken, gemütvolles Briefeschreiben, Bescheidwissen in Restaurants und Nachtklubs, über Tanzböden oder das Binden von Reitkrawatten und Schlipsen, darüber, was korrekt und was nicht korrekt bei dem Gebrauch eines Kavaliertaschentuches ist, wie man Anzüge auswählt und wie man sich in einer gefährlichen

Menge oder in einem achtbaren Haus in acht nimmt. Das alles war für mich eine harte Nuß, denn ich hatte die Anstandsregeln der Alten nicht angenommen. Aber Simon hatte, ohne besondere Aufmerksamkeit zu zeigen, das Wesentliche davon begriffen. Ich zähle diese Dinge, entbehrlich für so viele Leute, deshalb auf, weil wir mit ihnen vollkommen unvertraut waren. Ich beobachtete Simon, wie er studierte, worauf es beim richtigen Sitz eines Hutes ankommt, wie man die Zigarette hält, ein Paar Handschuhe faltet und sie in eine Innentasche steckt, und ich bewunderte ihn und fragte mich, woher das kam, und lernte einiges dabei für mich selbst. Aber ich bekam niemals den Sinn für Eleganz, den er hatte, wenn er diese Dinge tat. Simon sog ihn in sich ein, wenn er durch die Vorhallen eleganter Restaurants, der Palmer-Häuser und portierengeschmückten Speisesäle mit Quasten, Wachskerzen, Streichorchestern, die die gelassene Schrumm-Schrumm-Bumserei Wiener Walzer von sich geben, hindurchging. Er blähte seine Nüstern. Er redete zynisch darüber, aber es hatte ihn erwischt. Ich hätte es wissen sollen, wie scheußlich es deshalb für ihn gewesen sein muß, in der Langweiligkeit der Nachbarschaft die geistlosen Winternachmittage zu verbringen, in einem Drugstore, oder mit dem Kommunisten Sylvester, in Zechmans Broschürenladen und manchmal selbst in der Billardkneipe die Zeit totzuschlagen und in seinem langen Mantel und oft zwei Tage nicht rasiert 'rumzusitzen. Er arbeitete nur sonnabends auf dem Bahnhof und auch nur, weil, wie er sagte, Borg ihn mochte.

Wir hatten in der Trägheit des sich nicht recht entwickelnden Winters ein bißchen Zeit zum Palavern, saßen am Fenster der Billardkneipe neben dem Büfett und sahen auf den pferdemist- und kohlenfleckigen, rußmatschigen Schnee und die braune Bewegung des Nebels in dem Vier-Uhr-Lampenlicht hinaus. Wenn wir zu Hause für Mamma das Nötige erledigt hatten, die Öfen angesteckt, Lebensmittel eingeholt, die Abfälle und Asche herausgebracht, blieben wir nicht bei ihr zu Hause – ich übrigens weniger als Simon, der manchmal am Küchentisch seine College-Aufgaben machte, während Mamma dann für ihn auf dem Herd einen Kaffeekocher in Gang hielt. Ich gab die Frage, die Jimmy Klein und Clem mir gestellt hatten, nämlich, ob Sylvester ihn zu seinen politischen Überzeugungen bekehre, nicht an ihn weiter. Es lag Vertrauen in der Antwort, die ich gab, daß Simon auf alle nur möglichen Arten darauf aus sei, Zeit totzuschlagen, und daß er zu Versammlungen gehe, sich alle möglichen Quatschköppe anhöre und Mieterversammlungen besuche, aus reinster Langeweile und um Mädels zu treffen und nicht, weil er Sylvester für eins der Kinder der Zukunft halte, sondern, daß er da wegen der großen Babes in Lederjacken mit niedrigen Absätzen, Baskenmützen und einfarbigen leinenen Arbeitshemden hinginge. Die Literatur, die er dabei mit nach Hause brachte, diente dazu, am nächsten Morgen den Tisch vor Kaffeeringen zu bewahren, oder er zerriß die hektographierten Broschüren mit seinen großen blonden Händen, um den Ofen damit anzustecken. Mit verwirrtem Erstaunen las ich mehr von dem Zeug als er. Nein, ich kannte Simon und seine Vorstellung von der Gerechtigkeit der Verhältnisse. Er glaubte, Mamma und ich hingen an ihm wie Ballast, und dachte nicht daran, so nebenbei noch einer ganzen unterdrückten Klasse aufzuhelfen, und er würde Sylvesters moralische Gefühle ebensowenig haben, wie er einen Anzug, der ihm nicht paßte, kaufen würde. Aber es saß gelassen in Zechmans Laden, rauchte geschnorrte Zigaretten unter den zum Klassenkampf aufreizenden Plakaten und hörte sich lateinische, germanische, exotische Gespräche mit geneigtem Gesicht ruhig an, während sein langes junges Kinn in dem gelben Rauch der kalten Luft auf dem Kragen ruhte, und in Gedanken verwarf er alles.

Daß auch er in der Billardkneipe aufkreuzte, war auch eine Überraschung für mich im Hinblick darauf, was er früher mal über meine Abhängigkeit von den Einhorns gesagt hatte. Aber dafür galt die gleiche Erklärung – weil eben trostlose Zeiten waren, weil er eben pleite war; bald leistete er dem bärenäugigen Sylvester in seinem mit Pamphleten gewaffneten Krieg gegen die Bourgeoisie Gesellschaft oder nahm bei Dingbat Unterricht im Billardspielen. Er wurde so gut, daß er bei einer Rotation, für fünf Cent die Kugel, was gewann, die Ruinen meidend, die im Billardzimmer Karriere machten. Gelegentlich würfelte er im Hinterzimmer, und auch hier hatte er ganz hübsch Glück. Er zog einen klaren Trennungsstrich zwischen sich und den Ganoven, Totschlägern und Dieben und ihrer professionellen Seite. In dieser Hinsicht war er mehr auf dem Kien als ich, weil es irgendwie dahin kam, daß ich mit in eine Räuberei hineingeriet.

Die meiste Zeit verbrachte ich mit Jimmy Klein und Clem Tambow. Während der letzten Quartale an der höheren Schule hatte ich eh nicht viel von ihnen gesehen. Jimmys Familie wurde von der Arbeitslosigkeit hart getroffen – als die Republikaner von Cermak* aus dem Magistrat geworfen wurden, verlor Tommy seinen Job am Rathaus –, und Jimmy arbeitete fleißig; dazu lernte er noch nachts Buchführung oder, besser gesagt, versuchte es, weil er mit Zahlen nicht recht zu Rande kam und überhaupt, was Kopfarbeit bei dieser Sache betraf, nicht sehr begabt war. Er war entschlossen, zum Wohle der Familie vorwärts zu kommen. Seine Schwester Elinor war nach Mexiko gegangen, die ganze Reise mit dem Bus, um mal zu sehen, ob sie nicht einen Versuch mit dem Vetter dort, dem, der Jimmys Interesse für Ahnenforschung geweckt hatte, machen sollte.

Was Clem Tambow betrifft, so hegte er äußerste Verachtung für die Schule, und er verbrachte so viel Zeit, wie er nur kriegen konnte, im Bett, las Filmzeitschriften und kritzelte. Er entwickelte sich zu einem Oberstrolch. Durch seine Mutter hatte er mit deren zweitem Mann, der übrigens auch keine Arbeit hatte, andauernd Streit über seine Lebensweise. Der Sohn eines Nachbarn arbeitete auf einer Kegelbahn in der Stadt für dreißig Cent die Stunde als Kegeljunge; wie kam *er* dann dazu, sich einfach nicht nach Arbeit umsehen zu wollen? Sie lebten zu viert, alle in den hinteren Zimmern des Kinderbekleidungsgeschäfts, das die Exgattin des alten Tambow allein führte. Clems Stiefvater – kahlköpfig, mit einem strengen Haarkranz am Hinterkopf – saß im Unterhemd am Herd und las den *Jüdischen Kurier* oder bereitete für sie alle einen Imbiß mit Ölsardinen, Knäckebrot und Tee. Auf dem Tisch standen immer zwei oder drei Sardinenbüchsen »King Oscar« mit geöffnetem, aufgerolltem Blechdeckel und auch Milch in Büchsen und Gabelbissen. Clems Stiefvater war kein Schnelldenker und hatte auch nicht viele Themen. Kam ich auf Besuch und sah ihn in dem Zirruswolkengewebe seines wollenen Unterhemds, ging es immer um das Thema, was ich denn verdiene. »Kuliarbeit machen?« sagte Clem zu seiner Mutter, als sie wieder davon anfing. »Wenn ich nichts Besseres zu tun finde, kann ich man gleich Zyankali fressen.« Und der Gedanke, Zyankali zu fressen, ließ ihn aus vollem Hals ungeheuerlich lachen mit einem gewaltigen »Ha, ha, ha!« und sein strähniges Haar schütteln. »Jedenfalls«, sagte er, »bleibe ich lieber im Bett liegen und hole mir einen runter, Mamma« – seine Mutter in ihren Unterröcken und mit den Füßen einer Tänzerin spanischer Nummern –, »du bist ja noch

* Bürgermeister von Chicago.

nicht zu alt, um nicht zu verstehen, was ich meine. Vergiß nicht, daß ihr euer Zimmer, du und dein Mann, neben meinem Zimmer habt.« Sie schnappte nach Luft, und weil ich dabei war, war sie unfähig, ihm zu antworten, aber sie starrte ihn voll wütender Mißbilligung an. »Mir was vormachen wollen, das ist gut – was soll ich mir denn vorstellen, aus welchem Grunde du geheiratet hast?«

»Du solltest zu deiner alten Dame nicht so reden«, sagte ich zu ihm, als wir allein waren.

Er lachte mich aus: »Du solltest mal ein paar Tage und Nächte hier verbringen – dann würdest du sagen, daß ich noch höflich zu ihr war. Sie nimmt dich mit ihrem Pincenez ein, und du hast keine Ahnung, was für eine Geilheit in ihr steckt. Blicken wir den Tatsachen klar ins Auge.« Und es war wirklich so, er erzählte mir von diesen Tatsachen, und es schien, daß selbst ich dabei eine Rolle spielte, daß sie hintenrum Erkundigungen über mich eingezogen und gesagt hatte, wie stark ich aussähe.

Am Nachmittag machte Clem einen Spaziergang; er trug einen Spazierstock und war von englischer Eleganz. Er las die Selbstbiographien von Lords aus der Bibliothek und brach dabei in lautes »Huhuhaha!« aus, spielte vor polackischen Ladenbesitzern den Piccadilly-Gentleman, und war fast immer bereit, kräftig loszuprusten, große hitzige Falten einer abstoßenden Munterkeit in seinem roten Gesicht. Konnte er von seinem Vater ein paar Dollar erbetteln, verwettete er sie auf Pferde. Hatte er mal gewonnen, hielt er mich zu einem Abendessen mit Steaks und Zigarren frei.

Ich verkehrte auch mit Leuten anderer Art. Einerseits mit ein paar, die dicke Wälzer auf deutsch oder französisch lasen und die ihre Leitfäden der Physik und Botanik in- und auswendig und von hinten nach vorn konnten und Nietzsche- und Spengler-Leser waren. Andererseits mit Kriminellen. Abgesehen davon, daß ich bei diesen Leuten nie an Verbrecher dachte, sondern sie für mich immer die Jungs aus der Billardkneipe waren, die ich auch in der Schule in der Mittagspause Doppelschritt in der Turnhalle tanzen sah oder die ich von den Würstchenbuden her kannte. Ich kam mit allen Seiten in Berührung, und niemand wußte, wo ich richtig hingehörte. Ich hatte selbst keine klare Vorstellung davon. Ich kann nicht sagen, ob ich mich dann in der Billardkneipe herumgetrieben hätte, wenn ich Einhorn nicht gekannt und nicht für ihn gearbeitet hätte. Ich war sicher kein Büffler oder überspannter Auswendiglerner, ich war jedoch auch nicht gegen die Büffler und Überspannten. Aber es war für Gangster leichter, mich zu den ihren zu zählen. Und ein Dieb, der Joe Gorman hieß, begann mir eines Tages von einem Einbruch zu erzählen.

Ich sagte nicht nein zu ihm.

Gorman war sehr helle, adrett und schlank und ein prima Basketballspieler. Sein Vater, der ein Geschäft für Autoreifen besaß, war gut dran, und es gab keinen ersichtlichen Grund, warum Joe stehlen mußte. Aber er hatte einen beachtlichen Ruf als Autodieb und war zweimal in der Besserungsanstalt von St. Charles in der Nähe von Chicago gewesen. Jetzt plante er, ein Lederwarengeschäft auf der Lincoln Avenue, nicht sehr weit von Coblins entfernt, zu berauben, und drei von uns waren mit von der Partie. Der dritte war der »Seemann« Bulba, mein alter Spindgenosse, der mir mein Naturkundeheft geklaut hatte. Er wußte, daß ich keinen verpfiff.

Zum Abhauen würde Gorman den Wagen seines Vaters bekommen. Wir würden in den Laden durchs Kellerfenster einbrechen, nach hinten heraus, und die Handtaschen abstauben. Bulba würde sie verstecken, und in der Billardkneipe war ein Schwärzer, der Jonas hieß, der die Sachen für uns verscheuern sollte.

In einer Aprilnacht, so gegen eins, fuhren wir zur Nordseite 'rüber, parkten in einer kleinen Einfahrt und schlüpften einer nach dem anderen in den Hinterhof. Der »Seemann« hatte die Örtlichkeit ausbaldowert, das halbgroße Kellergeschoßfenster hatte keine Gitter. Gormann versuchte es zu öffnen, zuerst mit einem Barthel und danach mit Rennlenkerband; von dieser Technik hatte er im Billardzimmer gehört, aber sie nie ausprobiert. Es haute nicht hin. Dann wickelte Bulba einen Ziegelstein in seine Mütze ein und wichste damit die Scheibe kaputt. Nach dem Krach türmten wir in die Einfahrt, krochen aber wieder zurück, als niemand kam. Ich hatte jetzt schon genug von der Chose, aber es gab keine Möglichkeit mehr auszusteigen. Der »Seemann« und Gorman gingen 'rein und ließen mich draußen Schmiere stehen, was nicht viel Sinn hatte, weil das Fenster die einzige Fluchtmöglichkeit war, und wenn mich ein Streifenwagen in der Einfahrt erwischt hätte, wären sie auch nicht mehr weggekommen. Aber trotz allem, Gorman war der mit der Erfahrung auf diesem Gebiet, und wir befolgten seine Anordnungen. Außer Ratten- oder Papierrascheln war nichts zu hören. Schließlich kam ein Geräusch aus dem Keller, und Gormans scharfes, bleiches Gesicht tauchte von unten auf. Er fing an, mir die Taschen 'rauszureichen, weiche Dinger in Seidenpapier, die ich in einen Wollbeutel, den ich unter meinem Trenchcoat getragen hatte, hineinstopfte. Bulba und ich rannten mit der Sore durch Hinterhöfe bis in die nächste Straße, während Gorman mit dem Wagen wendete und zu uns kam. Wir setzten Bulba an der Hinterfront seines Hauses ab; er schleuderte den Sack über den Zaun und machte dann eine Flanke, schwang sich mit weiten, flatternden Matrosenhosen hinüber und landete in Konservenbüchsen und Kiesknotten. Ich kürzte mir den Weg nach Hause über Baustellen ab, nahm den Schlüssel aus dem Blechbriefkasten und ging in das schlafende Haus hinein.

Simon wußte, daß ich sehr spät nach Hause gekommen war und sagte, daß gegen Mitternacht Mamma 'reingekommen sei und nach mir gefragt habe. Er schien sich keine Sorgen zu machen, wo ich gewesen war, und bemerkte anscheinend auch nicht, daß mir hinter meiner Unbestimmtheit miserabel zumute war. Ich hatte stundenlang wach gelegen und versucht, mir was auszudenken, womit ich die zwanzig oder dreißig Dollar plausibel machen könnte, die mir möglicherweise zufallen würden. Ich dachte daran, Clem zu fragen, ob wir nicht sagen könnten, wir hätten beide auf ein Pferd gewettet und gewonnen, aber das schien nicht sehr glaubhaft. An sich war das alles gar kein Problem, da ich es meiner Mutter über Wochen, klein bei klein geben konnte, und nebenbei niemand wie in Omas Tagen sich von nahem betrachtete, was sich so tat. Es dauerte eine Weile, ehe ich klar darüber denken konnte, und ich hatte das graue Elend. Aber ich war nicht lange niedergeschlagen. Das machte mein Temperament. Ich ging zur Schule, versäumte nur eine Stunde; ich ließ mich auf der Probe der Quartett-Gruppe sehen und ging um vier Uhr zu *Einhorns Billards*, und der »Seemann« Bulba saß da aufgereckt in seinen Glockenhosen auf einem Schuhputzstuhl und sah bei einer Partie Lochbillard zu. Es war alles bestens. Mit Jonas, dem Hehler, war bereits alles abgemacht. Er würde die Sore diese Nacht übernehmen. Ich strich die ganze Geschichte aus meinen Gedanken, und es half mir dabei, daß es ein vollkommener Frühlingstag war, an dem die Bäume zu knospen begannen. Einhorn sagte zu mir: »Drüben im Park sind Radrennen. Die werden wir uns zu Gemüte führen«, und bereitwilligst trug ich ihn zum Auto, und wir fuhren los.

Jetzt, da ich einen Geschmack davon bekommen hatte, hatte ich entschieden, daß für mich kein weiterer Raub in Frage kam, und ich sagte zu Joe Gorman, daß er in Zukunft nicht mehr mit mir rechnen könne. Ich war darauf gefaßt, ein gelber Feigling genannt zu werden. Aber er fing nicht so an und war nicht mal spöttisch. Er sagte ruhig: »Nun gut, wenn du glaubst, daß dir das nicht schmeckt.«

»Genauso, wie du's sagst – es schmeckt mir nicht.«

Und er sagte nachdenklich: »Okay. Bulba ist eine Wucht. Aber ich könnte mit dir zusammen weiterkommen.«

»Es hat doch keinen Zweck, wenn es mir nun mal nicht schmeckt.«

»Zum Teufel, wozu denn? Klar.«

Er war sehr milde und unbefangen. Er kämmte sich das Haar im Spiegel des Kaugummi-Automaten, zog sich seinen eleganten Schlips gerade und ging weg. Danach hatte er mir nicht mehr viel zu sagen.

Ich holte Clem ab und ging mit ihm aus, und wir verjubelten das Geld. Aber die Sache war für mich noch lange nicht ausgestanden. Einhorn kam durch Kreindl dahinter, der von dem Hehler angesprochen worden war, einen Teil der Taschen zu verhökern. Wahrscheinlich entschieden Kreindl und Einhorn, daß ich dafür was verpaßt bekommen müßte. Also, einen Nachmittags in der Billardkneipe sagte Einhorn, ich sollte mich zu ihm setzen. An seiner Förmlichkeit merkte ich, daß er vorhatte, mir höchst ärgerlich den Marsch zu blasen, und ich wußte natürlich warum.

»Ich denke nicht daran, dazusitzen und aus dir Kittchenspeck werden zu sehen«, sagte er. »Ich betrachte mich zu einem gewissen Teil mitverantwortlich, daß du in dieser Umgebung bist. Du bist selbst noch nicht alt genug, um hier sein zu dürfen, du bist noch minderjährig« – aber, wenn schon davon gesprochen wird, Bulba und Gorman und Dutzende anderer waren es auch noch, aber niemals wurde daraus eine Angelegenheit gemacht –, »wenn du auch frühreif bist. Aber ich will nicht, daß du so was tust, Augie. Selbst Dingbat, und er ist gewiß kein Geistesriese, weiß was Besseres, als einen Einbruch mitzumachen. Ich muß mich leider mit allen möglichen Elementen hier abfinden. Ich weiß, wer von ihnen ein Dieb, ein Revolverheld oder ein Zuhälter ist. Ich kann's nicht ändern. Es ist eine Billardschwemme. Aber, Augie, du weißt auch, was besser ist; du hast bei mir auch andere Zeiten gesehen, und wenn ich von dir höre, daß du dir anders Beschäftigung machst, werde ich dich hier 'rauswerfen lassen. Dann wirst du weder dieses Lokal jemals wieder von innen, noch Tilly oder mich wiedersehen. Wenn dein Bruder von der Sache wüßte – in Christi Namen! –, würde er dich schlagen. Das weiß ich sicher!«

Ich gab zu, daß es so war. Einhorn muß wie durch einen engen Spalt die Furcht und das Entsetzen gesehen haben, die in mir steckten. Meine Hand lag in seiner Reichweite; er legte seine Finger auf sie. »So fängt es bei einem jungen Kerl mit der Verdorbenheit und Verstunkenheit an und geht auch seine Gesundheit und Schönheit drauf. Mit den ersten Sachen, die er anstellt, wenn er kein Junge mehr ist, aber wie ein Mann tut. Ein Junge stiehlt Äpfel oder Wassermelonen, und wenn er auf der Schule eine Wildkatze ist, schreibt er sich einen oder zwei faule Schecks aus. Aber so als bewaffneter Bandit loszuziehen –«

»Wir waren nicht bewaffnet.«

»Ich werde diese Schublade aufziehen«, sagte er heftig, »und dir fünfzig Dollar geben, wenn du mir schwörst, daß Joe Gorman keinen Revolver bei sich hatte. Ich kann dir aber sagen: er hatte einen.«

Ich hatte einen roten Kopf, war aber unsicher. Es konnte wahr sein, es war einleuchtend.

»Und wenn die Polizei gekommen wäre, hätte er versucht, sich einen Weg durch sie hindurch zu schießen. Auf so was hast du dich dabei eingelassen. Ja, ich habe recht, Augie, auf ein oder zwei tote Polizisten. Du weißt, was Polizistenmörder auf dem nächsten Revier erleben – kaputtgeschlagene Gesichter, zermantschte Hände und Schlimmeres. Und das wäre dein Eintritt ins Leben gewesen. Du kannst mir nicht erzählen, daß an der ganzen Sache nichts außer jungenhaftem Übermut gewesen wäre. Um was ging es dir denn dabei?«

Ich wußte es nicht.

»Bist du wirklich ein Verbrecher? Bist du dazu berufen? Wenn dem so wäre, glaube ich nicht, jemals einen seltsameren Fall irreführenden Anscheins gesehen zu haben. Ich hatte dich in meinem Haus und ließ Sachen offen herumliegen. Warst du jemals versucht, was zu stehlen?«

»Heh, Mr. Einhorn!« sagte ich auffahrend und erregt.

»Du brauchst mir nichts zu erzählen. Ich weiß, daß du es nicht getan hast. Ich habe dich nur gefragt, ob das alles vom Grunde her deine wirklichen Impulse waren, und ich weiß und glaube, daß dem bei dir nicht so ist. Und jetzt, um des Himmels willen, gib dich nicht mehr mit diesem Diebsgesindel ab. Wenn du mich gebeten hättest, hätte ich dir für deine verwitwete Mutter zwanzig Dollar gegeben. Bráuchtest du denn das Geld so notwendig?«

»Nein.«

Es war die reinste Freundlichkeit von ihm, Mamma Witwe zu nennen, wo er wußte, daß sie es in Wirklichkeit nicht war.

»Oder ging es dir nur um einen Nervenkitzel? Ist das die richtige Zeit dafür, wenn alle anderen in die Klappe gehen? Du kannst ihn dir besser draußen verschaffen, auf 'nem Kistenrenner oder Bob oder auf der Achterbahn. Geh in den Chicagoer Lunapark. Aber warte mal – da wird mir etwas über dich klar. In dir steckt *Opposition*! Du schlitterst nicht so einfach durch alles hindurch. Bei dir sieht es nur so aus.«

Das war das erste Mal, daß mir jemand soviel Wahres über mich gesagt hatte. Ich fühlte es mit aller Macht. Daß ich, wie er sagte, Opposition in mir hätte und ein großes Verlangen, Widerstand zu leisten und »Nein!« zu sagen, war so klar, wie es nur sein konnte und war als Gefühl so eindeutig, wie der plötzliche Biß des Hungers.

Für den Entdecker dieser Wahrheit, der sich die Mühe gemacht hatte, über mich nachzudenken – an mich zu *denken* –, war ich deswegen voller Liebe. Aber ich trug auch die entdeckte Eigenschaft, meine Opposition. Ich war in sie eingehüllt. Deshalb konnte ich weder irgendein Zeichen der Bestätigung geben noch auch nur andeuten, was ich empfand.

»Sei kein Tropf, Augie, und falle in die erste Grube, die dir das Leben gräbt. Junge Burschen wie du, unter schlechten Verhältnissen aufgewachsen, sind dazu geboren, die Gefängnisse, die Besserungsanstalten und die ganzen Erziehungshäuser zu füllen. Wofür der Staat Brot und Bohnen lange im voraus bestellt. Er weiß, daß da ein Element ist, bei dem man fest darauf rechnen kann, daß es kommen wird, um alles hinter Gittern zu essen. Oder er weiß, wieviel Splitt für den Autobahnbelag gebraucht werden wird und mit wem er rechnen kann, um ihn zu brechen, genauso weiß er auch, mit wem er für die Krebsbehandlung an den öffentlichen Gesundheitsämtern rechnen kann. Aus unserer Gegend und ähnlichen Teilen der Stadt und an anderen Orten, das ganze Land hindurch, gleichfalls. Und wenn du darauf ausgehst, das auch für dich bestimmt sein zu lassen, bist du ein Betrogener. Einfach das, was vorausbestimmt war. Es warten so traurige und tragische Dinge darauf, dich aufzunehmen – die Klinkerbauten der Zuchthäuser und Kliniken und Orte, wo man mit dem Blechnapf in der Hand nach Suppe ansteht, Schlangen, die wissen, wer dazu geboren ist, erledigt und ausgequetscht, vor der Zeit zum Greis gemacht, ausgeleiert und weggefurzt, zwecklos vertan zu werden. Wen würde es überraschen, wenn es dir so ergehen sollte? Du bist dafür gebaut.«

Dann fügte er hinzu: »Aber ich glaube, mich würde es überraschen.« Und auch: »Ich sage ja nicht, daß du mich zum Vorbild nehmen sollst«, sich nur zu gut über das Widersprüchliche dieses Modells im klaren, da ich von seinen mannigfaltigen Betrügereien wußte.

Einhorn hatte seine Experten, die an Gasometern herumbastelten; er hinterging die Elektrizitätsgesellschaft, indem er die Hauptleitungen anzapfte; er fälschte Zählkarten und Steuern, und in all diesen Dingen kannte seine Cleverness keine Grenzen. Er hatte den Kopf ständig voll solcher Pläne. »Aber wenn ich denke, *wirklich* denke, krieche ich nicht mehr im Dreck«, sagte er. »Im Endeffekt kann man seine Seele und sein Leben nicht durch Denken bewahren. Aber wenn du *denkst,* ist die Welt der geringste aller Trostpreise.«

Er redete weiter, aber meine Gedanken gingen ihre eigenen Wege. Nein, ich wollte das nicht sein, was er vorherbestimmt nannte. Ich hatte niemals eine Bestimmung akzeptiert und würde nicht zu dem werden, zu dem mich andere Leute machen wollten. Ich hatte auch zu Joe Gorman »Nein« gesagt. Zu Oma. Zu Jimmy. Zu einer Menge Leute. Einhorn hatte das bei mir erkannt. Weil auch er Einfluß auszuüben wünschte.

Um mich von Dummheiten abzuhalten und auch deshalb, weil er daran gewöhnt war, über einen Delegierten, Boten oder eine Treuhand zu verfügen, stellte er mich für weniger Geld wieder an. »Vergiß nicht, mein Alter, daß ich ein Auge auf dich habe.« Hatte er nicht immer ein Auge auf so viele Dinge und Menschen, wie er nur in sein Blickfeld bekommen konnte? Umgekehrt, wenn man will, behielt ich ein Auge auf ihn. Ich interessierte mich eingehender für seine Schwindeleien als früher, als ich nicht viel mehr als ein Hausbursche gewesen war und Einhorns Geschäfte für mein Verständnis zu ausgedehnt waren.

Eine der ersten Sachen, bei der ich mithalf, war ein sehr gefährliches Stück Arbeit – es ging darum, Nosey Mutchnik, einen Gangster, hereinzulegen. Vor ein paar Jahren hatte Nosey Mutchnik, nicht mehr als ein kleiner Gannef, noch für die Bande der Nordseite gearbeitet, Säure auf Kleidungsstücke gespritzt, wo die Besitzer von chemischen Reinigungsanstalten nicht willens waren, sich in das Schutzsystem der Gangster gegen entsprechenden Tribut eingliedern zu lassen, und ähnliche Sachen. Jetzt hatte er sich heraufgearbeitet, hatte Geld und sah sich nach Möglichkeiten um, das Geld vor allem in Grundbesitz anzulegen. »Weil«, wie er an einem Sommerabend ernst zu Einhorn gesagt hatte, »ich weiß, was den Jungs passiert, die in dem Geschäft hängenbleiben. Am Ende gehen sie in die Luft. Hab's oft genug passieren sehen.«

Einhorn erzählte ihm, daß er eine sehr schöne Baustelle wisse, die sie beide zusammen als Partner kaufen könnten. »Wenn ich selbst mit in die Sache einsteige, dann sollte es Ihnen keine Sorge machen, ob das ein Geschäft für Sie wird oder nicht. Ich verliere mit Ihnen, wenn Sie es sollten ...« sagte er aufrichtigsten Herzens zu Mutchnik. Der geforderte Preis für das Grundstück betrug sechshundert Dollar. Er könnte bis auf fünf herunterdrücken. Das war nun eine richtige Unverschämtheit, weil Einhorn die Baustelle selbst besaß und sie von einem Freund seines Vaters für fünfundsechzig Dollar erworben hatte und jetzt mit einem weiteren Gewinn zur Hälfte ihr Besitzer wurde. All das wurde mit den verschiedensten Kniffen und sehr kaltblütig ausgehandelt. Es ging gut aus, weil mit Mutchnik ein Käufer gefunden war, der entzückt war, ein paar hundert Dollar mit einem anständigen Geschäft zu verdienen. Wenn er aber dahintergekommen wäre, hätte er Einhorn erschossen oder hätte ihn abknallen lasen. Nichts einfacher als das, und wenn es um die Verteidigung seines Stolzes ging, in seinen Augen das Natürlichste von der Welt.

In mir war die ständige Angst, daß Mutchnik auf den Einfall kommen konnte, sich auf dem Katasteramt nach der Grundbucheintragung zu erkundigen und dabei zu entdecken, daß ein Verwandter von Mrs. Einhorn nomineller Besitzer der Baustelle gewesen war. Aber Einhorn sagte: »Was zerbrichst du dir darüber den Kopf, Augie. Ich hab' mir diesen Mann ausgerechnet. Er ist furchtbar dumm. Ich werde ihm noch mehr tote Winkel zu seinem Schutz vorschlagen.«

Auf diese Weise, ohne einen Cent dabei zu riskieren, verdiente Einhorn bei diesem besonderen Geschäft mehr als vierhundert Dollar. Er war stolz und zu mir sehr fröhlich; das war so ganz nach seinem Herzen. Er wünschte, daß aus Triumphen dieser Art – nur größer und immer größer sollten sie werden – sein ganzes Leben bestehen sollte. Während er still an seinem Sechsundzwanziger, dem mit Billardfilz bezogenen Würfelbrett saß, den ledernen Würfelbecher vor sich und den Widerschein des grünen Tuchs in seinem Gesicht, über seiner weißen Haut und den geränderten Augen. Er verwahrte die wertvollen elfenbeinernen Billardkugeln neben sich in einer Schachtel, die in der Pfennigbonbonvitrine stand, und seine Aufmerksamkeit für alles, was in dem Lokal vorging, war rege und eingehend. Er führt den Laden vollkommen nach seiner Fasson.

Ich kenne keine andere Billardkneipe, in der ständig eine Frau wie Tilly Einhorn hinter dem warmen Büfett gestanden hätte. Sie tischte ein sehr gutes mexikanisches Chilconcarné, gepfefferte Bohnen mit gebratenem Hackfleisch, und Omeletts und Bohnensuppe auf und hatte bald 'raus, wie die große Kaffeemaschine zu bedienen war, selbst den richtigen Moment, in dem Salz und Eiweiß hineingeworfen werden müssen, um den Kaffee zu klären. Sie reagierte auf diesen Umschwung in ihrem Leben mit Energie, und körperlich schien sie ausladender und stärker zu werden. Sie blühte auf, und die vielen Männer, die hier um sie waren, wirkten beruhigend auf sie. Da wurde eine Menge gesagt oder geschimpft, von dem sie nicht wußte, was es bedeutete, was auch sein Gutes hatte. Sie dämpfte das Treiben in der Billardkneipe nicht oder setzte ihm wie eine englische Kellnerin oder eine Bistrobesitzerin eine Grenze. Das Treiben hier war zu rauh und zu fies, um beeinflußt werden zu können; das Geschreie und Streiten und das obszöne Gebrülle und Gebumse waren nicht zum Halten zu bringen und hörten nicht auf. Aber Tilly wurde irgendwie Teil des Lokals, indem sie sich auf das Chiliconcarné, die Wiener Würstchen und Bohnen und Kaffee und Kuchen beschränkte.

Die allgemeine Krise hatte auch Einhorn verändert. Zu des Stadtrats Lebzeiten war er ziemlich unreif und für sein Alter in verschiedener Hinsicht ungeprägt gewesen. Jetzt war er nicht länger der zweite Mann, sondern das Haupt der Familie und ihr ältestes Glied, und es gab niemanden, von dem zu erwarten war, daß er vor ihm sterben würde, und man konnte sagen, daß ihm der Kummer und die Besorgnis darüber direkt im Gesicht standen und er die Wirkung ihrer Prüfung zur Schau stellte. Nachgiebigkeit war nicht mehr am Platze; er mußte dicker und härter werden, und so wurde er es. Aber in seinem Benehmen zu Frauen änderte er sich überhaupt nicht. Er sah natürlicherweise nicht mehr so viele, wie in vergangenen Tagen. Was kamen schon für Frauen in die Billardkneipe? Lollie Fewter kam nicht zu ihm zurück. Und für ihn – nun, ich nehme an, daß überhaupt so Menschenseelen, die nicht in der allerbesten Verfassung sind, belebende Akte haben müssen, so Pläne, für die sie sich zusammennehmen, die ihnen Spannung geben, wofür sie sich rasieren und besonders anziehen. Für Einhorn war das Vergnügen an einer Frau, die nicht seine Ehefrau war, solch ein belebender Akt.

Lollie muß für ihn wichtig gewesen sein, da er sich über sie länger als zehn Jahre auf dem laufenden hielt, bis zum Schluß, bis sie von einem mehrspännig fahrenden Liebhaber, Vater verschiedener Kinder, den sie in Schwarzmarktgeschäfte verwickelte, erschossen wurde. Er wurde erwischt und sollte ins Gefängnis, aber sie wurde vom Gericht ungeschoren gelassen und ging frei aus. Deshalb tötete er sie. Er meinte damals: »Damit ein anderer Kerl sich mit ihr aus dem Zores, den ich hatte, nicht 'n feines Leben machen kann.« Einhorn hatte sich die Zeitungsausschnitte aufgehoben. »Siehst du, was er sagt – »feines Leben?« Ein feines Leben führen, das war's, worauf es ihr ankam. Das kann ich dir sagen.« Er wollte, daß ich wissen sollte, daß er das konnte. Er konnte mir da wirklich was sagen, und es gab nur wenige Leute, die eine günstigere Stellung als ich hatten, um das von ihm erzählt zu bekommen.

»Arme Lollie!«

»Ah, arme, arme Kleine!« sagte er. »Aber ich denke, es war ihr bestimmt, auf die Art umzukommen, Augie. Sie hatte eine Mentalität, mit der sie mit Leichtigkeit den Franz mit dem Hans betrügen konnte. Und als ich sie kannte, war sie wunderschön. Oh, ja, sie war fein und prächtig. »Ganz weißköpfig und etwas gegen früher zusammengeschrumpft, erzählte er mir noch mit inbrünstiger Glut von ihr: »Sie sagen von ihr, daß sie gegen ihr Ende zu schlampig geworden und kleinlich in Geldsachen gewesen wäre. Das war schlecht. Durch das Chaumeln kommt schon genug Ärger in die Welt. Sie war dazu bestimmt, einmal eine Gewalttätigkeit gegen sich zu erleben. Die Welt läßt heißes Blut nicht so billig davonkommen.«

Darin lag die Bitte an mich, wie ein Köder verpackt und gelegt, mich seines heißen Blutes zu erinnern. Ich war durch meine Dienste für ihn in einige merkwürdige Situationen geraten – er wollte wissen, was ich möglicherweise über sie dachte; oder ob ich, menschlich genug, sie mit ihm zusammen feiern würde. Oh, die Orte, wo Stolz keinen Widerstand mehr aufbrächte!

An was ich in diesem Gespräch im besonderen mich zu erinnern gebeten wurde, das war die Nacht, als ich von der Oberschule abging. Die Einhorns waren außerordentlich freundlich zu mir gewesen. Eine Brieftasche, in der zehn Dollar steckten, war mein Geschenk von allen Dreien, und Mrs. Einhorn kam an diesem Februarabend mit Mamma, den Kleins und Tambows zur Abiturientenfeier. Hinterher machten die Kleins eine Party, auf der ich erwartet wurde. Ich fuhr Mamma von der Versammlung nach Hause – mein Name stand nicht im Programm des Abends wie seiner Zeit Simons, aber Mamma freute sich und drückte meine Hand, als ich sie die Treppen hinaufführte.

Tilly Einhorn wartete unten im Wagen. »Geh du jetzt zu deiner Party«, sagte sie, als ich sie in die Kneipe zurückfuhr. Daß ich die höhere Schule hinter mich gebracht hatte, war in ihren Augen von unendlicher Wichtigkeit, und sie ehrte mich durch den Ton, den sie mir gegenüber gebrauchte, außerordentlich. Sie war eine warmblütige Frau, in den meisten Angelegenheiten sehr unkompliziert, und wollte mir auf irgendeine Art wohltun, aber meine »Bildung« hatte sie, denke ich, mir gegenüber etwas verschüchtert. So fuhren wir in der schwarzen und nassen Kälte zur Billardkneipe, und sie sagte verschiedene Male: »Willie meint, daß du einen guten Kopf hättest. Du wirst einmal selbst ein Lehrer werden.« Und dann drängte sie sich in ihrem Sealmantel, der noch aus den guten alten Tagen war, an mich, um mich auf die Wange zu küssen, und mußte sich, ehe wir in die Kneipe gingen, die Glückstränen furchtbar tiefer Ergriffenheit vom Gesicht wischen. Dahinter steckte wahrscheinlich mein »Waisenschicksal« und war bei dieser Gelegenheit wach geworden. Wir hatten unsere besten Kleider an, selbst Mrs. Einhorn verströmte im Wagen aus ihrem Seidenschal und dem Kleid, das mit silbernen Knöpfen über ihrer Brust zusammengehalten wurde, ein Parfüm. Wir überquerten den breiten Bürgersteig vor der Billardkneipe. Die Fenster waren unten, wie es das Gesetz verlangte, zur Hälfte mit Vorhängen versehen, und die Nässe verzerrte die Farben der Stäbe der über den Fenstern angebrachten Schilder. Wegen des Schulabschlusses waren nicht viel Leute in der Kneipe. So konnte man die Billardkugeln von dem entferntesten, höhlenähnlichen Licht der Hängelampen her sich küssen hören, wie auch das weiche Grollen der grünen Tische und das Zischen des Fetts der Bratwürste auf dem Grill. Dingbat kam von hinten, den hölzernen, dreieckigen Billardkugelkasten unterm Arm, um uns die Hand zu geben.

»Augie geht auf eine Party zu Kleins«, sagte Mrs. Einhorn.

»Ich gratuliere dir, mein Sohn«, sagte Einhorn feierlich. »Er geht, Tilly, aber nicht sofort. Erst habe ich einen Genuß für ihn. Ich gehe mit ihm in eine Bühnenschau.«

»Willie«, erregte sie sich, »laß ihn gehen. Es ist sein Abend heute.«

»Nicht einfach in ein Kino hier um die Ecke, sondern zu McVickers, einer Bühnenschau mit kleinen Mädchen, dressierten Tieren und einem Franzosen aus dem »Bal Tabarin«, der auf einer Bierflasche kopfsteht. Was hältst du davon, Augie? Ich habe es mir vor einer Woche für dich ausgedacht.«

»Sicher, das geht gut. Jimmy sagte, die Party würde bis in die Nacht hineingehen, und ich kann ja dann noch nach Mitternacht hin.«

»Aber Dingbat kann dich doch hinbringen, Willie. Augie will den Abend heute mit jungen Leuten zusammensein, nicht mit dir.«

»Wenn ich ausgehe, wird Dingbat hier gebraucht und wird hierbleiben«, sagte Einhorn und ließ ihre Einwände nicht gelten.

Ich war davon, daß es *mein* Abend sein sollte, nicht so berauscht, daß ich nicht mehr fähig gewesen wäre, Einhorns Beharrlichkeit zu durchschauen, wenn ich auch nur einen kleinen Schatten eines Grundes erkannte, noch nicht größer als eine Feldmaus und sehr flink.

Mrs. Einhorn ließ ihre Hände sinken. »Wenn Willie etwas *will* –«, sagte sie entschuldigend zu mir. Aber ich gehörte praktisch ja jetzt, da keine Erbschaften mehr im Wege waren, zur Familie. Ich zog ihm seinen Mantel an und schleppte ihn zum Wagen. Mein Gesicht war rot in der Nachtluft, und ich war verdrossen. Denn es war eine Plackerei, Einhorn ins Theater zu bringen, und es bedurfte dazu so vieler Schritte und Unterhandlungen: zuerst mußte der Wagen geparkt werden, dann wollte der Geschäftsführer gefunden sein, dem erklärt werden mußte, daß man zwei Sitze in der Nähe des Ausgangs brauchte; als nächstes war zu veranlassen, daß die stählernen Türen des Notausgangs geöffnet wurden, den Wagen in die Einfahrt zu bugsieren, Einhorn ins Theater zu tragen, dann wieder rückwärts mit dem Wagen aus der Einfahrt herauszufahren und einen neuen Parkplatz zu finden. Und war man nach alledem einmal im Theater, dann saß man in einem schlechten Winkel zur Bühne. Einhorn mußte direkt am Notausgang sitzen. »Stell dir mich mitten in einer Feuerspanik vor«, sagte er. Folglich sahen wir nur einen Teil von dem, was sich in der Mitte der großen Bühnenmuschel abspielte, den Puder und die Schminke auf den Gesichtern und hörten die Stimmen mal gedämpft, dann wieder laut, oder wurden vom Scheinwerferlicht wie von einem aus schwarzen Schluchten hervorbrechenden Silbergleißen geblendet und wußten häufig nicht, worüber die Zuhörer lachten.

»Fahr nicht so schnell«, sagte Einhorn auf dem Washington Boulevard zu mir. »Fahr hier langsamer.« Plötzlich bemerkte ich, daß er eine Adresse in der Hand hielt.

»Es ist in der Nähe von Sacramento. Du hast doch nicht im Ernst geglaubt, daß ich dich heute abend wirklich zu McVickers schleppen würde – oder? – Augie? Nein, wir fahren nicht in die Stadt 'rein. Wo ich dich heute hinnehme, bin ich vorher noch nie gewesen. Wenn ich richtig verstanden habe, ist es im dritten Stock, über die Hintertreppe.«

Ich ließ den Wagen halten und stieg aus, um nach dem Weg zu suchen, kam zurück, als ich den Block gefunden hatte und packte mir Einhorn auf. Er pflegte von sich selbst als von dem Alten vom Meer auf dem Rücken Sindbads zu sprechen. Aber da hat es auch den Äneas gegeben, der seinen alten Papa Anchises aus dem brennenden Troja trug, und *dieser* Alte war von der Venus auserlesen worden, ihr Liebhaber zu sein; was mir für Einhorn ein treffenderer Vergleich zu sein schien. Abgesehen davon, daß hier kein Feuer und kein Kriegsgeschrei um uns war, sondern nachttote Stille auf dem Boulevard und Eis. Ich ging den schmalen zementierten Weg hinunter, unter schlafenden Fenstern mit Einhorn auf dem Rücken, der mir mit klarer und lauter Stimme sagte, ich solle achtgeben, wo ich hinträte. Glücklicherweise hatte ich an diesem Tag mein Spind in der Schule leergemacht und hatte die Gummischuhe an, die die meiste Zeit des Jahres über dort zu unterst gelegen hatten, und so rutschten meine Füße nicht aus. Aber die Angelegenheit blieb immer noch ein schwieriges Stückchen Arbeit, die Holztreppe hinauf und unter den kurzen Wäscheleinen der schmalen Veranden hindurch. »Hoffentlich ist sie's«, sagte er, als ich im dritten Stock läutete, »oder man wird mich fragen, was ich, den Teufel noch eins, hier tue.« Immer war er es, der an einem Ort besonders gegenwärtig war.

Aber wir hatten nicht die falsche Klingel geläutet. Eine Frau öffnete die Tür, und ich sagte außer Puste: »Wo?« »Geh weiter, geh weiter«, sagte Einhorn. »Das ist nur die Küche.« Das war es, ein bierdumpfiger Ort. Ich ging sorgsam mit ihm bis in den Salon und setzte ihn dort vor den erstaunten Leuten auf die Couch nieder. Als er saß, fühlte er sich allen anderen gewachsen und sah sich alle Frauen an. Ich stand neben ihm und sah mich auch voll großer Begierde und Erregung um. Ich empfand immer, wenn ich ihn irgendwo hinbrachte, sehr große Verantwortung für ihn, und hier wurde mir, weit stärker als je zuvor, klar, wie sehr er auf mich angewiesen war. Und ich hatte keine Lust, mir jetzt darüber Gedanken zu machen. Obschon er nicht unvorteilhaft aussah, nur gebieterisch und unerschütterlich, mit keinem unbehaglichen Zurückzucken vor der Schande, ein gewichtiger Mann zu sein, der vor furchtbaren Bedürfnissen hilflos gesehen wird.

»Ich hörte, daß die Mädchen hier nett wären«, sagte er, »und sie sind nett. Pick dir eine 'raus.«

»Ich?«

»Natürlich du. Wer von euch Mädchen gedenkt diesen hübschen Jungen, der heute abend von der Oberschule abgegangen ist, zu unterhalten? Sieh dich um, Kleiner, und verlier nicht den Kopf«, sagte er zu mir.

Die Madame kam aus einem Zimmer in den Salon. Ihre Besonderheit bestand in der Bemalung ihres Gesichts, dem Insektenstaub oder Blak der Farben und dem Mottenflügelrot des Wangenpuders.

»Mister –« setzte sie zu einer Rede an.

Aber es war alles bestens. Einhorn hatte von irgend jemand eine Empfehlungskarte und, wie sie sich erinnerte, war alles im voraus arrangiert worden. Nur hatte man ihr nicht gesagt, wie ich ihrem Gesicht ansehen konnte, daß Einhorn hereingetragen werden würde. Selbst er hätte sich hier nicht ohne Einführung hergetraut.

Trotzdem gab es Verlegenheit, und Einhorn saß Schuh an Schuh, seine leblosen Beine von seinen graugestreiften Bankiershosen verdeckt, da. Wenn ich mit gesammeltem Verstand daran zurückdenke, dann hätte Einhorn mit der Frage, wer mich würde unterhalten wollen, sehr wohl bei dem Mädchen, das *er* sich aussuchte, den Vorgeschmack einer Aversion hervorrufen können. Selbst hier, wo er zahlte. Aber vielleicht war es gar nicht so. Mein Kopf war weit davon entfernt, in dieser Löwinnengrube, diesem erbärmlichen, plüschigen Loch von einem Salon, klar zu sein, und Einhorn war möglicherweise auch nicht so unerschrocken und unbefangen, wie es sich anhörte.

Schließlich sagte Einhorn zu dem Mädchen, das er zu sich 'rübergerufen hatte, um mit ihr zu quatschen: »Wo ist dein Zimmer, Kleine?«

und ließ sich von mir, mit vollkommener Gelassenheit und den Eindruck, den es auf die andern machte, ignorierend, dort hintragen. Auf dem Bett lag eine rosa Bettdecke (das hier war was Besseres als das, was ich später im Gegensatz dazu kennenlernen sollte), und sie schlug die Decke zurück. Ich legte ihn nieder. Als sich das Mädchen in einer Ecke des Zimmers auszuziehen begann, gab er mir ein Zeichen, daß ich mich noch mal zu ihm 'runterbeugen solle, und flüsterte: »Nimm meine Brieftasche«, und ich zog das schwere Lederding heraus und steckte es mir in die Tasche. »Halt sie fest«, sagte er. Der Ausdruck seiner Augen war frech, durchdringend, sogar haßerfüllt. Haßerfüllt gegen diesen Zustand glaube ich, und nicht etwa gegen mich. In seinem Gesicht war eine Not zu erkennen, und sein Haar lag vom Kopf abgespreizt auf dem Kissen. Er begann zu der Frau im Befehlston zu reden. »Zieh mir meine Schuhe aus«, sagte er. Sie tat es. Er verfolgte alles auf diese aktive Art und Weise, sein Blick ging über seinen ganzen Körper, hinunter zu der Frau, die sich in ihrem Morgenrock über seine Füße beugte, dieser Frau mit ihrem kräftigen Hals und ihren roten Fingernägeln, die in ein Paar Filzlatschen neben dem Bett stand. »Nur ein oder zwei Sachen muß ich dir noch sagen«, meinte er zu ihr. »Da der Rücken; bis ich die richtige Lage habe, Miß, immer bei mir langsam voran und alles Schrittchen für Schrittchen.«

»Bist du noch nicht gegangen?« Er sah mich neben der Tür stehen. »Nun los, oder muß man dir noch sagen, was du zu tun hast? Ich laß dich nachher rufen.«

Man brauchte mir nichts zu sagen, aber solange er mich nicht von sich fortschickte, hätte ich gezaudert zu gehen.

Ich ging in den Salon zurück, wo jemand auf mich wartete; die übrigen waren nicht mehr da, also hatte man mir schon die Wahl abgenommen. Ich benahm mich wie immer mit Fremden, als ob ich genau wüßte, was ich täte, aus der Vorstellung, daß es in einer kritischen Situation am besten und anständigsten wäre, aus eigenem Antrieb zu handeln. Sie überließ mir das. Sie, deren Geschäft oder Last darin bestand, beim Uranfänglichen ruhig zu sein, wo's niemand sonst ist, und die Überlegenheit des Starken zu besitzen. Sie war nicht jung – die Frauen hatten die rechte Wahl für mich getroffen –, und sie hatte ein etwas grobes Gesicht, aber sie ermutigte mich, sie wie ein Liebhaber zu behandeln.

Als sie sich entkleidete, hatte sie neckische Krausen und bestickte

Kanten an ihrem Unterzeug – diese Kinkerlitzchen, die die großartige weibliche Wirklichkeit, diese glänzende und tiefe Sache, begleiten. Ich hatte meine Sachen ausgezogen und wartete. Sie näherte sich und legte ihren Arm um mich. Sie setzte mich selbst auf das Bett. Als ob sie mir, da es ihr eigenes Bett war, zeigen mußte, wie man es benutzt. Und sie preßte ihre Brüste zu mir auf, sie bog ihre Schultern zurück, sie schloß die Augen und griff mir mit ihren Händen fest in die Seiten. So brauchte ich keine persönliche Freundlichkeit zu vermissen und wurde am Ende nicht weggestoßen. Ich wußte später, daß ich mit ihr glücklich drangewesen war, daß sie versucht hatte, nicht trocken oder spöttisch zu mir zu sein und es gnädig gemacht hatte.

Doch als – wie ein niedergeschmetterter und sich erdender Blitz – der Rausch vorüber war, wußte ich, daß es sich im Grunde nur um eine Transaktion gehandelt hatte. Aber das machte nicht soviel aus. Auch das Bett nicht oder das Zimmer. Nicht mal der Gedanke, daß sich die Frau hätte lustigmachen können – mit so viel Belustigung als sich nur anderen Überlegungen gegenüber freien Lauf machen konnte – über Einhorn und mich, den großen Effekthascher, der mit blutunterlaufenen Augen und mit Gier im Herzen, aber vollkommen gelassen und überlegen aussehend auf meinem Rücken durch die Tür hereingeritten kam. Daß bezahlt werden mußte, machte auch nichts. Auch nicht, daß man benutzte, was andere Leute auch benutzten. So ist das Großstadtleben eben. Und so hatte es auch den Glanz *nicht*, den es gehabt haben sollte, und war da *kein* hochzeitlicher Lobgesang auf die Geliebte von edel Liebenden …

Ich mußte in der Küche auf Einhorn warten und an ihn denken, der ganz nah war und dem die Schändung zu seinem Vergnügen angetan wurde. Die Madame war nicht sehr erbaut darüber. Andere Männer kamen herein, und sie mixte Drinks in der Küche, und ich fing mir beleidigte Blicke ein, bis Einhorns Mädchen, wieder angekleidet, hereinkam, um ihn von mir übernehmen zu lassen. Die Madame ging des Geldes wegen mit mir mit, und Einhorn bezahlte mit Eleganz und gab Trinkgelder. Und als ich ihn durch den Salon trug, wo meine Partnerin mit einem anderen Mann saß und eine Zigarette rauchte, sagte Einhorn mir leise ins Ohr:

»Sieh niemanden an, hast du verstanden?« Hatte er Angst, hier erkannt zu werden, oder betraf diese Anweisung einfach seiner Meinung nach die beste Haltung, um mit ihm, der sich im dunklen Anzug auf meinem Rücken an mir festklammerte, durch einen Salon hindurchzugehen?

»Du wirst dich bei dem Weg die Stufen hinunter höllisch in acht nehmen müssen«, sagte er auf der schmalen Veranda. »Es war dumm, keine Taschenlampe mitzubringen. Das einzige, was uns jetzt fehlt, ist ein Absturz.« Und er lachte. Voll Ironie. Aber er lachte. Im Haus hatte man sich aber Gedanken gemacht, und eine Nutte, die einen Mantel, wie jede andere Frau ihn trägt, anhatte, kam 'raus, um uns bei unserm Weg in den Hof hinunter zu leuchten, wo wir ihr dankten und uns alle höflich eine gute Nacht wünschten.

Ich fuhr ihn nach Hause und brachte ihn in die Wohnung, obgleich die Billardkneipe noch geöffnet war, und er sagte zu mir: »Kümmere dich jetzt nicht darum, mich ins Bett zu bringen. Mach, daß du auf deine Party kommst. Du kannst den Wagen nehmen, aber trink dir keinen an, karriole nicht durch die Gegend und mach keine Extra-Touren. Das ist alles, worum ich dich bitte.«

8

Von hier an setzte ein neuer Kurs ein – durch uns und für uns: ich verzichte darauf, alle Gründe, die dazu führten, auseinanderzupolken.

Wenn ich zurückblicke, vermag ich mich nur im unbekleideten Zustand, an meinen eigenen und den Familienmerkmalen, wie sie sich in der Gestalt der Hände und Füße, dem Grünlichen und Grauen in den Augen und dem widerspenstigen Haar zeigten, wiederzuerkennen. Sehe ich mich aber in den Anzügen, die ich damals trug, und denke ich an meine neuerworbenen gesellschaftlichen Fähigkeiten, dann muß ich zweimal hingucken, um mich wiederzuerkennen. Ich weiß nicht, wie ich mit einemmal dazu kam, so eine Menge zu reden, Witze zu erzählen, Aufsehen zu erregen und plötzlich über Ansichten zu verfügen. Wenn es darauf ankam, sie zu haben, griff ich sie mir aus der Luft, ohne daß ich hätte sagen können, wie.

Das städtische College, das Simon und ich besuchten, war kein Seminar, in dem Patres einem Aristoteles und Kasuistik beibringen und einen für europäische Spielregeln und Tugenden und lauter solche Sachen vorbereiten, Dinge, auf denen, ob sie nun wahr oder nicht wahr sind, ungerührt als wahr und bewiesen beharrt wird. Zieht man dazu in Betracht, mit wieviel Welten man da fertig werden muß – Assurbanipal, Euklid, Alarich, Metternich, Madison oder Blackhawk: bedeutet nicht jeder dieser Namen eine Welt für sich? – wie wollte man das alles schaffen, wenn man dem nicht sein ganzes Leben widmete? Und die Studenten dieses städtischen College waren Kinder von Emigranten von überallher; sie kamen aus den Slums, aus der »Teufelsküche«, »Klein-Sizilien«, dem »Schwarzen Gürtel«, aus der Menschenmasse Polens oder den Judenstraßen am Humboldtpark. Sie waren durch breitmaschige »Lebensläufe« gesiebt worden und brachten dazu ihre eigene Weisheit mit. Sie füllten die fabriklangen Korridore und die riesigen Klassenräume mit Menschen jeden Charakters und jeder Anlage, um sich hier einer stabilisierenden Prozedur zu unterziehen und – so wie sie sich das vorstellten – dadurch »Amerikaner« zu werden. Eine zusammengewürfelte Gesellschaft. In ihr fand sich – zu einem guten Teil – Schönheit neben Ludenfrechheit, neben nach Vatermord aussehenden Gesichtern, gummikauende Unschuld, Kanonenfutter der Arbeit und Büroarmeen dänische Solidheit, neben Italiano-Inspiration und katarrhgequältem, mathematischem Genie. Da gab es hellhörige, lernbegierige Kinder von Schiebern und Sex versprechende Töchter von Geschäftsleuten – es war eine immense Musterkollektion aus einer ungeheuren Schar, den Heerscharen der Heiligen Schrift, gezeugt von nach Westen ziehenden, von Umständen gezwungenen und geschobenen Eltern. Oder nehmen wir mich: den Fehltritt eines herumreisenden Mannes.

Zu normalen Zeiten wären Simon und ich nach Abschluß der Oberschule arbeiten gegangen, aber es gab überhaupt keine freien Stellen, und das öffentliche College war voll von Studenten in unserer Lage, die infolge der Arbeitslosigkeit zu einer vom Magistrat spendierten Einführung in höhere Begriffe und zu einem zufälligen Eindruck von Shakespeare und anderen großen Meistern kamen, zusammen mit Naturkunde und Mathe, die den Erfordernissen des Examens zur Beamtenlaufbahn angepaßt waren. Der Natur der Sache nach war diese Anpassung nicht zu vermeiden, und wenn man ausgepowerte junge Leute auf schwierige Aufgaben vorbereiten wollte, oder wenn man sie einfach nur davon abhalten wollte, in ärgere Schwierigkeiten zu geraten, indem man sie zum Lesen von Büchern anhielt, so sollten doch aus der Masse heraus einige bemerkenswerte Ergebnisse kommen. Ich kannte einen kränklichen Mexikaner, nur Haut und Knochen und zu arm, um sich Strümpfe zu kaufen und von oben bis unten, auf dem Leib wie auf den Kleidern, picklig und fleckig, der an der Tafel jede Gleichung knacken konnte, und auch Gulaschfresser, die Hexenmeister im Griechischen waren, dämonisch erleuchtete Physikergehirne, Historiker, deren Kinderstube unter Schubkarren gewesen war, und noch viele grobschrötige arme Jungs, die am Verhungern waren und so acht Jahre oder mehr an sich arbeiteten, um Ärzte, Ingenieure, Gelehrte und Experten zu werden. Ich besaß keinen besonderen Eifer dieser Art, und es war mir niemals aufgestoßen, daran zu denken, daß ich ihn haben sollte, noch machte es mir ernsthafte Sorge, daß sich mir ein Beruf offenbaren müßte. Ich fühlte keinen Drang in mir, diese Frage ernst zu nehmen. Dessen ungeachtet gab ich in Französisch und Geschichte eine ganz gute Figur ab. In so Sachen wie Botanik paßten meine verschmierten Zeichnungen wie die Faust aufs Auge und standen meine Leistungen denen der übrigen Klasse nach. Obwohl ich Einhorns Bürobursche gewesen war, hatte ich doch nicht viel Ordnung gelernt. Und außerdem arbeitete ich an fünf Nachmittagen der Woche und sonnabends immer den ganzen Tag.

Ich arbeitete nicht mehr länger bei Einhorns, sondern in der Damenschuhabteilung, im Kellergeschoß des Warenhauses, in dem Simon oben in der Herrenbekleidungsabteilung arbeitete. Seine Situation hatte sich verbessert, und er war über diesen Wechsel ganz aus dem Häuschen. Es handelte sich um einen hocheleganten Laden, wo die Geschäftsleitung ihre Verkäufer gut gekleidet zu sehen wünschte. Aber Simon übertraf das von einem Verkäufer Geforderte beträchtlich; er ging nicht einfach ordentlich, sondern todschick in einem gestreiften Zweireiher, mit einem Metermaß um den Hals. Ich erkannte ihn dort zwischen den Spiegeln, Teppichen und Kleiderständern, acht Stockwerke über dem Loop-Viertel, kaum wieder. Er war groß, schnell und geschäftig bei seinem schweren Körper. Und das Blut stieg ihm offensichtlich zu Kopfe.

Unten war ich, unter dem Bürgersteig in der Abteilung mit herabgesetzten Preisen, und sah und hörte die Käufer über die grünen runden Glasscheiben, die in Zement eingelassen waren, hinweggehen. Schwere Mantelsäume warfen durch diese grünen Glaslinsen Schatten hinunter, wenn auch das Gewicht der Körper durch das quietschende Glas und Schuhsohlen, die ihrer Wege gingen, wirklich genug blieb. Das Kellergeschoß besuchten Kunden aus den ärmeren Bevölkerungsschichten oder einzelgängerische piesackende Warenhaushornissen wie Mädchen, die was Passendes zu ihrer Ausstattung, ihrem Hut und modisches Drum und Dran suchen, oder Frauen, die mit drei oder vier kleinen Töchtern gleich für alle Schuhe kaufen kommen. Die Waren lagen nach Größen geordnet und aufgestapelt auf Tischen, und außerdem an den Wänden ein Pappkarton auf und neben dem anderen, und im Kreise unter der Bienenwabe des Bürgersteigs standen Stühle zum Anprobieren.

Nach ein paar Wochen der Lehre hier unten steckte mich der Einkäufer in den mittleren Stock. Am Anfang nur zur Aushilfe, um den Verkäufern am Lager zur Hand zu sein und Schachteln wieder in die Regale zurückzustellen. Und dann wurde ich selbst Schuhheini, der Einkäufer sagte mir bloß noch, ich solle mir das Haar kürzer schneiden lassen. Er war ein vergrämter Knabe und mit dem Magen nicht in Ordnung. Seine Haut war vom zweimaligen Rasieren am Tag empfindlich, und am Samstagmorgen, wenn er die Verkäufer vor der Öffnung des Geschäftes zusammenrief, um ihnen eine Rede zu halten, pflegten seine Mundwinkel immer etwas zu bluten. Er hoffte, strenger zu sein, als er vermochte, und ich nehme an, daß sein Kummer in dem Gefühl bestand, wirklich nicht der richtige Mann für die Leitung eines so überaus eleganten Unternehmens zu sein. Denn das hier war ein Salon mit Fackellampen im französischen Stil, die von richtigen Wandarmen in Gestalt menschlicher Arme gehalten wurden. Da hingen geraffte Draperien und standen chinesische Möbel, und es gab Ecken, die mit orientalischen Teppichen, in denen der Lärm erstirbt, ausgelegt und durch Vorhänge von der Welt draußen abgeschirmt waren. Selbst das Getöse der Rue de Rivoli wäre durch sie nicht hindurchgedrungen, und diese ganze Vornehmheit ließ einen unwillkürlich die Stimme senken und ein förmliches Protokoll einhalten. Unstimmigkeiten zwischen dem Drinnen und dem Draußen waren unvermeidlich und schwer beizulegen, denn an die Schwelle eines Salons wie des unsrigen brandete eine ungeheure Hochspannung und ihm feindliche Kraft an, die um Ruhe gebeten wurde und doch nicht ruhig sein konnte, und der Versuch, der von außen anstürmenden Kraft Einhalt zu gebieten, war der Anlaß stetigen Kummers und Grollens. Es war so eine Sache, die sich in wütenden, blutigen Gordon- oder Chartistenaufständen entladen und Flammen, als würde ein Berg Eierkisten verbrannt, gen Himmel schießen lassen konnte. Diese unbekannte, überschüssige und freie Kraft strömte durch einen kalten, nassen, verfinsterten Chicagoer Tag und ging von Dingen aus, die darauf angelegt waren, stille zu sein, aber die trotzdem dazu unfähig waren.

Finanziell ging es Simon und mir prima! Er bekam fünfzehn Dollar die Woche neben seiner Verkäuferprovision, und ich zog mit dreizehn Dollar und fünfzig Cent nach Hause. So spielte es keine Rolle mehr, daß wir von der Wohlfahrt ausgeschlossen waren. Praktisch erblindet, konnte Mamma nicht mehr länger die Hausarbeit machen. Simon stellte eine Mulattin ein, die Molly Simms hieß. Sie war eine starke, hagere Frau um die Fünfunddreißig, die in der Küche – genau gesagt, auf Georgies altem Kinderbett – schlief, und wenn wir spät nach Hause kamen, flüsternd oder singend nach uns rief. Wir hatten uns nie daran gewöhnen können, den Vorderaufgang zu benutzen, der uns in den Tagen der alten Lady verboten worden war.

»Sie meint dich, du Gent«, sagte Simon.

»Quatschkopp, sie verdreht sich doch dauernd den Hals nach dir.«

Am Neujahrstag ließ sie sich nicht blicken, und ich kümmerte mich darum, daß alles seinen Gang ging, und machte das Essen. Simon war auch weg. Er war zu einer Silvesterfeier gegangen und hatte das Haus, wie aus dem Ei gepellt, verlassen: Glocke, gepunkteter Schal, Gamaschen über seinen zweifarbigen Schuhen und Schweinslederhandschuhe. Und es wurde bereits Abend, ehe er aus einem böigen, glitzernden Schneewind nach Hause kam. Er war dreckig, hatte Blut in den Augen, und man sah durch die blonden Bartstoppeln Kratzer auf seinen Wangen. Es war ein erster, eindrucksvoller Blick in seine gewalttätige, zügellose Natur: wie er aus dem lautlosen Schneefall schwer über die hintere Veranda heraufkam, sich seine Schuhe an den Mauersteinen abklopfte und mit dem Besen darüber bürstete und dann sein Gesicht zeigte, zerkratzt, als ob er durch Brombeersträucher gehetzt worden wäre, und wie er schließlich seinen steifen Hut, der ein Loch hatte, auf den Stuhl legte. Glücklicherweise konnte ihn Mamma nicht sehen, obwohl sie wußte, daß etwas nicht in Ordnung war, und mit ihrer hohen, schrillen Stimme fragte.

»Was denn, nichts von Wichtigkeit, Ma«, sagten wir zu ihr.

In einem für sie unverständlichen Slang erzählte er mir ein Märchen von einer Keilerei auf der Plattform einer Well-Street-Elektrischen mit ein paar besoffenen Narren, wildgewordenen Iren, wobei ihm einer den Mantelkragen mit einem Polizeigriff heruntergezerrt und ihm so die Arme in seinem Mantel wehrlos gemacht hätte, während der andere ihm das Gesicht in diese Drahtvergitterung am Geländer gestoßen und ihn dann vom Trittbrett geworfen hätte. Diese Geschichte überzeugt mich mit keinem Wort. Sie bot keine Erklärung dafür, wo er einen Tag und eine Nacht über gewesen war.

Ich sagte: »Weißt du, Molly Simms hat sich nicht sehen lassen, und sie hatte gesagt, daß sie kommen würde.«

Er versuchte nicht abzuleugnen, daß er mit ihr zusammengewesen war, saß aber aufs äußerste erschöpft, zusammengesunken in seinem durchnäßten, verdreckten Sonntagsanzug. Er ließ sich von mir den Badeofen anmachen, und als er sich auszog, enthüllte sein Hemd auf seinem Rücken noch mehr zerkratzte Haut. Es bekümmerte ihn nicht, was ich darüber dachte. Und – ohne damit angeben oder sich darüber beklagen zu wollen – erzählte er mir, daß er gegen Morgen zu Molly Simms aufs Zimmer gegangen sei. Daß er mit zwei St.-Michaels-Brüdern einen Kampf gehabt hatte, stimmte. Nach der Neujahrsfeier war er besoffen gewesen. Aber die Kratzwunden stammten von ihr. Darüber hinaus hatte sie ihn nicht eher weggelassen, ehe es dunkel wurde, und dann hatte er sich in dem Gängeviertel des »Schwarzen Gürtels« im Schnee verlaufen. Während er die Bettdekken zurückschlug, um ins Bett zu steigen, meinte er zu mir, daß wir die Molly Simms loswerden müßten.

»Wie kommst du denn auf diesen Wir-Quatsch?«

»Sonst wird sie sich einbilden, daß sie hier kommandieren könnte, und ich sage dir, das Weib ist eine Wildkatze.«

Wir waren in unserem alten Zimmer, wo sich die steife Tapete, in mehreren Lagen übereinandertapeziert, ausbeulte und der gemütliche Schnee langsam am Fenster herunterfiel und sich auf dem Fensterblech aufhäufte.

»Sie wird aus der Sache was 'rausschlagen wollen. Sie sprach mir bereits davon.«

»Was sagte sie davon?«

»Daß sie mich liebt«, sagte er grinsend, aber finster. »Sie ist eine ganz heiße Lusche.«

»Was? Sie ist fast an die Vierzig.«

»Was macht das aus? Sie ist eine Frau. Und ich bin hingegangen, um sie mir mal anzusehen. Ich hab sie nicht nach ihrem Alter gefragt, als ich ihr auf den Leib rückte.«

Er schickte sie diese Woche weg. Ich bemerkte, wie sie sich beim Frühstück sein zerkratztes Gesicht betrachtete. Sie war eine hagere, zigeunerinnenhafte Frau, und ihr Gesicht war sehr scharf. War ihr danach, konnte sie Manieren zeigen, aber sie kümmerte sich einen Dreck darum, wer ihr zusah, wenn's ihr nicht danach war, und sie grinste einen dann scharf mit grünlichen Lichtern in den Augen an. Simon hatte ihretwegen keinen Rappel. Er war der festen Meinung, daß sie eine Plage würde, und sie begriff sofort, daß er entschlossen war, ihr Beine zu machen. Sie war eine erfahrene Frau, die rauh geworden war, weil sie so oft auf der Defizitseite des Lebens zu Hause gewesen war und weil man sie von einer Stadt zur anderen – von Washington nach Brooklyn, von Brooklyn nach Detroit (welche Zwischenstationen es da noch gegeben hatte, würde man nie erfahren) – geschubst hatte. Hier hatte sie goldene Zähne und dort einen Messerstich in die Wange davongetragen. Aber sie war eine unabhängige Kreatur und ging nicht darauf aus, um Sympathien zu werben; es wurden ihr auch niemals welche angeboten. Simon setzte sie an die Luft und stellte Sablonka ein. Die war ein altes polnisches Weib, das uns nicht mochte, eine schwerfällige, mürrische, maulende, mobgesichtige, fette, niederträchtige, fromme Witwe, die außerdem noch eine schlechte Köchin war. Aber wir waren unser ja auch nicht mehr viele. Wenige Wochen, nachdem sie bei uns angefangen hatte, wohnte auch ich nicht mehr zu Hause, sondern hatte mit dem College Schluß gemacht und lebte und arbeitete in Evanston. Für eine Weile kreiste ich in einer besonderen Gegend, den Millionärsvororten – Highland-Park, Kenilworth und Winettka – als Verkäufer herum. Ich war ein spezialisierter Handelsreisender der Luxusbranche geworden und ging mit Aristokraten um. Es war der Schuheinkäufer gewesen, der mir dazu verholfen hatte, als er von einem Geschäftsfreund aus Evanston gebeten wurde, ihm jemanden zu empfehlen. Er ließ mich nach vorn kommen, wo mich Mister Renling, dieser Sportartikelmensch aus Evanston, gründlich in Augenschein nehmen konnte, als ich über den Flur ging.

»Wo kommt er her?« fragte er, dieser frostige, trockene, sich selbst kommentierende, gleichgültig blickende, langweilige und elegante Mann. Er sah wie ein Schotte aus.

»Von der Nordwestseite«, sagte der Einkäufer. »Sein Bruder arbeitet eine Etage höher. Sind kluge Jungs, die beiden.«

»*Jehudim?*« fragte Mister Renling, den Einkäufer immer noch gleichgültig ansehend.

»Jude?« richtete der Einkäufer die Frage an mich. Er wußte die Antwort natürlich; gab aber einfach die Frage weiter.

»Ja, ich glaube.«

»Ah«, sagte Renling diesmal zu mir. »Na ja, draußen am Nordstrand haben sie Juden nicht gerne. Aber« – sagte er mit einem breiten, frostig-frechen Lächeln – »*wer* macht sie schon glücklich? Sie haben kaum jemanden gerne. Jedenfalls werden sie es wahrscheinlich niemals wissen.« Und sich wieder dem Einkäufer zuwendend, sagte er: »Na schön, denken Sie, daß man den Burschen auf Hochglanz bringen kann?«

»Er hat sich hier gut gemacht.«

»Am Nordstrand herrscht ein kleines bißchen mehr Hochdruck.« In Aussicht genommene Dienstbolzen aus Proletenvierteln bekamen diesen gleichen Blick, so von oben bis unten, zu spüren, nehme ich an; oder Mädchen, die von ihrer Mutter, einer alten *Kokotte*, zum Unterricht vorgestellt wurden. Er ließ mich mein Jackett ausziehen, so daß er meine Schultern und meinen Hintern sehen konnte und ich ihm beinah gesagt hätte, er solle mit seinem Job selig werden, als er meinte, ich sei für seinen Zweck gut gebaut. Aber meine Eitelkeit war schließlich doch größer als meine Selbstachtung. Da sagte er zu mir: »Ich will Sie in mein Ledergeschäft stecken – Reitzeug, Stiefel, so Klimbim für reiche Leute, die im Westen, als Cowboys verkleidet, »Ferien vom Ich« machen wollen, schicke Sachen. Während Sie lernen, gebe ich Ihnen zwanzig Dollar die Woche, und wenn Sie eingearbeitet sind, bezahle ich Ihnen fünfundzwanzig plus Provisionen.«

Natürlich nahm ich den Job an. Ich würde nun mehr Geld als Simon verdienen.

In Evanston zog ich in eine Studentenbude, wo meine Garderobe sehr bald zur Hauptangelegenheit wurde. Vielleicht wäre es richtiger, anstatt von meiner Garderobe von meiner Livree zu sprechen, da Mr. und Mrs. Renling darauf sahen, daß ich angemessen angezogen ging und darüber hinaus aus mir einen Dandy machten, der über Kleidung für jede Gelegenheit verfügte, und außerdem dafür das Geld vorschossen und die Tweed- und Flanellstoffe, die Plaids, Foulards, die Sportschuhe, die mexikanischen geflochtenen Mokassins, Hemden und Taschentücher – im richtigen Stil für den Dienst in einer geschmeidigen Branche, in der zumeist britische Neigungen die Mode bestimmen – höchst persönlich für mich aussuchten. Als ich die Verhältnisse hier gut genug spitz gekriegt hatte, ging es mir nicht mehr darum, aber im Anfang war ich zu durcheinander und zu begeistert davon, um klar sehen zu können. Ich war prächtig gekleidet und arbeitete hinter dem aufregendsten Schaufensterglas, das ich jemals gesehen hatte, in einer laubigen Straße, in einem eleganten Laden, unter einem Holzschild, in das, wie früher im alten Westen, der Firmenname eingebrannt war, drei Schritte von dem Hauptverkaufsraum, wo Angler- und Jagdgeräte, Campingbedarf, Golf- und Tennisausrüstungen, Kanus und Außenbordmotore verkauft wurden. Jetzt sieht man vielleicht ein, was ich damit sagen wollte, als ich meinte, daß ich mich über meine neuerworbenen gesellschaftlichen Fähigkeiten wundern mußte, da ich plötzlich in diesem Geschäft sicher und attraktiv war und zu Golfklub-Snobs, zu reichen jungen Mädchen und Universitätsstudenten bestimmt und beschlagen reden konnte, mit der einen Hand Sachen vorführend und mit der anderen eine Zigarette in einer langen Spitze haltend. Es war so, daß Renling zugeben mußte, daß ich alle Schwierigkeiten, die zu erwarten gewesen waren, gemeistert hätte. Ich mußte Reitstunden nehmen – nicht zu viele, da sie kostspielig waren. Renling wollte aus mir keinen fix und fertig ausgebildeten Stallmeister werden lassen. »Wofür?« sagte er. »Ich verkaufe ja auch diese phantastischen Flinten und habe in meinem ganzen Leben kein einziges Tier geschossen.«

Aber Mrs. Renling wollte, daß aus mir ein Reiter würde, und mir außerdem auf alle mögliche Weise Bildung beibringen und mich schulen. Sie verlangte, daß ich mich für die Abendkurse der Nordwest-Universität einschrieb. Von den vier Männern, die in dem Laden arbeiteten – ich war der jüngste von ihnen –, waren zwei Akademiker. »Und Sie«, sagte Mrs. Renling, »Sie, bei *Ihrer* Erscheinung und *Ihrer* Persönlichkeit, wenn *Sie* einen akademischen Titel hätten ...« Was dann wäre, dieses Ergebnis führte sie mir so vor Augen, als ob ich bereits alles in Händen hätte.

Sie reizte meine Eitelkeit gewaltig. »Ich werde aus Ihnen etwas Perfektes«, sagte sie, »etwas ganz Perfektes machen.«

Mrs. Renling war an die fünfundfünfzig, hellblond, nur ein wenig grau, klein und am Halse weißhäutiger als im Gesicht. Sie hatte winzige Sommersprossen von einem matten Rot und Augen von lichter Farbe, die nicht sanft waren. Sie sprach Amerikanisch mit einem fremden Akzent, sie kam aus Luxemburg, und es war ihr größter Stolz, daß sie in der Alten Welt Beziehungen zu Namen hatte, die im Gotha standen. Hin und wieder versicherte sie mir: »Es ist alles Unsinn, ich bin eine Demokratin, ich bin Staatsbürger dieses Landes hier. Ich stimmte für Cox, für Al Smith und für Roosevelt. Ich habe für Aristokraten nichts übrig. Sie gingen auf dem Besitz meines Vaters jagen. Die Königin Anna pflegte die Kapelle in unserer unmittelbaren Nachbarschaft zu besuchen und hat den Franzosen – Napoleon III. wegen – niemals vergeben. Als sie starb, ging ich in Brüssel zur Schule.« Mrs. Renling stand mit Damen des Adels in Briefwechsel, die an den verschiedensten Orten lebten. Mit einer in Doorn lebenden Deutschen tauschte sie Kochrezepte aus und hatte irgendwie mit dem kaiserlichen Haushalt zu tun. »Vor ein paar Jahren bin ich in Europa gewesen und traf diese Baronin. Ich kannte sie schon von früher. Es ist tatsächlich so, es ist ihnen unmöglich, uns jemals anzuerkennen. Ich brachte etwas von meinen eingemachten Wassermelonen mit. Augie, es gibt da drüben nichts Derartiges. Die Baronin lehrte mich, wie man Kalbsnieren mit Kognak macht. Eines der rarsten Gerichte der Welt. Jetzt gibt es in New York ein Restaurant, das sie macht. Selbst heute in der »Depression« müssen sich die Leute dafür Tische im voraus bestellen. Die Baronin hat das Rezept für fünfhundert Dollar an einen Feinkostfabrikanten verkauft. Ich würde so etwas nie fertigbekommen. Ich stelle mich hin und koche für meine Freunde, aber ich würde es für unter meiner Würde halten, ein altes Familiengeheimnis zu verkaufen.«

Sie konnte sehr gut kochen und kannte die ganzen Küchengeheimnisse. Für die Diners, die sie gab, war sie überall bekannt. Auch für Diners, die sie anderswo kochte, da sie sich entschließen konnte, für Freunde überall zu kochen. Zu ihren gesellschaftlichen Kreisen zählten die Frau des Geschäftsführers vom Symington-Hotel, der Juwelier Vletold, der an vornehme Kunden die schwersten, gekrönten, beckengroßen Obstschalen und Argonauten-Saucieren verkaufte, und seine Frau. Dann gab es da auch die Witwe eines Mannes, der in den Teapot-Dome-Skandal* verwickelt gewesen war, die Kutschenhunde züchtete. Von dieser Art Leute kannte Mrs. Renling jede Menge. Für neue Freunde, die ihre Kalbsnieren noch nicht kannten, bereitete sie alles bei sich zu Hause vor und kochte es an der Tafel dieser Leute fertig. Sie fütterte Leute mit Inbrunst und bekochte oft die Verkäufer. Sie haßte es, uns in Restaurants essen gehen zu sehen, wo alles, wie sie uns mit ihrem Akzent und ihrer Bühnenstimme, die niemand zu unterbrechen vermochte, erklärte, so erbärmlich und klebrig sei.

Das war das Charakteristische an Mrs. Renling: nichts konnte sie in ihrer weißglühenden Konzentriertheit unterbrechen oder aufhalten. Wenn sie es wollte, würde sie jederzeit für einen kochen, einen atzen, abhören, instruieren oder mit einem Mah-Jong spielen, und es gab nahezu nichts, was man dagegen tun konnte, sie besaß so viel mehr Kraft als irgend jemand ihrer Umgebung, sie mit ihren hellen Augen, den blassen Fuchsflecken ihrer Sommersprossen unter ihrem Wangenpuder und auf ihren Handrücken, mit den gestreckten, harten Sehnenstrahlen der Finger. Sie sagte mir, daß ich an der Publizistischen Fakultät der Universität Werbung studieren würde, und bezahlte meine Gebühren, und so tat ich es. Und sie war es auch, die für mich die zur Erlangung eines akademischen Titels noch nötigen, weiteren Vorlesungen eigenmächtig belegte und mir gegenüber da-

* Korruptions-Skandal unter der Regierung des Präsidenten Harding, um 1923, bei dem es um die Vergabe staatlicher Öl-Konzessionen am Teapot-Kogel ging.

zu mit Nachdruck ausführte, daß ein Mann mit Kultur in Amerika alles, was er nur wollte, erreichen könnte. Er würde dort – wie sie sich ausdrückte – als ein großes Licht, strahlend gegen die Finsternis eines Kohlenschachts, abstechen.

Ich führte ein geschäftiges Leben in meiner neuen Gestalt, auf die ich zu dieser Zeit gotteslästerlich stolz war. Da waren meine Abendkurse, dann Abende, die ich in der Bibliothek mit dem Lesen von Geschichtswerken und jener abgefeimten Bücher über die Erzeugung neuer Bedürfnisse im Konsumenten verbrachte, oder an denen ich Mrs. Renlings Bridge- oder Mah-Jong-Soirées besuchte, die in ihrem seidenen Blockhüttensalon stattfanden, wo ich so eine Art ihr zu Füßen sitzender Verehrer war, oder als eine Art Neffe Schalen mit Süßigkeiten herumreichte, in die Speisekammer ging, um Ginger-Ale-Flaschen zu öffnen, meine Zigarettenspitze im Mund, eingeweiht, nötigend, versteckte Schäkereien im Rücken, Sta-Comb-Pomadenglanz auf meinem Haar, Blütenflor im Knopfloch, nach Heidekraut-Lotion duftend, Tips über das Warum und Wieso gesellschaftsfähigen Benehmens und gesellschaftlicher Rangordnung aufschnappend, bis ich dahinter kam, daß zu dem letzten Thema vieles einfach improvisiert war und man oft selbst zu *demjenigen* wurde, an dem andere abzulesen versuchten, was für ein Ton angebracht sei. Der wirkliche Prüfstein für derartige Fragen blieb aber Mrs. Renling, der die Führung nicht verweigert werden konnte. Mr. Renling schien sich um nichts zu kümmern und spielte ganz für sich und leidenschaftslos seine Karten- und Brettspiele. Er pflegte nicht viel zu reden, und wenn Mrs. Renling sprach, tat sie es, ohne von anderer Meinung Notiz zu nehmen. Was es an anderen Meinungen zu Fragen über Dienstboten, die Arbeitslosigkeit oder die Regierung geben konnte, das war – darüber konnte nicht der geringste Zweifel bestehen – monströs. Auch Renling wußte das, aber es bekümmerte ihn nicht. Diese andere Meinung wurde von Leuten vertreten, die seine Geschäftsfreunde waren, und ein Mann, der im Geschäftsleben stand, mußte solche Freunde haben, und so machte er Besuche und lud die Freunde ein; im Grunde interessierten sie sich weder für ihn noch er für sie.

Seine Persönlichkeit bezog sich streng auf sein Geschäft. Hin und wieder pflegte er an einem Stück Strick seine Fertigkeit im Schlagen von Seemannsknoten zu zeigen oder zu singen:

»So, diss da, so, diss da, is Venezia
und wo parken hier den Wagen wir?«

Seine Unterlippe bildete einen ganz schönen Flunsch zu seiner Oberlippe, und das ließ ihn verdrossen und geduldig aussehen. Er war ein frostiger, aalglatter Bursche wie viele Leute, die zu Diensten sein müssen, aber dabei irgendwas für sich reservieren – wie ein Oberkellner oder der Chef von Hotelboys –, wie Individuen dieser Art, die in ein sonderliches Lebensspiel verwickelt sind, in dem sie als Verlierer antreten und dann auf irgendeine Weise so was wie einen Untergrundkrieg führen. Er war ein Boxkampf-Fan und nahm mich hin und wieder zu einem Match in einem Ring in der Nähe des Montrose-Friedhofs mit. Während einer Gesellschaft konnte er so gegen zehn Uhr plötzlich sagen: »Augie und ich haben ein paar Karten, und es wäre doch eine Schande, sie verfallen zu lassen. Wenn wir gleich gehen, können wir noch zum Hauptkampf zurechtkommen.« Da es Dinge gab, die für Männer notwendig zu sein schienen, antwortete Mrs. Renling: »Na gut, aber gewiß doch.«

Während der Runden meckerte Renling nicht oder feuerte die Kämpfer an, sondern verschlang sie mit seinen Augen. Alles, was Ausdauer verlangte, faszinierte ihn – Sechstagerennen, Tanz-Marathons, Langstreckengehen, ausdauerndes Sitzen auf Fahnenmastspitzen, Non-Stop- und Weltflüge, lange Fasten Ghandis oder der Hungerstreik von Zuchthäuslern oder Leute, die, lebendig begraben, unter der Erde kampieren und die durch einen Schacht hindurch atmen und ernährt werden –, jedes Wunder an Ausdauer und Kraft, das wie im Wettstreit mit Zylinderstahl oder anderem Maschinenmaterial, das dem Druck von Dampf und Gasen und jedem Angriff nichtmenschlicher Energien widersteht, vollbracht zu sein schien. Um derartiger Schaustellungen teilhaftig werden zu können, pflegte er es in seinem mächtigen Packard mit jeder Entfernung aufzunehmen, und fuhr nicht, sondern raste hin. Aber er machte dabei nicht den Eindruck, als fahre er schnell. Denn da war seine Stabilität in dem grünen Ledersitz, dazu seine nicht zitternden, hochgestellten Knie neben der Jadezwiebel der Gangschaltung und seine rötlich behaarten Hände auf dem Steuerrad und die Hyperglätte des Getriebes, die einem das Gefühl gaben, daß man sich in dem Geschwindigkeitsmesser, der auf achtzig Meilen zuging, täuschte. Bis man bemerkte, wie eine Baumreihe von einer Meile wie der Schatten eines Bandmaßzentimeters aufriß, daß die Vögel Fliegen und die Schafe den Vögeln ähnlich sahen und wie schnell die blauen, gelben und roten Käferleben auf der Windschutzscheibe zerspritzten. Er hatte es gern, wenn ich mit ihm fuhr. Und was seine Vorstellung von solcher Gesellschaft war, war verblüffend, denn so wie wir wie ein Wirbelwind kamen und gingen, gab es dabei kein erwärmendes Gespräch, das dem landschaftsignorierenden kalten Hinrasen, dem dünnen Preschen der Antenne und dem durch den goldmaschigen Mund im Armaturenpaneel kommenden Stumpfsinn von Radiosendungen hätte entgegenwirken können. Was aber meistens zur Sprache kam, war die Ausführung des Wagens und was er an Benzin und Öl verbrauchte. Wir pflegten, um Brathähnchen zu essen, anzuhalten und uns irgendwo unter ein paar Kiefern auf den warmen Sand wie ein Paar die Erde besichtigende Plutonier zu setzen und in den vollkommenen Anzügen aus sportlichem Hahnentritt oder braunem Harris-Tweed, Feldstecher in Futteralen aus unserm Laden um den Hals, Bier zu schlürfen: ein verdrossener, reicher Gentleman und sein vergoldeter Neffe oder junger Snob-Vetter, so müssen wir ausgesehen haben. Ich war zu sehr davon in Anspruch genommen, die feinen Kleider an mir zu fühlen, die Nähe des guten Stoffs an meinem Körper, oder zu sehr von Gedanken über die hahnengrüne Tiroler Pracht mit Gamsbart auf meinem Hut und dem Glanz englischen Schuhzeugs, um Renling damals so sehen zu können, wie ich ihn später sah. Er war ein Hindernisfresser. Er raste über Straßen. Er liebte Kraftproben und verhimmelte Ausdauer. Alle Einwände, Schwierigkeiten und Hindernisse nahm er gewissermaßen zwischen seine Zähne, zermalmte sie und schluckte sie 'runter.

Manchmal pflegte er mit einer kurzen Bemerkung ein wenig von sich zu sprechen. So wie er einmal sagte, als wir unter dem Nordstrand-Viadukt hindurchfuhren: »Hab' daran mitgeholfen. War damals nicht älter als du und half dabei, Zement für die Betonmaschine 'ranzuschaffen. Muß in dem Jahr gewesen sein, in dem der Panama-Kanal eröffnet wurde. Dachte, der Job würde mir die Bauchmuskeln kaputtmachen. Dollar fünfundzwanzig war zu der Zeit 'ne ganz schöne Masse Geld.«

So lieh er mich zu seiner Gesellschaft aus. Wahrscheinlich machte es ihm einiges Vergnügen zu sehen, wie ich diese Art Leben aufnahm.

Ich hatte eine kurze Zeit, in der ich in der Hauptsache wünschte, Abendanzüge zu besitzen und zu offiziellen Gesellschaften eingeladen zu werden, und in der ich mir den Kopf darüber zerbrach, wie ich Mitglied der Junior-Handelskammer werden könnte. Nicht etwa, weil ich irgendein geschäftliches Projekt im Auge gehabt hätte, ich besaß dem Geld gegenüber keine besondere Erfindungsgabe, wenn ich im Laden auch besser als zufriedenstellend arbeitete; was mich antrieb, war gesellschaftlicher Enthusiasmus und dazu Smartheit und meine Kleiderfexerei. Wie ein Paar Argyle-Socken, eng anliegend, beim Übereinanderschlagen der Beine, passend zu dem Binder auf einem Princeton-Kragen, sichtbar wurden, traf mich mit enormer Kraft und mit Hunger mitten ins Herz. Ich hatte es daran verloren.

Kurze Zeit ging ich mit Willa Steiner, einer Serviererin aus dem Symington. Ich führte sie zum Tanzen in den »Merry Garden« aus und ging mit ihr nachts an den Strand. Da sie ein warmherziges Mädchen war, ließ sie mich nachsichtig die meiste Zeit über den feinen Hund spielen und pompös tun. Sie war keinesfalls schüchtern und machte sich über den Grund, warum wir zusammen gingen, kein X für ein U vor. In ihrer Heimatstadt hatte sie auch einen Liebhaber, von dem sie erzählte, daß sie ihn heiraten wollte – ich bin sicher, ohne Hintergedanken, mich damit eifersüchtig machen zu wollen. Denn sie hatte verschiedenes an mir auszusetzen und war darin wahrscheinlich auch im Recht – so an meinem Dandy-Geschwätz und meiner übertriebenen Hochachtung vor dem Dandytum und wegen meiner übertriebenen Sorgfalt in Kleidungsfragen. Bald in Kenntnis gesetzt, fiel Mrs. Renling Willas wegen ganz schön über mich her. Einhorn war nicht besser über das, was um ihn herum passierte, informiert als sie über alles, was auf ihrem Territorium vorging. »Augie«, sagte sie. »Ich bin über dich erstaunt. Sie ist nicht mal ein hübsches Mädchen. Sie hat eine Nase wie ein kleiner Indianer« – ich hatte, um bei Willa Steiner mein Ziel zu erreichen, ihr besonders mit dieser hübschen Nase geschmeichelt, und es war nicht sehr mutig von mir, sie nicht zu verteidigen – »und sie ist von Sommersprossen ganz übersät. Ich habe auch Sommersprossen, aber erstens sind meine anders, und dann spreche ich, wenn ich zu dir spreche, als eine ältere Person. Von allem anderen abgesehen, ist das Mädchen eine kleine Prostituierte und nicht einmal eine ehrliche, weil alles, was eine ehrliche Prostituierte von dir haben will, dein Geld ist. Wenn du das nun schon einmal tun mußt, und wenn du dann zu mir kommst und mir sagst, daß du es tun mußt – und schämst dich dessen nicht –, dann gebe ich dir das Geld, damit du irgendwo auf dem Sheridan-Road, in der Nähe von Wilson, in eines der dafür bestimmten Häuser, die es dort gibt, gehen kannst.« Ein weiterer Fall, wie Leute sich erbötig erklären, Geld beizusteuern, um mir Ärger vom Halse zu halten; so wie es schon Einhorn getan hatte, als er mir seinen Vortrag über die Gangsterei hielt. »Augie, siehst du denn nicht, daß diese kleine Landstreicherin nur darauf aus ist, es so weit kommen zu lassen, daß du sie in Schwierigkeiten bringst und sie dann wirst heiraten müssen? Das wäre genau, was dir jetzt noch fehlt, mit ihr ein Kind zu haben, gerade in dem Augenblick, da deine Karriere anfängt. Ich denke, *du* wüßtest, was das bedeutet.«

Manchmal dachte ich, es sei klug und freisinnig von ihr, in dieser Art zu reden, und dann kam es mir wieder furchtbar blöd vor. Ich hatte den Eindruck – wenn sie mit ihrem fleckigen, scharfen, die Nase in alles steckenden Gesicht, aus den Ecken und Winkeln, wo sie beobachtete, vorgebeugt hervorblickte –, daß es ihr dabei einzig und allein darauf ankam, wen sie für ihre Ohrenbläserei brauchte, um ihm ihre Meinung einzuträufeln und einzuflößen, ihn auf ihre Seite zu ziehen. Es war eine Rede, wie sie vergoldete, schweigende junge Männer aller Orten in Herzogtümern, in Villen und in den Hauptstädten der Welt von ihren Gönnerinnen – den Frauen von Generälen und Staatsmännern – zu hören bekamen. »Aber Sie kennen doch Willa überhaupt nicht«, sagte ich plump. »Mrs. Renling, sie hat nicht –«, vor dem Spott, mit dem sie mich anblickte, konnte ich nicht weiterreden.

»Mein lieber Junge, du redest wie ein Schafskopf. Wenn du willst, mach mit ihr so weiter. Ich bin nicht deine Mutter. Aber du wirst sehen, daß ich recht habe«, sagte sie mit ihrer Schauspielerstimme, »wenn sie dich in der Schlinge hat. Glaubst du etwa, daß alles, was sie sich im Leben wünscht, ist, Kellnerin zu spielen, zu arbeiten und zu essen und sich für dich bei guter Figur zu halten, damit du nichts anderes zu tun hast, als dich über sie zu freuen? Du weißt nicht, wie Mädchen sind: Mädchen wollen heiraten. Und wir leben nicht mehr in den bescheidenen alten Zeiten, in denen sie darauf sitzen blieben, bis irgend jemand Mitleid mit ihnen hatte.« Sie sprach angeekelt. Sie hatte Ekel zu verschwenden.

Es fiel mir nicht ein, daß Mrs. Renling, als sie sich von mir nach Benton-Harbor fahren ließ, wo sie Mineralbäder gegen ihre Arthritis nahm, mich damit von Willa trennen wollte. Sie meinte, daß sie sich nicht vorstellen könnte, allein an den Michigan zu gehen, und ich würde sie fahren und ihr im Hotel Gesellschaft leisten. Hinterher verstand ich.

Benton-Harbor hatte sich für mich ganz schön verändert, im Gegensatz zu dem, was es das letztemal für mich gewesen war, als ich mit Nails und Dingbat von Muskegon per Anhalter zurückgefahren war, ein schweißnasses Hemd mit den Ärmeln um den Hals geschlungen und mit asphaltmüden Füßen. Genau gesagt, blieben wir in St. Joe, in allernächster Nähe des Michigan-Sees, im Merrit-Hotel, direkt vor der Breite des Sees und in dem tiefen, frischen Geruch des Meergehalts in den rosa schimmernden Wänden der Zimmer. Das Hotel war ein riesiger Backsteinbau, versuchte aber, die Stimmung alter Saratoga-Springs-Landsitze zu treffen: Blattpflanzen und Korbmöbel, Litzenborte an den Portieren, Menükarten auf französisch, weiße Speisesaalläufer, und alles nur so von Geld strotzend, Limousinen auf dem gewaschenen Kies, verschwenderische Anlagen mit überzüchteten Riesenblumen und dreifachen Torflagen, auf denen ein prächtiger Rasen gedieh. In der Juliglut war es damit überall sonst kümmerlich bestellt.

Ich hatte die Zeit der langen Bäderstunden für mich und konnte mich ein bißchen in der Gegend umsehen. Zumeist gab es dort Obstland, das Deutsche bestellten. Die Männer sahen aus, wie die Farmer auch anderswo aussehen, aber die älteren Frauen trugen Hauben und gingen unter den riesigen Eichen ihrer Farm in langen Kleidern barfuß. Die Pfirsichzweige glänzten von Harznarben, die Blätter waren milchig von dem Bespritzen mit Insektenschutzmitteln. Auf den Straßen, auf Fahrrädern oder in Fordlastwagen traf man außerdem die bärtigen und langhaarigen Israeliten des Hauses David, einer den Fleischgenuß überhaupt ablehnenden Sekte friedfertiger, praktischer, frommer Leute, die einen großen Grundbesitz oder ein Fürstentum und Gutshäuser wie Paläste ihr eigen nannten. Sie sprachen von Shiloh und Armagedon so vertraut wie von Eiern und Pferdegeschirren und waren seit langer Zeit ein Millionärskonzern. Sie besaßen Farmen und Quellen und einen ausgedehnten Vergnügungspark in einer großen Alpenschlucht mit einer Miniatureisenbahn, eine Baseballmannschaft und eine Jazz-Band, die ihre Musik deutlich von den abendlichen Tanzveranstaltungen im Pavillon zur Straße hinüberschickte. Es gab sogar zwei Kapellen, für jedes Geschlecht eine.

Ich brachte Mrs. Renling ein paarmal zum Tanzen und zum Quellwassertrinken hierhin. Sie fand jedoch die Moskitos zu störend. Danach ging ich manchmal allein hin. Sie sah nicht ein, warum ich das tat. Auch nicht, warum ich morgens in der Stadt herumspazierte, oder warum ich mir eine Freude daraus machte, in der stillen, grünen Glut vor dem Platz des Gerichtshauses aus der Zeit des Bürgerkrieges nach meinem dicken Frühstück, das aus runden Blechkuchen, Eiern und Kaffee bestand, zu sitzen. Ich tat es trotzdem und wärmte mir meinen Wanst und die Schienbeine, während die kleine Heuschreckenstraßenbahn klingelte und zum Hafen und über die Pfosten der Brücke kroch, die den Sumpf überspannte, in dem die grünen Viecher und die auf den Sumpfbinsen wippenden Vögel ihren heißen, kurzfristigen Aufruhr behaupteten. Ich nahm ein Buch mit, aber die Sonne machte zu viele braune Flecken auf den Seiten. Die Bänke waren aus weißgestrichenem Eisen und boten Platz genug für drei oder vier alte Gevatters, um in der sumpfdunstigen, süßen Wärme, in der die rotflügligen amerikanischen Drosseln wütend und lebendig wurden und die Blumen sich kräuselten, die aber andere Lebewesen schwerfällig und dickblütig werden ließ, vor sich hin zu dösen. Ich saugte mich voll von dieser schweren, nahrhaften Luft und dieser anheimelnden Atmosphäre einer Buttercremetorte des Lebens, von der Art, die Liebe ermutigt und einen sanften Schmerz der Erregung hervorruft. Ein Zustand, der dich in deiner ureigensten, spezifischen Schwerkraft ruhen läßt und in dem du nicht Hauptgegenstand bist, aber in deinem eigenen Wesen sitzt, so gut wie der Erste Mensch ursprünglichen Geschmack schmeckst und außerhalb der geschäftigen menschlichen Intrige bist, befreit selbst vom Zwang deiner eigenen Angewohnheiten, die im Sonnenschein nur illusorisch an dir sind und in der gewöhnlichen Beziehung deiner Füße oder Finger oder dem Knoten deiner Schnürsenkel bestehen und keine Macht haben. Nicht mehr Macht über dich, als sie der Kamm oder der Schatten deines Haars über dein Gehirn hat.

Mrs. Renling liebte es nicht, zu den Mahlzeiten, selbst zum Frühstück nicht, allein zu sein. Ich mußte mit ihr auf ihrem Zimmer essen. Jeden Morgen nahm sie Tee ohne Zucker, aber mit Milch und ein paar Stückchen Zwieback zu sich. Ich bestellte alles, was die untere Hälfte der Speisenkarte als Déjeuner à la carte, von Grapefruit bis Reispudding, bot und speiste, neben dem offenen Fenster, in den leichten Brisen vom See, die die gepunkteten Voilevorhänge bauschten, an einem kleinen Tisch. Im Bett liegend und unausgesetzt redend, nahm Mrs. Renling ihre Kinnbinde aus Gaze ab, mit der sie schlief, und fing an, ihr Gesicht mit Gesichtswassern und Cremen zu behandeln, und zupfte sich dann ihre Augenbrauen. Gegenstand ihrer üblichen Unterhaltung waren die anderen Gäste. Sie machte sie 'runter und ließ kein gutes Haar an ihnen. Aber wie sie's machte, war schon gut. Und das in der Muße der frühen Morgenstunde, wenn sie tapfer ihr Gesicht inspizierte und wieder herrichtete, wie auf den Farmen zu dieser Stunde vom Zaun-Cowboy in der Nacht zusammengebrochene Koppelricks wieder hergerichtet werden. Sie würde als gut gepflegte Dame sterben, die ihr Leben lang leidenschaftlich all die zivilisierten Pflichten hochgehalten hatte, die vor Phidias entwickelt und durch Botticellis Einfluß gefördert wurden – all das, was die großen Meister und Frauen berühmter Höfe als Regeln über die Art, Intelligenz in den Augen zur Schau zu tragen und als Vorbilder an Anmut und Herrscherwürde aufgestellt und bis zur Vollendung befolgt haben. Aber Mrs. Renlings Geist war von Zorn beherrscht. Während sie sich sorgfältig diesen femininen Pfleglichkeiten im strahlenden Glanz ihrer Zimmerflucht, in der sanftwindig-offenen Sommerschönheit widmete, war sie ohne Gesellschaftsklatsch und ohne die tägliche Sisyphusarbeit, ihr Mißfallen und ihre Antipathien kundzutun, nicht zufrieden.

»Hast du das alte Paar auf der Bunco-Party gestern abend, links von mir, bemerkt? Die Zeelands. Wundervoll alte holländische Familie. Ist er nicht ein wunderschöner alter Mann? Er war nicht umsonst einer der größten Syndizi in Chicago und ist einer der Treuhänder der Robinson-Stiftung, der Glas-Leute. Die Universität gab ihm einen honoris causa, und wenn er Geburtstag hat, schreiben die Zeitungen Leitartikel über ihn. Und doch ist seine Frau dümmer, als die Polizei erlaubt, und trinkt, und die Tochter ist auch eine Säuferin. Hätte ich gewußt, daß *sie* hierherkommen würden, wäre ich nach Saratoga gegangen. Ich wünschte, es gäbe eine Liste der zu erwartenden Gäste von diesen Hotels im voraus. Es müßte einen Kundendienst dieser Art geben. Sie haben in Chicago eine Zimmerflucht für sechshundert Dollar im Monat. Und sobald der Chauffeur kommt, um den alten Herrn morgens abzuholen – darüber weiß ich *Bescheid*! –, geht der Boy schon los und kauft eine Flasche Bourbon-Whisky für sie und geht für sie ins Wettbüro. Dann trinken sie und warten auf die Rennbahnergebnisse. Und diese *Tochter* – sie zieht sich ein bißchen altmodisch an. Wenn du sie letzte Nacht nicht bemerkt haben solltest, achte mal auf eine kompakt gebaute Frau, die Federn trägt. Sie warf ein Kind aus dem Fenster und tötete es. Sie machten ihren ganzen Einfluß geltend und bekamen sie frei. Eine arme Frau hätte dafür auf den elektrischen Stuhl gemußt; wie die Ruth Snyder, bei deren Hinrichtung die Wärterinnen sich ihre Röcke aufhoben und sich so vor sie stellten, so daß die Fotografen kein Bild davon bekommen konnten. Ich frage mich, ob sie sich heute so altmodisch anzieht, um das Gefühl zu haben, sie hätte mit dem Nesthäkchen nichts zu tun, als daß sie sich die Tat zuschulden kommen ließ.«

Man mußte schon eine gute Konstitution haben, um angesichts dieses Verdammungsgeschwätzes die Morgenpracht auf sich wirken lassen zu können. Ich hatte darum zu kämpfen, wenn sie ihre ganze Streitmacht an Schrecken, Todesrittern der Apokalypse und Kirchenportalteufeln, die nackte Sünder von hinten ergriffen und zum Strafgericht hinabzerren wollen, aufbot und mir mit ihren Kindesmörderinnen, Heimsuchungen und Blutschanden kam.

Ich kam damit zu Rande. Aber die Sache war so, ich war im Begriff, das zu genießen, was ein reicher junger Mann genießt, und richtete meine Gefühle darauf ein. Bei Einwänden eine Einlage und wie beim Zahnarzt rosa Gips drüber. Die faulen Augenblicke ausgenommen, so wie wenn sie von der Hinrichtung der Snyder sprach und diese entsetzliche Behütung der Keuschheit einer Frau heraufbeschwor, die sich unter mehreren tausend Volt wand und krümmte. Und obgleich ich allem mich zu entziehen suchte, das sich nicht mit dem vertrug, was ich wollte, ging mir doch das Ausmalen dieses aus Strafverhängung und Bösem bestehenden Bildes, auf das sie spezialisiert war, unter die Haut. Was, wenn es wirklich so war, wie sie es sagte? Wenn zum Beispiel die Frau wirklich ihr Baby aus dem Fenster geworfen hatte? Sie war keine Medea, eine Göttin, die vor undenklichen Zeiten ihre kläglichen Kleinen jagte, sondern eine Frau, der ich im Speisesaal begegnete und die sich mit ihrem weißhaarigen Vater und ihrer Mutter niedersetzte und Federn trug.

Aber es gab Leute an dem nächsten Tisch neben den Zeelands, die bald von größerem Interesse für mich waren – zwei junge Mädchen von einer Schönheit, die solchen Gedanken ein Ende setzen oder sie zum Verblassen bringen konnte. Es gab einen Moment, in dem ich mich hätte in jede von ihnen verlieben können, und dann neigte sich alles einer Seite zu, der Schlankeren, Schmächtigeren und Jüngeren entgegen. Ich verliebte mich in sie, und nicht in einer Art, in der ich

Hilda Novinson geliebt hatte, entweder ihr hinten auf der Straßenbahn wie ein Satellit folgend oder in der Nähe des Schneiderladens ihres Vaters herumlungernd. Dieses Mal beherrschte mich eine andere Art von Irrsinnsenergie, und ich erfuhr, was der Stachel im Fleische bedeutet. Meine Erwartungen gingen weiter, möglicherweise waren sie auch verdorbener, dank des Einflusses von Mrs. Renling und ihres dauernden Geredes von schrankenlosen Lüsten. Ich habe niemals gelernt, mich der Einflüsterungen des Blutes wegen, wie ich sie jetzt aus allen Adern zu mir sprechen ließ, zu tadeln. Dazu war meine Erfahrung in der Beschneidung solcher Triebe begrenzt. Weshalb? Weil ich von Oma Lauschs Warnungen nur die akzeptiert hatte, die von der Gefahr unseres Blutes sprachen und davon, daß wir, von Mamma her, empfänglich für Liebe wären, und nicht die, die uns als Keimträger des Ruins brandmarkten. So wurde ich über eine Menge hinweg und auf Schwung gebracht. Und ich litt an einem besonderen Handicap durch die Art, in der ich mich – dank Mrs. Renling – der Welt präsentierte, als wenn Gott der Herr bei mir nicht eine einzige seiner Gaben ausgelassen hätte und ich mit mir für seine Freigebigkeit Reklame lief: gutes Aussehen, exzellente Garderobe, mächtig feine Manieren, gesellschaftliche Unbefangenheit, Witzigkeit, smartes Teufelskerllächeln, passabler Tänzer und korrekt bei der Anrede von Frauen – alles vom jungfräulichsten Goldblatt. Das Üble daran war nur, daß ich sozusagen gefälschte Beglaubigungsschreiben hatte. Und es war meine größte Sorge, daß Esther Fenchel das herausfinden würde.

Das Herz zum Ersticken wie einen Knebel in der Kehle, arbeitete ich wie ein Betrüger, um innerhalb dieser Grenzen den größtmöglichen Erfolg zu erringen. Ich brachte Stunden damit zu, aus mir so was wie ein Mensch gewordenes Bittgesuch zu machen. Durch schweigende Konzentration und blickheischendes Ringen. Das war das einzige, was ich mir in meiner blutbeladenen, pittoresken Verliebtheit auszudenken vermochte. Aber so wie im sanften Flaggenwehen und der Schönheit eines Hafenbildes – der Szene eines behüteten, geschäftigen Friedens – die Andeutung einer Seuche mitschwingt –, so hätte ich vielleicht, bei all meinem gesunden Aussehen nach unbelasteten, normalen Verhältnissen, meine Gedanken in die Luft hinausschreien können – auf dem Strand, auf dem gepflegten, blumengeschmückten Rasen, in der hallenden Geräumigkeit des in Weiß und Gold gehaltenen Speisesaals – und was ich dachte, war, daß ich mich im Haar dieses Mädchens hätte aufhängen lassen mögen – so in der Art. Ich hatte schwere Träume über ihre Lippen, Hände, Brüste, Beine, über das zwischen ihren Beinen. Sie konnte sich nicht auf dem Tennisplatz nach einem Ball bücken – während ich, mit meinem geschickt durch einen handgeschnitzten Holzring gezogenen Foulard, der braune Pferde auf grünem Untergrund zeigte und den Renling in dieser Saison in Evanston populär machte, um den Hals – steif dastand – konnte ich das nicht mit ansehen, wollte ich sagen, ohne Liebe und Verehrung mit aller Macht durch meinen Leib wallen zu fühlen, vor dem Schwung ihrer Hüften, ihrer triumphierenden, jungfräulich-straffen Kehrseite und ihrem zarten, geschützten Geheimnis, wo – dort mit Liebe sein zu dürfen! – die Bestätigung der Welt dafür sein würde, daß es nicht alberne Verworrenheit – leise, nüchterne Ängste raunten und deuteten es an –, sondern notwendig und gerechtfertigt, durch Freude erwiesene Rechtfertigung war. Was sich erweisen würde – falls sie es haben – es versuchen wollte, küssen, mich ihre Hände fühlen lassen, mir den Lehmstaub des Tennisplatzes an ihren Beinen, den milden Schweiß, ihren intimen Schmutz und Schweiß gewähren wollte und mich vom Leiden am Betrug befreien würde – dann würde es sich zeigen, daß es da nichts Falsches, Beleidigendes oder Hohlherziges gab, das man nicht hätte zum Guten wenden können!

Aber am Abend, wenn bei meinen Anstrengungen nichts herausgekommen und ein Tag ohne Fortschritte vergangen war, lag ich auf dem Fußboden meines Zimmers, fix und fertig zum Abendessen angezogen, zur Geduld verurteilt, von Sehnsucht verzehrt und unnütz grübelnd, was für eine großartige Sache ich anstellen könnte – irgendwas mit viel Blumen, irgendeine kometen-, sternengleich einschlagende Tat, die Dummheit und Plumpheit von mir abwerfen würde. Aber ich hatte mir alles, was ich mit Esther beginnen könnte, sorgfältig eingeprägt, um herauszufinden, was sie bewegen könnte, sich – in meinem Licht – mit mir vorstellen zu können. Das heißt, auf den Höhen der Erhabenheit. Wo es nur die Bitte galt, sich mit mir zu treffen, sich treffen zu lassen, mit mir in Liebe zu reiten und zu rudern, mit ihren frischen und großen Wundern und Schönheiten an Weiblichkeit, die sich durch meine Freude so steigern würden, daß sie mit ihren Ellenbogen, den Brustknospen unter ihrem Sweater genau das sein würde, was sie wirklich war. Ich beobachtete genau, wie sie ein wenig linkisch auf dem Tennisplatz nach dem Ball jagte, wie sie ihre Brüste zu schützen versuchte, wenn ein Flugball übers Netz kam, und wie sie ihre Knie schloß. Diese Studien stärkten meine Hoffnungen nicht sehr. Das war der Grund, warum ich mit einem sich sehnenden, sonnverbrannten Gesicht und mit in Gedanken geöffneten Lippen auf dem Fußboden lag. Ich wurde mir klar, daß sie sich ihres großen Werts bewußt war und daß sie für Herzensnot nicht zu haben war. Kurz gesagt, daß Esther Fenchel nicht von meiner Art war und keine große Lust haben würde, sich was über ihren Schweiß und kleine persönliche Schmutzigkeiten anzuhören.

Nichtsdestoweniger hatte die Welt niemals bessere Farbe, um es genauso zu sagen, wie's mir erscheint, oder feinere und verständigere Deutlichkeit. Und sie hat mir auch niemals besseren Kummer bereitet. Ich fühlte, ich war im Echten und Wahren, soweit wie Natur und Vergnügen beteiligt waren, dem angestammten Wohnsitz menschlicher und jeder anderen Existenz das Gepräge zu geben.

Und ich benahm mich auch geschickt. Ich kam mit dem alten Fenchel ins Gespräch. Er war nicht der Vater, aber der Onkel der Mädchen und in der Mineralwasserbranche. Es war nicht leicht, denn er war Millionär. Er fuhr einen Packard von gleichem Modell und gleicher Farbe wie die Renlings; ich parkte an der Auffahrt hinter ihm, so daß er zweimal gucken mußte, um zu erkennen, welches nun sein Wagen war, und ich hatte ihn. *Inter pares.* Wie sollte er wissen, daß ich fünfundzwanzig Dollar die Woche verdiente und der Wagen nicht mir gehörte: Wir redeten. Ich bot ihm eine Perfecto Queen an. Er lehnte lächelnd ab; hatte seine eigenen auf Maß geschneiderten Havannas in einem Etui, das groß genug für eine Pistole war, und war dabei ein so mächtiger Brocken, daß das Etui in seiner Tasche nicht mal auftrug. Sein Gesicht war fett und narbig, mit schwarzen Augen – so schwarz wie das Kernfleisch chinesischer Nüsse –, mit preußischem Haarschnitt, hinten und an den Seiten bis auf die Schwarte kurz geschnitten. Es war ein wenig entmutigend, daß die Mädchen seine Erbinnen waren, wie er mir gleich frisch von der Leber weg erzählte, weil er wahrscheinlich witterte, daß ich meinen Charme nicht seiner knorpellastigen Rembrandt-Kürbisnase mit ihren weißen Härchen und Schießpulversprenkeln zuliebe verschwendete. Natürlich nicht. Er wollte gern von mir wissen, in welcher Liga ich spiele. Ich gab ihm nicht den kleinen Finger. Ich habe mich nie von männlichen Familienmitgliedern, weder von Kalb noch Stier, aufs Kreuz legen oder von Vätern und Beschützern ins Bockshorn jagen lassen.

An Esthers Tante heranzukommen war schwieriger, da sie kränklich, schüchtern und schweigsam und in einer Gemütsverfassung war, wie sie reiche Leute zeigen, denen ihre Gesundheit zu schaffen macht. Die Kleidung und der Schmuck der alten Dame waren gediegen, aber ihr Gesicht war von persönlicher Anstrengung erfüllt; das machte sie etwas schwerhörig. Ich brauchte keine freundliche Anteilnahme zu heucheln, Gott weiß woher, ich empfand sie wirklich. Und instinktiv wußte ich, daß das, was sie zu gewinnen vermochte – bei all ihrer Kränklichkeit, ihrem mächtigen Reichtum und der Tatsache, daß die aus besonderem Silber angefertigten Löffelruder ihres Lebensbootes eingezogen waren und sie weit außerhalb der üblichen gesellschaftlichen Fahrwasser dahintrieb – der Charme ganz gewöhnlicher Gesundheit war. Und so schwatzte ich unbefangen vor ihr drauflos und führte mich ganz akzeptabel auf. »War das Mrs. Fenchel, mein lieber Augie, mit der du zusammengesessen hast?« sagte Mrs. Renling. »Einen ganzen Monat lang hat sie nichts anderes getan, als den Rasensprenger beobachtet, daß ich schon dachte, sie wäre nicht ganz richtig im Kopf. Hast du sie angesprochen?«

»Nun ja, ich kam zufällig neben sie zu sitzen.«

Sie war erfreut, und ich wurde von ihr dafür gelobt. Aber ihr nächster Gedanke war, welchen Zweck ich damit verfolgt haben könnte, und sie fand ihn ohne Zögern und grob. »Wegen der Mädchen, nicht wahr? Was, sie sind wunderschön, nicht wahr? Besonders die Schwarzhaarige. Prachtvoll. Und boshaft. Sie sieht aus, als stecke der Teufel in ihr. Aber vergiß nicht, Augie, daß du mit mir hier bist; ich bin für dein Betragen verantwortlich. Und das Mädchen ist keine Kellnerin, und du denkst besser nicht, du weißt schon was! Mein lieber Junge, du bist sehr geschickt und gut, und ich möchte sehen, daß du vorwärts kommst. Ich will, daß du es tust. Mit diesem Mädchen hast du natürlich kein Glück. Ohne Frage, auch reiche Mädchen können manchmal kleine Huren sein, und es juckt sie wie die armen Mädchen und manchmal sogar noch schlimmer. Aber nicht diese Mädchen. Du weißt nicht, was deutsche Erziehung bedeutet.«

Die Fenchel-Erbinnen sozusagen fürs Geld reserviert! Aber Mrs. Renling war nicht unfehlbar, und indem sie dachte, daß es eher Thea als Esther Fenchel wäre, in die ich verliebt sei, war ihr bereits ein Fehler unterlaufen. Außerdem hatte sie keinen Begriff, wie tief ich verliebt war: bis in die Tiefe poetischer Todesdrohung. Ich wollte auch gar nicht, daß sie davon eine Vorstellung bekam, obgleich ich glücklich gewesen wäre, zu irgend jemand davon sprechen zu können. Aber mir war nicht wohl bei dem Gedanken, was Mrs. Renling daraus machen würde, und so war ich es zufrieden, sie dabei zu lassen, daß es Thea, die wuschelköpfige, aber auch herrlich aussehende Schwester wäre, für die ich entbrannt sei. Und ich führte sie hinters Licht. Es bedurfte dazu nicht viel, da es Mrs. Renlings Stolz schmeichelte, zu glauben, daß sie augenblicklich und unfehlbar erraten hätte, was mich quälte.

Tatsache war, daß Thea Fenchel mehr als nur einfach freundlich zu mir war, und eines Morgens, als ich hinter ihrem Onkel her war, der schlechte Laune hatte und sich sauertöpfisch und schwierig gab, fragte sie mich, ob ich Tennis spiele. Ich mußte ihr – obwohl es ein schlechter Augenblick für mich war – mit einem Lächeln antworten, daß mein Sport Reiten sei, und dachte dabei verzweifelt daran, mir einen Tennisschläger zu beschaffen und sofort zu einem der öffentlichen Tennisplätze in der Stadt zu gehen, um zu lernen. Nicht, daß ich nun für den Sattel geboren gewesen wäre, aber wenn ich sagte, daß ich Reiter sei, verdeckte es meine Herkunft doch etwas und hatte einen hübschen kreditfähigen Klang.

»Mein Partner ist nicht gekommen«, sagte Thea, »und Esther ist am Strand.«

Innerhalb von zehn Minuten war ich auch am Strand, obwohl ich Mrs. Renling versprochen hatte, nach dem Kurbad mit ihr Karten zu spielen, wenn sie, wie sie gesagt hatte, sich zum Lesen zu schwach fühlen würde. Ich lag heiß und phantasierend auf dem Bauch und beobachtete Esther. Meine Vorstellungen waren vielblütig, pikant gewürzt, erotisch, die gute Hälfte von ihnen war qualvoll. Einerseits hoffte ich, sie würde Notiz von mir nehmen, andererseits fürchtete ich mich davor, als sie sich niederbeugte und sich mit Sonnenöl wie mit strahlendem Glanz die Beine einrieb und sich ihr Kopf der Richtung zuwandte, dort, wo ich mondsüchtig und trunken von der Schätzung des Gewichtes ihrer Brüste und der weichen kleinen Schwere ihres Bauches, so elegant von der Hülle ihres Badeanzuges gehalten, vor ihr lag. Oder als sie die enganliegende weiße Badekappe aus Gummi abnahm und sich kämmte, und mir ihr Haar von großer animalischer Kraft schien.

Die Strandschwalben flogen von ihren Plätzen in den Speigattröhren zwischen den Klippen auf und hinaus über die durchsichtige Tiefe des Wasser und wieder zurück zum Weiß, Braun und Schwarz des Ufers, von der Bewegung der Wogen zu erstarrten Sandwellen und vom Wasser zerfressenen Holz und Wurzeln, die sich in der Sonne aufwarfen und verrenkten.

Sie ging bald hinauf und ich dann ein bißchen später auch. Mrs. Renling behandelte mich eisig, weil ich zu spät kam. Und ich dachte, wie ich auf dem Fußboden in meinem Zimmer lag, die Fersen auf der Bettkante wie ein vom Pferd gefallener Ritter mit verhakten Sporen und eines Flaschenzugs bedürftig, um wieder aufgerichtet zu werden, daß es nun an der Zeit wäre, da Mrs. Renling über meine Unaufmerksamkeit ärgerlich wurde, wenigstens irgendeinen Fortschritt vorweisen zu können. Ich erhob mich und bürstete mich ohne besonderen Eifer oder besonderes Interesse mit zwei Militärbürsten ab, die sie mir überlassen hatte. Ich fuhr in dem langsamen weißen Fahrstuhl hinunter und schlich ziellos in der Halle im Erdgeschoß elchäugig umher. Es war Sonnenuntergang, kurz vor dem Abendessen, mit aufleuchtend sich in die Dunkelheit ergebendem See; im Speisesaal waren Servietten und breite Menükarten und in langhalsigen Vasen Rosen und Farne aufgestellt, und hinter seinem Vorhang stimmte das Orchester die Instrumente. Ich war im Korridor allein, bekümmert und unsicher, und schlenderte langsam auf das Musikzimmer zu, in dem das Grammophon Caruso spielte, Sehnen nach der Mutter, in opernhaften, erst unterdrückten, dann voll ausbrechenden Aufschreien, diese gezierte, im Herzen düstere, flehende Bitte des Sohnes, nach italienischem Geschmack. Ihre Ellenbogen auf das geschlossene Gehäuse gelehnt, in einem weißen Kleid und mit einem runden mit Perlen bestickten, weißen Hut, an dem nicht viel zu einem bischöflichen Birett fehlte, stand da – einen Fuß auf die Spitze gestellt – Esther Fenchel. Ich sagte: »Miß Fenchel, ich möchte Sie höflich fragen, ob sie mit mir einen Abend zum Haus David gehen würden.« Erstaunt sah sie vom Grammophon auf. »Dort ist jeden Abend Tanz.«

Ich sah nichts außer einem Mißerfolg, kaum nachdem ich das erste Wort heraus hatte, und es war mir, als schlüge man von allen Seiten mit Schmiedehämmern auf mich ein.

»Mit Ihnen? Da müßte ich wohl nein sagen. Das kommt für mich ganz bestimmt nicht in Frage.«

Das Blut wich aus meinem Kopf, den Hals, die Schultern hinunter, und ich fiel wie tot um.

Ich kam ohne Hilfe wieder zu mir. Es war niemand da, der sie mir hätte bieten können. Esther hatte sich offenbar nicht mit einem Wimpernzucken mir zugewandt, um sehen zu können, was mit mir geschehen war, denn der Gesang umrauschte mich mit der prunkenden Herrlichkeit seines Ausklangs, zuerst mit dem Rauschen einer Tritonsmuschel, dann lauter, als stiege das Orchester die Freitreppe einer großartigen Halle hinauf, bis zum vollen Herzeleid der höchsten Höhe, wo die Trommeln schneidend wurden und töteten und allem mit einer hämmernden Leichenfeier ein Ende setzten.

Ich weiß nicht, ob es die Zurückweisung oder die Aufregung von Rede und Gegenrede war, die mir diesen Niederschlag versetzt hatte; und ich war nicht in der Verfassung, herumzutasten und nach der Auslösung zu fühlen, worin sie zu suchen war und warum sie sich wie ein loser Zahn gelöst hatte. Es war genug, daß ich erkannte, wie stark die Ladung gewesen war und daß der Anstoß einer falschen Situation sie zum Losgehen gebracht hatte. Und mittlerweile holte ich stockend Atem, und bei meinem feuchten Gesicht kam mir die Luft frostig vor. Ich stützte meinen Rücken gegen ein Sofa, wo ich das Gefühl hatte, auf mir wäre nur so herumgetrampelt worden. Von einem Wesen, das im Gewicht irgendwie mit meiner Mutter und meinem Bruder zu tun hatte – George, der vielleicht jetzt gerade an einem Besen arbeitete oder ihn beiseite legte, um zum Abendessen zu torkeln – oder mit Oma Lausch im Nelson-Heim –, irgendwie war mir auch, als ob mich das Vieh überrannt hätte, das immer in ihrer Gesellschaft mit ihnen zusammen gewesen war und vor dem ich in Sicherheit zu sein geglaubt hatte.

Inzwischen war die Tochter des berühmten Syndikus Zeeland, Miß Zeeland, im Türrahmen erschienen und sah mich an. Ihr Körper in der langen Drapierung ihres Abendkleides bildete ein einziges, ununterbrochenes menschliches Rundstück, das sie mit Federn geschmückt hatte. Sie trug goldene Schuhe und dazu weiße Handschuhe, die bis zu den Ellenbogen herabreichten, und sah traumhaft-unwirklich, orientalisch mit ihrem prächtigen Haar aus, das schwungvoll zu einer Art Turm frisiert war, der in einem ausgewogenen Gegengewicht zu ihrer stark vorgewölbten Brust stand. Ihr Gesicht war klar und kalt, wie man es von einer Art Wetter sagt, obgleich die lange, saubere Furche ihrer Unterlippe bereit war, sich zu bewegen, als ob Miß Zeeland im Begriff wäre, ihr Schweigen mit etwas zu brechen, das ihr wichtig und lange in ihr gereift war; vielleicht mit der Eröffnung, daß sie mich liebte. Aber nichts dergleichen geschah, mir blieb verschlossen, was sie dachte, obwohl sie nicht eher fortging, bis ich mich erhob, um das Grammophon abzustellen. Dann erst glitt oder wedelte sie hinweg.

Ich ging in die Herrentoilette, um mir das Gesicht mit ein bißchen warmem Wasser abzuwaschen, und danach zum Abendessen. Ich konnte mit dem Essen nicht viel anfangen, selbst mit der *Pêche flambée* nicht, was Mrs. Renling nicht entging und zu sagen veranlaßte: »Augie, wann hört dieser Liebesunsinn eigentlich endlich auf? Du wirst deinen Nerven damit schaden. Ist es das wert?« Dann bedachte sie mich mit ihren liebevollsten Ausdrücken, um mich durch Uzerei umzustimmen, und versuchte als eine Frau meiner Vorstellung von den Frauen dort eine Krone aufzusetzen, wo sie ihrer Meinung nach hingehörte, indem sie mir erklärte, was an Frauen dran wäre und was nicht, und den Mann in allen Dingen lobte, als ob sie in Athenens Diensten stünde. Sie fiel mir damit ein bißchen auf die Nerven. Ich hatte mein seelisches Gleichgewicht keinesfalls wiedergefunden, und wie ich sie so die Frauen in Bausch und Bogen auf ihre metallische, spitze Art verallgemeinern hörte, konnte ich sie nur mit blutunterlaufenen Augen ansehen. Und ich wartete geradezu wie von Malaria geschüttelt darauf, daß Esther im Speisesaal erscheinen würde. Die alten Fenchels saßen bereits an ihrem Tisch. Dann kam Thea. Ihre Schwester aber wollte anscheinend kein Abendessen. »Und du weißt«, sagte Mrs. Renling nach einer Weile, »von dem Moment an, in dem das Mädchen hereinkam, hat sie kein Auge von dir gelassen. Ist da schon etwas zwischen euch? Augie! Hast du was angestellt? Bist du deshalb so niedergeschlagen? Was hast du getan?«

»Ich habe nichts getan«, antwortete ich.

»Das läßt du auch besser bleiben!« Sie hatte mich scharf und ausgekocht gerade wie eine Polizeibeamtin beim Wickel. »Du bist für Frauen attraktiver, als für dich gut sein kann, und wirst dir am Ende nur Ärger machen. Und diese kleine Miß auch, die der Hafer sticht.«

Sie sah immer wieder zu Thea hinüber. Der Ober zündete den *Flambée* auf dem Tisch der Fenchels an. Hier und dort brannten in dem grünen Zwielicht kleine Feuer ab.

Ohne etwas zu sagen, verließ ich den Speisesaal, um auf der Strandstraße herumzuwandern und die schändlichen Knoten aus meinen Eingeweiden herauszubekommen und meinen Kummer zu verdauen. Es war schrecklich, das Gefühl der Schande und Wut über

Esther und das Verlangen, Mrs. Renling den Schädel einzuschlagen, das mich beherrschte. Ich ging am Rande des Wassers entlang und dann um das Grundstück herum. Ich hielt mich abseits des Portals, weil ich wußte, daß dort Mrs. Renling auf mich warten würde, um mir meine Ungezogenheit heimzuzahlen, und ging zur Rückseite des Gebäudes auf den Kinderspielplatz und setzte mich auf dem schmalen Sitzbrett der Gartenschaukel nieder.

Während ich so saß, begann ich zu träumen, daß Esther es sich überlegt hätte und, um nach mir zu sehen, aus ihrem Zimmer gekommen wäre, so daß ich über die Dummheit, die ich gepackt hielt, aufstöhnen mußte und schlimmer als zuvor von verderblichen Empfindungen wie von matschigem Schnee von unten bis oben voll war. Dann hörte ich, wie sich jemand leichtfüßig näherte: eine Frau, die in den von den Kindern ausgetretenen Pfad neben der Schaukel unter den Baum trat. Es war Thea, Esthers Schwester, vor der mich Mrs. Renling warnte, die gekommen war, um mit mir zu sprechen. Sie stand in ihrem weißen Kleid da und sah mich an, und ihre Schuhe stießen wie Vögel mit angelegten Flügeln in das unbestimmte Weiß des Sandes der Furche neben der Schaukel. Sie trug Spitze am Ärmel, und hinter ihrem Kopf waren warme, sich öffnende und schließende Schatten von den Blättern.

»Mr. March, Sie sind enttäuscht, nicht wahr, daß es nicht Esther ist? Ich nehme an, Sie müssen Furchtbares ausgestanden haben. Sie sahen im Speisesaal ziemlich blaß aus.«

Ich fragte mich, was sie wüßte und worauf sie aus sei und schwieg.

»Haben Sie sich etwas erholt?«

»Erholt? Von was?«

»Vom Ohnmachtsanfall. Nur Esther dachte, es könnte ein Anfall von Epilepsie gewesen sein.«

»Mag sein. Vielleicht war's einer«, sagte ich. Ich fühlte mich schwer, mürrisch und zerbröckelt.

»Ich glaube das nicht. Sie fühlen sich einfach wund, wollen von mir nicht gestört sein.«

Nein, das stimmte nicht. Im Gegenteil. Ich wünschte, daß sie bliebe. Darum sagte ich: »Nein«, und sie setzte sich neben meinen Füßen nieder. Sie berührte sie mit ihrem Oberschenkel. Ich machte eine Bewegung. Aber sie rührte meine Fußknöchel an und sagte: »Quälen Sie sich nicht. Meinetwegen brauchen Sie keine Unbequemlichkeit auf sich zu nehmen. Was hat es denn gegeben?«

»Ich habe Ihre Schwester um eine Verabredung gebeten.«

»Und als sie ›Nein‹ sagte, schwanden Ihnen die Sinne.«

Ich glaubte, daß sie herzlich mit mir mitfühlte und nicht einfach neugierig war.

»Ich stehe zu Ihnen, Mr. March«, sagte sie, »und so will ich Ihnen sagen, was Esther glaubt. Sie glaubt, Sie würden von der Dame, mit der Sie zusammen sind, ausgehalten.«

»*Was?*« schrie ich und sprang von meinem Sitz auf, daß mir die Pflöcke der Schaukel an den Schädel krachten.

»Daß Sie ihr Gigolo wären und mit ihr schlafen. Warum setzen Sie sich nicht? Ich dachte, es sei gut, wenn ich Ihnen das erkläre.«

So, als hätte ich etwas mit besonderer geweihter Ergebenheit getragen und es wäre umgestürzt und hätte mich verbrüht, so war mir zumute. Und ich hatte hier gesessen und hatte geglaubt, daß das Schlimmste, was in den Köpfen junger Mädchen, selbst in denen von Erbinnen, vorgehen könnte, an den Maßstäben von Einhorns Billardkneipe gemessen, unschuldig wäre.

»Wer glaubte das? Sie oder Ihre Schwester?«

»Ich möchte Esther nicht die ganze Schuld zuschieben. Ich dachte auch, daß es so sein könnte, wenn sie auch zuerst davon gesprochen hat. Wir wußten, daß Sie nicht mit Mrs. Renling verwandt sind, weil wir sie einmal zu Mrs. Zeeland sagen hörten, daß Sie der Protégé ihres Mannes wären. Sie tanzten mit niemand anders und hielten Händchen mit ihr, und für ihr Alter ist sie eine Frau mit Sexappeal. Sie müßten sich nur einmal so sehen, Sie beide so zusammen! Und außerdem ist sie Europäerin und *die* finden es nicht so furchtbar für eine Frau, einen weitaus jüngeren Liebhaber zu besitzen. Ich kann auch nicht einsehen, was daran nun so furchtbar sein soll. Nur meine auf Kosten anderer lebende Schwester findet das.«

»Aber ich bin kein Europäer. Ich komme aus Chicago. Ich arbeite für ihren Mann in Evanston. Ich bin einer der Verkäufer in seinem Laden, und das ist das einzige Gewerbe, dem ich nachgehe.«

»Seien Sie jetzt nicht aufgebracht, Mr. March. Bitte, nicht. Wir kommen herum und sehen so einiges. Warum, glauben Sie, bin ich zu Ihnen herausgekommen und spreche mit Ihnen? Nicht, um Ihnen noch mehr Kummer zu bereiten. Wenn Sie es getan hätten, hätten Sie es eben getan, und wenn nicht, dann eben nicht.«

»Sie wissen nicht, was Sie damit sagen. Was Sie da von mir denken, ist eine Gemeinheit, auch gegen Mrs. Renling, die nur freundlich zu mir gewesen ist.« Ich war ärgerlich und hörte mich auch so an, und sie hielt mit ihrer Entgegnung zurück. Auch sie war in Hitze gekommen und von Erregung angespannt. Ich fühlte es ebenso, wie ich es sah, wie mich ihre Augen eingehend musterten. Hatte sie bis jetzt noch gelegentlich gelächelt, war jetzt nicht mehr das letzte bißchen Humor in ihrem Gesicht, das ich bei der weißlichen Helle und dem Erdstaub und den Blättern des Obstbaumes gut erkennen konnte: Ich begann zu begreifen, daß ich es mit einem außergewöhnlichen Menschen zu tun hatte, weil dieses Gesicht heiß, direkt, forschend, ja geradezu flehentlich war. Es war weich, aber auch von starken Nerven belebt, von einer Rückhaltlosigkeit, die einem, wenn man ihr bei einer jungen Frau begegnet, so viel Interesse wie Verehrung abnötigt. So, als ob man zwei Vögel sieht, die wie zwei wütende Blutspritzer kämpfen und die leicht an der kleinsten Verletzung sterben könnten und denen davon nichts bewußt zu werden scheint. Höchstwahrscheinlich ist auch das nur eine dieser unschuldigen Vorstellungen, wie sie Männer haben.

»Sie glauben doch nicht im Ernst, daß ich Mrs. Renlings Gigolo bin, oder?«

»Ich habe Ihnen bereits gesagt, daß ich mich nicht daran stoßen würde, wenn Sie's wären.«

»Sicher, was sollte das auch für Sie ausmachen?«

»Nein, Sie kommen nicht dahinter. Sie sind in meine Schwester verliebt gewesen und ihr nachgegangen, und so haben Sie nicht bemerkt, daß ich genau das gleiche mit Ihnen getan habe.«

»Sie haben *was* getan?«

»Ich habe mich in Sie verliebt. Ich liebe Sie.«

»Gehen Sie. Das haben Sie nicht. Es ist so eine Idee. Wenn es das überhaupt ist. Was versuchen Sie mir da einzureden?«

»Sie könnten Esther nicht lieben, wenn Sie sie kennen würden. Sie sind wie ich. Darum verlieben Sie sich. Sie könnte es nicht, Augie! Warum liebst du mich nicht – statt Esther?«

Sie nahm meine Hand und zog sie an sich, sich mir aus ihren Hüften – die reizend waren – zuneigend. Oh, Mrs. Renling, über die ich zu triumphieren geglaubt hatte, weil ihre Verdächtigungen so fehl am Platze wären!

»Mrs. Reling kümmert mich nicht«, sagte sie. »Dich schon eher, denke ich.«

»Niemals!«

»Ein junger Mensch ist fähig, alles Mögliche zu tun, weil er mehr in sich hat, als er damit anzufangen weiß.«

Sagte ich, daß die Welt niemals bessere Farbe hatte? Ich ließ etwas außer Betracht, eine hinkende, auf schwachen Beinen stehende Angelegenheit von Belang, die an Wichtigkeit zu verlieren scheint, so wie man sich der Schönheit und Orizabablumen nähert, aber bald entdeckt, daß dieses gewisse Etwas doch größer ist als man selbst. Deshalb sagte ich, indem ich versuchte, sie Platz behalten zu lassen, während ich mich erhob: »Jetzt, Miß Fenchel, hören Sie einmal zu. Sie sind bezaubernd, was aber glauben Sie, was wir tun? Ich kann nichts dagegen machen, ich liebe Esther.« Und da sie nicht ungerührt so sitzen bleiben würde, wie sie saß, mußte ich rasch von der Schaukel weg und durch den Obstgarten flüchten.

»Mr. March – Augie!« rief sie. Ich hatte jetzt aber nicht im Sinn, mit ihr zu sprechen. Ich ging durch den Eingang für Dienstboten und Lieferanten ins Hotel hinein. Als ich auf meinem Zimmer war (damit mich Mrs. Renling nicht erreichen konnte, nahm ich den Telefonhörer von der Gabel), erklärte ich mir das Ganze, während ich meine guten Plünnen auszog und sie auf den Fußboden hinwarf, einfach als irgendwas zwischen zwei Schwestern, in dem ich nur eine zufällige und keine persönliche Rolle spielte. Aber mein nächster Gedanke war, wenn es sich nicht so verhielt, daß bei diesen Dingen kein Glück war: so wie jeder in die verkehrte Richtung gezogen zu werden schien. Sich so der gleichen Begierden wegen zu treffen, war ein absonderlicher Vorfall. Und sie dazu so spezifisch auf eine Person gerichtet zu empfinden, war möglicherweise eine durch nichts gerechtfertigte willkürliche Annahme, zu rein, zu besonders und ein Mißverständnis des wirklichen Standes der Dinge.

Als ich am nächsten Morgen zu Mrs. Renling hereinging, um mit ihr zu frühstücken, vergaß ich die Tür zu schließen.

»Was denn, hattet ihr zu Hause Säcke vor den Türen?« sagte sie. »Mach die Tür zu, ich liege hier im Bett.« Und als ich mich zögernd dazu bequemte, nahm sie wahr, wie zerknittert ich herumlief. »Geh nach dem Frühstück zum Schneider hinunter und laß dir die Sachen bügeln. Du mußt in deinen Hosen geschlafen haben. Ich sehe dir das nach, auch die Art, in der du mir gestern abend deine Höflichkeit bewiesen hast, weil du verliebt bist. Aber deshalb mußt du noch lange nicht wie ein Landstreicher herumlaufen.«

Nach dem Frühstück nahm sie ihr Mineralbad, und ich ging in die

Halle hinunter. Die Fenchels hatten ihre Zelte abgebrochen. Thea hatte mir beim Portier einen Zettel hinterlassen. »Esther hat zu Onkel über dich gesprochen, und wir gehen für ein paar Tage nach Waukesha und dann nach Osten. Gestern abend hast du dich wie ein Narr benommen. Denk darüber nach. Daß ich dich liebe, ist die Wahrheit. Du wirst mich wiedersehen.«

Danach kamen für mich ein paar schwere Tage, die Melancholie wie eine Galgenschlinge am Halse. Ich dachte, woher kam ich zu dieser Art, mich um das Feinste, was in den Bezirken der Schönheit und Freude zu finden war, zu bewerben, als wäre ich ein Graf von glücklicher Jugend und für Eleganz und süße Liebelei mit Gliedern aus Zuckerkant wie geboren? Und ich mußte mich, was mir sehr selten passierte, besinnen, nämlich darauf, woher ich eigentlich kam, auf meine Abstammung und andere Geschichtsfakten; auf Dinge eben, über die ich – demokratisch von Temperament, jedem aufgeschlossen und für andre das gleiche Maß gelten lassend, das ich mir selbst zumaß – niemals als Hindernisse nachgedacht hatte.

Und inzwischen hatte ich mehr und mehr das, was mich bisher getragen hatte, zu tragen. Dieses Hotel zum Beispiel, dieses Merritt, Creme und Gold, war mir jetzt eine Last – die Bedienung, die Tischmusik, das Tanzen. Diese hyperbolischen Blumen kamen mir plötzlich alle wie aus bemaltem Eisen vor; der mondäne Chic drückte mich wie ein Mühlstein und zu oberst Mrs. Renling wie ein Gußstahlklotz. Ich konnte sie nicht mehr ertragen, wenn sie schwierig war. Selbst aus dem Wetter, das schließlich naßkalt wurde, sprach Unglück. Aber ich zog es vor, anstatt im Hotel zu bleiben, wo ich in ihrer Reichweite war und sie mich antreiben und tyrannisieren konnte, im Vergnügungspark vom Silver Beach herumzulungern, wo die Sitze des Riesenrades, die langsam schwarz wurden, zugedeckt waren und mir die Nässe durch meinen Regenmantel (der aus den alten Tagen stammte und nicht an die jüngst erworbene Eleganz heranreichte) bis auf die Haut drang. Ich saß in den Würstchenbuden zwischen den Rummelplatzleuten, Konzessionären und Geschwindigkeit-ist-keine-Hexerei-Zauberern und wartete das Ende der Bäderstunden ab.

Ziemlich gegen Ende der Feiertage schrieb Simon, daß er mit einer Freundin nach St. Joe käme, und er hatte Glück mit dem Wetter. Ich war an der Landebrücke, als der weiße Dampfer festmachte. Das ganze Grün und die Bläue waren nach dem Regen frischer, und die Kälte der nassen Tage hatte nachgelassen und war nicht spürbarer auf der

Haut als die Kühle einer Stecknadel. Was die Leute betraf, die an Land gingen, war ihnen die harte Art der Stadt anzusehen; ihre Spuren waren nur ein wenig während des fünfstündigen Ausfluges auf dem Wasser von ihnen gewichen. Da kamen Familien, ledige Männer und mit ihren Strand- und Sommersachen berufstätige Mädchen zu Paaren, einige nicht so sichtlich beschwert, aber alle doch gleichermaßen schwer belastet. Hartgesotten oder verletzt, ganz nach dem Wesen ihres Loses oder ihrer Natur. Sie gingen mit Gepolter vom Schiff herunter, über die von der Schiffsmaschine vorgetriebene Strandwelle des Sees und in die friedvolle, strahlende Senke hinein, und hier und da hob das Licht ein besonders geartetes oder zurückhaltend glückliches Gesicht heraus. Es brachte auch Seide, Haar, Brauen, Strohhüte und Brüste zum Aufleuchten – Brüste, die gekommen waren, um Nervenbelastungen aufatmend von sich abzuwälzen oder unterdrückte Einfachheiten aufsteigen zu lassen – die Träger von Dingen, die so alt wie die ältesten der Städte und älter noch sind; Begierden und Abstinenzen, die von den Zeiten des Gartens Eden und des Sündenfalles her schon den Bäuchen, Schultern, Beinen ins Blut gegangen.

Und da war, größer als die meisten, blond und braun, auch mein wie ein Germane aussehender Bruder. Er hatte sich in Schale geworfen, als repräsentiere er Amerikas Unabhängigkeitserklärung, und sah dabei auch ein bißchen wie ein smarter Zigeuner aus. Er lächelte, sein abgebrochener Zahn vorneweg, trug sein doppelreihiges kariertes Jackett weit offen und hatte seine knochigen Finger unten an den Griffen von zwei Reisetaschen. Er strahlte nur so vor Anständigkeit, aus seinen blauen Augen mit einer gewissen Hitze, wovon auch etwas in seinen Wangen bis hinunter zum Hals war. Kraftvoll und animalisch. Er ging mit schwer bewahrtem Gleichgewicht in seinen spitzen Schuhen über die Laufplanke, die Arme vom Gewicht des Gepäcks heruntergezogen, und hielt im Schatten des Piers suchend nach mir Ausschau. Ich habe ihn nie besser aussehend gefunden als dort, wie er in seinem bunten Aufzug mit der Menge anrollte. Als er seine Arme um mich schloß, war ich glücklich, ihn zu fühlen und zu riechen, und wir grinsten uns an, feixten, gaben uns Püffe ins Gesicht, jeder männliche Stachlichkeit unter den Fingern, und standen einen festen, schmerzhaft foppenden Händedruck durch.

»Na, du Witzbold?«

»Und du, Großverdiener?«

Dahinter steckte keine wirkliche Spitze, obwohl Simon sich eine Zeitlang sehr zurückhaltend mir gegenüber benommen hatte, weil ich mehr als er verdiente und mich in Luxus bewegte.

»Wie geht's in Chicago – mit Mamma?«

»Naja, du weißt ja, die Augen. Sonst aber gut.«

Und dann holte er sein Mädchen 'ran. Sie hieß Cissy Flexner. Ein großes, dunkles Mädchen. Ich kannte sie von der Schule her. Sie war aus unserer Nachbarschaft. Ihr Vater hatte – ehe er pleite machte – einen Manufakturladen. So mit Overalls, Arbeitshandschuhen aus Drillich, Monteuranzügen und Gummischuhen und solchen Sachen. Er war ein fleischiger, seiner selbst unsicherer, blasser und irgendwie in sich gekehrter Mann, wie er da so hinter seinen Verschlägen steckte. Aber sie – wenn auch auf eine sich selbst ängstlich darum bemühende Art – stellte ein wunderschönes Stück monumentaler Arbeit dar, das auf kolossalen, aber gut proportionierten Beinen, mit nach vorn geneigten Hüften, stand. Ihr Mund war groß und wäre vollkommen gewesen, wenn er nicht irgendwie etwas Selbstgeschmäcklerisches gehabt hätte. Dazu Augen mit schwerfälligen Lidern, die aber in ihrer langsamen Schwere wunderbar waren. Eine erotische Offenbarung. So stark, daß sie diese Augen ein wenig niedergeschlagen halten mußte, um unaufdringlich zu bleiben, bei diesen Gottesgaben, der Höhe ihres Busens und Form ihrer Hüften und anderen Reichtümern ihres Geschlechts, die, glatt und weich, mit ihrer heranwachsenden Reichlichkeit, die solch ein Wesen, wenn es im Werden ist als kleines Mädchen, überraschen mögen. Sie beschuldigte mich etwas, sie zu prüfend zu betrachten. Wer aber konnte was dagegen machen? Und im Hinblick darauf, daß sie meine Schwägerin werden könnte, da Simon mit aller Macht in sie verliebt war, konnte man es wohl auch verzeihlich finden. Er benahm sich schon wie ein Ehemann zu ihr, und sie hingen wie die Kletten aneinander, mit Kosen und Küssen und Vertraulichkeiten, wenn sie im Licht der ineinanderfließenden Farben des Wassers und des Himmels herumschlenderten und ich allein, etwas von ihnen entfernt, im See schwamm. Ebenso auf dem Strand, wenn Simon, nachdem er den feinen Schild seines Brusthaars abgerieben hatte, ihr den Rücken abtrocknete und ihn küßte; das gab mir für einen Augenblick einen Stich in den Gaumen. So, als ob ich selbst mit dem warmen Duft und dieser Haut in Berührung gekommen wäre. Sie hatte soviel – strahlte soviel an weiblichem Nimbus aus. Eine unwahrscheinliche Möse.

Aber persönlich beschäftigte sie mich nicht zu sehr. Zum Teil, weil ich in Esther verschossen war. Aber auch, weil das, was sie – außer femininer Brillanz – zu versenden hatte, schwerfällig war. Mag sein, daß sie selbst über das, was sie hatte, verwundert war. Über ihr erschlagendes Gewicht. Es muß auf ihrem Denken gelastet haben, wie jede große Vitalität in der Natur. Wie die Zielsetzungen, die im Blut des Grizzlys oder des Tigers lebendig sind, mit multipliziertem Gewicht die Urteilskraft solcher Bestien abwürgen. Ein Beispiel für eine – bis in die feinste Tigerung und die Krallenspitzen hinein – ausschließlich vollendete Sache. Doch um welchen Preis wird dieser Vorzug, so fest in den Armen der Natur und der Bestimmung einer Gattung anheimgegeben zu sein, erworben? Der Anteil an Gedanken war schwächer als die anderen Ingredienzen, aus denen Cissy bestand. Aber so weich sie auch zu sein schien, war sie doch ein Mädchen von einiger Gerissenheit.

Und wie sie sich da auf dem Strand aalte und das heiße Öl des Puffreis und die Schärfe von Mostrich zusammen mit dem Prasseln in Wölkchen von den Ständen auf dem Silver Beach herüberkam, ließ sie Simon mit seinen Bitten zappeln, die ich nicht hören konnte – er lag dicht neben ihr auf der Seite in seiner roten Badehose – »Oh, pfui, nein. Ach, du Spießer! Liebe, Schmonzes!« Aber ihr Vergnügen war groß. »Ich freue mich so, Lieber, daß du mit mir hierhergefahren bist. So sauber. Es ist himmlisch hier.«

Ich sah Simon nicht gern mit ihr kämpfen – um das, um was es dabei ging –, um sie zu überzeugen, sie geneigt zu machen und sie herumzukriegen. Sie lehnte fast alles, was er vorschlug, mit »Ach nein, aber laß uns doch so tun als ob« und ähnlichen Verneinungen ab. Das führte bei ihm zu einer Krudheit, die ich vorher nie an ihm gesehen hatte. Die Art, in der er sich zur Schau stellte, bohrte, kämpfte, renommierte und ihr schmeichelte, war mehr als plump. Im Eifer des Gefechts und seiner Vernarrtheit hing ihm die Zunge zum Halse heraus. Und im tiefsten Grunde war er wütend. Seine Wut stieg ihm geradenwegs ins Gesicht und brannte aus zwei hektischen Flekken unter seinen Augen zu beiden Seiten der Nase. Ich verstand das, bestrichen wir doch das gleiche Feld der Schwierigkeit und des Kampfes vor genau dem gleichen Troja. Was uns da widerfuhr, hätte Oma Lausch – oder jedenfalls ihren Geist – denn in Wirklichkeit verbarg sie ja der Staub des Alterheims, in dem sie inmitten von Finalisten saß, für die es nur noch das kleine Rätselspiel gab, wer der Nächste von ihnen sein würde, der ausscheiden mußte – mit der Genugtuung der Prophetin erfüllt. So verzeichnete ich für sie diesen scheinbaren Erfolg von Prophetie. Und was Simon anging, begannen sich mir mit dem Gefühl neuer Anhänglichkeit zu ihm alle Schauplätze unserer gemeinsamen Jungenjahre, ehe es zwischen uns zu Meinungsverschiedenheiten und Entfernungen kam, vor Augen zu stellen. In Wirklichkeit kam es zu keiner Wiedererweckung des alten Verhältnisses; aber davon abgesehen liebte ich ihn doch. Wie er da so vor einem stand, den geblümten Umhang des Strandanzuges seiner Freundin über den Schultern, wirkte dieses rohe und sonnverbrannte Dastehen am klaren Uferstreifen des Wassers irgendwie kraß, aber im Sinne naiven Stolzes, als ob ihn das Tragen dieses Gegenstandes der Gunst seines Mädchens übermütig stimmte.

Ich brachte die beiden zum Abenddampfer, da sie sich weigerte, über Nacht zu bleiben, und war mit ihnen die ganze Zeit über, in der sich langsam der Sonnenuntergang vollendete, an Deck: bis zum letzten Blau, bar jeden andern Lichts. Niedersinkende Schwere und Furchen in den stadtwärts gerichteten Wolken, aus der Gewalt der Sonne entlassen, um auf die Umwallungen und Pfählungen des Wassers grau und machtvoll herniederzusinken.

»Naja, Sportsfreund, in den nächsten paar Monaten können wir verheiratet sein«, sagte er. »Beneidest du mich? Ich wette, du tust's.«

Und er schloß seine Hände und Arme um sie, sein Kinn auf ihrer Schulter, und küßte sie auf den Nacken. Die flammende Art, in der er ihr seine Liebe zeigte, kam mir merkwürdig vor – sein Bein trat zwischen ihren Beinen hervor, und seine Finger spreizten sich über ihr Gesicht. Sie wies nichts, was er tat, ab, obgleich sie ihm nie mit einem Wort zustimmte; und machte sie mal den Mund auf, klang es nicht gerade freundlich. Ihre Hände tief in die Ärmel ihres weißen Mantels wie in eine Kutte gesteckt, um sich die Abendkühle vom Leibe zu halten, stand sie neben einem Rettungsboot. Wegen seines Sonnenbrands hatte er nur sein Hemd an, trug aber seinen Panama, dem der Wind die Krempe umbog.

9

Gerade als Mrs. Renlings Umzingelungswerk nahezu lückenlos um mich herum aufgebaut war, machte ich mich aus dem Staube. Sie beabsichtigte, mich zu adoptieren. Das war der für mich ausschlaggebende und mich bestimmende Grund, um abzuschieben. Aus mir sollte Augie Renling werden, ich sollte mit ihnen leben und schließlich ihr ganzes Pulver erben. Um aber erkennen zu können, was eigentlich dahintersteckte, dazu bedarf es mehr Lichter, als ich wahrscheinlich aufstecken kann. Aber vor allem war wohl was an mir, das die Leute ans Adoptieren denken ließ. Zweifellos hatte das mit dem Umstand zu tun, daß Oma Lausch uns in unserer frühesten Kindheit in gewisser Weise adoptiert hatte; meiner scheinbaren Fügsamkeit und Dankbarkeit wegen hielt man mich für einen vielversprechenden Adoptivsohn. Stellte sich dann heraus, daß ich in Wirklichkeit gar nicht so lenkbar und fügsam war, wie ich aussah, schien das eine unerwartete Karte im Spiel und eine überraschende, ja geradezu geheimnisvolle Angelegenheit. Warum hatten denn die Einhorns, um ihren Sohn Arthur besorgt, immer wieder unterstreichen müssen, daß sie gar nicht beabsichtigten, mich in ihre Familie hineinzunehmen? Weil etwas an mir war, das einem den Gedanken an Adoption nahelegte. Und dann gab es manche Leute mit einem besonderen Hang zur Adoption. Möglicherweise wollten damit einige ihr irdisches Lebenswerk vollenden. So jedenfalls Mrs. Renling auf ihre energische und abrupte Art und mit der Weißglut, die von ihren Absichten ausstrahlte und die Folge des intensiven Druckes war, mit dem sie ihre Pläne betrieb. Auch Mrs. Renling hat ihre Mission auf Erden.

Es gab eine Sache, über die man sich bei Mrs. Renling nicht leicht Klarheit verschaffen konnte. Solange ich sie gekannt habe, wußte ich nie, und daran waren ihre verschrobenen Angewohnheiten und ihre schnelle Art, mit einem zu sprechen, schuld, wonach es sie zutiefst verlangte. Heute weiß ich es: sie wollte versuchen, eine Mutter zu sein. Wie dem auch immer sei, ich war so weit, von all den Positionen, die sie sich für mich ausgedacht hatte, abzurücken und den Rückzug anzutreten. Warum sollte ich mich zu einem dieser Leute machen, die selbst nicht wußten, wer sie eigentlich waren? Und die ungeschminkte Wahrheit ist, daß es kein Schicksal war, das für mich gut genug gewesen wäre. Das stellte sich nämlich ganz klar heraus, als die Frage meines Eintritts in die Familie zur Sprache kam. Als Sohn. Sonst habe ich nichts gegen sie. Ganz im Gegenteil. Ich hatte ihnen für sehr vieles zu danken. Aber das änderte nichts daran, daß ich nicht bereit war, mich in Mrs. Renlings Welt einbauen zu lassen, um das zu befestigen, was sie zu sein behauptete.

Nicht nur sie denkt so, sondern eine ganze Schicht von Leuten, die darauf vertrauen, daß sie gerechtfertigt werden; daß ihre Gedanken so wirklich wie die sieben Hügel sein werden, um darauf zu bauen. Und sie meinen, indem sie ihre Macht ausbreiten, hätten sie eine Ewige Stadt zu ihrer Rechtfertigung an dem Tage stehen, an dem andere Gründer mit Mauern und Balken untergegangen sind, Gründer, deren Gedanken nicht wirklich waren und die auf sumpfig schwankendem Grund gebaut waren. Das bedeutet nicht die Errichtung eines einzigen, gemeinschaftlich geplanten Turms von Babel, sondern hunderttausende für sich stehende Ansätze dazu, über ganz Amerika verstreut. Energische Leute, die dort gegen Not und Ungewißheiten bauen, wo Schwächere einfach bloß hoffen, daß das Übel sie verschone. Und Mrs. Renling war, selbst im buchstäblichen Sinne, sehr stark, und da sie keine sichtliche Arbeit tat, muß wohl die Entwicklung ihrer Muskeln das Werk ihrer heimlichen Anstrengungen gewesen sein.

Auch Mr. Renling war bereit, mich zu adoptieren, und sagte, daß er sich glücklich schätzen würde, mein Vater zu sein. Ich wußte, daß das mehr war, als er irgend jemandem sonst sagen würde. Von seinem Standpunkt war es für mich, den arme Frauen aufgezogen hatten, ein großer Sprung, den Ratten entrissen und durch Zuneigung gerettet zu werden. Gott mag alle erretten, aber durch Menschen werden nur wenige errettet. Als ich Mrs. Renling erzählte, daß Simon im Begriff war zu heiraten und daß Cissy die Tochter eines pleite gegangenen Manufakturwarenhändlers war, begann sie, sich darüber zu verbreiten und mir das Soziologische daran herauszuarbeiten. Sie führte mir die kleine Wohnung vor Augen und die in der Küche aufgehängten Windeln, die Abzahlungsschwierigkeiten wegen der Möbel und Kleidung; mein Bruder werde schon mit dreißig, vor Angst und durch die Psychose, als der Gefangene des Mädchens und der Säuglinge von allem anderen abgeschnitten zu leben, ein alter

Mann sein. »Während du mit dreißig, Augie, gerade man erst anfangen wirst, ans Heiraten zu denken. Du wirst Geld und Bildung und, was Frauen anlangt, die freie Wahl haben. Selbst bei einem Mädchen wie Thea Fenchel. Ein gebildeter Mann mit einem Geschäft hinter sich ist ein Lord. Renling ist sehr geschickt und hat es weit gebracht, aber mit Wissenschaft, Literatur und Geschichte wäre er ein richtiger Fürst und nicht einfach wohlhabender Mittelstand geworden ...«

Als sie die Fenchels erwähnte, drückte sie auf den richtigen Knopf. In mir wurde eine Versuchung wach. Aber nur eine; und eine Versuchung allein genügte nicht. Ich glaubte nicht daran, daß mich Esther Fenchel je wirklich haben wollte. Außerdem war meine Einstellung zu Esther, obwohl ich noch immer in sie verliebt war, nicht mehr das, was es gewesen war. Mehr und mehr glaubte ich, was mir ihre Schwester über sie erzählt hatte. Und dann – wenn ich absolut ehrlich zu mir war – gab ich mir keine Chance mehr.

Jedenfalls, Mrs. Renling setze mich unter Druck. Zart. Sie nannte mich »Sohn« und pflegte mich den Leuten als »unser Junge« vorzustellen, tätschelte mir den Kopf und so fort. Und ich war robust und im Besitz meines Geschlechts, will ich sagen, daß ich kein Kind mehr war und sie keinem Achtjährigen über das frische glänzende Haar strich, und daß man mir schon etwas mehr zubilligen mußte, als bloß ein Kind zu sein.

Der Gedanke, daß ich nicht wünschte, adoptiert zu werden, kam ihr spontan nie in den Sinn. Als ob es normal, aber nicht der Erwähnung wert wäre, hielt sie etwas anderes für möglich: daß ich, wie alle Leute, mir selbst der Nächste sei. Wenn ich also irgendwelche Einwände in petto hatte, konnten das nur unbedeutende sein, und ich würde mit ihnen hinterm Berge halten. Oder sollten mir Gedanken kommen, wie meinen Brüdern oder Mamma zu helfen sei, würde ich diese Gedanken im Zaum halten und im Hintergrund bewahren. Sie hatte Mamma niemals gesehen und hatte auch nicht die Absicht, das zu tun, und als ich ihr in St. Joe sagte, daß Simon käme, äußerte sie nicht den leisesten Wunsch, ihn kennenzulernen. Die ganze Geschichte hatte etwas von Moses und des Pharaos Tochter, nur daß ich auf keinen Fall mit einem zwischen Binsen versteckten Säugling zu vergleichen war. Ich hatte Familie genug, und war zufrieden damit, und auch genug Vergangenheit, um ihr die Treue zu halten. Es war ja nicht so, als ob ich auf dem Fließband fabriziert worden wäre.

Also machte ich einen Rückzieher, ich wich Andeutungen aus, und als daraus offene Angebote wurden, lehnte ich sie ab. Ich sagte zu Mr. Renling: »Ich weiß Ihre Freundlichkeit zu schätzen, und ich finde Sie beide prima. Ich werde Ihnen dafür dankbar sein, solange ich lebe. Aber ich habe Angehörige, und ich habe gerade jetzt ein Gefühl –«

»Du Narr!« sagte Mrs. Renling. »Was für Angehörige? Was für Angehörige?«

»Warum? Ich habe meine Mutter und meine Brüder.«

»Was haben die denn damit zu tun? Stuß! Wo steckt dein Vater? Kannst du mir das vielleicht mal verraten?«

Ich konnte es nicht.

»Du weißt nicht einmal, wo er lebt. Und jetzt, Augie, benimm dich nicht wie ein Narr. Eine wirkliche Familie bedeutet schon was und hat dir was zu bieten. Renling und ich werden deine Eltern sein, weil wir dir geben werden, und alles übrige ist fauler Zauber.«

»Nun, laß ihn sich das überlegen«, sagte Renling.

Ich glaube, daß Renling an diesem Tag aus dem Geleise war. An seinem Hinterkopf stand ihm das Haar zu Berge, als ob ihn dort (wie wir bei uns zu Hause sagen) eine Kuh geleckt hätte, und die Schlaufen seiner Hosenträger sahen unter der Weste vor. Das ließ darauf schließen, daß er an irgend etwas litt, was nichts mit mir zu tun hatte, denn gewöhnlich benahm er sich vollkommen korrekt. Es war, als ob ihn eine ihm eigene Verzweiflung ergriffen hätte.

»Oh, was gibt's da noch groß nachzudenken!« schrie Mrs. Renling. »Du siehst doch, wie er denkt! Er muß überhaupt erst mal lernen, *wie* man denkt, wenn er solch ein Trottel sein und sein ganzes Leben lang für andere Leute arbeiten will. Ohne mich wäre er schon längst mit der Kellnerin von nebenan – mit dieser Indianerin mit der breitgequetschten Nase – verheiratet und dabei, auf ein Baby zu warten; in spätestens zwei Jahren wäre er dann reif für den Gashahn. Biete ihm Gold, und er wird dir mit Nein antworten. Er bevorzugt Scheiße!«

In diesem Stil fuhr sie fort und bearbeitete mich so, daß mir angst und bange wurde. Renling war verstört. Nicht furchtbar verstört, aber wie ein Nachtvogel, der sich wohl im Tageslicht auskennt und sich, aber nur wenn er muß, als plumpe, große, braungestreifte Gestalt durchschlägt, um aber danach wieder auf das Dickicht der Wälder zuzufliegen und in die Finsternis zurückzukehren.

Und ich – ich bekam aber auch immer wieder von Frauen zu hören, daß es mir an der tieferen Kenntnis des Lebens mangele, daß ich weder seinen bitteren Preis, seine Leiden noch seine erstaunlichen Ekstasen und Herrlichkeiten kenne. Da ich ja nicht schwach sei und keine Brüste habe wie sie, wo des Lebens Schrecken mich treffen könnten. Und da ich nicht stark genug aussah, als könne ich, wenn es zum Kampfe käme, als Sieger bestehen. Andere Leute wiesen mir ihre Leistungen vor, ihre Anrechte und Patente, Beweise von Paradies und Hölle, ihre Schürfproben – die wie Klumpen in ihren Gesichtern zu sehen waren –, und besonders die Frauen sagten mir immer wieder, wie unwissend ich sei. Jetzt versuchte Mrs. Renling, mich mit Drohungen einzuschüchtern, und schrie mir ins Gesicht, daß ich das Kind von Idioten sei; daß ich todsicher bei den ersten Schritten ins Leben unter die Räder kommen, im Lebenskampf zertrampelt werden würde. Weil – wenn man mir glaubte – ich für ein leichteres Leben geschaffen sei und dazu, mich aus einem feinen Bett zur Gemütlichkeit eines reichlichen Frühstücks zu erheben, mein Brötchen ins Eigelb zu tunken und zum Kaffee eine Zigarre zu rauchen, alles in Sonnenschein und Bequemlichkeit, frei von Melancholie und Schandflekken. Das war die Seite des Lebens, die man mir wünschte, und sollte ich mein Glück zurückstoßen, würde mich statt dessen die Vergessenheit erwarten. Die Verruchten würden Besitz von mir ergreifen.

Ich machte keinen Versuch, die Wahrheit, die in dem, was ich gesagt bekam, zurückzuweisen, und ich hatte einen Mordsrespekt für die Macht, die Frauen befähigt, diese Wahrheit zu wissen.

Aber ich bat um Bedenkzeit, um mir die Sache durch den Kopf gehen zu lassen, und hätte mit meinen Gedanken allein sehr leicht zu Rande kommen können, denn das Wetter begünstigte klare Gedanken. Es war der Anfang und das Beste vom Herbst. Fußballwetter, kühle gelbe Astern in der feinen Luft, das Geräusch kräftiger Ruderschläge und über den Reitweg stampfender Pferde. Ich nahm mir einen Nachmittag frei, um Einhorn zu konsultieren. Das Glück begann, sich Einhorn wieder zuzuwenden; er hatte ein neues Büro eröffnet und war aus der Billardkneipe in eine Wohnung gegenüber gezogen, von wo er auch weiterhin die Kneipe im Auge behalten konnte. Der Umschwung machte ihn irgendwie egozentrisch. Außerdem spielte die Tatsache eine Rolle, daß eine Frau in ihn verliebt war. Das verschaffte ihm einen großen Auftrieb. Er hatte wieder sein Blatt für Bettlägrige, auf dem Vervielfältigungsapparat abgezogen, herausgegeben, und eine seiner Leserinnen, ein gehbehindertes Mädchen, Mildred Stark mit Namen, hatte sich in ihn verknallt. Sie hatte ihre erste Jugendblüte hinter sich. Sie war über dreißig und füllig, aber sie hatte ein lebendiges, wenn auch etwas abgekämpftes Gesicht. Ihr Haar und ihre Augenbrauen waren stark und schwarz. Auf seine poetischen Inspirationen antwortete sie in Versen und ließ sich schließlich von ihrer Schwester in sein Büro bringen, wo sie eine Szene machte und nicht eher fortgehen wollte, bis Einhorn ihr versprach, daß sie für ihn arbeiten dürfe. Sie verlangte nicht einen Cent Gehalt, nur, daß er sie von ihrer Budenangst errette, von der sie zu Hause befallen wurde. Mildred hatte ein Fußleiden und sie trug orthopädische Schuhe, deshalb mußte sie langsam gehen, und dabei war Mildred – wie ich bei späterer Gelegenheit erfahren sollte – jemand, den Impulse rasch und mit Macht überkamen, und diese Impulse liefen dann in tote Leitungen und wurden gedrosselt, gestaut, bis sie ganz dunkel im Gesicht wurde. Sie war, wie ich sagte, in ihrer Erscheinung füllig, und ihre Augen waren schwarz, und ihre Haut hatte wenig Glanz. Wenn man sich aus einem verkrüppelten Mädchen in der Familie und innerhalb der vier Wände zu einer verkrüppelten Frau entwickelt, ein solch schales und bitteres Schicksal führt in Düsternis, Melancholie, in ein Übermaß von Leid. Da fehlt alles, was man braucht, um ein zufriedenes und nicht ein unzufriedenes Gesicht am Fenster zu zeigen.

Aber Mildred ergab sich nicht in das Schicksal, sich hinzulegen und auf den Tod zu warten, obwohl sie es nie verwinden konnte, daß sie wie eine Frau in den mittleren Jahren aussah, dunkel und traurig, wie eine Frau, die gezwungen ist, im Sitzen zu leben, oder wie jemand, der sich Kinder versagt hat oder den Männern aufgesessen ist. Obwohl diese Entwicklung durch ihre Liebe zu Einhorn, der ihr gestattete, ihn zu lieben, aufgehalten wurde, blieben diese Spuren in ihrem Gesicht. Zu Anfang kam sie nur zwei- oder dreimal in der Woche, um ein paar Briefe für ihn zu tippen, bis sie schließlich im Laufe der Zeit zu einer vollbeschäftigten Sekretärin für ihn wurde und – als seine Dienerin und Vertraute – auch noch andere Verwendung fand. Jemand, der im wörtlichsten, biblischsten Sinne »deine Magd« sagen konnte. Schob sie ihm seinen Rollstuhl, benötigte sie diesen bei ihrem Humpeln und Nachziehen des Fußes gleichzeitig als Stütze. Er saß, befriedigt, gut bedient. Er sah streng und sogar ungeduldig drein, aber in Wahrheit war es anders. Der Geist, in dem ich ihn fand, war der Geist Chanteclers, des Hahns der Fabel, womit ich männliche Eindringlichkeit meine, scharfe, knotige Sehnen und einen angeschwollenen Kamm, zapplig, glitzernd, hochmütig und blendend, mit üppiger, lässig nachschleifender Federpracht.

Ach, dieser Vergleich läßt noch andere Fakten übrig, die auch berücksichtigt werden müssen. Das ist traurig, aber wahr. Das Menschengeschlecht hat nichts von der Einfachheit dieser Art – ist nicht wie ein Stock, der eine einfache Linie auf der Erde macht, sondern vielmehr wie eine ungeheure Egge mit zahllosen Zinken. Einhorns Geist war eindringlich, aber es muß auch von seiner schlechten Farbe gesprochen werden, von den Jahren ausgelaugt und grau; auch von der Häßlichkeit der neuen Wohnung; von der Fadheit gewisser Stunden, von der Fadheit ganzer Tage; von dieser ganzen Traurigkeit und Abgeschabtheit – und es muß auch gesagt werden, daß die Straße kahl, trübe und voll niedrigen Lebens war, eben schlecht. Und daß es da Gedanken an Geschäfte und verunstaltete, ins Kraut geschossene Absichten gab, fürchterlich, drohend, von Spektakel und Nachrichten hier und da zerfressen wie von Salz, und mit Lügen, bewußten und willkürlichen, wie mit Pusteln und Flecken garniert.

Soweit das einer sehen konnte, war Mildred für Tilly Einhorn annehmbar. Einhorns Gewalt über Tilly war so groß, daß es über ihre Kraft gegangen wäre, ihn eines begangenen Unrechts zu überführen. Außerdem muß man bei Einhorn an Leute denken, die so beschaffen sind, daß sie in einen Prozeß dieser Art wie der Schusterleisten in den Schuh hineingehen. Dieser Leisten für Tilly zu sein, entsprach einem besonderen Bedürfnis Einhorns als Krüppel. Sie war dazu da, Nachgiebigkeit zu zeigen.

Nun ja, so standen die Verhältnisse Einhorns, als ich zu ihm kam, um mir bei ihm Rat zu holen. Ich fand ihn zu beschäftigt, um mir Aufmerksamkeit zu schenken. Als ich sprach, sah er fortwährend auf die Straße hinaus, dann bat er mich, ihn zur Toilette zu schieben, was ich tat. Diese auf den quietschenden Laufrollen, die, wie immer schon, hätten vertragen können, mal geölt zu werden. Alles, was er erwiderte, war: »Tja, is ziemlich ungewöhnlich. Ein Angebot, durchaus. Du bist als Glückskind auf die Welt gekommen.« Er hörte mit weniger als dem halben Ohr zu und dachte, ich wollte ihn von dem Wunsch der Renlings, mich zu adoptieren, nur als Neuigkeit berichten, und nicht, daß ich erwog, abzulehnen. Selbstverständlich steckte er bis zum Halse in seinen eigenen Affären. Und ich brauchte nur Mildred Stark anzusehen, wenn ich nach einem Beispiel Ausschau hielt, wie es jemandem ergeht, der sich erst einer Familie anschließt, um schließlich von ihr aufgesogen zu werden.

Ich verbrachte den Rest des Nachmittags unten in der Stadt, und während ich bei Elfmanns einen Sandwich mit Leber aß und den Musikern an der Ecke Dearbornstreet zuhörte, sah ich einen Burschen vorbeigehen, der Clarence Ruber hieß, und ich klopfte mit meinem Ring gegen die Fensterscheibe, bis er mich bemerkte und auf ein paar Worte zu mir hereinkam. Ich kannte diesen Ruber vom Crane-College her; damals betätigte er sich im Enark-Café als Baseball-Toto-Buchmacher. Er war harmlos und hatte eine ordinäre Klappe. Weich im Gesicht, dicker Arsch, auf dem Kopf ein paar langweilige, geölte Fransen wie 'ne assyrische Ronyfrisur, Jackett, so im bauschigen, breitbrüstigen Stil, seidigglänzendes Hemd, gelber Seidenschlips und grauer Flanellanzug. Er sah mit einem Blick, daß es mir, im Gegensatz zu den Depressionsmusikern und den anderen Essern, gut ging (so wie ihm selbst), und wir tauschten unsere Erfahrungen aus. Er hatte am Südrand einen kleinen Laden aufgemacht. Zusammen mit der Witwe eines Vetters von ihm, die ein bißchen Geld hatte. Sie handelten in Lampen, Bildern, Vasen für Klaviere, Aschenbechern und solchem Zeug mehr, und da der Vetter und seine Frau vor der großen Pleite Innendekorateure gewesen waren, mit großen Hotels als Kundschaft, machten sie ein gutes Geschäft. »Damit ist Pulver zu verdienen. So eine von den Touren, wo Leute dafür blechen, daß auf 'ne besondere Masche mit ihnen umgegangen wird. Geschäft mit Schmus. Denn wenn sie's wüßten, könnten sie 'ne Menge von dem Scheißkram für'n paar Pfennige bei Woolworth kaufen. Aber sie sind unfähig, sich auf ihr eigenes Urteil zu verlassen. Is 'ne Frauenmasche«, sagte er, »und du mußt den Dreh 'raushaben, wie du sie bauchpinseln kannst.« Ich fragte ihn, was er hier zwischen den Musikern suchte. »Musiker«, antwortete er, »du meine Güte.« Er war mit einem Mann im Burnham-Haus zusammen gewesen, der einen Gummianstrich für Badezimmer erfunden hatte. Ein wasserfestes Erzeugnis, das ihm bei den Beziehungen der Vettern-Witwe zu Hotels ein Vermögen einbringen sollte. Es schützte Wände vorm Verfaulen. Das Wasser konnte den Putz nicht angreifen. Der Erfinder fing gerade mit der Produktion an. Ruber wollte höchstpersönlich damit 'rumlaufen und das Zeug an den Mann bringen, weil damit eine Masse Geld zu verdienen war. Deshalb, sagte er, brauchten sie einen Mann, der ihn im Laden ersetzen müßte. Und da ich Erfahrung mit reichen Kunden, mit so Leuten wie aus dem Ritz, habe, sei ich gerade der Richtige als Ersatzmann. »Ich hab' genug davon, mir die verflixte Verwandtschaft auf den Hals zu laden. Sie sind wie Kletten. Wenn's dich reizt, komm 'raus zu uns und guck dir mal den Laden an. Gefällt es dir, können wir uns über die Bedingungen unterhalten.«

Da ich sah, daß ich nicht bei den Renlings bleiben konnte, wenn ich nicht ihr Adoptivsohn werden wollte, was mich – wie mir inzwischen klargeworden war – ersticken würde, und da auch keine andere Regelung mehr möglich war, nachdem ich sie abgewiesen hatte, schloß ich einen Handel mit Ruber. Renlings erzählte ich eine Gechichte von einer wunderbaren, einzigartigen Gelegenheit eines Geschäfts fürs Leben mit einem alten Schulfreund und zog aus Evanston ab. Die Stimmung war frostig – Mrs. Renling war starr vor Wut über mich. Und selbst Renling, der mir auf kühle Art alles Gute für mein weiteres Fortkommen wünschte. Aber er sagte jedenfalls, daß ich zu ihm kommen könne, wenn ich jemals Hilfe brauchte.

Ich nahm mir ein Zimmer im Süden der Stadt, in einem Haus auf der Blackstone-Avenue, oben im trägen Staub, gleich neben dem Klo, vier Treppen hoch. Drei davon hatten einen ming-roten Läufer und eine zeigte das bloße, abgetretene Holz. Ich war hier nicht weit vom Nelson-Heim, und an einem Sonntagmorgen, als ich mich erholte und Zeit hatte, ging ich Oma Lausch besuchen. In meinen Augen glich sie inzwischen nahezu allen anderen, die da waren. Sie hatte die Unabhängigkeit, die sie auszeichnete, verloren, war abgekämpft, maulwürfig, mußte, als sie mich begrüßte, ihre Qualitäten von früher zusammensuchen, als hätte sie sie weggelegt und vergessen wohin. Sie schien sich auch nicht zu erinnern, was für einen Groll sie einmal gegen mich gehegt hatte, und als wir uns im Aufenthaltsraum zwischen ein paar schweigenden alten Leuten zusammen auf die Bank setzten, fragte sie: »Und wie geht es – geht es – jenem – dem Idioten?« Sie hatte Georgies Namen vergessen. Das entsetzte mich. Ja, ich war ganz von den Socken, bis ich mich endlich daran erinnerte, wie wenig sich auch nur ein Teil ihres Lebens mit der Spanne Zeit, die sie mit uns verbracht hatte, vergleichen ließ und wie viele Haffs und Strudel am Rand eines alten, verkalkenden Kanals liegen müssen. Und wie es bei Leuten, die nicht wünschen, daß die wichtigste sie betreffende Tatsache zur Sprache kommt, eine Stärke und Widerspenstigkeit gibt, gibt es auch eine Zeit, in der diese Tatsache oder diese Wahrheit überhaupt nichts mehr helfen könnte – wie sollte sie auch den Ruin einer alten Frau aufhalten können? Aber sie tritt wie ein Fleck in die Augen und legt sich über deren alten Ausdruck. Wozu also kann eine solche Wahrheit, wenn man dem Tode so nahe ist, noch gut sein? Ausgenommen als Nutzen für ihre Zeugen, da wir menschliche Kreaturen viele Gründe haben, daran zu glauben, daß in allem für irgend jemanden Vorteil und Profit stecken, selbst im schlimmsten Dreck, Abfall und selbst in Nebenprodukten von Giften; und ein Zauber chemischer Arzneien oder der chemischen Industrie überhaupt ist, wie es da eben endlose Verwendungsmöglichkeiten für Asche, Schlacken, Knochen und Dung gibt. Aber in Wirklichkeit trennt uns noch ein langer Weg von der Fähigkeit, von allem zu profitieren. Ja, und außerdem kann selbst eine Wahrheit durch Einsamkeit und Einzelhaft erkalten und lebt auch außerhalb der Bastille nicht mehr lange; wenn die rettende republikanische Masse die Macht des Todes ist, lebt sie überhaupt nicht. So ging es mit Oma Lausch, der nur noch ein paar Monate zu leben blieben. Deren Kleid aus Odessa speckig und ausgebleicht war, die vor mir wie eine alte Katze gähnte, die möglicherweise gar nicht so recht wußte, wo sie mich hintun sollte, die diesen Klecks ursprünglicher Wahrheit, dieses Klümpchen von dem, was ihr früher etwas bedeutet hatte, wie ein Sandkorn im Auge hatte; jetzt schwächlich, sogar infantil und schwachsinnig. Sie, von der wir immer gedacht hatten, daß sie so stark und jedem Schock gewachsen wäre! Es warf mich richtig um. Doch dachte ich auch, daß sie wohl wußte, wer ich war, und daß ihr altes Bewußtsein nicht verlorengegangen war, sondern sich in einer Phase befand, die mit einer sich zu langsam drehenden Wählscheibe zu vergleichen wäre. Ich glaubte sogar, daß sie meinen Besuch schätzte, und sagte zu ihr, daß wir nun Nachbarn wären und daß ich wiederkommen würde. Aber ich konnte dieses Versprechen nicht wahr machen, denn noch im gleichen Winter starb sie an Lungenentzündung.

In meinem neuen Job lag ich gleich von Anfang an schief. Rubers Vettern-Witwe war eine im Geschäft unbefriedigte Frau. Sie traute mir nicht sehr. Sie trug im Laden ihren Pelzmantel wie einen Umhang und einen Hut aus dem gleichen Biest wie eine stachlige Krone und hatte ein Gesicht, das sich immer seiner Unvollkommenheiten bewußt war und der erbärmlichen Haut und schmalen Lippen wegen darunter litt. Diese Dame war magenkrank und beherrschte nur mühsam ihre bösen Launen. Sie verbog mir meinen Stil, jenen Stil, den ich im Umgang mit einer Klasse von Kunden gelernt hatte, die, in meinen Augen jedenfalls, besser waren als die hier. Und an wichtige Kunden ließ sie mich nicht 'ran. Und im Büro schloß sie Schubfächer ab. Sie wollte nicht, daß ich über die Umsätze Bescheid wisse. Was sie wollte, war, mich zur Arbeit im Hinterraum verurteilen; zum Packen, Einschlagen und Rahmen und zum Einwickeln der Lampenschirme in Zellophan. So daß ich, entweder im Hintergrund gehalten oder auf Botengänge in verschiedene kleine Werkstätten und Keramikbetriebe in den Dachgeschossen der Wabash-Avenue herumgeschickt, rasch merkte, daß sie mich 'rausekeln wollte. Und sobald der Gummianstrich hergestellt wurde, ging ich als Vertreter dafür, was – wie ich glaube – Ruber auch die ganze Zeit über im Sinn gehabt hatte. Er meinte zu mir, daß ich im Laden nicht wirklich nötig wäre, da ich anscheinend ganz zufrieden sei, Laufbursche zu spielen, und mich nicht genügend für den Laden interessiere. »Ich dachte, du würdest mit ein paar Ideen kommen und nicht bloß Gehaltsempfänger sein. Aber damit war dann nix«, erzählte er mir.

»Na, ja«, sagte ich, »Mrs. Ruber hat so ihre Vorstellungen von mir.«

»Na klar«, sagte Ruber. »Daß sie versucht hat, dich zu beschummeln und am steifen Arm verhungern zu lassen, hab' ich gesehn. Die Sache dabei ist nur die, daß du dir's hast gefallen lassen.« Von nun an strich er mir das Gehalt und setzte mich auf Prosivion. Ich sah keine andere Möglichkeit, als damit einverstanden zu sein, und fuhr auf Straßen- und Hochbahnen mit einem Kanister Farbe durch die Gegend, zu Hotels, Krankenhäusern und ähnlichem und versuchte, Aufträge zu bekommen. Es war ein Reinfall. Ich konnte nirgens damit landen. Geld war knapp, und außerdem hatte ich dabei mit einer besonderen Art von Leuten zu tun. Ich hatte Empfehlungen von Mrs. Ruber an Hotels, von denen sie behauptete, dort besser bekannt zu sein, als sie es wirklich war (vielleicht auch wollten sich die Geschäftsführer nicht eher ihrer erinnern, bis sie mein Anliegen kannten); und überdies wurde man dieser Leute in den Hinteraufgängen und Wirtschaftsräumen dieser cremefarbenen, altmodisch und wie für Päpste möblierten, marmornen Strandhotels mit ihren Lakaien gar nicht so leicht habhaft. Auch hatten viele Hotels

Verträge mit Anstreicherfirmen oder interessenverfilzte Ringabmachungen; geregelt durch von den Gerichten bestellte Konkursverwalter, der eigentliche Eigentümer im Konkurs; die Konkursverwalter hatten selbst Interesse an Versicherung, Installation, Küchenbelieferung, Innenausstattung, Bars, Konzessionierungen und an all dem übrigen dieses ineinandergreifenden Systems. Vom Hotel-Manager zum dort unter Kontrakt stehenden Maler geschickt zu werden bedeutete, von Pontius zu Pilatus laufen zu müssen. Sie wollten meinen Gummianstrich gar nicht erst sehen. Ich wartete in Vorzimmern lange genug auf genügend viele von ihnen, und ich kann nicht sagen, daß man dabei auf die besten Gedanken kommt, das hatte ich bald heraus.

Wir hatten nun richtigen Winter, und es war barbarisch kalt. So kreuz und quer in spinnengleich stelzigen Wagen stundenlang dauernde Fahrten durch die Stadt zu machen, ließ einen stumpfsinnig werden wie eine am Ofen liegende Katze, wegen der Abgeschlossenheit und Dumpfheit da drinnen; und von der Masse gehäufter gleichförmiger Dinge, der Ähnlichkeit kleiner Teile, der Buchstaben von Zeitungsspalten und der Backsteine der Gebäude, ging auch etwas aus, das einen verblödete. Zu sitzen und gerollt zu werden, während man einsieht: es ist gefährlich für dich, so eine Garnrolle für einen Faden ohne Ende oder ein Wickelbolzen für Stoff vom Meter zu sein; wenn die Fahrt so gar keinen Zweck hat. Und wenn da durch die staubigen Tränenspuren am Fenster etwas Sonne fällt, kann das dem Denken noch schlimmer bekommen als die tiefhängenden, bleiernen Wolken mit ihrer nackten und durch nichts gemilderten Brutalität. Es hat keine Zivilisationen ohne Städte gegeben. Aber wie steht's mit Städten ohne Zivilisation? Wenn es das gibt, ist es eine unmenschliche Angelegenheit, so viele Menschen auf einem Haufen zu haben, von denen keiner beim anderen etwas erzeugt. Nein, aber das kann es nicht geben, denn das Traurige erzeugt sich eigenes Feuer, und deshalb kann es nie dazu kommen.

Ich machte ein paar Abschlüsse. Karas, Einhorns Schwippvetter, von den Holloway-Unternehmen, griff mir unter die Arme und kaufte ein paar Kanister, um es damit in der Van Burenstreet in einem kleinen, schmuddeligen Hotel zu versuchen; es war mehr oder weniger eine Pennerabsteige in der Umgebung des Bahnhofs, und Karas sagte hinterher, daß er es niemals für irgendeins seiner besseren Etablissements nehmen würde, weil der Anstrich bei der

Hitze und Feuchtigkeit im Brausebad unangenehm nach Gummi röche. Dann war da noch ein Arzt, Ecke State- und Lakestreet, ein Busenfreund Rubers, ein Abtreiber. Er ließ sich seine Wohnung renovieren, und ich bekam einen Auftrag von ihm. Aber bei dem versuchte Ruber, mir was von der Provision abzugaunern. Um diesen Auftrag zu bekommen, sagte er, dazu hätte er mich nicht nötig gehabt. Ich hätte ihn auf der Stelle verlassen, wenn ich nicht inzwischen mit den Anzeigenspalten »Stellung gesucht« der *Tribune* sehr vertraut geworden wäre. Ich verdiente nicht genug Geld, um irgend etwas zu Mammas Unterhalt beisteuern zu können, aber schließlich hatte ich auch Ausgaben, und Simon brauchte mir nicht zu helfen. Selbstverständlich maulte er, weil ich Renlings verlassen hatte. Wie sollte er heiraten können, wenn er allein Mamma durchzubringen hatte? Ich meinte: »Du und Cissy, ihr könnt doch zu ihr ziehen.« Aber da sah er schwarz, und ich verstand, daß Cissy von alledem nichts wissen wollte, von der alten Wohnung und davon, sich um Mamma zu kümmern. »Na ja, Simon, du weißt ja, daß ich dir keinen Stein in den Weg legen will«, sagte ich, »und daß ich mein bestes versuchen werde, dich zu entlasten.« Wir tranken Kaffee in einem der Raklios-Automatenrestaurants, und mein Pott mit Farbe stand auf dem Tisch, mit meinen Handschuhen obendrauf. Durch ihre aufgeplatzten Nähte zeigten die Handschuhe, inwieweit meine Hand die Berührung mit dem Wohlstand verloren hatte. Und ich wurde langsam zu schmutzig für einen Vertreter, für dessen Aussehen Gesetze gelten, von denen man annimmt, daß sie eine gewisse Solidität der Persönlichkeit garantieren. Unfähig, mir die Reinigung und Reparatur der Sachen leisten zu können, und auch nicht fähig, mir viel Gefühl dafür zu bewahren, war ich unter den Standard eines Vertreters gerutscht.

Die Art, wie ich lebte, wurde hart, und ich lernte ein paar Lektionen, was es heißt, auf verlorenem Posten zu sitzen, wie einer dieser Arbeitslosen, die sich in dieser Zeit einfach ohne Besitzrechte irgendwo eine Klitsche aufzubauen versuchten und die nicht eher wichen, bis man sie schließlich mit Gewalt von ihrem angemaßten Grund und Boden vertrieb. Die Zentralheizung schaffte es nicht bis herauf in mein Zimmer, und ich behielt nachts meinen Mantel und meine Strümpfe an. Morgens ging ich in den Drugstore 'runter, mich an einer Tasse Kaffee aufzuwärmen, und legt mir meine Route für den Tag fest. Meinen Rasierapparat hatte ich in der Tasche und rasierte mich in der Stadt mit dem kostenlosen heißen Wasser, der flüssigen Seife und den Papierhandtüchern der öffentlichen Bedürfnisanstalten. Ich aß in Kantinen des Christlichen Vereins Junger Männer oder in solchen Imbißhallen ohne Tische, wo man den Teller auf die breiten Stuhllehnen stellt und zum Essen nur einen Arm frei hat, und prellte die Zeche, sooft ich nur konnte, und holte mir auf einen Bon mehr, als mir zustand. Hatte ich um neun noch Hoffnung, war sie mir am Nachmittag restlos vergangen, und dann kam mich besonders hart an, daß ich mich nirgendwo ausruhen konnte. Ich konnte versuchen, den Nachmittag in Einhorns neuem Büro zu verbringen; er war an Leute gewöhnt, die vor seiner Barriere auf der Bank saßen und kein besonderes Anliegen hatten. Aber ich, der ich für ihn gearbeitet hatte, mußte etwas zu tun haben, und er würde mich in seine Geschäfte einspannen. So daß ich, wenn ich schon mal Straßenbahn fuhr, ebensogut bei meinem eigenen bleiben konnte. Außerdem hatte ich Simon gegenüber eine Verpflichtung, die mir nicht erlaubte zu faulenzen, wenn auch in dem einfachen Rumfahren an sich noch kein Gewinn steckte. Es ging nicht nur mir allein so, daß mir, vertäut und festgemacht vor Anker zu liegen, gegen den Strich ging und nicht in Frage kam; alles war in Bewegung. Wie Menschen, die aus Winkeln und Ecken ins Freie, zu Plätzen, die für sie wertlos und ungastlich sind, getrieben werden. Nach dem Wort der Schrift: »... und des Menschen Sohn hat nichts, da er sein Haupt hinlege.« Vielleicht gehört das zur Welt allgemein, nur fehlte alledem offensichtlich ein Sinn, und niemand machte sich viel Gedanken darüber, was sich auf dem Antlitz der Erde abspielte. Und ich mit meinem Kanister Farbe dachte nicht mehr darüber nach als andere. Und mit einemmal war ich in Trab. Straßenbahnen taten dem bald nicht mehr Genüge, und auch Chicago war nicht mehr groß genug, um diesen Drang in Grenzen halten zu können.

Eines Tages kam ich aus der Hochbahn, als der Schnee gegen Ende des Winters zerrann, und lief Joe Gorman in die Arme, den ich seit der Zeit des Diebstahls nicht mehr gesehen hatte. Er trug einen guten blauen Mantel, auf Taille gearbeitet, und einen frisch gepreßten Fedorahut, vorn mit den Finger wie ein weiches Brot eingedellt. Er kaufte sich Magazine vom Aushang herunter, der neben dem Zeitungsstand hing. Seine Nase war erhoben, und sein Gesicht sah wohl aus und war frisch gerötet von einem guten Frühstück und dem kalten Morgen, obgleich es seinen Lebensgewohnheiten ähnlicher gewesen wäre, jetzt von einer durchpokerten Nacht zu kommen. Indem er mich mit meinem Musterkanister Farbe abschätzte, war es ihm klar, daß es mir schlecht ging. Ich machte ein Gesicht wie jemand, dem das Leben ganz schön ein paar übergezogen hatte.

»Was für'n Ding drehst du denn jetzt?« fragte er mich, und als ich es ihm erklärte, sagte er, aber nicht triumphierend: »Armer Idiot!« Er hatte wahrscheinlich recht, und ich gab mir nicht viel Mühe, mich zu verteidigen: »Man lernt dabei Leute kennen«, entgegnete ich, »und es kann sich an einem dieser Tage vielleicht was auftun.«

»Ja«, antwortete er, »ein tiefes Loch. Denkst du wirklich, wenn du Leute kennenlernst, daß jemand was für dich tut, weil du so'n hübscher Junge bist? Was? Daß dir einer 'ne große Chance gibt? Heutzutage kümmern sie sich zuerst um die Verwandtschaft. Und was hat deine Verwandtschaft für dich getan?«

Nicht viel. Five Properties fuhr immer noch seinen Milchwagen, aber ich wollte ihn nicht um Arbeit bitten. Coblin hatte bei der großen Pleite außer dem Zeitungsaustragen alles verloren. Und überhaupt hatte ich seit der Beerdigung des Stadtrats keinen von ihnen viel gesehen.

»Komm, ich lade dich zu Käse und Kuchen ein«, sagte er, und wir gingen in ein Restaurant, um nach Wisconsinart Käse zu Kuchen zu essen.

«Und wie geht's dir so?« fragte ich, weil ich ihn nicht direkt ausfragen wollte, was sich nicht gehört. »Siehst du mal was vom ‹Seemann› Bulba?«

»Diesen Trottel doch nicht. Er paßt nicht zu mir. Er steckt jetzt in einer Organisation als Schläger für eine Gewerkschaft, das ist das einzige, für was er taugt. Außerdem, für das, was ich jetzt mache, kann ich so einen nicht gebrauchen. Aber ich könnte was für dich tun, wenn du dir schnell ein paar Dollar verdienen willst.«

»Riskant?«

»Nicht so wie letztes Mal, wo du dich darüber aufgeregt hast. Ich laß' mich auf so was auch nicht mehr ein. Es ist nicht erlaubt, was ich mache, aber es ist viel leichter und sicherer. Was glaubst du, womit man schnell Geld verdienen kann?«

»Na, was ist es?«

»Einwanderer über die Grenze bringen, aus Kanada, aus der gegend um Rouse's Roint 'rüber nach Massena Springs, New York.«

»Nein«, sagte ich. Ich hatte meine Unterhaltung mit Einhorn noch nicht vergessen. »Ich kann das nicht machen.«

»Da gibt's keine Schwierigkeiten.«

»Und wenn du geschnappt wirst?«

»Und wenn ich geschnappt werde? Und wenn ich nicht geschnappt werde?« sagte er in wildem Humor zu mir und veräppelte mich. »Willst du, daß ich 'rumlaufe und mit Farbe hausieren gehe? Da könnte ich man lieber gleich still sitzenbleiben, wie'n Sparflämmchen; und ich kann nicht 'rumsitzen, ohne Mattscheibe zu kriegen.«

»So was fällt unters Bundesrecht.«

»Das brauchst du mir nicht erst zu sagen. Ich hab' dich nur gefragt, weil du aussiehst, ab ob du 'ne Veränderung brauchen könntest. Ich mache diese Fahrt zwei- oder dreimal im Monat und habe es langsam satt, dabei die ganze Fahrt über selbst hinterm Steuer zu sitzen. Solltest du mitmachen wollen und mich auf der Straße bis Messena Springs etwas entlasten, gebe ich dir dafür fünfzig Dollar und alle Auslagen. Dann, wenn du dich entschließt, auch noch den Rest des Wegs mitzukommen, werde ich auf hundert Dollar 'raufgehen. Du hast genug Zeit, dir das auf dem Wege zu überlegen, und wir wären in drei Tagen wieder zurück.« So verblieb ich mit ihm und betrachtete das als günstigen Wechsel meiner Lage. Fünfzig Dollar, klar, würden mich schon ganz schön von den Sorgen, die ich mir Simons wegen machte, entlasten. Ich hatte die Nase voll, von Tür zu Tür zu gehen und zu versuchen, den Gummianstrich zu verkaufen. Ich rechnete so, daß ich mit ein bißchen Pulver, um mich über Wasser halten zu können, ein oder zwei Wochen drangeben könnte, mich nach etwas anderem umzusehen und vielleicht eine Möglichkeit ausknobeln könnte, wieder das College zu besuchen, weil ich auch den Gedanken daran noch nicht vollkommen aufgegeben hatte. All das ging mir so obenhin durch den Kopf, als ich mich entschloß, mitzumachen. Von meinem inneren Antrieb her, von der anderen Vernunft aus, wollte ich eben das Päckchen, das ich so zu tragen hatte, mal von der einen auf die andere Schulter nehmen und eine Möglichkeit nutzen, aus der Stadt 'rauszukommen. Was die Einwanderer betraf, meine Meinung über sie war – zum Teufel, warum sollen nicht auch sie hier mit uns anderen sein dürfen, wenn sie es wollen? Wir haben genug von allem, inklusive Pech! Ich schenkte die Farbe Tilly Einhorn, daß sie sich damit ihr Badezimmer verschönern konnte, und früh am Morgen kam Joe Gorman in einem schwarzen

Buick und holte mich ab. Der Wagen war gedopt, das wurde mir im ersten Moment an der höllischen Anfahrtgeschwindigkeit klar, die einem keine Zeit läßt, sich umzusehen. Ich saß noch nicht richtig, hatte mein in eine Zeitung eingewickeltes Extrahemd noch nicht im Rücksitz verstaut, meinen Mantel nicht auf meinem Sitz ausgebreitet, da waren wir schon am äußersten Südrand und fuhren an den Fabrikhöfen der Carnegie-Stahlgesellschaft, dann an den wie Schwefel angehäuften Dünen vorbei; dann mit zwei Schwenkungen nach Gary hinein und wieder hinaus und auf die Straße nach Toledo, wo sich die Geschwindigkeit steigerte und der Motor mörderisch aufbrüllte, ohne zu keuchen; endlich konnte er zeigen, was in ihm steckte. Schlank, nervös gegen das Steuer gestemmt, saß Gorman da mit seiner langen Nase, die wie gebrochen aussah; und Röte stieg ihm schnell ins Gesicht und zog einen schmalen Streifen um seine Stirm. Gorman wirkte in seiner Empfindlichkeit dem Wagen gegenüber wie ein Jockey. Man konnte es ihm richtig ansehen, was es ihm für Freunde machte, für seine Nerven die richtige Verpackung zu finden. Außerhalb von Toledo nahm ich das Steuer und merkte gelegentlich, wie mich Gorman aus den Augenwinkeln seines schmalen Gesichts höhnisch von der Seite ansah; ein langer, dunkler Blick, der mich aus einem durch Ermüdigung oder die Anstrengung eines unruhigen, heftig arbeitenden Willens verfärbten Fleck-Gesicht nach neuen Maßstäben einschätzte; und dann sagte er – und es schienen mir die ersten Worte zu sein, die er während dieser Fahrt an mich richtete, obgleich sie es genaugenommen gar nicht waren: »Gib Gas!«

Darauf entschuldigte ich mich, daß ich noch nicht das richtige Gefühl für den Wagen hätte, und gehorchte. Aber er mochte meine Fahrerei nicht, besonders weil ich zögerte, bei Steigungen Lastwagen zu überholen, und nahm mir das Steuer wieder ab, noch ehe wir näher an Cleveland herangekommen waren.

Es war Anfang April, die Nachmittage kurz, so wurde es dunkel, als wir uns Lackawanna näherten. Etwas dahinter hielten wir, um zu tanken, und Gorman gab mir einen Zehn-Dollar-Schein, um ein paar Bouletten in einer Bude daneben zu kaufen. Da ging ich erst mal aufs Klo und sah von dort durchs Fenster einen Polizisten von der Gendarmerie neben der Benzinpumpe stehen, der sich unseren Wagen genau ansah, aber nichts von Gorman. Ich schlüpfte in den schmutzigen seitlichen Flur und warf einen Blick in die Küche, wo ein alter Neger Geschirr wusch, und ging hinter seinem

Rücken, ohne daß er das merkte, an ihm vorbei, über einen Bottich im Eingang, in den dazwischenliegenden Hof oder Lagerplatz und sah dann Gorman, der eilig an der Garagenmauer vorbei auf die Bäume und Büsche zulief, die das dahinter liegende offene Land begrenzten.

Ich lief parallel, mit einem Vorsprung von ungefähr neun Metern, und traf ihn hinter diesen Bäumen, und es gab fast schon ein Unglück, ehe er mich überhaupt bemerkte – er hatte eine Pistole in der Hand; die Kanone, vor der mich Einhorn bei ihm gewarnt hatte. Ich schlug mit der Hand auf den Lauf und stieß das Ding weg.

»Wofür hast du denn das 'rausgeholt?«

»Laß die Hände weg davon, sonst ziehe ich dir eins damit über!«

»Was ist in dich gefahren? Warum läufst du denn vor der Polente weg? Ist doch bloß wegen der Geschwindigkeit.«

»Von wegen – Geschwindigkeit! Der Wagen ist faul.«

»Ich dachte, es wär' dein Wagen.«

»Nein, er ist gestohlen.«

Wir fingen wieder zu rennen an, als wir das Motorrad vom Hof hörten, und warfen uns im gepflügten Feld hin. Es war offenes Land, aber Dämmerung. Der Gendarm kam bis zu den Bäumen vor und sah sich um, ging aber nicht weiter. Wir hatten Glück, daß er's nicht tat, da Gorman die Kanone, mit einem Grasballen als Auflage, auf ihn anlegte und genug von einem Cowboy in sich hatte, um zu schießen, so daß es mir schon vor Schrecken sauer hochkam, als müßte ich mich erbrechen. Aber der Gendarm kehrte sich ab, die Lichtbalken seiner Lampe zersplitterten an den Nadelbäumen, und wir machten, daß wir über das Gepflügte hin ein gutes Stück von der Autobahn weg auf eine Landstraße kamen. Dieser Ort hatte bestimmt einen bösen Geist; er war blauklumpig und strotzte von Öl, und nicht weit hinter uns dampften Maschinen in der Dunkelheit, aus den Schornsteinen von Lackawanna, zum Himmel.

»Du warst nicht drauf aus zu schießen, nicht wahr?« fragte ich. Er griff, beinahe wie eine Frau, die sich ein 'runtergerutschtes Trägerband hochzieht und eine Schulter anhebt, unter seine Achsel in den Ärmel. Er steckte seine Pistole weg. Jeder von uns, vermute ich, dachte auf seine Weise darüber nach, daß wir kein gutes Paar abgaben – ich über die Sinnlosigkeit, so gefährlich herumzuspringen, und er voll Verachtung, daß ich Scheiße im Blut haben müsse oder was es sonst an Ausdrücken der Verachtung in den Billardkneipen gibt.

»Weshalb bist du so gerannt?« fragte er.

»Weil ich dich rennen sah.«

»Weil dir der Schreck in die Glieder fuhr.«

»Das auch.«

»Hat der Kerl in der Garage gesehen, daß wir zwei waren?«

»Muß er wohl. Und wenn nicht, dann muß sich jemand in der Boulettenbude gefragt haben, wohin ich verschwunden bin.«

»Dann ist es besser, wir trennen uns. Wir sind nicht sehr weit vor Buffalo, und ich gabel' dich dort, vor dem Hauptpostamt, um neun Uhr auf.«

»Mich aufgabeln?«

»Mit einem Auto. Bis dahin werde ich eins haben. Du hast von mir den Zehner bekommen für die Bouletten – das wird zur Not reichen. In der Stadt muß ein Bus sein. Du gehst den Weg hoch und nimmst ihn. Ich werde 'runter gehen. Laß ein paar Busse vorbei, daß wir nicht in den gleichen kommen.«

Also trennten wir uns, und ich fühlte mich sicherer ohne ihn.

Schmal, lang und in der scharfen Art, wie sich seine Schultern, sein Hut und seine Umrisse ausnahmen, schien er wie ein eingefleischter Städter auf dieser unvertrauten, zwischen den Städten liegenden Erde, als er mich beobachtete, wie ich den Weg zur Straße hinaufging. Dann wandte auch er sich rasch um und ging knickebeinig talwärts. Er ging schnell, und die Steine klirrten.

Ich latschte eine ganz beachtliche Entfernung, um an die erste Kreuzung, die zur Autobahn zurückführte, zu kommen. Scheinwerfer strahlten gegen eine Scheune, näherten sich um eine Kurve herum, und ich mußte mich hinwerfen. Es war ein Wagen der Polizeistreife. Was sollte der auf einem Seitenweg wie diesem hier suchen, wenn nicht uns, um uns aufzugreifen? Wahrscheinlich hatte sich Gorman nicht mal die Mühe gemacht, die Nummernschilder des Wagens auszuwechseln. Ich machte dann, daß ich von dem Weg 'runterkam, ging in die Felder und entschloß mich, den kürzesten Weg zurück nach Lackawanna einzuschlagen und mich mit Gorman nicht in Buffalo zu treffen. Er hatte mir zu viele Einfälle, und was er sich unter Gesetzlosigkeit vorstellte, deckte sich mit keiner meiner Vorstellungen davon. Also, warum sollte ich hier im Dreck liegen und auf ihn warten, um dann ein hitzköpfiges Verbrechen zu begehen und mir wegen Beihilfe eine dicke Strafe einzuhandeln. Als ich ihn verließ, um den Weg hinaufzugehen, hatte ich bereits daran zu denken begonnen und mich eigentlich schon auf den Weg zurück nach Chicago gemacht.

Ich fing an, querfeldein zu laufen, weil ich es müde geworden war, auf den Weg zu achten, und kam in der Nähe der Stadt bei der Autobahn 'raus, wo sich der Bogen des Eriesees vorschiebt. Und dort sah ich eine Menschenmenge, die in alten Autos mit Bannern und Transparenten Aufstellung nahm und den Verkehr blockierte. Ich glaube, es war eine Demonstration der Arbeitslosen, darunter viele ehemalige Kriegsteilnehmer, die die Mützen der *Amerikanischen Legion* trugen. Ich war noch zu benommen von der rauhen und kalten Finsternis, um das alles klar mitzukriegen. Aber sie gruppierten sich hier zu einem Marsch auf Albany oder Washington, um für die Erhöhung der Unterstützung zu demonstrieren, und waren im Aufbruch, um die Kolonne aus Buffalo zu treffen. Ich kam langsam näher und sah, daß da mehrere Gendarmeriepolizisten und auch Schupos aus der Stadt herumliefen, die die Straße für den Verkehr freizuhalten versuchten, und dachte mir, daß es sicherer wäre, sich unter die Demonstranten zu mischen, als zu versuchen, in die Stadt zu gehen. Im Licht der Autoscheinwerfer konnte ich erkennen, wieviel Dreck an mir hängengeblieben war, der zu naß war, um ihn abzuklopfen. Es war da ein solches Geschrei und Manövrieren mit alten Klapperkisten, die da herumjockeyten, um in Reih und Glied zu kommen, daß ich an die Rückklappe so eines Müllkastens auf Rädern herankam und in dem Zwielicht, indem ich einem Mann dabei half, Bretter zum Sitzen in den Wagen zu legen und als Verdeck eine Persenning oben drüber zu rollen, mich selbst in seine Mannschaft schmuggelte. Und nun, obgleich es überhaupt keine Entfernung von hier nach Lackawanna war, war ich doch im Begriff, mich nach Buffalo in Bewegung zu setzen. Ich hätte vielleicht in die Felder zurückkehren und im Bogen in die Stadt gehen können, aber ich kalkulierte, daß ich – so wie ich aussah – möglicherweise aufgegriffen würde.

Als ich dabei war, hinter der Fahrerkabine die Wagenplane festzuzurren, wurde die Menschenmenge langsam zurückgedrängt, und an dem Lichtstrahl, der, mal gelb mal rot, über die Leute wie ein Pinsel hin und her fuhr, wußte ich, daß sich ein Streifenwagen der Polizei eine Gasse bahnte, und sah das Auge auf seinem Wagendach rollen und sich reibungslos in seinem Kugellager drehen. Ich verrenkte mich nach hinten auf dem Trittbrett, um was zu sehen, und es war so, wie meine Angst mich das hatte fürchten lassen: hinten im Wagen zwischen zwei Gendarmen saß Joe Gorman, Streifen Blut liefen über sein Kinn und zeigten, daß er wahrscheinlich mit ihnen zu kämpfen versucht hatte und sie ihm, ihre Arbeit als Bullen verrichtend, die Lippe aufgeschlagen hatten. Um sich das einzuhandeln, hatte er also einen so weiten Weg gemacht; und nun hatte er sein Fett weg und sah nicht einmal benommen, sondern hellwach aus – möglicherweise trog der Schein, der auch das Rot des Blutes schwarz aussehen ließ. Es griff mir mächtig ans Herz, ihn so zu sehen.

Der Streifenwagen fuhr vorbei, und mit langsamem Schwanken setzten wir uns auf dem Kasten in Bewegung, etwa zwanzig Männer, Bein an Bein zusammengezwängt, hinter dem schwarzen, offenen Getöse des Motors. Das Wetter war scheußlich; Regen vor allem, und die Nässe, die hereinblies und die Menschen wie Spüldampf einer Molkerei dunsten ließ, und während wir über die Buckel der Straße holperten und schütterten, dachte ich an Joe Gormans Elend, aufgegriffen worden zu sein, wie sie ihn erwischt haben mußten, und ob er dazu gekommen war, seine Pistole zu ziehen. Hinter der Wagenplane konnte ich weder die Tankstelle und auch nicht, ob der Wagen, den wir dort verlassen hatten, noch da war, noch überhaupt was sehen. Bis der Lkw in die Stadt kam, sah ich nicht das geringste.

In der Mitte der Stadt sprang ich von der Rückklappe 'runter und suchte mir ein Hotel, wo ich blöd genug war, nicht nach dem Preis zu fragen. Aber es war mir wichtiger, den Angestellten nicht merken zu lassen, wie verdreckt ich war, und ich trug meinen Rock überm Arm. Außerdem war mir wegen Joe Gorman so elend, daß ich nicht nachdachte. Am nächsten Morgen quetschten sie zwei Dollar aus mir heraus, das war das Doppelte von dem, was so eine Flohkiste hätte kosten dürfen, und nachdem ich für ein großes Frühstück, das ich einfach haben mußte, bezahlt hatte, blieb nicht mehr genug Geld für ein Omnibus-Billett nach Chicago. Ich drahtete Simon, mir telegraphisch etwas Geld zu schicken, und ging dann los, mir die Hauptstraße anzusehen, und machte einen Ausflug zu den Niagarafällen, wo an diesem Tage niemand etwas verloren zu haben schien, bis auf ein paar Versprengte neben dem Strudel der Wasser, die wie frühe Spatzen auf dem Platz vor Notre-Dame, bevor die Kathedrale ihre Pforten geöffnet hat, wirkten. Und dann wird dir in dem sturen, elenden Nebel klar, daß es einmal eine Zeit gegeben hat, in der diese Schwefelkälte nicht alles zum Erliegen brachte. Und daß es die Kathedrale gibt, um das zu bezeugen.

So spazierte ich am Geländer bei den tropfenden schwarzen Felsnasen herum, bis es wieder zu nieseln anfing; ich ging zurück, um nachzusehen, ob Simons Antwort schon eingetroffen war. Bis zum späten Nachmittag hörte ich nicht auf, immer wieder nachzufragen, und zum Schluß sah das Mädchen im Käfig aus, als hätte sie genug davon, mich zu sehen, und ich wurde mir klar, daß ich die freie Wahl zwischen einer weiteren Nacht in Buffalo oder »Latsch, latsch, lang ist die Chaussee ...« hatte. Und mir war ganz benommen von dem Trubel, in den ich hineingeraten war, diese ganze Raserei und dieses In-alle-Winde-versprengt-Werden: Gorman in dem Streifenwagen, der sich durch die Menschenmenge schob, dann der wuchtige Sturz der Niagarawasser und dann auch diese Schüttelei auf dem Wagen nach Buffalo, als ich die Erdnüsse und harten Brötchen aß, meine Eingeweide wie zusammengedrehter Gummi; und dazu noch die Stadt, unfreundlich und naß. Denn wäre ich nicht in solch einem Dämmerzustand gewesen, wäre mir eher klargeworden, daß Simon nicht daran dachte, mir einen Cent zu schicken. Aber mit einem Mal, ganz plötzlich, sah ich ein, daß es so war. Vielleicht hatte er das Geld nicht einmal, jetzt gerade nach dem Ersten, wo er die Miete bezahlen mußte.

Als ich so weit war, sagte ich dem Telegramm-Mädchen, sie solle sich nicht mehr um meine Anweisung kümmern, ich verließe die Stadt.

Um nicht auf der Straße im Norden des Staates New York aufgegriffen zu werden, nahm ich eine Fahrkarte nach Erie an der Haltestelle der Greyhound-Omnibusse und war am gleichen Abend im Zipfel des Staates Pennsylvania. Als ich in Erie ausstieg, hatte ich nicht das Gefühl, irgendwo angekommen zu sein, an einem Ort, der ein Ort an und für sich war, sondern vielmehr daß dies hier ein Ort war, der andere Orte belieferte, um von ihnen zu gewinnen, dadurch, daß er zwischen ihnen erschien; sein Atem war dünn, nur eben spürbar und abwartend.

Ich pennte in einem hohen, geschindelten Hotel, eher dem Skelett eines Gebäudes, mit mehr Lattenzeug als Verputz; in den Bettdecken Brandlöcher; zerschlissene Laken über der Matratze mit vielen Flekken. Aber mich kümmerte nicht viel, wo ich war. Sich auch noch darum zu kümmern, wäre zuviel gewesen, und so entledigte ich mich meiner Schuhe und kletterte in die Falle. Wie Sturm überm See durchklang es die Nacht.

Doch als ich auf die Autostraße 'rausging, um mit dem Daumenheben anzufangen, war es ein heiterer, warmer Morgen. Ich war nicht allein; massenhaft Leute waren auf den Autostraßen. Manchmal tippelten sie paarweise, gewöhnlich aber allein, weil es leichter war, als einzelner von einem Autofahrer mitgenommen zu werden. Weiter weg war der CCC* dabei, Sümpfe trockenzulegen und Bäume zu pflanzen, und auf der Straße war diese Pilgergesellschaft, ohne ein besonderes Jerusalem oder Kiew im Sinn, ohne Reliquien, die sie küssen konnten, ohne Absicht, sich irgendwelcher Sünden zu entledigen, nur von der Hoffnung beseelt, in der nächsten Stadt bessere Chancen für sich zu finden. Bei dieser Konkurrenz war es schwer, an einen Wagen zu kommen. Äußerlichkeiten sprachen außerdem gegen mich, weil der Renling-Anzug wohl elegant, aber auch verdreckt war. Und bei der Eile, die ich hatte, zwischen mich und das Stück Straße in der Nähe von Lackawanna, wo Joe Gorman gefaßt worden war, Abstand zu legen, hatte ich nicht die Geduld, dazustehen und lange zu winken, sondern latschte los.

Der Verkehr zog wegtauchend und bebend an mir vorüber, und als ich an eine Stelle in der Nähe von Ashtabula, Ohio, kam, wo die Geleise der Nickel-Plate-Bahn nahe an die Autobahn herankommen, sah ich einen Güterzug in Richtung Cleveland fahren, und auf den Dächern der Güterwagen, auf den Bohlen der Flachwagen und in Winkeln unter Erzloren, unter den Gondeln, saßen Männer; und acht oder zehn Kerle machten sich auf die Beine und schnellten sich auf die Sprossen hinauf. Ich lief auch, von der unseligen Autobahn 'runter den Schotterdamm hinauf, wo ich fühlte, wie dünn meine Schuhsohlen waren, und bekam eine Eisenleiter zu fassen. Ich war nicht behende und rannte, unfähig, mich hinaufzuschwingen, neben dem roten Güterwagen her, bis mir mit einem Schubs von hinten nachgeholfen wurde. Ich sah nicht einmal, wer es war, der ihn mir gab – irgendwer von den anderen Läufern, der es nicht mit ansehen wollte, daß ich mir die Arme aus den Gelenken riß oder die Beine brach.

Also, ich kletterte aufs Dach. Es war ein hochrückiger Viehwagen, oben mit breiten roten Planken. Die träge Glocke vorn überschlug sich, und ich war in zahlreicher Gesellschaft, in der abgerissenen Menge nichtzahlender Fahrgäste, die der Nickel-Plate-Zug mit sich

* Ziviler Arbeitsdienst.

trug. Ich spürte die Bewegung der lebenden Ladung gegen die Planken und saß in dem Viehdunst. Bis Cleveland, mit seinen großen Höfen und überbauten Hügeln und Qualm, Spreu und Sand.

Auf dem Rangierbahnhof, hörte man, würde ein »Heißer Otto« oder Non-Stop-Expreß nach Toledo zusammengekoppelt, der sollte in ein paar Stunden fahrbereit sein.

Inzwischen ging ich in die Stadt 'rauf, um was zum Essen zu bekommen. Auf dem Weg zurück zu den Gleisanlagen kletterte ich einen Pfad 'runter, steil wie die Schroffen des Berges Pisgah, unter die Fundamente von Fabriken, und kam bei der Sherwin-Williams-Farbenfabrik auf rostigen Geleisen wieder ins Freie – auf das ausgedehnte Schienenfeld und das hügelige Gelände, an den Seiten mit Stengelkraut bedeckt, wo Leute warteten: die Augen auf Null, alte Zeitungen lesend, flickend.

Dieser Nachmittag war ebenso langweilig wie spannend; Regenwolken ließen es früh dunkel werden, während wir uns zwischen dem Unkraut breitmachten und warteten; stumpfsinnig und doch zermürbend. Deshalb fuhr ich auf, als ich merkte, daß der Zug kam, weil entlang der dunkelnden Geleise alles sich aufrappelte und in Bewegung geriet. Das plötzliche Hindrängen ins Freie und auf die Schienen zu wirkte, als hätten sich Hunderte erhoben, die Vordersten brachen bereits über den Zug herein. Die Lokomotive kam wie ein Büffel langsam heran; die eiserne Wandung des Boilers war schwarz.

Der Zug schob sich klirrend zusammen und fuhr einen Augenblick rückwärts. Er rangierte seine letzten Wagen ein. In diesem Moment gelangte ich auf eine Lore mit Kohle, in den Winkel zwischen dem schrägen Ende und den Rädern. Als wir vorwärts rollten, quietschten die Räder und sprühten Funken wie Schleifsteine, und die paarweisen Kupplungen spielten frei und waren, einmal hin und einmal her, fest in ein mechanisches Gesellschaftsspiel verhakt, das Augen und Verstand in seinen Bann zog. Man mußte versuchen, herauszubekommen, in wessen Königreich man war, mit dem Rücken gegen Tonnen von Kohle gestemmt und auf einer winzigen dunklen Bühne mit dem rauschenden, finsteren Regen an den Seiten. Da saßen wir zu viert auf diesem ausgesparten Platz, ein hagerer, wölfischer Mann, der seine Beine über die Räder auf die Querstange streckte, während wir übrigen die unsrigen kurz anzogen. Als er sich einen Stummel anbrannte, sah ich in sein Gesicht, das grinste und irgendwie krank aussah, mit blauen Rändern wie Kettenglieder unter den Augen. Er hatte seine Finger zwischen seinen Beinen. Auf der anderen Seite saß ein stämmiger Junge. Der vierte Mann, das merkte ich erst, als wir vor Lorain vom Zug gejagt wurden, war ein Neger. Als wir liefen, war alles, was ich von ihm sah, sein gelber Regenmantel, aber als ich ihn bei einer Holzbude neben der Bahn eingeholt hatte, lehnte er sich gegen die Bretter, seine großen Augen geschlossen, ein untersetzter, schwerer Mann, der nur mit viel Mühe Luft bekam; und sein Bart glitzerte um seinen Mund von Schweiß oder dem Sprühregen.

Der »Heiße Otto« hielt in Lorain; es war gar kein durchgehender Expreß. Oder vielleicht hielten sie ihn an, weil er zuviel Schwarzfahrer mit sich trug. Die bildeten neben dem Bahndamm eine unordentliche Reihe, wie eine Kolonne Gleisarbeiter, die sich nachts hinter die Signallampen zur Seite zurückzieht, wenn ein Zug durchkommt; nur waren sie viel zahlreicher. Das Licht von Taschenlampen schwang sich von Wagen zu Wagen, als die Bullen sie leerten, und dann fuhr der Zug, von Aufsitzern gesäubert, davon und ließ die Signallichter und die ölige Bläue der Geleise hinter sich.

Der stämmige Junge – er hieß Stoney – schloß sich mir an, und wir gingen in die Stadt. Der Hafen mit seinen künstlichen Bergspitzen und -kegeln aus Sand und Kohle war von der matschigen Hauptstraße aus zu sehen. Im gesichtslosen Schein der Birnen, die an den Baggern, Kränen und Kabeln hingen, sah der Regen auch nach nichts aus und war gleich Null. Ich gab etwas von meinem Geld für Brot, Erdnußbutter und ein paar Flaschen Milch aus, und das war unser Abendessen.

Es war nach zehn und strömender Regen. Ich war nicht darauf aus, in dieser Nacht noch einen anderen Güterzug zu ergattern. Ich war zu abgekämpft. Ich sagte: »Laß uns was zum Pennen finden«, und er war einverstanden.

Auf den Nebengleisen fanden wir einige ausrangierte Güterwagen, die sehr alt, verrottet und verquollen waren. Sie waren voll Altpapier und Stroh und stanken nach käsigen alten Kübeln, nach weggeschmissenem Zeug, ein Gestank, der Ratten anlockt, und sie hatten an den Wänden einen Belag von fischigem, schimmeligem Weiß. Dort, in den Kehricht legten wir uns zum Schlafen nieder. Ich knöpfte mich bis obenhin zu. Zur Sicherheit ebenso wie wegen der Kälte. Und dann streckte ich mich aus. Zu Anfang war da eine Menge Platz. Aber bis tief in die Nacht hinein kamen ununterbrochen Männer, rollten die Schiebetür zurück, stiegen hin und her über uns weg und redeten darüber, wo sie schlafen sollten. Ich hörte sie kommen, wie sie mit knirschenden Schritten die Wagenreihe entlanggingen, bis unser Kasten so voll war, daß Neuankömmlinge nur noch 'reinsahen und weitergingen. Bei diesem Stöhnen und kranken Husten, dem Rummeln und den Gasen schlechten Essens, dem Rascheln im Papier und Stroh, das wie Seufzer oder der Atem der Unbefriedigtheit klang, war es nicht die Zeit, wach oder halbwach zu sein. Und als ich dann einschlief, war's nicht für lange, weil der Mann, der mir am nächsten lag, sich an mich drängte. Ich dachte, daß das nur seine unbewußte Angewohnheit in der Nacht war, daß er gewohnt sei, zu zweit zu schlafen, und rückte einfach von ihm ab. Aber er rückte nach. Dann muß er lange im geheimen daran gearbeitet haben, seine Hosen aufzumachen, und erst meine Hand wie zufällig zu berühren, und dann meine Finger zu führen. Ich hatte Mühe freizukommen, weil er schließlich mein Handgelenk mit seinen beiden Händen festhielt, und ich schlug seinen Kopf gegen die Bohlen. Das kann nicht sehr weh getan haben, denn das Holz war so vermodert, daß es fast weich war. Aber er ließ mich aus und sagte fast lachend: »Mach hier kein Getöse.« Er rollte ein Stück von mir weg. Ich setzte mich auf und dachte darüber nach, daß er vielleicht denken könnte, wenn ich mich nicht bewegte, wäre er mir willkommen. Tatsache war, daß er abwartete und mit mächtig bebender Stimme, einerseits zynisch, aber auch voll Hoffnung, über den letzten Dreck der Frauen zu reden begann. Als ich das hörte, ging ich weg. Gegen die Wand gestemmt, half ich mir auf die Beine und stieg über Körper, dorthin, wo ich Stoney liegen gesehen hatte. Eine schlechte Nacht – der Regen klopfte erst auf der einen, dann auf der anderen Seite, wie jemand, der einen Kasten oder einen Hühnerkäfig nagelt. Und meine Gefühle waren groß, traurig und trostlos – die eines denkenden Tieres, und mein Herz drohte, mir die Brust zu zersprengen: nicht vor Ekel, wie ich sagen muß, denn Ekel empfand ich nicht, ich empfand eine allumfassende Misere. Und ich legte mich neben Stoney nieder, der sich ein wenig aufrichtete, mich erkannte und wieder einschlief. Nur gegen Morgen war es zum Umkommen kalt; und ab und zu fanden wir uns eng aneinandergepreßt, Gesichter und Stoppeln reibend, und lösten uns wieder voneinander. Bis es zu sehr fror, um darauf Rücksicht zu nehmen, daß wir Fremde waren – wir schlotterten zu fürchterlich – und wir dicht zusammenrücken mußten. Ich zog meinen Rock aus und breitete ihn über uns beide, um die Wärme ein bißchen zusammenzuhalten. Und selbst dann lagen wir noch da und zitterten vor Kälte.

Irgendeine Bahnwärterfamilie in der Gegend besaß einen Hahn, und der hatte den Instinkt oder die seltene Kühnheit, mitten in der Nässe und dem Müll des Hinterhofs zu krähen. Dieses Morgensignal war gut genug für uns, und wir machten, daß wir aus dem Wagen herauskamen. War es wirklich schon Tag? Der Himmel tropfte, und Wolken so leicht wie Rauch schwebten daher. Da war Rosa dazwischen, aber ob es der Widerschein der Sonne oder der eines Feuers an der Eisenbahn war, wer wollte das wissen? Wir betraten den Bahnhof. Dort stand ein Ofen, dessen unterer Mantel durchsichtig vor Hitze war, und wir dampften uns davor die Seele aus dem Leibe. Die Hitze prallte in unsere Gesichter.

»Spendier mir einen Kaffee«, sagte Stoney.

Es nahm fünf Tage in Anspruch, um nach Chicago zurückzukommen, weil ich durch ein Mißverständnis einen Zug nach Detroit erwischte. Ein Bremser sagte uns, daß bald ein Zug nach Toledo komme, und ich machte mich auf, den zu kriegen. Stoney immer mit. Wir schienen Glück zu haben. Weil zu dieser Stunde der Güterzug praktisch leer war. Wir hatten einen Wagen für uns alleine. Es mußten Möbel auf der letzten Reise in ihm spediert worden sein, weil da auf dem Boden sauberes Möbelpackmaterial herumlag. Und wir bauten in diesem Packpapier mit Holzwolle Betten, legten uns hinein und schliefen.

Ich erwachte, als die Sonne in der Wagentür sehr tief stand, und vermutete, daß es Mittag sein müsse. Wenn es so spät war, mußten wir bereits Toledo durchfahren und Indiana erreicht haben. Aber diese Eichenwälder und diese tiefliegenden Farmen und spärlichen Rinder, das war nicht das, was ich in Indiana gesehen hatte, als ich mit Joe Gorman durchgekommen war. Wir fuhren sehr schnell, wie im Fluge, nur die Lokomotive und die leeren Wagen. Dann sah ich bei einem Bahnübergang ein Michiganer Nummernschild an einem Lastwagen.

»Wir sind nach Detroit verladen«, sagte ich. »Toledo haben wir verpaßt.«

Als die Sonne nach Süden ging, war sie hinter uns und nicht zu unserer Linken. Wir fuhren also nach Norden. Aussteigen gab's auch nicht. Ich setzte mich hin, ließ die Beine zur offnen Tür hinaushängen und saß da mit müdem Rücken und ausgetrocknet, außerdem hungrig, und meine Augen verfolgten das Abspulen der Felder, zur neuen Saat aufgebrochen, der Eichenwälder, mit ihren harten, bronzenen, über den Winter gekommenen Blättern und einer Welt von großem Ausmaß oder klaren Wolken dahinter und dann ein abstraktes ungeheures Kanada des Lichts.

Der kurze Nachmittag dunkelte bald. Zwischen den Bäumen und Stümpfen vertiefte sich das Blau. Die Städte wurden industriell, Fabriken erschienen, und auf den Geleisen standen Tanker und Kühlwagen. Seltsam, daß ich mir nichts mehr daraus machte, diese Tausende Meilen von meinem eigentlichen Weg abgebracht worden zu sein, wo ich doch in meiner Tasche nur ein paar Fünfundzwanzig-Cent-Stücke und noch so ein paar Pimperlinge, alles in allem etwa einen Dollar, hatte. Dieses Dahinfahren durch Dämmerung und Nachwinter, das war vielleicht die Art, in der Armseligkeit und Unermeßlichkeit vermischt werden; das gelenkige Rückgrat des Zuges, dahinrasend und sich in die Kurven schwingend, der Stahl, der Rost und der wie Blut wirkende Anstrich dehnten Raum um Raum in den Himmel und dann, Raum um Raum, in noch anderes Dasein aus.

Fabrikqualm stand mit dem Wind von uns weg, und wir waren in einer industriellen Vorstadt – auf einem Schlachtfeld, auf einem Friedhof, Müllkrater, violetter Schweißgrind, absackende Berge von Autoreifen und Asche, die wie die Wogenkämme vor einem Dampfschiff schäumten – diese Eierkistenbaracken der Arbeitslosen, die der Galgenhumor Hoover-Villen nannte; Seuche und Kriegsfeuer wie der kochende Gipfel aller Plünderungen und napoleonischer Moskauer Brände. Der Güterzug hielt mit einem kleinen Aufprallen, und wir sprangen heraus und waren dabei, über die Geleise zu kommen, als uns irgend jemand von hinten an der Schulter packte und jedem von uns einen Stiefel in den Hintern trat. Es war ein ziviler Eisenbahnpinkerton. Er trug einen Schlapphut, und vorn auf seiner Weste hing seine Pistole. Sein Whiskygesicht war gerötet wie ein Winterapfel, und auf seinem Kinn glänzte Speichel. Er schrie: »Das nächstemal werde ich die Scheiße aus euch 'rausschießen!« Also rannten wir, und er warf Schotter hinter uns her. Ich wünschte mir, daß ich ihm auflauern könnte, wenn er aus dem Dienst kam, um ihm seine verdammte Gurgel aus dem Halse zu reißen.

Wie dem auch war, wir machten, daß wir über die Schienen kamen, auf dem Kien vor allem, was schnell über uns hereinbrechen konnte; aus dem Stahl heraus, der kalt in der Finsternis verlief, den wegschrumpfenden Dampfwolken, Zyklopen-Scheinwerfern oder den frei rollenden Güterwagen. Auch die Kohle rumpelte in den Rutschen und schlug erschreckend auf dem Boden der Loren auf. Wir rannten, was wir konnten, und ich empfand keinen Ärger mehr.

Ein Wegweiser sagte uns, daß wir zwanzig Meilen von Detroit waren. Als wir da standen, tauchte vor uns der Kumpel auf, der mit uns auf der Lore aus Cleveland 'rausgefahren war und der so wie ein Wolf aussah. Obwohl es dunkel war, machte ich ihn aus, als er in die Straße bog. Er schien nichts Besonderes vorzuhaben, sich nur so 'rumzutreiben.

Ich sagte zu dem stämmigen jungen Stoney: »Ich habe einen Dollar, mit dem ich nach Chicago zurückkomme. Da können wir uns sogar noch eine Gulaschsuppe leisten.«

»Halt's fest, wir werden uns irgendwas fechten«, antwortete er. Er versuchte es in ein paar Läden an der Autostraße, und so peu à peu trieb er einige altbackene Berliner Pfannkuchen auf.

Ein Lastwagen, der Erzplatten fuhr, nahm uns alle drei mit in die Stadt. Wir lagen unter der Wagenplane, weil es jetzt kalt war. Der Laster zog sich im ersten Gang die Hügel 'rauf, und bei den vielen Aufenthalten dauerte die Fahrt Stunden. Stoney schlief. Obwohl er aussah, als wäre er jeder Gemeinheit fähig, schien der Wolf mit uns überhaupt nichts vorzuhaben; er hatte sich uns nur angeschlossen, um vorwärtszukommen wie wir auch. Als wir, schon spät in der Nacht, wieder einen Anlauf auf die Stadt zu machten, fing er an, mir zu erzählen, was das für eine rauhe Stadt sei, daß er gehört habe, die Bullen dort seien gemein und alles auf dem Hund und 'runtergekommen; er sagte, daß er selbst noch nie vorher hier gewesen sei.

Während wir durch eine Reihe von Lichttrichtern tiefer in die Stadt drangen, überkam mich wegen seiner Beschreibung Niedergeschlagenheit. Dann hielt der Lkw an, und der Fahrer ließ uns 'runter. Ich konnte nicht sehen, wo. Es war leer und still. Nach Mitternacht. Da gab's ein kleines Restaurant, sonst gab es nur verschlossene Türen. Also gingen wir in diese Bude und fragten dort, wo wir seien. Das Ding war schmal wie ein Korridor, mit Ölzeug ausgelegt. Der Imbißkellner erzählte uns, wir wären vom Zentrum der Stadt ungefähr eine Meile weg, wenn wir dem Autostreifen folgten, von der nächsten Kreuzung an.

Als wir aus dem Laden 'rauskamen, wartete dort ein Streifenwagen mit offenen Türen, und ein Bulle, der uns den Weg vertrat, sagte: »Steigt ein.«

Im Wagen saßen zwei Kripos, und während Stoney auf dem Boden lag, mußte ich diesen Wolf auf meinem Schoß festhalten. Stoney war nur ein Junge. Nichts wurde gesagt. Sie brachten uns aufs Revier – Beton, und überall kleine Öffnungen. Nicht weit vom Schreibtisch des Wachtmeisters, hinter ein paar Treppenstufen, fingen die Gitter an.

Die Blauen hielten uns beiseite, weil da noch ein anderer Fall war, der gerade verhört wurde, vier oder fünf Gesichter von sonderbarer Nachtwildheit im Licht der hellen Kugel der Schreibtischlampe; und der Wachtmeister, der den Vorsitz führte, mächtig im Fleisch und mit weißem, fettem Gesicht. Da stand eine Frau, und es fiel schwer zu glauben, daß sie Mittelpunkt einer Keilerei gewesen sein sollte, so bescheiden und schneiderinnenhaft sah sie aus, mit einer grünen Forellenfliege an ihrem Hut. Neben ihr standen zwei Männer, einer mit einem blutigen Bienenkorb von Bandagen und wackelndem Kopf, der andere schwieg verbissen, und seine Hände preßten derweilen seinen ganzen Kummer an seine Brust. Er wurde für den Angreifer gehalten. Ich sage gehalten, weil es der Blaue war, der den Fall erklärte, da die drei Hauptpersonen Taubstumme waren. Dieser Knabe hier griff den andern mit einem Hammer an, sagte er; und weiter, daß die Frau eine läufige Hündin sei und sich kein Gewissen daraus machte, für wen sie die Beine breit mache, und daß diese Kanaille unter den Taubstummen immer Anlaß schlimmster Streitereien wäre, wenn sie auch wie eine Lehrerin aussehe. Ich berichte nur, was der Blaue dem Wachthabenden sagte.

»Soviel ich sehe«, sagte er, »glaubte dieser arme Zappelphilipp, mit ihr verlobt zu sein, und erwischte sie dann mit diesem anderen Witzbold.«

»Was tat er?«

»Ich möcht's nicht wissen. Hängt davon ab, was für'n reizbarer Kunde er ist. Aber bei 'runtergelassenen Hosen, da würde mich nichts überraschen.«

»Ich frage mich, was sie so klamauksüchtig macht. Sie haben mehr Keilereien wegen Liebe als die Italianos«, sagte der Wachtmeister. Ein Auge seines Gesichts war größer als das andere. In dem allein gewann dieses Gesicht, dessen Wangen aus dem gleichen Mörtel wie die rauhe Wand gemacht schienen, so etwas wie Ausdruckskraft. Sein

Arm, das Hemd hochgekrempelt, war sehr dick; ich wollte nicht gern dabeisein, wenn er ihn gebrauchte.

»Warum müssen sie immer gleich tachteln? Vielleicht, weil sie mit den Händen reden.«

Stoney und der Wolf grinsten und wünschten sich, den Humor der Bullen zu haben.

»Also schön, ist da was unter den Bandagen gebrochen?«

»Man hat ihm mit ein paar Stichen die Kopfschwarte genäht.« Die bluthaarige Stülpbandage wurde ins Licht gestoßen, wo sie der Wachtmeister in Augenschein nehmen konnte.

»Also schön«, sagte er, nachdem er gesehen hatte, »nimm sie und bring sie hinter Schloß und Riegel. Wir werden bis dahin zusehen, ob wir bis morgen einen Dolmetscher auftreiben können. Finden wir keinen, schmeiß sie morgen früh einfach 'raus. Was wollen sie schon mit so einem Hähnchen im Arbeitshaus anfangen? Jedenfalls, eine Nacht im Kittchen wird ihnen klarmachen, daß sie nicht allein auf der Welt sind und sich nicht so aufführen können, wie gehabt.«

Wir waren dran. Inzwischen hatte ich mir über eine Verbindung zwischen Joe Gormans Verhaftung und unserm Gefaßtwerden den Kopf zerbrochen. Aber eine derartige Verbindung gab's nicht. Es gab nur dieses Hemd von mir im Hintersitz des gestohlenen Buick, um mir, vielleicht durch das Wäschezeichen, auf die Spur zu kommen. Das war an den Haaren herbeigezogen, aber ich wußte nicht, an was ich sonst denken sollte. Ich war erleichtert, als ich hörte, weswegen man uns hergebracht hatte: Diebstahl von Automobilteilen auf Autofriedhöfen.

»Wir sind niemals zuvor in Detroit gewesen«, sagte ich. »Wir sind eben erst in der Stadt angekommen.«

»So, woher?«

»Cleveland, per Anhalter.«

»Du bist ein gottsverdammtes Lügenmaul. Du gehörst zur Foley-Bande und hast Autoteile gestohlen. Aber wir räumen mit euch auf. Wir werden euch Brüder schon alle beim Kanthaken kriegen.« Ich sagte: »Aber wir sind nicht einmal aus Detroit. Ich bin aus Chicago.«

»Wo willst du hin?«

»Nach Hause.«

»Das ist ja der kürzeste Weg von Cleveland nach Chicago, über unsere Stadt. Deine Geschichte ist faul.« Er fing mit Stoney an: »Was willst du mir vormachen, wo du herkommst?«

»Pennsy.«

»Wo da?«

»Wilkes-Barre.«

»Und wohin soll die Reise gehen?«

»Nebraska, um Veterinär zu studieren.«

»Und was is' das?«

»Was mit Hunden und Pferden.«

»Was mit Fords und Chevvies, meinst du wohl, du kleiner Arschwisch von einem Strolch! Und du, wo ist dein Zuhause? Was erzählst du für eine Geschichte?« fing er mit dem Wolf an.

»Ich komme auch aus Pennsylvania.«

»Wo da?«

»In der Gegend von Scranton. Es ist eine kleine Stadt.«

»Wie klein ist sie?«

»So eine Bevölkerung von ungefähr fünfhundert Figuren.«

»Und wie heißt sie?«

»Es ist nicht ganz so was wie ein Name.«

»Das möcht' ich wetten. Also schön, sag's mir, wie heißt sie?« Die Augen des Wolfs gingen gespannt hin und her, und das machte seine Anstrengung, unbefangen zu lächeln, wirkungslos, als er sagte: »Der Name ist Drumtown.«

»Es muß ein ganz schön ruppiges Loch sein, um Ratten wie dich hervorzubringen. Okay, wir werden sehen, ob wir's auf der Karte finden.« Der Wachtmeister zog seine Schublade auf.

»Auf 'er Karte isses nich'. Es is zu klein.«

»Ist schon recht, wenn sie einen Namen hat, ist er auch auf der Karte. Sie sind alle drauf.«

»Was ich sagen wollte, ist, es ist noch nicht als Gemeinde bestätigt. Es sind nur so ein paar Häuser, und die Leute da sind noch nicht dazu gekommen, sich als selbständige Gemeinde eintragen zu lassen.«

»Was machen sie da so?«

»Bißchen Kohlenförderung. Nich' viel.«

»Stein- oder Braunkohle?«

»Beides«, sagte der Wolf, senkte seinen Kopf und griente noch ein bißchen, aber seine Unterlippe entblößte dabei irgendwie krampfhaft seine Zähne, und seine Sehnen traten hervor.

»Freundchen, du gehörst zu Foleys Bande«, sagte der Wachtmeister.

»Nein, ich bin vorher noch nie in dieser Stadt gewesen.«

»Hol mir mal Jimmy«, wies der Wachtmeister einen der Blauen an.

Jimmy kam, langsam und alt, über die engen Stufen der unteren Zellen. Sein Fleisch wirkte wie das einer massigen alten Frau. Er trug Stofflatschen, und eine Strickjacke mit Knöpfen vorne hielt das Fett seiner breiten Brust hoch. Mit jedem Atemzug schien er ein wenig zu sterben. Aber seine Augen waren so bestimmt, wie alles andere um seinen grau-, gelb- und weißhaarigen, vor Schwäche geneigten Kopf unbestimmt war. Die Augen jedenfalls waren so gedrillt, daß ihnen alles andere außer ihrer lang schon ausgeübten Tätigkeit fremd war, und zeigten kein persönliches Interesse. Dieser Jimmy warf einen Blick auf Stoney und mich, ging an uns vorbei und blieb mit seinen Augen am Wolf hängen. Zu ihm sagte er: »Du bist vor drei Jahren hier gewesen. Du hast einen gefleddert und dafür sechs Monate bekommen. Es sind noch nicht ganz drei Jahre. Erst im Mai. Noch einen Monat.«

Dieser große, einordnende Organismus eines Polizeihirns!

»Nun, Herr Bumskopp aus Dummsdorf, Pennsylvania?« sagte der Wachtmeister.

»Das stimmt, ich hatte sechs Monate. Aber Foley kenne ich nicht. Das ist die Wahrheit. Und ich habe niemals Autoteile gestohlen. Ich verstehe überhaupt nichts von Autos.«

»Sperr sie alle ein.«

Wir mußten unsere Taschen ausleeren. Sie waren scharf auf Messer und Streichhölzer und ähnliche Gegenstände, mit denen man was hätte anstellen können. Aber für mich bedeutete es nicht das, was es bedeuten sollte, sondern daß es etwas Größeres gab, das Kleinigkeiten in seine Obhut nahm und Pfänder als etwas begreifen läßt, als ein Zeichen, nicht mehr länger sein eigener Herr zu sein, wie auf der Straße, wo der Inhalt deiner Taschen deine höchstpersönlich eigene Angelegenheit ist: *Das* war der eigentliche Sinn dieser Prozedur. Also, wir übergaben unser Zeug und wurden 'runtergebracht, gingen an Zellen und an wie im Zoo raschelndem Stroh vorbei, wo sich einige Häftlinge von ihren Strohsäcken erhoben, um einen Blick durch die Gitter zu tun. Ich sah den verletzten Taubstummen, der sich wie ein Magier seinen Kopf hielt, auf einer Pritsche. Wir wurden bis ans Ende des Ganges geführt, wo der große Gedächtniskünstler auf einem Stuhl saß und schlief oder vielleicht die ganze Nacht über nur zu dämmriger Ruhe kam, über ihm hing ein Band von einem Ventilator herunter, das wie ein Fischschwanz aussah. Sie steckten uns in eine große Zelle, wobei es über unsere Köpfe hinwegschrie: »Wir haben keinen Platz. Wir haben nicht mehr Platz!« begleitet von Maulfürzen und Geräuschen, als ob einer Klabusterbeeren schisse und die Klosettspülung zöge, und ähnlichen Affereien und Verhöhnungen. Es war wirklich eine stark belegte Zelle, aber sie stießen uns auf jeden Fall hinein, und wir richteten uns da, so gut wir konnten, ein und ließen uns auf dem Boden nieder. Der andere Stumme war hier mit drin, neben den Füßen eines Betrunkenen sitzend, zusammengekrochen wie im Zwischendeck. Die ganze Zeit brannte ein ungeheuer starkes Licht. Es hatte was Schweres, wie der vor das Grab gerollte Fels.

Zu Tagesanbruch begann vor der Mauer ein mächtiges, verworrenes Gerolle, Abwürgen von Motoren, das Geröhre von Lastwagen und das Getöse schwerer Maschinen und dazu das geschwinde Nähmaschinengeratter von Straßenbahnen, schnell wie Libellen.

Ich muß sagen, die persönliche Ungerechtigkeit fügte mir keinesfalls einen großen Schock zu. Ich wünschte, draußen zu sein und meiner Wege gehen zu können, und das war beinah alles. Ich litt vielmehr Joe Gormans wegen, den man gefaßt und geschlagen hatte.

Jedenfalls, es gibt eine Finsternis – wie ich sie beim Betreten Eries in Pennsylvania empfand. Es gibt sie für jeden von uns. Aber du sollst sie nicht mit neckisch-vorsichtiger Zehe prüfen, wie das Mädchen auf dem Buntdruck *Septembermorgen*, der eine Zeitlang bei jedem Frisör Amerikas hing. Auch laß dich nicht wie ein neugieriger Besuch in sie versenken, so wie der alte Potentat des Morgenlandes, den man in einer Glaskugel auf den Grund des Meeres zwischen das Wasserkraut tauchen ließ, um ihn die Fische beobachten zu lassen. Auch laß dich nicht nach einem Unglückssturz ungesäumt aus ihr herausziehen wie so ein Napoleon aus dem Schlamm des Arcole, in dem er – während die Kugeln der Ungarn Risse in den Lehm des Ufers schossen – bis zu seiner nachdenklichen Nase hinauf gestanden hatte. Eindeutig von dieser Finsternis, von der ich spreche, ausgenommen zu sein, glaubten nur einige Griechen im flüssigen Gold ihres Mittags, in dessen Licht die Freundschaft der Schönheit zu den Dingen der Menschen unter einem guten Stern stand. Aber in Wahrheit waren auch diese Griechen und ihre Verehrer in dieser Finsternis. Aber trotzdem sind sie immer noch Gegenstand der Bewunderung eines Restes dieser schlammentsprungenen, von Hunger zerfressenen, Straßen zerstampfenden, kriegsmeschuggenen, schwierigen, unverdrossen fleißigen, in den Bauch getretenen, aus Kummer und Knorpel bestehenden Menschheit, der Mehrzahl derer, die – einige unter einem Kohle fressenden Vesuvrauchpilz des Chaos, einige in einer schwül-bedrückenden Kalkutta-Mitternacht – sehr gut wissen, wo sie in Wirklichkeit sind.

In dem miesen Grau und Geruch des Morgens, nachdem sie uns Kaffee und Brot gegeben hatten, ließen sie Stoney und mich 'raus. Der Wolf wurde auf Verdacht dabehalten.

Die Blauen sagten zu uns: »Macht, daß ihr aus der Stadt kommt. Letzte Nacht habt ihr bei uns 'ne Schlafstelle bezogen, das nächstemal werdet ihr wegen Landstreicherei was angehängt bekommen.« Auf dem Revier herrschte eine verqualmte Dämmerung und ein Gescharre, als die Streifenpolizisten der Nachtrunde sich von ihrer Last befreiten, Pistolen losschnallten, ihre Mützen vom Kopf nahmen und sich hinsetzten, um ihre Meldungen zu schreiben. Wenn es in der Nachbarschaft des Tobias, an dem Tag, als der Engel zu ihm kam, ein Polizeirevier gab, hätte es dort nicht anders ausgesehen.

Wir folgten dem Hauptverkehr und kamen bis zum Campus Martius, das dem anderen Champ de Mars, das ich kenne, nicht ähnlich sieht. Hier war alles Backstein, vom Ölqualm und dem wabernden Auspuffdunst der Autos verrußt.

Wir brachen auf, um mit der Straßenbahn bis zur Stadtgrenze zu fahren, und dabei passierte es, als der Schaffner mich anstieß, um mich darauf aufmerksam zu machen, daß die Haltestelle zum Umsteigen gekommen sei, und ich 'raussprang und dachte, Stoney wäre hinter mir, daß ich ihn dann noch am Fenster schlafen sah, als der Wagen mit den durch Preßluft geschlossenen Türen vorbeifuhr, und kein Gebumse an der Scheibe ihn zu wecken vermochte. Dann wartete ich eine gute Stunde, ehe ich bis zur Endstation, wo die Autostraße war, weiterfuhr. Dort blieb ich beinahe bis Mittag. Er dachte möglicherweise, daß ich ihn abgeschüttelt hätte, was nicht meine Absicht war. Ich war verzweifelt, daß ich ihn verloren hatte.

Schließlich fing ich an, den Autos zu winken. Zuerst nahm mich ein Lkw nach Jackson mit. Dort fand ich eine billige Schlafstelle. Am nächsten Nachmittag ließ mich ein Vertreter für eine Filmgesellschaft mitfahren. Er war auf dem Wege nach Chicago.

10

Als es Abend wurde, rasten wir aus Gary heraus und auf Chicago-Süd zu; das Maul der Stadt aus Feuer und Qualm gierig vor uns aufgerissen. Wie die flammendrote Bucht heimkehrenden Neapolitanern entgegenbebt. Wie ein Fisch kommst du in dein heimisches Gewässer. Und dort thront Dagon * oder der große Fischgott. Dann trage, wieder in dem dir vertrauten Gewässer, deine Seele wie eine kleine Elritze hin vor Dagon.

Ich wußte, daß mich bei dieser Rückkehr nicht Frieden und eine sorglose Zeit erwarteten. In der Reihenfolge zunehmender Schwierigkeiten würde da erst mal die immer wegen Geld meckernde polnische Wirtschafterin sein; dann Mamma, die meine Unzuverlässigkeit sicher empfand; und schließlich Simon, in dem sich wohl einiges für mich angesammelt hatte. Ich war auf heftige Worte von ihm gefaßt. Ich wußte auch, daß ich wegen dieses Ausflugs einige verdiente. Ich hatte auch was in petto, um Rede und Antwort zu stehen, so wegen meines Telegramms. Aber ich näherte mich nicht dem üblichen Familienkrach mit erhitzten Gemütern und ausgezankten Standpunkten. Was mich erwartete, unterschied sich davon sehr und war dabei viel schlimmer.

Eine fremde Polin, die nur Polnisch sprach, machte die Tür auf. Ich dachte, die alte Wirtschafterin hätte gekündigt und diese hier hätte sie ersetzt. Aber es war sonderbar, wie die neue Frau die Küche mit Blutenden Herzen, Kruzifixen und Heiligen angefüllt hatte. Gewiß, wenn die Frau die an ihrem Arbeitsplatz um sich haben mußte, Mamma konnte sie ja ohnehin nicht sehen. Aber da sah ich auch kleine Kinder und fragte mich, ob Simon etwa eine ganze Familie aufgenommen hätte. Und dann, an der Art, wie mich die Frau vor der Tür stehen ließ, dämmerte mir, daß das nicht mehr länger unsere Wohnung war; und dann kam ein größeres Mädchen, das die Kleidung der Parochialschule der Heiligen Helene trug, um mir zu sagen, daß ihr Vater die Möbel gekauft und die Wohnung von dem Mann, dem

* *Dagon:* Westsemitische Gottheit, halb Mensch, halb Fisch.

sie gehört habe, übernommen hatte. Der Mann, dem sie gehört habe? – das war Simon.

»Aber ist denn meine Mutter überhaupt nicht mehr hier? Wo ist meine Mutter!«

»Die blinde Dame? Sie ist unten, bei Nachbarn.«

Die Kreindls hatten sie in Kotties Zimmer gesteckt, das nur ein kleines vergittertes Fenster hatte, das zu dem Durchgang führte, wo Leute, die sich den Weg durch die Einfahrt abkürzten, geduckt durch den Keller liefen oder innehielten, um hier ihr Wasser abzuschlagen. Da sie gerade nur in der Lage war, Licht von Finsternis zu unterscheiden und für eine Aussicht keinen Bedarf hatte, konnte man unter diesen Umständen nicht sagen, daß es eine Unfreundlichkeit gewesen war, sie dort hinzustecken. Die tiefen Kerben von der Küchenarbeit in ihrer Hand hatten sich nicht geglättet, und ich fühlte sie, als sie meine Hände nahm und mit ihrer brüchigen Stimme, wunderlicher als jemals zuvor, gerade in diesem Augenblick, sagte: »Hast du von Großmutter gehört?«

»Nein, was denn?«

»Sie ist gestorben.«

»Oh, nein!«

Das war ein Pfeil! Er drang unvermittelt und kalt mitten ins Herz, und ich war unfähig, mich aufzurichten oder mich überhaupt zu bewegen, und blieb gebeugt sitzen. Tot! Furchtbar. Sich vorzustellen, die alte Frau tot, in einem Sarg, unter der Erde, das Gesicht bedeckt, und Last auf sie gewälzt, still. Mein Herz zog sich bei der Vorstellung dieser Gewalttätigkeit zusammen. Weil es gewalttätig gewesen sein mußte. Sie, die alles Zudringliche energisch von sich gewiesen hatte, so wie sie sich der Hand des Zahnarztes erwehrt hatte, sie hatte gewiß niedergerungen werden müssen! Bis ihr Widerstand gebrochen war. Bei all ihrer Gebrechlichkeit war sie ein harter Kämpfer. Aber sie kämpfte, angekleidet und aufrecht und lebendig. Und jetzt war man gezwungen, sie sich gefangen, ins Grab hinuntergelassen und stilliegend vorzustellen. Das war zuviel für mich.

Meine Schleusen brachen. Ich vergoß Tränen, den Ärmel über den Augen.

»Ma, woran starb sie – und wann?«

Sie wußte nicht. Vor ein paar Tagen, ehe sie heruntergezogen war, hatte Kreindl es ihr erzählt, und sie hatte seitdem getrauert. Der Vorstellung entsprechend, die sie von Trauer hatte.

Alles, was sie in diesem Zimmer, das mehr ein Kellergewölbe war, stehen hatte, waren ein Bett und ein Stuhl. Na, also ich versuchte, von Mrs. Kreindl herauszubekommen, warum Simon das getan hatte. Da es Abendessenszeit war, war Mrs. Kreindl zu Hause. Für gewöhnlich war sie weg, um die Nachmittage über mit anderen Hausfrauen zu pokern. Sie spielten mit allem Ernst, bis aufs Blut. Wie sie es fertigbrachte, die Gemütsruhe eines großen Pokerschafes zu haben, da fragt man mich zuviel, da sie immer in einem verhohlenen Fieber vom Spielen und vom Kriegführen gegen ihren Mann lebte.

Sie konnte mir überhaupt nichts über Simon sagen. Hatte er alles verkauft, um heiraten zu können? Ehe ich auf die Reise gegangen war, hatte er verzweifelt davon gesprochen. Aber unsere Möbel waren Trödel, und wieviel konnte der Pole schon dafür bezahlt haben? Was würde überhaupt jemand für ein Wrack von einem Küchenherd zahlen? Oder für die Betten, die noch älter waren, und für die mit Kunstleder bezogene Klubgarnitur, mit der wir im Zimmer herumfuhrwerkten und Wippen spielten, als wir klein waren? Dieser Trödel ging auf die Zeit der Americana-Serie des Rameses, also des vorigen Jahrhunderts, zurück. Möglich, daß noch mein Vater die Möbel gekauft hatte. Alles Überlegungen, die weh taten. Simon mußte wahnsinnig dringend Geld gebraucht haben, daß er dieses ganze ausgediente Blech und Lederzeug verkaufte und Mamma in dieser Zelle bei den Kreindls ließ.

Ich war vor Hunger ganz ausgehöhlt, als ich Mrs. Kreindl befragte, konnte sie aber nicht wegen einer Mahlzeit angehen, da ich wußte, daß sie nicht sehr freigebig mit Verköstigungen war. »Hast du etwas Geld, Mamma?« fragte ich. Aber ein Fünfzig-Cent-Stück war alles, was sie in ihrem Portemonnaie hatte. »Schön«, sagte ich zu ihr, »ist ein beruhigendes Gefühl für dich, etwas Kleingeld für den Fall zu haben, daß du so was wie Drops oder 'nen Streifen Hershey haben möchtest.« Hätte Simon ihr was dagelassen, würde ich mir 'nen Dollar von ihr genommen haben, aber ohne ihre letzten fünfzig Cent mußte ich eben ein wenig länger auf die Suche gehen. Sie ihr abzubitten, würde sie erschreckt haben, und das wäre barbarisch gewesen. Gerade jetzt bei Großmutters Lauschs Tod. Und sie war bereits genug in Ängsten, obgleich ihre Haltung wie als Kranke, aufrecht war, und als ob sie darauf wartete, daß der Gram an eine Haltestelle käme; als ob diese Haltestelle von einem Schaffner ausgerufen würde. Sie würde nicht mit mir darüber sprechen, was Simon getan hatte, sondern sich lieber an ihre eigene Vorstellung davon klammern, zu der sie irgendwelche Zusätze von mir nicht wünschte. Ich kannte sie.

Ich blieb ein bißchen länger, weil ich das Gefühl hatte, daß es ihr Wunsch war, aber dann mußte ich gehen, und als ich den Stuhl, auf dem ich saß, zurückschurrte, sagte sie: »Du gehst? Wohin gehst du?« Das war eine Frage, die meine Abwesenheit in der Zeit, in der die Wohnung verkauft wurde, betraf. Ich konnte sie nicht beantworten.

»Wieso, ich habe immer noch das Zimmer da auf der Südseite, von dem ich dir erzählte.«

»Arbeitest du? Hast du eine Anstellung?«

»Irgendwas habe ich immer. Du kennst mich doch, nicht wahr? Mach dir keine Gedanken, es ist alles auf bestem Wege.«

Als ich das sagte, mied ich ihr Gesicht ein wenig, obwohl dafür keine Veranlassung bestand, und fühlte in meinem Gesicht einen beißenden Schmerz, so als wäre mein Gesicht ein Schlüssel, der zu einem entehrenden, bösen Zweck ausgesägt und unter die Feile genommen wurde.

Ich machte mich zu Einhorns auf, und der Boulevard, auf dem die Bäume im Lieblingspurpur eines mit Kohle und den Dünsten dösiger Krokodilbetten aus gesäuberten Kloaken geschwängerten Chicagoer Aprilabends zu knospen begannen, belebte sich unter den Laternen der Synagoge mit Leuten, die, in neuen Mänteln und Kaufmannshüten, vom Gottesdienst herauskamen und viereckige Samthüllen für ihre Gebetsutensilien bei sich trugen. Es war die erste Passah-Nacht, in der der Todesengel alle Türen durchschreitet, die nicht mit Blut bezeichnet sind, um das Leben der Erstgeborenen der Ägypter hinwegzuraffen, wonach dann die Juden in die Wüste hinausziehen. Es war mir nicht vergönnt, dort ungeschoren vorbeizukommen, ich wurde von Coblin und Five Properties angehalten, die mich gesehen hatten, als ich auf die Straße trat, um das Menschengedränge zu umgehen. Sie standen auf dem Bordstein, und Five Properties erwischte mich am Ärmel. »Schau!« sagte er. »Wer heute abend in der Schul * war!« Beide grienten, sahen gebadet aus und strahlten nur so vor Sauberkeit und Männlichkeit.

»Heh, rat mal, warum?« sagte Coblin.

»Was?«

»Weiß er's denn nicht?« sagte Five Properties.

* Synagoge.

»Ich weiß von überhaupt nichts. Ich bin weg gewesen und gerade erst zurückgekommen.«

»Five Properties ist dabei zu heiraten«, sagte Coblin. »Schließlich doch. Sie ist eine Schönheit! Du solltest den Ring sehen, den er ihr schenkt. Nicht wahr, mit Huren haben wir's jetzt ausgestanden, was? Junge, Junge, da hat's aber einen erwischt!«

»Ist das wahr?«

»So wahr mir der Herr aller Heerscharen helfe«, sagte Five Properties. »Ich lade dich zu meiner Hochzeit ein, Kleiner, in einer Woche, vom kommenden Sonntag an gerechnet, im Löwen-Club-Saal, North Avenue, um vier Uhr. Bring ein Mädchen mit. Ich möchte nicht, daß du irgendwas gegen mich hast.«

»Was sollte ich gegen dich haben?«

»Na ja, unberufen. Wir sind Vettern, und ich möchte, daß du hinkommst.«

»Viel Glück, Mensch!« sagte ich zu ihm. Ich gab mir alle Mühe und war dankbar dafür, daß es so trübe war, daß sie mich nicht genau sehen konnten.

Coblin begann mich am Arm zu ziehen. Er wollte, daß ich zum Seder-Mahl mit zu ihm kommen sollte. »Komm mit. Komm mit zu uns nach Hause.«

Wo ich nach Gefängnis stank, und ehe ich überhaupt anfing, meine Misere etwas zu verdauen? Ehe ich Simon gefunden hatte? »Nein, ein anderes Mal. Vielen Dank, Cob«, sagte ich, indem ich ein paar Schritte zurückwich.

»Aber warum denn nicht?«

»Laß ihn, er hat eine Verabredung. Hast du eine Verabredung?«

»Es ist so, daß ich jemanden treffen muß.«

»Er fängt jetzt an, sich die Hörner abzulaufen. Bring die kleine Flamme mit zur Hochzeit.«

Vetter Hyman lächelte noch, dachte aber wahrscheinlich an seine Tochter und drängte mich deshalb nicht länger. Er sagte nichts mehr.

In der Tür bei Einhorns traf ich Bawatzky, wie er hinunterstieg, um eine Sicherung zu ersetzen. Sie war durch Tillys Brennschere durchgeknallt; und oben, wo eine Frau humpelte und die andere durch ihr Gewicht und die Unsicherheit im Dunkeln auch nicht behender war und sich mit Kerzen näherte, erinnerte es mich heute zum zweitenmal daran, daß ja die Nacht des Auszugs der Kinder Israel war. Aber es gab hier kein Abendmahl oder eine Feier. Einhorn beachtete nur einen kirchlichen Feiertag, und das war Jom Kippur, und das auch nur, weil Karas-Holloway, der Vetter seiner Frau, darauf bestand.

»Was ist denn diesem Bawatzky, diesem besoffenen Warzenschwein, wieder in die Quere gekommen?«

»Er kann an den Sicherungskasten nicht 'ran, weil der Keller zugeschlossen war, und ist zur Portiersfrau gegangen, um sich den Schlüssel zu holen«, sagte Mildred.

»Hat sie Bier im Haus, gehen wir heute im Dustern zu Bett.« Plötzlich sah mich Tilly Einhorn im Licht der Kerze, die sie auf einer Untertasse trug.

»Sieh einer an«, sagte sie. »Augie ist hier.«

»Augie? Wo?« fragte Einhorn, der bei dem Flackern der Kerze mit einem schnellen Blinzeln etwas zu erkennen versuchte. »Augie, wo bist du? Ich kann dich nicht sehen.«

Ich trat näher und setzte mich neben ihn, er hob seine Schulter zum Zeichen, daß er mir die Hand geben wollte.

»Tilly, geh in die Küche und mach Kaffee. Du auch, Mildred.« Er schickte sie in die Finsternis der Küche zurück. »Und zieh den Stecker von der Brennschere 'raus. Sie machen mich wahnsinnig mit ihren elektrischen Geräten.«

»Der Stecker ist 'raus«, sagte Mildred. Mit einer Stimme, die der Pflicht zu derartigen Antworten müde, aber doch immer bereit war, ihr zu genügen. Sich der kleinsten Kleinigkeit unterwerfend, schloß sie die Türen, und ich war mit ihm allein. In seinem Nacht-Gericht. Wenigstens glaubte ich, daß er mich mit gestrenger Miene ansah. Er hatte mir nur die Hand gegeben, um mich förmlich seine Finger und die Tiefe seiner Kälte empfinden zu lassen. Und die Kerzen wirkten jetzt so heiter auf mich, als wären sie Kerzen, die man nachts in Brotlaibe steckt und auf einem schwarzen Indianersee lossegeln läßt, um einen auf dem Grunde ruhenden Ertrunkenen zu finden. Jetzt war der weiße Scheitel seines Haars beinahe bis auf die Glasplatte auf seinem Schreibtisch niedergebeugt, als er es bewerkstelligte, sich eine Zigarette zu nehmen und anzuzünden – wie immer, der methodische Kampf und das Zerren der Arme bei den Ärmeln, dieser Transport von Fliegen durch die Ameisen. Danach fing er an zu paffen und sich zum Sprechen anzuschicken. Ich entschied, daß ich es mir nicht gefallen lassen würde, mich wegen der Joe-Gorman-Affäre, von der er inzwischen bestimmt Bescheid wußte, wie ein kleiner zehnjähriger

Junge abkanzeln zu lassen. Ich mußte mit ihm über Simon sprechen. Aber dann schien es wieder, als wolle er mir überhaupt keine Lektion erteilen. Ich muß zu elend – 'runter, abgemagert, zum Äußersten getrieben und ausgebrannt – ausgesehen haben. Als wir uns das letzte Mal trafen, hatte ich noch den Evanstonspeck auf dem Leibe gehabt, damals, als ich zu ihm gekommen war, um ihn wegen der Adoption zu konsultieren.

»Tja, wie's aussieht, ist es dir inzwischen nicht besonders ergangen.«

»Nein.«

»Gormann wurde festgenommen. Wie bist du entwischt?«

»Ich hatte idiotisches Glück.«

»Idiotisch? In einem faulen Wagen, ohne dazu die Schilder auszuwechseln! Da sprech' mir einer von Hirnlosigkeit! Na ja, sie brachten ihn zurück. Das Bild war in der *Times*. Willst du es sehen?«

Nein, ich wollte es nicht, da ich schon wußte, wie es aussehen würde: zwischen zwei stämmige Kriminalbeamte eingeklemmt und wahrscheinlich, sosehr es seine festgehaltenen Arme gestatteten, bemüht, sich den Hut über die Augen zu fingern und seiner Familie den direkten Blick in die Kamera oder sein bepflastertes Gesicht zu ersparen. Es war immer das gleiche.

»Wie kam es, daß du so lange brauchtest, um zurückzukommen?« sagte Einhorn.

»Ich trampte und war nicht sehr glücklich dran.«

»Aber warum mußtest du trampen? Dein Bruder hat mir doch gesagt, daß er dir das Geld nach Buffalo schicken wollte.«

»Wieso, ist er zu Ihnen gekommen und hat davon gesprochen?« Ich runzelte angestrengt meine Brauen. »Sie meinen, er versuchte, es von Ihnen zu borgen?«

»Er bekam es von mir. Ich verschaffte ihm auch noch ein anderes Darlehen.«

»Was für ein Darlehen? Ich habe überhaupt nichts von ihm bekommen.«

»Das bedeutet nichts Gutes. Ich war blöd. Ich hätte es dir selbst schicken sollen. Bäh?« Er ließ seine Zunge heraushängen, und seine Augen begannen, mit dem Ausdruck der Überraschung zu glitzern. »Da hat er mich also angeschmiert – soso, das hat er also getan. Aber er hätte dich nicht im Stich lassen sollen. Besonders da ich ihm das Geld obendrein zu dem, was er sonst von mir geliehen bekam, in die

Hand drückte. Selbst wenn er 'ne schlechte Strähne hatte – das geht zu weit.«

Ich war mächtig verbittert und glaubte, ich müßte verrückt werden, aber ich fühlte das grollende Aufkommen einer Welle von etwas noch Schlimmerem, noch unter der gegenwärtigen Tiefe, wie ein Seebeben in mir.

»Was wollen Sie damit sagen – mit der schlechten Strähne? Warum nahm er Geld auf? Was wollte er damit?«

»Wenn er mir gesagt hätte wozu, würde ich ihm wohl geholfen haben. Ich lieh ihm das Geld, weil er dein Bruder ist, sonst kenne ich den Mann ja kaum. Er wollte ein Geschäft machen, mit Nosey Mutchnik – der, mit dem ich die Teilhaberschaft an der Baustelle ausgehandelt habe. Erinnerst du ich? Nun, ich konnte mich gegen ihn behaupten, aber dein Bruder ist grün. Er beteiligte sich an illegaler Buchmacherei, und beim ersten Spiel, das die *Weißen Socken* in dieser Spielzeit austrugen, sagten ihm die Mutchniks, daß er seinen Einstand eingebüßt hätte und weitere hundert Dollar bringen müßte, wenn er im Geschäft bleiben wolle – ich weiß heute, wie die Geschichte sich abgespielt hat. Sie nahmen ihm dann auch die noch ab, und als er hitzköpfig wurde, bekam er ein Ding zwischen die Zähne. Mutchniks Rowdies schlugen ihn in den Rinnstein. So spielte sich die Sache ab. Ich nehme an, du weißt, warum er auf die Schnelle zu Geld kommen wollte?«

»Ja, um sich zu verheiraten.«

»Um an Joe Flexners Tochter 'ranzukommen, die ihn verrückt machte. Jetzt wird er es nicht mehr schaffen.«

»Aber warum denn nicht? Sie sind doch verlobt.«

»Dein Bruder fängt an, mir leid zu tun, wenn er sich auch nicht sehr schön benimmt und ich achtundsiebzig Dollar zum Fenster 'rausschmiß ...«

Wie ich das beängstigende Bild, Simon zerschlagen und blutbefleckt im Rinnstein, vor Augen hatte, hörte ich nur noch zu und redete kein Wort mehr, nicht von Großmutters Tod oder über die Möbel, und auch nicht darüber, daß Mamma aus der Wohnung gesetzt wurde. »Jetzt wird sie ihn nicht mehr heiraten«, sagte Einhorn.

»Sie wird nicht? Warum nicht?«

»Ich habe die Sache von Kreindl. Er vermittelte ihr was mit einem Verwandten von dir.«

»Doch nicht mit Five Properties –?« schrie ich.

»Mit diesem Einfaltspinsel, deinem Vetter. Seiner Hand wird es überlassen sein, solche schönen Beine auseinanderzubringen.«

»O Hölle! Nein! Das konnten sie Simon nicht antun!«

»Sie taten's.«

»Und inzwischen, denke ich mir, weiß er es.«

»Und *ob*! Er ging zu den Flexners, zerbrach Stühle und machte Klamauk. Das Mädchen türmte und schloß sich auf der Toilette ein, und der Alte mußte dann die Polizei rufen. Der Funkwagen kam und nahm ihn mit.«

Auch eingesperrt! Ich stand Qualen wegen Simons aus. Es war verrückt, wie ich litt. Das alles zu hören und sich ein Bild davon zu machen zermalmte mich.

»Zynisch, die Fose, eh?« sagte Einhorn. Er wollte mir, mit seinem verqueren, baß erstaunten Ernsthaftigkeitsblick, alles so nah wie möglich bringen. »Kressida läuft ins Lager der Griechen über –«

»Und wo ist Simon jetzt – noch in Haft?«

«Nein. Der alte Flexner ließ die Anzeige fallen, nachdem Simon versprach, keinen Ärger mehr zu machen. Flexner ist ein anständiger alter Mann. Er machte Pleite, ohne jemand was schuldig zu bleiben. Er hätte nicht das Herz gehabt. Er ist einer, mit dem gut auszukommen ist. Sie behielten deinen Bruder für eine Nacht da und ließen ihn heute morgen laufen.«

»Er saß die letzte Nacht im Gefängnis?«

»Eine Nacht, das war alles«, sagte Einhorn. »Jetzt ist er wieder auf freiem Fuß.«

»Aber wo steckt er denn? Wissen Sie es?«

»Nein. Aber was ich dir sagen kann, ist, daß du ihn nicht zu Hause antreffen wirst.« Kreindl hatte ihm das mit Mamma erzählt, und er bereitete sich darauf vor, mich das Ganze hören zu lassen; aber ich sagte, daß ich bereits zu Hause gewesen sei. Ich saß ausgezogen vor ihm; ich wußte nicht, wohin ich gehen konnte, und hatte auch nicht die Kraft wegzugehen.

Bis jetzt hatten wir uns, wenn es auch bekannt war, daß wir als kleine Kinder im Stich gelassen worden waren und Wohlfahrt bezogen, als Familie doch eines gewissen zurückgezogenen Lebens erfreuen dürfen. Zu Zeiten Oma Lauschs war niemand, selbst der Sozialprüfer Lubin nicht, genau über uns informiert. Zur Krankenkasse der Fürsorge konnte ich hingehen und die Leute mit Erfolg hinters Licht führen, nicht einfach um des Geldes willen, sondern damit uns eine gewisse Macht eigener Lebensführung blieb. Jetzt gab es keine Geheimnisse mehr, und jeder, der wollte, konnte seine Nase in unsere Angelegenheiten stecken. So was muß ich mir überlegt haben, daß ich Einhorn nicht sagte, was für mich das grausamste von allem war: daß Oma tot war. »Es tut mir leid für dich und besonders für deine Mutter«, fing Einhorn an und versuchte mich aufzurichten. »Dein Bruder war zu voreilig. Zuviel Feuer unterm Schwanz. Was machte ihn so hitzig?«

Zum Teil, so dachte ich, stellte er diese Frage aus Neid darüber, daß jemand solcher Leidenschaft und solchen Feuers fähig war. Aber trotzdem konnte Einhorn nicht ganz sein Mitgefühl verbergen.

Allmählich, beim Sprechen, verlor er sein erstes Ziel, nämlich mich zu trösten, aus den Augen und wurde so bitter, daß er versuchte, die Fäuste auf den Schreibtisch zu stemmen und dabei mit der Brust gegen die Kante stieß: »Warum sollst du dir was draus machen, wenn sie deinem Bruder das Kreuz brechen!« sagte er. »Er verdient es. Er ließ dich in der Klemme, er verkaufte die Wohnung, er zog mir mit dem Hinweis auf dich das Geld aus der Nase, und du hast nicht mal einen Cent davon zu riechen bekommen. Wenn du ehrlich zu dir wärst, würdest du dich freuen. Wenn du dir das eingestehen würdest, täte dir das nur gut, und ich würde dich dafür nur noch mehr schätzen.«

»Was soll ich dazu sagen? Daß alles seine Schuld ist und daß ich mich darüber freue? Daß er sich nicht um Mamma kümmerte, weil er sich verliebte? Oder daß er einfach schuftig ist? Was erwartet man denn, worüber ich mich freuen soll, Einhorn?«

»Kannst denn die Überlegenheit nicht begreifen, die du von jetzt an hast? Du solltest ihm gegenüber jetzt besser nicht so tun, als wäre alles nur halb so schlimm. Es liegt jetzt bei ihm, es dir recht zu machen. Die Überlegenheit ist an dich übergegangen, und du hast ihn bei den Eiern. Kannst du das nicht verstehen? Und wenn es nur eins ist, was du im Augenblick aus alledem mitkriegen kannst, dann das, wenigstens zuzugeben, daß du glücklich darüber bist, daß er eine Wucht bezogen hat. Jesus! Hätte mir das irgend jemand angetan, ich würde gewiß Befriedigung darüber empfinden, daß er so gut war, sich selbst die Pfoten zu verbrennen. Täte ich das nicht, würde ich befürchten, nicht ganz klar im Kopf gewesen zu sein. Gut ist das für ihn! Gut, nur gut!«

Ich bin nicht sicher, warum mich Einhorn mit einer Wut bearbeitete, die sich schon heller Verzweiflung näherte. Darüber vergaß er sogar, mich Joe Gormans wegen höllisch ins Gebet zu nehmen. Ich vermute, im Hintergrund spielte dabei eine Rolle, daß er an Dingbats Erbschaft dachte, die er in Grund und Boden gewirtschaftet hatte. Möglicherweise wollte er nicht, daß ich seiner Verachtung verfiele, wie er Dingbat etwas verachtete, weil er nicht böse war. Nein, da war noch mehr an der Anschauung dran, die er so heftig, freilich spreizhändig, auf den Schreibtisch trumpfte. Er meinte: da es im Sinne der Altvorderen keine wirklich in Kraft befindlichen Gebote mehr gab; da wir in ausgeträumten oder erledigten Träumen und Wolkenkuckucksheimen lebten, daß man deshalb – in der nackten Art des menschlichen Glibbers – mit Macht wählen oder an sich nehmen sollte, daß man aus Nachteilen seine Stärke bilden; indem man Feinde hätte, Fortschritte machen und dabei voll Zorn und furchtbar sein sollte. Man sollte sich durch die Tatsache, daß man ein Bruder war, nicht hemmen lassen, sondern sollte mit dem Hammer dreinschlagen; man sollte die Stimmgewalt haben, andere Stimmen zum Schweigen zu bringen – Grundsätze, die für den einzelnen wie für Völker, Parteien und Staaten gleichermaßen gelten. So sollte man sein und nicht ein armes Huhn von Mensch, gerupft und gezwackt, mit einem Hintern aus Haut und Knochen und einem ängstlichen Gesicht voll Sorgenfalten, so ein menschliches Haushuhn, das man mir nichts dir nichts mit dem Besen verscheucht.

Jetzt, als Bawatzky an den Sicherungen fummelte, begann das Licht zu flackern, und bald stellte es sich heraus, daß ich, anstatt das alles in Betracht zu ziehen, wie ich es hätte tun sollen, dasaß und heulte. Ich glaube, Einhorn war enttäuscht und vielleicht sogar schockiert. Schockiert meine ich, durch sein Fehlurteil über meine Tauglichkeit, ihm und seiner dahinschießenden Flugbahn, über das, was eine Seele sein sollte, folgen zu können. Er bedachte mich mit einer frostigen Sanftmut, wie er sie sonst einem Mädchen hätte angedeihen lassen. »Quäl dich nicht, wir werden für deine Mutter schon Rat schaffen«, sagte er, weil er zu denken schien, daß es hauptsächlich das war, was mir an die Nieren ging. Er wußte nicht, daß ich auch Oma beklagte. »Puste die Kerzen da aus. Tilly bringt gleich Kaffee und Brote. Du kannst heute nacht bei Dingbat schlafen, und morgen werden wir irgendwas auf die Beine stellen.«

Am nächsten Tag ging ich auf Jagd nach Simon und konnte ihn nicht ausfindig machen. Er war nicht gekommen, um nach Mamma zu sehen. Wen ich jedoch wenigstens antraf, das war Schadchen Kreindl, der zu Hause vor Räucherfisch und Brötchen bei einem späten Frühstück saß. Er sagte zu mir: »Setz dich hin und greif zu.«

»So wie ich sehe, haben sie schließlich für meinen Vetter doch noch 'ne Braut gefunden«, sagte ich zu dem stieren alten österreichisch-ungarischen Artilleristen und beobachtete, wie die kurzen, hinlänglichen Muskeln seiner Unterarme arbeiteten, wie er den goldenen kleinen Fisch abhäutete und wie sich seine Kinnladen bewegten.

»Eine Schönheit. Solche Dutteln! Aber, Augie, gib mir deswegen nicht die Schuld. Ich zwing' keinen. *Zwing' keinen.* Besonders bei einem Paar solcher Gottesgaben, solcher stolzen Dutteln nicht. Weißt du über alles bei so jungen Damen Bescheid? Hoffentlich, will ich meinen! Na, schön. Hat ein Mädchen so Sachen wie die, dann kann ihr niemand raten, was sie tun und lassen soll. Und da machte dein Bruder einen großen Fehler, indem er das versuchte. Er tut mir leid.« Er flüsterte und erhob seine Augen, um sicher zu sein, daß seine Frau ein Ende weg war: »Dieses Mädchen läßt meinen Kleinen stehen. Bei meinem Alter. Und salutieren! Jedenfalls, für einen jungen Burschen ist sie zu eigenwillig. Sie braucht einen älteren Mann, einen mit einem kühleren Kopf, der ja sagen und nein tun kann. Andernfalls könnte sie dich ruinieren. Und außerdem ist Simon möglicherweise zu jung zum Heiraten. Ich kenne euch beide schon, seit ihr noch Rotznasen wart. Entschuldige, aber es ist die Wahrheit. Jetzt seid ihr groß, also seid ihr hungrig und denkt, soweit zu sein, daß ihr heiraten könnt: aber warum denn so eilig damit? Bevor du seßhaft wirst, hast du noch genug zu petschieren vor dir. *Nimm* es! *Nimm, nimm,* soviel du kriegen kannst, wenn sie es dir geben! Lehne niemals ab, mit einem schläfrig blinzelnden kleinen Frauenzimmer, das in dein Ohr singt, zusammenzukommen. Das bedeutet der Seele das Leben!« Er redete mir das mit einem bekräftigenden Zukneifen seiner widerwärtigen Augen ein, dieser alte Kuppler und Antreiber. Er brachte mich sogar zum Lächeln, obwohl mir gar nicht danach zumute war. »Außerdem«, sagte er, »kannst du sehen, was für ein Mannsbild dein Bruder ist, der, wenn's ihm zu Kopf steigt, allen Hausrat verkaufen und seine Mutter 'raussetzen kann.«

Ich erwartete diese Bemerkung von ihm und daß er damit aus der Verteidigung zu der praktischen Frage von Mammas Unterhalt übergehen würde. In der Vergangenheit war Kreindl als Nachbar immer freundlich genug gewesen, aber wir konnten ihm nicht zumuten,

Mamma auf dem Halse zu haben. Besonders, da ihn Simon jetzt als einen seiner ärgsten Widersacher gefressen hatte. Hinzu kam noch, daß ich sie nicht in diesem Backsteingewölbe im Keller bleiben lassen konnte, und ich sagte zu Kreindl, daß ich andere Regelungen für sie treffen würde.

Ich ging in die düstere Wells-Street zur Wohlfahrt, um mich an Lubin zu wenden. Früher hatte uns Lubin immer als so eine Art entfernter Pflegeonkel besucht. In seinem Büro erschien er meinen reiferen Augen anders. Irgendwas an ihm legte einem den Schluß nahe, was die Gemeinde, die das Geld beisteuerte, von uns armen Krepierern zu sein erwartete: nüchtern, pflichtgetreu, zugeknöpft, sauber, ernst und gemäßigt. Das Traurige und die Verwirrung, die auf dem Gebiet, in dem er tätig war, herrschten, hatten ihn empfindlich werden lassen. Nur eine gewisse Mühsamkeit beim Atmen, die auf die Dicke seiner Nasenlöcher achten ließ, gab einem den Begriff von Schwierigkeit und dann einen von der Mühe, Geduld zu bewahren. Ich sah an diesem breiten Mann Kennzeichen der zahmen, zu Unterhosen und Büros beförderten Affennatur. Das ist das Gegenstück zu jenem entstellten Abbild Gottes, das durch seine Sünden von Eden abfällt, oder zu der gleichen schlechten Kopie, die von der Verheißung der Gnade erregt und entflammt wird, seine Heiligkeit und goldene Statur wiederzuerlangen. Lubins Überzeugung war, daß er keinen Sündenfall aus dem Paradies getan, sondern aus den Höhlen aufgestiegen war. Aber er war ein guter Mensch, und was ich da über ihn sage, ist keine Verlästerung, sondern ganz einfach seine eigene Ansicht von der Sache.

Als ich ihm erzählte, daß Simon und ich für Mamma ein Heim finden müßten, dachte er zweifellos, wir würden uns nun langsam jeden vom Halse schaffen – zuerst Georgie, dann Oma und nun auch Mamma. Deshalb sagte ich: »Es ist nur vorübergehend, bis wir auf unseren eigenen Füßen stehen, und dann werden wir eine andere Wohnung und eine neue Wirtschafterin für sie haben.« Aber er nahm das sehr trocken auf, worüber man sich nicht zu wundern brauchte, betrachtete man den Landstreicher, den ich in meinem völlig zugrunde gegangenen guten Anzug abgab. Meine Augen waren entzündet, und ich sah aus, als hätte ich mir was zum Essen aus dem Müllkasten klauben müssen. Gleichviel, er sagte, er könnte sie in einem Blindenheim in der Arthington-Street unterbringen, wenn wir einen Teil der Kosten zahlen könnten. Es kam auf fünfzehn Dollar im Monat

Das war so gut, wie ich es erwarten konnte. Er schickte mich auch mit einem Zettel zu einem Arbeitsamt, aber zu der Zeit war da nichts zu holen. Ich ging auf mein Zimmer auf der Südseite und nahm fast alle meine Anzüge, den Smoking, Sportanzüge und den Hahnentritt-Rock, um sie zu versetzen. Ich brachte sie auf die Pfandleihe und bekam Mamma untergebracht und fing dann an, Jagd auf Arbeit zu machen. Da ich, wie man sagt, darauf angewiesen und *au pied du mur* war, nahm ich den ersten Job, der sich mir bot; und ich hatte niemals einen, der kurioser gewesen wäre.

Einhorn verschaffte ihn mir durch Karas-Holloway, der finanzielle Interessen in dem Geschäft hatte. Es handelte sich um einen Luxus-Hunde-Dienst auf der North-Clark-Street, mitten zwischen den Bumslokalen, Leihhäusern, Antiquitätengeschäften und armseligen Mittagstischen.

Morgens fuhr ich mit einem Kombiwagen aus, die »Goldküste« entlang, um die Hunde an den Hinteraufgängen eleganter Appartmenthäuser oder oben an den Dienstbotenfahrstühlen von Seestrand-Privatpensionen abzuholen, und kehrte mit den Tieren zu diesem Klubladen – er nannte sich Klub – zurück.

Der Chef war Franzose, ein *Maître de chiens* oder Frisör oder Pfleger für Hunde. Er war deftig und nahm kein Blatt vor den Mund, das kam vom Place Clichy zu Füßen des Montmartre und von dem, was er, wie er mir erzählte, gewesen war, während er sich auf diesen anderen Beruf vorbereitete: Anreißer für Schaubudenringer auf Rummelplätzen dieser Gegend. Irgendwie, durch seine kraftvolle Starre und die ihm jäh wie eine Injektion ins Gesicht schießende Farbe, hatte dieses Gesicht wenig Menschlichkeit. Seine Beziehung zu den Tieren war ein Ringkampf. Er versuchte ihnen etwas abzuringen. Ich weiß nicht was. Vielleicht, daß ihre Vorstellung von einem Hund die gleiche sein sollte, die er davon hatte. Hier in Chicago stand er auf einer Stufe mit den Zehntausend der *Anabasis* des Xenophon, denn er wusch und bügelte sich seine Hemden selbst, ging selbst auf den Markt und kochte sich seine Mahlzeiten hinter Preßspanwänden, die eine Ecke seines hündischen Lokals in Labor, Küche und Schlafraum teilten. Heute ist mir viel besser bewußt, was es bedeutet, als Franzose im Ausland zu leben, wie verboten alles erscheinen muß; und nicht einfach so im Ausland, sondern was sich einem dazu in der North-Clark-Street bietet.

Wir saßen in keiner einfachen »Feuerfalle«, sondern hatten zwei

Etagen eines ziemlich neuen und modernen Gebäudes, nicht sehr weit von der »Goldküste«, in der Nähe des Schauplatzes des St.-Valentins-Tag-Gemetzels * und, was das weiter betrifft, der Gesellschaft zur Rettung Schiffbrüchiger, in der Grand Avenue. Die große Masche dabei, wie sie das Ganze aufgezogen hatten und wofür die eingeschriebenen Mitglieder bezahlten, war, daß es ein Klub für Hunde war, daß die vierbeinigen Lieblinge ebenso unterhalten wie auch mit Dampf behandelt, massiert, manikürt und geschoren wurden und daß man voraussetzte, daß ihnen Manieren und Kunststücke beigebracht würden. Der Beitrag belief sich auf zwanzig Dollar im Monat, und an Hunden war nie Mangel; in Wirklichkeit gab es mehr, als Guillaume schaffen konnte, und er mußte fortwährend mit dem vorgesetzten Büro deswegen Krieg führen, da man dort von ihm verlangte, über die Aufnahmefähigkeit hinauszugehen. Der Klub war schon so höllenschlundig voll Hundekehlen, als gerade hineingingen; der geiferwürgende Zerberusaufruhr war auf vollen Touren, wenn ich vom letzten Abholen hineinkam und meine Autokluft mit Gummischuhen und einem ponchoartigen Kittel vertauschte; die Chose ließ das Glas des Oberlichts erzittern. Dennoch war die Organisation wunderbar. Guillaume wußte wirklich, wie man so einen Laden schmeißt; und läßt man seinen Leuten ein bißchen Freiheit, werden sie einem ein Escorial errichten. Der enorme Lärm wie im Grand-Central-Bahnhof war nur der Protest des Chaos, das sich gegen die Ordnung erhob – die Züge fuhren fahrplanmäßig ab; die Hunde wurden in die Mache genommen.

Freilich griff Guillaume häufiger zur Injektionsspritze, als er meiner Ansicht nach sollte. Er gab *piqures* gegen alles und berechnete sie extra. Er pflegte zu sagen: »*Chette chienne est galeuse* – diese 'ündin 'at die Räude!«, und schon war er mit der Kanüle drin. Überdies war es bei ihm Usus, den Wilden einen Tropfen Narkotika zu geben, so oft, als die Organisation durch sie in Gefahr kam, aufgehalten zu werden. Dann schrie er: »Diesäär Onaniste bekommt was verpaßt!« Infolgedessen brachte ich einige hübsch angegriffen aussehende Hunde nach Hause, und es war nicht leicht, die Treppen mit einem schlafenden Boxer oder Schäferhund hinaufzukommen und dem farbigen Koch zu erklären, daß der Hund nur vom Spielen und vor lauter Ver-

* Eine der letzten Gangsterschlachten zwischen Al Capone und Dillinger.

gnügen so völlig hinüber sei. Hunde, die heiß waren, konnte Guillaume auch nicht leiden. »*Grue! En chasse!*« Dann fragte er mich ängstlich: »Ist 'inten irgendwas passiert?« Aber da ich mit den Augen vorne gesteuert hatte, wie sollte ich das wissen? Er benahm sich den Besitzern gegenüber wie eine Furie, besonders wenn es sich bei dem Tier um eine *chienne de race* handelte und ihr Adel nicht respektiert worden war, und er forderte das Büro auf, eine Extragebühr dafür aufzuschlagen, daß sie in diesem Zustand in den Klub kamen. Jeder Rassehund mit Stammbaum machte einen Höfling aus ihm, und er konnte, wenn er wollte, über ein sehr erhabenes Gebaren verfügen und seine Lippen zu einem Strich unterdrückten Widerwillens über das Gemeine – als Gegensatz zum Gezüchteten – zusammenpressen. Er ließ seinen Stab, zwei Negerjungs und mich, zu sich kommen, um uns die Merkmale des Edlen an dem Tier zu zeigen, und ich muß zu Guillaumes Gunsten sagen, daß ihm vorschwebte, ein *Atelier* zu leiten und als Meister einer Gilde aufzutreten, so daß für uns Fünfzehn war, wenn er einen guten Pudel zu trimmen bekam und demonstrierte. Dann herrschte für eine Weile Sympathie und Hochachtung vor ihm und für das lammfromme, kluge, kleine Tier. Oh, da gab es nicht immer nur Zores oder das Sichbeißen und Begeifern kleiner Hunde, das Marc Aurel den täglichen, mühseligen Lastträgereien der Menschen gleichsetzt, obschon ich hin und wieder einsehe, was er damit sagen wollte. Aber es gibt da auch bei Hunden eine Harmonie; und die hat, von Kenneraugen im Verein betrachtet, ihre erleuchtenden Einsichten für sich.

Nur erschöpfte mich die Arbeit, und ich stank nach Hund; Leute pflegten in der Straßenbahn von mir abzurücken, wie sie es bei Arbeitern von den Horn- und-Häute-Verwertungshöfen tun, oder mir unmißverständliche Blicke zuzuwerfen und verächtlich den Mund zu verziehen, wenn ich auf der vollbesetzten Bahn nach Cottage-Grove fuhr. Darüber hinaus fand ich an dem Job irgend etwas Pompejanisches, die Opulenz für die Hunde, und dann ihr Betragen, das sie als Spiegel von Neurosen verriet, das die Mentalität der Zivilisation, die verwöhnten Launen von Lieblingen widerspiegelte. Das und der mich oft quälende Gedanke daran, daß ihr Mitgliedsbeitrag für den Klub das, was ich dem Heim für Mamma zahlen mußte, überstieg, bedrückte mich, alles in allem, hin und wieder. Und daß ich mein eigenes Vorwärtskommen vernachlässigte und nichts zu Verbesserung meiner Lage tat, ließ mich zusätzliche Gewissensbisse empfinden. Ich mußte doch anspruchsvoller sein! Oft sah ich in den Magazinen nach beruflichen Hinweisen und erwog den Besuch einer Abendschule, um Gerichtsreporter zu werden, sollte ich die Eignung dafür besitzen, und sogar die Rückkehr an die Universität, für etwas Größeres. Und dann hatte ich nicht selten Esther Fenchel im Sinn, seit ich mich um die Hunde besitzenden Spitzen der Gesellschaft bewegte. Ich konnte dort nie einen Blick durch die Hintertür werfen, ohne daß es mir ihretwegen immer einen Stich in die Seele gab und ähnliche Kindereien. Die Sonne dieser Kinderei strahlt fort, noch wenn die größeren Himmelskörper heißerer Sterne aufgegangen sind, dich hinschmelzen lassen und ihren Einfluß auf dich ausstrahlen. Die jüngst erst aufgegangenen Sterne mögen gefährlicher sein, mehr ins Auge gehen, aber diese Sonne der Frühzeit leuchtete doch noch für lange Zeit.

Ich hatte verschiedentlich Anfälle von Verehrerkrankheit und danach tiefergehende, stechende Aufwallungen geschlechtlicher Begierden. Möglicherweise durch den täglichen Umgang mit Tieren. Die Straße mit ihren Bumslokalen, Fotos von Titten und Beinen, an denen Zechinen klimperten, wirkte auch als Aphrodisiakum. Hinzu kam noch Guillaumes Freundin, die ein Glanzstück an riefelärschigem Luxus, mit einer ungeheuren Mozzarellakäse-Büste, war; eine Dame in den mittleren Jahren, die ohne Umschweife gleich ins Bett zu gehen pflegte und dort, gerade wenn wir anfingen, abends den Laden abzuschließen, ächzend wie ein weißer, gewaltiger Baum, auf Guillaume wartete. Aber ich konnte nicht viel tun, meinen Nöten abzuhelfen. Ich war mit Geld zu knapp dran, um auf Jagd zu gehen. Obwohl ich dabei riskierte, in dieser Gegend den Renlings in die Arme zu laufen, ging ich nach Evanston, um im Symington-Hotel nach meiner Freundin Willa zu sehen, aber sie hatte dort aufgehört, um zu heiraten. Als ich mit der Hochbahn zurückfuhr, war ich ganz vertieft in Gedanken an Ehebetten, an Five Properties Treiben mit Cissy, und wie mein Bruder den Kopf verloren hatte, als er an ihre Hochzeit und Flitterwochen dachte.

Die ganze Zeit über ging mir Simon aus dem Wege und beantwortete die Zeilen, die ich bei Mamma und anderswo hinterließ, nicht. Ich wußte, daß er in schlechter Verfassung sein mußte. Er gab Mamma keinen Cent, und Leute, die ihn gesehen hatten, erzählten mir, wie verhauen er aussah. So war sein Fürsichbleiben, in irgendeinem Loch von Zimmer wie ich es hatte, oder vielleicht noch schlimmer, zu verstehen; er hatte mir niemals vorher verlegene Erklärungen und Entschuldigungen aufzutischen brauchen und war nicht willens, das jetzt zu tun. Meiner letzten Nachricht an ihn legte ich fünf Dollar bei. Er nahm das Moos wie selbstverständlich an, aber ich hörte nicht eher von ihm, als bis er in der Lage war, es zurückzuzahlen, und das war ein paar Monate später.

Eines meiner Besitztümer, das beim Verkauf der Möbel verschont geblieben war, war die beschädigte Harvard-Klassiker-Reihe, in der Vier-Meter-Bücherschrank-Ausgabe des Dr. Eliot, die mir Einhorn nach dem Stubenbrand gegeben hatte. Ich hatte sie bei mir in meinem Zimmer und las darin, wenn ich dazu kam. Und ich dachte eines Tages an einer Straßenecke in der Stadt zwischen Autos gerade einen Abschnitt von Helmholtz in Grund und Boden, als mir ein ehemaliger Mitschüler vom Crane-College, ein Mexikaner, der Padilla hieß, das Buch aus der Hand nahm, um zu sehen, was ich da läse, und es mir dann mit den Worten zurückgab: »Was gibst du dich denn mit dem Zeug ab? Ist ja schon längst überholt.« Er wollte anfangen, mir vom Neusten zu erzählen, und ich mußte ihm eingestehen, daß ich ihm nicht folgen konnte. Er fragte mich, wie es denn so mit mir stünde, und wir hatten ein langes Gespräch.

In den Mathe-Stunden war Padilla der große Gleichungen-Knacker gewesen. Er saß im Klassenzimmer ganz hinten, rieb an seiner niedrigen Stirnrübe und brütete über glattgestrichenen Fetzen Papier, die von anderen unter die Bank geknüllt worden waren, da er das Geld für ein Schulheft nicht aufbringen konnte. An die Tafel gerufen, wenn kein anderer mehr weiter wußte, kam er hastig in seinem weißlich schmutzigen und nach Heringsremouladensoße aussehenden Anzug aus einem Stoff, wie man ihn für die billigsten Sommermützen gebraucht, mit nackten Füßen, die in einem ebenfalls weißen Paar Ramschschuhen von der Heilsarmee steckten, nach vorn und fing immer an, die Lösung abzuhapseln, mit seinem hageren Körper die bruchstückhaften Kreidezeichen verdeckend, Unendlichkeitszeichen wie niedergeschlagene Ameisen und hingeklierte griechische Buchstaben, die zum letzten Gleichungszeichen hin immer mehr abfielen. Soweit ich das beurteilen konnte – fand ich es gottähnlich, wie einer diese Zahlenverhältnisse so durchschaute. Manchmal bekam er Applaus für seine Vorstellung, wenn er flink mit schlappenden Schuhen, die locker saßen, da er keine Strümpfe hatte, auf seinen Platz zurückkehrte. Aber sein Gesicht, mit kleinem Zinken und blatternarbiger Haut, kannte keine Genugtuung, so wie wir sie kennen. Auf Gefühle gab er jedenfalls nicht viel. Oft schien er frostig. Und das geht jetzt nicht auf seinen Charakter; aber es war kalter Winter, und ich konnte ihn manchmal in seinem weißen Anzug die Madison-Street hinunter über den weißen Schnee hinflattern sehen, wenn er von zu Hause weglief, um sich im Schulgebäude aufzuwärmen. Er sah aus, als sei ihm nie warm genug, vielmehr verfroren und kränklich, und er reagierte mit primitiver Ablehnung auf jede Annäherung. Mexikanische Zigaretten rauchend, ging er allein durch die Gänge, oft fuhr er sich mit einem Kamm durchs Haar, das wunderschön, schwarz und voll war.

Nun, da hatte sich inzwischen einiges geändert. Er sah gesünder aus oder wenigstens ohne diesen Distelblütenpurpur in seiner Gesichtsfarbe und trug einen besseren Anzug. Unter dem Arm hatte er schwere Bücher.

»Bist du an der Uni?« fragte ich.

»Ich habe ein Stipendium in Mathe und Physik. Und was ist mit dir?«

»Ich wasche Hunde. Merkst du nicht, daß ich meine Zeit mit Hunden verbringe?«

»Nein, ich merke nichts. Aber was tust du wirklich?«

»Eben das!«

Es setzte ihn in einige Verlegenheit, daß ich einen solchen Drecksjob hatte, wo ich Zwinger waschen und Hundehaare aufkehren mußte; und auch, daß ich nicht mehr auf einem College war, sondern versuchte, mich an Helmholtz zu halten, der für ihn eine taube Nuß war. Mit anderen Worten gesagt, daß ich zu der ungebildeten, ausgeschlossenen Masse gehören sollte. Es passierte mir so oft mit Leuten, daß sie das Gefühl hatten, die Welt schulde mir Distinktion.

»Was sollte ich schon an der Uni? Ich bin nicht wie du, Manny, ich habe kein besonderes Talent.«

»Du sollst dich nicht selbst schlecht machen«, sagte er. »Du solltest die Rotzer sehen, die sich da auf dem Sportplatz 'rumtreiben. Was haben die denn schon Besonderes mitbekommen, vom Zaster abgesehen? Du solltest hingehen und dir darüber klarwerden, was dir liegt, und dann, nach vier Jahren, wenn du keine Begabung für was Besonderes, irgendein Spezialfach, hast, hast du wenigstens einen akademischen Titel, und dich kann nicht irgend so ein hergelaufener Deckskerl herumstoßen, wie's ihm paßt.«

Mein armer Hintern! dachte ich. Da würden mir immer noch finstere Mächte mit einem Tritt auflauern; und mit einem akademischen Titel, wenn ich ihn hätte, wäre die Beleidigung nur noch größer, und es würde mir sauer aufstoßen.

»Du solltest diese Zeit nicht verschwenden«, sprach er weiter. »Siehst du nicht, daß man für jede Kleinigkeit, die man tun will, eine Prüfung machen, Gebühren bezahlen und einen Ausweis oder ein Diplom bekommen muß? Du machst dir das besser klar und wirst vernünftig. Wenn die Leute nicht wissen, worin du dich qualifiziert hast, werden sie auch niemals wissen, wie sie dich einschätzen sollen, und das kann gefährlich werden. Du mußt da einsteigen und was für dich tun. Selbst wenn du einfach nur wartest, mußt du wissen, worauf du wartest; du mußt dich spezialisieren.

Und warte nicht zu lange, wenn du nicht überrundet werden willst.«

Mich beeindruckte nicht sosehr, was er sagte, obgleich das alles sehr interessant und wahrscheinlich richtig war; es war seine Freundschaft, für die ich empfänglich war. Ich wollte ihn nicht verlieren und klammerte mich an ihn. Ich war gerührt, daß er an mich dachte.

»Wie stellst du dir das vor, Manny, wie soll ich zur Schule gehen, wenn ich pleite bin?«

»Was glaubst du, wie ich es fertigbringe? Das Stipendium reicht nicht, ich habe nur die Studiengebühren frei. Ich bekomme ein bißchen Geld vom NYA * und gangstere mit geklauten Büchern.«

»Bücher?«

»Wie die, die ich hier habe. Ich stahl sie heute nachmittag. Technische Bücher, Lehrbücher. Ich nehme sogar Bestellungen an. Wenn ich zwanzig oder dreißig im Monat zusammenklaue und für das Stück zwischen zwei und fünf Dollar kriege, komme ich gut hin. Lehrbücher sind teuer. Was ist los mit dir, bist du ehrlich?« sagte er und sah mich prüfend an, ob er bei mir ins Fettnäpfchen getreten sei.

»Nicht ganz. Ich bin nur überrascht, Manny, weil ich bisher von dir nur wußte, daß du ein Zauberkünstler in Mathe bist.«

»Auch, daß ich nur einmal am Tag was zum Essen hatte und keinen Mantel besaß. Du weißt das. Nun, jetzt gönne ich mir ein bißchen mehr. Ich möchte es ein bißchen besser haben. Ich gehe nicht stehlen, weil's mir Spaß macht. Sobald ich kann, werde ich's lassen.«

* Nationales Jugendwerk USA.

»Was, wenn sie dich festnageln?«

Er sagte: »Ich will dir erklären, wie ich darüber denke. Sieh doch, mir ist das Klauen nicht Herzenssache; ich bin kein geborener Langfinger. Ich bin nicht wirklich mit dem Herzen dabei, also kann es mir niemand zum Schicksal bestimmen. Das ist nicht mein Schicksal. Ich kann womöglich ein bißchen Ärger damit haben, aber ich würde niemals zulassen, daß sie daraus nun ganz speziell *meinen* Ärger machen. Mitgekriegt?«

Ich, der ich Joe Gorman gekannte hatte, der die gleiche Frage anders ansah, kriegte es mit.

Dabei war Padilla ein begabter Langfinger und stolz auf seine Technik. Wir trafen eine Verabredung für Sonnabend, und er gab mir Proben. Wenn wir einen Laden verließen, konnte ich nie sagen, ob er irgend etwas mitgenommen hatte oder nicht, so gut waren seine Schliche. Draußen zeigte er mir dann ein Exemplar der Botanik von Sinnott oder Schlesingers *Chemie*. Nur wertvolle Bücher; er pflegte keine Bestellungen für billige zu akzeptieren. Er gab mir seine Liste und forderte mich auf, ihm den nächsten Titel zu benennen, und klaute dann das Buch, selbst wenn es hinter dem Kassenpult lag. Er ging hinein und hatte ein altes Buch bei sich, mit dem er das Buch, auf das er aus war, zudeckte. Niemals versteckte er was unter seinen Mantel, damit er, wenn man ihn anhalten sollte, immer behaupten konnte, er habe sein eigenes Buch aus der Hand gelegt, um sich etwas anzusehen, und dann sein eigenes mit einem anderen zusammen gegriffen, aus Versehen. Da er die Bücher noch am gleichen Tage, an dem er sie stahl, ablieferte, gab es nichts Verdächtiges in seinem Zimmer. Dabei kam ihm großartig zu Hilfe, daß er überhaupt nicht wie ein Langfinger aussah, sondern eben nur wie ein junger Mexikaner, der, schmalschultrig, mit raschen Bewegungen, aber irgendwie niedergeschlagen und harmlos, den Laden betrat, sich die Brille aufsetzte und sich mit gekreuzten Beinen völlig in Thermodynamik oder physikalische Chemie verlor. Daß er ein leidenschaftsloser Dieb war, trug eine Menge zu seinem Erfolg bei. Es gibt ein altes, eigentümliches, wunderschönes Bild eines Niederländers, das ich einmal in einer italienischen Galerie sah, von einem weisen Alten, der nachdenklich durch leere Gefilde wandert, während ein Dieb ihm hinterm Rücken die Börse vom Riemen schneidet. Der Alte, in Schwarz, der wahrscheinlich über die Gottesstadt meditiert, hat freilich eine Nase von törichter Länge und ist viel zu zufrieden mit seinem Traum. Aber die Absonderlichkeit des Diebes besteht darin, daß er in eine Glaskugel eingeschlossen ist, und auf der Glaskugel ragt ein Kreuz, und das Ganze sieht aus wie der Reichsapfel des Kaisers, das Symbol seiner weltlichen Herrschaft. Wenn das bedeutet, daß die irdische Macht stiehlt, während die lächerlichen Weisen in einem Traum über diese und die kommende Welt befangen sind und vielleicht, die bestehende verfehlend, nichts haben werden, weder diese noch die nächste, so ist in diesem amüsanten Ding ein spöttischer, scharfer Schmerz, und selbst das gemalte Gefilde hat nicht viel Anziehendes; es ist ein platter Ort.

Nun, Padilla mit seinen Diebereien zählte nicht zu dieser weltmächtigen Klasse und machte sich keine weltumspannenden Gedanken. Das war nicht seine wahre Berufung. Aber es machte ihm Spaß, sich darauf zu verstehen, und er liebte die Sache an sich. Er verfügte über alle möglichen Kenntnisse von Langfingern, Krummfingern, von Taschendieben, Handtaschendieben und ihren verschiedenen Tricks, von spanischen Taschenleerern, die so geschickt waren, daß sie an das Geld der Priester durch die Soutane hindurch kamen, oder von den Diebesschulen, so von der Akademie der Diebe in Rom, mit so hoher Schulung, daß die Studenten dort einen Kontrakt unterzeichneten, in dem sie sich verpflichteten, fünf Jahre nach Beendigung ihrer Ausbildung die Hälfte ihrer Einnahmen an die Akademie abzuführen. Er wußte eine Masse über Spielhöllen, Nepplokale und Trübfischerei in Chicago. Das war bei ihm ein Hobby, wie andere Leute sich umbringen, Wetten über die vermutliche Trefferzahl beim Baseball abzuschließen. Was ihn faszinierte, war der kleine Mann, der versucht, aus der Reihe zu tanzen. Er wußte von B*-Mädchen und wie die Edelschicksen in den großen Hotels arbeiten; ein Buch, das er immer wieder las, war die Autobiographie von Chicago May, die die Kleidung ihrer Galane dem Komplizen auf der Straße aus dem Fenster zuzuwerfen pflegte, und die eine sehr bemerkenswerte Frau war.

Ging Padilla los, sich einen guten Tag zu machen, war er kein Stint, er gab alles aus, was er hatte. Ich war in einer Wohnung auf der Lake-Park-Avenue, die ein Paar Negermädchen zusammen bewohnten, sein Gast. Erstmal kaufte er bei Hillmans ein; er nahm Schinken, Huhn, Bier, Mixed Pickles, Wein, Kaffee und holländi-

* Bordell.

sche Schokolade; dann gingen wir da hin und brachten den Samstag abend und Sonntag in den zwei Räumen, Küche und Schlafzimmer zu. Die einzige Möglichkeit, um sich mal zurückziehen zu können, war die Toilette, also alles andere war gemeinschaftlich. Das paßte Padilla. Gegen Morgen fing er an, davon zu reden, daß wir die Mädchen tauschen sollten, damit keine ausschließlichen Gefühle aufkämen. Die Mädchen waren begeistert und hielten es für ganz vernünftig. Sie schätzten Padilla und seine Einstellung zur Sache und gaben sich dem Vergnügen hin. Nichts wurde sehr ernst genommen und auch nicht viel zurückgehalten, sondern alles war in schönster Eintracht. Ich mochte das Mädchen, das ich zuerst hatte, am liebsten, da sie bereit war, mir gegenüber etwas aus sich herauszugehen und es gern hatte, wenn sich unsere Wangen berührten. Die andere war größer und weniger wild darauf; sie schien mehr an Eigenleben vor uns in Schutz zu nehmen zu haben. Sie hatte mehr Stil an sich. Außerdem war sie auch schon älter.

Wie dem auch sei, Padilla veranstaltete die Fête. Stieg er aus dem Bett, um zu essen oder zu tanzen, wollte er, daß ich das gleiche täte, und ab und zu hockte er sich während der Nacht aufrecht auf die Kissen und erzählte aus seinem Leben.

»Einmal war ich verheiratet«, sagte Padilla, als die Rede darauf kam. »In Chihuahua, als ich fünfzehn war. Ich hatte schon was Kleines, ehe ich selbst ein richtiger Mann war.«

Ich konnte nicht gutheißen, daß er damit angab, Frau und Kind in Mexiko zurückgelassen zu haben, aber da sagte das größere Mädchen, sie habe auch ein Kind, und möglicherweise hatte die andere auch eins und sagte es bloß nicht, und da schien es mir besser, nicht näher auf dieses Thema einzugehen; denn wenn so viele den gleichen Fehler begehen, dann mag vielleicht etwas dran sein, das man nicht auf einen Platz erkennen vermag.

Wir lagen alle vier in den zwei Betten, ohne deutlichere Umrisse, als das Licht, das mit dem allmählichen Heraufkommen des Sonntags durch die Gardinen vorrückte, möglich machte zu entdecken; im Osten weiß aufkommend, fiel es grau über die gestuften Häuserwände. Solch ein Blick, wie auf die alten Negermauern dieser Straßen, hatte eine sonderliche, wenn auch dabei furchtbare Größe, in der sich die handgreifliche Gegenwärtigkeit gewaltiger Menschenfülle bezeugte, die wir jetzt noch nicht sahen. Es glich den Thermen des Caracalla. Die unübersehbare versteckte Bevölkerung schlief in den Sonntagmorgen hinein. Das kleine Mädchen, das ich mochte, lag da mit ihrer Sattelnase und ihren schläfrigen Wangen und ihrem großen, empfindsamen, gedankenlosen Mund, der zu Padillas Reden ein wenig lächelte. Wir lagen und wärmten uns an den Mädchen wie Könige, bis es nahezu Abend war. Dann brachen wir auf, während des Anziehens küssend und knutschend, und versprachen, als wir dann an der Tür waren, daß wir wiederkommen würden.

Abgebrannt wie wir waren, aß Padilla Abendbrot mit mir bei sich zu Hause, in einer Wohnung, die leerer war als die, die wir gerade verlassen hatten und die wenigstens abgetretene Läufer, alte, weiche Sessel und aus Mädchenlaune zur Verschönerung ausgedachten Firlefanz besessen hatte, wohingegen Padilla mit ein paar bejahrten Frauen seiner Familie in einer dieser großen Wohnungen an der Eisenbahn in der Gegend der Madison-Street lebte. Sie war nahezu leer, diese Wohnung; in einem Zimmer stand ein Tisch, mit ein paar Stühlen, und in einem anderen war nichts weiter als auf den nackten Fußboden gelegte Matratzen.

Die alten Frauen saßen in der Küche und kochten, wobei sie ein Holzkohlenfeuer anfächerten; es waren unter ihrem Fett ächzende, träge, wie versteinert ausdruckslose alte Kreaturen, mit denen er nicht einmal sprach. Wir aßen Suppe mit Fleisch, das den Bodensatz der Schüssel bildete, und Tortillas, die in eine Serviette eingeschlagen auf den Tisch kamen. Nachdem er schnell fertig gegessen hatte, ließ mich Padilla allein am Tisch sitzen, und als ich aufstand, um nachzusehen, was aus ihm geworden war, entdeckte ich ihn schon im Bett, eine Armeedecke bis zum Gesicht heraufgezogen, mit spitzer Nase und hintenüber gefallenem Haar.

Er sagte: »Ich muß etwas Schlaf kriegen. Ich habe morgen früh als erstes 'ne harte Nuß zu knacken.«

»Bist du drauf präpariert, Manny?«

Er antwortete: »Entweder kommt so was spielend oder überhaupt nicht.«

Und das blieb bei mir haften. Darüber dachte ich in der Straßenbahn nach. Na klar! Spielend oder überhaupt nicht. Die Leute waren ja verrückt, sich den Schädel über Schwierigkeiten zu zerbrechen, weil sie glaubten, wenn's schwierig würde, sei es erst richtig. Also entschloß ich mich, das auszuprobieren und, um einen Anfang zu machen, es mit Bücherstehlen zu versuchen. Ging es spielend, würde ich den Klub für Hunde verlassen. Und wenn ich soviel wie Padilla damit verdiente, so würde das das Doppelte von dem sein, was mir Guillaume zahlte, und ich könnte anfangen, die Studiengebühren für die Universität zusammenzusparen. Ich gedachte, mich damit nicht auf eine Karriere als Dieb einzurichten, selbst wenn mir das spielend gelänge, sondern nur, mir ein Sprungbrett zu etwas Besserem zu schaffen.

Also fing ich an; zuerst mit mehr Aufregung, als ich vertragen konnte. Mir wurde hinterher auf der Straße schlecht, und mir brach der Schweiß aus. Es war ein großer Plato von Jowett, den ich nahm. Aber ich zwang mich mit aller Strenge, das Experiment zu Ende zu bringen. Ich sperrte das Buch in ein Schließfach auf dem Illinois Hauptbahnhof, so wie Padilla es mir gesagt hatte, und ging sofort los, das nächste zu holen, und dann machte ich gute Fortschritte und wurde ziemlich abgebrüht. Der schwierige Moment war nicht das Verlassen des Ladens, vielmehr empfand ich ihn, wenn ich die Bücher griff und unter den Arm nahm. Aber bald verlor sich das, und ich vertraute darauf, daß ich fähig sein würde, mich 'rauszureden und es als ein Versehen aus Geistesabwesenheit wegzulachen, und mich mit Charme aus der Affäre zu ziehen, wenn ich angehalten werden sollte. Im Laden selbst, sagte mir Padilla, würden die Polypen einen niemals festnehmen; erst wenn man auf die Straße trat, kriegten sie einen beim Schlafittchen.

Gleichviel, ohne mich umzudrehen, pflegte ich in einem Warenhaus in eine andere Abteilung abzuschieben – bei Carson Pirie in die für Herrenschuhe, bei Marshall Field in die für Süßwaren oder Bettvorleger. Der Gedanke, meine Branche zu verlassen und anderes Zeug zu stehlen, kam mir nie in den Sinn.

Früher, als ich mir vorgenommen hatte, hörte ich im Hunde-Klub auf, und es war nicht nur Vertrauen in meine Befähigung zum Langfinger, die mich so handeln ließ, sondern ich war vom Lesefieber gepackt. Ich lag in meinem Zimmer und las und fraß Gedrucktes Seite um Seite wie ein Ausgehungerter in mich hinein. Manchmal vermochte ich ein Buch an den Kunden, der es bestellt hatte, nicht abzugeben, und für lange Zeit war das alles, um was ich mich kümmern konnte. Mir war, als ob sich etwas gewichtig Lebendiges in den Reusen oder Netzen meines Hungergefühls verfangen hätte. Ich wollte es einbringen. Padilla war sauer und blaffte los, als er in mein Zimmer kam und stapelweise Bücher vorfand, die ich mir schon lange vom Halse geschafft haben sollte. Es war gefährlich, sie zu behalten.

Wenn er mich auf Bücher über Mathematik, Thermodynamik, Mechanik und so etwas beschränkt hätte, wäre es wahrscheinlich ein ander Ding gewesen, weil ich nicht die Anlage zu einem Clerk Maxwell oder Max Planck in mir trug. Da er mir aber seine Bestellungen für Theologie, Literatur, Geschichte und Philosophie übergeben hatte, und ich Rankes *Geschichte der Päpste* und Sarpis *Konzil von Trient* für die Seminaristen oder Burckhardt oder *Europäisches Denken im neunzehnten Jahrhundert* von Merz krampfte, saß ich da und las. Wegen des Buches von Merz fuhr Padilla mit mir Schlitten, weil man so lange brauchte, es auszulesen, und ein Mann von der Geschichtsfakultät des Buches wegen hinter ihm her war. »Du kannst meine Lesekarte benutzen und es dir aus der Bibliothek holen«, sagte er. Aber das war irgendwie nicht das gleiche. Wie es etwas anderes ist, glaube ich, ob man sein eigenes Brot ißt oder mal bei anderen abbeißen darf, selbst wenn es Kalorie für Kalorie auf den gleichen Nährwert hinausliefe; es ist denkbar, daß der Körper es sogar anders verarbeitet.

Jedenfalls war mir eine unbekannte Entbehrung aufgegangen, und ich begriff, wie eine Liebe oder Begierde im allgemeinen, ehe sie sich klar ist oder ehe sie ihren Gegenstand deutlich erkennt, sich als Gelangweiltsein oder als irgendeine andere Art zu leiden kundtut. Und was dachte ich nun so von mir in Beziehung zu den großen Anlässen, zu dem ansehnlicheren Geist dieser Bücher? Nun, erstmal *sah* ich sie vor allem. Nimm an, daß ich nicht geschaffen wurde, eine große Staatserklärung zu verlesen oder eine Pfalzgrafschaft zu lenken oder eine Botschaft nach Avignon zu entsenden und so weiter, so konnte ich doch *sehen*, und es war nichtsdestoweniger in allem, was geschah, ein Anteil für mich. Wie groß dieser Anteil war? Himmel, ich wußte wohl, es gab Dinge, die mir niemals, weil das niemals möglich war, durchs Lesen aufgehen würden. Aber dieses Wissen war nicht so sehr verschieden von dem, daß der Tod, unauffällig, aber ewig gegenwärtig, in einer Ecke der Liebeskammer hockt; und du, obgleich er nicht aus seiner Ecke weicht, deswegen nicht auf deine Liebesnächte verzichten würdest. So verzichtete ich damals auch nicht auf mein Lesen. Ich saß und las.

Ich hatte weder Auge noch Ohr und keinerlei Sinn für irgend etwas anderes – das heißt weder für die gewöhnliche, zweitrangige, hafergrützige, einfach phänomenale Schnürsenkelknoten-Fahrschein-und-Waschzettel-08/15-Einfachheit, noch für das unbestimmt Traurige, das unbekannte Gefangensein, für das Leben im Harnisch der Verzweiflung, das Leben in der Gewohnheit an eine Organisation, wo man das Leben so versteht, daß geduldiges Ausharren an die Stelle des glücklichen Zufalls treten soll. Nun, jetzt aber, wer könnte sich tatsächlich vorstellen, daß die alltäglichen Angelegenheiten verschwinden, daß das Schuften und die Gefängnisse, Hafergrütze, Waschzettel und all das übrige verschwinden, und wer könnte darauf bestehen, daß jeder Augenblick zu größter Bedeutung erhoben wird, und tatsächlich fordern, daß jeder die nadelspitze, sternhaltige Luft atme, wo sie kaum mehr atembar ist; wer könnte alle backsteinernen Kellerlöchern gleichenden Zimmer und alle Eintönigkeit abschaffen und den Propheten oder Göttern gleich leben? Menschenskind, das weiß doch jeder, daß solch ein triumphales Leben nur in bestimmten Perioden möglich ist. Und doch kennt diese Frage ihr Schisma, und einige sagen, nur dieses triumphale Leben sei wirklich, und die andern, daß es nur die alltäglichen Dinge seien. Für mich gab es da gar keine Debatte, und ich schloß mich ohne Zögern der ersten Meinung an.

Das war zu der Zeit, als ich wieder etwas von Simon hörte. Er sagte am Telefon, daß er vorbeikäme, mir die fünf Dollar, die ich ihm geschickt hätte, zurückzuzahlen. Das bedeutete, daß er sich fähig fühlte, mir ins Gesicht zu sehen – sonst hätte er mir das Geld mit der Post geschickt. Kaum daß er hereinkam, merkte ich, was für eine Last an hochherrschaftlichem Lametta und an Unverschämtheit er trug; das war seine Art, sich stark zu machen, mir unter die Augen zu kommen; er hatte sich stark gemacht, mich in die Knie zu zwingen, wenn ich anfangen sollte, ihn anzubrüllen und zu beschuldigen. Aber als er mich von Büchern umgeben, in einem alten Hausmantel und barfüßig sah und wahrscheinlich die aufgeworfenen Blasen und gelben Pusteln der Tapete und die Ärmlichkeit der Beleuchtung wahrnahm, hatte er mehr Selbstvertrauen und fühlte sich erleichtert. Weil er sehr wahrscheinlich fühlte, daß ich der Alte geblieben war, daß meine Räder zuviel Freilauf hatten, daß ich zu übereilt, zu begeistert oder, in weniger Worten gesagt, so eine Art *Schlemihl* war. Angenommen, er berührte Omas Tod, hätte er mich leicht zu Tränen gebracht, und dann würde er mich gekriegt haben. Für ihn war es immer die Frage, ob ich aus Charakteranlage oder aus freier Wahl so war. Wenn aus freier Wahl, dann könnte man mich vielleicht noch umkrempeln.

Ich von mir aus war froh, daß er gekommen war, und erpicht darauf, ihn zu sehen. Um nichts in der Welt hätte ich Einhorns Rat, Simon mit Härte zu begegnen und ihn unten zu halten, befolgen können. Es ist wahr, er hätte mir das Geld schicken sollen, als ich aus Buffalo deswegen telegrafierte, aber er war in Schwierigkeiten gewesen, und ich konnte ihm das verzeihen. Dann die Anleihe bei Einhorn war auch nicht zu schwerwiegend, da Einhorn selbst eine ganze Menge von Leuten mit weit größeren Summen sitzengelassen hatte und er, Einhorn, großzügig und Herr genug war, deswegen kein Gedöns und Geschrei zu machen.

Soweit war alles gut. Aber was sollte man zu der Geschichte mit Mamma und der Wohnung sagen? Ich muß gestehen, das war mir schwer auf den Magen geschlagen, und hätte ich Simons habhaft werden können, als ich die Treppen zu Kreindls 'runterstürmte, um nach Mamma zu sehen, hätte ich ihm dafür den Schädel eingeschlagen. Aber später, als ich mir alles durch den Kopf hatte gehen lassen, gab ich mir selbst zu, daß wir die alte Wohnung nicht länger so aufrechterhalten und dort für Mamma eine geruhsame Art von Zurückgezogenheit hätten schaffen können, da keiner von uns beiden diese kindlich-tapsige Ruhe geborener Junggesellen an sich hatte. Etwas in uns beiden war mit dem Auffliegen des Haushaltes ganz einverstanden. Alles, was Simon zu tun hatte, war, das zur Sprache zu bringen. Wenn er es nicht tat, dann darum, weil er seine Schuld zu stark empfand, um einen klaren Kopf zu haben.

Ich erwartete, ihn vom Fleisch gefallen wiederzusehen; statt dessen war er fetter geworden. Jedoch war es kein nach Wohlleben aussehendes Fett, sondern eines, das an aufschwemmende, schlechte Ernährung denken ließ. Ich brauchte eine Minute, um ein unbehagliches Gefühl über sein zerknittertes Lächeln und die gelben und goldenen Stacheln an seinem Kinn zu überwinden – es war nicht seine Art, sich nicht zu rasieren; aber dann war er soweit und setzte sich hin und verschränkte große Finger über seiner Brust.

Es war Sommer, an einem späten Nachmittag, und obgleich ich mein Zimmer im obersten Stock dieses alten Holzhauses hatte, war der beschattende Baum so riesig, daß er das Dach überragte, so war alles rings umher wie in den Wäldern grün und durchglänzt. Und unten auf dem Rasen war dieser Vogel, der wie ein Hammer auf ein Wasserrohr im Gras loshackte. Das alles hätte uns helfen können, friedvolle Gefühle zu hegen, aber es half nicht.

Ich glaube, daß es die Menschen niemals verstanden, sich so vernichtend zu beobachten, wie sie es jetzt tun. Auch unter Verwandten nicht, selbstredend. Ich versuchte, es bei Simon zu vermeiden, aber wir vermochten es nicht. So wurde von jeder Seite für einen Moment das Schlimmste gedacht. Dann sagte er: »Was willst du hier auf der Südseite draußen mit all den Büchern; ein Student werden?«

»Ich wünschte, ich könnte es mir leisten.«

»Dann mußt du mit Buchhandel zu tun haben. Allerdings kann es kaum ein Geschäft sein, denn ich sehe dich auch in den Büchern lesen. Man muß es dir schon überlassen, so ein Geschäft ausfindig zu machen.« Er sagte das voll Hohn – oder vermeinte es zu tun –, aber dort, wo der Hohn hätte einen Widerhall finden müssen, war eine taube Stelle, und er sagte ganz vernünftig: »Aber ich nehme an, du könntest mich fragen, wohin mich mein Genie gebracht hat.«

»Ich brauche nicht zu fragen. Ich weiß es. Ich habe Augen im Kopf.«

»Bist du sauer, Augie?«

»Nein«, antwortete ich mit vor Trockenheit im Halse heiserer Stimme und mit einem Blick, an dem er sehen konnte, wie fern mir Zorn war. Ein Blick war alles, was er brauchte, und er schlug seine Augen nieder. »Ich war sauer, als ich es herausbekam. Es kam alles zusammen, dazu noch, was ich über Oma erfuhr.«

»Ja, sie ist tot, nicht wahr? Ich denke mir, sie muß sehr alt gewesen sein. Hast du jemals herausbekommen, wie alt? Ich vermute, daß wir niemals so alt ...« Und damit ging er mit Ironie, Traurigkeit, selbst Ehrfurcht darüber hinweg. Wir würden immer lächeln und ihr außergewöhnliche Dinge zuschreiben.

Danach befreite sich Simon von dem Lametta an falscher Würde, mit dem er ins Zimmer getreten war, und sagte dann: »Ich war ein idiotischer Esel, mich mit diesem Pack einzulassen. Sie nahmen mir die Moneten ab, und obendrein bekam ich noch Senge. Ich wußte, daß sie gefährlich waren, aber ich dachte mit ihnen fertig werden zu können. Viel mehr dachte ich nicht, will ich sagen, ich war verliebt. Liebe! – sie ließ mich nicht weit kommen. Nachts auf der Veranda. Ich dachte, ich würde aus der Haut fahren. Ich verreckte nach ihr, dankbar für das kleinste bißchen, und mehr bekam ich auch nicht.« Er sagte das voll unverhohlener, gemeiner Wut und Verachtung, so daß mich ein Schauder überlief. »Als ich hörte, daß sie geheiratet hatten, träumte ich davon, wie sie remmelten, wie eine Frau mit einem Affen. Es würde ihr nichts ausmachen. Und du weißt, was für einer er ist. Aber das macht gar keinen Unterschied, er kann da oben Rabatz machen wie jeder andere Mann auch. Außerdem hat er Pulver. Das heißt, das, was sie sich unter ‹Geld› vorstellt! Alles, was er besitzt, sind ein paar Häuser. Kleine Fische. Bis sie es besser wissen wird, sieht es für sie noch klotzig aus.« Jetzt war er rot im Gesicht und zeigte eine Erregung, die sich von verächtlicher Wut unterschied. Er sagte: »Du weißt, ich hasse es, so zu sein und solche Gedanken zu haben. Ich schäme mich dessen, das kann ich dir ehrlich sagen. Denn sie war nicht so über alles berühmt, und er ist nicht durch und durch schlecht. Er war nicht schlecht zu uns, als wir noch Gören waren. Das hast du doch auch nicht vergessen, nicht wahr? Ich kann es nicht vertragen, daß sie mich wie einen dreckigen Eskimoköter behandelt, den man sich das Genick nach einem Fetzen Fisch ausrenken läßt. Als Junge steckte ich mir ziemlich hohe Ziele. Nach einer Weile erfährt man aber, was man tatsächlich hat oder nicht hat. Und dann findet man sich damit ab, daß das, was im Leben zuerst kommt, der ganze egoistische und eifersüchtige Kram ist, und daß es einem schnuppe ist, was irgendeinem anderen zustößt, solange man nur selbst sein Teil hat. Dabei fängst du an, daran zu denken, wie schön es zum Beispiel wäre, wenn jemand, der dir nahesteht, sterben könnte und dich dir selbst überlassen würde. Dann dachte ich mir, daß es all den Jemands ebenso gefallen würde, wenn *ich* stürbe.«

»Was meinst du damit – sterben?«

«Durch Selbstmord. Ich war nahe daran im Gefängnis, da in der North-Avenue.«

Was er da von Selbstmord redete, was ganz sachlich. Simon wollte mir nicht auf die Tränendrüsen drücken; Mitleid hatte er von mir anscheinend niemals nötig.

»Mir ist der Tod ziemlich gleichgültig. Dir doch auch, Augie, nicht wahr?« sagte er. Unter dem wechselvollen Spiel der Blätter war er ruhiger, gewichtig, wie er dasaß und mit dem Kopf seines Filzhutes einen Ruhepunkt gegen das Spiel der grünen Schatten mit dem Gelb der Blätter bildete.

»Nun, sag, dir auch?«

»Ich bin nicht so scharf darauf, zu sterben.«

Diese Antwort löste und entspannte ihn, nachdem zwei oder drei Gedanken hintereinander sein Gesicht überkommen hatten, und er benahm sich liebenswürdiger zu mir. Er lachte schließlich sogar und sagte: »Auch du wirst einmal sterben müssen wie jeder andere. Aber ich muß zugeben, daß du Leute, die dich sehen, nicht gerade auf diesen Gedanken bringst. Du bist eine ganz lustige Nummer. Das muß ich dir schon sagen, obwohl du kein großes Talent, für dich zu sorgen, zeigst. Jeder andere Bruder außer dir hätte mir schon längst das Geld aus der Nase gezogen. Wenn du das, was ich fertiggebracht habe, aufgestellt hättest, hätte ich dir ganz schön die Hölle heiß gemacht. Oder wäre jedenfalls froh gewesen, dich auf den Arsch fallen zu sehen, so wie es mir ergangen ist. Dann hätte ich gesagt: Das hast du verdient. Das tut dir nur gut! Nun, da du nicht auf deinen Vorteil aus bist, sehe ich, daß es für dich sein muß.«

»Meinen Vorteil?«

»Natürlich«, sagte er, durch diese Frage etwas verärgert. »Glaubst du, ich denke niemals an dich? Wir beide sind zu oft unter denen, die ›ferner liefen‹, gewesen, und ich hab' das satt.«

»Wo wohnst du jetzt?« sagte ich.

»Am Near-North-Side«, sagte er. Er überhörte, daß ich Genaueres über ihn wissen wollte. Er war nicht bereit, davon zu sprechen, ob ein Waschbecken, Teppiche oder Linoleum in seinem Zimmer waren, ob seine Aussicht auf eine Straßenbahnlinie oder auf eine Brandmauer ging. Mir ist die Neugierde für solche Einzelheiten ganz natürlich. Aber er war nicht bereit, diese Neugierde zu befriedigen, da sich über solche Dinge auszubreiten die Gefahr in sich schloß, daß man schwer davon wegkam; für ihn waren das Sachen, die man besser schnell überging. »Ich habe nicht vor, dort zu bleiben«, sagte er.

»Wovon hast du die ganze Zeit gelebt?« fragte ich. »Was machst du«?

»Was willst du damit sagen – gelebt?« Er machte es mir schwer, indem er immer meine Fragen wiederholte. Er war zu sehr in seinen Stolz verbohrt, um mir zu sagen, wie alles um ihn stand, und um zu zeigen, was für einen Dreiangel er sich in seine Selbstherrlichkeit gerissen hatte. Die Art, sich wie ein Kavalier aufzuführen, die er als älterer Bruder immer an sich gehabt hatte, wollte er nicht preisgeben.

Er war ein Esel gewesen und hatte eine Eselei begangen. Nun tauchte er wieder auf, gelblich, und noch dazu mit der kleineren Schande, daß er dick geworden war, als ob er durch zuviel Essen seine Niederlage hätte wettmachen wollen – und mit all diesem auf dem Buckel war er nicht bereit, zu mir über einige kleine Einzelheiten zu sprechen. Er scheute davor zurück. Er faßte meine Fragen als einen Hieb gegen sich auf, während er versuchte, aus dem Sudelloch der Erniedrigung herauszuklettern, und parierte mit steifem Arm, indem er entgegnete: »Was willst du damit sagen?« so, als ob ihm erst hinterher einfalle, daß ich wohl versucht hätte, ihm einen Hieb zu versetzen oder zumindest zu sticheln. Später machte es ihm nichts aus, mir zu erzählen, daß er für einen armseligen Mittagstisch, dessen Speisekarte über weiße Bohnen nicht hinausreichte, den Fußboden aufgewischt hätte, aber das war erst viel später. Jetzt aber focht er das aus. Einem harten schwarzen Armsessel aufgeladen – ich drücke mich wegen Simons zugenommenen Bauches so aus –, riß er leidenschaftlich seine Nerven und Energien zusammen – ich konnte förmlich sehen, wie er es tat und sich darauf konzentrierte – und begann, sich mit mir auseinanderzusetzen. Er tat es mit mehr Kraftaufwand, als nötig war, wie ein Pascha: »Ich habe meine Zeit nicht vergeudet«, sagte er. »Ich habe an etwas gearbeitet. Ich glaube, daß ich bald verheiratet sein werde«, und als er das sagte, erlaubte er sich weder, bei dieser Bekanntgabe zu lächeln, noch ihr irgendwie etwas Freundliches zu verleihen.

»Wann? Mit wem?«

»Eine Frau mit Geld.«

»Eine Frau? Eine ältere Frau?« So hatte ich es verstanden.

»Na und – was ist denn mit *dir* los? Na klar würde ich eine ältere Frau heiraten. Warum denn nicht?«

»Ich wette, daß du es nicht tun würdest.« Er konnte mich noch immer in Bestürzung versetzen, als seien wir Kinder geblieben.

»Wir brauchen uns darüber nicht zu streiten, denn sie ist nicht alt. Sie ist etwa zweiundzwanzig, wie man mir gesagt hat.«

»Wer hat es dir gesagt? Und du hast sie noch nicht einmal gesehen?«

»Nein, ich habe sie noch nicht gesehen. Erinnerst du dich an meinen Chef, den Einkäufer? Er arrangiert das für mich. Ich habe ein Bild von ihr. Sie ist nicht schlecht. Füllig – aber ich bin auch für Füllige. Sie ist auf ihre Art hübsch. Aber auf jeden Fall, selbst wenn sie nicht hübsch wäre, und wenn der Einkäufer mit dem, was er von dem Geld erzählt, nicht lügt – ihre Familie soll Geld wie Heu haben –, würde ich sie heiraten.«

»Bist du darüber bereits mit dir im klaren?«

»Ich möchte sagen: Ja!«

»Und wenn sie – nehmen wir doch mal an – dich nicht will?«

»Ich werde schon dafür sorgen, daß sie will. Glaubst du nicht, daß ich das kann?«

»Mag sein, daß du es kannst. Aber mir ist nicht wohl dabei. Es ist kaltblütig.«

»Kaltblütig!« sagte er in plötzlicher Erregung. »Was ist denn daran kaltblütig, frage ich dich? Bliebe ich, was ich bin, wäre ich kaltblütig. Was diese Heirat betrifft, habe ich sie von allen Seiten durchleuchtet und noch einiges mehr. Ich werde auf dieses ganze Gedöns über die Ehe nie wieder hereinfallen. Jeder, der dir vor die Augen kommt, ausgenommen vielleicht ein paar wie du und ich, ist aus einer Ehe hervorgegangen. Siehst du daran irgendwas so Außergewöhnliches oder Wunderbares, um daraus solch eine große Geschichte zu machen? Warum soll einer wie ein Blödsinniger auf die sogenannte vollkommene Ehe aus sein? Wovor kann sie dich bewahren? Hat sie es bei irgendeinem vermocht – bei den Witzbolden, Narren, Nebbichs, den Schleppern, Abgewichsten, bei den Affen, Ratten und Karnickeln, wie sie da gebacken sind, oder bei den anständigen, unglücklichen Leuten oder bei denen, was du nette Leute nennst? Sie sind alle verheiratet oder stammen aus Ehen. Wie kannst du mir dann einreden wollen, daß es was ausmacht, wenn Bob die Mary liebt, die dann Jerry heiratet? Im Kintopp vielleicht. Siehst du denn nicht, wie sich Leute den Kopf zerbrechen, wie sie aus Liebe heiraten könnten und dabei um ihren letzten Tropfen Blut gebracht werden? Weil alles andere –, und ich habe den Eindruck, daß du auf demselben Holzweg bist –, während sie sich nach dem Besten, was es gibt, die Augen ausgucken, für sie verlorengeht. Es ist traurig, und es kann einem leid tun, aber so geht es.«

Gleichwohl sprach er damit schwer gegen sich. Das sah er auch. Selbst wenn ich mich gerade damals auch nicht als im Gefecht stehenden Liebhaber betrachten konnte und keinesfalls mehr die Fackel lodernder Liebe für Esther Fenchel hochhielt. Für mich war sein Gesicht das Gesicht eines Menschen, der unrecht hatte. Ich dachte mir, daß das Leben um ihn herum viel zu laut war, um eine richtige Entscheidung treffen zu können. Dann kamen noch die Bücher, die ich gelesen hatte, hinzu – ich bemerkte, daß sich Simon ihres Anteils an meiner Opposition bewußt war, und wie er sie ansah, betrachtete er sie als Widersacher, und dann war da in seinem Auge auch ein kleines bißchen Spott. Aber ich vermochte Dinge, die ich ernst nahm und denen ich im Innersten meines Herzen zustimmte, wenn ich dasaß und las, nicht beim ersten scharfen Blick eines Herausforderers oder einer Verspottung wegen zu verleugnen oder ihnen treulos zu werden.

»Warum willst du, daß ich einer Meinung mit dir sein soll? Glaubst du daran, was du redest, dann sollte es dir nichts ausmachen, ob ich deiner Meinung bin oder nicht.«

»Zum Teufel!« sagte er, rückte im Stuhl vor und starrte mich mit aufgerissenen Augen an. »Mach dir bloß nichts vor, Kleiner. Wenn du mich wirklich verstanden hast, wärst du meiner Meinung. Und das wäre nett. Aber ich kann natürlich auch ohne das auskommen, wenn es sein muß. Und außerdem, obgleich das vielleicht für keinen von uns schmeichelhaft sein mag, wir sind uns gleich und wollen das gleiche. Vielleicht verstehst du das.«

Ich war nicht dieser Meinung, und nicht aus Stolz. Nur der wirklichen Tatbestände wegen. Ich verstand aber, daß er es nötig hatte, mich für seinesgleichen zu nehmen, und deshalb blieb ich still. Und wenn er über die geheimnisvolle Rolle unserer Abkunft sprach, davon, daß unsere Organe Wellen oder Quanten der gleichen Frequenz empfangen könnten, so wußte ich darüber nicht genug Bescheid, um mich mit ihm streiten zu können.

»Nun, vielleicht ist es so, wie du es sagst. Aber was läßt dich daran glauben, daß das Mädchen und ihre Familie dich werden haben wollen?«

»Was sind meine Kapitalien? Erstens gibt es in unserer Familie nur stattliche Männer. Selbst Georgie wäre es gewesen, wenn er normal wäre. Die alte Dame wußte das und dachte, wir sollten Kapital daraus schlagen. Aber außerdem will ich kein reiches Mädchen heiraten, um von ihrem Geld zu leben und um den Herrgott einen lieben Mann sein zu lassen. Das, was sie in mich investieren, werden diese Leute voll und ganz wieder 'rausbekommen. Sie werden schon dafür sorgen, daß ich mich nicht auf die faule Haut lege und mir einen feinen Tag mache. Das kann ich nicht. Ich muß Geld machen. Und ich bin nicht einer von diesen Burschen, die was zu wollen aufhören, sobald sie merken, daß sie es wollen. Ich will Geld, und ich meine, was ich sage, und ich kann damit umgehen. Das sind meine Kapitalien. Folglich stehen wir auf gleicher Ebene, oder nicht?«

Es war mir nicht zu verübeln, daß ich mir das alles mit einer gewissen Skepsis anhörte. Aber solche Dinge werden von Leuten getan, die eben eine ausgesprochene Neigung dafür haben. Ich mochte die

Art, in der er sprach, nicht. Zum Beispiel seine Angeberei, daß wir alle stattliche Männer seien – das hörte sich an, als wären wir Zuchthengste. Doch ich konnte nicht auf eine neue Pleite bei ihm hoffen; er hatte nicht so viel Courage, daß er daraus hätte eine gute Lehre ziehen können.

»Zeig doch mal das Bild von dem Mädchen.«

Er hatte es in seiner Hosentasche. Sie schien mir jung genug, ein großes Mädchen, mit einem ganz braven Gesicht. Ich dachte mir, daß sie – obgleich keine offene oder leichte Natur – wohl ganz gut gewachsen war.

»Ich sagte dir, daß sie gut aussieht. Ein bißchen zu füllig vielleicht.«

Sie hieß Charlotte Magnus.

»Magnus? War das nicht ein Magnus-Lastzug, der bei Einhorns die Kohlen lieferte?«

»Das ist ihr Onkel. Er ist im Kohlengeschäft, hat vier oder fünf große Lagerplätze. Und ihr Vater besitzt ich weiß nicht wieviel Grundstücke. Hotels. Auch ein paar Einheitspreisgeschäfte. Mir würde das Kohlengeschäft liegen. Da, glaube ich, ist das meiste Geld zu verdienen. Ich werde mir einen Kohlenplatz als Hochzeitsgeschenk wünschen.«

»Du hast dir das alles schon ganz schön ausgedacht.«

»Klar. Für dich habe ich mir auch schon was ausgedacht.«

»Was, soll ich etwa auch verheiratet werden?«

»Kommt Zeit, kommt Rat, ja, dann werden wir dich auch unter die Haube bringen. In der Zwischenzeit mußt du mir Hilfestellung leisten. Ich muß irgendwie ›Familie‹ haben. Man hat mir gesagt, daß diese Leute Familiensinn haben. Sie würden es nicht verstehen oder mögen, wie wir so dastehen, und wir müssen was Besseres durchblicken lassen. Da wird es Abendgesellschaften und so was geben und wahrscheinlich zur Verlobung eine große Party. Du erwartest doch nicht von mir, daß ich 'runterfahre und Georgie hole, um ihn hier vorzuführen, nicht wahr? Nein, ich muß dich dabeihaben. Wir brauchen Kleidung. Hast du welche?«

»Ich habe alles versetzt.«

»Löse alles aus.«

»Und woher soll ich das Geld dafür nehmen?«

»Hast du denn gar keins? Ich glaubte, du stecktest hier in irgendeinem Buchgeschäft.«

»Alles, was ich drüber habe, bekommt Mamma.«

Er sagte knapp: »Schon gut, tu nicht so klug. Bald werde ich mich um all das kümmern. Ich werde das Geld auftreiben.«

Ich fragte mich, wo er noch Kredit haben könne. Vielleicht borgte ihm sein Freund, dieser Einkäufer, etwas Geld. Jedenfalls bekam ich ein paar Tage später eine Postanweisung von Simon, und als ich meine Sachen ausgelöst hatte, kam er vorbei, um sich einen meiner Evanston-Anzüge auszuborgen. Kurz danach erzählte er mir, daß er Charlotte Magnus getroffen hätte. Er glaubte, daß sie sich bereits in ihn verliebt habe.

11

Und jetzt kommt eine Westminster-düstere Zeit, in der eine Menge von Dingen nicht klar sein kann. Es sind ihrer zu viele auf einem Fleck beieinander, und es herrscht Themsestimmung, Inselregen, Nordseelichtlosigkeit. Diese Finsternis, in der Entschlüsse gefaßt werden müssen – sie ist durchaus nicht an einen bestimmten Ort gebunden. Es ist die gleiche Finsternis, die in den strahlendsten Klarheiten des sengend-heißen Messina existiert.

Und was hat es mit dem eisigen Regen auf sich? Dieser Regen ist kein Regen, der Narrheit aus ihrer Residenz im menschlichen Gesicht vertreibt oder den Trug von ihm nimmt oder es von Verunstaltungen befreit und es schön wie Milch und Blut werden läßt, sondern das Sinnbild eines Zustandes, von dem alle in Mitleidenschaft gezogen werden. Er bedeutet unter Umständen auch, daß das, was uns not tut, um die Narrheit zu mildern oder den Trug aufzulösen, allewege im Überfluß um uns ist und uns beharrlich angeboten wird – schwarz in Charing Cross, grau am Place Pereires (wo du so viele Arten und Abarten von Wesen durch strömenden Regen und Nebel kommen und gehen siehst) und braun in der geradlinigen Einförmigkeit der Wabash Avenue. Mit der Dunkelheit wird das Auflösungsmittel auf diese Weise immer wieder angeboten – so lange, bis ein Charakter bestimmt und entschieden ist und es mit Angeboten, Gnaden und günstigen Gelegenheiten ein Ende hat.

Das Haus auf der Südseite Chicagos, wo ich wohnte, war ein Studentenhaus, wo man, wenn die Abende still waren, das melodische Glockenspiel von der Universität und die Kapellenglocke hören konnte; ihm war eine gedrängte, mittelalterliche Fülle eigen. Innerhalb der engen Mauern lebte eine Unzahl von Leuten, man sah Gesichter in jedem Fenster, jeder Zentimeter war besetzt. Ich hatte hier einige Kunden für meine Studentenbücher und sogar einige Freunde. Durch den Umstand, daß Owens, der alte Walliser, der das Haus leitete, mich die Telefonanrufe beantworten und mich auch die Post in dem kleinen gefirnißten Loch, das die »Halle« genannt wurde, verteilen ließ, wußte ich praktisch über alle Bescheid. Für diese Dienste wohnte ich umsonst. Und wenn ich die Briefe sortierte, las ich unvermeidlich die Rückadressen und Postkarten, und wenn ich durch Klingelzeichen die Leute ans Telefon rief, hörte ich ihre Unterhaltung, denn es gab keine Telefonzelle. Owens hörte auch zu, er und seine Altjungfernschwester, die die Haushälterin war. Die Tür zu ihrem verwohnten Zimmer stand immer offen – der Geruch der Küche herrschte über alle anderen Gerüche des Hauses. Ich saß jeden Abend zwei Stunden auf meinem Posten im Schaukelstuhl aus geflochtener Weide und sah in das Zimmer, das in der Atmosphäre des »Nach-dem-Abendessen« lag. Die eckigen Walnußsäulen, die Verrücktheit der gestärkten Spitzen, die geschliffenen Gläser, die an Insektenaugen erinnerten, die wunderlichen Einzelheiten des Farnkrauts, wie der Hals einer Violine und gleichzeitig aufgefächert, die Gemälde von Früchten, die hart gegen jede Freiheit protestierten, und auch die Ränder des blauen Geschirrs, das auf den Wandbrettern stand. Mit solch einer Ausstattung, die ein Arsenal ihrer Ansichten darstellte – ich darf die großen Lüster aus Buffalo-Glas nicht vergessen, die an drei Ketten hingen –, demonstrierten die Owens, daß sie da waren und da bleiben wollten. Ihre Mieter waren vergänglich, deshalb vielleicht brauchten die Owens etwas dieser Art, um ein Heim für sich zu schaffen, und deshalb war alles so gewichtig.

Clem Tambow fing an, mich zu besuchen. Sein Vater, der alte Politiker, war gestorben, und Clem und sein Bruder, jetzt Steptänzer in Loews Wanderzirkus, hatten sich eine Versicherungspolice geteilt. Clem wollte nicht sagen, wieviel er geerbt hatte, entweder aus persönlicher Anständigkeit oder weil er verschlossen war oder auch aus Aberglauben. Aber er hatte sich an der Universität für Psychologie einschreiben lassen und wohnte in der Nachbarschaft.

»Was denkst du von dem alten Herrn, daß er mir Geld hinterlassen hat?« sagte er lachend, schüchtern wegen seines großen Mundes und seiner schadhaften Zähne – seine Augen zeigten noch ihr klares Weiß, und sein Hinterkopf war lockig wie der eines Knaben. Er fuhr fort, mir die Probleme, die ihm seine Häßlichkeit bereitete, zu beichten. Er war traurig über den Kummer, den ihm seine Nase machte, doch unterbrach er seine Klagen mit einem gewaltigen Gelächter und machte plötzlich eine rasche Handbewegung, um seine Zigarette zu retten, die ihm aus dem Mund zu fallen drohte. Jetzt, da er Geld hatte, trug er eine Reihe »Perfecto-Queen«-Zigarren in seinem Rock.

»Ich habe meinen alten Herrn nicht genug geschätzt. Ich habe meine Mutter völlig verkehrt gesehen. Ich meine, was ich sage – *völlig*. Ich würde es noch tun, aber jetzt ist sie wirklich zu alt. Ich kann mich nicht mehr darüber täuschen, besonders seit ich einige psychologische Bücher gelesen habe.«

Wenn er von Psychologie sprach, lachte er immer. Er sagte: »Ich bin nur auf der Uni wegen der Mädchen.« Und dann, ein bißchen melancholisch: »Ich habe jetzt etwas Geld, so könnte ich jetzt eigentlich ernten. Ich würde sowieso sonst bei diesem Fischmaul und meiner Nase nichts erreichen. Bei gebildeten Mädchen kannst du an ihren Geist appellieren, und sie erwarten nicht, daß du allzuviel für sie ausgibst.« Er konnte sich selbst nicht als Studenten betrachten; er war eine Art Gebühren zahlender Gast. Er spielte mit den Juristen im Erdgeschoß Poker und im Reynold-Club Billard und ging zu einem Buchmacher in der Dreiundfünfzigsten Straße, um auf Pferde zu wetten. Wenn er eine Vorlesung hörte, war er geneigt, im Auditorium Maximum von Kent, diesem Amphitheater, bei jedem wissenschaftlichen Kalauer oder so zu seinem Spaß sein »Hahaha!« zu lachen. Es war unvermeidlich. »Aber«, so erklärte er, »dieser Dummkopf versuchte, ein paar behavioristische olle Kamellen klarzumachen: daß alles Denken in Worten geschieht, deshalb in der Kehle, in den Stimmbändern, vor sich geht; wovon er sprach, war ›gehemmte Sub-Vokalisation‹. Da wurden sie neugierig, wie es wohl bei Stummen wäre, holten sich welche, legten Meßgeräte auf ihre Nacken und lasen ihnen Syllogismen vor. Aber das Zeug zerrann ihnen buchstäblich zwischen den Fingern, weil sie doch nun mal mit den Händen sprechen. Dann gossen sie ihnen Gipsguß über die Hände. Na, als der Bursche so weit gekommen war, fing ich an zu lachen – hahaha! und er bat mich, die Vorlesung zu verlassen.«

Clem erzählte das mit der für ihn typischen verlegenen und schüchternen Verkrampfung, die sich gleich darauf wieder durch Gelächter löste. Hahaha! Darauf ein großes Aufwallen des Entzückens, dann, als er sich seiner Sorgen erinnerte, daß die Natur ihn so schlecht mit ihren Gaben bedacht hatte, wieder Trauer. Ich versuchte, ihm zu sagen, daß er im Unrecht war und daß er sich nicht zu beunruhigen brauche. Er war aufs Rammeln aus zu dieser Zeit und äußerlich sehr männlich trotz so mancher Übertreibungen wie Schnurrbart und 22,50-Dollar-Anzug mit Pokerstreifen, den er auf Abzahlung kaufte. – Er hatte Geld, zog es jedoch vor, in Raten zu zahlen. Er antwortete: »Sei nicht höflich zu mir, Augie. Du brauchst nicht.« Manchmal nahm er mir gegenüber die Haltung eines Onkels zu seinem fast gleichaltrigen Neffen an. Er suchte das mittlere Alter. Er nahm fest an, daß er bei Frauen Anklang finden würde, die Erfahrungen sammeln wollten. Ein etwas verbrauchter, ein wenig bitterer, unzüchtiger Onkel eben. Und so versuchte er diese Rolle zu spielen:

»Nun, Augie, was ist mit dir? Was ist mit dir los?« sagte er. »Was treibst du dich hier herum? Du hast mehr Möglichkeiten, als du zu nutzen weißt. Das Verkehrte an dir ist, daß du auf einen Manager wartest. Nun bist du in Kumpanei mit diesem Mexikaner. Warum schiebst du alles hinaus?«

»Was ist alles?«

»Ich weiß nicht. Aber du liegst hier in einem Schaukelstuhl, läßt den Herrgott einen lieben Mann sein, hältst ein Buch auf deiner Brust und läßt die Zeit verstreichen, während du tausend Dinge tun könntest.«

Clem hatte ein unglaublich großes Vorstellungsvermögen von Dingen, die zu haben sein müßten, was ganz natürlich war, wenn man bedenkt, wie es ihn verletzte und wurmte zu glauben, daß sie für ihn nicht erreichbar wären. Er meinte, ich kenne sie, Geld, Bewunderung und Frauen, die aus Liebe zu einem völlig hilflos waren. Die Glücksgüter eben. Er war durch diese tausend Dinge gestört, und manchmal war ich es auch. Er bestand darauf, daß ich irgendwo hingehen sollte, daß ich mich zumindest daran versuchen sollte, wie man gehen könnte, daß ich mich darauf konzentrieren sollte, nützlich zu sein und nicht träge, sondern voller Energie, Eigenwilligkeit und so fort. Und natürlich war in mir eine gewisse Unruhe, zu etwas Größerem, als ich war, aufgehoben zu werden.

Ich konnte dem Gestirn der großen Persönlichkeit – das durch unablässiges Stochern, über dem wimmelnden Haufen, dem es was vorflimmert, zu einer Weltensonne wurde, ohne daß es ihn notwendigerweise wärmt, sondern nur plutarchischen Nimbus auf ihn niederschauert – keinen neuen Glanz verleihen.

Für andere nötig zu sein, ja, das wäre wunderbar, das wäre herrlich! Aber des Phöbus Sohn? Ich dachte nicht einmal im Traum daran. Ich habe niemals versucht, die mir gesetzten natürlichen Grenzen zu sprengen. Jedenfalls, kam jemand wie Clem, drängte mich und machte mir Elogen, so hörte ich kaum zu. Ich hatte ein eigenes System, von dem ich mich leiten ließ. Es war nicht unfehlbar, machte aber nur solche Fehler, die ich verkraften konnte.

Clem sprach mit mir über dieses große Thema nicht zum Spaß. Aber eigentlich kam er nicht in dies Haus, um mich zu sprechen. Das war nicht der Sinn seines Besuches, auch nicht, mir Neuigkeiten über Jimmy Klein zu erzählen, der inzwischen verheiratet und Vater eines Kindes war und der in einem Warenhaus arbeitete, oder über seinen Bruder, der am Broadway große Karriere zu machen versuchte. Clem kam, weil er hinter einem Mädchen her war, das Mimi Villars hieß und mit mir im gleichen Hause wohnte.

Mimi war keine Studentin, sie bediente in einer Mensa in der Ellis Avenue. Sie war mir angenehm aufgefallen, und ich war um so eher geeignet, sie zu beurteilen, weil ich nicht daran dachte, was mit ihr anzufangen. Sie war sehr blond und frisch, mit einem Gesicht von direkter, derber Schönheit, mit langen Augenbrauen, die mit einem Augenbrauenstift fein wie die Flimmerhärchen der Euglena nach oben durchgezogen waren, von ihrer natürlichen Linie weg, hin zu den eng anliegenden rosigen Ohren, die aus Locken hervorlugten; und mit einem großen Mund, der von einer Seele mit wildem Appetit zeugte und nichts verhehlte. Sie würde alles sagen und wußte nicht, was sie daran hindern könnte. Ihre Hüften waren lang und schmal und ihre Brüste groß. Sie trug eng anliegende Röcke und Sweater und hochhackige Schuhe, die den Muskeln ihrer Waden einen straffen Bogen der Ungeduld gaben. Ihr Schritt war klein und hübsch, ihr Lachen heftig, rückhaltlos und kritisch. Sie erinnerte mich nicht sehr an Willa vom Symington, die ja auch eine Kellnerin war. Willa, dieses Mädchen vom Lande, die ich persönlich vorzog – mit Willa hätte ich vollkommen glücklich sein und mein ganzes Leben in einer kleinen Provinzstadt verbringen können, wenn sich die Gelegenheit jemals dazu geboten hätte. Oder richtiger gesagt, redete ich mir das jedenfalls manchmal ein.

Mimi kam aus Los Angeles. Ihr Vater war Schauspieler beim Stummfilm gewesen. Sie pflegte von ihm zu sprechen, wenn sie ausdrücken wollte, wie sehr ihr Engländer verhaßt waren. Ursprünglich kam sie nach Chicago, um zu studieren, aber sie wurde von der Universität gewiesen, weil sie in Green Hall, in der Diele, die Grenzen des Schäkerns weit überschritten hatte. Hinausgeworfen zu werden sah ihr ähnlich. Daß sie fähig war, Anstoß zu erregen, wenn es überhaupt so gewesen war, darüber konnte einem kein Zweifel kommen, und was die Strafe, die man deswegen über sie verhängt hatte, betrifft, so wetzte sie ihren wilden Humor besonders gern daran.

Ich wußte, daß Clem keine Aussichten bei ihr hatte. Der Grund für ihre strahlende Gesichtsfarbe war nicht einfach ihrer Gesundheit oder ihrer natürlichen Erregbarkeit zuzuschreiben: Die Liebe trug auch dazu bei. Zufälligerweise war ihr Liebhaber einer der Kunden, die Padilla mir überlassen hatte. Der Mann hieß Hooker Frazer und war Assistent an der Hochschule für Politik. Mit ihm war schwer klarzukommen, denn er bestellte seltene und vergriffene Bücher. Mir für ihn zwei Bände von Nietzsches *Der Wille zur Macht* unter den Nagel zu reißen, bereitete mir eine Hölle, denn die Bücher lagen in der ökonomischen Buchhandlung unter Verschluß. Ich besorgte ihm auch Hegels *Philosophie des Rechts*, ebenso die letzten Bände vom *Kapital* aus der kommunistischen Buchhandlung in der Division-Straße, Herzens *Autobiographie* und einiges von Tocqueville. Er handelte scharf, genauso, wie er scharf und mit ungewöhnlicher Genauigkeit sprach. Er war ein Mann, mit dem die Universität zufrieden sein konnte; mit seinen großen, kühnen, intelligenten Augen, die durch die Praxis scharfer Betrachtung frühzeitig Krähenfüße zeigten, heute schon ein junger Chalhoun oder Staatsmann, mit klaren blauen Flächen, die eine rigorose Folgerichtigkeit andeuteten und, wie von einem Seismographen eingeschrieben, vorzeitigen Falten. Er war nicht einer jener langen Männer, bei denen man meint, sie müßten sich auf Grund anderer mechanischer Gesetze fortbewegen. Er war nicht linkisch, obwohl seine Haltung lässig war. Die Tatsache, daß er in Burton Court, so einer Art neuen Christus- oder Magdalenenkirche, wie ein großer Herr mit einer Haltung, wie sie das Junggesellentum verlieh, lebte, zog mich zu ihm hin. Von Padilla – bei seiner steifen Nase, die mehr einer Gizehschen Mumie zu gehören schien, und den bleifarbenen Augenflecken, den schmalen, abfallenden Schultern, seinem gewölbten Rücken und dem harten und scharfen Schritt auf den Steinen, die einmal zu Ehre und Würden führen sollten – konnte man das alles nicht sagen. Manny kam aus einem armseligen Nest in den hohen Bergen und war von keiner Kultur beleckt. Er machte sich nicht viel aus der Alten Welt.

Aber Hooker Frazer war *der* Mann für Mimi Villars. Und wenn ich sie zusammen auf der Treppe des Owenschen Hauses sah, bewunderte ich sie. Beide waren so prächtig: sie hart und geistvoll, vor niemandem ein Blatt vor den Mund nehmend, und er so vornehm, daß er in direkter Linie vom Cro-Magnon-Menschen hätte abstammen können – natürlich die heutigen Unterschiede, die Verbildungen eingeschlossen, in Betracht gezogen. Er hatte ein Temperament, das zu seinem übrigen Selbst, seiner Haltung, ja Erhabenheit, nicht paßte. Seine Zähne waren oft hart aufeinandergebissen, und seine gerade Nase endete in einem nervösen Schnörkel, der seine Ursache eher im Charakter als in ererbter Anlage haben mußte. Aber selbst Padilla, der ihn nicht besonders liebte, sagte, daß er ein *muy hombre*, ein beachtenswerter Mann, sei. Padilla nahm ihm jedoch seine Leutseligkeit uns gegenüber übel. Sprach er zu mir, trat sie mehr in Erscheinung als Padilla gegenüber, denn Frazer wußte, daß Padilla ein Genie mathematischer Physik war. Aber er nannte uns beide »Mister«, als ob er ein Absolvent der Militärakademie West Point gewesen wäre, und behandelte uns, als seien wir irgendwie komische Diebe. Als ob er selbst nicht einer war, der Diebesgut an sich nahm. Er pflegte zu sagen: »Mr. March, wollen Sie einen Gang in die Stadt machen und von den Expropriateuren ein gutes Exemplar von *Esprit des Lois* expropriieren? Neulich sah ich eins bei Argus.« Ich mußte über diese Mischung aus Pomp, Revolutionärs-Jargon und seinem verfeinerten Tennessee-Akzent laut herauslachen. Anfangs schien er mich für ein angenehmes Nichts zu halten und hänselte mich wegen meiner Hautfarbe. »Jeder würde meinen, daß Sie Ihre Tage auf einer Kuhweide verbringen, und nicht denken, daß Sie die Luft einer Buchhandlung atmen, so rosig sehen Sie aus, Mr. March.« Später sprach er ernsthafter zu mir und bot mir alte Exemplare kommunistischer und trotzkistischer Zeitungen und Zeitschriften an, die er stapelweise in Rollen und Bündeln in allen möglichen Sprachen auf seinem Zimmer hatte. Er erhielt alle Arten von Journalen und Mitteilungsblättern. Er lud mich sogar einmal zu einer seiner Vorlesungen ein, wahrscheinlich deshalb, weil ich seine billige Bezugsquelle war. Ich gewährte ihm Kredit, und er wollte sich gut mit mir stellen. Padilla wurde verrückt, als er hörte, daß ich ihm Bücher auf Kredit gab. Ich dachte, er würde heulen und mich mit seiner dünnen, langfingrigen Faust niederschlagen, so schrie er mich an: »*Bobo!*« und »Du Gringopfeife!« Ich sagte, ich würde Frazers Kredit nicht über fünfundzwanzig Dollar hinausgehen lassen. Das war gelogen, um Padilla zu beruhigen. Frazer schuldete mir bereits mehr als vierzig. »Scheiße! Ich würde ihm keinen Pfennig geben. Das ist gerade die Art, mit der er hervorkehrt, daß er was Besseres ist als du«, sagte Manny. Aber das beeindruckte mich nicht. Wahrscheinlich genoß ich es mehr, Frazer einige Bücher zu liefern und die Gelegenheit zu haben, dadurch eine halbe Stunde in seinen Zimmern sein und ihm zuhören zu können. Oft stahl ich zwei Exemplare von dem, was er angefordert hatte, aus Neugier, sie selbst zu lesen, und verschaffte mir dadurch einige trübe und schwierige Nachmittage. Ich tadelte mich niemals, wenn ich solche Sachen in die Ecke warf, die sich nicht mit Inbrunst lesen ließen, denn sie gaben mir nichts, und ich akzeptierte die Weisung von Padilla, mich mit nichts zu quälen, was mir nicht leicht wurde. Schließlich hatte ich mich noch nicht spezialisiert, sondern probierte erst mal Verschiedenes aus.

Aber ich mußte Clem sagen, daß er bei Mimi Villars nichts erreichen würde.

»Warum?« fragte er. »Weil ich so unbedarft aussehe? Ich halte sie für die Art, die sich um Äußeres nicht kümmert. Das Mädchen hat Hitze.«

»Dein Aussehen hat nichts damit zu tun. Sie hat bereits einen.«

»Na ja, und du denkst, sie wird nie einen anderen haben? Ist das alles, was du mir zu sagen weißt?«

So hielt er eigensinnig seinen Glauben an sie aufrecht und kam, um mit mir zusammenzusitzen; gewaschen und frisch rasiert, mit langen, schwarzen, glänzenden Schuhen und war von deprimierter Ritterlichkeit auch zu mir, und es fehlten ihm nur die Spitzen an Kragen und Manschetten und die Schwerter, um als Gefolgsmann eines heruntergekommenen Stuart im Exil gelten zu können. Er trug schwer an seinem Kummer. Nur sein ungelecktes, elektrisches, wolliges Nackenhaar, das so knabenhaft war, und der sanfte Schein des Weißen in seinen Augen und sein »Hahaha!« erzählten eine andere Geschichte von ihm. Ich freute mich seiner Gesellschaft, aber natürlich konnte ich ihm nicht alles, was ich über Mimi wußte, erzählen. Nicht nur, daß ich die Postkarten las und nicht umhin konnte, die Telefongespräche mit anzuhören; es war so, daß Mimi sich nicht viel um Geheimhaltung scherte. Sie führte ein Leben, das allen ein offenes Buch war, und wenn sie einmal zu sprechen anfing, dann hielt sie mit nichts zurück. Frazer sandte ihr gelegentlich eine Karte, auf der er eine Verabredung absagte, dann wurde sie wütend, warf die Karte weg, riß ihre Handtasche auf und sagte zu mir: »Verkaufe mir einen Schlagring!« Und zu ihm am Telefon sagte sie: »Du gelber Chinese, kannst du mich nicht anrufen und mir sagen, warum du nicht kommen kannst? Erzähle mir nicht irgend so eine olle Kamelle, daß du an deiner These zu arbeiten hättest! Was hast du gestern abend auf der

Siebenundfünfzigsten Straße mit den fetten Widerlingen gemacht, als du vorgabst, du arbeitetest daran? Wer sind sie? Einer von ihnen war ein schwuler Engländer, das konnte ich ihm auf eine Meile ansehen. Erzähl mir nicht, daß ich das nicht verstehe. Deinen stinkenden Blödsinn kann ich nicht mehr hören, du Pfaffe!«

In ihren Atempausen konnte ich seine ruhige und gleichmäßige Stimme hören, während ich ausgestreckt im Schaukelstuhl lag und zuhörte. Und dann kam Owens fleischiges Handgelenk zum Vorschein. Er ergriff die Tür und schlug sie zu. Es kümmerte ihn nicht, was die Mieter in ihren Zimmern taten, aber er hatte es nicht gern, wenn ihr Fluchen bis in sein Wohnzimmer drang – er saß dort in einem Ledersessel, der wie trockener Schnee knirschte. Die Geräusche, die hauptsächlich von dort zu hören waren, beschränkten sich auf sein Atmen – war man nahe genug – und, stand man weiter weg, darauf, wie er seine Leibesfülle in eine andere Lage brachte. »Du wirst es nicht erleben, daß ich dich um etwas bitte!« waren Mimis letzte Worte zu Frazer, und als sie Hörer auf die Gabel knallte, geschah es mit einer wilden Grausamkeit, so wie ein Pianist den Deckel des Flügels zuschlagen mag, nachdem er die stürmischsten Akkorde von größter Schwierigkeit ohne einen einzigen Fehler beendet hat. Dieser leidenschaftliche Zornesausbruch war für sie ein tiefer Genuß.

Sie sagte dann zu mir: »Wenn dieser Heini wieder anruft, sagen Sie ihm, daß ich fluchend aus dem Haus gerannt bin.« Nichtsdestoweniger wartete sie auf seinen nächsten Anruf.

Was mich sicher machte, daß sie kein Interesse an Clem hatte, zumindest zur Zeit, war der Umstand, daß Frazer in letzter Zeit regelmäßig angerufen hatte und sie sich Zeit nahm, herunterzukommen, wenn ich nach ihr klingelte. Da er wußte, daß ich es war, der das Telefon bediente, sagte er: »Können Sie nicht veranlassen, daß sie sich etwas beeilt?« Worauf ich erwiderte: »Ich kann es versuchen, aber Sie wissen, ich bin nicht König Kanute«, und ließ die dicke Keule von Hörer an der Schnur hängen.

»Was willst du?« waren ihre ersten Worte, und damit legte sie ihre brennende Zigarette auf den Telephonapparat. »Ich kann mit dir nicht sprechen, ich bin gehemmt. Wenn du wissen willst, wie es mir geht, dann komm dich persönlich erkundigen.« Und dann, in ihrer fröhlichen, kühnen Art, sich an ihrer Wut zu erfreuen: »Na schön, wenn's dir nichts ausmacht, dann mir schon lange nicht. Nein, ich bin noch nicht klargekommen damit, aber zerbrich dir nicht den Kopf, heiraten brauchst du mich nicht. Ich möchte keinen Mann heiraten, der nicht weiß, was Liebe ist. Du willst keine Frau, du willst einen Spiegel. Was? Was meinst du? Geld? Du schuldest *mir* noch siebenundvierzig Dollar. Das geht in Ordnung. Ist mir egal, wofür es ausgegeben wurde. Wenn ich auf dem Damm wäre, würde ich allein damit fertig werden. Natürlich, du hast überall Schulden. Komm mir doch nicht damit. Erzähl's deiner Frau. Sie scheint alles zu fressen.«

Frazer war von seiner ersten Frau, von der ihn Mimi, nach ihrer Version, gerettet hatte, noch nicht geschieden. »Erinnern Sie sich an einen Film *Die Insel des Dr. Moreau*, wo dieser verrückte Wissenschaftler da Männer und Frauen aus Tieren fabrizierte? Und sie nannten das Laboratorium ›Das Haus der Schmerzen‹. Nun, mit seiner Frau lebte er wie eines jener Tiere«, erzählte sie mir einmal, als sie davon sprach, in welchem Zustand sie ihn gefunden hatte. »Diese Frau hatte eine Wohnung. Sie würden nicht glauben, daß ein Mann wie Hooker darin wohnen könnte. Ganz gleich, wie ich über ihn persönlich denke, er ist intelligent, er hat Ideen. Als er Kommunist war, wurde er auserlesen, am Lenin-Institut zu studieren, wo sie Landesparteiführer wie Cachin und Mao ausbilden. Es kam nicht zum Studium, weil er wegen der ›Deutschen Frage‹ ausgestoßen wurde. Nun, in dieser Wohnung waren flauschige Chenille-Teppiche auf der Toilette, so daß man das Gefühl hatte, man beginge ein Verbrechen, dort mit Schuhen hineinzugehen. Ein Mann kann nichts tun, wenn er mit so was fertig werden muß. An Frauen ist nichts Gutes, Augie«, erklärte sie mir in der für sie charakteristischen und humorvollen Wut. »Verdammt nichts Gutes. Sie wollen einen Mann im Haus. Nur dasein soll er, im Haus sein, im Stuhl sitzen. Sie geben vor, seine Gedanken und Worte ernst zu nehmen. Sei es über die Regierung, sei es über Astronomie. Sie tun so, als seien sie sehr an Parteien und Sternen interessiert. Sie bemuttern Männer wie Babys, und es ist ihnen gleich, was für ein Spiel sie spielen, nur daß ein Mann im Haus ist. Ist der Ehemann Sozialist, ist sie Sozialistin, eifriger als er, und wenn er sich in einen Technokraten verwandelt, dann war sie die Triebfeder – wie sie ihn glauben läßt. Alles, was sie wirklich will, ist, einen Mann im Haus zu haben, es ist ihr vollkommen gleichgültig, was sie sagt, wer sie sei, und es ist nicht einmal verlogen. Es liegt tiefer. Es ist der Besitz des Mannes.« Mit Ähnlichem – und es gab vieles der Art – versuchte Mimi einen zu durchlöchern. Ich nehme an, daß sie so ungefähr alles für wahr hielt, was sie sagte. Sie glaubte an Worte, an Aussprachen, und wenn sie jemand überzeugen konnte, dann konnte sie selbst glauben, was ihre Einbildungskraft ihr erzählt hatte. Was ihre Art zu sprechen anbelangt, so hatte sie sich einiges von Frazer angeeignet – von seiner Verhörmethode unter vier Augen, die für ein persönliches, privates Gespräch nicht immer angebracht ist: dabei hielt er seine langen Beine gespreizt und die Ellenbogen auf die Knie gestützt, die Hände verschlungen, machte ganz ernste Augen und verbürgte außerdem mit der geraden weißen Mittelsträhne seines rötlichen Haares ein schlichtes Gespräch. Mimi ahmte ihn nach, soweit es ihr gefiel. Sie war komplizierter und leidenschaftlicher und besaß jene Schnelligkeit, die man durch geringen Tiefgang und hohe Kompression erreicht.

Sie stand, wie Einhorn richtig von mir behauptet hatte, in Opposition; nur nannte sie die Dinge beim richtigen Namen, und Unrecht war bei ihr Unrecht. Sie war ein Angreifer, mein Temperament war anders, so überzeugte sie mich nicht. Ich glaubte nicht, daß sie recht hatte, weil sie mit Emphase sprach. »Nun«, sagte sie, »wenn Sie nicht meiner Meinung sind, warum halten Sie dann den Mund? Warum sagen Sie nicht, was Sie denken, anstatt durch Ihr Grinsen das, was ich sage, herunterzusetzen. Sie versuchen, einfacher auszusehen als Sie sind, und das ist nicht ehrlich. Aber wenn Sie es besser wissen, dann los, und den Mund aufgemacht.«

»Nein«, sagte ich, »ich weiß es nicht besser. Aber ich liebe keine niedrigen Meinungen; wenn man sie ausspricht, übertragen sie sich auf einen, und man wird ihr Sklave. Worte werden die Menschen dahin bringen, daß ihr Geist von Sachen überzeugt ist, die ihr Gemüt nicht für wahr hält.«

Sie empfand das als eine härtere Kritik, als ich es gemeint hatte, und antwortete mir häßlich und als sprühe eine Katze, der man gegen den Strich geht, Funken, und verzog ihr Gesicht vor mir zu einer gemeinen Grimasse.

»Mein Gott, sind Sie ein lausiger Knochen! Wenn Sie nicht einmal empört sein können – Jesses, selbst eine Kuh kann sich empören! Und was meinen Sie mit ›niedrig‹? Wollen Sie von Rinnsteindreck eine hohe Meinung haben? Wollen Sie eine Rieselfeldpflanze werden? Zum Teufel, ich sage dazu nein! Wenn ein Ding schlecht ist, ist es schlecht, und wenn Sie es nicht hassen, küssen sie ihm den Hintern.«

Sie gab mir die volle Ladung mitten ins Gesicht, daß ich über

Scheußlichkeiten nicht genug empört und ihrer nicht genug bewußt sei, daß ich nicht wußte, auf was für einem Friedhof meine Füße standen, daß es mir an der nötigen Verachtung fehlte, daß ich Schrekken nicht hart genug gegenüberstünde und über Betrügereien nicht zornig genug werde. Der schlimmste Schwindel war, Geld für etwas anzunehmen, was eigentlich ein liebendes Geben und Nehmen der Körper und das wahre Fundament des Lebens sein sollte. Die Frauen, die deswegen zu tadeln waren, waren schlimmer als Huren. Und ich vermute, daß sie bei dieser Unterhaltung so in die Luft ging, weil ich kein fanatischer Feind dieser Dinge war, sondern auch diese verderbten Frauen ihrer weichen Weiblichkeit wegen anlächelte. Ich war zu nachsichtig mit ihnen und dachte zu milde über die Betten, die zuerst schal und dann giftig sein würden, weil die Gedanken der Frauen, die in ihnen herrschten, um die erobernde Macht von Chenille und Barchent, um die Effekte durch Vorhänge gedämpften Lichts und das bürgerliche Festhalten abenteuernder Männer in der weichen Polsterung eines Wohnzimmers kreisten. Diese Dinge erschienen mir nicht so bedrohlich, wie sie mir ihrer Meinung nach erscheinen sollten. Ich war in dieser Hinsicht ein Narr für sie; einer, der sich auch knickebeinig in diesen fadenziehenden Sekreten weißer Spinnen verfangen und in diesem Sicherheitsgespinst der Frauen gelähmt werden konnte. Sie hatte Frazer aus dem herausgerissen. Er war es wert, gerettet zu werden. Und hier konnte ich sehen, welchen Wert sie der Intelligenz eines Mannes beimaß. Wenn er nicht äußerste Anstrengung und Edelmut atmete, dann wünschte sie ihm den ordinären Tod in der Gaskammer gesicherter Existenz, der Knechtschaft eines Büros, des Verfaulens in einem Laden, nicht wahrgenommener Verzweiflung einer Ehe ohne Hoffnung oder die Gemeinheit eines Grolles, der unbekannte Geschwüre oder geile Blütenkolben im Herzen wachsen läßt. Sie legte ein hohes, absolutes Maß an und bevorzugte Leute, die es Leiden oder Laster wegen oder weil sie Kriminelle, Abseitige oder Somnambule waren, nicht hatten. Ich erfuhr, als ich sie besser kannte, daß sie auch eine Diebin war; sie stahl sich ihre Kleider in Warenhäusern; sie stahl eine ganze Menge, denn sie liebte es, gut angzogen zu gehen, und war sogar einmal verhaftet, aber mit Bewährungsfrist laufengelassen worden. Ihre Methode war, Kleider und Unterwäsche in der Anprobierkabine übereinander anzuziehen; und sie hatte sich aus dieser Affäre gezogen, indem sie den Gerichtspsychiater überzeugte, daß sie Geld besaß und bezahlen konnte, aber an Kleptomanie leide. Sie war stolz darauf und riet mir dringend, es ebenso zu machen, wenn ich einmal erwischt werden sollte – sie wußte natürlich, daß ich Bücher klaute. Es gab da aber noch eine andere Sache, auf die sie nicht so stolz war. Ungefähr vor einem Jahr war sie spät in der Nacht durch eine enge Durchfahrt an der Kimbark Avenue gegangen, und ein Revolverheld hatte versucht, ihr die Handtasche zu rauben. Sie hatte ihm in die Weichteile getreten und sich den Revolver geschnappt, als der Bursche ihn fallen ließ, und ihm durch den Schenkel geschossen. Sie wurde schlapp, wenn sie nur daran dachte, und wenn sie davon erzählte, wurden ihre Hände nervös und krallten sich um ihre Taille – die schmal war: sie zog die Aufmerksamkeit, indem sie breite Gürtel trug, darauf –, und sie wurde im Gesicht so rot, daß man an Scharlach hätte denken können. Sie versuchte ins Bridewell-Krankenhaus zu kommen, um ihn zu sehen, aber es wurde ihr nicht erlaubt.

»Der arme Kerl«, sagte sie, und das sowohl aus Gewissensbissen über ihre wilde Eile und Raschheit als auch aus Mitleid für diesen Jungen, der mit diesem Spielzeug schneller Entscheidungen um eine Gassenmündung geisterte. Denn geraubtes Geld kann sehr schnell wieder zunichte werden, und die Befriedigung daran ist schnell dahin; und zuerst muß man mal jemand finden, der auch genau das befolgt, was man ihm sagt; das ist ein ziemlicher Haken dabei. Auch wenn es eine Frau ist. Sie legte dem Angreifer das Zögern nicht als Feigheit aus, sondern als ein besonderes Zeichen eines rauhen Liebeswerbens, als den instinktiven Kampf eines in der Stadt erzogenen rohen Kindes, um das man sich, im Sinne göttlicher Fürsorge gesprochen, weniger als um die Tiere im Wald, die zumindest in der Obhut der Natur sind, kümmerte. Nun, sie mußte zum Gericht. Aussagen und erklären, warum sie geschossen hatte. Sie wollte ihn indessen nicht belasten und versuchte zu den Richtern darüber zu sprechen, man ließ sie aber nicht. So bekam der Junge fünf Jahre wegen schweren Raubüberfalls in Tateinheit mit unerlaubtem Waffenbesitz, und sie schickte ihm jetzt Pakete und Briefe ins Kittchen. Nicht weil sie vor dem Tag Furcht hatte, an dem er wieder frei sein würde und sich vielleicht an ihr rächen könnte, sondern weil sie Gewissensbisse empfand.

Dieses Mal war sie nicht auf dem Damm, wie sie sich ausdrückte. Eventuell konnte sie Frazer bessere Nachrichten geben. Aber sie ließ ihn darauf warten. Sie wollte, daß er sich Sorgen machte, oder sie wollte ihn dahin bringen, sich mal um sie und nicht dauernd um sich selbst Sorgen zu machen. Sie machte es ihm nicht leicht. Sie wußte, daß es ein ungleiches Spiel war, daß sie ihn mehr liebte, als er sie oder eine andere je lieben konnte. Auch war er zur Liebe nicht berufen wie sie. Und sie nahm es sehr ernst damit und exaltierte sich darüber sehr. Sie hätte der Liebe wegen auch in einsamer Wildnis leben und sich von Heuschrecken nähren können.

Was ich von ihr zu lernen begann, war von äußerster Wichtigkeit; nämlich daß jeder zusieht, oder es doch versucht, was aus seinem Schicksal zu machen. Man könnte sagen, daß ich das schon vorher hätte wissen sollen. Ich hätte es wissen können, und in gewisser Hinsicht wußte ich es auch, andernfalls hätten Großmutter Lausch oder Einhorn oder die Renlings mehr Erfolg bei mir gehabt. Aber es war mir bei keinem so klar wie bei Mimi Villars, die ihre Reserven aus ihrem leibhaftigen Körper zog, und die deutlicher bewies, daß sie ihr eigener Bürge war und sich ihre eigene Lizenz und ihr eigenes Diplom ausstellte, die auf ihrem Recht bestand, das zu sein, was sie war, und die keinen gewöhnlichen Platz legitimer Aktivität besaß, wie zum Beispiel einen Laden, ein Büro, eine Familie oder irgendeine Mitgliedschaft, sondern die ihre Hoffnung ganz allein auf ihren eisernen Willen, auf ihre harte Vernunft und ihre eigenwillige Stimme setzte. Ich denke, sie muß den Widerspruch – und was sonst als einen scharfen Schmerz hätte ihr diese Erkenntnis bereiten können? –, der zwischen einer strengen Überzeugung und ihrem Glauben an die Liebe bestand, erkannt haben. Aber die dicke Rinde des Widerstandes, den die Welt organisiert hat, machte das unvermeidlich. Nun, da war wieder ein Schicksal, das geteilt werden sollte, und noch eine ihm zugrunde liegende Bitternis dazu.

Am Ende des Sommers waren wir bereits enge Freunde und von Tambow verdächtigt, mehr als das zu sein. Aber das war nicht der Fall. Außer in Clems, obgleich nicht übelnehmender, so doch neiderfüllter Einbildung, die durch so einen belanglosen Scheinbeweis bestärkt wurde, daß sie im Unterrock auf mein Zimmer kam. Der Grund dafür war nur, daß wir auf der gleichen Etage wohnten. In Kayo Obermarcks Zimmer ging sie auch so. Wir drei bewohnten das Dachgeschoß. Es war einfach gute Nachbarschaft. Und selbst wenn niemals viel an Herausforderung fehlte, lag das ganz einfach an einem unablässigen Üben der Fähigkeit dazu; wie der Geiger, der im Zug sitzt und einem Konzert entgegenfährt und in der Tasche seines mächtigen Alpakapelzmantels mit einem Gummiball Fingerübungen macht und so beim Fahren, an den Zufälligkeiten und gleitenden Bewegungen der Landschaft und Schienen vorbei, von dem ihm Größten nie weit weg ist. Nein, da war nichts; sie kam sich eine Zigarette borgen oder aus dem Schrank, wo sie den Überfluß ihrer Kleider untergebracht hatte, etwas holen. Oder um zu reden.

Wir hatten jetzt mehr, worüber wir sprechen konnten, denn nach und nach fanden wir heraus, daß wir noch eine andere Verbindung hatten, durch den dunkelhäutigen Sylvester, für den ich früher Kinozettel auszutragen pflegte und der aus Simon einen Kommunisten zu machen versucht hatte. Er hatte am Technikum niemals Examen geschafft. Er erzählte, aus Mangel an Moneten, und ließ auch irgendwie einen politischen Auftrag durchblicken, aber was jeder darüber dachte, war, daß er es aufgegeben hatte. Sei dem, wie es sei, er lebte in New York und hatte bei der Untergrundbahn irgendwas mit Technik zu tun. Unter der Zweiundvierzigsten Straße. Er schien dazu verurteilt, Beschäftigungen im Dunkeln zu haben, und das hatte ihm mittlerweile eine merkwürdige Farbe gegeben, sein Gesicht war von einer dunklen Fahlheit, seine Wangen waren eingesunken, und seine Augen, durch Sorge verwundet, sahen mehr wie die eines Türken aus; seine Haut hatte sich verdickt, und durch die dauernde Anstrengung beim Beobachten der roten und grünen Knöpfe in seinem unterirdischen Büro hatten sich Falten um seine Augen gebildet. Dort saß er in der Tiefe an seinem Zeichenbrett, zeichnete Lichtpausen durch und las in seiner Freizeit Pamphlete. Er war, wie Frazer, aus der kommunistischen Partei ausgestoßen worden. Wegen »Infantiler Linksabweichung und trotzkistischer, konterrevolutionärer Umtriebe« – die Ausdrücke wirkten grotesk auf mich, und ebenso grotesk war, daß er annahm, daß ich sie verstand. Er gehörte jetzt zu einer andern Partei, den Trotzkisten, und er war noch immer Bolschewik und versicherte, daß er immer im Dienst und niemals ohne eine bestimmte Aufgabe sei, niemals irgendwo hinginge, ohne die besondere Erlaubnis der Parteiführer dazu zu haben. Sogar als er nach Chicago zurückkehrte, angeblich um seinen Vater, den Alten, der von Großmutter der »Bäcker« genannt worden war, zu besuchen, hatte er eine Mission, und zwar, sich mit Frazer in Verbindung zu setzen. Daraus folgerte ich, daß Frazer auch der neuen Partei angehörte. Eines Tages ging ich auf der Siebenundfünfzigsten Straße hinter ihnen her. Sylvester schleppte eine pralle Aktentasche, blickte zu

Frazer auf und sprach mit einer gewissen Langsamkeit und einem gewissen politischen Akzent auf ihn ein, während Frazer, die Hände auf dem Rücken verschränkt, mit abwesendem Ernst über ihn hinwegsah.

Ich sah Sylvester auch mit Mimi, auf den Treppen des Studentenhauses. Er war Mimis Schwager, oder war es gewesen. Er hatte in New York ihre Schwester Annie geheiratet, die ihn jetzt verlassen und die Scheidung eingereicht hatte. Ich erinnerte mich, wie seine erste Frau Steine nach ihm geworfen hatte, als er versuchte, durch den Hinterhof ihres Vaters zu kommen, um mit ihr zu sprechen, und ich erinnere mich selbst noch an die Umgebung, wo er mir davon erzählt hatte, an die düstere Kälte der Milwaukee Avenue, wo wir mit Jimmy Klein Rasierklingen und Glasschneider verhökerten. Sylvester wollte, daß Mimi für ihn bei ihrer Schwester ein Wort einlegte. »Zum Teufel«, sagte Mimi, und das war wie viele ihrer Meinungen für mein Ohr bestimmt, »wenn ich ihn vorher gekannt hätte, ehe sie heirateten, hätte ich Annie geraten, das nie zu tun. Die Misere stinkt bei ihm aus jeder Pore. Ich wundere mich, wie sie ihn zwei Jahre lang ertragen konnte. Junge Mädchen tun die unmöglichsten Dinge. Kannst du dir vorstellen, wie es im Bett mit ihm ist? Mit diesem schwammigen Gesicht und diesem Mund? Mein Gott, er sieht wie der Froschkönig aus. Ich hoffe, daß sie jetzt mit einem Packer in die Betten gehen wird.«

Wenn Mimi jemand gegen den Strich ging, kannte sie keine Gnade, und als sie Sylvester zuhörte, dachte sie an ihre Schwester, kerzengerade in dem festen Griff eines stärkeren Mannes, der den Widerstand ihrer Arme zu brechen genoß. Wegen ihrer Grausamkeit mochte ich sie einen Augenblick nicht. Sie schaute Sylvester an, als sollte er in ihren Augen sehen, was sie sich vorstellte. Der einzige Witz an der Sache war, daß er es natürlich nicht sah. Nein, wahrscheinlich sah er es nicht.

Es bedarf der Erläutertung, daß in den harten Augen Mimis alles, was man von den zusammengewürfelten Vorfahren der Vergangenheit und von den Eltern, die sich zufällig wie das Vieh auf einer Texas-Weide getroffen hatten, geerbt hatte, erdhafte Materie war, die bewundernswürdiges Fleisch werden zu lassen die Aufgabe eines jeden wäre. In anderen Worten, auf Sylvester bezogen, er selbst und niemand sonst war wegen seines Aussehens zu tadeln. Sein Geist war ein schlechter Ofen. Und wenn er seine Frauen und Mädchen nicht halten konnte, lag auch die Schuld bei ihm. »Ich weiß, daß seine erste

Frau eine halbirre Hure war. Und Annie hat auch irgend etwas von einer Nutte an sich. Worauf fallen sie wohl am Anfang bei ihm 'rein? Das interessiert mich wirklich!« sagte Mimi. Und sie vermutete, daß sie seine leichte Verdüsterung für dämonisch hielten, und erwarteten, daß er ihre Zimmer wie ein wirklicher Dämon mit Feuer und Schwert heimsuchen würde. Wenn er das zu tun versäumte, wenn es sich herausstellte, daß er nichts weiter als ein unvollkommener Klumpen Lehm war, dann steinigten sie ihn, mal richtig oder nur symbolisch. Mimi war von einem wilden Geist besessen, und sie schätzte ihre Wildheit als einen Beweis, daß man mit ihr keine halben Sachen machen konnte. Sie war hart im Geben wie im Nehmen und hielt das für des Lebens Wirklichkeit.

Dieser gedemütigte, säbelbeinige, dünnhaarige und bis in die Augen wunde Sylvester, der unterirdische Arbeiter und Operetten-Kommissar eines kommenden Sowjet-Amerikas, brachte sich indessen selbst Lebensart und sogar das Lächeln und das Vertrauen eines Siegers bei, denn er war im Begriff, die alten bemoosten Klamotten in die Luft zu sprengen und für eine neue Menschheit Gold und Marmor leuchten zu lassen. Er versuchte, bei mir damit, wie er Statistiken über marxistische Kohle und Baumwolle, Sitzungstermine, Historischen Materialismus, Zitate von Lenin und Plechanow auswendig wußte, Eindruck zu schinden. Was an ihm echt war, das war der in die ferne Zukunft schauende, träumerische Blick seiner Augen und der Griff nach Phrasen, die er mit schweren Augenlidern anlächelte und wie ein Parfüm einatmete. Er ließ sich zu mir herab und benahm sich wie ein Gönner zu mir, weil er wußte, daß ich ihn gern hatte, und er nicht gewahr wurde, wieviel ich über ihn wußte, was ich ihm auch zu ersparen gedachte. Jedenfalls wogen seine Fehler für mich nicht so schwer wie für Mimi.

Zu mir konnte er volles Vertrauen haben, und das bißchen Charme, das er hatte, konnte sich außer in einer vertrauensvollen Atmosphäre nicht entfalten. »Nun, was macht die Kunst, Kleiner?« fragte er mit einem fröhlichen Lächeln – aber Dunkelheit und Bitternis konnten sein Gesicht jetzt nie mehr gänzlich verlassen –, und dabei strich er sich mit seinen Handflächen sanft über Bauch und Brust, die mit einer doppelreihigen Weste bedeckt waren.

»Was hast du vor? Geht es vorwärts? Was bist du hier, ein Student? Nein? Ein *Macher*? Ein Proletarier?« Dieses Wort sprach er, selbst wenn er scherzte, mit Ehrerbietung aus.

»Na ja, so 'ne Art Student.«

»Unsere Jungens«, erwiderte er mit einem noch innigeren Lächeln, »tun alles andere, nur keine ehrliche Arbeit anfassen. Und wie geht es deinem Bruder Simon? Was tut er? Ich dachte mal, ich könnte ihn für die Partei gewinnen. Er hätte einen guten Revolutionär abgegeben. Wo sollen sie herkommen, wenn nicht aus eurem Milieu? Aber ich vermute, ich konnte es ihm nicht klarmachen. Er ist aber doch intelligent. Eines Tages wird er es selbst einsehen.«

Das Schicksal, das Leute schnell reich und fett macht, droht oft, sie in einen träumerischen Zustand verfallen zu lassen, der ihnen die Wirklichkeit stiehlt. Sagen wir also, Alter und Tod kommen eh, warum soll also der Weg dorthin nicht angenehm sein? Aber dieser Vorschlag schafft in dem seltsamen Bezirk, wo die Dinge zu schnell schwimmen, keinen gefestigten Geist. Gegen diesen Kummer mag das Denken ein Ausgleich sein, die Kraft der Persönlichkeit ein anderer, und Geld und groß angelegte Verschwendung, undurchdringliche Festigkeit, organisatorische Betriebsamkeit dazu. Es gibt also diese verschiedenen Hilfsmittel und viele andere, ältere, aber tatsächlich hat man nicht viel Auswahl unter all diesen Unterschiedlichkeiten, insbesondere nicht unter den älteren der unsichtbaren Welt. Den meisten Menschen genügt, was sie haben, und sie arbeiten in ihrer ihnen bestimmten, sichtbaren Welt, und das zeitigt seinen eigenen beharrlichen Verdienst.

Simon tat nicht nur, was er tun mußte, sondern er tat weit mehr. Es erstaunte mich, wie er seine Pläne machte und genau das tat, was er sich vorgenommen hatte. Es war beinahe unfair, Pläne so genau zu machen und mit den Leuten genau nach Plan umzugehen, während er für sie noch ein Fremder war. Charlotte liebte ihn. Nicht nur das, sie waren bereits verheiratet, und nicht nur er hatte die Sache beschleunigt und angetrieben, auch sie war in Eile gewesen. Teils, weil er fast pleite war, um ihr noch länger den Hof zu machen. Er sagte ihr das, und sie und ihre Eltern willigten ein, daß keine Zeit mehr verschwendet werden sollte. Die Feier wurde außerhalb der Stadt abgehalten, um das Ereignis von den Zeitungen fernzuhalten. Für die übrigen Familienmitglieder mußte es erst eine Verlobung und dann eine Hochzeit geben. So hatten Charlotte und ihre Mutter es geplant. Und während Simon in einem guten Junggesellenklubhaus in der Stadt Miete zahlte, wohnte er in Wirklichkeit bei den Magnusens in ihrer großen alten Wohnung auf der Westseite.

Er besuchte mich nach eintägiger Hochzeitsreise, denn das war alles, wozu ihnen die Heimlichkeit der Hochzeit Zeit gelassen hatte. Sie waren in Wisconsin gewesen. Er hatte sich bereits mehr Sachen angeschafft, als daß ich da noch mitkonnte, er war in bequemen Flanell gekleidet, besaß ein neues Feuerzeug und hatte Effekten in seiner Tasche, mit denen er vorläufig noch nichts anzufangen wußte. »Die Magnusens sind wundervoll zu mir gewesen!« sagte er. Ein neuer grauer Pontiac stand an der Bordschwelle – er zeigte ihn mir vom Fenster aus –, und auf einem von Magnusens großen Kohlenplätzen erlernte er das Kohlengeschäft.

»Und was ist mit einem eigenen Platz? Sagtest du nicht...?«

»Gewiß sagte ich es, Sie haben ihn mir versprochen, sobald ich einen Platz selbständig leiten kann. Es wird nicht lange dauern. Nein, es ist nicht so schlimm gewesen«, sagte er weiter, da er meine ungefragte Frage verstand. »Sie ziehen es vor, einen armen jungen Mann zu haben. Ein armer junger Mann macht mehr Dampf und Druck dahinter. Sie haben ähnlich angefangen und müssen es wissen.«

Nur sah er nicht mehr wie so ein »armer junger Mann« aus, in dem grauen Flanellanzug von bester Qualität und in neumodisch gesteppten Schuhen; sein Hemd roch noch nach dem Laden, in dem es gekauft war, es hatte noch keine Wäscherei gesehen.

»Zieh dich an, ich nehme dich zum Mittagessen mit«, sagte er. Als wir draußen waren und den Pfad zum Wagen hinunterschritten, nahm er einen tiefen Atemzug und räusperte sich, genau wie an dem Tag, an dem ich mit ihm zum La-Salle-Street-Bahnhof ging und wo ich augenscheinlich zu dumm war, Zeitungen zu verkaufen; außer daß er jetzt große dunkle Ringe um die Augen hatte. Dann setzten wir uns in den Wagen, der nach neuem Gummi und nach neuer Polsterung roch. Es war das erste Mal, daß ich ihn fahren sah. Er schwang das Ding durch die Kurven wie ein Alter, irgendwie sogar mit einer gewissen Sorglosigkeit.

So wurde ich zu den Magnusens in diese heißen Räume voller Lampen und Teppiche mitgenommen. Alles war dort plump, geräumig und überdimensional. Sogar die auf die Lampenschirme gemalten Papageien waren groß wie die Hühner von Rhode Island. Auch die Magnusens waren groß; sie hatten einen Knochenbau wie Holländer. Auch meine Schwägerin war von dieser Größe und war sich dessen bewußt und deswegen schüchtern, als wäre es unanständig, groß zu sein, und sie gab mir die Hand, als ob es eine kleinere sei. Sie hätte das nicht zu tun brauchen: es ist heikel, wenn übergroße Leute und besonders Frauen, die vor Plumpheit ein geheimes Grauen haben, wegen ihres Aussehens bekümmert sind. Sie hatte bemerkenswert hübsche Augen, sanft, in denen es ab und zu vor Ekel aufblitzte; sie wirkten schlau, zeugten von immensem Organisationstalent, hatten jedoch auch Wärme. So war auch ihre überaus volle Brust, und sie hatte breite Hüften. Sie nahm sich mir gegenüber in acht, als fürchte sie meine Kritik, was ich zu Simon sagen würde, wenn wir mal allein wären. Sie schien zu der Überzeugung gelangt zu sein, daß er ihr mit dieser Heirat einen großen Gefallen erwiesen hatte, er war so augenscheinlich fesch und gutaussehend, und gleichzeitig war sie von Gedanken geplagt, daß man sie nicht für gut genug halten könnte oder daß man zuviel an das Geld dachte. Das häufigste Thema war, ob er sie auch ohne das Geld geheiratet haben würde. Da es zu beunruhigend war, nicht darüber zu sprechen, so wurde witzelnd und voll beißender Persiflage davon gesprochen. Simon tat es mit einer solchen Grobheit, daß man darüber lachen mußte, denn hätte man sie ernst genommen, wäre es Mord gewesen. So sagte er zum Beispiel, als man uns drei im Wohnzimmer allein gelassen hatte, damit wir miteinander bekannt würden: »Um keinen Preis hat sich je einer besser gebettet.« Es war so zweideutig und undurchsichtig, wer da bezahlt haben sollte, daß man es als Witz nehmen mußte, aber sie eilte darüber hinweg und verleugnete ihr romantisches, sentimentales Gefühl, indem sie vorgab, daß dieses polternde Reden der Spaß der Aufrichtigkeit war, dem eine tiefe Vereinbarung, eine realistischere Art der Liebe zugrunde lag. Aber wenn sie sich wie eine Art spitzenbesetzter Turm von Pisa über ihn neigte – sie kleidete sich elegant und gewagt – und eine Hand auf sein Haar legte, fiel ihr für Augenblicke alles sehr schwer.

Sie hatte nur kurze Zeit Schwierigkeiten, bis sie sich von Simon die Meinung zu eigen machte, ich sei ein Wirrkopf, ergeben, aber nicht recht bei Verstand. Sie lernte nur zu bald, mit mir umzugehen. Aber es war quälend, bis sie Vertrauen faßte, und ich vermute, daß sie sich damals noch nicht von den Flitterwochen erholt hatte, die, wie mir Simon frank und frei erzählte, schrecklich gewesen waren. Er sagte mir nicht im einzelnen warum, doch wie er es sagte, genügte, es glaubhaft zu machen. Da klangen Töne in den tieferen Lagen an, die ich lieber nicht hätte hören wollen, da Todesbereitschaft in ihnen mitschwang, aber ich wurde gezwungen, allem zuzuhören, was er mir die ganze Tonleiter 'rauf und 'runter vorspielte. Ich konnte sicher sein, alle diese wie im Spaß gesagten Dinge waren auf ihre Art gespenstisch, und niemals war in diesen mit Teppichen und hellbraunem Velours ausgelegten friedlichen Räumen so etwas ausgesprochen, geschweige zu solchen Dingen gelacht worden. Es sollte alles nur Spaß sein, und für Vitalität, Energie und verspielte Schwerenöterei des Bräutigams genommen werden. Da dämmerte es mir, daß er von dem Gedanken an Selbstmord gefoltert wurde, daß dieser Gedanke in ihm stärker als nur eine Andeutung war, doch gleichzeitig konnte er wegtauchen und sich seine Kompensationen erhaschen, wie den Stolz auf seine Kühnheit, auf seine geistige und körperliche Stärke, oder auf den Luxus, den er nun besitzen würde, und weiter auf das Recht, eine gewisse Rücksichtslosigkeit im Stellen von Forderungen walten lassen zu können; das Gefühl, was er tun und was er fordern konnte, ohne auf jemand Rücksicht nehmen zu müssen, bedeutete ihm viel.

Dann kam die Familie herein, neugierig, was für eine Art Mensch ich wohl sei. Ich war auf sie nicht weniger neugierig. Sie waren so groß, daß man meinte, sie könnten Simon und mich wie Kinder behandeln, obwohl wir beileibe keine Zwerge waren – Simon war beinahe ein Meter und achtzig groß und ich nur zwei Zentimeter kleiner als er. Es war das in die Breite Ausladende, was den Unterschied ausmachte, und sogar jetzt, wo Simon dicker wurde, kam er da noch lange nicht mit. Ihre Lebensweise war füllig wie ihr Gürtelumfang. Die alten Familienmitglieder wurden von ihnen in Ehren gehalten – an jenem Abend war eine Großmutter da –, und sie kauften von allem das Beste, ob Kleider, Möbel oder Maschinen. Dazu waren sie für Unterhaltung dankbar und bewunderten Schlagfertigkeit, die sie selbst nicht hatten, ebenso wie die Fähigkeit, sich wirkungsvoll in Szene zu setzen, die Simon für sie verkörperte. Er gefiel ihnen ungemein und hatte großen Erfolg. Er nahm in voller Lebensgröße den Platz eines Stars und Prinzen ein. Sie hatten Patriarchen und Matriarchen, aber sie hatten, bis Simon kam, keinen Prinzen gehabt. Um aus sich einen Prinzen zu machen, machte er eine Metamorphose durch. Das setzte mich weiter in Erstaunen. Bis jetzt würde ich gesagt haben, daß er immer, auch wenn er schwieg, bemerkenswert schien. aber er war nicht mehr schweigsam, und seine Zurückhaltung war in die Brüche gegangen. Er war laut, launisch, erhaben, kritisch, eigenmächtig, ironisch und mephistophelisch; krähte, krächzte, schnitt Gesichter und machte in diesem Eßzimmer, das soliden Reichtum ausstrahlte, einen tollen Wirbel. Ich erkannte an ihm – über die Challe, das geflochtene weiße Sabbatbrot und den verzierten Fisch und die Kerzen hinweg – Großmutters Spott wieder, ja die Härte der Gedanken und die karikierende Wildheit der alten Frau, sogar gewisse russische Schreie. Ich hätte nie gedacht, daß Simon so viel von ihr angenommen hatte. Ich konnte mich wieder in einige sechs- oder siebenhundert Sabbatabende zurückversetzen und sah ihn, wie er das Benehmen der alten Frau mit starrem Blick verfolgte. Und wie tief war das in ihm eingesunken, ohne daß es den Anschein gehabt hatte.

Dem schreienden Gelächter gegenüber, das er verursachte, glaubte ich beinahe ihren geringschätzigen Kommentar zu hören, eine Geringschätzung, die Simon wohl auch verdiente. Er tat beides, er borgte von ihr und machte sich über sie lustig. Seine Erscheinung war in mehr als einer Richtung neu, da gab es mehr Neues als nur sein Hemd oder den Juwel an seinem Finger und die kleinen Gemmen, die er als Manschettenknöpfe trug, oder sogar das Fett oder die plötzliche harte Hagerkeit, die störende Gedanken verursachte, die an ihm in den Augenblicken zwischen seinen Hanswurstereien zu zehren schienen. Es lag an der Aufgabe, kühne Dinge mit einem unglücklichen Inneren zu tun, das fraß an ihm. In einer Art ließ er sie für die Schau, die er ihnen bot, auch zahlen, wenn er den Akzent seiner guten Königin-Schwiegermutter nachahmte. Aber weder sie noch die anderen alle empfanden das als Beleidigung, sie fanden es großartig und wild.

Indessen war er nicht nur ihr Unterhalter; wenn er ernst wurde und mit düsteren Augen mit dem Vaudeville Schluß machte, hatte er sofort andächtiges Schweigen und ihren größten Respekt vor der Rede, die er sich zu halten anschickte.

Er sprach zu mir gewandt, aber natürlich waren seine Worte hauptsächlich für die Magnusens bestimmt. »Augie«, sagte er und legte seinen Arm um Charlotte – und sie legte ihre Fingerspitzen mit den lackierten Nägeln auf seine Hand –, »nun siehst du, wie unglücklich wir waren, daß wir keine solche treu zusammenstehende Familie hatten. Da gibt es nichts, was diese Menschen nicht füreinander tun würden. Wir verstehen nicht einmal, was das ist, weil wir es niemals erfahren haben, wir haben es unser ganzes Leben lang nicht gekannt. Wir hatten kein Glück. Nun haben sie mich aufgenommen und mich zu einem der Ihren gemacht, als ob ich ihr eigenes Kind wäre. Ich habe bis jetzt niemals verstanden, was eine richtige Familie bedeutet, und du sollst wissen, wie dankbar ich bin. Sie mögen dir ein bißchen schwer von Begriff vorkommen« – Herr und Frau Magnus bekamen das nicht ganz mit, Simons Stimme zu hören, und die stolze Befriedigung, die sie über ihn empfanden, genügte ihnen; aber Charlotte mußte dieses *Fauxpas* wegen, der seine Ernsthaftigkeit gefährdete, mit einem ihr in der Kehle sitzenden Lachen kämpfen –, »aber sie besitzen etwas, was du an ihnen zu schätzen lernen mußt, und das ist ihre Güte und die Art, wie sie zusammenhalten.«

Als er diese Worte auf mich losließ, hatte ich einen Anfall von Haß gegen diesen fetten Mann, zu dem er wurde, und ich hätte sagen wollen: »Das ist schäbig von dir, sie in den Himmel zu heben und deine eigenen Leute 'runterzureißen. Was gibt es denn an Mamma oder Großmamma auszusetzen?« Aber was er über die Magnusens gesagt hatte, war wahr, dem konnte man sich nicht entziehen. Und was Familienliebe anbelangt, lechzte ich auch danach. Und obwohl Simon das ungeschlacht demonstrierte, bezweifelte ich, daß er es im großen ganzen unaufrichtig meinte und nur vorgab, etwas dabei zu empfinden. Wenn du dich inmitten von freundlichen Gesichtern befindest, Himmel, da gibt es viele Einwände, die man gelten läßt, wie wenn dich die Frauen deiner Feinde küssen. Viele gewöhnliche Lügen und viele Heuchelei entstehen so aus einer Harmonie des Augenblicks. Und was Simon anbetrifft, er benötigte dringend eine Ablenkung von seiner nagenden Unruhe und eine Atempause bei seinem Tal-des-Hesekiel-Gemetzel. Deshalb baute er alle diese Gründe zur Dankbarkeit auf. Und ich antwortete deshalb auch nichts.

Als er das alles zu mir sagte, betrachteten sie uns aufmerksam und waren mißtrauisch, weil ich bei keinem Stück dieses Liebesfestes anbiß. Ich hatte eingewilligt, sein Spiel mitzuspielen, aber ich war nicht schnell genug dabei, alles zu tun. Ich hatte ein Meer eigener Gefühle in mir, die ich in mir zurückdrängte. Und dann glaube ich, daß sich all ihr ungelöstes Mißtrauen Simon gegenüber gegen mich richtete. Sie schienen zu erwarten, daß ich mich selbst ins reine bringen sollte – vor ihnen allen, in ihrer Pausbäckigkeit und Massigkeit, einschließlich der Oma, welche dieses beides eingebüßt hatte, und farblos und klein, ein altes Geschöpf in Schwarz geworden war. Sie trug eine Perücke nach dem Mosaischen Gesetz für verheiratete Frauen und

Amulette, die aussahen, als wohne ihnen eine richterliche Gewalt, jenseits des Irdischen, inne. Nun, sie waren Ladenbesitzer; vielleicht rochen sie den Dieb in mir. Jedenfalls blickten sie mich so durchdringend an, daß ich mich in ihren Augen sehen konnte: die Größe meines Kopfes, mein unverbindliches Lächeln, mein ungepflegtes und sich jeder Bändigung widersetzendes Haar. Anstatt zu fragen: »Wer sind jene?« auf Simon und mich bezogen, fragten sie sich: »Wer ist *er*?« Und freilich, wer war ich denn, daß ich ihre goldene Suppe beim Licht der vielen Kerzen zum Abendessen mit ihnen teilen sollte und ihre guten Löffel in meinen Mund stecken durfte?

Simon, welcher diese Schwierigkeit gewahr wurde, begegnete ihr schnell mit den Worten: »Augie ist ein guter Junge, er ist sich nur selbst noch nicht über sich klar.« Sie waren froh, wieder über meine Person beruhigt zu werden; alles, was sie wollten, war, daß ich so wie alle sein sollte, daß ich mehr sprechen sollte, ein paar Späße machen und lachen, wo alle lachten. Ich sollte mich nicht zu sehr von Simon unterscheiden. Wie er zu sein stand mir aber ein Hindernis im Wege, und das war, daß ich seinen neuen Charakter noch nicht ganz erfaßt hatte. Aber bald begriff ich ein wenig mehr davon und wurde annehmbarer, sogar willkommen, indem ich die Späße mitmachte und nach dem Abendessen im Wohnzimmer mit ihnen tanzte. Der einzige wirklich ernste Haken war für Herrn Magnus, daß ich nicht Pinockel spielen konnte. Wie konnte nur ein guterzogener junger Mann das nicht können! Darüber war Herr Magnus, obwohl sonst ein nachsichtiger, leicht zu nehmender Mann, enttäuscht. Ähnlich wie Talleyrand, der seinen Mund über einen Mann verzog, der nicht Whist spielte. Simon konnte Pinockel spielen. Wo hatte er es gelernt? (Wo waren überhaupt all seine neuen Errungenschaften hergekommen?) »Oh, Augie ist so eine Art Bücherwurm, der sich nicht viel aus solchen Sachen macht«, sagte Simon. Damit gab sich Herr Magnus, der lange graue Fäden auf seinem kahlen, robusten Schädel hatte, nicht zufrieden. »Natürlich habe ich es nicht gern, wenn ein junger Mann spielt«, sagte er, »aber er sollte ein freundliches Gesellschaftsspiel können.« Ich fühlte, daß er nicht unrecht hatte. Ich sagte: »Ich werde spielen, wenn Sie es mich lehren.« Damit machte ich vieles wieder gut und mich zu einem Freund des Hauses. Ich saß in einer Ecke mit einigen der jüngeren Kinder und lernte Pinockel.

Es kamen mehr Verwandte, das weite Haus füllte sich. Die Freitagabende waren Familienabende; dazu kam, daß bekanntgegeben worden war, daß sich Charlotte verlobt hatte. Das Volk wollte Simon sehen. Er kannte bereits die meisten von ihnen, die Riesenonkel und die dickfelligen Tanten in ihren sibirischen Pelzen, die aus ihren Cadillacs und Packards heraufkamen. Onkel Charlie Magnus, der die Kohlenplätze besaß. Onkel Artie, der eine große Matratzenfabrik hatte. Onkel Robby, gewichtig, mit weißem, wolligem Haar – ähnlich wie Stiwa Lausch – und mit einem Hörgerät im Ohr; er war Kommissionskaufmann in der South Water Street. Da waren Söhne in Uniform von Militärakademien und andere mit Fußballerabzeichen und Töchter und kleine Kinder. Simon war auf die Onkel und Tanten eingestellt, er war sehr familiär mit ihnen und tat einigen gegenüber schon etwas zuviel des Guten. Er hatte einen natürlichen Hang zu ihrem ganzen System der Kameradschaft und der Verachtung und wollte auf keinen Fall in eine Lage kommen, wo man auf ihn hätte herabblicken können, sondern er wollte *schmuck* sein.

Ich muß sagen, daß Simons Selbstvertrauen großartig war, und er bekam sie unter, obgleich er zu einigen der Frauen voller Ehrerbietung war. Ihnen gegenüber war sowohl Offenherzigkeit als auch Unverschämtheit nicht angebracht, sondern es galt zu beweisen, daß er zu allem andern auch ein Liebhaber war. Ich muß auch sagen, daß er meinetwegen keinesfalls verlegen war, er setzte voraus, daß ich sein Komplize war, und belehrte und führte mich. So folgte ich ihm überallhin, denn es gab niemanden, bei dem ich mich so wohlfühlte wie bei ihm. Es fehlten nur noch die weißen Kniestrümpfe und Fächer – und man konnte meinen, im Directoire zu leben – ich denke an französische Bürger, die plötzlich in die Paläste der Macht versetzt sind. Die Magnusens schienen weniger zu wissen, was sie damit anfangen sollten. Doch in der ganzen Welt gab es niemanden, der mehr als sie von allem hatte; außer Geld – eine Lücke, die vielleicht geschlossen werden konnte.

Über diese tumultuöse und familiäre Hitze, die fröhlichen Schreie am Pinockeltisch, das Rennen der Kinder, die Kannen voll Kakao und Tee und die Massen von Kaffeekuchen, die hereingetragen wurden, das geräuschvolle Politisieren und das schärfere Wiehern der Frauen und all diese große, vitale Dissonanz, führte Onkel Charlie die Oberaufsicht, der neben seiner Mutter, die ein schwarzes Kleid und eine Perücke trug, stand oder, besser gesagt, aufgerichtet war. Wenn es mir ratsam erscheint, »aufgerichtet« hinzuzufügen, dann wegen der Straffheit seines Bauches und des großen Gewichts, das seine Füße zu tragen hatten, und vielleicht auch, weil die alte Frau ein Collier aus Gold trug, das wie eine Kette aus Grizzlybärzähnen aussah und das mich an Tierwesen erinnerte. Er war weiß, dick und mürrisch und hatte jene Anmaßung, die oft wie Schneeblindheit auf die Augen schlägt, so daß man unwillkürlich denkt, eine Million Kröten zu besitzen, hätte was mit der Arktis zu tun. Wenigstens hatte jeder Emigrant, der während der Krise Millionär war, diesen geblendeten Blick an sich. Nicht daß Onkel Charlie so über alle Maßen fürchterlich war; ich zeichne ihn in einer bestimmten Pose, bei einem familiären Anlaß: eine Nichte sollte verheiratet und neue Mischpoche aufgenommen werden.

Wenn's nach Simon ging, war ich auch ein Anwärter darauf. Und wenn bei ihm alles gut ging, dann mochte ich vielleicht auch als Gatte in Betracht kommen, denn es war kein Mangel an heiratsfähigen Töchtern, einige von ihnen waren hübsch, und alle hatten Geld. Bis jetzt hatte Simon nur Erfolge gehabt. Seit mehreren Wochen arbeitete er unter Onkel Charlies Augen, zuerst als Wiegemeister, dann als Kassierer, dann lernte er einkaufen und traf sich mit Maklern und Verkäufern und lernte was von Frachtsätzen und über die verschiedenen Kohlengruben. Onkel Charlie bestätigte, daß er *fähig* wäre und daß er einen guten Kopf fürs Geschäft hätte, und des waren alle sehr zufrieden. Simon hielt bereits Ausschau nach einem eigenen Platz und hoffte, einen unterhalb eines Bahndamms zu finden, das würde die Ausladekosten vermindern. Kurz gesagt, Onkel Charlie war zu ihm, als zu einem von unten sich Emporarbeitenden, ungemein wohlwollend; und Simon empfing alle Gunstbezeigungen des alten Knaben, die einfachen, herzlichen Schlüpfrigkeiten und das Hand-auf-die-Schulter-Legen; er wackelte mit seinem Kopf nah vor Simons Gesicht und machte aus seinem Wohlwollen kein Hehl. Sein Humor ließ jeden mit Vergnügen lachen. Niemand dachte daran, Einwände wegen der Kinder und jungen Mädchen zu machen, wenn Onkel Charlie sagte: »Du Hurensohn, du bist bumsrichtig, mein Junge, bumsrichtig! Du hast das Zeug dazu. Ich glaube, du bist auch im Bett kein Schwachmatikus, heh?« – weil das seine gewöhnliche Art zu sprechen war.

»Was glaubst du denn!« antwortete Simon. »Überlaß das nur mir!«

»Ja, ich glaube, ich überlass' das besser dir. Glaubst du, ich wollte mir da was 'rausnehmen? Das wäre für Charlotte kein Vergnügen.

Sieh dir an, wie sie gebaut ist. Da fehlt nichts. Sie muß einen jungen Stier haben!«

An dieser Stelle war ich an der Reihe, bemerkt zu werden. Kelly Weintraub, einer der entfernten angeheirateten Verwandten, Vettern und ein Händler, der für Onkel Robby arbeitete, sagte: »Nun, seht euch seinen Bruder an. Die Mädchen gucken sich die Augen nach ihm aus. Deine Tochter Lucy ist dabei die schlimmste. Hast du keine Scham im Leibe? In dieser Familie können es die Mädchen kaum abwarten.«

Darüber wurde vor Lachen geschrien. Und Lucy Magnus fuhr fort, mich anzulächeln, obgleich sie tief errötete. Sie war schlanker als die meisten ihrer Familie; und sie schämte sich nicht, eine Demonstration ehrlicher Sinnlichkeit unter den prüfenden Blicken der gesamten Sippe zu geben. Keiner von den Magnusens nahm sich die Mühe, solche Dinge zu verbergen; es war nicht nötig. Die jungen Leute konnten ihren Eltern genau erzählen, was sie wollten, was ich bewundernswert fand. Und ich konnte auch Lucy mit Vergnügen ansehen. Sie war einfach, hatte ein gesundes Gesicht, eine sehr klare Haut und hübsche Brüste, die sie zeigte, wie es ihr gefiel. Nur ihre Nase hätte feiner sein können, sie war, wie auch ihr Mund, etwas breit geraten, aber ihre schwarzen Augen waren stark und ausdrucksvoll. Und ihr Haar war schwarz und zart. Es ließ mich an ihr Venushaar denken, und das brachte mich auf Gedanken, die ich mir keineswegs aus dem Kopf schlug. Aber es waren die Gedanken eines Liebhabers und nicht die eines Ehemannes. Mir stand der Sinn nicht nach Ehe. Dazu sah ich Simons Schwierigkeiten zu klar.

»Kommen Sie mal her«, sagte ihr Vater zu mir, und ich hatte eingehender Prüfung standzuhalten. »Was tun Sie?« fragte er und blinzelte, als wäre er vollkommen mit Schneeblindheit geschlagen.

Simon antwortete für mich. »Er ist im Buchgeschäft, bis er genug erspart hat, um wieder zu studieren und Examen zu machen.«

»Sei still«, sagte er, »F-Lecker! Ich fragte *ihn*, nicht dich! Atzinski! – Was machen Sie?»

Ich sagte: »Ich bin im Buchgeschäft, wie Ihnen Simon schon sagte.« Ich dachte, daß der alte Mann durch die Strenge seines Verdachtes fähig wäre, meine krummen Sachen zu durchschauen und all die Verrücktheiten des Owenschen Hauses und meiner Freunde dort zu erkennen. Was konnte ein Buchgeschäft anderes für ihn bedeuten als verhungerte Hausierer mit den fünf Büchern Moses, mit Bärten voller polnischer Läuse und Füßen, die in Sackleinwand gewickelt waren. Ich jedenfalls konnte es mir nicht vorstellen.

»Zum Teufel mit den Schulen. Heutzutage gibt es Schuljungs mit grauen Haaren. So, auf was studieren Sie denn? Anwalt? Bumsrichtig! Denke schon, daß wir sie brauchen, diese Gauner! Meine Söhne gehen nicht zur Schule. Meine Töchter ja, solang es sie davon abhält, Dummheiten zu machen.«

»Augie dachte daran, Rechtswissenschaft zu studieren«, sagte Simon zu Lucys Mutter.

»Ja, das ist richtig«, sagte auch ich.

»Fein, fein, fein«, sagte Onkel Charlie, das Verhör beendend. Er wandte sein Gesicht mit der dicken weißen Haut von uns ab: wir waren wieder uns überlassen, und er rückte seiner Tochter Lucy mit nachdrücklichster Sorge auf den Leib, und sie antwortete ihm mit einem ihrer Lächeln. Ich sah, daß sie ihm Gehorsam versprach, und er versprach ihr dafür die Erfüllung aller Wünsche in den Grenzen des Erlaubten, solange sie ihm gehorchte.

Noch ein anderer besonderer Blick traf mich, und das war der meiner Schwägerin Charlotte, aus ihren fragenden, warmen und in einem gewissen Maße verzweifelten Augen. Ich zweifelte nicht daran, daß sie bereits einige unangenehme Dinge über Simon wußte und vielleicht versuchte, sie auch an mir zu entdecken. Ich vermute, sie dachte daran, welches Risiko ihre Kusine Lucy mit mir eingehen würde.

Während ich Charlottes Blick wahrnahm, sagte Kelly Weintraub: »Augie hat Schlafzimmeraugen.« Aber unter denen, die eine Rolle spielten, war ich der einzige, der es hörte, und ich sah ihn mir genau an, um zu sehen, inwieweit er mir wirklich übelwollte und wieweit er mich auf den Arm nahm, dieser glatthaarige, hübsche Sportler mit Augen, die gerade schlafzimmrig genug waren, und mit einem Polsterkinn, bei dem man auf Gedanken kommen konnte.

»Ich kenne euch«, sagte er.

Jetzt erkannte ich ihn wieder. Er hatte sich wirklich nicht sehr verändert, seit er als Junge im Sweater auf dem Schulhof gespielt hatte.

»Ihr hattet einen kleinen Bruder, Georgie.«

»Wir haben ihn noch, aber er ist nicht mehr klein«, sagte ich, »er ist groß und lebt in der Provinz.«

»Wo, in Manteno?«

»Nein, es ist eine andere Stadt, ein kleiner Ort bei Pinckneyville.

Kennen Sie diesen Teil von Illinois?« Ich selbst kannte ihn nicht. Simon war der einzige von uns, der jemals dort hingefahren war, da die Renlings mich zu dieser Zeit nicht entbehren konnten.

»Nein, ich kenne ihn nicht. Aber ich erinnere mich an Georgie«, sagte er.

»Ich erinnere mich auch an Sie, wie Sie herumhampelten, um auf dem Eiswagen mitfahren zu dürfen.« Ich zuckte lächelnd mit den Schultern. Es war närrisch von ihm, eine Drohung durchblicken zu lassen. Er dachte, er könnte Simon einen Knüppel zwischen die Beine werfen; aber Simon war ihm weit voraus.

»Natürlich weiß Charlotte«, sagte Simon, als ich ihm von Kelly Weintraub erzählte. »Warum sollten wir ein Geheimnis daraus machen? Sie möchte Georgie sogar in ein privates Heim bringen. Mach dir keine Sorge, kein Mensch kümmert sich darum, was dieser Bursche sagt. Er zählt hier nicht. Jedenfalls, ich erkannte ihn gleich und nahm ihn mir vor. Überlasse es nur mir, sie fressen mir alle aus der Hand.« Er fügte dann noch hinzu: »Du wirst sie auch dahin kriegen, wenn du auf mich hörst. Der erste Eindruck, den du auf sie gemacht hast, war gut!«

Ich hatte rasch intus, welche Macht er über sie hatte, denn er hatte es wirklich ernst gemeint, als er sagte, daß er was für mich im Sinn habe, und kam mehrmals in der Woche zu mir, um mich mitzunehmen, wenn er die Runde machte. Wir frühstückten mit Onkeln und Tanten in den Restaurants, Klubs und todschicken Steak-Lokalen der reichen Geschäftsleute. Simon faßte hart an und gab ihnen nichts nach, gleich, ob es sich um einen Jux oder einen Streit handelte, während er sie, mit leiser Stimme zu mir gewandt, voller Verachtung 'runtermachte. Ich sah, daß er eine schreckliche Fähigkeit, Streit vom Zaun zu brechen, entwickelte; er war immer anderer Meinung als sie, ganz gleich, worum es sich handelte. Es konnte wegen Schneider oder Conférenciers, Schwergewichtsboxer oder Politik sein – Dinge, von denen er erst während des Gesprächs etwas erfuhr. Er war selbst in seinen Witzen unduldsam: Die Kellner brachte er dazu, sich vor ihm zu fürchten, und schickte Gedecke in die Küche zurück, aber andererseits verteilte er wieder große Trinkgelder. Es schien, als ob er das Geld nicht achte – er trug jetzt immer einen dicken Packen davon mit sich herum –, aber dadurch, wie er mit seiner Brieftasche und mit seinen Rechnungen umging, überzeugte er mich, daß er genau wußte, was er tat.

Er sagte mir: »Bei diesen Leuten mußt du angeben können. Wenn sie merken, daß du Angst vorm Dollar hast, verlierst du ihre Achtung. Und ich muß von ihnen geachtet werden. Sie kennen jeden, und ich will mich bald selbständig machen, und ich brauche sie. Gerade durch diese Frühstücke mit allem Gedöns, und daß ich ins *Chez Paree* und ins *Glass Derby* gehe, zeige ich ihnen, daß ich es mit ihnen aufnehmen kann. Das ist das erste! Sie machen keine Geschäfte mit jemand, der nicht einer der Ihren ist. Jetzt wirst du verstehen, warum so ein Mistheini wie Kelly Weintraub gar nicht zählt. Er kann es sich nicht leisten, das Frühstück in solchen Restaurants einzunehmen. Er kann im *Chez Paree* nicht mit einem Scheck bezahlen, weil jeder verlegen sein wird, weil sie annehmen, daß er es sich nicht leisten kann, denn sie wissen genau, was er in einer Woche verdient. Du siehst also, er ist ein unwichtiger Faktor, und niemand wird auf ihn hören. Aber ich werde mich seiner erinnern«, sagte er, und es klang wie ein gefährliches Versprechen. Ich wußte, daß er eine ganze Akte von fälligen Abrechnungen im Kopf hatte. Hatte er Cissy und Five Properties auch dort abgelegt? Ich glaube schon.

»Ach!« sagte er. »Komm mit mir in die Stadt. Wir wollen uns das Haar schneiden lassen.«

Wir fuhren zum Palmer Haus und stiegen in den schimmernden Glanz des Frisörsalons hinab. Simon hätte seinen feinen englischen Mantel einfach auf die Erde fallen lassen, wenn der dort bedienende Neger nicht schnell hinzugesprungen wäre, um ihn aufzufangen. Wir saßen vor den Riesenspiegeln in diesen großen bischöflichen Maschinen von Frisörstühlen und wurden gestriegelt und schamponiert. Simon ließ sich mit heißem Dampf behandeln, sich die Haarspitzen sengen und sich maniküren. Er ließ alles, was es gab, in verschwenderischer Fülle über sich ergehen. Und er forderte mich nicht nur auf, sondern er zwang mich, desgleichen zu tun. Er wollte alles probieren, was da geboten wurde.

Es wurde so, daß ich, wenn ich vor ihm erschien, jedesmal wie zum Ausgeh-Appell anzutreten hatte, den er geradezu mit dem Ernst eines Kompaniespießes abnahm. Meine Absätze durften nicht um einen Millimeter schiefgetreten sein, meine Hosenaufschläge mußten im richtigen Abstand vom Schuh sein. Er versorgte mich mit Schlipsen, nahm meine alten weg und ließ mir ein Dutzend seiner eigenen auf dem Kleiderständer. Er schrie und bullerte los, wenn ich meine Kleider nicht genauso trug, wie er es mir vorschrieb. Es gab Dinge, an denen ich seit Evanston jegliches Interesse verloren hatte. Ich mußte gewärtig sein, daß Mimi sich über meine polierten Nägel lustig machen würde. Na, wenn schon. An sich waren mir meine Finger ziemlich egal. Aber es war wahrscheinlich ein Plus für mich als Bücherdieb. Wer würde mich wohl noch verdächtigen, wenn er jetzt meine Hände und Schlipse sah? Ich hatte mit dem Stehlen natürlich nicht aufgehört. Ich brauchte Mamma nicht mehr zu unterstützen, Simon machte das. Aber wenn er auch überall dort, wo wir zusammen hingingen, für mich zahlte, war es trotzdem kostspielig, mit ihm loszuziehen. Gelegentlich waren da Trinkgelder oder Zigarren oder Getränke zu zahlen oder Blumenarrangements für Charlotte zu kaufen, die er vergessen hatte, und meine Rechnungen bei der Wäscherei und bei der chemischen Reinigung waren höher als je zuvor. Außerdem ging ich hin und wieder mit Padilla sonnabends für eine Nacht zu den Mädchen in der Lake Park Avenue. Dann versuchte ich auch noch das Geld für meine Immatrikulation zusammenzubringen. Boshafterweise gab mir Simon wenig Geld; meist gab er mir Sachen. Er wollte kostspielige Bedürfnisse in mir wecken und dachte sich, ich würde dann schon von selbst auf Geld scharf werden. Wenn ich ihn dann bitten würde, mir mehr Geld zu geben, hatte er mich bei den Kiemen.

Vom Frisör pflegten wir zu Field zu gehen, um ein Dutzend oder noch mehr Hemden, importierte italienische Unterwäsche oder Hosen und Schuhe zu kaufen, alles Dinge, von denen er bereits mehr als genug besaß. Er zeigte mir volle Schubladen, Schränke und Fächer und kaufte doch immer weiter... Teils lag das daran, daß er früher auf der »verkehrten« Seite hinter dem Ladentisch gestanden oder den untertänigen Buckel auf dem Schuhanprobierstuhl gemacht hatte. Teils aber tat er es, um mich auf seine Art in Versuchung zu führen. Aber ich wußte auch, daß er sich beim Frisör und beim Einkaufengehen aufzufrischen suchte; er schlief schlecht und sah schlaff und ungesund aus, und eines Morgens, als er mich abholen kam, schloß er sich im Klo ein und weinte. Nach diesem Tag kam er nicht mehr zu mir herauf, er hupte unten in der Straße, wenn er kam. Er sagte: »Ich kann die Bruchbude, in der du haust, nicht ertragen. Sie halten sie nicht sauber. Bist du sicher, daß ihr kein Ungeziefer habt? Und das Klo ist schmutzig, ich kann nicht verstehen, wie du da draufgehen kannst.« Bald sagte er das mit demselben Feldwebelblick, mit dem er meinen Anzug musterte. »Wann ziehst du endlich aus diesem Rattennest aus? Menschenskind, das ist genauso 'n Loch, von wo sich Seuchen und Epidemien ausbreiten!« Gelegentlich hörte er auf, mich zu besuchen. Dann telefonierte er, wenn er mich sehen wollte, manchmal schickte er auch Telegramme. In der ersten Zeit wollte er mich jedoch dauernd am Bändel haben. Da gingen wir denn in der Warmluft des Warenhauses durch die glänzenden Gänge, aber kurz nachdem wir uns aufmachten, nach West Side zurückzufahren, er mit einem seiner neuen Schlipse und für gewisse Zeit in besserer Verfassung, schien es wieder, als fiele ihm plötzlich alles 'runter, und er trat auf den Gashebel, als sähe er sich selbst über die letzte Grenze seiner Kraft gehen. Aber so wie der Wagen, der um die Ecken schleuderte, sich wieder fing, fand auch er sein Gleichgewicht wieder. Doch es mußte jedem an der Art, wie Simon fuhr und wie er sich in Streit stürzte, ganz klar werden, daß das alles etwas bewußt Selbstmörderisches hatte. Er hielt einen eisernen Kuhfuß unter dem Fahrersitz als Waffe für Auseinandersetzungen im Verkehr parat und schleuderte Flüche gegen jeden auf der Straße, kümmerte sich weder um die Verkehrsampeln noch um die auseinanderstiebenden Fußgänger. Die Wahrheit, die hinter diesem allem steckte, war, daß er, als Vorschuß auf seine noch zu beweisende Fähigkeit und die Aussicht, einen reichen Mann aus sich zu machen, die Taschen voll Geld hatte und jetzt den Beweis liefern mußte.

Im Frühling, am Ende der Kohlensaison, mietete er einen Lagerplatz. Er lag nicht unterhalb eines hohen Bahndammes, wo man die Kohle nur hätte auszukippen brauchen, wie sich Simon das anfangs vorgestellt hatte, sondern nur neben einem langen Abstellgleis; und die ersten Regen verwandelten den ganzen Platz in einen Sumpf. Er mußte trockengelegt und die erste Kohle mühsam im Nassen ausgeladen werden. Das Büro war ein Schuppen, an der Waage waren kostspielige Reparaturen notwendig. Seine ersten paar tausend Dollar gingen zur Neige, und er mußte um mehr bitten; er mußte einen Kredit bei den Maklern aufnehmen, und es war wichtig, daß er seine Rechnungen rechtzeitig zahlte. Onkel Charlie machte ihm das leichter. Nichtsdestoweniger mußte auch Onkel Charlie zufriedengestellt werden.

Außerdem war seinem Lagerplatzverwalter und Wiegemeister, Happy Kellermann, ein beträchtliches Gehalt zu zahlen. Er hatte ihn einer großen alten West-Side-Firma weggekapert. Er hätte mich statt dessen angestellt (für vielleicht etwas weniger), wenn ich schon fähig gewesen wäre, die Arbeit zu machen, und bestand darauf, daß ich hinkam, um mir von Happy die Kniffe abzugucken, was bedeutete, daß ich einen guten Teil dieser Zeit im Büro verbrachte. Als er mein Handgelenk faßte und mit leiser, heiserer, böser Stimme, fast betrunken, mit dem zerrissenen Zucken des Mundes, das von langem, nervösem Sprechen kommt, sagte: »Es muß jemand hier sein, dem ich trauen kann. Es *muß*!« vermochte ich nicht nein zu sagen, wenn es auch nicht viel gab, worin Happy unehrlich sein konnte. Er war ein Biertrinker, kopfhängerisch, klein, ein Komiker, trocken, schwach, abgehetzt, er sprach käksend, durch die Nase, seine Hosen warfen unterm Bauch Falten, seine Nase war gebogen, und er hatte runde, unaufrichtige Augen, in denen er zeigte, daß mit ihm nicht gut Kirschen essen war. Er war ein *tio listo*, eine Rummelplatztype und ein Bordellbesucher. Er hatte was von einem Schmierenclown aus dem jämmerlichsten Wanderzirkus, der ein bißchen mit seinem Spazierstock fuchteln und Hacke-Spitze-Routine zeigen kann und dabei *Ich ging mit Maggye Murphy zur Schule* singt, und der, während die glotzenden Zuschauer darauf warten, daß der Nackttanz-Star herauskommt und mit Bauchwackeln anfängt, Stammtischwitze erzählt. Kellermann besaß ein Repertoire harmloser kleiner Späße, so in der Preislage von Hundegeheul und vorgetäuschten Donnerfurzen. Sein Glanzstück war, hinter einem aufzutauchen und einem, wie ein Pekinese kläffend, ans Bein zu springen. Auf Simons Wunsch hatte ich lange Nachmittage mit ihm zu verbringen, um mich mit dem Geschäft vertraut zu machen. Es war nicht leicht für mich, Simon etwas abzuschlagen, besonders seit ich ihn in meinem Klo hatte weinen hören.

Oft löste ich Happy in der Mittagspause ab. Er zockelte dann mit seinem Wagen zur Halsted Street hinunter, denn er verabscheute es, einen Schritt zu Fuß zu gehen. Wenn er um zwei zurückkam, quälte er sich vor der Einfahrt aus dem Wagen. Er trug seinen Überzieher und seinen Strohhut, die Weste hatte er mit Zigaretten, Bleistiften und Geschäftskarten vollgestopft. Er hatte seine eigene Karte: »Happy Kellermann, für Fa. March, Kohle und Koks«, und darauf war ein Hahn, der eine in Angst und Schrecken versetzte Henne jagt, darunter eine Zeile: »Ich halte, was ich verspreche!« Wenn er hereinkam, prüfte er den Tragebalken der Waage, warf die *Times* in den Ofen, wanderte auf dem Platz umher, und dann, es waren die

Hundstage und es war sehr heiß, pflegten wir in der Kühle zu sitzen, die aus der betonierten Grube unter der Waage aufstieg.

Das Büro hatte das Aussehen einer Ansiedlerhütte oder des letzten Hauses einer Straße des alten amerikanischen Westens. Auf der anderen Seite des Weges war das Nebengeleis eines Viehhofes, und staubige Tiere brüllten in den wartenden Wagen und steckten ihre roten Schnauzen durch die Ritzen; die Räder der Lastwagen schmatzten auf dem schmelzenden Teer, die Kohle spaltete sich und wurde matt auf den Haufen, die Kletten starben an ihren Stengeln. In einer Ecke des Hofes waren Ratten, die sich nicht rührten oder wegliefen, wenn man sich ihnen näherte, ganze Familien von Ratten, die dort herumkrochen, ihre Kinder ernährten und sie großzogen. Ich habe Ratten niemals so zahm gesehen. Sie liefen überallhin und spazierten einem ohne Furcht vor den Füßen herum. Simon kaufte eine Pistole. »Wir brauchen sowieso eine«, erklärte er und schoß auf die Ratten, aber sie zerstreuten sich nur, um gleich wiederzukommen. Sie hielten es nicht einmal für nötig, sich Löcher zu graben; sie scharrten sich nur flache Nester.

Ein paar Verkäufe gab es. Happy trug sie auf großen, gelben Bogen ein; ein eleganter Mann am Schreibtisch, eingebildet auf seine Handschrift, saß er auf seinem hohen Stuhl, seinen Strohhut auf dem Kopf, und malte ausschweifende Haarlinien. Dieser altmodische, zerkratzte gelbe Schreibtisch ließ das Gesicht des Schreibers durch ein kleines Fenster über der Waage sehen, und manchmal sah ich Simon dort, wie er Schecks in dem dreifachen Scheckbuch ausschrieb. Schecks auszuschreiben hatte ihn zuerst begeistert. Der Genugtuung wegen, eine meiner Schulden mit seiner Unterschrift zu bezahlen, hatte er aus mir herausbekommen, daß ich Padilla zwei Dollar schuldete. Jetzt gab es eine solche Befriedigung nicht, da die Ziffern auf der Bilanzspalte immer kleiner wurden, und er dachte an seine letzte Kühnheit in bezug auf Geld, als er versucht hatte, auf die Schnelle Dollars zu verdienen, um Cissy zu heiraten. Da glaubte er, er hätte sein Leben gewagt. An dem Tag, als er mir mitteilte, daß er heiraten würde, und wie ernst es ihm mit dem Gelde war, war das kein leeres Gerede gewesen. Sein totenblasses Gesicht und das halb Wahnsinnige seines Betragens zeugten nun auch von inneren Wunden.

Sein elendes Aussehen auf diesem schwarzen Sargassomeer von Lagerplatz in seiner erstickenden Sommerstagnation ließ mir manchmal das Blut vor Schreck erstarren. Wenn ich mir soviel Zeit von meinen eigenen Unternehmungen wie Diebstahl und Lesen nahm und, die Hände in den Taschen, mit ihm auf dem Lagerplatz herumwanderte, war es nicht aus Besorgnis, sondern aus richtiger Angst.

Die lässige Art, wie er mit der Pistole umging, wenn er auf die Ratten schoß, schien mir von übler Vorbedeutung, und daß er sich darüber beklagte, daß sein Kopf brannte. Er sagte: »Mein Gehirn wird mir noch zu meinen Ohren herauskochen!«

Einmal mußte ich ihn davon zurückhalten, Happy zu schlagen, als der in einem falschen Moment nach Simons Bein griff, um seinen Pekinesenblödsinn mit ihm zu machen. Es ging gerade noch gut ab. Und eine Weile vorher hatte er sich über Happys Geschichten ausgeschüttet vor Lachen, als der erzählte, wie er als Anreißer während des Bombengeschäfts in Florida, als sich jeder da Grundstücke kaufen wollte, gearbeitet hatte; und wie er mal eine Liebesaffäre mit einer Türkin gehabt hatte, sie ihn nicht hatte aus dem Haus lassen wollen, und schilderte, wie er sich seinen ersten Trio eingefangen hatte, und dazu meinte: »Es war, als ob ich mich mit dem Hintern in heiße Angelwürmer gesetzt hätte.« Dieser Wechsel von großer Fröhlichkeit zu wilder Wut ließ Happy beinahe kündigen. Seine großen, erfahrenen, hervortretenden Augen wurden mürrisch, warnend und verengten sich, als ich das wieder auszubügeln versuchte. Denn es blieb auf mir hängen, Frieden zu stiften. »Ich kümmere mich einen Scheißdreck darum, was ich nicht begreifen kann, weil ich zu kleine Hände dazu habe«, sagte Happy aus der Ecke seines Mundes zu mir, doch so laut, daß Simon es hören konnte. Ich wußte, daß Simons Herz wie rasend schlug, ich sah es an der Art, wie er seinen Kopf schräg nach unten hielt, wie sein Mund über dem immer noch nicht in Ordnung gebrachten Vorderzahn offenstand. Ich wußte, daß es sein sehnlichster Wunsch war, den er nur niederkämpfte, weil er es sich nicht leisten konnte, Happy beim Hosenboden zu packen und ihn auf die Straße zu setzen.

Schließlich sagte Simon: »Okay. Ich will mich entschuldigen. Ich bin heute ein bißchen nervös. Das solltest du verstehen, Happy ...« Gedanken an die Magnusens hatten ihn überwältigt, und er erschrak, daß er vergessen hatte, daß er ein junger Geschäftsmann war, der sich über solchen Unsinn nicht aufregen durfte, da Happy ja nur ein armer, dummer Nebbich war. Simons angestrengte Geduld, wie er seinen Ärger hinunterschluckte, war für mich noch etwas Schlimmeres als sein Zorn und sein Hitzigwerden – ach, diese schäbige, erzwungene Beherrschung. Etwas, was mich auch hart ankam, war, mit anzuhören, wie er mit Charlotte telefonierte, wie er dann leise sprach und mit geduldiger, gequälter Miene, gezähmt, immerfort sich wiederholend, ihre Fragen beantwortete, nahe daran, alles hinzuschmeißen.

»Nun«, sagte er zu Happy und mir, »warum setzt ihr beide euch nicht in den Wagen und besucht ein paar Händler? Versucht doch mal, fürs Geschäft auf die Pauke zu hauen. Hier sind fünf Dollar für Bier. Ich werde mit Coxie hierbleiben und versuchen, den hinteren Zaun auszubessern. Sie beklauen uns sonst noch, bis wir nicht mehr aus den Augen gucken können, wenn wir nichts dagegen tun.«

Cox war der Mann für alles, ein alter Weintrinker, mit einer lustigen, nachlässig aufgesetzten Mütze auf dem Kopf, die dem Deckel, wie ihn die italienischen Offiziere tragen, ähnelte. Er schickte ihn los, sich vom Zaun der Westinghouse-Fabrik alte Bohlen zu suchen. Coxie arbeitete für ein Paar Würstchen und eine Flasche California K. Arakelian Sherry oder Verschnitt. Er war auch Wächter und schlief auf Lumpen hinter dem grünen Gitterfenster vor der selten benutzten Vordertür. Und er hinkte los – er hätte ein Kugel von San Juan Hill im Leib, behauptete er –, den kilometerlangen großen Maschendrahtzaun der Fabrik entlang, wo untergeordnete Angestellte der Notwendigkeit von Zäunen mit der Einholung von Kostenanschlägen von Lieferanten abhalfen und ein festes Stahlnetz allen erlaubte, auf den ungeheuren fernen Schimmer, auf die Backsteintürme, auf die Kraftwerke und die vesuvischen Kraterkegel Schwelkohle unter dem beinah wolkenlosen, grellen Sommerhimmel zu blicken.

Ich fuhr mit Happy weg. Er steuerte. In den Straßen, wo die Balkanesen und Gulaschfresser zu Hause waren, fürchtete er, er könnte mal ein Kind überfahren, und die Menge würde ihn dann wütend in Stücke reißen. »Wenn ihren Kindern was passiert, nimm dich in acht, auch wenn's nicht deine Schuld ist, dann werden sie wild.« Diesen Schrecken malte er sich dauernd aus und wollte mich nicht ans Steuer lassen, da ich eine solche Furcht nicht hatte und nach seiner Meinung deshalb nicht gut genug aufpassen würde. Wir führten die Kohle- und Eis-Händler in Kneipen, tranken Bier und schwatzten mit ihnen; in diesen schläfrigen, vor Hitze schwarzen Schwemmen, wo selbst die Fliegen benommen vom Kampfer des Pissoirs und dem säuerlichen Malzgeruch, von der erhitzten Leere und dem Hickoryschlägergehacke der Baseball-Übertragung im Radio, das dieses nicht klar auszupeilende, unbestimmte Übel nur noch beengender machte – nicht mehr flogen, sondern krochen. Wenn man an etwas dachte, was außerhalb dieses Kreises lag, dann vielleicht an Padilla, wie er über die Größe des Universums theoretisierte; sein wissenschaftliches Interesse bewahrte den Gegenstand davor abzustoßen. Doch an solchen Orten, wo die haarigen Fliegen von Tropfen zu Tropfen und von einem zum andern krochen, fühlte man sich versucht, flehentlich darum zu bitten, daß hier nicht der Eingang zum nichtmenschlichen Universum wäre, daß dieses hier keine seiner Sackgassen wäre, die Cook Country und das nördliche Illinois berührte.

Ein solcher Gedanke focht Simon niemals an. Was es auch für ein Ort wäre, er würde ihn sich bezahlt machen lassen, das wäre die einzige Beziehung, die er zu ihm haben würde. Da steckten Dollars drin wie Wasser im Felsen, wie der öde aussehende Berg nur dazu da ist, sein Öl oder Eisen auszuspucken, sonst würden menschliche Wesen in diese Einöden wie nach Neufundland nicht gehen wollen, die karge Erde und den Schnee der Antarktis mit dem Brennstoff, der in Texas oder Persien aus dem Boden kam, zu schwärzen.

Hrapek, Drodz, Matuczynski, das waren die Händler, die wir besuchten. Wir trafen sie in ihren Schuppen, in der Kirche, in ihrem traurigen Zuhause oder bei der Arbeit. Sie verkauften Kohle per Tonne und per Sack. Sie hatten Plattenwagen und Kipper. Wir mußten sie überzeugen, unterhalten, ihnen ganz besondere Geschäfte vorschlagen, ihnen schmeicheln, sie herausfordern, ihnen Geheimnisse über Kohlevorkommen erzählen, trügerische technische Informationen über Kilowattstunden und Asche-Prozente erfinden. Happy war beschlagen, ein ausgezeichneter Händler, mit den Begabungen eines Schiffsmaklers. Er trank ebensoviel Bier wie sie, Glas um Glas, und er hatte Erfolg. Von unterbotenen Preisen und der Qualität der Kohle verlockt, fingen sie an, sich zu ergeben.

Auch Simon machte einige Verkäufe, gerade so, um Bewegung in die Bude zu bringen. Er ließ mich gedruckte Reklamezettel in Chinatown verteilen, auf denen Koks angeboten wurde, den die chinesischen Wäschereien jedem anderen Brennstoff vorzogen, und langsam mehrten sich die Kunden. Er bearbeitete auch die Innenstadt und ging seine neuen Verwandten um Aufträge an. Charlie Magnus arbeitete ihm in die Hand, und nach und nach begann sich was zu regen.

Simon wurde beraten, wie er sich politisch zu stellen habe – damit er mit dem Magistrat ins Geschäft kommen konnte –, und er sah

V-Männer und war mit der Polizei auf du und du. Er hatte Beziehungen zu Leutnants und Hauptmännern, zu Rechtsanwälten, Maklern, Spielern und Buchmachern, den Wichtigen unter ihnen, die nebenbei noch legale Geschäfte hatten und Vermögen besaßen. Während des Streiks der Fahrer und Kohlenträger konnte er über Überfallkommandos der Polizei verfügen, die seine zwei Lieferwagen, die die Kohle in den Straßen verschleuderten, vor den Streikern schützten. Ich mußte in der Polizeiwache auf seine Anrufe warten und dann den Polizisten Bescheid geben, wenn eine Ladung ausgefahren wurde. Das war mein erster gesetzlicher Aufenthalt an solch einem Ort. Aus dem Dunkel war ich auf die Lichtseite im Innern des großen sozialen Protoplasmas gekrochen. Doch wie finster war diese West-Side-Wache. Sie war sehr finster. Sie war eine verrottete, schwärende und eiternde Wunde, und wenn man so sah, wie diese Fehlprägungen, diese vermurksten Gestalten sich duckten, torkelten, weiterschritten, wie ihre Gesichter starrten, voller Furcht waren, wie sie sich ergaben, wie ihnen alles gleich wurde – unzweifelhaft der Überfluß und Überschuß menschlichen Materials –, wundert man sich doch, daß diese alle als Menschen geboren worden waren, menschliche Gestalt zeigten, und war erstaunt über die kritiklose Wahllosigkeit, die da waltete. Doch vergeßt auch nicht die schmutzige Härte derer, die wie Mehlklöße und rohes Fleisch auf der amtlichen Seite saßen. Und diese Wache hier war nichts im Vergleich zu der großen Newgate-Hauptwache, dagegen war das hier nur ein nachbarlicher Ableger.

Als Schwiegersohn der Magnusens und auch weil er selbst es so wollte, unterhielt Simon besonders gute Beziehungen zu Leutnant Nuzzo, denn es gab wenige unter ihnen, die so unverhärtet und normal aussahen wie er. Es ist mir nicht klar, wie der Leutnant das fertigbekam. Ein Schupo, der einen sogar bei einem freundschaftlichen Scherz mit Händen, die nur bestimmt waren, wie Eisen zu sein, bei der Schulter fassen muß, als wolle er dich verhaften! Irgendwie war Leutnant Nuzzo ein Valentino geblieben, trotz seines schweren Fleischs und obgleich sein Gesicht Druckstellen, wie sie sich beim Schlafen ins Gesicht prägen, oder Fingerspuren lange bewahrte. Wir pflegten mit ihm ins *Chez Paree* zu gehen – eine Party zu fünf, bis ich anfing, Lucy Magnus mitzunehmen und wir sechs waren – und dort Spaghetti und Hühnerleber zu essen und dazu Burgunder oder schäumenden Champagner zu trinken. Der Leutnant schaute sich dort um wie ein Maître de plaisir, der aus einem viel besseren Nachtlokal nur mal so auf einen Sprung 'rübergekommen war. Er war verheiratet, aber seine Frau schien wie auf Probe bei ihm zu sein, wie gleichsam jeder mit einem Polizeileutnant dran ist. Sogar seine Ehefrau. Er war ein Italiener und hatte etwas vom Stil alter Königreiche an sich. Viele von ihnen sind so. Die Macht muß den Tod hinter sich stehen haben. Um Masaniello den Kopf abzuschlagen, um eigenhändig große Admirale zu hängen, wie es Lord Nelson im Hafen von Neapel tat. So, glaube ich, mußte man wohl das weiche Gesicht des Leutnants zu lesen verstehen, während er inmitten des vergnüglichen Getöses im *Chez Paree* saß und sich Veloz und Yolanda oder die kindlichen, beinahe nackten Ballettratten ansah, die gar nicht wußten, was sie taten, aber den platonischen Eindruck geschäftiger Leute machten, die sich zu ihrem Privatvergnügen köstlich amüsierten. Solange dieses Nachtlokal Mode war, gingen Simon und Charlotte häufig hin, denn sie waren klug genug zu wissen, daß sie dort Leute trafen, mit denen sie geschäftliche Beziehungen anknüpfen mußten, daß es wichtig für sie war, dort mit Blitzlicht fotografiert zu werden, lachend wie ein Karnevalspaar, umarmt, mit Papiermützen und mit Luftschlangen, ein prominentes Gesicht mit an ihrem Tisch, eine Sängerin im schulterlosen Abendkleid, die animierend ihren Kopf zurückwarf und schöne Zähne zeigte, oder der Vorsitzende einer Gesellschaft, der gerade sein Glas austrank.

Simon hatte die Wichtigkeit solch enger Verbindungen für das Geschäft schnell weg. Hatte es dem Präsidenten der Vereinigten Staaten in Jalta nicht schlaflose Nächte bereitet, daß Stalin die ersten zwei Tage nicht gelächelt hatte? Er konnte nicht mit einem Mann verhandeln, der sich nicht dem Charme hingab und nicht auf einer Ebene der Liebenswürdigkeit verhandelte. Scherz und Liebenswürdigkeit waren dort unerläßlich, um Entschlüsse zu mildern, die nicht allen angenehm sein konnten. Und schließlich half es, wenn etwas von Persönlichkeit aufblitzte. Das war etwas, was Simon gut verstand, wie man sich beliebt machen und sich auf der Basis geheimer Gedanken mit Leuten gleichen Standes auf einen Nenner bringen konnte.

Aber noch bin ich mitten im Sommer mit ihm, zu der Zeit, als er noch die schlimmsten Schwierigkeiten hatte, als er von der Furcht vergiftet wurde, daß er bankrott machen könnte, und – ich bin mir dessen sicher – vor sich selbst eingestehen mußte, daß er richtige

Angst vor den Magnusens hatte, und von dem, was er sich übernommen hatte, in Schrecken versetzt wurde. So verbrachte ich die meiste Zeit dieser Monate mit ihm. Ich möchte nicht sagen, daß wir uns niemals näher gewesen wären – seine entscheidenden Gedanken behielt er eigensinnig für sich –, aber wir waren niemals häufiger zusammen. Vom frischen Morgen bis zum schmutzig graubraunen späten Nachmittag fuhr ich im Wagen mit ihm herum, und wo er ausstieg, stieg auch ich aus, und ging mit ihm mit – unten in der Stadt ins Gewerkschaftshaus, in die Bank, in das Büro des South-Water-Marktes, das Charlotte für ihren Onkel Robby leitete, in die Küche der Magnusens, wo wir haltmachten, um uns vom schwarzen Koch Sandwiches geben zu lassen, oder mit in das Hinterzimmer, wo man – da die Ehe noch das Geheimnis der engsten Familie war – das Ehebett aufgestellt hatte. Hier öffnete sich die Tür zu dem, was ihm sein überbürdetes Leben erträglicher machte. Das Zimmer war für ihn und Charlotte mit seide-beschirmten Leselampen, weichen Bettvorlegern und mit Vorhängen gegen die barbarische Außenwelt – wie in einem Palazzo gegen den Geruch der Kanäle – neu eingerichtet worden. Auf dem Bett lag eine Atlasdecke, und auf der Schlummerrolle lagen noch mehrere Kissen.

Um den Weg zum Schrank abzukürzen, lief Simon über das Bett. Er zog sich um und ließ alles liegen, wo er es gerade fallen gelassen oder hingeworfen hatte. Seinen Schuhen gab er einen Tritt, daß sie in eine Ecke flogen, und trocknete sich seinen verschwitzten nackten Körper mit einem Unterhemd ab. Es gab Tage, an denen er sich drei- bis viermal umzog, und andere, an denen er träge und lustlos dasaß und nach stundenlangem Stillschweigen schwer von seinem Bürostuhl aufstand und sagte: »Komm 'raus hier!«

Manchmal fuhren wir, anstatt nach Hause zum Umziehen, an den See. Wir pflegten an der Nord-Avenue-Ecke, die der verstorbene Stadtrat so gern gemocht hatte, schwimmen zu gehen. Wenn der Alte damals auf dem Rücken schwimmend ankam, pflegte ich ihm schon angezündete Zigaretten in den Mund zu stecken. Das lasche Flattern von Simons Beinen, wenn er ins Wasser sprang, und die seltsame Art, in der er seine Arme dem Wasser entgegenstreckte, als wolle er es umarmen, ließ mich befürchten, daß er sich mit dem Gedanken ins Wasser warf, niemals wieder lebend an die Oberfläche zu kommen, als ginge er dort nur hin, um blindlings einen Vorgeschmack von den Wohltaten zu bekommen, die ihm das Untenbleiben zu bieten hatte. Ganz abgefallen, schnaufend und noch rot im Gesicht tauchte er dann wieder auf. Ich wußte, es war eine große Versuchung für ihn, unterzugehen und nicht wieder heraufzukommen. Wenn er es sich auch nicht offen anmerken ließ, halb und halb dazu Lust zu haben, und düster hin und her schwamm und mit angeklatschtem, strähnigem Haar wie ein Rekordschwimmer gegen das Wasser anging; das Wasser umfloß die Ufer mit ihrem Menschengewimmel, und an seinem klaren, flammenden Horizont stiegen schwarze Kräusel, wie die kühlen Steige einer der imaginären Welten, in den Äther auf.

Mein Bruder kam mir da unten wie Alexander der Große im unheilvollen Cydnus vor, der ihn, als er nach der Schlacht in seine Fluten sprang, mit seinem Eiswasser krank machte. Und ich stand dort in gestreiften Badehosen, und meine Zehen krallten sich absprungbereit über den Rand eines in den Grund gerammten Pfahles, für den Fall, daß Simon meine Hilfe brauchen würde. Schlotternd kam er aus dem Wasser die Leiter herauf. Dicke Fliegen piesackten einen ekelhaft, und der Klamauk am Strande benahm einem den Kopf. Ich half Simon beim Abtrocknen, und dann pflegte er sich wie ein Kranker auf den Steinen auszustrecken. Wenn er wieder warm geworden war und sich wohler fühlte, ging er wie ein Bulle auf Frauen und Mädchen los. Seine Augen waren groß und rot, als ob da so ein Mädchen, das sich über einen Picknick-Korb beugte, um sich eine Pflaume zu nehmen, mit dem Angebot einer Pasiphaë auf ihn warte. Da begann er wie eine Trompete zu schmettern, schlug mir auf die Schulter und sagte wohl: »Sieh dir das an, wie diese Klaffte da die Beine breit macht!« Und vergaß völlig, daß er nicht nur verheiratet, sondern dazu auch noch verlobt war. Die Verlobung hatte für alle Welt im Salon eines Hotels, der als Empfangshalle diente, stattgefunden. Aber daran dachte er jetzt nicht. Vielmehr dachte er an die großartige Möglichkeit, in einem neuen Pontiac in der Nähe des Lincoln-Parks zu lauern, an das Geld, das er hatte, und auch daran, was er für Sachen auf offener Straße, in einem Haus oder auch in einem Zimmer anstellen konnte; Sachen, die keine Beziehung zu dem hatten, was später am Tage irgendwo anders zu geschehen hatte. Das alles erregte ihn und ließ ihm wollüstig das Blut zu Kopfe steigen, und er ging zum Angriff über, manchmal ohne Umschweife und manchmal sein Opfer umschleichend, und er schob den Kopf vor, so daß sein Nacken mit seiner Schulter zu einer Mauer zu werden schien, voll Dynamit und hart wie der Nacken eines Boxers, der wohl angeschlagen, aber nicht erledigt, sondern nur noch mehr gereizt worden ist.

Am North-Avenue-Strand (man sagte dazu Strand, aber eigentlich war es ein mit Steinen ausgelegter Teil des Piers) war außer ihm niemand aus seiner neuen Gesellschaftsschicht und auch keiner mit seinem Erfolg. Der Platz war rauh und hart, und die jungen Burschen waren dort nicht von Pappe, und die Mädchen konnten einen Stoß vertragen, es waren Fabrikarbeiterinnen, Verkäuferinnen, und es gab auch einige Clark-Street-Nutten und ein paar Pipimädchen und Tanzbodenschicksen darunter. Deshalb sagte Simon und ging ohne viel Federlesens gleich aufs Ganze: »Du gefällst mir. Willst du?« Mitten ins Gesicht, ohne Spiel, nicht einmal mit dem üblichen Blech vorerst umschreibender Phrasen. Aber gerade das war es vielleicht, was ihn nicht unanständig erscheinen ließ, statt dessen rief er damit Furcht und Schrecken hervor, mit diesem brutalen Angriff, der seine Adern überlastete und seine Kinnbacken, sowie er die Zähne zusammenbiß, in Gefahr brachte, zu zerspringen; der seine Augen von aufströmenden Begierden von einem hitzigen Violett und von noch dunkleren Farben, ja beinahe von reinstem Schwarz scheinen ließ. Die Mädchen entsetzten sich nicht mehr vor ihm. Er roch nach Kraft, er war ansehnlich, und ich kann mir nicht vorstellen, was er barfüßig für eine Figur in heißen Zimmern bei heruntergelassenen Jalousien machte. Vor noch nicht einmal ganz einem Jahr hätte er solche Zicken keines zweiten Blickes gewürdigt.

Wo er auch hinging, verfügte er jetzt über Kenntnisse, die mir unzugänglich waren. Aber ihm mußten, schätze ich, die Opfer, die er brachte, ja auch irgendwie Vorteile und Vorrechte einräumen. Ja, solche Protagonisten gestatten sich Ausbrüche, die sich nicht jeder erlauben kann; wie der blutige Commodus vor dem Senat, spielen sie sich wie ein Gott auf oder machen sich wie Caracalla mit Jockeys oder Gladiatoren gemein, während sie schon wissen, daß irgendwo zu ihrem Sturz ein Gedanke nach dem andern, wie Maschen auf der Stricknadel, über sie eingefädelt wird. So erging es auch Simon, was ich schon vorher an ihm zu erkennen Gelegenheit hatte, wenn er sich im *Chez Paree* einen Damenhut auf den Kopf stülpte und herumschwadronierte, oder wenn er mich einmal zu einem Junggesellenfest mitnahm, auf dem zwei nackte Parterre-Akrobatinnen Kraftakte mit hohlen Hanteln zeigten. Den Zirkusspielen folgten intime Ausschweifungen. Und er tat nur, was viele andere auch machten, nur daß er kraft seiner Persönlichkeit auffiel und eine Hauptrolle spielte.

»Und du? *Machst* du's?« fragte mich Simon. »Was frage ich! Wer ist denn die Schnirkse, die auf deiner Etage wohnt? Willst du deshalb nicht von da wegziehen? Sie hieß Mimi, nicht wahr? Sie sieht aus wie ein kesses Flittchen.« Ich stritt es ab. Aber er glaubte mir nicht.

Mimi ihrerseits interessierte sich für Simon. »Was frißt ihn denn so auf?« fragte sie mich. »Den ich auf dem Klo heulen hörte, das war doch er, nicht wahr? Wofür tut er denn so, als ob er ein ganz Scharfer wäre? Was ist denn mit ihm los? Er hat 'ne Frau am Halse, was?« Trotz ihres Spottes hatte sie etwas für ihn übrig. Für sie war an ihm etwas Extravagantes und aus dem Rahmen Fallendes, das ihr gefiel.

Er bestand nicht nur aus Rage und kopfloser Verzweiflung. Nein, Simon konnte auch manchen Blumentopf gewinnen. Es war Sommer und für das Geschäft eine tote Zeit, und natürlich büßte er Geld ein. Charlotte, die eine ausgezeichnete Geschäftsfrau und in höchstem Maße, ihm den Rücken zu stärken und als Ratgeberin und Beistand, wichtig war, gab ihm gerade das, was ihn mit ihr enger verband, als es für gewöhnlich die Ehe allein vermocht hätte. Obgleich er sich mit ihr kabbelte und sie vom ersten Tag an anbrüllte und beleidigte und ihr dabei die erstaunlichsten Sachen ins Gesicht sagte, ging sie ihm nicht von der Fahne. Bei näherer Betrachtung konnte man sehen, wie sie vor ihm zurückwich, um dann auf das große Ziel, das wichtiger als alles andere war, zurückzukommen, und das lag daran, daß er in ihren Augen einer jener Auserwählten war, denen Reichtum und Macht zu erlangen vorbestimmt ist. Wenn er sie in wildester Wut »Du Kuh, glotz nicht so!« anbrüllte, bewies sich das. Sie parierte mit einem nervösen Lachen darauf, das ihn eines Besseren belehrte und ihn daran erinnerte, daß solche Dinge schließlich nur komisch waren. Worauf er es fast niemals versäumte, die Angelegenheit wie ein Conférencier ins Lächerliche zu ziehen, selbst wenn es in seinen Augen noch wild funkelte. Und er brachte das sogar noch fertig, wenn auf beiden Seiten die Leidenschaften schon fast beleidigend aufeinandergeprallt waren und man eigentlich gar nicht versuchen konnte, sie auf etwas herabzudämpfen, was als verliebte Grobheit durchgehen mochte.

Aber Charlottes erstes Ziel und der Grund ihrer Anstrengung war, ihre Verbindung dadurch zu festigen, daß man auf ihr ein Vermögen aufbaute. Sie sagte zu mir: »Simon hat das Zeug zum wirklichen

Geschäft. Das, was er jetzt macht« – als sie das zu mir sagte, verdiente er schon gute Dollars –, »das ist noch gar nichts.« Wenn sie so etwas sagte, dann kam es – manchmal – aus einem Bereich des Ernstes, in dem es keine Unterschiede des Geschlechts gibt. Dafür ist die Macht, die da heraufbeschworen wird, zu groß. Sie ist weder des Mannes noch des Weibes. Wie wenn Lady Macbeth »Entweib mich hier!« betete. Diese Forderung, so unerbittlich und vor etwas so Unerbittlichem, läßt die Seele geschlechtslos werden.

Weder das ganze Drum und Dran und die Kinkerlitzchen einer Dame an ihr, eine Einzelheit ihrer maßgeschneiderten Erscheinung, noch die Ausstattung der Wohnung, als die beiden sich eine möblierten, oder die Art, wie er sich aufführte, schlossen wirkliche Konsequenzen für sie ein. Aber was sich auf die Bank, die Börse oder die Steuern bezog, das ließ die beiden die Köpfe zusammenstecken und diese Dinge miteinander besprechen; die großen, eindeutigen und entscheidenden Berechnungen und Vertraulichkeiten, die den Schlüssel zu wirklicher Herrschaft bildeten, das war es, worauf ihre Ehe sich in Wahrheit gründete. Obgleich sie dauernd sang und Lieder wie *My Blue Heaven* und *A Faded Summer's Love* vor sich hin pfiff, sich die Nägel machte, ihre Frisur richtete, bedeuteten ihr diese Eitelkeiten nicht das Leben. Sie waren faktisch bedeutungslos. Sie gab ihnen, was ihnen zukam, und noch etwas drüber: Stöckelschuhe, hauchdünne Strümpfe, wunderschöne Kleider, Hüte, Ohrringe, Federn und Farben à la Pfannekuchen-Maquillage, dazu Elektrolyse, Schwitzbäder und die versteckten Spitzen, wo Anbetung zur Ruhe kommen konnte. Sie vernachlässigte nichts in dieser Hinsicht, sie hatte viel Würde, sie konnte kolossal hübsch aussehen. Aber ihr natürlicher Mund, der dem gemalten nicht glich, verriet, ungeduldig, weniger wichtige Dinge mißbilligend, wie wenig sie im Grunde an diese Dinge glaubte. Sie hätte sich ebensowenig einen jungen Mann nach dem Bilde der Titelblätter ihrer Noten fürs Klavier, noch einen Schuljungen zum Heiraten ausgesucht; ihr Ehrgeiz war zäh, und sie war darauf eingestellt, ohne sich dadurch in ihren Absichten schwanken machen zu lassen, jedes Maß an Grobheit, Jähzorn, Schroffheit oder an Skandal zu ertragen. Sie wußte das im voraus, weil sie darüber mit sich zu Rate gegangen war, und brauchte nicht erst darauf zu warten, ein groß Teil davon Wirklichkeit werden zu sehen, aber zuerst hatte sie sich in ihrem Kopf ein Bild davon gemacht, und in ihrem Kopf machte sie diese Dinge auch mit sich aus.

Auf diese verquere Art war Simon alles für sie. Und er sagte: »Sie hat mehr Grips und Fähigkeit mitbekommen als sechs Frauen zusammen. Sie ist hundertprozentig echt, ohne Schmus. Sie hat ein gutes Herz für jeden, der da kommt« – an dem, was er sagte, war bemerkenswert viel Wahres –, »und dich mag sie auch, Augie.« Er sagte das mit einem Seitenblick darauf, daß ich begann, Lucy Magnus den Hof zu machen, wozu ich mich im Augenblick bereit fand. »Sie schickt Mamma alle möglichen Sachen. Sie möchte sie privat bei einer Familie in Vollpension geben. Von sich aus. Mamma hat sich niemals über das Heim beklagt. Die Gesellschaft, die sie da hat, ist gut für sie. Was glaubst du?«

Wenn wir in der Stadt herumfuhren, hielten wir manchmal an, um auf einen Sprung nach Mamma zu sehen. Öfter jedoch fuhren wir einfach an dem Heim vorbei. Aber mit Simon wußte man nie, wo man schließlich landen würde. Wenn er sagte: »Los, hopp, steig ein«, wußte er vielleicht selber noch nicht, wohin er eigentlich wollte, und folgte einem Bedürfnis, über das er sich bis zu diesem Augenblick noch nicht im klaren war. Vielleicht, daß es Essen, vielleicht, daß es ein Kampf, vielleicht ein Unheil war, auf das er ausging. Oder vielleicht war es eine Frau, die ihm heimlich winkte, ein Geschäft, ein Billardspiel, das Büro eines Rechtsanwalts oder ein Dampfbad im Sport-Klub, dem er zusteuerte. Und unter diesen möglichen Haltestellen war auch das Heim in der Arthington Street.

Es war aus grauem Stein. Die übliche Vorhalle war hier einfach ein Anbau vor dem Eingang, auf dem zwei Bänke standen. Im Heim selbst standen auch Bänke. Es war wie ein Versammlungslokal oder ein öffentliches Tribunal möbliert. Der größte Teil des Raumes war leer. Nur weil sich die Fensterscheiben in außerordentlich schlechtem Zustand befanden, konnte man von draußen nicht hineinsehen. Die Scheiben zeigten viele Schlieren und waren verschmutzt, wahrscheinlich von den Händen von Leuten, die sie betastet hatten, um herauszufinden, daß da keine Wand, sondern ein Fenster war. Alles, von dem man annahm, daß es gefährlich werden könne, war aus dem alten Haus entfernt worden. So war die Stelle, wo der Kamin gewesen war, verputzt worden, und die Türschwellen bestanden aus Kork. Aber die Blinden liefen nicht viel herum. Sie saßen da und schienen sich überhaupt nicht zu unterhalten, und man wurde bald gewahr, daß Muße ihnen zur Last wurde. Ich hatte einiges davon begreifen gelernt, als Einhorns Geist-Barometer auf »Schlecht Wetter« gestanden hatte. Oder das der Seele, nicht des Geistes; die böse Krankheit, nicht mal zu wissen, warum man an allem Leid empfindet, da man sich doch bedingungslos jeder Bedingung ausgeliefert hat.

Der Direktor und seine Frau brüsteten sich, daß sie ihre Pfleglinge gut ernährten. Nicht zu bezweifeln war, daß man die nächste Mahlzeit durch den Geruch aus der Küche schon im voraus wußte.

Im großen ganzen hielt ich es für einen Segen, daß Mamma eine einfache Frau war. Ich dachte, daß es, wenn es dort Menschen von intrigantem oder quertreiberischem Charakter gab – und wie sollte es sie gerade dort nicht geben? –, im Innersten dieses Hauses einiges Schreckliche zu ertragen geben müsse. Aber Mamma hatte viele Jahre hindurch Stürme besänftigt oder war ihnen aus dem Wege gegangen, und es war anzunehmen, daß sie infolge eines Besuches von Simon mehr Aufregung erlebte als jemals durch ihre Leidensgenossen. Denn die Art, wie er kam, um zu kontrollieren, wie sie behandelt wurde, und wie er das herauszubekommen versuchte, war barsch. Er sprang mit dem Direktor – der durch ihn von Arthur Magnus Matratzen zum Einkaufspreis einkaufen zu können hoffte – grob um. Simon hatte ihm diese Gefälligkeit versprochen. Aber er polterte voll Wut und mit nichts zufrieden herum. Er hatte was dagegen, daß Mamma Zimmergenossen hatte, und als er endlich ein Zimmer für sie allein bekam, lag es neben der Küche mit all ihrem Lärm und Geruch, und das war nichts, wofür man ihm hätte dankbar sein müssen. Und dann – eines Nachmittags im Sommer – trafen wir sie, auf ihrem Bette sitzend, damit beschäftigt, Plaketten für den Wahlkampf Roosevelts mit Anstecknadeln zu versehen; sie bekam für hundert fertige Plaketten zehn Cent und verdiente sich so durch die Gutmütigkeit des Bezirksleiters ein paar Dollar die Woche. Wie Simon sie so sah, wie sie mit ihren von harter Hausarbeit ungeschickten Händen mit den Messingnadeln hantierte und in ihrem Schoß Plakette und Nadel ertastete und zusammensetzte, da packte ihn derart die Wut, daß sie angstvoll vor ihm zurückwich, und da sie wußte, daß ich mit war, ihr Gesicht mit zuwandte, mich zu finden und zu bewegen suchte, einzulenken.

Sie war auch darüber erschrocken, entdecken zu müssen, daß sie, ohne sich dessen bewußt zu sein, etwas Falsches getan haben sollte.

»Um Gottes willen«, sagte ich, »hör auf zu brüllen!«

Aber er war nicht zu halten. »Was stellen die sich denn vor! Sieh dir doch an, was sie ihr da zu tun gegeben haben! Wo steckt dieses Arschloch?«

Wer kam, war die Frau des Direktors, im Morgenrock. Sie wollte respektvoll bleiben, doch nicht unterwürfig sein. Sie war weiß im Gesicht, sah kampfentschlossen aus und bibberte, sprach aber sachlich und stolz.

»Sind Sie für das hier verantwortlich?« schrie er sie an.

Sie antwortete: »Es wurde nichts von Mrs. March verlangt, was sie nicht wollte. Sie wurde gefragt und wollte es tun. Es ist gut für sie, etwas zu haben, mit dem sie sich beschäftigen kann.«

»Gefragt? Ich weiß, wie man Leute ›fragt‹, daß sie Angst haben, nein zu sagen. Damit Sie es nur wissen: Meine Mutter verdingt sich nicht! Weder für zehn, zwanzig oder dreißig Cent, und auch nicht für einen Dollar die Stunde. Merken Sie sich das! Alles Geld, was sie braucht, bekommt sie von mir.«

»Sie brauchen hier nicht so zu schreien. Hier sind die Menschen alle sehr feinfühlig und leicht in Unruhe zu stürzen.«

Ich sah, wie im Flur viele der Blinden stehenblieben und eine Gruppe bildeten und wie sich in der Küche die dicke Köchin mit ihrem dreckigen Schlumpenhaar und mit dem Messer in der Hand von ihrem Hackklotz weg uns zuwandte.

»Simon, *ich* wollte es. *Ich* habe darum gebeten«, sagte Mamma. Sie war unfähig, ihren Worten Gewicht zu verleihen. Sie war niemals dazu fähig gewesen. Es fehlte ihr dazu an der nötigen Erfahrung.

»Beruhige dich«, sagte ich zu ihm und konnte ihn schließlich etwas beeinflussen.

Es zeigte sich nun, daß er sich von der ersten Einstellung seines Herzens nicht abwenden konnte, ohne den wunden Punkt seiner Selbstachtung zu berühren. Ungerecht im Segnen wie im Fluchen wie ein Balaam, aber ohne eine Gewalt vor sich, die ihm hätte Kontra geben können, fiel nur seine eigene Willkür verdoppelt auf ihn zurück. So konnte er nicht für Mamma sprechen, ohne herrisch darauf zu bestehen, wie er angesehen zu werden wünschte.

Als nächstes wandte er sich dem Schrank zu, um dort nachzusehen, ob alle Sachen, die Charlotte meiner Mutter geschenkt hatte, da waren, Schuhe, eine Handtasche und Kleidungsstücke. Sogleich vermißte er einen leichten Mantel, der meiner Mutter, von einer viel kräftigeren Person abgelegt, ohnehin nicht paßte. »Wo ist er – was haben Sie mit dem Mantel gemacht?«

»Ich habe ihn zur Reinigung gegeben. Sie hat Kaffee auf ihn verschüttet«, erklärte die Frau des Direktors.

»Ja«, sagte Mamma mit ihrer klaren, tonlosen Stimme.

Und die Frau: »Wenn er zurückkommt, werde ich ihn für sie kleiner machen, er ist in der Schulterpartie zu groß für sie.«

Wut und Abscheu im Gesicht sah sich Simon weiter schweigend im Schrank um. »Wenn Änderungen nötig sind, kann sie sich einen guten Schneider leisten. Ich will, daß sie anständig angezogen geht.»

Jedesmal, wenn er kam, ließ er ihr etwas Geld da. Er gab ihr einzelne Dollarstücke, damit man sie beim Wechseln nicht übers Ohr hauen konnte. Nicht, daß er dem Direktor und seiner Frau wirklich mißtraute, aber er wollte ihnen auf alle Fälle zum Bewußtsein bringen, daß er nicht auf ihre Ehrlichkeit angewiesen war. »Ich will, daß sie jeden Tag einen Spaziergang macht.«

»Das ist die Regel, Mr. March.«

»Ich kenne Regeln. Man hält sich daran, wenn man gerade dazu aufgelegt ist.« Ich sprach ein paar leise Worte zu ihm, und er antwortete: »Das ist schon richtig so. Sei still. Ich will, daß sie wenigstens einmal die Woche zum Frisör geht.«

»Mein Mann fährt alle Damen zusammen im Wagen zum Frisör. Er kann nicht jede einzeln hinfahren.«

»Dann müssen Sie eben ein Mädchen dafür anstellen. Sollte sich denn nicht irgendein Mädchen aus dem Lyzeum finden lassen, das einmal in der Woche mit ihr da hingeht? Ich werde auch das bezahlen. Ich will, daß man sich richtig um sie kümmert. Ich werde bald heiraten.«

»Wir werden versuchen, Sie zufriedenzustellen, mein Herr«, sagte sie, und er, ohne die Ironie in ihren Worten zu überhören, obgleich sie nur sicher und keinesfalls eingeschüchtert dreinsah, starrte vor sich hin, brummte etwas in seinen Bart und nahm seinen Hut ab.

»Auf Wiedersehen, Ma.«

»Wiedersehen. Auf Wiedersehen, Jungs.«

»Und nehmen Sie diesen Ramsch hier weg«, sagte Simon und riß mit einem kräftigen Ruck an der Bettdecke, daß die Nadeln durch die Gegend flogen.

Er ging, und die Frau sagte pikiert zu mir: »Ich hoffe, daß FDR* persönlich vielleicht doch noch gut genug für ihn ist.«

* Franklin Delano Roosevelt.

12

Als das kalte Wetter begann, fing Simon an zu verdienen, und alles ging gut. Seine Stimmung stieg. Die Hochzeit war eine großartige Angelegenheit, im Gala-Ballsaal eines großen Hotels, wo der Brautzug in den sonst für den Gouverneur reservierten Zimmern – in denen Simon und Charlotte auch ihre erste Nacht verbrachten – zusammengestellt wurde. Ich stand Ehrenspalier, mir gegenüber Lucy Magnus als Brautjungfer.

Simon ging vorher mit mir los, um sich einen Smoking auszuleihen, aber dann gefiel ihm der Sitz so gut, daß er das Ding schlankweg kaufte. Am Hochzeitstag half mir Mimi mit den Knöpfen an der gestärkten Hemdbrust und mit der Krawatte. Mein Nachbar, Kayo Obermarck, kam zu mir herein, um zuzusehen, und saß mit seinen dicken Füßen barfüßig auf meinem Bett und lachte über Mimis bissige Bemerkungen über die Ehe. »Jetzt siehst du selbst wie der Bräutigam aus«, sagte Mimi. »Wahrscheinlich legst du es darauf an, bald einer zu werden, was?«

Ich schnappte mir meinen Mantel und rannte weg, weil ich Mamma abholen mußte. Zu diesem Zweck hatte ich den Pontiac. Ich war verantwortlich für Mamma und sollte sie um alle Klippen bringen. Simon hatte mir aufgetragen, dafür zu sorgen, daß sie eine dunkle Brille aufsetzte. Der Tag war frostig, windig und klar, die Wellen türmten sich weiß auf dem schweren grünen Wasser über den Steinen des Outer Drive. Und dann kamen wir vor dieses erhabene Hotel mit all seiner olympischen Wuchtigkeit und seinem unruhigen Zierat aus Marmor, das bemüht war, mehr noch und mehr zu sein und die Aufmerksamkeit auf noch so einen Tonkübel, der für Blumen viel zu gewaltig ist, und auf noch eine aus Stein gemeißelte Figur und noch eine weißgestrichene Kunstschmiedearbeit zu lenken, und in dessen Innern einen schwelgerische Wärme umfing. Sogar in der unterirdischen Garage, in der ich den Wagen ließ, herrschte diese seidige Wärme. Und kam man aus dem weißen Fahrstuhl, befand man sich in einer Alhambra aus Rosen und Kassettendecken, Vergoldungen und Elfenbein, Floridapalmen und lärmschluckenden Teppichen, ungeheuren Entfernungen, und begegnete überall der unverhohlenen Absicht, es dem Menschen bequem zu machen und ihn mit Bequemlichkeit zu umgeben, dem Körper zu dienen wie etwas Kostbarem, ihn zu baden, zu trocknen, zu pudern, ihm seidene Ruhestätten zu bereiten, ihm Schritte zu ersparen und ihn zu ernähren. Ich bin in Schönbrunn und in den Bourbonengemächern in Madrid gewesen und sah dort all diesen Prunk als Rahmen der Macht; aber Luxus als Macht an sich, Luxus ohne irgend etwas Höheres ist etwas anderes. Außer insoweit, als alles Verlangen, ganz egal nach was, solange es nur einen großen Radius hat, den Mysterien zugeordnet und immer etwas Höheres ist. Und was hat diese Macht mit dir zu schaffen? Ich weiß, daß ich in – sagen wir mal – einer alten Stadt wie Venedig oder in Rom, an den majestätischen Mauern entlanggehend, wo einmal große Männer saßen, erlebte, was es bedeutet, einfach ein Punkt zu sein. Ein Fleckchen, das über die Hornhaut fliegt, eine Zelle, beinah blank, beinah nichts als Luft: das war ich in den Gedanken dieser *Ottimati*. Und diese außergewöhnliche, altertümliche, hinaufgesteigerte Größe mit ihrer Hinterlassenschaft an Kunst und vielen vornehmen Signaturen konnte ich, selbst wenn ich mich von ihrer Großartigkeit nicht erdrücken lassen wollte, würdigen. Aber in dieser neuen Macht des Luxus mit ihren Arbeiter-und-Ingenieur-Bataillonen sind es die Dinge selbst, die Produkte, die vornehm sind, und der einzelne Mensch wird ihnen summa summarum auch nicht im entferntesten gerecht. Schließlich sind sie es, die Größe in Anspruch zu nehmen – diese unzähligen Bäder mit ihrem nie versiegenden heißen Wasser, die ungeheuren Klimaanlagen, die komplizierten Maschinen. Nichts widersätzlich Großes ist erlaubt, und wer von alledem keinen Gebrauch macht oder es nicht zu genießen wünscht, gilt hier als Störenfried.

Bis jetzt wußte ich noch nicht, was ich von alledem halten sollte. Mir war noch nicht ganz klar, ob ich dafür oder dagegen sein würde. Aber wie kommt man zur Entscheidung, dagegen zu sein und dagegen zu bleiben? Wann wählt man, und wann wird man gewählt? Dieser hört Stimmen, und jener ist ein Heiliger, ein Anführer, ein Rhetor, ein Horatius oder ein *Kamikaze*. Einer sagt *»Ich kann nicht anders – Gott helfe mir, amen«*. Und warum bin ich es, der nichts anderes tun kann? Gibt es da einen geheimen Auftrag, den die Menschheit irgendeinem unglücklichen Wesen überträgt, das ihn nicht ablehnen kann? So als ob die Menschheit sich von etwas abwendet, ohne das sie aber auf die Dauer nicht ankommen kann, und darum einen bestimmt, ihm treu zu bleiben? Jedenfalls wird einer immer nur unter großen Schwierigkeiten zu einem exemplarischen Vorbild.

Möglicherweise fühlte Simon, daß ich einer dieser leicht zu beeinflussenden Menschen war und so aussah, als ob ich ein Vorbild werden könnte. Es schwimmen ja, weiß Gott, genug verlassene und hungrige Prinzipien herum, die sich irgendwo festsetzen möchten. So versuchte er, das erste zu sein, das mich erreichte.

Simons Idee war, ich solle Lucy Magnus heiraten, die sogar noch mehr Geld als Charlotte hatte. Die Zukunft malte er mir so aus: Ich sollte meinen juristischen Vorbereitungskurs beenden und abends an der John-Marshall-Schule Jus studieren, während ich tagsüber für ihn arbeitete. Er würde meine Studiengebühren bezahlen und mir jede Woche achtzehn Dollar geben. Eventuell könnte ich sein Teilhaber werden. Oder, falls mir sein Unternehmen nicht gefiel, könnten wir uns mit unserem gemeinsamen Kapital auf dem Grundstücksmarkt versuchen oder vielleicht irgendwas fabrizieren. Wenn ich Rechtsanwalt werden wollte, hätte ich es nicht nötig, hinter Unfällen herzujagen, ein Winkeladvokat und Rechtsverdreher oder Vermittler in geringfügigen Angelegenheiten zu sein. Nicht bei dem Geld, das mir als Lucy Magnus' Mann zu Verfügung stünde. Außerdem wäre sie ein ganz saftiges Stückchen, obwohl er von der Art, wie ihre Schlüsselbeine vorsprangen, wenn sie ein Abendkleid trug, nicht gerade begeistert war, und sie war zudem voller Entgegenkommen. Er würde mich unterstützen, während ich ihr den Hof machte. Um die Ausgaben sollte ich mir keine Sorgen machen, er würde mir den Pontiac leihen, um sie auszuführen, für mich bei der Familie Eindruck schinden und alle Hindernisse aus dem Weg räumen. Ich hätte weiter nichts zu tun als mitzumachen, mich einzuschmeicheln und die Rolle des Schwiegersohns, den sich ihre Eltern wünschten, zu spielen, und das könnte ich bestimmt. Das Ganze war eine todsichere Sache.

Wir waren allein in seinem Zimmer im Appartement des Gouverneurs, einem Zimmer mit weißen Wänden und goldenen Leisten, schweren, an Seidentrossen hängenden Spiegeln und einem Louis-XIV-Bett. Er war aus der gläsernen Duschkabine herausgekommen, hatte sich in einem dicken Frotteemantel abgetrocknet, schwarze Socken und ein steifgestärktes Hemd angezogen und lag, eine Zigarre rauchend, auf dem Bett, während er mir dies alles praktisch und todernst erklärte. Sein großer Körper lag ausgebreitet, die mittlere Partie nackt. Er predigte mir nicht Komfort und Luxus, sondern seine Vernunft: sich nicht in einer Wildnis von Möglichkeiten zu verlieren, sondern hart zu werden, so wie er, und sich mit dem Notwendigen zu befassen, ohne von dem ganzen Schmus mit Fransen drum herum abgelenkt zu werden. Er glaubte daran, und in einem gewissen Sinn glaubte ich auch daran. Warum sollte ich nicht die Tochter eines reichen Mannes heiraten? Wenn ich auch nicht alles so wie Simon machen wollte, konnte ich dann nicht einfach mein Leben auch anders einrichten? Gab es nicht auch eine andere Möglichkeit, in diesen herrlichen Zug einzusteigen? Warum sollte es sie nicht geben, falls Lucy anders als ihre Kusine war? Ich hatte nichts dagegen, mir die Sache anzusehen und von Simons Angebot zu profitieren. Ich führte schon so viele seiner Befehle aus, gab ihm schon so viel von meiner Zeit, letzten Endes konnte ich dafür auch ein Gehalt nehmen, den Weg zu Ende gehen und das Ganze amtlich machen. Und genausogut kann ich sagen, daß ich mitmachen wollte, weil ich ihn liebte und weil mich seine Ansichten – obwohl ich sie im Grunde gar nicht teilte – begeisterten. Auf alle Fälle war es ungeheuer wichtig für ihn, daß ich mich nicht für zu gut hielt, das zu tun, was er auch getan hatte, und der Eigensinn, mit dem ich mich ihm aus unausgesprochenen oder jedenfalls ungenügenden Gründen immer widersetzt hatte, schien endlich überwunden zu sein. Ich widersprach ihm nicht, und so redete er voll ungewohnter Zuneigung zu mir.

Er rollte sich vom Bett, um sich fertig anzuziehen, und sagte: »Jetzt fangen wir zwei beide an, den Laden zu schmeißen. Ich fragte mich schon, wann du endlich Vernunft annehmen würdest, und machte mir schon Sorgen, daß du weiter nichts als ein fauler Sack werden würdest. Steck mir doch eben mal diesen Kragenknopf hinten 'rein. Meine Schwiegermutter hat mir die geschenkt. Herrgott, wo sind denn jetzt wieder meine Lackschuhe? Bei diesem ganzen Seidenpapier kann man aber auch wirklich nichts finden. Schaff das Zeug fort. Laß es im Klo für den Gouverneur«, sagte er mit übermütigem und nervösem Lachen. »Die Welt ist noch nicht zu eng. Es gibt noch Platz; wenn du dich dahintermachst, kannst du schon noch Lücken finden. Schließlich ist Horner auch Jude, wahrscheinlich hatte er es am Anfang auch nicht leichter als wir, und jetzt ist er Gouverneur von Illinois.«

»Hast du denn vor, es auch mit der Politik zu versuchen?«

»Vielleicht. Warum denn nicht? Es hängt davon ab, wie sich die

Dinge entwickeln. Onkel Artie kennt einen Knaben, der Gesandter wurde, weil er immer soviel für die Wahlkämpfe gestiftet hat. Zwanzig-, dreißig-, sogar vierzigtausend Kröten, und was ist das schon für einen Mann, der es hat?«

Das mit dem Gesandter-Sein darf man sich nicht so vorstellen, wie es früher war – ein Guicciardini, der mit seinem klugen Gesicht aus Florenz kommt, oder ein Russe, der nach Venedig geschickt wird, oder ein Adams – – Dieser Glanz ist verblaßt, seit man sich einen Gesandten nicht mehr als einen über Teppiche schreitenden Repräsentanten der Macht seines Landes vorstellt, sondern ihn in der Wochenschau sieht, wie er Schellack durch die Wasserrohre von Lima bläst, damit sie nicht rosten.

Simon, der seinen Frack anzog und von Spiegel zu Spiegel schritt und seine Finger krümmte, um seine weißen Manschetten vorzuziehen, und sein Kinn hochreckte, um seinem starken Hals mehr Bewegungsfreiheit im engen Kragen zu verschaffen, hatte eine Vitalität, die sich dem Zimmer mitteilte; mehr noch (dieser Gedanke schien in der Luft zu liegen) als die Gouverneure, für die es reserviert war. Und da er hier hereingekommen war, ohne auch nur jemals Kandidat gewesen zu sein, könnte er vielleicht weit über sie hinauswachsen, ohne sich zur Wahl zu stellen oder sich mit der ermüdenden Kleinarbeit der Politik zu befassen. Er war der Ansicht geworden, daß es auf Mutationsfähigkeit ankam, und auch ich konnte erkennen, daß man nur angeblich geboren wird, um innerhalb bestimmter Grenzen zu verbleiben. Das lehrt man dich, wenn du unten bist. Ich will damit nicht sagen, daß ich seine Gefühle, diesen Nerv eines kronprinzlichen Paradepferdes in ihm, genau teilte. O Pferd des Dauphin! – er riß beinah die Portieren herunter oder raste in die Spiegel aus diesem sich bäumenden Stolz –, aber jetzt mit ihm kam ich mir weniger eingepferdıt als sonst immer vor, und mir erschien nichts von dem, was andere taten, weiter als so unwahrscheinlich.

Aber unten warteten die Leute, und Simon hielt, indem er sich Zeit ließ, den ganzen Betrieb auf. Charlotte selbst kam wie ein stattliches bräutliches Gebäude mit ihrem Schleier und den anderen Spitzen und langstieligen Blumen im Arm herein. Bei ihr wurde nicht viel von dem, was hinter den Kulissen des Lebens ist, versteckt, um einen Mann in den Fesseln der Liebe zu halten, wie Lucretius rät, wenn er sagt, daß man Nachsicht mit der Vergänglichkeit des Menschen haben muß. Man mußte nur ihren praktischen Mund sehen, um zu wissen, daß die Vergänglichkeit schon im voraus zugegeben wurde, obwohl sie, um den Schein zu wahren, all das tat, was andere Frauen auch tun. Ihre Offenheit verlieh ihr eine Art Vornehmheit. Aber als sie ins Zimmer trat, verkörperte sie die sichtbare Möglichkeit, Gesandter zu werden und in Gouverneursgemächern zu wohnen, und was Simon auch immer tun würde, es brachte ihn alles schließlich zu ihr zurück.

»Alle anderen sind fertig. Was machst du denn noch?»

Sie sagte das zu mir, denn sie pflegte nie ihn zu tadeln, wenn sie die Möglichkeit hatte, statt dessen mich, sein Double, zu tadeln. »Ich habe mich angezogen und Schmus geredet«, sagte Simon. »Wir haben massenhaft Zeit – wozu die Hetze? Auf jeden Fall hättest du nicht zu kommen brauchen, du hättest telefonieren können. Sei doch nicht nervös, Schatz, du schaust bezaubernd aus, und alles wird glatt gehen.«

»Wenn ich mich darum kümmere, bestimmt. Du wirst jetzt kommen und mit den Gästen reden«, sagte sie in ihrem gebieterischen Ton.

Sie setzte sich aufs Bett, um den Lieferanten, die Musiker, den Blumenladen, die Hotelverwaltung und den Fotografen anzurufen, denn sie hatte alle unter eiserner Kontrolle und hatte alle Anordnungen selbst getroffen, sich auf niemanden verlassen; und, die weißen Schuhe auf einen Stuhl gestützt, einen Block auf den Knien, schrieb sie Zahlen und handelte mit dem Fotografen und versuchte noch im letzten Moment, seinen Preis zu drücken. »Hören Sie, Schulz, wenn Sie mich überfordern wollen, werden Sie nie wieder Aufträge von den Magnusens bekommen, und wir sind eine große Familie.«

»Augie«, sagte Simon, als wir hinausgingen, »du kannst den Wagen haben, um Lucy auszuführen. Wahrscheinlich brauchst du etwas Geld, hier sind zehn Kröten. Ich werde Mamma in einem Taxi nach Hause schicken, aber ich verlange jedoch, daß du um acht im Geschäft bist. Trägt sie die dunkle Brille, wie ich gesagt habe?« Mamma hatte gehorsam die Brille aufgesetzt, aber er ärgerte sich, als er sah, daß sie ihren weißen Krückstock mitgebracht hatte. Sie saß im Vestibül neben Anna Coblin, den Stock zwischen den Knien, und er versuchte, ihn ihr fortzunehmen, aber sie wollte sich nicht von ihm trennen.

»Ma, um Gottes willen, gib mir doch diesen Knüppel. Wie sieht denn das aus? Man wird uns fotografieren.«

»Nein, Simon, die Leute werden mich rempeln.«

»Niemand wird dich rempeln – du hast doch Anna dabei.«

»Hör, laß sie ihn doch behalten«, sagte Anna.

»Ma, gib Augie den Stock, er gibt ihn an der Garderobe ab.«

»Ich will aber nicht, Simon.«

»Mamma, möchtest du denn nicht, daß alles hübsch aussieht?« Er versuchte ihre Finger vom Griff zu lösen.

»Laß das«, sagte ich zu ihm, und Anna mit ihrem brennenden düsteren Gesicht flüsterte ihm irgendwas zu.

»Du sei still, du Kuh«, sagte er zu ihr. Er ging fort, aber gab mir Anweisung: »Nimm ihn ihr weg. Wie sieht denn bloß unsere Familie aus!«

Ich ließ ihr den Stock, und ich mußte Anna beruhigen und sie bitten, Mammas wegen dazubleiben.

»Geld macht euch meschugge«, sagte sie und saß schwer und groß in ihrem Korsett da und starrte wütend das luxuriöse Vestibül an.

Ich stimmte mit Mammas Selbstbehauptung überein und wunderte mich darüber, was man doch für Überraschungen mit Sanftmütigen erleben kann. Jedenfalls ließ Simon die Sache auf sich beruhen, er war zu beschäftigt, um jeden Kampf durchzufechten, und war irgendwo im Ballsaal, wo man sich auf die Feierlichkeiten vorbereitete. Ich suchte unter den Gästen nach Bekannten. Er hatte die Einhorns einschließlich Arthurs eingeladen. Arthur, der an der Universität von Illinois promoviert hatte, war in Chicago-Süd, und ich wußte, daß er mit den Leuten um Frazer befreundet war und daß er angeblich Gedichte aus dem Französischen übersetzte. Einhorn unterstützte ihn immer bei jedem intellektuellen Vorhaben. Da waren also die Einhorns im Ballsaal, der Alte in einer Art Militärrock, grau, sah aus wie der ehemalige Besitzer einer Herrlichkeit, die geradesogut wie diese hier gewesen war, und der ohne Neid, aber voll Verständnis dafür, wie alles so kommt, zusieht, wie sie ihren Besitzer wechselt. Zu mir sagte er: »Du siehst sehr gut in deinem Smoking aus, Augie.« Tilly küßte mich und nahm mein Gesicht in ihre dunklen Hände. Arthur lächelte. Er konnte außerordentlich liebenswürdig sein, aber man hatte das Gefühl, er nähme einen dabei gar nicht wahr.

Ich ging weiter, um Happy Kellermann und Frau zu begrüßen. Kellermanns Frau war eine dünne blonde Bohnenstange, die ihren Bauch herausstreckte und von oben bis unten mit Ketten und Perlen umwunden war. Als nächste sah ich Five Properties und Cissy – es war nicht schwer zu verstehen, warum Simon sie eingeladen hatte. Einerseits wollte er Cissy zeigen, wie weit er gekommen war, und außerdem wollte er Five Properties einem grausamen Vergleich unterwerfen. Aber Cissy triumphierte über alle mit der weichen, erregenden Würde ihrer weiblichen Gaben, in ihrem tiefen Ausschnitt berührte eine Brust die andere, und während der wenigen Worte, die sie sprach, sah man ihre Zunge. Five Properties war zu einer Versöhnung der Vettern gekommen. Sie hatte ihn gelehrt, sein skytisches Haar anders zu kämmen, es fiel jetzt tiefer über seine zerklüftete Stirn, ohne das skeptische Grinsen der Augen zu beeinträchtigen; dieses wilde Grün würde immer alles ausdrücken, was Five Properties dachte. Auch er trug einen Smoking, er trug ihn auf seinem gewaltigen Trumm von einem Körper, um der Großartigkeit gerecht zu werden, zu der Simon ihn eingeladen hatte. Und so lachte er alle mit seinen im Zahnfleisch vergrabenen Zähnen und seinen grünen Augen an. Offensichtlich lenkte Cissy ihn und hatte ihm zivilisierte Manieren beigebracht – ihm, der den Wagen voll durcheinanderschüttelnder Leichen, zu denen sich Deutsche und Russen im polnischen Dreck gegenseitig gemacht hatten, beladen und gefahren hatte. Sie triezte ihn. Trotzdem konnten weder ihr Lächeln noch ihre leise geflüsterten Worte ihn davon abhalten, ihren Rücken zu streicheln und sie zu drücken. »Was ist denn schon dabei, Baby«, sagte er.

Endlich fing die Hochzeitsmusik an. Ich kümmerte mich darum, daß Mamma auf ihren Platz geführt wurde, eine Plüschbank zwischen dem Blumengehege neben dem Altar – die Coblins waren bei ihr –, und nahm dann meinen Spalierplatz in der eingeübten Prozession mit Lucy Magnus zu seiten des weißen Teppichs ein, auf dem die Hauptpersonen hereinkamen: Charlotte und ihr Vater hinter Rosen streuenden Kindern, Mrs. Magnus und Onkel Charlie und schließlich Simon mit Lucys Bruder Sam, der in der ersten Auswahlmannschaft des Michiganteams war und schwerfällig ging. Während der ganzen Trauung sah mich Lucy in ihrer unzweideutigen, offenen Art an, und nachdem die Ringe gewechselt waren und Simon Charlotte umdrehte, um sie vor allen zu küssen, und alle in die Hände klatschten und riefen, kam Lucy und nahm meinen Arm. Wir gingen 'rüber zum Bankett, das Gedeck kostete zehn Dollar – damals noch ein erschreckend hoher Preis. Aber es war mir nicht vergönnt, in Ruhe zu essen. Ein Saaldiener kam, um mir zu sagen, daß man mich zu sprechen wünsche, und verwies mich ans andere Ende des Saals. Five Properties, wütend, ging fort, weil man ihn und Cissy abseits an einen kleinen Tisch hinter einer Säule gesetzt hatte. Ich habe nie herausbekommen, ob Charlotte oder Simon selbst dafür verantwortlich war. Das war beiden gleichermaßen zuzutrauen. Wer immer es auch getan hatte, Five Properties war schrecklich beleidigt.

»Is' schon in Ordnung, Augie. Gegen dich habe ich nichts. Er lud mich ein. Ich kam. Ich wünsch' ihm alles. Aber ist das eine Art, seinen Vetter zu behandeln? Geht in Ordnung. Essen kann ich, wo ich will. Ich brauche seins nicht, da sei Gott davor. Komm schon, Baby.«

Ich ging, um ihr den Pelz zu holen, denn ich wußte, daß es sinnlos war, sie umstimmen zu wollen, und brachte sie zum Garagenaufzug, während mir etwas über Grobheit als Gradmesser erlittener Kränkungen und über die verschiedenen Arten, Beleidigungen in sich aufzuspeichern, dämmerte. Als Cissy in den Aufzug stieg, sagte sie: »Gratuliere deinem Bruder, seine Frau ist schrecklich hübsch.«

Aber das war ein Spiel, in dem ich nicht den Schiedsrichter machen wollte, und als Simon ganz scharf darauf war, mich über ihr Fortgehen auszufragen, sagte ich nur so nebenbei: »Ach, sie hatten einfach keine Zeit, länger zu bleiben. Sie sind nur gekommen, um sich die Trauung anzusehen.« Ich verschaffte ihm die Genugtuung nicht.

Aber das andere wichtige Spiel, in das er mich hineinbugsiert hatte, spielte ich nach allen Regeln der Kunst; ich ging in Nachtklubs, zu Universitätsbällen, Tanzvergnügen der Verbindungen und nächtlichen amerikanischen Fußballspielen, wo Lucy und ich uns küßten und schmusten. Sie war, bis zum allerletzten, ohne Hemmungen und unternehmungslustig, und wo sie aufhörte, hörte auch ich auf. Man weiß nie, auf welche Art sich die Selbstachtung zeigen wird, besonders bei Leuten, die nur wenige Lebensregeln haben. Aber ich genoß alles Erlaubte, und soweit blieb ich auch ich selbst. Aber in anderen Dingen blieb ich nicht ich selbst, und das war ziemlich beängstigend und lastete manchmal mit schweren Gewichten auf meinem Kopf, und ich begriff, daß ich die äußerste Zone meiner Anpassungsfähigkeit erreicht hatte. Aber ich war stolz darauf, das alles einfach erscheinen zu lassen. So, wenn man mich am Sonntagnachmittag in Onkel Charlies Haus sah, nach dem Mittagessen, neben dem Kaminfeuer, zwischen der Familie, mit Mrs. Magnus, die einen Schal strickte, der sich aus einer bestickten Kanevastasche nach oben schlängelte, mit Sam, Lucys Bruder, neben mir, der sein Kinn reckte, um mehr Platz für das Cachenez unter ihm zu schaffen, und dessen Hausmantel sich über sein feistes Hinterteil spannte, während er ab und zu seine angeklitschten Haare zärtlich richtete; mit Onkel Charlie, der Pater Coughlin zuhörte, der damals noch nicht gegen die jüdischen Geldwechsler hetzte, aber den langweilenden Missionsgeist der Kraftvollen und Verwirrten hatte, die einen einfach nicht in Ruhe lassen können und einen die zitternde Leere der Winterlandschaft zwischen Detroit und Chicago spüren lassen – wenn man mich dort so sah, neben dem Feuerschein, Onkel Charlie gegenüber, der ein Bein nach vorne gestellt hatte und dessen Finger durch einen Spalt seines Hemdes an der Matte auf seiner Brust zogen, war ich nicht der Erfolgreiche, für den der Neid mich hätte halten können. Mein eigner Neid sah unzweifelhaft mit kranken Augen durch die klaren grauen Fensterscheiben, wo die Kinder sich balgten und Schneebälle warfen, die an den schwarzen Stämmen zerplatzten und in hohem Bogen durch die zarte Silhouette der kahlen Zweige sausten. Nicht daß Lucy, in einem dunklen Wollkleid, das gerade noch den obersten Rand der Strümpfe bedeckte, die sie mir am Abend vorher loszumachen geholfen hatte, damit ich ihre Haut streicheln konnte, mich nicht für vieles entschädigt hätte. Auf irgendeine Art, nicht die tiefste, aber auch nicht ganz trivial, war ich in sie verknallt, und soweit es mir erlaubt war, ließ ich sie richtige Umarmungen fühlen, die sie erwiderte, mein Ohr leckte und mich lobte und mir Hoffnungen machte; sie nannte mich schon ihren Mann.

Die tiefempfundene Bedeutung, die Frauen – verstohlen ihrem nachdenklichen Blick abgelesen – Begierden beimessen, die meistenteils aus Angst um alles, was zur Schaffung eines auf Vernunft und Beständigkeit gegründeten Lebens getan worden ist, verboten sind, die Last, unter der Phädra aufschrie, sie wolle sich ihre schimpflichen Kleider vom Leibe reißen – das konnte man auch in Lucy entdecken. Es hatte sie dahin gebracht, mich zu wählen.

Es war klar, daß ich, vom Standpunkt ihrer Familie gesehen, weniger erstrebenswert als Simon war. Die Familie richtete ihr ständiges Augenmerk vor allem auf meine Willigkeit, in allem so zu sein wie sie. Sie waren sich dessen nie ganz sicher und wollten sozusagen immer wieder meine Ausweise gezeigt bekommen und kamen herein, ohne anzuklopfen, als ob ich in der Kadettenanstalt wäre, um zu sehen, ob auch überall Staub gewischt sei und ob der Zustand des

Krankenreviers den Vorschriften entsprach. Lucy setzte sich für mich ein. Soviel ich als außenstehender, aber sorgfältiger Beobachter der Lage feststellen konnte, bestand darin ihr einziger Ungehorsam. Als ich vorschlug, daß wir durchbrennen und in Crow Point heiraten sollten, lehnte sie glatt ab, und ich konnte den Unterschied zwischen ihr und Charlotte erkennen. Aber ich darf dabei wahrscheinlich den Unterschied zwischen Simon und mir auch nicht vergessen. Er hatte es fertiggebracht, Charlotte zu einer heimlichen Heirat zu überreden. Und wenn Lucy mich auch »ihren Mann« nannte, so hätte Mimi Villars, ohne schmeicheln zu wollen, dazu gesagt, daß sie eben eine Ehefrau war, die auf den ganzen Schwindel, das ganze eheliche Drum und Dran Wert legte. In anderen Worten: ein bißchen Sinnlichkeit und keine großen Aufregungen. Es sei denn, daß sie mit der Aufregung flirtete, indem sie sie in mir entdeckte.

Doch ich stand, wie bei den Renlings, unter einem Einfluß, übte aber keinen aus. Ich mußte die Kurve bei ihnen kriegen, ich mußte was vorstellen, ich hatte den Wagen, das Geld und die Kleider und diente bereits, ehe mir überhaupt klar war, ob mir das Ganze gefiel oder nicht. Sogar wenn ihr Vater um zwei Uhr morgens an uns heranschlich, während wir uns knutschten, so schlich er doch durch ein großes Haus, und es war schwer, sich vorzustellen, daß er im Unrecht war, wenn das Licht anging und er mürrisch auf uns zukam. Wahrscheinlich sah ich überhaupt nirgends etwas Falsches, und es dauerte länger als nötig, bis ich feststellte, daß er mich nicht mochte, denn alles glänzte so, war so reich, so satt, samtig und schmetterlingshaft.

Die Tour, in der ich mit *Glass Derby* und *Chez Paree* und den Bällen im *Medinah Club* drin war, hielt mich in Atem. Hier entschied es sich, ob meine Taschen mich befähigten, mit den Söhnen arrivierter Väter zu verkehren. Ich mußte sehr vorsichtig sein, denn Simon hielt mich kurz; irgendwie schien er zu denken, daß ich das gleiche wie er, nur mit ein bißchen weniger, erreichen könnte. Es stimmt, daß ich mein Geld besser zu strecken verstand als er, aber andererseits dachte Lucy weniger praktisch als Charlotte. Ich mußte an Eintrittsgelder, Trinkgelder und Parkgebühren denken und verschwand zwischendurch schnell mal, um mir die Zigaretten lieber aus einem Laden zu holen, anstatt sie im Lokal zu kaufen. Ich bestand die Prüfung durch Lucys Freunde, indem ich nichts hörte, was ich nicht hören wollte, andere nicht zwang, etwas zuzugeben, und wenn dies auch den Heuchlermuskel in meinem Gesicht stärkte und meinen Magen hart werden ließ, so glaube ich doch, daß es für mich spricht, daß ich meine Rolle geschickt zu spielen verstand.

Dies war aber nicht unsere einzige Gesellschaft. Wir besuchten Simon und Charlotte in ihrer Wohnung – anfangs hatten sie nur drei Zimmer –, um auf dem Aussteuertischzeug und von dem Hochzeitsporzellan zu essen. Die Magnusens scheuten keine Mühe, um etwas für einen der Ihren zu besorgen, und diese Teller und Tassen waren in einem englischen Ofen gebrannt, der Teppich kam tatsächlich aus Buchara, und das Silber war von Tiffany. Blieben wir nach dem Essen da, so spielten wir Bridge oder Rommé, und um zehn rief Charlotte den Drugstore an und ließ Pfefferminzeis und heiße Schokoladencreme heraufschicken. So leckten wir Löffel, und ich war im allgemeinen liebenswürdig, hilfsbereit, unterhaltend, und dachte an meine zweifarbigen seidenen Hosenträger und den Sitz meines Hemdes, beides Geschenke von Simon.

Charlotte behandelte Lucy und mich, indem sie Simon gehorchte, wie ein verlobtes Paar, blieb aber mißtrauisch und zurückhaltend, was sie vor ihm versteckte. Mit dem Instinkt ihrer Familie wußte sie, daß ich nicht Simons Eigenschaften besaß, daß ich eigentlich gar nicht vorhatte, in seine Fußtapfen zu treten, vielleicht weil die Schwierigkeiten, die er auf sich nahm, über meine Kraft gingen.

Auch er wurde dessen gewahr. Zuerst hatten ihn meine Bereitschaft und Geschicklichkeit, meine Löffelleckerei und mein Entgegenkommen und meine Nettigkeit erfreut, die ich auch fortsetzte, wenn ich mich unter den Augen der Magnusens bewegte und versuchte, das Bestmögliche aus der Anziehungskraft ihrer Verlockungen zu machen – da war dieser ganze Komfort, die Stärke ihrer Wagen im großen Wagenstrom in der kalt beleuchteten Dunkelheit des North Side Drive, diese Heraldik auf Rädern, die auf weichen Pneus den schwebenden Kugeln und Monden des Drake Hotels und den Türmen, die es umgab, zueilte; das dicke Bratenfleisch, das ausgiebige Essen und das aufregende Tanzen. Wenn man dem Seeufer folgte, ließ man das trockene Holz und die grauen Ziegel des eng gebauten, überfüllten Chicago der Arbeit und Armut links liegen und fuhr schnell daran vorbei. O nein. Die beiden Hälften der Prophezeiung lagen dort zusammen, die chaldäischen Schönheiten und die wilden Tiere und traurigen Kreaturen lebten unter dem gleichen Dach.

Da ich am Anfang dieses Winters täglich im Geschäft war, kam ich nicht in die Lage, das zu vergessen, obwohl sich meine Sonntage und

Abende in einer anderen Sphäre abspielten. Und auch meine Sonntage waren geteilt. Simon ließ mich jeden Sonntag die Kohlenplatztore öffnen, um sich auch an diesem Tag bei dem kalten Wetter die paar Geschäfte nicht entgehen zu lassen. Er trieb mich hart an und verlangte Disziplin. Manchmal kontrollierte er morgens, wann ich kam. Aber er ließ keine Entschuldigung gelten. »Na, und? Warum kommst du auch mit ihr nicht schneller ans Ziel? Heirate sie, und du wirst mehr Ruhe haben.« Anfänglich sagte er das halb im Scherz, aber später, als er schon mehr an mir zweifelte, wurde er mürrisch und bald darauf böse auf mich. Er nahm mir die Extraausgaben übel, weil er sie für einfach zum Fenster hinausgeschmissenes Geld hielt. »Worauf, zum Teufel, wartest du eigentlich noch, verdammt noch mal, Augie! Die sollte doch kinderleicht umzulegen sein. Wenn ich du wäre, würde ich dir schon zeigen, wie man das macht, aber im Handumdrehen.« Als sich der Widerstand ihrer Familie verschärfte, wurde er ausfallender, obwohl ich das eine Zeitlang nicht begriff.

Aber wenn ich mal um Viertel nach acht statt um acht kam, stand er oft an der Waage und fauchte mich an. »Was ist los, hat diese Mimi dich aufgehalten?« Er war überzeugt, daß ich was mit Mimi angefangen hatte und es jetzt noch fortsetzte.

Außerdem hatten wir andere Schwierigkeiten. Da ich nicht nur Wiegemeister, sondern auch Hilfsbuchhalter war, erwartete er von mir, daß ich den Negerarbeitern die Raten für die abgelegte Kleidung, die er ihnen verkauft hatte, aus der Lohntüte nahm, und einige Male gab es deswegen zwischen uns dicke Luft. Im Dezember raste mal ein besoffener Händler, Guzynski, aus dem matschigen Hof auf die Waage, aus seinem kaputten Kühler stieg weißer Dampf. Er kaufte eine Tonne Kohlen und hatte mehrere Zentner Übergewicht. Als ich ihm das sagte, beschimpfte er mich und kam von seinem Wagen 'runter, um sich den Weg ins Büro zu erzwingen und mir den Arm zu brechen, weil ich ihn betrogen hätte. Ich stieß mit ihm an der Tür zusammen und warf ihn heraus, und als er sich aus dem Schnee aufgelesen hatte, ließ er seine Kohlen auf die Waage rutschen, statt wieder auf mich loszugehen. Jetzt stand schon eine ganze auflaufende Karawane von Lastern und Wagen auf der Straße wie auch im Hof. Ich sagte einem Arbeiter, er solle die Waage frei machen, aber Guzynski stand mit einer Schaufel über seinen Kohlen, und als der Arbeiter in seine Nähe kam, schlug er nach ihm. Happy Kellermann telefonierte gerade nach einem Streifenwagen, als Simon erschien. Er holte sofort seinen Revolver, und als er mit dem Ding aus dem Büro kam, erwischte ich ihn noch am Arm und stieß ihn zurück, und in seiner Wut hieb er nach mir und landete einen Haken gegen meine Brust. Als er sich losmachte, schrie ich ihm nach: »Sei kein Idiot! Schieß nicht!« und sah ihn dann, wie er im kohlenschwarzen Matsch schwankend sein Gleichgewicht zu halten suchte, als er um die Ecke verschwand. Guzynski war nicht so betrunken, daß er nicht den Revolver gesehen hätte, und, massig in seinem kurzen, verschmierten Mantel und der Pudelmütze, warf er sich zu seinem Wagen 'rum und versuchte, ins Führerhaus zu kommen. Hier, in der schmalen Ritze zwischen dem Wagen und der Bürowand, faßte Simon ihn, hielt ihn an der Gurgel und schlug ihm mit dem flachen Revolver ins Gesicht. Das wickelte sich unter den Augen von Happy und mir ab, wir standen am Fenster der Waage und sahen Guzynski in der Falle, sahen viereckige Zähne und scheußliche Augen, schmierig blau, die Hände verkrallt, die nicht wagten, den Revolver zu fassen, mit dem ihn Simon wieder schlug. Guzynskis Wange klaffte. Mir blieb fast das Herz stehen, als ich die Wunden sah, und ich dachte: Glaubt er, daß er weiß, was er tut, wenn ein Mann blutet? Jetzt ließ er ihn los und signalisierte den Arbeitern mit dem Revolver, die Plattform frei zu machen, und ihre Schaufeln zerkratzten oder zerquetschten die schmutzige Stille, in der Guzynski voll Ekel auf sein Blut sah. Er sprang in seinen Lastwagen, und ich fürchtete, er würde in die Torflügel rasen, aber er schlitterte in den Schneematsch der Straße, und die Spurrinnen fingen seine Räder auf und richteten ihn auf den Verkehr aus, der ihn in die trübe, verschwommene Richtung mit sich fortnahm.

»Irgend 'ne Möglichkeit, daß er aufs Revier geht und 'nen Haftbefehl erwirkt?« sagte Happy.

Simon, der den Revolver hingelegt hatte, hörte ihm zu und sagte schwer atmend: »Hol mir Nuzzo ans Telefon.« Er sagte das zu mir. Ich hatte es für richtig gehalten, mich an die Art zu gewöhnen, in der er so was sagte, und im allgemeinen gehorchte ich. Er suchte sich nie mehr selbst eine Nummer heraus oder wählte, sondern er nahm den Hörer nur, wenn der Angerufene schon wartete. Aber dieses Mal rührte ich mich nicht. Ich hatte die Arme verschränkt und blieb an der Waage stehen. Er merkte sich das finster. Happy rief für ihn an.

»Nuzzo!« sagte Simon, »hier ist March. Wie geht's? Was? Nee, is kalt genug, ich kann mich nicht beklagen. Hör mal, Nuzzo, wir haben hier gerade etwas Ärger mit 'nem Händler, einem Polacken, gehabt, der einen meiner Leute mit 'ner Schaufel schlug. Was? Nein, blau wie ein Veilchen, schmiß seine ganze Kohle auf die Waage und hielt mich eine ganze Stunde auf. Ist jetzt wahrscheinlich unterwegs zu dir, um sich zu beschweren, weil ich ihn ein bißchen fertiggemacht habe. Nimm dich doch mal seiner an, ja? Steck ihn ins Loch, bis er wieder normal wird. – Aber sicher werde ich, ich habe Zeugen. Sag ihm, daß er sich ganz schön in die Tinte setzt, falls er daran denkt, mir hinterher Streiche zu spielen. – Was? – Er gibt sich mit Zentnergeschäften da unten bei der Kirche auf der Achtundzwanzigsten Straße ab. Mach das doch für mich, ja?«

Er tat es, und Guzynski verbrachte einige Tage auf Nummer Sicher. Als ich ihn das nächstemal sah, brütete er nicht über Racheplänen. Als er zurückkam, waren seine Narben noch schorfig, aber er kam weiter als Kunde, ruhig, doch ich wußte, daß Simon seine Augen beobachtete und beim allerkleinsten Anzeichen gehandelt hätte. Aber es gab keine Sturmzeichen. Nuzzo oder Nuzzos Leute hatten ihn in ihrem Keller unter dem Keller zutiefst erschreckt und ihm saturnalisch in die Schulter gebissen, um ihm zu zeigen, wie er ganz aufgefressen und geschnappt werden könnte. Er mußte sogar als Kunde wiederkommen. Aber auch Simon wußte, wie man mal einen Punkt macht, und zu Weihnachten schenkte er Guzynski eine Flasche Gordon's Dry Gin, und seine Frau bekam eine Schachtel Nußpralinen aus New Orleans, aufgemacht wie ein Baumwollballen. Sie sagte ihm, daß das Guzynski gutgetan hätte.

»Natürlich«, sagte Simon, »er ist jetzt befriedigt. Weil er weiß, wo er hingehört. Als er mit der Schaufel um sich schlug, wußte er es nicht und versuchte, es herauszufinden. Jetzt weiß er es.«

Denn Simon wollte mir zeigen, wie gut er mit solchen Zwischenfällen fertigwerden konnte, und wie schlecht – aus reiner Bangschisserei – im Gegensatz zu ihm ich es konnte. Ich hätte Guzynskis Meuterei unterdrücken sollen, sobald sie ausbrach. Aber ich war nicht fix, war nicht tapfer, verstand nicht, daß Guzynski mit einem Revolver geprügelt und ins Gefängnis geworfen werden mußte, wenn er nicht ein Steelkilt-Meuterer werden sollte, der alle Hauptleute ins Bockshorn jagt. Ganz offensichtlich wollte er damit sagen, daß es an diesen gleichen Fehlern lag, wenn ich mit Lucy Magnus nicht vorwärtskam. Wenn ich in handgreiflicher Wirklichkeit ihr Mann würde, wäre alles übrige nur noch eine Formalität. Aber ich erklomm die Stufe der Gewalt nicht. Aus Liebe hätte ich es tun können, aber nicht, um etwas zu erreichen.

So wurde die Lage im Geschäft für mich immer schwieriger; Simon vergrößerte meine Unannehmlichkeiten, weil er einerseits glaubte, daß es gut für mich sei, und andererseits war es ihm auch nicht unangenehm, dies zu tun. Zu dieser Zeit konnte er selbst nicht sagen, wie viele große Dinge für ihn geeignet waren, und er versuchte es mit verschiedenen Rollen. Manchmal war eine neue Idee, wie das Geschäft anzupacken wäre, sein letzter Gedanke beim Frühstück, und die konnte einmal darin bestehen, sich mit dem unwichtigsten Kleinkram oder mit jeder Handvoll in einem Geschäft, das mit Tonnen rechnete, abzugeben; dann wieder nur im großen Raum der Grundsätze seine Kreise zu ziehen und alle Kleinarbeit von Untergebenen erledigen zu lassen – was er sich leisten konnte, wenn sie, und besonders ich, vertrauenswürdig waren; oder ein Jesuit zu sein, wenn es um Geld ging; oder sich als Selfmademan zu denken: dies war einer seiner schwächsten, aber auch beständigsten Gedanken. Ich sagte: »Nun ja, aber du bist nun mal kein Henry Ford. Von allem andern abgesehen, hast du eine reiche Frau geheiratet.« »Es geht darum«, sagte er, »was man alles durchmachen muß, um zu Geld zu kommen, wieviel Mühe drinsteckt. Nicht, daß man mit einem Fünfer anfängt wie in der Algergeschichte« – hier fiel mir ein, was für ein Bücherwurm Simon gewesen war –, »und den dann zu einem Vermögen vergrößert, sondern ob du ein Grundkapital findest, was du damit machst, und ob du es schaffst oder nicht.« Aber das war nur eine Diskussion über die Theorie, wie sie zwischen uns immer seltener wurde. Meistens mußte ich seine Theorie und wie schlecht ich in sie hineinpaßte, wo ich zurückblieb, zu langsam war und das mir gesteckte Ziel verfehlte, von seinen angewiderten Augen ablesen.

So waren das schlimme Tage für mich in diesem besonderen Gefühlsbereich, der die Maße des Hofes, die Form des Zauns, der Kohlehügel, der Maschinen, des Fensters an der Waage und dieses langen Balkens aus Messing mit seiner schwarzen Eichung hatte, an dem ich wog. Diese Dinge und auch die Schubiaks, die dort arbeiteten, die Schubiaks, die kauften, die Schupos, die sich das Ihre holten, die Mechaniker, die Eisenbahnbeauftragten und die Verkäufer nahmen mich mit. Mein Kopf war voller Dinge, die ich behalten mußte; ich durfte keinen falschen Preis nennen und nicht im Rechnen oder bei irgendeinem Handel stolpern. Eines Nachts hörte mich Mimi Villars im Schlaf sprechen und kam herein und stellte mir Fragen, wie in einem Telefongespräch. Am Morgen sagte sie mir alle Preise ganz richtig auf. »Mensch, du mußt wirklich schlecht dran sein«, sagte sie, »wenn du von sonst nichts träumen kannst.« Ich hätte ihr sogar Schlimmeres beichten können, wenn ich gewollt hätte, da Simon beschlossen hatte, mich hart anzufassen, und mir Besorgungen auftrug, die nicht gerade etwas mit den Äpfeln der Hesperiden zu tun hatten. Ich mußte mich mit Hausmeistern wegen Schlacken herumschlagen, sie beruhigen und bestechen, Händler mit Bier weich machen, mich mit Leuten, die Reklamationen hatten, wegen Schwund herumstreiten, und inmitten einer schubsenden, bellenden Menge in der Bank, wo jeder es eilig hat und ärgerlich ist, verwickelte Einzahlungen machen. Außerdem hatte ich Kohlenschipper in den Pennen aufzutreiben und ihnen in der Gosse der Madisonstreet den Hof zu machen, wenn bei uns plötzlich Not am Mann war. Ich mußte in die Leichenhalle gehen, um einen zu identifizieren, der, mit einer leeren Lohntüte von uns in der Hemdtasche, erschossen aufgefunden worden war. Sie hoben das steife, verknautschte Tuch von ihm ab, und ich erkannte ihn, sein schwarzer Körper so erstarrt, als ob er in einem königlichen Wutanfall gestorben war, die Hände zu Fäusten verkrampft, die Füße formlos, und aus seinem Gaumen, den ich sah, etwas herausschreiend. »Kennen Sie ihn?«

»Das ist Ulace Padgett. Er arbeitete für uns. Was ist mit ihm passiert?«

»Es wird behauptet, seine Freundin hätte ihn erschossen.« Er zeigte auf die Wunde in seiner Brust.

»Hat man sie gefaßt?«

»Nee, sie suchen nicht mal nach ihr. Sie tun das nie.«

Simon hatte mir diesen Auftrag gegeben. Er sagte, ich würde den Wagen sowieso fahren, weil ich mit Lucy ausging, und da könnte ich das bei der Gelegenheit auf dem Heimweg nach Feierabend gleich mit erledigen. Ich mußte mich eiligst umziehen und hatte keine Zeit, etwas außer dem sichtbaren Dreck auf Gesicht, Hals und Ohren abzuwaschen. Sonst hatte ich an meinem Körper noch überall den Schmutz aus dem Hof, von den Fersen angefangen die Beine herauf. Sogar in meinen Augenwinkeln waren dunkle Stellen, in die ich nicht 'reingekommen war. Im Dunkeln ließen sie meinen Blick größer erscheinen. Ich hatte keine Zeit, was zu essen, sogar wenn ich hungrig gewesen wäre, denn die Leichenhalle hatte viel Zeit gekostet, und Lucy wartete. Ich fuhr schneller, als ich sollte, und beinah wäre Ecke Western Avenue und Diversey etwas passiert; eine lange Rutschpartie abwärts, bei der sich der Wagen umdrehte und ich rückwärts gegen einen Straßenbahnwagen landete. Der Fahrer hatte mich gute vierzig Meter kommen sehen und stand hügelaufwärts unter der Eisenbahnbrücke. So war der Zusammenstoß nicht schlimm. Die Stopplichter waren in die Brüche gegangen, aber sonst konnte ich nicht viel Schaden entdecken, und die plötzliche Ansammlung, die sich immer bei solchen Gelegenheiten zusammenfindet, beglückwünschte mich. Man sagte mir, was für einen Massel ich gehabt hätte, ich nahm alles auf die leichte Schulter, setzte mich wieder hinter das Steuer und fuhr weiter. Bei den Magnusens, hinein in die dunkle Nacht der Auffahrt und unter die Schneehaube auf dem Vordach, kam ich in glänzender Stimmung, zuversichtlich und pfeifend an, die Schlüssel klingelten melodisch in meinem Mantel, als ich ihn auf eine Bank in der Halle warf. Aber als Lucys Bruder Sam mir einen Drink gab, fühlte ich mich plötzlich sehr viel schneller, als ich hergekommen war, wieder in die Leichenhalle – das kam vom Geruch des Whiskys auf meinen leeren Magen – und zum Unfall zurückversetzt, der mir jetzt in meine arbeitsschmutzigen Beine fuhr, daß sie zu schwach waren, um mich weiter zu tragen. Ich fiel in einen Stuhl. Lucy sagte: »Warum bist du so weiß?« Und Sam kam herbei wie der Gastgeber in einem zweitklassigen Film, letzten Endes beunruhigt, ob sich seine Schwester, dieses drückenswerte, anschmiegsame Püppchen, mit einem Schwächling verloben würde. Mehr aus diesem Grunde als aus Mitleid beugte er sich über mich; die Streifen seines Morgenrocks spannten sich straff über seinem Hintern.

»Bin ich weiß?« fragte ich mühsam und hob meinen Kopf. »Vielleicht weil ich nichts gegessen habe.«

»Oh, wie dumm. Seit wann? Nein, es ist ja schon nach neun.«

Sie schickte Sam in die Küche, um ein Butterbrot und ein Glas Milch von der Köchin zu holen. »Beinah hätte ich auch einen Unfall gehabt«, sagte ich zu ihr, nachdem er gegangen war, und beschrieb, was sich ereignet hatte.

Ich weiß nicht, was sie mehr beschäftigte, ihre Besorgnis oder der plötzliche Gedanke, daß ich – ich, der augenblicklich glückliche Liebhaber – ein Unglücksrabe war. Im Ahnen geübt, mußte sie, wenn sie wie jetzt Gebrauch davon machen wollte, am Horizont eine Pechsträhne, wenn nicht sogar ausgesprochenes Unheil gesehen haben. »Hast du den Wagen schlimm zugerichtet?« fragte sie.

»Er ist ein bißchen verbeult.«

Meine Unbestimmtheit schien ihr nicht zu gefallen.

»Der Kofferraum?«

»Ich weiß nicht genau. Die Schlußlichter sind kaputt, soviel weiß ich. Das übrige läßt sich in der Dunkelheit schwer feststellen, aber wahrscheinlich ist es nicht viel.«

»Heute abend nehmen wir meinen Wagen«, sagte sie, »und ich werde fahren. Der Unfall muß dich ganz wacklig gemacht haben.«

So fuhren wir in ihrem Sportwagen, einem neuen, den ihr vor kurzem ihr Vater geschenkt hatte, zu unserer Party an der North Shore, und hinterher parkten wir in einem der großen Schatten rund um den Bahai-Tempel, um am Fuße dieses kalten, der Religion geweihten Hügels mit seinem durchbrochenen Mondlicht zu streicheln, zu knutschen und zu zittern. Alles schien wie immer und war es doch nicht, weder für sie noch für mich. Als wir zurückkamen, wollte sie sich aus Angst um mich den Schaden genauer ansehen. Ich wollte mich aber nicht mit ihr über das Rückteil des Wagens lehnen und meine Finger in die Beulen legen. Ich machte die Scheinwerfer ihres Wagens aus, unter denen die Untersuchung stattfand. Und hinterher in der Halle, als ich sie in Hut und Mantel streichelte und sie mir versicherte, daß sie mich liebe, wußte ich, daß ihrem Mitgefühl eine Schranke gesetzt war. Sie sah voraus, daß Simon wegen des Schadens großen Krach machen würde – was er auch tat – und, was wichtiger war, ihr schien kein Standpunkt außer dem seinen möglich, und sie fürchtete sich etwas vor mir, weil sie wußte, daß ich einen andern vertrat. Wenn ich auch ihre Schultern riechen und ihre Brüste heben durfte, so war es doch nicht mehr die gleiche Intimität in dieser mit Reichtum überladenen Halle, deren Bestände teilweise vom Mond erfaßt wurden, mit dem schnüffelnden alten Mann oben, der, ob er schlief oder nicht schlief, auf der Hut war.

Darum war ich auch erschöpft, ehe mich der tropfende gelbe Morgen mit seiner kranken Kälte und der dumpfen, ekligen Hitze des Öl verspritzenden Ofens im Zimmer wieder umgab. Ich zweifle nicht daran, daß es eine Art gibt, solche Dinge gleich Hobelspänen auf dem Kamm einer Flutwoge zu tragen, wenn man entschlossen ist, seine Energie auf diese Art fluten zu lassen, und daß das Gewicht der Leichenhallen und Autos von der hydraulischen Hubkraft abhängt, die man frei werden läßt. Als Napoleon in einer alten Kiste von Schlitten aus dem winterlichen Rußland floh, die Armeen seiner Toten lagen wie Herden vom Schnee bedeckt, sprach er drei Tage mit Caulaincourt, der ihn wahrscheinlich nicht gut hören konnte, weil seine Ohren bandagiert waren – sein Herr und Meister konnte nicht wie sonst seine alte Marotte an ihnen auslassen und sie ihm langziehen –, aber der im geschwollenen Gesicht seines Chefs das Meer gesehen haben muß, in dem ein ganzes in seine Einzelteile zerfallenes Europa weiter in Fluß war.

Ja, diese Geschäftsleute haben sehr viel Energie. Es fragt sich, was man verbrennen muß, um diese Energie zu erzeugen, und was wir verbrennen können und was nicht. Es gibt die Verbrennung eines Atoms. Unberührte nördliche Wälder flammen auf wie Kienspäne. Wo flackert das Gegenfeuer auf, und wie groß wird seine Macht sein? Aber ein ander Ding ist, daß man für den Geschmack von Ei im eigenen Mund, für sich, plötzlich alle Kräfte mobil machen kann, während sie einem für einen anderen Menschen fehlen. Und so wird Liebe vergeudet.

Ich konnte alle diese verschiedenen Elemente nicht zusammenhalten. Simon kam und schimpfte mich wegen des Wagens aus, und ich war viel zu fertig, um ihm zu widersprechen oder auch nur zu empfinden, daß er mir unrecht tat. Alles, was ich ihm erwidern konnte, war nur: »Warum regst du dich auf? Es war kaum ein Unfall, und du bist versichert.«

Aber das war gerade der Fehler: ich *mußte* mich wegen der hinteren Karosserie des Wagens und dieser am Draht baumelnden Krabbenaugen schuldbewußt fühlen, und es war nicht sosehr der Unfall, der ihn erregte, sondern daß ich ihn mir nicht sonderlich zu Herzen nahm. Darum verbrannte er mich mit seinen Augen und zeigte seinen zerbrochenen Zahn, während er seinen Kopf drohend senkte. Ich war zu verzagt, um gegen ihn aufzukommen. Es gab nichts Sichtbares, auf das ich mich hätte stützen können, wie er es hatte, etwas, das man sah und dem man traute. Auf meiner Seite war alles vage, und doch war es auch sehr hartnäckig.

An diesem Abend blieb ich zu Hause, um zu lesen. Wir hatten vereinbart, daß ich im Frühjahr an der Uni anfangen sollte, wenn das Geschäft etwas nachließ und Simon ohne mich auskommen konnte. Ich hatte noch immer das gleiche Verlangen – dem ich den ganzen

Sommer nachgegeben hatte, als ich von Büchern lebte –, fähig zu sein, beide Enden des Rahmens zu umspannen und den großen Spiegel, der jede Vorstellung einfangen konnte, jedem Ereignis dieser Welt zuzuwenden. Padilla hatte jetzt die meisten meiner Bücher für mich verkauft – er selbst hatte das Stehlen aufgegeben, seit er eine stundenweise Beschäftigung in einem biophysikalischen Laboratorium gefunden hatte, wo er die Geschwindigkeit der Nervenimpulse ausrechnete – und ich hatte nur noch wenige da. Aber unter dem Bett stand die Kiste mit Einhorns angesengten Klassikern, und ich suchte Schillers *Geschichte des Dreißigjährigen Krieges* heraus und lag in Socken lesend da, als Mimi Villars hereinkam.

Oft holte sie nur ihre Sachen aus dem Schrank und kam und ging, ohne mit mir zu sprechen. Aber heute hatte sie etwas zu sagen und eröffnete mir ohne Einleitung:

»Frazer hat mich angebufft.«

»Um Gottes willen, bist du sicher?«

»Natürlich bin ich sicher. Komm mit. Ich möchte mit dir sprechen, ohne daß es Kayo mitbekommt. Er hört alles durch die Wand.«

Das Wetter war schwarz, nicht sehr kalt, aber windig, und das Laternenlicht war zerhackt und verdellt wie ein Schlagzeugbecken.

»Aber wo ist Frazer?« fragte ich sie. Ich hatte mich in letzter Zeit nicht viel um die Vorgänge im Haus gekümmert.

»Er mußte fortfahren. Zu Weihnachten muß er so eine verdammte Abhandlung vor einer Versammlung in Louisiana lesen, und da wollte er erst seine Leute besuchen, weil er die Feiertage über nicht bei ihnen sein kann. Aber was macht das schon aus, wo er ist – wozu taugt er denn schon?«

»Na hör mal, Mimi, ganz ehrlich, würdest du dich nicht freuen, wenn du ihn jetzt heiraten könntest?«

Sie schwieg, um mir Zeit zu geben, zurückzunehmen, was ich gesagt hatte, und als ich es nicht tat, sagte sie: »Du glaubst wohl, ich verlier' leicht den Kopf?« Wir waren noch nicht in den Wind herausgegangen, wir standen auf der Veranda. Sie hatte einen Fuß auswärts gestellt, und ihre Hand, aus einem tiefen Ärmel herauslangend, umschloß ihren Nacken, während ihr rundes Gesicht mit dem Ausdruck harten Glücks nahe unter meinem war. Hartes Glück? Ja, oder hartes Vergnügen, irgend etwas Geistiges oder Gymnastisches, dessen Schmerz die Brauen dünn nachzeichnete. »Wenn ich ihn vorher nicht heiraten wollte, warum soll ich ihn jetzt wegen einer Panne heiraten? Ich seh' schon, du warst inzwischen guten Einflüssen ausgesetzt. Gehen wir Kaffee trinken.«

Sie nahm meinen Arm, und wir gingen bis zur Ecke, wo wir stehenblieben und uns unterhielten, als ein kleiner Hund ankam, dem seine Herrin in einem Persianermantel und einem Astrachanhut folgte, und das Erstaunliche, das dann geschah, zeigte mir, wie glaubwürdig es war, daß Mimi einem Wegelagerer den Revolver entrissen und auf ihn geschossen hatte. Der Hund, irgendwie falsch orientiert, vielleicht wegen des deftigen Wetters, machte Mimis Knöchel naß, und sie schrie die Frau an, die unfähig schien, nachzusehen, was geschah: »Nehmen Sie Ihren Hund weg!« Und dann riß sie der Frau den hohen Pelzhut vom Kopf, um sich mit ihm abzutrocknen, und ließ sie so stehen, und als der Wind begann, ihr die Frisur zu zerfleddern, schrie die Frau auf: »Mein Hut!« Der Hut lag auf der Straße, wo Mimi ihn hingeworfen hatte.

Dieser Mangel an Respekt bei Gelegenheiten, wo es auch so schon genug Schwierigkeiten gab! Aber schließlich fand Mimi immer übergenug Beweise, um ihre Ansichten zu untermauern. Jedenfalls, als sie im Drugstore ihren Strumpf ausgezogen, zusammengerollt und in ihre Tasche gesteckt hatte, lachte sie nur darüber. Jede wirklich gute Chance, ihr Temperament zu beweisen, tat ihr wohl.

Aber was sie beim Kaffee besprechen wollte, war eine neue Abtreibungsmethode, von der sie gehört hatte. Sie hatte schon Drogen wie Ergoapiol ausprobiert und Laufen, Treppensteigen und Heißbaden, und jetzt hatte ihr eine Kellnerin im Konsum von einem Arzt in der Nähe des Logan Square erzählt, der Fehlgeburten durch Spritzen herbeiführte.

»Ich hab' noch nie von so was gehört, aber es ist einen Versuch wert, und ich werde es versuchen.«

»Was gebraucht er denn?«

»Woher soll ich das wissen? Ich bin doch kein Wissenschaftler.«

»Und wenn es schiefgeht, mußt du ins Krankenhaus, und was dann?«

»Ach, wenn du in Lebensgefahr bist, müssen sie dich aufnehmen. Natürlich würden sie nie aus mir herausbringen, wie es geschehen ist.«

»Das klingt gefährlich. Vielleicht solltest du es gar nicht erst versuchen.«

»Und ein Kind kriegen? Kannst du dir mich mit was Kleinem vorstellen? Dir ist es wohl egal, wie die Welt bevölkert wird. Vielleicht denkst du mal an deine Mutter« – jetzt wußte ich, daß entweder Sylvester oder Clem Tambow mit ihr über mich gesprochen hatten – »und daß du und auch deine Brüder nicht hier wären, wenn deine Mutter die gleichen Ideen gehabt hätte wie ich. Aber sogar wenn ich sicher wäre, daß ich einen Sohn wie dich haben würde«, sie sagte das lachend wie immer, »nicht, daß ich nicht viel von dir hielte, mein Lieber, sogar mit all deinen Fehlern – warum soll ich mit so was erst anfangen? Damit die Seelen von diesen Dingern mich nicht verfolgen, wenn ich einmal tot bin, und mich nicht anklagen, daß ich ihnen nicht erlaubte, geboren zu werden? Ich würde ihnen sagen: ›Hört bloß auf, hier bei mir herumzugespenstern. Was glaubt ihr denn schon, was ihr groß gewesen seid? Eine Art kleiner Rübe, weiter nichts. Ihr wißt gar nicht, was ihr für Glück gehabt habt. Warum glaubt ihr denn überhaupt, daß es euch gefallen hätte? Glaubt mir, ihr seid nur ärgerlich, weil ihr es nicht wißt!‹«

Wie saßen neben der Theke, und das Personal war stehengeblieben und hörte sich diese Rede an. Unter ihnen war ein Mann, der sagte: »Was für eine verrückte Nutte!«

Sie hörte ihn, bemerkte ihn, lachte ihn an und sagte: »Hier ist ein Kerl, der sein ganzes Leben versuchen wird, wie Cesar Romero auszusehen und auch so zu sterben.«

»Als erstes, nachdem sie hier hereingekommen ist, muß sie ihre Strümpfe ausziehen, um ihre Pedale zu zeigen ...«

Dieser Streit mußte seinen Gang nehmen, und wir konnten nicht länger bleiben; wir beendeten unsere Unterhaltung auf der Straße.

»Nein«, sagte ich, »ich kann mich nicht darüber beklagen, geboren worden zu sein.«

»Ja, klar, du wärst auch noch dankbar, wenn du nur wüßtest wem, und das für einen bloßen Zufall.«

»Es kann nicht nur ein Zufall gewesen sein. Ich bin sicher, daß wenigstens bei meiner Mutter Liebe da war.«

»Ist es die Liebe, die verhindert, daß es ein Zufall ist?«

»Ich meine das Verlangen, daß es mehr Leben geben soll; aus Dankbarkeit.«

»Zeig mir doch bloß mal, wo die ist! Warum gehst du nicht gleich auf Fultons Eiermarkt da unten und machst dir dort darüber Gedanken? Vielleicht findest du die Dankbarkeit –«

»So kann ich mit dir nicht darüber sprechen. Aber wenn du mich fragst, ob das Der-Vergessenheit-anheimgegeben-Sein für mich besser gewesen wäre, müßte ich lügen, wenn ich ›ja‹ oder auch nur ›vielleicht‹ antworten würde, weil die Tatsachen dagegen sprechen. Ich könnte nicht einmal schwören, daß ich weiß, was die Vergessenheit war, aber ich kann dir eine ganze Menge darüber erzählen, wie angenehm mein Leben gewesen ist.«

»Das ist für dich dobsche; vielleicht gefällst du dir so wie du bist, aber die meisten Leute leiden darunter. Sie leiden unter dem, was sie sind, so wie sie sind. Die eine Frau, weil sie Falten bekommt und ihr Mann sie nicht mehr liebt, und die andere, weil sie möchte, daß ihre Schwester stirbt und ihr ihren Buick vermacht, und da ist wieder eine andere, die ihr ganzes Leben nichts anderem widmet als ihren Allerwertesten in der richtigen Größe zu halten oder Geld aus jemand herauszuquetschen oder daran zu denken, ein besseres männliches Exemplar als ihren Ehekrüppel zu bekommen. Möchtest du, daß ich dir noch eine Liste von den Männern gebe? Ich kann so lange weitermachen, wie du willst. Sie alle werden sich nicht eines schönen Tages ändern. Sie können sich nicht ändern. Vielleicht hast du Glück gehabt. Aber die anderen sitzen fest; sie haben, was sie haben, und wenn das ihre Wahrheit ist, was ist dann mit uns?«

Was mich betraf, so konnte ich nicht glauben, daß alles so fest in Beton gegossen ist und daß es keine Gelegenheiten gibt, glücklich zu sein, die nicht die Illusion von Leuten wären, die es sich noch leisten können, die ständige Enttäuschung zu vergessen, den mehr oder weniger ständigen Schmerz, den Tod von Kindern, Geliebten, Freunden, das Ende eines Zwecks, das Alter, widerlichen Atem, verfallene Gesichter, weißes Haar, schlaffe Brüste, ausgefallene Zähne; und vielleicht als Allerunerträglichstes das Verhärten eines abscheulichen Charakters zu Knochen, einem zweiten Skelett ähnlich, das vor dem Ende am lautesten klappert. Aber man konnte von ihr nicht erwarten, daß sie, die eine praktische Entscheidung zu treffen hatte, sich von meinen Gefühlen beeinflussen ließ. Sie ließ einen wissen, und zwar umgehend, daß man als Mann zwar reden konnte, aber daß sie diejenige war, für die das Ärgernis aus Fleisch und Blut bestand, mit dem sie sich auseinanderzusetzen hatte; und sie war in einer Weise, die ihre Wangen leuchten ließ und die in ihr irgend etwas Feststehendes war, sogar stolz darauf.

Ich führte diese Auseinandersetzung mit ihr nicht weiter. Und obwohl sie mich nicht überzeugt hatte, war ich auch nicht vollkommen über das Schicksal des Ungeborenen entsetzt. Um in dieser Art Seelenhandel konsequent zu sein, müßte einen der Gedanke an jeden leeren Mutterleib mit größtem Unbehagen und mit Reue beschleichen, und in gleichem Maße auch die Tatsache, daß Krankenhäuser, Gefängnisse, Irrenanstalten und Gräber ewig voll sein werden. Das ist etwas zuviel verlangt. Schließlich mußte sie entscheiden, ob sie ein Kind von Frazer wollte, der nicht frei war, sie zu heiraten, auch wenn sie es gewünscht hätte. Und, ganz nebenbei, nahm ich auch nicht alles, was sie über ihn sagte, ganz ernst.

Aber wegen der Spritze war ich mir nicht so ganz sicher. Ich wollte Padilla deswegen fragen, der meine wissenschaftliche Leuchte war, und ich versuchte, ihn im Laboratorium zu erreichen. Wenn er es nicht selbst wußte, konnte er einen seiner Biologiefreunde in diesem halben Wolkenkratzer von einem Gebäude fragen, in dem immer Hunde mit abnormer Anstrengung bellten, was mich etwas schaudern ließ, wenn ich es hörte. Padilla schien das nichts auszumachen. Er ging nur dorthin, um seine Berechnungen in seiner bekümmerten, schnellen, seltsamen Art zu machen, während er in einer exzentrischen Stellung dastand, eine Hand in der Tasche und eine unberührte brennende Zigarette dabei, von der sich gabelnder Rauch aufstieg. Aber ich trieb ihn nirgends auf vor Mimis Verabredung mit dem Arzt, zu dem ich sie begleitete.

Dieser Arzt war ein Mann, den die schlechten Zeiten traurig gemacht oder jedenfalls in eine düstere Stimmung versetzt hatten, und er sah gar nicht nach seinem Beruf aus. Im Sprechzimmer stand ungepflegt eine veraltete Einrichtung herum, und er selbst saß in aufgekrempelten Hemdsärmeln an einem Schreibtisch, auf dem meine an Bücher gewöhnten Augen Spinoza und Hegel und andere Dinge entdeckten, die bei einem Arzt, besonders bei einem mit seiner Beschäftigung, ungewöhnlich sind, und rauchte eine Zigarre. Unten war eine Musikalienhandlung. Mein Gedächtnis läßt mir wieder den Namen einfallen: Stracciatella. Im Fenster saß eine ganze Familie – junge Mädchen und barfüßige Jungen, deren Füße noch nicht bis auf den Boden reichten –, die in ein Mikrophon hinein Gitarre spielte. Die Töne erfüllten die Straße, es war kalt in dieser Nacht, nach einem Schneefall, mit dem Lärm von Drähten, sogar die Konkurrenz der Straßenbahn übertönend, deren Wagen auf dieser Linie sehr alt waren und mit Krach vorüberfuhren.

Der Doktor beschönigte nicht, was er zu bieten hatte – sogar dazu war er zu gleichgültig. Vielleicht war er nicht hartherzig, aber er schien zu fragen: Was erreiche ich schon, wenn es mir was ausmacht? Es ist möglich, daß er die doppelte Machtlosigkeit aller Kreatur verachtet, sich erst der Liebe nicht widersetzen und dann ihren Konsequenzen nicht entgehen zu können. Natürlich hielt er mich für den Liebhaber. Ich glaube, Mimi wollte, daß er das täte; was mich betraf, so war das nun meine geringste Sorge. Wir standen also im Sprechzimmer, der dicke Doktor mit fettem Gesicht trocken, gleichgültig, schwer atmend, mit behaarten Armen, erklärte unserem Laienverstand seine Einspritzung. Das Sprechzimmer stank nach Zigarren und seiner in altem schwarzem Leder abgesessenen Karriere. Er war nicht eigentlich unfreundlich, mit seiner starken Brille, und zum Teil so etwas wie ein Denker – aber nur bis zu den »läuternden« Beschwerlichkeiten und nicht weiter. Dann unterbrachen die Gitarren ihre Melodie mit drahtigem Wehklagen und Scheppern. Und da war Mimi mit ihrem hellen Gesicht und Haar, roten Wangen, vorn und über die Mitte ihres Hutes breitete eine rote Stoffrose ihre Blätter aus, von weißen und weniger ernsthaften Blumen garniert. Oh, dieses Rot! Von Mauern im Sommer und doch wieder von Stoff und von Ladentischen. Und ihre dämonischen oder flimmerhaarigen, so hart hingesetzten Augenbrauen; und dabei war auch sie so voller Verwirrung. Aber wenn ich die Stimmung, in der sie sich befand, richtig begriff, so war dies die Stunde der besten Gelegenheit, der gleichen Machtlosigkeit zu begegnen, die der Arzt wahrnahm – der Machtlosigkeit von Frauen, die darauf warten, was mit ihnen geschieht, und die nur diesen Weg finden, sich Ruhm zu erwerben, und keinen anderen.

»Durch diese Injektion wird die Gebärmutter zusammengezogen«, sagte der Arzt, »und stößt dann vielleicht den ganzen Ärger aus. Aber versprechen kann man das nicht. Und sogar wenn es Erfolg hat, ist manchmal noch ein Eingriff oder eine Auskratzung nötig. Das, was die Schauspielerinnen in Hollywood der Zeitung dann als Blinddarmentzündung beschreiben.«

»Ich würde es schätzen, wenn Sie keine Witze reißen würden. Mich interessiert nur Ihr medizinisches Wissen«, sagte Mimi darauf sofort, und er sah, daß er es nicht mit einer schüchternen kleinen angebufften Fabrikarbeiterin zu tun hatte, die ihm, wie er glaubte, für seinen Humor dankbar war und ihm ein mattes Lächeln über den tiefen, trennenden Abgrund wirklichen Kummers und der Gefahr zurückschickte. Ein armes kleines Wesen, das durch die Zärtlichkeit, die es im Leibe hatte, in Schwierigkeiten geraten war. Aber Mimi – ihr war die Zärtlichkeit nicht einfach vom Gesicht abzulesen. Man fragte sich, wie diese Zärtlichkeit wohl aussehen und nach welchen erschrekkenden Ereignissen sie sich wohl zeigen würde.

Sie sagte: »Bleiben wir sachlich.«

Er sagte, mit beleidigten, dunklen Nasenlöchern: »Okay, wollen Sie nun die Injektion oder nicht?«

»Warum, zum Teufel, glauben Sie denn, bin ich wohl hergekommen – der Kälte wegen vielleicht?«

Er stand auf und stellte einen emaillierten Topf auf den Gaskocher – einen Grizzlybärenkrallen-Feuerkranz, aus dem es heiße Schmarren setzte. Wenn man sah, wie dieser Mann mit dem Topf umging, konnte man sich vorstellen, wie träge und unordentlich er sich morgens in der Küche sein Ei kochte. Er warf die Spritze hinein, fischte sie mit einer Zange wieder heraus und war bereit.

»Falls dies nur halbe Arbeit tut und ich hinterher Hilfe brauche, werden Sie es tun?«

Er zuckte die Schultern.

Ihre Stimme wurde Metall: »Na, Sie sind mir auch eine Pest von Arzt! Wollen Sie das nicht gefälligst mit mir besprechen, bevor Sie anfangen? Oder ist es Ihnen völlig egal, was aus den Menschen wird, nachdem Sie ihnen Ihre Spritze verpaßt haben? Sie glauben wohl, daß die derartig verzweifelt sind, daß Sie sich gar nicht drum zu kümmern brauchen, oder daß die bloß zu Ihrem Vergnügen mit ihrem Leben spielen. Oder?«

»Falls es nötig sein sollte, könnte ich vielleicht etwas für Sie tun.«

Ich sagte: »Das bedeutet, daß Sie es tun, wenn Sie bezahlt werden. Wieviel nehmen Sie einem denn dafür ab?«

»Hundert Dollar.«

»Für fünfzig würden Sie es nicht tun?« sagte sie.

»Vielleicht finden Sie jemand, der es dafür macht.« Er wollte damit zeigen – und mir kam es echt vor –, daß es ihm gleichgültig war. *Non curo!* Das fiel ihm am leichtesten. Genauso gern hätte er auch die Spritze wieder weggelegt und wäre zu seinen Gedanken zurückgekehr und dazu, sich in der Nase zu popeln.

Ich riet ihr, mit ihm nicht über Geld zu reden. Ich sagte zu ihr: »Das ist jetzt nicht das wichtigste.«

»Wollen Sie oder nicht? Mir ist es schließlich egal.«

»Mimi, vielleicht überlegst du es dir nochmal?« sagte ich leise zu ihr.

»Und was geschieht dann? Dann sitze ich genauso fest wie vorher.«

Ich half ihr aus ihrem Mantel mit dem Pelzkragen, und sie nahm mich an der Hand, als ob ich derjenige war, der zur Nadel geführt werden mußte. Als ich meinen Arm um sie legte – ich fühlte, wie sehr sie mich brauchte, und wollte alles tun, was ich nur konnte –, brach sie in Tränen aus. Mir ging das Ganze auch an die Nieren. Ich wurde von ihr angesteckt. So hielten wir uns umschlungen wie das, was wir nicht waren, wie ein Liebespaar. Aber der Arzt erlaubte uns nicht zu vergessen, daß er wartete. Müde oder traurig, was bedeutete ihm das schon? Irgend etwas zwischen den beiden, und er beobachtete, wie ich sie trösten würde. Wenn es vorher etwas zu beneiden gab, da er mich für ihren Geliebten hielt, so schien dies ihm jetzt nicht beneidenswert. Aber er wußte ja nichts.

Aber Mimi hatte ihre Entscheidung getroffen, und sie zögerte nicht; deshalb weinte sie auch nicht. Sie gab ihm ihren Arm, und er stach die Nadel tief hinein; die zäh aussehende Flüssigkeit lief ein. Er sagte ihr, daß sie wehenartige Schmerzen haben würde und sich lieber ins Bett legen solle. Die fünfzehn Kröten, die das kostete, konnte sie bezahlen; sie wollte jetzt kein Geld von mir. Nicht, daß ich viel gehabt hätte. Wegen Lucy war ich immer pleite. Frazer schuldete mir etwas, aber wenn er in der Lage gewesen wäre, das zurückzuzahlen, hätte er auch Mimi Geld schicken können. Sie wollte ihn damit nicht belästigen. Er versuchte noch immer, Geld für seine Scheidung aufzutreiben. Außerdem gehörte es zu Frazers Stil, von solchen Dingen nichts zu wissen. Es gab immer etwas, das über den Dingen stand, die sich unmittelbar vor einem abspielten, Eminenteres. Mimi machte sich immer darüber lustig und ermutigte es doch, als etwas, das ebenso kostbar wie behämmert war. Nicht daß er besonders kleinlich gewesen wäre, aber er verzögerte alles, um seine Großzügigkeit einen umständlicheren und bedeutenderen Weg nehmen zu lassen. Jedenfalls, Mimi ging ins Bett und fluchte auf den Arzt, weil die Wirkung bereits eingesetzt hatte. Aber sie meinte, es wäre »trocken« und die Krämpfe überhaupt für die Katz'. Sie zitterte und schwitzte, ihre nackten Schultern dünn und eckig über der Steppdecke, ihre kindlich geformte Stirn schmerzvoll entschlossen durchfurcht, die Augen weit geöffnet, blauleuchtend.

»Oh, dieser verdammte, dreckige Roßtäuscher!«

»Mimi, aber er sagte doch, daß vielleicht gar nichts geschehen würde. Warte doch –«

»Was zum Teufel kann ich denn schon tun als warten, wo ich dies abscheuliche Gift in mir habe! Es muß mich ziemlich erwischt haben, weil es mir die Eingeweide auseinanderdreht. Dieser blödsinnige, ungeschickte Kurpfuscher! Oh!«

Zwischendurch hörte das Ziehen auf, und sie fand Mut zu einem erleichternden Witz. »Es sitzt ganz fest. Will nicht weg, das eigensinnige Ding. Und andere Frauen müssen neun Monate im Bett stilliegen, um es so lange halten zu können. Hör doch nur, was sie im Radio darüber sagen. Aber« – jetzt wurde sie ernst – »ich kann es jetzt nicht mehr einfach in Ruhe lassen und auf die Welt bringen. Nicht, nachdem ich all das Zeugs genommen habe. Das könnte ihm schaden. Angedooft. Und wenn nicht das, könnte er gefährlich sein, weil er so eigensinnig ist, und ein Verbrecher werden. Ich glaub' schon, daß er wild genug wär' und die ganze Welt durcheinanderbringen würde, wenn ich ihn kommen ließ'. Aber warum sage ich eigentlich ›er‹? Es könnte ja ein Mädchen sein, und was würde ich mit einer Tochter machen? Das arme Kind. Immerhin Frauen – Frauen. Sie halten mehr auf sich, sie haben mehr Sinn für die Wirklichkeit. Sie sind ihrer Natur viel näher. Das müssen sie ja. Sie haben Brüste. Sie sehen ihr Blut, und das ist gut für sie, während die Männer viel eitler sein dürfen. Oh, gib mir deine Hand, ja, Augie, um Gottes willen!«

Jetzt kamen die schneidenden Schmerzen wieder und ließen sie steif dasitzen und mir meine Hand drücken und quetschen. Sie ließ den Anfall mit geschlossenen Augen vorbeigehen und lehnte sich dann zurück, und ich half ihr, sich zuzudecken.

Nach und nach hörte die Wirkung der Droge auf, ihre Muskeln und ihr Bauch waren müde, sie war wütend auf den Doktor und auch auf mich ärgerlich.

»Aber du weißt doch, daß er dir nichts versprochen hat.«

»Sei nicht blöd«, sagte sie häßlich, »woher weißt du denn, daß er mir auch genug gegeben hat? Oder ob er nicht bloß wollte, daß ich zurückkomm' und es auf die andere Art machen lass', damit er mehr verdient? Und das muß ja jetzt auch geschehen, bloß daß ich nicht zu ihm gehen werde.«

Weil ich sah, daß sie, obwohl geschwächt, verärgert und böse war und niemand in der Nähe haben wollte, ging ich in mein Zimmer.

Kayo Obermark hatte das Zimmer zwischen uns, und natürlich hatte er mitgekriegt, was los war; trotz Mimis Bemühungen, ihn herauszuhalten, ließ sich das ja nicht vermeiden. Er war jung, ungefähr in meinem Alter, so um zweiundzwanzig, aber schon schwerfällig, ein großes, wichtiges, ungeduldiges Gesicht, erregbar, qualmend vor Gedanken, die weit ausholten. Er war düster und rauh. Sein Leben da drinnen in diesem Zimmer war schwierig, und er mochte Vorlesungen nicht, denn er stellte sich vor, daß er alles allein lernen könnte. Das Zimmer roch nach vermodernden alten Sachen und nach den Flaschen, die er für Urin nahm, weil er nicht gerne auf die Toilette ging, während er arbeitete. Er lebte halbnackt in seinem Bett, auf das alles andere im Zimmer, übersät mit Sachen und Dreck, ausgerichtet war. Er war melancholisch und brillant. Er glaubte, daß die große Lauterkeit außerhalb der menschlichen Beziehungen läge, die nur Lügen und plumpe Vertraulichkeit hervorbrachten, und erzählte mir: »Ich würde jederzeit Steine vorziehen. Ich könnte ein Geologe sein. Ich bin von der Menschheit nicht einmal enttäuscht, sie interessiert mich einfach nicht, und wenn es irgend etwas gibt, das sicher ist, dann, daß diese Welt nicht genügt, und wenn es weiter nichts gibt, können sie sie von mir aus behalten.«

Kayo wollte wissen, wie es Mimi ging, obwohl sie ihn immer hochnahm.

»Was ist denn los, geht es ihr schlecht? Sie hat aber auch Pech.«

»Ja, es ist schlimm.«

»Ach was! Halb so wild«, sagte er – unter anderem konnte er es nicht ausstehen, wenn man mit ihm einer Meinung war –, »denk doch mal, wie vielen Leuten die Geschichte immer wieder und wieder und wieder passiert!«

Seine Einstellung zu ihr hatte etwas mit der des Arztes gemeinsam; sie hatte eben unangenehme Frauengeschichten, und keiner von den beiden konnte das sehr ernst nehmen. Aber Kayo war viel intelligenter als der Arzt, und obwohl er da in meinem Zimmer auf nackten, mit vom Gewicht seines Körpers platten Füßen im Unterhemd dastand, das Haar in Büscheln auf seinen Schultern und mit diesem großen Gesicht, aus dem jedermann beschuldigt wurde, daß er ihn enttäusche und den an ihn gestellten Anforderungen nicht gerecht werde – obwohl er, mit anderen Worten, als ein Symbol aller Vorurteile dastand, so war da doch noch der Versuch, gerecht zu sein, ein Weg, den er offengelassen hatte.

»Ja – versteh das. Jeder trägt Bitternis in seinem erwählten Wesen. Bitternis in seinem erwählten Wesen. Dafür, daß selbst Gott Bitternis in seinem erwählten Wesen haben mußte, wenn er wirklich der Menschen Gott, ein menschlicher Gott sein wollte, war Christus auf der Welt. Mimi hat ihr Teil daran.« Er stöhnte voll furchtbarer Ungeduld. »Das war Christus. Die anderen Götter, die, denen alles egal war, drückten auf die Tube des Glückes und schlugen den Menschen k. o. mit ihrem Glanz und ihrer Herrlichkeit. Siehst du, wirkliches Glück ist beängstigend. Nicht zu ertragen. Lieber alles selbst vorher zerstören. Man müßte dann alles ändern. Du kannst kein lauteres Verlangen finden außer dem, daß sich alles vermischen soll. Wir flüchten vor dem, das lauter sein könnte, und jedermann zeigt seine Enttäuschung auf seine Weise, als ob er beweisen wollte, daß die Vermischten und Unlauteren gewinnen müssen und werden.«

Ich war immer von ihm und seinen großen Pferdeaugen beeindruckt, die sich vor der Weisheit oder ihrem Schatten erschreckten, so wie ein Pferd vor etwas Lächerlichem genausogut wie vor etwas Bedeutendem scheuen kann. Ich fühlte, was er sagte. Ich wußte, daß daran etwas Wahres war, und achtete ihn als die Quelle dieser Erleuchtung, obwohl er selbst voll dunkler Farben war, einige aus Dreck und dem verschwiemelten Grün und Blau um die Augen herum gemischt, aber auch einige zeigte, die Leuchtkraft hatten; und die Hände in die fetten Hüften gestemmt, sah er mich mit einem Gesicht an, in dem ein wenig ursprüngliche Schönheit wie eine Fehlfarbe unterdrückt war. Ich konnte sehen, daß die Tatsache, daß alle nachgeben müssen, sich bewies, und daß eine zu große Hoffnung eine tödliche Krankheit war. Ja, eine verpestete Hoffnung, die das Böse unterlief und es bestehen ließ. Ich selbst hatte genug davon mitgekriegt, um dies zu erkennen. So zogen mich Kayos Ansichten einerseits an und stießen doch dann wieder auf Widerstand bei mir. Für ihn gab es nicht den gemalten Himmel des menschlichen Theaters; sondern er strebte immer draußen durch den langen, von Sternen kribbelnden klaren Nebel der Medulla und des Gehirns, diesem Abbild der Milchstraße, dem diamantenen wirklichen Himmel zu.

Aber ich glaubte auch, daß man seine Ziel nicht so weit steckt, daß das menschliche Leben dadurch unmöglich wird, noch daß man versucht, das Unvereinbare, das einen vernichtet, zusammenzubringen, sondern daß man zuerst versucht herauszufinden, wieviel

Menschliches für einen erträglich ist. Und wenn das Höchste auch in diese leere, überhitzte Kneipe mit ihren Fliegen und dem heißgelaufenen Radio, das zwischen den Spielen und dem Flaschenbieranpreisen vom Baseballplatz brummt, kommen sollte, was kann man schon tun, als diese Mischung zu akzeptieren und sich zu sagen, daß alles, dem man begegnet, sich nun mal im Zustand der Unvollkommenheit befindet; auch sehr große Schönheit, denn meine zerkratzten Augäpfel werden immer Kratzer sehen. Und da mögen meinetwegen überall Götter auftauchen.

»Wenn du nach Begründungen suchst«, sagte ich zu Kayo, »kannst du vielleicht auch welche für diese vermischten Sachen finden.«

»Nicht wirkliche«, antwortete er. »Schließlich versuchst du auch nicht, auf einer Filmleinwand zu leben. Wenn du das verstanden hast, bist du schon auf dem besten Wege, etwas zu erkennen. Du kannst das auch, wenn ich mich nicht in deinem Charakter täusche. Du würdest keine Angst haben, an etwas zu glauben. Was ich aber nicht verstehen kann, ist, warum du einen Fatzke aus dir machen willst. Aber das wird vorübergehen.«

Mimi hörte uns sprechen und rief nach mir. Ich ging zu ihr.

»Was will er denn?«

»Kayo?«

»Ja, Kayo.«

»Wir sprachen bloß gerade.«

»Ihr habt von mir gesprochen. Wenn du ihm irgendwas sagst, bring' ich dich um. Er sucht nur immer nach Beweisen, daß er recht hat, und wenn er könnte, würde er mit seinen großen Füßen auf meiner Brust herumlatschen.«

»Du bist es selbst, der seine Geheimnisse nicht für sich behalten kann«, sagte ich, aber nur so obenhin. Es war nicht die richtige Zeit, ihr irgendwie zu widersprechen, sie starrte mich aus diesem verbogenen Metallbett mit seinen vielen gußeisernen Knöpfen und eisernen Schleifen böse an.

»Was ich sage, sage ich, aber dir kann ich es verbieten.«

»Reg dich nicht auf, Mimi, ich werde schon nicht reden.«

Davon abgesehen, mußte ich Kayo am nächsten Tage bitten, auf sie aufzupassen. Ich wußte nicht, was alles passieren konnte, und machte mir die ganze Zeit darüber Gedanken, im Geschäft und dann beim Klubessen der Magnusschen Vettern, das einmal im Monat in einem eichengetäfelten Zimmer in der Stadt stattfand. Ich versuchte, zu Hause anzurufen, konnte aber niemand außer Owens selbst erreichen, der, wenn er verärgert war, und auf Mimi war er böse, mit einem wallisischen Akzent sprach, den ich nicht verstehen konnte, so daß es die reinste Verschwendung war, mit ihm weiter zu telefonieren. Nach dem Essen wollte Lucy tanzen gehen, aber ich drückte mich davor, indem ich Müdigkeit vorschützte, die ich auch gar nicht zu spielen brauchte, und machte, daß ich nach Hause kam.

Mimi war da, und sie hatte gute Nachrichten. Sie saß in einem schwarzweißen Kostüm und ein schwarzes Band im Haar in meinem Zimmer.

»Ich habe heute mal mein Köpfchen angestrengt«, sagte sie, »und damit angefangen, indem ich mich fragte: Gibt es eine Möglichkeit, dies legal machen zu lassen? Nun, einige gibt es schon. Erstens kann man zu einem Psychiater gehen und ihn dazu bringen, daß er sagt, man wäre verrückt. Man will nicht, daß Irre Kinder bekommen. Auf diese Weise habe ich mich mal aus einer Geschichte herausgezogen, und so steht es in den Akten. Aber ich habe keine Lust, das jetzt wieder so zu machen. Das könnte zu weit führen. So sagte ich mir, zum Teufel mit diesem ganzen Quatsch, die Verrückte zu spielen. Zweitens machen sie's, wenn man ein schwaches Herz hat oder in Lebensgefahr ist. Darum bin ich heute ins Krankenhaus gegangen und hab' gesagt, ich wär' schwanger, aber es wäre nicht alles in Ordnung, und ich hätte die ganze Zeit Schwierigkeiten. Da war jemand, der mich untersuchte und sagte, er wäre so ziemlich sicher, daß ich eine Bauchhöhlenschwangerschaft hätte. Ich muß nochmal zur Untersuchung kommen, und wenn sie dann noch immer daran glauben, müssen sie vielleicht operieren.«

Darum war sie so glücklich. Sie rechnete schon damit.

Ich sagte zu ihr: »Was hast du eigentlich gemacht? Dir aus einem Buch herausgesucht, wie eine Bauchhöhlenschwangerschaft aussieht, und bist dann hingegangen und hast ihnen die Symptome beschrieben?«

»Baby, was für ein Einfall! Glaubst du wirklich, ich hätte soviel Mut? Und glaubst du, daß, wenn man da so einfach hereingeht und denen irgendeine Geschichte erzählt, die sie einem auch abnehmen?«

»Es gibt schon einiges, worauf sie in einem Krankenhaus hereinfallen können, das kann ich dir sagen. Aber paß auf, was du tust, Mimi. Versuch nicht, sie zu beschwindeln.«

»Das ist nicht bloß meine Idee, sondern sie glauben es auch, und außerdem habe ich einige der Symptome. Aber ich werde da auch nicht wieder hingehen. Ich geh zu diesem Tierarzt.«

Während der nächsten Tage konnte ich nicht auf sie aufpassen, weil ich zu so vielen Essen und Gesellschaften mußte, und wenn ich spät in der Nacht oder morgens um halb sieben, wenn ich aufstand, zu ihr hereinsah, war sie zu schläfrig, um mit mir zu sprechen. Wenn ich sie aufweckte, schien sie sofort zu wissen, wessen Hand auf ihrer Schulter lag und wie die Frage lauten würde, und sie antwortete wie im Schlaf: »Nein, es rührt sich nichts.«

Der Winter brach jetzt, spät im Dezember, rauchig und dunkel mit aller Macht über die Stadt herein. An diesen Morgen voll Nebel und Rauch stolperte ich meistens verspätet in meinen Galoschen die Treppe herunter und rannte im Bodensatz der Nacht aus den schadhaften Filtern des niedrigen Himmels zur Straßenbahn. Um neun, wenn der erste Ansturm im Geschäft vorbei war, hatte ich endlich Zeit, in Maries Imbißstube zu frühstücken, die mit dekorativen Blechleisten getäfelt war, Stühle mit nur einer breiten Armlehne, auf die man seinen Teller stellte, weiter gab's dafür nichts, standen an der Wand, und es gab auch nicht viel Licht, weil die Lampen zu hoch hingen.

An einem Sonnabendnachmittag machte ich bei Marie Pause. Sie hatte im Radio eine Oper aus New York eingestellt, deren strömende Schönrednerei mich nicht erreichte, aber doch in meinen Ohren fortklang. Da hast du was umsonst, für das man früher zahlen mußte, so wie damals, wo ein burgundischer Herzog, der in Brügge gefangengehalten wurde, nach einem Maler schickte, der die dunklen Läden mit goldenen Gesichtern und Heiligenbildern erleuchten sollte. So diese Art Hilfe für Menschen, die Kummer haben, die jetzt durch Zeitschriften oder das Radio praktisch kostenlos verteilt wird. Aber ich hörte nicht mehr, als daß es kräftige und geschulte Stimmen waren, die da sangen.

Ein Schipper kam, von Happy Kellermann geschickt, der mir bestellte, daß mich eine Dame am Telefon zu sprechen wünschte. Es war eine Schwester aus einem Krankenhaus Süd-Chicagos, die in Mimis Auftrag anrief.

»Krankenhaus? Was ist denn los? Seit wann ist sie dort?«

»Seit gestern«, sagte die Frau. »Es geht ihr gut, aber sie möchte Sie sehen.«

Ich sagte Simon Bescheid, der mir mit Mißtrauen, Ironie und Mißbilligung zuhörte, bereits entschlossen und nur darauf wartete, bis ich zu Ende gerdet hätte, um meine entschuldigende Erklärung, daß ich früher weggehen müßte, um einen Freund im Krankenhaus zu besuchen, mit Hohn abzulehnen.

»Was für ein Freund? Du meinst wohl dein Stoßverhältnis, diese ausgekochte Blondine? Freundchen, du hast zu viele Eisen im Feuer. Was ist eigentlich zwischen euch? Ich glaub', du drückst ein bißchen viel auf die Tube, wenn du dich mit zwei Weibern zur gleichen Zeit abgibst. Oder meinst du nicht? Darum siehst du auch in letzter Zeit immer so ausgemergelt aus. Wenn dich die eine nicht so ausschlakken würde, kämst du mit der andern vielleicht schneller voran. Oder ist es mehr als ein Stoßverhältnis? Natürlich, das würde dir genau ähnlich sehen, dich auch noch dabei zu verlieben! Du kannst wohl, was du an Liebe auf der Pfanne hast, einfach nicht zurückhalten, was? Was gibst du überhaupt für eine Nutte? Du kannst doch wohl nicht mit einem Mädchen ins Bett gehen, ohne zu glauben, daß du dein ganzes Leben für sie sorgen mußt?«

»Du könntest dir das alles sparen, Simon, es hat überhaupt nichts mit dieser Sache zu tun. Mimi ist krank und möchte, daß ich sie besuche.«

»Ich sehe nicht ein, wozu die ganze Eile mit der Heiraterei, solange der Junge versorgt ist«, sagte Happy.

»Wenn *die* das erfahren«, sagte Simon, als Happy es nicht mehr hören konnte, und seltsamerweise hatte sein Blick etwas, was mehr Befriedigung und Vergnügen als irgend etwas anderes ausdrückte, und ich sah, daß er sich die Konsequenzen schon überlegt hatte, er würde mich verstoßen, und es würde ihm nicht schaden. Was seinen Wunsch betraf, unsere Kräfte durch eine Hochzeitsnacht zu vereinen, und was wir beide damit zusammen erreichen würden, so hatte er seine Meinung darüber zweifellos geändert und entschieden, daß alles das Werk eines einzigen Willens und einer einzigen Autorität sein sollte.

Aber mich beschäftigte nicht sosehr das, sondern vielmehr Mimi im Krankenhaus. Ich war überzeugt, daß sie ihren Plan, die Ärzte zu beschwindeln, durchgeführt hatte.

Ich sah sie am späten Nachmittag in einem Krankensaal. Ich stand in der Tür, und sie schnippte von weitem mit den Fingern und versuchte, sich im Bett aufzusetzen.

»Du bist also damit durchgekommen?«

»Natürlich, wußtest du nicht, daß ich es tun würde?«

»Ja? Ist jetzt wenigstens alles vorbei?«

»Augie, ich habe mich umsonst operieren lassen. Alles ist ganz normal. Ich hab' noch immer das gleiche Problem zu lösen.«

Zuerst verstand ich nicht. Ich kam mir vernagelt und dämlich vor. Mit teuflischem Humor und abgründiger Bitterkeit sagte sie: »Augie, sie kommen alle herein, um mir zu gratulieren, daß ich ein gesundes Baby haben werde. Der Arzt, die Assistenten und die Schwestern, die glauben, ich müßte vor Freude radschlagen, und ich kann sie nicht mal anschreien. Ich habe geweint. Ich bin völlig durchgedreht.«

»Aber warum hast du es denn bloß über dich ergehen lassen? Wußtest du denn nicht Bescheid? Du hast dir doch die Symptome ausgedacht.«

»Nein, ich war nicht ganz sicher. Ich hab' nicht alles ausgedacht. Einige hatte ich. Vielleicht kam das von der Spritze. Und als sie glaubten, es könnte in der Bauchhöhle sein, hatte ich Angst, mich nicht operieren zu lassen. Als sie mich auf dem Operationstisch hatten, glaubte ich, sie würden mir den Gefallen tun, aber sie haben es nicht getan.«

»Natürlich haben sie es nicht getan, sie dürfen doch nicht. Deswegen ist doch diese ganze Geschichte.«

»Ich seh' es ja ein. Ich seh' es ja ein. Ich hab' wohl gedacht, ich könnte einfach mit dem Kopf durch die Wand. Eine meiner verrückten Ideen.« Sie weinte jetzt nicht, obwohl in ihren Augen die roten Fäden waren, die das Tränensalz bewirkt, und ihre Nase war auch von ihnen durchzogen, aber sie war nicht weniger, sondern mehr, wie ihr stupsnasiges Gesicht in seiner ganzen Schönheit deutlich zeigte, eine Aristokratin mit ihrem Glauben an die Energie, die für die Liebe aufgewendet werden muß.

»Wie lange mußt du denn im Bett bleiben, Mimi?«

»Ich werde nicht so lange bleiben, wie die denken, ich kann nicht.«

»Aber du mußt.«

»Ach nein. Es ist höchste Zeit. Noch ein bißchen später, und dann geht es nicht mehr. Ruf doch diesen Mann an und mach mit ihm etwas für Ende nächster Woche aus. Bis dahin kann ich es schon wieder aushalten.«

Das ging mir an die Nieren, und ich konnte nichts daran ändern, das Entsetzen, daß einer den Nerv haben sollte, so mit seinem Körper umzugehen, stand mir ins Gesicht geschrieben. »Ach, du denkst wohl, eine Frau sollte empfindlicher sein als ich bin, was?« sagte sie. »Ich vergesse immer, daß du ja erst verlobt und nicht verheiratet bist.«

»Aber solltest du denn nicht wenigstens warten, bis sie dich entlassen?«

»Sie sagten: zehn Tage, und so lange im Bett zu bleiben, schwächt mich nur. Und überhaupt, ich kann den Saal nicht ausstehen. Und die Schwestern sind so glücklich über das freudige Ereignis. Ich kann es einfach nicht ertragen. Außerdem fang' ich an, nervös zu werden. Hast du etwas Geld?«

»Nicht viel. Du?«

»Nicht einmal die Hälfte von dem, was ich brauche, und ich kann auch nicht viel auftreiben. Er macht es nicht einen Dollar unter dem Preis, das weiß ich. Frazer hat auch nichts.«

»Wenn ich in sein Zimmer hinein könnte, könnte ich einige seiner Bücher nehmen und verkaufen. Er hat da einiges, das gutes Geld wert ist.«

»Das würde ihm bestimmt nicht gefallen. Abgesehen davon, kannst du nicht hinein.« Sie unterbrach ihre Überlegungen, um mich genauer anzusehen, und sagte mit einem knappen Lachen: »Du hältst zu mir, was?« Ich hielt es nicht für nötig zu antworten. »Ich meine, du weißt, wie sehr ich dich mag.« Sie küßte mich gefühlvoll und mit einigem Stolz. All die anderen Frauen waren müde, nahmen Anteil oder starrten in die Gegend.

»Schön«, sagte ich. »Wir werden das Geld schon bekommen. Wieviel fehlen dir noch zu den hundert?«

»Ich brauch' mindestens noch fünfzig.«

»Wir werden es schon bekommen.«

Die einfachste Möglichkeit, zusätzlich Geld zu organisieren, die ich kannte – so einfach, daß ich ziemlich stolz darauf war –, war, Bücher zu stehlen. Ich brauchte niemanden zu bitten, und schon gar nicht Simon.

Ich ging sofort in die Stadt. Es war noch früh am Abend, glitzernd von Elektrizität und Eis, und in den Fabriken, die beinah nur aus Fenstern zu bestehen schienen, zitternd; früher Abend über der Prärie, die mit Wintergras zurückgekehrt war, das durch den Schnee stach und vom Wind geschlagen und zu Bärten zusammengefroren wurde und so ihre übers Jahr erlittenen Wunden schloß. Da war auch das kalte Brodeln des blauen Sees; auch das stetige Gleiten der Schienen in die Dunkelheit hinunter.

Ich ging zu Carson auf der Wabash Avenue, in die Bücherabteilung im Erdgeschoß, wo es warm und von einer geschäftigen Menge später Kunden unter den Weihnachtsglocken und dem versilberten Efeu belebt war. In der Regel stand ich nicht lange herum, um keine Aufmerksamkeit zu erregen. Ich wußte, welche Bücher ich wollte, die seltene englische Ausgabe der *Enneaden* des Plotinos, die eine Menge Geld wert war, mehr als auf dem Preisschild stand. Ich nahm die Bände herunter, durchblätterte sie, begutachtete die Einbände, klemmte sie mir unter den Arm und ging gemächlich zur Drehtür, die auf die Wabash Avenue hinausführte. Sie drehte sich langsam. Ich ging in den Quadranten, der sich mir öffnete, und war schon halb durch, als die Tür hakte und ich, einige Zentimeter vor der Straße, festsaß. Ich drehte mich um, um zu sehen, ob sie wohl aus dem schlimmsten aller Gründe klemmte, und sah in Gedanken schon die Polizei, das Gericht, das Gefängnis und schließlich ein schreckliches Jahr in Bridewell. Aber hinter mir stand Jimmy Klein, seit den alten Tagen eigentlich schon ein Fremder, aber trotzdem doch kein Fremder. Er war es, der mich in dem Messingfaß, in dem sich die Tür drehte, gefangen hatte und mir durch Zeichen zu verstehen gab, daß er mich freilassen würde und daß ich auf der Straße auf ihn warten sollte. In seinem Blick unter dem Filzhut hervor und in der Art, wie er den Finger nach unten krümmte, was unmißverständlich bedeutete: ›Bleib draußen stehen!‹ war eine gewisse Routine.

An diesen Anzeichen erkannte ich, daß er Warenhausdetektiv geworden war. Hatte mir nicht Clem Tambow erzählt, daß er bei Carson arbeitete? Ich machte keine Anstalten auszureißen. Zuerst mußte ich mich mal aus der Falle befreien, und dann übergab ich ihm auf der Straße die Bücher. Er sagte hastig: »Bei der Verkehrsampel an der Ecke. Ich bin gleich da.«

Ich sah den eiligen Rücken und Hut, als er sich im Kreis der Tür drehte. Sein Benehmen war nicht böse, aber er schien sich mit etwas zu befassen, das er vorausgesehen und worauf er sich vorbereitet hatte. An der Ampel, inmitten der Menge, brach mir in der kalten Luft der Schweiß aus, mir war schwach und dankbar zumute nach der überstandenen Gefahr; Omas Warnung, daß Jimmy ein Dieb wäre, kam mir wieder in den Sinn. Auf jeden Fall hatte er was mit Gesetzesübertretungen zu tun.

»Okay«, sagte er, als er kam. »Du hast die Bücher weggeworfen und bist getürmt, als ich brüllte. Ich hab' dein Gesicht nicht gesehen, aber ich bin unterwegs, um dich zu suchen, verstanden? Jetzt geh zu Thomson auf der Monroestraße. Ich komm gleich nach.«

Während ich ging, trocknete ich mein Gesicht mit meinem Seidenschal. In der Cafeteria trug ich meine Tasse von der Theke zu einem Tisch. Er kam bald und setzte sich.

»Hattest du Angst in der Tür?« sagte er schließlich.

»Mein Gott, ja – was denkst du denn?« sagte ich lächelnd.

»Du bist noch genau der gleiche Friedhofskomiker wie früher. Dich könnte ein Zug überfahren, und du würdest lachend wieder aufstehen und es großartig finden wie eine Kahnfahrt im Sommer. Was ist denn diesmal so wunderbar?«

»Na, ich bin froh, daß du es warst und kein richtiger Detektiv.«

»Ich bin ein richtiger Detektiv, bloß nicht für dich, du Idiot. Ich mußte dir ja nachrennen. Ich stand neben dem Einkäufer, und du kamst uns direkt vor die Kanone, keine zwei Meter entfernt. Was konnte ich schon anderes tun als dir nach? Aber warum klaust du überhaupt Bücher? Ich dachte, das hätte man zur gleichen Zeit aus uns beiden 'rausgeprügelt, als wir das Ding mit dem Weihnachtsmann drehten. Mein Alter brachte mich damals beinah um. Er brachte mich beinah um.«

»Und er hat einen Detektiv aus dir gemacht?«

»Er? Scheiße! Ich bleib', wo man mich hinstellt, und tu', was man mir sagt.«

Ich wußte, daß seine Mutter tot war, daß sie, hinkend und dick, in einen Sarg gesunken und ins Grab gefahren war. Aber was war mit den anderen geschehen?

»Wie geht es jetzt deinem Vater?«

»Immer das Alte. Nachdem Ma starb, heiratete er noch mal. Es stellte sich heraus, daß er noch eine Liebschaft aus der alten Heimat hatte, die schon ungefähr vierzig Jahr dauerte. Wenn das nichts ist! Während er acht Gören von Ma und sie vier von ihrem Mann hatte, verzehrten sich die beiden vor Liebe nacheinander. Sie wurde Witwe, und dann heirateten sie. Was ist denn los, bist du erstaunt?«

»Eigentlich ja. Ich erinnere mich, daß dein Vater immer zu Hause war.«

»Na. Manchmal mußte er zur West Side 'rüber, und dann hatte er einen Umsteiger zur Sechzehnten Straße auf der Straßenbahn, und den nützte er auch aus.«

»Mach deinen Vater nicht so schlecht, Jimmy.«

»Ich hab' nichts gegen ihn. Ich würde mich freuen, wenn ihm das Spaß gemacht hat, aber er änderte sich nicht. Er ist noch genau der Alte.«

»Und wie geht es Elinor? Ich hörte, daß sie nach Mexiko ging.«

»Ach, du bist hinterm Mond. Das ist schon lang her. Sie ist eine ganze Weile wieder hier. Du solltest sie besuchen. Du warst früher ihr Liebling, und sie spricht noch immer von dir. Elinor hat ein großes Herz. Ich wünschte, es ginge ihr besser.«

»Krank?«

»War. Sie arbeitet wieder, bei Zarropick auf der Chicago Avenue, wo sie die Lutscher machen, die in den Läden neben den Schulen verkauft werden. Eigentlich sollte sie gar nicht arbeiten. Sie ist in Mexiko krank geworden.«

»Ich dachte, sie fuhr dorthin, um zu heiraten.«

»Ach, du erinnerst dich?«

»Euer spanischer Verwandter.«

Er lächelte süßsauer. »Ja. Der hat einen Schwitzkasten von Lederwarenfabrik, und da ließ er auch Elinor ungefähr ein Jahr arbeiten, während sie angeblich verlobt waren. Aber er war auch hinter den anderen Nutten her, die dort arbeiteten, und dachte eigentlich gar nicht daran zu heiraten. Schließlich wurde sie krank und fuhr nach Hause. Er hat ihr nicht das Herz gebrochen. Ein anderes Land zu sehen war ein großes Erlebnis.«

»Mir tut das für Elinor leid.«

»Ja, sie hoffte, verliebt zu sein. Sie rechnete sehr damit.«

Er sprach maßlos verächtlich, nicht über Elinor, für die er sehr viel übrig hatte. Nein, vielleicht ihretwegen, über die Liebe als irgend etwas, das sie zerbrochen und verwundet hatte.

»Du sprichst ziemlich hart.«

»Ich halt' auch *nichts* davon.«

»Aber Clem erzählte mir, du seist verheiratet.«

Meine Unschuld machte ihm Spaß. »Das stimmt, und ich hab' einen Sohn. Der ist richtig.«

»Und deine Frau?«

»Ach, sie ist ein gutes Mädchen. Sie hat's nicht einfach. Wir leben bei ihren Leuten, weil wir nicht anders können. Und da ist noch eine verheiratete Schwester und ein Schwager. Na, was glaubst du, wie es da zugeht, die Kämpfe, die es da gibt, wer wann auf die Toilette darf oder die Wäsche abnimmt oder kocht oder das Kind anschreit. Dann ist da noch eine andere Schwester, die eine Schnepfe ist und auf der Treppe liegt; wenn du im Dunkeln aus dem Kino kommst, trittst du auf sie; so gibt's da die ganze Zeit über Kräche genug. Was für mich dabei 'rausspringt, ist, daß ich in einem Doppelbett schlafen darf. Hast du denn inzwischen nicht spitzgekriegt, wie der Hase läuft? Daß alles, was du vom Leben willst, schließlich einzig und allein zu pimpern ist? Und dazu tust du dich mit irgendeiner netten Hippe zusammen, und nach einer Weile habt ihr mehr Elend als vorher, bloß daß es jetzt dauerhafter ist. Ihr seid dann verheiratet und habt ein Kind.«

»Ist es dir so gegangen?«

»Ich alberte mit ihr 'rum und hab' sie dann auf die übliche Tour 'rumgekriegt und geheiratet.«

Der gleiche Leidensweg, den Mrs. Renling mir beschrieb, als sie voraussagte, was geschehen würde, wenn Simon Cissy heiratete. »Du bist geladen wie eine Rakete zum Nationalfeiertag am vierten Juli«, sagte Jimmy. »Grade mit so viel, um in die Lüfte zu gehen. Und los geht's! Und nach dem bißchen Feuerwerk, was du zu verpuffen hast, fällt der Stock 'runter. Du lebst, um dein Kind aufzuziehen und deiner Frau einen Gefallen zu tun.«

»Tust du das?«

»Ach, ich mach' mir da nicht viel vor; das hab' ich aufgegeben. Ich glaub', sie hat nicht viel von mir. Aber warum sprechen wir überhaupt von mir? Du bist doch das Wunderkind. Und was zum Teufel tust du überhaupt oder glaubst du zu tun? Ich dachte, ich geh' ein, als ich dich die Bücher grapschen sah. Das ist 'ne nette Art, sich wiederzutreffen. Der Augie – ein Dieb!«

Aber er war nicht besonders entrüstet –, teilweise schien er sich darüber zu freuen.

»Nicht im Hauptberuf, Jim.«

»Aber sogar nebenberuflich paßt das nicht zu dem, was ich über dich und Simon und über den Erfolg, den ihr haben sollt, gehört hab'.«

»Ihm geht's gut – er ist verheiratet und im Geschäft.«

»Das hörte ich von Kreindl. Und du würdest auf der Universität sein. Klaust du darum Bücher? Wir schnappen eine Masse Studenten. Die meisten machen keinen guten Eindruck.«

Ich erklärte ihm, warum ich Geld brauchte, und ließ ihn glauben, daß ich was mit Mimi hatte, sonst wäre es zu schwierig gewesen, ihm die Sache verständlich zu machen. Obwohl es komisch war, Jimmy als den Greifer wiederzutreffen, der mich beim Kanthaken kriegte, und ich erleichtert war und das Paradoxe der Situation und die launige Melancholie, die dem allem entsprang, empfand, mußte ich doch weiter versuchen, Geld zu organisieren, und mich um all die anderen Dinge zu kümmern, die getan werden mußten. Aber was ich ihm erzählte, rief Jimmy auf den Plan, und seine Augen weiteten sich, ja sozusagen die ganze Haut auf seinem Gesicht, vor Besorgnis und mit dem Entschluß, den er sofort faßte.

»Wie weit ist sie?«

»Über zwei Monate.«

»Hör zu, Augie, ich werd' dir helfen, so gut ich kann.«

»Nein, Jimmy«, sagte ich erstaunt, »ich kann dich nicht anpumpen. Ich weiß, daß es dir nicht gut geht.«

»Sei nicht blöd. Vergleich das bißchen Moos mit einem Leben voll Kummer. Sag dir, daß es wegen mir ist – wegen mir, der nicht möchte, daß es irgendwem passiert, der mein Kumpel war. Wieviel brauchst du?«

»Ungefähr fünfzig Dollar.«

»Leicht zu machen. Mit Elinor zusammen macht mir das gar nichts aus. Sie hat was auf der hohen Kante. Ich werde ihr nicht sagen, wofür es ist. Sie würde auch gar nicht danach fragen, aber warum soll sie es wissen? Du brauchst mir nicht zu sagen, warum du nicht deinen Bruder anzapfen willst. Du würdest nicht stehlen, wenn er es dir geben würde.«

»Wenn es zum Schlimmsten käme, würde ich ihn vielleicht bitten, aber es gibt da einige besondere Gründe, warum ich das nicht kann. Wirklich, Jim – vielen Dank. Das ist großartig von dir. Danke dir sehr, Jimmy.«

Meine übergroße Dankbarkeit ließ ihn lachen. »Übertreib nicht. Ich treff' dich Montag hier, um die gleiche Zeit, und geb' dir die fünfzig Kröten.«

Jimmy glaubte nicht, daß er sich mit freundlichen Beweggründen vertragen könnte; sie machten ihn verlegen. Und ich verstand sehr gut, daß er nicht nur einem früheren Freund helfen, sondern auch gegen einen sturen Mechanismus angehen wollte.

Aus welchen Gründen auch immer, er gab mir das Geld, und ich traf die Verabredung mit dem Arzt für die letzten Tage der Weihnachtswoche. Es war schwierig, alles unter einen Hut zu bringen. Ich war am selben Abend mit Lucy verabredet und konnte das nicht umstoßen, ohne daß Simon davon erfuhr, weil ich den Wagen brauchte. Nachdem ich Mimi beim Arzt gelassen hatte, ging ich deshalb sehr nervös hinunter und rief Lucy von einem Drugstore aus an.

»Liebling, heute abend wird es sehr spät werden«, sagte ich zu ihr. »Es ist was dazwischengekommen. Ich werd' nicht vor zehn bei dir sein können.«

Aber heute abend machte sie sich um mich nicht viel Gedanken. Sie flüsterte am Telefon: »Liebling, ich bin in einen Zaun gefahren und hab' einen Kotflügel verbogen. Ich hab' es Papa nicht gesagt. Er ist unten, darum bin ich so aufgeregt.«

»Ach, er wird schon nicht so böse werden.«

»Aber Augie, ich hab' den Wagen noch nicht mal einen Monat. Er sagte, er würde ihn verkaufen, wenn ich nicht gut damit umginge. Ich hab' ihm versprechen müssen, daß sechs Monate nicht das geringste passiert.«

»Vielleicht können wir ihn reparieren lassen, ohne daß er etwas merkt.«

»Meinst du?«

»Ach, wahrscheinlich. Ich denk' mir schon was aus. Ich komme später.«

»Nicht zu spät.«

»Schön, für den Fall, daß ich bis zehn nicht da bin, warte nicht auf mich.«

»Vielleicht sollte ich dann lieber vor dem Neujahrsabend ausschlafen. Du kommst doch morgen pünktlich, nicht wahr? Und vergiß nicht, den Smoking anzuziehen.«

»Morgen um neun, im Smoking, und vielleicht sogar heute abend. Aber ein Freund von mir ist in Schwierigkeiten, und ich habe versprochen, ihm zu helfen. Reg dich wegen dem Wagen nicht auf.«

»Doch. Du weißt nicht, wie Papa ist.«

Leer verließ ich die Telefonzelle; ich kam mir steif und wie ein Söldner meiner Ängste vor, und alles, über das mein Wissen keine Macht hatte, hatte Macht über mich.

Stracciatella war geschlossen, und im Fenster schrumpften gewundene Saxophone und Gitarren in sich zusammen. Hinten sah man Licht durch die Ritzen aus der spaghettidurchtränkten Küche, wo die Familie saß, irrlichtern.

Ich wartete oben im Korridor an der Tür, und nach einer Weile hörte ich, wie sie aufgeschlossen wurde. Mimi kam allein heraus, wurde ausgehändigt, und die Tür schloß sich, ehe ich den Doktor sehen konnte, um ihn etwas zu fragen. Jetzt konnte ich das nicht mehr tun, da ich Mimi stützen mußte, denn sie wankte. Sie war erst vor zwei Tagen aus dem Krankenhaus gekommen, und die vielen Entscheidungen, die sie allein hatte treffen müssen, abgesehen von den Schmerzen und dem Blutverlust, genügten, um von ihrer Kraft nichts übrigzulassen. Sie war so schwach, daß ich zum erstenmal in ihrem Gesicht keinen Ausdruck sah, sie wirkte wie ein schlafendes Kind im Eisenbahnkupee, das am Abend vom Ausflug müde ist. Nur als ihr gegen meine Schulter gelehnter, taumelnder Kopf meinem Hals nahe kam, zog sie aus einem schwachen Reflex der Sinnlichkeit mit den Lippen an meiner Haut. Vielleicht dachte sie in diesem Augenblick, daß ich Frazer wäre, und wollte ihm versichern, daß sie, allen Schwierigkeiten, Schmerzen und Abscheulichkeiten zum Trotz nicht von ihrer Überzeugung abwich, daß alles von der innigen Zärtlichkeit zwischen Mann und Frau abhinge – die das aus willigem Verlangen tun, was in der Welt der Steine und des Wassers, der Pflanzen und der Tiere aus unwissender Notwendigkeit getan wurde.

Als wir oben an der Treppe standen, sie ihre Lippen an meinem Hals, während ich sie festhielt und »langsam, geh ganz langsam hinunter« flüsterte, kam ein Mann von der Straße herauf, und ich stellte beunruhigt fest, daß er mir irgendwie bekannt vorkam. Auch Mimi merkte, daß sich irgendwer näherte, und nahm einige Stufen. Darum waren wir im Schatten und nicht direkt im Licht des Korridors, als er heraufkam. Trotzdem erkannten wir uns. Es war Kelly Weintraub, ein angeheirateter Vetter der Magnusens, der aus der gleichen Gegend wie ich kam, derjenige, der mir einmal wegen Georgie gedroht hatte. Sein Lächeln verbreiterte sich langsam, als er mich sah, und um seinen Mund herum war etwas viel Triumphierenderes als nur ein Lächeln, ich sah die Stellung seiner Augen viel klarer als die Augen selbst in dieser Dunkelheit, und erkannte, daß er mich in der Hand hatte. Er wußte Bescheid.

»Aber Mr. March, was für eine tolle Überraschung! Haben Sie meinen Vetter besucht?«

»Wer ist Ihr Vetter?«

»Der Arzt.«

»Klingt glaubwürdig.«

»Was?«

»Daß er ihr Vetter ist.«

Ich hätte nie weit genug laufen oder tief genug untertauchen können, ohne daß dieser Mann, dieser Weintraub, genug erotische Witterung behalten hätte, um mir zu folgen; er ließ mich das mit seinem vollen hübschen, anzüglichen Aussehen, fleischig und listig, während er etwas in den Knien wippte, wissen.

»Ich hab' auch noch andere Vettern«, sagte er.

Ich hätte ihm gern eins in die Fresse gegeben, da ich ihn wahrscheinlich nie mehr sehen würde, nachdem er gequatscht hatte, aber ich konnte nicht, weil ich Mimi stützen mußte. Es kann die Überreizung der Sinne durch die Wut gewesen sein, die mich glauben ließ, daß ich Blut roch, frisches Blut, aber im Endeffekt zählte nur das dadurch hervorgerufene Entsetzen. Ich sagte zu ihm: »Machen Sie, daß Sie aus dem Weg kommen.«

Mir war im Augenblick nichts anderes wichtiger als Mimi nach Hause und ins Bett zu bringen.

»Er ist gar nicht mein Freund«, sagte Mimi zu Kelly, »er hat sich nur für heute abend frei gemacht, um mir zu helfen.«

»Das klingt auch glaubwürdig«, antwortete er.

»O Sie dreckiger Schweinehund«, sagte sie. Sie war zu schwach, um die ganze wilde Wut, die sie empfand, hineinzulegen.

Ich trug sie schlotternd zum Wagen und fuhr schnell los.

»Du, das tut mir leid, jetzt mach' ich dir Ärger. Wer ist er denn?«

»Ach, bloß so ein Kerl – er hat weiter nichts zu bedeuten. Niemand gibt was darauf, was er sagt. Denk nicht daran, Mimi. Ging alles glatt?«

»Er war ekelhaft«, sagte sie. »Zuerst nahm er das Geld.«

»Aber jetzt ist alles vorbei?«

»Es ist weg, wenn du das meinst.«

Die Straße war schneefrei, und ich fuhr schnell über die endlosen Variationen aus Schwärze und Glätte, Schienen entlang und durch Tunnels. Lichtstreifen, als ob der Wind in eine Kirche gefahren wäre und über die Kerzen geblasen hätte, den Atem vom Munde saugend, strömten vorbei, so sehr verwischte die Geschwindigkeit die Dinge.

Wir kamen an. Ich trug sie die vier Treppen hinauf, und während sie ins Bett ging, lief ich 'runter, um einen Eisbeutel von Miß Owens zu holen, die wegen dem Eis Umstände machte.

»Was?« schrie ich. »Es ist doch mitten im Winter!«

»Dann gehen Sie doch nach draußen und schlagen Sie sich welches. Unseres wird im Eisschrank gemacht und kostet Elektrizität.«

Ich hörte auf zu schreien, da ich merkte, daß ich mit meinem wilden Hineinrasen, ohne daran zu denken, wie sichtbar meine Angst war, ihre altjüngferlichen Gefühle aufgebracht hatte. Wieder ruhig werdend, sprach ich vernünftig mit ihr und war so liebenswürdig, wie ich unter diesen Umständen nur sein konnte. Es kann nicht sonderlich viel gewesen sein, was ich zu versenden hatte, aus der niedrigen Spannung in meinen zitternden Drähten zu schließen.

Ich sagte: »Miß Villars hat sich einen Zahn ziehen lassen, und ihr geht es gar nicht gut.«

»Ein Zahn! Ihr jungen Leute regt euch immer gleich so auf.« Sie gab mir den Eisbeutel, und ich rannte damit hinauf.

Aber das Eis half jedenfalls nicht viel. Sie blutete sehr stark, und sie versuchte, das vor mir zu verheimlichen, mußte es mir aber doch bald sagen, als sie, erstaunt, mit offenen Augen, festzustellen versuchte, wo es hinlief. Sie fing an, das Bett zu durchweichen. Ich war dafür, sie sofort ins Krankenhaus zu bringen, aber sie sagte: »Es wird bald besser, ich glaub', es muß am Anfang so sein.«

Ich ging hinunter und rief den Arzt an, der mir sagte, ich solle aufpassen, und er würde mir sagen, was zu tun wäre, wenn die Blutung nicht nachließe. Er würde warten. In seiner Stimme klang Angst.

Als ich ihre Laken abzog, um ihr Bett mit meinen zu beziehen, hob sie ihre Hände, um mich davon abzuhalten, aber ich sagte: »Hör, Mimi, das muß getan werden.« Sie schloß die Augen, legte ihre Wange in die Mulde zwischen Hals und Schulter und ließ mich gewähren.

Es ist Großes geleistet worden, um die schlimmsten menschlichen Anblicke zu mildern und einen etwas anderes als Entsetzen vor ihnen zu lehren. Alle Golgathas wurden in diesem Geiste gemalt. Aber da diese Dinge und Lehren heute wahrscheinlich nur sehr wenigen Menschen helfen, muß jeder auf das zurückgreifen, was er gerade hat.

Ich warf die blutigen Laken in den Schrank, und sie bemerkte die Wucht in diesem Schwung und sagte: »Krieg keine Panik, Augie.«

Ich versuchte, ruhiger zu werden, und setzte mich neben sie. »War dir klar, daß es so kommen konnte?«

»Oder noch schlimmer«, sagte sie, und da ihre Augen gelblich und glanzlos aussahen und ihr Mund blaß war, fiel mir ein, daß sie vielleicht gar nicht begreifen konnte, wie schlimm es schon um sie stand. »Aber ...«

»Was, aber?« sagte ich.

»... man kann doch nicht einfach irgendeinen Quatsch, der einem gerade in die Quere kommt, über sein Leben entscheiden lassen.«

»Eine meisterhafte Art, unabhängig zu sein«, sagte ich zu mir selbst, aber sie hörte mich.

»Es kommt darauf an, was dich soweit bringt, mach dir da nichts vor. Jedenfalls für mich. Aber«, sagte sie mit zerfurchter Stirn, die sich glättete, als sie zugab, »wahrscheinlich nur, wenn ich wieder hochkomm'. Wenn man tot ist, worauf kommt es dann noch an?«

Ich konnte ein Gespräch jetzt nicht verkraften und saß schweigend, sie beobachtend, da. Wie sie geglaubt hatte, ließ die Blutung allmählich nach; sie lag nicht mehr so verkrampft und steif auf dem Bett, und das Gefühl der Taubheit in meinen Muskeln ließ nach. Meine Gedanken waren wie zerbröselt, denn ich hatte mir die ganze Zeit den Kopf zerbrochen, wie ich sie wohl in ein Krankenhaus hineinkriegen würde; ich wußte, wie schwierig das in solchen Fällen war, und ich stellte mir vor, wie ich flehte und abgewiesen wurde, und wie mich die bürokratische Sturheit zum Wahnsinn brachte.

»Na«, sagte sie, »es sieht aus, als ob nicht einmal er mich um die Ecke bringen konnte.«

»Geht es dir besser?«

»Ich möchte einen Whisky.«

»Vielleicht lieber nichts Alkoholisches, ich glaub' nicht, daß Whisky heute für dich gut wär'.«

»Ich will aber Whisky. Mir scheint, du könntest selbst welchen gebrauchen.«

Ich brachte Simons Wagen in die Garage und kam in einem Taxi mit einer Flasche zurück. Sie nahm einen tüchtigen Schluck. Ich trank den Rest, denn jetzt, wo es Mimi besser ging, stellten sich meine eigenen Sorgen wieder ein; als ich nackt in mein lakenloses Bett kroch, schienen sie mich zu erdrücken, und ich trank noch einmal aus der Flasche, um mich zu betäuben und einzuschlafen. Aber ich wachte schon im Morgengrauen, früher als sonst, auf; Kelly Weintraub würde mir die Sache nie durchgehen lassen, sondern mich festnageln. Wenn ich deswegen etwas Bestimmteres als allgemeine Dunkelheit und Furcht fühlte, wie die düstere, zusammengezogene Wolke da draußen vor dem Fenster, so weiß ich es nicht.

Ich zog mich für die Arbeit auf dem Kohlenplatz an. Der Whisky arbeitete noch in mir, ich war nicht gewohnt zu trinken. In der Widerlichkeit und Unordnung ihres Zimmers schien Mimi sehr erhitzt, aber ruhig zu schlafen. Als ich meinen Kaffee trinken ging, machte ich im Drugstore aus, daß man ihr das Frühstück hinaufschicken sollte.

An dem Morgen war ich durch das Auf-dem-Sprung-Sein und die Sorgen ziemlich wacklig. Das Wetter blieb schwarz, unverteilter Ruß lag auf dem Schnee. Wie das Innere von irgend etwas, das geschlossen werden sollte. Es war viel eher abscheulich als traurig, sogar für mich, einen Hiesigen, der doch kaum etwas anderes kannte. Aus dieser zentralasiatischen Finsternis, so unermeßlich öde an Menschlichkeit wie das Vorbild zu dieser Metapher weit, kamen Trecker und Pferdefuhrwerke geschäftig auf den Kohlenplatz gefahren, drehten uns sterbende Mähren fragend ihre Köpfe zu, wie Operettensoldaten in ihrem Schmuck aus samtigem Grün oder Rot anzusehen, und beobachteten, wie wir unter den grellen Birnen Quittungen schrieben und Dollars in die Kasse legten. Die Scheine fühlten sich großkotzig an und rochen nach Parfum.

Simon schulmeisterte mich dauernd, und ich fragte mich, ob Kelly ihn schon getroffen hatte. Aber nein, er verfolgte mich nur mit seiner Strenge, geschwollen und rot um die Augen. Und ich machte meine Sache nicht gerade gut.

Aber es war ein kurzer Tag, der letzte des Jahres. Wir spendierten kleine Taschenfläschchen mit Bourbon-Whisky und Gin, und es kam Leben in die Bude, wurde lustig und hüpfend, und bald war der Fußboden mit leeren Fläschchen übersät. So nach und nach lebte sogar Simon auf. Mit dem Zerreißen des Kalenders und dem Verschwinden der alten zwölf Monate mit ihrer Sense und der Laterne des Diogenes stand Simons schließlich vor einem neuen Anfang. Seine Sommersorgen lagen weit hinter ihm.

Zu mir sagte er: »Ich hab' gehört, daß du mit Lucy heute abend groß ausgehst. Schön, du kannst doch nicht einen Smoking zu diesen unmöglichen Haaren tragen. Geh zu einem Frisör. Überhaupt, erhol dich etwas. Hast du es irgendwo wild getrieben? Nimm den Wagen und verschwinde. Onkel Artie holt mich ab. Wer hat dich bloß so müde gemacht? Wahrscheinlich war's nicht Lucy, sondern dies andere Stückchen. Geh schon – Himmel, ich weiß wirklich nicht, was du eigentlich mehr aussiehst, müde oder blöd.« Simon konnte nur für sich garantieren, daß er vom Webefehler unserer Familie frei war; war er gereizt, fiel sein Mißtrauen auf mich.

Ich trödelte nicht und machte, daß ich nach Hause kam, und traf oben Kayo Obermarck, der gerade mit einem nassen Handtuch für Mimis Stirn aus der Toilette kam. Er sah sehr beunruhigt aus, seine Augen, schon von Natur groß genug, wurden durch die Brille noch vergrößert, und seine Unterlippe schob sich ängstlich vor. Sein Gesicht war schwärzlich vor Schmutz oder Stoppeln. »Ich glaub', es geht ihr schlecht«, sagte er.

»Blutet sie?«

»Ich weiß nicht – aber sie brennt lichterloh.«

Wenn sie Kayos Hilfe annimmt, dachte ich mir, muß es ihr schon sehr schlecht gehen, und das stimmte auch, obwohl sie gesprächig und voll falscher Lebendigkeit und Aufmerksamkeit war – falsch, weil das alles nicht mit dem Ausdruck ihrer Augen übereinstimmte. Das kleine Zimmer war überhitzt und zum Umkommen, alles in ihm schien muffig und krank zu sein, wie eine morastige Fäulnis, die anfängt, gefährlich zu werden.

Ich erwischte Padilla, und er kam aus seinem Laboratorium mit Tabletten für ihr Fieber herüber, nachdem er sich mit einigen Studenten beraten hatte, die schon ihr Physikum gemacht hatten. Wir warteten auf die Wirkung, die nur langsam kam, und weil ich nicht den Kopf verlieren wollte, stimmte ich zu, Rommé zu spielen. Er, wenn's um Zahlen ging, immer obenauf, gewann jedes Spiel. Bis ich die Karten nicht mehr halten konnte. Gegen Abend – ich richtete mich nach der Stunde und nicht nach der Dunkelheit, die dampfend und träge um drei genau die gleiche war wie um sechs – ging ihr Fieber etwas herunter. Dann rief Lucy an und bat mich, eine Stunde früher als ausgemacht zu kommen. Ich merkte, daß auf der Seite auch Zores war, und fragte: »Was ist los?«

»Nichts; aber bitte versuch, um acht hier zu sein«, sagte sie; sie hörte sich etwas bedrückt an.

Es war schon nach sechs, und ich hatte mich noch nicht rasiert. Ich machte es auf die Schnelle ab und fing an, meinen Smoking anzuziehen, während ich mich mit Padilla und Kayo beriet.

»Die große Gefahr«, sagte Padilla, »ist, daß er ihr vielleicht ein Septicemia gegeben hat. Nimm an, sie hat Kindbettfieber. Das ist viel zu gefährlich, um sie damit hierzulassen. Du mußt sie ins Krankenhaus bringen.«

Ohne auf weiteres zu warten, ging ich in meinem gestärkten Hemd über den Korridor und sagte zu ihr: »Mimi, wir müssen versuchen, dich in ein Krankenhaus zu bringen.«

»Aber niemand wird mich aufnehmen.«

»Wir werden sie schon zwingen.«

»Ruf sie doch an und frag, dann wirst du sehen, ob ich recht habe oder nicht.«

»Wir rufen gar nicht erst an«, sagte Padilla, »wir fahren einfach.«

»Was tut er überhaupt hier?« sagte sie zu mir. »Wieviel Leute müssen denn noch eingeweiht werden?«

»Padilla ist ein guter Freund von mir. Mach dir jetzt darüber keine Gedanken.«

»Du weißt doch, was sie machen werden, nicht wahr? Sie werden versuchen, mich dazu zu bringen, den Arzt zu verraten. Was glaubst du wohl, werd' ich die Klappe halten?« Damit wollte sie sich auf eine Art brüsten, daß sie niemand dazu bringen würde, was zu verpfeifen, nicht einmal diesen Arzt.

Padilla murmelte: »Was verschwendest du noch Zeit mit ihr! Mensch, mach schon.«

Ich zog ihr Hut und Mantel an, packte Nachthemd, Zahnbürste und Kamm in einen kleinen Koffer, und Padilla und ich trugen sie, in eine Decke gewickelt, zum Wagen.

Als ich die graue Wagentür öffnete, rief Owens von der Veranda: »Heh, March!« Er war in Hemdsärmeln herausgekommen und stand riesig und mit eingesunkenen Schultern da, die Knie in der Kälte, mit der dieses Jahr seinen schlechten Tod starb, zusammengepreßt.

»Was Wichtiges! Telefon.«

Ich lief hinein. Es war Simon.

»Augie!«

»Sprich schnell. Was ist los? Ich hab's eilig.«

»Du solltest lieber schnell sprechen«, sagte er wütend. »Charlotte hat mich eben angerufen, Kelly Weintraub trägt überall herum, daß du so 'n Stückchen Malheur zu einem Abtreiber gebracht hast.«

»Ha? Na und, Simon?«

»Das war doch das Dämchen aus deinem Haus, nicht wahr? Da hast du dich ja ganz schön in die Nesseln gesetzt und dich eigenhändig an die frische Luft befördert. Jetzt häng' ich dich nämlich ab,

Augie, bevor du mir noch Schlimmeres antust. Ich kann dich nicht länger so mit durchschleifen. Ich weiß sowieso schon nicht, wie ich erklären soll, warum du die ganze Zeit, in der du mit Lucy verlobt warst, mit diesem Mädchen auf Deibel komm 'raus in den Betten gelegen hast. Ich werde sagen, daß du absolut nichts taugst, und das ist keine Lüge, weil du zum Leben wie zum Sterben viel zu dämlich bist.«

»Willst du mich vielleicht nicht erst einmal fragen, ob Kellys Geschichte stimmt?«

Verächtlich, daß ich so naiv war zu glauben, er wäre dämlich genug, das zu fressen, was ich ihm ums Maul schmieren würde, sagte er beinah amüsiert: »Schön – was denn? Du wolltest bloß 'nem andern Kerl einen Gefallen tun, was? Du bist der Puppe nie zwischen die Beine gekommen? Du hast neben ihr gelebt, ohne sie überhaupt anzufassen? Hör mal, Krümel, wir sind nicht mehr zehn Jahre alt. Ich habe die Tippelschickse gesehen. Die würde dich nicht mal in Ruhe lassen, wenn du in Ruhe gelassen werden wolltest. Und du wolltest gar nicht. Versuch bloß nicht, mir weiszumachen, du wärst nicht geil. Das sind wir alle in unserer Familie. Wie, glaubst du, sind wir überhaupt entstanden – alle drei? Irgend jemand hat herausgefunden, daß er klingeln konnte, wann es ihn juckte. Denkst du, mich interessiert, ob du dem Mädchen nachgestiegen bist? Aber du mußt dich natürlich auf diese Art um Kopf und Kragen bringen und einwickeln lassen und schön und solid 'reinschlittern; sonst kommt es dir irgendwie falsch vor. Du mußt wirklich wie Ma sein. Na, mich geht das ja gar nichts an, wenn du es so haben willst. Aber bei den Magnus' lasse ich mir von dir keinen Zores machen.«

»Es gibt gar keinen Grund, warum du mit ihnen Zores haben solltest. Hör mal, ich erzähl' dir morgen alles.«

»Nein, das wirst du nicht. Auch nicht übermorgen. Von jetzt ab hast du nichts mehr mit mir zu tun. Nur den Wagen bring zurück.«

»Ich werde vorbeikommen und dir erzählen, was in Wirklichkeit los war ...«

»Bleib bloß weg. Das ist das einzige und letzte, was ich von dir erwarte.«

»Du Schweinehund!« schrie ich unter Tränen. »Du Scheiße! Ich hoffe, dich als Leiche wiederzusehen.«

Padilla kam hereingerannt und rief ins Wohnzimmer: »Mach schon! Hör mit dem Geseires auf.«

Heulend trampelte und stieß ich an den Korb- oder Papiermöbeln vorbei und stürzte hinaus.

»Was ist denn? Wozu die Tränen? Ist es zuviel für dich?«

Ich antwortete, sobald ich konnte: »Nein, ich hatte bloß Krach.«

»Also los. Soll ich fahren?«

»Nein, ich kann.«

Zuerst fuhren wir zum Krankenhaus, in dem sie operiert worden war. Von der kalten Luft belebt, sagte sie, sie würde selbst hereingehen. Wir führten sie zum Unfalleingang und ließen sie eintreten, dann saßen wir im Wagen und hofften, daß sie nicht wieder herauskommen würde. Aber bald sah ich sie durch die vergoldeten gefrorenen Tropfen auf der Windschutzscheibe wieder in der Tür erscheinen und lief, um sie zu holen.

»Ich *sagte* ...«

»Warum haben sie dich nicht aufgenommen?«

»Da war dieser Kerl. Als ich ihm alles erzählte, sagte er: ›Wir haben hier keinen Platz für Leute wie Sie. Warum haben Sie das Kind nicht haben wollen? Gehen Sie nach Hause und warten Sie auf den Leichenwagen.‹«

»*Chinga su madre!*«

Padilla half mir, sie zum Auto zurückzuführen. »Ich glaube, ich kenn' jemand in einem Krankenhaus an der North Side, der im Labor arbeitet, wenn er noch da ist. Ich ruf' ihn an.«

Ich fuhr ihn zu einem Tabakladen, und er ging hinein, um zu telefonieren.

»Wir sollen es versuchen«, sagte er, als er zurückkam. »Wir sollen sagen, sie hätte es selbst gemacht. Viele Frauen tun das. Er hat mir gesagt, nach wem wir fragen sollen. Wenn der andere bloß Dienst hat. Er soll ganz vernünftig sein.« Dann sagte er leiser: »Vielleicht müssen wir sie einfach dalassen und machen, daß wir verschwinden. Sie ist schon beinah ohnmächtig. Was werden sie tun? Sie können sie doch nicht einfach auf die Straße setzen.«

»Nein, wir lassen sie nicht allein.«

»Warum nicht? Wenn sie dich sehen, geben sie sie dir gleich wieder, weil sie damit nichts zu tun haben wollen. Die suchen sich aus, wem sie helfen. Aber seien wir vernünftig. Ich werde zuerst 'reingehen und mir den Doktor vornehmen.«

Aber wir gingen alle zusammen hinein. Ich konnte nicht im Wagen mit ihr warten und war auf jeden Fall entschlossen, wenn sie nicht aufgenommen wurde, alles zu zerschlagen, was mir in die Finger kam. So gingen wir durch die beinah leeren Vorzimmer; ich schlug mit einer Hand nach einem Mann in der grauen Jacke eines Pflegers, der sich in den Weg stellte. Er duckte sich, und Padilla sagte zu mir: »Jesses, was machst du denn? Du wirst noch alles vermasseln. Jetzt nimm sie und setz dich dahin, bis ich herauskrieg', ob der Knabe da Dienst hat.«

Mimi fiel auf mich, und ich fühlte ihre Hitze auf der Wange. Sie konnte nicht länger sitzen, und ich hielt sie aufrecht, bis eine Bahre für sie kam.

Padilla war weg, und zuerst saß ich da wie ein Gefangener. Auch ein Polizist machte dort Dienst. Zusammen mit dem Pfleger kam er in seinem blauen Hemd aus einer Seitentür mit einer Tasse Kaffee in der einen Hand, in der andern hielt er sogar einen Gummiknüppel.

»Also was ist eigentlich los?« fragte ein Arzt.

»Warum helfen Sie ihr nicht lieber, statt zu fragen?«

»Haben Sie diesen Mann geschlagen?« fragte der Polizist. »Hat er nach Ihnen geschlagen?«

»Ja, er hat mir einen Schwinger geben wollen, mich aber nicht getroffen.«

Möglicherweise entdeckte der Polizist jetzt, daß ich einen Smoking trug, denn seine Nackenmuskeln traten nicht mehr ganz so stiernackig aus dem blauen Hemdkragen, und seine Augen waren nicht mehr zu so kleinen Schlitzen zusammengekniffen, als er jetzt mit mir sprach. Ich trug die Kleider eines Herrn, und warum sollte er sich unnötig Scherereien aussetzen?

»Was ist eigentlich mit dieser Frau? Wer sind Sie? Ihr Mann? Sie trägt keinen Ehering. Sind sie verwandt oder nur befreundet?«

»Mimi? Ist sie hinüber?«

»Nein, sie antwortet bloß nicht. Sie bewegt die Augen.«

Padilla kam zurück, der Arzt eilte vor ihm her. »Bringen Sie sie nur hier herein, wir werden dann schon sehen, was es gibt.«

Manny sah mich triumphierend an. Wir wurden die ganze schnüffelnde Gesellschaft los, die bloß Ärger machte, und gingen mit dem Arzt. Unterwegs erzählte Manny ihm eine Geschichte.

»Sie hat sich das selbst gemacht. Sie ist berufstätig und kann sich kein Kind leisten.«

»Wie hat sie's denn gemacht?«

»Mit irgendwas, nehm ich an. Beschäftigen sich nicht Frauen ihr ganzes Leben lang mit solchen Sachen?«

»Ich habe da einige erstaunliche Dinge gesehen, aber dann habe ich auch verschiedene recht anrüchige Geschichten gehört. Na ja, wenn die Frauen am Leben bleiben, suchen wir gar nicht erst nach dem Arzt. Was könnte das schon der Fakultät nützen?«

»Wie steht es denn im Augenblick um sie?«

»Bevor ich sie richtig untersucht habe, kann ich nur sagen, daß sie eine Menge Blut verloren hat. Wer ist denn dieser andere Junge, der sich so aufregt?«

»Ein Bekannter von ihr.«

»Der hätte bloß dem Pfleger eine zu wischen brauchen, um die Neujahrsnacht zusammen mit den Betrunkenen im Kittchen zu verbringen. Warum hat er sich denn so fein gemacht?«

»Mensch, was ist mit deiner Verabredung?« sagte Padilla und legte erschreckt seine Hand an sein langes Gesicht. Die gleichmäßig gehende Uhr in dem hellerleuchteten Zimmer, in das wir eintraten, zeigte schon nach acht.

»Erst nachdem ich weiß, was mit Mimi ist.«

»Geh schon, wirklich. Ich bleib' hier. Ich hab' heute abend keine Verabredung und wollte sowieso zu Hause bleiben. Der Doktor glaubt, daß es gar nicht so wild ist. Was hast du denn vor?«

»Ein Ball im Edgewater.«

Ich wartete, bis der Arzt zurückkam.

»Es ist eigentlich nur der Blutverlust und die Infektion von der Bauchoperation, glaub' ich«, sagte er. »Wo hat sie das machen lassen?«

»Sie wird Ihre Fragen selbst beantworten, wenn sie will«, sagte ich zu ihm. »Ich weiß es nicht.«

»Was wissen Sie denn überhaupt? Wissen Sie zum Beispiel, wem wir die Rechnung schicken können?«

Padilla sagte: »Geld ist schon da. Sehen Sie nicht, was für gute Kleider sie anhat?« Dann sagte er zu mir, weil es ihn sehr aufregte: »Verschwindest du jetzt oder nicht? Dieser Junge ist mit einer Millionärstochter verlobt und läßt sie zu Neujahr warten.«

»Schreiben Sie mir einen Passierschein, damit ich Mimi heute nacht noch besuchen kann«, sagte ich zum Arzt. Er sah Padilla, über mich erstaunt, an, und ich sagte weiter: »Um Gottes willen, Doktor, machen Sie keine Umstände und schreiben Sie den Wisch. Was macht es Ihnen schon aus, wenn ich wiederkomme? Ich würde Ihnen den ganzen umglückseligen Roman erzählen, aber ich habe jetzt keine Zeit.«

»Ach, tun Sie's schon, Ihnen kann's ja egal sein«, sagte Padilla zu ihm.

»Ein Passierschein von mir würde Ihnen vorne gar nichts nützen. Ich bin bis zum Morgen da. Kommen Sie nur herein und fragen Sie nach Castleman.«

»Vielleicht bin ich bald wieder da«, sagte ich, denn ich war sicher, daß Kelly Weintraub, da er ja tratschte, inzwischen Onkel Charlie Magnus erreicht hatte. Aber ich rechnete auch damit, daß er und seine Frau Lucy nichts erzählt hatten, nicht am Neujahrsabend, wenn sie auf einen Ball tanzen ging. Später würden sie mich 'rauswerfen. Aber warum hatte sie mich gebeten, eine Stunde früher zu kommen? Der Ball fing nicht vor zehn an. Ich rief sie noch einmal an und fragte: »Wartest du?«

»Natürlich warte ich. Wo bist du?«

»Nicht weit weg.«

»Was machst du?«

»Ich mußte erst noch wo vorbeigehen. Ich mach' jetzt schnell.«

»Bitte!«

Dies letzte Wort, dachte ich, während ich fuhr, klang nicht nach der Ungeduld einer Geliebten, sondern weder weich noch hart. An der Einfahrt nahm ich die Kurve zu weit und mit einer Wendung in letzter Minute zwang ich die Räder durch Dreck und Büsche und blieb mit einem Ruck vor dem Eingang stehen. Drinnen ging ich auf abgetretenen Absätzen meiner Arbeitsschuhe, die ich zu wechseln vergessen hatte, zum Spiegel, um mir meine schwarze Krawatte zu binden, und sah rückwärts, neben der Portiere im Wohnzimmer, den angespannten Bauch von Onkel Charlie, seine spitzen Füße in Bereitschaft, der sitzend in diesem orientalischen Durcheinander von Messing, Seide, Wolle und allem, was dem Haus soviel Macht gab, wartete. Lucy, ihre Mutter und Sam beobachteten mich. Ich spürte, daß ein starker Apparat gegen mich arbeitete. Aber ich war gekommen, um Lucy, für die meine Gefühle, wenn man ihnen Gelegenheit dazu gab, wieder hätten leuchten und sich erwärmen können, nicht zu enttäuschen. Ich erwartete giftige Blicke, gegen die ich gewappnet und gefeit war, wenigstens ließen meine anderen, größeren Sorgen diese Blicke nichtig erscheinen, und ich war nicht gewillt, mich von ihnen wegen lüsterner Vergehen oder Vorspiegelung falscher Tatsachen oder was immer sie gegen mich zu haben glaubten, anklagen zu lassen. Ich war deshalb ganz und gar nicht nervös, denn ich nahm an, ich hätte es nur mit Lucy zu tun, jetzt ohne jegliche Mitgiftjägerei, denn ich konnte alles, was ich wollte, unabhängig von Brüdern, Verwandten und all dem durchsetzen, vorausgesetzt, daß ihre Gefühle echt waren und daß sie mich, wie sie immer gesagt hatte, liebte. Darauf kam es an, denn ich sah, daß man sie bearbeitet hatte, obwohl ich nicht wußte, wieviel sie gehört hatte. Das großlippige Lächeln, das sie mir zuschickte (sie blieb in der Entfernung ihres Platzes sitzen, anstatt aufzustehen und mich zu küssen), war seltsam – diese in Lippenstift gezeichnete Skizze der zauberhaften Lieblichkeit wurde, sich so in die Breite ziehend, zu diesem klaffenden abscheulichen Riß, der, dieser Lieblichkeit entgegengesetzt, von unten nach oben verläuft, und der im sechsten Abgrund der Hölle den vom rechten Glauben Abgefallenen von unten aufgeschlagen und durch das Gesicht gerissen ist. Ach, liebes Gesicht. Geschätzt als des ganzen Körpers Herold, der dennoch von seinem obersten Treuhänder abfällt, stirbt, abtrünnig wird, wenn er, dieser Körper, zu verwöhnt und kostbar wird. Ich sah, daß sie, jetzt durch ihre gekünstelten Züge so wenig redlich mit mir, auf ihre Eltern gehört hatte und daß Entscheidungen getroffen worden waren. Mir blieb nichts anderes übrig als zu gehen. Aber noch war in dieser orientalischen Versammlung kein Wort gefallen, und ich hatte keinen Vorwand. Ich war noch immer ihr Begleiter, aufgetakelt, wenn man mich nicht zu scharf besah, wie ein Varietétänzer, in einem gestärkten Hemd und an nichts als an Liebeleien und Bälle denkend.

»Warum setzen Sie sich nicht?« fragte Mrs. Magnus.

»Ich dachte, wir würden gleich gehen.«

»Also Lucy!« sagte ihr Vater.

Auf dieses Signal hin sagte sie: »Ich geh' nicht mit dir, Augie.«

»Weder jetzt noch später«, soufflierte er.

»Nie wieder.«

»Du wirst mit Sam zum Ball gehen.«

»Aber ich bin gekommen, um sie abzuholen, Mr. Magnus.«

»Nein, wenn man bei solchen Dingen entschlossen ist, einen Schritt zu machen, ist es besser, das gleich ganz zu tun«, sagte Mrs. Magnus. »Es tut mir leid, Augie. Persönlich wünsche ich Ihnen nichts Böses. Aber ich würde Ihnen raten, sich zusammenzunehmen. Noch ist es nicht zu spät. Sie sind ein gut aussehender und intelligenter junger Mann. Gegen Ihre Familie ist nichts einzuwenden; ich schätze Ihren Bruder sehr. Aber Sie sind nicht ganz das, was wir uns für Lucy vorgestellt hatten.«

»Und wie steht es damit, was Lucy sich selbst vorgestellt hatte?« fragte ich, während mir der Zorn in die Kehle stieg.

Mrs. Magnus' Versuch, königlich, würdig und weise zu sein, machte den alten Mann kribbelig. »Wenn sie dich heiratet«, sagte er, »gibt's einfach keine Moneten.«

»Also Lucy, wem von uns macht das was aus, dir oder mir?«

Ihr Lächeln verbreiterte sich und verlor jeden anderen Sinn in der Andeutung, daß sie es war, die mich entflammt hatte; und als ich lichterloh brannte, hatte ich dann alles auf jemand anders übertragen, aber das war gar nicht so wichtig, denn sie hatte nicht so wenig von ihrem Vater – obwohl ein Mädchen –, daß diese ganze Leidenschaft im Wagen und im Salon mit den Lippen und Zungen und Fingerspitzen und all dem anderen sie hätte den Kopf verlieren oder unvernünftig handeln lassen können.

Ich wußte nicht genau, was eigentlich los war. Irgend etwas wurde über den Schaden an ihrem Wagen gesagt. Jetzt beichtete sie es. Ihr Vater sagte, natürlich würde er repariert werden. Solange nichts anderes kaputt war; dies war sein Zartgefühl wegen des Hymens. Aber es war ihm wert, darüber zu lachen, auf diese Art war es auch eine Drohung und ein Seufzer, der ihm in seiner väterlichen Freude entschlüpfte, daß sie nicht beschädigt worden war.

Es gab keinen Grund, noch länger zu bleiben. Ihr Bruder Sam, den ich neben mir entdeckte, als ich in der Halle meinen Mantel aufnahm, drohte, daß er mir das Kreuz brechen würde, wenn ich seine Schwester belästigte, aber trotz seiner dicken Haarigkeit und seiner ausladenden Arschbacken konnte er mich keinesfalls damit beeindrucken.

Ich setzte den Wagen in Gang, für den ich auch keine Verpflichtung mehr fühlte, und fuhr zum Krankenhaus.

Padilla hatte Mimi Blut gespendet, und er hatte sich nach der Transfusion in dem Zimmer, in dem ich ihn verlassen hatte, hingelegt und lutschte an einer Apfelsine; sein dünner Arm mit dem einen seltsamen Muskelballen war bepflastert, und seine Augen waren unter der Gleichgültigkeit der Oberfläche dunkel und lebendig auf etwas gerichtet, das ich nicht so schnell erkennen konnte.

»Wie geht es Mimi?«

»Man hat sie nach oben gebracht. Sie ist noch immer nicht beieinander, aber dieser Castleman sagt, sie habe gute Aussichten.«

»Ich geh zu ihr 'rauf. Was hast du vor?«

»Ich glaub' nicht, daß ich noch länger bleibe. Ich geh' bald nach Hause. Bleibst du?«

Ich gab ihm Geld für ein Taxi, denn ich wollte nicht, daß er sich den ganzen langen Weg bis zum Hyde Park in einer überfüllten Straßenbahn durchschütteln lassen mußte.

»Danke, Manny.«

Er steckte das Geld in seine Hemdentasche und fragte plötzlich erstaunt: »Sag mal, warum bist du denn schon vom Ball zurück?«

Ich antwortete nicht, sondern ging wortlos aus dem Zimmer. Mimi lag in einer der Entbindungsabteilungen. Castleman sagte, daß sie keinen anderen Platz gehabt hätten, und ich dachte, daß sie mehr oder weniger auch dort hingehörte. Ich ging also hinauf. Es war ein großer, hoher Raum, und in der Mitte war ein Tisch, auf dem ein kleiner mit Glühbirnen erleuchteter Weihnachtsbaum stand, und unter ihm lag eine Schachtel mit Watte und Krippenfiguren.

Castleman sagte mir: »Sie können bleiben, aber machen Sie sich nicht mausig, sonst werden Sie 'rausgeworfen. Ich glaube, sie wird es schaffen, obwohl sie alles, außer sich die Pulsadern durchzuschneiden oder Gift zu nehmen, gemacht hat, um sich um die Ecke zu bringen.«

Dort saß ich im Halbdunkel an ihrem Bett. Ab und zu kamen Schwestern, um Säuglinge zum Stillen zu bringen, da war Geflüster und unterdrücktes Schreien und das Geräusch, wenn sich jemand im Bett bewegt, und Beschwichtigungen und Saugen.

Wie ich da saß, war ich für Gefühle empfänglich, die, als sie kamen, um mich, in der Dunkelheit neben dem Bett sitzend, versengt, bitter, widerlich und heftig zu überkommen, keinem Widerstand begegneten. Diese Gefühle wichen allmählich, und ich spürte andere, die voller großer Anzeichen waren und voll von diesem Ort, an den ich angeschwemmt worden war. Ich atmete wieder in meinem gewohnten Rhythmus und wurde viel ruhiger. Als um Mitternacht der Lärm explodierte, das Heulen, die Sirenen, die Trompeten, dies ganze Frohlocken, drang es nur schwach herein, alle Fenster waren geschlossen, und das Säuglingsgequergel ging ungestört weiter.

Ungefähr um eins, wach genug, um meine Bewegungen zu hören, flüsterte Mimi: »Was machst du denn hier?«

»Ich habe nichts Besonderes vor.«

Sie hörte die Säuglinge schreien und wußte, wo sie war. Ihre Bemerkung zu mir, ob sie wohl das Schicksal überlistet oder ob ihr Schicksal sie nun erreicht habe, war melancholisch. Vielleicht hing es davon ab, ob sie demgegenüber, was sie gewählt und getan hatte, stark oder schwach war, und von der Wahrheit ihrer augenblicklichen Gefühle, während sie das Saugen und Schreien und die nächtliche Arbeit der Mutterschaft hörte.

»Jedenfalls, ich glaub', du bist in guten Händen«, sagte ich zu ihr. Ich ging hinaus, um mich etwas zu bewegen, sah die Gesichter der Säuglinge durch das Glas an, und da mich niemand hinderte – die Schwestern hatten sich wahrscheinlich versammelt, um auch etwas zu feiern –, kam ich unangefochten in eine andere Abteilung, wo die Kreißzimmer, einzelne Verschläge, waren und sah Frauen kämpfen, sah barbarische Schmerzen und großbäuchige Verzerrung, ein wuchtiges Gesicht, das in seinen Falten versank, und eine mächtige singende Stimme von sich gab, in der die Frau ihren Mann obszön für sein Vergnügen, das sie hierhergebracht hatte, verfluchte; und andere, nach Heiligen und Müttern rufend, an den Stangen ihrer Betten rüttelnd, weinend oder mit Gesichtern voll Entsetzen oder narkotisierten Augen. Mich bestürzte das alles und benahm mir die Sinne. Darum zögerte ich, als eine Schwester herbeieilte, um herauszufinden, wer ich war und was ich hier zu suchen hatte. Und gerade in dem Augenblick kamen aus dem nahen Fahrstuhlschacht Schreie. Ich blieb stehen und erwartete das aufwärtsschwebende Licht, das ich gleichmäßig strahlend durch das Glasfenster sehen konnte. Die Tür öffnete sich; eine Frau saß vor mir in einem Rollstuhl, und in ihrem Schoß, gerade in einem Taxi oder Polizeiwagen oder in der Halle des Krankenhauses geboren, mit Blut bedeckt und so brüllend, daß man die Sehnen sehen konnte, mit vor Anstrengung viereckiger Brust und Schulter, dieses rote und sie mit Rot bedeckende glatzköpfige Kind. Auch sie war völlig aufgelöst und schluchzte: die Augen voll wilder Angst, rang sie die Hände, und sie und das Baby erschienen wie einander aufgezwungene Feinde, wie die Gestalten eines Krieges. Sie wurden herausgeschoben und kamen so nah an mir vorbei, daß der Arm der Mutter den meinen streifte.

»Was tun Sie hier?« fragte die Schwester und sah mich ärgerlich an. Ich hatte kein Recht, hier zu sein.

Ich fand meinen Weg zurück, und als ich Mimi ruhig, viel kühler, daliegen sah, verschwand ich über die Treppe, die Castleman mir gezeigt hatte, aus dem Krankenhaus und ging zum Wagen; über dem grauen Eisbelag stäubte Neuschnee um meine Füße.

Ich wußte nicht genau, wo ich eigentlich war, als ich den Wagen in Gang setzte. Ich fuhr langsam durch Seitenstraßen in stärker werdenden Schneefall und hoffte, eine Hauptstraße zu finden, und stieß schließlich auch tatsächlich auf den Diversey Boulevard in einer verlassenen Fabrikgegend, nicht weit vom nördlichen Arm des Flusses. Und hier, als der Gedanke, mich bald hinzulegen, annehmbar wurde, hatte ich einen Platten, hinten. Der Reifen sank zusammen, und ich schleifte den Wagen auf der Felge an den Bordstein und stellte den Motor ab. Ich mußte das Schloß am Kofferraum mit einem Streichholz auftauen, und als ich die Werkzeuge herausholte, wußte ich nicht, wie der Wagenheber zu handhaben war. Dieses Jahr war ein neuer herausgekommen, und ich war an den Felgentyp gewöhnt, den Einhorn gehabt hatte. Eine Weile probierte ich es, obwohl mein gestärktes Hemd in die Haut schnitt und die Kälte sich meiner Füße und Finger bemächtigte, und dann warf ich die Sachen wieder hinein, schloß ab und begann, nach einem Ort zu suchen, wo ich mich wieder aufwärmen konnte. Aber alles war geschlossen, und jetzt, da ich wußte, in welcher Gegend ich mich befand, fiel mir ein, daß ich nicht weit von den Coblins war. Da ich Coblins merkwürdige Zeiteinteilung kannte, zögerte ich nicht, hinzugehen und ihn aufzuwecken.

Als die gelbe Lampe im dunklen Korridor des Häuschens aufleuchtete und er erkannte, wer läutete, zwinkerte er erstaunt mit den Augen.

»Ich hatte auf dem Diversey eine Panne, und da dachte ich, ich könnte vorbeikommen, da du wegen deiner Route sowieso um diese Zeit aufstehst.«

»Nein, heute nicht. Es ist Neujahr, die Druckereien arbeiten nicht. Aber ich schlief nicht. Ich habe gerade vorher Howard und Friedl gehört, die von einer Party zurückkamen. Um Gottes willen, komm herein und bleib da. Ich werde dir eine Decke aufs Sofa legen.«

Ich ging dankbar 'rein, zog das mich quälende Hemd aus und bedeckte meine Füße mit Kissen.

Coblin war begeistert: »Was werden die am Morgen überrascht sein, wenn sie Vetter Augie sehen. Junge, das ist wunderbar! Anna wird im siebenten Himmel sein.«

Wegen der strahlenden Helligkeit des Morgens und auch wegen der Küchengeräusche wachte ich früh auf. Kusine Anna, noch immer so schlampig wie früher, machte Pfannekuchen und Kaffee und hatte den Tisch reich gedeckt. Ihr Haar wurde weiß, ihr Gesicht mit den Pusteln und Härchen dunkler; ihre Augen waren düster. Aber diese Düsterkeit war der Ausdruck ihrer Gefühle und nicht irgendeines radikalen Pessimismus. Weinend und mich in ihre Arme schließend, sagte sie: »Ein glückliches neues Jahr, mein liebster Junge. Du sollst nur Glück erfahren, wie du es verdienst. Ich habe dich immer geliebt.« Ich küßte sie und schüttelte Coblin die Hand, und wir setzten uns zum Frühstück.

»Wessen Wagen ist denn kaputt, Augie?«

»Simons.«

»Dein großspuriger Bruder?«

»Er ist gar nicht kaputt. Ich hatte bloß einen Platten und fror zu sehr, um den Reifen auszuwechseln.«

»Howard wird dir helfen, wenn er aufgestanden ist.«

»Ist nicht nötig –« Ich dachte daran, Simon die Schlüssel zu schikken, und dann könnte er sich seinen verdammten Wagen selbst holen. Aber das kam mir nur für einen Augenblick so böse in den Sinn. Ich trank Kaffee und sah in den leuchtenden ersten Morgen des Jahres hinaus. In der Straße nebenan war eine griechische Kirche, deren Zwiebelkuppe in dem vom Schnee polierten und geläuterten Blau stand, Kreuz und Krone beieinander, die vereinigten Symbole des Himmels und der Erde, Schnee in allen Ritzen. Ein Schnee wie Zuckerstaub. Ich ging mit dem Blick auch über die Kirche hinweg und ließ ihn nur auf dem tiefen Blau ruhen. Die Zeiten haben sich geändert, aber nicht die Tage.

Die Matrosen, die als erste Amerika sahen, diesen lieblichen Anblick, zu dem sie der Bauch des Ozeans gebracht hatte, sahen auch keine schöneren Farben als diese.

»Augie, es ist zu schade, daß Friedl zur Hochzeit deines Bruders nicht aus Ann Arbor kommen konnte, aber sie mußte eine Prüfung machen. Du mußt sie wirklich mal sehen, das letzte Mal wart ihr ja noch Kinder. Sie ist so schön. Ich sage das nicht, weil sie mein Kind ist – Gott ist mein Zeuge. Du wirst sie bald selbst sehen. Sieh mal, hier ist ein Bild aus der Schule. Und dieses war in der Zeitung, als sie im Vorstand der Schulwohlfahrt war. Und nicht nur schön, Augie.«

»Ich weiß, daß sie sehr hübsch ist, Kusine Anna.«

»Warum gibst du dich eigentlich mit diesen neuen Verwandten deines Bruders ab, diesen groben Leuten? Sieh doch, wie entwickelt sie auf diesem Bild ist. Als ihr Kinder wart, war sie deine kleine Freundin. Ihr sagtet immer, ihr wärt verlobt.«

Beinah verbesserte ich sie: »Nein, du sagtest das immer.« Statt dessen lachte ich, und sie dachte, daß ich über diese freundlichen Erinnerungen lache, und stimmte, die Arme verschränkend und die Augen schließend, mit ein. Allmählich merkte ich, daß sie weinte, während sie lachte.

»Ich wünsch' mir nur eins, daß ich, ehe ich sterbe, mein Kind mit einem Mann glücklich verheiratet sehe.«

»Und mit Kindern.«

»Und mit Kindern ...«

»Um Himmels willen, mach uns doch Pfannekuchen, auf dem Teller ist ja nichts mehr«, sagte Coblin.

Sie lief zum Herd. Ich starrte die Bilder, das Album und die Zeitungsausschnitte, die ausgebreitet vor mir liegenblieben, an. Nur um schließlich meine Augen wieder dem Wetter zuzuwenden.

13

Ich war kein Kind mehr. Nicht dem Alter und auch nicht der Geborgenheit nach. Und so war ich auf Gedeih und Verderb in den ungehemmten Wirbel der Welt geworfen. Für den, der wie viele der Meinung ist, daß unausgesetzte Vertraulichkeit, Familiarität und Liebe zu Falschheit führen können, für den mag dieses In-die-Welt-geworfen-Sein eine sehr wünschenswerte, wenn auch traurige Angelegenheit bedeuten. Was Christus meinte, als er seine Mutter »Weib« nannte: weil auch sie letzten Endes eine Frau wie alle anderen war; daß du in jedem wahrhaften Leben den Staub von deinen Schuhen schütteln und fortgehen und außerhalb des kleinen Kreises, der zwei oder drei Häupter einer Liebesgeschichte in sich begreift, preisgegeben sein mußt. Versuche es und bleibe, dem zum Trotz, einmal innerhalb dieses Zirkels. Sieh zu, wie lange du das aushältst.

Ich erinnere mich, daß ich auf einem Fischmarkt in Neapel war (und die Neapolitaner sind Leute, die nicht leicht die Bande der Blutsverwandtschaft auflösen) – auf diesem Fischmarkt, wo die Muscheln mit bunten Fäden und Zitronenscheiben zu Sträußen gebunden waren, Tintenfische ihre eingesunkenen Sprenkel aus ihrer Quabbeligkeit herausfaulten, wo blutende stahlgraue und andere Fische, mit seltsamen Schuppen wie Münzen, lagen – und da einen alten Bettler gesehen habe, der mit geschlossenen Augen zwischen den Muschelschalen saß und sich mit Jod auf seine Brust gepinselt hatte: *Profitieren Sie von meinem bevorstehenden Tode, indem Sie eine Nachricht an Ihre Lieben im Fegefeuer schicken: 50 Lire.* Ob er nun starb oder nicht starb, dieser alte Mann höhnte jeden unverschämt mit dem Kreis der Liebe, der einen beschützt. Seine magere Brust ging mit dem Atem des Tiefseegestanks der heißen Küste und ihrem Geruch nach Explosionen und Feuer auf und ab. Der Krieg war eben erst nach Norden gezogen. Die vorübergehenden Neapolitaner grinsten und bosten sich voll Verlangen und Ironie, wenn sie seine erfinderische Aufforderung lasen.

Du tust alles, um die Welt menschlicher und vertrauter zu machen, und plötzlich wird sie dir fremder als je zuvor. Die Lebenden sind nicht mehr, was sie waren, die Toten sterben immer von neuem und schließlich endgültig.

Jetzt sehe ich das ein. Damals nicht.

Na ja. Ich kehrte zu den Büchern zurück, sie zu lesen, nicht sie zu stehlen, während ich von dem Gelde lebte, das Mimi zurückzahlte, und von dem, was sie mir lieh, nachdem sie wieder auf den Beinen war und Arbeit hatte. Mit Frazer war Mimi fertig, sie hatte Arthur Einhorn getroffen und gab sich jetzt mit ihm ab. Sie bediente noch immer. Meine Mahlzeiten bekam ich in der Kneipe, in der sie arbeitete. Und ich legte mich hin und las mich durch das Dreimeterregal, welches Einhorn mir geschenkt hatte, die feuer- und wasserfleckigen Bücher, die ich in ihrem ursprünglichen Pappkarton aufbewahrt hatte.

Sie hatten einen etwas erstickenden Geruch. Wenn also Odysseus zum Hades hinabfuhr oder in Rom oder London Brände waren oder Männer und Frauen ihrer Lust frönten, wie sie es in St. Paul taten, so konnte ich ein Aroma atmen, das das Gelesene vervollständigte. Kayo Obermarck lieh mir Gedichtbände und nahm mich ab und an zu Vorträgen mit. Das steigerte seine Aufmerksamkeit. Er ging nicht gern allein.

Ich bin nicht sicher, ob mir nicht einfach die Trauben zu hoch hingen, wenn mich die Universität nicht sonderlich reizte – ich sage das, weil ich nach dem Abkommen, das ich mit Simon getroffen hatte, im Frühjahr wieder hätte hingehen sollen – aber sie reizte mich nicht. Ich war von dem steinernen, feierlichen Ernst, daß man nicht in die höheren Sphären des Denkens eindringen könne, ohne sich zwischen diese den Stil der ›Alten Welt‹ sklavisch nachahmenden Mauern niederzulassen, nicht überzeugt. Mir erschienen sie zu vergötzt und monumental. Und schließlich, wenn der Wind sich nach Süden oder Westen drehte und von den Schlachthöfen den Staub der Düngemittelfabriken durch den schönen Efeu blies, schienen einige Stadien zwischen der rohen Erschaffung und den tiefschürfenden Gedanken ausgelassen zu sein, und das war mir ein zu weiter Umweg.

Diesen Winter war ich eine Zeitlang Notstandsarbeiter bei der WPA*. Mimi drängte mich, hinzugehen und mich anerkennen zu lassen.

* WPA: Works Progress Administration. Verwaltung für den allgemeinen Arbeitseinsatz zur Behebung des Nationalen Notstandes.

Sie sagte, es werde einfach sein, und das war es wirklich. Die beiden Voraussetzungen: Bedürftigkeit und die Staatsbürgerschaft, waren bei mir gegeben.

Die Schwierigkeit war bloß, daß ich mir nichts daraus machte, einer dieser Straßenarbeitergruppen zugeteilt zu werden, die ich sah, wie sie Ziegel hinlegten und wieder aufhoben, und das mit dieser Scham der Zwecklosigkeit, die man geradezu roch, wenn sich die Kolonne gerade soviel, um den minimalsten Anforderungen der Arbeit zu genügen, vorwärtsbewegte. Aber sie sagte, daß ich immer noch aufhören könnte, wenn ich zu stolz sei, mich hier einteilen zu lassen; sie glaubte, es sei kein guter Zug von mir, daß ich eine Büroarbeit haben mußte; für mich wäre es besser, in der frischen Luft zwischen einfacheren Leuten zu sein. Es waren nicht die Leute, über die ich mich beschwerte, sondern das Klappern der Ziegel und das melancholische Schlagen von fünfzig Hämmern im gleichen Takt. Aber ich ging hin und stellte meinen Antrag, weil sie sich verpflichtet fühlte, sich um mich zu kümmern, sich für mich verantwortlich hielt und mir Geld gab, und da wir kein Pärchen waren, ging das nicht an.

Jedenfalls wurde ich angenommen und bekam so eine Art Spaziergänger-Arbeit, die ungefähr das Beste war, was ich erwarten konnte. Ich war bei einer Hausüberprüfungskolonne, die Zimmer und Installationen in der Gegend hinter den Schlachthöfen kontrollierte. Ich konnte meine eigene Zeitkarte führen und mich ausgiebig drükken, was auch jeder von mir erwartete; wenn es bitterkalt war, konnte ich im hintersten Winkel eines Cafés sitzen, bis es Zeit wurde, sich abzumelden. In die Häuser zu kommen, befriedigte auch meine Neugier. Das bedeutete, zehn Menschen in einem Zimmer zu finden und die Toiletten in Gruben unter der Straße oder die von Ratten angenagten Kinder zu sehen. Das war es auch, was mir nicht besonders gefiel. Der Schlachthofgestank hing schlimmer an mir als der Geruch der Hunde bei Guillaume. Und sogar für mich, an Slums so gewöhnt wie der Inder an Elefanten, war es eine Terra Incognita. Die verschiedenartigen Gerüche des Fleisches, in allen Variationen vom Verlangen bis zur Krankheit, verfolgten mich. Und all die Gedanken, Leidenschaften oder sogar Morde, die man sich vorstellen konnte, schienen mit der elementaren Roheit einer Hausfrau, die in einem Polackenladen Kohlköpfe befühlt, oder eines Kerls, der ein Glas Bier an sein weißes, flach aussehendes Gesicht hebt, oder eines Kaufmanns, der Damenhosen und Schlüpfer im Fenster des Kurzwarenladens aufhängt, in eine augenscheinliche Einfachheit oder Schalheit eingewickelt.

Ich blieb bei dieser Beschäftigung bis zum Ende des Winters, und dann hatte Mimi, die immer über diese Dinge Bescheid wußte, die Idee, daß sich vielleicht was für mich bei der CIO *-Gewerkschaft finden ließe, die gerade aufgebaut wurde. Das war kurz nach den ersten Sitzstreiks. Mimi war eines der ersten Mitglieder der CIO für das Gaststättengewerbe. Nicht daß sie besonderen Ärger an ihrem Arbeitsplatz gehabt hätte, aber sie glaubte an Gewerkschaften und kam gut mit ihrem Obmann, einem Mann namens Grammick, aus. Sie brachte uns zusammen.

Dieser Grammick war nicht etwa eine rauhbeinige Type, sondern er hatte Ähnlichkeit mit Frazer und auch mit Sylvester. Er hatte studiert, sprach leise, etwa wie ein Hinterhofpastor, der sein Bestes tut, den Schreihälsen gegenüber sanftmütig, aber an sie gewöhnt und irgendwie bedauernswert. Er hatte einen langen Oberkörper, aber seine Beine waren verhältnismäßig kurz; er ging schnell, über den großen Onkel, und war in seinem langen zweireihigen Jackett, das ihm schlampig am Leibe hing, ein dick behaarter, milder, sogar zarter Mensch. Aber seine Gegner hatten es nicht leicht mit ihm, er konnte nie aus dem Gleichgewicht gebracht werden, war verbissen und schlau und wußte selbst so verschiedenes darüber, wie man jemand hintergeht.

Ja, das tat Grammick.

Ich machte einen ziemlich günstigen Eindruck auf ihn, und er war auch der Meinung, daß ich einen Gewerkschaftsfunktionär abgeben könnte. Tatsächlich war er ausnehmend nett zu mir. Mir kam es so vor, als ob diese günstige Beurteilung nicht so ganz mein Verdienst war, sondern er sich bei Mimi 'ranschmeißen wollte.

Aber ich lernte Grammick aus verschiedenen Gründen schätzen. Obwohl er so unauffällig war, daß er kommen und gehen konnte, ohne in den Hotelhallen und Personaleingängen besonders beachtet zu werden, konnte er doch, wenn es nötig wurde, mit Bestimmtheit handeln und ließ sich durch eine von ihm geschaffene Lage nicht erschrecken. Ich schätzte es, wie er Gutes und Böses, das noch gar nicht ins Blickfeld gerückt war, im voraus zu erkennen wußte.

* Congress of Industrial Organizations.

»Ja, man stellt jetzt Funktionäre ein. Sie wollen erfahrene Leute, aber wo sollen wir die finden? Die Probleme häufen sich zu schnell.«

»Augie ist von der Sorte, die ihr haben solltet«, sagte Mimi. »Jemand, der die Sprache der Arbeiter sprechen kann.«

»Ach, wirklich, kann er das?« sagte Grammick und sah mich an.

Ich mußte über Mimis Behauptung lachen und sagte, daß ich nicht wisse, wessen Sprache ich spräche.

Als ich anfing zu arbeiten, merkte ich, daß nichts hätte unwichtiger sein können. Die Leute drängten sich in einer Eile zur Anmeldung, die praktisch schon zur Naturkunde gehörte wie das Schwärmen der Bienenvölker; und, nur ihr Ziel verfolgend, hatten sie die Empfindlichkeit der im Bewußtsein der eigenen Bewegung Untergetauchten, die zum Protest oder zum Stechen veranlaßt. Es muß wie eine Völkerwanderung gewesen sein, wie die Gier nach Land oder wie Klondike. Nur, daß sie diesmal Gerechtigkeit wollten. Die großen Streiks hatten das ins Rollen gebracht, diese Leute, die sich neben ihren Maschinen hinsetzten und Parties veranstalteten, aber grimmige Parties. Das geschah in der Automobil- und Gummi-Industrie, und die weitreichenden Ergebnisse davon spürte ich bis hinunter zu dem letzten »Perlentaucher«, lies: Tellerwäscher aus dem Scheunenviertel.

Ich fing an einem Tisch im Gerwerkschaftshaus an – das gar nicht so primitiv war, wie man sich das vielleicht vorstellte, sondern solide wie ein Bankgebäude, auf der Ashland Avenue; es hatte sogar ein eigenes Restaurant und ein Billardzimmer (allerdings nur ein Spielzeug, zur Erholung der Angestellten, überhaupt nicht wie das von Einhorn) im Keller. Ich sollte Grammicks Vertrauensmann sein und mich um die Telefone und Büroangelegenheiten kümmern. Man hatte damit gerechnet, daß ich nicht mehr als üblich zu tun haben würde und mir das hier nötige Wissen allmählich aneignen könnte. Statt dessen bestürmten mich Leute, die sofortiges Handeln forderten; irgendeine alte Küchenratte von einem Kerl mit zerschnittenen Händen und so mit Fett bedreckt wie ein Erdarbeiter oder Maulwurf mit Lehm, der verlangte, daß ich zu seinem Chef ginge, und zwar *subito;* oder so Leute wie dieser Indianer, der seine Beschwerden, als Gedicht auf eine von Krapfenöl durchweichte Papiertüte geschrieben, anbrachte. Es gab keinen leeren Stuhl in meinem Zimmer, das weit weg von den für die Arbeiter der großen Industrien bestimmten Hauptbüros war. Es machte nichts aus, wie sehr ich versteckt war.

Man hätte mich auch – durch das schwächste Anzeichen möglicher Abhilfe oder durch eine Spur, so unmerklich wie die, die den Nachtfalter zehn Meilen über anzeichenlose Felder ein Ziel anfliegen läßt – in einem Stahlschrank aufgespürt.

Da waren Zimmermädchen – Griechinnen und Negerinnen – aus allen Hotels, Gepäckträger, Portiers, Garderobieren, Kellnerinnen; Spezialisten wie der Direktor der *Garde-manger*, aus anrüchigen Nepplokalen der Chicagoer Goldküste – aus Häusern in Gegenden, wo ich mit dem Hundewagen gewesen war und die ich darum ein wenig verstand. Alle möglichen Arten kamen. Die Menschheit der unteren Galerien der Rohre, Vorrats- und Kohlenkeller erschien, Mechaniker, Beiköche; oder ein herzoglicher Franzose, einen Homburg auf dem Kopf wie ein Sänger, der sich »Schönheitskoch« nannte und seine Karteikarte ausfüllte, ohne die Handschuhe auszuziehen. Und dann alte Schneehühner und weiße, hundeähnliche Gesichter, Leute mit Mitgliedskarten von früher, Polackenweiber mit Briefen, in denen erklärt war, was sie wollten, und alle Schattierungen von beleidigten Mäulern, Gebrechlichkeit, Trunkenheit, Beschränktheit, Unschuld, Hinken, Kriechen, Wahnsinn, Vorurteil und von regelrechter Aussätzigkeit, schließlich wieder den ganzen Weg zurück bis zur herzhaftesten, aufrechtesten Schönheit. Wenn diese Kollektion von Menschen nichts mit dem gemein hatte, was wohl den Troß der Armeen eines Xerxes oder Konstantin ausmachte, so sind neue Dinge herausgebildet worden; doch was ich bei diesen Menschen mit Bestürzung empfand, war das Gefühl von Altertümlichkeit und einer dicken Kruste. Aber ich nehme an, daß Glück und Freude sich immer gleich geblieben sind, wieviel Abwandlung soll man da schon für ihr Gegenteil erwarten dürfen?

Sich mit ihnen zu beschäftigen, sie in der Organisation aufzunehmen und ihnen zu erklären, was sie zu erwarten hatten, war kaum mit großzügiger Freundlichkeit zu bewältigen. Wenn ich ihnen aus dem Wege kommen wollte, half meist nichts anderes als Grobheit. Die Nachfrage war derartig wild, die Vorstellung, daß jetzt die Stunde zu einem Jüngsten Gericht gekommen sei, hatte sich so verbreitet, daß sie einen hinter dem Büroschreibtisch hervorzerren wollten, um auf der Stelle mit ihnen mitzugehen. Statt dessen hatte ich die Untersuchung ihrer Fälle zu versprechen.

»Wann?«

»Bald. Sobald als möglich. Wir sind im Rückstand. Aber bald.«

»Schweinehunde! Diese Schubiaks! Wir warten dort bloß darauf, es ihnen zu geben. Sie sollten diese Küche sehen!«

»Wir werden einen Obmann zu Ihnen schicken.«

»Wann?«

»Also, um Ihnen die Wahrheit zu sagen, bei uns ist jetzt Not am Mann, weil so ein Andrang ist. Wir haben nicht genug Leute. In der Zwischenzeit müssen Sie sich bereit machen, die Leute die Karten unterschreiben lassen und Ihre Forderungen und Beschwerden vorbereiten.«

»Ja-ah, ja-ah. Aber, Mister, wann kommt denn dieser Mann? Der Chef wird die AFL * rufen und mit denen einen Vertrag unterschreiben, das ist aber auch 'n Verein.«

Ich versuchte, diese Gefahr mit meinen Vorgesetzten zu besprechen. Aber gerade jetzt waren die Restaurants und Hotels für sie nur Nebensache, sie hatten keine Zeit, sich mit ihnen abzugeben, sie hatten mit einem großen Verkäuferstreik und mit den aufgebrachten Konfektionsbetrieben in Chicago Heights und so weiter genug zu tun; aber sie konnten es nicht über sich bringen, neue Mitglieder abzulehnen, und waren darauf aus, sie zu halten, bis sie soweit waren, auch ihnen das Nötige an Zeit und Geld zu widmen. Kurz, Grammick und ich sollten die Front halten. Ich lernte, es ungefähr so zu machen wie er. Er arbeitete zehn oder zwölf Tage hintereinander täglich zwölf Stunden, und dann konnte ihn zwei Tage lang niemand finden. Er verbrachte diese Zeit in der Wohnung seiner Mutter, schlief und aß Steaks und Eiscreme, führte die alte Dame ins Kino oder las. Ab und zu schlich er sich zu einer Vorlesung. Er studierte auch noch Jura.

Grammick ließ sich nicht ganz von jeglichem Privatleben fortschwemmen.

Ich paßte mich diesem Sturm an, ich brauchte wirklich irgendso was wegen meines Krachs mit Simon. Nach Büroschluß saß ich in der Straßenbahn, unterwegs mich mit Köchen, Nachtportiers und Geschirrspülern zu treffen – in diesen lausigen Nächten, wenn es in den Straßen der Lower North Side, wo der Wagen herumzuirren schien, als ob er nicht auf Schienen liefe, zu grünen begann, in der Nähe der Fullerton- und Belmontstreet, wenn sich die weißen Anemonenglocken öffneten und sogar der Staub einen süßen Geruch

* American Federation of Labor.

haben konnte. Besonders viele Portiers wollten einen nachts treffen, weil sie dann ungehindert sprechen konnten. Das Konspirative daran war ganz in Ordnung; und mit den radikalen Gedanken, die damals umliefen, suchten diese Leute, die Zeit zum Nachdenken hatten, da sie die ganze Nacht durchwachten, eine Gelegenheit, um diese oft schon gar zu lange von ihnen selbst wiedergekäuten Dinge endlich einmal loszuwerden. Wahres und falsches Licht war ungefähr so wie auch für gewöhnlich verteilt, das ist meine Meinung. Aber ich war nicht dazu da, darüber zu rechten, sondern unsere Arbeit zu fördern. Manche von diesen Leuten wollten mal Tachliss reden. Ich vermute, sie wünschten mich gefährlicher, als ich auszusehen schien. Ich weiß, daß ich ihnen zu frisch zu sein schien und daß ich ihnen zu klare Farben zeigte und nicht genug verraucht und vergilbt war, um wirklich schätzen zu können, gegen was sie sich zu wehren hatten. Mein Betragen war sowohl nachlässig als auch lebhaft. Sie suchten nach irgendeiner von einem inneren Feuer getriebenen, geheimnisumwitterten Persönlichkeit, die den Tag vorbereiten würde, an dem sie aufstehen und Revolution schreien könnten. Und dann segelte statt dessen ich herein – ich wußte, daß meine gute Farbe, meine hochgekämmte Tolle und meine entspannte Art Anstoß erregen würden. Aber das ließ sich nicht ändern.

Manchmal fragten sie sogar nach meinem CIO-Ausweis.

»Hat die Zentrale *Sie* geschickt?«

»Sind Sie Eddi Dawson?«

»So heiße ich.«

»Ich heiße March. Sie haben mit mir am Telefon gesprochen.«

»Mit Ihnen?« sagte Dawson. Und ich wußte, daß er irgendeinen farblosen Teufel mit eingesunkenen Wangen erwartet hatte, einen Veteranen der Kohlengruben oder der Ölfelder oder der Textilstreiks in New Jersey. Ja, zumindestens das – jemand, dem anzusehen war, daß seine beste Kraft im Patterson-Gefängnis ausgelaugt worden war.

»Machen Sie sich keine Sorgen. Ich bin zuverlässig.«

Dann fand er sich mit mir ab; er hatte sich von meiner Telefonstimme täuschen lassen. Wenigstens war ich gut genug, als Bote zu den Leuten an der Spritze geschickt zu werden, die gerade damit beschäftigt sein würden, das Drake Hotel oder das Palmer House, wie weiland Guy Fawkes mit seinen Leuten das Parlament von England, in die Luft zu sprengen. Für Eddie Dawson handelte es sich nämlich darum, so wie er die Sache sah, Schießpulver aus unterirdischen Gängen heraufzuschleppen.

Er sagte mir dann, was er meine Vorgesetzten wissen lassen wollte, und erteilte mir Direktiven.

»Ich möchte, daß Sie einen Treff mit Ihrem Obermacher da unten ausmachen.«

»Sie meinen Mr. Ackey?«

»Sagen Sie ihm, daß ich die Angestellten zusammenbringen kann, aber bevor wir streiken, wollen wir mit ihm sprechen, wir alle. Damit meine Leute Vertrauen kriegen.«

»Wieso sind Sie so sicher, daß Sie in den Ausstand treten müssen? Vielleicht werden Ihre Forderungen erfüllt.«

»Wissen Sie, wem dieses Wanzennest gehört?«

»Wem, irgendeiner Bank? Zwangsverwaltung? die meisten dieser kleinen Buden –«

»Der Verein nennt sich Holloway-Unternehmen.«

»Karas?«

»Sie kennen ihn?«

»Ja, zufällig. Ich arbeitete mal für den Versicherungsmann Einhorn, der ein angeheirateter Vetter von ihm ist.«

»Er macht die Policen für diesen Puff. Sie wissen doch, was das hier ist. Nein? 'ne Nuttenabsteige! Stundenweise.«

»Ach, was Sie nicht sagen?« sagte ich und bemerkte, daß seine große Stirn, gerötet und voll tiefer Adern in der lichten Wolke blonden Haars, mit Schweiß bedeckt war, und daß er seine Hände, deren Nägel manikürt waren, mit einem unbewußten Griff an seinem rosagestreiften Hemd abwischte. »Wenn das ein Problem ist, dann ist es eines für die Polizei. Sie wollen doch nicht, daß die CIO eine Gewerkschaft für *die* aufmacht, oder?«

»Reden Sie keinen Blödsinn. Was ich meine, ist, daß ich den größten Dreck abkrieg', weil ich Nachtportier bin. Aber jedenfalls, wenn Sie Karas kennen, werden Sir mir ja selbst sagen können, wie einfach es sein wird, von ihm unsere Forderungen erfüllt zu bekommen.«

»Er ist bestimmt ein hartgesottener Bursche.«

»Wenn ich also den Laden soweit habe, bitten Sie Mr. Ackey um ein paar Minuten, damit wir mit ihm sprechen können.«

»Können wir machen«, sagte ich, der Ackey nicht einmal gut genug kannte, um ihm Guten Tag zu wünschen, wenn ich ihm zwischen Tür und Angel in der Toilette begegnete. Aber ich vertrat ihn.

In den Speisewirtschaften war die Situation anders. Dort vertraute man mir mehr und achtete mich höher. In den Küchen waren alte Männer – das Obdachlosenasyl, das Kreisspital und die Heilsarmee hatten ihnen in großen dicken Lettern ihren Stempel aufgeprägt, und da gab es nichts, das dem Ressentiment Dawsons zu vergleichen war, der in seinem gestreiften Hemd einem Karas ähnlich genug sah, um zu verstehen, wie der Profit machte, um ihn zu hassen und ihn zu beneiden, und auch um sich zu wünschen, ebenso angeberisch zum Pferderennen zu gehen, Hahnentritt-Tweed zu tragen, ein Fernglas mit Etui zu haben und mit einer stolzwangigen feinen, großen Nutte gesehen zu werden. Aber um einen dieser alten Kerle aus einer Kneipe auf der Van-Buren-Street zu nehmen – er hatte mich gebeten, durch den Hintereingang zu kommen, die großen Pflastersteine atmeten Schwaden von Urin, und ihm durchs Fenster ein Zeichen zu geben. Daraufhin spannte er vorsichtig und antwortete mir mit einer eckigen Kopfbewegung, die von anderen als rein zufällig aufgefaßt werden konnte. Schließlich fand an der Tür eine geflüsterte Unterhaltung statt, die wir auch genausogut nach Geschäftsschluß hätten haben können. Aber wahrscheinlich wollte er, daß ich seinen Arbeitsplatz sah; auch die entzündete Haut seiner geschirrspülenden Arme und seine gekrümmte Pferdemagerkeit, lange Zähne und sich ausbreitende Triefäugigkeit, im Hintergassenabend unter den Sternen; auch den fürchterlichen Stank, der den Verdacht, daß Lebensmittel in Fäulnis übergehen, wachruft, den er in seinen Kleidern und am ganzen Leib, in seinem Atem und seinem Haar, auf seinem Kopf, gerade unter mir, hatte und mit sich herausbrachte. Unter der zerbrechlichen Schale seines Schädels haperte es mit der Urteilskraft. War es für ihn schon so wichtig wie für Dawson, ob ich wie der Funktionär seiner Träume aussah? Er wollte seinen schwachen Beitrag zur Berichtigung des Unrechts leisten, und darum genügt es ihm, wenn er mich in einem Büro finden konnte oder wenn ich in seine stinkende Hintergasse kam und die Listen anderer Ungelernter, die zur Gewerkschaft gehören wollten und die er mir zusteckte, annahm. Ich sollte sie in ihren verschimmelten Verliesen aufsuchen. Wo ich mit völlig anderen Aufträgen gewesen war, als ich für Simon arbeitete und Kohlenschipper auf die Beine zu bringen hatte. Es ist zwecklos anzunehmen, daß sich jetzt alles für mich ins Gegenteil verkehrt hatte und ich nun diese Pennen, von der Lichtseite statt wie früher von der Schattenseite kommend, betrat. Wenn ich manchmal ehrlich über meine Pflichten nachdachte, stellte ich fest, daß ich nicht sosehr Personen beurteilen konnte als vielmehr den einen Grad des Fortschritts, in den jedermann einbegriffen werden konnte.

Als ich eines Morgens in der alten Gegend zu tun hatte, besuchte ich Einhorn und fand ihn in seinem sonnigen Wohnzimmerbüro, in dieser sonderbaren vertrauten Schalheit aus Kaffee und Bettlaken, Zeitungen, seinem Rasierwasser und dem Puder zweier Frauen. Mildred in ihren orthopädischen Schuhen – sie war höflich, aber mochte mich nicht – saß schon an ihrer Schreibmaschine, erhitzt und rötlich im Nacken, der gerade bis zu der Linie ausrasiert worden war, wo ihr volles Haar begann. Gegenüber, leer, lagen die Fenster des alten Hauses der großen Tage und *grandes circonstances.* Ich fand Einhorn nicht in guter Verfassung, obwohl ich das aus seinem gewichtigen Gesicht nicht erkennen sollte. Eine Weile dachte ich, daß er meine Gegenwart schweigend über sich ergehen lassen wollte, bis ich wieder ging. Er atmete und beschäftigte sich mit sich selbst, sah in den Morgen hinaus, rauchte, knabberte, ließ quakend einen leichten Wind streichen. Er schien melancholisch und sogar wild.

»Was zahlt man dir denn für diese neue Arbeit?« fragte er mich, als er sich zum Sprechen entschlossen hatte. »Einigermaßen?«

»Es geht.«

»Dann ist es ja zu was gut«, sagte er mit seiner trockenen Entschiedenheit.

Ich lachte ihn aus. »Ist das alles, was Ihnen dazu einfällt?«

»Na, wenigstens das. Hör mal, ich möchte deinen Eifer nicht beeinträchtigen, wenn du glaubst, was Vernünftiges zu tun. Und denk daran, ich bin nicht konservativ. Bloß weil ich hier in so einem Stuhl sitze. Dies hier ist kein Klub der Reichen. Wirklich, ich habe weniger zu verlieren als andere, darum hab' ich keine Angst davor, meine Gedanken ins Extreme laufen zu lassen. Ich mach' einige Geschäfte mit Karas, aber das bedeutet nicht, daß meine Gedanken da zu sein haben, wo meine Interessen liegen. Was für Interessen? Das sind schon welche! Er ist ein *Knacker,* der Karas, hat sich gerade ein großes, neues Haus in San Antonio gekauft.«

Jetzt war ich überzeugt, daß irgendwas nicht stimmte. »Dann glauben Sie wohl, daß das, was ich tue, Zeitverschwendung sei?«

»Ach, für mich sieht es so aus, als ob die Absichten auf beiden Seiten die gleichen sind. Wozu sind schon die gleichen alten Absichten gut? Auf beiden Seiten. Der einen Seite etwas zu nehmen und es der anderen zu geben; die gleiche alte Wirtschaft.«

Er wollte ja eigentlich gar nicht mit mir sprechen, aber da ich nicht ging, vertiefte er sich in das Thema, zuerst aus Ärger, und dann rückte er damit heraus, was er wirklich dachte. Bei mir war kein derartiger Eifer, den er hätte beeinträchtigen können, so wie er angedeutet hatte, aber ich fühlte mich doch zu sagen verpflichtet: »Immerhin stehen die Leute jeden Morgen auf, um an ihre Arbeit zu gehen, und es ist nicht recht, daß da bloß heißer Dampf sein soll, oder daß sie vielleicht noch dankbar sein sollten, daß man ihnen erlaubt, diese Gewohnheit fortzusetzen und sie überhaupt nichts anderes mehr verlangen sollten.«

»Und du glaubst, daß man aus verschlampten Subjekten Männer macht, wenn man die Bude einfach in den Streik treten läßt? Wenn die mal jemand haben, der für sie Krach schlägt? Blödsinn!«

»Ist es darum also besser«, sagte ich, »alles Karas oder irgendeinem Mittelsmann von Gorilla zu überlassen, der sich von ihm schmieren läßt?«

»Hör mal, glaubst du denn, daß sie Menschen werden müssen, bloß weil sie geboren worden sind? Das ist doch auch so eine altmodische Idee. Und wer sagt ihnen das? Eine große Organisation. Eine große Orangisation muß Geld machen, oder sie hält sich nicht. Macht sie Geld, dann des Geldes *wegen*.«

»Wenn große Organisationen nicht viel Sinn haben, dann ist das um so mehr ein Grund, daß sie alle möglichen Dinge vorstellen sollen«, sagte ich. »Es muß davon alle möglichen Arten geben.«

In der Zwischenzeit tippte Mildred, ohne uns zu beachten, weiter Schriftsätze. Einhorn entgegnete nichts; ich dachte zuerst, daß es Arthurs Erscheinen, der aus dem Küchenteil des Hauses kam, war, das ihn schweigen ließ, denn Arthurs intellektuelle Autorität hinderte gelegentlich seinen Papa daran, große Reden zu schwingen. Aber das war es diesmal nicht. Er zeigte sich nur kurz, aber es war klar, daß die ganze Nervosität und Problematik nur seinetwegen da war. In einem schwarzen Pullover, schmalschultrig, die Hände in den Gesäßtaschen, schlenderte er vorbei, mit einem ältlichen Zug im Gesicht, der mich erstaunte, und seine Augen retirierten über eine Skala zunehmender Verdüsterung in eine sehr düstere Farbe der Bekümmertheit. Er legte seinen Kopf auf die Seite, sein buschiges Haar streifte den Türrahmen, und der Rauch seiner Zigarette flüchtete zur Sonne, wo er seidig wurde. Obwohl er sich zuerst nicht genau erinnerte, wer ich eigentlich war, war sein Lächeln doch geschmeidig, aber auch krank oder müde. Ich bemerkte, daß Einhorn ihm gegenüber bis in den Stoff seines Jacketts steif war und kurz angebunden sein wollte und gerade noch davon abließ, ihm zu sagen, er solle verschwinden, und erkannte auch, daß Mildred darum so kühl zu mir war und auf ihrer Maschine herumtrommelte, als ob sie mich damit dahin bringen konnte, zu gehen.

Dann kam ein kleines Kind aus der Küche gelaufen, und Arthur hielt es mit dem Griff eines Vaters, unmißverständlich; das Kind schaukelte an seiner Hand. Hinter ihnen stand Tilly, aber sie kam nicht herein. Wenn ich richtig beobachtete, so hatten sie noch nicht entschieden, ob sie dieses Geheimnis für sich behalten konnten; denn mir war klar, daß das hier auch für die Einhorns erst kürzlich erfahrene Neuigkeiten waren, und daß sie noch nicht wußten, ob sie das Kind, einen kleinen Jungen, anerkennen sollten. Während Arthur wieder in die Küche ging, lief das Kind zu Mildred und klammerte sich an ihrem Knie fest. Sie hob den Jungen gierig auf, und seine Stiefelchen verfingen sich in ihrem Rock, der die Schenkel, mit den kleinen schwarzen Härchen, heraufrutschte. Ich folgte Einhorns Blick dorthin. Was sie gar nicht weiter aufregte. Sie bedeckte den Jungen mit Küssen, wie sie beinahe einem Erwachsenen hätten gelten können, und tastete nach dem Saum, um sich ihr Kleid wieder über die Knie zu ziehen. »Was sagst du zu unseren Neuigkeiten!« Einhorn sprach rauh und wandte sich mir mit einer steifen Wendung seines Nackens zu, teils mit der Absicht, mich einzuschüchtern, aber auch von Sorgen gebeugt, und sein großer Herold, sein Gesicht, zuckte unter einem Impuls, der aus einem wenig erforschten Ort hineinschoß.

»Daß Arthur verheiratet ist?« Ich wußte nicht, was ich sagen sollte.

»Schon geschieden. Letzte Woche ging es durch, und wir wußten nichts davon. Das Mädchen war aus Champaign.«

»Also haben Sie einen Enkel. Ich gratuliere.«

Er sah mitgenommen aus, seine Augen blitzten vor Entschlossenheit, alles auszuhalten, aber sein nasiges Gesicht war flach und hatte einen Schein blassen Unglücklichseins an sich.

»Und dies ist sein erster Besuch?« sagte ich.

»Besuch? Sie hat ihn uns einfach auf die Schwelle gesetzt. Da ließ sie ihn mit einem Zettel und machte, daß sie fortkam, und dann mußten wir warten, bis Arthur nach Hause kam und uns alles erklärte.«

»Ach, er ist so lieb und süß«, sagte Mildred mit großer Lebhaftigkeit, das Kind an ihrer Brust klammerte sich schrecklich an ihren Hals. »Ich nehm' ihn jederzeit.«

Als seine Nebenfrau, die sie ja im Grunde war, dies sagte, kehrten Einhorns Sorgen zu ihrer ersten Quelle zurück: zu sich selbst, zu seiner Sinnlichkeit. Und dieser Gedanke schien ihn bei allem Bourbonenstolz seines Profils hart anzukommen und spiegelte sich in den tiefsten Tiefen seiner schwarzen Augen. Er sah wie der aufs Dach gekrümmte Gnom einer alten Kirche aus, seine von blassen Flecken bedeckten Hände lagen an den Seiten seiner oft sinnlos erscheinenden Hosen. Sein Haar war gewellt wie gespleißtes Tauende, und die Haltung seines Kopfes machte den Eindruck, als ob sich hinter ihm Ruinen bildeten. Ohne Bewegung in seinen Armen hätte er ein Mann in einem Cape oder ein gefesselter Gefangener sein können. Armer Einhorn! Zu jeder Stunde seines Niedergangs hatte er früher die goldgedeckte Obligation, die Arthur darstellte, herausnehmen können, und jetzt mußte er die Kränkung ertragen, daß sie entwertet war, so wie Oma Lauschs zaristisches Geld mit den Wasserzeichen. Der glänzende Panzerschrank, in dem er diese Schatzanweisung aufgehoben hatte, roch jetzt nach unflätiger Ärmlichkeit. Einhorn würdigte das Kind, ein hübsches kleines Kind, das in Mildreds Schoß herumtrampelte, nicht eines Blickes. Tilly ließ sich überhaupt nicht sehen.

Ich zögerte, Mitgefühl zu zeigen; er hätte es zurückgewiesen, obwohl ich einer der wenigen noch verbliebenen Leute war, glaube ich, die sich mit Respekt seiner früheren Größe erinnerten. Ich erfüllte auf diese Weise, indem ich zu bezeugen bereit war, daß es eine wahrhaft vornehme und königliche Größe gewesen war, einen Zweck für ihn. Aber jetzt fing er selbst wehleidig an und sagte: »Das ist kein guter Zustand, Augie – du hast ja eine Ahnung, was für Fähigkeiten Arthur hat. Und bevor er anfangen kann, sie zu nutzen, brockt er sich das ein...«

»Ich sehe wirklich nicht ein, was daran so schlimm sein soll«, sagte Mildred, »du hast einen niedlichen Enkel.«

»Bitte, Mildred, misch dich da nicht ein. Ein Kind ist kein Spielzeug.«

»Ach«, sagte sie, »die werden schon groß. Die Zeit macht das schon, besser als Vater und Mutter. Eltern nehmen da zuviel für sich in Anspruch.«

Einhorn senkte die Stimme, weil er sich nicht mit ihr unterhalten wollte, und sagte zu mir: »Ich glaube, Arthur treibt sich in deiner Drehe herum. Und da gibt es ein Mädchen, das Mimi heißt und ihn interessiert. Kennst du sie?«

»Sie ist 'ne gute Freundin von mir.«

Seine Augenbrauen hoben sich schnell, und ich übersetzte mir das dahin, daß er Hoffnung hatte, sie sei meine Geliebte, und daß Arthur deshalb nicht noch in weitere Schwierigkeiten geraten könne.

»Nicht diese Art Freundin.«

»Du legst sie nicht um?« fragte er verstohlen.

»Nein.«

Ich enttäuschte ihn; auch war da ein feines Körnchen Herablassung oder Spott, nur ein Schimmer auf der Oberfläche seines Blicks, aber ich sah es.

»Vergessen Sie nicht, daß ich bis Neujahr praktisch verlobt war«, erinnerte ich ihn.

»Schön, was für eine Sorte Mädchen ist denn diese Mimi? Vor einigen Wochen brachte er sie mal mit, und Tilly und ich dachten, daß sie ziemlich abgebrüht sei und für jemand wie Arthur, dessen Gedanken immer eine intellektuelle oder poetische Richtung nehmen, schon ziemlich unangenehm werden könnte. Aber vielleicht ist sie gutherzig. Ich möchte sie nicht unnötig herunterreißen.«

»Warum, denkt Arthur schon an eine zweite Heirat? Ich bin einer ihrer Bewunderer.«

»Platonisch?«

Ich lachte, war aber auch gekränkt, denn mir schien, daß Einhorn seinen Sohn nicht bei Mimi oder irgendeinem anderen Mädchen als meinen Nachfolger sehen wollte. Ich sagte: »Wenn Sie etwas über Mimi erfahren wollen, fragen Sie sie am besten selbst. Aber was ich sagen wollte, ich glaube nicht, daß Mimi an einem Heiratsantrag interessiert wär'.«

»Das ist gut.«

Ich zeigte keine Zustimmung.

»Augie«, sagte er mit diesem reichen Vorspiel des Gesichts, das, wie ich wußte, zum Geschäft gehörte, »mir fällt da gerade ein, daß mein Sohn vielleicht irgendwo in deine Organisation hineinpassen könnte.«

»Sucht er Arbeit?«

»Nein, ich suche für ihn.«

»Ich könnte es versuchen.« Es war eine entmutigende Gefälligkeit, um die er mich bat. Ich konnte mir vorstellen, wie das aussehen würde, Arthur über einen Schreibtisch im Gewerkschaftshaus gebeugt: einen Finger zwischen den Seiten seines Valéry, oder was ihn sonst interessierte. »Mimi könnte ihm helfen, wenn sie will«, sagte ich. »Ich habe die Stelle bekommen, weil sie irgend jemand kannte.«

»Wer kannte irgendwen, deine Freundin?« Er hoffte noch immer, hinterhältig, mich in eine Falle locken und mir eine Beichte über Vertraulichkeiten mit Mimi entreißen zu können. Aber da kam er bei mir an den Falschen. »Na, hör mal«, sagte er, »du willst mir doch nicht erzählen, daß du dir diese strahlende Gesundheit ohne die Beihilfe einer lieben Freundin erhältst?« Er freute sich so darüber, dies gesagt zu haben, daß er für einen Moment seine eigenen Sorgen vergaß. Aber dann krähte das Kind an Mildreds Hals, der sinnliche Ausdruck verschwand, und sein Gesicht wurde wieder traurig und ernst.

Er hatte richtig erraten, daß ich eine Freundin hatte. Es war eine Griechin, die Sophie Geratis hieß und Zimmermädchen in einem Luxushotel war. Sie war die Sprecherin einer Delegation, die zu mir kam, um Mitgliedsanträge zu stellen. Sie verdiente zwanzig Cent die Stunde, und als sie zu ihrer AFL-Geschäftsstelle gingen, um einen der Funktionäre zu bitten, sich um eine Aufbesserung zu bemühen, spielte er gerade Poker und wollte nicht gestört werden. Sie wußte, daß er mit der Hoteldirektion unter einer Decke steckte. An dieser kleinen Griechin war alles wohlgeformt, die Beine, der Mund und das Gesicht; der Ausdruck ihrer etwas vorgeschobenen Lippen gewann durch den klaren Blick ihrer Augen sehr an Süße. Ihre Hände waren verarbeitet und standen zu ihrer sonstigen Schönheit in Widerstreit. Ich konnte auch nicht eine Minute so tun, als ob sie mich nicht interessiere. Sobald ich sie sah, dachte ich, daß in der Form ihrer Augenwinkel eine persönliche Hoffnung auf Zärtlichkeit lag, und das fing mich. Was ich fühlte, war auch zart, nicht diese Hitze, die Nilschlamm aus einem macht, der genausogut Blasen treiben und zerplatzen wie fruchtbar sein kann.

Sobald die Frauen unterschrieben hatten, gab es wilde Aufregung und einen Ausbruch von Empörung, sie fingen an, Schreie auszustoßen, als ob hier ein Thesmophoria der Arbeiterinnen, dieser blassen Menschen, gefeiert wurde. Sie wollten von der Stelle weg in den Streik treten. Ich erklärte – und fühlte wie gewöhnlich das Schaudern vor der Scheinheiligkeit des Juristischen –, daß hier ein Fall von doppelter Gewerkschaftszugehörigkeit vorläge. Rechtlich wurden sie von der AFL vertreten, und darum konnte eine andere Gewerkschaft nicht für sie verhandeln. Aber wenn die Mehrheit der Angestellten auf der Seite der CIO war, konnte man eine Wahl abhalten. Sie verstanden das nicht, und weil ich gegen ihren Lärm nicht aufkommen konnte, bat ich Sophie, mit mir in den Korridor hinauszukommen, wo ich ihr die Lage erklären würde. Der Korridor war zufällig leer, und wagemutig küßten wir uns sofort. Unsere Beine zitterten. Sie flüsterte, daß ich ihr alles später erklären könne; sie werde die Frauen fortbringen und zurückkommen. Ich schloß das Büro ab, und als sie wiederkam, nahm ich sie mit zu mir nach Hause. Zu ihr konnten wir nicht gehen. Sie lebte mit ihrer Schwester zusammen, und sie beide waren mit einem Bruderpaar verlobt. Sie wollten im Juni heiraten, das hieß in sechs Wochen. Ich sah ein Foto ihres Verlobten; er war ein ruhiger, verantwortungsbewußt aussehender Grieche. Sie glaubte vernünftig zu handeln, wenn sie jetzt Vergnügen aufspeicherte, um nach ihrer Heirat kein treuloses Verlangen in sich zu tragen. Sie war sehr hübsch gebaut, alle ihre kleinen Formen waren gut ausgebildet und fest und alles war glatt. Was Einhorn an mir wahrgenommen hatte, war das Glück, das ich an Sophie genoß. Kayo Obermarck hatte zuviel männlichen Respekt, um mich wegen ihrer Ausrufe und Geräusche – lachender und auch anderer – auszufragen. Aber Mimi sagte: »Was für'n Mädchen hast du dir denn da zugelegt, die so 'n Theater macht?« Sie sprach im Scherz, aber mir schien, daß ihre Nase etwas kraus aussah. »Die kommt ja gleich mit eigener Claque.«

Ich hatte keine fertige Antwort darauf, weil ich nie erwartet hatte, daß man mich fragen würde.

»Da hat noch jemand anders vor kurzem nach dir gefragt«, sprach sie weiter. »Ich habe vergessen, es dir zu sagen. Das scheint ja hier oben langsam 'ne Art Wallfahrtsort zu werden.«

»Wer war es denn?«

»Eine junge Dame, und eine sehr hübsche dazu, hübscher als dieses geräuschvolle Mädchen.«

Ich fragte mich, ob Lucy es sich vielleicht überlegt hätte. »Hat sie nichts hinterlassen?«

»Nein, sie sagte, sie müsse dich sprechen, und sie kam mir sehr aufgeregt vor, aber vielleicht war sie bloß nicht ans Treppensteigen gewöhnt und außer Puste.«

Es bewegte mich nicht sonderlich zu denken, daß es vielleicht Lucy gewesen wäre. Sie interessierte mich nicht mehr, ich war nur ziemlich neugierig ihres Besuches wegen.

Ich erzählte Mimi von Einhorns Vorschlag wegen Arthur. Hatte Einhorn bei ihr Fehler entdeckt, war sie wütend auf ihn.

»Himmel, dieses alte Stinktier!« sagte sie, »sobald ich ihm auch nur eine Minute in die Nähe kam, war seine Hand aber auch schon auf meinem Bein. Ich mag diese alten Männer nicht, die glauben, daß sie nur aus Unwiderstehlichkeit bestehen.«

»Ach, du mußte ihn verstehen. Das ist bloß so seine Art, Bewunderung zu zeigen oder den Kavalier zu spielen.«

»Verdammt! Wo steht denn geschrieben, daß ein alter Krüppel so geil sein muß?«

»Er ist wirklich ein feiner alter Kerl. Ich kenn' ihn seit meiner Kindheit, und mir bedeutet er sehr viel.«

»Mir bedeutet er absolut nichts, und zu Arthur benimmt er sich abscheulich.«

»Was? Ich denke, er liebt Arthur mehr als irgendwas in der Welt.«

»Da sieht man, was du weißt! Er läßt alles an ihm aus. Es ist sogar so, daß ich Arthur helfen muß, da herauszukommen, weil der Alte ihn wegen des Kindes noch verrückt macht, so reitet er auf ihm herum.«

»Holt es denn die Mutter nicht wieder ab?«

»Ich kann mir aus seinem Gerede nicht klarwerden, ob sie ein nettes Mädchen oder eine Schickse ist. Er ist so schrecklich vage, wenn er nicht gerade Ideen entwickelt. Was für 'ne Kanaille kann das schon sein, die ihr Kind im Stich läßt – wenn sie's schon gehabt hat? Es sei denn, sie wär' krank. Im Kopf, versteht sich.«

»Hat dir Arthur nichts von ihr erzählt?«

»Du kannst Arthur nicht bei so einem Thema halten. Seine Gedanken bleiben nicht dabei.«

Ich sagte: »Ich frage mich, ob du, was er dir da über seinen Vater erzählt hat, ganz verstanden hast. Für Einhorn ist das ein schwerer Schlag. Er hat viel von Arthur erhofft. Auch Tilly. Jetzt ist das Ganze nur noch ein Ausschnitt aus dem Depressions-Panorama. Die Kinder kommen mit ihren kleinen Kindern zurück, um in der Wohnung der Alten zu leben.«

»Warum soll es denn Einhorn anders gehen als den Polen und Wurstfressern in seiner Straße? Es wäre schlimm, wenn es anders wäre und dem alten Idioten helfen würde, so zu tun, als ob er ein besseres Schicksal verdiente als alle andern. Aber erst, wenn die Ereignisse über alle gleichermaßen hereinbrechen, kann man erkennen, wer *wirklich* besser und wer schlechter ist. Und überhaupt, was hat denn Arthur schon Schreckliches durchgemacht? Auf jeden Fall ist er besser als Frazer. Frazer ist jetzt wieder bei seiner Frau, erzählte man mir, und wahrscheinlich wird er mir nicht das Geld zurückzahlen, das ich ihm geliehen habe, weil er damit zugeben würde, daß er einmal beinah was falsch gemacht hat, und er ist nicht der Mann, zuzugeben, daß irgend etwas jetzt, früher oder später falsch sein könnte, was er macht. Ein Mädchen lachte gestern über eine Stelle in einem Buch und zeigte sie mir – du weißt, Romane lese ich kaum. Es hieß da: ›Fehler haben sich meinem Geist nie genähert.‹ Das war Fürst Metternich. Könnte aber genausogut von Frazer gewesen sein. Ich glaub' nicht, daß er sich je im Leben vergessen würde. Er würde nie einen Zug verpassen. Lieber Gott, dein Mr. Einhorn würde über so einen Sohn begeistert sein, der immer kühlen Kopf behält und immer ein Wort parat hat und nie einen Zug verpaßt. Aber Arthur ist ein Dichter, und dieser alte Großkotz wollte ja gar nicht, daß ihm so was passiert, der Vater eines Villon oder Rimbaud zu sein.«

»Ach, *das* ist es!« sagte ich. »Was macht denn Einhorn mit Arthur, was so grausam wäre?«

»Er quengelt Tag und Nacht und sucht nach Gelegenheiten, ihn zu beleidigen. Gestern zum Beispiel fütterte der Alte das Baby mit Süßigkeiten, und als Arthur sagte, daß das nicht gut für das Kind wäre, sagte er zu ihm: ›Dies ist *mein* Haus, er ist *mein* Enkel, und wenn dir nicht paßt, was ich tue, kannst du dich ja zum Teufel scheren.‹«

»Oh, das ist schlimm. Dann sollte er wirklich Leine ziehn. Warum tut er das denn nicht?«

»Er kann nicht. Er hat kein Geld. Und außerdem ist er krank. Er hat sich einen Tripper eingefangen.«

»Heiliger Bimbam! Er hat aber auch wirklich alles. Hat er dir das erzählt?«

»Sei nicht blöd. Wie sollte ich denn sonst deiner Meinung nach was davon gemerkt haben? Natürlich hat er's mir erzählt.«

Sie lächelte, und dieses Lächeln hatte den Glanz wirklicher Erregung. Wenn ich es nicht schon vorher gewußt hätte, hätte ich jetzt gemerkt, daß sie sich für ihn entschieden hatte. Sie hielt zu ihm.

»Ich werde ihm schon aus der Klemme helfen«, sagte sie. »Er geht jetzt zu einem Arzt, und wenn die Geschichte ausgestanden ist, verläßt er das Haus seines Vaters.«

»Mit dem Kind?«

»Nein. Irgendwer wird sich schon um das Kind kümmern. Was glaubst du denn! Soll er dieses verrückten Mädchens wegen zur Amme werden?«

»Wenn er ihr Geld gegeben hätte, hätte sie vielleicht das Baby behalten.«

»Woher weißt du denn das? Vielleicht wäre es aber so am besten gewesen. Alte Leute sollten kein Kind erziehen.«

»Einhorn wollte, daß ich Arthur eine Stelle bei der CIO besorge.« Sie war so erstaunt, daß sie nicht einmal lächeln konnte, sondern mich fest anstarrte, als ob ich zugeben sollte, daß der menschlichen Lächerlichkeit keine Grenzen gesetzt sind; dann wandte sie sich wieder ihrer Arbeit zu und wusch Strümpfe und Unterwäsche aus. Sie antwortete nicht mal.

Natürlich konnte Arthur sowieso nicht arbeiten, solange er Tripper hatte, und ich hielt es für das beste, einen für Einhorn angenehmen Grund zu erfinden, was ich auch tat. Ich sagte ihm, daß auf Arthurs Ebene jetzt grade keine Stelle frei wäre. Obwohl es für den alten Mann wahrscheinlich auch nicht sehr angenehm war, so auf seine frühere Eitelkeit wegen Arthurs Überlegenheit zurückverwiesen zu werden. Aber es klang durchaus plausibel, daß sie jemandem wie Arthur nicht einfach irgendeine Stelle, die gerade zufällig frei war, anbieten konnten.

Was Lucy Magnus betraf – und ich konnte mir nicht vorstellen, wer sonst dagewesen sein konnte –, so war ich einfach platterdings neugierig, aber ich dachte nicht viel an ihren zu erwartenden Besuch, bis ich, einige Abende später, ein weibliches Klopfen an der Tür hörte. Es kam zu einer ungeschickten Zeit, als Sophie Geratis im Hemdchen auf dem Bett saß und wir uns unterhielten. Ich sah, daß sie erschrak, und sagte: »Reg dich nicht auf, Liebling, niemand wird uns stören.« Ihr gefiel, daß ich das sagte, und so fingen wir an, uns zu küssen, und die verhakten Glieder der Federung machten das Geräusch, das sich auf so vertrackte Art mit der Liebe verbindet und das jeder, nur diese besondere Klopferin nicht, vertrieben haben würde. Sie sagte: »Augie – – Mr. March!« Und nicht mit der Stimme von Lucy Magnus, sondern mit der von Thea Fenchel. Aus irgendeinem Grunde konnte ich mich an die Stimme erinnern und brachte sie sofort unter. Ich stieg aus dem Bett.

»Heh, zieh einen Bademantel an«, sagte Sophie. Es enttäuschte sie, daß mit der Küsserei Schluß war, als eine andere Frau an der Tür sprach.

Ich steckte meinen Kopf hinaus und versperrte die Tür mit meiner Schulter und meinem nackten Fuß. Es war Thea. Auf dem Zettel hatte sie gesagt, daß ich sie noch einmal treffen würde, und hier war sie.

»Es tut mir leid«, sagte sie, »aber ich war schon ein paarmal da, und ich möchte dich sehen.«

»Ich dachte, nur einmal. Wie haben Sie mich denn gefunden?«

»Ich hab' einen Detektiv angestellt. Dann hat dir also das Mädchen nichts von beiden Malen erzählt. Ist sie da bei dir drin? Frag sie.«

»Nein, das ist nicht die gleiche. Sie sind also tatsächlich zu einem Detektivbüro gegangen?«

»Es freut mich, daß es nicht das gleiche Mädchen ist«, sagte sie.

Ich antwortete nicht, sondern starrte sie bloß an.

Sie bewahrte ihre Haltung nicht sehr gut. Dieses bereitwillige Gesicht, anders als in meiner Erinnerung, zart, aber nicht so nervig entschlossen, mit breiten Wangen und blaß, die Nüstern weit geöffnet. Mir fiel ein, daß Mimi gesagt hatte, Thea wäre vom Treppensteigen außer Atem gewesen, aber es muß auch von der Entschlossenheit gekommen sein, sich von der Enttäuschung nicht unterkriegen zu lassen, wenn sie mich nicht allein finden sollte. Sie trug ein braunes Seidenkostüm, so in der Art von auffällig geflammtem Moiré; trotz allem wollte sie, daß ich Notiz davon nahm. Aber zur gleichen Zeit merkte ich an ihren behandschuhten Händen und der Unsicherheit ihres Blumenhutes, daß sie zitterte, und wie das Rauschen an der Schiffswand inmitten des Ozeans ein kleines Anzeichen der sehr großen Meilen der Tiefe und Ausdehnung ist, kam aus der Steife der Seide ein kleines Geräusch ständigen Bebens.

»Das macht nichts«, sagte sie, »woher solltest du wissen, daß ich komme. Ich erwarte nicht...«

Ich spürte kein Bedürfnis, mir vergeben zu lassen, als ob ich auf sie hätte warten sollen, und hätte bestimmt das Recht zu lächeln gehabt, aber ich war nicht fähig dazu. Ich hatte an sie als an ein launisches, reiches Mädchen gedacht, für das es in der Hauptsache darum ging, mit seiner Schwester zu rivalisieren, aber ich konnte das jetzt nicht mehr denken; denn ganz gleichgültig, wie es angefangen hatte, war es jetzt offensichtlich etwas anderes. Wenn das, was dich in Bewegung bringt, nicht gut genug ist, findest du einen besseren Grund, wenn du erst einmal unterwegs bist. So konnte es ihr gegangen sein; aber ich könnte nicht sagen, was in ihr die Oberhand hatte, Vornehmheit oder Schlechtigkeit, ob sie gegen die persönlichen Einwände ihres Stolzes kämpfte oder gegen gesellschaftliche Vorbehalte, dagegen, was eine junge Frau sich selbst schuldig sein sollte – diese spitzigen Dinge, die mit so häßlicher Schärfe auf die empfindlichere gesellschaftliche Schwäche der Frauen drücken. Ob sie gegen eine quälende Situation ankämpfte oder nach ihr Ausschau hielt, meine ich. Aber das war keineswegs alles, was ich fühlte oder dachte. Sonst hätte ich sie hinausgeworfen; denn ich mochte Sophie Geratis viel zu gern, um sie, bloß weil ich interessiert oder geschmeichelt war, aufzugeben. Oder weil ich eine Gelegenheit sah, mich durch ihre Schwester an Esther Fenchel zu rächen; wie ich schon sagte, ist bei mir die Fähigkeit, nachtragend zu sein, nicht besonders entwickelt. Aber plötzlich hatte Sophie damit nicht einmal mehr etwas zu tun.

»Was machst du?« sagte ich, mich ihr zuwendend. Sie hatte ihre Schuhe angezogen. Ich sah sie ihre Arme hochhalten, und das Kleid fiel über ihre Schultern. Sie wand ihren Körper geschickt hinein, zog es über den Brüsten und über den Hüften zurecht und warf das ihr ins Gesicht hängende Haar mit einer heftigen Kopfbewegung zurück.

»Liebling, wenn das jemand ist, den du sehen möchtest...«

»Aber Sophie, heut abend bin ich doch mit dir zusammen.«

»Du und ich toben uns doch bloß aus, ehe ich heirate, nicht wahr? Vielleicht willst du auch heiraten. Es ist doch bloß eine Episode mit uns, nicht wahr?«

»Du gehst nicht!« sagte ich. Aber sie hörte nicht hin, und als sie sich daran machte, sich die Schnürsenkel zuzubinden, verdeckte sie die Unterseite ihrer Schenkel vor mir. Weil das, was ich sagte, nicht überzeugend genug klang. Und dadurch, daß sie ihr nacktes Bein verdeckte – nicht böse, aber mit einer gewissen Resignation im Senken des Kopfes, zog sie diese vitalen Hitzegrade von der Glut eines Liebenden ab. Ich erkannte, daß ich, um sie wieder zu besitzen, eine Menge Prüfungen würde bestehen müssen und sie vielleicht letzten Endes würde bitten müssen, mich zu heiraten. So gab ich ganz im stillen zu, daß sie recht hatte zu gehen, denn ich konnte nicht mehr ehrlich dieses heitere Interesse aufbringen, das uns zusammengeführt hatte.

Ein Stück Papier wurde unter der Tür durchgeschoben, und wir hörten Thea fortgehen.

»Wenigstens ist sie nicht unverfroren genug, sich hinzustellen und mich herauskommen zu sehen«, sagte Sophie. »Jedenfalls war sie unverschämt genug zu klopfen, trotzdem sie sich sagen konnte, daß du Besuch hattest. Bist du mit ihr verlobt oder so? Mach schon und lies deinen Zettel.«

Sophie nahm ihre Jacke und küßte mich ins Gesicht, aber erlaubte mir nicht, den Kuß zu erwidern oder sie 'runter an die Tür zu begleiten. So saß ich denn auf der Bettstelle, noch immer nicht angezogen, in der warmen Luft der Mainacht, die durchs hohe Fenster kam, und faltete den Zettel auseinander. Es stand ihre Adresse und Telefonnummer drauf und der Satz: «Rufe mich bitte morgen an und sei nicht böse über etwas, das ich nicht ändern kann.«

Als ich daran dachte, wie sie sich der ihr ins Gesicht steigenden Eifersucht geschämt hatte und wie schwierig es für sie gewesen sein mußte, Haltung zu bewahren, als ich nackt zur Tür kam und mit ihr sprach, war mir gar nicht danach, ihr böse zu sein. Es war sogar so, daß ich gar nicht anders konnte als mich zu freuen. Obwohl es ziemlich eingebildet von ihr war, sich so, wie sie es getan hatte, gegen Sophie zu wenden und anzunehmen, daß nur sie allein über die richtige Art zu lieben verfüge. Und dann hatte ich noch alle möglichen anderen Einfälle, wie zum Beispiel, ob ich in Gefahr sei, mich nur aus Gefälligkeit zu verlieben. Warum? Weil Liebe so selten ist, soll – wenn sie der eine hat – der andere vor ihm kapitulieren? Wenn er gerade zur Zeit nichts Wichtigeres vorhatte? In diesem Gedanken lag ein gerüttelt Maß Spott, hinwiederum aber auch die Tatsache, daß mich alles mögliche erregte, das sanfte Geraschel der Blätter in der Baumkrone, die gerade aus den dicken roten

Schnäbeln ausgebrochen waren, inbegriffen. Ich dachte, daß eine Frau sich nur mit der Liebe beschäftigt. Oder zu anderen Zeiten nur mit einem Kind. Und ich ließ das als ein Vergnügen und einen Einwand meiner leichten Gedanken gelten. Und was diese Leichtfertigkeit der Gedanken angeht, hätte ich von der Weisheit profitieren können, daß das Schwere die Wurzel des Leichten ist. Das heißt vor allem, daß das Anmutige einem in großer Tiefe Vergrabenen entspringt. Aber so wie sich die Weisheit in alle Himmelsrichtungen verbreiten und verknoten muß, kann sie sich auch auf das leichte Lachen, das nur ein kleiner Teil dessen ist, was von einem schweren Herzen heraufgeschickt wird, oder umgekehrt auf die Ernsthaftigkeit, die durch die schwebende Flatterhaftigkeit oder den Lachkitzel eines Darstellers vertrieben wird, beziehen. Sogar den Mann, der gläubig werden möchte, sieht man manchmal sich seinen Weg zu Jesus erspötteln.

Diese Nacht schlief ich tief, ganz gleichgültig ob inner-oder-außerhalb der Laken. Sie rochen nach Sophies Puder oder was immer sie sonst von ihr angenommen hatten, und so schlief ich gewissermaßen in ihre Banner eingewickelt. Als ich aufwachte, dachte ich, daß es ein friedlicher Schlaf gewesen sei und der junge Tag strahle. Aber da irrte ich mich. Ich erinnerte mich an Alpträume, die ich gehabt hatte, an Hyänen, die über die Mauern von Harrar in Abessinien zu klettern versuchten, um Pestleichen zu fressen – wie ich es in einem Buch gelesen hatte, das Arthur hatte herumliegen lassen und das von einem seiner Lieblingsdichter handelte. Unten schrie und schimpfte Mimi am Telefon, obwohl es sich da nur um eine ganz gewöhnliche Unterhaltung handelte. Es war ein frischer Tag, dessen Schönheit sich beinahe mit Händen greifen ließ. In den Winkeln des Hofes lag die Hitze von Blumen, die zwischen Alteisen und geborstenen Wasserkesseln wuchsen. Diese Röte, die einen zu einer Zeit, wenn der Tag mit größerer Gewalt herrscht, schwindlig machen und beinahe mit der Wucht einer Krankheit überkommen würde, einer Krankheit, die genausoviel ausgespienes Blut, Erstickungsanfälle und Verwesung wie Lust erregte. Mein Gesicht prickelte so, als ob man mir eins 'reingegeben hätte und mir das Blut aus der Nase stürzen wollte. Ich betrachtete mich und fühlte mich verquollen und mürrisch und sah auch danach aus, so als ob ich zuviel Blut in mir hätte und voraussah, deswegen Scherereien zu bekommen, zur Ader gelassen werden zu müssen. Auch in meinen Händen und Füßen war dieses Gefühl unheilvoller Vorbedeutung. Ich ging halbversteinert aus dem Hause, aber selbst das Straßenpflaster reizte mich durch das Leder hindurch bis aufs Blut; meine Venen schienen wie mit Blei verstopft zu sein. Ich hielt es nicht einmal die Minute in der Haft des Drugstores aus, um eine Tasse Kaffee herunterzustürzen. Es war unerträglich. Ich schleppte mich auf dösigen, überfüllten Wagen ins Büro, und als ich in meinen Stuhl gefallen war und alle viere von mir streckte, fühlte ich, wie mühsam alles in meinem Körper, bis hinunter zu den Adern meiner Füße, die regelmäßig sprangen und pulsten, arbeitete, und ich betete, nicht aufstehen zu müssen. Die Tür und das Fenster waren offen, und die Dumpfheit dieses schwer überlaufenen Ortes hatte eine kurze Gelegenheit, sich während der Gerichtssaalpausenstille zu verflüchtigen, ehe die Feindseligkeiten wieder begannen: die Stunde der Wiesen, ehe die Müllkästen der Sperrfeuer in Flandern den Himmel zerreißen. Und die Lerche, die weder ausspucken noch sich räuspern muß, steigt auf.

Aber dann fing die Arbeit des Tages an, und in meiner quälenden Unfähigkeit, mitzukommen, war es wie ein hektisches Stampfen oder Tanzen: ein böser, abstoßender Walzer, in dem die ineinandergekrallten Paare darauf ausgingen, einander bis zum Umfallen zu erschöpfen; oder ein Solo-Holzschuhtanz oder eine Tarantella der bis zum Irrsinn Tanzenden; oder das mattere Schwanken der nahezu Bewußtlosen; oder die vornehmen *Sevillanas* der Stocksteifen, deren unbewegte Gesichter nicht verrieten, wie ihre Absätze trampelten; der epidemische Veitstanz deutscher Leibeigener; der hockende *Kosak;* der verhaltenene Zögerschritt der Jugend und der Charleston. Ich stellte alle Arten einander gegenüber und vermied es, soweit das irgend zu machen ging, aufzustehen. Außer wenn ich mal schnell aufs Örtchen mußte, um zu pinkeln, oder wenn ich glaubte, hungrig zu sein und hinunter in die Kantine und das Billardzimmer verschwand, wo mir der grüne Filz zu Kopf stieg. Aber ich hatte keinen Appetit. In mir war ein anderes Nagen, nicht das leerer Eingeweide.

Kam ich zurück, stand da schon wieder so eine neue Ansammlung von Menschen, die darauf warteten, sich vor mir zu produzieren; vor mir, dem abgekämpften Vermittlungs-Agenten oder Impresario, der von ihnen voll Zorn und Gier, mit Ticks, krampfhaft zuckenden, grimassierenden Gesichtern – von einigen mit Würde und von anderen mit so wilden Blicken, als wären sie der Klapsmühle entsprungen – nicht aus den Augen gelassen wurde. Was vollbrachte ich denn schon groß an Abhilfe für sie, was erschloß ich ihnen denn für Fürstentümer, indem ich ihnen erklärte, wie sie eine CIO-Karte auszufüllen hätten? Adonai Elohim! Ich weiß, der Mensch muß sich im Schweiße seines Angesichts mit einer dieser Beschäftigungen nach dem Ratschluß der Vorsehung abplagen, die ihn rettet, indem sie ihn nicht verderben läßt, oder er würde hungern und frieren, oder ihm würde vor Schwäche sein ausgemergeltes Genick abbrechen. Aber, guter Gott, zu welchen Wunderlichkeiten und Verbogenheiten wird der Mensch schließlich durch diesen ganzen Prozeß! Nur um zu überleben!

Es gehörte zu dem ungewöhnlichen Zustand, in dem sich an diesem Morgen meine Empfindungen befanden, daß ich darüber nachdachte; und wenn mir zwischendurch das Rascheln von Theas brauner Seide in den Sinn kam, ließ es mich – zusammen mit den absonderlichen Ausgeburten der Geschichte von Mühsal und Arbeit – erschauern.

Ich rief Thea bei jeder sich bietenden Gelegenheit an. Aber unter ihrer Nummer meldete sich niemand, und ehe ich dazu kam, mit ihr zu sprechen, erreichte mich Grammick. Er brauchte diesen Abend meine Hilfe in Chicago-Süd, in einer Fabrik für Mull und Verbandstoffe. Dort hatte er die Leute gewerkschaftlich organisiert. Mehr oder weniger im Vorbeigehen. Denn es war genauso, als lande eine Schar Jesuiten irgendwo, wo ein Volk von Heiden nach der Taufe dürstete und zu Tausenden und aber Tausenden aus seinen Ziegelstädten herausströmt. Ich mußte eine große Tasche mit Broschüren und Formularen vollpacken und zum Illinois-Hauptbahnhof rasen, um eine Stadtbahn zu erwischen und Grammick in einer Kneipe zu treffen, in der er sein Hauptquartier aufgeschlagen hatte. Es war ein ziemlich wüstes Haus, aber auch mit einem Eingang, an dem »Für Damen und Familien« stand, weil viele der Mullwickler Frauen waren. Ich vermag nicht zu sagen, wie sie die Verbände sauberhielten in dieser verrußten, rabaukigen Stadt, die so aussah, als hätten Schildbürger ein paar dutzendmal und immer noch blödsinniger den Turm zu Babel zu bauen versucht, wären im zweiten Stock mit jedem neuen Entwurf steckengeblieben, hätten es schließlich satt bekommen und sich entschlossen, lieber in ihm als an ihm zu arbeiten. Grammick steckte mitten in dieser Augenweide und war fleißig am Organisieren. Er war so hart wie ein Stonewall Jackson, aber auch so vollkommen friedfertig wie der Werkkunstlehrer an einer Oberschule oder ein Mitglied der Regierungspartei oder auch wie jemand, der, das weiß flatternde Indien im Hintergrund, entschlossen ist, alles mit nichts zu erobern. Allein durch die Macht der Sanftmut.

Wir waren fast die ganze Nacht auf und am Morgen mit allem Notwendigen fertig, die Komitees waren soweit, die Forderungen aufgestellt, die Verhandlungsmaschinerie einsatzbereit und alle Meinungsverschiedenheiten unter einem Hut. Um neun ging Grammick ans Telefon, um mit der Direktion zu sprechen. Um elf wurde bereits verhandelt, und spät abends war der Streik gewonnen, und wir gingen mit den frohen Gewerkschaftsmitgliedern zu einem Ringelpietz mit Würstchen und Sauerkraut. Für Grammick war das Ganze etwas Selbstverständliches, aber ich war ziemlich aufgeregt und platzte fast vor Glückwünschen. Ich ging mit meinem Bierglas hinten zu einer Telefonzelle und versuchte es wieder mit Theas Nummer. Diesmal klappte es. Ich sagte: »Hör mal, ich rufe von außerhalb an, wo ich was Geschäftliches zu erledigen hatte. Sonst hättest du schon früher von mir gehört. Aber ich komm' höchstwahrscheinlich morgen zurück.«

»Wann?«

»Nachmittags, glaub' ich.«

»Kannst du nicht eher kommen? Wo bist du jetzt?«

»Am Ende der Welt – ich komm' sobald wie möglich.«

»Aber ich kann nicht lange in Chicago bleiben.«

»Mußt du weg? Aber wohin denn?«

»Liebling, das erklär' ich dir, wenn du kommst. Ich werde morgen den ganzen Tag zu Hause sein. Wenn du nicht vorher anrufen kannst, schell unten dreimal.«

Wie eine starke Bürste kam mich die Erregung an, und ich hielt ihr mit vor Freude geschlossenen Augen stand. In meinen Ohren sauste es heiß und überlief prickelnd meine Beine. Ich kam fast um nach ihr. Aber ich konnte noch nicht weg. Da waren noch ein paar Kleinigkeiten zu verarzten. Selbst für Sieger war es nicht unwichtig, wie sie *au revoir* sagten. Grammick konnte nicht gehen, ehe er nicht Anordnungen für die Führung der Akten getroffen hatte, und nicht alles seinen richtigen Gang ging. Danach, als wir in die Stadt zurückfuhren, mußte ich mit ihm ins Gewerkschaftshaus gehen, um über unseren Erfolg Bericht zu erstatten. Das sollte mich weiterbringen und mir bei Mr. Ackey einen guten Namen machen und mich mit den leitenden Funktionären etwas mehr dicke werden lassen, damit ich nicht das fünfte Rad am Wagen blieb.

Ackey wartete auf uns, aber nicht, um uns zu gratulieren, sondern mit einem neuen Auftrag auf seiner Spindel. »Grammick«, fragte er ihn statt mich, »ist das Ihr Schützling March? March«, sprach er weiter, und seine Augen fanden mich noch immer nicht, als ob die Zeit dazu noch nicht ganz reif wäre. »Sie werden heute noch ernste Unannehmlichkeiten zur Strecke zu bringen haben, und zwar noch diese Minute. Eine dieser brenzligen Zwei-Gewerkschafts-Karambolagen. Die sind Mord. Im Northumberland-Hotel – das ist ein verdammt feiner Kasten –, wieviel Mitglieder haben wir da eigentlich? Nicht genug. Die müssen in so einem Haus mehr als zweihundertfünfzig Leute haben.«

Ich sagte: »Ich glaube, wir haben ungefähr fünfzig Karten vom Northumberland, und die meisten sind von Zimmermädchen. Aber warum, was ist denn los?«

»Sie wollen streiken, das ist los. Heute morgen hat eine Sophie Geratis ungefähr fünfmal für Sie angerufen, eine von den Mädchen dort. Jetzt eben halten sie eine Streikversammlung in der Wäschekammer ab, und Sie machen, daß Sie hinkommen und ihnen das ausreden. Das Ding gehört zur AFL, und was wir erreichen müssen, ist eine Wahl.«

»Und was soll ich machen?«

»Die Front halten. Sie als Mitglieder aufnehmen und vom Streiken abhalten. Aber jetzt schnell, da muß der Teufel los sein.«

Ich schnappte mir ein Paket Mitgliedsformulare und peeste zum Northumberland: ein großes Gebäude, mit üppigen Galerien und römischen Markisen, die bis zum dreißigsten Stock flatterten und auf die Ulmen und das fahnenartige Gesträuch des Lincolnparks hinabsahen. Ich kam in einem Taxi angebraust. An der Tür war kein Portier, das Haus glitzerte von kupfernen Wappen, die zu beiden Seiten auf Schildern prunkten, und von den vier Glasscheiben der Drehtür und ihren goldenen Monogrammen. Ich glaubte, durch die Halle nicht weit zu kommen, und lief zur Rückseite, wo ich einen Personaleingang fand. Im dritten Stock, die Stahltreppe hinauf, weil sich niemand um mein Klingeln nach dem Lastenfahrstuhl scherte, hörte ich Geschrei und ging ihm durch die Korridore nach, jetzt über Samt, jetzt Zement, bis ich vor der Wäschekammer stand.

Der Kampf war zwischen denen im Gange, die der anerkannten Gewerkschaft die Treue hielten, und den rebellischen, meist unterbezahlten Frauen, die stinkwütend über die letzte Absage waren, ihnen ihren Lohn um zwanzig Cent die Stunde zu erhöhen. Alle trugen Uniform oder Livree. Das Zimmer war weiß und glühend, die Sonne knallte prall auf diese Seite, die Türen zur Wäscherei standen offen, und die Frauen in ihren blauen Kleidern und weißen Hauben schimpften und machten für Krieg und Kampf Krawall. Sie standen auf den Metalltischen und Seifenfässern und schrien nach dem Ausstand. Ich suchte nach Sophie, die mich zuerst sah. Sie rief: »Hier ist der Organisator. Das ist unser Mann. Jetzt kommt March.« Sie stand auf einem der Bottiche, die Beine in den schwarzen Strümpfen weit abgegrätscht. Erhitzt, aber bleich vor Zorn und ihr schwarzes Haar von der Haube verdeckt, war die Erregung ihrer Augen nur um so schwärzer. Sie versuchte in ihnen keine Vertrautheit mit mir zu zeigen, so daß kein noch so scharfes Auge hätte entdecken können, daß wir unsere Arme je zur Umarmung verschränkt oder daß unsere Hände je aneinander auf- und niedergestreichelt hatten.

Ich sah mich um und konnte meine Freunde und Feinde in einer Minute unter denen, die da höhnten oder drängten, mißtrauisch, parteiisch oder empört waren oder weinten, ausmachen. Da war ein Alter, so weiß angezogen wie jeder Internist, mit einem Gesicht wie Tecumseh oder einer dieser angemalten Angreifer auf Schenectady, der mir sofort irgendeine Strategie erklären wollte; er war sehr bedächtig in diesem Vogelkäfig voll tropischem Geschrei und Hitze aus der Wäscherei, nicht zu sprechen von der Weißglut der Sonne.

»Wartet mal!« rief ich und nahm Sophies Platz auf dem Bottich ein.

Einige fingen an zu schreien: »Wir streiken!«

»Jetzt hört doch bitte mal zu. Das wäre nicht legal ...«

»Ach Quatsch! Heulsuse! Was ist legal? Daß wir anderthalb Dollar am Tag kriegen? Was bleibt denn mit Fahrgeld und Gewerkschaftsbeiträgen noch übrig? Essen wir? Wir treten einfach in den Ausstand.«

»Nein, das solltet ihr nicht tun. Das wäre ein wilder Streik. Die Kerls von der Federation-Gewerkschaft würden einfach andere Leute an euren Platz stellen, und ihr könntet gar nichts dagegen machen, das wäre legal. Was ihr machen müßt, ist, euch bei uns einzuschreiben, damit wir eine Wahl abhalten können, und wenn wir gewinnen, können wir euch vertreten.«

»Wenn ihr gewinnt! Das dauert wieder Monate.«

»Aber das ist das Vernünftigste, was ihr tun könnt.«

Ich riß ein Bündel Karten aus meiner Tasche auseinander und verteilte sie gerade unter die winkenden Hände, als plötzlich ein Andrang von der Wäscherei her entstand; und alles ging drunter und drüber. Gerade als mir klar wurde, daß dies der Mann von der gegnerischen Gewerkschaft mit seinen Neandertalern war, wurde ich von hinten vom Faß heruntergerissen und, als ich unten landete, ins Gesicht, aufs Auge und auf die Nase geschlagen. Ich fing an zu bluten. Mein Freund mit der indianischen Hakennase trat auf mich drauf, aber das war nur im Eifer des Gefechts, um des Kerls habhaft zu werden, der mich geschlagen hatte. Als er ihn zurückstieß, hob mich eine Negerin, eins der Zimmermädchen, auf. Sophie griff mit ihrer Hand in meine Tasche und zog mein Taschentuch heraus.

»Dreckige Gangster! Liebling, reg dich nicht auf. Leg deinen Kopf zurück.«

Jetzt wurde ich von einem Ring von Frauen geschützt, die sich um das umgekippte Faß gruppiert hatten. Wenn einer der Schläger auf mich lossteuerte, warfen sich die Frauen in diese Richtung. Da einige Scheren, Messer, Seifenkellen ergriffen hatten, rief der Gewerkschaftsmann seine Gorillas zurück, und sie stellten sich um ihn auf. Im Verhältnis zu seinen Leuten wirkte er klein, sah aber gefährlich aus, wenn auch eine Mißgeburt, in seinem schnittigen Angeberanzug und seiner Melone. Er sah wie einer aus dem Sheriffbüro aus, der auf die andere Seite des Gesetzes oder von Katzen- zu Menschenfleisch übergewechselt war. Er sah aus, als ob er von nahem wie ein Trinker riechen würde, aber vielleicht war das nur die Farbe der Wut und nicht der Whisky in ihm. Er war von einer durch nichts in Grenzen zu haltenden Gemeinheit und fähig, so viel Schaden anzurichten, wie er androhte. Ich konnte dafür einigermaßen als Beispiel dienen, mit diesen Blutstürzen auf mein Taschentuch und Hemd, und dabei schnaubte ich noch immer mehr heraus, während mein stechendes Auge zu einem Schlitz zuschwoll. Aber davon abgesehen, war er derjenige, der das Recht auf seiner Seite hatte, denn er war der vertragliche Vertreter dieser Leute.

»Also meine Damen, machen Sie den Weg frei, damit meine Männer sich mit diesem Dreigroschenjungen befassen können, der hier überhaupt nichts zu suchen hat. Er bricht Kongreßgesetze, und ich könnte einen Haftbefehl gegen ihn erwirken. Außerdem könnte ihn das Hotel wegen Hausfriedensbruch kassieren.«

Die Frauen schrien und zeigten ihre Scheren und Waffen, und

die Negerin, die sich wie eine Empire-Britin oder jemand von den Westindischen Inseln anhörte, sagte: »Niemals, du blutige kleine Erdnuß!« So war ich denn auch erstaunt, obwohl ich Angst hatte.

»Macht nichts, Mädchen, den kriegen wir schon«, sagte einer der Neandertaler. »Er kann nicht überall unter diese Röcke verkrochen hingehen.«

Sein Chef sagte zu ihm: »Warum hältst du nicht die Klappe?«

Und zu mir sagte er: »Was haben Sie eigentlich für 'n Recht, hierherzukommen?«

»Man hat mich hergebeten.«

»Und er hat verdammt recht! Darauf kannst du Gift nehmen, daß wir ihn gebeten haben!« Während die Köche mit ihren hohen weißen Mützen und andere der besser Verdienenden johlten und spotteten und sich die Nase hielten und eine imaginäre WC-Spülung zogen.

»Hört mal alle zu. Ich bin euer Vertreter. Wenn ihr was zu mekkern habt, wozu bin ich dann da?«

»Um uns aus dem Gewerkschaftshaus hinauszuwerfen, wenn wir kommen, um Sie nach was zu fragen, während Ihre Füße auf dem Tisch sind und Sie aus der Flasche trinken und sich Pferde ausknobeln.«

»Da braucht doch nicht gleich so was wie so eine blödsinnige Meuterei loszugehen, was? Da seh ich 'ne Menge Karten, die dieser Schweinehund von Hetzer ausgeteilt hat, und jetzt will ich, daß ihr die alle zerreißt und nichts mehr mit ihm und ihnen zu tun habt.«

Ich sagte: »Macht das nicht!«

Der Kerl, der mich geschlagen hatte, machte Anstalten, den Verteidigungsring der Frauen zu durchbrechen, und sie stemmten sich gegen ihn. Sophie zog mich nach hinten, durch die Hintertür und dann durch die Personalgänge. »Hier hinten ist ein Notausgang«, sagte sie. »Du kannst die Feuerleiter 'runterklettern. Sei vorsichtig, Liebling, sie werden dich jetzt zu bekommen versuchen.«

»Und was geschieht mit dir?«

»Was können die mir schon tun!«

»Denkt jetzt lieber vorläufig nicht an einen Streik.«

Sie zog kräftig, die Füße weit auseinandergestemmt, und riß die schwere Stahltür zur Feuerleiter auf, und als ich herausstieg, sagte sie: »Augie, wir werden jetzt nie mehr wieder zusammenkommen, was?«

»Ich glaub' nicht, Sophie. Da ist dies andere Mädchen.«

»Dann auf Wiedersehen.«

Ich machte, daß ich die heißen schwarzen Steigeisen der Feuerleiter herunterkam, machte ein paar Schwünge und sprang, und als ich mir eine Straße zum Wegrennen aussuchte, hatte ich kein Glück. Einer dieser Neandertaler war da; er wollte mich kriegen, und ich rannte in Richtung Broadway. Ich schlug Haken und duckte mich, der Schüsse wegen, die er hätte abgeben können, denn das war nichts Ungewöhnliches in Chicago, daß Leute auf offener Straße umgelegt wurden. Aber da war nichts, was nach einem Revolver klang, und ich nahm an, daß er vorhatte, mich durchzuwalken, mir den Rest der Prügel zu verpassen, mir vielleicht ein paar Knochen zu brechen und mich dann liegenzulassen.

Ich war dem Totschläger gerade genug voraus, um vor ihm über den Brodway zu kommen. Ich sah ihn, mit dem Oberkörper hervorragend, vom Verkehr aufgehalten, aber seine Augen waren noch auf mir, und ich atmete durch den trockenen Angstkloß in meiner blutverklebten Nase. Eine langsam fahrende Straßenbahn kam vorbei, und ich sprang auf, aber ich war sicher, daß man mich verfolgte, wegen der langsamen Schwerfälligkeit, mit der der Wagen sich dem Loop näherte. Aber vielleicht konnte ich den Verfolger in der Menge loswerden. In der Zwischenzeit stand ich vorne neben dem Fahrer, von wo ich den ganzen Wagen übersehen konnte und außerdem das Weichenstelleisen greifbar hatte, das die Chicagoer Straßenbahnfahrer durch ein Loch im Wagenboden bedienen. Ich konnte sicher sein, daß der Schläger hinterherkam, in einem der Taxis zwischen dieser schlitternden Wagenschlange, die ihren blauen Benzingestank in diese stumpfe, heiße, brutale Scheiße von Straße abließ. Mein Haß gegen sie quälte mich genauso wie der gegen die kriechende Straßenbahn. Ich war ganz krank und zerrissen davon. Aber allmählich kamen die Brücken und die Türme, alle nach Schema F und sich von oben bis unter gleich, der Fluß voller Abwässerdreck und die hakennasigen Möwen näher. Der Wagen wurde auf dem freien Gleis der Brücke schneller und kam mit wuchtiger Freiheit den Bogen herunter; aber im Loop mit seinem erdrückenden Verkehr kroch er schon wieder. Ich wartete, bis wir beinah an der Madisonstreet waren, und mitten in der Häuserreihe sagte ich zum Fahrer: »Aussteigen!«

»Hier is' keine Haltestelle.«

Ich sagte wutentbrannt: »Mach auf, oder ich schlage dir den Schädel ein!«, und als er mein verzerrtes Gesicht sah und meinen Augenschlitz, ließ er mich aussteigen, und ich rannte, aber nur um die Ecke, um dort unterzutauchen. Ich riskierte es, mich in eine sich schnell bewegende Schlange vor dem McVickers Kino zu stellen, wo ein Garbo-Film lief, und zwischen den dicken roten Trossen, die die herausgehende von der hereinkommenden Menge trennten, und in die Halle, die wie ein Appartement aussah, das sich Cagliostro und Seraphina ausgedacht hatten, um den Hof und die Königsfamilie zu verwirren, war ich vorläufig außer Gefahr. Und dann kam es mir allmählich auch so vor, als ob es auch für ihn gefährlich werden könnte, wenn er mich jetzt fing, wie für den Aufseher, den Moses umbrachte. Ich ging 'runter ins Klo und erbrach mein Frühstück. Ich wusch das Blut ab und trocknete mich am elektrischen Heißluftspender. Dann ging ich 'rauf und ließ mich ganz hinten in einen der Sitze fallen, von wo ich beobachten konnte, wer hereinkam, und erholte mich bis zum Ende der Vorführung und dem nächsten Publikumswechsel, mit dem auch ich herausging, direkt bis in die Mitte der Straße, die toste und heißen Mittagsstaub aufwirbelte.

Ich sprang in ein Taxi und fuhr zu Thea, was seit Tagen mein eigentliches Ziel gewesen war.

14

Ich beeilte mich, die Prophezeiung, die Thea Fenchel in St. Joe auf jener Schaukel gemacht hatte, zu erfüllen. Und während es für mich keine Kleinigkeit bedeutete, so zusammengeschlagen und gehetzt zu werden, konnte ich nicht viel Gefühl für die Bedeutung der Sache oder den Nutzen, den irgend jemand davon haben würde, wenn ich für sie weiterkämpfte, aufbringen. Hätte ich das so als Gewissensfrage empfunden, wäre ich wahrscheinlich am Heldengedenktag für die Gefallenen des Bürgerkrieges *, zur Stunde des Gemetzels unter den Demonstranten, auf der Straße vor den Republic-Stahlwerken gewesen. Wie Grammick. Er hielt seinen Kopf hin und wurde niedergeknüppelt. Ich aber war bei Thea. Nachdem wir einmal angefangen hatten, stand es nicht einmal mehr in meiner Macht, woanders als bei ihr zu sein. Nein, ich hatte einfach nicht die Berufung zum Gewerkschaftler oder Politiker und war in keiner Weise der Ansicht, daß mein Partikel an Willen vor die Marschkolonne einer Masse gehörte, die sich anschickte, aus dem Elend heraus voranzumarschieren. Wie hätte dieser mein Wille dazu kommen können, die Führung zu übernehmen? Ich konnte mir nicht einfach befehlen, einer dieser Leute zu werden, die vor allen anderen auf die Straße gehen, die dastehen und den mächtigen sozialen Lichtstrahl auffangen oder ihn wie ein Brennglas sammeln und konzentrieren, die glimmen und blenden und Feuersbrünste ausbrechen lassen. Das war es nicht, wozu ich bestimmt war.

Als ich vom Taxi in Theas Apartment-Haus hineinlief und dreimal kurz klingelte, achtete ich nicht sonderlich darauf, wo ich gelandet war. Es war eine prunktvolle, wuchtig ausgestattete Vorhalle ohne eine Menschenseele, und als ich herauszufinden versuchte, welche der eleganten Türen zum Fahrstuhl gehörte, erschien in einer von ihnen ein viereckiger Ausschnitt Licht. Thea war meinetwegen nach unten gekommen. Die Tür öffnete sich.

* 30. Mai: *Decoration Day*, Tag, an dem die Gräber der im Bürgerkrieg (1861–65) Gefallenen geschmückt werden.

Im Fahrstuhl war eine samtüberzogene Bank, auf der wir, als der Lift sanft nach oben schwebte, uns küssend in die Arme sanken. Ohne das blutverkrustete Hemd zu bemerken, ließ sie ihre Hand über meine Brust und zu meinen Schultern hinaufstreichen. Ich machte ihren Hausmantel über ihren Brüsten auf. Ich wußte nicht mehr, wo mir der Kopf stand. Ich gewahrte nichts, war fast wie blind. Wäre irgend jemand in der Nähe gewesen, hätte ihn keiner von uns beiden bemerkt. Ich kann nicht sicher sagen, daß ich mich nicht an ein Gesicht erinnerte, möglicherweise an das eines Zimmermädchens, als sich die Tür öffnete, und wir ließen nicht ab, uns zu umarmen, im Korridor, in der Wohnung, an der Tür und auf dem Teppich.

Mit Thea war es überhaupt nicht so, wie es mit anderen Frauen gewesen war, die einem ihre Erlaubnis gaben, sozusagen jeweils ein Ding aufzumachen und zu bewundern, das nächste ist wieder verwehrt, und das letzte vor allen Dingen am meisten.

Thea hielt nicht zurück, schien aber auch keine Eile zu haben. Wie aus hingegebener Seele und mit den Lippen, den Händen und Haaren, den sich hebenden Brüsten und Beinen, tief nachdenklich, schien es bald, ohne den geringsten Kraftaufwand, als ob ein Austausch oder eine Versetzung in noch einen anderen Menschen, den es vorher nicht gegeben hatte, mit uns geschehen war. Das Gefühl der Liebe dabei war überwältigend. Und so gänzlich, als wenn ich in einem Geist, der als vollkommen entgegengesetzt angenommen wird, auf meinen gebeugten Knien gelegen hätte, mit gefalteten Händen, betend; ich glaube, Beten wäre von dem, was ich über mich kommen fühlte, als ich meine Hände, anstatt sie zu falten, auf Theas Brüste legte, nicht verschieden gewesen. Mein berstendes Gesicht mit dem zugeschlagenen Auge lag dazwischen, und sie hielt ihre Arme um meinen Nacken geschlungen.

Jetzt fing die Sonne an, uns zu erhitzen, an der Tür, auf dem Teppich, wo wir lagen. Sie hatte die gleiche filmige Weiße wie in der Wäschekammer. Auf dem Loop-Trottoir, wo ich von der Straßenbahn abgesprungen war, hatte sie schmutziger geschienen. Hier glühte sie wieder weiß. Bald wollte ich des Brennens auf meinem Auge wegen den Vorhang zuziehen, und als ich aufstand, bemerkte sie zum erstenmal, wie ich aussah.

Sie schrie auf: »Wer hat dir das angetan?«

Ich erklärte ihr die ganze Angelegenheit, und sie sagte immer wieder: »Bist du deswegen nicht gekommen? War es das, was du die ganze Zeit gemacht hast?« Die verlorene Zeit war das Allerwichtigste von allem für sie. Obwohl es sie erbeben ließ, wenn ihr mein verquollenes Gesicht nah unter die Augen kam, interessierte sie der eigentliche Grund, weswegen ich geschlagen worden war, nicht, und sie war nicht sehr neugierig darauf. Ja, sie hatte von der großen Gewerkschaftsbewegung gehört, aber daß ich damit zu tun hatte, war irgendwie unwesentlich. Denn wenn ich nicht bei ihr war, wo ich hingehörte, war es nicht besonders wichtig, wo ich sonst war. Alles, was dazwischenkam, und alle Störungen waren von der gleichen unwirklichen Art und gehörten – nach da draußen. Mullwickler, streikende Hotelangestellte, Fehler, wie die Illusionen, die ich mir über ihre Schwester gemacht hatte, diese Komödie, als man mich für Mrs. Renlings Gigolo hielt, alles was Thea selbst in der Zwischenzeit getan hatte, all das war vollkommen »da draußen«. Die Wirklichkeit war jetzt und hier; sie war ihr von St. Joe an instinktiv gefolgt. Das war der Grund für ihren Aufschrei über all die verlorene Zeit und ließ mich empfinden, wie sie Angst davor hatte, nie ihren Weg von »da draußen« herein zu finden, sondern sich ewig zu verirren.

Natürlich erfaßte ich das nicht gleich. Es stellte sich während der nächsten paar Tage heraus, die wir in der Wohnung verbrachten. Wir schliefen und wachten wieder auf, und wir unterhielten uns nicht wirklich über ihr Tun und Treiben oder meins. Um das Bett standen Koffer herum, aber ich stellte deswegen keine Fragen. Es war eigentlich ganz gut, daß ich nicht hinausging, weil die Strolche nach mir suchten, um an mir ein Exempel zu statuieren. Grammick erzählte mir das, als ich endlich dazu kam, ihn anzurufen.

Andere Frauen, die ich gekannt hatte – schön, ich machte ihnen keinen Vorwurf daraus, daß ich sie weniger als Thea geliebt hatte. Nur, durch Thea fing ich ein wenig an, die Beweggründe hinter meinen Meinungen zu verstehen. Da gab es einige Leute, die in ihrem Leben zu langsam waren, aus Müdigkeit, Unwilligkeit, Härte, Kummer oder Mißtrauen, und einige, die wegen anderer Sorgen oder aus Verzweiflung wieder zu schnell waren. Aber soweit es mich anging, hatte Thea vollkommenes Leben. So, daß irgend etwas vollkommen Unwichtiges – zum Beispiel, wenn sie in die Küche ging, oder wenn sie sich bückte, um einen Gegenstand vom Boden aufzuheben, wenn ich ihre Rückenlinie, ihr Rückgrat oder das weiche Abschwingen ihrer Brüste oder ihren Busch sah – meine Seele Kobolz schießen ließ. Ich liebte sie in einem Maße, daß alles, was sie zufällig tat, mir willkommen war. Ich war sehr glücklich. Und wenn sie im Zimmer herumging und ich ausgestreckt dalag und soviel von ihrem Bett mit meinem Körper einnahm, war ich ungefähr wie ein König, nach der Freude auf meinem Gesicht, das zusah und sie nicht aus den Augen ließ.

Ihr Gesicht war blasser als das, an das ich mich erinnerte, aber damals hatte ich es auch nicht so genau betrachtet. Etwas von den Schmerzen des Lebens war auch in ihm, selbstverständlich, wenn man es aus der Nähe betrachtete, aber in ihren Augen war jetzt eben verhältnismäßig wenig davon zu sehen. Sie hatte schwarzes Haar. Die Wurzeln kamen ein bißchen unregelmäßig aus ihrer Stirn, nach oben, aber auch so schön. Man mußte sehr genau hinsehen, um diese Unregelmäßigkeit zu bemerken. Ihre Augen waren sehr dunkel. Sie tat oft Rouge aus einer kleinen Tube auf dem Nachttisch auf ihren Mund, als ob sie glaube, wenigstens auf diese Weise geschmückt bleiben zu müssen, mit dieser Nelkenfarbe; und auf den Kissen und auf mir zeichnete sich ein flammender Fleck ab. Nun, als ich aus Chicago-Süd anrief, hatte mir Thea gesagt, daß sie nicht viel Zeit hätte, daß sie bald fahren müsse. Und die ersten paar Tage, wie ich schon gesagt habe, sprach sie nicht davon, aber schließlich brachten uns die offenen Koffer darauf, und sie erzählte mir, daß sie verheiratet gewesen und gesetzlich noch immer verheiratet war und von Long Island nach Mexiko unterwegs war, um sich scheiden zu lassen. Aus Angst, mir weh zu tun, sagte sie anfangs nur, daß ihr Mann bedeutend älter als einer von uns und sehr reich sei. Aber allmählich hörte ich mehr. Er flog eine Stinsonmaschine, ließ tonnenweise Eis in seinen Privatsee werfen, wenn das Wasser im Juli lauwarm wurde, fuhr zur Jagd nach Kanada, trug Manschettenknöpfe, die ihre fünfzehnhundert Dollar wert waren, ließ sich Äpfel aus Oregon holen, die ihn das Stück vierzig Cent kosteten, weinte, weil er so schnell kahl wurde, und in dem Stil. Alles, was sie sagte, war dazu bestimmt, mir zu beweisen, daß sie ihn nicht liebte. Aber ich war nicht sehr eifersüchtig. Ich glaube, es war kein Grund dazu vorhanden. Weil er verloren hatte. Esther war auch verheiratet, und zwar mit einem unwahrscheinlich reichen Mann, einem Rechtsanwalt in Washington, D. C. Das alles klang mir sehr fremd, was sie nicht ganz mitbekam – die Flugzeuge, die Jagden, die ungeheuren Geldberge. Auch Thea reiste mit einer Sportausrüstung – Reithosen, Stiefeln, Gewehrkoffern, Kameras. Im Klo hatte ich zufällig eine infrarote Birne angeknipst, die sie zum Entwickeln ihrer Filme gebrauchte, und in der Badewanne standen Schüsseln mit Lösungen und unverständliche Röhren und so Klimbim.

Also gut. Während dieses Gespräches wurde es über dem Fenster Abend. Wir saßen am Tisch, hatten gerade Abendbrot, das telefonisch bestellt worden war, gegessen. Da lagen Wassermelonenschalen, Hühnerknochen und so weiter. Sie erzählte mir von ihrem Mann, aber ich konnte an diesem Punkt und zu dieser Stunde, wo sie vor dem offenen Fenster und seinem blauen Schatten, der gerade über den Baumwipfeln wich und verblaßte, ihren Kopf an die Gardine und gegen ihre hinter dem Kopf verschränkten Hände lehnte, nur an mein Glück denken. Die Bäume wuchsen in dem kleinen Hof, der mit weißem Kies bestreut war. Irgendein großes Insekt flog herein und ging auf dem Tisch spazieren. Ich weiß nicht, was es für ein Insekt war, aber es war braun, glänzend und kompliziert gebaut. In der Stadt wird die große weltumspannende Kette der Insekten dünn, aber wo ein oder zwei Blätter hängen, sind sie vertreten. Und dann planschte unter uns das Abwaschwasser in einer Wohnung, und von drüben, aus der Richtung des Teufelsküchen-Viertels, von ein paar Glockentürmen, die wie die Doppelzacken der schwarzen, ledrigen Eierhüllen der Küstenhaifische aussahen, die man am Strand findet, kam wuchtiges Geläut. Diese Salven oder leichten Zielbombeneinschläge in römischem Dämmerlicht waren über dem Gurgeln des Wasserhahns und dem Klappern des Porzellans kaum zu hören. Ich trug einen ihrer Bademäntel, und unter dem Tisch waren meine Beine, die ich aus einem seidenen Lehnstuhl ausstreckte, und was erwartete man da schon von mir, zu solch einer Zeit, froh wie ich war, etwa: auf ihren Mann eifersüchtig zu sein, den sie verlassen hatte?

Da ich beinah Lucy Magnus' Mann geworden war, verstand ich, warum Thea zu gleicher Zeit wie ihre Schwester und auch die gleiche Art Mann geheiratet hatte. Obwohl sie sich jetzt über sie mokieren konnte, merkte ich später, daß sie eine Schwäche dafür hatte, in gesellschaftlichen Kreisen wie denen dieses Herrn Smith erfolgreich zu sein oder sich wenigstens gerne besser als die Frauen dieser Familien aus Boston oder Virginia vorzukommen. Das war eine Art Nebenbuhlerei, von der ich nicht viel verstand. Sie nahm an, daß ich mit ihr nach Mexiko gehen würde, und ich dachte nie ernstlich daran, abzulehnen. Ich wußte, daß ich den Stolz oder das starke Pflichtgefühl nicht besaß, was dazu nötig gewesen wäre, um ihr zu sagen, daß sie ein andermal wiederkommen solle, wenn ich Zeit oder wenigstens eine bessere Position hätte, auf ehrliche Weise mit der Gewerkschaft abgeschlossen hatte oder wenigstens meine Ausgaben selbst bestreiten konnte. Ich sagte, daß ich kein Geld hätte, und sie antwortete ganz ernsthaft: »Nimm aus dem Eisschrank, was du brauchst.« Sie hatte die Angewohnheit, das Wechselgeld, das sie von den Boten zurückbekam, und auch Schecks und so weiter in den Eisschrank zu legen. Das Geld lag mit faulenden Salatblättern durcheinander und zwischen Untertassen mit Schinkenfett, das sie nicht gerne fortwarf. Jedenfalls waren die Fünf- und Zehndollarscheine da, und bevor ich aus dem Haus ging, sollte ich mir nehmen, was ich brauchte, so wie sich ein Mann ein Taschentuch aus seiner Schublade nimmt, ohne viel nachzudenken.

Ich hatte ein Gespräch mit Grammick, um ihn zu bitten, sich an meiner Stelle um das Northumberland zu kümmern. Er hatte schon getan, was er konnte. Es gab keinen wilden Streik. Er sagte, daß der AFL-Gewerkschaftsobmann und seine Leute es ganz scharf auf mich abgesehen hätten und ich mich vorläufig dünnemachen solle. Als ich ihm sagte, daß ich kündigen und die Stadt verlassen würde, war er erstaunt. Aber ich erklärte ihm jedenfalls die Geschichte mit Thea, und daß ich sie absolut begleiten müsse, und da schien er es schon besser aufzunehmen. Er sagte, daß es sowieso eine dreckige Sache wäre, in diese zweifachen Gewerkschaftsangelegenheiten wie zwischen Baum und Borke eingeklemmt zu sein, und die CIO sollte entweder im Hotelsektor gewaltig Dampf dahinter machen oder es ganz aufgeben.

Thea staffierte mich vor der Reise aus. Aus irgendeinem Grund tritt mir in diesem Zusammenhang ein Bild vor Augen, ungefähr wie der für die Salisbury-Jagd angezogen heraustretende Herzog von Wellington, in einem blauen Rock, mit einer schwarzen Mütze und Hirschlederhosen. Vielleicht, weil Thea so bestimmte Vorstellungen davon hatte, was ich tragen sollte. In ihrem Kombiwagen fuhren wir von Laden zu Laden, um Kleider anzuprobieren. Wenn ihr irgend etwas gut gefiel, küßte sie mich und rief: »O Baby, du machst mich glücklich!«, ohne sich im geringsten um die Steifheit der Verkäufer und der anderen Kunden zu kümmern. Wenn ich irgend etwas aussuchte, was ihr nicht gefiel, lachte sie etwas und sagte: »O du *Narr*! Zieh das aus. Das ist genau das, was die alte Dame in Evanston für so elegant hielt.« Auch die Kleider, die Simon mir gegeben hatte, mochte sie nicht. Sie wollte, daß ich wie ein Sportler aussah, und kaufte mir bei Von Lengerke und Antoine eine schwere Lederjacke, in der man entweder zum Tötespiel des fröhlichen Jagens Lust haben mußte, oder man konnte sie nicht tragen. Das Ding war einfach eine Wucht, mit einem Dutzend verschiedener Taschen und Schlitze für Patronen und Stricke, Messer, wasserfeste Streichhölzer und Kompaß. Man konnte darin mitten in den Huronsee geworfen werden und durfte hoffen, mit dem Leben davonzukommen. Wegen der nötigen Stiefel gingen wir die Wabash Avenue schräg 'rüber zu Carsons, wo ich seit dem unseligen Augenblick, in dem Jimmy Klein mir die Drehtür zur Falle werden ließ, nicht mehr gewesen war.

In diesen Läden war sie es, die redete. Meistens schweigend und mich ungemein kräftig fühlend, erschien ich lächelnd, um die Sachen anzuprobieren und zwischen dem dreifachen Spiegel hin und her zu gehen, um mich von ihr an der Schulter drehen und betrachten zu lassen. Die kleinste Eigenart an ihr erfreute mich – ihre hohe Stimme, ihre Gleichgültigkeit, ob ein Zipfel ihres Unterrocks unter ihrem leuchtend grünen Kleid hervorsah oder nicht, ob auf ihrem Nacken Haare, Haare von japanischer Schwärze, lagen, die dem Zugriff des Kamms entgangen waren. Ihre Kleider waren teuer, aber so wie mir aufgefallen war, als sie in mein Zimmer bei Owens heraufkam, daß ihr Hut schwankte, fehlte nie ein Stück, das in Unordnung war, entweder durch Aufregung hervorgerufen oder wo die Anordnung versagt hatte.

Obwohl ich das alles mitmachte, die Küsse in den Geschäften und die Einkäufe und Geschenke, ließ mich mein Glück doch nicht zum Trottel werden. Das muß ich schon zu meinen Gunsten sagen. Wenn sie mir Titel und Lehen gegeben hätte, wie Elisabeth an Leicester, hätte es mich nicht in Verlegenheit gebracht, genausowenig wie es mich verlegen gemacht hätte, statt des tiefen Stetsonhuts, der ihr gefiel, Federn zu tragen. Darum ließen auch die Karos und Schottenmuster, das Hirsch- und Wildleder und die hohen Stiefel, in denen ich wie ein protziger Zugereister oder Tourist auf die Wabash Avenue trat, keine Beschämung in mir aufkommen, sondern brachten mich zum Lachen und machten mich sogar etwas eitel, mich in meiner eigenen Heimatstadt wie ein Fremder aufzuführen.

Auf Einheitspreisläden, wo sie kosmetische Artikel und Klemmen und Kämme kaufte, war sie ganz verrückt. Nachdem wir unsere teuren Einkäufe im Kombiwagen eingeschlossen hatten, gingen wir zu

McCrory oder Kresge und liefen dort stundenlang in der Menge – fast alles Frauen – und der laut gespielten Liebesmusik die Gänge hinauf und hinunter. Einige Sachen kaufte Thea gerne billig; vielleicht gaben sie ihr den deutlichsten Begriff von dem innersten Verhältnis der Cents und Scheine und drückten die wirkliche Tiefe des Geldes am besten aus. Ich weiß es nicht. Aber ich hielt mich nicht für zu schade, um mit ihr in Einheitspreisläden herumzuwandern. Ich ging, wohin und wie sie sagte, und tat alles, was sie wollte, weil ich mir wie durch die Haut hindurch an sie angenäht vorkam. So, daß irgendein nebensächliches Ding, das ihr Freude machte, auch sofort für mich wichtig werden konnte, ganz gleich, was es war, ein Kamm oder eine Haarnadel oder ein Stück Schnur, ein Kompaß in einem Zinnring, den sie mit großer Befriedigung gekauft hatte, oder eine Baseballmütze mit einem grünen Schirm für unterwegs, oder das Kätzchen, das sie in der Wohnung hielt – sie pflegte niemals, wo sie auch war, ohne ein Tier zu sein. Dieser kleine gestreifte und spitzschwänzige Kater war wie eine Katze des Meeres auf der weiten Dunkelheit der Fußböden in den Räumen der Zimmerflucht, die Thea nie benutzte. Sie mietete eine große Wohnung und ließ sich dann in raumsparendem Stil nieder, alles um sich herum versammelnd und auftürmend. Es gab genug Schränke und Kommoden, aber sie lebte noch immer aus den Koffern, Schachteln und Kisten, und man mußte sich dem in der Mitte dieses Wirrwarrs stehenden Bett durch die Lükken dazwischen nähern. Sie gebrauchte Laken als Handtücher und Handtücher als Schuhlappen oder Matten oder um die Pfützen des Kätzchens, das noch nicht stubenrein war, damit aufzuwischen. Sie bestach die Mädchen mit Parfüm und Strümpfen, damit sie aufräumten, Geschirr und Unterwäsche wuschen und andere Extradienste verrichteten; oder vielleicht auch, damit sich die Mädchen nicht über ihre Unordentlichkeit aufhielten. Sie dachte, daß sie zu Angestellten und Zimmermädchen erstklassig war. Ich, der Exfunktionär, sagte nichts.

Es war auch nicht wichtig. Ich ließ eine Menge Dinge dem Orkus. Diese Tage –, was immer es war, was mich berührte, sie hatten mich vollkommen. Und was nichts damit zu tun hatte, war wie tot, mein Herz blieb ungerührt von ihm. Ich war vorher noch nie von einem einzigen menschlichen Wesen so in Anspruch genommen worden. Ich folgte ihrem Sinn, wohin er immer ging. Da ich noch nicht alt genug war, um es satt zu haben, auf meinen eigenen Sinn beschränkt zu sein, wußte ich das nicht genug zu schätzen. Was mir aber manchmal klar wurde, war, daß ich einige ungeheuer alte Schutzwälle verließ, die jetzt leerstanden. War ich meiner Mutter wegen und auch auf eigene Rechnung noch nicht genug gewarnt worden? Durch schreckliche Warnungen? Sei vorsichtig! O du Rindvieh und armer Idiot, du bist einer aus der Menschheit, die nicht zu zählen ist und nicht mehr ist als in ein magnetisches Feld gestreuter Metallstaub, sich an die Kraftlinien klammernd, von Gesetzen bestimmt, essend, schlafend, angestellt, bewegt, gehorsam und untertan. Warum soll man da noch nach neuen Wegen, seine Freiheit zu verlieren, jagen? Warum auf den großen Sog zugehen, statt vor ihm zu flüchten, der deine Rippen zu zermahlen, dein Gesicht zu zerreiben und deine Zähne zu zersplittern droht? Nein, bleib weg! Sei der Klügere, der, an einsame Anstrengungen gewöhnt, auf seine einsamen Ziele zukriecht, fährt, läuft, geht, der für sich selbst sorgt und sich vor den Ängsten in acht nimmt, die die Könige dieser Welt sind. Ach, sie geben dir nicht oft eine Chance, diese Könige! So manch totes oder sterbendes Gesicht liegt oder treibt unter ihnen.

Da erschien Thea mit ihrem Geld, mit ihrem zur Liebe entschlossenen Wesen, auf große Verhältnisse gerichtet, mit ihrem Wagen, ihren Gewehren und Leicas und Stiefeln, mit ihrem Reden von Mexiko, mit ihren Ideen. Eine der wichtigsten dieser Ideen lag in der Behauptung, daß es etwas Besseres geben müßte als das, was die Menschen so Wirklichkeit nennen. Oh, gut und schön. Sehr gut und bravo! Laß doch diese bessere und vornehmere Wirklichkeit einmal sehen! Doch wenn eine Behauptung wie diese von einem Menschen entschlossen verfochten und lange genug aufrechterhalten wird, gewinnt schließlich der Starrsinn die Oberhand. Die Schönheit des Ganzen wird von dem, was es auf dem Weg zum Beweis erleiden muß, in Mitleidenschaft gezogen. Ich weiß das.

Aber Theas Ideen war wenigstens eine Überlegenheit eigen. Sie war einer dieser Menschen, die ihrer Überzeugungen so sicher sind, daß sie mit ihrem Leib dafür kämpfen können. Wenn die Bedrohung gegen ihr eigenstes Fleisch und Blut gerichtet ist, wie zum Beispiel bei Leuten, die nackt von der Polizei untersucht werden, oder bei Märtyrern, merkst du bald, welcher Glaube stark ist und welcher nicht. So daß du keine leeren Worte machst. Denn was du nicht körperlich erleidest, ist meistens Träumerei oder wie Lichtfunken, den Himmel besprühendes Feuerwerk und Tortenräder, die auf eine traurige Erde herunterfallen. Thea war gewappnet, ihre Gedanken die härteste Probe bestehen zu lassen.

Nicht, daß sie selbst immer nach ihren höchsten Grundsätzen lebte. Ich hatte ihre Auffassung von allem zu akzeptieren, darin bestand der Starrsinn ihres Trotzes, von dem ich sprach. Auch war es offensichtlich, daß sie daran gewöhnt war zu bekommen, was sie wollte, mich einbegriffen. Ihr Benehmen war manchmal seltsam und grob. Wenn gewisse Ferngespräche durchkamen, befahl sie mir beinahe, das Zimmer zu verlassen, und dann konnte ich sie schreien hören und war vom Erstaunen darüber, daß sie solch eine Stimme haben konnte, erschreckt. Ich konnte die Worte nicht verstehen und mir über die Gründe, die sie so schreien ließen, nur so meine Gedanken machen. Dann tauchte die Frage in mir auf, wie ich sie wohl kritisieren würde, wenn ich jetzt nicht ihr Geliebter wäre.

Sie nahm an, daß sie alles an mir verstand, und es war erstaunlich, wieviel sie wußte; das, was übrigblieb, machte sie durch Zuversicht wett und vertraute auf blindlings geführte, schnelle Hiebe. Darum sagte sie manchmal schroffe und eifersüchtige Dinge, und gelegentlich war in ihrem Blick mehr Glitzern als Freundlichkeit. Sie war sich ihrer Schwäche bewußt, mir nachgelaufen zu sein – in ihren zuversichtlichen Momenten hielt sie das allerdings mehr für Stärke und war stolz darauf.

»Mochtest du diese Griechin?«

»Ja, sicherlich.«

»War es mit ihr genauso wie mit mir?«

»Nein.«

»Ich merk' ja, daß du nur lügst, Augie. Natürlich war es für dich das gleiche.«

»Findest du es nicht mit mir anders? Bin ich wie dein Mann?«

»Wie er? Niemals.«

»Schön, kann es nur für dich so anders sein und nicht auch für mich? Glaubst du, daß ich das alles nur so tun kann, ohne dich zu lieben?«

»Oh, aber ich hab' dich gesucht und nicht du mich. Ich hatte keinen Stolz ...« Sie vergaß, daß ich sie in St. Joe kaum kannte. »Du hattest dieses kleine griechische Zimmermädchen allmählich satt, und da tauchte ich auf, und das schmeichelte dir so sehr, daß du nicht widerstehen konntest. Du liebst es, solche Blumensträuße überreicht zu bekommen.« Und jetzt ging ihr Atem mühsam, als sie das sagte; sie litt. »Du willst, daß dich die Menschen mit Liebe überschütten, und du saugst diese Liebe auf und schluckst sie herunter. Du kannst nicht genug bekommen. Und wenn dir eine andere Frau nachläuft, wirst du mit ihr gehen. Du bist ja so glücklich, wenn dich jemand um einen Gefallen bittet. Schmeicheleien kannst du nicht widerstehen!«

Vielleicht war es so. Aber was mich im Augenblick weich machte, war dieser starre Blick, wenn ihr Gesicht in seiner ganzen Eigenwilligkeit und übersinnlich wilden Selbstbehauptung so heiß und weiß wurde. Obwohl sie ihren Mund mit flammendem Nelkenrot schminkte, war er nicht sinnlich, sie hatte auch kein sinnliches Gesicht, aber jede Erregung, gleichgültig welcher Art, bemächtigte sich ihrer Person, teilte sich ihrem ganzen Wesen mit. Es war das gleiche, ob sie verärgert war oder ihre Brüste an mich preßte und, mit verschlungenen Händen und einander berührenden Füßen, liebte. Wenn diese Eifersucht auch sinnlos war, so war es doch keine gespielte Theatereifersucht.

»Wenn ich klug genug gewesen wäre, hätte ich dich schon geholt«, sagte ich. »Ich hatte einfach nicht genug Verstand dazu, und deswegen bin ich dankbar, daß du es getan hast. Und du brauchst keine Angst zu haben.«

Nein, nein, wozu sollte ich dieses Ringen um die Oberhand oder Stolz nötig haben? Nichts von diesem Blödsinn. Als sie mich so sprechen hörte, war in ihren Zügen ein Zucken, mit dem die Anspannung abklang; sie zuckte mit den Achseln und lächelte über sich, und auf ihrem Gesicht erschien eine gesündere Farbe.

Sie war nicht nur an Unabhängigkeitskämpfe und an Widerstand, an das Gegen-den-Strom-aller-anderen-Schwimmen gewöhnt, was ihre Urteile streng machte, sondern sie war auch in vielem mißtrauisch. Ihre gesellschaftliche Erfahrung war weit umfassender als meine, und so beargwöhnte sie vieles, was damals noch außerhalb meines Bereichs lag. Sie mußte sich daran erinnert haben, daß ich, als wir uns zuerst trafen, als Schmarotzer und vielleicht noch Schlimmeres einer alten Frau anzuhängen schien. Natürlich wußte sie es besser. Was sie jetzt von mir wußte, *wirklich* wußte, war viel, aus den Auskünften, die ich großzügig gab. Weil unwillkürlich. Aber auch ihre gewohnheitsmäßige Schläue war unwillkürlich, war das schlaue Mißtrauen eines reichen Mädchens. Und außerdem, wenn man sich einmal unwiderruflich zu was entschlossen hat, bedeutet das, daß man nicht schwitzt und fürchtet, man habe sich geirrt? Sogar Thea war, bei all ihren Überzeugungen und ihrer Zuversicht, nicht gegen gelegentliche Anfälle von Zweifelsucht gefeit.

»Was läßt dich diese Dinge über mich sagen, Thea?« Sie beunruhigten mich. Sicherlich war an ihnen etwas Wahres; ich fühlte es irgendwo, wie einen Gegenstand, der durch ein Loch in meiner Tasche ins Jackenfutter gerutscht war.

»Stimmen sie etwa nicht? Besonders, daß du so gern gefällig bist?«

»Na ja, teilweise. Früher war das schlimmer. So schlimm ist es jetzt nicht mehr.«

Ich versuchte, ihr klarzumachen, daß ich mein ganzes bisheriges Leben lang nach dem gesucht hatte, was für mich das richtige war, nach einem Schicksal, das für mich gut genug war, und daß ich allen Menschen in dem, was sie aus mir machen wollten, widerstanden hatte; aber daß ich, seit ich sie liebte, viel besser verstand, was ich eigentlich wollte.

Aber was sie darauf zu sagen hatte, war dies: »Ich spreche deshalb davon, weil ich merke, wie wichtig es dir ist, wie die Leute dich ansehen. Dir macht das zuviel aus. Und da gibt es Leute, die das ausnutzen. Sie haben selbst nichts Eigenes und lassen dir nichts von dir selbst. Sie wollen sich in deinen Gedanken und deinem Wesen einnisten und wollen, daß du dir was aus ihnen machst. Es ist eine Krankheit. Aber sie wollen nicht, daß du dir etwas aus ihnen machst, so wie sie sind. Nein. Da sitzt ja der Haken. Du sollst dir ihrer bewußt sein, aber nicht so, wie sie sind, nur so, wie sie gern gesehen werden möchten. Sie leben von der Beachtung durch die andern um sie herum, und sie wollen, daß auch du so lebst. Augie, Liebling, mach das nicht. Sie werden dich leiden lassen, durch das, was sie wirklich sind. Und in Wirklichkeit bist du für sie gar nicht wichtig. Sonst bist du nicht wichtig, es wird nur mit dir *verfahren*. Darum solltest du dir nichts daraus machen, wie du ihnen erscheinst. Aber du tust das, dir bedeutet das zuviel.«

Sie machte so weiter. Manchmal war es bitter, denn für gewöhnlich war ihre Weisheit gegen mich. Als ob sie vorausahnte, daß ich ihr Unrecht tun würde, und mich warnen wollte. Aber dann war ich auch begierig zu hören, was sie sagte, und ich verstand es. Ich verstand nur zu gut.

Diese Gespräche hatten wir öfters auf der Landstraße, als wir uns nach Mexiko aufmachten.

Sie hatte mir mehrmals zu erzählen versucht, was wir in Mexiko, außer ihre Scheidung zu bekommen, tun würden, und sie schien anzunehmen, daß ich intuitiv wüßte, was ihre Pläne waren. Ich war oft verwirrt. Ich konnte mir nicht klarwerden, ob sie ein Haus in der Stadt Acatla besaß oder mietete, und was sie mir vom Land erzählte, war nicht dazu angetan, mich ganz glücklich werden zu lassen. Wenn sie mir von den Bergen, Jagden, Krankheiten, Räubereien und der gefährlichen Bevölkerung erzählte, hörte sich das sehr gefährlich an. Ich war mir lange Zeit über die Jagd nicht ganz klar. Ich dachte, sie habe vor, Adler zu jagen, und das schien mir sonderbar; aber was ich verstand, war nicht so sonderbar wie das, was sie wirklich vorhatte. Sie wollte *mit* einem zur Beize bereiteten Adler wie mit Falken jagen, und da sie Falken besessen hatte, wollte sie es unbedingt einem britischen Hauptmann und einem amerikanischen Ehepaar nachmachen, die Goldadler und amerikanische Adler, einige der wenigen seit dem Mittelalter, zur Jagd gezähmt oder »gewöhnt« hatten. Sie hatte die Idee zu dieser Jagd aus Artikeln von Dan und Julie Mannix bekommen, die tatsächlich vor einigen Jahren mit einem gezähmten kahlen Adler nach Taxco gefahren waren und den Vogel zur Jagd auf Leguane benutzt hatten.

In der Nähe von Texarkana war ein Mann, der junge Adler zu verkaufen hatte. Der hatte George H. Soundso, der sich einen Privatzoo hielt, einem alten Freund von Theas Vater, einen angeboten. Dieser Freund ihres Vaters, der mir nach dem, was sie mir von ihm erzählte, verrückt zu sein schien, wie der wahnsinnige König Ludwig von Bayern, hatte sich eine Kopie des Trianon in Indiana gebaut, nur mit Käfigen drin, und überallhin Hagenbeckreisen unternommen, um sie mit selbstgefangenen Bestien zu füllen. Jetzt hatte er abgedankt, denn er war zum Reisen zu alt, hatte aber Thea gebeten oder sie dazu herausgefordert, ihm einige Riesenleguane – diese großen wütenden Eidechsen, Überbleibsel des Mesozoikums in den Bergen südlich von Mexico City – zu bringen. Als ich davon erfuhr, ich wußte nicht, wie ernst ich es nehmen sollte, dachte ich, daß das mir und meinem Leben ähnlich sah – ich konnte nicht verliebt sein, ohne daß sich etwas Ungewöhnliches hineinmischte.

Ich will nicht sagen, daß sie mehr war, als ich mir einhandeln wollte, weil man sich unbedingt darüber klar sein muß, daß es für mich kein Handel war. Was ich aber sagen will, ist, daß sie mit ihrer Flüchtigkeit, Festigkeit, Nervosität oder ihrem Mut einzigartig, unvorhergesehen und voller Widersprüche war. Sie schrie, wenn sie im Dunkeln auf der Treppe stolperte, aber sie reiste mit einer Schlangenfängerausrüstung, und sie zeigte mir Aufnahmen von den Ausflügen eines Clubs der Klapperschlangensammler, dem sie angehört hatte. Ich sah sie eine Diamant-Klapperschlange hinter dem Kopf halten und ihr mit einem Stück Gummi das Gift aus den Zähnen melken. Sie erzählte mir, wie sie ihr in eine Höhle nachgekrochen war. In Renlings Laden hatte ich Sportausrüstungen verkauft, aber die einzigen Jagden, die ich gesehen hatte, waren im Kino gewesen, abgesehen davon, daß ich meinen Bruder Simon im Hof mit seiner Pistole nach den Ratten schießen gesehen habe. Besonders erinnerte ich mich an eine große, mit einem höckrigen Rücken wie ein kleiner Eber, aber mit schrecklichen, schnellkralligen Füßen, die zum Zaun rannte. Aber ich war sogar dazu bereit, Jäger zu werden. Bevor wir Chicago verließen, fuhr Thea mit mir aufs Land, und ich übte mich, indem ich nach Krähen schoß.

Das war während der Tage, die wir noch etwas länger in Chicago blieben; sie wartete auf einen Brief von Smittys – ihres Mannes – Rechtsanwalt und nutzte die Zeit, indem sie mir in den Wäldern nach Wisconsin zu Schießstunden gab. Wenn wir nach Hause kamen und sie ihre Reithosen auszog und in ihrem Sporthemd mit nackten Beinen dasaß, mochte sie irgendeinen Modeschmuck aufnehmen, um den Haken festzumachen, und konnte so wie ein zehnjähriges Mädchen, hingerissen, den Nacken gebeugt und die Knie angezogen, mit irgendwie ungeschickten Fingern, dasitzen. Dann ritten wir auf dem Reitweg im Lincolnpark, und da war nichts Ungeschicktes an ihr. Ich wußte noch von den Tagen in Evanston her, wie man mit Pferden umgeht. Aber das war genau, was es war: eher Umgehen als Reiten. Ich versuchte so schnell, wie ich konnte, rot im Gesicht und hart auf den Sattel aufschlagend, mein Gewicht gegen das Tier gebrauchend, ihr Tempo zu halten. Ich brachte es fertig, oben zu bleiben, aber wie ich das tat, belustigte sie.

Ich war auch belustigt, wenn ich meinen Atem wiederfand und aus dem Sattel stieg, aber ich fragte mich, wie oft ich wohl noch versuchen müßte, mich an etwas Neues anzupassen. Zusammen mit den Aufnahmen vom Klapperschlangen-Klub sah ich andere; sie hatte einen Lederkasten voll davon. Einige waren aus jenem Sommer in St. Joe, als ich sie traf, von ihrem Onkel und ihrer Tante, ihrer Schwester Esther und Sportsfreunden, in weißen Hosen mit Tennisschlägern und Paddelbooten. Als sie mir Esthers Foto zeigte, berührte mich das weiter gar nicht, abgesehen vielleicht von ihrer Ähnlichkeit mit Thea. Da waren auch Bilder von ihren Eltern. Ihre Mutter hatte die Pueblos geliebt, und das war sie also, sie saß in einem Reisewagen mit Hut und Pelzen und besah sich die Klippen. Ganz besonders ein Bild erregte meine Aufmerksamkeit: ihr Vater in einer Rikscha. Er trug einen weißen Drillichanzug und einen Helm mit einem Nippel, weißlich waren auch seine Augen, unter dem Einfluß der Sonne, in deren Fleckigkeit die Räder wie in Tee aufgequollene Zitronenscheiben aussahen. Er sah über den rasierten Kopf des menschlichen Chinesenpferdes hinweg, das mit dicken großen Waden zwischen den Schäften der Rikscha stand.

Dann waren da noch mehr Jagdbilder. Einige von Thea mit verschiedenen Falken auf ihrem behandschuhten Arm. Mehrere von Smitty, ihrem Mann. In Reithosen. Beim Spielen. Sich mit einem Hund balgend. Oder wieder mit Thea in einem Nachtklub – sie lachte mit geschlossenen Augen in das Blitzlicht, und er bedeckte seinen kahlen Kopf mit schlanken Fingern, während ein Tingeltangler seine Arme über den Tisch hin ausbreitete. Viele dieser Dinge beunruhigten mich. Zum Beispiel, wie sie da im Nachtklub lachte; ihre Brust, Schultern und ihr Kinn sah ich mit einer Art glücklichen Wiedererkennens, aber diese Hände der Lächerlichkeit und das Quietschen des Scheinwerferlachens – nein, die waren fremd. Da war für mich kein Platz, dort, an diesem Tisch. Auch nicht bei ihrem Vater in der Rikscha. Auch nicht bei ihrer Mutter mit dem Pelz um den Hals im Reisewagen. Und dann beunruhigte mich das Jagen. Ich wußte nicht, wie ernst ich das nehmen sollte. Auf Krähen zu ballern, schön, das war O. K. Aber als sie mir ein Lederwams kaufte, damit ich mit dem Adler umgehen konnte, und ich es anzog, überkam mich ein ganz unheimliches Gefühl, als ob ich eine lebende Schachfigur im Spiel eines Dämonen wäre und würde hin- und hergaloppieren und brennende Steine aus der Luft auffangen müssen.

So war alles ziemlich unbestimmt. Nicht ob ich mit ihr gehen sollte, da gab es keine Entscheidung, da ich mußte, aber was zu erwarten stand, was ich mitmachen oder als meinen Anteil liefern müßte, und worauf wir überhaupt hinauswollten. Das jemandem vernünftig zu erklären, ging über meine Fähigkeiten. Ich versuchte es. Mimi, die das als Freund eigentlich am besten hätte mitfühlen können sollen, war gerade diejenige, mit der ich deswegen die meisten Kabbeleien hatte. Es gefiel ihr kein bißchen, und sie sagte: »Was willst du mir jetzt wieder weismachen?« und wollte nicht glauben, daß ich, wie ich sagte, verliebt war, und die Haut auf ihrer Stirn verdickte sich und verzog sich entlang den aufstrebenden Augenbrauen. Als ich ihr alles mehr im einzelnen auseinandersetzte, lachte sie mir ins Gesicht: »Hört, hört, *hört*! Du mußt in Arkansas einen Adler abholen? Einen Adler? Meinst du nicht vielleicht einen Bussard?« Aus Loyalität für Thea lachte ich nicht; Mimi konnte mich nicht hochnehmen, obwohl die Sonderbarkeit dieser Expedition mir selbst genug Sorgen machte. »Wo hast du dir bloß dieses Babe aufgelesen?«

»Mimi, ich liebe sie.«

Daraufhin sah sie mich noch einmal an, mehr aus der Nähe, und das zeigte ihr, daß ich es ernst meinte. Und Mimi hielt so viel von der Ernsthaftigkeit der Liebe, daß sie bezweifelte, daß es viele gab, die sich richtig darauf verstanden. Nüchterner sagte sie: »Paß auf, daß du nicht 'reinschlitterst. Und warum gibst du deine Stelle auf? Grammick sagte mir, daß du eine Zukunft als Gewerkschaftler hattest.«

»Ich will aber nicht mehr. Arthur kann sie haben.«

Als ob sie annahm, ich habe damit abfällig von Arthur gesprochen, sagte sie: »Sei nicht häßlich. Er muß diese Übersetzungen fertig machen und arbeitet sehr angestrengt, er ist mitten in einem Essay über den Dichter und den Tod.« Und sie fing an, mir zu erzählen, daß es den Dichtern erlaubt werden muß, Beerdigungen zu leiten. Arthur war in meinem Zimmer untergebracht, und er hatte die feuerbeschädigten Klassiker-Ausgaben von Dr. Elliot in der alten Kiste unter dem Bett entdeckt und fragte mich, ob er sie für mich aufbewahren dürfte. Da die Bücher »W. Einhorn« gestempelt waren, hätte ich kaum ablehnen können, sogar wenn ich gewollt hätte. Inzwischen kurierte er seinen Tripper aus, und Mimi wachte über sein Wohlergehen und konnte sich nur am Rande um irgend jemand anderen kümmern.

Mamma mein Fortgehen zu erklären, war einfach. Natürlich brauchte ich ihr nicht viel zu erzählen; nur, daß ich mit einer jungen Dame verlobt war, die nach Mexiko mußte, und daß ich mitging.

Obwohl Mamma nicht mehr in der Küche arbeitete, waren die Messerspuren in ihren Händen geblieben, und diese dunklen Linien würden wahrscheinlich immer da sein; auch ihr Teint war noch immer zart, aber ihre Augen wurden immer wolkiger, und ihre Unterlippe drückte immer weniger Verstand aus. Ich nehme an, daß es ihr ziemlich gleichgültig war, was ich sagte, solange sie der Ton nicht erschreckte. Das war es, worauf sie hörte. Und warum sollte es sie erschrecken, da ich so hoch zu Roß war und in Samt und Seide von schönster Farbe? Wenn, sagen wir, das wesentlich Bindende der Liebe Todesstricke wären, Wahnsinn letzten Endes, fühlte ich es wenigstens jetzt als Bindung der Freude, und wenn das eine Täuschung war, so würde sie doch nie echter und herrlicher sein. Aber ich verneinte, daß es eine Täuschung sei, es sei denn, daß etwas so Lebendiges nicht wahr sein kann. Nein, das würde ich nicht zugeben.

»Ist sie reich wie Simons Frau?«

Ich dachte, sie glaube vielleicht, Thea sei Lucy Magnus.

»Sie hat nichts mit Charlottes Familie zu tun, Ma.«

»Schön, dann laß sie dich nicht unglücklich machen, Augie«, sagte sie. Und was, glaube ich, dahintersteckte, war, daß, wenn Simon mir nicht bei meiner Wahl geholfen hatte, wenn ich also selbst gewählt hatte, glaubte mich meine Mutter sich ähnlich genug, um in ein schlimmes Schlamassel zu geraten. Ich erzählte ihr nichts vom Jagen; aber mir fiel ein, wie unvermeidlich es für den Sohn einer Hagar war, hin und wieder mal wilden Tieren nachhetzen zu müssen.

Ich erkundigte mich nach Simon. Das einzige, was ich in letzter Zeit von ihm gehört hatte, kam von Clem Tambow, der mir erzählte, daß er ihn bei einer Schlägerei mit einem Neger auf dem Drexel Boulevard gesehen hatte.

»Er hat sich einen neuen Cadillacwagen gekauft«, sagte Mamma, »und er ist gekommen, um eine Spazierfahrt mit mir zu machen. Oh, es ist wunderbar! Er wird noch sehr reich werden.«

Mir tat es nicht weh, von seinem Wohlstand zu hören, und selbst wenn er der Herzog von Burgund war; sollte er es doch sein und selig damit werden. Aber ich muß gestehen, daß ich den befriedigenden Gedanken nicht verkneifen konnte, daß auch Thea eine Erbin war. Ich möchte nicht so tun, als ob ich dazu in der Lage war.

Ich besuchte Padilla, ehe ich wegfuhr, und traf ihn vor dem Institut, in dem er arbeitete. Er trug einen blutbespritzten Laboratoriumskittel, obwohl er doch angestellt war, um Berechnungen zu machen, soviel ich wußte, keine Experimente. Er rauchte eine seiner stinkenden Zigaretten aus dunklem Tabak und debattierte in seiner schnellen Art mit einem Kerl, der einen großen Notizblock aufgeschlagen hatte, über zwei Kurven. Padilla war gar nicht so furchtbar erfreut, daß ich nach Mexiko wollte, und er warnte mich, in die Nähe seiner

Heimat Chihuahua zu kommen. Er sagte, daß er in Mexico City, wo er selbst nie gewesen war, einen Vetter hatte, dessen Adresse ich aufschrieb. »Ich kann nicht voraussagen, ob er dich berauben oder dir helfen wird, aber besuche ihn, wenn du jemand besuchen willst«, sagte er. »Vor fünfzehn Jahren, als er fortging, war er arm wie eine Kirchenmaus. Letztes Jahr, als ich meinen Doktor baute, schrieb er mir eine Postkarte. Was vielleicht bedeutet, daß er will, daß ich ihn herkommen lassen soll. Da kann er lange warten. Na ja, dann viel Spaß für die Reise, wenn sie dich lassen, und erzähl mir nicht hinterher, daß ich dich nicht gewarnt hätte, lieber zu Hause zu bleiben.« Plötzlich lächelte er im Sonnenschein und kräuselte seine kurze gebogene Nase und die Stirn, die sich nach hinten in sein schönes mexikanisches Haar bog. »Und viel Spaß mit den heißen Wildkatzen da unten.« Ich konnte ihn nicht einmal angrinsen, um freundlich zu sein, es war so ein unzeitgemäßer Rat für einen Verliebten.

Also niemand sagte mir das glückliche *bon voyage*, das ich gern gehört hätte. Jeder warnte mich auf irgendeine Art, und ich dachte sogar an Elinor Klein und was Jimmy von ihren Kalamitäten dort und wie sie angeschmiert worden war, erzählt hatte. Worauf ich mir hinwiederum selbst sagte, daß es bloß der Rio Grande war, den ich zu überschreiten hatte, und nicht der Acheron; aber trotzdem bedrückte es mich, ohne daß ich wußte woher. Wirklich, es war die Seltsamkeit des Zustands, in dem ich mich befand, und nicht sosehr die des Reiseziels, dessen ich mir bewußt war. Das ungeheuer Erstaunliche dieses Zustands war in dem Gedanken beschlossen, daß die Einheit Mensch vielleicht nicht aus eins, sondern aus zwei bestehen sollte. Nicht einmal die »Adlerfalknerei« quälte mich so sehr wie der Gedanke, daß das, was Thea geschah, notwendigerweise auch mir geschehen müßte. Das war beängstigend.

Natürlich war mir dies Problem damals nicht klar. Ich schob alles auf Mexiko und das Jagen. Und schließlich sagte ich zu Thea an einem Abend, als sie Gitarre spielte – einen rund gekrümmten Daumen auf der hinteren Saite; sie behandelte das Instrument leicht, und es klang aus der ihm eigenen Kraft – ich sagte: »Müssen wir nach Mexiko gehen?«

»Müssen wir?« sagte sie und brachte die Saiten mit der flachen Hand zum Schweigen.

»Du kannst dich auch in Reno und anderswo schnell scheiden lassen.«

»Aber warum sollen wir denn nicht nach Mexiko gehen? Ich bin verschiedene Male, viele Male dort gewesen. Was soll denn daran verkehrt sein?«

»Aber was findest du denn an andern Orten verkehrt?«

»Da ist ein Haus unten in Acatla, und wir gehen dahin, um ein paar von diesen Eidechsen und andere Tiere zu fangen. Außerdem habe ich mit Smittys Rechtsanwalt ausgemacht, mich dort scheiden zu lassen. Und dann gibt es noch einen anderen Grund, aus dem es für uns besser ist, dort zu sein.«

»Was für einen?«

»Nach der Scheidung werde ich nicht viel Geld haben.«

Ich schloß meine Augen und legte die Hand auf meine Stirn, als ob ich dem plötzlichen Erstaunen helfen wollte, durchzukommen. »Thea, entschuldige, wenn ich da nicht ganz mitkomme. Ich dachte, daß ihr, du und Esther, eine Menge Geld habt. Was ist denn mit dem Zeug im Eisschrank?«

»Augie, unsere Seite der Familie hat nie viel gehabt. Es ist mein Onkel, der Bruder meines Vaters, der reich ist, und Esther und ich sind die einzigen Verwandten, und wir hatten immer Zuwendungen und sind im Geld erzogen worden, aber aus uns sollte auch was werden. Esther tat das ja auch; sie heiratete einen reichen Mann.«

»Und du auch.«

»Aber das ist vorbei, und ich kann dir genausogut auch gleich erzählen, daß es da einen Skandal gab. Nichts, worüber du dir Gedanken machen solltest, es war nur Blödsinn, aber ich verließ eine Gesellschaft mit einem Marinekadetten. Er sah genauso wie du aus. Es spielte gar keine Rolle. Ich dachte die ganze Zeit an dich, aber du warst nicht da.«

»Ein Ersatz!«

»Na, die Griechin war nicht einmal nur das für dich.«

»Ich hab' auch nie gesagt, daß ich die ganze Zeit seit St. Joe damit zugebracht habe, an dich zu denken.«

»Auch nicht an Esther.«

»Nein.«

»Willst du dich mit mir streiten oder willst du zuhören? Ich versuche ja nur zu erklären, was damals geschah. Meine Tante war gerade auf Besuch – du erinnerst dich an die alte Dame –, und die Gesellschaft fand in unserem Hause, in Smittys Haus, statt. Und sie sah, wie der Junge und ich uns knutschten. Augie, du mußt dir wirklich nichts daraus machen. Ich war tausend Meilen weit weg, und ich war mir nicht klar, daß ich nach Chicago kommen und nach dir suchen würde. Aber ich konnte Smitty einfach nicht mehr ausstehen. Ich mußte jemand anders haben. Sogar wenn es bloß irgendein anderer Junge war wie dieser Junge von der Marine. Danach fuhr meine alte Tante nach Hause, und mein Onkel meldete ein Ferngespräch an und sagte mir, daß er mir eine letzte Bewährungsfrist gäbe. Und das ist noch ein guter Grund mehr, warum ich nach Mexiko muß, um Geld zu verdienen.«

»Mit dem Adler?« rief ich. Mich regte so verschiedenes auf. »Wie willst du denn mit einem Adler was verdienen? Selbst wenn er diese verdammten Eidechsen oder, was du sonst meinst, fängt. Du lieber Himmel!«

»Es geht nicht nur um Eidechsen. Wir werden auch Jagdfilme drehen. Ich muß aus den Dingen Kapital schlagen, die ich kann. Wir können auch Artikel über all das an die *National Geographic* verkaufen.«

»Woher weißt du denn, daß wir das können? Und wer wird sie schreiben?«

»Ach, wir werden das Material haben und irgend jemand finden, der uns hilft. Wo du auch hinkommst, es gibt dort immer jemanden, der das tut.«

»Aber, Liebes, du kannst dich doch darauf nicht verlassen. Wo denkst du denn hin! So leicht ist das nicht.«

»Das ist nicht so schrecklich schwer, ich glaube das nicht. Ich kenne überall eine Menge Leute, die ganz verrückt danach sind, mir einen Gefallen zu tun. Ich denke nicht, daß es so besonders leicht sein wird, den Vogel zu gewöhnen. Aber ich brenn' darauf, es zu versuchen. Außerdem können wir in Mexiko billiger leben.«

»Und was ist mit all dem Geld, was du jetzt ausgibst? In dieser Wohnung?«

»Smitty bezahlt alles, bis die Scheidung perfekt ist. Das macht dir doch nichts aus, oder?«

»Nein, aber du solltest vorsichtiger sein und nicht das Geld zum Fenster hinauswerfen.«

»Warum?« sagte sie und verstand wirklich nicht.

Nicht besser, als ich einige ihrer Methoden verstand, zu wirtschaften. Sie konnte dreißig Dollar für eine französische Nähschere in einem Silberwarengeschäft auf dem Michigan Boulevard bezahlen –

ein einziges großes Gebrodel von Aussteuersilber –, und diese Schere würde nie einen Faden schneiden oder einen Knopf abtrennen, sondern in dem Gewirr von Gegenständen in Taschen und Schachteln hinten im Kombiwagen verschwinden und vielleicht nie mehr zum Vorschein kommen. Aber sie konnte davon sprechen, in Mexiko sparsam zu leben.

»Dir macht es doch nichts aus, Smittys Geld auszugeben, nicht wahr?«

»Nein«, sagte ich, und wirklich bekümmerte mich das kaum. »Aber angenommen, ich würde nicht mit dir nach Mexiko gehen – wärst du dann allein gefahren? Mit dem Vogel und so?«

»Natürlich. Aber möchtest du nicht mitkommen?«

Aber sie wußte, daß ich genausowenig hätte hierbleiben können und sie gehen lassen, wie ich mir meine Augen hätte herausreißen können. Sogar wenn es afrikanische Geier, Kondore, der Vogel Rock oder Phönixe gewesen wären. Sie besaß die Initiative und riß mich mit sich fort; hätte ich einen anderen, selbständigen Einfall gehabt, hätte ich vielleicht versucht, die Führung zu übernehmen. Aber ich hatte keinen.

So fragte sie mich, ob ich nicht in Chicago bleiben wollte, und als sie an meinem Gesicht sah, wie sehr ich sie liebte, nahm sie die Frage zurück und schwieg; der einzige Laut war das Klingen der Gitarre, als sie hingelegt wurde.

Dann sagte sie: »Wenn dich der Vogel aufregt, kümmer dich nicht darum, bis du ihn siehst. Ich zeig' dir schon, was man tun muß. Nur denk nicht vorher daran. Aber denk daran, wie aufregend es vielleicht sein wird, wenn der Vogel gezähmt ist, und wie schön es ist.« Ich versuchte, mich an ihren Rat zu halten, aber trotzdem ließ mir meine angeborene West-Chicagoer Skepsis keine Ruhe, und ich fragte mich: Nee, was ist denn das? Und da wir nicht weit vom Zoo wohnten, ging ich hin, um mir mal den Adler anzusehen, der da in einem Käfig, der vierzig Fuß hoch und konisch wie der eines Salonpapageien war, auf einem Baumstamm saß. Ich betrachtete nachdenklich seine Rauch- und Sonnenfarben, etwas ins Grüne gehend, und seine Zweifüßlerhaltung und fedrigen Türken- oder Janitscharenpluderhosen – den heruntergeduckten Kopf, das mörderische Auge, das tiefe Leben seiner Federn. *Oh!* In dem europäischen Park mit den grünen Rasenflächen und schlingpflanzenbedeckten Gittern schien es nichts zu geben, was so ein Vogel wünschen könnte. Ich dachte: Wie kann denn den je einer zähmen? Und auch: Wir sollten besser machen, daß wir schnell nach Texarkana kommen und uns mit diesem Dings befassen, ehe es uns zu groß wird.

Der Brief von Smittys Rechtsanwalt war angekommen. An dem Tag, an dem wir ihn erhielten, beluden wir den Kombiwagen und verließen die Stadt in Richtung auf St. Louis. Da wir spät aufbrachen, kamen wir nicht ganz hin. Wir kampierten, schliefen unter einer Zeltplane auf der Erde. Ich rechnete mir aus, daß wir nicht mehr weit vom Mississippi waren, auf den ich gespannt war. Ich war schrecklich aufgeregt.

Wir lagen neben einem riesigen Baum. Solch ein jahrhundertealter Stamm hatte doch so kümmerliche Blättchen – es war schwer, sich vorzustellen, daß solch ein kolossales Ding nur durch diese kleinen Blätter lebt. Und bald unterschied man das Geräusch der von der Luft bewegten Blätter vom Geräusch der Insekten. Zuerst nah und laut, dann weiter und gebirgig. Und dann wurde dir klar, daß es, allenthalben, wo es dunkel war, dieses Geräusch von Insekten – kontinental und hemisphärisch, wieder und wieder, wie die Brandung, und stetig und dicht wie Sterne – gegeben hat.

15

In welcher Pracht und Herrlichkeit wir loszogen! Wir waren im siebten Himmel vor Freude. Wir hatten soviel Glück in der Liebe, wie wir uns nur wünschen konnten, und es ist durchaus möglich, daß die Fremdheit, die wir jeder im anderen fanden, es noch vollkommener machte. In einigen Dingen hätte mir nämlich Thea nicht fremder als Danaë oder Flora *La Belle Romaine*, die schöne Römerin, gewesen sein können. Und als was für eine verschroben befremdliche Pflanze aus dem barbarischen Chicago ich ihr vorkam, das ahnt Gott allein. Aber diese Verschiedenheiten, glaube ich, verminderten die Last persönlicher Empfindlichkeit und die Bürde an Ausgedientem, zu der auch immer Vertraulichkeit gehört.

An die Umstände unserer Abfahrt und an alles, was wir taten oder was wir sahen, was wir aßen, unter welchen Bäumen wir uns entkleideten und was für ein Protokoll zum Küssen gehörte – vom Gesicht hinunter zu den Beinen und dann den ganzen Weg wieder zurück, hinauf zu den Brüsten –, worüber wir uns einig und worüber wir uns uneinig waren, was uns für Tiere und was uns für Menschen über den Weg liefen: an alles das kann ich mich, wenn ich will, jederzeit zurückerinnern. Bei einigen Dingen verfüge ich über die Fähigkeit, sie zu sehen, ohne dabei viel von der ihnen vorangegangenen Geschichte erregt zu sein: beinah wie die Vögel oder die Hunde, die keine menschliche Einstellung zur Zeit haben, sondern immer – ob zu Füßen Karls des Großen oder auf einem Missouri-Prahm oder auf einem Chicagoer Schrottplatz – im gleichen Zeitalter leben. Und das ist die Art, wie mir oft die Bäume, Gewässer, Straßen und Gräser in ihrem Grün, Weiß oder Blau, mit ihrer Steilheit, mit ihren Flecken, Runzeln und Adern oder ihrem Geruch wieder so ins Gedächtnis zurückkommen mögen, daß ich mich mit Bestimmtheit bis ins kleinste – an eine Ameise in den Schrunden der Borke, an Fett in einem Stück Fleisch oder an einen bunten Faden auf einem Blusenkragen – zu erinnern vermag. Oder an derartige feine Unterschiede wie zum Beispiel die an einem blühenden Rosenbusch, wo du soviel Gluten brennen siehst, daß sich dir, vor lauter Anstrengung, dich mit ihnen in Einklang zu setzen, Brust und Eingeweide an verschiedenen Stellen zusammenziehen; wenn dich doch schon die Rose des Verderbens und des Unrechts bewegt, ihr ein Gefühl entgegenzubringen. Was auch bedeutet, daß sich das Feuer, das im Menschen zirkuliert und wärmt, wenn es sich an irgendeinem Hindernis oder einer Unterbrechung staut, mit regelrechten Glutschlacken oder Wunden nach innen oder außen frißt und eine Spur von Fieber oder Feuer hinterläßt, der Finsternis und ausgebrannte Lücken entsprechen.

So gibt es brennende Rosen, gibt es heikle Wunden und gibt es unterbrochene Kreisläufe. Man findet uns Menschen selten ohne diese Unterbrechungen und Störungen.

Thea und ich hatten unsere Probleme. Sie ließ mich im unklaren wie ich sie. Ich machte das, indem ich, aus langjähriger alter Gewohnheit, gleichgültig und ungebunden aussah; mir fiel es schwer, mich zu ändern. Und sie ihrerseits konnte mir keine Versprechungen machen. Sie wollte einfach nicht. Ich wußte, daß Smitty sich nicht hätte wegen eines einzigen Marinekadetten scheiden lassen. Ich nahm an, daß man in diesen hochgestellten gesellschaftlichen Kreisen einen Seitensprung hin und wieder nicht so ernst nahm. Als ich das Thema anschnitt, gab sie das zu. »Natürlich«, sagte sie, »hin und wieder. Wegen Smitty. Schön – auch wegen mir. Aber *wir* brauchen nicht daran zu denken. Weil mir so etwas wie du noch nie zugestoßen ist. Was kann ich schon von etwas wissen, das noch weit in der Zukunft liegt? Mir ist es noch nie so gegangen. Dir?«

»Nein.«

»Aber«, sagte sie, genau richtig, »du wirst ja eifersüchtig! Aber Augie, die anderen würden auf dich eifersüchtig sein. Und mit Grund. Das waren ja nur Zufälle. Weißt du, dies kann eins der allerunwichtigsten Dinge auf der Welt sein. Wenn es gut ist, warum soll man es da jemand nicht gönnen? Und wenn es schlecht ist, kann es dir nur leid tun. Und darfst du mir übelnehmen, wenn ich es versuchte? Und willst du nicht, daß ich dir die Wahrheit sage?«

»Oh! Ja, das will ich. Nein, ich bin mir nicht sicher. Vielleicht nicht.«

»Angenommen, ich hätte mich nicht umgesehen – was würde ich schon wissen? Und wenn ich *dir* nicht die Wahrheit sagen kann, und du mir nicht...«

Ja, ja, ich wußte, daß die Wahrheit irgendwo zu ihrem Recht kommen mußte, aber war sie hier am Platze?

Sie wollte alles sagen und wissen. Blaß wie sie war, wurde sie noch blasser, wenn sie dies Verlangen zu sagen und zu wissen überkam, und oft grenzte ihre Ernsthaftigkeit geradezu an Panik. Denn natürlich war auch sie eifersüchtig. Ja, sie war eifersüchtig. Manchmal tat es mir gut, das zu erkennen. Sie wollte der Wahrheit gegenüber hart sein, und wenn sie es war, zitterte sie und bekam Angst.

Manchmal dachte ich, daß sie sich überhaupt erst aus Eifersucht auf ihre Schwester für mich zu interessieren angefangen hatte. Das war kein beruhigender Gedanke. Aber es kommt ja tatsächlich sehr oft vor, daß man anfangs nach etwas aus den falschen Gründen verlangt; es gibt ein noch tieferes Verlangen, das einen von diesen falschen Gründen abbringt. Sonst gäbe es nie andere menschliche Beweggründe außer erbärmlichen und unreifen und nur die Vorspiegelung von besseren und reiferen. Aber die Weltgeschichte zeigt vielmehr, daß minderwertige Gründe nicht die einzig bestimmenden sind. Denn warum haben unglückliche Menschen daran festgehalten, an das Beste und nur an das Beste zu denken? Nimm zum Beispiel diesen armen Rousseau, nach dem Bild, das er selbst der Nachwelt hinterließ, stopplig und milchig im Gesicht, eine Hanfperücke auf dem Kopf, als ihn seine eigene Oper, die am Hofe für den Monarchen aufgeführt wird, zum Weinen bringt, wie ihn das Weinen der zutiefst gerührten Damen ermutigte und er sich einbildete, wie liebend gerne er die Tränen von ihren Wangen schlürfen würde – dieser ausgemachte Pferdearsch von einem Jean-Jacques, der sich mit keinem einzigen menschlichen Wesen vertragen konnte, verschwindet in den Wald von Montmorence, um über die *beste* Regierungsform und das *beste* Erziehungssystem nachzudenken und zu schreiben. Und genauso Marx, mit seinen hartnäckigen Furunkeln und seiner Armut und dem Tod seiner Kinder, der glaubte, der Engel der Geschichte würde vergeblich versuchen, gegen den Wind aus der Vergangenheit anzufliegen. Und ich kann noch viele andere aufzählen, nicht so groß, aber wie durchgedreht, verdorben oder pervers sie auch waren, wollten sie sich doch für große Ziele bewahren und glaubten an wenigstens einen Wert. Das ist das tiefere Verlangen unter den augenscheinlichen.

Oh, Eifersucht, sicher. Aber da gab es genug andere Schäden und Unzulänglichkeiten. Was ich manchmal nicht von mir dachte, so in feinen Hosen und Hirschleder, mit Stiefeln und Jagdmesser, während ich den Kombiwagen fuhr, als käme ich vom Hof in Greenwich und die Themse entlang, gerade von einem spanischen Raubzug zurück, mit blödsinnigen Blumen auf meinem Hut. So betrachtete ich mich selbst mit Befriedigung und roten Ohren; ich darf bitten, mich teilweise zu entschuldigen, daß mein Herz so schwoll, daß ich solch ein glücklicher Hanswurst war. Aber Thea konnte auch einzigartig sein, wenn sie sich aufplusterte oder prahlte oder gegen andere Frauen aufspielte; oder auf Komplimente aus war; oder mich zwang, ihr Haar oder ihre Haut zu bewundern, wozu ich nicht erst gezwungen werden mußte. Oder ich beobachtete, wie sie Toilettenpapier in ihren Büstenhalter stopfte. Toilettenpapier! Was für eine seltsame Vorstellung von sich – völlig unfähig zu erkennen, was sie hatte! Was wollte sie mit anderen Brüsten? Ich sah dann in ihre Bluse, wo sie mir vollkommen erschienen, und die Frage bestürzte mich erst recht.

Ich könnte noch mehr Schwierigkeiten aufzählen, wie Ängste, Aufregungen, Magenschmerzen, ängstliches Nasenbluten und Erbrechen, ständige Schwangerschaftsalarme. Auch bildetete sie sich gelegentlich was auf ihre Herkunft ein und gab mit ihrer Musikalität an. In Wirklichkeit hörte ich sie nur einmal Klavier spielen, an einem Nachmittag in einem Wirtshaus. Sie stieg auf das Orchesterpodium, und vielleicht war das Instrument durch das Hämmern der Jazzmusiker verstimmt; jedenfalls brachte es die Energie, die Thea auf die Tasten losließ, zum Krachen, Akkorde überschnitten sich, und wesentliche Teile fielen unter den Tisch. Sie hörte ganz plötzlich auf und kam schweigend zum Tisch zurück, Schweißtropfen auf der Nase. Sie sagte: »Heute hab' ich anscheinend keinen guten Tag.« Na, mir war es ja egal, ob sie spielen konnte oder nicht, aber ihr schien es wichtig zu sein.

Aber diese Schwächen, in ihr und in mir, hätten verbessert oder geändert werden können. Ich dachte, daß wir alles Unwesentliche einfach übergehen könnten. Wie Camping-Utensilien rollten wir alles zur Seite, was uns im Wege war; wir vergaßen, sie wegzuräumen – ich denke dabei an einen bestimmten Tag; da lagen einige Aluminiumtassen und Schnüre und Riemen gerade auf der Decke. Es war am Nachmittag, wir waren in den Ausläufern der Ozarkberge, weit von der Straße, im Wald in der Nähe einer Wiese. Oben, wo wir waren, war ein Gepurzel von kleinen Tannen und über ihnen größere Bäume und abfallendes Gelände darunter. Weil das Wasser, das wir hatten, so schlecht war, vermischten wir es mit Roggenwhisky, um den Geschmack zu verbessern. Es war heiß, und die Luft waberte, die Wolken waren weiß und schwer, reiche, gefährliche, schwellende Seide. Die Erde starrte und briet, der Weizen sah wie Glasweizen aus, die Kühe hatten ihre Beine im Wasser. Zuerst war es die Hitze und dann der Whisky, was uns die Hemden, dann die Hosen, schließlich alles ausziehen ließ. Es verwirrte mich, das Rosa ihrer Brüste zu sehen, so schwer und vorstehend, und trotz allem war ich doch zuerst noch etwas schüchtern vor ihnen. Als ich meinen Blechteller hinlegte und Thea zu küssen begann, beide knieten wir, strich ihre Hand über die Haare auf meinem Bauch, manchmal erstaunte es mich, wo sie überall einen zärtlichen Kuß hindrückte, und ich wußte nicht, von wo die Erregung des Glücks herkommen würde. Zuerst ließ sie mir nur die Wange ihres Gesichts, und als sie mir dann ihre Lippen gab, ließ sie meinen Mund eine Zeitlang nicht los, bis ihre Arme meinen Kopf einschlossen. Ich fühlte, als ich überdacht und bedeckt mit Hitze war, daß man mir überall und bis zum kleinsten Härchen entgegengekommen war. Sie schloß die Augen nicht. Aber sie hielt sie nicht deshalb auf, um mich oder irgend etwas zu sehen. Angefüllt und benommen, empfingen oder schauten diese Augen nur. Sehr bald gab auch ich nicht mehr acht, aber wußte, ich kam aus meinen Verstecken, Beschränkungen, Anstrengungen, Zwecken und Erfahrungen und wünschte nichts außer für sie und empfand das gleiche von ihr. Wir blieben eine Spanne Zeit, wie wir waren, lösten uns und lagen träger jeder für sich auf des anderen Arm, näherten uns wieder einander und küßten uns auf Hals und Brustbein, auf die Grenzen des Gesichts und auf das Haar.

Inzwischen blieben die Wolken, Vögel, die Kühe im Wasser und die anderen Dinge in ihrem Abstand, und es gab keine Veranlassung, sie zu hüten, sich verantwortlich für sie zu fühlen, sie im Kopf zu behalten, aber es genügte, unter ihnen zu sein, freigelassen auf der Grundlage, wie sie in ihrem Bach oder in der Luft. Ich meinte etwas in der Art, als ich bei Gelegenheit sagte, daß ich die Welt mit den Augen der Kreatur sehen könnte. Wenn ich dabei einen Chicagoer Schrottplatz ebenso wie Karls des Großen Reich anführte, hatte ich meine Gründe. Denn würde ich irgenwo in die Luft blicken, könnte ich die Bienen und Mücken des Staubes in der von Hochbahnpfeilern schwer durchteilten Hitze einer Straße – so einer wie die Lakestreet, wo die Schrottplätze mit Lumpen, Papier und alten Flaschen sind – wie eine furchtbar erdachte Kirche von Wahnsinnigen erinnern, dazu ihre endlosen Stationen, wo sich Anbetende mit ihren Karren mit

Lumpen und Knochen kriechend bewegen. Und manchmal überkam mich das graue Elend, daß ich selbst das Geschöpf solcher Orte war. Wie kommt es, daß menschliche Wesen sich dem Schwindel vorangegangener Geschichte unterwerfen, während einfache Kreaturen mit ursprünglichen Augen sehen?

Solche Nachmittage hatten wir nur selten, als wir anfingen, den Adler abzurichten. Liebe kann zwar die Berufung mythologischer Gestalten auf dem Olymp oder in Troja sein, wie Paris und Helena oder Palamons und Emilien, aber wir mußten schließlich damit anfangen, uns unser Brot selbst zu verdienen. Und das konnte auf keine andere als auf die von Thea gewählte Weise geschehen, einen Vogel nach einem anderen Tier auszuschicken. Und so endete der vergoldete und tändelnde Teil dieses Ausflugs in Texarkana.

Als ich den wilden Vogel in seinem Käfig sah, empfand ich Finsternis und dann ein Rieseln an meinen Beinen, als ob ich mich naß gemacht hätte; aber das war es nicht, es hatte nur etwas mit meinen Adern zu tun. Aber ich kam mir wirklich in allen Nervenfasern ganz benommen vor, als ich sah, mit was wir es zu tun haben würden, und mir wurde schwarz vor Augen. Der Vogel sah aus wie ein naher Verwandter von dem, der einmal täglich Prometheus anfiel. Ich hatte gehofft, es würde ein kleinerer Vogel sein, der, von klein auf von uns hochgepäppelt, etwas Anhänglichkeit lernen würde. Aber nein – zu meiner Verzweiflung – dieser hier war genauso groß wie der in Chicago, mit den gleichen Türken- oder Fallschirmjägerhosen bis hinunter zu seinen gnadenlosen Klauen.

Thea war schrecklich aufgeregt und eifrig. »Oh, er ist so schön. Aber wie alt ist er eigentlich? Das ist kein Adlerjunges mehr, er sieht ganz ausgewachsen aus und muß zwölf Pfund wiegen.«

»Dreißig«, sagte ich.

»O nein, Liebling.«

Selbstverständlich verstand sie mehr davon als ich.

»Aber aus dem Nest haben Sie ihn nicht geholt, nicht wahr?« fragte sie den Besitzer.

Dieser alte Knabe, der einen kleinen Zoo mit Berglöwen, Gürteltieren und auch einigen Klapperschlagen hielt, sah aus wie ein vorsintflutlicher Goldgräber oder eine Wüstenratte. Er hatte diese Art Augen, die dich auffordert zu glauben, daß die Flaschheit in ihnen nur ein Mißgriff der Natur oder die Folge ungünstigen Lichts sei. Aber ich hatte nicht umsonst in Einhorns Billardkneipe gedient oder Oma

Lauschs Erziehung mitbekommen und erkannte in ihm einen im Grunde seines Herzens falschen alten Hund und Schegez.

»Nö, nachgestiegen bin ich ihm nicht. Den hat jemand jebracht, als er noch ganz winzig war. Die Biester wachsen so verdammt schnell.«

»Mir kommt er älter vor. Ich würde sagen, daß er in der Blütezeit seines Lebens steht.«

Thea sagte: »Ich muß wissen, ob er je als wilder, ungezähmter Adler gelebt hat – ob er je wild gejagt hat.«

»Der ist, seit er ausgebrütet wurde, praktisch nie aus diesem Käfig herausgekommen. Wissen Sie, Fräulein, ich liefere Ihrem Onkel schon seit beinah zwanzig Jahren Tiere.« Er dachte, daß George H. Sowieso ihr Onkel war.

»Ach, natürlich nehmen wir ihn«, sagte Thea. »Er ist so herrlich. Sie können den Käfig öffnen.«

Ich stürzte nach vorn, weil ich für ihre Augen fürchtete. Die Falknerei mit diesen kleinen Wanderfalken auf den geruhsamen Wiesen im Osten in der Gesellschaft von Damen- und Herrenjägern war ja ganz in Ordnung; aber wir waren hier an der äußersten Grenze von Texas, in Reichweite der Wüsten und Berge, und Thea hatte vorher noch nie einen Adler berührt, wenn sie auch mit kleineren Vögeln Erfahrung hatte und Giftschlangen zu fangen verstand. Aber wenn sie mit Tieren zu tun hatte, war sie sehr ruhig, sie hatte überhaupt keine Angst vor ihnen. Sie zog den Lederhandschuh an und hielt ein Stück Fleisch in den Käfig. Der Adler schlug es ihr aus der Hand und nahm es dann. Sie versuchte es mit einem anderen Stück, und er stieg auf ihren Arm, mit diesem beinah unhörbaren Sausen seiner ausgebreiteten Flügel, das allein schon so erschreckend ist, dann die erhobene Schulter mit ihrem Vorwärtsdrang und dem Fächer der Schwingen, mit verstecktem Rost, und der Engel-des-Todes-Achselhöhle oder der tiefsten Furche unter dem Flügel. Mit seinen Klauen klammerte er sich an ihren Arm, während er das Fleisch zerriß. Aber als sie ihn herauszunehmen versuchte, griff er an und hackte mit seinem Schnabel nach ihr. Ich versuchte es als nächster, aber er erwischte mich oberhalb des Handschuhs und schlug Wunden in meinen Arm. Ich hatte das, wenn nicht noch Schlimmeres, erwartet, und irgendwie war ich froh, daß es so schnell dazu gekommen war und mich ihn darum ein bißchen weniger fürchten ließ. Für Thea, fasziniert, weißer denn je unter ihrer Mütze mit dem grünen Schirm, schnell, stark, den Kopf vor Verlangen, ihn zu bekommen und zu zähmen, hoch aufgereckt, war das Blut auf meinem Arm, gerade jetzt, nur eine Nebensächlichkeit wie das Knirschen des Kieses unter unseren Stiefeln. Bei ihren Unternehmen betrachtete sie Unfälle – Stürze von Pferden und Motorräden, Messerschnitte oder irgendwelche Jagdverletzungen – mit diesen Augen.

Schließlich hatten wir den Vogel hinten im Kombiwagen untergebracht. Thea war glücklich. Ich hatte damit zu tun, meinen Arm zu verbinden und die Schachteln auf dem Rücksitz umzuräumen, um mehr Platz für den Vogel zu schaffen, was mir half, meine düstere Stimmung zu verbergen. Während der alte Mann, als ihm Thea von ihren Plänen erzählte, sein Grinsen kaum unter seinem Bart verbergen konnte. Wie so viele Enthusiasten fiel Thea fast immer auf jeden herein, der vorgab, ihr ernsthaft zuzuhören. Da der alte Mann einen erstaunlichen Preis für seinen Adler bekommen hatte oder, wie es mir vorkam, endlich seinen groben Kunden losgeworden war, war er sehr erfreut und boshaft. So fuhren wir ab, mit dem Dings als Aufseher für den hinteren Teil des Wagens. Ich beobachtete, wie froh und zuversichtlich Thea war, und dachte an das Gewehr hinter dem Sitz.

Ich kann mich an eine Kusine von Oma Lausch erinnern, die den *Adler* von Lermontow auf russisch rezitierte, ich kriegte den Sinn nicht mit, aber der Vortrag war wunderbar und romantisch. Diese Kusine war dunkel, sie hatte schwarze Augen, ihre Kehle war leidenschaftlich, aber ihre Hände waren ziemlich kraftlos. Sie war viel jünger als Oma, und ihr Mann war Kürschner. Ich versuche nur zusammenzubringen, was ein in der Stadt aufgewachsener Mann überhaupt von Adlern weiß, und das ist komisch: der Adler auf dem Geld; die hochfliegenden Adler von Bombay, der NRA *-Adler mit seinen Waffen und dem Blitzbündel; der Vogel Jupiters und der Völker, sowohl der Republiken als auch Cäsars, der Legionen und Wahrsager; Oberst Julian, der »Schwarze Adler von Harlem«; auch die Raben des Noah und Elia, die ganz gut Adler gewesen sein könnten. Der einsame Adler. Präsident der Tiere. Und auch der Räuber und Aasfresser.

Na ja, wenn man uns nur Zeit dazu gibt, erleben wir schließlich alle mehr oder weniger die Legenden.

Mir hatte es so geschienen, als ob der Vogel in der Blüte seiner

* NRA: Verwaltung zur Behebung des nationalen Notstandes, unter Roosevelt.

Jahre sei, aber der alte Mann hatte ungefähr recht, obwohl er uns wahrscheinlich so um acht Monate herum belogen hatte. Die amerikanischen Adler sind im allgemeinen bis zu ihrer Reife schwärzlich; bevor sie ihre weißen Federn bekommen, müssen sie erst viele Male mausern. Unserer hatte seine noch nicht. Nicht den ganz und gar bösen Blick des Kopfes, wenn er weiß wird, und noch war er nur der Schwarze Prinz, nicht König. Aber immerhin war er kraftvoll schön, mit seinem nach vorne gedrehten Kopf und seinen bräunlichen und weißen Federn zwischen den dunkleren, mit seinen Augen, die fürchterliche Juwele waren und in ihren kleinen Linien nichts als Grausamkeit zeigten, und daß er hier zu seinem eigenen Nutzen war; er war vollkommen ein Manifest dieser Ansicht. Zuerst haßte ich ihn maßlos. Nachts mußten wir seinetwegen aufstehen, und das bedeutete eine Störung unserer Liebe. Wenn wir draußen schliefen und ich aufwachte und sie vermißte, fand ich sie bei ihm, oder sie rüttelte mich und schickte mich nachzusehen, ob alles in Ordnung sei – die Riemen um seine Beine, der Ring im Loch der Riemen und die Leine am Ring. Wenn wir ein Hotelzimmer hatten, teilte er es mit uns. Ich hörte seinen Tritt, er raschelte mit den Federn oder zischte, als ob Schnee rutscht. Er war von Anfang an ihre ausschließliche Beschäftigung und ihre *idée fixe*, beinahe ihr Kind, und er ließ sie außer Atem geraten. Sie drehte sich andauernd auf ihrem Sitz zu ihm um, während wir fuhren oder wenn wir aßen, und zu anderen Zeiten fragte ich mich, ob sie sich auch jetzt in Gedanken mit ihm beschäftige.

Natürlich mußte er untertan gemacht werden, damit wir nicht ein gewaltiges und wildes Tier im Rücken hatten und sich der Antagonismus zwischen dem Gefangenen und den Herren nicht ständig verstärkte. Und da ich mußte, kam ich mit ihm aus. Er verlangte nicht, daß ich ihn liebte, er sah die Sache von einer anderen Seite an. Fleisch war, was er verlangte, um mit ihm auszukommen. Thea verstand wirklich, ihn zu zähmen, und da sie davon was verstand, mußte sie natürlich viel mehr an ihn denken als ich. Bald begann er, auf die Faust zu kommen und sich sein Rindfleisch von unseren Händen zu holen. Man mußte sich daran gewöhnen. Unter den Handschuhen wurde dir die Haut von seinen Krallen zerschunden, und er richtete eine ganze Menge Schaden an. Ich mußte mich auch erst daran gewöhnen, wie sein Schnabel mit dem Fleisch umging, wenn er fraß. Aber später, als ich Geier auf Kadavern sah, lernte ich sein stolzeres Reißen als das eines vornehmeren Vogels schätzen.

So brausten wir durch Texas, und es war sehr heiß. Wir hielten mehrmals am Tage, um mit dem Vogel zu arbeiten. Als wir in die Nähe von Laredo kamen, wo Wüste war, war er so weit, daß er vom Dach des Kombiwagens Thea und mir auf die Faust kam. Und dieser ausgebreitete Schatten ließ einem mit seinem Geruch und seiner Kraft – den Ätnafedern und dem Öffnen des verschränkten Schnabels – das Herz stillstehen. Dann gab er oft, ohne die vorbereitende Bewegung, die man bei anderen Tieren sieht, einen geraden, schweren Exkrementstrahl von sich, ehe er wieder auf das Dach des Wagens zurückflog. Thea war ganz aus dem Häuschen über seine Fortschritte. Ich war es auch, ihretwegen, aus vielen Gründen, unter anderm auch aus Bewunderung, weil ich sah, wie sie mit dem Vogel vorankam. Federspiele, die jagen, müssen eine Kappe tragen; Thea hatte dieses Dings bereit, eine zipfelige Hülle mit Schnüren, die man anzog oder, ehe man den Vogel losließ, damit er sich emporschwingen und auf seine Beute warten konnte, löste. Aber bevor der Adler die Kappe annahm, mußte er vollkommen gewöhnt sein, und ich trug ihn ungefähr vierzig Stunden ohne Schlaf auf der Hand. Er wollte nicht einnicken, und Thea hielt mich wach. Das war in Nuevo Laredo, gerade hinter der Grenze. Wir mieteten uns in einem Hotel voller Fliegen ein und hatten ein braunes Zimmer mit einem riesigen groben Kaktus beinah im Fenster. Und dort ging ich zuerst herum, lag schließlich, in der Dunkelheit, mit dem Arm auf dem Tisch, von ihm überwältigt. Nach einigen Stunden wurde meine ganze Seite und meine Schulter bis zu den Knochen gefühllos. Die Fliegen stachen mich, weil ich nur eine Hand frei hatte und ich sie sowieso nicht aufstören wollte. Thea ließ von einem Gör Kaffee heraufbringen, den sie an der Tür entgegennahm. Ich konnte den Jungen starren sehen, als er versuchte, aus uns klug zu werden; denn er wußte, daß wir den Vogel hatten, und vielleicht sah er seine Silhouette oder sein wachendes Auge über meinem gequälten Arm.

Als wir vor dem Hotel vorfuhren und die hintere Tür des Kombiwagens aufmachten, war eine ganz erstaunliche Menge zusammengelaufen. In ein paar Minuten hatten sich mehr als fünfzig Männer und Kinder versammelt. Der Adler kam auf meine Hand, um sein Fleisch zu bekommen, und die Gören schrien: »*Ay! Mira, mira – el águila, el águila!*« Ich glaube, das muß ein komischer Anblick gewesen sein, weil ich ziemlich groß bin und diesen Hut, der einen noch größer wirken läßt, und Kordhosen trug, und außerdem offensichtlich im Kielwasser von Theas Schönheit und Wichtigkeit schwamm. Und dazu wird der Adler seit alters in Mexiko verehrt, nach der alten Religion und der großen Ritterkaste aus den Tagen der Metzeleien mit dem Obsidianschwert, die Díaz del Castillo sah. Wie ich schon sagte, schrien die Kinder, während er sich auf meiner Faust wiegte: »*El águila, el águlia!*« Und weil ich zum erstenmal Spanisch hörte, verstand ich ein anderes Wort, den römischen Namen Caligula. Ich dachte bei mir, wie gut das zu ihm paßte: Caligula!

»*El águila!*«

»*Si, Caligula*«, sagte ich. Dieser Name war die erste Befriedigung, die er mir verschaffte.

Jetzt hatte er meinen Arm mit Foltern auf den Tisch genagelt, mein Mund und meine Brust waren voll Stöhnen, das ich nicht ausstoßen konnte. Ich mußte ihn überallhin mitschleppen, auch auf die Toilette, und sitzend oder stehend, hatte ich seinen Blick auf mir und mußte versuchen, seine Ansicht zu erraten, und spürte seinen Willen. Wenn ich aufstand, fuhr er aus düsterer Versunkenheit auf, sein Hals begann zu wogen, seine Augen belebten sich, und sein Griff wurde fester. Ich will nicht versuchen, meine Angst zu vertuschen, als ich ihn zum erstenmal mit auf die Toilette nehmen mußte. Ich hielt ihn so weit von mir ab, wie mir meine Kräfte erlaubten, während er anfing, seine Flügel auszubreiten und die Stellung seiner dikken Läufe zu verändern. Oh, Beobachtung! Wir hatten uns gerade deswegen gestritten, so scheint es mir. Die Unterhaltung mit Thea über das Leben unter den Augen der anderen, von der ich berichtete. Wann richtete der Blick solch einen Schaden an und war den Augen so viel fürchterlicher Despotismus zu eigen? Aber ja, dem Kain wurde zwischen sie das Zeichen der Verdammung gesetzt, damit er sich nie seines Anblicks in den Augen anderer Menschen unbewußt werden konnte. Und die Polizei begleitet die Angeklagten und Verdächtigen aufs Klo, und Gefängniswärter sehen ihre Sträflinge durch Gitter und Gucklöcher, sooft sie wollen. Anführer und Tyrannen der Öffentlichkeit gestatten keine Erleichterung von der Befangenheit. Die Eitelkeit ist im Privaten die gleiche, und bei jeder Art Unterdrükkung bist du ein Untertan und darfst dich nicht vergessen; du wirst gesehen, du mußt wachsam sein. In den allerintimsten Handlungen deines Lebens ruht die Gegenwart und die Macht eines anderen auf dir; du dehnst sein Vorhandensein in deinen Gedanken aus, wo er Wohnung genommen hat. Der Tod erhält so die Erinnerung an große Männer mit Denkmälern aufrecht. So mußte ich Caligulas Blick ertragen. Ich ertrug ihn. Lange Zeit widersetzte er sich der Kappe. Mehrmals versuchten wir, sie ihm überzuziehen, und dabei riß er mir die Hand böse auf, und ich verfluchte ihn mit aller Kraft; aber ich trug ihn weiter. Gelegentlich löste mich Thea ab, aber er war für sie zu schwer, und so nach einer Stunde lockte ich ihn auf meinen unausgeruhten Arm zurück. Während der letzten benommenen Stunden hielt ich es drinnen nicht mehr aus und ging mit ihm auf die Straße, wo er vom Geschrei über ihn unruhig wurde. Wir erzwangen uns Einlaß in ein Kino und saßen in der letzten Reihe; hier wurde es durch die Geräusche von der Leinwand mit ihm noch schlimmer, und ich hatte Angst, daß er Krach schlagen würde. Ich brachte ihn ins Zimmer zurück und fütterte ihn mit Fleischstückchen, um ihn zu beruhigen. Dann, mitten in der Nacht, unter der infraroten Birne aus Theas Fotoausrüstung, versuchte ich es noch einmal mit der Kappe, und diesmal ließ er es sich endlich gefallen. Wir gaben ihm unter ihr weiter Fleisch, und er war ruhig. Bedeckte Augen machten ihn viel friedfertiger. Von da an setzte er sich entweder auf Theas oder auf meine Hand und ließ sich die Kappe überziehen, ohne nach uns zu hacken.

Als wir diesen Sieg errungen hatten und Caligula in seiner gezipfelten Kappe auf der Kommode saß, küßten wir uns und tanzten und tobten durchs Zimmer. Thea ging hinaus, um sich für die Nacht fertig zu machen, und ich schlief in den Kleidern ein und war zehn Stunden nicht zu sprechen. Sie zog mir die Stiefel aus und ließ mich liegen.

Am nächsten Nachmittag, heiß und hell, machten wir uns nach Monterrey auf. Bäume, Büsche, Steine waren so klar umrissen, wie sie nur das Glosen und die Schärfe dieser Hitze erscheinen lassen konnten. Der riesige Vogel schien das, als Thea ihn herausbrachte, mit einer Art erwachender Sinnlichkeit aufzunehmen. Ich war benommen vom langen Schlaf und von der Ausstrahlung der Hitze, die von der Straße und den Steinen in zitternden Wellen ausging. Auch die Pfoten und Polster, die Zungen und Kiefer der Kakteen und ihrer Stacheln, der kleisterähnliche Staub, die schuppig zerbröckelnden Mauern waren für Augen und Haut eine harte Prüfung. Aber als der Wagen höhere Lagen erkletterte und der Tag sich abkühlte, erwachten wir beide wieder zum Leben.

Wir übernachteten nicht in Monterrey, sondern machten nur ein paar Einkäufe – hauptsächlich rohes Fleisch für Caligula. Die Seltsamkeit dieses Abends in der fremden Stadt hätte mich halten können – er war so grün und die Gebäude so rot. Die Menschen auf dem flachen Platz neben dem Bahnhof und entlang seiner niedrigen Türen und Fenster waren so zahlreich. Aber Thea wollte weiterfahren, um der Hitze zu entgehen. Die abendliche Fahrt war nicht einfach, weil die Felder nicht eingezäunt waren und uns Vieh im Wege war; die Straße hatte keine Leuchtschilder und wand sich in blödsinnigen Kurven. Eine Zeitlang war es neblig, obwohl der Mond klar genug schien. Aus dieser Verschwommenheit tauchten die Tiere wie große Schatten auf, und manchmal überholten wir Reiter und ließen das Klappern von Hufeisen und das lockere Klirren und Knirschen des Zaumzeugs hinter uns zurück.

In einer Stadt weit hinter Valles hielten wir an, um dort den Rest der Nacht zu verbringen, und auch das nur, weil ich darauf bestand. Die Luft war scharf, die Sterne stechend, die Hähne machten Lärm, und das nie schlafende Element mexikanischer Städte kam, um zu sehen, wie wir den Adler herausnahmen. Die Leute beobachteten uns feierlich wie die Sonntagsprozession eines Heiligenbildes, und wie überall sagte auch hier einer erstaunt zum anderen: »*Es un águila!*« Ich wollte ihn im Wagen lassen, wo jetzt der Gestank seines Kots und sein Geflügelgeruch zum Schneiden waren, aber das ließ er sich nicht gefallen. Wurde er die ganze Nacht über allein gelassen, war er am nächsten Morgen bösartig, und Thea beschäftigte sich jetzt so mit seiner Karriere, daß nur wenige andere Überlegungen Vorrang erhielten. Weil Thea Geschichte machte. Ihre Leidenschaft muß von der gleichen Art gewesen sein, wie die dieser tapferen Söhne von Finanzleuten, die in den zwanziger Jahren Flugzeuge flogen und aufstiegen, um zwischen New Orleans und Buenos Aires über den Urwäldern, die manchmal sie und ihre Maschinen verschlangen, Rekorde zu brechen. Sie erinnerte mich dauernd daran, daß seit dem Mittelalter kaum jemand Adler »gewöhnt« hätte. Ich stimmte mit ihr überein, daß ihr Unternehmen großartig sei, und bewunderte sie grenzenlos; ich dankte Gott, daß ich als ihr Statist oder Assistent dabeisein durfte. Aber ich versuchte, ihr klarzumachen, daß der Adler im Zimmer mich in der Liebe behinderte; was unangenehm war; und auch, daß er am Ende ein Tier war, nicht ein Kind in der Wiege, dem man den Schnuller oder die Flasche geben mußte. Aber Thea zeigte für kein Argument Verständnis, sah nur ihre Absichten mit dem Vogel und bezweifelte nie, daß ich sie teilte. Sie dachte, daß ich mit ihr nur darüber verschiedener Meinung war, wie man ihn behandeln sollte. Das Leitmotiv der Macht über ihr, das gleiche, von dem praktisch jeder, den ich je auf irgendeine Weise gekannt hatte, befallen war, und das ich in einem gewissen Grade, obwohl an anderer Stelle, auch über mir hatte, trug und trieb sie vorwärts. Natürlich, wenn man einen Adler sozusagen am Schlafittchen hat, wie soll man da aufgeben? Wenn man mal angefangen hatte, mußte man es auch zu Ende führen. Aber erst die halbe Strecke eines steinigen Weges zurückgelegt zu haben, war nichts, was zählte. Nein, was sie antrieb, war ihr leidenschaftliches Verlangen, daß er diese riesigen Eidechsen fangen sollte. An der Tür der *posada* brannten zwei dreckige Klumpen aus Petroleumlicht, wie mit Schwarz durchzogene Granatäpfel. Die Steine der Straße waren glitschig, aber weder vom Tau noch vom Regen, und die Gerüche, die ich noch nicht auseinanderhalten konnte, stiegen schwadig vermischt auf – Gerüche von Stroh, Lehm, Holzkohlen und Ocoteholzrauch, Kochdunst, Steinen, Scheiße und Maismehl, gekochtem Huhn, Pfeffer, Hunden, Schweinen, Eseln. Nichts war vertraut, alles war fremd: In dem von Ställen umgebenen Hof, der uns mit einem Stöhnen, dem des Entsetzens am ähnlichsten, begrüßte, als Caligula in seiner Kappe vorbeigetragen wurde; und im Schlafzimmer, wo die duftende Luft der waldigen Berge über die weißen Wände und den Gestank des Herdenlebens strich, wie der lange Impuls von irgendwo weit im Ozean die verfaulten Orangen und anderen Abfall am Kai schaukelte; und die Indianerin, die das Fußende des weißen Eisenbetts herunterließ, das eine Phantasieform hatte: ein weißer Spinnenaffe.

Es war keine lange Nachtruhe, weil frühmorgens der Lärm von Wäscherinnen, die an ihrer Bütte die Wäsche ausklopften, vom Maisstoßen, von aufwachenden Tieren, besonders Mauleseln, notwendigerweise durchdringend wurde; und die Kirchenglocken schepperten. Aber Thea war glücklich, als sie aufwachte, und sie machte sich sofort daran, Caligula einen Beruhigungsschnuller in Gestalt seines Frühstücksfleischs zu geben, während ich mich auf eine Wanderung durch die feuchten Räume machte, um Brot und Kaffee aufzutreiben.

Des Vogels wegen kamen wir nur langsam vorwärts. Thea wollte ihm beibringen, hinter einem Köder herzufliegen, der aus einem Hufeisen, an das Flügel und Köpfe von Hühnern oder Truthähnen gebunden waren, bestand und der an einem Lederriemen hing. Wurde der Köder geworfen, stürzte Caligula sich zur Übung vorwärts und brauste ihm nach. Einige seiner Probleme ähnelten denen eines Luftlinienpiloten, er mußte Entfernungen und Luftströmungen abschätzen. Bei ihm handelte es sich nicht um den einfachen Mechanismus irgendeines kleinen Vogels, der aufsteigt und landet, wie es ihm gerade einfällt, sondern um das Resultat eingehender Überlegung. War er hoch genug, konnte er so leicht wie eine Biene erscheinen, und später sah ich ihn in solchen Höhen, daß es aussah, als ob er stürze oder Saltos mache wie eine gewöhnliche Taube – er versuchte wohl, den verschiedenen kalten und warmen Luftlöchern auszuweichen. Jedenfalls war es herrlich, wie er hochschwebte und dann dort oben zu sitzen schien, wirklich wie über den Feuern der Atmosphäre, als ob er von dort oben regiere. Wenn er auch aus Raubgier handelte und alles an ihm auf einen Mord abzielte, hatte er doch einen Charakter, der empfand, was für ein Triumph darin lag, sich seinen Weg in die höchsten Luftschichten zu erkämpfen, zu denen Fleisch und Knochen sich erheben können.

Je tiefer wir nach Süden kamen, desto niedriger wirkte der Himmel, bis mir, im Tal von Mexiko, schien, daß er ein für das Leben zu starkes Element zurückhielt, und daß dieses flammige, blaue Leuchten die Bedrohung abwendete, und daß es manchmal, wie eine Hülle oder eine seidene Membrane, zeigte, was es für ein Gewicht enthielt. Wenn Caligula später so hoch über den alten Kratern der Ebene flog und wie ein Satan über kohligen Blasen der Unterwelt, überall gefährlich rot von der Sonne, und den Schneehauben auf den Spitzen der Kegel schwebte – nun, dann über einem Ort, wo die alten Priester, bevor die Spanier kamen, darauf gewartet hatten, daß Aldebaran ihnen in der Mitte des Himmels erschiene, um ihnen zu sagen, ob das Leben sich noch durch eine weitere Periode fortsetzen würde, und dann – wenn sie ihr astronomisches Zeichen erhalten hatten – ihr neues Feuer in der Kraterspalte entfachten und die Brust eines Menschenopfers leerten. Hier auch ungefähr sprangen Anbeter, als Götter verkleidet, und Götter in der Verkleidung von Vögeln – die *voladores* oder Flieger – von auf hohen Mastspitzen befestigten Radscheiben und segelten, während sich die Seile abspulten, als gefiederte Schlangen und auch Adler durch die Luft. Es gibt noch heute solche Sturzflieger auf manchen Marktplätzen, wie es anscheinend Überreste oder Übernahmen oder Gegenwerte aller alten Dinge gibt. Statt der Gestelle oder Pyramiden aus Schädeln, noch behaart und Fleischstückchen herunterregnend, liegen die Kadaver von Hunden, Ratten, Pferden und Eseln am Wege, und die aus den gemieteten Gräbern ausgegrabenen menschlichen Gebeine werden auf einen Haufen geworfen, wenn der Mietvertrag abgelaufen ist; und dann gibt es diese Särge, die wie ein grober Witz auf die weibliche Figur aussehen und schwarz, weiß, grau und in allen Größen, mit ihren schweren mit Sapoliosilber bemalten Todesfransen auf dem Schwarz, in offenen Läden verkauft werden, Bettler mit Hundestimmen setzten in altertümlichem Kirchenspanisch die letzte Hinfälligkeit auf den Kirchenstufen in Szene und zeigen ihre Stümpfe, die wie alte Dreschflegel aussehen, und ihre Geschwüre vor. Die Lastenträger mit den langen Seilen, Hanfseilen, die sie um ihre Stirn legen, um die Bürde auf ihrem Rücken zu halten, liegen zur Siesta im Unrat und erweisen sich selbst die gleiche zur Schau gestellte Nachlässigkeit, die die Toten erfahren. Was alles mit Nachdruck zeigen soll, wie bereitwillig der Tod überall in der Schönheit des Ortes empfangen wird und wie anerkannt wird, daß mit jedermann – auch mit dem Stolzesten – übel verfahren werden kann, wie er gezwackt, geschlagen, abgeworfen wird; denn der Tod wirft den Menschen noch Schlimmeres ins Gesicht und läßt es schrecklich und ungereimt erscheinen, daß jemand, an den nie Hand gelegt worden ist, herunter- und draufgeschmissen wird.

Als Caligula unter diesem Himmel schwebte, fragte ich mich manchmal, welche Verbindung zwischen ihm und diesem Element der beinah zu großen Stärke bestand, das hinter den alten Schnauzen der Krater eingedämmt war.

Aber noch schwebte er nicht. Noch flog er schwerfällig hinter dem Köder und seinen schleimigen, durch die Sonne verdorbenen Eingeweiden her. Immer wieder wurde der Köder ausgeworfen, hangabwärts; denn das war die einzige Möglichkeit, den Adler in Bewegung zu bringen. Wenn Thea sich in der Entfernung verrechnete, fiel ich seinetwegen fast hin, weil wir mit einem Strick, der unter meinen Armen hindurchlief, aneinandergefesselt waren. Sie lief, um zu sehen, wie er das Huhn verschlang, und signalisierte mir, wenn ich an der Leine ziehen sollte. So lernte er allmählich, vom Köder auf die Faust zurückzukommen. Ganz gleich, wie unzugänglich der Berghang, an dem wir übten, war, lief bald ein Publikum von Hirten und Bauern in ihren schlafanzugweißen Trachten und mit aus Gummireifen herausgeschnittenen Stücken besohlten Sandalen zusammen, kleine Gören und die Bergbewohner mit der faltigen Ungerührtheit, die zeigte, wie ernst sie das aufnahmen.

Was Thea betraf, so sah sie manchmal viel barbarischer als die anderen aus, trotz ihres zivilisierten Lippenstifts und des konventionellen Schnitts der Reithosen, die sie trug. Ihr Arm wurde dem Adler entgegengestreckt, wenn er sich herabließ und mit Flügeln und Läufen bremste; auf seiner Brust zeichnete sich die aufgewühlte Luft ab. Ihre Mütze flatterte. Ich war sehr stolz auf sie. Ich dachte, das wäre die allerherrlichste menschliche Handlung, die ich je erleben würde. Es umschlang meine Seele wie feines Seidenband. Sie rief mir auch zu, wenn ich mich vorstemmte, um den Adler aufzufangen, und bewunderte, wie ritterlich das aussah. Ich war natürlich auch erfreut, obwohl mich die Herrlichkeit nicht um den Verstand brachte.

Nach zehn Tagen erreichten wir Mexico City. Thea mußte sich mit dem Vertreter von Smittys Rechtsanwalt treffen, und darum blieben wir eine Zeitlang. Was gar nicht ihren Wünschen entsprach, weil sie am liebsten sofort nach Acatla weitergefahren wäre. In einem Hotel, das sich *La Regina* nannte, mieteten wir uns sehr billig ein, für nur drei Pesos pro Tag. Der Adler schien ihnen nichts auszumachen, und das Haus war ruhig und sah bescheiden aus, war ungewöhnlich sauber, mit einem Glasdach in der Mitte und Galerien, auf die man von den Zimmern, Bädern oder Toiletten heraustrat. Die Halle war auch sehr schön und leer. Von oben sah sie wie ein Diagramm aus. Die Stühle und Schreibtische waren geometrisch ausgerichtet, aber es gab niemanden, der sie benutzte. Und bald fanden wir heraus, daß die Königin, nach der das Hotel seinen Namen führte, die sprichwörtlich ausschweifende Königin des alten Zypern war. Die Schränke waren voller Bidet-Pfannen und die Betten waren, was störend war, sorgfältig mit Gummi unter den Laken zurechtgemacht. Tagsüber waren wir mit den Zimmermädchen, die wir belustigten, allein im Hotel. Ihnen kam es spaßig vor, daß wir in einer Absteige lebten, und sie bedienten uns von vorn und von hinten, wuschen Wäsche und bügelten Hosen, brachten Kaffee und Früchte, weil wir die einzigen Gäste waren. Theas Spanisch fanden sie unterhaltend – ich hatte erst ein paar Worte aufgelesen –, genau wie auch Theas Wünsche, daß sie die Mädchen rief, wenn wir im Bett lagen, und Mangos für uns und Fleisch für den Adler bestellte. Ermuntert zu tun, was wir wollten, legten wir uns nur ein Handtuch um, wenn wir zum Duschen gingen, und wenn ich den Adler los sein wollte, nahm es mir niemand übel, wenn wir in eins der anderen Zimmer gingen. Nur nachts hatte das *Regina* Nachteile; obwohl die Klientel wahrscheinlich ehrbare Bürger waren, hatten sie überhaupt keine Vorstellung von Ruhe, und nur sehr wenige Türen hatten Glas im Rahmen. Aber meistens waren wir ja sowieso die halbe Nacht weg, um uns die Stadt anzusehen, und schliefen tagsüber viel. Ich ruhte meinen Arm aus, auf dem jetzt die Wunden verheilten. Thea schleppte mich in die Paläste und Nachtklubs, Zoos und Kirchen. Die Reiterinnen in Chapultepec, diese Patrizierinnen mit steifen Hüten und unendlich weiten Röcken und bequemen kleinen schwarzen Lederschuhen, die im Damensattel ritten, beeindruckten mich sehr. Ich dachte, daß die Welt wirklich viel größer war, als ich mir je vorzustellen gewagt hatte. Ich sagte zu Thea: »Ich weiß wirklich nicht viel, allmählich komme ich dahinter.«

Sie lachte und antwortete: »Du kannst gern alles erfahren, worüber ich Auskunft geben kann. Aber wieviel mußt du eigentlich wissen?«

»Nein, es gibt wirklich eine Menge«, sagte ich, denn ich war erstaunt und bewegt, es war so herrlich. Ich wollte noch dableiben, aber da war unsere Arbeit mit dem Vogel, und Thea mochte die Stadt nicht sehr gern.

Ich bezweifelte nie die Richtigkeit ihrer Entscheidungen, was Caligula betraf – da stimmte ich zu und hatte jetzt Vertrauen, das sich darauf gründete, daß sie bewiesen hatte, mit ihm umgehen zu können. Ein Geschöpf wie er hätte mich in Stücke gerissen, hätte ich es allein mit ihm versucht, mal angenommen, ich hätte den Mut dazu gehabt. Nein, soweit es den Adler anging, tat ich, was sie anordnete, weil ich ja das Unternehmen unterstützte. Als ich mehr darüber wußte, zitterte ich, wenn ich an die Vorsichtsmaßregeln dachte, die wir außer acht ließen. Wir hätten Drahtmasken tragen sollen, besonders als wir ihm beibrachten, statt des Köders Fleisch aus der Hand anzunehmen, da kahle Adler am gefährlichsten sind, wenn sie ihre Beute unter sich haben. Er hätte nach ihren Augen hacken können. Aber das geschah nicht, und schließlich erreichte sie, daß er auf unseren Zuruf hörte und sich gleich nach seinem Aufstieg das Fleisch aus der Hand holte. Wir sprachen mit ihm und behandelten ihn sehr zärtlich. Er liebte es, mit einer Feder gestreichelt zu werden. Er wurde recht zahm, aber trotzdem schlug mein Herz jedesmal schneller, wenn wir ihm die Kappe aufsetzten oder sie abzogen. Im *Regina* wurden die verängstigten Zimmermädchen hereingerufen, um dabeizusein, wenn wir mit ihm arbeiteten. Thea stellte sie auf und sagte: »*Hablen, hablen ustedes!*« Sie mußten schwatzen. Die Sache war die: Caligula sollte an die Nähe von Menschen und an Geräusche gewöhnt werden. Also standen die Indianerinnen in ihren Kitteln, ängstlich, aber doch wieder belustigt, in einer Reihe und sahen zu, wie Thea den Adler auf ihrer Hand von der Kommode nahm. Was ich mir eingebildet hatte, als ich den Adler zum erstenmal sah, passierte einer dieser jungen Pülzels tatsächlich; sie machte die Hosen naß, als die Kappe von diesem gnadenlosen Kopf und gewaffneten Schnabel mit den Atemlöchern abgezogen wurde. Aber die Anwesenheit dieser Frauen schien auf Caligula zu wirken, er fraß, und dann schien er für einen Augenblick seinen Kopf an Thea anzulehnen und sich wie ein Kater zu benehmen, der um die Beine einer Frau streichen und sich reiben und sich an sie klammern möchte.

»Oh, sieh ihn doch nur an!« rief Thea. »Augie, schau doch, was er tut, er möchte gestreichelt werden.«

Dann wurde sie ungeduldig, weil wir noch in der Stadt warten mußten. »Jetzt müßten wir weitermachen. Wir sollten mit ihm auf dem Land sein.«

»Dann fahren wir doch einfach ab.«

»Nein, das geht nicht. Ich muß den Rechtsanwalt treffen. Aber mich macht dieser Zeitverlust wild. Jetzt, jetzt könnten wir endlich zum Ziel kommen. Wir könnten ihn auf seine Beute abrichten.«

Damit meinte sie seine erste Bekanntschaft mit Eidechsen. Nicht die riesige Sorte mit dem hohen Kamm, von denen sie mir Bilder gezeigt hatte, das Wild, das wir erlegen wollten, sondern kleinere Eidechsen. Und außerdem mußte Caligula an ein Pferd oder ein Maultier gewöhnt werden; diese riesigen Eidechsen lebten auf beinah unzugänglichen Bergen, weitab von der Straße, und wir konnten doch Caligula nicht den ganzen weiten, mühseligen Weg schleppen.

Ich dachte, daß Thea ihre Scheidung nicht zu sehr übereilen sollte. Vielleicht sprang für sie nicht genug dabei heraus. Ich wollte nicht nach Einzelheiten fragen, und ich dachte mir, daß sie wahrscheinlich lange genug Erbin gewesen war, um selbst damit fertig zu werden. Was konnte ich ihr dazu raten? Außerdem war ich gar nicht scharf darauf, genau zu erfahren, was zwischen ihr und Smitty vorgefallen war, und hätte ich sie danach gefragt, hätte sie es mir erzählt. So vermied ich das Thema, und wir gebrauchten unsere Freizeit, um Farbfotos von Caligula auf meinem Arm vor der Kathedrale zu knipsen, bis uns berittene Polizisten, die aus einer Sakristeitür herauszugaloppieren schienen, von der Plaza vertrieben. Mit mir gingen sie grob um. Ich verstand, daß sie sagten, der Vogel sei gefährlich, und sie schrien, sie wollten meine Papiere sehen. Zu Thea waren sie höflicher, aber trotz ihres Casanovalächelns mußten wir verschwinden. Thea hatte noch immer vor, illustrierte Artikel über Caligula an die *National Geographic* oder *Harper's* zu verkaufen. Sie kannte einen Schriftsteller in Acatla, der uns helfen würde; und sie machte sich Notizen in einem kleinen roten Buch, das eine sehr vornehme Angelegenheit aus rotem Leder mit einem dazugehörigen Goldbleistift war. Sie holte es zu jeder erdenklichen Zeit heraus, legte es auf die Knie und schrieb mit gesenktem Kopf nur einige Wörter pro Seite, und während sie innehielt, um zu denken oder sich zu erinnern, bewegte sie ihre Hand wie jemand, der im Begriff ist, eine Zeichnung zu schraffieren. Ich beschäftigte mich so viel mit ihr, daß ich sogar bemerkte, daß die Falten an ihren Fingergliedern den meinen ziemlich ähnlich waren.

»Liebling, was war das für eine Stadt in Texas, wo er hinter einem Kaninchen her wollte?«

»In der Nähe von Uvalde, nicht wahr?«

»Liebling, nein. Das ist doch nicht möglich.«

Sie berührte meine Hüfte mit der Hand. Hier, in der Stadt, hatte sie lackierte Fingernägel. Sie glänzten. Und sie hatte ein Samtkleid angezogen, dieses weiche, rote, das schwer war. Die Knöpfe hatten die Form von Muscheln. Wir saßen auf einem schmiedeeisernen Stuhl unter einem Baum. Als ich die klare Haut ihrer Brust ansah, fühlte ich ihre Hitze ebenso wirklich, wie ich die Hitze ihrer Hand durch den dünnen Stoff meiner Hosen fühlte. Ich nahm an, daß wir, nachdem ihre Scheidung perfekt war, heiraten würden.

16

Seltsam ist's,
Daß uns Natur das zu beweinen zwingt,
Was wir erstrebt mit allem Eifer.
(Antonius und Cleopatra)

Theas Haus fanden wir bereit. Falls es ihr Haus war. Vielleicht gehörte es Smitty. Ich dachte, daß ich das noch immer rechtzeitig erfahren würde. Damit hatte es keine Eile.

Die Türme und Dächer der Stadt erschienen und versteckten sich dann immer wieder zwischen Knäuel von Bergen und hinter viele tausend Meter hohe Schroffen, ehe der sich abwärts windende Weg zu einer Straße wurde und wir auf dem Platz vor der Kathedrale oder dem *zócalo* ankamen. Wir parkten da und mußten zu Fuß gehen, weil der Weg zur Villa zu eng war. Schon unter ganz gewöhnlichen Umständen wären wir von einer Gruppe von Gören, Bettlern, Faulenzern, Hotel-Schleppern und so weiter begrüßt worden, aber der Adler auf meiner Faust lockte eine Menschenmenge aus den Läden und Bars und aus dem von Arkaden überdachten Markt gerade unter der Kathedrale. Eine Menge Leute erkannten Thea und fingen an, zu schreien und zu johlen. Sie pfiffen und winkten mit den Sombreros, und inmitten dieser lärmenden Eskorte, die eine Staubwolke um uns aufwirbelte, stiegen wir, einige hundert Meter über den *zócalo*, auf den spitzigen Steinterrassen zum Tor der Villa hinauf. »Casa Descuitada« las ich auf einer blauen Kachel unter den Ästen der Granatapfelbäume – Haus Sorgenfrei. Wir traten ein, und die Köchin und der Hausboy, Mutter und Sohn, begrüßten uns. Sie standen ziemlich weit voneinander entfernt, beide mit nackten Füßen, auf dem roten Stein der Veranda, sie an der Küchen- und er an der Schlafzimmertür. In ihrem Umschlagetuch trug sie ein Baby, und beim Anblick des Vogels, sogar bei übergestreifter Kappe, zog sie sich in die Küche zurück. Wir trugen den Vogel fort. Die Toilette wurde zu seinem Mauserkäfig; er hockte auf dem Wasserkasten oder der Zisterne, wo ihm das tropfende Geräusch Spaß zu machen schien.

Jacinto, der Junge, wich uns nicht von der Seite, um zu sehen, wie wir mit dem Adler umgingen. Er fand das alles sehr aufregend.

Manchmal dachte ich, wenn Geldverdienen der Sinn dieses blödsinnigen Unternehmens war, so sollte ich mich mit der Geldfrage und damit, wie man ein gutes Geschäft macht, befassen; dann würde ich Caligula freilassen oder ihn verschenken. Aber ich wußte, daß Geldverdienen nicht Theas Beweggrund war. Ich übersah auch nicht den Adel ihres Unterfangens, seine Altertümlichkeit, den Ehrgeiz, mit dem es zu tun hatte, oder die Aussicht auf Spiel oder Gefahr; ich war mir sogar einer Beziehung zu den allerfrühesten Zeiten des großen Abenteuers der Tierbändigung bewußt. Ja, trotz meiner ganzen Opposition und meinem Entsetzen vor dem Vogel, während ich ihm einen Mühlstein um den Hals wünschte oder betete, daß ihn der Schlag treffen möge, erkannte ich doch die andere Seite der Geschichte, und was es für sie bedeutete, daß sie voll strahlender Energie war. Aber ich dachte: was war denn dann mit den Freuden der Liebe faul, und mußte dazu erst ein Adler kommen? Wenn ich also Moneten hätte, könnte wenigstens dieser Vorwand des Geldverdienens nicht mehr aufrechterhalten werden. Aber dann begriff ich als nächstes, wie schrecklich leichtfertig es ist, an Geld zu denken, ohne was dafür zu tun. Wenn die Eidechsenjagd auch vielleicht unvernünftig war, so besaß Thea doch wenigstens den Adler und hatte einen Anfang gemacht, während meine Überlegungen über Geld nur ein Flattern der Phantasie waren. Was machte ich hier mitten in Mexiko mit einem Hut auf, wie für eine Schlacht, und Reithosen an? Wollte ich das Problem wirklich ernst nehmen? Kurz, ich erkannte von neuem, was für ein weites Gebiet schon Geld an sich ist. Einerseits war da diese unendliche Menschheit, die hackte, grub, trug, aufhob oder hielt, die diente und jeden Tag zu ihrer Beschäftigung zurückkehrte, und die ehrlich war oder spaßte oder weinte oder heuchelte oder hypnotisch war; und andererseits das Geld, das, wenn es auch nicht das ganze Geheimnis ausmachte, jedenfalls doch dem Geheimnis als Verwandter des Geheimnisses oder als sein Teilhaber oder Vertreter vor den Menschen nahestand. Hier kamen wir an – und das Mittagessen wurde uns serviert – Suppe, Huhn mit schwarzer Molésoße, Tomaten und Avocados, Kaffee und Guavagelee. Und diese seltsamen, im Munde brennenden, delikaten Dinge waren es, die mich zu dieser Frage des Dollars führten, während ich aß.

Das Haus war hübsch und geräumig, tiefer, als es von außen erschien, weil man vom Garten zu den Zimmern hinunterstieg. Die Wände waren rötlich, und die Böden mit Fliesen von einem dunkleren Rot oder in Grün ausgelegt. Es gab zwei Patios, einer mit einer Fontäne und faßförmigen Rindslederstühlen; der andere war bei der Küche, eine Art Stallhof, und hier setzten wir Caligulas Ausbildung fort. Er flog zu uns von den Ziegeln des Schuppens herab, in dem Jacinto schlief.

Von der Veranda, auf der wir aßen, hatten wir die Stadt und die Felsen vor uns. Beinah unmittelbar unter uns war der *zócalo*, das wacklige Orchesterpodium mit seinen Ranken und ungeheuren Bäumen ringsum. Die Kathedrale hatte zwei Türme und einen bläulichen Kuppelbauch, fein überkrustet und wie in einem überhitzten Ofen gebrannt und stellenweise mit dem versehrten Spektrum, das man manchmal in einem zersplitterten Ziegelstein findet. Sie war ungleichmäßig auf die Steine des Platzes aufgesetzt und gab dir manchmal mitten in der Bewunderung ein schweres, bedrückendes, übles Gefühl, so sehr verkörperte sie alles, was in der Umgebung war. Die Glocken klammerten sich, grün und stumpf, wie zwei schwache alte Tiere an den Glockenstuhl, und die geöffneten Türen zeigten eine große Düsternis, in der tote weiße Altäre und von Äxten und Dornen zerschlagene und zerkratzte, von schwarzen Wunden zerquälte Statuen standen – einige von ihnen so von Nägeln zerkratzt und zerhackt und bis zu ihren wäscheklammerweißen Fingern blutend, wie sie waren, mit Damenschlüpfern auf den Hüften. Seitlich auf einem Hügel lag, weiß und spitzig, der Friedhof, und auf einer anderen Seite und höher, in einem Stern von sich treffenden Rinnen, war ein Silberbergwerk, und dort konnte man erkennen, wo die Kraft einer großen Investierung Löcher gerissen hatte. Der Berghang war in weitem Umkreis von Maschinen zerfressen. Mich beschäftigte das, und eines Tages stieg ich dort hinauf. Es war wirklich grotesk, was für Maschinen man überall in Mexiko sah, was für alte Modelle dort nagten und krochen, Löcher- oder Tunnelgräber und Maschinenskarabäen, britische und belgische Schütteldinger, Tramwagen aus Manchester oder Pudellokomotiven vor klapprigen Wagen, mit in Decken gehüllten Männern und Soldaten.

Noch in der Stadt, am Weg zum Bergwerk entlang, wurde der Abfall in ein kleines Tal geworfen, hüglig von weicher, alter Fäulnis; die Geier schwebten den ganzen Tag darüber. Von einer der höchsten Spitzen, die man erkennen konnte, in einer tief abfallenden Schlucht, kam ein Wasserfall. Manchmal war er von einer Wolke bedeckt, aber gewöhnlich ging von ihm ein leichter Wasserrauch aus, heller als die Luft, über der Baumgrenze. Sehr viel weiter unten standen Tannen, an den spitzwinkligen Witwenhauben auf den Stirnen runzliger Felsen; und dann kamen tropischere Bäume und Blumen und der heiße Steingürtel mit seinen Schlangen und Wildschweinen, dem Damwild und den riesigen Leguanen, derentwegen wir hergekommen waren. Da, wo die sich aufhielten, war das Licht sehr heiß.

In einer Stadt wie Paris oder London, wo die Deutlichkeit der Sonne nicht so stark ist, bei all den Graus und Schleiern, ist man sich ihrer ganzen Stärke nicht bewußt, und viele Südländer haben diese Gegenden um die Tugenden beneidet, die einem in der Kühle oder Kälte möglich erscheinen. Ich glaube, Mussolini meinte es ganz ernst, als er davon sprach, aus den italienischen Alpen und dem Apennin Stücke herauszusprengen, um die kalten, nebligen Strömungen Deutschlands auf die Halbinsel gelangen zu lassen, damit aus den Peruginis und den Römern Kämpfer würden. Der gleiche Mussolini, der dann tot an den Beinen aufgehängt wurde, mit lappig von seinem nackten Bauch 'runterhängenden Hemdzipfeln und den auf seinem leeren Gesicht, dessen breitkinnbackige Grimasse, das Unterste zuoberst gekehrt, erschlafft war, herumspazierenden Fliegen, denen er ebenfalls den Krieg erklärt hatte. Ojemine! Und seine Freundin, mit armen, von Kugeln durchlöcherten Brüsten, auch bei den Beinen aufgehängt. Aber wozu mir der Kontrast zwischen weithinstrahlendem oder bloßstellendem und gedämpftem Licht dienen soll, ist: als Hinweis, welcher Art die Ansprüche oder Illusionen sind, die das gedämpftere Licht zu begünstigen scheint.

Da habe ich erwähnt, daß Thea zwischen ihren andern Bildern auch eines von ihrem Vater in einer Rikscha, in Südchina aufgenommen, hatte. Sie stellte es, in den Rahmen des Spiegels gesteckt, auf die Kommode, und oft ertappte ich mich dabei, daß ich ihn betrachtete, seine weißen Schuhe entlegener Fabrikation hoch über dem von den tellergesichtigen Kantonesen benutzten Boden. In seinem weißen Anzug. Und oft überlegte ich, was an solchen zu besonderer Bedeutung herausgepickten Wesen eigentlich Besonderes dran war. Vielleicht sah ich ihn, als der Geliebte oder zukünftige Mann seiner Tochter, mit besonderer Aufmerksamkeit an. Aber jedenfalls, er saß vornehm in dem menschlichen Taxi. Um ihn herum die Zuschauer aus den Millionen, die ihn angafften, von Hunger gezeichnet, Läuseträger, das Kanonenfutter der Kriege, die lebende Franse einer großen Anzahl tot in den Boden Gesunkener, über Asien schwirrend oder springend wie Diatomeen des ungeheuren Ozeanbades in den Nadeln der Sonne.

Nun, in diesem heißen Licht sah ich den wilden Berg, seinen subtropischen Gürtel, wo die Leguane zwischen den großen Blättern und leuchtenden Blumen herumgeisterten, und die Arbeiter und Bauern, und mir wurde dabei nicht gleich klar, wie viele andere Gäste aus kühleren und kälteren Zonen ihr gutes Geld ausgaben, um hier zu sein. Ganz in unserer Nähe war ein Luxushotel, das *Carlos Quinto*. Sein Schwimmbecken leuchtete im Garten, blau und weiß wie himmlische Wärme und himmlisches Wetter, und in der Auffahrt standen große ausländische Wagen. Acatla begann, Leute anzuziehen, die früher nach Biarritz oder nach San Remo gefahren waren, aber jetzt der Politik aus dem Wege gehen wollten. Es waren schon einige Spanier da, von beiden Seiten der Katastrophe, und auch einige Französinnen und Japaner und Russen, eine chinesische Familie, die eine Bar besaß und *alpargatas*, Sandalen mit geflochtenen Sohlen, herstellte. Die amerikanische Kolonie war groß, und so brodelte der Ort und florierte. Anfangs wußte ich wenig davon.

Es machte mir Spaß, in den Gärten des *Carlos Quinto* nebenan hinüberzusehen und die Bar auf der Terasse, die Schwimmer im Bekken, die Reitgesellschaften, die aufbrachen, die kleinen Rehe, die in einem drahtumzäunten Auslauf gehalten wurden, zu betrachten. Der Direktor war Italiener, er trug Diplomatenhosen und einen Frack, der seinem großen Hintern angemessen war. Sein Haar war glatt und sein Gesicht für andere zuversichtlich und sorgenvoll für sich selbst. Ich bemerkte, wie flink seine Finger waren, wenn sie in seine Westentaschen hinein- und herausfuhren, wo viele seiner Tätigkeiten ihren Anfang nahmen. Über unsere Mauer hinweg machte uns Thea miteinander bekannt; er hieß da Fiori. Der Garten hatte einen privaten Teil, auf den unser Schlafzimmerfenster hinübersah. Morgens kam der alte da Fiori, sein winziger Vater, eine Mütze auf dem Kopf und in einem alten, englisch geschnittenen Anzug von dunkelgrünem rauhem Stoff, mit einem Gurt auf der Jacke und Kastanienknöpfen, hier hinaus. Er bürstete sich mit behaarten Knöcheln seine Schnurrbartenden, und wenn er ging, schienen seine kleinen Füße unfähig, ihn zu tragen. Wir liebten es, im Bett zu sitzen, jeder nackt an der Seite des anderen, und zu beobachten, wie er zwischen den riesigen Blumen herumkrabbelte. Dann kam sein Sohn, schon gekämmt, bleich, gelangweilt; seine Gamaschen im Tau, bückte er sich und küßte seinem Vater die Hand. Und dann kamen zwei kleine Töchter, wie weiße Geburtstagskuchen, und die weiche Mutter. Alle führten die Hand des alten Wackelgestells an ihre Lippen. Es machte uns unwahrscheinlich viel Vergnügen. Sie pflegten sich dann unter den Bäumen das Frühstück servieren zu lassen.

Jetzt kannte der Adler schon die Stimme von Thea und mir, und wenn er gerufen wurde, kam er vom Köder weg, um aus unseren Händen zu fressen. Es war Zeit, ihn auf Eidechsen loszulassen oder einzusetzen. Die lebendigen machten uns Schwierigkeiten, indem sie fortliefen und so klein waren. Tote paßten Thea nicht. Sie machte sich wegen denen, die Jacinto brachte, Sorgen; sie schlug vor, sie ein bißchen mit Äther zu betäuben, gerade genug, um sie schwerfällig zu machen. Ich mochte die Eidechsen gerne. Einige wurden bald zahm. Man streichelte ihren kleinen Kopf mit dem Finger, und sie wurden zutraulich, krochen deinen Ärmel hinauf oder bis auf deine Schulter und in dein Haar. Abends, wenn wir aßen, starrte ich auf die, welche mit flink zuckenden Kehlen und vorschnellenden Zungen, mit denen sie angeblich hören können, neben dem die Käfer anlokkenden Windlicht lagen. Ich wünschte, wir könnten sie in Ruhe lassen, wenn ich an das gewaltige Tier dachte, dessen Gewicht, mit dolchscharfen Klauen und seinem Reißschnabel, auf der Toilettenzisterne lag. Wenn Thea mit mir darüber sprach, war sie sowohl lustig als auch scharf zu mir, und wenn sie mir mein Mitleid mit diesen goldenen Kindern des Hyperion auszutreiben versuchte, brachte sie mich wohl zum Lachen, aber mir war es auch unangenehm. Es war nicht so, daß sie sich nicht schon allein Gedanken darüber gemacht hätte.

Sie sagte: »Ach, du verdrehter Kerl! Du bringst dein menschliches Mitgefühl aber auch in alles herein, gerade wie ein Wilder. Behalte deine albernen Gefühle für dich, die Eidechsen wollen sie nicht, und wenn sie so empfinden würden wie du, wären sie keine Eidechsen – sie würden viel zu schwerfällig sein und wären bald ausgerottet. Und denk daran, daß, wenn du tot wärst, die kleine Eidechse in deinen Hals kriechen würde, um Käfer zu fangen, ganz so als wärst du ein Stück Holz.«

»Und Caligula würde mich fressen.«

»Könnte sein.«

»Und du würdest mich begraben?«

»Weil du mein Geliebter bist. Natürlich. Würdest du mich nicht begraben?«

Anders als Lucy Magnus, nannte sie mich nie ihren Mann oder gab mir irgendeine andere häusliche Bezeichnung. Manchmal kam es mir so vor, als ob ihre Ansichten über die Ehe denen Mimis glichen, nur daß sie keine Polemik draus machte.

Dieses Gespräch über Eidechsen war eins unter vielen zum gleichen allgemeinen Thema, und allmählich brachte Thea mich auf das, was sie bei mir erreichen wollte. Ich ließ mich nicht dazu bringen zuzugeben, daß eine Situation hoffnungslos verfahren und unausweichlich schlecht war, sondern ich suchte immer und ewig nach einem Ausweg, und die Frage dabei war, ob ich immer voll Hoffnung oder nur einfach blöde war. Aber ich nehme an, ich hatte das Gefühl, daß das Gute in mir mit einem Gesetz verbunden sein müßte. Während sie, denke ich, nichts von meinem Hoffnungsgarten voller Standbilder hielt. Es schien, daß, wenn jemand mir etwas Böses entgegenhielt, es ein Mittel dagegen geben mußte, oder ich zog meinen Kopf weg und sah daran vorbei, in eine andere Richtung. Thea hatte vollkommen recht, als sie mir das vorwarf. Und sie versuchte, mich zu ihren Ansichten zu bekehren.

Trotzdem fand ich es scheußlich, mit anzusehen, wie Caligula die kleinen Eidechsen schlug, wie ihr Blut spritzte und die winzigen feinen Eingeweide von gemalter Zartheit unter seinen Klauen herausquollen, während er mit den Augen funkelte und seinen Schnabel öffnete.

An einem Sonntagmorgen, als das Platzkonzert auf dem *zócalo*, das schon im Morgengrauen anfing, dröhnte und schmetterte und die Hitze im Küchenpatio trocken war, arbeiteten wir nach dem Frühstück – wir hatten Spiegeleier gegessen – mit dem Vogel. Es war wirklich schon was, das Arbeiten seiner Flügel in der erhitzten Luft zu hören. Jacinto brachte uns eine größere Eidechse. Wir banden sie mit einer kurzen Angelschnur an einen Pfahl, was sie hinderte wegzuflitzen. Dann stieß der Adler mit einem scharfen Drohen der Federn in der elektrischen, heißen Luft mit ihrem wirbelnden Staub herunter und wollte seine Klauen in die Eidechse schlagen. Aber die Schnur bot genug Spielraum für das behende Tier, um sich herumzuwerfen, und es öffnete sein Maul und zeigte dem großen Vieh über sich ein rotes Gewebe der Wut, dann schnappten seine Kiefer zu, und es hing am Lauf des Vogels, zusammengekrümmt von der Kraft seines Angriffs und des Bisses. Einer der gleichen Läufe, die den Vogel erscheinen ließen, als ritte er wie einer der Reiter Attilas durch die Lüfte. Caligula machte ein Geräusch. Ich glaube nicht, daß er je in seinem Leben verletzt worden war, und seine Verwunderung war ungeheuer. Er riß sich die Eidechse vom Lauf, und als er sie rettungslos zerquetscht und verwundet hatte, ließ er mit einem Satz von ihr ab. Ich konnte es nicht zeigen, aber mir tat es gut, Caligula so beleidigt zu sehen. Er suchte mit seinem Schnabel zwischen den Federn nach der verwundeten Stelle.

Thea war auf ihn wütend, ihr Gesicht war rot. Sie schrie: »Los, pack zu! Mach sie doch fertig!« Aber als er ihre Stimme hörte, erhob er sich und flog zu ihr, um sich sein Fleisch zu holen. Da er zu ihr kam, mußte sie ihn landen lassen und streckte ihren Arm vor. Aber sie war sehr böse. »Oh, dieser dreckige Pinscher! Wir können ihm doch nicht durchgehen lassen, vor so einem kleinen Tier davonzulaufen. Was sollen wir bloß tun? Augie, grinse nicht!«

»Tue ich ja nicht, Thea, ich blinzle ja bloß wegen der Sonne.«

»Was sollen wir jetzt versuchen?«

»Ich werde die Eidechse aufheben und Caligula zurückrufen. Das arme Tier ist schon beinahe tot.«

»Jacinto, töte den *lagarto*«, sagte Thea.

Mit Vergnügen rannte der Junge auf nackten Füßen aus dem Schuppen und schlug dem Geschöpf mit einem Stein auf den Kopf. Ich legte es, tot, auf meinen Handschuh, und Caligula weigerte sich nicht zu kommen, aber er wollte nicht fressen. Er schüttelte die Eidechse voll Wut und ließ sie zu Boden fallen. Als ich sie ihm ein zweitesmal anbot, die jetzt ein staubiges, totes Etwas war, tat er das gleiche.

»Oh, diese verdammte Krähe! Schaff ihn mir aus den Augen!«

»Wart einen Moment, Thea«, sagte ich, »so was ist ihm doch noch nie passiert.«

»Warten? Er ist doch nur einmal aus dem Ei gekrochen. Wie oft muß er denn das noch tun? Er soll doch Instinkte haben. Ich drehe ihm den Kragen um. Wie soll er denn erst mit den großen fertig werden, wenn ihm schon so ein kleines Viech so was antut?«

»Hör mal, wenn du verwundet wirst, was erwartest du dann?«

Aber das war wieder mein Vermenschlichen, und sie schüttelte den Kopf. Sie glaubte, daß wilde Naturen nicht so sein durften. Ich setzte den Vogel auf seinen Wasserkasten, und allmählich ließ sich Thea von mir beruhigen. Ich sagte: »Du hast mit diesem Vogel schon die reinsten Wunder vollbracht. Das kann nicht schiefgehen. Wir kommen schon noch zum Ziel, ganz bestimmt. Schließlich muß er ja nicht so fürchterlich sein, wie er aussieht. Er ist doch noch ein junges Tier.«

Am Nachmittag hatte sie schließlich ihren Ärger überwunden und schlug zum erstenmal vor, wir sollten in Hilarios Bar am *zócalo* gehen. Während sie über Caligula unerfreulich schlechter Laune war, kam ich mir mit ihm auch ein bißchen verurteilt vor. Obwohl Thea besonders liebevoll war, als wir ins Zimmer gingen, um uns für den Sonntagnachmittag im *zócalo* umzuziehen. Sie zog ihre Kleider aus. Die äußeren waren rauh, die inneren seidig. Und als sie nackt war und eine Zigarette rauchte, sah sie mich mit anderen Augen an, wie ich ohne Hemd dasaß und im erhitzten Schatten und der zurückstrahlenden Farbe der Fliesen meine Stiefel auszog. Ich ging zu ihr und legte meinen Kopf auf ihre Brust. Aber ich wußte, daß wir, beide liebend, nicht ganz den gleichen Zweck verfolgten. Sie hatte die Vorstellung von einer Tat, die einen für die Liebe vorbereitet und befreit. Und damit hatte Caligula zu tun. Er bedeutete das für sie. Aber wie sie ihn jetzt verdächtigte, dargereichtes Fleisch der Beute vorzuziehn, fragte sie sich vielleicht auch, ob ich es fertigbrachte, den Schritt von der Liebe zur nächsten Notwendigkeit zu tun.

Wir standen vom Bett auf und zogen uns an. Wie weich sie in der Spitzenbluse aussah, die sie trug. Ihr Haar fiel lang auf ihren Rükken. Sie nahm meinen Arm, nicht, weil sie ihn als Stütze auf den spitzen Steinen brauchte, sondern um mir nahe zu sein, und im Schatten der Obstbäume sah sie wieder sehr wie damals in St. Joe auf der Schaukel aus, wie ein junges Mädchen.

Da die Fenchels das Haus in Acatla schon viele Jahre besaßen, war Thea in der Stadt bekannt. Aber in Hilarios Bar saßen wir an einem kleinen Tisch; sie wollte keine Gesellschaft. Dessen ungeachtet kamen Leute herüber, um sie zu begrüßen, nach ihrer Schwester, nach ihrer Tante, ihrem Onkel und nach Smitty zu fragen und natürlich, um mich zu begutachten. Viele von ihnen blieben da. Thea hielt weiter meinen Arm.

Meinen Chicagoer Augen erschienen die meisten von diesen Leuten abseitig und seltsam. Ab und zu erklärte Thea, wer oder was sie waren, und nicht immer verstand ich ganz, was sie meinte. Also dieser kahle alte Deutsche war Tänzer gewesen, und auf dieser Seite saß ein Juwelier, und die Blondine, seine Frau, kam aus Kansas City; dann war da eine Frau von fünfzig, eine Malerin, und der Mann neben ihr war eine Art Cowboy oder Saloncowboy; und was jetzt kam, war eine reiche Tucke, die einmal eine tolle Schanghai-Lilly gewesen sein sollte. Ein Frau war da, die intelligent redete; sie schien mich streng anzusehen. Ich dachte zuerst, sie täte es, weil ich Smittys Platz eingenommen hatte. Sie hieß Nettie Kilgore, und es stellte sich heraus, daß sie erträglich war, nur manchmal ungeduldig aussah und irgendwas von einer Trinkerin an sich hatte. Smitty war ihr völlig egal. Also, ich hatte schon früher eine ganze Menge Leute kennengelernt, die grotesk waren, aber noch nie welche, die sich das zur Lebensaufgabe gemacht hatten. Die Fremdenkolonie dieser Stadt war wie Greenwich Village oder Montparnasse oder das, was dem in einem Dutzend Länder entsprach. Da war: ein polnischer Emigrant, ein Österreicher mit einem Bart, da war Nettie Kilgore; dann ein paar Schriftsteller aus New York, einer von ihnen hieß Wiley Moulton, der andere, sein Freund, einfach Iggy; es gab auch einen jungen Mexikaner, Talavera, dessen Vater die Taxigesellschaft gehörte und der Pferde vermietete. Ein Mann, der neben Iggy saß, entpuppte sich als der zweite Mann von Iggys erster Frau. Er hieß Jepson und war der Enkel eines Afrikaforschers. Nun, mir war das alles neu, und so ging es weiter. Während Thea und ich, frisch aus dem Bett, Seite an Seite saßen. Es war ein komisches Vergnügen und berührte mich nicht sehr. Mir machte der Kinkajou-Bär, den Hilario in einem Käfig hielt und den ich mit *pommes frites* fütterte, mindestens genausoviel Spaß. Was dieses kleine Tier für große Augen hat!

Ich war geschmeichelt, wenn jemand annahm, daß ich des Adlers Meister wäre. Natürlich sagte ich: »Oh, in Wirklichkeit ist Thea sein Boß«, aber die Leute schienen zu glauben, daß nur ein Mann mit einem Vogel dieser Größe fertig werden könne. Alle, außer Talavera, diesem hübschen, starken, jungen Burschen, der meinte, er wisse, wie gut sich Thea auf Tiere verstand. Ich legte auch auf seinen Beitrag zur allgemeinen Unterhaltung keinen gesteigerten Wert, obwohl ich zugeben muß, daß er aus anderem Holz als die übrigen dieser Versammlung gemacht zu sein schien. Ich konnte ihre Verdrehtheit nicht verknusen. Der Mann neben mir schien einen knöchrigen Kranz auf der Mitte seines Kopfes zu haben, und sein Handrücken war wie bei einem anderen der Spann am Fuß – weiß, dick und tot aussehend. Dann Nettie Kilgore. Dann Iggy, rotäugig. Dann ein Mann, den ich bei mir »Ethelred den Unfertigen« nannte – wie Oma Lausch oder der alte Stadtrat Einhorn machte ich manchmal so was, daß ich jemand einen Namen anhängte. Dann Wiley Moulton, der Schreiber verworrener Geschichten. Er hatte einen großen Bauch und lange Haare; sein Gesicht war irgendwie hintergründig, mit braunen Lidern; seine Zähne waren klein und vom Tabak verfärbt; seine Finger schienen alle am letzten Glied zurückgebogen zu sein.

In einigen von diesen Leuten steckte so harte Arbeit, daß sie die nebensächlichste kleine Kletterpartie in den ungeheuren Bergzügen des Widersprechens machten, um sie sich zu beweisen.

»Also ihr wollt mit eurem Vogel diese monströsen Ungeheuer fangen?« sagte Moulton.

»Ja, das wollen wir«, sagte sie ganz ruhig. Ganz groß an ihr war, daß nichts sie bewegen konnte, auch nur im geringsten von ihren Ab- oder Ansichten abzuweichen, um sich besser mit Leuten zu stehen. »Ich mag kein Hinundhergezerre«, sagte sie immer.

»Es ist schon vorgekommen«, bemerkte ich.

Und jetzt fing das Platzkonzert-Orchester auf dem *zócalo*, gerade unter uns, wieder zu hämmern und zu wuchten an, so daß die Abendluft von dem zerfetzten Marsch erzitterte. Es fing an zu dämmern. Die jungen Leute promenierten, aber rasend schnell, so daß man etwas von Liebelei und gleichzeitig von einem verzweifelten Dahinfliegen empfand. Knallfrösche sprangen in die Luft. Ein blinder Geiger spielte und jaulte, mit Totentanzgekratze, Serenaden für die Touristen. Dann fingen auf der Kathedrale die Glocken an zu läuten, das war die tiefste Stimme dieser großen verkrusteten Traurigkeit. Von diesem Lärm wurden die gesprächigsten Leute eine Zeitlang zum Schweigen gebracht, sie tranken ihr Bier oder gossen ihren Tequila herunter, zusammen mit vom Daumen gelecktem Salz und Kalkbröseln, nach mexikanischer Art.

Thea wollte, daß Moulton uns bei den Artikeln helfe, und als man endlich wieder seine eigene Stimme hören konnte, fragte sie ihn deswegen.

»Aus dem Stil bin ich 'raus«, sagte er. »Ich verdiene mehr, wenn ich mich an Nicolaides halte.« Nicolaides war der Redakteur eines Schundmagazins, für das Moulton schrieb. »Vorigen Monat hatte ich ein Angebot, 'raufzufahren und Trotzki zu interviewen, aber ich ließ das sausen, weil ich viel lieber für Nicolaides schreibe. Außerdem brauche ich all meine Kraft, um die Fortsetzungen 'rauszubringen.«

Mir kam es so vor, als ob Moulton alle möglichen Sorten von Worten auf Lager hatte und tatsächlich alles Mögliche sagen würde. Alles Mögliche! Er wartete nur darauf, daß ihm die Unterhaltung Gelegenheit dazu bot.

»Aber eine Zeitlang haben Sie doch Zeitschriften-Artikel geschrieben«, sagte Thea, »und Sie können uns zeigen, wie man das macht.«

»Ich nehme an, daß Mr. March kein Schriftsteller ist!

»Nein«, antwortete ich selbst.

Was er herausbringen wollte, war mein Beruf. Ich vermute, er wußte, daß ich keinen hatte, den ich sogar diesen weltgewandten Menschen hätte mitteilen können – denn ich stellte mir vor, daß sie zur großen Welt gehörten, und so ungefähr stimmte das auch. Moulton lächelte mich an, und nicht ohne Freundlichkeit. Mit den tiefen Falten seiner Augen nahm er eine starke Ähnlichkeit mit einer fetten alten Dame aus unserer Nachbarschaft von früher an.

»Schön, wenn's dringend wird, kann vielleicht Iggy helfen, wenn ich gerade nicht kann.«

Moulton und Iggy waren Freunde, aber jeder wußte, daß diese Empfehlung ein Spaß war, weil Iggy sich auf Schauergeschichten für *Doc Savage* und auf Dschungel-Abenteuer spezialisiert hatte. Er konnte nichts anderes schreiben.

Mir gefiel dieser Iggy Blaikie. Sein richtiger Name war Gurewitch, aber das hatte nicht den Glanz der stolzen alten angelsächsischen Namen seiner Helden. Weil also Gurewitch fallengelassen worden war und Blaikie von vornherein nicht richtig war, wurde er vollkommen Iggy. Er hatte eine richtige Billardkneipenvisage. Der Junge mit dem Eimer in Nagels Ecke, auch er ein bißchen wacklig und mickrig. Er trug einen Apachenjersey und ein Paar der Sandalen mit geflochtenen Sohlen aus dem chinesischen Laden; er war mager, aber sein Gesicht war gerötet und grob, mit blutunterlaufenen grünen Augen und einem Froschmaul, die Haut auf seinem Hals war faltig, schmutzig, nur halb rasiert; seine Stimme wie abgewürgt und seine Gespräche nur teilweise zusammenhängend. Nur jemand, der Erfahrung in der Beurteilung solcher Leute hatte, hätte erkannt, daß er unschuldig war; man hätte ihn für einen Koksschieber, einen Hehler oder einen kleineren Gangster halten können. Er bot den Fall eines stark täuschenden Äußeren.

Was den jungen Talavera anging, so wußte ich nicht, was ich von ihm halten sollte. Es war offensichtlich, daß er mich prüfend maß, und er brachte mir von außen zum Bewußtsein, wie ich erschien, so mit gebräuntem Gesicht und Freistil-Frisur. Ich kam mir ein bißchen dämlich vor, aber schließlich mußte ich zugeben, daß ich ihn auch unter die Lupe genommen hatte. Ich war nicht erfahren genug, um gegen einen jungen Mann und Ortsansässigen, der sich an die fremden Gäste, besonders Frauen, hängt, mißtrauisch zu sein. So sehen die gescheiterten Existenzen, die alte Namen tragen, in Florenz vor Gillis Café aus, oder die jungen Männer, die in engen Hosen an der Spitze der Seilbahn in Capri darauf warten, holländische oder dänische Mädchen aufzulesen. Und wenn ich so klug gewesen wäre, hätte ich mit meiner Ansicht über Talavera vielleicht nicht ganz recht gehabt. Er war ein gemischter Typ. Sehr hübsch, sah er wie der Kintopp-Ramon Navarra aus, sanft und doch auch hoheitsvoll und angeblich Bergwerksingenieur von Beruf; das war nie bewiesen worden, aber er hatte es nicht nötig zu arbeiten, sein Vater war reich, und Talavera war Sportsmann.

Ich sagte zu Thea: »Ich glaube nicht, daß dieser junge Kerl mich besonders mag.«

»Na und?« antwortete sie gleichgültig. »Wir mieten ja nur Pferde von seinem Vater.«

Wir versuchten es erst mit einem Maulesel, einen *burro* für Caligula, aber obwohl der Adler verkappt auf dem Sattel stand und gut angebunden war, war der Maulesel vor Entsetzen wie gelähmt, und das Haar auf seinem Kopf sträubte sich. Dann versuchten wir es mit Pferden, aber sie scheuten vor ihm. Ich konnte mich nicht im Sattel halten, wenn Thea mir Caligula heraufreichte; und als sie es selbst versuchte, hatte sie auch nicht mehr Erfolg damit. Schließlich kam Talavera senior mit einem alten Pferd an, das die Rebellion Zapatas erlebt hatte und in Guerillakämpfen verwundet worden war. Dieses graue Tier schien zu nichts anderem mehr zu gebrauchen zu sein, als von einem Picador geritten und in der Arena aufgeschlitzt zu werden. Aber mit dem Adler benahm es sich erstklassig. Ich möchte sagen, daß es sich eher aus Kummer als aus irgendeinem anderen Grund den Vogel auf seinem Rücken gefallen ließ. Der alte Bizcocho, das war der Name dieses Pferdes. Es war schwer, ihn zu etwas anderem als zu einem schnellen Paßgang zu bringen, obwohl er noch einige Ausbrüche von Raserei in petto hatte.

Zuerst nahmen wir ihn auf eine Ebene vor der Stadt, um zu üben. Draußen hinter dem Friedhof und seinen Knochen, die achtlos über die Erde verstreut lagen, und an dem Gestank der Blumen die weißen Grabwälle entlang: Zuerst ich auf dem grauen Tier, das langsam daherklapperte, der Adler an meinen Arm geklammert; dann Thea auf einem anderen Pferd; schließlich Jacinto in seiner weißen Schlafanzugtracht, die dunklen Füße gerade noch über der Erde, auf einem Esel. Manchmal überholten wir einen Leichenzug, oft den eines Kindes, und dann wich der Vater mit dem Sarg auf dem Kopf – wie der ganze Zug, einschließlich der Musiker – von der Straße ab und folgte mit Augen, wie die Milch der Schwärze, ein paar monologische Barthaare dünn und lang auf den wilden Wülsten seiner Lippen, sowohl bekümmert als auch feindlich dem Adler, während er vorbeikam. Es gab auch dort das gleiche Gewisper: »*Mira, mira – el águila, el águila!*« So ritten wir vorbei an den weißen Steinen und den Wänden, die in der Hitze abblätterten, den eisernen Stacheln, den Knochen des Todes, den Rücken der Schläfer mit ihren lappigen und zerknautschten Kleidern und auch an dem kleinen, vom Fieber gemordeten Kind, das welk im schwankenden Sarge lag.

Wir kamen auf das Plateau, von dem aus die Stadt halb verdeckt in einem pittoresken Loch lag, und dort übten wir mit Caligula, ihn daran zu gewöhnen, aufzusteigen, während wir in Bewegung waren. Als er das gelernt hatte, vertraute Thea ihm wieder vollkommen. Wir machten wirklich unsere Sache gut. Er saß auf meinem Arm, ich brachte den alten Bizcocho dazu, sich schneller zu bewegen, und der Adler krallte sich mit seinen Klauen fest an und marterte mich durch die Teufelshandschuhe hindurch. Ich zog die Kappe ab und machte dann den Karabinerhaken los – ich mußte die Zügel fahrenlassen, um das zu tun, und das Pferd mit den Knien beherrschen – und Caligula warf mit einem Schlag seiner großen Flügel die Brust vor und begann, Höhe zu gewinnen. In ein paar Tagen war Bizcocho so weit, und furchtbar aufgeregt zogen wir eines Morgens auf die riesigen Eidechsen los. Jacinto kam mit, um sie aus den Steinen aufzuscheuchen, und wir kletterten den Berghang zu ihrem tropischen Aufenthalt hinunter. Die Hitze dort war zum Schneiden; unbewegt sammelte sie sich zwischen den Felsen, die weich und von Regensäuren zu Grotten und indochinesischen Gebilden zerfressen waren. Die Eidechsen waren wirklich riesengroß, mit so großen Kämmen oder Segeln – diesen uralten Membranen. Es roch hier nach Schlangen, und wir schienen uns zwischen den heißen Giften des Grüns und den bläulichen Nelken im Zeitalter der Schlangen zu befinden. Wir warteten, und der vorsichtige Junge stocherte unter den Blättern mit einer langen Stange herum, weil die Leguane bösartig waren. Dann sah ich auf einer Felsnase über uns einen Leguan, der auf uns herabschaute, aber als ich nach ihm zeigte, sahen wir sein elisabethanisches Oberteil davonjagen. Diese Biester waren so schnell und kühn wie irgend etwas, das ich je gesehen hatte, und sie sprangen überall und von jeder Höhe, mit einer einfachen Wendung ihrer Seiten, wie Fische. Und sie hatten große Muskeln, wie Fische, und ihr Fliegen war schaurig schön. Ich war erstaunt, daß sie beim Aufprall nicht in tausend Stücke zersprangen, wie Quecksilbertropfen, aber wenn sie herunterklatschten, liefen sie ohne Aufenthalt weiter. Sie liefen schneller als die Wildschweine.

Ich hatte um Thea Angst. Ich wußte, in was für einer Verfassung sie sich befand. Alles war steil, es gab keinen Platz, um zu wenden, und sie schwenkte und trieb ihr Pferd herum. Ich trug die Last des Adlers, und der alte Zapatagraue konnte sich nicht schnell genug bewegen, obwohl er willig genug war und sich auf Gefahren verstand. So hörte ich die meiste Zeit über mehr, als ich sah.

»Thea!« brüllte ich, »um Gottes willen, tu das nicht!«

Aber sie schrie Jacinto irgend etwas zu, und zur gleichen Zeit winkte sie mir, mich in Stellung zu begeben. Sie wollte, daß die Eidechsen einen Geröllabhang heruntergetrieben würden, wo sie keine Deckung hatten. Manchmal silbrig, manchmal staubig, grau, statuengrün sahen sie aus, als sie flogen. Endlich signalisierte sie mir, die Kappe abzunehmen und die Leine abzustreifen. Ich taumelte, Bizcocho fing an, auf den losen Steinen hangabwärts zu rutschen. Caligula krallte sich an mich; ich zog die Leine und nahm die Kappe ab, löste den Haken, und er stieg auf, in die tiefe Luft der Berge, wieder einmal zu den hohen Schwingungen des Blau hinauf. Zeitweise hoch- und niedersteigend, suchte er eine große Höhe auf, um dort abwartend zu verharren.

Thea sprang vom Pferd, um dem Jungen den Stock zu entreißen. Er fegte ihn nur so durch das dichte Pflanzengewirr und riß dabei wunderbare Blumen ab, rot wie Fleisch, die in den Farnwellen versanken, und da schrie er: »*Ya viene!*« Ein Leguan flüchtete das Geröll hinunter. Caligula sah ihn und stieß herab. Gefedert und gewappnet sah er aus in seinen schwarzen Farben, und solch eine Gefährlichkeit fällt schnell vom Himmel. Auch der Leguan sauste mit seinem sauberen Sprung abwärts, fiel, rannte, rollte sich bei Caligulas Stoß zusammen, entwand sich dem Griff der Klauen, rollte, kämpfte gegen den Schatten über seinem Bauch, der ihn so schnell jagte, floh wieder. Ich sah die beiden scharfen verbissenen Köpfe, und als Caligula seinen Lauf auf das Ungeheuer setzte, öffnete es sein eckiges Maul mit einer seltsamen Schlangenwut und biß dem Adler in den Hals. Jacinto schrie bei diesem Anblick auf und noch schriller Thea. Caligula schüttelte sich kräftig, aber nur um freizukommen. Der Leguan fiel ab und floh, sein Blut glitzerte auf den Steinen. Thea gellte: »Ihm nach! Los, fang ihn! Da läuft er!« Aber der Adler verfolgte ihn nicht den Abhang herab; er landete und stand flügelschlagend da. Als man das Rascheln der Eidechse nicht mehr hören konnte, faltete er seine Flügel. Er flog nicht zu mir.

Thea kreischte ihn an: »Du stinkender Feigling! Du Krähe!« Sie hob einen Stein und warf damit nach ihm. Sie zielte zu hoch; Caligula hob nur den Kopf, als der Stein über ihm aufschlug.

»Hör damit auf! Um der Liebe Gottes willen, hör doch auf! Er reißt dir noch die Augen aus!«

»Der soll mir bloß zu nahe kommen, ich bring ihn mit den bloßen Händen um. Der soll sich nur in meine Nähe wagen!« Sie wußte vor Wut nicht mehr, was sie tun sollte, und in ihren Augen war keine Vernunft mehr. Ich fühlte, wie mir die Arme schwach wurden, als ich sie so sah. Ich versuchte, sie davon abzuhalten, noch einen Stein zu werfen, und als mir das nicht gelang, rannte ich, um das Gewehr loszubinden, um damit zu schießen und auch, um es von ihr fernzuhalten. Sie traf wieder nicht, aber diesmal kam sie ihm schon nah, und Caligula flog fort. Als er sich in die Luft schwang, dachte ich: »Auf Wiedersehen, Vogel! Jetzt verschwindest du nach Kanada oder Brasilien!« Sie zerrte an meinem Hemd über der Brust und rief in großem Schmerz und unter Tränen: »Wir haben unsere Zeit mit ihm verschwendet. Augie, o Augie! Er taugt nichts. Er ist feige!«

»Vielleicht hat ihm das Vieh weh getan.«

»Nein, mit dem kleinen war es genau das gleiche. Er hat Angst.«

»Na ja, jedenfalls ist er weg. Er ist abgehauen.«

»Wo?« Sie versuchte, ihn zu finden, aber ich glaube, sie konnte vor Tränen nicht gut sehen. Und ich war mir auch nicht mehr sicher, welcher der verschiedenen Punkte am Himmel er war.

»Ich hoffe, er fliegt zur Hölle!« sagte sie, vor Wut zitternd. Ihr

Gesicht brannte. Seines Betruges wegen, daß er wie eine solch grausame Maschine aussehen konnte, so durchdringend, solch ein Häuptling, und unter alledem doch einen ganz anderen Geist hatte. »Kann er denn verletzt sein, wenn er so fliegt?«

»Aber du hast ihn mit Steinen beworfen«, sagte ich. Und wieder einmal kam ich mir mitschuldig vor, weil er auf meinem Arm gezähmt worden war.

Nun, es war schwer, sich das von der wilden Natur gefallen zu lassen, daß da Menschliches mit drin sein sollte; so wie in den Tieren, die den Odysseus und seine Männer in Circes Hof umarmten und sie beweinten.

Zu Hause, als wir dort traurig ankamen, schickten wir Jacinto mit den Pferden zu Talavera zurück. Thea hätte in ihrer Verfassung vor Erschöpfung nicht von den Ställen zurückgefunden, und ich wollte sie jetzt nicht allein lassen. Als wir in den Patio kamen, hörten wir die Köchin schreien, die mit ihrem Baby in die Küche rannte, weil Caligula auf dem Schuppendach auf- und abging.

Ich sagte zu Thea: »Hier ist dein Adler, er ist zurück. Was willst du jetzt mit ihm machen?«

Sie sagte: »Das ist mir egal. Ich will gar nichts. Er ist bloß wegen seines Fleisches zurückgekommen, weil er viel zu feige ist, selbst danach zu jagen.«

»Da bin ich anderer Meinung. Er ist wiedergekommen, weil er sich nicht im Unrecht fühlt. Er ist einfach nicht an Tiere gewöhnt, die kämpfen, wenn er sie festkriegt.«

»Meinetwegen kannst du ihn an die Katzen verfüttern.«

Ich nahm aus einem Korb am Ofen etwas Fleisch und ging zu ihm hinaus; er kam auf meine Faust, und ich setzte ihm die Kappe auf, zog den Ring über und setzte ihn dann auf den Wasserkasten, seinen dunklen, kühlen Platz.

Ungefähr eine Woche ging vorbei, und ich war der einzige, der sich um ihn kümmerte. Thea beschäftigte sich mit anderen Dingen. Sie richtete sich eine Dunkelkammer ein und fing die Filme, die wir unterwegs aufgenommen hatten, zu entwickeln an. Der Adler blieb mir überlassen; ich übte mit ihm und ging mit ihm allein im Patio um, wie ein Mann, der ein großes Rettungsboot allein rudert. Zu der Zeit stimmte auch was mit meinem Darm nicht, ich hatte einen Dysenterieanfall, und so sah ich Caligula öfter, als mir sonst lieb gewesen wäre. Der Arzt verschrieb mir Carbosome und sagte, ich sollte weder

Tequila noch Leitungswasser trinken. Ich hatte vielleicht ein bißchen zuviel von dem rauchigen Tequila getrunken, der einen unzuverlässig macht, wenn man nicht daran gewöhnt ist.

Aber dieser Absturz vom hohen Adel der Jagd tat allen weh. Das Haus war tot, während Thea in ihrer Dunkelkammer war. Tot ist vielleicht nicht ganz das richtige Wort, wenn man in Betracht zieht, was an Enttäuschung und Zorn unterdrückt wurde. Und ich konnte auch nicht im Bett bleiben, während Caligula vernachlässigt wurde, schon allein, weil ihn Hunger gefährlich gemacht hätte, die humanen Aspekte mal außer acht gelassen. Unter dem Papier, das zum Feueranmachen neben dem Kamin aufgestapelt war, fand ich einen großen Band, ohne Deckel und klein gedruckt. Er enthielt Campanellas *Sonnenstadt*, Morus' *Utopie*, Machiavellis *Gespräche* und *Der Fürst*, wie auch lange Auszüge aus St. Simon, Comte, Marx und Engels. Ich kann mich nicht erinnern, welcher einfallsreiche Mann diese Anthologie gemacht hat, aber es war jedenfalls ein Wälzer. Zwei Tage lang regnete es, und ich war darin vergraben, während nasses Holz zu brennen versuchte und ich ganze Bündel vom harzigen Ocote hineinwarf, um ein Feuer zu entfachen. Es war zu naß, um Caligula herauszulassen. Ich stand auf der Toilettenbrille und fütterte ihn durch die Kappe, drängte ihm das Fleisch förmlich auf, um so schnell wie möglich wieder zu meinem Buch zurückzukommen. Ich war vollkommen fasziniert und vergaß, wie ich auf meinem Steiß saß, und stand lahm auf, von all der Kühnheit dieser Annahmen und Vermutungen benommen. Ich wollte mit Thea darüber sprechen, aber sie war mit anderen Dingen viel zu beschäftigt.

Ich sagte: »Wem gehört das Buch?«

»Einfach ein Buch. Von irgend jemand.«

»Nun, jedenfalls stehen da einige herrliche Dinge drin.«

Sie war froh, daß ich was gefunden hatte, um mich zu beschäftigen, aber das Gespräch interessierte sie nicht. Sie nahm eine Wange meines Gesichts in ihre Hand und küßte mich auf die andere; aber das war nur, um mich loszuwerden. Ich vertrat mir ein bißchen die Beine im verregneten Garten. Von der Mauer aus sah ich den alten da Fiori unter den Bäumen in der Nase bohren.

Dann ging ich 'rein, um meinen Gummiponcho zu nehmen, denn ich hatte ein großes Verlangen nach Gesellschaft. Thea hatte mich gebeten, Fotopapier zu holen, was mir eine Besorgung zu machen gab. Als ich die weiten, steinigen Terrassen im trägen Regen hinuntermarschierte, sah ich ein mageres, langbeiniges Schwein, das im roten Matsch des Grabens lag, und ein Huhn stand auf ihm und pickte nach den Läusen. Und durch einen Lautsprecher ließ der Plattenspieler in Hilarios Bar *Tres cosas en la vida, Salud dinero y amor* und dann irgend etwas Gewundenes und Langsames von Claudio Muzio oder vielleicht Amelita Galli-Curi aus den *Juwelen der Madonna* ertönen. Elínor Klein hatte mal die Platte gehabt. Es machte mich traurig, wenn auch nicht niedergeschlagen.

In meiner Schlechtwetterausrüstung kam ich an der Kathedrale vorbei, wo die Bettler in ihren Wollfarben aufweichten und ihre schlaffen, geschrumpften Stümpfe zeigten. Ich ließ einige Münzen zurück, schließlich gehörte das Geld ja ursprünglich Smitty; ich meinte, daß etwas davon weitergegeben werden müßte.

Von Hilarios Blumenveranda im zweiten Stock rief mich jemand und schlug auf das Blechschild der Carta-Blanca-Bier-Reklame, um meine Aufmerksamkeit auf sich zu ziehen. Es war Wiley Moulton, der sagte: »Kommen Sie 'rauf!« Was ich nur zu gern tat.

Außer Iggy saßen da noch zwei andere Leute am Tisch, die mir zuerst ein Ehepaar zu sein schienen. Er war in den Fünfzigern, bewegte sich aber jünger, ein trockener, dünner, langer Mensch. Aber ich sah zuerst das Mädchen da, das mir einfach als Stella vorgestellt wurde. Ich war glücklich, sie zu sehen. Soweit es Schönheit betraf, überflügelte sie alles im Hause, Menschen, Tier und Pflanzen. Ihre Züge erhoben sich nur wenig über die Oberfläche ihres Gesichts, voller Vernunft, ihre Augen waren – ich sollte, denke ich, sinnlich sagen. Es war natürlich, daß ich glücklich war, sie zu sehen. Ich denke, so wie Revolutionäre die Hände der Vorübergehenden befühlen, um herauszufinden, ob es die einfacher Leute oder von Aristokraten sind, so trifft man auch ähnliche Feststellungen, wenn man verliebt ist. Stella war das Mädchen dieses Mannes, der Oliver hieß. Und obwohl er ganz unbekümmert zu sein schien, als er mich ansah, war er doch mißtrauisch, und da sieht man die Irrationalität der Leute – hatte er es doch so eingerichtet, daß man ihn noch vielmehr beneiden sollte. Moulton stellte bald klar, daß ich nicht allein war. »Hah, Bolingbroke!« sagte er.

»Soll das etwa ich sein?«

»Natürlich Sie. Man kann nicht wie eine Persönlichkeit aussehen und nicht erwarten, einen illustren Namen zu bekommen. Irgendwas machte klick, als ich Sie sah, und ich sagte mir: Hier ist ein

Mann, der Bolingbroke sein sollte, wenn er's nicht schon ist. Sie haben doch nichts dagegen, nein?«

»Kann jemand was dagegen haben, Bolingbroke zu sein?«

Jeder hatte, auf seine Anspielung hin, ein freundliches Aussehen, teils boshaft, teils mitleidig.

»Das ist Mr. March. Bolingbroke, wie heißen Sie mit Vornamen?«

»Augie.«

»Wie geht es Thea?«

»Gut.«

»Wir haben Sie beide nicht viel gesehen. Muß wohl dieser Adler sein, der Sie so beschäftigt.«

»Tut er. Wir sind sehr beschäftigt.«

»Ich habe Sie bewundert wie nur irgendwas, als Sie im Kombiwagen ankamen und ich sah, wie Sie diesen Vogel herausnahmen. Ich saß hier oben und beobachtete die ganze Geschichte. Aber ich habe so was läuten hören, daß er durchgefallen ist.«

»Wer hat das gesagt?«

»Oh, es ging die Rede davon, daß es mit ihm ein Reinfall war.« Dieses kleine Biest Jacinto!

»Ist das wahr, Bolingbroke – flunkert dieser mächtige Vogel? Ist er eine Memme?«

»Aber«, sagte ich, »das ist doch Blödsinn! Seit wann ist ein Adler nicht so wie alle anderen? Die sind doch alle mehr oder weniger das gleiche. Ein Adler ist ein Adler, ein Wolf ein Wolf, eine Fledermaus eine Fledermaus.«

»Stimmt, Boling. Ich würde sagen, sogar in unserer Spezies sind wir so ziemlich gleich. Aber trotzdem, die Unterschiede sind interessant. Also was ist mit Ihrem Adler?«

»Er ist für diese Art Jagd noch nicht reif. Aber er wird es bald sein. Thea ist ein großartiger Dresseur.»

»Das möchte ich nicht abstreiten. Aber wenn er ängstlich ist, muß es viel einfacher gewesen sein, ihn, als so einen richtigen, dreimal so scharfen Piß-und-Essig-Adler zu zähmen; so einer wie dieser andere da, der vor einiger Zeit tatsächlich diese Echsen gefangen hat.«

»Caligula ist ein kahlköpfiger Amerikaner, die allerstärkste und wildeste Art, die es gibt.«

Ich mußte erst noch lernen, wie wenig es die Leute mögen, daß man mit einem außergewöhnlichen Unternehmen Erfolg hat, und wie wohltuend es dagegen für sie ist, daß das Unwichtige weiterbesteht und alle anderen großen Anstrengungen auf der Strecke bleiben. Auch der Schriftsteller wegen, die ich eben erst in der Casa Descuitada gelesen hatte, bekümmerte mich das.

»Oliver ist Redakteur einer Zeitschrift«, sagte Iggy. »Vielleicht würde er die Geschichte über Ihren Adler nehmen.«

»Welche Zeitschrift ist das?«

»*Wilmot's Weekly.*«

»Ja, wir sind mit dem Wagen hier 'runtergekommen, um Ferien zu machen«, sagte dieser Oliver.

Er sah ziemlich albern aus, ein Schwachkopf mit fadigen Lippen, einem kleinen Schnurrbart und knubbligen Wangenknochen. Offensichtlich war er ein Trinker und ein sehr eitler Mann dazu. Er war erst vor sehr kurzem hochgekommen. Moulton und Iggy hatten ihn in New York gekannt, und ungefähr das erste, was Moulton mir über ihn erzählte, war, daß man noch vor ein paar Jahren mit diesem Oliver Gefahr lief, daß er dir einige Kleider stahl und für Whisky versetzte, wenn man ihn ins Haus ließ, und als man zum letztenmal von ihm gehört hatte, war er in einer Klapsmühle zur Insulinkur, weil er weiße Mäuse sah. Aber trotz allem, hier war er, todschick, mit einem neuen Kabriolett und dieser Schönheit, die angeblich eine Schauspielerin war. Und er war wirklich der Redakteur von *Wilmot's Weekly*. Von dem er jetzt sagte: »Wir sind hauptsächlich an politischen Artikeln interessiert.«

»Mein Gott, Johnny, versuch mir doch nicht weiszumachen, daß in deinem Blättchen alles so ernst – alles so gedankenschwer ist. War doch sonst nie so.«

»Unter den neuen Eigentümern ist alles anders. Wißt ihr«, sagte er und wechselte das Thema auf eine Art, die sich bald voraussehen ließ, »ich habe letzte Woche meine Autobiographie geschrieben. Gerade bevor wir wegfuhren. Dazu brauchte ich eine Woche. Kindheit an einem Tag, Jugend am nächsten und den Rest in knapp fünf Tagen. Zehntausend Wörter am Tag. Nächsten Monat erscheint sie.« Wenn er über sich selbst sprach, tat er das mit einer solchen Befriedigung, daß er im Moment glatt, gesund und, na, glänzig aussah. Dann, als sich das Gesprächsthema von ihm entfernte, klappte er wieder zusammen und schien sehr mager.

Stella sagte: »Wir wohnen im *Carlos Quinto*. Kommt doch und trinkt was mit uns.«

»Ja, warum gehen wir nicht«, sagte Oliver. »Wir sollten das ausnützen; es kostet genug. Da können wir wenigstens im Garten sitzen.«

Ich ging weg, weil ich wirklich des Adlers wegen aufgebracht war, nach Moultons Stichelei. Ich hätte ja selbst gedacht, daß Caligulas Versagen mir eine Art Vergnügen bereiten würde, aber komischerweise war es das nicht, was dabei herauskam. Vorher hatte er die Liebe gestört – aber jetzt, da er versagt hatte, richtete er noch mehr Schaden an – plötzlich schienen Thea und ich kein Organ mehr dafür zu haben. Ich war verwirrt. Was war denn los, daß die Reinheit des Gefühls nicht aufrechterhalten werden konnte? Ich sehe, ich begegnete den Schriftstellern dieses dicken Buches der Utopien zu einer besonderen Zeit. In diesen Utopien, von Hoffnungen und Kunst erbaut, wie konnte man da die Rolle der Natur übersehen oder sicher sein, Gefühle aufrechterhalten zu können?

Als ich nach Hause ging, war ich entschlossen, nicht nachzugeben, sondern mit Caligula loszuziehen und diese riesigen Leguane zu fangen, genau wie dieses andere amerikanische Paar.

Zuerst wollte ich mir Jacinto wegen seines Getratsches vornehmen, aber ich konnte ihn nicht finden. Thea war auch nicht im Hause. Die Köchin sagte mir: *»Están cazando.«*

»Que?«

»Culebras«, sagte sie mit dieser Stimme, die mir wie ein uralter Heuwisch vorkam, so dünn und schwach.

Ich schlug das Wort im Lexikon nach. Thea war auf Schlangenfang gegangen. Caligula war im Klosett.

Abends kamen sie zurück. Eine Bande von Stadtkindern lief ihnen nach, einige von Jacintos Freunden, und sie riefen einander unter der feurigen Torlampe der Casa Descuitada zu. In einer Kiste trug Jacinto zwei Schlangen.

»Wo warst du, Thea?«

»Wir haben diese Grubenvipern gefangen – sehr schöne übrigens.«

»Wer? All diese Kinder waren doch nicht etwa dabei?«

»Ach nein. Die haben wir auf dem Rückweg aufgelesen, als Jacinto ihnen sagte, was wir haben.«

»Thea, es ist wunderbar, daß du hingehst und sie fängst. Es ist großartig! Aber warum hast du nicht auf mich gewartet? Die sind doch gefährlich, nicht wahr, diese Dinger?«

»Ich wußte nicht, wann du zurückkommst. Ein Köhler erschien

und erzählte mir, daß er Vipern gesehen habe, und da bin ich dann gleich losgezogen.«

Sie steckte sie in eine der Kisten, die wir für die Leguane bereitgehalten hatten, und das war der Anfang ihrer Sammlung. Mit der Zeit wurde die Veranda eine Schlangengalerie, so daß die Köchin kündigen wollte, weil sie für ihr Kind fürchtete.

Es war der richtige Augenblick, um über den Adler zu sprechen, als Thea von ihrem Erfolg ermuntert war. Sie hörte mir zu und war einigermaßen bereit, sich umstimmen zu lassen, und erklärte sich damit einverstanden, daß wir es mit Caligula noch mal versuchen sollten. Ich hatte nie gedacht, daß ich bei ihr noch mal für ihn bitten würde. Am nächsten Morgen ging Jacinto zu Talavera, uns die Pferde zu holen. Am Tor der Villa machte ich die Fanggeräte, die Käfige und den Stock fertig, und als Jacinto wiederkam, standen wir mit Caligula da, der, wie gewöhnlich, groß und gefährlich aussah. Ich runzelte die Stirn, wenn Thea gelegentlich skeptische Blicke auf ihn richtete. Wir zogen los. Ab und zu redete ich ihm gut zu und streichelte ihn mit einer Feder. Ich sagte: »Alter Freund, diesmal machst du es besser richtig.« Wir kamen zur gleichen Stelle im Gebiet der Leguane, und ich stellte mich höher als damals auf, um Caligula einen besseren Ausblick über den steinigen Abhang zu geben. Dann standen wir da. Er krallte sich sehr scharf an; ich versuchte, etwas von seinem Gewicht auf den Schenkel zu verlagern, ihn nicht ständig auf meinem erhobenen Arm zu halten. Bizcocho wehrte zuckend die wütenden Fliegen ab, wie es sie hier gab, die sich funkelnd wie Nadeln auf seine grauen Rippen hefteten.

Thea ritt unten, und ich sah sie durch einen Wald von Farnen. Gelegentlich sah ich auch Jacinto, wie er auf die turmartigen weißen Steine stieg, und ich fing an, einige der Riesen rascheln und krachen zu hören, wenn sie sprangen und flohen, und ich sah die fleischigen Blumen schwer zittern.

Plötzlich wurde mir klar, was es bedeutet zu jagen, nicht mit einer Waffe, sondern mit einem Geschöpf, mit einem lebenden Geschöpf, das du zu lehren verstanden hast, weil du annahmst, daß alles Wissen, vom schwächsten Blinken bis zu den Sternen erster Ordnung, im Grunde das gleiche ist. Ich berührte Caligula und streichelte ihn. Bizcocho drehte mir seinen Kopf zu, als ob er mich überprüfen wollte. Und gerade in diesem Augenblick riß Thea ihr Tuch vom Kopf, das vorher festgelegte Signal. Ich fand die Schnur der Kappe und machte den Galoppierschwung auf dem Sattel, denn ich fühlte mich verpflichtet, mich nicht zu schonen. Bizcocho lief sehr schnell los. Ich muß einen zu steilen Abstieg ausgesucht haben, denn das alte Pferd lief schneller als je zuvor. Ich hielt mich mit den Schenkeln und zog die Kappe und den Ring. Ich schrie: »Los, flieg hin!«, als auch ich plötzlich anfing hinzufliegen, über den Kopf des Pferdes, während es mit seinen Hufen um sich schlug, um auf den rutschenden Steinen sein Gleichgewicht zu halten. Es war im Fallen und ich auch. Ich fühlte den Rückstoß, als Caligula meinen Arm verließ, und dann sah ich die Farbe meines eigenen Blutes auf dem steinigen Abhang. Ich schlug auf und rutschte. Ich hörte Bizcochos verrücktes Wiehern und Jacintos Schrei.

»Roll, roll weiter!« rief Thea. »Augie, Liebling, roll! Er schlägt um sich! Er ist verletzt!«

Aber einer von Bizcochos Hufen erwischte mich gerade am Kopf, und ich war weg.

17

Mancher von uns braucht lange, um den Preis des Daseins in der Natur und die lapidaren Tatsachen, auf die sich unser begrenzter Aufenthalt auf Erden gründet, zu erkennen. Wie lange man braucht, das hängt davon ab, wie rasch sich der ganze verstaubte Zuckerguß und Sacharin-Schmand, mit denen unsere Unreife sich das Leben gesellschaftlich zu versüßen denkt, in nichts auflöst. Löst sich das aber schließlich alles einmal auf, hast du einen anderen Geschmack im Mund, der eine andere, die neue Erkenntnis mit sich bringt, die sich dir mit dunklem Erstaunen einprägt und deine Augen mit Verwunderung erfüllt. Und das, was da als neue Erkenntnis von dir wahrgenommen wird, ist die Binsenwahrheit, daß du aus dem Dunkel einer unendlichen Existenz irgendwie das Licht der Welt erblickst und jeden Augenblick wieder in das Dunkel zurückgehen kannst. Jeden Augenblick. Vielleicht schon im allernächsten.

Nun ja. Der arme Bizcocho hatte mir den Schädel, sich aber ein Bein gebrochen, und Thea erschoß ihn. Bewußtlos wie ich war, hörte ich den Knall nicht. Dann zerrte mich Thea mit Jacintos Hilfe auf ihr Pferd. Der Junge stieg mit mir auf und hielt mich wie einen Mehlsack. Das Blut strömte von meinem Kopf, und aus dem Unterkiefer hatte ich außerdem ein paar Zähne verloren. So wurde ich zum Haus des Arztes gebracht, das Kopftuch, das Thea zum Zeichengeben benutzt hatte, war derartig mit Blut vollgesogen, daß es nichts mehr aufzusaugen vermochte. Als wir fast dort angekommen waren, richtete ich mich auf und fragte: »Wo ist der Adler?«

Eines Jagdunfalls wegen, selbst wenn er so schlimm wie der unsrige war, hätte Thea keine Träne vergossen. Sie weinte überhaupt nicht. Da ich taub war, aus Benommenheit oder weil Blut, Haar oder Erde in meinen Ohren war, hörte ich nicht, sondern sah vielmehr, wie sie Caligula verfluchte. Ich fühlte, wie sich eine Welle oder Sode meiner Kopfhaut zusammenzog oder runzelte. Für einen Augenblick sah ich, daß ihre Hand, mit der sie mein Bein festhielt, rote Streifen zeigte. Ihre Blässe war sehr hitzig. Mit der Tiefe und hohlen Begrenztheit des Gesichtskreises, wie sie einem in solchen Augenblikken eigen ist, trat mir ihr Gesicht vor die Augen, mit Lichtflecken von der Form der Messingösen ihres Hutes, ein Spritzer Hitze über ihrem Nasenrücken und auf ihren Lippen.

Mein Gehör klärte sich; ich hörte die Gören schreien: »*Es el amo del águila.*« *El águila!* Der irgendwo in den Himmeln mit großen Schwingen, in türkischen Federhosen und mit seinem Reißschnabel Loopings drehte. Die ganze Höhe des Raumes kam mir sehr groß vor. Ich fühlte, daß ich auf seinem Grund entlangkroch. Thea sagte: »Du hast einen Zahn verloren.« Ich nickte mit dem Kopf. Ich wußte, wo die Lücke war. Aber früher oder später kommt man nicht darum herum, ein paar Zähne zu lassen. Vom Hof des Arztes kamen für mich zwei Frauen mit einer aufgerollten Tragbahre und legten mich darauf. Ich war ungemein schwach, immer wieder schwand mir das Bewußtsein von neuem, kaum, daß ich es wiedererlangt hatte. Aber als wir uns durch den Patio bewegten, war ich bei Bewußtsein und bewunderte die bemerkenswerte Schönheit des Tages. Wie dem auch sei, mein nächster Gedanke war, daß Bizcocho meinetwegen sterben mußte, daß er wilde Zapata-Nächte mit Guerillakrieg und Stürze überlebt hatte, und wahrscheinlich dabeigewesen war, als Menschen gekreuzigt oder ihre Bäuche mit Ameisen gefüllt wurden, daß ihm von krachenden Flinten was auf den Pelz gebrannt worden war, und daß ich es hatte sein müssen, der ihm den Tod brachte.

Der Arzt trug eine Blume im Knopfloch, als er auf mich zukam, und er lächelte. Aber im Grunde war er düster. Sein Raum stank nach Medikamenten und Äther. Ich bekam eine Dosis Äther, nach der ich noch tagelang roch. Ich kotzte immer wieder. Ich wurde mit Bandagen eingedeckt; mein Gesicht war steif vom Schorf der Kratzwunden. Ich konnte nur Haferschleim und Truthahnsuppe essen und mich nicht auf den Beinen halten. Im Innern des Turbans aus Verbänden hörte ich ein Zischen, als ob ich dort einen Hahn oder eine Düse hätte. Der Schmerzen und dieses Zischens oder Tröpfelns wegen hatte ich den düsteren Lächler im Verdacht, schlechte Arbeit an mir geleistet zu haben, und ich machte mir über meinen Schädel Sorgen, weil die Mexikaner so achtlos an Metzelei, Krankheit und Begräbnis herangehen. Später stellte es sich heraus, daß der Arzt gute Arbeit geleistet hatte. Aber damals litt ich. Ich war parterre, mit tiefgeränderten Augen, eingefallenen Wangen und Zahnlücken. In den Verbänden sah ich manchmal, wie es mir schien, meiner Mutter und dann wieder meinem Bruder Georgie ähnlich.

Und selbst als die Kratzer abheilten und die Kopfschmerzen nachließen, war ich vergnatzt und wußte selbst nicht, warum. Auch Thea wurde sehr unruhig. Die Pleite mit Caligula und daß ich ein solcher Dollbrägen gewesen war, dem armen Bizcocho einen steilen Abhang hinunter die Sporen zu geben, war für sie eine furchtbare Enttäuschung. Daß sie in ihrem Eifer und ihrer Kühnheit durch meine Untauglichkeit aufgehalten werden sollte, nachdem sie das alles unternommen, geplant und bis zur Zähmung des Tieres geschafft hatte, schluckte sie sehr schwer. Thea schickte Caligula dem Freund ihres Vaters für seinen Trianon-Zoo. Ich dachte bei mir, wie sich die alte Wüstenratte in Texarka freuen würde, davon zu hören. Ich humpelte hinaus, um den Adler versandfertig, der Käfig in einem Verschlag auf einem Wagen, zu sehen. Auf seinem Kopf begann sich der weiße Fleck der Mannesreife zu zeigen; das Auge war nicht ein bißchen weniger kaiserlich, und sein Schnabel, mit den nackten Angelegenheiten zum Atmen und Reißen, war noch genauso furchterweckend wie zuvor.

Ich sagte: »Good-by, Calig.«

»Good-by, gut, daß wir dich loswerden, du falscher Fuffziger«, sagte Thea. Wir waren den Tränen nahe, wir beide, vor dem Zusammenbruch von Hoffnungen und den der Lächerlichkeit preisgegebenen Erwartungen. Die Fausthandschuhe und die Kappe lagen für lange Zeit in einer Ecke und fielen der Vergessenheit anheim.

Als Thea für ein paar Wochen bei mir stillesaß und mich pflegte und sich um mich kümmerte, wurde es von Tag zu Tag klarer, daß es, wenn sie keinerlei Unruhe sehen ließ, andere Ausdrucksweisen gab, von denen auch nicht eine auf ihrem Gesicht erschien. Als ich mich zu erholen begann, wollte ich nicht, daß sie meinetwegen und zu meiner Gesellschaft müßig herumsaß, wenn sie anfing, so auszusehen. Wir hatten eine dieser Auseinandersetzungen über Opfer; sie wollte mich nicht allein lassen, und ich bestand darauf, daß sie 'rausgehen sollte, obwohl ich nicht wollte, daß sie Schlangen nachstellte. Aber irgend jemand hatte ihr ein paar grüner und roter Vipern wegen einen kleinen Mann ins Ohr gesetzt; und was man ihr nicht ansah, geduldig zu mir, als ich taub und abgemagert mit meinem Turban, infolge des großen Reinfalls, dalag – was man ihr nicht ansah, das war, wie sie dasaß und davon träumte, diese Schlangen zu fangen. Was ich sah, war, daß sie Langeweile hatte und Bewegung brauchte.

Zuerst jagte sie Wildschweine und solches Getier, um mich zufriedenzustellen, aber später brachte sie in einem Sack aus Grobleinen Schlangen von den Bergen mit nach Hause. Weil es ihr guttat, schrie ich deswegen nicht schrill auf. Ich konnte sehen, wie es ihr täglich besser ging. Ich wollte nur nicht, daß sie allein auf die Jagd ging, und ich drängte sie, sich von einigen ihrer Freunde, nicht nur von Jacinto, begleiten zu lassen. In der Stadt gab es eine Jagd-Clique, und manchmal zog der Arzt, manchmal der junge Talavera mit ihr los.

So war ich allein und ging, in Hausmantel und Verbänden, ums Haus, in den Garten, die Veranda entlang, mit ihren Schlangen, die sich im Stroh wanden und ihre Zungen vorschnellen ließen – ich sah sie an und mit einer Kälte, die weniger aus Schrecken als aus Feindschaft bestand. Schließlich hatte ich einen Adler gezähmt und was mit wilden Tieren erreicht, so konnte ich einen gewissen Teil Mut für mich in Anspruch nehmen. Ich brauchte nicht die ganze Zeit mit der Toga der Unerschrockenheit zu gehen oder alle Tiere zu lieben. Da war so eine Art Schlangengeruch, wie der Geruch von verdorbenen Mangos oder verfaultem Heu, der gleiche wie dort, wo wir die Riesenleguane gejagt hatten.

Wenn ich nicht zu ruhelos war, saß ich in einem der Rindslederstühle und las das Utopienbuch. Ich hatte noch immer Dysenterie, und morgens fühlte ich oft das schwere Hängen der Gedärme, das mich aufs Klo, Caligulas alten Horst, rasen ließ. Dort ließ ich die Tür offen. Ich hatte dann einen Ausblick auf die ganze Stadt, die jetzt, im Spätherbst, nachdem die schlimmste Hitze vorbei war, sehr schön war. Hier gab es keine richtigen Jahreszeiten, nur die Schatten eines älteren Klimas aus dem Süden oder aus dem Norden ließen die Monate anders aussehen. Täglich gab es dieses klare Blau, während es sich die starken Himmelsmächte über den bemoosten Ziegeln gutgehen ließen. Diese blaue Schönheit entschädigte mich für vieles; wie auch das Buch, wenn ich in der richtigen Stimmung dafür war. Sonst schleppte ich mich unnütz und melancholisch herum und kam mir wie ein Tagedieb vor. Da meine Wangen eingefallen waren, traten die Knochen stark hervor, und meine Augen erschienen ein wenig schläfrig, wegen des unangenehmen Gefühls, das sie ausgedrückt hätten, wenn sie sich weiter geöffnet hätten. Ich ließ mir auch eine Art indianischen Schnurrbart heller Haare zu seiten meines Mundes wachsen.

Thea trank ihren Kaffee, meinte, ich solle es mir gutgehen lassen, setzte ihren Sombrero mit den Messingösen auf und ging 'raus zu den Pferden. Ich pflegte dann hinzugehen und zuzusehen, wie sie aufstieg. Sie saß mit gerade der leichten Schwere eines selbstsicheren Körpers im Sattel. Sie fragte mich nicht mehr, ob es mir nicht lieber wäre, wenn sie bei mir bliebe, und empfahl mir nur, am Nachmittag spazierenzugehen. Ich sagte, ich würde sehen, was sich machen ließ.

Moulton und Iggy kamen mich besuchen, und Moulton sagte: »Boling, du siehst teuflisch aus«, und so kam ich mir noch viel trauriger vor und war, das Herz voller böser Ahnungen, auf dem Nullpunkt.

Auch Stella, Olivers Freundin, bedauerte, daß ich nicht besser aussah, als ich mit ihr von der Gartenmauer aus sprach. Ich bemerkte, daß auch über ihr ein Schatten lag. Um diese Zeit trank ich eine ziemliche Menge Tequilalimonade, und ich lud sie ein, mir dabei Gesellschaft zu leisten. Sie lehnte ab. Bedauernd sagte sie: »Ich wollt', ich könnte es. Vielleicht werde ich es auch eines Tages tun. Ich würde gern mit Ihnen sprechen. Aber sie wissen, daß wir aus dem *Carlos Quinto* ausziehen werden.« Ich wußte das nicht, und ehe ich herausfinden konnte, warum, kam der dünne Oliver, stakste durch die Blumen, seine pferdigen Knöchel in den von Strumpfbändern gehaltenen seidenen Socken. Sein kleiner roter Mund war mürrisch, und er nahm Stella von der Mauer weg und würdigte mich keines Wortes.

Was war denn mit ihm los?

Moulton sagte, er sei eifersüchtig.

»Und sie sagt, daß sie ausziehen.«

»Ja, Oliver hat die Villa von diesem Japaner gemietet. Der Japs mußte nach Nagasaki zurück. Oliver sagt, daß die Weiber im *Carlos Quinto* Stella schlecht behandeln. Weil sie wissen, daß sie nicht verheiratet sind. Wenn ich so ein Mädchen hätte, wäre es mir wurscht, was so ein paar alte Tüten quatschen.«

»Aber warum läßt er sich hier nieder? Muß er sich denn nicht um diese Zeitschrift in New York kümmern?«

»Das macht der von Mexiko aus«, sagte Iggy.

Moulton sagte: »Blech! Der ist hier, weil er was ausgefressen hat.«

»Glaubst du, daß er Geld unterschlagen hat?« fragte Iggy erstaunt.

Moulton sah aus, als ob er mehr wüßte, als er zu erzählen für gut hielt. Der Tragesel. Seine stattliche, pralle Wamme, in einem mit

Ananasmustern bedruckten Hemd, hing über. Er schien sich sogar des Anblicks etwas zu schämen, den er im Sonnenlicht bot. Seine Lider waren so dunkel wie die Flecken auf seinen Raucherfingern, und er hatte die Angewohnheit, dauernd zu blinzeln.

»Jepson sagte, er habe gehört, daß Oliver wegen Stella eine gewaltige Party schmeißen will, um es diesen alten Hennen im *Carlos* zu zeigen«, sagte Iggy.

»Der möcht' es allen zeigen und Leute mit seinem Erfolg erschlagen. Wer von ihm gedacht hat, daß er nichts als ein international bekanntes Arschloch sei, und das dürfte wohl überhaupt jeder auf der Welt sein, der ihn einmal gesehen hat, dem wird er's jetzt zeigen. Mensch! Die Leute stehen noch immer genau da, wo er sie verlassen hat, und jetzt kommt er zurück und will sie sich auf den Hintern setzen lassen. Er ist auch tatsächlich in der Welt 'rumgekommen, aber er hat's nicht gemerkt, weil er besoffen war.« Als er das sagte, erschien mir Oliver in Gedanken in einer Hütte in der Äußeren Mongolei, wo ihn die Soldaten in ihren wattierten Jacken besinnungslos in seiner Kotze liegen sahen. Moulton liebte es zu zeigen, daß Krankheit, Elend und Mist die Einheitlichkeit der Welt ausmachten. Angeblich machten bloß Vergnügungen diesen Zustand erträglich, und darum hatte er sich auf das Vergnügen spezialisiert. Alle diese Leute, die ganze Kolonie, tat das. Nun, sie besuchten mich in der Villa. Nach einer halben Stunde wußte Moulton dann nicht mehr, worüber er reden sollte. Sie hatten ein Dutzend Zigarettenstummel ausgetreten, und Moulton fing an, schrecklich gelangweilt auszusehen. Er hatte diese besondere Ecke, in der wir saßen, ausgeschöpft, und so sah er krank aus, weil er noch bleiben mußte.

»Bolingbroke«, sagte er, »du brauchst doch nicht im Haus herumzusitzen, weil du diesen Turban trägst. Komm mit 'runter zum *zócalo.* Da unten können wir Leute treffen oder Schnickschnack spielen. Komm doch mit, Boling. Auf in den Kampf.«

»Ja, komm doch, Boling.«

»Du nicht, Iggy. Geh nach Hause. Eunice macht mir ständig Krach, weil ich dich von der Arbeit abhalte.«

»Aber ich dachte, du wärst geschieden, Iggy?« sagte ich.

»Ist er auch, aber seine Frau hält ihn an der Kette. Sie läßt ihn auf das Gör aufpassen, während sie mit ihrem neuen Mann ausgeht.«

Unten bei Hilario saßen wir zwischen den Blumen auf der Veranda, über dem Platz. Da waren die schlichteren Blumen des kühleren

Wetters. Mit Ausnahme der roten Poinsettia, dem Weihnachtsstern, mit ihren samtigen, nach außen gebogenen Spitzen, dieser Anführerin der Herrlichkeit. Mir sagte es eine Menge, daß diese Blumen weder die Kraft hatten zu bestimmen, wo, noch zu welcher Zeit sie erschienen, und doch solch ein Erfolg an Schönheit waren und die unbedeutende Mauer bedeckten. Ich sah auch den kleinen Kinkajou, der in seinem Käfigviereck von oben nach unten oder rückwärts, durch jede Dimension, turnte. In der Tiefe des Unglücks mußt du geschmeidig sein – nie schläfrig, außer zur Schlafenszeit.

Und Moulton saß da und setzte seine Satire auf Iggy fort. Eunice nahm die Schecks aus New York an sich und hielt ihn kurz. Aber Iggy verstand nicht, mit Geld umzugehen. Er würde damit doch nur zum *foco rojo* gehen, und die Mädchen würden es ihm abnehmen. Iggy mit den blutunterlaufenen grünen Augen und dem froschigen, freundlichen Mund kam sich irgendwie gelobt vor, als er zwischen den Huren des *foco rojo* geschildert wurde.

»Eunice braucht das Geld für das Kind. Oder ich würde es an dich beim Pokern verlieren. Das ist's nämlich, was Wiley wild macht, daß er mir keinen richtigen Zaster abgewinnen kann.«

»Quatsch. Mir wäre das doch so egal, wenn ich nicht Jepson sich hier mit deinem Geld besaufen sehen würde, dem Geld, das er Eunice aus der Nase zieht.«

»Mensch, du bist ja verrückt! Der hat doch selbst welches. Sein Großvater hatte doch eine Expedition nach Afrika. Stimmt wirklich.«

Um in der Nähe seiner Tochter zu sein, einer verzärtelten, dunklen kleinen Göre, lebte Iggy in der gleichen Villa wie seine ehemalige Frau. Das war hauptsächlich, um sie und das Kind vor Jepson zu schützen. Ich glaube, Iggy liebte Eugenie wahrscheinlich noch immer.

Ich zog jetzt mit ihm und Moulton herum. Da das Haus leer war, da es auf der Veranda immer mehr Schlangen gab, da ich nicht kräftig genug war, um mit Thea mitzugehen, aber nicht zu schwach, um ruhelos zu sein, da ich pferdescheu und jagdscheu war, da ich mich in Wirklichkeit wegen meines Lebensweges in einem Dilemma befand, bremste und verzögerte ich. Außerdem beschäftigten mich Moulton und Iggy und andere der internationalen Kolonie. Ich konnte ihre Anziehungskraft nicht abstreiten. Ich lernte ihre Sprache schnell. Aber man wurde ihrer auch schnell müde.

Und das Seltsame war, weißt du, wenn du frühmorgens aufwachtest und die Luft sahst, hellgolden, dünn, aber stark, ehe die täglichen Einflüsse sie dir wegnahmen. Aber du wußtest nicht, aus welchem Grund, soweit es die Luft betraf, diese Einflüsse so sein mußten, wie sie waren, niedrig, angstvoll oder zum Lachen.

Unter dem Granatapfelbaum, auf der Holzbank, bat mich Iggy, ihm aus seinen Schwierigkeiten zu helfen. Seine Story war an sich fertig, aber jetzt brauchte er noch einen Aufhänger. Da ist ein verkrachter Marineleutnant an der Küste, der völlig verkommt. Ein Mischling schlägt ihm vor, Kulis illegal nach Hawai zu schleusen. Aber unter den Plantagenarbeitern entdeckt er Spione, und da erwacht in ihm der alte US-Offizier, und er will die ganze Blase der Regierung ausliefern. Aber er muß sich deswegen mit dem Laskaren 'rumschlagen, der ihn jetzt verdächtigt. Iggy quälte sich mit seiner Story zu Ende, und ich ging auf bloßen Füßen nach der Tequilaflasche.

Dann kam Moulton, und wir gingen weg. Die Köchin hatte das Mittagessen fertig, aber ich mochte nicht allein essen. Ich kaufte *tacos* auf dem Markt, nach denen es meinen Därmen noch schlechter ging, oder ich bekam beim Chinesen ein Sandwich.

Als Bacon sich *Neu-Atlantis* ausdachte, ließ er im Zimmer nebenan musizieren, damit sich in seinem Verstand die Dinge nicht klumpen, sondern methodisch klar bleiben sollten. Aber unten im *zócalo* spielten die Automaten den ganzen Tag *Salud dinero* oder *Jalisco,* und da war ein wilder Lärm, der schnelle zweifache Hammer der Mariachis und das schwachsinnige Gelalle des lahmzüngigen blinden Geigers und verrücktes Gekratze, dazu das Gedröhn von Autobusmotoren und Glocken, und diese Kakophonie war das Bett meiner Mißgestimmtheit. So empfand ich meistens Verwirrung und drohende Gefahren, die so schrecklich waren, wie der Himmel und die Berge in ihrem Anstrich prachtvoll. Die Stadt drehte sich und brüllte, als die Saison angekurbelt wurde. Während Iggy ausknobelte, wie der Amerikaner und der Mischling sich wegen der Signale, die die Küstenwache warnen sollten, herumschlugen, waren wir auf dem Weg zu Moultons Hotel. Moulton überredete mich dazubleiben, während er seine Fortsetzungen über die Männer vom Mars aus sich herausquetschte. Er haßte seine Arbeit; vor allem die Einsamkeit dabei. Ich saß dann draußen vor seinem Zimmer auf dem Dach, mit hängenden Schultern, die Hände hingen groß von meinen Knien herunter, sah auf die knotigen Berge und fragte mich in meinem sonnendösigen Gehirn, wo Thea wohl jetzt sein mochte.

Moulton kam aus dem zigarettengrauen Zimmer heraus, um nachzudenken, und ging in Shorts auf und ab, die seine eingedellten Knie und seine dicken, mächtigen Beine zeigten. Er kniff die Augen in seinem großflächigen Gesicht zusammen und blickte auf die Stadt, als wäre das alles Humbug. Er goß zu trinken ein – er war ein Kettenraucher; und das Geschäft, Drinks zu mixen, Zigaretten anzuzünden, sie Zug um Zug aufzurauchen, die Kippen wegzuschnikken und Rauch durch seine höhnische Nase zu blasen, schien für ihn alles zu umfassen, was er einer Anstrengung für wert hielt. Er war mächtig gelangweilt. Und er verstand es, mich den ausgedehnten Augenblick dieser für ihn charakteristischen Stimmung durchkosten zu lassen, diesen keuchenden Raum leerer Zeit, voll Zigarettenasche, Eissplittern, Kippen, Zitronenschalen und klebrigen Gläsern. Er sah darauf, daß man sich für sein Schicksal interessierte, genau wie alle anderen auch, und stellte irgend etwas an, um einen dazu zu zwingen, so zu empfinden, wie er empfand. Moulton konnte das sogar selbst in Worte fassen. Er sagte: »Langeweile ist Stärke, Bolingbroke. Der gelangweilte Mann erreicht, was er will, schneller als die anderen. Wenn du gelangweilt bist, wirst du geachtet.« Mit kleiner Nase, plumpen Schenkeln und diesen nach rückwärts gebogenen, nikotinfleckigen Fingern geruhte er, mir diese Erklärung zu geben, und dachte, er habe mehr Einfluß auf mich, als er in Wirklichkeit je haben konnte. Wenn ich ihm nicht widersprach, war er überzeugt, mich zu seiner Meinung bekehrt zu haben, und er war nicht der erste, der diesen Fehler beging. Eine Konversation war etwas, das er gut beherrschen konnte, und darum wollte er, daß die Wirklichkeit seines Lebens die von Konversationen war. Das hatte ich spitz.

»Ah, schön, machen wir doch mal Pause und spielen wir Siebzehnundvier.« Er trug ein Kartenspiel in seiner Hemdtasche. So blies er also die Zigarettenasche vom Tisch und hob die Karten zum Geben ab, und als er sah, daß mein Blick noch immer auf die Berge gerichtet war, sagte er, um mich abzulenken, nicht grob: »Ja, sie ist da oben. Mach schon, Knabe, und verkauf mir was. Reicht. Jetzt nimm du. Wie wär's außerdem noch mit 'ner kleinen Wette? Ich wette, daß ich dir in zehn Minuten *das Spiel* abgekauft habe.«

Moulton war für Karten immer zu haben, besonders für Poker. Zuerst spielten wir bei Hilario, und als Hilario wegen dieser ausgedehnten Sitzungen, die bis tief in die Nacht dauerten, meckerte, zogen wir in das schmierige chinesische Restaurant hinüber. Sehr bald steckte ich meine ganze Zeit ins Spiel. Es scheint, daß der alte Huronenstamm Spielen für ein Mittel gegen verschiedene Krankheiten hielt. Vielleicht litt ich an einer dieser Krankheiten. Moulton muß sie auch gehabt haben. Er mußte dauernd wetten. Ich spielte mit Pesos Kopf-oder-Adler mit ihm, Schnickschnack – so nannte er die Kugelspiel-Automaten – und sogar Gib-und-nimm, mit einem kleinen Triesel. Ich hatte Glück und auch Geschick beim Poker, das ich in einer großen Schule, Einhorns Billardkneipe, gelernt hatte. Moulton jammerte: »Bruder, du mußt das vom Capablanca des Pokerns gelernt haben. Ich weiß nie, bluffst du nun oder nicht, weil du immer so unschuldig aussiehst. So unschuldig kann ja überhaupt niemand sein.« Das war wahr, obwohl ich sagen würde, daß ich tatsächlich nur vorhatte, so gut wie möglich zu sein. Das war alles, was ich wußte. Aber großer Gott im Himmel! Heucheln! Ringsum Meisterheuchler! Und hat es die Natur so eingerichtet, daß wir leben und tun, was Käfer und Würmer tun, um der Schlupfwespe zu entgehen und andere Feinde durch Mimikry und so weiter zu täuschen – sei's drum! Aber das ist nicht unser Problem.

Mit Thea benahm ich mich auch so, als ob alles in Ordnung sei, und doch wußte ich, daß mit uns nicht alles stimmte. Wenn ich es fertigbrachte, die Verzweiflung, die mir das verursachte, nicht zu zeigen, war es doch ein Kinderspiel dagegen, Moulton mit nur einem As in der Hand zu bluffen.

Warum diese Schlangen? Warum mußte sie auf Schlangenjagd gehen? Sie kam mit vollgestopften Säcken zurück, worauf meine Därme schlecht reagierten; und sie behandelte sie so liebevoll, daß ich darin nichts als Überspanntheit erblicken konnte. Man mußte sich hüten, an das Glas zu schlagen, um die Biester nicht zu reizen, weil sie davon Schwären am Rachen bekamen, die schwer zu heilen waren. Und dazu hatten sie noch Parasiten, die sich ihnen zwischen die Schuppen setzten, und mußten mit einem Quecksilberpräparat bestäubt oder gewaschen werden; einige mußten für ihre Lungenbeschwerden Inhalationen mit Eukalyptusöl bekommen, denn Schlangen bekommen Tuberkulose. Am schwierigsten war das Häuten, das wie Wehen war, wenn sie sich nicht aus der Epidermis herauswinden konnten und sogar ihre Augen von einer schmutzigen Milch getrübt waren. Thea nahm manchmal eine Zange, um ihnen zu helfen, oder bedeckte sie mit nassen Lappen, um die Haut zu erweichen, oder sie legte die Unruhigeren ins Wasser, und im Wasser ließ sie einen Holzklotz schwimmen, damit das Biest seinen kleinen Kopf ausruhen konnte, wenn es vom Schwimmen ermüdet war. Aber dann kamen sie eines Tages strahlend heraus, und ihre Frische und ihr Glanz machte sogar mir, ihrem Feind, Freude, und ich sah mir die abgeworfene Haut an, aus der sie, grün oder mit roten Punkten wie Granatapfelkerne oder wie polierte Goldkruste, wiedergeboren worden waren.

Inzwischen waren Thea und ich nicht zufrieden miteinander. Ich war gereizt wegen der Schlangen und daß Thea sie bemutterte. Ich fühlte mich zwischen zwei Absonderlichkeiten, wie zwischen Baum und Borke; da war die Theas und die der Stadt, in der der Saisonbetrieb jetzt auf vollen Touren lief. Aber ich sagte Thea nichts davon, wie ich empfand. Fragte sie mich, ob ich nicht mit ihr auf die Jagd gehen wollte, sagte ich, daß es mir noch nicht gut genug dazu ginge. Dann sah sie mich an, und es war deutlich genug, wie sie darüber dachte, daß ich letzten Endes doch trank und Karten spielte. Wenn ich dann so vor ihr stand, mager, krank und mit heimlich glühenden Gedanken, auf was für ein Heilmittel konnten wir uns da jemals einigen?

»Ich mag die Clique nicht, mit der du zusammen bist.«

»Die Leute sind harmlos«, antwortete ich so nebenher, aber wie ich es sagte, das war alles andere als harmlos.

»Warum kommst du morgen nicht mal mit mir? Talavera hat ein sicheres Pferd für dich. Da sind einige Stellen, die ich dir zeigen möchte, wunderbare Stellen.«

»Nun, das wäre herrlich«, sagte ich, »wenn ich mich besser fühle.«

Ich hatte versucht, mich Caligula anzupassen, und das war schon kein Zuckerlecken gewesen; ich hatte mich so weit gestreckt, wie ich nur konnte, und hatte nun nichts mehr zum Strecken übrig. Ich wollte verdammt sein, wenn ich jetzt auch noch Theas Begeisterung für die Schlangenfängerei teilen konnte. Das war eine zu extreme Art, Bewährung zu verlangen, mit diesem Eifer, der sich nicht mit gewöhnlichen Beschäftigungen befriedigen ließ. Wenn sie hingehen und diese gefährlichen Tiere mit einer Schlinge am Hals festkriegen und sie bemuttern und ihnen ihr Gift abmelken mußte, schön. Aber endlich wußte ich, daß es etwas gab, das entschieden nicht für mich bestimmt war.

Sie war zwei Tage fort in den Bergen. Als sie wiederkam, hörte ich davon, ging aber nicht zum Haus hinauf, ich war mitten in einem Spiel bei Louie Fu und konnte nicht weg. Am nächsten Morgen sah ich sie im Garten, in Reithosen und den schweren Stiefeln, die sie zum Schlangenfangen trug, dick und derb, damit die Zähne nicht durchdringen konnten. Ihre weiße Haut zeigte an, daß ihr nicht gut war, sie war mürrisch; sie war nicht ausgeruht, und es zwickte und zwackte sie, sie wollte mich bestrafen. Unter den Augen verdickte sich die Drohung. Von ihrem Kopf strahlte das schwarze Haar die Hitze der Sonne zurück, und entlang dieser einzelnen, unregelmäßig aus ihrer Stirn wachsenden Haare brannte der rote Faden, der ein Teil des Geheimnisses des Schwarz war. Sie sagte böse: »Wo warst du?«

»Ich bin spät heimgekommen.«

Sie war heiß, aufgebracht und hastig, und schwere, klare Tränen gaben ihren Augen diese verrückte Größe des Kummers, die sie manchmal hatten. Ich dachte, daß sie schluchzen würde, aber sie zitterte nur.

»Eigentlich hab' ich *dich* erwartet, vorgestern nacht«, sagte ich, und sie antwortete mir nicht. Wir waren beide sauer, aber noch nicht wirklich fähig, uns zu zanken. Was sie zittern ließ, war abklingender und nicht aufsteigender Ärger.

»Was findest du bloß an diesen Leuten da unten?« wollte sie wissen. »Ich glaube, die lassen dich sich meiner schämen, seit Caligula. Sie machen sich über mich lustig.«

»Du glaubst, ich würde ihnen das erlauben?«

»Ich kenne sie besser als du. Dieser Moulton stinkt.«

Sie schimpfte über Wiley Moulton und andere dort. Ich hörte ihr zu, und auf diese Weise ließen wir unsere wirklichen Differenzen unbeachtet. Noch konnten wir keinen Krach ertragen.

Manchmal war ich beinahe selbst überzeugt, daß ich bereit sei, in den Bergen mit den Schlangenschlingen und Kameras und Gewehren herumzuziehen. Ich hätte ein bißchen Bewegung brauchen können, weil ich nervös und überfordert war, und weil ich mich danach sehnte, daß es zwischen ihr und mir wieder wie in Chicago wäre. Aber ich konnte mich nie ganz dazu bringen, mitzugehen.

Mir schien es, als müßte ich weiter Poker spielen. Ich war allen voraus und konnte nicht aufhören. Moulton schrie immer wieder, wie ich alle geschröpft hätte; ich mußte den Leuten Gelegenheit zur Revanche geben. So war ein Kartenspiel zwischen meinen Fingern der ihnen vertrauteste Gegenstand, und ich wurde auch wirklich ein sehr geschickter und ungewöhnlicher Kartengeber. Bald suchten Leute nach mir, die mich nicht einmal kannten, und ich schien die Spiele im chinesischen Restaurant zu leiten. Sogar Louie Fu in seiner Strickjacke war der Meinung. Für die Touristen, die mitmachten, Weltreiseclochards nannte sie Moulton, war ich Bolingbroke oder der Adlermann. Meine Taschen waren voller ausländischer Währungen. Ich wußte nicht genau, wieviel ich eigentlich hatte. Aber ich hatte tatsächlich Geld. Es gehörte mir, nicht Smitty. Es gab jetzt keinen Eisschrank mit Scheinen zwischen dem Gemüse und dem Geschirr mehr; Thea schien nie daran zu denken, mir Taschengeld anzubieten. Wenn ich nicht krank gewesen wäre, hätte ich mich mit meinen Pfunden, Dollars, Pesos und Schweizer Franken gut situiert, wohlhabend gefühlt. Aber ich hatte nur oberflächlich Glück; ich war klapprig, trug einen unsauberen Verband um den Schädel, war hager, die Stadt schien sich mit ihrem ganzen Blödsinn in die Luft sprengen zu wollen, Thea sammelte Korallen- und Klapperschlangen, ich mußte einen Kampf der Geduld mit meinem unruhigen Hintern gewinnen, um bei Louie oder in irgend jemands Hotelzimmer oder sogar im *foco rojo*, wohin sich das Spiel manchmal verzog, zu sitzen. Die Huren waren hinten; vorne war eine kleine Bar, die bei den Soldaten sehr beliebt war, ehe die Touristen kamen. Die Soldaten lasen Witzblätter, aßen Bohnen und tranken Pulque. Auf den Balken liefen Ratten. Die Mädchen kochten, fegten oder lasen selbst oder wuschen sich im Hof ihr Haar. Ein halbnackter Krümel mit einer Soldatenmütze klimperte auf der Marimba; die kleinen, schwarzen Gummibällchen auf seinen Stöcken schlugen schnell auf. Mir kam es so vor, als ob ich wenigstens etwas gut können müsse, damit nicht alles eine totale Pleite wäre, und so paßte ich auf die Karten auf.

Ich überzeugte Thea nicht, wenn ich sagte, daß ich mitkommen würde, sobald ich dazu fähig wäre, und sie überzeugte mich nicht mit ihren mir zugedachten Gesten. Sie stimmte zu, mir manchmal abends in der Stadt Gesellschaft zu leisten, und es tat gut, ihre Beine in einem Rock und nicht von Hosen verdeckt zu sehen. Aber ich ärgerte mich fürchterlich an dem Tage, an dem ihre Scheidungspapiere kamen. Ich sagte, so wie ich es mir vorgenommen hatte: »Heiraten wir doch!« und sie schüttelte einfach den Kopf. Dann erinnerte ich mich, wie es ihr einmal, als sie eine Schwangerschaft befürchtete, entschlüpfte, daß sie davor Angst habe, ihrer Familie zu erklären, daß ich der Vater ihres Kindes sei. Hatte mich das zuerst enttäuscht und später eigentlich mehr bedrückt, empfand ich jetzt bei ihrem Kopfschütteln einen mehr als heftigen Stich. Ich war sehr gekränkt. Es war doch klar genug, daß ich einen Schimmer davon hatte, wie die Dinge von ihrem Standpunkt aus betrachtet aussahen, wie es eine Sache ist, einen jungen Mann als glücklichen Galan in den rosigen Tagen der Liebe zu haben, und eine ganz andere, diesem mit Fehlern behafteten Geschöpf im Licht des grauen Alltags ins Gesicht zu sehen. Ich wußte, wie ich ihrem Onkel, diesem mächtigen Millionär, mit seiner weißbehaarten Rembrandt-Nase und seinen nach Maß geschneiderten Havannas, vorkommen würde. Es war wahr, daß Thea sich ihm widersetzte und versuchte, finanziell unabhängig zu werden; aber weil sie sich nicht auf mich verlassen konnte, wollte sie sich nicht meinetwegen mit ihrer Familie verfeinden. Hätte ich über Vögel, Schlangen, Pferde, Gewehre und Fotografie genauso begeistert sein können, wie sie es war, wären wir vielleicht übern Berg gekommen. Aber ich hätte auch nicht für Gold einen Belichtungsmesser ablesen wollen, ich wollte keine Schlangen fangen und bekam nur das große Kotzen vor dem allen. Ich hoffte, daß Thea das alles einmal selbst satt bekommen würde; während sie, nehme ich an, darauf wartete, daß ich Moulton und Co. satt bekam.

In der Zwischenzeit jagte eine Fiesta die andere. Auf dem *zócalo* schmetterte, trommelte und gellte das Orchester vom Podium herunter und ließ die Hölle los. Am laufenden Band plusterten sich Feuerwerke auf, und die Prozessionen mit ihren Heiligenbildern taumelten durch die Gegend. Bei einer fünftägigen Sauferei erlitt eine Frau einen Herzanfall und starb. Und es gab Skandale. Zwei junge Männer, ein Liebespaar, zankten sich wegen eines Hundes, und einer von ihnen nahm eine Überdosis Schlaftabletten. Jepson vergaß sein Jackett im *foco rojo*, Negra, die Puffmutter, erschien höchstpersönlich in seinem Haus und brachte es ihm zurück. Iggys ehemalige Frau sperrte Jepson aus, worauf er Moulton bat, bei ihm auf der Veranda schlafen zu dürfen. Moulton wollte ihn nicht bleiben lassen, weil Jepson ihm den Whisky austrank und ihn anzupumpen versuchte. Jetzt lebte Jepson auf der Straße, aber da die Stadt schäumte, war sein Kummer nicht besonders bemerkbar darin; Wölfe oder Wildschweine oder die Riesenleguane leibhaftig oder Hirsche, wenn sie sich von den Bergen hier eingeschlichen hätten, wären es auch nicht gewesen.

Ein weißlicher Staub flog in der Luft herum und erhellte die Nächte. Die Hotels und die Geschäfte wünschten sich einen Höllenspektakel und gaben das Geld für die Musik, das Geknalle und Gebimmel, aber Geld allein hätte nicht genügt, diese langen Fiestas in Gang zu halten; und die Energie dazu mußte der Anbetung solcher Feuerschlangen, Rauchzeichen und schreckenerregenden Monstregötter alter Zeiten entsprungen sein. Selbst die Hunde rannten herum und knurrten etwas durch die Zähne, als ob sie eben erst von ihrem Auftrag in Mictlan, dem Lande des Todes, zurückgekehrt seien. Nach dem alten Glauben der Indianer trugen die Hunde die Seelen der Toten dorthin. Es gab eine Amöbenruhr-Epidemie, die vertuscht wurde; aber Leichenzüge kamen anderen Umzügen in die Quere. Es gab große Galavorstellungen. Ein Kosakenchor sang in der Kathedrale; der Priester hatte noch nie soviel Menschen in seiner Kirche gesehen, und das brachte ihn um den Verstand. Er schalt und klatschte ärgerlich in die Hände und schrie jeden an, daß wir in *la casa de Dios* wären. Bei dieser Menge nützte das überhaupt nichts. Ich kann nicht sagen, daß diese Russen in ihren Hemden, Stiefeln und ihren in die Stiefel gesteckten Hosen auf dem *zócalo* deplaciert wirkten, wenn sie so abends nachdenklich herumstanden und ihre langen Zigaretten rauchten. Ein brasilianisch-italienisches Ensemble führte *La Forza del Destino* auf. Sie sangen und stampften mächtig, aber so, als ob sie selbst nicht daran glaubten. Darum war auch ich skeptisch. Thea kam zum zweiten Akt nicht zurück. Dann war da ein indianischer Zirkus, der eine verbissene Vorstellung gab. Die Geräte der Akrobaten sahen aus, als ob sie aus einem alten Eisenwerk herausgerissen wären; die Pferde waren abgearbeitet, die Artisten feierliche Michoacán-Indianer, die ohne Netz oder irgendwelche Sicherheitsvorrichtungen arbeiteten. Die wilden, kleinen Mädchen, die in ihren verschmutzten Hosen in die Manege kamen, um zu jonglieren, auf dem Drahtseil zu gehen und andere Dinge vorzuführen, lächelten oder verbeugten sich nie.

So fand ich in dieser Stadt nichts mir Vertrautes, außer in der Erinnerung – daß mich zum Beispiel diese Russen an Oma Lausch erinnerten.

Bis eines Tages – als es verhältnismäßig ruhig war und ich auf einer Bank des *zócalo* saß und ein Kätzchen streichelte, das versuchte, in meine Achselhöhle zu kriechen – mehrere große Wagen vor der Kathedrale vorfuhren. Es waren alte, aber starke Autos, sie hatten irgendwie etwas von Gußeisen an sich, die langen Kühlerhauben, der niedrige Bau teurer europäischer Automobile. Ich wußte sofort, daß im mittleren Wagen eine Persönlichkeit saß, weil aus den anderen zwei Leibwächter auftauchten, und fragte mich, wer wohl derjenige, der so wichtig und doch so heruntergekommen war, sein könnte. Unter den anderen waren auch zwei mexikanische Polizisten, knurrig und stolz auf ihre Jacken, die sie sich sofort geradezogen; aber die Leibwachen waren Europäer oder Amerikaner, in Lederjacken und Gamaschen. Sie hatten die Hände auf den Revolvertaschen und waren kribblig, mir schien, daß sie keinen blassen Schimmer hatten, worauf es zu allererst bei ihrer Arbeit ankam. So urteilte ich, denn ich hatte, hin und wieder, in Chicago, den richtigen Dreh gesehen. Es war ein kühler Tag. Ich trug die dicke Jacke mit den vielen Taschen, die Thea für mich auf der Wabash Avenue gekauft hatte; das Ding, das einem in der Wildnis das Leben retten konnte. Aber da ich in der Sonne saß, stand der Reißverschluß offen. Das Miezchen krabbelte und knetete mit seinen Pfoten unter meinem Arm – ich fühlte sein kleines Rückgrat mit vergnügter Befriedigung und paßte auf, wer nun wohl aus der mittleren Limousine steigen würde, da die Vorbereitungen jetzt abgeschlossen waren. Ein Adjutant nickte, und ein Wächter begann am Türgriff herumzufummeln, offensichtlich verstand er nichts davon, und alle standen während dieser Verlegenheit hilflos herum, bis die gegenüberliegende Tür mit einem eisernen Stoß aus den riesigen Kissen der alten Polsterung ungeduldig aufgestoßen wurde und Köpfe mit fremdländischen Frisuren, Bärten, Brillen sich in dem herrlich polierten Glas vorbeugten. Hier und da sah man eine Aktenmappe; ich glaubte, etwas Politisches an diesen Mappen zu erkennen. Ein Mann sagte irgendwas, lächelnd und gesprächig, ins Telefon des Chauffeurs. Und dann sprang die Hauptfigur mit einem Satz heraus: ein sehr gelenkiger und energischer, freundlicher, scharfer Mann mit einem Spitzbart. Ohne sich um etwas anderes zu kümmern, begann er, die Fassade der Kathedrale zu studieren. Er trug einen kurzen Mantel mit einem Krimmerkragen und eine große Brille; seine Wangen waren etwas weich, aber das tat dem asketischen Eindruck, den er machte, keinen Abbruch. Als ich ihn betrachtete, entschied ich mit einem richtigen Schreck, daß dies Trotzki sein müßte, aus Mexico City gekommen, der große Russe im Exil, und meine Augen wurden groß. Ich wußte schon immer, daß mein Leben nicht enden würde, ohne daß ich einen großen Menschen gesehen hätte; und seltsamerweise dachte ich an Einhorn, dazu verdammt, in einem Rollstuhl zu sitzen und Gesichter in den Zeitungen zu studieren, und darauf beschränkt, nur die Leute zu sehen, die zufällig vorbeikamen. Ich war sehr enthusiastisch und stand gleich auf. Die Bettler und Faulenzer waren schon in ihrem mittelalterlichen Stil am Sammeln, die Schlepper und Schnorrer und die anderen wickelten ihre Schäden und Broterwerbsschwären aus den Verbänden und Lappen. Mit zurückgeworfenem Kopf betrachtete und taxierte Trotzki die weite Kirche, und mit einem Satz, in dem sich kaum etwas Ältliches zeigte, sprang er die Stufen hinauf und eilte hinein. Die anderen wogten hinterher; die Leute mit den Mappen – Mitglieder radikaler Organisationen, die ich früher in Chicago kannte, hatten immer solche Mappen bei sich – und auch ein riesiger Mann mit Haaren wie eine Frau und ein paar aus dieser dilettantischen Leibwache und eine ganze Menge von diesen Krückenhüpfern und Singsang-Bettlern (»Limosnita! Limosnita!«), die wahrhaftig beinahe so tot waren, wie sie angaben, gingen durch das dunkle Loch des Portals.

Auch ich wollte hineingehen; dieser berühmte Mann regte mich auf, und ich glaube, was mich an ihm in Wallung brachte, war der Eindruck, den er sofort machte – die alte Nuckelpinne, mit der er herumfuhr, und sein sonderbares Gefolge waren unwichtig –; der Navigation nach den größten Sternen, der höchsten Überlegungen fähig zu sein, die allerwichtigsten menschlichen Worte und globalen Bedingungen aussprechen zu können. Wenn man selbst auf eine von dieser hohen sternigen Art so verschiedene Navigation beschränkt ist, wie ich es war, und nur in der seichten Bucht rudert, von einer Muschelharke zur nächsten kriecht, ist es bewegend, einen ganz kurzen Ausblick auf eine Größe des tiefen Wassers zu haben. Und sogar auf mehr als eine etablierte Größe, sondern gar auf eine exilierte Größe, weil das Exil für mich ein Zeichen der Beständigkeit in den höchsten Dingen war. So war ich wild vor Begeisterung, sie knallte in meinem Kopf herum wie ein Besenstiel und erinnerte mich daran, daß mein Kopf noch in einem Verband steckte und ich besser vorsichtig sein sollte. Ich stand da und paßte auf, bis er wieder herauskam. Aber der Grund, warum ich das alles erzähle, ist der, daß einer der Leibwächter sich als mein alter Freund Sylvester entpuppte, der zeitweilige Besitzer des Star-Kinos, der ehemalige Student am Armour-Technikum, der verflossene Ehemann von Mimi Villars

Schwester, der frühere Untergrundbahnangestellte. Ich erkannte ihn in seiner Cowboyaufmachung. Ihr Götter! Wie streng, melancholisch, pflichtbeladen und verlegen er aussah! Wie die anderen schleppte er eine Pistole mit sich herum; seine Hosen dehnten sich hinten, und sein Bauch hing über den Gürtel. Ich brüllte ihm zu: »Sylvester! Du, Sylvester!« Er sah mich scharf an, als nähme ich mir eine gefährliche Freiheit mit ihm heraus; aber er war doch neugierig. Ich war ganz aufgedreht, und in meinem Kopf klopfte es. Mein Gesicht wurde vor Lachen und Aufregung sehr rot, weil ich so schrecklich glücklich war, ihn zu sehen. »Du verdammter Idiot, Sylvester, weißt du nicht, wer ich bin? Augie March! Hast du vor, einfach hier herumzustehen und mich nicht zu erkennen? Ich hab' mich doch nicht so verändert, was?«

»Augie?« fragte er und lächelte ungläubig mit dunklen, bitteren Lippen. Die Frage verursachte ein unsicheres Quietschen in seiner Kehle.

»Natürlich! Ich bin's, du Rindvieh! Mein Gott, wie kommst du hierher? Was machst du mit der Knarre?«

»Wie bist denn *du* hier gelandet? Himmel, wir kommen wirklich herum. Was ist denn mit deinem Kopf los?«

»Ich bin vom Pferd gefallen«, sagte ich, und trotz meiner Freude, ihn zu sehen, überschlug ich schnell im Kopf ein paar glaubwürdige und nicht besonders wahre Erklärungen. Aber er fragte mich nicht, was mich damals erstaunte. Heute erstaunt mich das weniger, denn ich weiß jetzt mehr darüber, wie vernagelt Menschen sein können.

»Mensch, fabelhaft, dich zu sehen, Sylvester. Wie kommst du eigentlich dazu, das hier zu machen?«

»Ich wurde beauftragt! Was meinst du eigentlich? Sie wollten jemand mit einer technischen Ausbildung.«

Technische Ausbildung! Weil ich noch immer vor Vergnügen, ihn zu sehen, lachte, konnte ich es mir leisten, auch darüber zu lachen. Der arme Sylvester mit der alten Geschichte, Techniker zu sein. Nun, nun, was wir auch immer aus diesem Treffen herausholen würden, die Wahrheit würde es bestimmt nicht sein. Ich hatte selbst eine Geschichte in petto, falls er mich fragen sollte, was ich trieb. So geht es im Leben. Wenn man die läßlichen Unwahrheiten eines einzigen Tages in Schlamm verwandeln könnte, würden sie den Amazonas hundert Meilen weit über seine Ufer treten lassen. Aber sie treten ja auch nie auf diese Art in Erscheinung, sondern sind gleichmäßig verteilt, wie der Stickstoff in der Kartoffel.

»So?« sagte ich. »Ich nehme an, du bist die ganze Zeit mit Trotzki zusammen, du kennst ihn gut? Das muß wunderbar sein. Ich wollte, ich würde ihn kennen.«

»Du?«

»Himmel, ich glaube, ich würde da nicht hineinpassen. Wie ist er denn? Glaubst du, daß ich ihn wenigstens kennenlernen könnte, Sylvester? Du könntest mich vorstellen.«

»Ach nee! Einfach so?« sagte Sylvester, belustigt, mit seinen schweren Augen. »Wär's nicht möglich, daß das ein bißchen komplizierter ist, als du dir das vorstellst? Du bist eine komische Nudel. Aber hör mal, ich muß weg. Wenn du in die Stadt kommst, ruf mich an, ich möchte dich sehen; wir trinken dann ein Bier zusammen. Erinnerst du dich an Frazer aus Chicago? Der ist einer der Sekretäre vom Alten. Vergiß nicht, mich anzurufen.« Eine andere Wache rief nach ihm, und er trollte sich zu den Wagen zurück.

Oliver fluchte auf den Japaner, wegen der Verzögerung mit der Villa, aber schließlich schiffte sich der Japaner nach Japan ein, und Oliver zog ein und bereitete sich darauf vor, eine riesige Party zu geben und die *crème de la crème* der Stadt einzuladen. Darüber würden sich seine Feinde im *Carlos Quinto* giften. Moulton half ihm, eine Einladungsliste zusammenzustellen, und an die alten eingesessenen Einwohner wurden Einladungen verschickt. Aber im großen ganzen kam nur eine Menge Tinnef, in Anbetracht seiner Schwierigkeiten, die zu der Zeit publik waren, und es auch schon eine ganze Weile vorher gewesen waren. Ein Mann vom Bundesfahndungsamt kam in die Stadt, und er machte kein Hehl aus sich, sondern erzählte gutgelaunt, wer er wäre. Er rekelte sich auf einem von Hilarios Drahtharfenstühlen und trank Bier, als ob er in den Ferien sei, oder fütterte den Kinkajou mit Erdnüssen. Oliver brachte es fertig, gleichgültig auszusehen, wenn er – er und Stella wie immer groß in Schale – über den *zócalo* ging. Je selbstsicherer er aus der Wäsche guckte, desto mehr wuchs sich das Ganze zu einer Katastrophe aus, und mir tat er leid. Stella hatte Angst. Manchmal versuchte sie, mir begreiflich zu machen, daß sie mit mir darüber sprechen wollte. Mir kam es nie unnatürlich vor, daß ich derjenige war, mit dem sie ihre Sorgen besprechen wollte. Aber dazu war keine Gelegenheit. Oliver paßte sehr auf sie auf.

Ich sagte zu Moulton: »Warum suchen sie eigentlich Oliver? Es muß ernst sein, oder sie hätten nicht einen Mann aus Washington geschickt.«

»Der Kerl sagt, es handelte sich um Steuerhinterziehung, aber es muß was Schlimmeres sein. Oliver ist ein eitler, blöder Affe, aber er würde nicht so dämlich sein, sich Ärger mit der Steuer zu machen. Es ist schlimmer.«

»Armer Oliver.«

»Er ist ein Holzkopf.«

»Vielleicht. Aber im Grunde – ich meine, als Mensch ...«

»Oh, im Grunde!« sagte er nachdenklich. Aber dann schien er das abzuschütteln und sagte: »Vielleicht ist er auch da im Grunde ein Holzkopf.«

Inzwischen war es auf eine furchtbare Weise lehrreich zu sehen, wie Oliver sich benahm, wie er gelassen auszusehen versuchte, aber im kleinen andauernd die Beherrschung verlor. Eines Nachmittags hatte er eine Schlägerei mit dem alten Louie Fu. Louie war komisch genug mit seinem spanisch-chinesischen Gegacker, und dazu war er auch noch ein schrecklich sparsamer alter Mann, und ich glaube, im China der Hungersnöte hat er vielleicht gewußt, was es heißt, sich Körner aus dem Dung zu klauben; und so machte es ihm jetzt nicht viel aus, eine immer dafür bereitgehaltene Limonadenflasche zu nehmen und sie mit den Getränkeresten, die Leute stehengelassen hatten, vollzupanschen. Eines Tages stand er in seinem ausgebeulten Pullover, dessen graue Knoten eine unkriegerische Brust bedeckten, hinter der Zinktheke und goß, was von der Apfelsinenlimonade übriggeblieben war, zusammen und stellte die Flasche in den Eisschrank. Oliver schnappte ihn und schlug ihm ins Gesicht. Das war fürchterlich. Louie schrie. Seine Familie war in Rage und fing an zu brüllen. Wir Fremden sprangen vom Kartenspiel auf. Die Polizei erschien und riegelte die Vordertür ab. Ich nahm Stella bei der Hand und führte sie durch den Perlenvorhang in den anderen Teil des Ladens, wo Kolonialwaren verkauft wurden, und als wir auf die Straße kamen, sahen wir eine Rotte Korah herausquirlen und dem Verhafteten zum Rathaus und ins Gericht folgen. Louies Auge war schon von einem großen Fleck umgeben, und an seinem Hals traten die Sehnen wie Stricke hervor, als er schrie. Oliver nahm sich einen der mexikanischen, gitarrespielenden Gigolos zum Dolmetschen. Und er verteidigte sich damit, daß das, was Louie getan hatte, wegen der Amöben sehr gefährlich sei. Oliver hätte nichts Schlimmeres tun können als zu behaupten, er beschütze die Volksgesundheit. Der Magistratsrichter verwarf *en seguida* dieses verantwortungslose Gerücht über Dysenterie. Er war fett und untersetzt, ein Mann, der Stiere für die Arena züchtete, und er trug seinen Hut im Gesicht wie ein Magnat, dieser dunkle, mächtige Mensch. Er sprach eine haarsträubende Geldstrafe aus, die Oliver auf der Stelle zahlte, wobei er sich wie ein guter Verlierer benahm und, wenn auch verbissen, so doch belustigt aussah. Geld schien etwas zu sein, das ihm nicht fehlte. Und wie nahm Stella – in ärmellosem Spitzenkleid mit Hut – das auf? Sie flehte mich mit ihren großen, verstörten Augen an, selbst zu sehen, mit was sie fertig zu werden hatte. Da in der Stadt so viel los war, hatte ich dem nicht die Beachtung geschenkt, die es verdiente. Warum überhaupt hatte sie es nötig, ein so elegantes Kleid zu Louie Fus Nachmittagspoker zu tragen? Wahrscheinlich, weil sie nur elegante Kleider hatte und nirgendwo anders hingehen konnte, als wohin Oliver sie mitnahm. Es war sehr seltsam. Sie sagte: »Ich muß Sie an einem der nächsten Tage sprechen. Bald.«

Aber jetzt war nicht die Zeit dazu. Wir hatten Oliver wieder dabei, und er sagte verschiedene merkwürdige Dinge zu Moulton und Iggy, wie zum Beispiel: »Ich habe schon mit Gerichten auf der ganzen Welt zu tun gehabt.« Und: »Jetzt können sie nicht mehr so tun, als ob keine Amöben da wären.« Und: »Das alte gelbe Chinesenschwein, wenigstens hab' ich's ihm gezeigt.«

Während ich das mit anhörte, kam ich mir selbst ganz komisch vor, in meinen Verbänden, Spielkarten und alles mögliche Geld in den Taschen, das Herz in der Brust zusammengepreßt und die Zehen frei in den Huarachos. Ich kam mir als Type wie jemand vor, der einem Theosophen als Vision erscheinen könnte.

Beim Abendessen sagte Thea: »Ich hab' gehört, daß es in der Stadt Krakeel gegeben hat. Hattest du auch damit zu tun?«

Mir gefiel das nicht. Warum mußte sie das so ausdrücken? Ich erzählte ihr die Geschichte oder vielmehr: gab ihr eine Kurzfassung von dem, was geschehen war. Jedenfalls runzelte sie die Stirn. Als ich von Stella sprach, bemerkte ich, daß ich sie als in Oliver verliebt darstellen wollte. Thea kaufte mir das nicht ab. »Augie«, sagte sie, »wie wär's, wenn wir verreisen würden? Wenigstens solange die Saison dauert. Laß uns von diesen Leuten hier weggehen.«

»Wo willst du denn hin?«

»Ich dachte, wir könnten nach Chilpanzingo fahren.«

Chilpanzingo war unten in der heißen Zone. Aber ich war bereit hinzufahren. Ich würde hinfahren. Aber was sollte ich da tun? »Da unten gibt es ein paar interessante Tiere«, sagte sie.

Ich antwortete ausweichend: »Ich denke, mir wird es bald gut genug dafür gehen.«

»Du siehst 'runtergekommen aus«, sagte sie, »aber wie kannst du erwarten, anders auszusehen, wenn du solch ein Leben führst? Du hast nie einen Tropfen getrunken, ehe du hierherkamst.«

»Ich hatte nie viel Grund dazu. Außerdem betrink' ich mich auch nicht bis zum Umfallen.«

»Nein«, sagte sie bitter, »nur genug, um über deine Fehler hinwegzukommen.«

»*Unsere* Fehler«, verbesserte ich sie.

So saßen wir am Abendbrottisch, voller Sorgen und von Enttäuschungen und Ärger überschattet. Dann, nach langem Nachdenken, sagte ich zu ihr:

»Ich geh mit dir nach Chilpanzingo. Ich bin lieber mit dir als mit irgend jemand sonst auf der Welt zusammen.«

Sie sah mich wärmer an, als sie es seit langer Zeit getan hatte. Ich fragte mich, ob es nicht in Chilpanzingo irgend etwas anderes für uns zu tun gab, als Schlangen zu jagen. Aber sie sagte nicht, daß es das gab.

Jeder versucht, eine Welt zu erschaffen, in der er leben kann; und was er nicht gebrauchen kann, sieht er oft nicht. Aber die wirkliche Welt ist bereits erschaffen. Wenn deine Erfindung nicht mit der Wirklichkeit harmoniert, dann darf sich, sogar wenn du dir sehr erhaben dabei vorkommst und darauf bestehst, daß es etwas Besseres geben muß als das, was die Leute Wirklichkeit nennen, dieses bessere Etwas nicht größer dünken als das, was, in seiner Tatsächlichkeit, da wir es so wenig kennen, sehr erstaunlich sein kann. Erstaunlich, wenn alles glücklich ist; wenn es bedrückend oder tragisch ist, gibt es nichts Schlimmeres als das, was wir erfinden.

18

Also willigte ich ein, mit Thea nach Chilpanzingo zu gehen; es folgte eine ganz kurze Zeitspanne, in der wir beide einander Dankbarkeit zeigten. Ich freute mich, daß sie ihre Strenge gemildert hatte, und sie war glücklich, daß ich ihr vor allen anderen noch immer den Vorzug gab. So sagte sie am Abend von Olivers Einweihungsparty zu mir: »Wir können ja mal hingehen und uns das ansehen«, und ich begriff, daß sie etwas für mich tun wollte, weil ich Lust hatte hinzugehen. Und ob ich die hatte! Ich war wild darauf hinzukommen, weil ich, um mich in meinen guten Vorsätzen zu bestärken, zwei Tage hintereinander im Haus geblieben war. Ich betrachtete Thea genau und sah, wie sie sich Mühe gab, ihr Lächeln aufrechtzuerhalten, um ihren Vorschlag zu bekräftigen, aber ich dachte nur: Zum Teufel, gehen wir doch! Ich wußte mittlerweile, was Thea von diesen und überhaupt von den meisten Leuten und ihrer menschlichen Unzulänglichkeit hielt. Sie konnte sie nicht ausstehen. Und wozu sich ihre Überspanntheit verstieg, war, sich überhaupt eine ganz andere Menschheit zu wünschen. Ich glaube, nichts kann die Menschen davon abhalten, ideale Verhältnisse zu fordern. Nur sehr wenig hält sie überhaupt von irgendwas ab. Theas Forderungen waren sehr hoch, aber man konnte ihr nicht gerade vorwerfen, sie willkürlich so hoch gesteckt zu haben. Denn wenn sie mit mir über irgendeine Person sprach, war sie eher beängstigt als verächtlich. Menschen, mit denen sie kämpfen mußte, erschreckten sie, und was ich die durchschnittliche Scheinheiligkeit nennen würde, nur die zufälligen, kleinen Puster der gesellschaftlichen Maschinerie, machte ihr sehr schwer zu schaffen. Für Gier oder Neid, dicke Selbstbeweihräucherung, Haß und Zerstörung, Betrügereien und Quertreibereien zeigte sie nur sehr wenig Verständnis, und ich konnte, wenn ich mit ihr auf einer Gesellschaft war, in ihren Augen lesen, wie tödlich sie litt; es war richtig gefährlich. So wußte ich natürlich, daß sie gar keine Lust hatte hinzugehen; aber ich hatte sehr große und dachte mir dabei: Wenn ich ihre Schlangen ertragen kann, dann kann sie auch mal so einen Abend mit in Kauf nehmen.

Ich zog mich deshalb um. Meinen Turban nahm ich ab und klebte nur ein Heftpflaster über die rasierte Stelle. Thea zog sich ein Abendkleid an, zu dem sie einen schwarzseidenen *rebozo* trug. Aber da war niemand, der Notiz davon nahm, wie wir auftraten. Ich habe niemals eine solche Halsabschneider-Konkurrenz wie diese Party gesehen. Als wir an die Villa kamen, fanden wir uns in einer Überschwemmung von abgefeimtem Gesindel, die sich bis auf die Straße ergoß. Ich sah das Erstaunlichste vom Erstaunlichen an Pennern, Tippelschicksen, Halbgaren, Pavians und Spinnern, einige der auf der Liste menschlicher Schändlichkeiten obenan stehenden Formen in Reinkultur, Endstadien und Varianten schlabbern, saufen, tölen und das, was die Spatzen von den Dächern pfiffen, feiern; denn es war kein Geheimnis, daß Oliver von der Regierung gesucht wurde und daß hier zum letztenmal groß auf die Pauke gehauen wurde. Wahrscheinlich war Thea der einzige Mensch in der ganzen Stadt, der nicht wußte, was vorging.

Einige der Gäste lagen mit Flaschen im Garten, beinah bis zur Bewußtlosigkeit besoffen oder schon hinüber, die japanischen Blumen waren heruntergetrampelt, und leere Tequilaflaschen schwammen im Fischteich. Die Dienerschaft hatte die Kontrolle verloren, und die Gäste gossen sich selbst ein, pickelten mit Silberleuchtern sich Eisbrokken ab, entrissen einander die Gläser. Im Patio fiedelte das gemietete Orchester schwach, und die noch halbwegs nüchternen Gäste tanzten. Thea wollte sofort wieder gehen, aber als sie gerade davon zu sprechen anfing, sah ich Stella neben einem Orangenbaum. Sie machte mir ein kleines Zeichen, und ich mußte hingehen und mit ihr sprechen; ich war sehr darauf bedacht. Verärgert, daß Thea mich fortschleppen wollte, kaum daß wir angekommen waren, sah ich sie nicht an. Und als Moulton, in einem Smokingjackett, aber noch immer in Shorts, sie um einen Tanz bat, überließ ich sie ihm. Ich glaubte, daß ihr Widerwille gegen ihn übertrieben war und daß es ihr gar nichts schaden würde, ein- oder zweimal mit ihm eine Sohle aufs Parkett zu legen.

Ich erkannte jetzt, daß ich seit Olivers Gerichtsverhandlung, als Stella mir sagte, daß sie mit mir sprechen müsse, ganz durchgedreht gewesen war. Ich wußte nicht, was in mich gefahren war, daß ich mich so aufregte. Aber ich war sicher, daß hier etwas war, in dem ich eine Rolle spielen würde. Ich würde die erste Geige spielen. So ließ ich Thea im Tanzpatio zurück; ich war mir bewußt, wie sehr sie mich bat, das nicht zu tun, und auch, wie verärgert sie war. Aber es würde ihr nicht wirklich weh tun, und inzwischen konnte ich was über diese andere Angelegenheit erfahren. Ich konnte einen anderen Fall viel klarer sehen als meinen eigenen, und dieser Unentschlossenheit und Unfähigkeit wegen, die ich vor der Reise nach Chilpanzingo oder dem, mich noch blinder und tiefer auf Chilpanzingo zu werfen, empfand, brauchte ich vielleicht eine Gelegenheit, bestimmt und aktiv zu sein und zu glauben, daß es so etwas wie Bestimmtheit und Aktivität noch in mir gab. Aber tatsächlich fühlte ich mich auch von einer Schwäche überkommen, als ich Stella winken sah. Nicht daß ich irgendwelche Absichten auf sie hatte. Ich glaubte einfach, daß ich angesprochen sein würde, aber daß nichts passieren würde. Ich würde der Vertraute einer schönen Frau sein. Das schmeichelte mir sehr, weil sich mit Selbstüberzeugung folgern ließ, daß sich eine solche Frau natürlich an einen ihr ebenbürtigen Mann um Hilfe wandte. Ich vergaß, daß ich vom Pferd gefallen war und danach aussah. Das ist so etwas, das man gerne leicht vergißt. Aber dafür fiel mir etwas anderes ein, nämlich daß das letztemal, wo ich so von jemandem zu einer Unterredung beiseite gerufen wurde, das mit Sophie Geratis war, als wir uns auf dem Flur in die Arme gesunken waren. Und was hielt ich davon? Irgend so eine unter Umständen wach werdende, eifrige, wirblige Schmeißfliege in mir machte so ein verrücktes Liebestheater über diesem Kristallzuckerschatz an Wertschätzung, daß ich überhaupt nicht viel dachte. Natürlich war ich gleichzeitig auch sehr ernst; ich wußte, daß sie in Schwierigkeiten war. Aber daß sie mich auserwählte, um sich mit mir zu beraten und mich um Hilfe zu bitten – denn was konnte sie sonst schon tun, als um Hilfe zu bitten? – war wie eine Freundlichkeit, die sie mir angedeihen ließ, und ich war ihr verpflichtet, ehe sie überhaupt den Mund aufmachte.

Sie sagte: »Mr. March, ich hoffe, daß Sie mir helfen.«

Ich war sofort überwältigt. Ich sagte: »Aber sicher, natürlich. Ich werde alles tun, was in meinen Kräften steht.« Ein Schauer von Bereitwilligkeit überrieselte mich. Meine Vorstellungen waren unklar, aber mein Blut war erregt. »Aber was kann ich tun?«

»Ich will Ihnen die Situation erklären. Wir müssen nur erst von diesen Leuten hier weg.«

»Ja«, stimmte ich zu und sah mich um. Sie nahm an, daß ich nach Oliver Ausschau hielt, und sagte: »Er ist nicht da. Ich erwarte ihn erst in einer halben Stunde.« Es war aber der Gedanke an Thea, der mich im gleichen Maße belastete. Aber als Stella mich an der Hand nahm und tiefer zwischen die Bäume führte, jagte ihre Berührung durch meinen Arm und weiter; und nie war mein Gefühl für Konsequenzen schwächer, nicht einmal als ich den Einbruch beging, als jetzt, während ich neben ihr herging. Aber ich war sehr neugierig darauf, die Wahrheit über Oliver zu erfahren, obgleich ich wußte, daß er so leicht wog wie nur irgendwas, was ich je mit meinem Urteil gewogen hatte.

»Sie wissen wohl über den Regierungsbeamten Bescheid, der hier ist, um Oliver zu holen«, sagte sie. »Das weiß jeder. Aber wissen Sie, warum er hier ist?«

»Nein, warum?«

»*Wilmot's Weekly* ist mit Geldern der italienischen Regierung gekauft worden. In New York gab es einen Mann, der das machte. Sein Name ist Malfitano. Er kaufte die Zeitschrift und machte Oliver zum Redakteur. Alle wichtigen Sachen, die in Druck gingen, wurden in Rom geplant. Jetzt ist dieser Malfitano vor ein paar Monaten verhaftet worden; darum fuhren wir nicht zurück. Jetzt soll dieser Beamte Oliver holen.«

»Warum?«

»Das weiß ich nicht. Ich versteh nur was vom Theater. Fragen Sie mich, warum etwas in einer Theaterzeitschrift wie *Variety* steht, und ich kann es Ihnen vielleicht erklären.«

»Wahrscheinlich wollen sie, daß er gegen diesen Italiener aussagt. Ich glaube, es wäre am vernünftigsten, wenn er sich stellte. Oliver ist bloß einer von diesen alten Journalisten, die keinen Unterschied zwischen zwei Regierungen erkennen können.«

Sie verstand mich falsch: »Er ist gar nicht so alt.«

»Er sollte sich einfach darauf einlassen und nach Hause fahren, um auszusagen.«

»Das hat er aber nicht vor«, sagte sie.

»Nein? Erzählen Sie mir nicht, daß er versuchen will zu fliehen. Wohin denn?«

»Das darf ich nicht sagen. Es wäre nicht fair.«

»Nach Südamerika? Er ist verrückt, wenn er denkt, daß er das schafft. Und das würde die Sache ernst machen, wenn sie ihm nachjagen müssen. Du liebes bißchen, es ist doch eine Lappalie.«

»Nein, er glaubt, es sei sehr ernst.«

»Und was denken Sie darüber?«

»Ich denk', daß es mir reicht«, sagte sie. Sie sah mich mit ihren großen, schwimmenden Augen an, in denen die Laternen des Gartens vollkommen in das Licht ihrer Bedeutung verwandelt wurden. »Er will, daß ich mitkomme.«

»Nein! Nach Guatemala, Venezuela, wohin –?«

»Das ist etwas, was ich nicht sagen will, obwohl ich Ihnen vertraue.«

»Aber womit denn? Hat er irgendwo Geld in Reserve? Nein, wird er wohl nicht haben. Sie würden irgendwo mit ihm auf dem Trocknen sitzen. Wahrscheinlich hofft er, daß Sie ihn so sehr lieben. Tun Sie das?«

»Oh – nicht sosehr, nein«, sagte sie, als ob das etwas sei, dessen Grad sie zu finden hoffte. Ich vermute, daß sie sagen mußte, sie würde ihn etwas lieben, um sich Charakter zu geben. Himmel, dieser arme, knochige, schwachköpfige und romantische Hanswurst Oliver! Ich sah sein eingebildetes Glück mit Geld und Auto und Liebe zusammenfallen und war seinetwegen vorübergehend etwas bitter. Ich sah auch einen Schimmer ihrer Undankbarkeit, aber ich war nicht fähig, lange etwas sie Belastendes zu sehen. Vor ihr stehend, durch die Bäume vor der geräuschvollen Party versteckt, fühlte ich in mir etwas geschehen, was meinen Charakter an der vitalsten Stelle berührte, dort, wo ich es nicht verhindern konnte.

»Die Party soll nur eine Rückendeckung sein«, sagte sie. »Jetzt eben bringt er den Wagen vor die Stadt, und dann kommt er zurück, um mich zu holen. Er sagt, die Polizei könnte uns jeden Augenblick verhaften.«

»Mein Gott, er hat wirklich einen Knall«, sagte ich mit frischer Überzeugung. »Wie weit gedenkt er denn in diesem roten Kabriolett zu kommen?«

»Er will es am Morgen im Straßengraben lassen. Es ist ihm wirklich ernst. Er hat einen Revolver. Und er ist ein bißchen verrückt geworden. Heute nachmittag hat er ihn auf mich gerichtet. Er sagt, ich wolle ihn betrügen.«

»Der arme Idiot! Er glaubt, ein bedeutender Flüchtling zu sein. Sie müssen ihn loswerden. Wie sind Sie überhaupt in diesen Quatsch hineingeraten?«

Ich wußte, daß das eine dumme Frage war. Sie konnte mir das nicht sagen. Es gibt im Leben einige Pfade, die man entweder errät oder nie erfährt, weil einem das nicht gesagt werden kann. Ja, das war sehr dumm. Aber dann war ich mir bewußt, daß viel Dummes gesagt und getan worden war, das ich trotzdem nicht aufhalten konnte.

»Nun, ich kenne ihn schon ziemlich lange. Schließlich war er nett, und er hatte eine Menge Geld.«

»Ist schon gut, so genau wollte ich es gar nicht wissen.«

Sie sagte: »Sind Sie nicht auf ähnliche Weise wie ich nach Mexiko gekommen?«

Also das war es, was sie für das Gemeinsame an uns hielt. »Ich kam, weil ich liebte.«

»Nun, sie ist so hübsch, daß das natürlich etwas anderes ist. Aber trotzdem«, sagte sie mit plötzlicher Schläue und Offenheit – und ich hätte wissen sollen, daß sie die besaß –, »das Haus gehört doch ihr und alles andere auch? Was besitzen Sie selbst?«

»Was ich besitze?«

»Sie besitzen nichts, nicht wahr?«

Natürlich war ich nicht so ein Heuchler, mich deswegen mit ihr zu streiten und vor ihr ein Gesicht aufzusetzen, als ob ich mich im ganzen Leben nie auch nur eine Sekunde mit dem Gedanken an Geld beschäftigt hätte. Denn was war das Zeug in meinen Taschen, diese Münzensammlung, meine Gewinne, der Regenbogen fremder Währungen, die ich beim Chinesen zusammengekratzt hatte? Sogar zaristische Rubel waren darunter, wofür ich diese Kosaken verantwortlich machte. Keine Angst, ich hatte schon an Geld gedacht, darum wußte ich, wovon sie redete.

»Etwas hab' ich schon«, sagte ich. »Ich kann Ihnen genug leihen, um von hier wegzukommen. Haben Sie überhaupt kein Geld?« Zu diesem Zeitpunkt unserer Unterhaltung waren wir einander im Verstehen sehr nah.

»Ich habe ein Bankkonto in New York. Aber was nützt mir das hier schon? Ich kann Ihnen für die Pesos, die Sie mir borgen, einen Scheck geben. Im Moment kann ich nirgends Geld herbekommen. Ich müßte nach Mexico City und bei Wells Fargo der Bank telegraphieren.«

»Nein, ich will keinen Scheck.«

»Er ist bestimmt gedeckt, Sie brauchen sich deswegen keine Sorgen zu machen.«

»Nein, nein. Ich glaube Ihnen schon. Ich meinte, daß Sie mir überhaupt keinen Scheck zu geben brauchen.«

»Was ich Sie eigentlich fragen wollte, war, ob Sie mich nach Mexico City bringen könnten?«

Daß das kommen würde, hatte ich erwartet, obgleich ich nicht glaube, mich schon vorher mit der Absicht getragen zu haben, etwas in dieser Richtung zu tun. Jetzt, als es heraus war, fuhr es mir irgendwie in die Glieder. Ich erschauerte, als ob mir mein Schicksal wie mit einer Bürste über den Rücken gefahren wäre. Zugegeben, daß ich immer das, auf was ich hoffte, zu provozieren versuchte; jedoch wie kam es, daß die Leute selten verfehlten, dem irgendwie geheimnisvoll Vorschub zu leisten?

»Was denn – wie denn – was hat das plötzlich damit zu tun?« sagte ich. Ich behandelte den Vorschlag nicht einfach als einen Plan für ihre Sicherheit, sondern als ein Ansinnen, das mich betraf. Das Gebrüll und Gejohle der Gesellschaft war laut, und der schmale Orangenhain, in dem wir waren, schien wie die letzte Ecke eines Feldes, das die Schnitter abmähten. Ich erwartete jede Minute, daß ein besoffener Störenfried oder ein wildgewordenes Liebespärchen dazwischenplatzten. Ich wußte, daß ich weg mußte, um nach Thea zu suchen. Aber erst mußte ich das hier erledigen. »Sie brauchen mir das nicht anzubieten«, sagte ich, »ich helfe Ihnen sowieso.«

»Langsam, Sie gehen zu weit. Ich nehme Ihnen das nicht übel, aber trotzdem. Vielleicht würde ich mich sogar ärgern, wenn Sie es nicht täten, aber ... ich darf nicht so eitel sein zu glauben, daß ich die allerbeste Möglichkeit, meinen Schwierigkeiten zu entgehen, verdient habe. Sie kennen mich ja nicht mal. Und ich sollte jetzt nur daran denken, wie ich von diesem armen Kerl, der seinen Verstand verloren hat, wegkomme.«

»Oh, das tut mir leid. Entschuldigen Sie bitte. Ich habe was Falsches gesagt.«

»Ach, Sie brauchen sich nicht zu entschuldigen. Wir wissen ja so ziemlich, was los ist. Ich gebe zu, daß ich Sie oft beobachtet und an Sie gedacht habe. Aber dabei habe ich auch gedacht, daß Sie und ich zu der Sorte Menschen gehören, die von anderen gern in ihre Pläne eingebaut wird. Jedenfalls versuchen sie es, wie es ihnen in den Kram paßt. Angenommen, wir würden mal nicht mitspielen, was dann? Aber wir haben jetzt nicht die Zeit, solche Erwägungen anzustellen.« Für das, was sie da sagte, war ich ungemein empfänglich. Ich schmolz ihr zu. Ich war ihr für die einfache Art, in der sie eine Wahrheit, die jahrelang anonym um mich herumgeschlichen war, beim Namen nannte, dankbar. Ich paßte anderen Leuten in den Kram. Es war eine Gefühlsregung der Wahrheit, die ich hatte, als ich das hörte. Hauptsächlich der Wahrheit. Denn ich will zugeben, daß ich unter anderem bedachte, daß hier eine Frau war, die nicht wegen meiner Verfehlungen über mich zu Gericht sitzen oder mich verurteilen würde. Denn ich hatte es satt, mit Urteilssprüchen auf den Kopf gehauen und durchgewalkt zu werden. Aber das war auch alles.

Aber wir hatten keine Zeit, darüber weitere Erwägungen anzustellen. Oliver würde gleich zurückkommen. Er hatte ihre Sachen eingepackt und weggebracht, alles außer ein paar kleinen Dingen, die sie vor ihm versteckt hatte.

»Hören Sie«, sagte ich, »ich kann Sie nicht nach Mexico bringen, aber was ich tun kann, ist, Sie weit vor die Stadt hinauszufahren, wo Sie in Sicherheit sind. Treffen Sie mich beim Kombiwagen auf dem *zócalo.* In welche Richtung ist er gefahren? Sie können mir vertrauen. Ich hab' kein besonderes Interesse daran, daß er gefangen wird. Ich habe dazu keine Veranlassung.«

»Er wollte nach Acapulco.«

Dann wollte er also in Acapulco ein Schiff erwischen, der arme Idiot! Oder hatte er vor, durch den Dschungel nach Guatemala zu fliehen, verrückt wie er war? Himmel, wenn ihn die Indianer nicht wegen seiner schwarzweißen Sportschuhe umbrachten, dann würde er an Erschöpfung sterben.

Ich verschwand eiligst, um Thea zu finden. Iggy sagte mir, sie sei gegangen und hätte Moulton mitten auf dem Tanzboden stehengelassen. »Sie war ziemlich geladen«, sagte Iggy. »Wir haben nach dir gesucht. Dann sagte sie mir, ich sollte dir ausrichten, daß sie morgen ganz früh nach Chilpanzingo fährt. Sie war ganz nervös und zitterte, Bolingbroke. Wohin bist du verschwunden?«

»Das erzähle ich dir ein andermal.«

Ich rannte zum *zócalo* hinunter und öffnete den Kombiwagen. Bald kam Stella und stieg ein. Ich lockerte die Bremse und drehte den Schlüssel. Die Batterie war vom wenigen Gebrauch schwach; der Anlasser knatterte, aber der Motor sprang nicht an. Um die Batterie nicht noch mehr zu schwächen, versuchte ich es nervös mit der Kurbel. Als ich sie zu drehen anfing, versammelte sich sofort eine Menge, um mich zu beobachten, diese gewisse Gruppe eines mexikanischen Platzes, die herbeikommt, um sich einen heimlichen Blick aufs Leben zu ergattern. An der Kurbel schwitzend, geriet ich in wilde

Wut, und ich sagte zu einigen von ihnen: »Weg mit euch! Verschwindet, verdammt noch mal!« Aber damit erntete ich nur Hohngelächter und Spott, und ich hörte meinen alten Titel, *el gringo del águila.* Ich hätte sie am liebsten umgebracht, so wie damals den Straßenbahnführer von der State-Street-Linie, als der Schläger hinter mir her war. Aber ich drückte meine Brust gegen den Kühler und stemmte. Stella war nicht vernünftig genug gewesen, sich zu dukken – wahrscheinlich wollte sie sehen, was vorging, und bereit sein zu fliehen. Jetzt war sie von den Herumstehenden erkannt worden, und es war zu spät.

»Augie, was machst du da?«

Ich hatte gebetet, Thea möge gleich zur Casa Descuitada zurückgegangen sein, um für Chilpanzingo zu packen, aber sie war hier, und die Ansammlung um mich am Kombiwagen hatte sie herübergelockt. Sie starrte Stella durch die Windschutzscheibe an.

»Wohin willst du mit ihr? Ist das nicht die Gastgeberin? Warum hast du mich auf dieser fürchterlichen Party allein gelassen?«

»Och, ich hab dich doch nicht allein gelassen.«

»Mit diesem schrecklichen Moulton. Nein? Jedenfalls konnte ich dich nicht finden.«

Ich konnte nicht so tun, als ob es etwas äußerst Schwerwiegendes war, sie auf dieser Party alleinzulassen. »Das war doch nur für ein paar Minuten«, sagte ich.

»Und wo willst du jetzt hin?«

»Hör mal, Thea, das Mädchen ist in Schwierigkeiten.«

»Ach, ist sie das?«

»Ich sag' dir doch, daß sie das ist.«

Stella stieg nicht aus, und ihre Haltung blieb hinter dem fleckigen Staub der Scheibe unverändert.

»Und hilfst du ihr aus den Schwierigkeiten heraus?« fragte Thea, böse, ironisch und traurig.

»Du kannst von mir denken, was du willst«, sagte ich, »aber das ist, weil du nicht verstehst, wie sehr die Zeit drängt, und daß sie in Gefahr ist.«

Ich war voll der verzweifelten Hast der Flucht, und wahrhaftig, ich kam mir bereits gefangen vor.

Thea, in ihren *rebozo* eingehüllt, starrte mich an – hart, bittend, fest und weich, alles zusammen. Thea hatte etwas Nervöses, und sie war eine Art Universalistin, die glaubte, daß dort, wo sie stand, unter ihren Füßen, die wichtigsten Gesetze versammelt wären. Und das machte sie zittern, aber sie war auch wagemutig. Darum wußte ich nicht, was in solch einem Fall von ihr zu erwarten war.

Noch eins: Sie war, wie Mimi, eine Theoretikerin der Liebe. Sie unterschied sich von Mimi dadurch, daß Mimi wirklich die Absicht hatte, wenn andere versagten, alles selbst für sich zu tun. Und vielleicht brauchte Mimi andere nicht mal, außer als Zeugen oder Beteiligte. Thea war dazu zu klug. Ich hatte von verschiedenen Männern, und besonders von Einhorn, vom Fanatismus der Frauen in der Liebe gehört, wie sich für sie das ganze Leben um diese eine Sache dreht, während Männer noch verschiedene andere Interessen haben und deswegen viel eher Monomanie vermeiden. Man konnte von Einhorn immer einen Teil der Wahrheit erfahren.

»Das ist eine *Tatsache*«, sagte ich, »Oliver ist verrückt geworden und hat heute versucht, sie umzubringen.«

»Was versuchst du, mir das weiszumachen! Wem könnte dieser arme Idiot schon was antun? Außerdem, warum mußt gerade du sie beschützen? Was hast du damit zu tun?«

»Weil«, sagte ich, über ihre Logik ungeduldig, »sie mich gebeten hat, sie aus der Stadt 'rauszubringen. Sie versucht, nach Mexico City zu kommen, und sie kann hier nicht in den Bus einsteigen. Die Polizei würde vielleicht versuchen, auch sie abzufangen.«

»Selbst wenn, was hast du damit zu tun?«

»Aber verstehst du denn nicht? Sie hat mich darum gebeten?«

»Nur einfach so? Oder hat sie dich gebeten, weil du das wolltest?«

»Wie hätte ich das fertigbringen sollen?« sagte ich.

»Als ob du nicht wüßtest, wovon ich rede! Ich habe dich mit Frauen gesehen. Ich weiß, wie du aussiehst, wenn eine hübsche oder auch eine nicht mal so hübsche Frau vorbeigeht.«

Ich sagte: »Also –«, um geltend zu machen, wie normal das wäre. Dann wollte ich statt dessen sagen: »Und was war mit den Männern, zu Hause an der Ostküste, dem Marineoffizier und den anderen?« Aber obwohl das mit einem bitteren Geschmack in meine Kehle kroch, hielt ich es zurück. Jetzt zählten Minuten. Aber trotz allem erinnere ich mich an die mexikanischen Gesichter, die sich diesen Streit anhörten, als ob er das Neue Testament wäre. »Warum mußt du dich so benehmen?« sagte ich. »Genügt dir mein Wort nicht, wenn ich sage, daß sie in Gefahr ist? Laß mich doch zur Abwechslung auch mal etwas machen. Über das andere können wir uns später unterhalten, allein.«

»Mußt du wegen Oliver so hetzen? Kannst du sie nicht hier vor ihm beschützen?«

»Ich hab' dir doch gesagt, daß er gefährlich ist. Hör mal!« Ich verlor vor Ungeduld beinah den Verstand. »Er will versuchen zu fliehen, und er möchte sie mitschleppen.«

»Oh, sie will ihn im Stich lassen, und du hilfst ihr dabei!«

»Nein!« brüllte ich beinah und senkte dann meine Stimme. »Verstehst du denn überhaupt nichts von dem, was ich dir zu erklären versuche? Warum bist du so eigensinnig?«

»Um Gottes willen, fahr doch, wenn du unbedingt mußt. Warum streitest du dich deswegen mit mir! Wartest du auf meine Erlaubnis? Die kriegst du nämlich nicht. Du erzählst mir da einen lächerlichen Unsinn. Sie braucht doch nicht mit ihm mitzugehen, wenn sie nicht will.«

»Stimmt, das braucht sie nicht, und ich helfe ihr, wegzukommen.«

»Du? Du bist froh, wenn Oliver sie nicht mehr hat.«

Ich warf mich auf die Kurbel, riß die Welle herum.

»Augie, fahr nicht! Hör, wir müssen am Morgen nach Chilpanzingo. Warum nehmen wir sie nicht mit nach Hause? Er wird nicht wagen, uns dort zu belästigen.«

»Nein, das hier ist etwas, wozu ich mich entschlossen habe. Ich habe es versprochen.«

»Mein Gott, du schämst dich ja, deine Meinung zu ändern und das Richtige zu tun!»

»Vielleicht«, sagte ich, »vielleicht verstehst du mehr davon, aber das wird mich nicht davon abhalten.«

»Fahr nicht. Fahr doch nicht!«

»Schön«, sagte ich, mich zu ihr wendend, »du kannst ja mitkommen. Ich fahre sie nach Cuernavaca 'rauf, und wir sind in ein paar Stunden wieder da.«

»Nein, ich komm' nicht mit.«

»Dann seh' ich dich später.«

»Mit ein bißchen Schmeichelei kann jeder bei dir erreichen, was er will. Ich hab' dir das schon früher gesagt. Wo bleib' ich da? Ich bin dir nachgelaufen. Ich hab' dir geschmeichelt. Aber ich kann nicht alle auf der Welt darin übertreffen.«

Sie versetzte mir damit einen heftigen Stich, und ich litt, als sie das tat. Ich wußte, daß diese Wunde noch lange bluten würde. Ich umklammerte die Kurbel und gab ihr einen unmenschlichen Schwung. Der Rückstoß des Motors riß an meinen Armen, und ich sprang hinter das Steuer. Im Licht der Scheinwerfer sah ich Theas Kleid; sie stand bewegungslos da und wartete wahrscheinlich darauf, was ich weiter tun würde. Mein wirkliches Verlangen war, auszusteigen. Aber der Wagen war schon eine Strecke über die Pflastersteine gefahren, und mir schien, daß ich ihn nicht aufhalten konnte, da ich ihn gerade in Bewegung gesetzt hatte. Das ist ja, was einem so oft mit Maschinen passiert: Sei ein wenig im Zweifel, schon übernehmen sie die Entscheidung. Ich bog auf die Straße nach Cuernavaca ein, die gewunden und steil, schwarz und schlecht markiert war. Wir waren oberhalb der Stadt, die in ihrem Kreis wie Glut lag, und ich fuhr so schnell, wie ich nur wagen durfte, denn wir waren von genug Leuten auf dem Platz gesehen worden, so daß Oliver bald davon wissen würde. Ich dachte, daß es besser wäre, wenn Stella in Cuernavaca einen Mietwagen nehmen könnte und nicht den Bus; denn der Bus hielt in jedem Nest, und Oliver könnte ihn leicht einholen. Mit einer schrecklichen Geschwindigkeit für diese dunkle Straße rasten wir aufwärts nach Cuernavaca, selbst als in der dunklen Luft und den Orangendüften, durch die wir in unserer Eile hindurchflammten, die Gefahr, vor der wir flohen, mit jeder Minute kleiner und unwichtiger erschien; bergauf in der Maschine vor Oliver, diesem Nebbich, zu flüchten, erschien allmählich, wie Thea gesagt hatte, blödsinnig. Diese schweigende Stella auf dem Sitz, die sich anscheinend mit solcher Ruhe Zigaretten mit dem Anzünder am Armaturenbrett ansteckte – es war schwer, sich vorzustellen, wie sie die Fähigkeit eines Mannes wie Oliver, jemandem etwas anzutun, je ernst genommen haben sollte. Sogar wenn er sie mit seinem Revolver bedroht hatte, war das wohl nur in der Rage, und höchstwahrscheinlich floh sie vor seinen Schwierigkeiten, nicht vor seinen Drohungen.

»Ich seh' da Lichter auf der Straße«, sagte sie.

Das waren Markierungen; hier war eine Umleitung. Ich fuhr sehr langsam über die Wagenfurchen eines alten Weges, bis ich zu einem großen Pfeil kam, der aufwärts zeigte. Die Wagenspuren gingen in beide Richtungen. Da die Umleitung nach rechts gegangen war, wendete ich jetzt nach links, und das war ein Fehler. Wir fuhren einen enger werdenden langen Weg herauf, ich hörte Gras und Äste unter uns, aber hatte Angst, rückwärts zu fahren, und wartete darauf, an eine breitere Stelle zu kommen, wo ich wenden könnte. Wir kamen an eine, wo ich glaubte, es versuchen zu können, und ich drehte scharf und ließ den Motor auf Touren laufen, denn ich fürchtete steckenzubleiben. Der schwerfällige Wagen kriegte nicht ganz die Kurve.

Was ganz gut so war, denn unter dem rechten Hinterrad war es ungewöhnlich weich. Als ich ausstieg, sah ich, daß es auf einem Grasbüschel direkt über der Kante eines tiefen Abgrunds stand. Ich konnte die Entfernung nach unten nicht abschätzen, aber wir waren eine ganze Weile bergauf gefahren, und es wären keine lumpigen zwanzig Meter gewesen. Ich war völlig in Schweiß und öffnete vorsichtig die Tür und sagte leise zu Stella: »Schnell!«, was sie verstand, und sie herausschlüpfen ließ. Mich durchs Fenster lehnend, wendete ich die Räder und kuppelte aus. Der Wagen rollte ein paar Meter und blieb an einer Bergwand stehen. Aber die Batterie war jetzt tot, und die Kurbel half auch nichts.

Sie sagte: »Sitzen wir jetzt die ganze Nacht hier fest?«

»Es hätte viel ewiger kommen können. Und ich habe Thea gesagt, ich würde in ein paar Stunden zurück sein«, sagte ich. Natürlich hatte sie die ganze Unterhaltung zwischen Thea und mir mit angehört. Diese Tatsache gab der Angelegenheit ein vollkommen anderes Gesicht. Es war genauso, nach jenem Gespräch im Orangenhain, als ob Thea Stella und mich einander neu vorgestellt hätte. War ich so eitel und albern, und war Stella so skrupellos? Wir sprachen nicht darüber. Stella konnte sich benehmen, als ob es zwecklos sei, auf die Beschuldigungen einer übererregten Frau einzugehen, und sie tat es. Was mich betraf, so dachte ich, wenn das, was Thea über mich gesagt hatte, der Wahrheit entsprach, dann müßte mir die Wahrheit von oben bis unten aus allen Poren sehen, und wenn das so offensichtlich war, gab es nicht viel dazu zu sagen. Und nach dieser ganzen Hetze und dem Angstschweiß und der Dringlichkeit, hier auf dem Berg zu sein wie ein Tausendfüßler, dessen Beine auf der einen Seite plötzlich nicht mehr mitmachen, während die andere versucht weiterzuhetzen, ließ in mir ein unangenehmes Gefühl entstehen. »Wenn wir ein paar Männer hätten, die die Vorderseite aufheben und geradestellen könnten, könnten wir vielleicht rollen und den Motor wieder in Gang bringen.«

»Was«, sagte sie, »bei den Scheinwerfern rollen?« Die Scheinwerfer waren gerade noch mattgelb. »Und überhaupt, wo wollen Sie jetzt zwei Männer herkriegen?«

Trotzdem ging ich los, um Hilfe zu suchen, und stieg bis zu dem riesigen, nirgends hinweisenden Pfeil hinunter. Über der grasigen Entfernung konnte ich nicht sicher sein, ob das, was ich sah, Sterne oder menschliches Licht war, aber ich wußte, daß es vernünftiger war, das jetzt nicht herauszufinden. Auf diesem Terrain hätte es verschiedene Stürze gegeben, ehe ich das erreicht hätte, was möglicherweise ein Dorf war. Oder ich hätte versucht, in den südlichen Himmel zu kommen. Und sogar »südlicher Himmel« zu sagen, stellte einen Versuch dar, schreckliche Feuerkrämpfe in den Entfernungen von Millionen von Lichtjahren vertrauter erscheinen zu lassen (und warum muß, von Sphäre zu Sphäre, ausgerechnet Feuer Besitz davon ergriffen haben?). Jedenfalls gab es Abstürze und auch Dornen und Kakteen, angefangen vom riesigen Maguey bis zu bösartigen, an den Beinen reißenden Stachelpolstern; und auch Tiere. Kein Wagen kam die Umleitung entlang, und dann fiel mir ein, daß der nächste Wagen, der vorbeikam, Oliver gehören könnte. Wartete ich hier darauf, daß er mit seinem Revolver nach mir schoß? Ich gab es auf und ging zum Kombiwagen zurück. Hinten lagen Decken und eine Zeltplane. Als ich mit der Taschenlampe nach ihnen suchte, dachte ich, was ich für einen Widerwillen gegen diese Maschine hatte, und in was für schiefe Lagen sie mich brachte. Ich breitete die Zeltplane auf dem nassen Gras aus, und als ich in mich zusammengekrochen und beinahe bewegungslos dalag, gingen noch immer große Geschwindigkeiten und Bewegungen durch mich hindurch. Ich machte mir Theas wegen Sorgen; ich wußte, daß sie mich fertigmachen würde. Sie würde mir das nie verzeihen. Und nun lag Stella dicht neben mir, denn es war kalt. Der Geruch aus ihrem Haar und von ihrem Gesichtspuder war zart – ich nehme an, die Gebirgskälte machte einen Unterschied im Duft aus. Ich empfand ihr Gewicht, von den Hüften und Brüsten, voll und schwer und gleichzeitig sanft. Und wenn ich vorher unklare Vorstellungen davon gehabt hatte, wie ich angesprochen sein würde, gab es jetzt darüber nicht mehr viel Unklarheit.

Ich halte es für ausgemacht, daß es eigentlich nur eins gibt, wenn man eine Nacht mit einer Frau in den Bergen, abseits menschlicher Behausungen zubringt: dem geheimen (oder auch gar nicht so geheimen) Drängen der Welt zu willfahren. Und die Frau, die so viel dazu getan hat, im gleichen Weltplan gefährlich zu werden, versteht es um so weniger, sich dem zu entziehen, je mehr sie von dieser Welt ist. Ich dachte, daß in der Krisis, die scheinbar zwangsläufig eintreten muß, wenn ein Mann und eine Frau zusammengeworfen sind, nichts, aber auch gar nichts mehr unbefangen geschehen kann, ehe nicht zuerst eine Schwierigkeit geklärt ist und sich gezeigt hat, wie der Mann als Mann und die Frau als Frau ist; als ob auf Biegen und Brechen das Leben einem Versuch unterworfen und gewisse Ansprüche des Mannes und der Frau befriedigt werden müßten. Ich habe gesagt: ich dachte. Und das tat ich auch. Ich dachte an eine ganz beträchtliche Menge von Dingen. Aber ich war auf diese Frau furchtbar scharf. Wie sie es, plötzlich, mit einem atemlosen Impuls zu mir hin, auch auf mich war. Ihre Zunge war in meinem Mund. Meine Hände zogen ihr ihre Kleider herauf. Was auch für andere Gedanken auf mich einstürmten, sie änderten nichts an der Sache; sie stürmten von »da draußen« auf mich ein. Als ihre Sachen herunterkamen, als mich in der kalten Nacht ihre Schultern, ihre Brüste und ihre feuchte Hitze, auf die ich fiel, wahnsinnig machten, klang meine Stimme fremd. Stella sprach hastig in mein Ohr, sie hob und senkte ihren Leib, drückte mein Gesicht und hob ihre Brüste auf; sie gab sich wie einen Preis. Sie tat viele Dinge, wie eine Frau, die von den Männern gelernt hatte, was ihnen gefiel. Das war zum Teil unschuldig an ihr. Es schien nur ein kurzer Augenblick nach verströmender Hingabe vergangen zu sein, als sie heiter, hin und wieder von Küssen unterbrochen, zu erzählen begann. Es ließ sie lachen, daß sie vorher auf der Party zu mir gesagt hatte, ich mißverstünde sie wohl und ginge entschieden zu weit, und ich mich daraufhin bei ihr entschuldigt hatte. Daß das nicht mehr Gewicht als ein Streichholz hatte, wußte ich da auch schon. Größer als alle anderen Erwägungen zusammengenommen war die Unvermeidlichkeit, die uns auf diesem Berg und auf diesem nassen Gras zusammengebracht hatte.

Wir hatten das alle gewußt, wir alle drei. Nachdem man viel mit Vernunft gemacht hat, ist es die Unvernünftigkeit, der man sich anheimgibt. Thea sah voraus, daß ich das tun würde. Das brachte mich alles nur noch mehr gegen Thea auf, als ob es nicht geschehen wäre, wenn sie es nicht vorausgesagt hätte. Und ich dachte irrsinnigerweise, daß mir mein Stolz nicht in die Quere gekommen wäre, wenn Thea sich nicht in den Weg gestellt und mir Vorschriften zu machen versucht hätte. Ich hatte die unbillige Idee, daß sie versucht hatte, mir alles zu vermasseln. Aber ich konnte soviel Gründe anbringen, wie ich wollte, ohne damit auch nur an den Fuß der Unvermeidlichkeit heranzureichen. Zwischen Stella und mir war jetzt nur ein wahres Thema möglich: ob es zwischen uns was Dauerndes gab. Aber ich dachte hauptsächlich an Thea. Und da das nicht gesagt werden konnte, konnte sonst auch nichts Echtes gesagt werden. Darum sprachen wir über nichts von wirklichem Wert. Sie erwähnte Thea nur einmal und sagte, daß es so aussah, als ob ihre Anforderungen sehr hoch seien. Schließlich schwiegen wir beide, und dann schliefen wir, und das war inniger, als es die Gespräche sein konnten. Ich erlebte eine ähnliche Nacht, Jahre später, auf einem überfüllten Dampfer von Palma de Mallorca nach Barcelona. Die Kabinen waren alle besetzt, und ich schlief auf Deck, wo ein Gedränge von einfachen Leuten (wie man das dort so nennt) war, Arbeiter in Leinenjacken; ganze Familien; Säuglinge; junge Mädchen von zarter Konstitution, die ins Meer erbrachen; Sänger, die Ziehharmonikas bearbeiteten; alte Leute auf der Deckladung – wie tot oder grübelnd, mit ungeschickt hingestreckten Füßen und großen Bäuchen. Eine taurige Nacht, feucht, mit herumfliegenden Rußflocken vom billigen Brennstoff. Die mickrigen Offiziere in Weiß staksten über die Körper auf den Planken. Ein junges Mädchen aus Texas teilte meine Pritsche; sie gestand freimütig, daß sie nach einem anderen Amerikaner in der Menge gesucht hatte. So lag sie die ganze Nacht dicht neben mir, und in der Krabbenkälte der Dämmerung, als das rosa Licht des rollenden Meeres auf uns fiel, erinnerte sie mich mächtig an Stella.

Jenes Aufstehen war von spanischem Krakeelen auf dem nassen Deck umgeben, und dieses andere umfing rauchige, weiße Morgensonne und ein Güterbahnhofsschweigen der Berge, wie die Stille nach dem krachenden Zusammenprall von Waggons. Hier und dort versuchte noch eine sehnige, gepanzerte Grille zu zirpen. Die graugrüne Kälte kam von den Felsen herab und vermischte sich mit dem Rauch eines Dorfes. Dieser Geruch nach Holzkohle, für einige der ausgesprochene Geruch der Vertrautheit und eines willkommenen Tages, war für mich der letzte Beigeschmack der Fremdheit. Stella stand, in die Decke eingerollt, und versuchte, auf die Sohle des Abgrunds zu sehen; der Anblick dieser Tiefe zog mir den Magen zusammen.

Einige Indianer rückten für je einen Peso den Wagen zurecht. Als wir anfingen zu rollen, sprang die Maschine an, und wir fuhren nach

Cuernavaca, wo ich einen Wagen mietete, der sie nach Mexico City bringen sollte, und ihr alle Dollars gab, die ich hatte. Sie sagte, sie würde es mir durch Wells Fargo zurückschicken, und es wurde so das Übliche über das Begleichen einer Schuld hin und her geredet, was so schwer zu charakterisieren ist. Ich glaubte ihr nicht, aber Geld war das einzige, über was wir jetzt sprechen konnten. Dankbarkeit war nicht das einzige, was sie empfand, soviel ist sicher, aber da sie auch etwas Dankbarkeit in sich hatte, die sie ausdrücken konnte, hielt sie sich daran und schenkte sich das übrige. Immerhin sagte sie: »Besuchst du mich irgendwann mal?«

»Aber sicher.«

Während wir in der Sonne auf das Taxi warteten, standen wir am Rande des Marktes neben den Blumenständen, da wo die Steine von abgefallenen Blüten schlüpfrig waren und wir gerade die leichte Fettigkeit von Blumen unter unseren Füßen spürten. Uns gegenüber waren die Stände der Metzger, und auf den Haken hingen die Kaldaunen und Lungen und Kadaver, auf denen die Fliegen nahezu dröhnten und wie die ersten Tropfen eines Wolkenbruchs auf eine rote Mauer aufklatschten. Unter einem Hackblock hockte ein kleiner nackter Junge, der langsam eine seltsame Farbe unter sich ließ. Wir gingen langsam um die breite Stahlgalerie herum, das Glasdach erhob sich über den gepackten Blechwaren, Paprikaschoten, Rindfleisch, Bananen, Schweinefleisch, Orchideen, Körben und diesem Glitzern der Wut, dem Chitin, diesem elektrischen lauten Seidenpapiergeräusch anhänglicher Liebe, dem wilden, liebenden Gebrumm der blauen und grünen Schmeißfliegen. Als drehte sich eine mächtige Spule, die alle Fäden vom Sonnenlicht auffing.

Der Chauffeur erschien. Sie vergewisserte sich noch einmal, ob ich auch die Adresse ihrer Theateragentur, die immer wußte, wo sie zu finden war, richtig aufgeschrieben hatte. Sie küßte mich, und ich empfand von ihren Lippen ein unbekanntes Gefühl auf meiner Wange, so daß ich mich fragte, was für einen Fehler ich wohl jetzt wieder zu machen im Begriff sei. Während das Taxi langsam durch die Menge auf dem Markt fuhr, ging ich nebenher, und wir drückten uns durchs Fenster die Hände.

Sie sagte: »Vielen Dank. Du warst ein wirklicher Freund.«

»Viel Glück, Stella«, sagte ich. »*Mehr* Glück ...«

»Ich würde mich von ihr nicht zu schlecht behandeln lassen, wenn ich du wäre«, sagte sie mir.

Ich würde mich von ihr nicht schlecht behandeln lassen, dachte ich, als ich hinging, um Thea unter die Augen zu treten und sie zu belügen. Ich empfand die Schärfe der Lügen, auf die ich vorbereitet war, nicht wirklich. Ich kam mit dem Gedanken zu ihr zurück, daß ich jetzt treuer war als vorher, darum glaubte ich, daß ich eher im Begriff war, etwas Wahres als etwas Unwahres zu behaupten. Und ich hatte nicht erwartet, mir so schlecht vorzukommen, wie ich mir vorkam, als ich sie neben einer Hecke, auf der eine rote Wachsbeere herausgekommen war, im Garten sah. Sie trug den Hut mit den Messingösen und war zum Aufbruch nach Chilpanzingo bereit. Ich war auch bereit, sofort abzufahren, wenn sie mir das erlaubte. Ich wollte sie schrecklich gern wiederhaben. Aber dann beschloß ich, daß ich besser nicht fahren sollte. Ich dachte mir jetzt, daß ich diesen seltsamen Unternehmungen schon viel zu sehr nachgegeben hatte; sogar mit dem Adler hätte ich Einhalt gebieten sollen und nicht immer bei jeder bizarren Sache so wenig erstaunt erscheinen, als ob ich das alles schon mal erlebt hätte. Aber ich strebte der Zukunft viel zu schnell zu.

»Na! Da kommst du ja«, sagte sie scharf. »Ich wußte nicht, ob ich dich erwarten sollte. Ich dachte, du würdest wegbleiben. Ich glaub', mir wäre das lieber gewesen.«

»Schön«, sagte ich. »Mach nicht soviel Worte. Komm nur gleich der Sache auf den Kern.«

Sie sprach anders daraufhin, und es tat mir leid, daß ich sie dazu herausgefordert hatte. Mit einer Art Schrei und mit zuckendem Mund sagte sie: »Wir sind fertig miteinander – fertig. Es ist alles aus, Augie! Wir haben einen Fehler gemacht. *Ich* habe einen Fehler gemacht.«

»Jetzt überstürze doch nicht wieder alles. Wart doch, ja? Wenn du dich darüber aufregst, daß Stella und ich ...«

»... die Nacht zusammen verbrachten!«

»Wir mußten. Aber weil ich auf die falsche Straße geraten bin, darum.«

»Oh, bitte, hör doch damit auf, sag doch so was nicht! Es bringt mich einfach um, vergiftet mich, dich so reden zu hören«, sagte sie, voll von nicht zu beherrschendem Elend. Sie sah sehr krank aus.

»Aber ja, das ist wahr«, beharrte ich. »Wovon redest du eigentlich? Du solltest nicht so eifersüchtig sein. Der Wagen ist in den Bergen steckengeblieben.«

»Ich konnte heute morgen kaum aufstehen. Und jetzt ist es noch schlimmer, viel schlimmer. Erzähl mir doch keine Märchen. Ich kann solche Geschichten nicht ausstehen.«

»Also gut«, sagte ich, während ich auf die frischgewaschenen Steine sah, wo sich die Sonne überall abkühlte, unregelmäßig, das Grün wie Samt, »wenn du absolut solche Gedanken haben mußt und von ihnen gequält werden mußt, dann ist dir eben nicht zu helfen.«

Sie sagte: »Einerseits wünsch' ich, es wären nur meine eigenen Sorgen.«

Aus irgendeinem Grunde machte mich das ihr gegenüber hartnäckig. »Das sind nur deine Sorgen«, sagte ich zu ihr. »Angenommen, du hättest recht. Nach allem, was du mir über dich erzählt hast, über den Jungen von der Marine und so weiter, während du mit Smitty verheiratet warst, wäre es doch wohl nicht so schwer, dir das jetzt zu erzählen. Du bist mir immer noch um ein paar voraus.« Wir wurden beide rot, während wir uns ansahen.

»Ich hätte nicht gedacht, daß ich das, was ich dir einmal erzählt hab', auf diese Weise wiederhören würde«, sagte sie mit einem Schwanken in ihren Worten, und bei diesem Beben ihrer Stimme fühlte ich einen Kälteschauer, klumpiges, dickes Eis an der Küste während der ersten Fröste, »oder daß wir Buch darüber führen müßten.«

Sie sah sehr schlecht aus, mit dem mehr glänzenden als freundlichen Blick ihrer schwarzen Augen; ihre Blässe war sehr tief; ihre Nasenflügel erschienen, als ob sie etwas von der Krankheit angenommen hätten und das Gift, von dem sie sprach, rochen. Und die Tiere und tierischen Gegenstände, die Rindslederstühle, die im Stroh raschelnden Schlangen, die gehörnten und verfilzten Köpfe, alles das, was *raison d'être* gehabt zu haben schien, wurde fad, unnütz, brutal oder ein wahlloses Durcheinander, einfach Ramsch, wenn irgendwas mit ihr nicht stimmte. Während sie selbst müde aussah, traten im Nacken die Sehnen hervor, und die Schultern waren eingesunken. Sie roch nicht einmal richtig. Und von oben bis unten wurde sie von einer fürchterlichen Eifersucht gepeinigt, sie wollte und mußte mir weh tun.

Aus irgendeinem Grunde dachte ich, daß das allmählich vorübergehen würde. Aber gleichzeitig zitterte ich auch. Ich sagte: »Du kannst dir nicht einmal vorstellen, daß nichts passiert ist, was? Und weil wir die ganze Nacht zusammen waren, mußt du natürlich auch annehmen, daß wir geliebt haben.«

»Schön, vielleicht ist das gegen die Vernunft«, sagte sie. »Aber ob es das ist oder nicht, kannst du mir sagen, daß das wirklich nicht der Fall war: Kannst du das?«

Ich war mit Bedacht im Begriff, das zu tun, weil es notwendig war – und ich kam mir wie ein Ungeheuer vor, als Lügner vor ihr zu stehen, ehe ich noch Stellas Geruch von mir abgewaschen hatte – aber Thea fiel mir ins Wort. Sie sagte: »Nein, tu das nicht, du würdest doch nur immer wieder dasselbe sagen. Ich weiß. Und verlang nicht, daß ich mir irgendwas vorstelle. Ich hab' mir schon alles vorgestellt. Erwarte nichts Übermenschliches von mir. Ich würde es gar nicht erst versuchen. Es ist schon zu schmerzlich und mehr, als ich dachte, aushalten zu können.« Sie brach nicht in Tränen aus, sondern gerade wie eine plötzliche Dunkelheit, gerade so still, erschienen sie in ihren Augen.

Durch diese plötzlich aufsteigende Glut verging oder schmolz meine ganze Härte dahin. »Hören wir doch auf damit, Thea«, sagte ich und kam auf sie zu, aber sie wich vor mir zurück.

»Du hättest bei ihr bleiben sollen.«

»Hör doch ...«

»Mir ist es damit ernst. Jetzt kannst du zu mir zärtlich sein. Zehn Minuten später könntest du es zu ihr und fünfzehn Minuten danach zu irgendeiner anderen Schickse. Du hast gar nicht so viel zu versenden, um dich so zu verteilen. Wie bist du überhaupt an dieses Mädchen geraten? Das möchte ich doch mal wissen.«

»Wie? Ich lernte sie mit Oliver kennen, durch Moulton.«

»Warum hat sie dann nicht deinen Freund Moulton gefragt? Warum dich? Weil du mit ihr geflirtet hast.«

»Nein, sie dachte sich, ich würde Mitgefühl haben. Sie wußte, wie ich mit dir stand, und da hat sie sich wahrscheinlich gedacht, daß ich die Lage einer Frau schneller verstehen würde als jemand anders.«

»Das ist gerade die Art Lüge, die dir so leichtfällt. Sie hat dich ausgesucht, weil du so verdammt entgegenkommend aussiehst, und dachte sich, mit dir könnte sie machen, was sie wollte.«

»O nein«, sagte ich. »Da irrst du dich. Sie war gerade in einer bösen Lage, und ich hatte Mitleid mit ihr.« Aber natürlich erinnerte ich mich der Erregung im Orangenhain, die mich in einem vitalen Punkt, und wo ich sie nicht abstellen konnte, traf. Anscheinend muß Thea auch davon gewußt haben, was mich erstaunte. Damals in Chicago hatte sie prophezeit, daß ich auf jede andere Frau hereinfallen würde, die mir nachlief. Wenn sie mich nur nicht mir selbst so gnadenlos hart geschildert hätte. Nun, jedenfalls damals in Chicago hatte ich bei mir gedacht, wie erfreulich es doch wäre, daß ich keine Geheimnisse vor ihr zu haben brauchte; jetzt schreckte eine Art düsterer Unschlüssigkeit davor zurück, als ob es lebensgefährlich wäre, ohne Dinge, die man vor anderen verbarg, zu sein. »Ich wollte ihr wirklich und wahrhaftig helfen«, sagte ich.

Sie rief: »Wovon sprichst du eigentlich – helfen! Der Mann wurde ungefähr um die gleiche Zeit, als ihr fortfuhrt, von der Polizei festgenommen.«

»Wer, Oliver?« Ich war wie vor den Kopf geschlagen. »Verhaftet? Wahrscheinlich hätte ich nicht so hetzen sollen. Aber ich hatte Angst, daß er sie mitschleppen würde. Weil er einen Revolver hatte, und er hatte schon Louie Fu geschlagen, er fing an, tätlich zu werden, und ich dachte, er würde sie zwingen ...»

»Dieser dämliche, schwache, arme besoffene Idiot – sie zwingen? *Das* Mädchen? Was hat er denn vorher erzwungen? Sie hat doch nicht mit einem Revolver vor der Nase im Bett gelegen, nicht wahr? Sie ist eine Hure! Aber sie hatte bald heraus, was du für einer bist, daß du Angst davor haben würdest, ihren Erwartungen nicht zu entsprechen, nicht der Mann zu sein, den sie in dir sehen wollte, daß du ihr Spiel mitmachen würdest. Du machst überall mit.«

»Du bist nur wütend, weil ich nicht immer dein Spiel mitmache. Ja, ich glaube, sie verstand mich wirklich. Sie sagte mir nicht, ich solle das tun. Sie bat mich darum. Sie muß gesehen haben, daß ich es satt hatte, immer gesagt zu bekommen ...«

Das brachte sie dazu, mich mit heftiger gewordenem Ekel anzusehen, als ob sie ein neuer Anfall davon überkommen hätte: einen Augenblick lang biß sie sich auf die Lippe. Dann sagte sie: »Es war kein Spiel. Ich sehe, daß du es als eins aufnahmst. Nun, es war keins, es war echt. Soweit wie ich es echt machen konnte, war es das! Für dich hat es vielleicht wie ein Spiel ausgesehen. Ich glaub', das wär' gut möglich. Vielleicht wolltest du gar nichts anderes.«

»Wir sprechen nicht über das gleiche. Nicht die Liebe. Es sind diese anderen Sachen, in denen du so phantastisch bist.«

»Ich – so phantastisch?« sagte sie mit trockenem Mund und legte ihre Hand auf die Brust.

»Ja, wie kannst du glauben, es nicht zu sein – der Adler, die anderen Sachen, die Schlangen, jeden Tag jagen?«

Das bereitete ihr neuen Schmerz.

»Was, hast du mir nur nachgegeben? Wegen des Adlers? Hat dir das gar nichts bedeutet? Du hast die ganze Zeit gedacht, ich sei nur phantastisch?«

Ich fühlte, was ich ihr damit Schreckliches angetan hatte, und so versuchte ich, es abzuschwächen. »Nun sag doch mal selbst, kommt dir das nicht auch mal ein bißchen verdreht vor, und wenn auch nur für einen Moment?« sagte ich.

Das schnürte ihr fast die Kehle zu, und die Tränen vorher waren nichts im Vergleich zu dieser Strangulierung. Sie sagte: »Mir kommt auch vieles verdreht vor. Manches vielleicht viel verdrehter, als dir das, was ich tu, erscheint. Dich zu lieben, das kam mir überhaupt nicht verdreht vor. Aber jetzt fängst *du* an, mir so verdreht zu erscheinen wie viele andere Dinge auch. Vielleicht bin ich abseitig, daß ich nur diese ausgefallenen Möglichkeiten kenne, etwas zu tun. Statt mich an das Übliche zu halten und etwas Falsches zu machen. Also ...«, und ich schwieg, weil ich erkannte, daß sie in dieser Sache recht hatte »... du hast Nachsicht mit mir gehabt.« Ich konnte kaum ertragen zu sehen, wie sie litt. Manchmal war ich mir nicht sicher, ob sie das nächste Wort würde hinzufügen können, ihre Kehle hielt so viele andere Laute zurück und in der Schwebe. »Ich hab' dich nie darum gebeten – nie. Warum hast du nicht gesagt, was du dachtest? Du hättest mir das erzählen können. Ich wollte dir nicht phantastisch erscheinen.«

»Du selbst, du warst das nie. Nein, das warst du nicht.«

»Wahrscheinlich erzählst du niemandem, was du denkst. Aber bei mir brauchtest du dich doch nicht so zu benehmen wie mit allen anderen. Du hättest tun können, was du bei anderen nicht tun kannst. Gibt es denn auf der ganzen Welt keinen Menschen, bei dem du das kannst? Erzählst du es irgend jemand? Ja, ich glaubte, Liebe würde auf verdrehte Weise kommen. Du glaubst, daß die Verdrehtheit deine Entschuldigung ist. Aber vielleicht würde Liebe dir überhaupt, ganz egal, wie es dazu kommt, fremd und seltsam sein, und vielleicht willst du sie einfach nicht. In dem Fall hab' ich einen Fehler gemacht, weil ich dachte, daß du sie wolltest. Und du willst sie nicht, nicht wahr?«

»Was hast du mit mir vor? Mich bis auf die Knochen 'runterzureißen? Das ist doch bloß, weil du so eifersüchtig und wütend bist...«

»Ja, ich bin eifersüchtig. Mir ist sehr übel, und ich bin enttäuscht, sonst würde ich das alles wahrscheinlich nicht tun. Ich weiß, daß du dem nicht gewachsen bist. Aber ich bin enttäuscht. Ich bin nicht bloß eifersüchtig. Als ich in Chicago zu deinem Zimmer heraufkam, hattest du ein Mädchen, und als du zu mir kamst, fragte ich dich nicht erst, ob du sie liebtest oder nicht. Ich wußte, daß sie nicht viel bedeuten konnte. Aber sogar wenn sie wichtig gewesen wäre, dachte ich, daß ich es versuchen mußte! Ich fühlte mich meistens einsam, als ob die Welt voller Dinge, aber ohne Menschen wäre. Ich weiß«, gab sie zu, mich tiefer als je bestürzend, »daß ich ein bißchen verrückt sein muß.« Sie sagte das in einem rauhen und ruhigen Ton. »Ich muß es sein, das muß ich zugeben. Aber ich dachte, daß, wenn ich einen Menschen erreichen könnte, ich dann auch andere erreichen könnte. Damit mich die Leute nicht ermüden und ich keine Angst mehr vor ihnen haben würde. Weil an meinen Gefühlen nicht die Leute schuld sein können. Nicht in dem Maße. *Sie* machen sie nicht. So glaubte ich, daß du derjenige sein müßtest, der das für mich tun kann. Und du konntest es. Ich war so glücklich, dich zu finden. Ich glaubte, daß du dir über alles, was du tun kannst, klar wärst, und daß du so glücklich und so besonders seist. Darum ist es nicht bloß Eifersucht. Ich wollte nicht, daß du zurückkommst. Mir tut es leid, daß du jetzt hier bist. Du bist nichts Besonderes. Du bist wie alle anderen auch. Du wirst leicht müde. Ich will dich nicht mehr sehen.«

Jetzt neigte sie den Kopf. Sie weinte. Der Hut fiel ihr vom Kopf und baumelte an der Schnur. Mit dem Gefühl furchtbarer Ausweglosigkeit war mir die Brust so heftig beklommen wie einem maroden Eichhörnchen, das, von seidigen Qualmschauern umweht, in einem Kaminzug in der Falle sitzt. Ich versuchte wieder, mich Thea zu nähern. Sie richtete sich auf, sah mir ins Gesicht und schrie: »Ich will nicht, daß du das tust! Ich will es nicht! Ich kann es dir nicht gestatten. Ich weiß, du denkst, dieses und jenes und was weiß ich noch alles könnte immer einfach übersehen werden, aber ich denke das nicht.«

Sie ging an mir vorbei zur Tür, wo sie stehenblieb. »Ich fahr nach Chilpanzingo«, sagte sie. Sie hatte aufgehört zu weinen.

»Ich komme mit.«

»Nein, das wirst du nicht tun. Keine weiteren Spiele mehr. Ich fahr' allein.«

»Und was soll ich deiner Meinung nach tun?«

»Frag mich nicht. Komm selbst darauf.«

»Ich verstehe schon«, sagte ich.

Ich suchte im Zimmer mein Zeug zusammen, brennend, mit Tränen und Schreien, die aus der Erstickung keinen Ausweg finden konnten, und Steine des Mitleids türmten sich in mir auf, als ich sie mit einem Gewehr und Jacinto mit dem Gepäck hinter ihr zum *zócalo* hinuntersteigen sah. Sie wollte sofort abfahren. Ich wollte ihr zuschreien: »Fahr nicht!«, wie sie mir gestern abend auf dem *zócalo* zugerufen hatte; wollte ihr sagen, was sie für einen Fehler beging. Aber was ich ihren Fehler nannte, war, in meinem eigenen Empfinden, daß sie mich verließ. Das war es, was mich zittern ließ, als ich versuchte, sie zu rufen. Sie durfte mich nicht verlassen. Ich rannte durchs Haus, um ihr von der Mauer des Küchengartens nachzubrüllen.

Irgend etwas an mir erschreckte die Köchin; sie riß ihr Kind an sich und verschwand, als sie mich sah. Und plötzlich war ich genauso voller Wut wie Kummer, so daß es mich würgte. Ich riß die Gartentür auf und rannte trampelnd zum *zócalo* hinunter, aber der Kombiwagen war nicht mehr da. Ich ging zurück und stieß die Haustür auf, mich nach etwas umsehend, was ich angreifen und zerschlagen konnte. Ausholend und platzend riß ich die Steine im Garten heraus und schmiß sie an die Mauer, daß der Stuck herunterfiel. Ich ging ins Wohnzimmer und zerschlug die Rindslederstühle, die Gläser, riß Gardinen und Bilder herunter. Als nächstes, ich befand mich auf der Veranda, zertrat ich die Schlangenkästen, warf sie um und stand da und beobachtete die Panik der Ungeheuer, während sie, um Deckung besorgt, davonflossen und flohen. Ich schmiß jede einzelne Kiste um.

Dann schnappte ich meinen Koffer und verschwand. Ich trampelte, Schluchzen in der Brust, zum *zócalo* hinunter.

Auf Hilarios Veranda saß Moulton. Ich sah nur sein Gesicht über dem Carta-Blanca-Schild. Er sah herunter. Er, der Papst der Trümmer.

»He, Bolingbroke, wo ist das Mädchen? Oliver ist im Kittchen. Komm herauf, ich will mit dir sprechen.«

»Mensch, geh doch zum Teufel!«

Er hörte nicht.

»Warum trägst du einen Koffer?« sagte er.

Ich ging weg und streifte weiter durch die Stadt. Auf dem Markt traf ich Iggy mit seiner kleinen Tochter.

»Heh, wo kommst du her? Oliver ist vorige Nacht verhaftet worden.«

»Ach, soll er sich doch ins Knie ficken!«

»Bitte, Bolingbroke, sprich nicht so vor dem Kind.«

»Nenn mich nicht mehr Bolingbroke.«

Trotzdem ging ich mit ihm herum, während er das Kind an der Hand führte. Wir besahen die Stände, und schließlich kaufte er der Göre ein Maiskolbenpüppchen.

Er sprach über seine Sorgen. Da seine Frau jetzt mit Jepson fertig war, sollte er sie wieder heiraten? Ich hatte nichts zu sagen, aber ich fühlte meine Augen brennen, während ich ihn ansah.

»Also du hast Stella geholfen wegzukommen, was?« sagte er. »Ich glaub', das war richtig. Warum soll sie seinetwegen was ins Genick bekommen? Wiley sagt, daß Oliver gestern nacht im Gefängnis herumgebrüllt hat, weil sie ihn sitzengelassen hätte.«

Dann sah er zum erstenmal meinen Koffer und sagte: »Oh – oh, Mensch, das tut mir aber leid! Schluß gemacht, was?«

Ich zuckte zusammen, mein Gesicht verzog sich, ich machte ein stummes Zeichen und brach dann in Tränen aus.

19

Die Schlangen entwichen – ich nehme an, in die Berge. Ich ging nicht mehr zur Casa Descuitada zurück, um das festzustellen. Iggy brachte mich in ein Zimmer in der Villa, wo er wohnte. Eine Zeitlang tat ich überhaupt nichts, lag nur in der kleinen warmen Steinzelle, ganz oben unter dem Dach. Man stieg die Treppe hinauf, bis sie nicht mehr weiterging, und kletterte dann auf einer Leiter weiter. Dort streckte ich mich elend auf dem niedrigen Bett aus und blieb tagelang so liegen. Falls Tertullian ans Fenster des Himmels kam, um sich am Anblick der Verdammten zu ergötzen, wie er gesagt hatte, mag er vielleicht durch das Sonnenlicht hindurch mein Bein sein Blickfeld kreuzen gesehen haben. So fühlte ich mich.

Iggy kam und leistete mir Gesellschaft. Es gab da einen niedrigen Stuhl, auf dem er stundenlang saß, ohne ein Wort zu sagen, das Kinn so eingezogen, daß sein Hals faltig und geschwollen war, die Hosen unten mit den Schnüren der *alpargatas* zugebunden wie ein Radfahrer, der verhindern will, daß sich die Aufschläge in der Kette verfangen. So, mit gesenktem Kopf und die Lider seiner grünen Augen entzündet, saß er da. Von Zeit zu Zeit läutete eine Kirchenglocke, hin und her schwappend, als trüge jemand Wasser, das selbst zwar ganz klar, aber in einem schmuddeligen, zerbeulten Eimer war, und holperte und stolperte dabei auf den Kopfsteinen. Iggy wußte, daß ich mich in einer Krise befand, und wollte nicht, daß ich allein war. Aber wenn ich etwas zu sagen versuchte, drehte er es so gegen mich, daß ich mir damit nur ins eigene Fleisch schnitt, und akzeptierte nichts von dem, was ich ihm sagte, selbst wenn er mich vorher ermutigt hatte zu sprechen. Natürlich erzählte ich ihm alles, bis ich nicht mehr japsen konnte, und dann kam es mir so vor, als habe er seine Hand auf meinem Gesicht und wollte mich nicht mehr weiterreden lassen. Nachdem dieses Ersticken ein paarmal vorgekommen war, gab ich es auf zu reden. Ich dachte, er käme, um Gnade zu üben, und harre aus, um sicher zu sein, daß mir die Luft wegblieb. Indem er mich bemitleidete, übte er irgendeine dunkle Rache an mir.

Jedenfalls, er saß neben der trockenen hübschen Wand, auf die die

Sonne über das Fensterbrett fiel, wo die Tauben mit ihren roten Füßen landeten und Staub und Stroh herunterwirbelten. Manchmal legte er tatsächlich seine Wange an den Verputz.

Ich wußte, daß ich Unrecht getan hatte. Und als ich dalag und daran dachte, fühlte ich meine Augen rollen, als ob sie nach einem Ausweg suchten. Mit meiner Fähigkeit zu vergessen war irgend etwas geschehen, sie hatte Schaden genommen. Meine Fehler und Fehltritte kamen von allen Seiten auf mich zu und nagten an mir. Sie nagten drauflos, und ich brach in Schweiß aus und wand und drehte mich oder fühlte die Sinnlosigkeit des Sichwindens und Drehens.

Dann versuchte ich es wieder und sagte: »Iggy, was kann ich tun, um ihr zu beweisen, daß ich sie liebe?«

»Ich weiß nicht, was. Vielleicht kannst du es ihr nicht beweisen, weil du sie nicht liebst.«

»Nein, Iggy, wie kannst du das sagen! Siehst du denn nicht, wie es ist?«

»Warum bist du dann mit dieser Lusche losgezogen?«

»Das war eine Art Revolte oder so was. Woher soll ich denn das wissen! Warum? Ich habe die Menschen nicht erfunden, Iggy.«

»Du kennst das Leben noch nicht, Boling. Mir tust du leid«, sagte er von seiner Wand her, »wirklich. Aber das muß dir passieren, ehe du irgendwas erreichst. Dir ist es immer zu gut gegangen. Du mußt so umgehauen und zerquetscht werden wie jetzt. Wenn es dir nicht so geht, wirst du nie begreifen, wie sehr du ihr wehgetan hast. Du mußt das verstehen lernen und nicht so leichtfertig sein.«

»Sie ist zu böse. Wenn sie mich lieben würde, würde sie nicht so böse sein. Sie braucht irgendeinen Grund, um so böse zu sein.«

»Na, den hast du ihr ja geliefert.«

Es hatte keinen Zweck, sich mit Iggy zu streiten, also lag ich schweigend da und stritt und rechnete in Gedanken statt dessen mit Thea, aber ich geriet immer nur mehr und mehr ins Unrecht. Warum hatte ich das getan? Ich hatte sie schwer verletzt, ich wußte das. Ich konnte das so klar erkennen, wie ich sie, weiß, mit zugeschnürter Kehle, sprechen sehen konnte: »Ich bin enttäuscht!« »Liebling, hör zu«, wollte ich ihr sagen, »natürlich ist jeder irgendwann mal enttäuscht. Aber das weißt du ja. Jeder nimmt Schaden, und jeder fügt anderen Schaden zu. Besonders in der Liebe. Und ich habe dir diesen Schaden zugefügt. Aber ich liebe dich, und du solltest mir verzeihen, damit wir weitermachen können.«

Ich hätte mich auf die Schlangen in den heißen Bergen einlassen sollen, hinter ihnen da oben auf der braunen Erde mit den Schlingen herzukriechen, statt mich in der durchgedrehten Stadt herumzutreiben, wo es noch viel gefährlicher war.

Es hatte sie schwer getroffen, als ich ihr eröffnete, was ich von ihrem Jagen hielt. Aber hatte sie nicht auch versucht, mich mit ihrem Angriff zu Boden zu werfen und zu zermanschen, als sie sagte, wie eitel ich sei, wie unzuverlässig, wie ich immer nach anderen Frauen sähe und kein Gewissen hätte? Und hatte sie recht, als sie sagte, daß Liebe mir immer fremd vorkommen würde, ganz egal, in welcher Form, sogar wenn es keine Adler und Schlangen gäbe?

Ich dachte darüber nach und war erstaunt, wieviel Wahrheit darin enthalten war. Himmel, das stimmte! Und ich hatte immer geglaubt, daß ich, was Liebe betraf, immer auf der Seite meiner Mutter war, gegen die Oma Lauschs, die Mrs. Renlings und die Lucy Magnusens.

Wenn ich kein Geld, keinen Beruf und keine Pflichten hatte, geschah das dann nicht, um frei zu sein und ehrlich der Liebe folgen zu können?

Ich, ein folgsamer Diener der Liebe? Nicht im geringsten war ich das! Und plötzlich fühlte sich mein Herz häßlich an, ich war mir selbst über. Ich fand, daß meine Absicht, einfach zu sein, nur ein Betrug war, daß ich nicht ein bißchen gutherzig oder zärtlich sei, und begann zu wünschen, daß ganz Mexiko hinter den Wänden hervorkommen und mich umbringen möchte, und ich zwischen den Knochenstaub und die verbogenen, dornigen Kreuze auf dem Friedhof als Insekten- und Eidechsenfraß geworfen würde.

Jetzt hatte ich angefangen, und es mußte mit dieser furchtbaren Untersuchung seinen Fortgang nehmen. Wenn ich so war, deckte es sich jedenfalls nicht mit meinem Auftreten, sondern mußte mein Geheimnis sein. Wollte ich also gefallen, dann nur, um zu täuschen oder es allen zu zeigen, nicht wahr? Und das wohl, weil ich der Überzeugung war, jedermann wäre besser als ich und besäße etwas, was ich nicht vorweisen konnte. Aber als was erschienen mir die Menschen überhaupt? Als irgend etwas Phantastisches? Ich wollte das nicht sein, was sie aus mir machten, sondern ich wollte ihnen gefallen. Das erkläre mir einer! Ein unabhängiges Schicksal – und auch Liebe. Welche Verwirrung! Ich mußte doch ein Ungeheuer sein, um solche Verwirrung zu stiften.

Aber nein, ich konnte schlecht sowohl ein Ungeheuer sein als auch leiden. Das wäre zu ungerecht. Ich konnte das nicht glauben. Es war nicht richtig zu denken, jeder andere auf der Welt besäße mehr Daseinskraft als man selber. Warum denn auch, sieh mal, es war doch so klar wie nur irgendwas, daß das nicht stimmte, sondern die schiere Einbildung war, in der du übertreibst, wie du den Augen der anderen erscheinst, und mißverstehst, wie du für etwas, was du gar nicht bist, sowohl gemocht als auch nicht gemocht wirst, und zwar in beiden Fällen aus Irrtum und Trägheit. An sich sollte dich das nicht kümmern, aber dann mußt du wissen, was des Kümmerns wirklich wert ist, und einsehen, was an dir erfreulich und was unerfreulich ist. Glaubst du denn, daß jeder, der dir neu über den Weg läuft, sich was daraus macht und darauf achtgibt? Nein. Und macht es dir etwas aus, daß es hinwiederum jemand anderem etwas ausmacht? Nicht im entferntesten. Weil sowieso niemand ohne ein Gefühl der Bloßstellung und Scham zeigen kann, was er ist, und er kann sich um solche eigenen Voreingenommenheiten nicht kümmern, sondern muß besser und stärker als jeder andere erscheinen! Verrückt! Und mittlerweile spürt er nichts von wirklicher Stärke in sich, betrügt und wird betrogen, baut aufs Betrügen und glaubt aber ungewöhnlich an die Stärke der Starken. In dieser ganzen Zeit darf nichts Echtes sichtbar werden, und niemand weiß, was real ist. Und das ist die entstellte, aus der Art geschlagene, im Finstern tappende Menschheit – das Menschliche schlechthin.

Aber dann, wo schließlich jeder so tüchtig und wichtig in seiner starken, hübschen Verpackung herumläuft, kannst du es da vor dir selbst verantworten, schwach und arm, als irgend so ein Geschöpf aus Dummsdorf, lachend und harmlos mitzuhatschen? Nein, du glaubst es nicht zu können, du mußt in deinem Herzen danach trachten, nach außen anders zu erscheinen. Da die Außenwelt nun so mächtig ist und ihre Instrumente so ungeheuer und schrecklich sind, da so große Taten vollbracht werden und die Gedanken so groß und bedrohlich sind, bringst du einen Jemand hervor, der vor alledem bestehen kann; du erfindest einen Menschen, der den schrecklichen Erscheinungen standhalten kann. Auf diese Art kann der Mensch weder Gerechtigkeit erfahren noch Gerechtigkeit walten lassen. Aber er kann leben. Und das ist es, was das schlechthin Menschliche immer tut. Es besteht aus diesen Erfindern oder Lebenskünstlern, aus Millionen und aber Millionen von ihnen, und jeder einzelne von ihnen versucht auf seine Art, wieder andere Menschen zu rekrutieren, eine Karyatiden-Rolle zu spielen und ihn in seinen Vorspiegelungen zu unterstützen. Die großen Unternehmer und Führer werben die größte Anzahl an, und das stellt ihre Macht dar, daraus besteht sie. Da ist dann so eine Attrappe, die sich vor die Front stellt, um den Rest anzuführen, und sie kann ihre Behauptung, echt zu sein, mit mehr Nachdruck zum Ausdruck bringen als andere, oder über den Häuptern der andern ist eine Stimme zu hören, die zu Donnergrollen verstärkt wurde. Dann wird eine ungeheure Erfindung – die vielleicht die Erfindung der Welt (und Natur) an sich darstellt – zur wirklichen Welt, mit Städten, Fabriken, öffentlichen Gebäuden, Bahnanlagen, Armeen, Chinesischen Mauern, Gefängnissen und Kinos – zu *der* Wirklichkeit. Menschsein, das ist der Kampf, andere zu Rekruten seiner Ansicht von dem, was real ist, zu machen. Dabei werden selbst die Blumen oder das Moos auf den Steinen zum Moos und den Blumen einer *Ansicht*.

Ich sah bestimmt wie ein idealer Rekrut aus. Aber die erfundenen Dinge wurden für mich nie real, gleichgültig, wie sehr ich mir einzureden versuchte, daß sie es seien.

Mein eigentlicher Fehler bestand darin, daß ich nicht bei meinen reinsten Gefühlen zu bleiben verstand. Das riß das größte Loch in mich. Vielleicht war auch für Thea eine Reihe von glücklichen Tagen am schwersten zu ertragen; das fiel mir als Grund für ihre Abkühlung ein. Vielleicht hatte auch sie diese Schwierigkeiten, mit ihrem erwählten Wesen. Voriges Jahr, als Mimi in Schwierigkeiten war, hatte Kayo Obermarck zu mir gesagt, daß das mit jedem so geht. Jeder fand Bitterkeit in seinem erwählten Wesen. Am Ende ist vielleicht das erwählte Wesen Bitterkeit, weil man, um bei dem erwählten Wesen anzulangen, Mut braucht, weil es intensiv ist und Intensität eben etwas ist, das unsere schwache Menschennatur nicht lange ertragen kann. Und auch kann das erwählte Wesen nicht etwas sein, was wir bereits haben, weil wir für das, was wir bereits haben, nicht viel Bedarf oder Achtung zeigen. Oh, das ließ in mir eine schreckliche Verachtung aufkommen, so aufgebracht und wütend, wie ich mich fühlte. Diese verdammten Sklaven! dachte ich. Diese stinkenden Feiglinge!

Was mich selbst betraf, nicht viel besser als einige der schlimmsten, so hatte ich mir als Spezialität Einfachheit ausgedacht. Ich wollte Einfachheit und lehnte Komplizierungen ab, und bei alledem war ich hinterhältig und unterdrückte heimlich im Herzen viele Patente und war dabei so erfinderisch wie alle anderen auch. Oder warum sehnte ich mich sonst so nach Einfachheit?

So etwas wie Charakter ist schon überhaupt unsicher. Die Typen sind es, die sicher sind. So fügen sich fast alle Selbstverstümmelungen zu, damit der große Schrecken sie ausläßt. Das ist nicht neu. Die furchtsamen Naturvölker quetschen sich die Köpfe platt oder durchbohren sich die Lippen oder Nasen oder hacken sich Daumen ab oder machen sich Masken, die so fürchterlich wie der Schrecken selbst sind, oder bemalen oder tätowieren sich. Und das alles, um dem Schrecken zuvorzukommen, den es nicht freut, daß du da bist.

Sage mir, wie viele Jakobs es gibt, die auf Stein schlafen und ihn zwingen, ihr Kissen zu sein, oder mit Engeln auf die Matte gehen und die große Furcht niederringen, um ein Recht auf ihr Leben zu gewinnen? Von diesen Tapferen gibt es so wenige, daß sie zu den Vätern ganzer Völker gemacht werden.

Währenddessen, was mich betraf, wer würde mir je Schutz vor dieser mächtig entfesselten Herrschaft des Schreckens und vor dieser wilden Kälte des Chaos gewähren, in die ich geriet und deshalb Schutz in zeitweiligen Umarmungen suchte? Das war nicht sehr tapfer. Und daß es vielen so ging wie mir, war kein Trost. Wenn es viele gab wie mich, dann mußten sie alle in gleicher Weise wie ich leiden.

Nun, jetzt, da ich das wußte, wollte ich eine neue Chance. Ich glaubte, daß ich versuchen mußte, wieder tapfer zu sein. So entschloß ich mich, hinzufahren und sie in Chilpanzingo anzuflehen und ihr zu sagen, daß ich, obgleich ein schwacher Mensch, mich allmählich ändern könnte, wenn sie es noch mal mit mir versuchen würde.

Sobald ich das beschlossen hatte, fühlte ich mich viel besser. Ich ging zum *peluqueria* und ließ mich rasieren. Dann aß ich bei Louie Fu zu Mittag, und eine seiner Töchter bügelte mir die Hosen. Ich war durchgedreht, aber auch von Hoffnungen gestärkt. Ich sah bereits ihr Gesicht weiß werden, während sie mich anklagte, und ihre Augen sich verdunkeln und mich anblitzen. Aber sie würde mich auch in ihre Arme schließen. Weil sie mich brauchte, wie ich sie. Und ihre ganze überspannte Stärke, die aus dem Zweifel kam, ob ihr Verlangen jemals wieder einem Menschen vertrauen könnte, würde einhalten und auf mir ruhen.

Als ich mir vorstellte, wie das sein würde, schmolz ich, meine Brust wurde heiß, weich, wund und verlangend. Ich sah es bereits geschehen. Bei mir ist das immer so gewesen, daß die Phantasie mir vorauseilte und den Weg bereitete. Sonst kann, wie es scheint, der große schwere persönliche Möbelwagen, dunkel und schwerfällig, nicht in ein fremdes Terrain einfahren. Aber diese meine Vorstellungskraft baut Straßen und Wälle wie die römische Armee in Spanien oder Gallien, sogar wenn sie nur für eine Nacht kampiert.

Während ich in Shorts dasaß und auf die Hosen wartete, kam Louies Hündin heraus. Unruhig und fett, roch sie wie die alte Winnie. Sie stand breitbeinig vor mir und starrte mich an. Da sie nicht gestreichelt werden wollte, wich sie mit klickenden Krallen zurück, als ich meine Hand ausstreckte, und zeigte kleine alte Zähne. Sie war nicht aufgebracht, sondern wollte nur zu ihrer Einsamkeit zurück. Das tat sie und verschwand mit einem riesigen Seufzer unter dem Vorhang. Sie war sehr alt.

Der Bus, ein alter, ländlicher Schulbus aus USA, kam wie eine Postkutsche vergangener Zeiten an. Ich war schon drin und hatte meine Karte schon in der Hand, als Moulton dazukam und durchs Fenster sagte: »Komm raus, ich will mit dir sprechen.«

»Nein, ich will nicht.«

»Komm«, sagte er ernsthaft, »es ist wichtig. Mach's lieber.«

Iggy sagte: »Warum kümmerst du dich nicht um deine eigenen Angelegenheiten, Wiley?«

Moultons große Stirn und Kürbisnase waren von einem weißen Schweiß bedeckt. »Ist es besser, wenn er in irgendwas reinrast und umgelegt wird?« sagte er.

Ich stieg aus. »Was meinst du damit, umgelegt?« fragte ich.

Ehe Iggy es verhindern konnte, falls er vorhatte, es zu versuchen, drückte Moulton meine Hand an seinen harten Bauch, zog meinen Arm stramm unter seinen, und mit bulliger Hast zog er mich auf meinen abgetretenen Absätzen ein paar stolpernde Schritte auf den Steinen und rosigen Abfällen fort.

»Sei vernünftig«, sagte er. »Talavera war Theas Freund, alter Junge. Er ist bei ihr in Chilpanzingo.«

Ich riß mich los. Ich wollte meine Finger in seinen Hals krallen und ihn erwürgen.

»Ig!« brüllte er, »hilf lieber, ihn festzuhalten!«

Iggy, der gerade hinter uns stand, griff nach mir.

»Laßt mich los!«

»Warte, du wirst ihn doch nicht hier vor den Polizisten und den ganzen Leuten umbringen wollen. Verschwinde lieber, Wiley, er zerrt wie ein Stier.«

Ich wollte auch Iggy zu Boden schmeißen, während er meinen Arm hielt.

»Wart doch, Boling! Krieg doch erst mal klar, ob es stimmt. Um Gottes willen, versuch doch zu denken.«

Moulton ging rückwärts, während ich Iggy an meinem Arm schleppte.

»Sei doch kein blöder Idiot, Boling«, sagte Moulton. »Das stimmt wirklich. Glaubst du, daß ich mit dir Ärger haben möchte? Ich hab's bloß getan, um dir zu helfen, damit du dir nichts einhandelst. Da unten ist es gefährlich. Talavera wird dich umbringen.«

»Sieh doch, was für einen Gefallen du ihm getan hast!« sagte Iggy. »Sieh dir bloß sein Gesicht an!«

Ich blieb stehen. »Ist es wahr, daß er mit ihr nach Chilpanzingo gefahren ist, Iggy?« fragte ich. Ich war innen so zerrissen und zerbissen, daß ich diese Frage kaum herausbringen konnte.

»Er war hier schon vorher ihr Freund gewesen«, sagte Iggy. »Gestern hat mir jemand erzählt, daß Talavera gleich hinter Thea nach Chilpanzingo gefahren ist.«

»Wann war er ...?«

»Vor einigen Jahren. Himmel, er hat in der Casa Descuitada gelebt, jedenfalls so ungefähr.«

Ich konnte mich nicht länger auf den Füßen halten und fiel, gegen das Orchesterpodium gelehnt, in mich zusammen. Ich bedeckte meinen Kopf mit den Händen und zitterte, mein Gesicht auf den Knien.

Moulton war streng zu mir. »Mich erstaunt, wie du das aufnimmst, March«, sagte er.

»Wie willst du denn, daß er es aufnimmt? Hör doch auf, es ihm einzureiben«, sagte Iggy.

»Er benimmt sich wie ein kleines Kind, und du ermutigst ihn noch dazu«, sagte Moulton. »Mir ist das passiert, dir ist es passiert. Es ist Talavera passiert, als sie hier mit Smitty ankam, und später mit *ihm*.«

»Nein, eben nicht, Talavera wußte, daß sie verheiratet war.«

»Was ändert das schon? Obwohl Talavera ein drittklassiger Theaterreiter ist, hat er doch seine Gefühle. Bitte, soll es ein Mann nicht erfahren, wenn ihm das passiert? Hätte ich es nicht erfahren sollen? Hättest du es nicht erfahren sollen? Das ist eine dieser verdammten Tatsachen, die man schlucken können muß.«

»Aber der Junge liebt sie noch immer. Als sich irgend jemand deine Frau übern Leisten zog, bist du wütend geworden, aber nicht, weil du sie liebtest.«

»Schön, liebt sie ihn denn?« sagte Moulton. »Was hat sie dann in den Bergen mit Talavera gemacht, nachdem March eins auf die Birne bekommen hatte und festlag?«

»Gar nichts hat sie mit ihm in den Bergen gemacht!« schrie ich, wieder tobend. »Wenn er jetzt in Chilpanzingo ist, dann ist er einfach in Chilpanzingo und nicht bei Thea.«

Er starrte mich an und machte ein Gesicht, als ob er neugierig sei. Er sagte: »Mensch, ich wette, daß du genausoviel siehst wie alle anderen auch, aber du bleibst einfach bei deiner Meinung. Warum hat sie dir denn nicht erzählt, daß er früher ihr Freund war? Und was haben sie eigentlich gemacht, sich nur übers Wetter unterhalten, und sie ist nicht einmal für ihn vom Pferd gestiegen?«

»Nichts ist passiert. Gar nichts! Wenn du jetzt nicht aufhörst zu reden, jage ich dir einen von diesen Steinen die Kehle runter!« Aber er war auch sehr erregt und konnte nicht aufhören; er machte keine faulen Witze, sondern beabsichtigte irgendwas. Seine Augen waren groß und fest auf mich gerichtet.

»Das ist zu schlimm, Freund, aber Frauen haben keinen Verstand. Sie sind nicht nur für glückliche junge Burschen wie dich da. Wieviel willst du wetten, daß ihre Reithosen für ihn herunterkamen, und daß sie ihre süßen kleinen Sachen nicht alle für dich aufgehoben hat?«

Ich sprang nach ihm. Iggy hielt mich von hinten, und ich hob ihn vom Boden hoch und versuchte ihn loszuwerden, indem ich ihn gegen das Podium rammte, aber er hielt fest, und als ich mich mit voller Wucht nach hinten warf und ihn so quetschte, daß er losließ, röchelte er: »Um Himmels willen, bist du übergeschnappt? Ich halt' dich doch nur aus Schwierigkeiten 'raus.«

Moulton hatte sich bereits die geschäftige Straße 'runter, die zum Markt führte, aus dem Staube gemacht. Ich brüllte ihm nach: »Okay, du dreckiger, widerlicher Schweinehund! Wart nur, ich bring' dich um!«

»Hör auf damit, Boling, ein Schupo beobachtet dich schon.«

Ein indianischer Polizist saß in der Nähe auf dem Trittbrett eines Wagens. Wahrscheinlich war er an zankende und sich schlagende betrunkene Gringos gewöhnt.

Iggy hatte mich auf die Knie gezwungen, er hielt noch immer meine Arme fest. »Kann ich dich jetzt loslassen? Wirst du ihm nicht nachrennen?« Ich gab eine Art Schluchzer von mir und schüttelte den Kopf. Er half mir aufzustehen. »Sieh dich nur an, ganz bedreckt. Du wirst dich umziehen müssen.«

»Nein, ich habe keine Zeit.«

»Komm auf mein Zimmer. Ich werde dich wenigstens abbürsten.«

»Ich will den Bus nicht verpassen.«

»Willst du damit sagen, daß du trotzdem 'runterfährst? Du mußt einen ganz schönen Vogel haben.«

Aber ich hatte mich entschlossen hinzufahren. Ich wusch mir bei Louie das Gesicht ab und stieg in den Bus; mein Platz war besetzt, und alle die früher gekommenen Fahrgäste, die mich beim Orchesterpodium beobachtet hatten, schienen verstanden zu haben, worum es sich drehte, daß ich ein armer *cabrón* war, der seine Frau verloren hatte.

Iggy kam mit mir in den Bus. Er sagte: »Mach dir nichts aus ihm. Er hat selbst versucht, sie zu bekommen, und ihr dutzendmal Anträge gemacht. Er verreckte fast nach ihr. Darum war er an dir interessiert und ist in die Villa gekommen. Bei Olivers Party war er wieder hinter ihr her. Darum ist sie so schnell gegangen.«

Das war nicht so wichtig; es war ungefähr wie ein brennendes Streichholz neben einem Großbrand, Alarmstufe vier.

»Laß dich da nur nicht auf einen Kampf ein. Du wärst verrückt. Talavera würde dich umbringen. Vielleicht sollte ich mitkommen und dich aus allem 'raushalten. Willst du, daß ich mitkomm'?«

»Danke. Laß mich nur allein.«

Er wollte gar nicht wirklich mitkommen.

Der alte Bus machte plötzlich einen Lärm wie lauter Nähmaschinen auf einem Dachboden. Durch die Schwaden gesehen, kam einem die Kathedrale wie in einem Fluß gespiegelt vor.

»Ich verschwinde«, sagte Iggy. »Denk daran«, warnte er mich wieder, als er ausstieg, »es ist dämlich von dir hinzufahren. Du forderst dein Schicksal geradezu heraus.«

Als der Bus aus der Stadt herunterrollte, war eine alte Bauersfrau so freundlich, ihren Sitz mit mir zu teilen. Als ich mich hinsetzte, fühlte ich, wie es wieder anfing, mich zu durchjagen. Oh, Feuer, Feuer! Zuckungen oder Krämpfe einer eifersüchtigen Krankheit, wild und brennend. Ich hielt mein Gesicht und fühlte, daß ich töten mußte.

Wozu hat sie das getan? Warum hatte sie sich mit Talavera eingelassen? Um mich zu bestrafen? Das war auch eine Art, jemanden zu bestrafen!

Mein Gott, sie hatte ja selbst das getan, dessen sie mich beschuldigte! Hatte ich hinter ihrem Rücken nach Stella geschielt? Nun, sie hatte hinter meinem nach Talavera geschielt und hatte die Rache sofort zur Hand.

Wo war die kleine Katze, die wir damals in Chicago hatten? Ganz plötzlich mußte ich daran denken. Weil wir einmal zwei Tage lang in Wisconsin waren, und, als wir nachts zurückkamen, das kleine Wesen vor Hunger schrie. Da fing Thea deswegen an zu weinen und steckte die Katze in ihr Kleid, während wir zum Markt an der Fultonstreet fuhren, um ihr einen ganzen Fisch zu kaufen. Und wo war diese Katze jetzt? Irgendwo zurückgelassen, einfach irgendwo, und das zeigte, von welcher Dauer Theas Bindungen waren.

Dann dachte ich daran, wie sehr ich sie geliebt hatte, es machte mir Freude zu sehen, daß die Falten an unseren Fingergliedern gleich waren; jetzt würde sie also Talavera mit diesen Fingern berühren, wo sie mich berührt hatte. Und wenn ich daran dachte, daß sie mit einem anderen Mann das gleiche tat, was sie mit mir getan hatte, daß sie sich genauso vergessen würde und ihn loben und küssen, an den gleichen Stelle küssen, halb besinnungslos vor Zärtlichkeit, seinen Kopf haltend, ihre Beine öffnend, vernichtete es mich so ungefähr. Ich stellte mir das genau vor und litt entsetzlich.

Ich hatte sie heiraten wollen, aber es gibt kein Besitzen. Nein, nein, weder besitzen Frauen ihre Männer, noch die Männer ihre Frauen, noch die Eltern ihre Kinder. Sie gehen fort, oder sie sterben. So gehört jedes Besitzen nur dem Augenblick. Wenn du dazu fähig bist. Und während jeder Wunsch lebt, lebt er angesichts seiner Verneinung. Aus diesem Grund schaffen wir die eigensinnigen Zeichen des Besitzens; wie Überschreibungen, Urkunden, Ringe, Schwüre und andere dauerhafte Dinge mehr.

In der Hitze brausten wir auf Chilpanzingo zu. Zuerst kamen die braunen, stürmischen Berge, dann das unfruchtbare Geröll und grüne Floridafedern. Als wir in die Stadt kamen, sprang jemand außen am Bus zu einer kostenlosen Fahrt auf, schnappte sich meinen Arm und krallte sich mit den Fingern kräftig darin fest. Ich wehrte mich und riß mich los. Beim Herunterspringen schlug mir dieser Vergnügungsreisende auf die Hand, als ich nach ihm langte. Es tat weh, und ich war wütend.

Hier war der *zócalo*. Weiße schmierige Wände fielen in sich zusammen, und von Ratten benagte spanische Romantik schimmelte von den Balkonen, eine fürchterliche Straße wie ein verfaulendes Sevilla, das auf blühende Abfallhaufen herabfiel.

Ich dachte, daß ich, wenn ich Talavera auf der Straße treffen sollte, versuchen würde, ihn umzubringen. Womit? Ich hatte ein Taschenmesser. Das war nicht gefährlich genug. Ich sah mich auf dem Platz nach einem Laden um, wo ich ein Messer kaufen könnte, aber ich fand keinen. Was ich sah, war ein Haus, über dem »Café« stand. Das war eine viereckige schwarze Öffnung in einer Wand, die aussah, als ob sie nach tausendjährigem Vergrabensein in der Syrischen Wüste ausgebuddelt worden wäre. Ich ging mit der Absicht hinein, ein Messer von der Theke zu stehlen. Da waren aber keine Messer, nur kleine Löffel mit geflochtenem Griff im Zucker. Ein Stück weißes Moskitonetz hing zerrissen herunter wie eine feine Arbeit, die zu keinem nützlichen Zweck gemacht worden ist.

Als ich aus dem Café herauskam, sah ich den Kombiwagen vor einem Haus stehen, das schmiedeeiserne Gitter wie die Häuser in New Orleans hatte, an dem Stücke fehlten. Ohne weiter an Messer zu denken, rannte ich hin und ging hinein. Am Pult war niemand; es gab nur einen alten Mann, der den Sand auf dem Pfad im verfallenen Patio säuberte. Er sagte mir die Nummer von Theas Zimmer. Ich schickte ihn hinauf, er sollte sie fragen, ob sie mich empfangen wollte. Sie rief mir selbst durch einen Spalt in der Jalousie zu. Was ich wolle? Ich ging schnell die Treppe hinauf, und an den großen hölzernen Doppeltüren ihres Zimmers sagte ich zu ihr: »Ich muß mit dir sprechen.«

Sie ließ mich herein, und als ich eintrat, sah ich mich zuerst nach ihn verratenden Anzeichen um. Da war das gewöhnliche Durcheinander von Kleidern und Ausrüstungsgegenständen. Ich konnte nicht erkennen, ob etwas davon ihm gehörte. Aber das hätte an der Sache auch nichts geändert. Ich war entschlossen, über diesen Dingen zu stehen. »Was willst du, Augie?« sagte sie wieder. Ich sah sie an. Ihre Augen waren nicht so lebhaft wie sonst, und sie sah krank aus; oben entschlüpfte ihr glänzendes schwarzes Haar den Kämmen. Sie trug einen seidenen Mantel oder Morgenrock. Anscheinend hatte sie ihn gerade angezogen. Bei solcher Hitze zog sie es vor, in ihrem Zimmer nackt zu sein. Als ich versuchte, mir in Erinnerung zu rufen, wie sie nackt aussah, entdeckte ich, daß ich das sehr gut konnte. Sie bemerkte meine Augen auf ihrem Unterleib, und ihre Hand bewegte sich hinunter, um den Saum ihres Morgenrockes dort festzuhalten. Als ich diese farbige, rundfingerige Hand sich hinunterbewegen sah, fühlte ich bitter, wie mein Privileg abgelaufen und auf einen anderen Mann übergegangen war. Ich wollte es wiederhaben.

Ich sagte mit flammendem Gesicht: »Ich bin gekommen, um dich zu fragen, ob wir wieder zusammensein können.«

»Nein, ich glaub' nicht, daß wir das jetzt können.«

»Ich habe gehört, daß Talavera hier bei dir ist. Stimmt das?«

»Geht dich das etwas an?«

Ich faßte das als eine Bejahung auf und spürte großen Schmerz. Ich sagte: »Wahrscheinlich nicht. Aber mußtest du dich sofort hinterher mit ihm einlassen? Sobald ich jemand hatte, mußtest du auch jemand haben. Du bist auch nicht besser als ich. Du hast ihn dir aufgespart.«

»Ich glaub', der einzige Grund, aus dem du hier bist, ist der, daß du gehört hast, er wäre hier«, sagte sie.

»Nein, ich bin gekommen, um dich zu fragen, ob wir es noch einmal versuchen könnten. Er ist mir nicht so wichtig.«

»Nein?« sagte sie mit dieser weißen Wärme des Gesichts, die sie hatte. Für einen Augenblick lächelte sie nachdenklich.

»Ich könnte ihn vergessen, wenn du mich noch willst.«

»Du würdest ihn jeden zweiten Tag aufs Tapet bringen, jedesmal, wenn wir irgendwelche Differenzen hätten.«

»Nein, das würde ich nicht.«

»Ich weiß, daß du dich jetzt zu Tode aufregst, weil er vielleicht hereinkommen könnte und ihr euch schlagen würdet. Aber er ist nicht da, du kannst also beruhigt sein.«

»Also war er da!«

Sie antwortete nicht. Hatte sie ihn fortgeschickt? Vielleicht. Wenigstens konnte dieses gemischte Gefühl aus Hoffnung und Angst aufhören. Natürlich hatte ich Angst gehabt. Aber ich hatte auch gehofft, ihn vielleicht töten zu können. Ich hätte es versucht. Ich hatte das bereits durchdacht. Ich stellte mir vor, daß er mich erstochen hätte.

Sie sagte: »Du kannst mich nicht lieben, wenn du denkst, daß ich mit einem anderen Mann zusammen bin. Du mußt uns beide ermorden wollen. Du mußt dir wünschen, ihn zehntausend Meter tief einen Berg herabstürzen und mich in einem Sarg bei meiner Beerdigung zu sehen.«

Ich schwieg. Was bot sie mir doch für einen seltsamen Anblick, während sie mich anstarrte, in diesem schimmligen hispanischen Zimmer. Die tropische Sonne in den Spalten der Jalousien. Der Verfall der Stadt. Auf dem Abhang der dornige, stachlige Fleck verbogener eiserner Grabkreuze. Blutende Bougainvilleen, wie purpurroter, tuberkulöser Schaum an den Mauern, mit schreiend grünen Ranken. Dann die bettelnden oder singenden großen Lippen und Stirnen der Berge. Dazu das Durcheinander im Zimmer; die Lappen und teuren Sachen, die sie ohne Unterschied, wie sie ihr gerade in die Hände fielen, gebrauchte: Papier-Taschentücher oder seidene Unterwäsche, Kleider, Kameras und kosmetische Artikel. In der Hoffnung, daß sie es damit richtig machte, machte sie alles schnell. Augenscheinlich glaubte sie mir nicht, was ich sagte. Sie glaubte mir nicht, weil sie es nicht fühlte, und sie fühlte es nicht, weil ein Kontakt unterbrochen war.

»Du brauchst dich nicht sofort zu entscheiden, Thea.«

»Nein, schön – wohl nicht. Vielleicht denk' ich in einer Stunde anders, aber ich glaub' nicht. Augenblicklich habe ich keine Verwendung für dich. Besonders, wenn ich daran denke, wie du dich mit anderen Leuten benimmst. Ich wünsche dir alles Schlechte, das ich mir nur ausdenken kann. Ich wollte, du wärst tot.«

»Und ich liebe dich noch immer«, sagte ich. Und das muß zu erkennen gewesen sein, denn ich log nicht. Ich stand da und zitterte. Aber sie gab mir keine Antwort.

»Willst du es nicht wieder so wie früher haben?« sagte ich. »Ich glaube, daß ich es diesmal richtig machen könnte.«

»Woher weißt du das?«

»Die meisten Menschen sind wahrscheinlich in der gleichen Verfassung wie ich. Aber es muß eine Möglichkeit geben zu lernen, es besser zu machen.«

»*Muß* es?« sagte sie. »Mir scheint, du bist fähig, das zu glauben.«

»Natürlich. Wie könnte es sonst überhaupt eine Hoffnung geben? Wie sollte ich sonst wissen, wonach ich streben soll? Woher wußtest du es?«

»Was willst du an mir beweisen, und was weiß ich?« Sie sagte das mit leiser Stimme. »Ich hab' oft genug unrecht gehabt – öfter als ich dir zu erzählen Lust hab'.« Sie wechselte das Thema.

»Jacinto hat mir wegen der Schlangen Bescheid gegeben«, sagte sie. »Wenn du hier gewesen wärst, hättest du was von mir erleben können.«

Aber ich fühlte, daß das eine Untat von mir war, die sie nicht empörte. Ich hatte eher den Eindruck eines Lächelns halber Anerkennung. Aber ich konnte daraus nicht viel Hoffnung schöpfen, weil Lächeln und Abstraktion, Eigensinn und die Absicht, weh zu tun, in ihrer wolkigen weißen Nervosität rasch miteinander abwechselten und ich sah, daß sie nicht fähig war, ihre Gefühle für mich zusammenzunehmen. Ich konnte keine Antwort erwarten. Niemals. Es gab keinen Kontakt mehr.

In einem mit einer *petate* aus Stroh bedeckten Goldfischglas, in dem kein Wasser war, sah ich jetzt ein Wesen, aufgeblasen, mit Schuppen, warzig wie eine Essiggurke, grau, mit faltigen grauen Kehllappen und gebogenen Krallen, das mit dem Bauch atmete.

»Du hast eine neue Sammlung angefangen«, sagte ich.

»Den hier hab' ich gestern gefangen. Er ist bis jetzt so ungefähr das Interessanteste. Aber ich bleib' nicht hier. Ich fahr' nach Acapulco und nehm' dann ein Flugzeug nach Vera Cruz, von wo ich nach Yucatan will. Ich soll dort sehen können, wo einige seltene Flamingos aus Florida übergewechselt sind.«

»Erlaube mir mitzukommen.«

»Nein.«

So war das.

Nicht so, wie ich es mir vorgestellt hatte.

20

Wieder in Acatla, lag ich auf der faulen Haut. Ich hoffte trotz allem noch, von Thea zu hören, und obwohl es sinnlos war, fragte ich immer wieder auf der Post nach. Es war nichts da, und im allgemeinen ging ich dann hinterher einen trinken und spülte Tequila mit Bier herunter. Ich pokerte jetzt nicht mehr bei Louie und sah niemand vom alten Verein. Jepson wurde wegen Landstreicherei festgenommen und in die Staaten zurückgeschickt, und nun wollte Iggys Ex-Gattin Iggy wiederhaben. Die kleine Göre wußte genau, was los war, und wenn ich sie alle so zusammen spazierengehen sah, spürte ich, wie gewitzt sie schon für ihr Alter war, und sie tat mir leid.

So hatte ich an einigen der goldenen Nachmittage neben der Kneipe, wo ich auf einer Bank in vernachlässigten Hosen und schmutzigem Hemd und seit drei Tagen nicht rasiert saß, das Verlangen, loszubrechen und zu sagen: O ihr Geschöpfe, die ihr euch die Radieschen noch nicht von unten anseht, was habt ihr vor! Alles Kintopp! Selbst Glück und Schönheit.

Oft war mir zum Heulen. Dann war ich wieder böse und hatte Lust aufzubrüllen. Aber während kein anderes Lebewesen wegen seiner lauten Gemütsäußerungen, sei es Brüllen, Röhren, Heulen, Krächzen oder Wiehern, einen Verweis erhält, wird von der menschlichen Spezies erwartet, daß sie sich zurückhaltender Luft macht. Aber dann ging ich zuweilen auf eine der Bergstraßen hinaus, wo mich nur ein gelegentlich vorbeikommender Indianer hören konnte, der nicht sagte, was er darüber dachte, und dort sagte ich meine Gefühle laut heraus, oder ich schrie, und dann fühlte ich mich für kurze Zeit wohler.

Einige Tage lang hatte ich Gesellschaft; einen Russen, der nach einer Schlägerei aus dem Kosakenchor hinausgeworfen worden war. Er trug noch sein Sergehemd mit der weißen Borte und den ganzen Abnähern für Patronen. Er war sehr stolz und nervös. Er knabberte an den Nägeln. Sein Kopf war kahl und ließ ein sanftes Licht auf die schöne Ernsthaftigkeit seines jederzeit sauber rasierten Gesichts fallen. Er hatte eine gerade Nase, der Mund wurde von zartem Groll zusammengezogen, und die Augenbrauen waren schwarz, lang und vornehm. Hol's der Henker, wenn er nicht wie ein Bild von dem Dichter d'Annunzio aussah, das ich einmal gesehen hatte.

Er trank und war pleite, und bald würde er auch festgenommen werden wie Jepson. Ich hatte nur noch sehr wenig Geld, aber ich kaufte ab und zu eine Flasche Tequila, darum hatte er was für mich übrig.

Nun, meine Beziehung zu ihm verursachte mir ungefähr das gleiche Gefühl, das ich wegen Iggys kleinem Mädchen empfand, das mir wegen der Dinge, die es verstehen mußte, leid tat. Zuerst tat es mir leid, daß er mir Gesellschaft leistete. Aber dann gefiel er mir schon besser. Und weil ich zu jemandem über Thea sprechen wollte, beichtete ich ihm alles. Ich erzählte ihm die ganze Geschichte. Ich dachte, er würde mitfühlend sein. Diese vielen tiefen zerhackten Furchen der Begegnung mit dem Schmerz, die er auf seiner Stirn hatte, ließen mich das denken.

»Sie sehen also, wie schlimm es war«, sagte ich. »Ich hab's wirklich nicht leicht. Ich muß sehr leiden. Ich bin manchmal halbtot.«

»Abwarten«, sagte er mir. »Sie haben überhaupt noch nichts gesehen.«

Das machte mich wütend auf ihn. Jähzornig sagte ich zu ihm: »Na ja, Sie dreckiger Egoist!« Ich wollte ihn niederschlagen; ich war damals betrunken genug, es zu tun. »Was meinen Sie damit, Sie Mißgeburt! Sie Quarklappen-Kosak, Sie! Nachdem ich Ihnen erzählt habe, wie ich mich fühle ...«

Aber er wollte das Gespräch darauf bringen, wie er sich fühlte. Er mit seinem nackten Kopf, der geröteten Nase und dem Groll um den Mund. Und er war kein schlechter Unglücksrabe, was eigentlich nur natürlich war. Schließlich hatte er ja auch ein Leben. Er saß da ohne Hoffnung. Er roch wie ein Fußpuder von früher, den wir einmal im Haus gehabt hatten. Aber trotzdem war er *simpático*.

»Gut, alter Junge«, sagte ich, »das ist wahr, Ihnen ist es schlecht gegangen. Vielleicht sehen Sie Harbin nie wieder, oder wo Sie sonst herkommen.«

»Nicht Harbin, Paris«, sagte er.

»Okay, Sie armer Schlucker, Paris. Meinetwegen Paris.«

»Ich hatte in Moskau einen Onkel«, sagte er, »der sich als Frau verkleidete und so zur Kirche ging. Und er erschreckte alle, weil er einen Bart hatte und sehr wild aussah. Ein Polizist sagte zu ihm:

›Mein Herr, Sie scheinen mir ein Mann und keine Frau zu sein.‹ Da antwortete er: ›Wissen Sie was, Sie erscheinen mir als Frau und nicht als Mann.‹ Und ging. Alle hatten Angst vor ihm.« »Das ist alles schön und gut, aber wieso bedeutet das, daß ich noch nichts erlebt habe?«

»Ich will damit sagen, daß Sie zwar in der Liebe enttäuscht worden sind, aber wissen Sie denn nicht, in wie vielen Dingen, außer der Liebe, man noch enttäuscht werden kann? Sie haben Glück, bis jetzt nur von der Liebe enttäuscht worden zu sein. Später kann es vielleicht noch schrecklicher kommen. Glauben Sie nicht, daß mein Onkel verzweifelt gewesen sein muß, um in diese dunkle Kirche zu gehen und alle zu erschrecken? Er mußte seine Macht gebrauchen. Er fühlte, daß er nur noch ein paar Jahre zu leben hatte.«

Nun, ich gab vor, das nicht zu verstehen, weil es mir paßte, ihn lächerlich erscheinen zu lassen, aber ich verstand sehr gut, was er mir klarzumachen versuchte. Nicht, daß das Leben zu Ende gehen muß, ist eigentlich so schrecklich, sondern daß es im wesentlichen mit so vielen Enttäuschungen endet. Das ist eine Tatsache. Schließlich konnte ich mich nicht mehr mit ihm sehen lassen. Er fing an, für Negra, die Puffmutter des *foco rojo*, Zuhälter zu spielen, und ich beschloß zu verschwinden. Ich verkaufte meine überkandidelte Ausstattung, wie die Reitstiefel und die lebensrettende Huronseejacke an Louie Fu, und mit den Pesos fuhr ich nach Mexico City. Ich gab es auf, darauf zu warten, daß Thea mir verzieh. Es war traurig, ohne sie im *Regina* abzusteigen. Das Büro und die Zimmermädchen erinnerten sich an sie und den Vogel und erkannten, wie auf den Hund gekommen ich war; kein Kombiwagen, keine Koffer, kein Raubtier, keine glückliche Freude und keine ans Bett servierte Mangos und so weiter.

Nachts, wenn das kein Haus für mich war, machten die Absteige-Pärchen Krach. Aber es war billig, und so verstopfte ich mir die Ohren.

Bei Wells Fargo lagen keine Moneten von Stella. Aber immerhin hatte ich Sylesters Nummer in Coyoacan und konnte ihn anrufen, wenn ich völlig pleite war. Aber zuerst wollte ich es bei Manny Padillas Vetter versuchen. Er hatte überhaupt nichts mit Manny gemein, sondern war mager, rothäutig, mit bleckenden Zähnen und hungrig, auf der Jagd nach Geld. Er wollte mir die Stadt zeigen, aber das hatte Thea schon getan; dann wollte er mich in die spanische Literatur einführen, und schließlich verlangte er Geld. Er sagte, daß er mir damit eine Decke kaufen wollte, ließ sich aber nicht wieder blicken.

Mein Körper schmerzte vor Sehnsucht nach Thea, obwohl ich wußte, daß sie jetzt unerreichbar und durch die Kompliziertheit ihrer Gedankengänge und die Sonderlichkeit meines eigenen Charakters vollkommen in die Ferne gerückt war. So klapperte ich die Stadt ab und dachte nach. Ich beobachtete die Mariachis und die Fiedel-Krüppel mit ihrem Sterbensgesang oder die Blumenverkäufer und die Bienen, die die Süßwarenstände umschwärmten. Wohin man sich auch wandte, war da der Schnee eines der Vulkane, und der ganze Berg schwamm darin. Wenn ich es irgend vermeiden konnte, sah ich damals nicht in den Spiegel, denn ich war hager und krank. Eine Zeitlang kam es mir so vor, daß, wenn der Tod hinter mich treten, mir auf die Schulter klopfen und mich fragen würde: »Fertig?«, ich eine Minute überlegen und dann sagen würde: »Okay.« So starb ich auf gewisse Art ein bißchen, und wenn es irgendwas gab, das ich mittlerweile wußte, dann war es das, wie unmöglich es ist, ohne irgendwas unendlich Mächtiges und Großes zu leben. Aber die Stadt war wunderschön. Sogar die Unansehnlichkeit, die Armut und die Kritzeleien waren reich. Es war warm, und das hielt mich in Gang. Mein Herz machte Schwierigkeiten, und ich fühlte mich krank, aber nicht ständig in tiefster Verzweiflung.

Schließlich setzte ich mich mit Sylvester in Verbindung. Er besuchte mich und lieh mir ein paar Kröten. Anfangs sprach er nicht viel. Ich verstand, daß er über politische und vertrauliche Dinge nicht reden konnte.

»Du siehst verhungert und verwildert aus«, sagte er. »Wenn ich dich nicht kennen würde, würde ich dich für einen dieser panamerikanischen Landstreicher halten. Du mußt dich in Ordnung bringen.«

Ich kam mir vor, als ob ich so ein Gegenstand wäre, den Caligula aus tausend Meter Höhe hätte herunterfallen lassen. Die Luft schrie. Die Farben waren so ungefähr wie die Farben Jerusalems. Aber obwohl ich benommen aufstand, wollte ich beständig sein. Aber versuche mal, beständig zu sein. Einfach so ohne weiteres! Das ist ziemlich viel verlangt. Sylvester erkannte, daß ich wieder auf die Beine kommen und nicht auf dem Schrotthaufen landen wollte. Er schenkte mir sein Grinsen mit den kleinen dunklen Falten, immer über mich belustigt.

»Ich habe sehr viel Pech gehabt, Sylvester«, sagte ich.

»So, so. Schön, hast du vor hierzubleiben, bis es dir wieder besser geht, oder willst du nach Chicago zurück?«

»Was meinst du dazu? Ich weiß nicht, was ich tun soll.«

»Bleib da. Wir haben da einen Sympathisierenden, der dich eine Zeitlang aufnehmen würde, wenn Frazer ihn darum bittet.«

»Das wär' schön. Ich wäre dir sehr dankbar, Sylvester. Wer ist denn dieser Sympathisierer?«

»Ein Freund vom Alten, von noch ganz früher. Er würde dich aufnehmen. Ich mag dich nicht so wie jetzt herumlaufen sehen.«

»Fein, danke, Schwester. Vielen Dank.«

So kam denn Frazer vorbei und nahm mich mit, um mich diesem Sympathisierer vorzustellen, der Paslawitch hieß. Er war ein freundlicher Jugoslawe, der in einer kleinen Villa draußen in Coyoacan lebte. Neben seinem Mund waren zwei tiefe Falten, und in ihnen wuchsen kleine glänzende Grannen; wie die Druse oder das »Wunder der Gesteinswelt« voller kleiner Kristalle ist. Er war ein sehr origineller Mensch. Sein Kopf hatte die Gestalt einer Zwiebel und war kurz geschoren. In dem Garten, in dem er sich befand, als wir uns kennenlernten, flirrte die Hitze vom Scheitel seines Kuppelschädels weg.

Er sagte: »Sie sind mir sehr willkommen. Ich freue mich, Gesellschaft zu haben. Vielleicht werden Sie mir englische Stunden geben?«

»Klar macht er das«, sagte Frazer. Frazers Aussehen hatte sich auch verändert. Mir war nie klarer, warum Mimi ihn »Pfaffe« genannt hatte. Mit der Denkerfurche zwischen den Augen sah er wirklich wie ein Prediger aus. Und auch wie ein Offizier der Südstaatenarmee. Er schien tiefernste Dinge im Kopf zu haben und mit Höherem beschäftigt zu sein.

Er ließ mich dann mit diesem Paslavitch allein, und aus irgendeinem Grund kam es mir so vor, als ob ich zur Aufbewahrung abgegeben oder zur Reserve abgestellt wurde, aber ich war zu müde, und es war mir ziemlich gleichgültig, was er im Sinn hatte. Paslavitch zeigte mir die Zimmer und den Garten. Ich starrte die Vögel, die in Freiheit und die in Käfigen, die Kolibris zwischen den Blumen und die stachlige Beifallsgebärde der Kakteen an. Mexikanische Götter lagen im Grase oder standen entlang des Pfades, die sich selbst mit den Händen fest in die Seiten griffen und sich die Arme um den Leib schlangen und mit vorgereckten Gesichtern ihre heißen Zähne und Zungen in der blauen Luft kühlten.

Paslavitch war ein netter, sorgenvoller, schwacher, eigensinniger Mann, der für die jugoslawische Presse über Mexiko berichtete. Er hielt sich für einen Bolschewiken und alten Revolutionär, war aber in Wirklichkeit ein richtiger *lacrimae-rerum*-Typ, wenn ich je einen gesehen habe; ewig rührte ihn aber auch alles, und er gab Tränen von sich wie die Tanne ihr Harz. Er spielte Chopin auf dem Klavier, und wenn er einen besonderen Marsch vortrug, sagte er zu mir: »Frederic Chopin hat das während eines Sturmes geschrieben, als er mit George Sand in Mallorca war, und sie allein auf dem Mittelmeer segelten. Als sie wieder ins Haus trat, sagte er: ›Ich dachte, du seist ertrunken!‹« Wenn er mit seinen mexikanischen Schuhen das Pedal bearbeitete, mußte man an den in einer Tragödie auftretenden Nero denken. Ganz besonders war dieser Paslavitch in die französische Kultur verliebt, und er hatte großes Verlangen danach, mich zu belehren. Tatsächlich hatte er einen Lehrwahn und sagte ständig: »Belehren Sie mich über Chicago.« »Belehren Sie mich über General Ulysses S. Grant. Ich werde Sie lehren. Ich werde Ihnen von Fontanelles Schinkenomelette erzählen. Wir werden austauschen.«

Er war sehr eifrig. »Eines Freitags wollte Fontanelle ein Schinkenomelett essen, aber mit Blitz und Donner brach ein schrecklicher Sturm los. So warf er schließlich das Omelett zum Fenster hinaus und sagte zu Gott: *›Seigneur! Tant de bruit pour une omelette.‹*« Es konnte erleuchtend sein. Er wackelte, mit geschlossenen Augen und knapper Aussprache. Oder sonst erzählte er mir: »Ludwig der Dreizehnte liebte es, Barbier zu spielen, und rasierte seine Höflinge, ob sie wollten oder nicht. Auch machte es ihm Spaß, den Sterbenden zu spielen, also schnitt er Grimassen der Agonie, und außerdem verbrachte er mit jungen Paaren die Hochzeitsnacht im gleichen Bett und war der letzte Ausdruck feudaler Dekadenz.«

Vielleicht war er das, aber Paslavitch liebte ihn, weil er Franzose war. Er ließ mich nach dem Abendessen dableiben und wiederholte diese Gespräche zwischen Voltaire und Friedrich dem Großen, de la Rochefoucauld und der Herzogin von Longueville, Diderot und einer jungen Schauspielerin, Chamfort und irgend jemand anders. Ich mochte Paslavitch, aber manchmal war es nicht ganz einfach, sein Gast zu sein. Ich mußte auch mit ihm Billard im Club an der Calle de Uruguay spielen. Und mit ihm trinken, wenn er zum Trinken Lust hatte. Nachmittags wollte ich das nicht, weil mich das zu sehr an meine Tequilatrinkerei in Acatla erinnerte. Aber wir setzten uns hin und brachen ein paar Flaschen Wein den Hals. Tausend weiche Moossträhnen der kupfernen Waldsonne fielen durch die Bäume; der Garten war grün, während der Venushügel des Vulkans im Schnee schlief. Ich war Gast, und Gäste müssen sich nach ihren Gastgebern richten. Ich bezahlte meinen Aufenthalt, indem ich ihn über die Mannschaften der amerikanischen Baseball-Liga usw. belehrte.

Inzwischen wurde ich wieder so einigermaßen gesund, und dann kam Frazer vorbei und rückte damit heraus, wofür er mich aufgespart hatte.

»Du weißt, daß die GPU dem Alten nach dem Leben trachtet«, sagte Frazer.

Das wußte ich. Ich hatte in den Zeitungen vom Maschinengewehrangriff auf seine Villa gelesen, und Paslavitch hatte mir viele andere Einzelheiten erzählt.

»Schön«, sagte Frazer, »ein Mann namens Mink, der der Chef der russischen Polizei ist, ist in Mexiko angekommen, um die Kampagne gegen den Alten zu übernehmen.«

»Scheußliche Kiste. Was tut ihr, um ihn zu beschützen?«

»Nun, die Villa wird befestigt, und wir haben Leibwächter. Aber die Befestigungen sind noch nicht fertig. Die Polizisten genügen nicht. Stalin hat es auf ihn abgesehen, weil er das Gewissen der revolutionären Welt ist.«

»Warum erzählst du mir das, Frazer?«

»Also folgendes: Wir beraten da gerade über einen Plan. Vielleicht wird der Alte die GPU abschütteln, indem er inkognito durchs Land reist.«

»Was meinst du damit: inkognito?«

»Unter dem Siegel der Verschwiegenheit, March! Ich meine damit, daß er seinen Bart und Schnurrbart abrasiert, das Haar kurz schneidet und als Tourist angesehen wird.«

Nun, mir kam das reichlich verdreht vor. Als ob Gandhi in einem Bratenrock herumlaufen sollte. Daß dieser früher so mächtige und Gehorsam gewohnte Mann gezwungen sein sollte, sich zu verändern und zu erniedrigen. Irgendwie, obwohl ich viel Schlimmes erfahren und gesehen hatte, ging mir das sehr nahe. Ich sagte: »Wessen Idee ist denn das?«

»Sie ist diskutiert worden«, sagte Frazer in der ihm eigenen Art eines berufsmäßigen Revolutionärs und wollte damit sagen, daß es mich nichts anging. »Ich vertraue dir, March, sonst hätte ich dich nicht für eine Rolle dabei vorgeschlagen.«

»Aber was soll ich denn dabei tun?«

Er sagte: »Wenn der Alte inkognito als Tourist durch Mexiko reisen soll, braucht er einen Neffen aus den Staaten.«

»Meinst du damit mich?«

»Du und eine Genossin, als Mann und Frau. Würdest du das tun?«

Ich sah mich schon mit dieser großen Persönlichkeit durch Mexiko fahren, von Geheimagenten verfolgt. Ich fühlte mich zu erledigt, um das zu unternehmen.

»Mit dem Mädchen würde es kein Techtelmechtel geben«, sagte Frazer.

»Ich verstehe nicht einmal, was du meinst. Ich versuche, mich von den Wunden einer Liebesgeschichte zu erholen.«

Lieber Gott! dachte ich, bewahre mich davor, wieder in eine dieser großen Strömungen gezogen zu werden, wo ich nicht ich selbst sein kann. Natürlich wollte ich helfen, und Rettung und Gefahr zogen mich an. Aber ich war ganz und gar nicht in der Verfassung, um ganz bregenklüterig vor Todesgefahren und Geratter, die Berge Mexikos hinauf und hinunter, durch den Bazar der roten Natur zu karriolen.

»Ich sag' dir das nur, weil der Alte sehr moralisch ist.«

Frazer sagte das so, als ob auch er sehr moralisch sei. Erzähl das mal dem Weihnachtsmann! dachte ich.

»Das macht er sowieso nicht«, sagte ich, »das ist eine hirnverbrannte Idee.«

»Darüber haben die Leute zu entscheiden, die ihn beschützen.«

Aber mir schien es, daß seine äußere Erscheinung seine Firmenmarke war. Genauer gesagt, sein Kopf. Ehe er ihn antasten ließ, ließ er ihn sich vielleicht lieber ganz abnehmen und so, wie er da war, als Märtyrerreliquie aufbewahren. So in der Art von Johannes dem Täufer und Herodes. Und ich mußte innehalten und mit mir über das Märtyrertum zu Rate gehen: Drüben in Rußland war sein Feind, dem es nichts ausmachte, ihm dazu gefällig zu sein. Er würde ihn umbringen. Der Tod bringt einen in schlechten Ruf. Überleben ist der ganze Erfolg. Die Stimme der Toten verfliegt. Es bleibt keine Erinnerung. Die bestehende Macht erfüllt die Erde, und Zukunft ist irgend etwas, das überlebt. So ist alles, was *ist*, richtig. Das ging mir so durch den Kopf.

»Du müßtest einen Revolver tragen. Erschreckt dich das?«

»Mich? Natürlich nicht«, sagte ich, »das überhaupt nicht.«

Ganz im Innern beschloß ich, daß ich wohl einen Kopf wie ein Sieb haben mußte, um nicht abzulehnen. War ich von der Möglichkeit, mit dieser gigantischen historischen Persönlichkeit durch die Berge zu rasen, so geschmeichelt? Der Wagen würde wie verrückt sausen. Die wilden Tiere würden fliehen. Die schreckliche Erde würde sich drehen. Und er würde sich vor mir über das, was er über Nationen und Schicksale dachte, ausschweigen. Die verlorene Welt würde mit heimlicher Stimme nach uns rufen, und hinter uns würde ein Team internationaler Mörder sein, das uns verfolgen und auf seine Chancen warten würde.

»Manchmal frage ich mich«, sagte ich, »ob Leute, die vorhaben, die Wahrheit zu sagen, nicht zuerst ganz sicher sein sollten, ob sie sich auch verteidigen können.«

»Das ist kein guter Standpunkt«, sagte Frazer.

»Nein? Vielleicht. Es war nur so ein Gedanke.«

»Wirst du es tun?«

»Glaubst du, daß ich der richtige Mann dafür bin?«

»Wir brauchen jemand, der sehr amerikanisch aussieht.«

»Ich glaub' schon, daß ich etwas Zeit erübrigen könnte«, sagte ich, »wenn es nicht zu lange dauert.«

»Ein paar Wochen, um Mink und seine Leute abzuschütteln.«

Er ging, und ich saß im Garten, wo die Eidechsen durchs Gras flitzten und ein herrliches Farbenspiel, von den Vögeln entlang der heißen Mauern, zu sehen war. Die Götter standen und lagen und bestanden auf ihren grauen vulkanischen Illustrationen der wirklichen Kräfte des Lebens. Oben im Haus spielte Paslavitch Chopin. Als nächstes dachte ich bei mir, wie doch nichts schrecklicher ist, als von jemand anderm gezwungen zu werden, dessen Überzeugung zu empfinden, wie fürchterlich es ist, zu existieren, wie tödlich, zu hoffen und die gleiche Verzweiflung zu schmecken. Von allen Auflagen war dies die schlimmste Auflage. Nicht nur das zu sein, was sie aus dir machen, sondern auch noch das zu empfinden, was sie diktieren. Wenn du nicht das allerstärkste Bündnis dagegen hast, würdest du schließlich ganz bestimmt verzweifeln, und dein Mund würde Blut trinken.

Paslavitch kam in seinem blauen Bademantel auf den Balkon heraus und fragte demütig, ob ich was trinken wolle.

»Okay«, sagte ich. Ich machte mir über diesen ganzen Plan sehr viel Sorgen.

Aber er fiel durch, und als das feststand, war ich sehr froh. Ich war deswegen ganz schön in der Zange gewesen und verlor Schlaf, weil ich davon träumte, wie wir von Stadt zu Stadt, bis ganz hinunter nach Jalisco oder in die Wüste hinaus, jagen würden. Aber der Alte legte sein Veto dagegen ein. Ich wollte ihm erst schreiben, für wie weise ich ihn hielt, aber dann dachte ich, daß ich kein Recht hätte, Geheimnisse seiner politischen Tätigkeit zu erwähnen. Sicherlich wird er nicht schlecht gebrüllt haben, als sie ihm ihren Plan vorschlugen.

Jedenfalls, mir schien es jetzt so, daß mir Mexiko irgendwie schlecht bekam, daß ich mich nicht mehr dagegen behaupten könnte und besser in die Staaten zurückführe. Paslavitch lieh mir zweihunder Pesos, und ich kaufte mein Billet nach Chicago. Es tat ihm sehr leid, daß ich ging, und er sagte mir viele Male auf französisch, daß er mich vermissen würde. Ganz meinerseits, dessen bin ich sicher. Er war ein sehr anständiger Kerl. Man trifft solche nicht oft.

21

Auf dem Rückweg von Mexiko nach Chicago machte ich einen Abstecher oder eine Wallfahrt nach East St. Louis und fuhr dann nach Pickneyville, um meinen Bruder George nach vielen Jahren wiederzusehen. Er war bereits ein ausgewachsener Mann, ein auf den Beinen unsicherer Laban. Braune Verdunkelungen in seiner hellen Haut unter den Augen zeigten, daß auch er auf seine Weise den Kampf ausfocht, den wir auf uns nehmen müssen, wenn wir uns bereit finden zu leben. Gerade als ob wir, wenn die Zeit dazu reif ist, die Gesellschaft, in der wir uns befinden, verlassen, um einige Runden mit unserem eigenen, ausgewählten Gegner in seinem geheimen Zimmer wie im Inneren eines Berges oder drunten in einem riesigen Wurzelkeller auszufechten. Das war auch mit George so, er war davon nicht ausgenommen.

Abgesehen davon war er ein gut aussehender Mann, wie er auch ein schönes Kind gewesen war. Genau wie damals blähte sich sein Hemd immer noch in dieser sinnlosen Art auf seinem Rücken, und sein kurzgeschorenes Stichelhaar wuchs genau wie früher, braun und golden wie Kastanienflaum. Ich war eigentlich stolz auf ihn, weil er sein Schicksal mit Würde trug. Sie hatten einen Schuhmacher aus ihm gemacht. Er konnte mit keiner dieser Maschinen umgehen, die man unter ihrem Staubfangblech in einer Werkstatt mit kreischenden Schmirgelscheiben und Bürstenwalzen poltern sieht, er war nicht fähig, Schuhe mit der Hand zu arbeiten, aber er konnte gut besohlen und Absätze machen. Sein Arbeitsplatz war im Kellergeschoß, unter der Veranda. Es war eine breite Veranda; denn der Ort lag tief genug unten in Illinois, um dem Süden zugerechnet werden zu können, und die Gebäude waren groß, weiß und aus Holz. Weinranken liehen dem verstaubten Halbfenster unten etwas grüne Farbe. Ich sah ihn über den Leisten gebeugt, er nahm Stifte aus dem Mund und schlug sie ins Leder.

»George!« sagte ich und betrachtete den Mann, zu dem er geworden war. Er erkannte mich sofort und stand auf. Er war glücklich, und genau wie früher sagte er mit seiner nasalen Stimme: »Tag,

Aug! Tag, Aug!« Hatte diese Wiederholung von zwei Wörtern lange genug gedauert, dann ging sie gewöhnlich in gaumiges Geheule über. So ging ich zu ihm, weil er nicht auf mich zuging. »Na, wie geht's, alter Junge?« sagte ich zu ihm. Ich zog ihn mit einem Arm zu mir und legte meinen Kopf auf seine Schulter. Er trug ein blaues Arbeitshemd; er war groß, weiß und, mit Ausnahme seiner Hände, sauber. Augen, Nase und der kleine Mund seines unausgeprägten Gesichts waren, wie sie immer gewesen waren, einfach. Es bewegte mich, daß er nicht wissen konnte, wieviel Grund er gehabt hätte, sich zu beklagen, weil ich mich nie um ihn gekümmert hatte, und daß er, sobald er mich sah, glücklich war.

Seit drei oder vier Jahren hatte ihn niemand mehr besucht, darum bekam ich eine Sondererlaubnis, den ganzen Tag mit ihm zusammen zu sein.

»Georgie?« fragte ich ihn, »an wen erinnerst du dich?«

»An Oma und Mamma, Simon, Winnie?« Und mit seinem kleinen Lächeln sprach er mir diese Namen nach, wie in dem Lied – wie alle, alle Mamma liebten –, das er damals immer sang, wenn er mit dem Hund den Stacheldrahtzaun entlangtrottete. Die Zähne im Innern seines feuchten Mundes waren weiß und gut, obwohl die Eckzähne sehr scharf waren. Ich nahm seine Hand, die jetzt größer war als meine, und wir gingen in den Anlagen spazieren. Es war Anfang Mai, und die Eichenblättchen waren – dunkel und gesund – schon ganz herausgeschossen. Die großen Narzissenblätter waren genauso saftig; und warme, nach reicher Erde duftende Luft umgab uns. Wir gingen an der Mauer entlang, die anfangs einfach eine Mauer für mich war. Aber plötzlich beunruhigte mich der Gedanke, daß er ein Gefangener war und nie herauskam. Armer George. So brachte ich ihn, ohne deshalb um Erlaubnis zu fragen, aus der Anstalt heraus. Auf der unvertrauten Straße sah er auf seine Füße hinunter, um aufzupassen, wohin sie gingen, denn er war verängstigt. In einem Laden an einer Kreuzung kaufte ich ihm eine Schachtel Schokoladenplätzchen. Er nahm sie, aß sie aber nicht, sondern steckte die Schachtel in die Tasche. Seine Augen gingen jetzt beunruhigt hin und her, und ich sagte: »Okay, George, wir gehen jetzt sofort zurück.« Das beruhigte ihn.

Als er die Essensglocke läuten hörte – die wie das Gebimmel der Kirchenglocke der Mäusestadt im Kinderzoo klang –, ging er, zur Folgsamkeit abgerichtet, sofort zur ausgedehnten grünen Anstaltskantine. Mich ließ er stehen. Ich mußte hinter ihm her. Er nahm sein Tablett auf, und mit diesen anderen Beziehungslosen, die in ihrem Blechgeschirr kratzten und, mit ihren schwachen Bregen wackelnd, ohne zu sprechen oder von der Umwelt Notiz zu nehmen, fraßen, setzten wir uns hin und aßen.

Es muß so einfach, so simpel wie die blau-weißen Kopfkissenbezüge sein, Richtlinien aufzustellen, wie für solche Geschöpfe zu sorgen ist, wie sie zu kleiden, abzufüttern und in ihren Schlafsaal zu stecken sind. Wahrscheinlich ist gar nichts weiter dabei.

Den Rest der Reise überlegte ich mir, daß irgend etwas für Georgie getan werden müsse, um ihn nicht sein ganzes Leben so verbringen zu lassen; ich dachte auch, wie schnell wir bei der Hand waren, eine Entschuldigung zu finden für unsere Praktiken im Umgang mit Sträflingen, Waisen, Krüppeln, Schwachsinnigen oder Alten. Und ich beschloß, daß ich, nachdem ich Mamma besucht hätte, hingehen und mit Simon über Georgie sprechen würde. Ich hatte nichts Besonderes vorzuschlagen. Aber ich sagte mir, daß Simon Geld hatte, also müßte er auch wissen, was Geld erreichen kann. Und überhaupt, sowie ich nach Chicago zurückkam, dachte ich an Simon. Ich wollte ihn gerne sehen.

Ich ging von der einen Anstalt direkt zu der anderen in Chicago. Aber die zwei waren sehr verschieden. Mamma war nicht mehr gleich neben der Küche, sondern in beinah einer Wohnung untergebracht, mit einem Gulistanteppich auf dem Boden und Gardinen am Fenster. Ich hatte angerufen und gesagt, daß ich kommen würde, und sie erwartete mich unten, auf ihren weißen Stock gestützt. Schon aus einiger Entfernung sprach ich mit ihr, damit sie sich nicht erschreckte. Sie drehte den Kopf, um mich zu finden, und sagte mit ihrer rufenden Stimme voll schmerzlicher Freude meinen Namen. Über den oberen Rand ihrer Brillengläser, die trübe und dunkel waren, gingen die Brauen ihres langen rosa Gesichts in die Höhe, als ob sie ihre Augen auch zu gebrauchen versuchte. Dann küßte sie mich und sprach mit ihrer Flüsterstimme zu mir. Sie befühlte mein Gesicht und sagte: »Du bist mager, Augie, warum bist du so mager?« Und dann, hochaufgerichtet, beinah so groß wie ich, führte sie mich durch den Hintereingang zu ihrem Zimmer hinauf. Ein Geruch von kochendem Fisch spritzte die Treppe herauf, ging in meine Heimkehrstimmung ein und ließ mich die Küchenhitze vergangener Tage spüren, während ich neben meiner Mutter saß.

Auf der Kommode waren alle meine Postkarten aus Mexiko aufgestellt, und es gab auch Bilder von Simon und Charlotte. Um sie den sehenden Menschen zu zeigen, die kamen. Aber wer kam schon außer dem Heimleiter und seiner Frau, die Simon haßte? Nur ab und zu mal Kusine Anna Coblin. Oder Simon selbst. Er kam herein, sah, wie sie in ihrem Bourgeois-Salon eingerichtet war, und war's zufrieden. Auch sie erkannte, daß sie auf zufriedenstellende Weise behandelt wurde. An ihrem Handgelenk baumelte ein silbernes Armband, sie trug hohe Absätze, sie hatte ein Radio mit einem Chromzickzack über dem Lautsprecher. Wenn Oma Lausch im Nelson-Heim ihr Sonntagskleid aus Odessa anzog, hatte sie in der Tat einen schwachen Versuch unternommen, ihren Anspruch auf die Vornehmheit, in der Mamma hier lebte, geltend zu machen. So hatten die Lauschbrüder die alte Dame im Stich gelassen, da sie die Legitimität nicht zu schätzen wußten und kein Gefühl für Verpflichtungen hatten. Aber trotzdem war es für Mamma keine leichte Aufgabe, sich dem, was Simon und Charlotte für sie taten, anzupassen. Ich erfuhr, daß Simon, wenn irgend möglich, sogar noch schwieriger war als Charlotte. Er machte von allem sehr viel Aufhebens. Er öffnete ihren Schrank und inspizierte alle ihre Kleider, um zu sehen, ob sie gereinigt waren oder ob welche von der Stange fehlten. Ich wußte, wie Simon sein konnte, wenn er etwas zu eines Menschen Nutzen und Wohlergehen tat; er konnte einem die Hölle heiß machen.

Aber vielleicht ließ mich dieser würzige, verschwenderische Fischsoßengeruch, der zur Vergangenheit gehörte, zu sehr zum Kritiker des gegenwärtigen Augenblicks werden, und ich übertrieb Mammas Schwierigkeiten und bildete mir bloß ein, daß der Gulistanteppich und die Gardinen die Verzierungen eines Käfigs waren. Sie war eine blinde, alternde Frau, und sie mußte doch in einem Zimmer leben, in irgendeinem, und warum dann nicht schon in einem bequemen? Überdies, vielleicht war es mein Fehler, daß ich Mamma und Georgie als Gefangene sah und unglücklich war, daß ich mich so frei und ledig herumtrieb, während sie in ihrer Bewegungsfreiheit beschränkt waren.

»Augie, geh zu ihm«, sagte sie. »Sei nicht böse auf Simon. Ich habe ihm gesagt, daß *er* es nicht sein sollte.«

»Werd' ich, Ma, sobald ich ein Zimmer gefunden und mich eingerichtet habe.«

»Was wirst du tun?« fragte sie.

»Oh – irgendwas. Was Interessantes, hoffe ich.«

»Was? Verdienst du genug, um zu leben, Augie?«

»Nun, ich bin hier. Was meinst du damit, Ma? Ich *bin* am Leben.«

»Warum bist du so mager? Aber dein Anzug ist gut – ich habe den Stoff gefühlt.«

Der mußte auch gut sein. Thea hatte einen verrückten Preis dafür bezahlt.

»Augie, warte nicht zu lange damit, Simon anzurufen. Er will dich sehen. Er hat mir gesagt, daß ich es dir sagen soll. Er spricht die ganze Zeit von dir.«

Simon wollte mich wirklich sehen. Sobald er meine Stimme am Telefon hörte, sagte er: »Augie! Wo bist du? Bleib da. Ich komme sofort und hole dich ab.«

Ich rief von einer Telefonzelle in der Nähe meiner neuen Wohnung an, die nicht weit von der alten auf der South Side war. Er wohnte in der Nähe und war in ein paar Minuten mit seinem schwarzen Cadillac da. Die wunderschöne Emaillemuschel, innen wie Juwelen, glitt sanft zum Bordstein. Er winkte mir, und ich stieg ein. »Ich muß sofort zurück«, sagte er. »Ich bin ohne Hemd gefahren; ich hab' nur einen Mantel angezogen und einen Hut aufgesetzt. Na, laß dich mal ansehen.«

Er sagte das, aber in Wirklichkeit besah er mich nicht viel, trotz seiner Eile herzukommen. Natürlich, er mußte fahren, aber die Berührung manikürter Hände mit den wertvollen Steinen des Steuers – irgendwas wie Jade – besorgte das schon. Das Ding fuhr so ziemlich von alleine. Ich glaubte, daß ihm der Krach leid täte, den wir wegen Lucy und Mimi gehabt hatten. Ich war nicht mehr böse, aber sah vor mich hin. Simon war fülliger als früher. Sein leichter Raglan mit den Kastanienknöpfen öffnete sich über einem festen, nackten Bauch. Auch sein Gesicht war grob und größer, autokratisch. Das Fett darin war nicht deutlich wie in manchen Gesichtern. Mrs. Klein, Jimmys Mutter, hatte ein fettes Gesicht gehabt, beinah orientalisch, doch das Fett erleuchtete irgendwas. Aber ich kam dahinter, daß ich nicht fähig war, Simon nach dieser langen Unterbrechung zu kritisieren. Ganz egal, was er getan oder was er vorhatte, liebte ich ihn doch wieder, sobald ich ihn sah. Ich konnte das nicht ändern. Es überkam mich. Ich wollte, daß wir wieder richtige Brüder waren. Und warum kam er zu mir gerast, wenn er nicht das gleiche wollte?

Na, jetzt wollte er wissen, was ich alles ausgestanden habe, und ich hatte ganz und gar nicht die Absicht, es ihm zu erzählen. Was hatte ich in Mexiko getrieben?

»Ich war in ein Mädchen verliebt.«

»Das warst du, hm? Und was sonst?«

Ich sagte nichts von dem Vogel oder meinen Unglücksfällen und Lehren. Vielleicht hätte ich das tun sollen. Innerlich kritisierte er mich sowieso wegen meines blinden Losstürmens und meiner Sentimentalitäten. Was konnte ich also verlieren, wenn ich ihm reinen Wein einschenkte? Aber irgendein Hochmut hielt mich zurück. Als so kurzlebig erwies sich die erste Wärme der Liebe. Richtete er über mich – na und? Sollte er doch! War ich nicht heruntergekommen, faltig, mit lädiertem Kopf, fehlenden Zähnen, enttäuscht und so weiter? Und hätte ich da nicht einfach sagen können: Nun gut, Simon, hier bin ich also. Nein, ich erzählte ihm, daß ich nach Mexiko gefahren wäre, um was Wichtiges in die Wege zu leiten.

Dann fing er an, von sich selbst zu erzählen. Er hatte sein Geschäft ausgebaut und mit Riesengewinn verkauft. Da er nichts mit den Magnus' zu tun haben wollte, hatte er sich mit anderen Branchen befaßt und sehr viel Glück gehabt. Er sagte: »Bei mir wird wirklich alles, was ich anfasse, Gold. Schließlich habe ich mitten in der Depression angefangen, als alles angeblich vorbei und vergangen war.« Dann beschrieb er, wie er bei einer Versteigerung ein altes Krankenhausgebäude gekauft und es in eine Mietskaserne verwandelt hatte. Innerhalb von sechs Monaten hatte er daran fünfzigtausend Dollar verdient und hatte dann eine Verwaltungsgesellschaft organisiert und verwaltete jetzt das Gebäude für die neuen Besitzer. Jetzt besaß er einen großen Teil einer spanischen Kobaltgrube. Sie verkauften das Zeugs in die Türkei oder sonstwo im Mittleren Osten. Er besaß auch eine Automatenkonzession für Kartoffel-Chips in mehreren Bahnhöfen. In der Tat, selbst Einhorn hätte sich kaum solche Geschäfte ausdenken, geschweige denn Geld daraus schlagen können.

»Wieviel, glaubst du, bin ich jetzt wert?«

»Hunderttausend?«

Er lächelte. »Laß dich mal ein bißchen gehen«, sagte er. »Wenn ich nicht bald Millionär bin, stimmt mit meiner Rechnerei irgendwas nicht.«

Ich war beeindruckt. Wer wäre nicht beeindruckt gewesen? Natürlich bemerkte er das. Trotzdem verdunkelten sich seine autokratischen, blauen Augen, als er mich ansah und fragte: »Augie, du denkst doch nicht, du wärst mir überlegen, weil du kein Geld hast?«

Über diese Frage mußte ich lachen. Vielleicht mehr, als nötig war. Ich sagte: »Das ist aber eine sonderbare Frage. Wie könnte ich? Und selbst wenn ich es könnte, warum sollte dir das was ausmachen?« Dann sagte ich: »Ich glaube schon, daß es Leute gibt, die das so zu deichseln wissen, daß sie besser wegkommen als die, die ihnen nahestehen. Aber natürlich hätte ich auch gern Geld.« Ich sagte nicht, daß ich ein Schicksal brauchte, das gut genug war, und daß es wichtiger war.

Meine Antwort befriedigte ihn. »Du vergeudest eine Menge Zeit«, sagte er.

»Ich weiß«, antwortete ich.

»Du solltest nicht länger wie die Katze um den heißen Brei gehn. Du bist kein kleiner Junge mehr. Sogar Georgie ist etwas geworden, er ist Schuhmacher.«

Gewiß, ich bewunderte Georgie für die Art, wie er sein Schicksal hinnahm. Ich wünschte, eins zu haben, das einleuchtender war, und daß ich meine Pilgerfahrt als beendet betrachten könnte. Ich kam mir nicht besser als Simon vor, nicht im geringsten. Wenn ich wirklich zufrieden gewesen wäre, möchte er mich beneidet haben. Aber so wie die Dinge lagen, was gab es da zu beneiden? Mit herrischer Körperlichkeit, seinen modisch zugespitzten Schuh auf dem weichen Gummitritt des Gaspedals, fuhr er durch die Straßen. Dieser stolze Wagen, er hatte Heraldik, er war königlich; und mein Bruder, war er nicht wie ein Prinz von Detroit, voller Kraft und Dunkelheit? Mein Gott, was war denn daran auszusetzen, eine Macht in der Welt der Maschinen zu sein? War das nicht gut genug? Und was sollst du lieber erstreben? Wahrhaftig, ich war nicht stolz auf mich und meine eigensinnige Hartnäckigkeit, auf einem »höheren«, unabhängigen Schicksal zu bestehen. Ich war ganz gewiß kein Hexenmeister, wurde weder als irgendwas Erlauchtes im Wochenblättchen beschrieben, noch war ich dazu ausersehen, Apollyon, dem stachelschuppigen, bärenklauigen, schrecklichen Engel des höllischen Abgrunds, Trotz zu bieten; und es war mir auch nicht bestimmt, die Antwort auf all meine Schmach wie Jean-Jacques zu finden, der auf dem Weg nach Vincennes, bei der Erkenntnis, daß eine schlechte Gesellschaftsordnung für alles, was dem warmen, impulsiven, liebenden Ich zustieß, verantwortlich zu machen ist, ergriffen niedersank. Ich hatte nichts dergleichen Erstklassiges aufzuweisen, dessen ich mich hätte rühmen können, und wer war ich denn, auf meinem Eigensinn zu beharren und mich nicht kurzerhand für etwas zu entscheiden? Das einzige, was ich darauf sagen konnte, war, daß ich, obgleich ich dieses unabhängige Schicksal wollte, es nicht bloß zu meinem eigenen Nutz und Frommen wollte.

Oh, aber warum denn gleich so ernst werden? Ernsthaftigkeit ist nur wenigen gegeben, ist eine Gabe oder Gnade wie manches andere, und obgleich es uns allen dreckig geht, können nur die Auserwählten einfach und nüchtern darüber sprechen.

»Also wann wirst du mit dem, was du vorhast, anfangen?«

»Ich wollte, ich wüßte, was ich vorhabe. Aber das scheint eins von den Dingen zu sein, die man nicht hetzen kann.«

»Nun, die Leute vertrauen dir nicht, wenn sie nicht wissen, was du machst, und du kannst ihnen das nicht verübeln.«

Er hielt vor seiner Wohnung an, und er ließ den Cadillac falsch geparkt auf der Straße zurück, sollte sich ruhig der Portier darum kümmern. Wir fuhren schnell und geräuschlos im Lift hinauf und kamen zur elfenbeinweißen Tür seiner Wohnung. Während er sie öffnete, schrie er schon dem Mädchen zu, sie solle sofort Eier mit Schinken braten. Er führte sich wie ein König auf, wie ein von der Jagd heimgekommener Franz; er schwoll an, brüllte, wendete Sachen um und zeigte mir nicht sosehr die großen Zimmer, sondern beherrschte sie mehr, so wie es für ihn typisch war. Nun, es gab schier unendliche Teppiche und Tischlampen, so groß wie Puppen oder weibliche Idole in Lebensgröße, Wände, die ganz aus Mahagoni waren, Schubladen voll Unterzeug und Hemden, Schiebetüren, die sich vor Regalen voll Schuhen öffneten, vor Mantelreihen, Schachteln voll Handschuhen, voll Socken, Eau-de-Cologne-Flaschen, kleinen Büchsen; Lampen erleuchteten die Ecken, in der Duschnische zischte Wasser kreuz und quer. Er duschte sich. Ich ging allein in den Salon; da stand eine riesige chinesische Vase, und ich stieg heimlich auf einen Stuhl, um den Deckel abzuheben und hineinzuspähen, wo ich die rückwärtige weiße, erhabene Ausprägung der Drachen und Vögel sah. Die Bonbonschalen waren voller Süßigkeiten – ich aß ein paar Kokosflocken und Aprikosenkonfekt, während ich herumging und auf Simon wartete. Dann setzten wir uns zum Essen an einen hübschen runden Tisch mit einer Marmorplatte. Die Stühle waren mit rotem Leder bezogen. Der Metallring, auf dem der Marmor lag, war rundherum mit Pfauen und Kindergesichtern verziert. Das Mädchen kam aus dem flammenden Weiß der Küche mit dem Schinken und den Eiern und Kaffee. Simon streckte seine beringte Hand aus, um die Hitze der Tasse zu prüfen. Er benahm sich wie irgendein italienischer Lord Moltocurante, der um die Qualität besorgt ist und auf alles, was ihm zusteht, pocht.

Ich wußte, daß wir sehr hoch mit dem Lift gefahren waren, hatte aber nicht bemerkt, bis zu welchem Stockwerk. Jetzt, nach dem Frühstück, als ich mich in eins der riesigen, mit Teppichen ausgelegten Zimmer verirrte, das so dunkel war, wie ein D-Zug-Wagen, wenn er mit heruntergelassenen Jalousien in einem Bahnhof steht, zog ich eine Gardine auf und sah, daß wir mindestens im zwanzigsten Stock waren. Seit meiner Rückkehr hatte ich noch keinen Ausblick auf Chicago gehabt. Nun, hier war es wieder, westlich von diesem Fenster aus, die graue verknäulte City mit ihren stählernen, schwarzen Schienenbändern, ihrer ungeheuren brodelnden Industrie und ihrem in der Luft wabernden Dunst; der Aufstieg und Fall der Stadien ihres Aufbaus oder Abrisses, Tafelgebirgen gleich, und auf ihnen hockten und wachten die verschiedenen Mächte und Untermächte wie Sphinxe. Wie ein Urteil, das nie ausgesprochen werden würde, war eine schreckliche Stummheit über alles hingebreitet.

Simon kam zu mir herein. Er rief: »Heh, was zum Teufel stehst du da in einem dunklen Zimmer, um Gottes willen? Mach schon, heute kommst du mit mir mit.«

Er wollte mir zeigen, wie sein Leben aussah. Und vielleicht dachte er, daß ich dabei etwas finden würde, was mir gefiel, zum Wohle meiner Zukunft. »Aber wart noch eine Minute«, sagte er, »was trägst du da für ein Clownskostüm? So angezogen kannst du doch nicht unter die Leute gehen.«

»Hör mal, ein Freund von mir hat das hier ausgesucht. Jedenfalls, fühl nur mal den Stoff. Dieser Anzug ist ganz in Ordnung.«

Aber sein Gesicht war ungeduldig, er zog mir die Jacke aus und sagte: »Runter mit dem Zeug!« Er gab mir einen zweireihigen Flanellanzug von sehr elegantem Hellgrau. Bis auf die Haut kleidete er mich mit feinem Leinen und seidenen Socken, neuen Schuhen neu ein und rief nach dem Mädchen, um meinen alten Anzug – an den Ellbogen glänzte er etwas – reinigen und mir zuschicken zu lassen. Er befahl ihr, das andere Zeugs in den Müllschlucker zu werfen. So wurde es herunter ins Feuer geworfen. Ich wischte mir das Gesicht mit dem monogrammbestickten Taschentuch ab, das jetzt mir gehörte, und bewegte meine Zehen in den engen Schuhen, um mich an sie zu gewöhnen. Um allem die Krone aufzusetzen, gab er mir noch fünfzig Dollar. Ich machte Anstrengungen, das abzulehnen, aber meine Zunge verhedderte sich. »Hör auf zu mauscheln«, sagte er, »du mußt etwas in der Tasche haben, um mit dieser Ausstattung mitzukommen.« Er hatte einen großen goldenen Geldclip, und alle Scheine waren neu. »Los, gehn wir. Ich habe im Büro zu tun, und Charlotte möchte um fünf abgeholt werden. Sie ist beim Buchhalter und prüft ein paar von den Büchern.« Er bestellte telefonisch den Cadillac, und wir fuhren ab. Unterwegs stoppten wir kaum diese leuchtende harte Muschel, in der das Radio spielte.

In seinem Büro trug Simon seinen Hut wie ein Parlamentsmitglied, und während er telefonierte, stieß er mit seinen Krokoschuhen Sachen vom Schreibtisch.

Er war in Brasilien an einem Kauf von Makkaroni beteiligt, die in Helsinki wieder verkauft werden sollten. Dann interessierte er sich für Bergwerksmaschinen aus Sudbury, Ontario, die eine indochinesische Gesellschaft haben wollte. Der Neffe eines Kabinettsmitglieds kam und schlug etwas mit wasserabstoßenden Stoffen vor. Und nach ihm interessierte irgendein schlaues Subjekt Simon für beschädigte Meterware aus Munico, Indiana. Er kaufte sie. Dann verkaufte er sie als Futter an einen Lederjackenfabrikanten. Und das alles, während er am Telefon großtat und fluchte und herumkommandierte. Aber das war nur sein Stil, nicht Ärger, denn er lachte oft.

Dann fuhren wir zum Mittagessen in seinen Klub; wir waren spät dran. Im Speisesaal war keine Bedienung. Simon ging in die Küche, um den Oberkellner anzublaffen. Als er einen Rostbraten auf einer Platte sah, brach er sich ein Stück Brot ab und tunkte die Soße auf, dabei wurde das Fleisch bekrümelt. Der Kellner schrie, und Simon schrie zurück und lachte ihm dabei wütend ins Gesicht: »Warum bedienen Sie einen denn nicht, Sie Schwachkopf!«

Schließlich bekamen wir was zu essen, und dann schien Simon den Nachmittag flau zu finden.

Wir gingen ins Spielzimmer, wo er sich in eine Pokerpartie hineindrängte. Ich konnte sehen, daß er gehaßt wurde, aber niemand konnte es mit ihm aufnehmen. Er sagte zu einem kahlköpfigen Mann: »Mach Platz, Lockenkopf!« und setzte sich dazu. »Das ist mein Bruder«, sagte er, als ob er ihnen befahl, mich in dem großspurigen, grauen Flanellanzug und dem geknöpften Kragen anzusehen. Ich fläzte mich gleich hinter ihm in einen Ledersessel.

Dann drehte er sich um und beschrieb mir verschiedene Leute, wobei er tat, als ob er seine Stimme senken würde. »Siehst du den Kerl da in Blau, den mit der Zigarre, Augie? Er ist Rechtsanwalt, praktiziert aber nicht, hält sich nur ein Büro, damit er sagen kann, er sei zugelassen. Leben tut er vom Kartenspielen. Wenn niemand mit ihm spielen würde, müßte er nächste Woche Wohlfahrt beantragen. Seine Frau genauso. Sie spielt in all den teuren Hotels. Und dieser andere da drüben, das ist Goonie. Sein Vater hat eine Wurstfabrik, und er hat in Harvard studiert. Wenn ich solch einen Sohn hätte, würde ich mir eher Champagner übern Schwanz gießen, als ihn studieren lassen. Ich würde dieses Arschloch Wurst stopfen lassen. Er ist Junggeselle. Er wird nie eigene Söhne haben, aber er mag kleine Jungens, und voriges Jahr versuchte er, einen Matrosen unten am See aufzugabeln, und der Junge schlug ihm ein Veilchen. Da drüben sitzt Ruby Ruskin – ein anständiger Kerl. Besucht seinen alten Papa mindestens einmal im Monat in Joliet im Gefängnis. Der Alte hat sich in einer Brandstiftungssache für beide einsperren lassen.«

Die Spieler, die nicht Blicke warfen oder grinsten, schienen den Atem anzuhalten, und ich dachte, es würde bestimmt damit enden, daß Simon vertrimmt werden würde. Dann sagte er: »Hört mal, ihr Ölgötzen, jetzt seht euch mal meinen Bruder gut an. Er ist ein ganz Radikaler und gerade aus Mexiko zurück. Augie, erzähle ihnen mal, wie schnell die Revolution da sein wird und sie alle Bleigewichte um den Hals kriegen und in den Abwässerkanal geschmissen werden.«

Er strich eine Menge Geld ein – er wird wohl gewonnen haben, weil die anderen zu aufgebracht waren, um ihre Karten richtig auszuspielen – und stand prahlerisch vom Tisch auf.

»Die könnten dich in einem Teelöffel voll Wasser ersäufen«, sagte ich. »Warum willst du sie denn dazu bringen, dich so zu hassen?«

»Weil ich *sie* hasse. Ich will, daß sie das wissen. Was macht es mir schon aus, wenn mich diese abgewichsten Mißgeburten hassen. Mein Gott, das sind doch alles Läuse! Ich kann sie nicht ausstehen.«

»Warum bist du dann in ihrem Klub?«

»Warum nicht? Mir macht es Spaß, Klubmitglied zu sein.«

Er spielte mit dem Mädchen, das an der Bar das Würfelbrett unter sich hatte, um Rauchzeug, knallte den ledernen Trudelbecher auf das grüne Filzbrett und gewann wieder. Mir einige Havannas in die

Brusttasche steckend, sagte er: »Gehn wir doch zum Frisör. Du hast es nötig, und mir macht es Spaß. Mein Gott, ich liebe Frisörläden!« Wir gingen ins Palmerhaus, wo diese großen, bischöflichen Stühle waren. Als wir endlich mit all dem Schneiden, Rasieren, Abtrocknen, Dämpfen und Polieren fertig waren, war es schon fünf, und wir sausten zum Wagen und rasten durch verbotene Abkürzungen aus dem Loop heraus. Charlotte in ihrem pelzverbrämten Kostüm wartete auf der Straße, streng, hübsch und riesig. Sie war schrecklich aufgebracht, weil sie hatte warten müssen, und fing sofort an: »Simon, wo hast du gesteckt? Weißt du, wie spät es ist?«

»Halt den Mund!« sagte er. »Hier ist mein kleiner Bruder. Du hast ihn zwei Jahre nicht gesehen und kannst jetzt nicht einmal Guten Tag sagen, sondern mußt erst mal wegen der Zeit meckern.«

»Wie geht es dir, Augie?« sagte sie, mehr energisch als freundlich, während sie ihren Kopf auf ihren Pelzen dem Rücksitz zuwandte. »Wie hat dir Mexiko gefallen?«

»Oh, sehr gut.«

Sie schien hochmodern angezogen zu sein, und mit den geraden Linien des Mundes und der Brauen hätte sie ganz anziehend ausgesehen, wenn es nicht offensichtlich gewesen wäre, wie verbraucht ihr Fleisch und ihre Geduld waren. Ihre Vorrichtungen, um Ungeduld zu verbergen, waren in schlechtem Zustand. Natürlich bemerkte sie, daß ich bereits einen von Simons Anzügen trug. Nicht, daß sie etwas dagegen gehabt hätte, nur entging es ihr nicht. Wenn sie mit dir sprach, tat sie das auf quengelnde, befehlende Weise und war zäh, ein harter Richter. Und du warst der Angeklagte. Du mußtest aufpassen, was du sagtest. Aber trotzdem bildete sie sich die Meinung, die sie wollte. In ihrem pelzverbrämten Kostüm, groß und gut aussehend, war sie auch wirklich wie eine Gerichtsperson, obwohl ihre Lippen gemalt und ihre Augen getuscht waren. Und ich, ich war wie irgendein schlauer Pirat, *larron de mer,* nur konnte ich nicht wirklich so kühne Antworten geben.

Etwas, was sie störte, war, daß ich, ohne einen Cent zu besitzen, viele der Vorteile, die die Reichen genießen, als vollkommen gegeben hinzunehmen schien. Ohne den Preis an Geld und Aufregung dafür zu zahlen. Natürlich stimmte das nicht wirklich, sondern hatte nur wieder einmal so den Anschein. Aber es regte sie besonders auf, daß ich nicht wenigstens beflissener aussah.

Beim Abendbrot wollte ich mit Simon über Georgie sprechen,

aber er sagte: »Schaff keine neuen Probleme. Schaff keine neuen Probleme. Ihm geht's gut. Was willst du noch?«

»Warum sich über deinen Bruder George Sorgen machen, wenn du noch nicht mal entschieden hast, was du mit deinem eigenen Leben anfangen willst?« sagte Charlotte. »Es ist sehr einfach, zu einem Nichtsnutz zu werden.«

Simon sagte: »Sei still! Lieber ein Nichtsnutz als der Mann deiner Kusine Lucy und der Schwiegersohn deines Onkels. Laß Augie in Ruhe. Ein Nichtsnutz ist gerade das, was er nicht werden möchte. Was macht es schon, wenn er etwas länger dazu braucht, um zur Ruhe zu kommen?«

»Du hast ein oder zwei Zähne verloren, nicht wahr?« sagte Charlotte. »Wie ist das passiert? Du siehst fürchterlich aus...« Wahrscheinlich hätte sie so weitergemacht, aber es schellte, und irgend jemand, der vom Mädchen hereingelassen worden war, ging durch den Korridor nach hinten ins Wohnzimmer. Charlotte wurde still. Später sah ich dort hinein und entdeckte eine riesige weibliche Gestalt, die im Dunkeln saß. Ich ging hinein, um zu sehen, wer diese brobdingnagische Frau sein könnte. Aber, das war ja Charlottes Mutter, Mrs. Magnus, neben der chinesischen Vase, die sie auch nicht kleiner erscheinen ließ, obwohl sie doch ein Trumm war. Mrs. Magnus' Teint, schön und gesund, und ihr geflochtenes Haar und ihre ruhige Sattelnase und ihre Größe berührten mich sogar im Dunkeln.

»Warum sitzen Sie im Dunkeln, Mrs. Magnus?« sagte ich.

»Ich muß«, sagte sie einfach.

»Aber warum müssen Sie denn?«

»Weil mich mein Schwiegersohn nicht sehen möchte.«

»Aber was ist denn los?« fragte ich Simon und Charlotte.

Charlotte sagte: »Simon hat sie wegen der billigen Kleider, die sie trägt, ausgeschimpft.«

»Weil«, sagte Simon ärgerlich, »sie hier mit Kleidern zu neunzehnfünfzig 'reinkommt. Eine Frau mit einer halben Million Dollar! Sie sieht wie das Pferd des Lumpensammlers aus.«

Meinetwegen brachte Charlotte dann ihre Mutter an den Tisch. Wir aßen gerade Kirschen und tranken Kaffee. Charlotte ließ mich in Ruhe, aber Simon steigerte sich wegen Mrs. Magnus in ihrem braunen Kleid in Wut. Er versuchte, die Zeitung zu lesen und sie zu schneiden – er hatte kein Wort gesagt, als sie hereinkam –, aber schließlich sagte er, und ich konnte jetzt sehen, wie ihn der Teufel ritt: »Na, du alter Geizkragen, ich sehe, daß du deine Kleider noch immer von der Portierfrau kaufst.«

»Laß sie in Ruhe!« sagte Charlotte scharf.

Aber plötzlich warf sich Simon über den Tisch, daß Kirschen und Kaffeetassen nur so purzelten. Er ergriff das Kleid seiner Schwiegermutter am Kragen, stieß seine Hand hinein und zerriß den Stoff bis zur Taille hinunter. Sie schrie. Da waren ihre riesigen weichen Brüste, mit rosa Band umwickelt. Was für eine große Überraschung das war, sie ganz plötzlich so zu sehen! Sie japste und bedeckte die obere Blöße mit den Händen und drehte sich weg. Aber immerhin waren ihre Schreie auch Schreie vor Lachen. Wie sie Simon liebte! Er wußte das auch.

»Versteck dich, versteck dich!« sagte er lachend.

»Du verrückter Idiot!« rief Charlotte. Sie lief auf ihren hohen Absätzen fort, um ihrer Mutter einen Mantel zu bringen, und als sie damit zurückkam, lachte auch sie. Ich glaube, sie waren regelrecht stolz.

Simon schrieb einen Scheck aus und gab ihn Mrs. Magnus. »Hier«, sagte er, »kauf dir irgendwas und komm nicht wieder wie eine Scheuerfrau hierher.« Er stand auf und küßte sie auf die Zöpfe, und sie nahm seinen Kopf und erwiderte seine Küsse, zwei für einen und mit ungeheurem Humor.

Ich besuchte Einhorn, der ziemlich weiß und spitz war. Es ging ihm nicht besonders gut. Während ich weg gewesen war, war er im Krankenhaus gewesen und hatte sich einer Prostata-Operation unterzogen. Trotzdem sah er noch immer gut aus, so ungefähr wie in den Versicherungs-Drucksachen und den Zeitungsausschnitten und auf den Fotos, die überall herumlagen. Zwischen alledem hing ein Bild des Stadtrats – das war ein Mann! Was für ein schöner, bedeutender Kopf – mit dem berühmten Nachruf darunter! Tilly war mit dem Enkel zur Erholung fortgefahren, und Mildred, jetzt mehr denn je Einhorns Freundin, herrschte. In ihren schweren orthopädischen Schuhen stand sie an der Kanzleibarriere, die aus dem alten Büro gegenüber herausgerissen worden war. Sie hatte irgendwas um die Augen, das dich gegen sie blankziehen ließ. Nicht ich, danke. Ihr Haar begann zu ergrauen. Einhorns Haar war schneeweiß, was seine Augen schwärzer erscheinen ließ. Er sah den zweireihigen Anzug, den Simon mir gegeben hatte, und sagte: »Dir geht es wirklich gut,

Augie.« Das Haus stank. Die Bücher fielen von den Regalen. Die Büsten großer Männer verloren sich oben unter der Decke. Die schwarzen Lederstühle mit den Rollen alterten gut, aber sie alterten.

Einhorn beschwerte sich kräftig über Mimi Villars, die seinen Sohn ruinierte. Mimi war sogar noch unfreundlicher, als sie von ihm und dem, was er Arthur antat, sprach. »Ich werde dir mal was über den Alten erzählen«, sagte sie. »Er ist ein verdammter Impresario für sich selber. Jedesmal, wenn er aufs Klo geht, würde er am liebsten einen Artikel darüber veröffentlichen. Ich weiß, daß jeder eitel ist und daß die Welt sich drehen läßt. Vielleicht ist es nicht einmal Eitelkeit. Vielleicht ist es so, wie wenn einer mit einer Kugel im Gehirn immer noch an seinen hübschen Hut denkt. Du denkst noch an die Gesellschaft, zu der du Sonnabend eingeladen warst, und so weiter. Aber irgendwo müßte da doch eine Grenze sein. Wenn du es schon nicht ändern kannst, solltest du doch wenigstens wissen, daß es nichts Gutes ist. Der Alte will weiter nichts als auf Arthur stolz sein und daß er ihm Ruhm bringt, aber wenn er ihm irgendwie helfen soll, nein, dann rückt er nicht mal fünf Cent heraus. Und Eltern, die Geld haben und nichts davon ihren Kindern geben, denen sollte es einfach abgenommen werden. Die sollten betteln gehen müssen. Ich würde den Alten mit einer Blechtasse auf die Ecke State und Lake stellen, genau das würde ich tun. Und weißt du was? Der Großvater hat alles Arthur vermacht! Der war viel zu schlau, um seinem Sohn zu trauen. Arthur versucht jetzt ein Buch zu Ende zu schreiben, ein großes Buch. Ich glaube daran. Du verstehst doch, daß man nicht von ihm verlangen kann zu arbeiten, während er das tut.«

Einhorn hatte tatsächlich etwas Geld, obwohl sie seinen Reichtum übertrieb. Aber ich stritt mich nicht mit ihr. Ich hatte selbst einen Zahn auf Einhorn. Seit ich damals aus Buffalo zurückgekommen war und feststellen mußte, daß die Familie aufgeflogen war, und er mich zu überreden versuchte, Simon gegenüber hart zu sein, hatte ich nicht mehr das alte, freundschaftliche Gefühl für ihn. Und, wenn du es genau wissen willst, weil er und Tilly mich früher davor gewarnt hatten, irgend etwas zu erwarten, und immer wieder gesagt hatten, daß Arthur alles erben würde, konnte ich mir jetzt nicht helfen zu denken – war ihnen erst niemand gut genug gewesen, waren sie sich jetzt nicht einmal füreinander mehr gut genug. Vielleicht hatte ich jetzt Gelegenheit, sie zu übergehen. »Natürlich«, sagte Mimi, etwas mit ihrer alten Bitterkeit, »habe ich jetzt eine ziemlich gute Stelle, aber vorigen Winter lag ich mit Grippe und konnte nicht arbeiten. Aber nicht nur das, Owens schmiß uns auch noch 'raus, weil ich die Miete nicht zahlen konnte, und eine Freundin in der Dorchester nahm uns auf. Aber Arthur und ich hatten nichts weiter als das Sofa zum Schlafen. Beide auf dem Sofa, und ich hatte Grippe. Morgens war er dann so müde, daß er sich, sobald meine Freundin zur Arbeit ging, in ihr Bett legte. So«, sagte sie mit ihrer Welttheaterlache, »schlug ich schließlich vor, daß er versuchen sollte, Arbeit zu finden. Er sagte, er würde es versuchen, und eines Morgens stand er um acht auf und war um zehn zurück. Er sagte, er hätte eine Stelle in der Spielzeugabteilung bei Wiebold, und daß er am nächsten Tag in die Einzelheiten eingeweiht werden würde. Am nächsten Morgen ging er um neun weg und war um elf zurück. Man hatte ihm alles gezeigt, aber bevor er anfing, wollte er noch ein wichtiges Kapitel über Kierkegaard durchkorrigieren – und was versteh ich schon davon?

Dann ging er am nächsten Tag um halb neun und war mittags zurück, herausgeschmissen, weil der Abteilungsleiter ihm gesagt hatte, er solle ein Stück Papier vom Boden aufheben, und er geantwortet hatte: ›Heb es selbst auf, du Hund. Dein Rücken ist nicht gebrochen.‹

Dann bekam Arthur die Grippe, und ich mußte aufstehen und ihm das Sofa überlassen. Aber«, sagte sie, »ich liebe ihn. Mit ihm ist es nie langweilig. Je dreckiger es uns geht, um so schöner finde ich die Liebe. Und du?« sagte sie und sah mich genau an, wie ich von Mexiko gebräunt worden und durch Schwierigkeiten und Erfahrungen gealtert war. Schließlich hatte mich Bizcocho auf diese Steine geschmissen und ich Theas wegen Ruß und Asche gefressen. So, wie ich zurückkam, mußte ich wohl Ähnlichkeit mit einem Überlebenden der Armee des Crassus gehabt haben, der dem Massaker in der östlichen Wüste gerade noch im zerfetzten, schuppigen Panzerhemde entgangen ist.

Nun, man hatte mich ja gewarnt. Padilla zum Beispiel sagte: »Großer Gott, March, was hattest du auch ausgerechnet *da* zu suchen, mit 'ner Fose wie dieser und dem Vogel! Ein Mädchen, das Schlangen und Gott weiß was noch fängt. Was hast du denn erwartet? Kein Wunder, daß du so aussiehst. Mir macht es verdammt wenig Spaß, dir das noch einzureiben, aber mir scheint, du hast es verdient.«

»Manny, was hätte ich denn tun sollen? Ich liebte sie ja.«

»Ist Liebe dazu da, um dich zu ruinieren? Es scheint mir, daß du dich nicht aus Gründen der Liebe zerstörerisch ums Leben bringen sollst – wozu taugt sie dann schon?«

»Das stimmt, aber ich liebte sie nicht so, wie es nötig gewesen wäre. Siehst du, ich versagte. Ich hätte reiner sein und dabei bleiben sollen. Bei mir stimmte irgendwas nicht.«

»Alter Freund, ich will dir was sagen«, sagte Padilla. »Du nimmst zuviel Schuld auf dich, und der wirkliche Grund dafür ist gar nicht so gut. Du tust das, weil du zu ehrgeizig bist. Du willst viel zuviel, und wenn du versagst, verurteilst du dich zu streng. Aber das ist alles ein Traum. Heutzutage wird groß untersucht, wie *schlecht* jemand sein kann, nicht wie gut er sein kann. Du hältst mit der Zeit nicht Schritt. Du stemmst dich gegen die Geschichte. Oder wenigstens solltest du zugeben, wie schlecht alles ist, aber das tust du ja auch nicht. Du solltest aufhören, dich in der Gegend 'rumzutreiben, und wieder auf die Universität gehen.«

»Das werde ich wahrscheinlich tun. Nur sammle ich eben noch meine Gedanken.«

»Sammle die doch in der Zwischenzeit, abends. Kannst du denn nicht zwei Dinge zur gleichen Zeit tun?«

Und dann sagte mir Clem Tambow praktisch das gleiche. Er machte bald seine Prüfung und sah jetzt mit seinem dichten Schnurrbart und seiner Zigarre sehr gereift aus. Er zog sich wie der Presseagent eines Proleten an, und seine Kleider rochen nach Mann und Fleckentferner. »Na, Großer, ich sehe, daß du noch genauso bist wie damals, als du fortfuhrst«, sagte er. Nun mochten Clem und ich einander sehr gerne. Er war ein herrlicher und gutherziger Bursche, Salz der Erde, voll Mitgefühl und Verständnis für das allgemein menschliche Elend. Aber so wie er es sah, hatte ich eine Vergnügungsreise mit einer reichen Frau unternommen, und wenn es mir schlecht ging, hatte ich das verdient. Das war es, was er meinte, denn ich war überhaupt nicht mehr wie damals, als ich fortfuhr.

»Wie steht es um deinen Feldzug für ein Schicksal, das der Mühe wert ist, Augie?« fragte Clem, denn, siehst du, er wußte eine Menge über mich. Aber warum mußte er mich so anpflaumen! Ich versuchte nur, recht zu handeln, und hatte mir dabei meinen Kürbis gebrochen, Zähne verloren und war im weiteren Verlauf der Dinge in der Luft zerrissen worden; kurz, ich war ein ganz miserabler Feldherr. Guter Gott, was war ich doch für ein Sprinter nach dem Guten, ergebener Diener der Liebe, Einsteiger in Projekte, Rekrut feiner Ideen und

Gut-Wetter-August! Das war ja zum Heulen, wirklich, für jeden, der wußte, was los war, wie ich hier saß und es ablehnte, ein enttäuschtes Leben zu führen. Ein verdammt guter Grund zu mitfühlenden Tränen, aber auch, wie Clem erkannte, zu Gelächter, wie es so oft bei großen Witzen ist. So sah ich niedergeschlagen aus, und Clem lachte sich halbtot. Ich konnte ihm nicht böse sein.

Weiß du, warum ich den Leuten komisch vorkam? Ich glaube, wegen der Arbeitsteilung. Das Spezialistentum ließ solche wie mich ins Hintertreffen geraten. Ich verstand nicht, autogen zu schweißen, ich wußte nichts über Verkehrsregelung, ich konnte keinen Blinddarm entfernen oder irgend so was. Ich sprach darüber mit Clem, der der gleichen Meinung war. Clem war kein Müßiggänger. Er sagte, daß er jetzt in der Psychologie vorwärtskam und daß ihm jetzt vieles klar wurde, was ihm früher ein Buch mit sieben Siegeln gewesen war. Oh, er machte sich noch immer herunter. Er sagte: »Ich habe all meine schönen Gedanken beim Räumungsverkauf erstanden«, aber er bekam mehr Vertrauen zu seinem Standpunkt. Er machte aus meiner Rückkehr eine große Sache und erklärte, daß wir zu den wenigen echten Freunden zählten. Das war keine Lüge. Ich hegte die wärmsten Gefühle für ihn. Na, dann rückte er damit heraus und sagte, daß wir ins Orientalische Theater gehen und dort essen müßten. Bis zu seinem letzten Pfennig mußte Clem einen traktieren, und dann erst hatte er nichts dagegen, wenn du auch für ihn etwas springen ließest. Er liebte es, gut auszusehen, obwohl sein Gesicht oft von Wut erfüllt und zerknittert war, er bei seiner ungeheuren Lache, lauthals, stockige Zähne sehen ließ und einen riesigen Kopf auf seinen Schultern trug; und der Anzug, den er anhatte, wirkte wohlhabend, solide und wie für einen Bankier in den mittleren Jahren gemacht, aber dabei hatte er lange Stelzen, waren seine Schuhe ausgelatscht, trug er alte Wollsocken, einen Rollkragenpullover und stank nach Zigarren.

So gingen wir ins Orientalische. Die Sterne krochen da am blauen Himmel, wie »Arabische Nächte«. Milton Berle sang *River, Stay Away from My Door,* dann kamen ein paar müde Hupfdohlen, Tänzerinnen, wie Sofapuppen in Samt, die von kleinen Hunden, die in Autos über die Bühne sausten, abgelöst wurden, und schließlich eine Mädchentruppe mit Dudelsäcken. Zuerst spielten sie *Annie Laurie* und wurden dann klassisch. Sie spielten den *Liebestod* und *Valse triste,* und dann kam die Hauptattraktion, die so blöd war, daß wir aufstanden und in ein Restaurant gingen.

Nach seinem albernen Gelächter in der wilden Galerie wieder würdig geworden, bestellte Clem ein großes, chinesisches Abendessen – süßes und saures Schweinefleisch, Bambusschößlinge, Hühner Chow Mein mit Ananas, Eier Foo Yung und Tee, Reis, Sherbet, Mandelkuchen. Wir machten uns darüber her und unterhielten uns dazwischen.

»Jetzt nimm bloß mal an«, sagte er, »daß wir jetzt den Nil in einer *dahabiyeh* zum ersten Katarakt hinaufsegeln würden. Die grünen Felder, und Jungs, die schwere Steine nach den aufflatternden Vögeln werfen, und die leuchtenden Blumen, während wir Datteln mit Aphrodisiaka drin essen und wunderschöne koptische Mädchen zur Musik der Bastsegel angerudert kommen und so weiter. Unterwegs nach Karnak, um Inschriften zu kopieren. Wie wäre das?«

»Na, ich bin gerade aus einem exotischen Land zurückgekommen.«

»Ja, aber das war ein Fehlstart. Du warst noch nicht in Form. Du willst die Dinge nicht Schritt für Schritt vorbereiten. Darum war deine Reise kein Erfolg. Aber wenn du jetzt ein Ägyptologe wärst, könntest du diese Reise den Nil hinauf machen.«

»Gut, dann werde ich einer. Ich brauche weiter nichts als zehn Jahre Vorbereitung.«

»Du müßtest dich nur mal sehen. Du siehst so froh und glücklich nach dem Abendessen aus, und dein Gesicht ist so freundlich, Himmel, du könntest direkt der Besitzer dieses Gebäudes sein. Haha! Mein Gott, Bruder, du bist herrlich!«

»Nur eine Frage«, sagte ich, geschmeichelt und lächelnd, »warum der Nil?«

»Für dich? Nur etwas Außergewöhnliches!« sagte Clem. »Wenn ich an dich denke, muß ich dich immer in Beziehung zum Außergewöhnlichen setzen. Auf der Basis des Erreichten.« Er hatte dieses Vokabular an der Universität aufgelesen. Eines seiner Lieblingsworte war »verstärkt«, was bedeutete, einer Ratte, die eine Aufgabe gelöst hatte, Futter zu geben, sie zu ermutigen. Inzwischen sah er mit seinen großen roten Lippen, seinem verächtlichen Lachen und abgegrenzten Gesicht, der großen Nase mit ihren Durchgängen wie ein König aus. »Bist du wie einer aus der blöden Menge, welche die Kopten, die zum Boot rudern, bejubelt? Das bist du nicht. Du bist eine bedeutende Persönlichkeit. Du bist ein Mann von Gefühl. Zwischen uns armen Teufeln auf dem menschlichen Maskenball erscheinst du wie ein Engel.« Ich versuchte, ihn zum Schweigen zu bringen, aber er sagte: »Oh, nur nicht so voreilig – behalten Sie nur Ihr Hemd an – ich bin noch nicht fertig. Zum Schluß wird es dir wahrscheinlich gar nicht so gut gefallen.«

»Schön, hebe mich nicht so in den Himmel, dann brauchst du mich auch nicht so tief zu stürzen.«

»Wir sind nicht in der gleichen Gesprächssphäre. Das hier ist noch nicht, was St. Thomas seine erste Stufe der Absicht nennt. Ich habe nicht gesagt, daß du ein Engel bist, sondern nur, daß du uns gewöhnlichen, Schritt für Schritt im Erdenstaub vorwärtsstrebenden, unglückseligen Alltagsmenschen, so lächelnd und strahlend wie zu einem Ball ankommend erscheinst! Du hast Ehrgeiz. Aber du bist nur so im allgemeinen ehrgeizig. Du bist nicht konkret genug. Man muß aber konkret sein. Napoleon war's. Goethe war's. Sieh dir doch diesen Professor Sayce an, der tatsächlich diese Nilsache unternahm. Er wußte über alles – tausend Meilen die Ufer entlang – Bescheid. Spezifisch! Namen und Adressen. Daten. Das ganze Geheimnis des Lebens ist in den spezifischen Angaben enthalten.«

»Was hast du nur plötzlich mit Ägypten?« sagte ich. »Und außerdem weiß ich, daß bei mir eine Menge nicht stimmt. Mach dir darüber nur keine Sorgen.«

»Aber natürlich, auch wenn du jetzt strahlst, bist du doch voller Angstgefühle. Als ob ich das nicht wüßte! Ich kann dich gegen den Wind pissen sehen. Was du brauchst, ist etwas von Dr. Freuds Medizin. Das könnte dir eine Menge helfen.«

»Also, tatsächlich«, sagte ich, jetzt etwas verstört, »habe ich in letzter Zeit ganz verdrehte Träume gehabt. Hör nur mal. Vorige Nacht träumte ich, daß ich in meinem eigenen Haus war, irgendwo – es war schon erstaunlich genug, ein eigenes Haus zu haben, ganz zu schweigen von dem, was ich träumte. Ich stand in meinem wunderschönen Salon und bewirtete einen Gast. Und was glaubst du? Ich hatte zwei Bechstein-Flügel. Zwei große Flügel, die wie zu einem Konzert dastanden. Dann sagte mein Gast, der wunderbare Manieren hatte – ich auch, einfach *haute volée* –: ›Ist es nicht ungewöhnlich, daß jemand drei Konzertflügel besitzt?‹ *Drei?* Ich drehte mich um und – Gott! wenn da nicht drei Flügel standen! Und ich hatte versucht herauszukriegen, wie ich überhaupt zu zweien in meinem Haus kam, weil ich genauso Klavier spielen kann wie ein Bulle Kissen nähen. Dies erschien mir einfach unheimlich. Aber obwohl ich vollkommen durchgedreht war, ließ ich mir nichts merken. Ich sagte zu diesem Kerl: ›Sicher, natürlich stehen da drei‹ – als ob niemand mit weniger auskommen könnte. Ich kam mir deswegen wie ein schrecklicher Lügner vor.«

»Oh, was für ein Fall! Du könntest ein regelrechtes Treibhaus für ein wissenschaftliches Hirn sein. Du wärst die größte Sammlung Unbekannter, die je auf einer Couch lag. Mir scheint's, als ob du ein Vornehmheitssyndrom hast. Du kannst dich mit der Wirklichkeit nicht abfinden. Ich kann es dir direkt ansehen. Du willst, daß es *Menschen* gibt, unterstrichen, mit großer Haltung. Da wir seit unserer Kindheit Freunde sind, kenne ich dich und weiß, was du denkst. Erinnerst du dich, wie du täglich zu uns kamst? Aber ich weiß, was du dir wünschst. O *paidea*! O König David! O Plutarch und Seneca! O Ritterlichkeit! O Abt Suger! O Strozzipalast, o Weimar! O Don Giovanni, o ihr Konturen erfüllter Sehnsucht! O göttergleicher Mensch! Sag mir, Freund, hab' ich recht oder nicht?«

»Ja, ja, das hast du«, sagte ich. Siehst du, wir waren in dieser Holzlaube des chinesischen Restaurants, und alles schien in Ordnung, gutartig, freundlich. Wenn ein wichtiger Gedanke mal nicht ein Monolog zu sein braucht, weiß ich, wie wichtig diese Gelegenheit ist. Denn wem kannst du schon alle deine Gedanken mitteilen, außer dir selbst?

»Mach weiter, Clem, mach weiter«, sagte ich zu ihm.

»In der vierten Klasse war ich in der Mottley-Schule. Die Lehrerin war Mrs. Minsick. Sie rief einen nach vorne und drückte ihm ein Stück Kreide in die Hand. ›Nun, Dorabella, welche Blume willst du riechen?‹ Haha! Es war zum Schießen. Diese kleine Dorabella Feingold roch dann, bis ihre Hosen zu sehen waren, und verdrehte ekstatisch die Augen. Sie sagte: ›Wicken.‹ Es war ein richtiger Drill. Einatmen und Ausatmen. Stephanie Kriezcki, die sagte: ›Veilchen, Rosen, Hyazinthen.‹« Er hielt die Zigarre am Ende fest und roch daran mit aufgeblähter Nase. »Stell dir doch nur mal dieses lausige Klassenzimmer vor und all diese armen Würstchen voller Sauerkraut und Brot, mit Schweinefüßen, mit Einwandererblut und Waschtaggerüchen und Kuttelfleck und hausgemachtem Bier. Was hatten die mit dieser Blütenpracht zu schaffen? Zum Teufel! Und dann verteilte die alte Minsick einen Goldstern, um die Guten zu bestärken. Sie, mit ihrer Schnauze voller scharfer Zähne und Brüsten, die ihr bis zum Bauch 'runterbammelten, sie steckte ihre Nase in den Papierkorb und nieste wie ein Kutscher: Hatschi! Na, und die wilden Gören sagten dann: ›Stinkekohl, Fräulein‹, oder ›Wilde Schmublumen‹ oder ›Dreck‹. Dafür packte sie dich am Kragen und schleppte dich zum Rektor. Aber diese zähen Bälger hatten recht. Wer hatte schon je Wicken gesehen? Ich fischte ja doch mit einer Windelnadel durch den Gullydeckel, weil mein rotznäsiger Bruder mir gesagt hatte, ich würde da einen Goldfisch fangen.«

»Das ist eine traurige Geschichte. Aber verstehst du nicht, daß beide Arten Kinder recht hatten? Einige behaupteten, was sie kannten, und die anderen sehnten sich nach etwas, was sie nicht hatten. Was willst du damit sagen – daß es Kinder oder Leute gibt, für die es keine Blumen geben kann? Das kann nicht wahr sein.«

»Ich wußte, daß dir diese Kreideriecherei gefallen würde. Du hast ein starkes Superego. Du willst akzeptieren. Aber wie weißt du denn, was du akzeptierst? Du mußt verrückt sein, um einfach alles zu akzeptieren, was gerade daherkommt. Niemand wird dir für den Versuch danken. Und du weißt, daß du dich ruinieren wirst, wenn du das Prinzip der Realität ignorierst und versuchst, das dreckige Theater aufzuhellen. Du solltest dich mit den Unterlagen der Erfahrung abfinden. Warum liest du nicht was über Psychologie? Mir hat es eine Menge geholfen.«

»Na schön, ich werd' mir ein paar von deinen Büchern leihen, da du glaubst, daß es so wichtig ist. Nur verstehst du das alles schon ganz falsch. Ich werde es dir erklären, so wie ich es sehe. Sich dem Tode anzubieten, kann nie richtig ein, und wenn dir die Unterlagen der Erfahrung das sagen, mußt du ohne sie auskommen. Ich verstehe auch, was du meinst, wenn du sagst, ich sei nicht konkret. Folgendes: In der heutigen Welt muß dein einzelner Mensch willens sein, einen sich immer mehr verengenden und begrenzenden Lebensstandpunkt darzustellen. Und ich bin kein Spezialist.«

»Na, du hast mir erzählt, du könntest Vögel abrichten.«

Ja, bis jetzt war das das einzige Gebiet, auf dem ich Spezialist war. Und es ist vollkommen wahr, du mußt einer dieser Geister sein, die wie besessen und weit und mächtig von einem gesellschaftlichen Zweck getrieben werden. Wenn man jemand dazu braucht, unter der Straße zu liegen, hast du es zu sein. Oder in einem Bergwerk. Oder sich Freifahrten auf dem Jahrmarkt auszudenken. Oder die Namen von neuen Süßigkeiten zu erfinden. Oder Babyschuhe zu bronzieren. Oder herumzugehen und Pappbilder von Pullovermädchen in Frisörläden und Kneipen aufzuhängen. Oder in irgendeiner unterteilten

Rolle mit ein oder zwei Gedanken, diesen schmalen, starren Ideen deiner Funktion, zu leben.

Ich glaubte immer, daß für das, was ich wollte, nicht viel Hoffnung bestand, wenn man ein Spezialist sein mußte wie ein Arzt oder ein anderer Experte. Du würdest mit Amateuren nichts zu tun haben wollen, denn Experten sind nun mal so mit Amateuren. Und außerdem bedeutet Spezialisierung Schwierigkeiten. Worin anders als in Schwierigkeiten könnte man denn sonst Spezialist sein? Ich lebte nach Padillas Schlagwort: »Einfach oder überhaupt nicht.«

Mimi lachte schrecklich über meine mexikanischen Erlebnisse. »Das muß ja herrlich gewesen sein«, sagte sie. Was sie über Thea sagte, ließ in mir ein unbehagliches Gefühl aufkommen; und über Stella meinte sie: »Männer wie du machen manchen Frauen das Leben leicht.«

Niemandem war irgend etwas leichtgefallen, aber das konnte man Mimi nicht erzählen. Nachdem sie die Geschichte so erfaßt hatte, wie sie sie haben wollte, hörte sie nicht mehr weiter zu; sondern sie fiel mit ihrem angriffslustigen Eifer, den breiten roten Mund verzogen, aus dem ihre Helikon- oder Jagdhornstimme kam, beinahe so wie Clem über mich her. Ich solle mich lieber von meinen Einstellungen heilen lassen. Der Grund, warum ich die Dinge nicht so sah, wie sie waren, bedeute eben, daß ich nicht wolle. Daß ich sie nicht so, wie sie waren, lieben konnte. Aber die Forderung war nicht, sie in Gedanken zu verbessern, sondern jede menschliche Schwäche ins Bild zu setzen – die Schlechten, die Verbrecherischen, Kranken, Neidischen, Wühlenden, Tierischen, die von den Sterbenden Lebenden. Fang damit an. Nimm die Tatsache, daß Menschen im allgemeinen voller Abscheu sind und daß es sie Anstrengung kostet, einander anzusehen! Meistens wollten sie bloß in Ruhe gelassen werden. Und sie gruben besessener nach der Unwirklichkeit als nach Schätzen, denn die Unwirklichkeit war ihre letzte große Hoffnung; weil sie dann daran zweifeln konnten, ob das, was sie von sich wußten, wahr war. – Vielleicht übertrieb sie ihren himmelstürmenden Zorn und ging über das, was sie wirklich empfand, hinaus. Aber jedenfalls waren in diesen Tagen blaue Spuren der Sorge unter ihren Augen.

Als Arthur kam, sprachen wir über Geld und Stellen. Meistens brachte sie das Gespräch darauf, sobald er sich zeigte.

Da gab es einen bestimmten Job, von dem sie unbedingt wollte, daß er ihn annahm. Aber er sagte: »Mein Gott, das ist doch Blödsinn!« Und er fing auf seine dunkle Art sanft zu lachen an, mit Krähenfüßen.

»Das Geld ist kein Blödsinn.«

»Bitte, Mimi, sei nicht abgeschmackt.«

»Du hättest praktisch nichts dabei zu arbeiten.«

Aber er ließ die Stelle einfach unmöglich erscheinen. Ich dachte allmählich, daß ich mich selbst darum bewerben könnte, falls ich die Fähigkeiten dazu hätte.

Ich traf Arthur bei einem Spaziergang und fragte ihn, warum er die Stelle nicht wollte.

Es war ein kühler Nachmittag, und er trug Mütze und Mantel. Er hatte viel Gewicht verloren und war sehr knochig, seine Schultern stachen scharf heraus, so daß mich seine Ähnlichkeit mit seinem Onkel Dingbat beeindruckte und wie er die gleiche Erbmasse durch ein anderes Leben unterdrückt hatte. Er war genauso scharf und schmalbrüstig gebaut, hatte das gleiche lange Gesicht und den schnellen Gang über den großen Zeh. Seine Schuhe liefen spitz aus, so elegant wie Ritterlichkeit in den Steigbügeln oder das Ende einer Eidechse, die in einer Spalte verschwindet. Aber Arthurs Gesundheit war schlechter als Dingbats, und er hatte eine dunklere Hautfarbe; sein Atem roch stark nach Tabak und Kaffee. Sein Lächeln zeigte seine schlechten Zähne. Aber er hatte allen Charme der Einhorns, wenn er ihn zeigen wollte.

In seinen Gedanken lag viel Schwung. Das hatte Stil. Manchmal glaubte ich, er sei bereit, alles und jedes zu sagen oder in Betracht zu ziehen. Ich persönlich zog nützliche Gedanken vor. Ich meine Gedanken, die Fragen beantworten, die dich bewegen. Arthur sagte, daß das falsch sei: die Wahrheit sei wahrer, wenn sie weniger mit deinem persönlichen Nutzen zu tun hätte. Was für ein persönlicher Nutzen liegt zum Beispiel in der Untersuchung des Lichtprickels der entlegensten Sterne, der bei der unvorstellbaren Geschwindigkeit selbst noch in sich zerfällt und zerbricht, weil er auf seiner Reise so uralt wird? Sie faszinierte mich, diese Frage.

Aber wegen der Stelle: Also da war ein Millionär, der ein Buch schreiben wollte und der jemanden suchte, der ihm als Assistent bei den zu machenden Nachforschungen zur Hand gehen konnte. »Glaubst du, daß ich die Stelle ausfüllen könnte?«

»Aber natürlich, Augie. Bist du daran interessiert?«

»Na, ich brauche eine Arbeit. Etwas, das mir die freie Zeit läßt, die ich brauche.«

»Mir gefällt, wie du dein Leben einrichtest. Was hast du mit dieser freien Zeit vor?«

»Ich habe vor, sie zu gebrauchen.« Mir gefiel die Anspielung dabei nicht. Warum sollte er freie Zeit nötig haben und ich deswegen ausgefragt werden?

»Ich bin nur neugierig. Einige Leute scheinen immer zu wissen, was sie tun werden, und andere nie. Natürlich bin ich ein Dichter und damit verhältnismäßig glücklich. Aber ich habe mich oft gefragt, was ich wohl sein würde, wenn ich kein Dichter wäre. Ein Politiker? Aber man braucht ja nur zu sehen, was aus Lenins Lebenswerk geworden ist. Ein Professor? Das ist viel zu zahm. Ein Maler? Aber heute weiß niemand mehr, warum eigentlich gemalt wird. Immer wenn ich ein dramatisches Gedicht schreibe, frage ich mich, warum die Personen je etwas anderes als Dichter sein wollen.«

Also, so ging es in Chicago, als ich zurückkam. Ich blieb im Südviertel. Ich bekam meine Bücherkiste von Arthur zurück und las in meinem Zimmer. Die Junihitze nahm zu, bis die schattigen Höfe den Geruch nach dumpfiger Erde, Unterirdischem, den Gullys und Abwässerkanälen des plutonischen Königreiches der Stadt, nach Mörtel und brodelnden Teerkesseln von Dachdeckern, nach Geranien, Maiglöckchen und Kletterrosen ausschwitzten und manchmal, wenn der Wind stark war, der Krematoriumsgestank der Schlachthöfe hineinwehte. Ich las meine Bücher und schickte beinahe täglich Briefe an Wells Fargo für Thea, aber es kam keine Antwort. Nur ein Brief wurde mir aus Mexiko nachgeschickt, und der war von Stella. Sie war in New York. Ich hätte nie solch einen guten Brief von ihr erwartet. Ich sagte mir, daß ich sie entschieden unterschätzt hatte. Sie sagte, sie könne mir noch kein Geld schicken; sie müßte erst mit ihrer Bühnengenossenschaft klarkommen. Aber sobald sie eine Rolle habe, würde sie ihre Schulden begleichen.

Simon hatte mir etwas Geld gegeben, damit ich Sommerkurse an der Universität belegen könnte. Jetzt dachte ich, daß ich vielleicht gern Lehrer werden würde, und hatte mich für verschiedene Pädagogenkurse eingeschrieben. Mir fiel es schwer, in den Hörsälen zu sitzen und die Nase in Lehrbücher zu stecken. Simon war immer bereit, mir beizustehen, wenn ich ihn brauchte, obwohl er selbst nicht viel von Universitäten hielt.

Ich war noch immer scharf auf die Stelle, die Arthur abgelehnt hatte, bei dem Millionär, der ein Buch schreiben wollte. Dieser Millionär hieß Robey. Er hatte unter Frazer studiert, als Frazer Dozent war, daher kannte ihn Mimi. Er war lang und gebückt, stotterte stark, trug einen Bart und war vier- oder fünfmal verheiratet gewesen – diese Fakten gab mir Mimi. Arthur sagte mir, daß das Buch eine Geschichte oder ein Überblick über die Geschichte des menschlichen Glücks vom Standpunkt der Reichen werden sollte. Ich war mir nicht so sicher, daß ich das tun wollte, aber was ich nicht wollte, war, daß Simon mich weiterhin unterstützte. Ich versuchte, bei Einhorn ein Darlehen an Land zu ziehen, aber er trug mir nach, daß ich ein alter Freund Mimis war. Er sagte: »Ich kann dir nichts leihen. Du mußt verstehen, daß ich für mein Enkelkind aufkommen muß. Diese zusätzliche Belastung ist schwer. Und was geschieht, wenn Arthur beschließt, meine letzten Jahre mit noch einem zu segnen?« Er war sauer.

So ging ich widerstrebend zu Arthur, um ihn zu bitten, Robey für mich anzurufen.

»Das ist ein sehr komischer Kauz, Augie, er müßte dich belustigen.«

»Ach, zum Teufel, ich brauche ihn nicht, um mich zu belustigen, ich will bloß eine Arbeit.«

»Ja, du wirst ihn nicht auf Anhieb verstehen. Er ist sehr eigenartig. Zum Teil hat er das von seiner Mutter. Sie glaubte, daß sie die Königin von Rockford in Illinois sei. Sie trug eine Krone. Sie hatte einen Thron. Sie erwartete, daß sich die ganze Stadt vor ihr verbeugte.«

»Lebt er jetzt in Rockford?«

»Nein, er hat hier ein Haus an der South Side. Als er Student war, fuhr ihn ein Chauffeur zur Universität. Lange Zeit hatte er einen Tick mit ›bedeutenden‹ Büchern und kaufte sich Platz auf den Anzeigenseiten, um Zitate aus Plato oder Locke hereinzusetzen, wie ›Das undurchdachte Leben ist es nicht wert, gelebt zu werden.‹ Er hat eine Schwester, die auch einen Knall hat – Karoline. Sie glaubt, sie sei Spanierin. Aber du hast ja die Gabe, mit diesen Charakteren auszukommen. Für meinen Vater warst du ein Juwel.«

»Ich war auf gewisse Art ein bißchen verliebt in ihn.«

»Vielleicht wirst du Robey auch lieben.«

»Mir kommt er wie noch so ein Verrückter vor. Ich kann doch nicht ewig und immer mit lächerlichen Leuten zu tun haben. Das ist nicht gerecht.«

Aber nicht lange danach, an einem regnerischen Nachmittag, fand ich mich diesem Mr. Robey in seinem Haus am Seeufer gegenüber. Und was für ein Gesicht er hatte – was für eine Erscheinung! Große entzündete, verhangene Augen, ein rötlicher Bart, rote mürrische Lippen und auf der Nase eine Schmarre; in der vorigen Nacht war er, betrunken oder schläfrig, in die Tür eines Taxis hineingelaufen. Er stotterte stark; wenn es ihn richtig erwischte, machte er große Anstrengungen, nahm all seine Kraft zusammen und verdrehte den Kopf, während seine Augen von dieser Tortur und beinahe von Haß sprachen. Zuerst war ich erstaunt, und ich bedauerte ihn, wenn seine Zähne aufeinanderschlugen oder ihnen ein Knurren entfloh. Aber bald fand ich heraus, wie beredt er trotz alledem sein konnte.

Mit diesen verhangenen, rotdurchäderten Augen sah er mich an wie einer, der erklärend vorausschicken muß, daß ihm nur Schwierigkeiten und Unglück beschieden seien, und er öffnete seine Lippen, bevor er anfing zu sprechen, als ob er erst mal die oberen von den unteren Haaren seines Bartes lösen wollte.

Er sagte: »Essen Sie m-m-m-mit m-m-mir?«

Wir bekamen ein abscheuliches Essen – dünne Muschelsuppe, einen geräucherten Schinken, den er selbst zerteilte, gekochte Kartoffeln, Wachsbohnen und zweimal aufgewärmten Kaffee. Ich ärgerte mich etwas, daß ein Millionär einen zum Essen einlud und einem dann solch einen Schlangenfraß vorsetzte.

Er besorgte die Unterhaltung. Zuerst den Lebenslauf, sagte er. Als sein Mitarbeiter müsse ich etwas über ihn persönlich wissen. Er fing an, mir von seinen fünf Ehen zu erzählen, und nahm seinen Teil Schuld für jede Scheidung auf sich. Aber diese Ehen waren ein Teil seiner Bildung; deswegen mußte er sie auswerten. Mich widerte das an. Ich nahm einen Schluck Kaffee und ließ ihn durch die Zähne wieder in die Tasse zurücklaufen und schnitt eine Grimasse. Aber er bemerkte das nicht. Er war bei seiner dritten Frau angelangt, schrecklich langweilig. Die vierte gewährte ihm einen tiefen Einblick in seinen Charakter. Ich glaube, er war noch immer in sie verknallt. Während er wegen irgendeines schwierigen Wortes mit dem Hals wackelte, unterbrach ich. Ich hatte vor zu sagen: »Könnte man nicht wenigstens frischen Kaffee bekommen?«, aber ich hatte nicht das Herz. Statt dessen fragte ich: »Aber können Sie mir nicht andeutungsweise erklären, woraus meine Arbeit bestehen wird?«

Daraufhin sprach er freier. »Ich brauche Rat«, sagte er. »Hilfe. Ich muß mir über einige meiner Ansichten klarwerden, m-mein Denken, b-b-brauche Kl-Klarheit. Ist k-kompliziert, dies Buch.«

»Aber wovon handelt es?«

»Es ist nicht bloß e-ein Buch, – es ist ein Leitfaden, ein P-P-Programm. Ich habe die Idee hervorgebracht, a-aber jetzt ist es zuviel für mich. Ich brauche Hilfe.« Als er von Hilfe sprach, klang das verängstigt. »Ich habe viel zuviel e-entdeckt. Es war nur ein Zufall, daß ich es war, und j-jetzt bleibt die Verantwortung an mir hängen.«

Wir gingen in den Salon, um das Gespräch fortzusetzen. Sein Gang war bauchlastig, schleppend, als ob er sich stets selbst ermahnen müsse, sich nicht auf den Schwanz zu treten.

Es nieselte noch immer; der See sah wie Milch aus. Drinnen schienen mondige Lampen auf Plüsch und fernöstlichen Purpur und Mahagoni. Da waren persische Wandschirme und Roßhaarhelme alter Krieger, Büsten von Perikles und Cicero und Athene und was sonst nicht noch alles. Und dort war auch ein Porträt seiner Mutter. Die sah wirklich wahnsinnig aus und trug eine Krone, ein Zepter in der einen und eine Rose in der anderen Hand. Die nebelverdeckten Eisenerzkähne aus Duluth nach Gary klagten. Robey saß unter einer Lampe, die die finnig entzündeten Talgdrüsen unter seinem Bart zeigte.

Vielleicht wäre er nicht sehr klug, fing Robey demütig an, aber was sollte er schon machen? Er könnte Gedanken nicht entgehen. Niemand von uns könne Gedanken entgehen, und wir hätten alle mit dem gleichen Problem zu kämpfen, nämlich daß es Hunderte von Dingen gibt, über die man nachdenken und die man wissen muß. Es war seine Pflicht, es so gut zu machen, wie er nur irgend konnte. Damit kaschierte er seinen Eifer, den ich aber trotzdem mächtig im Hintergrund beben fühlte.

Dieses Buch, sprach er weiter, wollte er *Das Nadelöhr* nennen. Weil es für die Reichen nie ein geistiges Leben gegeben hätte, wenn sie nicht allem entsagten. Aber jetzt waren es nicht mehr nur die Reichen, die auf das Unglück zutrieben. Die Technik werde bald Überfluß schaffen, und jedermann werde mit allem zur Genüge versorgt sein. Es werde wohl Ungleichheit, aber weder Hunger noch große Not geben. Die Menschen würden essen. Nun, und wenn sie zu essen hatten, was dann? Der Garten Eden der Freiheit, des Überflusses und der Liebe, der Traum der Französischen Revolution werde entstehen. Aber die Franzosen seien zu optimistisch gewesen und hätten sich gedacht, wenn die morschen, alten Zivilisationen zusammenkrachen würden, könnte uns nichts mehr davon abhalten, das irdische Paradies zu betreten. Aber so einfach war das nicht. Wir sahen der größten Krisis der Geschichte entgegen. Damit meinte er nicht den Krieg, der damals im Anmarsch war. Nein, wir würden dahinterkommen, ob es dieses irdische Paradies geben werde oder nicht.

»Br-Brot gibt es jetzt beinahe umsonst in Amerika. Was wird ge-ge-geschehen, wenn der Kampf um Brot vo-vo ... Werden die irdischen Güter den Menschen befreien oder versklaven?«

Man vergaß darüber beinahe, an sein blödsinniges Ponim und die reiche Kollektion von Wandschirmen, Antiquitäten, Schmiedeeisen, russischen Schlitten, Helmbüschen und -schweifen und Perlmutterdosen zu denken. Aber trotzdem, sogar wenn er in den höheren Regionen und höchsten Sphären schwebte, sah er todunglücklich aus, bereit, jeden Augenblick in Tränen auszubrechen. Inzwischen stieß mir der schimmlige Schinkengeschmack immer wieder auf.

»M-Maschinen werden einen Ozean von Bequemlichkeiten schaffen. Diktatoren können ihn nicht aufhalten. Die Menschen werden sich mit dem Tod abfinden. Ohne Gott leben. Das ist ein ta-ta-tapferes Vorhaben. Ende einer Illusion. Aber was für Werte statt dessen?«

»Ein großartiges Vorhaben«, sagte ich.

»Aber«, sagte er, »das kommt erst zum Sch-Schluß. Ich denke, wir sollten damit anfangen, wie Aristoteles darüber spricht, wieviel weltliche Güter man besitzen muß, ehe man Tugend üben kann.«

»Ich habe nicht viel Aristoteles gelesen.«

»Nun, das ist e-etwas, was Sie werden tun müssen. Keine Angst, Sie werden dafür bezahlt werden. Aber ich will, daß es eine solide Arbeit und richtig gelehrt wird. Wir werden über die Griechen und Römer schreiben, Mittelalter, Renaissance-Italien, und ich habe eine Sta-Statistik vor, Min-Minos ganz oben, Calvin weit unten, Sir Walter Raleigh hoch; Carlyle stinkt; moderne Wissenschaften, Stillstand. Interessiert mich nicht mal.«

In der nächsten halben Stunde war er nur ab und zu verständlich; er schien müde zu werden, und er schweifte ab, blinzelte mit seinen feuergeäderten Augen und hustete sich in die vorgehaltene Faust.

»J-jetzt erzählen Sie mir über sich!« sagte er. Ich wußte nicht, wo ich anfangen sollte, und verfluchte ihn, weil er mich gefragt hatte. Aber er hörte nicht zu. Aus der Art, wie er auf seine Armbanduhr sah, konnte ich schließen, daß er sich fragte, wie bald er wohl wieder mit sich allein sein konnte.

So fragte ich ihn, wo das Klo wäre, und er erklärte mir den Weg. Als ich zurückkam, hatte er anscheinend sein Interesse an dem Buch wiedergefunden und wollte noch weiter darüber sprechen. Er sagte, er sei sicher, daß ich der Richtige sei, um ihm dabei zu helfen. Und er fing an, mir den ganzen Aufbau zu erklären. Erster Teil: Allgemeine Betrachtung. Zweiter Teil: Heiden. Dritter: Christen und so weiter. Vierter: Praktische Beispiele höchster Glückseligkeit. Seine Erregung wuchs wieder. Er zog einen Pantoffel aus und legte ihn auf ein Buch oder Album, das auf dem Kaffeetisch lag, und ab und zu zog er ihn wieder an. Er sagte, daß sich das Christentum ursprünglich an die Armen und die Sklaven richtete und deswegen Kreuzigungen und das Annageln und diese ganze Strafglorie des Märtyrertums notwendig gewesen seien. Aber am Gegenpol, dem glücklichen Pol, sollte es die gleiche Dichte geben. Freude ohne Sünde, Liebe ohne Dunkelheit, fröhlicher Wohlstand. Nicht immer alles verderben. O große Zeit großzügiger Liebe, du großes Zeitalter eines neuen Menschen! Nicht das arme, dunkle, verkrüppelte, von Falschheit eingeengte Geschöpf, dieser Lügner von der Wiege bis zum Grabe, von Armut gepeitscht, stinkend vor Feigheit, in der Eifersucht tiefer als eine Latrine, gefühlskalt wie ein Kohlkopf, vor der Schönheit eine Made, in der Pflicht eine Krabbe, aus seinem Munde immer den gleichen Faden verpuppender Voreingenommenheit fortspinnend. Ohne Tränen, um zu weinen, oder genug überschüssigen Atem, um zu lachen; grausam, geil heckend, parasitisch, schleichend, schimpfend, ängstlich und träge. Gedrillt wie ein Preuße vom heiseren Gebrüll der Feldwebelängste. Robey goß das auf mich herab; ließ es einsickern. Ich dachte: Oh! was für ein verrückter Idiot! Zu was für einem übergeschnappten Millionär hat man mich da geschickt! Aber gleichzeitig reagierte mein Herz darauf, und all diese Dinge kamen an. Mein allerinnerster Gedanke war: Gnade Gott uns armen menschlichen Würstchen! Und dieser allerinnerste Gedanke brachte einen anderen hervor: War Gott gnädig, würde Er allein schon deshalb Gnade walten lassen.

Dann ging Robey zu mir über. Er konnte seine Stimmung rasch wechseln.

Die verdammte Bourgeoisie, sagte er, hätte Führer sein und praktische Beispiele des Glücks geben sollen. Aber sie sei ein historischer Versager. Sie sei dazu nicht fähig gewesen. Eine schwache herrschende Klasse, weil sie weiter nichts verstanden habe, als den Fluß des Geldes um die Welt nachzuahmen, sich in alle Gelegenheiten zu einem Profit wie Wasser ergießend, das seinen eigenen Stand sucht, und die Maschine nachzuäffen. Robey klang jetzt nicht mehr wie er selbst, das heißt, nicht so ernst wie vorher, sondern nach Büchern. Er kratzte sich am Fuß und dozierte weiter und schien mit seinem Bart, der strohig aussah, nur noch eine weitere Rarität dieses Zimmers zu sein.

Aber ich hatte immer noch genug von einem Einhornanbeter in mir, um von dieser Rarität eingenommen zu sein. Ich schob einige meiner Einwände beiseite und sagte: »Sie haben vorhin vom Gehalt gesprochen. Könnten Sie genauer sein?«

Das machte ihm einen unangenehmen Eindruck. »Wie-wie-viel erwarten Sie? Bis ich weiß, wie Sie sich bewähren, k-k-k-kann ich Ihnen eine annehmbare S-S-Summe geben.«

»Was nennen Sie annehmbar?«

»Fünfzehn die Woche?«

»Sie müssen sich in der Zahl geirrt haben. Fünfzehn? Soviel kann ich von der Unterstützung bekommen, ohne einen Finger zu rühren.« Ich war empört.

»Dann achtzehn«, bot er schnell.

»Versuchen Sie mal, einen Klempner zu bekommen, der Ihnen für weniger als einen halben Dollar die Stunde Ihr Waschbecken in Ordnung bringt. Wollen Sie mich zum besten haben oder so was? Ich glaube nicht, daß das Ihr Ernst ist.«

»Sie sollten an die Bil-Bildung den-denken, die Sie erhalten werden. Und es ist nicht bloß eine Arbeit, sondern ein We-We-Werk.« Er war sehr verstört. »Gut, zwanzig Do-Dollar, und Sie können oben mietfrei wohnen.«

Damit er mich festkriegen und mir die Ohren vollreden konnte, sobald er dazu Lust hatte, Tag und Nacht? Niemals. »Nein«, sagte ich, »dreißig die Woche für dreißig Stunden.«

Es tat ihm weh, sich von Geld trennen zu müssen. Ich konnte sehen, was es ihm für Seelenqualen bereitete, wenn er nur daran dachte.

Schließlich sagte er: »Na schön, wenn Sie sich bewähren. Fünfundzwanzig für den Anfang.«

»Nein, dreißig, ich hab's Ihnen doch gesagt.«

Er rief: »Warum zwingen Sie mich zu diesem sch-schrecklichen Gefeilsche? Es ist wirklich sch-schrecklich. Ach, zum Teufel! Es vereitelt das ganze Vorhaben.« Er sah mich richtiggehend haßerfüllt an. Aber trotzdem stellte er mich ein.

Von Tag zu Tag änderte er seinen Plan. Zuerst wollte er den geschichtlichen Teil machen und trug mir auf, Max Weber, Tawney und Marx zu lesen. Dann mußte ich das alles fallenlassen, um mich mit einer Broschüre über Philanthropie zu beschäftigen. Er haßte alle philanthropischen Millionäre und wollte alle die puritanischen Reichen treffen, die so schlecht aussahen und sich so unglücklich fühlten. Er nannte unter ihnen einige seiner Vettern, daran konnte ich erkennen, daß das für ihn alles Familienzores war. Sogar die große, unverschämte Wallstreetlaus mit ihren Saugern voll Blut tat in der Gestalt eines Teufels mehr Gutes als diese reichen Leute, die verängstigt waren, sagte er; wie alle anderen auch. Einfach verängstigt. Und er wütete stundenlang gegen sie.

Ich war an enthusiastische Projekte, die nie den Hangar des Erfinders verlassen würden, gewöhnt. Wie damals Einhorns Shakespeare in Stichworten. Und ich begriff wirklich, daß Robey das von mir wollte, was schon Einhorn gewollt hatte, genau das gleiche, nämlich einen Zuhörer. Er rief mich andauernd an oder schickte einen Wagen nach mir oder suchte nach mir in der Bibliothek oder wartete ständig vor den Hörsälen auf mich.

Die ersten paar Monate überhäufte er mich mit Lesestoff. Ich hätte mich auch in Jahren nie und nimmer durch all diese Griechen und Kirchenväter und Geschichten von Rom und Byzanz und was nicht noch alles hindurchfressen können. Ich kann mir nicht einmal vorstellen, daß jemand je auf die Idee kommen konnte, sich mit soviel Zeugs abzugeben. Aber es stand mir wunderbar, so in der Bibliothek zwischen einem Haufen Bücher zu sitzen.

Zweimal in der Woche hielten wir eine Konferenz ab, die sozusagen amtlich war. Ich brachte dann meinen Notizblock mit und hielt mich bereit, seine Fragen mit Zitaten und Erklärungen zu beantworten. War er geschäftsmäßig, wickelte sich das ganz ordentlich ab, aber er hatte eigenartige Stimmungen, seine Stimme ging dann, wie sie wollte, er war voller Kummer, seine Haare standen stachlig in die Höhe, er hatte rote Flecken, in seiner Stimme schwangen Tränen oder Ärger, und er war viel zu aufgebracht und erregt, um mit mir über Aristoteles und die Theorien der Glückseligkeit und so weiter sprechen zu können. Manchmal jagte er mir richtig Schrecken und Erstaunen ein. So zum Beispiel, als ich eines Tages im Haus nach ihm suchte und ihn, in seinen Bademantel gewickelt, auf einem Küchenstuhl stehend fand, von wo er Flit in einen Schrank pumpte, aus dem Hunderte von Kakerlaken herausquollen, die sich praktisch an den Kopf griffen und von den Wänden fielen. Was war das für ein Anblick! Er war außer sich und arbeitete wild und lustvoll mit der Spritzkanone und keuchte so laut wie der Strahl selbst, während die Kerfen dick wie Bohnen niederprasselten oder nach allen Richtungen davonrasten, verrückt, als ginge es auch mal für sie darum, in Oklahoma billig Land zu kaufen.

So von mir ertappt, versuchte Robey, seine Gefühle 'runterzuschlucken und so zu tun, als ob er die Kakerlaken nicht hasse und sie nicht mit erregter Befriedigung umbringe. Irgendwie war es einfach zu schade, daß er das nicht zugeben konnte. Dazu wußte ich noch, daß ich im falschen Augenblick hereingeplatzt war und er mir das nachtragen würde. Er würde nichts dagegen machen können.

Er zuckte nicht schlecht zusammen, als ob ich ihn am Rücken berührt hätte, und stieg vom Stuhl. »Das ist einfach zuviel. Sie t-tragen mir noch das Hau-Haus – das Haus fort. Ich hab' ein Stück Brot in den Toaster gesteckt, und dann ka-ka-kam ein Ka-ka-ka-kerlak zu-zusammen mit dem Brot geröstet heraus, da konnte ich es ei-einfach nicht mehr aushalten.«

Seine ganze Wut, ein Stück Glut, das sich ein Loch durch Stroh frißt, war plötzlich verraucht, und er führte mich in den Salon, wo im Sonnenlicht viel herausquellende Polsterung und Mottenfraß in knopflosem, königsgrünem Samt und Staub zu sehen war. Er wischte sich die ölige Vernichtungsflüssigkeit an seinem Bademantel ab und sagte: »Haben Sie das italienische Renaissance-Zeug über die P-Prinzen und die H-Humanisten für mich fertig gemacht? Wie sie litten ohne Gott!« sagte er und sah weg. »Aber sie waren s-selbst Gö-Göttern gleich. Was für ein Mut! Und auch sch-sch-schrecklich. Aber es mußte geschehen, daß M-Menschen es wagten.«

Im Herbst verlor er die Gewalt über sich. Er gab mir wohl weiter Aufträge, und ich strich meine dreißig Dollar auch mit gutem Gewissen ein, aber er arbeitete überhaupt nicht.

Ich hatte mich oft gefragt, mit was für einer Sorte Frauen er es wohl in den Zeiten, wenn er nicht verheiratet war, hatte, ob mit Edelnutten oder Damen seiner Kreise oder mit Strichmädchen aus der Gegend hinter den Schlachthöfen oder netten kleinen Studentinnen oder was sonst. Ich war überrascht. Er war hinter ordinären Entkleidungskünstlerinnen von der Near North Side, von der Clarkstreet, Broadway, Rush und den Gegenden her, die ihn schlecht behandelten. Und er ließ sich das von ihnen gefallen, als ob das einfach nur eine verdiente Strafe wäre, und lächelte sogar. Er versuchte, mir diese Mädchen schmackhaft zu machen, aber ich hatte mich wieder einmal mit Sophie Geratis eingelassen. Hauptsächlich wünschte er anscheinend nur, daß ich mitkam. Ein paarmal ging ich auch mit ihm in solche Bars in der North Side. Eines dieser Wäscheschau-Mädchen beleidigte ihn wegen seines Bartes; er beugte sich dem. Nur seine roten Augen, die er nicht von ihr ließ – sie war jetzt angezogen und trug ein graues Schneiderkostüm – waren einfach skandalös. Aber er sagte nur pedantisch: »Zur Zeit der Königin Elisabeth hatten die Barbiere Flöten und Gitarren im Laden, damit die wartenden Herren singen und spielen konnten; weil es eben so lange dauerte, bis die Bärte und Locken in Ordnung gebracht waren.«

An demselben Abend, an dem er diese milden Betrachtungen anstellte, spielte er verrückt und riß den Zähler in einem Taxi ab. Ich wollte eigentlich an der Fünfundfünfzigsten Straße aussteigen, hatte aber Angst, daß der Fahrer ihm das Jackstück vollhauen würde, und brachte darum zuerst ihn nach Hause.

Aber trotzdem piesackte er mich nach wie vor bis aufs Blut. Er war sehr empfindlich und wollte, daß ich eine gute Meinung von ihm hatte; aber gleichzeitig war er auch sehr sprunghaft, einen Augenblick demütig, und im nächsten brüllte er und war hinter seinem Geld her, oder er war mürrisch und zog mit seinem großen, roten Mund aus Ärger oder Unglück einen Flunsch. Ich kann mich besonders an einen Tag erinnern. Überall war Schnee und Sonnenschein, und es war frisch und schön, aber er war schlechter Laune und schlug die zu Fäusten geballten Hände in den schweinsledernen Handschuhen zusammen. Er nörgelte an mir herum und wollte und wollte nicht aufhören. Daraufhin sagte ich: »Sie wollen nicht jemanden, der für Sie arbeitet. Sie wollen jemand, der Ihnen diese lausige Nervosität abnimmt.« Und ich wickelte mich in meinen alten Mantel, der aus stellenweise kahl werdendem Kamelhaar war, und ging über den Hof. Er kam mir nach, um alles zurückzunehmen. In dem dicken Schneepuder trug ich Überschuhe, aber er kam in seinen guten braunen Schuhen, die wie Hausschuhe waren, und sagte: »Augie, zanken wir uns doch nicht. Um Gottes willen! Hören Sie, es tut mir leid.« Aber ich ging wütend weiter. Und am gleichen Abend rief er an und bat mich, ihn in der Stadt zu treffen. Ich konnte hören, daß etwas nicht stimmte. Er sagte, er würde im Pump Room sein, was so ungefähr das vornehmste Lokal der Stadt war. Als ich da ankam und nach ihm fragte, kamen zwei Diener in Kniehosen und brachten ihn heraus. Er war betrunken, stumm, erstarrt und konnte kaum einen Gesichtsmuskel bewegen oder seine Zunge gebrauchen.

So klein bei klein war er dazu gekommen, sich auf mich zu verlassen. So ähnlich wie früher Einhorn hatte er herausgefunden, daß ich ihn nicht ausnutzen würde und daß ich verläßlich war. Und trotz seiner Eigenarten und Verwirrungen, regelrechten Guayana-Dschungel-Erscheinungen oder Mißgeburten, in die sich manchmal die Kraft des Lebens drängt, hatte er doch etwas, was mich anzog. Ohne Zweifel war es nur diese Macht, die seine Menschlichkeit quälte und wiederum selbst gequält wurde. Und während er Junggeselle war und dieses Haus mit seiner Schwester Karoline teilte. Nun, sie tat ihm auch nicht gerade gut. Und als sie herausfand, daß ich in Mexiko gewesen war, warf sie ein Auge auf mich, da sie doch glaubte, Spanierin zu sein, und schrieb mir *billets doux* so wie »*Eres muy Guapo*«. Und in Abständen bekam ich Telegramme wie dieses: »*Amigo, que te vaya con toda suerte, Carolina.*« Sie war furchtbar durchgedreht, die arme Frau. Aber schließlich hatte ich früher meinen Bruder George unter meinen Fittichen gehabt und das Talent oder diese Eigenschaft, die man dafür brauchte, nicht eingebüßt. Und manchmal spürten die Leute das.

Manchmal hatte ich keinen anderen Wunsch, als auch einfach Schuster werden zu können.

22

Bei Owens unterm Dach, in meinem alten Zimmer, das ich schließlich wiederbekommen hatte, suchte ich meinen Weg durch die sich industriell, militärisch und wissenschaftlich wechselvoll ändernden Zeiten. Ich erfuhr auch selbst am eigenen Leibe krasse Wechselfälle, schlechte Nachrichten, unnütze Ausgaben, schwüle Träume, verhexte Vorgänge, wie die Tiere, die in der Abendglut der Wüste den Anachoreten erschienen. Doch kann ich dankbar sagen, daß ich daran – so wie ich es sehe – keinen Schaden genommen habe. Die Polizei, ungeachtet dessen, was die Moralisten hätten gegen mich vorbringen können, dürfte keinen Grund zur Klage gegen mich gehabt haben. Die schlimmsten meiner Vergehen lagen in meiner Phantasie, wo solche Dinge auch hingehören, während ich in den oberen Bezirken meines Gemütes mit angespanntem Verstande wie eine große und geschäftigte Firma, die alles ihr nur Erreichbare in Betracht zieht, über meinen Lebensweg brütete. Ich zog auch gewisse Schlüsse, die manchmal fragmentarisch waren – so wie: Der Zweck der Einsamkeit kann nur eine Wiedervereinigung sein; oder: Oh, es ist sehr ermüdend, über alles eine eigene Meinung zu haben –; aber andere Zeiten waren wirklich sehr ausgefüllt, was im weiteren Verlauf gezeigt werden wird. Ich strolchte durch Chicago, mein altes, geselliges Selbst wie immer. Aber ich zitterte noch immer von den Demütigungen und Schlägen Mexikos. Thea schrieb nicht, war entgültig zu irgendwelchen blauen Küsten der uralten Meere entschwunden, wahrscheinlich auf der Spur von Flamingos, mit irgendeinem neuen Liebhaber, der sie wohl auch nicht besser als ich verstand, und kampierte auf einer Klippe mit ihren Gewehren und Schlingen, Kameras, Feldstechern. Sie würde in diesem Stil alt werden und sich nie ändern.

Ich selbst wurde auch nicht gerade jünger, und meine Freunde machten anzügliche Witze über mein Aussehen, das ganz und gar nicht wohlhabend war. Ich lächelte mit ein paar Zähnen im Unterkiefer weniger und war etwas verschmiert oder angeschlagen, vom Felsgesicht meiner Erfahrung geküßt. Mein Haar wuchs mir in kräftiger Fülle über den Kopf und verdeckte meine alten Bergjägernarben. Unbestreitbar hatte ich einen Anflug von dem Grün in Vetter Five Properties Augen in meinen eigenen, und ich schob, eine Zigarre paffend und ohne den Anschein einer zielstrebigen Arbeit, vergeßlich, elliptisch, manchmal lustig, aber ach, viel weniger fröhlich als früher, durch die Gegend. Während ich meinen Gedanken nachhing, hob ich häufig Gegenstände von der Straße auf, weil sie mir wie Münzen erschienen; Bleistückchen, metallene Flaschenkapseln und vergrabene Stanniolfetzen; also hoffte ich offenbar auf einen Glücksfall. Ich wünschte auch, daß irgend jemand sterben und mir alles hinterlassen würde. Das war schlecht; denn wer, den ich nicht lieben und unter den Lebenden wissen wollte, konnte mir schon durch seinen Tod helfen? Und was nützten schon auf der Straße gefundene Münzen, selbst wenn es lauter Fünfundzwanzig-Cent-Stücke gewesen wären, zur Vollendung und endgültigen Gestaltung meines Lebens? Doch wohl gar nichts, Freunde, nicht im geringsten.

Es löste auch Heiterkeit aus, daß ich so versessen darauf war, meine Prüfung als Volksschullehrer zu machen; wohl weil ich kaum danach aussah, nehme ich an. Dennoch war ich darin beständig. Ich liebte die Stunden des probeweisen Unterrichtens. Während ich sie gab, war ich bewegt. Es war kein Problem für mich, unter den Kindern natürlich zu sein – und warum, helf' uns Gott, sollte es das für irgendwen sein? Aber stellen wir keine Fragen, deren Antworten zu den wohlbehüteten Geheimnissen der Welt gehören. In der Klasse oder draußen im Geschrei auf dem Schulhof, im Korridor Pipi riechend, das Klaviergeklimper aus dem Musikzimmer hörend, zwischen den Gipsbüsten, Karten und Kreidestaub-Sonnenstrahlen war ich glücklich. Ich fühlte mich heimisch. Ich wollte den Kindern mein Bestes geben und ihnen alles sagen, was ich wußte.

An der gleichen Schule lehrte mein einstiger Nachbar Kayo Obermarck Latein und Algebra. Buschig, verlottert und dick pflegte er damals auf seinem Bett bei Uwens zu liegen, als er das Zimmer neben mir hatte, in Unterhosen, mit lockenbedeckten Schenkeln und riechenden Füßen, und die Wand mit entschlossenem Denken anzustarren, während er, ohne sich umzusehen, hinter sich im Fett einer alten Pfanne, in der er Salami briet, Zigaretten auslöschte. Neben dem Bett stand eine Milchflasche, in die er seine kleinen Geschäfte erledigte, weil er nicht gern ins Badezimmer ging.

Jetzt sprangen die Kinder wie Heuschrecken um ihn herum, während er mürrisch wie ein Kaiser über den Schulhof ging. Sein Gesicht war groß, nachdenklich, weiß, unregelmäßig geschabt. Zerkrümelte Tempotaschentücher klebten an ihm, er roch nach einer Erkältung, sprach durch die Nase. Aber er war nicht wirklich mürrisch, das war nur seine Würde, und es freute mich, daß er hier Lehrer war.

Er sagte: »Ich sah dich in deinem Wagen vorfahren.«

»Diesen Morgen ist er zur Abwechslung mal angesprungen.« Ich besaß tatsächlich einen zehn Jahre alten Buick, mit dem mich ein sehr netter Kerl blödsinnig betrogen hatte. Wenn es morgens kalt war, sprang der Schlitten nicht an und war für mich ein Kreuz. Ich hatte auf Padillas Rat zwei Batterien installiert, aber der Wagen hatte einen grundlegenden Defekt, und der bestand darin, daß die Kolbenstangen verbogen waren. Aber immerhin war er mit einem Stoß in Gang zu bringen, und da er einen Rücksitz und eine lange Kühlerhaube hatte, sah er stark aus.

»Bist du schon verheiratet?« sagte Kayo.

»Nein, leider noch nicht.«

»Ich habe einen Sohn«, sagte er stolz. »Nun halt dich aber mal 'ran. Hast du denn niemand? Frauen sind leicht zu haben. Es ist deine Pflicht, Söhne zu haben. Es gab da einen alten Philosophen, der von einem seiner Schüler mit einer Frau hinter der Stoa ertappt wurde, und der sagte: ›Spotte nicht! Ich pflanze einen Menschen.‹ Aber ich habe alles mögliche über dich gehört, daß du mit einem Zirkus oder einer Tierschau nach Mexiko gegangen bist und dazu noch beinah ermordet wurdest.«

Er war ziemlich aufgekratzt und ging ein paarmal mit mir rund um den Schulhof; er war auf seine hochfahrende Art außerordentlich freundlich und zitierte mit seiner gespannten Tenorstimme Verse verschiedener Gedichte:

»Nichtiges Streben, Götter und Menschen verstrickt es,
Und Zorn, der im Herzen des Mannes wie Qualm aufwallet
Und ihm doch süßer denn triefender Honig deucht,
Machet annoch ihn zum Erstaunen grausam ...«

*»Les vrais voyageurs sont ceux-là seuls qui partent
Pour partir; cœurs légers, semblables aux ballons,
De leur fatalité; jamais ils ne s'écartent,
Et, sans savoir pourquoi, disent toujours: Allons!«**

Dieses letzte war wahrscheinlich auf mich gemünzt und beschuldigte mich, zu leichtherzig zu sein und ignoranterweise adieu zu sagen. Anscheinend hatte ich überall Kritiker. Aber für einen kalten Tag schien eine sehr strahlende Sonne, die Züge fuhren schwarz auf einem Damm aus gelbem Beton vorbei, die Kinder schrien und strudelten durch den ganzen weiten Hof, um den Fahnenmast herum und herein und heraus aus den Behelfsbaracken, und ich war besonders bewegt.

»Du *müßtest* heiraten«, sagte Kayo.

»Ich möchte schon. Ich denke oft daran. So habe ich vorige Nacht tatsächlich geträumt, ich wäre es, aber es war nicht sehr erfreulich. Ich war sehr verstört. Es fing ganz gut an. Ich kam von der Arbeit nach Hause, und am Fenster waren herrliche kleine Vögel, und ich roch Koteletts. Meine Frau war sehr hübsch, aber ihre schönen Augen waren voll Tränen und zweimal so groß wie sonst. ›Lu, was ist denn los?‹ sagte ich. Sie antwortete: ›Die Kinder wurden diesen Nachmittag ganz unerwartet geboren, und ich schäme mich so, daß ich sie versteckt habe.‹ – ›Aber warum denn? Das ist doch nichts zum Schämen.‹ – ›Eins ist ein Kalb‹ sagte sie, ›und das andere eine Art Käfer.‹ – ›Ich kann das nicht glauben. Wo sind sie?‹ – ›Ich wollte nicht, daß die Nachbarn alles sehen, da hab' ich sie hinters Klavier gesteckt.‹ Mir war schrecklich zumute. Aber immerhin waren es unsere Kinder, und es war nicht recht, daß sie hinter dem Klavier lagen, so schaute ich nach. Aber wer anders als meine Mutter saß da auf einem Stuhl hinter dem hohen Klavier – die, wie du weißt, blind ist. Ich sagte: ›Mamma, warum sitzt du hier? Wo sind die Kinder?‹ Und sie sah mich mit einer Art Mitleid an und sagte: ›O mein Sohn, was tust du. Du mußt recht tun.‹ Dann fing ich zu schluchzen an. Ich fühlte mich sehr tragisch, und ich sagte: ›Aber ist das nicht, was ich einzig und allein tun will?‹«

»Ach, du armer Kerl!« bedauerte mich Kayo. »Du bist auch nicht schlechter als alle anderen, weißt du das nicht?«

»Ich sollte wirklich mein Leben vereinfachen. Wieviel Schwierigkeiten muß ein Mensch denn notwendigerweise haben? Ich meine, ist

* Das wahre Reisen ist einzig und allein von jenen zu lernen / die um des Reisens willen auf die Reise gehn und stets / wie bunte Ballons, die sich nie von ihrem Schicksal entfernen, / leichten Herzens sind und, ohne zu wissen warum, sagen: Auf geht's!

das ein Auftrag, den ich ausbaden muß? Das kann nicht sein, weil das einzige Gute, von dem ich je gehört habe, von Menschen, als sie glücklich waren, vollbracht wurde. Aber um dir die Wahrheit zu sagen, Kayo, weil du ein Mensch bist, der mich verstehen wird, mein Stolz ist seit eh und je durch meine Unfähigkeit, einen Bericht über mich zu geben und weil alle immer alles mit mir tun konnten, verletzt worden. Realität entsteht dadurch, daß man einen Bericht über sich gibt, und das ist die schlimmste Hilflosigkeit. Oh, ich meine nicht, wie der Schwimmer im Meer oder das Kind im Gras, welches das unschuldige Sein in der großen Hand der Schöpfung ist; aber man kann sich nicht so unschuldig auf Sachen legen, die von Menschenhand gemacht wurden« sagte ich zu ihm. »In der Welt der Natur kannst du vertrauen, aber in der Welt des künstlich Fabrizierten mußt du auf der Hut sein. Da mußt du *wissen*, und du kannst nicht soviel Dinge im Kopf behalten und dabei glücklich sein. ›Seht meine Werke, ihr Mächtigen, und verzweifelt!‹ Schön, zerbrich dir nicht den Kopf über Osymandias, den sagenhaften König der alten Ägypter, von dem uns nicht mehr als ein paar granitene Beine ohne Rumpf geblieben sind. Zu seinen Zeiten mußte der Demütige in seinem Schatten leben, und auch wir leben so, mit blindem Vertrauen in das Funktionieren von Erfindungen, ob oben in der Stratosphäre oder unten in der U-Bahn, wenn wir über Brücken oder durch Tunnelschächte gehen oder in Fahrstühlen auf- und niederschweben, denen unsere Sicherheit anheimgegeben ist, unter einem Schatten. Uns überschatten von Menschen gemachte Dinge, und das ist auch wahr vom Fleisch auf dem Tisch, der Heizung in den Röhren, vom Gedruckten auf dem Papier, den Tönen in der Luft, so daß alles, was es auch sei, eine Chose ist und das gleiche Gewicht und den gleichen Rang hat. Der Kessel voll Gottes Zorn auf Seite 1 und Wiebolds oder Wertheims Räumungsschlußverkauf auf Seite 2! Alles äußerlich und die gleiche Chose! Sei's drum. Aber was macht dann deine Existenz notwendig, wie es sein sollte? Etwa diese technischen Errungenschaften, die dich nach ihren Gesetzen leben lassen wollen?«

Kayo sagte, von alledem nicht sehr überrascht: »Das, wovon du sprichst, hießt in der Sprache der Navajos und auch im Sanskrit: *Moha*. Es bedeutet soviel wie Opposition des Begrenzten. Es ist der Ludenpfiff der das klare Bewußtsein trübenden, beschränkenden Mächte. Die einzige mögliche Entgegnung auf *Moha* ist die Liebe, weil sie unbegrenzt ist. Ich meine alle Formen der Liebe: Eros, Agape, Libido, Philia und Ekstase. Sie sind allemal das gleiche, aber manchmal herrscht eine Eigenschaft vor, manchmal eine andere. Weißt du, ich freue mich, daß wir uns so durch Zufall wiedergetroffen haben. Du scheinst viel ernster geworden zu sein. Warum besuchst du uns nicht mal und lernst meine Frau kennen? Meine Schwiegermutter wohnt bei uns; sie ist eine ziemlich langweilige alte Frau, die sich über jede Kleinigkeit aufregt, aber wir können sie ignorieren. Nebenbei ist sie eine große Hilfe mit dem Kind. Aber sie liegt mir allemal in den Ohren, wie erfolgreich mein Schwager sei. Er ist Radiomechaniker und ein richtiger Idiot. Aber komm doch mit mir zum Essen, damit wir uns eingehender unterhalten können. Ich möchte dir auch meinen Sprößling zeigen.«

Also ging ich mit ihm nach Hause. Das war nett von Kayo. Aber seine Frau war unfreundlich, höchst mißtrauisch. Das Kind war sehr nett, für sein Alter natürlich, es war noch sehr klein. Während ich da war, kam der Schwager herüber; er interessierte sich für den Buick, der diesen Abend glücklicherweise gut lief. Er stellte mir Fragen, vom Rücksitz angezogen, fuhr dann herum und bot mir an, ihn zu kaufen. Ich setzte einen mäßigen Preis fest, nahm etwas Verlust hin, sagte aber, wie ich zu meiner Schande gestehen muß, nichts von den verbogenen Kolbenstangen.

Jedenfalls wollte er ihn von der Straße weg kaufen. So gingen wir zu seiner Wohnung, wo er mir einen Scheck für die Continental Illinois Bank über hundertachtzig Dollar gab. Aber dann wollte er mich nicht mehr aus dem Haus lassen. Er meinte wie aus Jux, daß ich ihn etwas von seinem Geld beim Poker zurückgewinnen lassen sollte. Seine Frau spielte auch. Offensichtlich versuchten sie, mich auszunehmen. Kayo mußte auch mitmachen, damit alles freundschaftlich aussah. Es war wirklich ein versuchter Betrug.

Wir saßen an einem runden Tisch neben dem Ofen mit einer Kanne Kaffee und einer Büchse Milch und spielten bis spät in die Nacht. Der Arbeitstisch mit den kaputten Radios stand direkt in der großen Küche. Der Mann wurde auf seine Frau böse, weil sie verlor. Wenn sie gewonnen hätte, hätten die beiden doppelt gewonnen, aber da sie verlor, beschimpfte er sie, und sie keifte ihn an. Kayo verlor auch. Ich war der einzige Gewinner und wäre es lieber nicht gewesen. Tatsächlich gab ich auch Kayo sein Geld auf dem Heimweg zurück. Aber dann sperrte sein Schwager zwei Tage später den Scheck, und ich mußte hingehen und den Wagen holen, weil er nicht lief. Es gab einen wütenden Auftritt. Und Kayo war sehr aufgebracht und wollte eine Zeitlang in der Schule nicht viel mit mir sprechen, obwohl er dann schließlich doch auftaute. Mir scheint, ich hätte den Wagen wirklich nicht verkaufen sollen, ohne etwas über die verbogenen Kolbenstangen zu sagen. Sophie Geratis, meine Freundin aus Hotelagitatortagen, war jetzt verheiratet, wollte sich aber von ihrem Mann scheiden lassen und mich heiraten. Sie erzählte mir, daß er es mit Männern triebe und sie gar nicht beachte. Er gab ihr Taschengeld und einen Wagen, brauchte sie aber nur zur Dekoration vor den Leuten. Er machte mit einem Erzeugnis, das er an Treibhäuser verkaufte, Geschäfte, und dieses bestimmte Erzeugnis war ein Monopol, also ging es ihm gut, und er wurde täglich mit steifem Hut und Handschuhen zu den Treibhäusern der Stadt chauffiert. Deswegen verbrachte Sophie eine Menge Zeit mit mir und richtete mein Zimmer bei Owens ein, wie es noch nie eingerichtet gewesen war. Sie war erstaunt, daß ich auf einem Kissen ohne Bezug schlief, und brachte gleich mehrere davon an. »Du bist knickrig«, sagte sie mir. »Du bist nicht einfach nachlässig, du weißt gute Dinge sehr wohl zu schätzen.« Sie hatte recht. Sophie war sehr intelligent; daß sie Zimmermädchen gewesen war, stand auf einem ganz anderen Blatt. In einigen Sachen war ich wirklich schofel. Wenn ich in eine gute Bar oder einen Nachtklub ging, fühlte ich nach meiner Brieftasche und machte mir wegen der Rechnung Sorgen. Natürlich wußte sie das. »Aber ich weiß auch, daß du dein Geld weggibst, wenn dich jemand richtig zu nehmen versteht. Das ist auch nicht gut. Und dann dieser Wagen da, aber das ist einfach glatte Dummheit. Du warst nicht bei Trost, ihn zu kaufen.«

Mit ihrem schwimmenden, weiten Blick, braun und langsam, war Sophie sehr hübsch. Dazu hatte sie noch, wie ich schon sagte, Geistesgaben, obwohl sie dazu neigte, diese auf verachtende Art zu gebrauchen. Die großen Konten, die ihr Mann ihr einrichtete, wollte sie nie ausnutzen. Auf dem Kopf einen Hut aus polnischen Blumen, den sie bei Goldblatt gekauft hatte, wusch sie ihre Sachen in meinem Waschbecken. Sie war im Unterrock und rauchte eine Zigarette. Das Paradoxe dabei ist, daß sie ein sehr zärtlicher Mensch war, sie war gut zu mir, und nicht bloß, weil sie mich brauchte, sondern irgendwie gerade umgekehrt, weil ich sie brauchte. Aber noch hatte ich keine Lust zu heiraten.

»Wir würden gut auskommen, wenn ich besser zu deinen Ambitionen passen würde«, sagte sie. »Fürs Bett bin ich richtig, aber nicht zum Heiraten. Als dies andere Mädchen kam, um dich zu holen, hast du mich innerhalb einer Sekunde fallengelassen. Du würdest dich wahrscheinlich wegen mir schämen. Du hast am meisten Verwendung für mich, wenn du dich schwach oder niedergeschlagen fühlst. Ich kenn' dich. Nichts ist dir je gut genug, um dabeizubleiben. Dein Alter muß irgendein Aristokratenhund gewesen sein.«

»Das bezweifle ich. Mein Bruder sagt, daß er einen Lastwagen für eine Wäscherei in der Marshstreet fuhr. Ich habe nie geglaubt, daß viel mit ihm los war. Außerdem lern· ; er meine Mutter kennen, als sie in einer Fabrik auf der Wellstreet arbeitete.«

»Du willst mich nicht wirklich, nicht wahr?«

Nun, sie meinte damit, warum ich nicht auf einem Lebenspfad entschlossenen Tritt faßte und aufhörte, übers Feld zu schweifen. Aber es gab ja nichts, nach dem ich mich mehr sehnte. Immer an sich 'rankommen lassen! Soll es doch Erfüllung geben und die Überflüssigkeit mit dem nächsten Fall des Pendels aufhören! Soll doch die Notwendigkeit der mystischen großen Dinge des Lebens, die, wenn sie nicht befriedigt wird, in uns als die Mutter heimlicher Verzweiflung lebt, befriedigt werden und eine Gelegenheit erhalten, zu zeigen, daß sie nicht des Teufels Großmutter selbst ist. Glaubte Sophie, daß ich nicht eine Frau und Söhne und Töchter haben oder mich mit einer passenden täglichen Arbeit beschäftigen wollte? Ich stand sofort auf und sagte ihr, wie vollkommen falsch sie mich einschätzte.

»Worauf warten wir dann noch?« sagte sie froh. »Fangen wir doch an! Ich werde dir eine gute Frau sein, du weißt, daß ich das sein werde. Ich brauche auch erst einen Anfang.«

Darauf wurde ich rot und verlegen, und meine Zunge wollte sich nicht bewegen.

»Siehst du?« sagte sie mit trauriger Offenheit und einem breiten, schattigen, geschminkten Mund, während das elektrische Licht auf ihre klaren, nackten Schultern schien. »Ich bin nicht gut genug. Na, wer ist es schon?«

Ich wollte nur jetzt noch nicht heiraten, sagte ich ihr. Aber was Sophie mir zu sagen hatte, war das gleiche, was mein Kosakenfreund auch gemeint hatte, damals, als er meinen Stolz verletzte. Was er mir wirklich hatte sagen wollen, wofür ich sofort und unfehlbar die richtige Antenne hatte, war, daß mich das Schicksal anderer nicht tief genug treffen konnte. Er mußte es wissen, da er selbst durch die Gegend wanderte, und warum sollte er herumgestoßen werden, aus Moskau nach Turkestan, nach Arabien, nach Paris, nach Singapur? Niemand entgeht diesen Schmerzen als Pilger, der Tempel und Docks sieht und neben den Beinhäusern der Geschichte und über der oft verdauten Erde, dort wo Menschen zu Hause bleiben und es sie erwischte, Zigaretten raucht.

So sah also jetzt Sophies Gesicht, das heute reifer war als das hübsche Gesicht, das ich zuerst im Gewerkschaftsbüro gesehen hatte, verletzt aus. Aber diesmal verließ sie mich nicht wie damals, als Thea an die Tür geklopft hatte und sie plötzlich die Unterseite ihrer Schenkel bedeckte. Jetzt wußte sie allmählich, nehme ich an, wie sehr Enttäuschung der Beigeschmack des Lebens ist. Aber ich wollte sie nicht heiraten. Sie hätte mich zu meinem eigenen Besten zu viel ausgezankt, dachte ich. So würde noch eine dieser Seelen vorbeifliegen, die etwas von mir wollten.

»Du wartest auf dieses Mädchen«, sagte sie voll Neid, aber sie hatte unrecht.

Ich sagte: »Nein, ich werde sie nie wiedersehen.«

Trotzdem ging es vorwärts mit mir, man darf nicht immer nur nach dem Anschein urteilen. Ich kam zu einigen besonders wichtigen Schlußfolgerungen. Tatsächlich lag ich eines Nachmittags, noch im Bademantel, in der Verfassung eines großen Resümees auf meiner Couch, nachdem ich allen Pflichten vor der Inspiration des Tages Valet gesagt hatte, da kam Clem Tambow an, von einem eigenen Einfall erfüllt.

Ich glaube nicht, daß Clem viele der Laster hatte, die zur ewigen Verdammnis führen, aber die wenigen, die er hatte, wurden bei dieser Gelegenheit sehr sichtbar – spätes Aufstehen, Aufgeblasenheit, zweireihige Schlampigkeit von der Art, wie sie der alte Herr La Bruyère so gemein fand, Tabakgestank, Flusen und Katzenhaare auf dem Anzug, verstärkt durch Einkäufe in Einheitspreisläden und billige Bequemlichkeiten wie das Rasierwasser, Sta-Comb-Pomade, Kunstseidensocken und so weiter, neben seinem herrischen Selbstbeflekkungsgesicht. Aber abgesehen davon, auch er hatte an diesem ernsthaften, braunen Chicagoer Tag im Bett gelegen und an Plänen gefeilt.

Er wollte ins Geschäftsleben einsteigen. Sobald er diesen Winter seine Psychologieprüfung gemacht hätte, wollte er sich ein Büro in einem der alten Wolkenkratzer auf der Dearborn- in der Nähe der Jacksonstreet nehmen und sich dort als Berufsberater etablieren.

»*Du?*« sagte ich. »Du hast doch in deinem ganzen Leben nicht einen einzigen Tag gearbeitet.«

»Das macht mich ja gerade so ideal dafür«, antwortet er, auf meinen Einwand gefaßt. »Ich bin entspannt. Ganz ohne Quatsch, Augie. Erinnerst du dich an Benny Fry aus der Billardkneipe? Der sahnt ab. Er macht auch in Eheberatung und Kaninchentests.«

»Wenn es der gleiche ist, an den ich denke, der, der immer so Schuhe trug, die ihn größer erscheinen lassen sollten, stand der nicht vorigen Monat wegen Betrug vor Gericht?«

»Ja, aber wir können das gleiche rechtmäßig machen.«

»Ich will dich nicht unter eine kalte Dusche stellen«, sagte ich, noch von meinem eigenen Erlebnis erfüllt. »Aber wie willst du zu Kunden kommen?«

»Ach, das ist kein Problem. Kommt es dir so vor, als wüßten die Leute, was sie wollen? Sie flehen dich an, es ihnen zu sagen. Also werden wir die Experten sein, zu denen sie um Rat kommen.«

»O nein, Clem, nicht ›wir‹.«

»Augie, ich will, daß du mit mir einsteigst. Ich mach' nicht gern was alleine. Ich mache die Eignungsprüfungen, und du übernimmst die Gespräche. Nach dieser neuen nichtdirektiven Technik von Rogers läßt du sie einfach alleine sprechen. Es ist wirklich einfach. Sei doch vernünftig, du kannst doch nicht so weitermachen, von einer verdrehten Sache zur anderen.«

»Das weiß ich, Clem. Aber heute ist etwas mit mir geschehen.«

»Du bist bloß wieder mal eigensinnig«, sagte er. »Mit diesem Dreh können wir uns fein 'rausmachen.«

»Nein, Clem. Was könnte ich denn schon wirklich für diese Männer und Frauen tun? Ich würde mich schämen, ihnen durch diese Art Stellenvermittlungsbüro Geld aus der Tasche zu ziehen.«

»Ach Blödsinn! Dabei schickst du niemand zu Stellen hin, du sagst ihnen bloß, wofür sie taugen. Das hier ist eine moderne Tätigkeit. Eine moderne Tätigkeit ist was vollkommen anderes.«

»Hör schon auf, mich bedibbern zu wollen«, sagte ich streng. »Kannst du nicht sehen, daß heute etwas mit mir geschehen ist?« Daraufhin erkannte er, daß ich wirklich bewegt war. Ich gab eine langwierige Erklärung ab, an die ich mich ungefähr so erinnern kann:

»Mir schwant etwas«, sagte ich, »von den Achsenlinien des Lebens, in dieser Hinsicht mußt du rückhaltlos ehrlich sein, oder dein Leben ist sonst einfach nur Klamauk, der ein Trauerspiel hinter Schnurrpfeifereien verbirgt. Mir muß schon als Junge etwas von der Existenz dieser Achsenlinien geschwant haben, die mich wünschen ließen, mein Leben nach ihnen zu richten. Und darum habe ich wie ein sturer Kunde allen, die mich zu etwas anderem überreden wollten, mit einem Nein geantwortet und sie, nur indem mein Gedächtnis an diesen Linien festhielt, abblitzen lassen. Warum, war mir nie vollkommen klar. Aber seit kurzem spüre ich diese erregenden Linien wieder. Wenn das Streben und Eifern zum Erliegen kommt, sind sie plötzlich da. Als Geschenk. Vorhin lag ich hier auf der Couch, und mit einemmal gingen sie bebend, direkt und ungebrochen durch mich hindurch. Wahrheit, Liebe, Frieden, Freigebigkeit, Nützlichkeit, Harmonie! Und alles Getöse, alles Schrille, alle Verdrehungen und aller Klatsch, alles Ablenkende, aller Krampf und alles Überflüssige, alles das zerstob wie etwas Unwirkliches vor ihnen. Und ich glaube daran, daß jeder Mensch jederzeit zu diesen Achsenlinien des Lebens zurückkehren kann, selbst so ein unglückseliger Friedhofskomiker, wenn er nur ruhig Blut bewahren und abwarten kann. Der Ehrgeiz, etwas Besonderes und Außergewöhnliches zu wollen, den ich immer in mir gehabt habe, entspringt nur falschem Stolz, der dieses Wissen von seinem Ursprung weg in die Irre leitet; ein Wissen, das das älteste Wissen ist, älter als der Euphrat und älter noch als der Ganges. Zu jeder Zeit kann das Leben wieder Urstände feiern und der Mensch Wiedergeburt erlangen. Und der Mensch braucht dazu kein Gott oder Diener des Staates zu sein wie Osiris, der Jahr für Jahr zum Besten des Allgemeinwohls in Stücke gerissen wird, sondern er kann als der gewöhnliche Sterbliche, als Mensch an sich, mit all seiner Begrenzt- und Bemessenheit, immer noch zu den Achsenlinien finden. Er wird zentriert und ins Bild gesetzt sein. Er wird in wahrer Freude leben. Wenn sie wahr sind, werden selbst seine Leiden Freude sein, selbst seine Hilflosigkeit wird ihn nicht seiner Kraft berauben, selbst Irrfahrten werden ihn nicht von sich selbst entfernen, selbst die großen Witze und Aberwitze der Gesellschaft brauchen ihn nicht lächerlich erscheinen zu lassen, selbst die Erfahrung einer Enttäuschung nach der anderen braucht ihn nicht seiner Liebe zu berauben. Wenn ihm das Leben nicht schrecklich ist, wird es auch der Tod nicht sein. Die Umarmung anderer wahrhafter Menschen wird das Entsetzen vor der Nähe des Todes und einem kurzen Leben von ihm nehmen. Und das ist keine Faselei oder eingebildetes Zeugs, Clem, denn mein ganzes Leben bietet die Probe auf dieses Exempel an.«

»Du bist wirklich ein sehr beharrlicher und eigensinniger Kunde«, sagte Clem.

»Ich dachte, wenn ich mehr wüßte, würde mein Problem einfacher werden, und vielleicht sollte ich weiterstudieren. Aber seit ich für Robey arbeite, bin ich zu dem Schluß gekommen, daß ich nicht einmal zehn Prozent von dem auswerten könnte, was ich bereits weiß. Ich will dir ein Beispiel geben. Als Kind habe ich von König Artus' Tafelrunde gelesen, aber was werde ich je damit anfangen? Mein Herz wurde von Opfer und reinem Bemühen angerührt, was sollte ich also *tun*? Oder nimm die Evangelien. Wer müßtest du sein, sie je praktisch anzuwenden? Nun, sie sind ja gar nicht anwendbar! Und dann gehst du dran und türmst darauf noch mehr Ratschläge und Auskünfte. Alles, was bloß Auskünfte hinzufügt, die du nicht gebrauchen kannst, ist einfach gefährlich. Jedenfalls gibt es zuviel von allem dieser Art, *das* ist mir klargeworden, zuviel Geschichte und Kultur, um damit Schritt halten zu können, zu viele Einzelheiten, zu viele Neuigkeiten, zu viele Beispiele, zu viele Einflüsse, zu viele von diesen Figuren, die dir raten, so wie sie zu sein, und all das ins Riesenhafte, Überwuchernde, Überbrausende gesteigert, über einen hereinbrechend wie die Wasser der Niagarafälle. Wem kann das alles zugemutet werden? Mir? Ich habe nicht so viel Köpfchen, um das alles zu verkraften. Ich werde fortgeschwemmt. Es läßt meinen Gefühlen nicht genug Spielraum, wenn ich das alles aufspeichern und zu einer Enzyklopädie werden muß. Mein Gott, nur allein die Frage, was du an Zeit brauchst, um dich so aufs Leben vorzubereiten, bedenke doch! Ein Mensch könnte vierzig, fünfzig, sechzig Jahre einfach so in den Wänden seines eigenen Seins verbringen. Und alle großen Erlebnisse würden nur zwischen den vier Wänden seines Seins stattfinden. Und jede große Unterhaltung fände nur zwischen diesen Wänden statt. Und jeder Fortschritt verbliebe auch zwischen diesen Wänden. Und auch aller Ruhm. Und sogar aller Haß, alle Unmenschlichkeit, aller Neid und aller Mord würden in diesen vier Wänden sein. Das wäre ja nichts als ein schrecklicher, grauenhafter Traum über das Leben. Dann ist es wirklich besser, Gräben auszuheben und mit dem Spaten nach anderen Leuten zu schlagen, als in diesen vier Wänden zu sterben.«

»Jetzt rück schon 'raus, was du damit eigentlich zu beweisen versuchst.«

»Ich will überhaupt nichts beweisen, gar nichts. Glaubst du, daß ich diesen komischen Ehrgeiz habe, mich herauszustellen und etwas beweisen zu wollen? Fast jeder, den ich je gekannt habe, wollte auf irgendeine Art zeigen, wie *er* die Welt im Innersten zusammenhält. Das kommt nur von dem Gefühl der Überanstrengung, sich selbst zusammenzuhalten; und der schweren Arbeit wegen, die das kostet, wird es dann auf die ganze Welt übertragen. Aber dazu gehört gar keine schwere Arbeit. Oder wenigstens sollte es das nicht. Du machst das nicht. Die Welt wird für dich zusammengehalten. Drum will ich kein Sprecher und kein Beispiel oder Führer meiner Generation oder irgendein Vorbild der Menschheit sein. Ich will weiter nichts als was Eigenes, und nachdenken. Darum rede ich jetzt so viel, und deshalb bin ich so aufgeregt. Ich möchte einen Flecken Erde, der mir gehört. Und wenn er auf den Bergen Grönlands läge, würde ich ihn nehmen und nach Grönland gehen und mich nie wieder für die Pläne anderer Leute hergeben.«

»Also erzähle mir schon, ehe ich vor Ungeduld sterbe, was du eigentlich vorhast.«

»Ich habe vor, mir ein Grundstück zu besorgen und mich darauf niederzulassen. Eins hier in Illinois würde mir gut passen, obwohl ich auch nichts gegen Indiana oder Wisconsin hätte. Reg dich nicht auf, ich denke nicht daran, Farmer zu werden, obwohl ich vielleicht auch ein bißchen Landwirtschaft treiben würde, aber ich möchte am liebsten heiraten und eine Art Schulheim einrichten. Ich würde heiraten – natürlich müßte meine Frau mir in meinen Plänen zustimmen – und würde dann meine Mutter aus dem Blindenheim und meinen Bruder Georg von da unten aus dem Süden holen. Ich glaube, von Simon könnte ich etwas Geld für den Anfang bekommen. Oh, ich erwarte nicht, die Glücklichen Inseln einzurichten. Wächst mir ein Kornfeld auf der flachen Hand? Ich halte mich nicht für einen Prospero. Ich habe nicht die Figur dazu. Ich habe keine Tochter. Ich bin auch, nebenbei, nie König gewesen. Nein, nein, ich halte nicht Ausschau nach einem Hyperboreer, der mit den Göttern, wie bei Pindar, ein leichtes tränenloses Leben führt und nie altert...«

»Das ist das Allerphantastischste, was ich je von dir gehört habe. Ein Plan, der wert ist, deinem Kopf entsprungen zu sein. Irgendwie macht es mich stolz auf dich, aber es erschreckt mich auch, wenn ich daran denke, was in dir vorgeht, während du so ruhig und gelassen in die Welt siehst. Aber wo willst du denn die Kinder für deine Schule hernehmen?«

»Ich dachte mir, daß ich vielleicht vom Staat oder vom Kreis oder wer das sonst macht, als Pflegevater anerkannt werden und die Kinder aus den Anstalten holen könnte. Auf die Art wäre für ihr Kostgeld gesorgt, und wir hätten diese Kinder.«

»Und dazu noch eigene Kinder?«

»Natürlich. Ich würde schrecklich gern meine eigenen kleinen Kinder haben. Ich sehne mich nach kleinen Kindern. Und diese Kinder aus den Anstalten, die es schwer gehabt haben ...«

»... und die sich als kleine John Dillingers oder Basil Banharts oder Tommy O'Connors entpuppen könnten. Aber ich weiß, worauf du hoffst. Du glaubst, daß du ihnen so viel Liebe geben könntest, daß sie sich zu kleinen Michelangelos und Tolstois entwickeln und du ihnen die einzige Chance ihres Lebens bieten und sie retten und so ihr Heiliger und großer Vater sein würdest. Aber wenn du sie zu so guten Menschen machst, wie werden sie dann durchs Leben kommen? Sie werden ihr ganzes Leben einsam verbringen müssen.«

»Nein, wirklich, ich könnte mit ihnen leben. Ich würde sehr glücklich sein. Ich würde eine Tischlerwerkstatt einrichten. Vielleicht könnte ich sogar lernen, meinen eigenen Wagen zu reparieren. Mein Bruder George könnte die Schuhmacherei unter sich haben. Vielleicht werde ich Sprachen studieren, um sie dann wieder ihnen beibringen zu können. Meine Mutter könnte auf der Veranda sitzen, und die Tiere, die Katzen und Hähne, würden zu ihr, zu ihren Füßen kommen. Vielleicht könnten wir auch eine Baumschule anpflanzen.«

»Du willst auch ein König sein«, sagte Clem. »Du Schweinehund. Du willst der freundliche, gottverfluchte König der Könige über diese Frauen und Kinder und über deinen schwachsinnigen Bruder sein, der nicht bis fünf zählen kann. Dein Vater hat die Familie sitzenlassen, und du hast auch Verschiedene sitzenlassen, darum willst du das jetzt damit gutmachen.«

»Man kann immer schlechte Beweggründe finden«, sagte ich. »Es gibt immer und überall schlechte Beweggründe. Darauf kann ich weiter nichts sagen, als daß ich diese Beweggründe nicht haben will. Ich weiß nichts über meinen unglückseligen Vater – er scheint wie die meisten anderen gehandelt zu haben: hereinkommen und dann verschwinden. Scheinbar die Freiheit wählend. Wahrscheinlicher ist aber: um anderen Schwierigkeiten und anderem Leid zu begegnen. Aber warum sollte ich versuchen, bei einer solchen Sache zu betrügen, wo ich doch nach etwas, was Bestand und Dauer hat, suche und versuche, da hinzukommen, wo die Achsenlinien sind? Ich bin mir darüber klar, daß es vielen Leuten nicht gerade als ein sehr guter Plan vorkommen wird. Aber ich weiß, daß ich wohl nicht die Möglichkeit habe, das Leben im Bereich seiner größten Komplikationen und im Kraftfeld seiner Meschuggaase zu übertrumpfen, darum will ich weiter unten und einfacher anfangen.«

»Ich wünsche dir viel Glück«, sagte Clem. »Aber ich glaube nicht, daß so was auf die Beine zu stellen sein wird.«

Nun, jetzt hatte ich diese fabelhafte Idee, mein Vorhaben. Ich war an einem Wendepunkt. Eine Weile dachte ich ernstlich daran, Sophie zu heiraten, aber das entsprang nur meiner Eile, einen Anfang zu machen, als plötzlich, wie aus heiterem Himmel – pardauz! – an diesem schrecklichen Sonntagnachmittag der Krieg ausbrach, und man dann an nichts anderes mehr als an den Krieg denken konnte. Ich wurde sofort mitgerissen. Über Nacht hatte ich auf einmal gar keine allein mir gehörenden Gedanken mehr.

Wo waren sie hingekommen? Sie waren irgendwo auf Grund gegangen. Ich interessierte mich nur noch für den Krieg und war Feuer und Flamme. Wie sehr hat einen das etwas anzugehen, wenn solch ein Ereignis geschieht? Mich ging es eine Menge an. Zuerst war mal bei mir Feierabend mit aller sogenannten Schaukelstuhlgemütlichkeit, ich tobte wie von wilden Affen gebissen herum, ich haßte den Feind und konnte es überhaupt nicht erwarten, bis an die Zähne bewaffnet an die Front zu kommen und zu kämpfen. Im Kino benahm ich mich wie ein Wahnsinniger und brüllte und klatschte bei der Wochenschau in die Hände. Na ja, was man schrecklich braucht, nimmt man bei der ersten besten Gelegenheit, die sich einem bietet, so scheint's mir. Nach einiger Zeit, wenn ich an meine große fabelhafte Idee dachte, sagte ich mir, daß ich, wenn erst mal der Krieg vorbei wäre, richtig damit anfangen würde, aber daß ich sie jetzt, solange die ganze Welt mit diesem höllischen Projekt beschäftigt war oder kannibalische Saturne rings um mich herum Menschen verschlangen, warten lassen müsse. Ich ging herum und schwang zum allgemeinen Erstaunen vor meinen Freunden eine Rede über den weltumspannenden Ameisenhaufen, den der Feind errichten würde, falls er gewänne; diesem Schicksal würde dann niemand entgehen: die Menschheit unter einem Regierungsgestirn, eine menschliche Wüste, die die ungeheuerlichen Pyramiden der Macht wie ein trostloses Meer umspült. Ein paar Jahrhunderte später, und auf dieser gleichen Erdoberfläche, unter der gleichen Sonne und unter dem gleichen Mond, auf der die Menschen einst Göttern geglichen hatten, würde es nichts als diese Insektenmenschheit geben, die so seltsam wie das drohende Universum draußen wäre, und die dieses Universum nachäffen würde, indem sie eine menschlich-mechanische Gleichmäßigkeit aufrichtete, unveränderlich wie die Gesetze der Physik. In dieser Welt würde der anzubetende Gott der Gehorsam und die Freiheit der Teufel sein. Es würde keinen neuen Moses geben, um einen neuen Auszug der Kinder Gottes aus der Wüste anzuführen, weil zwischen diesen neuen Pyramiden kein neuer Moses gezeugt werden würde. O ja, ich stellte mich auf die Hinterbeine wie ein Volksredner und redete allen die Ohren voll.

Dann meldete ich mich freiwillig. Aber es stellte sich heraus, daß ich Bizcocho einen Bruch zu verdanken hatte. Die Armee- und Marineärzte ließen mich husten und waren sich darüber einig, daß ich einen Leistenbruch hatte. Sie rieten mir, mich einer Operation zu unterziehen, die kostenlos war.

Also ging ich ins Kreishospital, um das machen zu lassen. Mamma sagte ich nichts davon, denn von solchen Dingen erzählte ich ihr nie. Sophie sagte: »Du bist vollkommen verrückt, dich unters Messer zu legen, wenn es dir gut geht und du damit um die Einziehung herumkommen kannst.« Sie faßte das persönlich auf: Ihr Mann war eingezogen worden, was für mich noch viel mehr Grund wäre, dazubleiben, und wenn ich ins Krankenhaus ging, bedeutete das, daß ich mir nichts aus ihr machte. Aber trotzdem kümmerte sie sich um mich. Clem kam auch vorbei, um mich im Krankensaal zu besuchen, und auch Simon; aber Sophie war zu jeder Besuchsstunde da.

Die Operation nahm mich ziemlich mit, und nachdem sie vorbei war, konnte ich lange Zeit nicht aufrecht stehen und ging wie ein Fiedelbogen.

Dans Krankenhaus war überfüllt und bot ein Bild wie Breughels *Streit des Karnevals mit den Fasten*. Das war die Harrisonstreet, die gewittrige Düsterkeit, wo Mamma und ich früher die Brillen für sie geholt hatten, und nicht weit weg vom Leichenschauhaus, in das ich damals hatte gehen müssen, um den toten Kohlenschipper zu identifizieren – nackter, brauner Sandstein, während die roten Wagen quietschten und rasselten. Jedes Bett, Fenster, Gestell, jede Ecke war belegt, wie die Wälle Trojas oder die Straßen Clermonts, als Peter der Einsiedler predigte. Schüttler, Hinkende, in Korsetts Gezwängte, Krückenhüpfer, an die Wand Starrende, Rollstuhlfahrer mit Bandagenhelmen; Wundgerüche und Drogenblumen, die aus Mullverbänden von farbenstrotzenden Scheußlichkeiten und aus den tiefen Waschbecken erblühten. Nicht weit weg schrien, zwitscherten und sangen die Stimmen aus der Klapsmühle wie die Sammlung tropischer Vögel im Lincolnpark. An warmen Tagen ging ich aufs Dach und sah auf die Stadt 'runter. Rundherum lag Chicago. So wie es eine ständige Wiederholung seiner selbst darstellte, erschöpfte es die Vorstellung von Einzelheiten und Normen; mehr Normen, als das Gehirn Zellen hat und Babel Ziegel hatte. Der Kessel der Wut des Hesekiel, mit Gebeinen angeschürt. Mit der Zeit würde auch der Kessel schmelzen. Ein mysteriöses Zittern, Staub, Dampf, Ausdünstung ungeheurer Anstrengung schwang in der Luft, über mir auf dem Dach der großen Anstalt, so voll wie sie war, und über diesen Kliniken, Gefängnissen, Fabriken, Pennen, Leichenschauhäusern und Gängevierteln. Wie vor den Werken Ägyptens und Assyriens, wie vor dem Meer bist du hier nichts. Nichts.

Simon besuchte mich und warf eine Tüte Apfelsinen aufs Bett. Er schimpfte, daß ich nicht in eine Privatklinik gegangen war. Er war schlechter Stimmung, und nichts und niemand wurde von seinem Blick verschont.

Aber man wollte mich entlassen, also wozu die Aufregung? Ich ging noch gebeugt, als hätte man mich an den falschen Stellen zusammengenäht, aber sie sagten, das werde vorübergehen.

Gut und schön, ich kam zur South Side zurück und fand, daß Padilla ein Mädchen als seinen Gast in meinem Zimmer untergebracht hatte, und er brachte mich in seine Wohnung. Es war nur eine Formalität und reine Etikette, daß die junge Dame in meinem Zimmer lebte, denn er lebte auch da. Er war nie zu Hause. An der Universität arbeitete er am Uranprojekt mit.

Seine Behausung war eine kleine muffige Wohnung in einer Mietskaserne. Der Verputz klebte eigentlich nur noch durch den Druck der Farbe an den Wänden. Die Nachbarn waren Familien, die Unterstützung bezogen; Nachteulen, die um vier Uhr morgens in Unterhosen ans Fenster kamen, um den grauen Tag zu begrüßen; Flittchen,

Philippinos, in Schale und auf dem Quivive, betrunkene alte Frauen und finstere Burschen. Nach einem Abstieg über viele Stufen kam man aus diesem Gebilde heraus und durchquerte einen überdachten Eingang von ungewöhnlicher architektonischer Phantasie: lang hingestreckt ein chinesisches Treibhaus, wo unter den violetten Rahmen nichts wuchs außer lauter Holz, alten Ausgaben der *Tribune* für die Katzen und Hunde, Abfall. Auf der Straße, neben den Zylindern der Mülltonnen, war es nur ein Schritt bis zu einem Buddhistentempel, der früher eine Kirche gewesen war. Dann kam ein chinesisches Restaurant. Und dann, nur etwas weiter, wie gewöhnlich, das als Zigarrenladen kaschierte Wettlokal, in dem die Kunden und die Rentiers oder auch Parteifunktionäre des Bezirks, Polizisten und Zigarrenkauer, auf schwerfälligen Füßen mit ihren Wettzetteln standen. Ich war nicht besonders unternehmungslustig, während ich in dieser Mietskaserne lebte. Ich brauchte viele lange Monate, um gesund zu werden, und es ging mir schlecht. Und ungefähr um diese Zeit bekam ich einen Brief von Thea, Feldpost San Franzisko, in dem sie mir schrieb, daß sie einen Luftwaffenhauptmann geheiratet hätte. Sie glaubte, es mir sagen zu müssen; aber vielleicht hätte sie es nicht tun sollen, weil mich der Kummer aufs Kreuz warf. Meine Augen waren noch tiefer eingesunken als vorher, und meine Hände und Füße waren kalt. Ich lag in Padillas schmutzigem Bett und fühlte mich krank und zerschlagen.

Natürlich konnte ich mich nicht von Sophie wegen Theas Heirat trösten lassen. Das wäre unanständig gegen sie gehandelt gewesen: von ihr Trost für meinen Kummer anzunehmen und ihr nicht zu sagen, weswegen ich ihn eigentlich nötig hatte. Clem war es, dem ich erzählte, wie zerschlagen ich war.

»Ich weiß, wie das ist. Ich hatte mal eine Geschichte mit der Tochter eines Schupos, und die hat voriges Jahr das gleiche mit mir gemacht«, sagte er. »Sie heiratete irgendeinen Spieler und ging nach Florida. Schwamm drüber. Aber du hast mir doch schon vor langer Zeit gesagt, daß alles vorbei sei.«

»Es war«, sagte ich.

»Aber da sieht man doch mal wieder, was ihr Marchs für eine romantische Familie seid. Dein Bruder läuft mir andauernd mit einer blonden Puppe über den Weg. Sogar Einhorn hat sie zusammen gesehen. Er wurde aus dem Orientalischen Theater herausgetragen, um sich nach Lou Holtz *Juno und der Pfau* von O'Casey anzusehen – du weißt ja, er geht nicht oft aus, aber wenn er es doch tut, erledigt er gern ein gutes Pensum. Und wie er so in seinem schwarzen Cape auf Louie Elemelek, dem früheren Weltergewichtsboxer, huckepack ritt, lief er niemand anderm als deinem Bruder mit dieser Schickse in die Arme. Nach seiner Beschreibung die gleiche Schickse. Ein saftiges Stück noch dazu, mit einer Nerzstola.«

»Arme Charlotte«, sagte ich. Ich mußte sofort an meine Schwägerin denken.

»Was hast du denn mit Charlotte? Willst du damit sagen, daß Charlotte kein Verständnis für ein Doppelleben hat? Eine Frau mit Geld und soll nichts darüber wissen? Doppelt, wenn nicht noch mehr? Wo es praktisch hierzulande zum guten Ton gehört?« So hatte ich also während meiner Genesungszeit noch etwas zum Nachdenken, während ich sowieso aus Chicago fortstrebte, um dort zu sein, wo einem die Weltereignisse um die Ohren pfiffen.

Eines Tages war ich an der West Side. Ich hatte Mamma zu einem Spaziergang im Douglaspark abgeholt. Es tat uns beiden gut, weil ich mich noch immer etwas schleppte. Der Douglaspark in einem kalten Sonnenlicht, bemoost, die Bänke des Krieges wegen vernachlässigt, mit ältlichen Leuten drauf, Zeitungen, Pelze, Stuckfassaden – Papierfetzen segelten wild über den Teich. Mamma fing an, alterssteif zu werden, und ging ein bißchen o-beinig; aber sie genoß die kalte Luft und hatte noch immer ihre ruhige, glatte, gesunde Farbe im Gesicht.

Ich brachte sie gerade zum Heim zurück, als Simons Wagen neben uns hielt. Eine Frau, nicht Charlotte, saß neben ihm. Ich sah die Pelzstola und goldenes Haar. Er signalisierte mir sofort, daß Mama nichts von ihr merken solle. Dann kam er aus dem Wagen auf den Bürgersteig heraus, und der schien einfach nicht gut genug für ihn zu sein, dieser West-Side-Zement, der so mächtige Risse hatte, und auf dem das Sägemehl der Krämer und Metzger lag. Er sah sehr gut aus. Von den eierschalenfarbigen Hosen bis zu den Manschetten mit Rubinen, das Hemd weiß auf weiß, höchstwahrscheinlich ein Sulka-Schlips, ein Strook-Mantel, alles handgenäht und nicht einfach wie das Ziegenfell eines Crusoe als Körperbedeckung gedacht. Ich muß gestehen, daß er, als er so ankam, beneidenswert schien.

War er hier, um Mamma zu besuchen? Oder um sie dem Mädchen zu zeigen? Um mich vorzustellen, sagte er freudig: »Ach nee, mein *Bruder*! Ist das aber eine nette Überraschung! Warum seh' ich dich eigentlich nie? Und, Mamma, wie geht es dir?« Er legte einen Arm um jeden von uns und wandte sein Gesicht dem Wagen zu, aus dem uns das Mädchen freundlich grüßte. »Herrlich, daß die Familie mal beisammen ist«, sagte er.

Ich fragte mich, ob Mamma merke, daß er sich an jemand wandte. Vielleicht ja. Aber wie hätte sie in ihrer Unschuld wissen sollen, was sie über dieses hochbrüstige Mädchen und Simon, diese zwei besonders behandelten oder gehegten, in feines Zeug gehüllten, verwöhnten Körper denken sollte, die auf einem Cadillac-Chassis und in schwellenden Polstern wie ein römisches Karnevalspaar auf dem Corso fuhren?

Er verdiente jetzt ganz groß. Eine Gesellschaft, in die er investiert hatte, stellte irgend so einen Klimbim für die Armee her. Wenn er mir erzählte, wie das Geld hereinströmte, lachte er immer, als ob es ihn selbst erstaune, und er sagte, daß er hoffe, meinen Millionär, Robey, einzuholen und selbst ein Buch zu schreiben. Dann würde ich *sein* Gehilfe sein. Ein Spaß, der mir nicht gefiel. Nebenbei, Robey bereitete sich darauf vor, nach Washington zu gehen. Anscheinend war es ihm unmöglich zu erklären, warum, aber er mußte einfach.

Simon sagte: »Ich bin nur vorbeigekommen, um zu sehen, ob es dir gut geht, Ma. Ich kann nicht bleiben. Und ich nehm' den Augie mit.«

»Geht, Jungens«, sagte sie. Sie hätte gern gehabt, daß wir miteinander ins Geschäft gekommen wären.

Wir brachten sie die Steinstufen 'rauf und führten sie ins Heim. Als wir allein waren, sagte Simon, und er meinte es vollkommen ernst: »Ehe du dir etwas anderes denkst, ich liebe dies Mädchen.«

»Tatsächlich? Seit wann denn?«

»Schon seit einiger Zeit.«

»Aber wer ist sie denn? Wo kommt sie her?«

Lächelnd erzählte er mir: »Sie hat noch am gleichen Abend, an dem wir uns kennenlernten, ihren Mann verlassen. Es war in einem Nachtklub in Detroit. Ich war nur zwei Tage geschäftlich dort. Ich tanzte mit ihr, und sie sagte, sie würde keinen einzigen Tag mehr bei diesem Kerl bleiben. Ich sagte: ›Komm mit‹, und seitdem ist sie immer bei mir geblieben.«

»Hier, in Chicago?«

»Natürlich hier – wo denn sonst! Ich will, daß du sie kennenlernst. Es ist Zeit, daß ihr euch beide kennenlernt. Sie ist sehr viel allein, weil – du verstehst ja, warum. Sie weiß alles über dich. Reg dich nicht auf, ich hab' ihr nur Gutes erzählt. Schön!« sagte er und sah mit seinem Vorteil von ein oder zwei Zentimetern auf mich herab; das Rot in seinen Wangen war wie Politur oder die Farbe der Unverschämtheit. Er beantwortete meinen Gedanken an Charlotte, indem er sagte: »Ich hätte nicht geglaubt, daß es dir so schwerfällt, so was zu verstehen.«

»Nein, das ist nicht weiter schwer.«

»Dies hier hat mit Charlotte gar nichts zu tun. Ich mache Charlotte auch keine Vorschriften, was sie tun und lassen soll. Soll sie doch das gleiche tun.«

»Würde sie das? Kann sie das?«

»Das soll ihre Sorge sein, ob sie kann oder nicht. Meine Sorge – meine Sorge ist Renée hier. Und ich selbst.« Sekundenlang, als er »ich selbst« sagte, sah er böse aus und folgte irgendwie in Gedanken seiner Seele durch eine Menge Gefahren nach unten. Ich konnte nicht verstehen, was so gefährlich sein sollte. Noch verstand ich nicht. Aber ich war von ihm, ja von ihnen beiden fasziniert.

»Renée, das ist Augie«, sagte er und ging mit mir die Treppe hinunter. Nachdem ich sie kennengelernt hatte, wollte es mir nicht in den Kopf, warum sie ihm so wichtig war.

Obwohl sie schmal war, hatte sie ganz schön was in der Bluse. Man konnte sehen, wie reich ihre Brüste unter den Kleidern waren – *du monde au balcon* sagt man dazu in der Hauptstadt des Sex –, und ihre Gottesgaben reichten bis ganz tief in ihre seidenen Strümpfe hinein und schienen da hindurch. Ihr Gesicht war außergewöhnlich jung, mit einem ziemlich dick aufgetragenen Goldton-Make-up, die Lippen waren mit dickem Rouge spitz heraufgezogen; ihre Wimpern und Augenbrauen schienen mit Goldstaub bepudert und eingerieben zu sein; ihr Haar, golden, schien verstärkt worden zu sein wie das Haar von Versailles; ihre Kämme waren aus Gold, ihre Brille war mit Gold verziert, und sie trug goldenen Schmuck. Ich wollte gerade sagen, daß sie unreif aussah, aber vielleicht meint das, daß sie diese Goldladung nicht mit der größten Selbstverständlichkeit trug; möglicherweise hätte das nur eine große Frau gekonnt. Nicht unbedingt eine Riesin an Gestalt, aber doch eine Frau, deren Aufnahmefähigkeit für Schmuck wirklich sehr groß war. Eine aus dieser uralten Schwesterngilde, deren Nadeln und Filigranbirette und zierlichen Salbenviolen und deren Kämme aus Assyrien und Kreta, mit gewellten Zinken, aus nun fleckigem Gold und grünspanzernagter Bronze, so merkwürdig geheimnisvoll in Museumsvitrinen liegen – eines dieser geweihten Mädchen, die von den Priestern ins Bett gelegt wurden, um des heimlichen Nachtbesuches des Attis oder wessen auch immer zu warten; Mädchen, die an den jährlichen hitzigen Treffen in den geweihten Hainen der Eleusischen Mysterien teilnahmen; liebeskundige Amorsängerinnen, Syrierinnen, Amoriterinnen, Moabiterinnen. Und so weiter. Die Linie setzt sich fort durch die *femmes galantes,* Hirschgärten, Aquitanierinnen, Infantas, Medicis, Kurtisanen und »Tollen Ladies«, bis zu den Nachtklubs und den Erster Klasse-Salons auf Luxusschiffen unserer Zeit und zu deren nimbusumstrahlten Passagieren, für die sich Meisterköche ihre größten Soufflés, Fischpasteten und andere *Surprises* ausdenken. So was auf der skizzierten Linie hätte Renée vorstellen sollen und tat es meiner Meinung nach nicht ganz. Vielleicht glaubst du, daß man, um das zu sein, nichts weiter zu tun brauche, als sich seinem Instinkt zu überlassen? Als ob das so einfach wäre! Mach es nur mal; und wie willst du wissen, welcher deiner Instinkte dabei die Oberhand gewinnen wird? Renée schien mir ein sehr mißtrauisches Mädchen zu sein. Entlang ihrer Nase, wie ein aufgesetztes Glanzlicht, lag eine Art Mißtrauen und Unsicherheit.

Sobald Simon den Wagen für ein paar Minuten verlassen mußte, war ihre erste Bemerkung: »Ich liebe deinen Bruder. Bei mir war es Liebe auf den ersten Blick, und ich werde ihn lieben, bis ich sterbe.« Sie reichte mir ihre Hand im Handschuh. »Glaub mir, Augie.«

Da das wahr gewesen sein könnte, war es zu schade, daß sie durch eine unnötige Anstrengung Mißtrauen darauf lenken mußte. Spiele und Spiele. Spiele innerhalb der Spiele. Aber doch, trotz der Spiele, bleiben irgendwie Dinge, die ernst gemeint sind. »Ich will, daß wir einander kennen«, sagte sie weiter. »Vielleicht bist du dir nicht darüber im klaren, aber Simon paßt auf dich auf; du bedeutest ihm mehr als alles andere auf der Welt. Du solltest mal hören, wie er über dich spricht! Er sagt, daß du, sobald du dich wirklich ernsthaft mit etwas zu beschäftigen anfängst, ein großer Mann sein wirst. Und ich will, daß du in mir nur einen Menschen siehst, der Simon liebt, und nicht hart über mich urteilst.«

»Warum sollte ich das tun? Wegen meiner Schwägerin?«

Daraufhin wurde sie steif, als ich Charlotte erwähnte. Aber dann sah sie, daß ich es nicht böse gemeint hatte.

Simon sprach die ganze Zeit von Charlotte. Mich überraschte das. Er sagte zu seiner Freundin: »Mach mir bloß keine Schwierigkeiten wegen ihr. Ich empfinde Achtung für sie. Ich werde sie niemals und unter keinen Umständen verlassen. Auf ihre Art steht sie mir so nahe wie sonst niemand auf der Wel.t« Auch mit Charlotte war er romantisch. Und Renée mußte das ertragen und wissen, daß sie ihn nie ausschließlich für sich würde beanspruchen können. Dabei fiel mir dann ein, wie ich auf meine Weise das gleiche mit Thea und Stella gemacht und mich vor der einen geschützt hatte, indem ich ihr die andere in den Weg stellte, damit ich keiner von beiden auf Gedeih und Verderb ausgeliefert sei. Damit mir keine von ihnen schaden könnte. Oh, das hatte ich bald heraus. Klar wußte ich das. Es war nicht so, wie Simon sagte. Es war nicht einmal die vernunftmäßige Einstellung ausschlaggebend, daß er und Charlotte gemeinsamen Besitz hatten. Ich versuchte, ihm das zu erklären und ihn zu warnen, aber ich verblüffte ihn nur. Aber bevor ich das versuchte, wartete ich ab, bis ich die Lage gut genug gepeilt hatte.

Er und Renée lebten folgendermaßen: Beinah jeden Morgen holte er sie vor ihrer Wohnung ab; sie wartete draußen oder in einem Restaurant in der Nähe. Dann fuhr sie ihn ins Büro, das sie nicht betrat, obwohl die meisten seiner Angestellten sie kannten. Hinterher ging sie allein los, um Einkäufe zu machen oder seine Aufträge auszuführen; oder sie las eine Illustrierte und wartete, bis er für sie Zeit hatte. Den ganzen Tag über war sie bei ihm oder nicht weit weg, und dann fuhr sie ihn abends bis beinah vor seine Tür und nahm ein Taxie nach Hause. Und im Laufe des Tages, beinah stündlich, gab es Krisen, in denen sie sich gegenseitig befetzten und anschrien – sie riß die Augen auf und krümmte sich, daß ihre Hals- und Nackenmuskeln hart hervortraten, und er verlor den Kopf und versuchte manchmal, ihr eine zu tachteln, während sich seine Haut faltig verzerrte und er wütend die Zähne zusammenbiß. Er hatte den zerbrochenen Vorderzahn nie richten lassen, warum ich noch immer in ihm (diesem blonden, germanisch aussehenden gesunden Geschäftsmann und Finanzier) den Schuljungen sah, den Oma Lausch zum Bedienen in ein Kurhotel geschickt hatte. Gewöhnlich zankten er und Renée sich wegen solcher Dinge wie Kleider, einer Flasche Chanel-Parfüm oder eines Dienstmädchens. Sie habe kein Dienstmädchen nötig, sagte er, da sie nie zu Hause sei und sich das Bett selbst machen könne. Wozu sollte da eine Frau die ganze Zeit herumsitzen? Aber Reneé mußte genau das gleiche wie Charlotte haben. Sie wußte alles über Charlotte, besser als eine Schwester, und oft erschien sie im gleichen Nachtklub oder hatte Karten zur gleichen amerikanischen Operette. Dadurch wußte sie, wie sie aussah und was sie trug, und studierte sie. Sie verlangte zumindest genausoviel, und solange es sich um Sachen wie Handtaschen, Kleider, Eidechsenschuhe, Harlekinbrille, Ronson-Feuerzeug drehte, konnten ihre Wünsche so ziemlich erfüllt werden. Aber der schlimmste Krach fand statt, als sie ein eigenes Auto, wie Charlottes, haben wollte.

»Aber, du Bettlerin!« sagte er. »Charlotte hat ihr eigenes Geld, kapierst du das nicht?«

»Aber nicht das, was du willst. *Das* habe ich.«

Er röhrte: »Nicht nur du allein! Mach dir nichts vor. Eine Menge Frauen haben das.« Und das war eins der wenigen Male, wo es ihm was ausmachte, daß ich ihn so sah. Gewöhnlich schien ihm das gleichgültig zu sein. Und sie, nach ihrer Rede im Wagen, es sei ihr Wunsch, daß wir uns besser kennenlernten, nahm an, daß sie mit diesen Worten das Notwendige getan habe, und sprach kaum je wieder mit mir darüber. »Siehst du, wie dein Bruder ist?« rief sie. Nein, ich sah nicht, wie er war. Hauptsächlich sah ich, daß er die ganze Zeit, offen oder versteckt, in Wut war.

Manchmal brach er los und schrie: »Warum bist du gestern nicht zum Arzt gegangen? Wie lange willst du noch diesen Husten vernachlässigen? Woher weißt du denn, was du da in deiner Brust hast?« (Worauf ich nach dieser Brust schielen mußte, ungefähr – wie die eines jeden lebenden Wesens – unter den Pelzen und der Seide, unter dem Büstenhalter, unter den Brüsten war sie da.) »Nee, du bist *nicht* hingegangen. Ich hab' nachgeprüft. Ich hab' dort angerufen, du Lügnerin! Ich wette, du hast dir gedacht, ich würde mir zu wichtig vorkommen, um ihn deinetwegen anzurufen, oder ich hätte Angst, daß Charlotte was davon erfährt.« (Sie ging zu Charlottes Arzt; aber er war auch der beste Arzt.) »Na, ich hab's getan! Und du hast dich da überhaupt nicht blicken lassen. Du kannst einfach nicht die Wahrheit sagen. Nie! Ich glaube, du sagst sie nicht einmal im Bett. Sogar wenn du sagst, du liebst mich, machst du mir nur was vor.«

Na ja, das ist so ein Beispiel seiner Wut im Gewand der Besorgnis.

Ich konnte es kaum erwarten, von meinem Leistenbruch zu genesen und in den Krieg zu ziehen. Wenn es doch nur soweit wäre! dachte ich. Inzwischen hatte ich eine Aushilfsstelle bei einer Büromaschinengesellschaft. Das war eine tolle Arbeit von beachtlicher Auserlesenheit. Ich hatte sie nur wegen des Mangels an Arbeitskräften bekommen können. Wenn ich bei dieser Gesellschaft geblieben wäre, möchte wohl so ein Fürst unter den Handelsreisenden aus mir geworden sein, der zweimal im Monat, erster Klasse, für die Fahrt mit sieben guten Zigarren versorgt, nach St. Paul reist und dort würdig, winterlichen Nebelhauch ausatmend und ein Portefeuille unterm Arm, aus dem Zug steigt. Aber das kam für mich gar nicht in Frage, ich mußte unbedingt zum Barras.

»Na, du Riesenroß«, sagte Simon, »ich hatte erwartet, daß du schließlich doch lange genug leben würdest, um zu erfahren, was es heißt, ein Mann in den besten Jahren zu sein, aber ich glaube, du bist zu blöd dazu und willst dir unbedingt das Lebenslicht ausblasen lassen. Wenn du dich zerschießen und in Gips packen lassen und Blut kotzen und im Dreck liegen und Kartoffelschalen fressen mußt, geh! Wenn du auf die Verlustliste kommst, wird das meinem Geschäft nur Vorteile bringen. Was für eine verteufelte Sache für Ma, bloß einen normalen Sohn zu haben! Und ich? Jetzt bin ich ganz allein auf der Welt. Der Gedanke ans Krötenverdienen ist mein intelligenter Begleiter; mein Bruder nicht.«

Aber ich ließ mich trotzdem nicht davon abbringen. Bloß schien ich weder der Armee noch der Marine bereits k. v., und so meldete ich mich zur Handelsmarine und sollte zur Ausbildung nach Sheepshead Bay.

Als ich Simon das nächstemal traf, geschah das ganz zufällig auf der Randolphstreet, und er benahm sich ganz anders als gewöhnlich. »Gehn wir 'rein und essen was«, sagte er, denn wir standen gerade vor Henrici, und im Fenster war eine Schüssel mit Treibhauserdbeeren. Die Kellner kannten ihn, aber er hatte kaum ein Wort für sie, wenn sie mit ihm sprachen, anstatt stolz zu sein, wie er es sonst gewesen wäre. Wir setzten uns, und als er seinen Hut abnahm, erschreckte mich die Fahlheit seines Gesichts.

Ich sagte: »Was ist denn los – ist was passiert?«

»Renée hat gestern abend versucht, sich das Leben zu nehmen«, sagte er. »Sie nahm Schlaftabletten. Ich kam gerade dazu, als sie ohnmächtig wurde, ich schüttelte sie und knuffte sie, ich zwang sie zu gehen, steckte sie in ein kaltes Bad, bis der Arzt kam – und sie lebt. Sie wird durchkommen.«

»War es ein richtiger Versuch? Hatte sie das wirklich vor?«

»Der Arzt sagt, sie sei nicht wirklich in Gefahr gewesen. Vielleicht wußte sie nicht, wieviel Tabletten sie nehmen mußte.«

»Das kommt mir nicht sehr wahrscheinlich vor.«

»Mir auch nicht. Wahrscheinlich hat sie mir was vorgemacht. Sie ist die geborene Falschmünzerin. Und das war auch bei weitem nicht das erstemal.« Ich bekam einen kurzen Einblick in Kämpfe, die wohl immer sinnlos bleiben würden. Mich bedrückte das.

»Aber schließlich steigern sich die Leute in was herein«, sprach er weiter. »Sie lassen sich hinreißen.« Und er sagte: »Wenn es das Vergnügen ist, für das du einen hohen Preis zahlen mußt, okay. Aber angenommen, es ist ein Preis für gar kein Vergnügen. Du zahlst für das, was du dir wünschst, nicht immer für das, was du bekommst. Das ist es, was ein Preis bedeutet. Wo wär' sonst der Preis? Und du zahlst mit einer Währung, die dir möglicherweise leicht ausgeht.«

»Ich wollt', ich könnte irgend was für dich tun.«

»Du könntest mich vor eine Lokomotive stoßen«, sagte er.

Er begann mir zu erzählen, was los gewesen war. Charlotte war dahintergekommen. »Ich glaub', sie hat es schon lange gewußt«, sagte er, »aber ich denke, sie wollte abwarten.« Es wäre erstaunlich gewesen, wenn Charlotte nicht Wind bekommen hätte. Ihr gingen die ganze Zeit Gerede und Gedanken über Simon durch den Kopf. In der Innenstadt kannten ihn alle. Der Kellner, der die Erdbeeren in den Tonschalen brachte, sagte: »Bitte, Mr. March.« Renée war auch die ganze Zeit mit Simon zusammen, und sie spielten andauernd mit der Gefahr, entdeckt zu werden. Warum fuhr sie ihn beinah bis vor die Haustür? Eines Tages hob ich einen Goldkamm im Wagen auf, nachdem sie weg war, und er sagte: »Verdammt, sie ist zu unvorsichtig!« und steckte ihn in die Tasche. Es war doch nicht denkbar, daß Charlotte in zwei Jahren nichts gefunden haben sollte – keine Goldhaare, keine Taschentücher, keine Streichholzheftchen im Handschuhfach seines Wagens, aus Salons, in denen sie nicht gewesen war; oder daß sie in Simons ehelicher Heimkehr mit Hut und Abendzeitung, einem Kuß auf die Wange oder ehelichem scherzhaftem Klaps auf den Hintern, nicht lesen konnte, daß er nur fünf Minuten früher, solange wie es dauert, den Wagen zu parken und im Lift heraufzufahren, mit einer anderen Frau zusammengewesen war. Sie muß das sicher gemerkt haben. Ich nehme an, daß sie sich eine Zeitlang gesagt hatte: Was ich nicht mit eigenen Augen seh', tut mir nicht weh – nicht einfach mit beabsichtigter Blindheit, sondern mit der genauen Auffassungsgabe der Menschen, die tief schürfen. Irgend jemand, der mit einem Grisly um sein Leben kämpft und seine Stirn gegen die Brust des Bären stemmt und, während ihm das zottige Fell den Blick benimmt, trotzdem überlegt, wie man den nächsten Sonntag verbringen soll, wen man zum Abendessen einladen und wie man den Tisch decken soll.

Aber bei Charlotte wußte man das nie so genau. Vielleicht begriff sie, daß viel Lärm ihn zu einer unüberlegten Handlung treiben würde, seines romantischen Ehrgefühls wegen, und war deswegen vorsichtig mit ihm.

Einmal erklärte sie mir: »Dein Bruder braucht Geld, eine ganze Menge Geld. Wenn er nicht so viel zum Ausgeben hätte, wie er braucht, würde er sterben.« Das verblüffte mich, als ich es hörte – es war an einem heißen Morgen, im sonnigen, barbarisch mit Teppichen ausgelegten Wolkenkratzerwohnzimmer mit seinen Vasen und der Heißluft aus der Klimaanlage, die die Pflanzen bewegte, und Charlottes große Gestalt in einem weißen Satinmantel und mit einer Zigarettenspitze in ihrem geschminkten Mund, aber sie sah doch so streng aus, wie nur einer der Magnus', einer ihrer Onkel oder Vettern aussehen konnte. Sie sagte mir da so viel wie daß sie Simon das Leben rette.

Aber er brauchte wirklich eine Masse Geld. Renée lebte im gleichen Stil wie Charlotte. Nach seinem Gefühl war das so richtig; auch glaubte er es sich selbst schuldig zu sein, nicht zu versuchen, etwas billig zu machen. Wenn er und Charlotte nach Florida fuhren, kam das Mädchen, so um einen Tag später, nach und lebte in einem genauso guten Hotel. Die Ausgaben regten ihn nicht so sehr auf. Was ihm jetzt das Leben verpestete, war die Sklaverei, ständig daran denken und Vorkehrungen für den Fall des Falles treffen zu müssen.

Er wollte seiner Frau trotzen und fand sich unversehens doppelt verheiratet.

Armer Simon! Ich bedauerte ihn. Ich bedauerte meinen Bruder. Die ganze Zeit hatte er mir erzählt, daß die Geschichte nicht von langer Dauer sein würde. Und? Wie kurz ist: vorübergehend? Gelegentlich dachte er daran, daß Renée schließlich irgendeinen reichen Mann heiraten würde. Einmal war ich dabei, als sie darüber sprachen.

»Dieser Karham da im Klub«, sagte er, »hat sich bei mir nach dir erkundigt, nachdem wir ihm neulich begegneten. Er will mit dir ausgehen.«

»Das werde ich nicht tun›, sagte sie.

»Du wirst. Sei nicht dumm. Wir müssen dich unter die Haube bringen. Er hat eine Masse Geld. Junggeselle. Ist im Straßenbaugeschäft.«

»Mir ist wurscht, was er hat. Er ist ein häßlicher alter Mann. Sein Mund ist voller Brücken. Was denkst du denn, was ich bin? Laß mich in Ruhe.« Sie verschränkte ärgerlich die Arme und schloß ihre Hände um ihre kleinen Bizeps – da es ein warmer Sommertag war, trug sie ein ärmelloses Kleid; sie klemmte die Knie zusammen und sah starr durch die Windschutzscheibe. Man darf nicht vergessen, daß die meisten dieser Unterhaltungen im Auto stattfanden.

Ich sagte später zu Simon: »Sie hat es darauf abgesehen, dich zu heiraten.«

»Nein, sie will bloß bei mir bleiben. So paßt es ihr besser. Sie hat es besser als eine Ehefrau.«

»Eingebildet bist du gar nicht, Simon. Willst du damit wirklich sagen, daß sie sich nichts Besseres ausdenken kann, als mit dir jeden Tag herumzufahren und Filmillustrierte zu lesen, während du deine Besuche machst?«

Aber was er mir jetzt bei Henrici erzählte, war, daß Charlotte sich vor einigen Wochen gemeldet und gesagt hatte, daß die Geschichte jetzt weit genug gegangen sei. Es müsse jetzt aufhören. Dann gab es Krach. Aber nicht, weil er anderer Meinung war als Charlotte. Er wußte, daß es aufhören mußte, und sagte das Renée, und was sie darauf tat, war noch viel schlimmer. Sie schrie, drohte, ihn vors Gericht zu schleppen, und fiel in Ohmacht. Als nächstes erschien Simons Rechtsanwalt auf der Bildfläche. Er setzte ein Treffen in seinem Büro fest, um alles in Ordnung zu bringen. Renée wurde gesagt, daß Charlotte nicht da sein würde, aber dann tauchte Charlotte doch auf. Renée beschimpfte sie. Charlotte ohrfeigte sie. Dann ohrfeigte Simon Renée auch. Dann weinten sie alle, wozu sie wirklich Grund genug gehabt zu haben scheinen.

»Warum mußtest du sie denn ohrfeigen?«

»Du hättest nur hören sollen, was sie sagte. Du hättest das gleiche getan«, sagte er. »Ich ließ mich hinreißen.«

Schließlich hatte Renée versprochen, nach Kalifornien zu gehen, wenn sie dafür bezahlt werde. Sie ging auch wirklich. Aber jetzt war sie zurück und sagte am Telefon, sie erwarte ein Kind von ihm. »Das ist mir egal«, sagte Simon zu ihr. »Du bist eine Betrügerin. Du hast das Geld genommen und bist nach Kalifornien gefahren und hast genau gewußt, daß du gleich zurückkommen würdest.« Nach kurzem Schweigen legte sie den Hörer auf. Da kam er auf den Gedanken, daß sie sich das Leben nehmen würde. Und – tatsächlich – als er in ihr Hotel kam, hatte sie gerade kurz vorher die Tabletten geschluckt.

Sie war im vierten Monat.

»Was soll ich bloß machen?« fragte er.

»Was soll schon sein? Nichts. Jetzt wird was Kleines dasein. Und wer weiß, ob nicht auch du und George und ich auf die gleiche Weise auf die Welt gekommen sind.«

Ich tröstete ihn, so gut ich es verstand.

23

Wäre die Große Milchstraße der Andromeda auf einen wie dich angewiesen, sie in die Höhe zu halten, nun, sie wäre längst in die Hölle gestürzt! Mensch, March, sagte ich mir, laß doch den prophetischen Weltgeist, der (wie S. T. Coleridge meint) die Dinge, die da kommen werden, träumt, seine Giganten und Weltbeweger, seine Cäsaren und Himmelsträger einberufen. Aber was hast du, du bemitleidenswerter Rekrut, damit zu schaffen? Mach die Socken scharf, heirate ein liebend Weib, laß dich auf Marchs Akademie-Landschulheim nieder und stelle dich nicht gerade da in den Weg, wo sich die Völker tollwütig in den Haaren liegen. Halte dich besser 'raus da. Rege dich wieder ab, mein Freund, und mach Schluß mit dem Gewure. Die Zeit, mein Freund, ist in den Händen mächtiger Männer, für die du nichts weiter bist als ein kleiner Posten im Kopf des Generaldirektors einer großen Sears-Roebuck-Versandhausgesellschaft, und da kommst ausgerechnet du mit deinem »Tue recht und scheue niemand«, und deinem Wunsch, kein enttäuschtes Leben (*sic!*) führen zu wollen.

Aber mein Gewissen hatte bereits entschieden. Ich war verpflichtet worden und konnte nicht zu Hause bleiben, und eines Tages schlug die Stunde: Es fiel ein windiger, bedrückender Regen, der den Qualm niederschlug; die ganze Stadt war aufgeweicht und schwarz, die Pfeiler des La-Salle-Bahnhofes weinten. Clem sagte zu mir: »Sei nicht leichtsinnig. Fang dir keinen Trio ein. Erzähle niemanden, was du im Innern deiner Seele denkst, nur um seine Neugierde zu befriedigen. Heirate nicht, ohne wenigstens sechs Monate verlobt gewesen zu sein. Wenn du in die Klemme geraten solltest, kann ich immer ein paar Kröten für dich abzweigen.«

Ich meldete mich zum Zahlmeister- und Apotheker-Lehrgang und wurde angenommen. Eine Zeitlang kabbelte ich mich mit so einem Psychiaterheini herum. Warum ich angekreuzt hätte, Bettnässer zu sein? Ich bestand darauf, daß mein Bett immer trocken sei. »Ja, aber hier in der Ja-Spalte zu dieser Frage ist doch das Kreuz.« Ob er denn nicht begreifen könne, antwortete ich ihm, daß einem ein kleiner

Fehler unterlaufen kann, wenn man nach dreißig Stunden Eisenbahnfahrt ohne Schlaf zwanzig Fragebogen auszufüllen hat und fünf Untersuchungen über sich ergehen lassen muß? »Aber warum gerade dann *dieser* Fehler und kein anderer?« fragte er hinterhältig. Ich begann ihn sehr zu hassen, wie er da auf seinem kühlen, weißen Arsch vor mir saß und seine schläfrigen Augen zu unerfreulichen Schlüssen über mich kamen. Ich antwortete: »Wollen Sie, daß ich hier vor Ihnen gestehe, ins Bett zu machen, obgleich das gelogen wäre? Oder sind Sie der Meinung, daß es mir eine Lust wäre, mein Bett naßzumachen?« Er eröffnete mir darauf, daß ich einen aggressiven Charakter habe.

Jedenfalls, ehe ich mit dem Lehrgang anfangen konnte, schickten sie uns auf einen kleinen Trip in der Chesapeake-Bucht. Wir schipperten durch flimmernde Hitze kreuz und quer. Das Schiff war ein alter müder Eimer aus der Zeit des Präsidenten McKinley, mit vielen Decks. Weiß wie eine eiserne, mehlige, dahintreibende Bäckerei, wälzte es sich eine ganze Woche weitschweifig und ziellos durch die Gegend. Die weißen Fähren mit ihren Mississippiboot-Säulen dampften sehr elegant an uns vorbei. Oder die plattrückigen Walfische der US-Kriegsmarine, auf deren Deck die Flugzeuge wie Kinderspielzeug herumstanden und aus deren Seitenbeplankung mächtiger Rauch wie Roßhaarpolster herausquoll. Acht- oder zehnmal am Tage hatten wir Feuerlösch- oder Rettungsübungen. Die Boote krachten aus den Davits herunter; die Rekruten ergossen sich von Mannleinen oder aus Ladenetzen, mit Gezänke, sich keilend und herumalbernd, mit Bootshaken stoßend, sich gegenseitig in den Hintern kneifend und viel Wind machend, Zoten über das weibliche Geschlecht reißend und mit Gebrüll beantwortend, in die Boote hinein. Dann pullen. Stunden um Stunden pullen. Das Wasser kräuselte sich wie ein riesiges Lattichbeet.

Zwischen den Übungen konnte man sich auf dem Quarterdeck dieser angepinselten, alten, senkrechten Bäckerei über dem schäumenden Heckruder sonnen, und Kisten, verdorbener Salat, Apfelsinen, Scheißdreck und kleine Krabben schwammen im Kielwasser oder verschwanden. Der Himmel war Emaille, die Sonne spann Gold auf ihren Spindeln. Es erinnert mich an das Bild der Narren mit Fisch und Kuchen und der Bootsleute mit den Suppenlöffelrudern im Gemälde des alten Meisters Hieronymus B. – dieses reglose Boot mit den Ausflugsklimperern, an einen Mastbaum gebundenes Brathuhn;

ein Totenkopf in den kleinen Ästchen darüber. Auch an andere Szenen: Auf Messer gespießte Eier, die auf winzigen Füßchen davontraben; Männer in Austernmuscheln, die zu einem Kannibalenbankett getragen werden. Hering, Fleisch und andere Sachen, bestimmt, Bäuche zu füllen. Aber dessenungeachtet schauten menschliche Augen heraus. Vielleicht hatten sie nichts Gutes vor, aber woher willst du das wissen? Oder die reichen Könige in Bethlehem. Joseph neben einem Reisigfeuer. Aber draußen auf der Wiese, was geht da vor? Ein aus einer Messerwunde blutender Wolf frißt den Schweinehirten, der ihn verwundete, und irgend jemand rast wie verrückt zu den irren Türmen der Stadt, den Kartoffelstampferschlössern und den Töpfen, Doppelkesseln und Rauchkammern der Behausungen.

Wir aßen viel: Pfannkuchen, Koteletts, Schinken, Kartoffeln, Steak, Chili con Carné, Reis, Eiskrem und Kuchen. Jeder sprach über Backen und Banken, geriet über die Speisenfolge in Wortwechsel und erinnerte sich an Rezepte von zu Hause.

Am Sonnabend legten wir in Baltimore an, wo die Hafenhuren auf dem Ritterburgplatz und die Konfessionen mit gedruckten Versen warteten. Es gab Post. Simon war wegen eines schlechten Ohres ausgemustert worden. »Ein Ausweg, den ich gut gebrauchen konnte«, meinte er. Clem hatte mit seinem neuen Geschäft nicht viel Erfolg. Zwei Briefe waren von Sophie Geratis, die jetzt bei ihrem Mann in Camp Blanding war. Sie sagte adieu, sagte das aber noch in verschiedenen Briefen. Von Einhorn war eine hektographierte Botschaft an alle seine Freunde im Felde da. Voll von sentimentalem Kitsch und Komödianterie. In einem persönlichen Nachtrag fügte er hinzu, daß Dingbat Soldat in Neuguinea sei, wo er einen Jeep fuhr, und daß er selbst leidend sei.

Und darauf folgten wieder Wochen der Gefangenschaft auf diesem Kasten, kreuz und quer durch die Bucht; die gleichen Lattichwellen und der ewige Lärm der Kommando-Lautsprecheranlage, Bolzereien in den Waschräumen der Back, Übungen, Salzsole, schwere Mahlzeiten, Sonne, Rabatz, und dieses beständige Herumpauken auf nur ein paar Elementen, das mich taub machte.

Schließlich kehrten wir nach Sheepshead zurück, und ich begann meinen Lehrgang für Buchhaltung und Schiffsdoktorei. Der wissenschaftliche Teil tröstete mich. Ich sagte mir, daß alles in Ordnung war, solange ich nur etwas dazulernen konnte.

Sylvester war in New York. Auch Stella Chesney, das Mädchen, dem ich damals in Mexiko zur Flucht verholfen hatte. Natürlich besuchte ich sie zuerst. An meinem ersten Ausgang rief ich sie an, und sie sagte, ich solle sofort herüberkommen. Also kaufte ich eine Flasche Wein und die Delikatessen der Jahreszeit und ging; und natürlich redete ich mir ein: weil ich das Geld gebrauchen konnte, das sie mir noch schuldete, und was nicht noch alles. Aber ich hätte mich wirklich besser kennen sollen.

Was hatte ein Krieg ohne Liebe schon für einen Sinn?

Das Haus, in dem sie lebte, schien zwischen Konfektionsfabriken zu liegen, die am Sonnabend Arbeitsruhe hatten. Als ich die Treppe hinaufstieg, war ich sehr aufgeregt. Aber ich warnte mich davor zu denken, daß wir wieder da anfangen könnten, wo wir in Cuernavaca aufgehört hatten. Da Oliver im Gefängnis saß, gab es da jetzt wohl jemand anders.

Aber hier war der Gegenstand dieser sündigen Gedanken mit einem warmen, gesunden Gesicht, das unschuldig und glücklich, mich wiederzusehen, aussah. Was für eine Schönheit! Mein Herz hämmerte ohne das geringste Mitleid mit mir. Ich sah mich schon im Staub der Liebe gedemütigt, und wie Gott Eros mir den Fuß auf den Nacken setzte und mir das allerunmöglichste Zeugs auferlegte.

Sie machte den gleichen Eindruck auf mich wie damals, als ich sie zum erstenmal auf der kleinen Veranda über dem Carta-Blanca-Bierschild mit dem froschäugigen Oliver und den zwei Freunden zusammen gesehen hatte. Dann dachte ich an sie im Spitzenkleid, das sie im Gericht getragen hatte, zu der Zeit, als Oliver Louie Fu geschlagen hatte. Dann in den Bergen, unter der Zeltplane, als ihr Kleid und ihr Unterrock so geschwind heraufrutschten. Und diese gleichen Beine standen jetzt über mir. Sie waren nackt, wie ich beim Weiß des Glasdaches und dem grünen Widerschein des Teppichs erkennen konnte.

»Na, wenn das keine Freude ist«, sagte sie und gab mir die Hand. Ich steckte von Kopf bis Fuß in dem funkelnagelneuen Zeug, das ich auf der Kammer von Vater Staat empfangen hatte, und während ich ging, fühlte ich die frischen Unterhosen und Socken, die neuen Schuhe und die enge Bluse und die Schlenkerhosen. Ganz zu schweigen von der weißen Mütze und den kunstvoll auf meinem Matrosenkragen eingestickten Ankern. »Du hast mir nicht gesagt, daß du eingezogen worden bist. Was für eine Überraschung!«

»Wenn ich mich so anseh', bin ich selbst überrascht«, sagte ich.

Aber woran ich wirklich dachte, war, ob ich sie küssen sollte. Plötzlich war alles wieder da, selbst meine Wange wußte wieder, was für ein Gefühl ihre Lippen auf dem heißen Marktplatz in ihr erregt hatten. Mein Gesicht wurde jetzt heiß. Schließlich sagte ich mir, daß es besser sei, auszusprechen, was ich dachte, und sagte zu ihr: »Ich kann nicht entscheiden, ob es richtig wäre, dich zu küssen.«

»Bitte! Mach kein Problem daraus«, lachte sie und meinte damit, daß ich es tun sollte. Ich brachte meine Lippen auf die Wange ihres Gesichts, genau wie sie es damals getan hatte, und bekam augenblicklich wie elektrisiert einen roten Kopf. Sie errötete auch, weil es sie freute, daß ich es getan hatte.

War sie doch nicht ganz so einfach und frei von allen Hintergedanken, wie sie aussah? Na, ich war es auch nicht.

Wir setzten uns, um uns zu unterhalten. Sie wollte etwas über mich erfahren. »Was machst du?« fragte sie. Sie meinte damit, was ich sonst machte, wenn ich nicht gerade der Freund einer reichen Schönheit oder Adlerbändiger oder Pokerspieler war.

»Es fiel mir sehr schwer, mich für irgend etwas zu entschließen. Aber jetzt glaub' ich, daß ich Lehrer werden sollte. Ich will ein eigenes Haus und eine Familie haben. Ich hab' es satt, mich herumzutreiben.«

»Oh, du magst Kinder? Du würdest einen guten Vater abgeben.« Ich dachte, daß es sehr nett von ihr war, das zu sagen. Plötzlich wollte ich ihr alles bieten, was ich hatte. Herrliche Bauwerke erhoben sich golden und verschachtelt in meinen Gedanken. Möglicherweise würde sie ihr jetziges Leben, was für eins sie auch immer führen mochte, meinetwegen aufgeben. Wenn sie einen anderen Mann hatte, würde sie ihn möglicherweise verlassen. Möglicherweise würde er bei einem Autounfall umkommen. Möglicherweise würde er zu seiner Frau und seinen Kindern zurückkehren. Vielleicht weißt du selbst, wie solche eitlen Vorstellungen aussehen können. O ihr gnädigen Götter, dreht mir keinen Strick daraus! Mein Herz fing an zu glühen. Ich konnte sie nicht mehr richtig sehen; sie blendete mich.

Sie trug Hausschuhe aus Samt, mit Schleifen; ihr dunkles Haar war auf drei verschiedene Arten aufgetürmt; sie hatte einen orangenen Rock. Ihre Augen sahen weich und sanft aus. Ich fragte mich, ob sie ohne einen Liebhaber so frisch aussehen könnte, und machte mir Sorgen deswegen.

Das will ich doch hoffen! – daß ich einen guten Vater abgeben würde, meine ich. Und was tat sie? Es fiel mir schwer, da ganz klarzukommen. Sie erwähnte verschiedenes, das mir nicht geläufig war. Lyzeum, Musikkarriere, Bühnenkarriere, Malen. Vom Lyzeum waren Bücher da; von der Musik ein Klavier und so weiter; vom Theater Fotos mit Autogrammen, auch eine Nähmaschine aus spinnigem Gußeisen, Baujahr zirka 1910, die ich mit Kostümen in Verbindung brachte; ihre Malereien hingen an der Wand – Blumen, Orangen, Bettstellen, badende Frauengestalten. Sie sprach davon, zum Rundfunk zu kommen und erwähnte die USO * und die *Stage Door Canteen*, das USO-Truppen-Theater. Ich versuchte, so gut ich konnte, ihr zu folgen. »Gefällt dir meine Wohnung?« fragte sie mich.

Es war keine Wohnung, sondern vielmehr ein Zimmer, ein Salon, hoch, lang, altmodisch, mit den Rokokoschnörkeln von Musikinstrumenten und Früchten. Blattpflanzen, Klavier, ein großes, dekoratives Bett, Fische, ein Kater und ein Hund. Der Hund atmete schwer – er war schon alt. Der Kater umspielte ihre Knöchel und kratzte an ihnen; ich zog ihm gleich eins mit einer Zeitung über, aber das sah sie nicht gerne. Er saß auf ihrer Schulter, und als sie sagte: »Küß, Ginger – küß, küß«, leckte er ihr das Gesicht.

Gegenüber waren Konfektionsfabriken. Stoffetzen wehten und flatterten von den Drahtgittern vor den Fenstern. Flugzeuge zerschnitten die blaue Luft von England bis Kalifornien mit mächtigem Propellerlärm. Sie schenkte den Wein ein, den ich mitgebracht hatte. Ich trank, und mein Kopf klopfte an seiner alten, verletzten Stelle. Dann wurde mir sehr heiß, und eine immer beklemmender werdende Begierde erfüllte mich. Aber ich dachte: Ich muß ihren Stolz achten. In Cuernavaca wollte ich von ihr weg. Warum sollte sie mir jetzt glauben, daß ich mich in sie verliebt hatte? Und vielleicht sollte ich mich gar nicht verlieben. Was dann, wenn sie der Kressida-Typ war, wie Einhorn immer Cissy F. genannt hatte?

»Ich beabsichtige noch immer, dir das Geld zurückzugeben, das du damals so freundlich warst mir zu leihen«, sagte sie.

»Nein, bitte, ich bin nicht deswegen gekommen.«

»Aber wahrscheinlich brauchst du es jetzt.«

»Nein, ich hab' sogar noch meine ganze Heuer vom vorigen Monat.«

»Mein Vater schickt mir monatlich einen Wechsel aus Jamaica. Er

* Amerikanische Truppenbetreuung.

haust da unten. Natürlich kann ich nicht davon leben. In letzter Zeit ist es mir nicht allzu gut gegangen.« Das war keine Klage, sondern klang eher, als ob es ihr bald besser gehen würde. »Die Geschichte mit Oliver brachte mich ins Hintertreffen. Ich hab' mich auf ihn verlassen. Ich dachte, ich liebte ihn. Hast du das Mädchen damals geliebt?«

»Ja«, sagte ich. Ich darf sagen, daß ich froh war, nicht zu lügen.

»Sie muß mich wie die Pest gehaßt haben.«

»Sie hat draußen im Pazifik einen Hauptmann geheiratet.«

»Das tut mir leid.«

»O nein, das braucht es nicht. Das ist schon eine ganze Weile ausgestanden.«

»Hinterher kam ich mir im Unrecht vor. Aber du warst der einzige Mensch, der mir geholfen hätte. Und ich hätte nie gedacht...«

»Es freut mich, daß ich helfen konnte. Aber wenn wir schon von helfen reden, kann ich nur sagen, daß es mir ein tüchtiges Stück vorwärts geholfen hat.«

»Es ist nett von dir, das zu sagen. Aber weißt du – jetzt, da es vorbei ist, macht es dir wohl nichts aus, wenn ich es sage – ich dachte, wir säßen im gleichen Boot. Alle erzählten, daß sie...«

»... ohne mich auf die Jagd ging. Ich weiß.« Ich hoffte, sie würde Talavera nicht erwähnen.

»Du bist in Schwierigkeiten geraten, ohne es zu wissen. Genau wie ich. Aber vielleicht hast du das so verdient – wie ich. Mir geschah ganz recht so. Ich war mit ihm nach Hollywood unterwegs. Mexiko war nur ein Abstecher; er wollte einen Star aus mir machen. War das nicht einfach lächerlich?«

»Nein, ganz und gar nicht. Du gäbst einen erstklassigen Star ab. Aber wie konnte Oliver dir so was erzählen, da er doch wußte, daß er ins Gefängnis kommen würde?«

»Das fiel ihm nicht weiter schwer, weil ich eine Zeitlang glaubte, in ihn verliebt zu sein.«

Es stieg mir zu Kopf, als sie das sagte.

Ich baute höher und höher, bis zu den höchsten Sphären, und beging gleichzeitig ein Dutzend Verbrechen, um zu meinem Ziel zu kommen. Die Katze klammerte sich an den Stuhl und zerkratzte mir dabei die Hand. Ich befürchtete, noch Nasenbluten vor Leidenschaft zu bekommen. Für einen Augenblick kam ich mir dick und aufgequollen vor, und im nächsten schwang meine Seele schon wieder da oben im siebten Himmel und mischte sich in den Jubelchor ihrer strahlenden Seelengeschwister.

»Oder noch schlimmer als lächerlich«, sagte sie bestimmt.

Schlimmer? Oh, womit sie dafür zu bezahlen gehabt hatte, meinte sie das? Das hätte sie nicht zu sagen brauchen. Es tat mir weh, daß sie solch eine Erklärung für notwendig hielt. Es war gewiß ein Glück, daß ich saß; meine Beine hätten mich nicht mehr getragen.

»Aber, was ist denn los?« fragte sie mit ihrer warmherzigen Stimme. Ich bat sie, sich nicht lustig zu machen, bitte. Ich sagte: »Als ich mit Verbänden bepflastert war und bei diesem Chinesen Poker spielte, wie konntest du da noch denken, wir säßen im gleichen Boot?«

»Sicher erinnerst du dich, wie wir uns ansahen, an jenem Tag damals in dieser Bar, wo sie das Affenviech hatten.«

»Den Kinkajoubär.«

Während sie ihre Hände im Schoß verschränkte und ihre Knie hob und um sie schloß – was ich bewunderte, aber trotzdem wünschte, sie würde es lieber nicht tun –, sagte sie: »Niemand sollte so tun, als ob er hundertprozentig ehrlich sei. Ich gäbe was drum, wenn ich wüßte, wie ich es auch nur zu siebzig, sechzig Prozent sein könnte.«

Ich schwor, daß sie es zu einhundertundzehn, zweihundert sei. Dann sagte ich etwas, was ich selbst nicht erwartet hätte. Ich sagte: »Niemand sollte absichtlich geheimnisvoll sein wollen. Unabsichtlich ist alles schon geheimnisvoll genug.«

»Ich werde versuchen, es nicht sein zu wollen. Mit dir jedenfalls nicht.«

Sie meinte es ernst. Ich wußte das. Ich sah, wie sie schluckte und ihr Hals sich plötzlich blähte.

Mein Körper, der vielleicht alles ist, was ich bin, diese bemühte Kreatur, fühlte sich plötzlich Strömungen ausgeliefert und hilflos. Ich wollte ihre Beine umfassen, sagte mir aber, daß ich lieber abwarten sollte. Denn, warum sollte ich annehmen, daß ihr das recht sein würde? Bloß weil mir danach war?

Ich sagte: »Ich nehme an, du siehst, was ich für dich empfinde. Sag's mir lieber, wenn ich einen Fehler mache.«

»Einen Fehler? Warum sagst du das?«

»Na, erstens mal«, sagte ich, »bin ich ... noch nicht ... lange hier. Du wirst ... denken, daß ich alles ... zu sehr ... überstürze.«

»Und zweitens? Warum sprichst du so langsam?«

Sprach ich anders als sonst? Ich hatte keinen Schimmer. »Zweitens

... kommt es mir so vor, als ob ich es damals ... in Cuernavaca ... falsch gemacht habe ... indem ich zurückfuhr.«

»Vielleicht kannst du es diesmal richtig machen«, sagte sie.

Dann warf ich mich ihr zu Füßen und umfaßte ihre Beine. Sie bückte sich, um mich zu küssen. Ich hätte gehetzt, aber sie wollte es langsam. Sie sagte: »Wir stecken besser die Tiere in die Küche.« Sie nahm den Hund am Halsband, ich hob die Katze auf, und wir setzten sie dahinein. Die Küchentür wurde mit einem gebogenen Nagel verriegelt, weil sie keinen anderen Türgriff oder Haken hatte. Dann nahm Stella die Decke vom Bett, und jeder half dem anderen, sich zu entkleiden.

»Was murmelst du da in deinen Bart hinein?« flüsterte sie, als wir uns hinlegten. Ich war mir nicht bewußt, daß ich irgend etwas gesagt hatte. Ich hatte Angst, daß sie mit dem Kopf an die Wand bumsen könnte und versuchte ihn mit meinen Händen zu schützen, was sie dann verstand und mir die Sorge deswegen nahm. Ich war hungrig und küßte sie, wo mein Mund nur immer hinkommen konnte, bis sie meine Lippe in ihren Zähnen behielt und an mir sog. Nichts konnte jetzt mehr durch Kraftaufwand erreicht werden, und es gab nichts zu versuchen.

War sie eitel oder verletzend oder zynisch, so hatte das jetzt keine Bedeutung mehr; oder war ich ein dummer, unverbesserlicher, tölpelhafter, unzuverlässiger Mann, so war das als ohne Belang von mir genommen worden und konnte keinen Sinn oder keine Bedeutung mehr haben. Die wirkliche Wahrheit über den einen oder den anderen war über alle Begriffe einfacher.

Ich sagte ihr, daß ich sie liebte. Das war wahr. Ich fühlte, daß ich ans Ende meiner Schwierigkeiten und Sehnsüchte gekommen war, und zwar endgültig. Während wir das ganze Wochenende über im Bett lagen und uns küßten, flüsterten und uns liebten, war die Luft draußen voll Kraft und blau, war die Sonne herrlich und zog schön und stolz ihre Bahn. Wir standen nur auf, um Harry, den Hund, aufs Dach zu führen. Die Katze ging auf der Decke spazieren und beknetete uns mit ihren Pfoten. Die einzigen Menschen, die wir sahen, waren zwei alte Männer, die gegenüber, in der Konfektionsfabrik auf einem Zuschneidetisch Pinockel spielten.

Aber Montagmorgen mußte ich wieder in der Kaserne sein. Stella weckte mich mitten in der Nacht, half mir beim Anziehen, brachte mich 'runter und begleitete mich zur Untergrundbahn. Ich fragte andauernd: Ob sie mich heiraten werde? Sie sagte: »Du willst mit solcher Macht, daß es mit all deinen Schwierigkeiten plötzlich zu Ende sein soll, daß du vielleicht doch noch einen Fehler machst.«

Das war gerade vor Tagesanbruch, an den Abstieg-in-die-Hölle-Stufen der U-Bahn, gerade unter dem Ost-Dach aus Drahtglas und der Verdunkelungslaterne, die sanft wie eine stumme Blume auf ihrem dicken Eisenstiel glomm. Bei ihrem blauen Licht küßten wir uns mit liebenden Gesichtern, bis es zu nieseln anfing und Stellas Hausschuhe naß wurden.

»Liebes, geh nach Hause«, sagte ich.

»Wirst du mich anrufen?«

»Bei jeder nur möglichen Gelegenheit. Liebst du mich?«

»Natürlich liebe ich dich.«

Jedesmal wenn sie das sagte, war ich so bewegt, daß ich bis herunter zu meinen Füßen von glücklicher Dankbarkeit überflossen wurde und meine Nackenhaare sich prickelnd aufrichteten. Wie wenn man in der Meereslust schwimmt und plötzlich von hinten eine Berührung kommen fühlt. Die ganze Tiefe atmet wie schweigende Ziehharmonikabälge, und der Seestrand ist lustig mit bunten Bändern und Fahnen besteckt.

Schließlich mußte ich in den Tunnel und in einen Zug einsteigen. Fünf Tage lang konnte ich sie nicht sehen. Und inzwischen wagte ich es nicht, beim Lehrgang abzurutschen oder mich mit einem Obermaat anzulegen und mir meinen nächsten Ausgang zu vermasseln. Jeden Abend ging ich zum Meer hinunter, wo die Telefonzellen waren; und oft war sie nicht da, weil sie viel auf den Beinen sein mußte. Ich hatte eine schreckliche Angst, daß sie das vergangene Wochenende nur aus Freundlichkeit mit mir verbracht habe oder damit ich besser begriff, was damals in den Bergen hätte geschehen sollen. Wenn es so war, war ich in den Grund gebohrt, denn jetzt war ich verliebter, als ich aushalten konnte, als ob irgendein Mineral in meine Venen und Arterien gekommen wäre, und mich schmerzten alle Glieder, Fleisch und Bein; wie wenn du eine Grippe in den Knochen hast.

Die ganze Woche röhrten Frachter vom Meer herein, während Coney Island in einen grauen oder violetten Nebel getaucht war und ich nach dem Backen und Banken abends mit dem Weltschmerz des leidend Liebenden in der Telefonzelle saß und meine Marinevorschriften zu lernen versuchte und darauf wartete, daß sie sich meldete. Ich hatte Angst, daß ich bei ihr viel zu spät gekommen war und nichts zu erwarten hatte. In dem Fall wäre ich ruiniert, weil jetzt alles von ihr abhing.

Am Sonnabend passierte ich, wie im Fieber, aufgeregt die Wache, sobald das übliche Appelltheater vorbei war. In was für einer Verfassung ich war! Als ich aus Brooklyn über die Brücke fuhr, die an diesen am Himmel aufgehängten Trassen über den Backsteinschluchten schwebt, dann über die feurige Strömung des Hafenwassers (die schnellen Möven, die Schlachtschiffe, offen wie große Radioapparate, in den Docks, Bullenhörner der Wikinger, der Hengist und Horsa) und dann wieder in den Tunnel hinein, kam es mir so vor, als ob ich – wäre ich gezwungen, so weiter und weiter zu fahren – es nicht aushalten, sondern zusammenbrechen würde.

Aber ich hätte keine Angst zu haben brauchen, denn Stella wartete. Sie war die ganze Woche elend gewesen, weil ich nicht da war, hatte Fieber gehabt und sich gefragt, ob ich sie liebe. Als wir im Bett lagen, weinte sie, die Hände auf meinem Rücken und die Brüste an mich gepreßt. Sie sagte, daß sie sich in mich verliebt habe, als sie mich vom Balkon der Bar, an dem das Carta-Blanca-Schild hing, vor der Kathedrale gesehen hatte. Sie hatte das Geld, das sie sich von mir in Cuernavaca geliehen hatte, nicht einmal gebraucht, sondern es nur als Mittel zu dem Zweck, mit mir in Verbindung zu bleiben, genommen. Was Oliver beträfe ... »Was interessiert mich, was mit Oliver geschehen ist? Das geht mich einen feuchten Kehricht an«, sagte ich. »Ich will heiraten.«

Clem hatte mir meines Charakters und meines Anscheins wegen dringend zu einer auf mindestens sechs Monate festgesetzten Verlobung geraten. Aber dieser Rat taugte nur für Leute, die sich bloß mal auf dem Markt umsehen, nicht für jemand, der sein ganzes Leben mit einem großen Ziel gelebt hatte.

»Natürlich«, sagte sie, »möchte ich dich heiraten, wenn du mich liebst.«

Ich versicherte ihr das eindringlich.

»Wenn du mich noch nach dem Mittagessen liebst«, sagte sie, »frag mich wieder.«

Sie brachte mir das Mittagessen ans Bett. Das war ein Bett, das sie auf einer Auktion gekauft hatte, elfenbein gestrichen und mit Kränzen und arkadischen Rosen bemalt. Es kam aus Bayern. Nun, sie bediente mich hier und ließ mich nicht einmal mein Brot selbst mit Butter bestreichen. Als wäre ich der Kurfürst, so wurde ich von hinten und vorne bedient und gab meinerseits den tierischen Höflingen Schinkenpelle und die Brosamen, die so von des Herren Tische fielen.

Sie fühlte sich verpflichtet, mir alles, was ihr nur einfiel, über sich zu sagen.

»Ich kaufe jedes Jahr ein Lotterielos zu den irischen Hindernisrennen«, sagte sie.

Ich konnte darin nichts Verwerfliches sehen.

»Ich bin auch Mystikerin, Anhängerin Gurdjeffs.«

Das war für mich neu. Sie zeigte mir ein Bild dieses alten Knaben; rasierter Kopf, tiefliegende Augen und ein Schnurrbart der alten Schule der Krimkrieger. Ich sah an ihm nichts Gefährliches.

Was sonst? Sie gab eine Menge Geld für Kleider aus. Das konnte ich sehen; ihre Schränke waren mit Kleidern vollgestopft. Aber ich machte mir deswegen kein Kopfzerbrechen. Da sie mit meinen Plänen für das Pflegeheim und die Akademie übereinstimmte, und sie war ganz enthusiastisch deswegen, was spielte da schon ihre Garderobe für eine Rolle? Tatsächlich war ich sogar stolz darauf, daß sie so schick war. Auch habe sie Schulden, sagte sie.

»Aber Liebes, mach dir doch darüber keine Sorgen, wir werden schon alles bezahlen. *C'est la moindre des choses,* wie man in Paris sagt.« Wenn ich geliebt wurde und in einem so schönen Bett wie diesem saß, war ich geradezu wie ein König und schaffte alle Angelegenheiten mit einem Wort aus der Welt.

Wir beschlossen zu heiraten, sobald ich den Lehrgang in Sheepshead absolviert hatte.

24

Als nächstes sehe ich einen Burschen vor mir, der Mintouchian heißt und der – versteht sich – Armenier ist. Wir sitzen in einem Türkischen Dampfbad und führen ein Gespräch, außer daß mir Mintouchian über so verschiedene »nackte Tatsachen des Daseins« – zumeist mit Hilfe von Allegorien – den Star sticht und er das meiste redet. Zeit der Handlung: eine Woche bevor Stella und ich heirateten und ich auf Fahrt ging.

Schon mit seinem Schädel, der hinten sehr kantig abfiel, wozu armenische Hinterköpfe manchmal neigen, aber vorn ein Löwenhaupt mit roten Backenknochen zeigte, war dieser Mintouchian ein Denkmal von einem Menschen. Dazu hatte er Beine an sich, wie diese Clemenceau-Statue auf den Champs Elysées, wo Clemenceau sich breitbeinig einem Wind entgegenstellt, an Brot und Krieg und das Elend und die Glorie denkt und in seinen Baumwollenen und Gamaschen mit Aufbietung letzter Kraft vorwärts marschiert.

Wie wir da in diesem kleinen, weiß gekachelten Raum zusammensaßen, waren Mintouchian und ich wahre Busenfreunde, trotz der Unterschiede in Alter und Einkommen – Mintouchian galt als steinreich. Er sah unwiderstehlich aus und hatte Töne in seiner Stimme, als polterten Kohlen über eine Laderampe. Das muß sein Gutes für ihn haben, wenn er vor Gericht stand. Er war Rechtsanwalt. Außerdem war er der Freund einer Freundin von Stella, die Agnes Kutter hieß. Agnes wohnte in großem Stil in einer Zimmerflucht, in einem Haus in der Nähe der Fifth Avenue, in der Nachbarschaft einer der südamerikanischen Gesandtschaften, mit Empiremöbeln, gewaltigen Spiegeln und Kronleuchtern, chinesischen Paravents, Alabastereulen, schweren Portieren und was es an Pracht dieser Art mehr gibt. Sie ging von einer Auktion zur anderen und kaufte Schätze der Romanows und Habsburger auf. Sie selbst war aus Wien nach Amerika gekommen. Mintouchian hatte ihr ein Kapital ausgesetzt, dessen Zinsen ihr Einkommen ausmachten; so kaufte sie die Antiquitäten nicht etwa als Händlerin, und ihre Wohnung war sein »Zuhause fern vom Zuhause«, als was sich manchmal Hotels verlogen zu empfehlen lieben. Sein anderes Zuhause befand sich ebenfalls in New York, aber seine Frau war leidend. Jeden Abend begab er sich zu ihr zum Abendessen, das für sie beide von der Krankenschwester im Schlafzimmer serviert wurde. Aber vorher hatte er Agnes besucht. Gewöhnlich fuhr ihn sein Chauffeur um dreiviertel acht durch den Central Park zur Mahlzeit mit der Kranken.

Der Grund, warum ich mit ihm an diesem bestimmten Nachmittag im Türkischen Bad saß, war, daß Stella mit Agnes für die Hochzeit einkaufen gegangen war. Diese beiden, Agnes und Mintouchian, waren die einzigen Leute, mit denen wir uns überhaupt für das Wochenende verabredeten, wenn ich Urlaub bekam. Ich glaube, es machte Mintouchian Spaß, uns zum Essen in ein Restaurant wie das *Toots Shor* und hinterher in ein Kabarett wie das *Diamanten-Hufeisen* und andere Lokalitäten mit Goldtüren und Purpurportieren auszuführen. Das eine Mal, das ich meine Hand nach der Rechnung ausstreckte, schob er sie beiseite. Ich hätte mir was von Stella borgen müssen, um zahlen zu können. Aber Mintouchian hatte eine sehr offene Hand und war ein nobler Bruder Lustig. Fast immer in Abendanzügen von Rembrandtscher Schwärze, mit seinen rotgeränderten Augen und seinem kantigen Granitschädel und seinen eckigen Ohren, und als hätte er in seiner breiten Nase Witterung von Wüsten und Savannen, lächelte er dich an, mit einem Maître-de-plaisir- und Was-nützt-uns-der-Mammon,was-nützt-uns-das-Geld-Lächeln. Laßt die Rubel rollen... Seine Zähne waren lang und sein Katerschnurrbart immer man gerade so angedeutet, wie es zu seinen verlebten, intelligenten Falten und zu seinem sich in die Breite ziehenden Mund paßte. In der Gegenwart der Damen gab er dieses Lächeln nie auf, aber jetzt, als er wie ein Dorfältester aus der Südsee mit seinem knallbunten Handtuch dasaß, tat er es. Und während er mehr von Mann zu Mann mit mir sprach, kniff er sich unter seinen Augen herum, um die Tränensäcke zum Verschwinden zu bringen. Seine gelben Zehennägel – außer denen der kleinen Zehen, die sich zum Gotterbarmen in den vom Leben verbrauchten Fuß, mit seiner von Adern durchzogenen Haut, verwachsen hatten – waren farblos gelackt. Ich fragte mich im stillen, ob er wirklich so einer dieser nur mit Vorsicht zu genießenden und gefährlichen Knaben, wie Zaharoff oder Juan March oder der schwedische Zündholzkönig oder der ›Balbier‹ Jake oder Dreifinger-Brown, war, an dem man sich die Finger verbrennen könnte. Stella sagte, er besitze Geld, das er noch keines Blickes gewürdigt, geschweige denn angerührt habe. Sei's drum. Jedenfalls für Agnes griff er bestimmt ganz schön in die Tasche. Er hatte Agnes in Kuba kennengelernt und zahlte ihrem Mann dafür, daß er da unten blieb, einen Wechsel. Aber, obwohl ich herausbekam, daß Mintouchian es mit der Ehrlichkeit nicht ganz genau nahm, war er doch niemals ein Verbrecheralbum-Charakter. Um zu seiner juristischen Ausbildung zu kommen, hatte er doch tatsächlich Stummfilme auf der Kinoorgel untermalt. Jetzt aber war er ein erstklassiger Rechtsanwalt und hatte weltumspannende Geschäftsinteressen, und dazu war er noch ein gebildeter Mann und eine Leseratte. Es war eine seiner Marotten, sich eingehend mit historischen Ereignissen, wie dem Bau der Berlin-Bagdad-Bahn und der Schlacht von Tannenberg, zu befassen, und außerdem wußte er eine Menge über das Leben der Märtyrer. Auch er gehörte mit zu den Leuten, die sich hartnäckig, meine ganze irdische Pilgerschaft hindurch, mit Ratschlägen für und Aufklärung über das Leben vor mir erheben.

Ich konnte nicht schlau daraus werden, was er in Agnes sah, die ihn offensichtlich beherrschte. Ihre Augen waren tiefbraun, die Augen einer aristokratischen Favoritin der Cafés und Kutschen kaiserlicher Zeiten, obwohl sie damals noch ein Kind gewesen sein muß. Zudem hatte sie eine leichte Einbuchtung auf jeder Seite ihrer Himmelfahrtsnase, die sie nicht gerade sehr offenherzig aussehen ließ. Nichtsdestoweniger war sie Stellas Freundin, und Mintouchian liebte sie. Das ließ mich über die tiefen Wünsche oder Sehnsüchte nachdenken, die unvergänglich sind – wenn nicht gerade der Tod ihr Schicksal besiegelt.

»Tod!« Mintouchian war es, der das Wort aussprach. Er beschrieb, wie er zu Schlaganfällen neigte. Er sagte: »Ich will Sie nicht düster stimmen, so kurz vor Ihrer Hochzeit.«

»Aber nein, mein Herr, Sie können mich gar nicht düster stimmen. Ich liebe Stella viel zu sehr, um überhaupt daran zu denken.«

»Ja, ich möchte nicht gerade behaupten, daß ich so glücklich war wie Sie, aber ich war auch sehr gefühlvoll, als ich heiratete. Vielleicht rührte das von der Stimmungsmusik her, die ich damals machte. Zu Abenteuern auf bewegter See spielte ich *Fingals Höhle*. Bei Rudolph Valentino *Orientale*, Cesar Cui, Tschaikowskys *Sehnsucht*. Auch *Dichter und Bauer*. Versuchen *Sie* mal, sich dem zu entziehen, wenn Milton Sills Conway Tearle mit der *Titanic* untergehen sieht, oder so was. Ich spielte das alles aus meiner Kladde über Haftpflicht, weil ich für mein Examen büffelte. Aber trotzdem, das waren gefühlvolle Zeiten. Oder halten Sie das für blödsinniges Gefasel, was ich Ihnen da erzähle?«

»Nein, warum?«

»Sie halten mich für einen Banditen, nur würden Sie das nicht mal einer Wette zuliebe behaupten. Sie unterdrücken Ihre Boshaftigkeit zu sehr.«

»Das sagen alle. Das klingt so, als ob man selbstverständlich schlecht über andere denken müßte. Ich würde nie behaupten, daß ich ein Engel bin, aber ich achte jeden, soweit ich nur kann.« Mintouchian sagte: »An einem Tag meiner Praxis sehe ich mehr, als Sie sich ausdenken könnten, selbst wenn Sie dafür bezahlt würden. Balzacs *Comédie Humaine* ist Kinderei im Vergleich dazu. Ich wache morgens auf und muß mich fragen: ›Also im Fall *Shiml* gegen *Shiml*, wer legt wen aufs Kreuz? Wer wird am Ende schlechter dran sein? Der Vater, der der Mutter, die mit jemand anders lebt, das Kind wegnimmt? Der Freund, der sie zwingt, das Kind aufzugeben, damit nichts in die Öffentlichkeit kommt und seinem Geschäft schadet? Die Mutter, die für ihren Freund alles tut?‹ *Ribono shel Olam!*«

Ich war über dieses hebräische: *Herr der Welt!* erstaunt, worauf er erklärte: »Mein Vater war Hausmeister in einer Synagoge, und ich trieb mich im Keller herum. Ich hatte einen Onkel, der Oberst im Burenkrieg war. Wer ist was? Wenn also die Geschichte ein seltsames oder sogar lächerliches Licht auf uns wirft, sind wir doch alle tragisch, nicht wahr? Wir sterben in jedem Falle.« Dann kam er wieder auf seine Schlaganfälle zurück. »Vor einigen Jahren saß ich gerade auf der Toilette und dachte über ein großartiges Geschäft nach, als mich plötzlich der Engel des Todes an der Nase zog. Mir wurde schwarz vor Augen. Ich fiel aufs Gesicht. Ich glaube, wenn mein Bauch nicht dazwischen gewesen wäre, um den Sturz abzufangen, hätte ich sterben können. Schon so spritzte das Blut aus meiner Nase wie Brause gegen die Tür. Die ich, in eitlem Wahn, geschlossen hatte. Dann flackerte allmählich der Lebensfunke wieder in mir auf. Mein Gehirn wurde wieder vom unverwechselbaren Licht und den Gedanken Mintouchians erfüllt. Jetzt, dachte ich nach, bist du wieder Mintouchian. Als ob ich eine andere Wahl hatte! Muß ich als Mintouchian zurückkommen, einschließlich seiner unangenehmen Seiten? Ja, denn zu leben heißt, Mintouchian zu sein, guter Mann! Ich überprüfte meine Geheimnisse und fand, daß sie noch alle an Ort und Stelle waren. Ich wußte noch immer nicht, wer wen aufs Kreuz legte, und kroch ins Bett und hatte Schüttelfrost von der Berührung des Todes.

Aber ich sprach davon« – er schenkte mir mit herzlichem Blinzeln ein wohlwollendes Lächeln, und dann gähnte er und genoß das goldene Licht –, »wie ein Mensch seine Boshaftigkeit zu unterdrücken sucht. Wie das Leben die Vorstellungskraft netter, wohlerzogener Leute übersteigt. Eine gute Erziehung macht es ihnen unmöglich, auch nur zu wissen, was *sie* denken. Weil wir alle mehr oder weniger das gleiche denken. Sie lieben Stella – das stimmt doch, nicht wahr?«

»So wie ich nie jemanden zuvor geliebt habe.«

»Das ist famos. So etwas lob' ich mir als eine männliche Antwort. Wann haben Sie Geburtstag?«

»Im Januar.«

»Darauf hätte ich geschworen. Ich auch. Ich glaube, die wertvollsten Charaktere werden im Januar geboren. Das ist barometrisch – Sie können das bei Ellsworth Huntington nachlesen. Die Eltern lieben sich im Frühling, wenn die Liebe am gesündesten ist, und so werden die besten Exemplare empfangen. Wenn Sie Kinder haben wollen, sollten Sie sich vornehmen, Ihre Teuerste in dieser Jahreszeit anzubuffen. Die alte Weisheit hat recht. Jetzt kommt die Wissenschaft aus dem Mustopf und findet nachträgliche Bestätigungen. Aber was ich über Ihre Braut sagen wollte, ist, daß sie – sogar sie – auch nicht anders als wir alle ist, nur begabter und schöner. Es ist mit absoluter Sicherheit anzunehmen, daß sie sich die Zukunft mit Ihnen und ohne Sie überlegt hat.

Mädchen sei helle, das Leben ist schwer,
heirate schnell einen Millionär;
kratzt er ab, soll er, wein' ich am Grab,
bis ich einen andern geheiratet hab'.

Aber hier handelt es sich um ein geheimes Bewußtsein, das außerhalb der Gesetze steht und keine Zensur anerkennt. Na und? Das Leben ist doch trotzdem ganz annehmbar. Abgesehen davon, daß sogar gültige und vernünftige Dinge diese Innere Mongolei des Bewußtseins, diese schattenlose Wüste Gobi ohne Bäume durchqueren müssen. Was findet mehr als Handel und Industrie unseren Respekt? Wenn aber des Britischen Empires ehrenwerter Mr. Cecil Rhodes bittere Zähren vergießt, alldieweil er mit den funkelnden Sternen kein Geschäft machen kann, mein Lieber, ist das nicht etwa Dekadenz, sondern das geheime Bewußtsein, das mit seiner Stimme alle die höchsten Werke dieser anmaßenden Menschheit überschallt.«

Ich war zutiefst verletzt, als er in dieser Art von Stella sprach. Wie kam er, dieser grobe Hund, dazu, sie mich in ihrem geheimen Bewußtsein kaltmachen zu lassen? Ich brannte vor Empörung. »Erst sprechen Sie von alter Weisheit«, sagte ich ärgerlich, »und dann fallen Sie über die Liebe her.«

»Mein Gott, was bin ich doch für ein Schweinehund!« sagte er und stand in der türkischen Hitze auf, um sich das Handtuch neu umzuwickeln. »Ich wollte Sie in Ihren Gefühlen nicht verletzen. Verdammt! Wenn ich das in dieser müßigen Unterhaltung, um die Zeit zu vertreiben, getan haben sollte, verzeihen Sie mir bitte. Ich seh', daß Sie wirklich, *wirklich* verliebt sind. Gott segne Sie für solche edlen Gefühle! Sie gehen ja auch bald in See, und sowohl die Sie erwartende Gefahr als auch die damit verbundene Trennung von der Geliebten haben ganz natürliche Gefühle in Ihnen erregt. Aber in diesem kleinen Lied der kleinen Mädchen steckt auch alte Weisheit. Das ist kein Anlaß zum Zynismus, sondern Stolz über die Überwindung der Natur. Das menschliche Gehirn hat die explodierenden Ozeane des Weltalls in Fesseln gelegt; der Kopf hat den Feuerhimmel verschluckt. Aber Sie sollten bei allem auch nicht übersehen, wie viele geheime Gedanken und Listen im Spiele sind.

Hören Sie zu, da wir schon mal sprechen, lassen Sie mich Ihnen ein paar Beispiele für das, was sich in anderen Teilen der Seele abspielt, aus meiner Praxis geben. Da behauptete vor ein paar Jahren die Frau eines Klienten, daß sie ein wertvolles Armband verloren habe. Eine vollkommen vertrauenswürdige Dame, Mutter dreier Kinder, Frau eines reichen Mannes, der ihr Grundbesitz im Werte von hunderttausend Dollar überschrieben und sich nur eine gewisse Vollmacht darüber vorbehalten hatte. Das Armband ist verlorengegangen? Also schön. Für die Versicherung ist das ein alter Hut. Sie stellen Nachforschungen an, kommen zum Mann zurück und erklären ihm: ›Ihre Frau hat dies Armband nicht verloren, sie hat es ihrem Freund gegeben, der pleite war.‹ Joi, Mamma, die Empörung! ›Meine Frau einen Freund? Meine geachtete Gattin, die Mutter meiner Kinder, die mir ständig Beweise ihrer Zuneigung und Treue zeigt? Meine liebe, meine Jahre und Jahre innigstgeliebte Frau?‹ Nichtsdestotrotz war ihrer Dose Maß benommen worden, hatte sie breitgemacht und hatte der Kerl sie auf dem Arsch und auf den Knien, oder wie Sie's sonst noch nennen wollen. Nun der arme Ehemann! Sein Herz war gebrochen. Wie konnte das nur möglich sein! Stellen Sie sich seinen Schmerz und seine Verwirrung darüber vor, daß seine Frau solch ein Geheimnis vor ihm haben sollte. Sein Leben – wo er doch dafür schuftete, damit ein verläßlicher Grund, eine Gewähr dafür bestehen sollte, daß es länger als drei Wochentage dauere – was für ein Fiasko! Wenn irgendwas Tränen verdient, dann das. Er brauchte natürlich auf das Wort eines Agenten der Versicherungsgesellschaft nichts zu geben. Also kommt er zu mir, und ich besorge ihm einen Pinkerton-Argus. Der kommt mit den gleichen Tatsachen zurück. Der Liebhaber sei ein wegen Zuhälterei und Hehlerei vorbestrafter Strolch. Sie tun noch ein übriges und zeigen dem armen Ehemann ein Foto, damit er diesen Charakter beschreiben kann. Dicke Nase, lange Koteletten – Sie kennen ja den Typ. Na, der arme Kerl ist reif fürs Irrenhaus. Und jetzt stellt es sich für ihn heraus, daß er der einzige da in dem Vorort ist, wo er wohnt, der nichts von der Geschichte gewußt hat. Sie werden zusammen im Wagen gesehen. Parken überall in der Umgebung, in den Wäldern und Kusseln. Das stürzt alles, wie ein von der Dicken Berta getroffenes Haus, berstend über seinem Kopf zusammen. ›Wer ist noch unter euch, der dieses Haus in seinem ersten Glanze sah? Und wie seht ihr es jetzo?‹«

O dieser arme Kerl. Mein Herz brach für ihn.

»Die Leute fingen an, ihm ins Gesicht zu sagen: ›Mann Gottes, schmeiß sie doch 'raus! Sei doch nicht so ein hirnverbrannter Idiot. Dieser andere Lump da hat mit ihr in den Betten gelegen und sie ist auf deine Kosten ihr Gigolo gewesen!‹ So, weil er es einfach nicht mehr ertragen kann, beschuldigte er sie unter vier Augen des Ehebruchs. Ei nun, sie streitet alles ab. Einfach alles. Also rückt er mit Namen, Daten, Orten und so weiter an, und sie kann darauf nicht anworten. Alles ist wahr. Dann sagt sie: ›Ich werde dieses Haus und die Kinder nicht verlassen, die gehören mir.‹ Er kommt zu mir und bittet um Rat. Alle Gesetze sind auf seiner Seite. Er kann sie auf die Straße werfen, wenn er will. Aber will er? Nein!«

Ich dachte, wie das Weib des Propheten Hosea, das sich herumtrieb. Zu dem Hosea sprach: Halte dich als die Meine eine lange Zeit ... *

* Hosea 3, 3.

»Und nun will ich Ihnen noch was sagen: *Sie* liebte ihren Mann auch. So undurchsichtig kann eine Angelegenheit sein. Sie trennte sich von dem Gigolo-Luden. Und danach sahen die Nachbarn, wie sie und ihr Mann Händchen hielten und sich wie Jungverliebte küßten.«

Ich freute mich, daß es so ausging und sie einander verziehen. Mein Herz machte einen fröhlichen Hopser, weil sie es geschafft hatten.

Ich sagte: »Man muß aber auch die Frau bedauern.«

»Sie? Sie muß man noch mehr bedauern«, sagte Mintouchian, »weil sie lügen mußte und zwei Leben zu führen hatte. Diese Geheimnistuerei ist die eigentliche Last. Du kommst, noch schwer atmend und tröpfelnd oder benommen, von einem Rendezvous nach Hause. Und was erwartet dich dort? Eine andere Welt, ein anderes Leben; du selbst als ein anderer. Und du weißt auch genau, was du tust. Genau wie ein Apotheker, wenn er mit der einen Rezeptur fertig ist und an die nächste geht. Genau die richtige Menge Atropin oder Arsen. Die muß sein! Die muß sein!« sagte Mitouchian mit einer Art beteiligter Wildheit oder Gewalt des Herzens. Er konnte nicht aufhören damit. »Du kommst nach Hause. ›Guten Abend – Mann oder Frau.‹ ›War heute was im Büro?‹ ›So das Übliche.‹ ›Ich seh', du hast frisch bezogen.‹ ›Ich habe auch die Versicherung abgeschickt.‹ ›Das ist gut.‹ So bist du da als ein anderer Mensch. Wo sind die Worte, die du vor einer Stunde gesagt hast? Weg! Wo ist die Zentrale? O mein lieber Freund, die Zentrale hört von der Inneren Mongolei aus mit. Nennt man das ein *Doppel*-Leben? Da türmt sich Geheimnis auf Geheimnis, Mysterium noch und noch, und schließlich ist ein Unendlichkeitszeichen draufgepappt. Wer also weiß das Definitive, und wann und wo ist die Stunde der Wahrheit?

Natürlich«, sagte er, »hat das alles mit Ihnen überhaupt nichts zu tun.« Er grinste und versuchte, heiterer, heller zu werden, aber irgendeine Art Dunkelheit herrschte zu dieser Stunde in dem verschwenderisch beleuchteten kleinen Schwitzraum. Nach dieser Anstrengung sprach er wie folgt weiter: »Nur des Interesses halber erzähle ich Ihnen aber einen anderen Fall. Vor dem Kriege gehörte ein reiches Ehepaar zu meiner Klientel. Er gut aussehend, sie prachtvoll. Der Lebenslauf: Connecticut, Yale-Universität und so weiter. Der Mann fährt geschäftlich nach Italien, lernt eine Italienerin kennen und hat eine *Affaire de cœur* mit ihr. Und dann, nachdem er zurück ist, fängt er einen wilden Briefwechsel mit dieser Dame in Italien an. Seine Frau erwischt einen Liebesbrief der Italienerin, den er in seiner Gesäßtasche mit sich herumtrug. Und, March, nicht nur, daß er diesen Brief mit sich herumtrug – dort, wo sein Schweiß die Worte der ihm teuren Hand zum Verblassen gebracht hatte, stellte er sie mit eigener Hand wieder her. Darauf kommt seine Frau wutschnaubend zu mir. Jetzt weiß ich, daß sie selbst, während er weg war, mit jemandem, einem Freund, gefêtet hatte. Aber jetzt will sie an dem Mann ein Exempel statuieren. Weil sie *ihn* gefangen hat. Sie will mit ihm nach Italien fahren, ihn der Italienerin gegenüberstellen, und er soll vor beiden erklären, daß er die Dame nie geliebt hat. Sonst Scheidung. Natürlich kann ich dem Mann nicht vorschreiben, was er zu tun hat, und er fährt. Eine Reise von siebentausend Meilen, um diesen notwendigen Aktus zu vollziehen. Dann kommen sie zurück und – was glauben Sie wohl? Sie sind ein intelligenter Mensch, Sie können sich denken, wie's weitergeht.«

»Er kriegt das mit ihr heraus. Hören Sie«, sagte ich, jetzt Unrat witternd. »Was sollen diese Geschichten bezwecken, gerade jetzt, kurz vor meiner Hochzeit? Wollen Sie damit sagen, daß ich mir die Jacke anziehen soll, um zu sehen, ob sie mir vielleicht paßt?« Der Gedanke brachte mich zum Kochen.

»Holla! Fassen Sie das doch nicht gleich persönlich auf. Ich habe nie behauptet, daß diese Geschichten was mit Ihnen zu tun haben. Wahrscheinlich weisen sie einige Gemeinplätze auf. Würde ich etwas gegen Miß Chesney sagen? Abgesehen davon, daß sie Agnes' Freundin ist, wäre ich auch nie ein Störenfried, wo ich echte Liebe sehe, wie – von Kopf bis Fuß – an Ihnen.

Aber vielleicht interessiert Sie trotzdem noch, so wie es mich damals interessierte, was mir einmal ein kluger Bursche über den Zusammenhang zwischen Liebe und Ehebruch gesagt hat: Eines bestimmten Tages, wenn du glücklich bist, weißt du, daß es so nicht bleiben kann, sondern daß ander Wetter werden wird; was Gesundheit war, wird eine Krankheit sein, das Jahr wird enden, und so wird auch das Leben enden. An einem anderen Ort, eines anderen Tages, wird eine andere Geliebte sein. An die Stelle des Gesichts, das du küßt, wird ein anderes Gesicht treten, und auch dein Gesicht wird eines Tages so ausgetauscht werden. Dagegen kann man nichts machen, meinte dieser Mann. Zugegeben, er selbst war ein lausiger Hund, ein mit allen Wassern gewaschener Drückeberger und immer mal wieder in der Anstalt und wurde sein ganzes Leben von Frauen ausgehalten; er ließ sein Kind im Stich, und niemand konnte sich auf ihn verlassen. Aber Liebe, sagte er, *ist* Ehebruch und bedeutet Wechsel. Du schließt deinen Frieden mit dem Wechsel. Eine andere Stadt, eine andere Frau, ein anderes Bett, aber du bist der gleiche und deshalb, um Schritt halten zu können, mußt du anpassungsfähig sein. Du küßt die Frau und zeigst, wie du dein Schicksal liebst, und du betest die Veränderungen des Lebens an und bewunderst sie. Du gehorchst diesem Gesetz. Ob dieser Stromer recht hatte oder nicht – möchte Gott seine Seele hassen! – glauben Sie nicht, daß Sie den Gesetzen des Lebens keinen Gehorsam schulden.«

Mein seltsamer Lehrer – denn wenn etwas gewiß war, dann, daß er lehrte – sagte weiter: »Planlos ist nichts. Nur das Systematische schwächt den Willen des Universums.«

»Ich möchte diesen Gesetzen gehorchen«, sagte ich. »Ich versuche nicht, ihnen zu entgehen. Ich habe es nie versucht.«

Mittlerweile rann uns beiden der Schweiß schon sehr geschwind übers Gesicht, und sein knallbuntes Badetuch, das von seiner fetten Brust und seinen Achselhöhlen bis zum feuchten Tundramoos seines Bauches hinuntergerutscht war, war wie die Toga eines Weisen. Ich würde nie zustimmen, daß Liebe Ehebruch sein mußte. Nie! Mein Gott, stell dir das doch bloß mal vor! Selbst wenn ich zugeben mußte, daß viele große Liebende, wie Paolo und Francesca oder Anna Karenina, Oma Lauschs Liebling, Ehebrecher waren. Was mich an das Leid denken ließ, das sich in die Liebe mischt. Wie man die verdorbene Frucht aß, um die Götter, denen die reine Freude vorbehalten ist, nicht zu erzürnen. Er sah aus, als grinse er mit seinem großen, verschlossenen, von Schweiß überströmten Gesicht freundlich; wie ein Weiser, Prophet oder Guru; ein Fürst im Reiche der Erfahrung, mit seinen Juwelenzehen. Ich wollte, daß er mir von seiner Weisheit mitteilte.

»Warum muß man glauben, daß das, was einen umbringt, die Sache ist, für die man einsteht? Weil man der Urheber seines Todes ist. Was ist die Waffe? Es sind die Nägel und der Hammer deines Wesens. Was ist das Kreuz? Deine eigenen Knochen, auf denen du allmählich kraftloser wirst. Und die Frau (oder der Mann) bringen den anderen dazu, sein Testament zu machen. ›Liebes Gespons, du wirst mir mein Schicksal schaffen‹, könnten sie genausogut sagen und dem andern sagen und zeigen, wie das zu bewerkstelligen ist. Der Fisch hinterläßt Wasser und der Vogel Luft, und Sie und ich den uns beherrschenden Leitgedanken.«

»Könnten Sie sagen, was der Sie beherrschende Leitgedanke ist, Mr. Mintouchian?«

Er antwortete sofort. »Geheimnisse. Die Gesellschaft zwingt uns zu einigen. Selbstredend. Die Bruderschaft der Menschen möchte uns durch die Macht der Beichte von ihnen erleichtern. Aber ich muß Geheimnisse in die Welt setzen. Ich werde nach meinem Tode meiner Geheimnisse wegen berühmt sein. So wie St. Blasius, der mit Wollkämmen umgebracht wurde und dann zum Schutzheiligen der Wollkämmer gemacht wurde.

Komplikationen, Lügen, Lügen und nochmals Lügen!« sagte er. »Maskeraden, Farcen, viele Seelen in einer Brust, Krankheiten, Konversationen . . .Sind Sie sich darüber klar, wie oft, sogar in einer Konversation von nur ein paar Minuten Dauer, das, was Sie fühlen, verarbeitet wird, bis er als das herauskommt, was Sie sagen? Irgend jemand erzählt Ihnen *A*. Ihre Antwort ist *B*. *B* können Sie nicht sagen, also transformieren Sie es, schicken es durch die Spulen Ihrer Brust. Von *DC* zu *AC*, um vierhundert Volt verstärkt, gleichgerichtet. So kommt – statt *B* – *Gamma minus eins* heraus. Über um so mehr Windungen die Transformierung geht, um so mehr stinkt dieses *Gamma minus eins*. Und dabei bin ich ein großer Bewunderer unserer Spezies. Ich stehe ehrfurchtsvoll vor dem Genie der Menschheit. Aber ebenso gewiß ist es, daß ein großer Teil dieses Genies dem Lügen und dem Anders-Scheinen-als-Sein gewidmet ist. Wir lieben es, diesen Mann Odysseus um der Rache willen verkleidet heimkehren zu sehen. Aber nehmen wir einmal an, er würde vergessen, mit welcher Absicht er heimkehrte, und würde nur tagaus, tagein da in seiner Verkleidung herumsitzen. Das geht vielen schwachen Geistern so, die vergessen, wozu die Maskeraden da sind, und die die verwickelte Schürzung des Knotens oder auch, wie man zur Einfachheit zurückfindet, nicht verstehen. Weil sie allen etwas anderes erzählen, vergessen sie schließlich, wie der Fall eigentlich ursprünglich lag, und was sie für sich selbst erreichen wollen. Wie selten ist doch einfaches Denken und Reinherzigkeit! Ich verneige mich – vor selbst nur einem winzigen Augenblick der Reinherzigkeit – bis auf den Boden. Deshalb denke ich gut von Ihnen, wenn Sie mir sagen, daß Sie lieben. Ich schätze diese Dauerhaftigkeit, und ich bin selbst ein Liebender.«

Gott segne Mintouchian! Was für ein guter Mann! Er war wirklich aufmerksam, und er erwiderte seine Liebe mit Liebe.

»Sie werden mich verstehen, Mr. Mintouchian, wenn ich Ihnen sage, daß ich immer versucht habe, das zu werden, was ich bin. Aber das ist schrecklich. Denn wenn das, was ich von Natur aus bin, nicht genug ist, was denn?« Ich war den Tränen nahe, als ich das zu ihm sagte. »Ich glaube, ich sollte jedenfalls lieber nachgeben und es sein. Denn wir werden die Hand des Schicksals nie dazu zwingen können, einen besseren Augie March zu erschaffen oder die Zeit in ein Goldenes Zeitalter verwandeln.«

»Das ist vollkommen richtig. Sie müssen als der, der Sie sind, das Leben meistern und können dabei nicht stille sitzenbleiben! Ich kenne diese Zwiespältigkeit, daß man, wenn man sich von der Stelle rührt, vielleicht verliert, aber wenn man stille sitzenbleibt, zugrunde geht. Aber was verliert man schon? Sie werden nichts Besseres als Gott oder die Natur erfinden noch sich in einen Menschen verwandeln können, dem keine Gabe oder Entfaltungsmöglichkeit fehlt, bevor Sie sich nicht rühren. Das ist uns nicht gegeben.«

»Das stimmt, und ich bin Ihnen sehr dankbar«, sagte ich. »Ich schulde Ihnen viel für diese Erklärung.«

Das spielte sich hinter Schiebetüren aus Glas im achtundfünfzigsten Stockwerk eines Gebäudes mitten in Manhattan ab. Zwecklos, so blasiert zu sein, nicht auch das zu erwähnen.

»Es ist besser, als das zu sterben, was man ist, als ewig – aber als Fremder – zu leben«, sagte er.

Danach verbrachte er eine Weile in schweigender Konzentration, als zähle er aus einer unsichtbaren Pipette fallende Tropfen. Woraus bestanden diese Tropfen, aus einem Extrakt der Reinheit oder aus Galle?

»Ich glaube, daß Sie eine Angelegenheit interessiert, die mich seit ein paar Monaten beunruhigt.« Galle – ich sah das jetzt. Seine großen Augen wurden schwer und traurig.

»Ich sprach vorhin von einem Armband«, sagte er, »weil ich eines Brillantrings wegen, den Mrs. Kuttner, Agnes, vor einigen Monaten verloren hat, an Schmuck denken muß. Sie sagte, daß sie im Central Park überfallen und bis zur Besinnungslosigkeit gewürgt wurde, während sie abends den Hund ausführte. Es kommt natürlich vor, daß Leute überfallen und gewürgt werden.«

»Aber warum einen Brillantring tragen, wenn man einen Hund ausführt?«

»Das wird dadurch erklärt, daß wir eine Verabredung hatten. Auf ihrem Hals Würgemale. Eindeutige Beweise, nicht wahr? Zudem fand man sie auf einem Pfad liegend zwischen der Oper und dem Kinderspielplatz auf. Die Polizei brachte sie nach Hause. Ziemlich überzeugend, nicht wahr?«

»Das klingt vollkommen ...«

»Sie strich fünftausend Dollar von der Versicherung ein. Und jetzt will ich Ihnen im strengsten Vertrauen sagen, daß sie das alles selbst gemacht hat.«

»Was?«

»Sich selbst bewußtlos gewürgt. Die Male auf ihrem Hals fügte sie sich mit ihren eigenen Händen zu.«

»Wie konnte sie!«

»Sie konnte.«

Die Vorstellung der Wiener Schönheit, die sich selbst im nächtlichen Park würgt, benahm mich. »Woher wissen Sie das?«

»Weil eine ihrer Freundinnen den Ring für sie aufbewahrt.«

»Aber wozu macht sie denn das alles?«

»Das ist es ja gerade. Ich gebe ihr so viel Geld, wie sie nur braucht. Außerdem bekommt ihr Mann in Kuba auch noch seinen Scheck. Wozu braucht sie also diesen Extraschwindel?«

»Vielleicht als so eine Art Altersversicherung? Haben Sie für sie vorgesorgt?«

»Was Vermögensverwaltung angeht, ist sie sehr tüchtig. Das ist meine beste Hoffnung. Vorgesorgt? Natürlich. Ich hab' ihr ein Haus auf Long Island gegeben. Aber wenn es gar nicht darum geht, was dann? Kommen Sie dahinter? Sie hat Geheimnisse vor mir; sie führt vor mir ein Doppelleben.«

»Vielleicht stellt es sich als etwas ganz Gewöhnliches heraus, so was – wie ein in Schwierigkeiten geratener Bruder, von dem sie Ihnen nichts erzählen will. Oder daß sie es satt hat, einfach nur Geld zubekommen und Geld *machen* will.«

Er merkte, daß ich ihn zu trösten versuchte.

»Das müßte auch einfacher gehen. Nein, wie wäre es damit, daß sie Geld brauchte, um sich von jemand loszukaufen? Ah, als Rechtsanwalt bin ich sehr mißtrauisch geworden. Aber sehen Sie denn nicht, woran ich bin?« fragte mich Mintouchian. »Mit meinen Ansichten?«

Manchmal kann man nach kurzer Bekanntschaft sehr eng mit jemand verbunden sein. Mintouchian und ich waren das jetzt.

An diesem besonderen Sonnabend, als Stella und Agnes, eines

Mißverständnisses der Verabredung wegen, nicht kamen, wurde Mintouchian sehr nervös, während wir in seinem Büro auf die beiden warteten. Die Essensstunde mit seiner Frau nahte. Deshalb. Er schickte schließlich seinen Chauffeur zu Stellas Wohnung und ließ ausrichten, daß wir beide sie um halb zehn treffen würden, und nahm mich dann in einem Taxi durch den Park zu sich nach Hause mit.

So lernte ich Mrs. Mintouchian kennen. Ich konnte mir nicht darüber klarwerden, woran sie litt. Sie trug einen gesteppten blauen Morgenrock, und ihr Haar war grau. Sie war würdig, wenn nicht hochmütig; ihre Haltung empfand ich als eine Art rührender Kraftanstrengung.

Sie bereitete mir einen sehr ungemütlichen Empfang.

»Harold, in der Küche müssen die Martinis gemixt werden«, sagte sie zu Mintouchian. Darauf ging er hinaus, und sobald er weg war, fragte sie, fast mit Heftigkeit: »Und wer sind Sie, junger Mann?«

»Ich? Ich bin ein Klient von Mr. Mintouchian. Sehen Sie, ich bin gerade dabei zu heiraten.«

»Ich erwarte nicht, daß Sie mir etwas erzählen«, sagte sie. »Ich weiß, daß Harold seine Geheimnisse hat. Das heißt, er glaubt, daß er welche habe. In Wirklichkeit weiß ich alles über ihn, weil ich stets über ihn nachdenke. Das ist gar nicht so schwer, wenn man seine ganze Zeit damit zubringt, über jemand nachzudenken. Ich brauche dieses Zimmer gar nicht zu verlassen.«

Ich war erstaunt. Ich fühlte meine Augen größer werden.

Ich sagte: »Ich kenne Mr. Mintouchian noch nicht lange, gnädige Frau, aber meiner Meinung nach ist er ein großer Mensch.«

»Oh, erkennen Sie das? Er ist groß, wenn er auch allzumenschlich ist.«

Es erfüllte mich mit Ehrfurcht, daß diese Kranke lauschend hinter ihm stand, wenn dieser Löwe Mintouchian, wie er glaubte, im Joch seiner tiefsten Einsamkeit stöhnte.

Aber dann kam er mit den Gläsern zurück, und die Unterhaltung brach ab.

25

So voll der Liebe, so liebestrunken wie ich war, konnte mich aber auch nichts in der Welt vom Heiraten abhalten. Ich bin nicht sicher, ob Mintouchian das zu tun versuchte; aber wenn er es tat, hatte er bei mir nicht die geringste Aussicht auf Erfolg, weil ich dem Argwohn nicht aufgeschlossen war. Wie dem auch gewesen sein mag, Mintouchian spielte die Rolle des guten Freundes. Er kümmerte sich bei einer Stadtküche um das Hochzeitsessen und kaufte für alle Rosen und Gardenien. Der Himmel über dem Rathaus war strahlend blau, und die Luft schien von Musik durchbebt. Als wir im Fahrstuhl zum Erdgeschoß hinunterschwebten, erinnerte ich mich, wie ich vor über einem Jahr auf dem Dach des Chicagoer Kreiskrankenhauses gestanden und darüber nachgedacht hatte, daß Simon der einzige von unserer ganzen Familie, einschließlich der alten Oma Lausch, war, der es fertiggebracht hatte, sich aus so öffentlichen Anstalten herauszuhalten. Aber jetzt hatte ich nicht den geringsten Grund mehr, ihn zu beneiden. Neid? Im Gegenteil, wie ich mich so mit einer Frau, die ich liebte, verheiratet und damit auf der einzig wahren Lebensbahn mit Siebenmeilenstiefeln vorankommen sah, glaubte ich, Simon nun in allem über zu sein. Ich sagte mir, daß mein Bruder zu diesen Menschen gehörte, die die Welt nur so verlassen können, wie sie sie vorgefunden haben, und daß ihm nichts anderes übrigblieb, als sein ererbtes Schicksal an die Kinder, die er jetzt haben mochte – ob er wirklich welche hatte, wußte ich nicht so genau –, weiterzureichen. Ja, das war nun einmal die Art, wie diese Menschen all den Gesetzen, wie sie da im Buche stehen, unterworfen waren und sich ihren betreffenden magnetischen Polen zuneigten wie die Bergspitzen. Oder wie die Krabben im Schlickkraut. Oder die Kristalle in den Höhlen. Während ich mit Hilfe der Liebe zu etwas viel Besserem gelangt war und mir das damit erklärte, daß Wirklichkeit der Gnade entsprang und nicht einfach der Willkür anheimgegeben war. Und hier neben mir, mit vor glücklicher Aufregung brennendem Gesicht, stand die Braut. Sie wollte, was ich wollte. Und hatte sie zu ihrer Zeit Fehler gemacht, so waren jetzt alle diese Fehler gelöscht. Wir stellten uns draußen auf die Treppe. Die Tauben spazierten herum, und Mintouchian hatte einen Fotografen hinbestellt, der Aufnahmen von der Hochzeitsgesellschaft machte. Er hatte an alles gedacht und gab sich zu allen freundlich.

Den Tag zuvor hatte ich meinen Zahlmeister-und-Apotheker-Lehrgang in Sheepsheard bestanden und die Bestätigung meines neuen Ranges in der Tasche. Ich trug ein anderes Lächeln zur Schau, da mir Onkel Sams Marine gratis und franko ein paar Zähne, zum Ersatz für die, die mein Unterkiefer in Mexiko einbüßte, gestiftet hatte. Ich muß gestehen, daß ich nicht nur liebestrunken und von der Freude des Festtages erfüllt war, sondern daß dazu noch eine Blase – wie die Luftblase in der Wasserwaage des Zimmermanns – in mir tanzte. Dazu war ich gestriegelt und gebügelt wie ein Hollywoodstar und trug die neue Scheinwerfer-Uniform, die mir wie angegossen saß und an der nur noch Orden und Ehrenzeichen fehlten. Ich hätte, wie ich da stand, gerne welche gehabt und gern so eine Beauté als verdienter Held des Vaterlandes geheiratet. Ich gab mir selbst mein Wort, daß ich mich bescheiden aufgeführt haben würde. Ich glaube jedoch nicht, daß mir jemand hätte anmerken können, wie nervös ich an diesem Tage war. Ich war nervös. Nicht nur, weil ich bald nach der Hochzeit in See mußte, sondern auch weil Stella eine Woche darauf mit einer USO-Truppe auf Tournée nach Alaska und den Alëuten unterwegs war. Ich wollte nicht, daß sie ging.

Natürlich sagte ich nichts, was die Feier des Tages gestört hätte. Es wurden Aufnahmen von der Hochzeitsgesellschaft, zu der auch Agnes und Sylvester gehörten, gemacht. Ich sah Agnes mit anderen Augen an, seit man mir gesagt hatte, daß sie sich selbst gewürgt habe. Sie trug ein schönes graues Kostüm, das ihre Hüften hervorhob, und einen Kragen, der so weit hochgeschlagen war, als ob man daran gehindert werden sollte, ihre Kehle zu sehen. Jedenfalls: Truthahn, Schinken, Champagner, Kognak, Früchte und Kuchen standen angerichtet auf dem Büfett in Stellas Wohnung. Es war sehr nobel. Robey und Frazer waren zusammen in New York aufgekreuzt, und ich lud sie beide ein, und so war ich gut vertreten. Frazer trug eine Majorsuniform. Robey hatte unten in Washington zugenommen, und auch sein Bart war jetzt nicht mehr so schütter. Er saß den ganzen Abend allein in einer Ecke, umfing seine Knie mit beiden Händen und sagte überhaupt nichts. Es gab genug Unterhaltung ohne ihn.

Nach ein paar Glas Champagner fing Sylvester zu grinsen an. Er war ein komischer, melancholischer Bursche, dieser Sylvester. Er wollte ernst und für voll genommen werden, aber verriet sich in seinem Grinsen mit Trauerrand, und das Gedankenlose in ihm drängte sich siegreich in den Vordergrund. Er saß in seinem zweireihigen Geschäftsmannsanzug mit Nadelstreifen neben mir. Ich hatte meinen Arm um Stellas Taille gelegt und streichelte den Satin ihres Hochzeitskleides.

»Das ist ein Schmeckeleckerchen!« sagte Sylvester zu mir. »Was du dir da angelacht hast! Und wenn ich denke, daß du mal für mich gearbeitet hast!«.

Das war damals gewesen, als er das Star-Kino auf der California Avenue gehabt hatte und eine Etage darüber der Zahnarzt Oma quälte. Sylvester war kein Springinsfeld mehr; er kam in die Jahre. Er meinte, mit der Politik wäre er jetzt fertig. Ich wollte ihn wegen Mexiko fragen, aber der Hochzeitstag war nicht die richtige Gelegenheit dazu, und so unterließ ich das.

Aber der Mann des Tages auf dieser Feier war eigentlich nicht so sehr meine Wenigkeit als in gewisser Weise Frazer.

Frazer war gerade aus dem Orient zurückgekommen. Er war Abwehroffizier und einer Mission in Schunking attachiert.

Er erzählte Agnes und Mintouchian vom Osten. Ich bewunderte Frazer noch immer eine ganze Masse und sah zu ihm auf. Er war ein mächtig fesselnder und idealer Mann. In der Leichtigkeit seiner langen Beine und seinem an den Schläfen amerikanisch kurzgeschorener Schädel, der vom Kinn bis zum Scheitel männlich gut durchgeformt und von eindrucksvoller Hagerkeit war, hatte er eine schlaksige, amerikanische Eleganz an sich; seine grauen Augen waren von kühler Offenheit. Alle Züge seines Gesichts waren stark, und es zeigte Falten, die der Druck der Welt, die auf ihm lasteten, zu vertiefen begann. Und dann hatte er noch etwas anderes an sich – eine Ausstrahlung, als ob er nach dem Rasieren im Stuhl des Frisörs läge, während die Alaun-Lotion trocknete, und die guten soliden Schuhe von sich streckte. Er wußte auch so viel. Angenommen, du hättest etwas über D'Alembert oder Isidor von Sevilla gesagt, wäre Frazer bereit gewesen, sich mit dir darüber auseinanderzusetzen. Du hättest kein Thema finden können, vor dem er in Verlegenheit gewesen wäre. Er war im Begriff, eine bedeutende Persönlichkeit zu werden. Du konntest geradezu sehen, wie er sich die höchsten Ziele steckte und von einem Höhepunkt des Lebens zum nächsten flog. Und trotzdem sah er entspannt aus. Aber je mehr er an Leichtigkeit und Ruhe gewann, um so mehr Distanz und Zusammenhänge erhellendes Aufblitzen war da; er sprach so über Thukydides oder Marx und riß Bilder von fast visionärer Geschichtlichkeit auf. Deinen Rücken überliefen Schauer, und es kribbelte dich bis zu den Zahnnerven. Ich war richtig stolz, daß solch ein Freund gekommen war. Er gab der Hochzeit Charakter und war in jeder Hinsicht ein großer Erfolg. Hörtest du aber dieser sprühenden Auseinandersetzung zu, hatte sie auch irgendwie etwas, das einem Schrecken einjagte. Als käme man mit Hochspannung in Berührung.

Deklarationen, Beschlüsse, Verträge, Theorien, Kongresse, die Gebeine von Königen, Cromwells, Loyolas, Lenins und Zaren, die Horden Indiens und Chinas, Hungersnöte, wirre, lärmende Haufen, Massaker und Hinopferungen führte er an. Er ließ vor meinen Augen, in Benares, London und Rom, Menschenmengen zusammenströmen. Ich sah Jerusalem gegen Titus stehen, den Hades, als Odysseus zu ihm niederstieg, um mit den Seelen seiner Gefährten Zwiesprache zu halten, Paris zu der Zeit, da man dort Pferde in den Straßen schlachtete, das untergegangene Ur und Memphis. Atome fast besiegelten Schweigens, die der Vergessenheit anheimgefallenen Taten, die sich zu einem einzigen Geschrei vereinten: Mazedonische Schildwachen, unterwandernde Maulwürfe, Kreindl, der sich mit einem Kameraden ächzend in die Speichen eines Geschützrades stemmte, Oma und der sagenhafte Lausch, in seinem Panzer-Cutaway, wie sie sich, an dem Tage, als der Russisch-Japanische Krieg ausbrach, auf dem Bahnhof von Odessa zankten – meine Eltern, wie sie an dem Tage, an dem mich meine Mutter empfing, am See im Chicagoer Humboldt-Park spazierengingen. Blühende Frühlingszeit.

Und ich dachte, um damit leben zu können, gibt es davon alles in allem viel zuviel. Vergiß es besser. Zum Teil wenigstens. Der Ganges mit seinen bösen Geistern und Lords ist da; aber du hast auch das Recht, einfach nur deine Füße und dein bißchen eigene Wäsche in ihm zu waschen. Und, um eine Reise zu allen Schädelstätten zu machen, reicht ein Menschenleben nicht aus; sogar wenn du einen guten Wagen hast.

Ob ich bis zur Gänze der war, der ich sein könnte? – dachte ich bekümmert, wie ich Frazer so reden hörte. Aber diese Frage bekümmerte mich viel weniger, als sie es vor meinen Unterhaltungen mit

Clem über die Achsenlinien und mit Mintouchian im Türkischen Bad getan hatte. Daß Mintouchian da war, tröstete mich über vieles hinweg. Und schließlich und endlich – alles was geschah, war dem Hochzeitstag willig gezollter Tribut. Als es mit dem Champagner zu Ende und das Geflügel aufgegessen war und sich die beiden Pinockelspieler auf dem Zuschneidetisch gegenüber ihre Jacken wieder anzogen, um nach Hause zu gehen, verabschiedeten sich unter vielen Verbeugungen auch unsere Gäste. Macht's alle gut und vielen Dank. Auf Wiedersehn.

»Ist mein Freund Frazer nicht ein Teufelskerl?« fragte ich Stella.

»Ja, aber du bist mir der Liebste«, antwortete sie und küßte mich.

Damit gingen wir zum Brautbett.

Zwei Tage schien uns der Honigmond; das waren unsere ganzen »Flitterwochen«.

Ich mußte in Boston an Bord gehen. Die Nacht zuvor fuhr Stella mit mir im Zug dorthin. Und Scheiden tat natürlich weh. Ich schickte sie am Morgen zurück.

»Steig ein, Süße.«

»Augie, Liebster, auf Wiedersehn«, sagte sie von der Plattform des Zuges.

Es gibt Leute, die Abschiede auf Bahnhöfen zu keiner Zeit, sei es in Krieg oder Frieden, ertragen können. Und wie zermürbend waren diese Abschiede auf den Bahnhöfen während des Krieges! Wenn die Wagen entschwanden und das Menschengedränge auf dem Bahnsteig hinter sich ließen. Und die ölfleckigen Geleise und die ansteigenden, mehr und mehr werdenden Schwellen ... »Bitte«, sagte sie, »paß immer gut auf dich auf.«

»Aber ja«, versprach ich ihr. »Mach dir deswegen keine Sorgen. Ich liebe dich viel zu sehr, um mich gleich auf meiner ersten Fahrt versenken zu lassen. Du paß auch auf, da draußen in Alaska.«

Sie sagte etwas, das klang, als ob es irgendwie von mir abhinge, als ob ich nur zu wollen brauchte und im Kriege meinen eigenen sicheren Weg über die Wasser des Altantik gehen könnte. Aber ich verstand, was sie eigentlich sagen wollte.

»Die Zeitungen schreiben«, erzählte ich ihr, »Radar hat die U-Boote erledigt.«

Diese Neuigkeit war aus der Luft gegriffen; aber sie half eine Menge, und ich redete weiter. So übertrieben »salzig«, daß du mich für einen ollen Fahrensmann hättest halten können.

Der Schaffner kam, um die Türen zu schließen, und ich sagte: »Geh ins Abteil, Süße. Komm – geh!«

Bis zum letzten Augenblick sah ich ihre großen Augen am Fenster. Als sie sich aus den Hüften von ihrem Platz vorbeugte, war es einfach mörderisch, die Schönheit und Grazie dieser Bewegung nun für Monate auf dem Wasser entbehren zu müssen.

So fuhr der Zug davon, und ich kam mir in der Menschenmenge verlassen vor und fühlte mich mechulle und mieserig.

Dazu muß noch gesagt werden, daß das Wetter grau und windig und das Schiff, die *Sam MacManus*, alt war. Auf dem Pier daneben schwarze Kräne und Gerüste, mit hinterhältiger Grimmigkeit bestückt, Schmiere, Dunkelheit, Bläue; und der Tag selbst hinter Eisen verschanzt. Der Ozean wartete mit großen und bitteren Herausforderungen. Als wollte er dich einladen, einmal darüber nachzudenken, wie tief und wieviel kälter und salziger als dein Blut er war; oder hinter seine Schliche zu kommen, zu erraten, worin seine Finten oder Täuschungsmanöver bestanden und was seine wirklichen Absichten waren, in denen er Tachliss sprach und nicht mit sich spaßen ließ. Das hier war kein von Aposteln überquertes oder von Aeneas aus der Ruhe gebrachtes Mittelmeer, nicht das milde, seidige, wunderbare und von Schönheit funkelnde Bad, in dem alle die urältesten Völker einmal Kinder waren. Als wir den Hafen verließen, setzte der Nordatlantik, ungeschlacht grau, dem Schiff mit Dröhnen, Stoßen und grollendem Drohen unablässig mit seiner Stärke zu. Ein hungriges Zischen salzte die Aufbauten ein.

Aber am nächsten Morgen, in Sonne und Wärme, dampften wir mit aller Macht nach Süden. Ich kam nach einem die ganze Nacht dauernden Anfall von Seekrankheit auf Deck – sogar die Mothersills Tabletten hatten nichts geholfen – und war mit meinen Gedanken in Alaska und von Sehnsucht und Sorgen zerrissen.

Das angejahrte Schiff stampfte so durchs Wasser, daß du große Tiefen empfandest, und die Luft war frisch, leuchtend. Sie war durchsichtig. Sogar die rußige *MacManus* wurde davon beglänzt, wie eine Küchenfliege, die bei Tagesanbruch in den Garten schwirrt. Das zerrende Maschinenruder rasselte unter dem bläulichen Deck wie mit Ketten. Einige konfuse Ähnlichkeiten: Wolken oder entfernte Küsten, Vögel oder Korpuskeln, kreuzten im Fluge meine Augen.

Ich ging, um mein Dienstzimmer und meine Pflichten zu erkunden. Eigentlich nicht gerade viel. Apotheke und Buchhaltung, wie ich schon sagte. Alte grüne Ablagekästen. Spinde von der gleichen Farbe. Ein Drehstuhl und ziemlich gutes Licht zum Lesen. Ich richtete mich für die Reise ein.

So ging es einige Tage mit mechanischer Gleichmäßigkeit über das Wasser voran; am Horizont die sich nach einer Wolke aufrichtende See, um – wie eine gepanzerte Krabbe nach einem Schmetterling – mit schwerfälligem Schwanken nach ihr zu greifen, zurückzufallen und sich wie in Wehen zu winden. Dazu die Sonnenglut und das weißbärtige Urvaterkielwasser, faul und spuckend.

In meiner Zurückgezogenheit las ich Bücher und schrieb an Stella entlose Briefchroniken, die ich von Dakar – dem ersten Hafen, den wir anlaufen sollten – nach Alaska abzuschicken gedachte. Um einem die bestehende Gefahr ins Gedächtnis zu rufen, waren da selbstverständlich Geschütze und ein Radarspiegel; aber es war eine sehr angenehme Zeit.

Schon lange vorher hatte es sich herumgesprochen, daß ich ein dankbarer Zuhörer für Leidens- und Lebensgeschichten und seelisches Bauchgrimmen war und dazu Rat erteilte. Und so peu à peu hatte ich, beinahe wie ein Wahrsager, so täglich meine Kundschaft. Menschenskind, ich hätte ein Vermögen damit machen können. Clem wußte schon, was er redete, als er mir zusetzte, ins Beratungsgeschäft einzusteigen. Hier machte ich genau eben das, nur gebührenfrei und noch dazu unter Lebensgefahr. Obgleich alles ruhig zu sein schien. Sagen wir, wie so im scheidenden Abendlicht, mit seinem Rot und Gold, der tiefblauen, gespannten Oberfläche, dem majestätischen Seegang des Ozeans, und wenn dann irgend so ein Bursche, wie zu einer Sitzung geistlicher Unterweisung, verfinsternd zwischen mich und das Licht trat. Ich kann nicht behaupten, daß ich ungehalten darüber war. Es verschaffte mir Gelegenheit, Geheimnisse zu erfahren und noch dazu über die Probleme des Lebens ins Horn zu stoßen. Ich stand praktisch mit allen auf gutem Fuß. Selbst mit dem Gewerkschaftsobmann, als er sah, daß ich nicht vorhatte, den Interessen der Mannschaft von mir aus Sturheit und Pinseligkeit entgegenzubringen. Und der Alte – er nahm an einem ganzen Schock von Universitäten Fernkurse in Philosophie und bastelte ewig an theoretischen Begriffsbestimmungen – mochte mich auch, obwohl er meine Nachsichtigkeit nicht schätzte.

Ich wurde jedenfalls der Vertrauensmann des Schiffes. Obwohl nicht alle Vertraulichkeiten die Seele Hoffnung schöpfen ließen.

Mehr als einmal kam so ein Pappenheimer zu mir 'rein, um mich über Schwarzmarktgeschäfte oder die Möglichkeiten, sich auf fremder Erde mal schnell ein paar Kröten unter den Nagel zu reißen, auszuhorchen.

Einer wollte, wie er mir erzählte, nach dem Kriege Damenfrisör werden, weil er dann in Kenosha seine Hände auf dem Kopf jeder Nutte haben könnte.

Ein anderer, der von der Fallschirmschule Fort Benning geflogen war und immer noch in seinen Sprungstiefeln herumlief, erzählte mir ganz frank und frei, als die Frage des Unterhaltsanspruchs seiner Angehörigen zur Sprache kam, daß er in verschiedenen Ecken Pennsylvaniens und New Jerseys drei ihm gesetzlich angetraute Frauen sitzen hätte.

Einige erwarteten von mir Diagnosen, als wäre ich berufsmäßiger Handaufleger und nicht die bescheidene dritte Garnitur des Äskulapkultes, zu der mich die Seefahrtskommission bestellt hatte.

»Sie, glauben Sie nich', daß ich vielleicht so was wie'n Minderwertigkeitskomplex hab'? Glauben Se nich'?« fragte mich einer von ihnen.

Ich sah tatsächlich viele Verwüstungen; aber ich sagte kein Wort. Eine außer Rand und Band geratene Menschheit, mit wäßrigen Augen, der es nicht schnell genug gehen kann.

»Nehmen Sie mal an, Sie wären in so 'nem Schlamassel drin...!«

»Da war mal dieser gewisse Freund von mir...«

»Er sagte: ›Zahl du mal jetzt 'ne Weile für den Alten, dann wirst du schon sehen, wie einem das gefällt.‹«

»Er brannte mit einer Rummelplatzschickse durch.«

»Also diss Mädchen, wo das verkrüppelte Bein hatte, die arbeitete im Farbenlabor von 'ner Ofenbude.«

»Er war so 'n Hochstapler, wissen Sie, so 'ne Type, der einem erzählt, er braucht bloß 'n bißchen Kapital, um an einen Safe in Rumänien 'ranzukommen, und würde einem dann für jeden Dollar fünfe wiedergeben.«

»Ich kann dir sagen, der war so von sich eingenommen, daß er erwartete, daß man für ihn die Brücken hochziehen würde, wenn er mit 'nem Ständer auf'm Rücken 'nen Fluß 'runterschwamm.«

»Obwohl ich wußte, daß sie doch so lieb zu mir war, und wo wir doch die Kinderchen hatten, kam doch mal die Zeit, wo ich die Rechenmaschine nicht mehr aus dem Schädel bekam und wußte: Das einzig Wahre für dich sind Nutten. Da gehörst du hin. Sollen sie dich ruhig fleddern und 'rumstoßen. Okay, mir soll's recht sein!«

Lacsiar le donne? Pazzo! Lasciar le donne!

»Ich versuchte, ehe wir ausliefen, für eine Nacht mit diesem Mädchen zu schlafen. Wir arbeiteten beide in der Versandabteilung. Aber es haute nie hin. Wochenlang trug ich einen Präser in der Tasche mit mir herum und kam nicht dazu, ihn zu gebrauchen. Und als dann alles soweit war, da starb ausgerechnet die Großmutter meiner Frau. Ich mußte losziehen, um den Opa zur Beerdigung zu suchen. Er verstand überhaupt nicht, was die Glocke geschlagen hatte. Wir saßen in der Kapelle, wo die Orgel spielte. Er sagte: ›Dunnerlüttchen, das ist doch die Musik, an der der alte Hund verreckte‹, und machte einen faulen Witz nach dem andern. Dann erkannte er sie plötzlich, die da im Sarge lag, und sagte aufgeregt: ›Dunnerlüttchen, das ist ja Mutter! Gestern sah ich sie doch noch, wie sie im Konsum war. Was macht sie denn hier? Mutter, himmlischer Vater, Mutter!‹ Und dann begriff er und brach in Tränen aus. Mein Gott, weinte er. Ich auch. Und wir alle. Ich immer noch dabei mit meinem Präser in der Tasche. Was glauben Sie? Jeder ist auf seine Art ein Schwindler. Sogar ich.

Dann brachte mich meine Frau mit unserer Lütten zur Bahn. Ich hatte es immer noch nicht mit dem Mädel zu Rande gebracht, und wahrscheinlich hat sie die ganze Geschichte vergessen und sich was mit einem anderen Kerl angefangen. Meine kleine Tochter sagte: ›Daddy, ich muß mal 'ne Stange Wasser in die Ecke stellen.‹ Sie hatte das von den Jungs aufgeschnappt. Wir konnten uns das Lachen nicht verkneifen. Aber dann! Auf Wiedersehn. Mein Herz war schwer wie Blei. Bis bald, Kleine. Sie weinte vor dem Zugfenster, was das Zeug hielt, und ich hätte es auch am liebsten getan. Und die ganze Zeit über steckte dieser Präser in meiner Westentasche. Ich warf ihn nicht weg.«

Das Gesicht dieses Mannes war flach, hager, rosig, mit einer knochigen Nase, grauen Augen. Und der Mund in diesem Gesicht war klein.

Ich verteilte Eizes in bescheidener Menge; keiner ist vollkommen. Ich verschrieb besonders gern Liebe.

Mir kamen einige erschreckend sonderbare Masken unter.

Zum Beispiel Griswold, eine der Ordonnanzen. Ein ehemaliger Leichenbestatter; dazu, vor seiner Einziehung zur christlichen Seefahrt, ein scharfer Jitterbug-Fanatiker, der mit Dreiviertelschwenkern und Bubi-Sakko die Tanzdielen unsicher machte. Ein hellhäutiger Neger. Er sah ungemein gut aus. Großartig. Mit herrlichen Glanzlichtern in seinem kurzen Kinnbart. Das dichte, volle Haar ölgetränkt. Auf einer Wange hatte er eine Brandwunde, die von Feuerschutzsalbe glänzte. Seine Schlenkerhosen schwangen füllig und streifig zu seinen zweischnalligen Schuhen hinunter. Er rauchte zu seiner inneren Erbauung Marihuana und lernte die Grammatiken einer ganzen Anzahl von Sprachen nur so zum Spaß auswendig. Er war es, der mir das nachstehende Gedicht zu lesen gab, das er selbst verfaßt hatte:

Wenn du mich fragst, warum mich Kummer drückt,
Merk dir mal, Baby, als Bluffer bin ich ungeschickt.
Mein Sinnen und Trachten läßt mir keine Ruh';
Ich strebe, zu Großem geboren, dem Größten zu.

Während ich las, tanzte sein Knie nervös auf und nieder, waren seine Augen umdüstert und bekümmert.

Wenn ich bei diesen einzelnen Mitgliedern der Crew verweile, so geschieht das im Sinne eines Memorials. Denn am fünfzehnten Tag auf See, als wir auf der Höhe der Kanarischen Inseln waren, wurde die *Sam MacManus* von einem Torpedo versenkt.

Genau gesagt, geschah es, als ich eines dieser außerplanmäßigen Beichtkinder anhörte. Es war abends, und wir müssen so unsere zwölf Knoten gemacht haben, als das Schiff plötzlich einen zerschmetternden, mächtigen Schlag in die Seite bekam, der uns zu Boden warf. Da zerbarst Stahl, es krachte, und dann gab es die Erschütterung einer Explosion im Innern. Wir machten, daß wir so schnell wie möglich aufs Oberdeck kamen. Durch die geborstene Beplankung kräuselten sich schon Feuerlocken, und die Deckaufbauten wurden von den Flammen hell erleuchtet. Auch auf dem Wasser in der Nähe brannte es, und diese leuchtenden Flecken kamen dem Schiff immer näher. Flehende Schreie und schrille Dampfpfeifensignale, das Aufklatschen der ins Wasser Springenden, die riesigen Flöße brausten losgemacht über die Wand, und die Boote krachten aus den Davits. Wir, dieser Kumpel und ich, kletterten zu den Booten hinauf und fingen an, eins herauszuwinden. Es hing verklemmt und schief da. Ich schrie diesem Mann zu, hineinzuspringen und nachzusehen, wo die Sache einen Kinken hätte. Er schien nicht mitzukriegen, was ich wollte; er starrte mich mit wilden Augen an. »Mach, daß du 'reinkommst!« brüllte ich, vor Entsetzen heiser. Dann machte ich selbst eine Flanke ins Boot, um es freizukriegen. Worauf das Boot – die Winsch gab ungehemmt nach und ließ alles sausen – mit einer Affenfahrt und Härte aufs Wasser aufschlug, daß es mich über Bord prellte. Ich dachte, als die Wellen mir überm Kopf zusammenschlugen, daß mich die *MacManus*, sowie sie unterging, in ihren Sog ziehen und mit sich in die Tiefe hinunterreißen würde. Die Angst drückte und molk mir alle Kraft aus meinen Armen und Beinen. Ich hörte vom Meeresgrunde Gruner und Zupfer von Orpheus' Leier zu mir aufsteigen. Aber ich versuchte zu kämpfen. Und dann kam mir alles Bewußtsein, was es gab, in diesem zernichtenden Wasseruniversum wie ein Wimpernschlag vor.

Als ich hochkam, wollte ich brüllen, war aber nicht fähig dazu, meine Kinnladen nur zum Atmen aufgerissen. Und wo war das Rettungsboot? Ja, hier und da in den Flammen auf dem Wasser waren Boote und Flöße. Ich spuckte, erbrach Meerwasser, weinte und machte verzweifelte Anstrengungen, weiter von dem brennenden Schiff wegzukommen, von dem im hellen Feuerschein immer noch Männer heruntersprangen.

Ich war auf ein Boot aus, das so hundert Meter von mir entfernt schwamm. Ich quälte mich, von der Furcht gefoltert, daß es weggerudert werden würde, heran. Aber ich sah keine Ruder. Nachschreien hätte ich dem Boot nicht können. Ich schien die Stimme dazu verloren zu haben. Aber das Boot trieb nur, und ich erreichte es. Ich ergriff die Fangleine und rief dem, der im Boot liegen mochte, zu, mich hereinzuziehen, da ich zu erschöpft war, um hineinzuklettern. Aber das Boot war leer. Dann ging die *MacManus* unter. Ich wußte es durch das plötzliche Verlöschen des weißen Lichtes. Überall brannte noch Feuer auf dem Meeresspiegel, aber die Strömung trug schnell. Ich sah ein beladenes Floß im Licht der zerrissenen Flammen. Dann machte ich wieder Anstrengungen, ins Boot zu klettern. Ich arbeitete mich bis zur Mitte hin, wo das Dollbord niedriger war. Von dort aus sah ich einen Kerl, der sich am Heck festhielt. Das arme Schwein. Ich schrie ihm zu, aufgeregt, froh; aber sein Kopf hing nach hinten über. Wie ein Wilder schwamm ich hinter ihn, um zu sehen, was ihm fehlte.

»Verletzt?« fragte ich.

»Nee, erledigt«, antwortete er tonlos.

»Komm, erst helf ich dir 'rüber und dann du mir. Wir müssen zusehen, ob wir noch von den andern Kumpels welche auffischen können.«

Wir mußten warten, bis er genug Kraft hatte, um zu versuchen, ins Boot zu klettern. Schließlich machte ich ihm einen Steigbügel mit meinen Händen, und er schaffte es.

Ich wartete auf seine Hilfe, aber die kam nicht. Er ließ mich, ich weiß nicht für wie lange, am Boot hängen. Ich brüllte und schrie, fluchte und rüttelte am Boot. Er rührte sich nicht. Endlich brachte ich ein Bein über den Rand und schuftete und zerrte mich über das Dollbord. Er saß da auf einer Ruderbank, mit den Händen zwischen den Knien. Wütend schlug ich mit meinen Fäusten auf seinen aufgeweichten Rücken ein. Er wankte wohl, rührte aber sonst keinen Finger. Er hob nur ein Paar Augen wie die eines Tieres, das in Autoscheinwerfer starrt, zu mir auf. »Kann absaufen, was, du Schweinehund? Willst wohl, was? Ich schlage dir den Brägen zu Brei, du!« schrie ich. Er antwortete nicht. Er fixierte mich nur mit seinen kalten Augen. Und sein Gesicht zuckte.

»Schnapp dir ein Ruder, und dann suchen wir nach Überlebenden«, sagte ich. Aber es gab nur ein Ruder zu schnappen. Die anderen waren weg.

Wir konnten nichts weiter tun als dasitzen und treiben. Ich hielt Ausschau und rief über das Wasser, für den Fall, daß jemand hier herausgetrieben worden war. Aber da war niemand. Die Feuer wurden schwächer und gingen aus. So halb erwartete ich, daß das U-Boot auftauchen und sich seine Arbeit ansehen würde, und halb wünschte ich sogar, daß es das tun möchte. Irgendwo in der Nähe war es, sei's drum, und machte unter Wasser, daß es wegkam. Was dachte ich mir eigentlich? – Daß ich Gelegenheit haben würde, zu brüllen und denen da meine Meinung zu sagen? Nein, sie schwammen weg, zweifellos, vielleicht aßen sie ihr Abendbrot weiter oder spielten Karten. Und als die Nacht vollkommen hereingebrochen war, sah man nirgendwo Licht von einem Floß oder Rettungsboot.

Ich saß da und wartete aufs Tageslicht und hoffte, daß sich dann irgendwas am Horizont zeigen würde.

Nichts zeigte sich. Bei Tagesanbruch umgab uns ein Dunst wie die Schwaden eines Waschtages zu Großmutters Zeiten. Waschküche. Die Sonne war der glühende Kupferkessel in diesem Bild, und durch diese wabernde Luft und zerlaufende Farbe hatte man noch keine fünfzig Meter Sicht. Wir sichteten Bootstrümmer, aber keine Boote. Die

See war leer. Ich war vom Tode der Gefährten und von dem Verschwinden der in alle Winde zerstreuten Überlebenden ergriffen. Für die unten im Maschinenraum konnte die Aussicht, mit dem Leben davonzukommen, nicht sehr groß gewesen sein.

Düster und bitter fing ich an, Inventur zu machen. Es gab Rauchtöpfe und Raketen zum Signalisieren, und vorläufig waren weder Essen noch Wasser ein Problem, weil wir nur zwei waren. Aber wer war dieser Mann, den das Schicksal da bei mir einquartiert hatte? Was für Schwierigkeiten würde er mir bereiten? Er war der Zimmermann und Bastelfritze des Schiffes, und das war, zog man in Betracht, daß ich selbst über keinerlei handwerkliches Geschick oder erfinderischen Geist verfügte, ein Glück. Er setzte eine Art Segel, wozu er das Ruder aufrechtstellte, und behauptete, daß wir nicht mehr als zweihundert Meilen westlich der Kanarischen Inseln sein könnten und daß wir, mit auch nur ein bißchen Glück, geradewegs in sie hineingondeln würden. Er erzählte mir, daß er jeden Tag die Karten studiert hätte, und deswegen wüßte er haargenau, wo wir wären und wie die Strömungen verliefen. Er rechnete sich das voll großer Befriedigung und Selbstsicherheit aus und schien überhaupt nicht besorgt zu sein. Darüber, daß ich ihn geschlagen und beschimpft hatte, verlor er nicht ein Wort.

Er war breit und untersetzt gebaut und hatte eine Klugheit versprechende große Kugel von Kopf, kurzgeschoren, zwischen den Schultern. Viele seiner Stichelhaare waren weiß, aber nicht des Alters wegen; er hatte einen dunklen Schnurrbart, der der Linie seiner Mundwinkel gemächlich nach unten folgte. Seine Augen waren blau, und er trug eine Brille. An den Knien ausgebleichte Arbeitshosen trockneten langsam auf seinen breiten Waden.

Ich versuchte, mir seine Vergangenheit zu vergegenwärtigen, und stellte ihn mir im Alter von zehn Jahren vor, wie er *Mechanik für jedermann* las.

Während ich ihn abschätzte, tat er natürlich das gleiche mit mir. »Sie sind Mr. March, der Zahlmeister«, sagte er endlich. Wenn er wollte, konnte er sich einer sehr tiefen, kultivierten Stimme bedienen.

»Genau derselbe«, antwortete ich, überrascht von diesem plötzlichen Violaton.

»Basteshaw, Schiffszimmermann. Nebenbei, sind Sie nicht auch aus Chicago?«

Basteshaw war letzten Endes ein Name, den ich schon irgendwie mal gehört hatte.

»War Ihr Vater nicht im Immobiliengeschäft? Damals, in den zwanziger Jahren, gab es einen Mann, der Basteshaw hieß und der mit Einhorn zu tun hatte.«

»Das mit den Grundstücken machte er mit der linken Hand. Er war in der Lebensmittelbranche. Basteshaw, der Suppengrünkönig?«

»Da hat ihn aber der alte Stadtrat Einhorn anders genannt.«

»Wie denn?«

Jetzt war es zu spät, um einen Zurückzieher zu machen, und so sagte ich: »Er hängte ihm den Spitznamen Fleischer-Papier an.«

Basteshaw lachte. Er hatte breite Zähne. »Das hat Gesicht!« sagte er.

Hast du Töne! Alle diese Schwierigkeiten, Einsamkeit, Gefahr und Todtraurigkeit, des Untergangs wegen, überweht plötzlich etwas heimatlich Vertrautes und sogar ein Fauxpas wegen des Spitznamens.

Er hatte keine Achtung vor seinem alten Vater. Mir behagte das nicht.

Achtung? Ach, du liebe Güte, es stellte sich heraus, daß er ihn geradeheraus haßte. Er war froh, daß er tot war. Ich will gerne glauben, daß der alte Basteshaw ein Tyrann, ein elender Knicker und alles in allem ein fürchterlicher Mensch war. Trotzdem: schließlich war er doch der Vater dieses Burschen.

In Farben der Schönheit oder der Verdammnis, das hing ganz davon ab, wie einem ums Herz war, durchliefen Himmel und Meer ihre Tag-und-Nacht-Zyklen, murmelte das wie mit Juwelen geschmückte Meer seine Allsprache, setzte die nachtglitzernde Wildheit ein. Die Tage waren drückend heiß. Wir saßen unter dem Fetzen Segeltuch, in dem Fleckchen Schatten. Die ersten paar Tage gab es kaum Wind, was ein Glück war.

Ich versuchte mit meinen ängstlichen Gedanken fertig zu werden, in denen die Frage, ob ich Stella oder meine Mutter, meine Brüder, Einhorn oder Clem jemals wiedersehen würde, nicht zum Schweigen zu bringen war. Ich stellte die Rauchtöpfe und Raketen dicht neben mich, damit sie trocken blieben. Hier, in dieser Gegend, waren unsere Aussichten, aufgefischt zu werden, gar nicht so schlecht. Es war nicht so, als wenn wir im tiefsten Süden, wo es zu dieser Zeit nicht viel Schiffsverkehr gab, auf Grund geschickt worden wären.

Wie so die Glut über einen hinstrich, hörte man manchmal richtig das Salz in dem Wasser, als Rascheln oder wie Harschschnee, wenn es zu tauen beginnt.

Basteshaw beobachtete mich unausgesetzt durch seine komische Brille. Sogar während eines Nickerchens schien er, Kopf zurückgelehnt, mich nachdenklich und wachsam zu beobachten. Ausdauernder sah Kusine Anna Coblin auch nicht in ihren Spiegel. Da saß er, nachdenklich, mit seiner vorgewölbten breiten Brust. Er war wie ein Pferd gebaut, dieser Basteshaw. Als ob Hufe – nicht Hände – auf seinen Knien lägen. Hätte er in jener ersten Nacht zurückgeschlagen, hätte ich mir aber verdammt Ärger gemacht. Er hätte mir spielend das Genick brechen können. Aber in dieser gewissen Nacht waren wir beide zu schwach, um uns zu prügeln. Und jetzt schien er das alles vergessen zu haben. Er gab sich den Anschein einer menschlichen Festung, und du konntest ihn mit nichts aus dem Gleichgewicht bringen. Er lachte oft. Aber während der Schall seines Lachens in die Weiten dieser Wasserwüste hinaus hallte, ließ er mich durch seine Brille hindurch nie aus seinen blauen und kleinen Augen.

»Etwas, was mich wirklich freut«, sagte er, »ist, daß ich nicht durch Ertrinken mein Ende fand. Jedenfalls bis jetzt noch nicht. Ich würde lieber vor Hunger, an Auszehrung oder an sonst was sterben. Mein Vater, siehst du, ist im See ertrunken.«

»Ach wirklich?« Ah, dann adieu, Fleischer-Papier. Bei der Gelegenheit erfuhr ich, daß er tot war.

»Am Montrosestrand während seines Urlaubs. Vielbeschäftigte Männer sterben oft während ihres Urlaubs, als ob sie während der Geschäftswoche dazu keine Zeit hätten. Erholung tötet sie. Er hatte einen Herzanfall.«

»Aber ich dachte, er sei ertrunken?«

»Er fiel ins Wasser und ertrank. Frühmorgens. Er saß auf dem Pier und las die *Tribune*. Er stand immer vor Morgengrauen auf, aus der Gewohnheit seiner Markthallenjahre. Die Koronarinsuffizienz war leicht und wäre nicht tödlich gewesen. Das Wasser in seinen Lungen besorgte das.«

Ich fand heraus, daß Basteshaw medizinische und alle möglichen wissenschaftlichen Unterhaltungen liebte.

»Die Strandwächter fanden ihn, als sie zum Dienst kamen. In den Abendblättern stand etwas von dunklen Hintergründen. Er hatte einen mächtigen Packen Geld in seiner Tasche und große, dicke Ringe an den Fingern. Das machte mich wütend. Ich ging zur Brisbane

Street in die Redaktion, um denen meine Meinung zu sagen. Ich fand es einfach skandalös, so mit den Gefühlen anderer Geschäfte zu machen. Meine arme Mutter war zu Tode erschrocken. Mord? Ich zwang diese Leute, eine Berichtigung zu bringen.«

Ich kenne diese kleinen Berichtigungen auf Seite dreißig der großen amerikanischen Zeitungen in winzigen Buchstaben.

Aber Basteshaw verkündete das richtig von Stolz gebläht. Er setzte den besten Borsalinohut seines Alten auf, erzählte er mir, holte den Cadillac aus der Garage und fuhr ihn in Klump. Er fuhr mit voller Absicht gegen eine Mauer. Denn der Alte wollte ihm das Ding nie geben und hatte sich mit dem Wagen wie mit einer Schweizer Uhr. Der selige Fleischer-Papier hatte etwas gegen Scherben gehabt. Wenn er jähzornig war und gerade im Begriff stand, etwas zu zertöppern, rief Mrs. Basteshaw immer: »Aaron, Aaron, die Schublade!« In einer Küchenschublade wurden alte Keksdosen für ihn aufbewahrt, die er hinwerfen und dann auf ihnen herumtrampeln konnte. Ganz gleich, wie wütend er wurde, bediente er sich immer dieser Keksdosen, nie guten Porzellans. Basteshaw lachte, als er mir das erzählte, aber mir tat der Alte leid.

»Der Wagen konnte zur Beerdigung nicht gebraucht werden, weil er nur noch eine Handvoll Schrott war. So wurde er wie ein alter Wikinger zu Grabe getragen. Nachdem er unter der Erde war, führte ich als nächstes« – ich zuckte schon im voraus zusammen – »einen Bruch mit meiner Kusine Lee herbei. Der Alte hatte unsere Verlobung erzwungen, weil ich angeblich mit ihren Gefühlen gespielt hätte. Nachdem er sich da einmischte, dachte ich nicht mehr daran, sie zu heiraten.«

»Gespielt? Was meinte er damit?«

»Weil ich mit ihr in den Betten gelegen habe. Aber ich schwor mir, daß ich dem Alten diese Genugtuung nie geben würde.«

»Vielleicht möchtest du sie geliebt haben? Ob's deinem Alten paßte oder nicht.«

Er warf mir einen scharfen Blick zu. Ich wußte nicht, mit was für einer Art Mensch ich es hier zu tun hatte.

»Sie hatte Phthisis pulmonaris, und solche Leute befinden sich in einem dauernden hochgradigen Erregungszustand. Erhöhte Temperaturen wirken sich oft besonders auf die erogenen Zonen aus«, erklärte er in seinem dozierenden Ton.

»Aber hat sie dich geliebt?«

»Diese komischen Vögel mit ihren höheren Temperaturen führen auch ein viel intensiveres Gefühlsleben. Aus der Art, wie du von Liebe sprichst, kann ich ersehen, daß du überhaupt keine Ahnung von Psychologie oder Biologie hast. Sie brauchte mich, und deswegen liebte sie mich. Wäre ein anderer greifbar gewesen, hätte sie den geliebt. Angenommen, ich wäre nie geboren worden, würde das bedeuten, daß sie niemanden geliebt hätte? Hätte sich der Alte da nicht eingemischt, hätte ich sie vielleicht geheiratet; aber er war pro, und darum war ich kontra. Außerdem waren ihre Tage gezählt. So sagte ich ihr, daß ich sie unmöglich heiraten könne. Warum sie sich als Klotz ans Bein binden?«

Scheusal!

Schwein!

Schlange!

Mörder!

Er hatte ihren Tod beschleunigt. Ich konnte seinen Anblick eine Zeitlang einfach nicht ertragen.

»Nach einem Jahr starb sie. Als es schon zu Ende ging, wurde ihr Gesicht ganz kreideweiß. Das arme Mädchen! Ursprünglich war sie ganz hübsch gewesen.«

»Nun halte doch mal endlich die Klappe!«

Er war erstaunt. »Was ist denn mit dir los?« sagte er.

»Mensch, der Schlag sollte dich treffen!«

Der war fähig, auch mich ersaufen oder von den Haien fressen zu lassen.

Aber trotzdem nahmen wir so peu à peu die Unterhaltung wieder auf. Was blieb uns unter diesen Umständen anderes übrig?

So erzählte mir also Basteshaw jetzt von einer anderen Verwandten, einer Tante von sich. Sie schlief fünfzehn Jahre lang. Und dann, eines Tages, stand sie plötzlich auf und ging durchs Haus, als ob nichts gewesen wäre. »Sie schlief ein, als ich zehn Jahre alt war. Sie wachte auf, als ich fünfundzwanzig war, und erkannte mich auf den ersten Blick. Sie war nicht mal erstaunt.«

Das möchte ich wetten.

»Eines Tages kam mein Onkel Mortimer von der Arbeit nach Hause. Das war da draußen in Ravenswood. Du weißt, wie man da die Einfamilienhäuser baut – er ging zwischen zwei Häuser zum Hintereingang durch und sah, wie ihre Hand die Jalousie hochzog. Er erkannte die Hand am Trauring und machte sich fast in die Hosen.

Dann stolperte er hinein, und richtig, sie hatte Abendbrot gekocht, und es stand schon fix und fertig auf dem Tisch. Sie sagte: ›Wasch dir die Hände!‹«

»Unglaublich! Ist denn so was möglich? Mein Gott, das ist ja eine richtige Dornröschengeschichte. Hatte sie die Schlafkrankheit?«

»Wäre sie eine Schönheit wie Dornröschen gewesen, hätte sie wahrscheinlich nicht so lange geschlafen. Meine Diagnose ist: eine Art von Narkolepsie. Rein geistige Etiologie. Das erklärt vielleicht auch den Fall mit Lazarus und die Geschichte mit Miß Usher aus dem Hause Usher und viele andere. Bloß ist der Fall meiner Tante besonders aufschlußreich. Tiefe Geheimnisse des Lebens. Tiefer als dieser Ozean. Andere an der Kandare zu halten ist der Wunsch aller Neurotiker. Während sie schlief, herrschte sie. In irgendeinem Winkel ihres Hirns wußte sie, was um sie herum geschah, das wird durch die Tatsache bewiesen, daß sie nach fünfzehn Jahren das Leben wieder akkurat aufnehmen konnte. Sie wußte, wo alles stand, und die Veränderungen erstaunten sie nicht. Sie besaß die Macht, die von denen erlangt wird, die stilleliegen.« Ich mußte an Einhorn in seinem Rollstuhl denken, wie er mir Vorträge über die Kraft hielt.

»Während Kämpfe toben, Flugzeuge fliegen, Maschinen produzieren, Kindesentführer die Straßen unsicher machen, Geld den Besitzer wechselt, Eskimos auf Jagd gehen – ist der Mensch sicher, der im Bett liegt und die Welt zwingen kann, zu ihm oder zu ihr kommen. Das ganze Leben meiner Tante Ettl bestand aus der Vorbereitung auf dieses Wunder.«

»Das ist aber auch wirklich eines.«

»Darauf kannst du Gift nehmen. Es ist auch von allergrößter Bedeutung. Erinnerst du dich, wie der große Sherlock Holmes in seinem Zimmer in der Baker Street Sachen ausknobelte? Aber mit seinem Bruder Maycroft verglichen, war er gar nicht vorhanden. Dieser Maycroft! Das war ein Gehirn, March! Er kam nie aus seinem Klub heraus und war ein richtiger Meisterdenker und wußte alles. So kam dann also Sherlock, wenn er nicht mehr weiter wußte, zu Maycroft, der ihm die richtige Antwort lieferte. Und weißt du warum? Weil Maycroft besser stillzusitzen verstand als Sherlock. Sitzfleisch ist Macht. Der König sitzt auf seinem Toches, und das gewöhnliche Volk ist auf den Beinen. Pascal sagt, daß die Menschen in Schwierigkeiten geraten, weil sie nicht ruhig in ihren Zimmern bleiben können. Der nächste *poeta laureatus* von England – denke ich mir – bittet Gott, uns stillesitzen zu lehren. Kennst du das berühmte Bild, wo ein Beduine oder eine herumstreifende Zigeunerin, mit einer Mandoline neben sich, liegt und schläft und der Löwe davorsteht und diese Gestalt anstarrt? Das bedeutet nicht etwa, daß der Löwe den Schlaf dieses Beduinen oder dieser Zigeunerin achtet; nein, es bedeutet vielmehr, daß die Regungslosigkeit des Schlafenden den Löwen in Schach hält. Das ist Magie: Passivität plus Macht! Ich will dir mal was sagen, March, auch dieser alte Rip van Winkle da hat mit Absicht abgebaut und gepennt.«

»Wer hat diese ganze Zeit über für deine Tante gesorgt?«

»Ein Polackenweib – Wadjka. Und ich will dir sagen, daß mein Onkel, nachdem das Wunder vorbei war, in einer scheußlichen Lage war, weil er sein ganzes Leben um meine schlafende Tante herumgebaut hatte. Sie schlief, und er hatte seine Skatabende und sein Liebchen. Nach ihrem Erwachen tat er uns allen leid.«

»Was Mitleid betrifft«, sagte ich, »wie wär's, wenn du etwas für deine Tante übrig hättest? Sie hat dieser Schlaf diese ganze Zeit gekostet, ein happiges Stück ihres Lebens für nichts und wieder nichts. Praktisch wie eine lange Gefängnisstrafe.«

Ein Lächeln fing an, Basteshaws Schnurrbart in die Länge zu ziehen.

»Ich hatte es mal ganz verrückt mit Kunstgeschichte«, sagte er. »Statt mich im Sommer umzutun, wie mein Alter wollte, schlich ich in die Newberry-Bibliothek, wo ich der einzige Junge zwischen acht oder zehn Nonnen an einem Lesetisch war. Jedenfalls bekam ich einmal ein Buch von Ghiberti in die Hand, und es machte großen Eindruck auf mich. Er erzählte von einem deutschen Goldschmied am Hofe des Herzogs von Anjou, der den großen Bildhauern Griechenlands ebenbürtig war. Am Ende seines Lebens mußte er dabeistehen und mit ansehen, wie seine Meisterwerke zu Goldbarren eingeschmolzen wurden. Seine ganze Arbeit war umsonst. Er betete auf den Knien: ›O Herr, Schöpfer der Welt, laß mich nie mehr falschen Göttern dienen.‹ Dann ging er in ein Kloster, dieser heilige Mann, dem er seine ganzen Ersparnisse vermachte, und wo er der Welt für immer Valet sagte.«

O Frost! Daß die feste Welt am Ende des Lebens aus den Fugen gerät! Zerstört! Aber er hatte Gott als Rückhalt. Und was dann, wenn es keinen Gott für ihn gegeben hätte? Was, wenn die Wahrheit noch schrecklicher und gnadenloser ist?

»Was war also Tante Ettls Krankheit anderes als ein Kunstwerk? Und genau wie dieser arme Deutsche mußte sie auf einen Mißerfolg gefaßt sein. Das ist es, was man meint, wenn von den Ruinen der Zeit die Rede ist –

Oder geh nach Rom, das ein Grabmal ist.

Ich nehme an, du kennst Shelley –

Geh du nach Rom – das Paradies zugleich
und das Grab, die Stadt und die Wildnis.

Kunstwerke sind also *nicht* für die Ewigkeit. Schönheit *ist* also vergänglich. Dieser heilige Mann, dieser fromme Deutsche, ist er nicht an vielen Morgen inspiriert, mit Freude im Herzen aufgewacht? Was kannst du mehr verlangen? Er konnte nicht zugleich glücklich und dazu noch sicher sein, daß er für die Ewigkeit in Ordnung war. Du kannst lediglich hoffen, daß glücklich sein auch in Ordnung sein bedeutet.«

Da stimmte ich ihm zu; ich nickte beipflichtend. Ich hatte jetzt eine bessere Meinung von ihm. Irgend etwas war schließlich doch an ihm. Er hatte eine gewisse Herzensvornehmheit und war auf eigenartige, mysteriöse Weise doch ein guter Kerl. Aber was für ein Gemisch das alles war!

Inzwischen gondelte das Boot durch glasige Lichtkaskaden und wiegelwagelte auf dem großen Teich herum.

Und ich mußte daran denken, wie oft ich, wenn ich mich im Recht glaubte, unrecht gehabt hatte.

Und wieder falsch.

Und wieder falsch.

Und wieder.

Und wie lange würde ich jetzt recht behalten?

Aber ich hatte großes Vertrauen in meine Liebe zu Stella und in ihre Liebe zu mir.

Und dann würde wiederum vielleicht bald alles Recht und Unrecht im Eimer sein, da wir womöglich nicht gerettet werden würden.

Das blaue, ewig überschäumende Wasser blendete mit diamantnen Spitzen und Kreuzen. In der Tiefe besorgten Fische und Ungeheuer das ihre. Es mochte sein, daß einige unserer Ertrunkenen in der Nähe waren und unter uns dahintrieben.

Jetzt sprach er von seiner Tante Ettl als von einer Künstlerin, und das hörte sich pompös an. Es war noch gar nicht so viele Tage her, daß er kaum fähig war, seine Beine zu bewegen, und vor Angst ganz klein wurde, und jetzt sollte ihn mal einer sehen, wie er da auf seinen Geisteskräften ritt und, schwitzend und rundköpfig, so stämmig dasaß.

»Warum geht ein so gebildeter Mann wie du als Zimmermann zur See?« sagte ich und stellte damit die Frage, die mich schon seit einiger Zeit beschäftigt hatte.

Und dann kam heraus, daß er Biologe oder vielmehr Biochemiker war: oder Psycho-Biophysiker, was ihm als Bezeichnung am allerbesten gefiel. Sechs Universitäten hatten ihn seiner sonderbaren Ideen wegen hinausgeschmissen und sich geweigert, den Ergebnissen seiner Versuche auch nur einen Blick zu gönnen. Mit dieser ganzen wissenschaftlichen Ausbildung wollte er nicht Infanterist werden. Also ging er zur christlichen Seefahrt, und das war sein fünfter Trip. Auf See konnte er seine wissenschaftliche Arbeit fortsetzen.

Warum mußte ich nur immer an Theoretiker geraten!

Er begann, mir von seiner Arbeit zu erzählen und schickte einen kurzen Überblick über sein Leben voraus:

»Du weißt, daß es so Sachen gibt, die jedes Kind einmal werden möchte. Zum Beispiel, mit zwölf Jahren war ich auf dem Eis sehr schnell und hätte Eislaufmeister werden können. Aber bald interessierte mich das nicht mehr. Dann wurde ich Briefmarkenexperte. Dann interessierte mich auch das nicht mehr. Als nächstes kam Sozialist dran, und auch das war nicht von langer Dauer. Ich fing an, Fagott zu spielen, und hörte auf. So durchlief ich eine große Anzahl von Interessen, und nichts paßte mir. Als ich dann im College war, überkam mich das große Verlangen, ein Kardinal der Renaissance zu sein – oder gewesen zu sein. Das war mal was, was mir wirklich Spaß gemacht hätte. Weißt du, so ein ganz abgefeimter, der, wiehernd und rechts und links auskeilend, vor Leben aus allen Nähten barst. Ja, Mensch! Dann hätte ich meine Mutter ins Kloster und meinen Alten auf Verdacht ins Loch gesteckt. Als Kardinal hätte ich Michelangelo beauftragt, allen Prunk der Farnese und Strozzi zu überbieten. Spontan! Das wäre ich gewesen. Kraftvoll! Ohne Verlegenheit! Glücklich wie ein Gott! Ah, nun, was kann man da machen? Seine Vorstellung vom Leben dem Leben aufzwingen? Alle wollen die begehrenswerteste Art Mensch auf Erden sein.

Und wie fängt so was an? Nun, da muß man bis zu der Zeit zurückgehen, als ich ein Kind im städtischen Schwimmbad war. Tausend nackte kleine Schlucker, die schreien, stoßen, schlagen, treten. Die Bademeister mit dem Rettungsschwimmerabzeichen pfeifen und brüllen und bestrafen dich, die diensttuenden Polizisten versetzen dir mit dem Daumen einen Rippentriller und nennen dich Rotznase. Zitternde kleine Ratten. Lippen blau, Blut dünn, verängstigt, deine kleinen Eier klamm, dein kleiner Schniepel verschrumpelt. Du bist ein kleines, mageres Gehopse. Die stoßende Menge bedrückt dich, und du bist nichts, ein nichtssagender Name, und nicht erst in Ewigkeit unbekannt, sondern gleich jetzt. Das Schicksal der Niedrigsten ist dein Schicksal. Tod! Aber nein, es muß irgendeinen Unterschied geben. Die Seele schreit vor dieser Namenlosigkeit auf. Und dann übertreibt sie. Sie sagt dir: ›Du bist dazu bestimmt, die Welt in Erstaunen zu versetzen. Du, Hymie Basteshaw, *Stupor mundi!* Mein Junge, sei auf Draht, Kopf hoch! Du bist berufen, und du wirst auserwählt werden. Also blick deinem Schicksal ins Auge! Generationen von Menschen werden dich verehren, solange es einen Kalender gibt.‹ Das ist neurotisch, ich weiß – entschuldige das Schlagwort –, aber nicht neurotisch sein, heißt, sich dem anpassen können, was man die wirkliche Welt nennt. Die wirkliche Welt aber ist das, was ich beschrieben habe: eine Billion Seelen, die vor Wut über das Schicksal der Bedeutungslosigkeit schäumen. Wirklichkeit sind auch diese geheimen Hoffnungen, die die Phantasie erfindet. Hoffnungen, das sind die notwendigen Übel aus der Büchse der Pandora. Die Versicherung, daß das Schicksal wert ist, dafür zu leiden. Mit anderen Worten, das Verlangen, nach dem Bilde wahrer Menschennatur geformt zu werden. Aber wer wird nach diesem Bilde geformt? Niemand weiß das.

Ich habe mein Bestes getan, so viel von einem Kardinal der Renaissance zu sein, als es einer unter heutigen Umständen nur sein kann.

Nach vielen Anstrengungen, einem hohen Maßstab der Herrlichkeit gemäß zu leben, überkam mich Müdigkeit, schwanden die Hoffnungen und ergriff mich Langeweile. Ich durchlebte eine Zeit außergewöhnlichen Gelangweiltseins. Ich sah, daß andere das auch an sich erfuhren. Viele von ihnen verneinten beiläufig, daß es so etwas überhaupt gebe. Und am Ende beschloß ich, Langeweile zu meinem Thema zu machen. Ich wollte studieren. Die führende Kapazität der Welt auf diesem Gebiet werden. March, Mensch, das war eine der Sternstunden der Menschheit! Rot im Kalender zu vermerken. Was für ein Aufgabengebiet! Was für eine Domäne! Titanisch! Prometheisch! Ich zitterte. Ich war inspiriert. Ich konnte nicht schlafen. Nachts kamen mir Ideen, und ich schrieb sie nieder; bändeweise. Seltsam, daß sich noch nie jemand systematisch damit befaßt hat. Oh, mit Melancholie, ja, aber noch nie mit moderner Langeweile.

Ich stellte eine ziemliche Menge Nachforschungen in der Literatur und unter den modernen Denkern an. Die ersten Schlußfolgerungen lagen auf der Hand. Langeweile geht von nutzlosen Anstrengungen aus. Du hast Fehler und bist nicht, was du sein solltest? Langeweile ist die Überzeugung, daß du dich nicht ändern kannst. Du fängst im geheimen an, dich der Einseitigkeit deines Charakters wegen und des für dich ungünstig ausfallenden Vergleichs mit anderen aufzuregen, und das läßt dich empfinden, wie ermüdend du bist. Auf gesellschaftlicher Ebene ist Langeweile die Manifestation der Macht der Gesellschaft. Je stärker die Gesellschaft ist, um so mehr erwartet sie von dir, daß du bereit bist, deine Pflichten ihr gegenüber zu erfüllen, um so größer ist deine Abkömmlichkeit, um so geringer deine Bedeutung. Montags rechtfertigst du dich noch durch deine Arbeit. Aber sonntags, wodurch rechtfertigst du dich dann? Schrecklicher Sonntag, Feind der Menschheit. Sonntags bist du auf dich angewiesen, frei. Frei für was? Frei, zu entdecken, was dein Herz birgt, was du empfindest, für deine Frau, deine Kinder, Freunde und Kurzweil. Der versklavte Geist des Menschen flennt in der Abgeschiedenheit der Langeweile, dieser gnadenlosen Widersacherin. Langeweile kann deswegen auch aus dem Ende einer gewohnten Tätigkeit entstehen, sogar wenn diese selbst langweilig war. Auch ist sie der Aufschrei nicht ausgenützter Fähigkeiten; die Strafe, keinem großen Zweck oder Ziel zu dienen oder keiner herrschenden Macht Tribut zu zollen. Der Gehorsam, der nicht willig gewährt wird, weil niemand ihn zu fordern versteht. Die Harmonie, die nicht hergestellt wird. Das liegt hinter der Langeweile. Aber du erkennst die unendlichen Aussichten!?«

Und ob! Ich war bestürzt. Ich sah ihn richtig wie einen Alpinisten, kräftig und mit seinen Ruhe ausstrahlenden Brillengläsern und seiner blauäugigen Gewißheit auf den Bergen seines Gehirns herumklettern.

»Und ich wollte mich dieser Sache wissenschaftlich nähern«, sprach er weiter. »Darum untersuchte ich als erstes die Physiologie der Langeweile. Ich beschäftigte mich mit den Versuchen Jacobsons und anderer zur Frage der muskulären Ermüdung, und das führte mich zur Biochemie. Ich darf hinzufügen, daß ich mein Examen in Zellenchemie in Rekordzeit baute, indem ich Rattenzellen *in vitro* am Leben erhielt; nach Harrison und der von Carrel verbesserten Technik. Das brachte mich zu von Wettstein, Leo Loeb und so weiter. Wie kommt es, daß sich die einfachen Zellen Unsterblichkeit wünschen, während die komplexen Organismen Langeweile überkommt? Die Zellen haben den Willen, in ihrer Urform zu beharren ...«

Darauf folgten bestimmte Beschreibungen, die ich nicht wiedergeben kann, weil ich die physiologische Chemie nicht beherrsche, die Kinetik der Enzyme und so weiter. Aber das Ganze lief darauf hinaus, daß er, als er die Reizbarkeit der Protoplasmen untersuchte, einige der Geheimnisse des Lebens entdeckte. »Ich bin sicher, daß es dir schwerfallen wird, zu glauben, was als nächstes geschah. Niemand hat es geglaubt.«

»Du hast doch nicht Leben erschaffen?«

»Bei aller Bescheidenheit, das ist genau das, was ich getan habe. Sechs Universitäten haben mich wegen dieser Behauptung hinausgeworfen.«

»Mein Gott, das ist ja Wahnsinn! Bist du ganz sicher, daß du das getan hast?«

Er sagte steif: »Ich bin ein ernsthafter Mensch. Mein ganzes Leben ist ungeheuer ernst gewesen. Ich beabsichtige nicht, meine eigene Vernunft durch wilde Behauptungen zu gefährden. Ich habe immer die gleichen Resultate erzielt – Protoplasma.«

»Du mußt ein Genie sein.«

Er machte nicht Miene, das zu verneinen.

Gebe Gott, daß er eins war. Wenn er kein Genie war, saß ich hier mit einem Wahnsinnigen in diesem Boot.

»Ich bin zufällig darauf gekommen«, sagte er. »Ich bin nicht Gott.«

»Aber konnten die denn nicht sehen, was dir da gelungen war?«

»Ich konnte sie nicht dazu bringen. Und dann fehlten den ersten Zellen, die ich machte, zwei wesentliche Eigenschaften, sie waren weder regenerativ noch reproduktiv und so sterile und zerbrechliche Gebilde. Aber in den letzten zwei Jahren habe ich mich besonders mit biologischen Komponenten befaßt. Ich habe in Embryologie gearbeitet und einige weitere Entdeckungen gemacht.« Er hatte sich den

Mund fusselig geredet und mußte einen Schluck Wasser trinken. Wie er da so saß, mit seinem großen Kopf, seiner breiten Brust, so handfest und ungerührt, wirkte er auf mich wie ein riesiger Kasten, voll der besten Fähigkeiten. Oder wie so eine dieser ägyptischen Mumienkisten, die den Umrissen des Körpers, den sie einschließen, nachgebildet sind. Aber auch seine Ähnlichkeit mit einem Pferd blieb sehr groß.

»Aber du hast mir noch immer nicht erklärt, was ein Mann mit deiner Begabung als Schiffszimmermann auf der *MacManus* tat.«

»Ich setzte meine Experimente fort.«

»Willst du damit sagen, daß etwas von diesem Protoplasma auf dem Schiff war?«

»Ja, genau das.«

»Und das schwimmt jetzt im Ozean?«

»Sicher.«

»Und was geschieht jetzt damit?«

»Das weiß ich nicht. Es handelt sich da um Formen, die einen großen Fortschritt gegenüber den früheren, vergänglichen Formen darstellen.«

»Was, wenn eine neue Evolutionskette beginnt?«

»Genau. Was, wenn?«

»Vielleicht etwas Schreckliches. Zum Teufel mit euch, euch ist es egal, wie ihr mit der Natur herumspielt!« sagte ich und war äußerst böse. »Irgendwer wird noch eines Tages die ganze Atmosphäre in Brand setzen oder uns alle mit Gas umbringen.«

Er gab zu, daß das nicht unmöglich wäre.

»Warum soll ein Mensch die Kraft haben, der ganzen Natur Schaden zuzufügen oder die ganze Welt zu vergällen?« fragte ich ihn.

»Ich glaube nicht, daß viel Aussicht darauf besteht«, antwortete er. Und dann wollte er unser Gespräch nicht mehr fortsetzen, sondern verfiel in besessenes Sinnieren.

Oft schien Basteshaw über meinen Kopf hinweg zu denken und dann in einer seltsamen Stimmung zu sein, in der man ihm anmerken konnte, wie er Beobachtungen anstellte, die sowohl bösartig als auch belustigend für ihn waren. Ich fragte mich dann, was er im Schilde führte. Und manchmal saß er lange Zeit, obwohl er mich noch immer aus den Augenwinkeln überwachte und jede meiner Bewegungen kannte, schwer wie ein Stück Schmiedeeisen da. Mir wurde verflixt unbehaglich zumute.

Ein paar Tage verstrichen, in denen nicht eine einzige Bemerkung fiel. Das war eine seltsame Angelegenheit, zuerst von einem Redefluß überschwemmt zu werden und dann vollkommen auf dem Trokkenen zu sitzen. Sprech' da einer von Langeweile! Mein Gott, ich kam mir schon so starr wie das Boot vor. Aber ich nahm einen Teil der Schuld daran auf mich. Ich sagte mir: Du hast nur diesen einen Menschen, diese eine Seele hier, mit der du auskommen mußt – was ist denn los, kannst du es nicht besser machen? Sie hat genug Ähnlichkeit mit deiner eigenen, diese Seele, so wie ein Löwe so ziemlich allen anderen Löwen gleicht, es gibt nur euch beide hier, und es könnten einige der letzten Dinge zur Sprache kommen. Wenn du die Wahrheit wissen willst: Du stehst gar nicht so gut deinen Mann.

Auf dem Boden des Bootes hatte ich diese Nacht einen seltsamen Traum. Eine plattfüßige, plattnasige alte Frau in Turnschuhen bettelte mich an. Ich lachte sie aus. »Du alte Schnapsdrossel, ich kann ja Bierdosen in deiner Einkaufstasche klappern hören.«

»Nee, das sind keine Bierdosen nicht«, sagte sie, »das ist mein Fensterputzzeug, meine Seife und mein Scheuerpulver und so, und um Gottes willen, muß ich denn jeden Tag meines Lebens, den der Herrgott werden läßt, meine fünfundvierzig Fenster putzen? Gib mir doch schon was, ja?«

»Okay, okay«, sagte ich, der Großzügige, lächelnd. Dabei machte es mich auch froh, wieder mal die West Side von Chicago zu sehen. Ich steckte die Hand in die Tasche und meinte, ihr nur ein paar Pimperlinge zu geben. Nicht, weil ich regelrecht schofel bin, sondern weil ich an manchen Tagen das Geld ein bißchen festhalte, um die Wahrheit zu sagen. Aber zu meinem eigenen Erstaunen gab ich ihr statt soviel, daß sie sich ein Bier kaufen konnte, eine Münze von jedem Wert – einen halben Dollar, fünfundzwanzig Cent, ein Zehncentstück, einen Fünfer und ein Eincentstück. Das lag alles auf meiner offenen Hand, eine Münze neben der anderen, zusammen einundneunzig Cent, und ich gab es ihr. Im nächsten Augenblick tat es mir schon wieder leid, weil es viel zuviel war. Aber dann wurde ich reineweg stolz auf mich. Und die Mopsgesichtige, sie dankte mir; sie war beinah wie eine Zwergin, mit einem breiten Hinterteil. »Na, das sind ein paar Fenster umsonst«, sagte ich. »Ich habe nicht ein einziges, das ich mein eigen nennen kann.«

»Komm«, sagte sie warm, »ich lade dich zu einem Bier ein.«

»Nein, danke, Mutter, ich muß weiter. Nichts für ungut; trotzdem vielen Dank!« Im Grunde meines Herzens empfand ich Freundlichkeit. Und aus Freundlichkeit berührte ich ihren alten Scheitel, und eine große Erregung durchlief mich, die von ihrem Haar ausging.

»Aber, Alte«, sagte ich, »du hast ja das Haar eines Engels!«

»Warum sollte ich das nicht haben«, sagte sie sanft, »wie der Menschen andere Töchter auch?«

Meine Brust wurde von stürmischem Erstaunen und dunklen Ausbrüchen der Glückseligkeit bewegt.

»Gott schenke dir Wahrheit«, sagte die Fensterputzerzwergin. Sie ging auf den Schatten und die Kühle des Bierkellers zu.

Ich seufzte tief auf und erwachte wider Willen. Die Steine waren ruhelos und fiebrig. Basteshaw schlief in einer verqueren Hockstellung. Ich bedauerte, daß er nicht wach war und ich nicht sofort anfangen konnte, mit ihm zu sprechen.

Was mir am nächsten Tage blühte, war ein Kampf und keine Busenfreundschaft. Basteshaw behauptete, daß wir in Küstennähe sein müßten; er sagte, daß er Landvögel und auch Tang und treibende Äste gesehen hätte. Ich glaubte ihm nicht. Auch würde die Farbe des Wassers sich verändern, sagte er, und wäre jetzt ein gelblicheres Grün. Mir schien es nicht so. Er versuchte, mich mit seiner wissenschaftlichen Maßgeblichkeit mundtot zu machen. Weil er letzten Endes, so meinte er, ein Wissenschaftler sei und dazu die Karten gesehen, die Strömungen studiert, die Berechnungen gemacht und alle Anzeichen beobachtet hätte, gäbe es keine andere Möglichkeit. Aber der Grund, warum ich mich wehrte, ihm zu glauben, war, daß ich Angst hatte, meiner Freude Mut zu machen und die Schwere ihres Gegenteils, wenn er unrecht hätte, nur noch unerträglicher zu empfinden.

Aber das Theater fing erst an, als ich glaubte, am westlichen Horizont ein Schiff zu sehen. Ich fing an zu brüllen und zu springen und mit meinem Hemd zu winken. Ich war außer Rand und Band. Und dann beeilte ich mich, einen Rauchtopf zu Wasser zu bringen. Ich hatte sehr auf die Signalausrüstung aufgepaßt und die Gebrauchsanweisungen mindestens fünfzigmal durchgelesen. So fing ich jetzt mit schwitzenden Händen und vor Aufregung steifen Fingern an, den Topf fertig zu machen.

Dann sagte Basteshaw, mit dieser Bierruhe in der Stimme, in der er besonders gern zu sprechen liebte und die mich zweifeln ließ, ob ich richtig gehört hätte: »Wozu willst du diese Signale geben?« Verdammt! Der Kerl wollte nicht gerettet werden! Er wollte eine Möglichkeit, gerettet zu werden, ungenutzt lassen!

Ich drehte ihm den Rücken und setzte den Topf ins Wasser. Der schwarze Rauch begann sich gegen die reine Farbe der Luft abzuheben. Ich winkte weiter mit meinem Hemd. Ich konnte fast schon fühlen, wie Stellas Arme mich umfingen und ihr Kopf meine Schulter berührte. Und in der Zwischenzeit füllte sich mein Herz mit finsterer Mordlust gegen diesen wahnsinnigen Basteshaw, der mit gekreuzten Armen im Heck saß. Ihn anzusehen machte einen verrückt.

Aber jetzt war nichts mehr am Horizont zu sehen, und ich mußte glauben, daß mir meine Phantasie einen Streich gespielt hatte. Ich war zutiefst verwirrt und spürte zum erstenmal – eben gerade durch die Verknüpfung von hinschwindender Hoffnung mit dem Gefühl trostloser Verfinsterung, vor der ich mich so gefürchtet hatte –, wie müde und zerschlagen ich war.

»Es tut mir leid, dir sagen zu müssen, daß du eine Halluzination hattest«, sagte er, während ich schweißbedeckt dastand.

»Mach doch mal 'nen Punkt, du blinder Idiot, da draußen ist ein Schiff, wenn ich's dir sage, gerade überm Horizont!«

»Meine Sehschärfe ist auf zwanzig-zwanzig korrigiert«, sagte er. Das war gerade die Art Pedanterie, die mich ihn hassen ließ.

»Du verdammter, vieräugiger Narr, warum willst du denn hier draußen den Arsch zukneifen? Denkst du, daß du einen eingebauten Kompaß hast? Vielleicht glaubst du, daß du navigieren kannst, aber erwarte bitte nicht von mir, daß ich das gleiche erhabene Vertrauen habe. Ich lass' mir keine Möglichkeit entgehen.«

»Also jetzt mal mit der Ruhe! Niemand denkt daran, den Arsch zuzukneifen. Ein paar Stunden bevor wir untergingen, habe ich mir den Kurs genau angesehen, und ich weiß, daß wir ganz nah vor Land sind. Wir müssen es sein, denn wir sind ostwärts getrieben. Wir werden auf spanischem Gebiet landen und interniert werden. Jetzt sei *du* kein verdammter Narr. Hast du noch immer nicht genug vom Krieg? Hättest du nicht so idiotisches Glück gehabt, wärst du lebendig verbrannt oder Haifischfutter geworden. Jetzt«, sagte er, streng werdend, »hör mir mal gut zu. Ich habe keine Lust, den gleichen Kohl zweimal zu kauen. Ich hab' mir folgendes ausgedacht und glaube, daß wir Glück damit haben. Ich werde auf den Kanarischen Inseln landen und mich internieren lassen. Bis zum Ende des Krieges werde ich einfach da bleiben und meine Experimente machen. Wozu sie mich zu Hause nicht zurückstellen wollten, obwohl ich zweimal mit einem Gesuch in Washington gewesen bin. Weiter. Ich hab' genug Geld in den Staaten, mein Alter hat mir beinah hunderttausend hinterlassen, und wir können hier arbeiten. Ich werde dein Lehrer sein. Du bist ein ziemlich kluger Bursche, obwohl du allerhand verschrobene Vorstellungen von dir hast. In einem Jahr wirst du mehr wissen als ein Doktor der Biochemie. Denk doch an die Möglichkeiten, die sich dir da unverhofft eröffnen. Die Geburt des Lebens zu verstehen und in die tiefsten Geheimnisse eingeweiht zu sein. Weiser als die Sphinx. Du wirst das Rätsel des Universums betrachten, mit der Kraft, es zu begreifen.«

Er fuhr mit seiner Beredsamkeit fort. Ich war erschreckt und sprachlos. Nicht bloß vor dem Sturmlaufen seiner Gedanken, so geschafft das auch war, sondern wie ein weiteres Mal das Zeichen des Rekruten erschien, unter dem ich geboren worden war.

»Ich sage dir, das ist eine große Chance für dich, nicht einfach nur, um zur Bedeutung aufzusteigen; nicht nur, um deine intellektuellen Kräfte aufs höchste zu entwickeln, sondern um bei einem historischen Beitrag zum Glück der Menschheit mitzuhelfen. Diese Experimente mit den Zellen, March, werden Aufschluß über den Ursprung der Langeweile in den höheren Lebewesen geben. Über das, was man früher die Sünde der ἀκηδία nannte. Die Alten hatten recht, denn Trägheit ist eine Sünde. Blindheit dem Leben gegenüber, Absonderung, Unempfänglichkeit, eine taube Wand von ängstlichem, zu sehr in acht genommenem Fleisch; die Erhabenheit Gottes oder der Natur nicht erkennend und fühllos für ihre Schönheit. March, wenn die Menschen erst von dieser Langeweile befreit sein werden, ist jeder Mann ein Dichter und jede Frau eine Heilige. Die Welt wird von Liebe erfüllt sein. Unrecht, Sklaverei, Blutvergießen und Grausamkeit werden verschwinden. Sie werden der Vergangenheit angehören, und wenn die Menschheit alle diese Schrecken der Vergangenheit erkennt, wird sie sich hinsetzen und über diese Erinnerung weinen, die Erinnerung an Blut und das grausige Leben der Monaden, an Mißverständnisse und tödliche Wut und Blutbäder unter Unschuldigen. Die Brüste und Gedärme werden zerschmelzen vor dieser Vision der Vergangenheit. Und dann wird eine neue Brüderschaft der Menschen ihren Anfang nehmen. Die Gefängnisse und Irrenanstalten werden Museen sein. Wie die Pyramiden und die Ruinen der Mayas werden sie die Erinnerung an eine Fehlentwicklung des menschlichen

Genies wachhalten. Die wirkliche Freiheit wird sich offenbaren; nicht auf Politik oder Revolutionen gegründet, die sie ja doch nie gebracht haben, weil sie ja nicht ein Geschenk, sondern Besitz des nicht gelangweilten Menschen ist. March, das ist es, worauf meine Experimente zuführen. Ich werde ein Serum schaffen – ein Serum wie ein neuer Jordan. So gesehen, werde ich ein Moses sein. Und du Josua. Um ein Israel, das aus der gesamten Menschheit besteht, durch diesen neuen Jordan hindurchzuführen. Und das ist der Grund, warum ich nicht in die Staaten zurück will.«

Ich war aufgewühlt, erstickt. Sogar die Luft, die über mich hinwegstrich, schien der heiße Atem aus dem Munde der Prophetie. Inzwischen qualmte der Topf weiter. Er behielt ihn im Auge wie einen Feind.

»Ich lasse mir keine Möglichkeit entgehen, gerettet zu werden. Ich will nicht interniert werden. Ich habe gerade geheiratet. Darum würde ich, sogar wenn ich sicher wäre, daß du weißt, wovon du redest, nein sagen.«

»Du denkst also, daß ich nicht weiß, wovon ich rede?«

Ich hätte etwas taktvoller sein sollen. Er merkte, daß das genau das war, was ich dachte.

»Ich biete dir einen großartigen Lebensweg«, sagte er. »Für den es lohnt, ein Risiko in Kauf zu nehmen.«

»Ich habe schon einen Lebensweg.«

»Wirklich?« sagte er.

»Ja, und ich bin absolut dagegen, irgend etwas mit der ganzen Menschheit zu machen. Ich will auch nicht, daß man noch etwas mit mir macht, und ich will nicht bei anderen herumpfuschen. Niemand wird zu einem Dichter oder Heiligen, wenn man Schindluder mit ihm treibt und an ihm herumexperimentiert. Wenn ich dem richtig auf den Grund gehe, dann hab' ich schon genug Schwierigkeiten gehabt, das zu werden, was ich bereits von Natur aus bin. Ich will nicht mit dir zu den Kanarischen Inseln. Ich brauche meine Frau.«

Er saß da, die großen Arme gekreuzt und das Gesicht ohne jeden Ausdruck, während der Rauchtopf seidige, ölige Schrauben in die Meeresfrische des Morgens schickte. Das frühe Rot vom östlichen Saum des Himmels lag noch auf dem Wasser. Ich hörte nicht auf, immer wieder zum Horizont zu sehen.

»Ich versichere dir, daß ich deine Antwort nicht für leichtfertig halte«, sagte er. »Ich halte sie für ehrlich, aber sie ist bedeutungslos.

Das Leben hat einen viel größeren Maßstab. Ich bin sicher, daß du mir später zustimmen wirst, nachdem wir zusammen gearbeitet und das auf den Inseln untersucht haben, die zauberhaft sein sollen, wenn ich recht verstanden habe.«

»Vielleicht schwimmen wir hundert Meilen südlich oder nördlich vorbei und sehen sie überhaupt nie, diese Inseln«, sagte ich. »Du willst mir weismachen, daß du so ein großer Wissenschaftler bist, daß du einfach nur mit Hilfe deines Gehirns steuern kannst. Schön, laß dich nicht stören; ich möchte jedenfalls, wenn es irgend geht, gerettet werden.«

»Es ist meine Überzeugung, daß wir jetzt jeden Augenblick Land sichten werden«, sagte er. »Warum löscht du also nicht diesen Rauchtopf aus?«

»Nein, das werde ich nicht!« schrie ich. »Nein, und das ist endgültig!«

Der Kerl hatte wirklich den Verstand verloren. Aber sogar damals, als ich wütend war, dachte ich: Was, wenn er zu dem wirklich auch noch ein Genie war und mir der Glaube an ihn fehlte? Er sagte ruhig: »Okay!«

Ich wandte mich ab, um meine ganze Aufmerksamkeit dem Horizont zuzuwenden, als plötzlich ein schwerer Schlag auf mich niederfiel und mich zu Boden warf. Er hatte mir mit dem Ruder eins aufs Jackstück gedroschen. Er wollte gerade wieder nach mir schlagen, diesmal mit dem Griff, nachdem er mir vorher mit der Schaufel eins übergezogen hatte. Dieser Moses, Erlöser und Messias! Er richtete sich auf seinen schweren Beinen auf. Sein Gesicht zeigte mehr den Ausdruck notwendiger Erfüllung einer Aufgabe als den der Lust. Ich versuchte, mich vor diesem Schlag aus dem Wege zu rollen und ich schrie: »Um Gottes willen, bring mich nicht um!«

Dann stürzte ich auf ihn los, und in dem Augenblick, in dem ich Hand an ihn bringen konnte, spürte ich, daß ich ihn umbringen würde, wenn ich könnte, soviel Wut war in mir. Ich wollte ihn erwürgen. Er warf das Ruder weg und packte mich um die Rippen. So wie er mich hielt, konnte ich meine Arme nicht gebrauchen. Ich stieß und trat um mich, während er den Druck verstärkte, bis ich nicht mehr atmen konnte.

Er war ein Wahnsinniger.

Und ein Mörder.

Zwei irre Landratten kämpften auf dem unendlichen Wasser. Kopf an Kopf, und verausgabten alle Kräfte, die sie hatten. Ich hätte ihn bestimmt umgebracht, wenn ich dazu imstande gewesen wäre. Aber er war der Stärkere. Er warf sein ungeheures Gewicht auf mich, er war schwer wie Blei, und ich fiel mit dem Gesicht auf die Sparren des Bodens, über eine Ruderbank.

Ich bereitete mich auf das Ende vor.

Die Mächte des Universums sollten mich zurücknehmen, wie sie mich ins Leben geschickt hatten.

Tod!

Aber er beabsichtigte nicht, mich zu ermorden. Er riß mir die Kleider am Leibe in Fetzen und band mich mit ihnen. Aus meinem Hemd drehte er Fesseln für meine Handgelenke. Mit meinen Hosen band er mir die Beine zusammen. Dann fetzte er mir die Unterhosen herunter, um mir damit das Blut und sich den Schweiß vom Gesicht zu wischen. Er riß die Fangleine los und verstärkte meine Fesseln damit.

Dann löschte er den Rauchtopf und stellte das Ruder wieder mit dem Stück Segeltuch auf und saß da und sah ostwärts, nach der Küste, der er so sicher war, während ich nackt und schwer atmend dalag; noch immer auf der Seite, wie er mich liegengelassen hatte. Später hob er mich auf und setzte mich unters Segeltuch, weil die Sonne auf mich herabbrannte. Als er mich berührte, zuckte ich und stemmte mich. »Irgendwas gebrochen?« fragte er wie ein Arzt und befühlte mich, meine Rippen und Schultern. Ich verfluchte ihn, bis mir die Kehle rauh wurde.

Als die Essenszeit kam, fütterte er mich; und er sagte: »Laß es mich lieber wissen, wenn du auf die Toilette mußt, sonst gibt es hier ein Problem.«

Ich sagte: »Wenn du mich losbindest, gebe ich dir mein Ehrenwort, daß ich keine Signale abgeben werde.«

»Ich kann mich mit dir auf kein Risiko einlassen«, sagte er. »Um was es hier geht, ist zu wichtig.«

Ab und zu rieb er mir Arme und Beine, um den Kreislauf in Gang zu halten.

Jetzt bat ich ihn. Ich sagte: »Ich werde ein Gangrän bekommen.«

Aber nein, sagte er mir; ich hätte meine Wahl getroffen. Außerdem, so meinte er, würden wir bald diese Glücklichen Inseln sichten. Spät am Nachmittag erklärte er, daß er den Landwind riechen würde. Er sagte auch: »Es wird heißer«, und fing an, seine Augen zu beschatten. Und als der Abend kam, streckte er sich aus. Er bewerkstelligte das schwerfällig, und während ich ihm zusah und ihm alles nur erdenkliche Böse wünschte, streckte er diese stämmigen, großen Beine hin und diesen Kumpen von Schädel voll unermüdlichen Nachdenkens, aus dem die Anweisungen gekommen waren, mich mattzusetzen und mich zur Nacht in Fesseln zu lassen, und der ihn bestimmen konnte, noch Schlimmeres zu tun.

Der Mond schien, es wurde dunstig-feucht, und das Boot kroch; es bewegte sich auf dem Wasser kaum. Ich versuchte meine Handgelenke freizubekommen, bis ich keine Kraft mehr in ihnen hatte, und dann fiel mir ein, daß ich, wenn ich bis dahin kriechen könnte, an der Metallkiste vielleicht eine Kante finden würde, an der ich mich freireiben konnte. Ich drehte mich auf den Rücken und begann, mich vorzuarbeiten, indem ich meine Hacken gebrauchte. Basteshaw wachte nicht auf. Er lag da wie diese große, bemalte Mumienkiste, die Füße ausgestreckt und der Kopf wie Stein.

Auf meinem Rücken hatte er mir eine große Schwellung verpaßt, und die stieß ich mir, während ich kroch, und mußte innehalten und den Schmerz mit den Zähnen auf meiner Lippe auskämpfen. Es schien zwecklos zu sein. Schrecklicher, tiefer Kummer überfiel mich, und ich weinte vor mich hin, aber so, daß er es nicht hören konnte.

Ich brauchte die halbe Nacht, um bis zu dieser Metallkiste zu kommen und die Hände freizukriegen. Aber schließlich zerriß das Hemd, und ich arbeitete an der Leine weiter und weichte sie, damit sie sich dehnen ließ. Schließlich ging sie ab. Ich hockte da und leckte meine aufgerissenen Handgelenke. Mein Rücken brannte von den Schlägen, die er erhalten hatte, aber es gab einen kühlen Platz in meinem Körper, dort, wo ich in meinem Herzen mörderische Gedanken für Basteshaw hegte. Ich kroch zu ihm hinüber; ich stand nicht, weil er aufwachen und mich im Mondlicht stehen sehen könnte. Jetzt hatte ich die Wahl, ihn ins Wasser zu stoßen, ihn zu erwürgen, ihn mit dem Ruder zu schlagen, wie er es mit mir getan hatte, ihm die Knochen zu brechen und sein Blut zu vergießen.

Ich beschloß, ihn als erstes zu binden und ihm die Brille zu nehmen. Das Weitere würde sich finden.

Nun, als ich angriffsbereit auf den Zehen über ihm stand, voller Rache, die Fangleine in der Hand, merkte ich, wie Hitze von ihm aufstieg. Ich berührte leicht seine Wange. Der Kerl verbrannte vor Fieber. Ich horchte sein Herz ab. Hohl und schrecklich schien da drinnen irgendeine Schießerei im Gang zu sein.

Ich war um die Rache betrogen. Denn ganz selbstverständlich sorgte ich jetzt für ihn. Ich schnitt ein Loch in ein Stück Segeltuch, um mir einen Poncho zu machen, da meine Kleider alle in Fetzen waren, und wachte die ganze Nacht bei ihm. Wie Henry Ware von den alten Marken Kentuckys und der große Häuptling vom Ohio, Timmendiquas. Henry Ware hätte Timmendiquas erstechen können, aber er ließ ihn laufen.

Ich empfand auch Kummer und Mitleid mit ihm. Ich erkannte, wie leer er war – oder wie leer er zu sein versuchte, um ein Mann zu werden, der seinen Ideen gewachsen war. Wollte er nicht, wenn es auch nur im wesentlichen seinem Kopf und nicht seinem Herzen entsprang, Rettung bringen und die ganze Menschheit von ihrem Leid erlösen?

Den ganzen nächsten Tag war er nicht bei sich. Das wäre sein Ende gewesen, wenn ich nicht spätnachmittags einen britischen Tanker gesichtet und ihm signalisiert hätte. Es wäre auch mein Ende gewesen, denn es stellte sich heraus, daß wir schon weit an den Kanarischen Inseln vorbei und irgendwo in der Nähe des Rio de Oro waren. Dieser Wisssenschaftler Basteshaw! Mein Gott, der war ja verrückt! Himmel, wir wären ja beide in diesem afrikanischen Meer verfault, und das Boot wäre verfault, und es hätte nichts gegeben als Tod und wahnsinnige Ideen bis zum letzten Atemzug. Oder er hätte mich umgebracht und gefressen, immer noch ruhig und vollkommen vernünftig, und wäre weiter auf sein Ziel zugesteuert.

Jedenfalls, man hievte uns an Bord, beide in schlechter Verfassung. Neapel war der erste Hafen, den dieser Tommy anlief. Dort steckte man uns in ein Rot-Kreuz-Schluns. Und es dauerte einige Wochen, bis ich wieder herumgehen konnte, und ich traf Basteshaw in einem Bademantel auf dem Korridor, den er langsam entlang kam. Er schien wieder wie früher zu sein, zuversichtlich und mit stolz erhobenem Kopf. Aber mir gegenüber war er entschieden kühl. Ich konnte es ihm ansehen, daß er mir die Schuld für die Verhinderung seines großen Plans zuschob. Jezt mußte er wieder auf See. Keine Kanarischen Inseln. Es war keine Kleinigkeit für ihn, seine Forschung – die so notwendig für den Fortbestand der Menschheit war – zu vertagen.

»Ist dir klar«, sagte ich, noch immer über das, was hätte geschehen können, empört, »daß du den Kurs verfehlt hast, du großer Navigator? Ich hätte wohl meine Frau nie mehr wiedergesehen, wenn ich auf dich gehört hätte.«

Er wartete, bis ich ausgesprochen hatte, und maß mich inzwischen mit den Augen. Er antwortete: »Die Kraft eines einzelnen Menschen, durch seinen Intellekt für das Wohl der Menschheit zu wirken, ist heute geringer denn je.«

»Schön, los! Rette die Menschheit!« sagte ich. »Aber vergiß nicht, daß du jetzt tot wärst, wenn es nach deinem Kopf gegangen wäre.«

Danach sprach er nicht mehr mit mir, und mir war das schnuppe. Auf dem Korridor schenkten wir einander keine Beachtung. Ich dachte jetzt sowieso nur an Stella.

Es dauerte sechs Monate, bis ich New York wiedersah, denn sie fanden einen Grund nach dem anderen, mich noch im Lazarett festzuhalten.

So war es schließlich eines Nachts im September, daß ich vor Stellas Haustür, die jetzt auch meine Tür war, aus einem Taxi stieg, und sie die Treppen zu mir heruntergelaufen kam.

26

Wenn ich nach Amerika hätte zurückkehren können und dort angefangen hätte, ein glückliches, friedliches Leben zu führen, hätten nur sehr wenig Leute das Recht gehabt, sich darüber aufzuhalten und zu meinen, ich brächte die dazu nötige Reife noch nicht mit oder hätte das Lehrgeld – das nun einmal festgesetzt ist, wer auch immer den Preis einer Sache festsetzen mag – noch nicht gezahlt. So Burschen wie der Kosak in den Bergen Mexikos, der auf dem letzten Loch pfiff, und so ähnliche Wortführer, hätten wenigstens zugeben müssen, daß ich mal eine Atempause verdient hatte. Dennoch habe ich kaum eine gehabt. Aber vielleicht ist auch das schon zuviel verlangt.

Als ich diesen Bericht zu schreiben begann, sagte ich, daß ich ungeschminkt die Dinge beim Namen nennen und Schlag auf Schlag, wie es der Reihe nach komme, auf das Anklopfen achten würde; und außerdem, daß das Wesen eines Menschen sein Schicksal sei. Nun, dann liegt es auf der Hand, daß dieses Schicksal, oder wie ein Mensch das sonst nennen will, auch sein Wesen ist. Und da ich niemals einen Ort der Ruhe gekannt habe, sollte man annehmen, daß es mir schwerfiele, ruhig zu sein. Und weiterhin ist meine Hoffnung darauf gegründet, so zur Ruhe zu kommen, daß die Achsenlinien gefunden werden können. Wenn das Streben aufhört, stellt sich die Wahrheit – und mit ihr Fülle, Harmonie, Liebe und so weiter – als Geschenk ein. Vielleicht widerstehen meinem Wesen gerade *die* Dinge, die ich mir wünsche.

Ich sagte mal zu Mintouchian, als wir darüber sprachen: »Wo ich mich auch aufhalte, ist der Grund immer jemandes Bereitschaft, mich als Gast in sein Haus aufzunehmen, gewesen. Angefangen mit der alten Oma Lausch – eigentlich war es ja ihr Haus. Dann diese Leute in Evanston, die Renlings, dann die Casa Descuitada und Mr. Paslavitsch, der Jugoslawe, in Mexiko.«

»Es gibt Menschen, die einschlafen würden, wenn sie sich nicht selbst das Leben schwer machten«, antwortete Mintouchian. »Selbst des Menschen Sohn machte es sich schwer, damit er mit unserer Art genug gemein haben würde, um ihr Gott zu sein.«

»Es schwebte mir diese Idee mit dem Akademie-Kinderheim oder etwas in der Richtung vor.«

»Das könnte nie gut gehen. Entschuldige, aber die Idee ist lächerlich. Natürlich, aus manchen lächerlichen Ideen wird was; aber nicht aus deiner, bei der du für so viele Kinder zu sorgen hättest. Du bist nicht der Typ, der das kann, und Stella ist es noch weniger.«

»Oh, ich weiß; es war eine blödsinnige Idee, daß ich Kinder erziehen sollte. Wer bin ich schon, um überhaupt jemanden zu erziehen? Es ging dabei auch nicht sosehr um Erziehung als um Liebe. Das war die Idee. Was ich im Grunde meines Herzens wollte, war, daß mal jemand zur Abwechslung bei *mir* zu Hause sein sollte, statt umgekehrt.«

Ich leugnete stets, das einzige Geschöpf meiner Art zu sein. Doch wie selten stimmen zwei Vorstellungen überein! Das kommt daher, daß es ehrgeizige Vorstellungen sind, beiderseits. Wenn sie um wirklicher Erfüllung willen gemeint wären, dann würden sie auch übereinstimmen.

Ich sah es auf eine Art und Stella auf eine andere, wenn wir an Dinge wie das Akademie-Kinderheim dachten. Was mir vorschwebte, war dieser weltabgeschiedene, grüne Fleck Erde, in der Art von Thoreaus *Walden* oder dem von Yeats gedichteten *Innesfree*, mit Lehmkotten unter der freundlichen Sonne, von samtenen Wäldern, leuchtenden Gärten und von – mit Original-Lincoln-Park-Grassamen angesäten – »Elysium-Wiesen« umgeben. Es ist uns jedoch beschieden, von schwierigen Dingen hingerissen zu sein und das Einfache so wie das ferne Horn Rolands zu hören, als er und Oliver von den Sarazenen in Stücke gehauen wurden. Ich erzählte Stella, daß Bienenzucht mir nicht aus dem Kopf gehe und ich sehr erpicht darauf sei. Zum Teufel, dachte ich, bin ich mit einem Adler fertig geworden, warum sollte ich da nicht auch mit anderen geflügelten Geschöpfen fertig werden und mal zur Abwechslung Honig dabei einheimsen? Daraufhin kaufte sie mir ein Buch über Bienenzucht, und ich nahm es auf meine zweite Fahrt mit. Aber ich wußte bereits, was sie dachte, wie die Akademie aussehen würde: ein von stinkbesoffenen Pfuschern windschief zusammengehauenes Holzgerüst von Haus unter verstaubten, mickerigen Bäumen, Wäsche, die auf dem Hof kocht, magere Unglückshühner, herumtobende Kinder, meine blinde Mutter in von mir abgelegten Tretern, Georg Schuhe flickend, und ich mit einem Bienenkorb im Wald.

Zuerst meinte Stella, es sei eine zauberhafte Idee. Aber was sollte sie im Gefühlsüberschwang unserer Wiedervereinigung, als ich ihr von dem Schiffsuntergang und von all dem übrigen erzählte, auch weiter sagen? Sie weinte, sich an mir festhaltend, und ihre Tränen benetzten reichlich meine Brust. »O Augie«, sagte sie, »was du alles durchmachen mußt! Mein armer Augie!« Wir waren im Bett. In dem italienischen Spiegel, einem großen, runden, der über dem Kaminsims hing, sah ich ihren runden, glatten Rücken. »Ach, zum Teufel mit diesem verdammten Krieg und Inswasserfallen und dem ganzen Kram«, sagte ich. »Ich möchte diesen Fleck Erde haben, auf dem wir ein seßhaftes Leben beginnen können.«

»O ja«, sagte sie. Aber was konnte sie in dem Augenblick auch anderes sagen?

Ich hatte jedoch nicht den leisesten Schimmer, wie man so was anfängt. Und natürlich war es einer dieser verblasenen Träume, wie sie Leute haben, die noch nicht dahintergekommen sind, wer sie eigentlich sind, und wozu sie es sind.

Recht bald begriff ich, daß ich meistens das tat, was sie wollte; denn von uns beiden war ich es, der stärker liebte. Was das war, was sie wollte, blieb für eine Weile dunkel. Siehst du, da war all das *immenso giubilo* der Heimkehr und der Errettung aus Seenot (und vor diesem Basteshaw) eines romantischen Überlebenden und noch einmal Davongekommenen. Da war es nur angebracht, in Jubelrufe des Dankes auszubrechen, wie von Franz Joseph Haydn in Noten gesetzt und von der Schola Cantorum gesungen, und so weiter. Aber alles in allem liebte mich Stella wirklich, und wir hatten noch unsere Flitterwochen nachzuholen. Und wenn ich sie so manchmal in Gedanken versunken sah, erwog ich, daß sie sich wahrscheinlich mit mir befasse. Diese Erwägung war nur vernünftig. Und doch war nicht ich es, der sie wirklich zumeist beschäftigte. Was glaubst du, was dazu gehört, Menschen aus ihrer Versunkenheit, in der sie die ihnen zur Gewohnheit gewordene Fron verrichten, herauszuzerren! Zuerst würde man bei einer Frau, die so aussieht wie Stella, überhaupt nicht auf solche Gedanken kommen. So wie sie gebaut ist! Nicht schwach, sondern kraftvoll, hebt sich ihr Körper einem feinen Kopf mit fedrigem, dunklem Pony über der Stirn zu. – Der Raum um manche Menschen ist einzig und allein ihr Raum, und wenn man sich ihnen nähern will, muß man ihr Hoheitsgebiet durchschreiten; so daß die Art und Weise, wie man sich ihnen gegenüber benimmt, durchaus ihrer Aufsicht unterliegt. Und dann stellt man immer wieder mit Erstaunen fest, daß diese Menschen, und vielleicht schlimmer als andere, unter den sie beherrschenden Ideen leiden. Mein Traum von dem Akademie-Kinderheim war nun keine Voreingenommenheit, sondern eines dieser verblasenen Tausendjähriges-Reich-Luftschlösser oder ein Sommerschmetterling. Man soll nie versuchen, wie man so sagt, solche Schmetterlinge in Schmalz zu kochen. Mein Schicksal, oder was so Leben und Gedanken erfüllt, machen andere Voreingenommenheiten aus. Meine Voreingenommenheit Stella gegenüber, daß das, was ihr geschieht, mit Notwendigkeit auch mir geschieht, ist so eine von ihnen.

»Ach, geh mir doch weg mit diesem Geschwätz über Schicksal! Was soll's denn?« wird gewiß mancher Bursche denken und glauben, daß mir das alles aus einer anderen und dazu noch mißverstandenen Zeit beikäme, als es weniger Menschen auf der Welt und mehr Platz zwischen ihnen gab, so daß sie nicht wie wildes Gras, sondern in gutem Abstand voneinander, wie Bäume in einem Park, wuchsen und sich von Jahr zu Jahr im Licht dieser Morgenröte mehr herausmachten. Statt dieses Vergleiches denkst du nun: Betrachten wir es mal nicht als Gras, sondern statt dessen als einen Gürtelstreifen von Partikeln, einen weltumspannenden Schal aus ihnen, und diese Partikel mögen Funktionen, aber auf keinen Fall Schicksale haben. Und dann gibt es sogar eine geistige Haltung, die es beinahe widerlich findet, ein Mensch und keine Funktion zu sein. Nichtsdestoweniger bleibe ich bei meiner Vorstellung von einem Schicksal, in der eine Funktion den Platz einer tieferen Verzweiflung einnimmt.

Unlängst war ich in Florenz. Stella und ich sind jetzt in Europa und waren es seit Kriegsende. Sie wollte aus beruflichen Gründen nach Europa, und ich bin hier in Geschäften, von denen ich bald sprechen werde. Jedenfalls, ich war in Florenz; ich reise viel herum; wenige Tage vorher bin ich auf Sizilien gewesen, wo es warm war. In Florenz fror es, als ich ankam. Als ich aus dem Bahnhof trat, bellten die Sterne der Berge. Ein Wind, der Tramontana heißt, fegte herein. Als ich morgens im Hotel *Porta Rossa*, gleich hinterm Arno, erwachte, war mir kalt. Das Zimmermädchen brachte Kaffee, der mich etwas aufwärmte. Irgendeine dünne Hülse aus altem Metall läutete in einem Kirchturm, in das schnelle, glitzernde Rauschen der klaren Gebirgsluft. Ich wusch mich mit heißem Wasser und bespritzte die Dielen. Es war behaglich, an einem eiskalten Tag mit frottiertem Körper und in einen warmen Mantel eingehüllt auszugehen.

Ich fragte den Portier: »Was gibt es Gutes zu sehen, das ich in einer Stunde, den Weg dahin eingeschlossen, besichtigen kann? Ich habe eine Verabredung zu Mittag.«

Ich wußte, daß die Frage sehr »amerikanisch« war. Aber was ich sagte, war nun mal die Wahrheit.

Ich will nicht verheimlichen, was das mit der Verabredung auf sich hatte. Ich vertrat Mintouchian in einer geschäftlichen Angelegenheit und hatte mich mit einem Mann in Verbindung zu setzen, der im Begriff war, für uns eine italienische Einfuhrlizenz zu beschaffen, damit wir billig in Deutschland aufgekaufte Armeebestände abstoßen konnten. Es handelte sich dabei besonders um Vitamintabletten und andere pharmazeutische Präparate. Mintouchian war, was diese Art Spekulation anlangte, mit allen Wassern gewaschen, und wir machten eine Menge Geld. Dieser Florentiner, den ich kaufen mußte, war der Onkel eines großen Tiers in Rom, und er war eine dieser zivilisierten Persönlichkeiten, die dort, wo ich einen Beweggrund besaß, fünf in petto hatten. Immerhin weiß ich jetzt, wie man mit solchen Leuten verhandelt, und wenn ich mir über etwas nicht ganz klar bin, spreche ich mit Mintouchian am transatlantischen Telefon, und er sagt mir, was ich zu tun habe.

Der Portier im *Porta Rossa* sagte: »Sie könnten sich das goldene Portal der Taufkapelle mit den Figuren von Ghiberti ansehen.«

Ich erinnerte mich, daß der verrückte Basteshaw mir von diesem Ghiberti gesprochen hatte, und so folgte ich dem Weg, hin zur Piazza del Duomo, den mir der Portier wies.

Pferde erschauerten unter dem schneidenden Wind. Aus den Salamanderöfen der Leute, die in den kalten Straßen geröstete Kastanien verkauften, schossen Flammen tief in die steinernen Mauerwinkel und die Fugen der Pflastersteine hinein.

Wegen der Kälte waren nur wenige Menschen in der Taufkapelle. Nur ein paar Händler mit tränigen Augen, die Andenken zum Verkauf anboten und Päckchen von Postkarten, die aneinanderhingen, vor einem auf- und zuklappten. Ich ging herum und schaute mir die goldenen Paneele an, die die ganze Geschichte der Menschheit erzählen. Als ich so die Goldköpfe der uns angeblich allen gemeinsamen Väter und Mütter, die in der Sonne brannten, anstarrte, während sie ein für allemal erzählten, was sie waren, kam eine alte Dame zu mir heran, um mir zu erklären, was sie darstellten, und begann mir die Geschichte von Joseph, von Jakob, wie er mit dem Engel rang, von der Flucht aus Ägypten und von den zwölf Aposteln zu erzählen. Sie brachte alles durcheinander; denn in den lateinischen Ländern ist man nicht sehr bibelfest. Und ich wollte allein gelassen sein und ging weiter. Aber sie folgte mir. Sie hielt einen Stock in der Hand, an dem ihre Handtasche am Griff herunterglitt, und sie trug einen Schleier. Dann sah ich ihr Gesicht unter diesem Schleier, das gealterte Gesicht einer *Grande Dame* mit räudigen Flecken und teerigen Schönheitsfehlern an den Lippen. Der Pelz an ihrem Mantel war abgetragen und das kahle Leder gebrochen und wie verkrustet. Was sie mir zu sagen hatte, war: »Nun will ich Ihnen etwas von diesem Portal erzählen. Sie sind Amerikaner, nicht wahr? Ich möchte Ihnen helfen, diese Dinge zu verstehen, die Sie ohne Hilfe nicht verstehen werden. Ich habe viele Amerikaner während des Krieges gekannt.«

»Sie sind keine Italienerin – oder doch?« sagte ich. Sie sprach mit einem gewissen deutschen Akzent.

»Ich bin Piemonteserin«, antwortete sie. »Viele Leute sagen mir, ich spräche Englisch nicht wie ein Italiener. Ich bin kein Nazi, wenn es das ist, was Sie wissen wollen. Ich würde Ihnen meinen Namen sagen, wenn Sie etwas von vornehmen Namen verstünden, was wahrscheinlich nicht der Fall ist. Also warum soll ich ihn aussprechen?«

»Das ist Ihr gutes Recht. Sie brauchen Fremden Ihren Namen nicht zu sagen.«

Ich ging weiter. Der Tramontana stach in mein Gesicht, und ich widmete mich wieder den Figuren am Portal.

Sie war wieder hinter mir her auf ihren Spreizfüßen. Mit schnellen Schritten.

»Ich will keinen Führer», sagte ich, nahm etwas Geld aus meiner Tasche und gab ihr einen Hundertlireschein.

»Was ist das?« sagte sie.

»Was meinen Sie? Das ist Geld.«

»*Was* geben Sie mir da? Wissen Sie, daß ich in einem Kloster in den Bergen bei Nonnen leben muß, die mich mit vierzehn anderen Frauen in einen Raum stecken? Mit allen möglichen Weibern? Ich muß zusammen mit vierzehn anderen Menschen schlafen. Und wenn ich in die Stadt will, muß ich zu Fuß gehen, weil uns die Schwestern kein Geld für den Bus geben.«

»Will man, daß Sie da oben bleiben?«

»Die Nonnen sind nicht sehr intelligent«, antwortete sie. Es war ihr unmöglich, da oben zu bleiben und stumpfsinnige Arbeiten zu verrichten, und so entfloh sie in die Stadt. Sie war voller Empörung, doch ihre Knochen standen vor, ihre Zähne waren in schlechtem Zustand, und ihr Schleier verbarg nicht ganz die zitternden Härchen an Kinn und Mund, diesen Aberwitz auf vergangene Damenlieblichkeit.

Ich wollte mir die Portale ansehen und dachte bei mir: Warum können sie einen in diesem Land nie allein lassen?

»Das ist Isaak, wie er zu seiner eigenen Opferung geht«, sagte sie. Ich sah hin und bezweifelte, daß das stimmen konnte. Ich sagte zu ihr: »Ich will keinen Führer. Ich weiß, was das ist, was wollen Sie denn von mir? Immerzu kommen Leute und wollen etwas von mir. Also, warum nehmen Sie nun nicht bitte das Geld und –« Die Geschichte begann mich zu quälen.

»Leute! Aber Sie können mich nicht mit anderen Leuten in einen Topf werfen. Das sollten Sie begreifen. Ich bin –«

Sie war jetzt so ärgerlich, daß ihr die Stimme versagte. »Das muß *mir* passieren«, sagte sie. Sie schien mit ihrem Ellenbogen ihr Herz zu bedrängen, kam nahe heran und begann mit diesem kauzigen Betteln und Fordern von neuem.

O ihr Gesetze der Zerstörung!

Was sollte diese Sache, hatte diese Angelegenheit nicht schon lange genug gedauert, war es nicht allmählich genug? Ich meine das: wie die Falten kommen, wie das Grau das Schwarze abwürgt, wie die Haut erschlafft und die Sehnen flechsig werden. Hatte sie die Villa, den Gatten oder die Liebhaber, die Kinder, die Teppiche und das Piano, die Diener und das Geld, die sie verloren hatte, noch frisch in der Erinnerung? Was war der Grund dafür, daß sie noch genauso wie im ersten Schmerz nach einem tiefen Sturz litt! Ich gab ihr noch einen Hundertlireschein.

»Geben Sie mir fünfhundert, und ich werde Ihnen die Kathedrale zeigen und Sie zur Santa Maria Novella bringen. Es ist nicht weit, und Sie werden nichts davon begreifen, wenn es Ihnen nicht jemand erklärt.«

»Die Sache ist die, daß ich gleich geschäftlich einen Mann treffen muß. Haben Sie trotzdem vielen Dank.«

Ich machte mich davon. Wahrscheinlich wäre ich sowieso gegangen, da mir Ghiberti damals doch nicht viel zu sagen hatte.

Die altertümliche Dame hatte auch recht, und immer ist da ein *Mir-muß-das-Passieren.* Der Tod wird uns von den Grenzen befreien, damit keine Unterschiede mehr zwischen uns sein sollen. Das ist es, um was es sich beim Tod dreht. Wenn es das gleiche ist, was auch das Leben will, was kann man dann anderes als Empörung empfinden?

Ja, nachdem ich noch drei weitere Male im Kriege auf See war, gingen Stella und ich nach Europa. Ja, nach Europa.

Ich habe diese Memoiren geschrieben, da ich als ein allein Herumreisender eine Menge Zeit zu meiner Verfügung habe. Voriges Jahr mußte ich ein paar Monate in Rom sein. Es war Sommer, und die Stadt brach heiß und schläfrig in rote Blumen aus. Im Sommer sind alle Städte des Südens Städte des Schlafens, und Schlaf am Tage macht mich schwerfällig und läßt mich den Geschmack an mir verlieren. Wenn ich am Nachmittag erwachte, trank ich Kaffee und rauchte Zigarren, und wenn ich nach der Siesta langsam zu mir kam, war es fast schon Abend. Dann ist Abendbrotzeit, und eine sanfte, nervenlos grüne Nacht glüht mit lautlosen Gasglühstrümpfen bis zur Weißglut in den Straßen und kratzt eine lange pochende Schramme in die Finsternis. Wieder ist es Zeit, schlafen zu gehen, also geht man und sinkt schwer aufs Bett.

Aus diesen Gründen nahm ich die Gewohnheit an, jeden Nachmittag oben auf den Pincio ins Café Valadier in den Borghese-Gärten, wo einem das ganze gehäufte Rom zu Füßen liegt, zu gehen. Dort saß ich an einem Tisch und legte Rechenschaft darüber ab, daß ich ein Amerikaner bin, geboren in Chicago, und über alle diese anderen Begebenheiten und Luftschlösser. Nicht, weil das alles so ungemein bedeutsam wäre, sondern wahrscheinlich, weil menschliche Wesen die Macht haben zu reden und diese Macht zu gegebener Zeit anwenden sollten. Wenn man schließlich mit seiner Rede fertig ist und das, was man zu sagen hatte, gesagt hat, verstummt man hinterher für immer, und wenn man mit dem Eifern an ein Ende gekommen ist, geht man still seiner Wege; doch das alles ist kein Grund, es abzulehnen, zu sprechen und zu eifern oder zu sein, wie man ist.

Ich versuche, die meiste Zeit über in Paris zu sein, weil Stella dort arbeitet. Sie ist bei einer Filmgesellschaft beschäftigt, die internationale Filme macht. Wir haben eine Wohnung in der Rue Francois Ier, in einer ziemlich eleganten Gegend, in der Nähe des *Hôtel Georges V.*

Eigentlich ist es das Pracht- und Luxusviertel, aber die Bude, die Stella und ich dort gemietet hatten, war scheußlich. Sie gehörte einem alten Engländer und seiner französischen Frau, die nach Mentone verschwanden, um dort von der hohen Miete zu leben, um die sie uns schröpften. Den ganzen Winter hingen Regen und Nebel über Paris. Ich verbrachte Tage und Tage mit dem Versuch, mich an die verschimmelte, wenn auch aufgetakelte Wohnung zu gewöhnen. Ich tat das mit einer gewissen Hartnäckigkeit, weil ich nun einmal meine eigene Wohnung hier sah. Aber mit den Teppichen und Stühlen, mit den Lampen, die wirkten, als seien sie Coney-Island-Gewächse, diesen Bordellsalon-Bildern, Alabastereulen mit elektrischen Augen und mit den in Leder gebundenen Büchern von Ouida und Marie Corelli, die wie Spucke rochen, ließ sich nichts anfangen. Der alte Gauner von Engländer, der der *locataire* war, hatte so etwas inne, das er Atelier nannte, was so eine Art Verschlag mit einem üblen Stück Teppich, einem mehrbändigen uralten *Larousse* und einem grünen Tisch war. Die Schubladen dieses grünen Filztisches waren voller Papierfetzen, die mit den Zahlen der Wechselkurse von englischen Pfunden, von Dollars, Pesetas, Schillingen, Mark, Escudos, Piastern und sogar Rubeln bekritzelt waren. Ryehurst, dieser alte Mann, saß hier, faktisch schon gestorben, in einem Anzug wie zur Beerdigung, lila Flanell ohne Aufschläge oder Knöpfe oder Knopflöcher, und stellte Kalkulationen über Geld an und schrieb Briefe über die Niederlage Frankreichs an die Zeitungen und wie man den Bauern ihr verstecktes Gold entreißen könne oder welches die besten Gebirgspässe für Kraftfahrer nach Italien seien. In seiner Jugend hatte Ryehurst den Schnelligkeitsrekord auf der Strecke Turin-London gebrochen. Es gab da ein Bild von ihm in seinem Rennwagen. Neben ihm im Führersitz saß ein kleiner irischer Terrier.

Die Zimmer, die auf die Straße hinausgingen, waren schon übel genug, aber das Eßzimmer gab mir den Rest. Stella pflegte früh ins Atelier zu fahren, und ich konnte mich nicht oft dazu überwinden, mich allein an das gelbe, rotgestickte Turkestan-Tischtuch zum Kaffee niederzusetzen, obschon eine *bonne à tout faire* kam, um mir mein Frühstück zu machen.

Ich ging deshalb zum Frühstück in ein kleines Café, und hier lief ich eines Tages meinem alten Freund Hooker Frazer in die Arme. In diesem Café, der *Roseraie,* das ein groteskes Ding von Lokal war, standen runde Tische, Korbstühle, Palmen in Messingkübeln, lagen buntgestreifte Kokosfaserläufer, hingen rot-weiß gestreifte Markisen, dampfte eine gewaltige Kaffeemaschine, an der Hunderte von Rädchen und kleinen Hähnchen waren, gab es Kuchen in Zellophanpapier und alles mögliche Zeug der Art. Ich ging frühstücken, nachdem ich den Ofen in Gang gebracht hatte; dieses Hausmädchen, Jacqueline, war sehr nett, aber vom Ofenanmachen hatte sie keine Ahnung; darin war ich von alten Zeiten her Fachmann. Und eines Morgens bestellte ich also meinen Kaffee in der *Roseraie*, auf der Straße gingen alte Leute, die vom Markt auf der Place de L'Alma mit Pferdefleisch, Erdbeeren und so weiter kamen, in Pantoffeln, als seien sie bei sich zu Hause in ihrem mit Gardinenborte behängten Wohnzimmer. Ganz plötzlich ging Frazer vorbei. Ich hatte ihn seit meiner Hochzeit nicht mehr gesehen.

»Hallo, Frazer!«

»Augie!«

»Was führt dich nach Paris, alter Freund?«

»Wie geht's? Wie immer die Gesundheit selbst, strahlend und gut gelaunt! Na ja, was mich betrifft, ich arbeite bei der Unesco. Ich glaube, ich habe während des letzten Jahres jeden, den ich jemals gekannt habe, hier getroffen. Aber was für eine Überraschung, ausgerechnet dir, Augie, in der Stadt des Menschen über den Weg zu laufen!«

Er fühlte sich ausgezeichnet, die Stadt regte ihn an, und er setzte sich zu mir und hielt mir eine Art Vortrag – ganz erstaunlich! – über Paris und daß es nichts dergleichen gäbe, das sich mit ihr, der Hauptstadt der Hoffnung, vergleichen könne, und daß der Mensch frei sein könne ohne die Hilfe der Götter, klaren Verstandes, zivilisiert, weise, angenehm und alles das. Einen Augenblick lang war ich fast gekränkt, daß er lachte, als er mich fragte, was ich denn hier mache. Das mag ungereimt klingen, aber ich dachte, wenn Paris die Stadt des Menschen war, wie er sie genannt hatte, warum dann nicht auch für mich? Wenn nicht, so war das vielleicht nicht ganz und gar meine Schuld. Welches Menschen Stadt war sie denn? Das war wieder einmal Ansichtssache. Es ist immer Sache der einen oder anderen Ansicht.

Doch wer konnte sich über dieses kokette hübsche Paris beklagen, wenn es sich wie ein Karussell drehte – mit seinen goldenen Brükkenpferden, den griechischen Helden und in Stein gehauenen Schönheiten der Tuilerien, dem überladenen Opernhaus, den schmissigen

Schaufenstern und feinen Farben, dem Maibaum-Obelisken und in allen Farben leuchtenden Speiseeis; dieses schreiend bunte Überraschungspäckchen der Welt.

Ich glaube nicht, daß mich Frazer verletzen wollte. Er war einfach überrascht, mich hier zu sehen.

»Ich bin seit Kriegsende hier«, sagte ich.

»Soso, und was machst du?«

»Ich arbeite mit diesem armenischen Rechtsanwalt, den du auf meiner Hochzeit trafst, geschäftlich zusammen. Erinnerst du dich?«

»Aber natürlich, du bist ja verheiratet. Ist deine Frau auch hier?«

»Selbstverständlich ist sie beim Film. Vielleicht hast du sie in *Les Orphelines* gesehen. Es geht da um DP's.«

»Nein, ich muß gestehen, daß ich nicht oft ins Kino gehe. Aber es wundert mich nicht zu hören, daß sie Schauspielerin ist. Sie ist sehr schön, weißt du! Und wie läßt sich alles so an?«

»Ich liebe sie«, antwortete ich.

Als ob das die richtige Antwort gewesen wäre! Doch wer will mir übelnehmen, daß ich Frazer nicht mehr sagen wollte. Angenommen, ich hätte angefangen zu erklären, daß sie mich auch liebe, doch mit einer Liebe so in der Art, wie Paris die Stadt des Menschen ist, oder mit dem, was sie dazu mitbrachte oder ihren Voreingenommenheiten zuwendete – mit einer Liebe, die den Sieg über Voreingenommenheiten bedeutet; über Voreingenommenheiten oder das, was Mintouchian an jenem Nachmittag im Türkischen Bad die in einem vorherrschenden Ideen nannte. Aber dazu, mich auf all das mit Frazer einzulassen, war ich nicht bereit. Wenn ich manchmal mit Stella darüber sprach, und das tat ich hin und wieder oder versuchte es zu tun, dann schien es mir, als müsse ich mich wie ein Fanatiker anhören, und das, was ich sagte, klang in ihren Ohren vielleicht so, wie mir die Reden anderer Leute geklungen hätten, wenn sie für ihre Ideen, an die sie einen zu verkaufen oder für die sie einen anzuwerben versuchten, ins Horn stießen. Das machte sie gewissermaßen zu einem Spiegel, in dem ich meine eigene Hartnäckigkeit von früher erkennen und sehen konnte, wie es ausgeschaut haben muß, wenn ich mich auf die Hinterbeine stellte. Damals, als wir uns im Garten der japanischen Villa in Acatla in die Büsche schlugen und sie feststellte, daß wir einander sehr gleich seien, hatte sie recht. Wir sind es.

Wie dem auch sei, selbst wenn ich nicht gerade der ehrlichste Kerl von der Welt bin, will ich doch nicht mehr lügen, als man üblicherweise tut. Aber Stella tut das. Natürlich kannst du es Lügen oder aber auch Behütung deiner Einbildungen nennen. Ich glaube, ich ziehe die zweite Bezeichnung vor. Stella sieht glücklich und gefestigt aus, und es ist ihr Wunsch, daß ich genauso aussehe. Sie sitzt da neben dem vogelbrüstigen Ofen im Salon auf dem Stuhl, vor dem mich der alte englische Gent Ryehurst – mit dem Gedanken an mögliche Beschädigung – gewarnt hatte: daß es ein echter Chippendale sei; und sie ist voll innerer Ruhe, intelligent, attraktiv, vital, außerordentlich gut aussehend und bietet damit genau das Bild, das sie von sich vermitteln will. Das bewirkt die Einbildung. Natürlich brauche ich oft eine gewisse Zeit, ehe ich weiß, woran wir in Wirklichkeit sind. Sie erzählt, was so im Atelier war, und lacht mit ihrer klaren Brusttonstimme über die Ulkigkeiten des Tages. Und was habe ich mit dem Tag angefangen? Nun, vielleicht habe ich mich mit jemandem getroffen, der früher in Dachau war, und habe mit ihm Geschäfte mit zahnärztlichen Bedarfsartikeln aus Deutschland gemacht. Das nahm ein bis zwei Stunden in Anspruch. Danach bin ich vielleicht in die kalten Hallen des Louvre gegangen und habe den Meistern der niederländischen Schule einen Besuch abgestattet oder bemerkt, wie sehr die Seine nach Apotheke riecht; oder ich ging in ein Café und schrieb einen Brief. Und so verging der Tag.

Sie sitzt da und hört mir zu, mit übereinandergeschlagenen Beinen unter dem Batik-Hausrock, den sie trägt, mit ihrem schweren, in drei Rollen aufgetürmten Haar und der Zigarette vor dem Mund, und sie verweigert mir – in diesem Augenblick jedenfalls – die wichtigsten Dinge, um die ich sie bitte.

Es ist wirklich ziemlich ungeheuerlich, wie sich alles zuträgt. Man stellt sich kaum vor, wieviel Mühe in allem steckt. Ganz kürzlich erst wurde mir bewußt, wie groß der Aufwand ist. Sie kam aus dem Atelier nach Hause und nahm ein Bad, und aus dem Bad rief sie zu mir heraus: »Liebster, bring mir doch bitte ein Handtuch!« Ich nahm einen jener Frotteemäntel, die ich im Bon-Marché-Warenhaus gekauft hatte, und brachte ihn ihr. Das kleine Badezimmer lag im Zwielicht. Im Messingkasten der *Chauffe-eau*-Maschine brannte das Gas mit bleckenden bläulichen Lichtzähnen; von den Tausend-Kerzen-Stichflammen zerkrümelte innen das grüne Metalloxyd und fiel auf den Boden des Kastens. Ihr Körper mit seinem warmen Frauenduft war mit Wasser bedeckt, das über den Brüsten in einer sanften Linie begann. Das Glas der Hausapotheke schien wie eine tiefblaue Stelle in der Wand, die mehr einem Fenster auf das abendliche Meer als auf den Aschennebel von Paris glich. Ich setzte mich, mit dem Mantel über der Schulter, nieder und fühlte eine unendliche Ruhe in mir. Die Wohnung erschien zur Abwechslung einmal sauber und war warm. Ihre Abscheulichkeiten hatten sich in den Hintergrund verzogen, die Öfen gingen gut und warfen einen sanften Schein durch ihre Glimmerfenster. Jaqueline kochte das Abendbrot, und es roch nach Fleischsoße. Ich fühlte mich zu Hause und unbeschwert, die Brust war mir frei, und meine Hände waren entspannt und offen. Und jetzt kommt das Ding. Es braucht einen Augenblick wie diesen, um herauszufinden, wie wund dein Herz gewesen ist, und mehr noch: daß in der ganzen Zeit, in der du glaubtest, ein Müßiggänger zu sein, entsetzlich schwere Arbeit geleistet wurde. Schwere, schwere Arbeit, graben, baggern, Stollen vortreiben, sich wie ein Maulwurf durch unterirdische Gänge wühlen, heben, stoßen, Gestein fortschaffen, arbeiten, arbeiten, arbeiten, arbeiten, arbeiten, keuchen, schleppen und fördern. Und nicht das geringste dieser ganzen Plackerei ist von draußen zu erkennen. Alles geschieht im Innern. Das kommt daher, weil du ohne Macht und unfähig bist, etwas zu erreichen, unfähig, Gerechtigkeit oder Vergeltung zu finden, und darum quälst du dich selbst, kämpfst du, suchst mit dir ins reine zu kommen, erinnerst dich an Beleidigungen, streitest, erwiderst, leugnest, schwatzt, verleumdest, triumphierst, überlistest, überwindest, rechtfertigst, heulst, beharrst, vollbringst, stirbst und erstehst du wieder. Allein durch dich! Wo sind denn alle die andern? In deiner Brust, in deiner Haut, der Held, die Mutter, die komische Alte, der Charakterspieler, die Komparsen, der Heldenvater, der Intrigant, die Naive, der Komiker, die Liebhaberin, die Heroine, der Dichter, der Beleuchter, der Maskenbildner, der Dramaturg, der Regisseur, die Souffleuse – sie alle, alle, das ganze Theater.

Stella kämpfte ihren Kampf in der Wanne liegend. Das war mir vollkommen klar. Und im allgemeinen leistete auch ich schwere Arbeit. Und wozu?

Jeder faselt mir was über Paris als den Ort der Unbeschwertheit vor und spricht von *calme, ordre, luxe et volupté*, und trotzdem ist dort diese Plackerei im Gange. Jede dieser kostbaren, dramatisch herausgestellten Persönlichkeiten verrichtet die ihr unerläßliche Arbeit. Wäre Stella nicht gezwungen, ihre schwerste Arbeit zu tun, wären wir nicht in dieser Stadt des goldenen Maßes und des Luxus.

Des sogenannten. Die Garderobe, die Nachtklubs und ihre Darbietungen, das angebliche Getue der Ateliers und die Freundschaften unter den Künstlern – die mir so vorkommen, als seien sie ziemlich aufgeblasene Figuren, wie unser guter Hausfreund Alain du Niveau –, in alledem ist nicht ein bißchen Unbeschwertheit. Ich will nur mal diesen du Niveau nehmen. Er ist das, was die Pariser einen *noceur* nennen und damit meinen, daß für ihn immer Hochzeitsnacht oder »Bettchen-Bettchen-wechsle-dich« ist. Das ist gerade ungefähr das geringste, was man ihm nachsagen kann.

Jedenfalls ist es so, daß ich vorgezogen haben würde, in den Staaten zu bleiben und Vater zu werden. Statt dessen bin ich nun noch für eine Weile der Gefangene der Fremde. Aber das ist nur vorübergehend. Wir werden uns daraus befreien.

Ich sagte, daß Stella mehr, als so üblich ist, lügt. Unglücklicherweise. Sie erzählte mir eine Reihe von Dingen, die es nicht gab, und vergaß, mir Dinge zu sagen, die es gab. So erzählte sie mir zum Beispiel, daß sie von ihrem Papa in Jamaica (N. Y.) Geld bekomme. Es gab keinen Papa in Jamaica. Sie ist auch niemals auf die Universität gegangen. Und aus Oliver hat sie sich nie was gemacht. Er war nicht der wichtige Mann. Der wichtige war ein großer Drahtzieher, der Cumberland hieß. Sie war es nicht, die mir zuerst von ihm erzählte. Daß es diesen Mann überhaupt gab, erfuhr ich von jemand anderem. Und dann sagte sie mir, daß dieser Cumberland ein Schwindler sei. Das heißt, moralisch betrachtet; in seinen Geschäften war er nicht nur respektabel, sondern groß. Genau gesagt, war er einer jener mächtigen Männer, deren Bild nicht mal in die Zeitung kommt, weil sie zu einflußreich sind, um beim Namen genannt zu werden. Und mit der Zeit wuchs sich dieser Mann, mit dem sie schon was angefangen hatte, als sie noch auf der höheren Mädchenschule war, zu einem Jupiter Ammon aus, mit einem Auge wie das Okular des neuen Teleskops da oben in dem Mount-Palomar-Observatorium, und so verrucht wie ein Tiberius, ein Zar und *spiritus rector*. Um die Wahrheit zu sagen, ich habe sie gründlich satt, diese großen Persönlichkeiten, Schicksalspieler, Schwerwasser-Geister, diese Machiavellis und abgefeimten Hexenmeister, Großschnauzen, Aufschneider und Absolutisten. Nachdem mich Basteshaw verdroschen hatte, schwor ich einen Eid, nie wieder etwas mit einem von ihnen zu tun haben zu wollen. Doch mit diesem Schwur ist es wahrscheinlich so wie mit allem: Der Mensch denkt, Gott lenkt; denn hier streckte das Gespenst von einem dieses Schlages die Hand nach mir aus. Junge, Junge! Brüderchen, damit wirst du nie ins reine kommen; das bildest du dir nur ein!

Das erste, was ich von diesem Cumberland hörte, kam von Alain du Niveau, der während des Krieges in der Filmindustrie in New York war. Mintouchian war mit du Niveau bekannt, und Agnes kannte ihn auch. Ursprünglich war er ein Freund von Agnes. Als ich ihn kennenlernte, erzählte er mir, er sei ein Nachkomme des Herzogs Saint-Simon. Wenn es sich um adlige Stammbäume handelt, bin ich an sich immer sehr gutgläubig, aber dieser du Niveau sah nun wirklich nach nichts aus. Er hatte blaue, whisky-wäßrige Augen in einem gestrafft-massigen, klobigen Gesicht von der Farbe verdächtig guter Gesundheit. Obgleich er es wahrscheinlich gar nicht böse meinte, war der Ausdruck seines Gesichts von ausgesprochener Unverschämtheit. Er kämmte sich sein dünnes rötliches Haar ordentlich und nichtssagend wie ein englischer Offizier. Seine Schuhe waren filzgefüttert, sein langer Mantel aus herrlichem Wildleder reichte ihm bis zu den Knöcheln, und sein Körper war dick. Er war ein Schürzenjäger und wie ein reißender Wolf in der Untergrundbahn hinter den Mädchen her. Er erzählte einem, wie er Frauen aufgabelte, und so wie er es beschrieb, standen diese armen schwachen Vögelchen, wenn er sie erst mal allein hatte, einem feurigen Gott gegenüber; et cetera.

Als er Cumberland erwähnte, wartete ich mit ihm im Foyer des New Yorker Paramount-Palastes auf Stella. Olivers Name fiel, und du Niveau sagte: »Er sitzt noch immer.«

»Kanntest du den Kerl?« sagte ich.

»Ja. Und was für ein Abstieg für Stella, nach einem Mann wie Cumberland. Den habe ich auch gekannt.«

Er hatte keine Ahnung, was er gesagt hatte. Er hatte das fast nie. Mir war, als wäre ich durch plötzlich niederstürzenden Dreck in einem Schacht eingeschlossen worden. Furchtbare Verzweiflung, Wut, Eifersucht brachen in mir aus.

»Wer? Welcher Cumberland?«

Darauf sah er mich an und begriff, daß meine Augen aus irgendeinem Grund brannten und mich etwas quälte. Ich glaube, er war äußerst überrascht und versuchte, sich mit Anstand aus der Affäre zu ziehen.

Die Sache war so, daß mir schon seit einiger Zeit etwas schwante, das nicht koscher war und früher oder später aufgeklärt werden mußte. Beständig wurde Stella um Geld gemahnt. Da gab's Schwierigkeiten wegen eines Autos. Sie besaß aber kein Auto. Auch prozessierte sie wegen einer Wohnung, oben in der Central-Park-Gegend. Was für eine Wohnung hatte sie da gehabt? Und da es, wie ich annehme, unnatürlich gewesen wäre, darüber zu schweigen, so hatte sie mir von einem Nerzmantel, der 7500 Dollar gekostet hatte, und einem Brillant-Halsband erzählt, die sie hatte verkaufen müssen. Es kamen Geschäftsbriefe ins Haus, die sie nicht öffnete. Diese Geschäftsbriefe mit dem transparenten Rechteck für die Adresse haben etwas an sich, wovor meine Seele davonläuft.

Und dann – hätte ich außer acht lassen sollen, was Mintouchian mir im Türkischen Bad gesagt hatte? Wie konnte ich das?

»Wer ist dieser Cumberland?« fragte ich du Niveau.

Gerade in dem Augenblick kam Stella von der Damentoilette zurück. Ich nahm sie beim Arm und drängte sie auf die Straße zu einem Taxi. Wir rasten zur Wohnung zurück, wo ich vor Wut an die Decke ging. »Ich hätte mir denken können, daß da was nicht stimmt!« schrie ich sie an. »Wer ist dieser Cumberland?«

»Augie, reg dich nicht auf«, sagte sie bleich. »Ich hätte es dir sagen sollen. Doch was ändert das schon. Es beweist nur, daß ich dich liebe und dich dadurch, daß ich es dir sagte, nicht verlieren wollte.«

»Hat er dir den Mantel geschenkt?«

»Ja, Liebster; aber ich habe *dich* geheiratet, nicht ihn.«

»Und das Auto?«

»Es war ein Geschenk, Liebster. Aber Süßer, Bester, *du* bist der Mann, den ich liebe.«

»Und alle die andern Sachen im Haus?«

»Die Möbel? Wieso, das ist doch nur Kram. Nur *du* bist wichtig.«

Allmählich beruhigte sie mich.

»Wann hast du ihn zuletzt gesehn?«

»Seit zwei Jahren habe ich nichts mehr mit ihm zu tun.«

»Ich kann nicht ausstehn, wenn diese Kerle aus der Versenkung geholt werden«, sagte ich. »Ich kann's nicht ertragen. Es sollte solche Heimlichkeiten nicht geben, die einem plötzlich ins Gesicht springen.«

»Schließlich war es doch viel schlimmer für mich«, meinte sie. »Ich war es, die in Wahrheit unter ihm zu leiden hatte. Das einzige, worunter *du* leidest, ist, davon zu hören.«

Nachdem wir einmal davon angefangen hatten, war es sehr schwer, wieder aufzuhören. Sie wollte darüber reden. Um zu beweisen, daß ich keinen Grund zur Eifersucht hätte, mußte sie mir alles, was geschehen war, haarklein erzählen, und ich konnte sie nicht daran hindern – eine feine, aktive, übersprudelnde Natur wie Stella, siehst du, kann man nicht so leicht zügeln.

»Solch ein Hund!« sagte sie. »Solch ein Feigling! Er hatte nicht das geringste menschliche Gefühl im Leibe. Ihm kam es nur darauf an, seine Geschäftsfreunde gut von mir unterhalten zu lassen und mit mir anzugeben, denn seiner eigenen Frau schämte er sich.« Das deckte sich nicht ganz mit ihrer Einstellung zu den Dingen, deren sie sich erfreut hatte, wie zum Beispiel des Sommerhauses in New Jersey, des unbeschränkten Kredits für ihre Einkäufe und des Mercedes-Benz, worin sich eine äußerst berechnende Einstellung verriet. Sie wußte genau in Steuerangelegenheiten und Lebensversicherungen Bescheid. Es spricht natürlich nicht gegen eine Frau, wenn sie von solchen Dingen etwas versteht. Warum soll sie nicht? Aber ich fürchtete, daß ich eine ideale Darstellung ihrer Vergangenheit nicht länger aufrechterhalten könnte. Na ja, das war ja auch nicht unbedingt nötig.

»Er wollte auf keinen Fall, daß ich auf eigenen Füßen stand. Als er herausbekam, daß ich ein Bankkonto hatte, zwang er mich, das Geld auszugeben. Er wollte, daß ich von ihm abhängig sein sollte. Als er davon hörte, daß der Direktor einer Holzfirma, den ich kannte, vorhatte, auf Long Island einen Spielklub aufzmachen und mir 15 000 Dollar im Jahr bot, wenn ich in diesem Klub die Honneurs machen würde, wurde er rasend.«

»Kam er hinter alles?«

»Dafür stellte er Detektive an. Du hast noch eine Menge zu lernen, was solche Leute anlangt. Wenn er sich was davon versprochen hätte, hätte er es fertiggekriegt, den Mond zu pachten.«

»Davon habe ich schon mehr gelernt, als mir lieb war.«

»Ach Augie! Liebster, bitte erinnere dich doch, daß du in deinem Leben auch Fehler gemacht hast. Bist du nicht losgezogen, um Emigranten aus Kanada schwarz über die Grenze nach Amerika zu bringen? Du hast gestohlen. Vergiß nicht, auch dich haben eine Menge Menschen auf Abwege geführt.«

Okay, aber warum konnte sie sich nicht damit zufriedengeben, daß ich sie liebte, und mit diesem Gerede endlich aufhören? Was meinte sie mit dem Holzhändler? Hatte sie sich wirklich mit der Absicht getragen, Empfangsdame in einem Spielklub zu werden? Ich saß da und zerbrach mir über alles den Kopf, und mir war scheußlich zumute. Selbst die Sessellehnen schienen es darauf abgesehen zu haben, sich mir in die Seiten zu bohren und mich zu peinigen, und das verspielt bemalte bayrische Bett und das *bric-à-brac* und die ausgestopften Pirole, alles das bedrückte mich. Sollte ich wieder mal unrecht haben? Als ich mit Basteshaw im Boot dahintrieb, war mir schon dieser Gedanke gekommen, immer und immer wieder unrecht zu haben.

Trotzdem glaubte ich, daß wir es schließlich doch schaffen würden. Ich will nicht den falschen Eindruck absoluter Verzweiflung wekken. So war es nicht. Ich weiß nicht, wer dieser Heilige war, der erwachte, sein Antlitz erhob, den Mund öffnete und seinen geheimen Traum verkündete, daß über der ganzen Schöpfung Glückseligkeit liege, nur an manchen Stellen stärker und an anderen schwächer. Wer er auch war, ich habe eine große Anfälligkeit für solche Träume. Das ist *amor fati* und nichts anderes; man könnte es auch mystische Anbetung allen Geschehens nennen.

Stella besitzt in einem gewissen Grad ebenso Einfältigkeit wie auch Falschheit, eine Art naiver Ernsthaftigkeit. Sie weint echte Tränen mit völliger Hingabe. Aber sie dazu zu bringen, ihre Ansichten zu ändern, um was es dabei auch gehen mag, ist nicht einfach. Ich habe zum Beispiel versucht, sie dazu anzuhalten, ihre Nägel kürzer zu tragen; sie läßt sie sehr lang wachsen, und wenn sie einreißen, dann bis ins Fleisch hinein, und sie beginnt zu weinen. Dann sage ich: »Mein Gott, warum läßt du sie so lang wachsen!« und nehme die Schere und schneide ihr die Fingernägel, was sie sich gefallen läßt. Aber nur, um sie wieder lang wachsen zu lassen. Oder nehmen wir den Fall mit dem Kater, Ginger, der sehr verwöhnt ist und einen des Nachts weckt, indem er Lampen und Geschirr umwirft, um gefüttert zu werden; da machte ich mich nur lächerlich, als ich verlangte, daß er nachts in die Küche gesperrt werden sollte. Ich erreichte gar nichts.

Sie kam immer wieder darauf, wie sie verlangt hatte, auf eigenen Füßen zu stehen.

»Das ist doch ganz natürlich. Wer möchte das nicht?«

»Nein, ich meine, ich wollte etwas aus eigenem Antrieb tun. Es handelte sich nicht bloß um Geld.« Was sie mir faktisch händeringend beibringen wollte, war, daß er sie *unterjocht* hatte. »Es passierte immer wieder, daß er sein Wort brach, wenn er mir eben erst versprochen hatte, mich etwas allein unternehmen zu lassen. So machte ich schließlich Schluß mit ihm und ging nach Kalifornien. Ich kannte dort jemand, der mir mal angeboten hatte, Probeaufnahmen von mir zu machen. Ich kam sehr gut an und erhielt eine Rolle in einem Film-Musical. Als der Film lief, stellte sich heraus, daß man alle meine Szenen weggeschnitten hatte: ich sah so blöd aus, lächelte immer und schien etwas sagen zu wollen, es kam dann aber nichts. Nach der Vorführung für die Presse war ich krank. Dieser Kerl hatte den Produzenten unter Druck gesetzt, mir diesen Streich zu spielen. Ich schickte ihm ein Telegramm, daß ich mit ihm ein für allemal fertig wäre. Am nächsten Tag hatte ich eine Blinddarmreizung und ging ins Krankenhaus, und kaum vierundzwanzig Stunden später saß er an meinem Bett. Ich sagte nur zu ihm: ›Was hast du denn deiner Frau diesmal für ein Märchen erzählt, wohin du fahren müßtest?‹ Ich war für immer fertig mit ihm.«

Es dreht mir immer den Magen um, wenn ich Eheleute miteinander von vorausgegangenen Ehen und Liebesgeschichten reden höre. In dieser Beziehung bin ich ungewöhnlich empfindsam.

Natürlich wußte ich, daß in alledem die schwere Arbeit bestand, die Stella zu bewältigen hatte. Sie war noch nicht darüber hinweg, bei weitem noch nicht. Sie litt daran. Wieder und wieder mußte sie ihre Erinnerung an ihn ausgraben, und indem sie das tat, grub sie auch mich ganz schön um.

»Ist ja schon gut, Stella, ich bitte dich«, sagte ich schließlich.

»*Was* ist schon gut?« sagte sie ärgerlich. »Ich werde doch noch darüber sprechen dürfen, oder nicht?«

»Aber du sprichst dauernd davon, und du sprichst von ihm mehr als von irgendeinem andern.«

»Weil ich ihn hasse. Ich stecke immer noch in Schulden der ganzen Verpflichtungen wegen, die ich durch ihn gehabt habe.«

»Wir werden sie loswerden.«

»Wie?«

»Ich weiß noch nicht. Ich werde das mit Mintouchian besprechen.«

Sie wollte nicht, daß ich das tat. Sie war ernstlich dagegen. Aber ich ging doch zu ihm.

Er wußte bereits alles über Cumberland, was schließlich durchaus nicht überraschend war. Wir sprachen in seinem Büro auf der Fifth Avenue darüber. »Da du mich darauf ansprichst«, sagte er, »nimm es mir nicht übel, aber ich muß dir sagen, daß sie die Pest für ihn ist.

Er hat unrecht an ihr gehandelt, aber er ist jetzt ein alter Knabe, und die ganze Sache ist vorbei. Es ist schwierig für seine Familie. Sein Sohn ist jetzt der Chef der Familie, und er sagte, damit, daß sie ihnen droht, erreiche sie gar nichts. Gesetzlich springt für sie nicht viel 'raus dabei.«

»Droht? Was für Drohungen? Willst du damit sagen, daß sie ihn belästigt? Himmel, zu mir sagte sie, daß sie schon seit zwei Jahren nichts mehr mit ihm zu tun hätte!«

»Na schön, sie hat dir da nicht ganz die Wahrheit gesagt – strenggenommen.«

Das war vernichtend für mich; ich schämte mich furchtbar. Wie soll man da vorgehen? Verteidigst du dich nicht, kannst du gemordet werden, und wenn du dich verteidigst, mußt du dennoch sterben.

»Ich fürchte, sie ist darauf aus, es zu einem Prozeß kommen zu lassen«, sagte Mintouchian. »Sie ist sehr unruhig.«

Ich sagte zu Stella: »Du hast damit aufzuhören. Es wird keinen Prozeß geben. Du weißt, wo dieser Mann ist und was er tut. Du hast es immer gewußt. Du hast mir nicht die Wahrheit gesagt. Das hat sofort aufzuhören. In einer Woche muß ich wieder an Bord, und ich möchte nicht monatelang nur daran denken müssen. Wenn du mir nicht versprichst, damit aufzuhören, kann ich nicht zurückkommen.«

Sie gab nach. Sie weinte vor Bitterkeit darüber, daß ich ihr gedroht hatte, doch sie gab mir das Versprechen. Sie hat ein warmes, sich leicht rötendes Gesicht. Wenn Stella zu weinen anfängt, dann wird ihre rosige Haut dunkelrot, und ihr Gesicht verdunkelt sich bis in die Augen hinein, die mir so bezaubernd erschienen waren, als ich sie in Acatla das erstemal sah. Ihre Züge heben sich nur leicht von der Oberfläche des Gesichtes ab, als habe sie javanisches oder sumatrisches Blut in sich. Als sie weinte, saß ich verletzt und getröstet zugleich da. Bei manchen Frauen ist das Weinen nur eine Fortsetzung ihres Eigensinns, aber bei Stella stellt es den Augenblick der Wahrheit dar. Sie wußte, gestand sie, daß sie nicht soviel von dem alten Mann reden sollte und nicht versuchen sollte, von ihm zu verlangen, alle Schuld auf sich zu nehmen.

So ging ich in besserer Gemütsverfassung an Bord. Bei dieser Gelegenheit kaufte sie mir das Buch über Bienenzucht. Ich studierte es mit Hingabe und lernte eine Menge über Bienen und Honig, was, wie ich wußte, kaum von praktischem Wert sein würde.

Selbstverständlich hatte Stella diese ganze Filmgeschichte nur unternommen, um Cumberland zu zeigen, daß sie es auch alleine zu was bringen konnte. Sie besitzt kein außerordentliches Schauspieltalent, doch es scheint so zu sein: Menschen tun nicht das, wozu sie Talent haben, sondern wozu sie ihr Vorurteil führt. Eignen sie sich eigentlich zum Automechaniker, dann müssen sie den Don Giovanni singen; wenn sie singen können, dann müssen sie Architekt werden, und wenn sie das Zeug zum Architekten haben, dann möchten sie Schuldirektor oder Maler abstrakter Bilder oder irgendwas anderes werden. *Irgendwas!* Es ist Trotz. Es geschieht, um völlige und letzte Selbständigkeit zu beweisen oder aus einem ähnlichen Monstre-Traum, der dir vorgaukelt, daß du keinen anderen brauchst, der diese Dinge für dich tut.

Also gut, Stella arbeitet in du Niveaus Filmgesellschaft, und ich mache illegale Geschäfte – wobei ich mich, wenn ich das sage, selbst schlechtmache, da ja über die Hälfte aller Geschäfte in Europa illegal sind. Es ist wirklich verrückt, aber ich kann nichts daran ändern. Es muß jedoch klar sein, daß ich ein Mensch bin, der es mit der Hoffnung hat, und jetzt richten sich meine Hoffnungen auf Kinderhaben und auf ein seßhaftes Leben. Es war mir noch nicht möglich, Stella zu überzeugen, und deshalb denke ich viel öfter an ungeborene Kinder als an Geschäfte, während ich mich auf Eilzügen mit Dampf und Hast über fallende Horizonte und über Alpen hinwegsetzte, oder in meinem schwarzen Citroën die Luft zerreiße, Zigarren rauche und durch die polarisierte Sonnenbrille die Landstraße im Auge behalte.

Ich frage mich, ob das nur eine Phase oder irgend so was ist, aber manchmal habe ich das Gefühl, bereits Vater zu sein.

Kürzlich versuchte eine Hure auf der Via Veneto in Rom ein Geschäft bei mir zu machen. Die Umstände waren eigenartig; ich bin ein langer Mensch, und das Mädchen, das mich ansprach, war sehr klein, drall und in Trauerkleidern. Ein trauriges Gesicht.

»Kommst du mit?« fragte sie. Nun, ich will kein Lügner sein und sagen, ich wäre nicht im geringsten bereit gewesen, ihr den Gefallen zu tun. Man ist es immer irgendwie. Sie abzulehnen erforderte keine große Anstrengung, und als ich nein sagte, schien sie ganz persönlich verletzt und sagte: »Was ist los, bin ich dir nicht gut genug?« Ich sagte: »O, das ist es nicht, Signorina, natürlich, aber ich bin verheiratet und habe Kinder. *Io ho bambini.*« Sie war vollkommen bestürzt und sagte: »Das tut mir schrecklich leid, ich wußte nicht, daß

Sie Kinder haben«, und war nahe daran, über diesen Mißgriff zu weinen. Um vollkommen gerecht zu sein, hätte ich ihr erklären sollen, daß das alles nur Unfug war und daß ich nur einem Impuls in mir gefolgt war. Aber ich will zugeben, daß mir bewußt ist, wie es zu dieser Täuschung mit den Kindern kam. Das kam durch den Film, den Stella gedreht hatte und den ich einmal Frazer gegenüber erwähnte. *Les Orphelines.* Im Laufe der Ereignisse mußte ich ihn mir mehrmals ansehen, und einen besonders starken Eindruck machte auf mich eine Szene, während ich den Film im Schneiderraum, diesem holzverkleideten, isolierten, mit Sackleinen bespannten, schallsicheren Raum sah, in dem es nach billigen französischen Zigaretten und teurem Parfüm stank. Stella spielte in dieser Szene eine Frau, die einen italienischen Arzt bittet, einer Mutter mit einem kleinen Kind zu helfen. Man hatte Stella den italienischen Text beigebracht und so schrie sie: »*Ma Maria ed il bambino. Il bambino!*« Und der Arzt, der keine Hilfe geben konnte, zuckte mit den Achseln und sagte: »*Che posso fare! Che posso fare!*«

Ich sah diese Szene wieder und wieder und war voll Schmerz und so bewegt, daß mir fast die Tränen kamen; und ich hätte Stella anschreien können: »Hier – wenn du etwas zum Weinen brauchst – hier ist es! Hier vor dir! Was brauchst du abstrakte Menschen und diese Gespenstergefühle, die sowieso nicht von dieser Welt sind?« Die Tränen waren mir sehr nahe.

Es ist wahrscheinlich auch leichter, für abstrakte Phantasiegestalten Mitgefühl zu empfinden, sozusagen für Hekubas. Es muß leichter sein als das Mitgefühl für die Menschen, die man selber verletzt, denn man kann ihre Peiniger und Verfolger, während man im Begriff ist, jemanden um sein Leben zu betrügen, oder ihm sonst Übles anzutun, besser sehen als sich selbst.

Sei dem wie es wolle, es war der Grund dafür, daß ich mir einbildete, ich sei bereits der Vater von *bambini.*

Simon und Charlotte kamen nach Paris und wohnten im Crillon. Ich wünschte, sie hätten auch Mamma mitgebracht, obgleich es ihr wahrscheinlich nichts bedeutet hätte. Bald muß etwas Großartiges für sie unternommen werden, dachte ich; ich muß mir da was Dolles einfallen lassen, und nun, wo ich das Geld dazu hatte, konnte ich das schon allein schmeißen.

Es gefiel Simon, daß ich jetzt im Geschäft gutes Geld verdiente. Charlotte hielt auch mehr von mir, obwohl sie viele Einzelheiten wissen wollte. Aber da kam sie bei mir schlecht an! Ich machte mit ihnen eine Rundfahrt, zeigte ihnen den *Tour d'Argent*, das *Lapin Agile* und das *Casino de Paris, La Rose Rouge* und andere Tummelplätze des Vergnügens und zahlte die Zeche. Was Simon veranlaßte, stolz zu Charlotte zu sagen: »Na, was sagst du nu? Mein kleiner Bruder ist ein regelrechter Weltmann geworden.« Stella und ich lächelten über den Tisch im *Rose Rouge* hinweg einander zu.

Charlotte, diese gediegene und argwöhnische Frau in den Dreißigern, war beachtlich unerschütterlich in ihren Ansichten voller Ressentiments. Was sie auch an Simon auszusetzen gehabt hatte, früher hatte sie es an mir ausgelassen. Jetzt, wo ich ein wenig zahlungskräftiger erschien als früher und überhaupt und so ein paar richtige, ja fast vernünftige Ideen hatte, konnte sie sich bei mir über ihn beklagen. Ich war gespannt zu erfahren, was los war. In den ersten Tagen ihres Aufenthaltes in Paris konnte ich nicht viel herauskriegen, weil wir dauernd unterwegs waren. Du Niveau war eine große Hilfe; er machte ihnen großen Eindruck, schon weil er ein echter Aristokrat war und wegen der Ehrerbietung der Bedientenseelen in den Restaurants, Nachtklubs und den Ateliers der Haute-Couture. Stella half auch. »Was für ein Prachtweib!« sagte Simon. »Sie ist auch darum gut für dich, weil sie dich auf dem Sprung hält.« Er meinte das so: Eine schöne Frau zu erhalten, übt eine stabilisierenden Einfluß aus: es erfordert, daß der Mann verdient.

»Das einzige«, sagte Simon, »was ich nicht verstehe, ist, warum läßt du sie in solch einem Schweinestall wohnen?«

»Es ist schwer, in diesem Teil von Paris, in der Nähe der Champs Elysées, eine Wohnung zu finden. Außerdem ist keiner von uns beiden viel zu Hause. Aber ich habe die Absicht, draußen in St. Cloud eine Villa zu nehmen, wenn wir hier für länger bleiben müssen.«

»Wenn ihr müßtet? Das hört sich an, als ob du nicht möchtest?«

»Ach, weißt du – mir ist es ziemlich gleich, wo ich lebe.«

Wir waren ausgerechnet in einer Ausstellung der Münchener Pinakothek, im *Petit Palais*. Diese großartigen Meisterwerke hingen an den Wänden. Massiv, in seinem weinroten Wildledermantel und in auf Hochglanz polierten spitzen Schuhen, war du Niveau mitgekommen. Simon und er bewunderten gegenseitig ihre Garderobe. Stella und Charlotte trugen Nerz-Colliers, Simon einen Schotten-Zweireiher und Kroko-Schuhe und ich einen Kamelhaarmantel, so daß wir angemessen prächtig aussahen, um in einer jener italienischen, malerischen Gruppen, mit ihrem Geld und ihren Juwelen, bestehen zu können.

Du Niveau sagte: »Ich liebe Bilder, aber religiöse Themen kann ich nicht ausstehen.«

Keiner machte sich viel Gedanken über Malerei, höchstens Stella, die manchmal malte. Ich kann nicht erklären, wie es kam, daß wir dort waren. Wahrscheinlich war zu der Zeit gerade nichts Besseres geöffnet.

Simon und ich gingen für eine Weile hinter den andern her. »Was ist eigentlich aus Renée geworden?«

Ein tiefes Rot trat in sein blondes Gesicht – er war sehr korpulent geworden. Er antwortete: »Um aller Liebe Gottes willen, warum mußte mich das gerade hier fragen?«

»Hier können wir reden, Simon. Sie können uns nicht hören. Hat sie was Kleines bekommen?«

»Nein, nein, das war nur Bluff. Sie bekam gar kein Kind.«

»Aber du sagtest doch –«

»Ganz gleich, was ich sagte. Du fragst mich, und ich antworte.«

Ich wußte nicht, ob ich ihm glauben sollte oder nicht, er hatte solche Eile, das Thema fallenzulassen. Und wie empfindlich er war! Er wollte nicht, daß man über seine Angelegenheiten sprach. Doch beim Mittagessen, als Stella und du Niveau wieder ins Atelier gefahren waren, packte Charlotte aus. Sie saß aufrecht in ihrem Nerz und trug einen Veloursshut, der ihr gut zu Gesicht stand, denn sie hat eine mit Flaum bedeckte Haut von frischem Teint.

Simons Affäre mit Renée war offensichtlich durch alle Chicagoer Zeitungen gegangen, und Charlotte nahm als selbstverständlich an, daß ich darüber gelesen hätte. Nein, ich hatte kein bißchen gehört. Ich war vollkommen überrascht. Simon hielt währenddessen den Mund, und vielleicht folterte ihn der Gedanke, ich könne etwas hinzufügen, das Charlotte noch nicht zu wissen schien. Nicht bei mir. Ich schwieg und stellte keine Fragen. Renée hatte ihn verklagt und einen Skandal heraufbeschworen. Sie gab an, ein Kind von ihm zu haben. Sie hätte auch noch drei weitere Männer beschuldigen können, sagte Charlotte, und die wußte, wovon sie redete, das steht fest, sie war eine gut informierte Frau. Wäre der Fall nicht sofort vom Gericht abgelehnt worden, wäre sie mit reichlichen Beweisen zur Hand gewesen. »Die hätte aber von mir einen Fall erlebt!« sagte sie. »Die kleine Fose!« Simon ließ sich mit keinem von uns beiden während dieses

Gesprächs ein. Er saß zwar mit am Tisch, aber so wie die Sache stand, leistete er uns keine Gesellschaft. »Jeden Augenblick, den sie mit ihm zusammen gewesen war, benutzte sie, um Beweise gegen ihn zu sammeln«, sagte Charlotte. »Sie konnten nirgendwo hingehen, ohne daß sie wenigstens ein Streichholzheftchen, mit dem Namen des Lokals drauf, mitnahm und das Datum 'reinkritzelte. Sie hob sich sogar seine Zigarrenstummel als Beweise auf. Und angeblich alles aus Liebe. Die ganze Zeit über. Weswegen liebte sie dich denn? Was war es denn?« Charlotte bekam plötzlich einen schrecklichen Ausbruch. »Deinen Schmerbauch? Die Narbe auf der Stirn? Deine Mondscheinwiese vielleicht? Das Geld war's. Es war niemals was anderes. Nur wegen 's Geld.« Ich wollte mich ducken, als das über ihn hereinbrach. Meine Schultern zuckten. Es fiel wie Feuerregen auf uns herab und schlug zu. Simon schien trotz allem nicht sonderlich beunruhigt, nur nachdenklich, und fuhr fort, an seiner Zigarre zu ziehen. Er antwortete mit keiner Silbe. Vielleicht dachte er, da er selbst auf Geld aus war, könne er auch Renée nicht verdammen, daß sie welches haben wollte. Aber er sprach es nicht aus.

»Und dann rief sie mich an und sagte: ›Sie können keine Kinder kriegen, Sie müssen ihn freigeben, er möchte eine Familie haben.‹

›Immer zu, nehmen Sie ihn nur, wenn Sie können‹, sagte ich zu ihr. ›Sie wissen es selbst nur zu genau, daß Sie ihn nicht kriegen können, weil Sie weiter nichts als eine unscheinbare, ordinäre Fose sind. Sie taugen beide nichts.‹ Aber sie verklagte ihn. Und als man ihm die Vorladung zustellen wollte, warnte ich ihn und sagte ihm, daß er lieber die Stadt verlassen solle. Er wolle nicht ohne mich gehen, antwortete er mir am Telefon. ›Was befürchtest du denn?‹ fragte ich ihn. ›Das Kind ist nicht von dir. Es ist das Kind von drei anderen Kerlen.‹ Ich hatte gerade Grippe damals und sollte im Bett bleiben, doch als er nicht allein gehn wollte, mußte ich zum Flugplatz, wo wir uns in Sturm und Regen trafen. Schließlich und endlich flogen wir ab, und in Nebraska mußten wir notlanden. Und er sagte: ›Wenn ich hopsgehe, wär' mir das auch egal. Ich habe sowieso mein Leben sinnlos vergeudet.‹ Und was habe ich getan, wenn er sein Leben *sinnlos vergeudet* hat? Wozu war ich da? Was hatte ich von dem Ganzen? Sobald es brenzlig wurde, kam er angelaufen und ich sollte ihn schützen. Und ich schützte ihn. Wenn ihn seine irre Vorstellung vom Glücklichsein nicht so vollkommen besessen hätte, wäre ihm das alles nicht passiert. Wer hat ihm denn gesagt, daß er ein Anrecht darauf habe, das für sich zu beanspruchen? Wer von uns hat dieses Recht? Es gibt kein solches Anrecht«, sagte sie.

Im Hintergrund schmalzten die Musiker unentwegt mit ihren Pferdehaarbögen auf ihren Instrumenten herum.

»Jetzt ist sie verheiratet. Sie hat einen dieser Kerle geheiratet und ist mit ihm über alle Berge ...«

Ich wollte, daß Charlotte aufhörte. Es war nicht mehr zu ertragen, ich hatte mehr als genug von diesem ganzen Gerede vom Fliegen in Sturm und Regen und von sinnlos vergeudetem Leben, während Simon immer gleichgültiger dreinschaute, was er nur fertigbrachte, indem er sich wie nicht vorhanden verhielt. Ich fing an zu husten. Ich hatte einen langen Hustenanfall. Soll ich erklären, warum? Ich fing nämlich, vor vielen Jahren, als ich noch ein Dreikäsehoch war und mir die Mandeln herausgenommen werden mußten, zu weinen an, als man mir die Äthermaske aufs Gesicht legte. Eine Schwester meinte: »Wie wird denn so ein großer Junge weinen?« Und darauf antwortete eine andere: »Aber nein, er ist ein tapfrer kleiner Mann. Er weint nicht, er hustet bloß.« Und als ich das hörte, fing ich an, allen Ernstes zu husten. Aus großer Bedrängnis. Diese Art Husten war es, der mich überkam. Er setzte Charlottes Rede ein Ende. Der Maître d'hôtel kam, um sich zu erkundigen, und gab mir ein Glas Wasser.

Herrgott! Wieviel mußte sich Simon noch in dem Stil anhören? Wenn sie nicht bald damit aufhörte, würde sie ihn in Stein verwandeln. Er wäre längst zu Stein geworden, wenn nicht immer diese Renée gewesen wäre. Was soll so ein Mensch tun? Sein Leben aufgeben? Aber das war es, was sie von ihm verlangte und was sie meinte, wenn sie von »Kein Recht auf Glück« sprach. Das war ja Mord! Wenn sie der Meinung war, daß der Mensch, da er ja sowieso sterben müsse, das lieber früher als später tun mag, war das ein Kapitalverbrechen.

Er schämte sich steinern vor Scham. Seine Geheimnisse wurden zerredet. Seine Geheimnisse! Was war das schon? Sollte man sie für so erhaben und himmelstürmend wie die unbezwungenen Gipfel des Himalaja halten? Aber sie waren nichts weiter als sein fehlgeleiteter Versuch zu leben. Zu leben und nicht zu sterben. Und das war es, dessen er sich zu schämen hatte.

»Du solltest etwas gegen deine Erkältung tun«, sagte Charlotte energisch.

Ich liebe meinen Bruder sehr. Ich sehe ihn nie, ohne daß mich die größte Liebe zu ihm erfüllt. Er empfindet genauso, obgleich wir beide dagegen anzukämpfen scheinen.

»Es klingt wie der alte Keuchhusten von früher«, sagte Simon und blickte mich wieder einmal richtig an.

Gerade in dem Augenblick dachte ich, daß das Schlimmste an der Geschichte für ihn war, nicht das Kind zu haben.

Ich konnte nicht viel Zeit mit Simon in Paris zusammen verbringen. Mintouchian schickte mir ein Telegramm; ich sollte nach Brügge fahren, um dort einen Mann aufzusuchen, der ein großes Geschäft mit Nylon vorhatte. Und so machte ich mich auf den Weg. Jacqueline, unser Hausmädchen, begleitete mich als Fahrgast. Sie hat Verwandte in der Normandie und wollte ihnen einen Weihnachtsbesuch machen, und da sie sonst einige Koffer voller Geschenke zu schleppen hatte, ließ ich sie mitfahren.

Jacqueline war Stella von du Niveau empfohlen worden. Als er sie gleich nach der französischen Niederlage kennenlernte, war sie Kellnerin in Vichy und er auf dem Wege, das Land zu verlassen. Sie müssen mal was zusammen gehabt haben, obgleich es einem schwerfällt, sich das vorzustellen, weil sie so grotesk aussieht. Allerdings ist das nun auch schon wieder einige Jährchen her, und sie war wohl damals gerade im letzten ihrer besten Jahre. Jacquelines Augen haben einen seltsamen, nach den Jochbogen zu abfallenden Schnitt. Sie hat eine große, gebogene Normannennase, blondes, nicht sehr gesundes Haar, geäderte Schläfen, ein langes Kinn und einen strengen Mund, an dem Lippenstift auch nicht viel ändert. Sie ist stark geschminkt und hat einen frischen Duft von Kosmetika und Fleckenwasser an sich. Ihre Art ist sehr geschäftig. Beim Gehen stampft sie hart mit raschen Schritten auf; aber dabei ist sie doch ein Mensch von angenehmem Gemüt, obgleich sie schwatzhaft ist und unbegreifliche gesellschaftliche Ambitionen hat. Außer als Hausmädchen bei uns arbeitet sie noch als *ouvreuse* oder Platzanweiserin in einem Kino, was wohl ein Grund mehr ist, du Niveau einen Einfluß auf sie zuschreiben zu können. Das versetzt sie in die Lage, eine Menge Histörchen aus dem Kino und dem gefährlichen Nachtleben nach Kinoschluß, wenn sie zu einer Tasse Kaffee ins *Coupole* einkehrt, berichten zu können. Immer rückt man ihr mit Handgreiflichkeiten auf den Leib, sei es nun, daß man sie ausrauben oder vergewaltigen will, Araber sie verhauen oder zur Nacht gewaltsam in ihr Zimmer einzudringen versuchen. Ihre Hüften sind breit, und ihre Beine haben, bei all ihrer lebhaften Beweglichkeit, Krampfadern; und bei ihren scharfen Zügen und Brüsten, die alles an Liebreiz eingebüßt haben – da fragt man sich doch: Was verstößt eigentlich eine Frau endgültig aus dem Begehrtwerdenkönnen? Ich vermag es nicht zu sagen. Jacqueline hat einen durch nichts umzubringenden Stolz auf ihre Sinnlichkeit und Abenteuerlust; und hat sie nun mal diese schreienden Farben und ein Papageiengebiß, was liegt daran?

Es war ein großer Feiertagsrummel, als wir losfuhren. Sie entfernte noch einige Flecken aus meinem Kamelhaarmantel, mit Tee, der genau das richtige dafür sei; es gebe nichts Besseres, wie sie behauptete; und dann trug ich ihre proppenvollen Vulkanfiberkoffer mit Blechschlössern herunter und verstaute sie im Kofferraum meines Citroën.

Es war kalt. Eine scharfe Kälte mit Schneeflocken. Wir zirkelten um den Etoile und dröhnten nach Rouen ab. Ich hätte den Weg über Amiens nehmen sollen, aber es war ihr zuliebe kein zu großer Umweg. Sie ist eine freundliche, dankbare und alles in allem fügsame Frau. Und so fuhren wir in diesem Kilometerfressertempo durch Rouen hindurch und schossen dann in nördlicher Richtung dem Ärmelkanal entgegen. Sie erzählte von der guten alten Zeit. Von Vichy und den Berühmtheiten, die sie dort gekannt hatte. Das war so ihre gerissene Art, das Gespräch auf du Niveau zu bringen, denn sie versäumte nie eine Gelegenheit, mit mir über ihn zu sprechen. Das Ganze lief darauf hinaus, daß sie mich warnen wollte, ich solle auf der Hut vor ihm sein, weil er gewissenlos sei. Wohlverstanden, nicht, daß sie undankbar gewesen wäre, aber sie war auch mir dankbar und machte Anspielungen, daß er verschiedener Vergehen schuldig sei. Ich begriff, daß sie mit allem, was ihn betraf, ganz einfach aufschnitt. Er verkörperte für sie das große Ideal, wonach ihr Herz hungerte.

Wir näherten uns ihrem Reiseziel, und es tat mir nicht sehr leid, obwohl es ein traurig-dunkler Tag war und ich nun allein nach Brügge weitermußte. Der Weg über Dünkirchen-Ostende, durch Ruinen und an den grimmigen Wassern des Kanals entlang, ist schrecklich melancholisch.

Es trennten uns nur noch wenige Kilometer vom Gehöft ihres Onkels, als der Motor des Citroëns aussetzte und schließlich ganz zum Stehen kam. Ich hob die Motorhaube ab. Aber was verstehe ich schon von Motoren. Außerdem fror es. Und so begannen wir, uns querfeldein auf den Weg zu dem Gehöft zu machen. Sie wollte, wenn wir dort wären, ihren Neffen in die Stadt nach einem Autoschlosser schicken. Doch wir hatten eine gute, lange Strecke, drei oder fünf Kilometer, über Äcker zu wandern, die braun, schollig und hart gefroren waren. Über diese Felder, auf denen die Schlachten des Hundertjährigen Krieges geschlagen worden waren, auf denen die Gebeine gefallener Engländer blichen und über den Kanal gebracht wurden, um in Kirchen beigesetzt zu werden. Felder, auf denen Wölfe und Krähen das ihre besorgt hatten. Nach einer Weile ließ einen die Kälte nach Atem ringen. Tränen schnitten Furchen in Jacquelines Gesicht, das durch die Schminke hindurch glühte. Auch mich biß die Kälte und ließ mir Hand und Fuß erstarren.

»Unser Magen kann uns erfrieren«, sagte sie, nachdem wir ungefähr anderthalb Kilometer gelaufen waren. »Das ist sehr gefährlich.«

»Der Magen? Wie kann denn der Magen erfrieren?«

»Er kann. Man kann sein Lebtag lang siech bleiben, wenn man das Pech hat.«

»Was tut man denn dagegen?« fragte ich.

»Man muß singen« sagte sie, verzweifelt in ihren Pariser Schuhen und während sie versuchte, sich ihren Baumwollschal über den Hinterkopf zu ziehen. Sie fing an, ein paar Schlager zu singen. Kalte Schwarzdrosseln flatterten aus dem rostigen Eichenwald auf. Aber selbst ihnen muß es zu kalt zum Lärmen gewesen sein, denn ich hörte keinen Krächzer von ihnen. Nur Jacquelines schwache Stimme, die nicht weit über die verschneiten Löcher und Furchen hinauszugelangen schien.

»Sie müssen auf jeden Fall versuchen zu singen«, sagte sie zu mir. »Sonst können Sie nie sicher sein, daß nichts passiert.«

Und nur, weil ich mich mit ihr nicht über ihren medizinischen Aberglauben streiten wollte und keine Lust hatte, mich aufzuspielen und sie über moderne Wissenschaft aufzuklären, entschied ich endlich, daß ich – zum Teufel noch eins! – ebensogut singen könnte. Das einzige Ding, an das ich dafür denken konnte, war *La Cucaracha.* Anderthalb bis zweieinhalb Kilometer blieb ich bei *La Cucaracha.* Doch mir war eher kälter als wohler. Dann sagte sie, nachdem wir uns beide, mit dem Versuch, bei dem schneidenden Wind zu atmen und die Liederkur aufrechtzuerhalten, müde gemacht hatten: »Das war nichts Französisches, was Sie da gesungen haben, nicht wahr?«

Ich sagte ihr, daß es ein mexikanisches Lied sei. Worauf sie ausrief: »Ach, Mexiko ist der Traum meines Lebens!«

Der Traum ihres Lebens? Was? Nicht Saigon? Hollywood? Bogotá? Aleppo? Ich sah, mit dem Gesichtsausdruck eines Mannes, dem plötzlich über etwas ein Licht aufgeht, nach ihren wasserglitzernden Augen und ihrem frierenden, flackernden, schrattigen, ernsthaften, puritanischen, dickhäutigen und trotz allem prachtvollen Gesicht, mit seinen Wimperntuschestreifen, mit seinem rosa Feen-Grind und der roten, dünnen Gimpelschlinge ihres Mundes: Und doch weiblich, doch mutwillig, doch immer noch voll Hoffnung und doch eigensinnig verführerisch. Was würde sie in Mexiko tun? Ich versuchte, sie mir dort vorzustellen. Wie irre komisch das war! Ich fing an, laut zu lachen. Und was hatte ich hier in den Feldern der Normandie verloren? Wie wär's denn, mal darüber zu lachen?

»Haben Sie an was Lustiges gedacht, M'sieur March?« fragte sie, während sie neben mir herlief und ihre Arme in der kurzen Jacke mit den Keulenärmeln schwang.

»An sehr Lustiges!«

Dann zeigte sie mit der Hand: *»Vous voyez les chiens?«*

Die Gutshunde waren über einen Bachgraben gesprungen und rannten uns über die braunen Schollen hinweg kläffend und heulend entgegen. »Vor denen brauchen Sie keine Angst zu haben«, sagte sie und hob einen Ast auf. »Die kennen mich gut.« Und so war es auch. Sie sprangen an ihr hoch und leckten ihr das Gesicht.

Es lag an den Zündherzen, die bald repariert waren, und ich sauste nach Dünkirchen-Ostende los. Diese Stadt, wo die Briten so hart gestraft wurden, ist zerstört. Nissenhütten stehen zwischen Ruinen. Der Rücken des uralten Wassers ist grau wie der eines Wolfes. Am lang hingestreckten Strand brachen sich die Wellen weiß; spien sich selbst in Stücke. Ich sah das Gespenst weißen Zorns aus dem wilden Grau aufsteigen und drehte nach Norden ab, in großer Eile, nach Brügge und heraus aus diesem weißen Geleise zu kommen, das wie Ewigkeit war, die sich hart neben den Zerstörungen der modernen Welt, eisgrau und grollend, öffnete. Ich dachte, wenn ich noch vor der Dunkelheit Brügge schaffte, würde ich noch die grünen Kanäle und alten Paläste sehen können. An einem Tag wie diesem, bei dieser Rauheit, konnte ich solchen Trost gebrauchen. Ich fröstelte noch immer von der Wanderung über die Felder; doch wenn ich an Jacqueline und Mexiko dachte, mußte ich wieder grinsen. Das ist das *animal ridens* in mir, die lachende Kreatur, die immer wieder ihr Haupt erhebt. Was ist daran so zum Lachen, daß sich zum Beispiel eine hart vom Schicksal in die Mache genommene Jacqueline noch immer weigert und sich weiter weigern will, ein enttäuschtes Leben zu führen? Oder lachen wir deshalb der Natur, einschließlich der Ewigkeit, weil sie glaubt, sie könne über uns und über die Macht unserer Hoffnungen triumphieren? Nee, nee, ich glaube, daß ihr das nie gelingen wird. Aber das ist wohl gerade der Witz, auf die Natur oder uns gemünzt, und das Leben ist ein zweideutiges Rätsel, das beide in sich einschließt. Seht mich an, der ich mich überall herumtreibe! Menschenskind, ich bin so eine Art Kolumbus des Naheliegenden und glaube, daß man es, in der Terra incognita, die sich alltäglich, zum Greifen nah, bei jedem Blick, unmittelbar vor einem ausbreitet, entdecken kann. Ich mag eine ausgemachte Niete bei diesem strebend sich bemühen sein. Wahrscheinlich hielt sich auch Kolumbus für eine Niete, als sie ihn in Ketten nach Hause schickten ...

Was nicht bewies, daß es *Amerika* nicht gab.